白洋淀上

①卷

作家出版社

图书在版编目（CIP）数据

白洋淀上 / 关仁山著. —北京：作家出版社，2022.12
（新时代山乡巨变创作计划）
ISBN 978-7-5212-2136-7

Ⅰ.①白… Ⅱ.①关… Ⅲ.①长篇小说—中国—当代
Ⅳ.① I247.5

中国版本图书馆 CIP 数据核字（2022）第 245995 号

白洋淀上

作　　者：关仁山
责任编辑：史佳丽
篆　　刻：郑敏之
封面设计：末末美图
出版发行：作家出版社有限公司
社　　址：北京农展馆南里 10 号　　邮　　编：100125
电话传真：86-10-65067186（发行中心及邮购部）
　　　　　86-10-65004079（总编室）

E-mail:zuojia @ zuojia.net.cn

http://www.zuojiachubanshe.com

印　　刷：北京盛通印刷股份有限公司
成品尺寸：152×230
字　　数：1170 千
印　　张：83
版　　次：2022 年 12 月第 1 版
印　　次：2022 年 12 月第 1 次印刷
ISBN 978-7-5212-2136-7
定　　价：189.00 元（全三册）

大雁空中飞

鱼儿淀上游

船儿哪里去

未来在等你

———白洋淀谚语

目　录

第一章　雪婚礼

为等一朵祥云，王决心错过了最佳婚期。

婚礼是人生头等大事，婚期无限期延迟，眨眼就进了腊月门儿。王决心催促老爹王永泰赶紧定下来，王永泰一咬牙，将婚期定在了正月的破五那天。尽管老人提心吊胆，还是往好处想，如果九朵祥云聚拢过来，合成一朵，天空里就会闪闪发光。

凌晨五点多，王永泰醒了。

他撩起窗帘，从窗子融化的地方往外瞅，下了鹅毛大雪，满院堆着层层雪坨子，一群苇茬鸟声声鸣叫，惊醒了自家黄狗淀子，淀子从狗窝里咿咿唔唔地钻出来，在雪上滚了几下叫醒了主人。雪粒狂吻着村庄、土地和冰淀。大雪拖慢了忙碌的人影，连早晨煮饭的炊烟也有些迟钝，但是，烟火滋生、蔓延，酝酿着温暖景象。

终于，家家户户的烟筒冒起了袅袅炊烟。

王永泰闻了狗吠，不一会儿，院里的淀子也跟着叫起来。王决心翻来覆去大半宿没有睡好，忽然听见了淀子的犬吠，揉着惺忪的睡眼，鼻孔里嘘了口气。夜里的梦极怪，梦也溜得快。那感觉就像九朵荷花，一夜间都落了花瓣。

王决心问："爹，看啥呢？"

王永泰说："大雪封门了！"

王决心说："下雪了，这婚结还是不结？"

王永泰说："瑞雪兆丰年，凭啥不结啊？"

王永泰难受地咽了口唾沫，然后拧了屁股下炕，扑进雪野里，脚下的棉靰鞡吱吱响个没完。瞅不着人影，也看不见一个村庄。码头的船被雪覆盖，像隆起的一片山丘。冷风一吹，老船荡出舒筋展骨的梆梆声，声音清脆。冰床上压着一层积雪，被风舔掉了，袒露黑色的脊骨。冰床压出一溜弯弯曲曲的雪沟，瞬间变成了灰色。房舍、老船、老梨树、苇垛、残荷都披着白雪，笼罩在一片清凉迷人的景色里。

王永泰折回到家里，脚就踩进雪窝子里。

他将手中的雪团狠狠一攥，扔了。厚厚的雪，最后还是吸掉了杂乱的声音。王永泰抓起铁铲，蹶跶蹶跶地铲院里的雪。

王决心跟爹不一样，打开大门，快刀斩乱麻地扫，哧啦哧啦地打开一条一条通道。

风从西北方刮来，天寒地冻，哈气成霜。

"好冷的天啊！"王决心冻得缩着脖子，龇牙咧嘴。他的头微微歪着，身子上下颤动。

太阳在云层躲着，也挡不住天亮。

王永泰仰脸望天，太阳蒙在铅色的云层里，天空灰蒙蒙的，一朵祥云好碰，九朵祥云凑一块就难上加难了。白洋淀人有个夙愿，九条河入了白洋淀，喜事也秉承了"九九归一"的美意。他心里痒兮兮的，既好受，又难受。

天上的睡莲开了，轻轻摇出一朵祥云。

"爹，你看那有一朵祥云。"王决心惊喜地喊。

王永泰眯了老眼细瞅，云朵模模糊糊，咋瞅也不像九朵莲花的形状。他的脑袋震荡了一下，忽然有一种不祥的预感，老天爷啊，别出啥事，还有啥事比儿子婚姻幸福更重要啊？

无论如何，雪、祥云和喜事的矛盾越来越突出了。

一阵狂风，刮着狂雪，王永泰有些摇摆。他瞅见树枝开始摇动，霜雪大块地往下落。雾眨眼间都开了。

铃铛从睡梦中睁眼，从镜子里看见了自己，老脸就像黄昏慢慢收拢花瓣的睡莲。她头发花白，满脸褶子，不失红润。她伸了个懒腰，眼睛微眯，嘴巴半张着，枯瘦的胳膊钻出被窝。随着一阵铜铃响，花猫也随之醒来了，猫的声音使铃铛奶奶的身体痉挛了一下，她瘪瘪的腮帮鼓起来，嚷嚷道："永泰，决心，你们在哪儿？"

王永泰进屋来了，问："娘，您醒啦？"

铃铛小声嘀咕："永泰，今天是多少号？"

王永泰兴冲冲地说："娘，二〇一七年二月一日，决心大喜的日子！过了年，破了五，年后下了第一场雪。"

铃铛东张西望地观察动静，缩回了手，将铜铃铛慢慢放好。她掐指一算，这个日子是破五儿。

铃铛学名叫邢桂芹，一九一二年夏天出生在白洋淀圈头村。今年是二〇一七年，掐指一算，她活到了一百零四岁，成为王家寨最大的寿星老。

她能记住的最早的事情，不是传说和古乐，也不是家族的鱼丸，而是当啷当啷清脆的铜铃声。铜铃挂在门楣上，风吹响了铜铃。铃铛娘把铜铃系在她的脚脖上，她得了外号"铃铛"。

她嘴里常常念叨："人这一辈子，没有吃不了的苦，也没有享不了的福。只管瞪着眼睛往前走，走着走着，幸福就结伴儿来了。"

老人最辉煌的事在抗日年代，她跟王家寨的男人大抬杆结了婚，开了祖传的鱼丸店。这个小小鱼丸店，多次为雁翎队刺探情报，不久，她就被日本人抓到了保定高阳县城，男人大抬杆和好友水上飞联合虎头山的蓝灯匪许大彪从鬼子魔窟里救出了她。大抬杆救出了人，铃铛却留在了曲阳的虎头山，成为蓝灯匪的压寨夫人。铃铛动员许大彪带着队伍参加了吕正操的部队，到太行山抗日。铃铛跟许大彪参加了神仙山保卫战斗。反"扫荡"那阵，铃铛参加了雁翎队，带着八路军的一百多个孩子隐蔽在白洋淀，成为一名乳娘；抗日战争胜利，她当了村农民协会主席搞土改。许大彪在平津战役中阵亡，她跟大抬杆复了婚，新中国成立后当了村支书。婆婆邢玉芳瘫痪之后，她辞掉了村支书照顾婆婆二十年，在村里成为一段佳话。

王决心的婚礼无限期地延迟，铃铛心里像猫抓似的，惊慌不定，不得安生。男女婚事磨人，种瓜不得瓜，种豆不得豆，却等来了一场鹅毛大雪。

王永泰端来一碗小米粥，铃铛奶奶喝了，揩揩嘴巴，王永泰就踏实了。他出了门，将院里新落的积雪扫净了，站在院子里，他要亲眼看到彩霞捧着祥云蹦出来，越精彩越好。

王永泰站在狗窝旁，朝东方看，当然，除了暗淡的黑云和掉落的星星，啥也看不见。

王决心不知爹跟奶奶说了啥，又在闹哪样，乖乖哄道："您要当老公爹了，今后让朱环孝敬您，高兴吧？"

王永泰绷着脸皮，严厉地说："高兴是高兴，你小子可得小心点，婚姻大事非同小可。"

王决心点点头："您放心吧。"

天已大亮，满地的阳光，颤悠悠的，村庄迅速变幻着颜色。人们开始走动，雪地就被破坏了。太阳像一个火球，嘭地砸下来，砸到白色的雪野，溅出万丈金光，芦苇垛一片斑驳。一阵风吹起，雪粉就飞扬起来，苇垛里的苇秆儿撞击着苇秆儿，沙啦沙啦响，奏响了白洋淀冬日的晨曲。

冷得让人哆嗦，苇莺鸟不怕冷，它敢于唱主角，嘴巴露出通红的喉咙，叽叽喳喳，把人带进无忧无虑庄严的境界中去了。

王决心知道，按照淀上的习俗，新郎要点亮新房里所有的灯，星星点点，照亮婚房的角角落落。婚房已经粉刷了一遍，灰土、蛛网和烟熏的黑痕都荡然无存。门口的红灯笼也亮了，哗啦啦晃荡，炫着喜气。

"这天啊，有点邪乎。"铃铛老人笑了笑，说。

老人不再装聋作哑，如果不是冬天，王家寨就蜿蜒地盘踞在无边的水中，像一个鱼丸子。冬天不一样了，茫茫大雪中，老人舒畅地伸了一个懒腰。她透着窗户望去，早起的人影在窗前晃来晃去，他们开始做着各种婚庆准备。

王决心的家在村东头，瓷砖镶嵌门楼，横着一个刻着福字的影壁，如果不是冬天，远门朝着一片浮着绿苔的淀水，影壁就将水里邪气挡在了门外。

霞光流出来，还是不见那九朵祥云。这给王永泰老人蒙上无数障眼的疑团。

太阳终于挣脱出来了，圆圆的，像升起的红色气球，将整个大淀照得通红。苇莛鸟不见了，一群鱼鹰和白鹭从雪野惊飞而起。

"白洋淀的娘儿们真风流，淀当脸盘风梳头。"渔民老顺子摇晃着身子来了。

他唱起了保定老调，歌声悠扬、悲凉。有人在暗处喊："老顺子，啥风流？你唱点喜庆的。"老顺子噤了口，矮小枯瘦，走路却是一片咚咚声，白雪被踩黑了。

王决心的目光朝远处望去，瀚海一样的白洋淀已是另一番景象，真正名副其实地白，满世界的雪光都汇聚在大淀上，闪烁着白赤赤的光芒。眼前一闪，两只黑色鱼鹰出来了，这是王永泰养的鱼鹰大黑、二黑。鱼鹰引出了一双花喜鹊，喜鹊从院里的柿子树梢上起飞了。

"喜鹊到，喜事来。"王永泰说。

王永泰冻得嘴巴唑唑地响，回到院里。屋里屋外打扫得干干净净，该洗的洗了，该擦的擦了，窗明几净，亮亮堂堂。他瞅见青砖围着的院子，阳光懒洋洋的，洒得满院都是，悬挂的渔网在阳光里一闪一闪，葡萄架枯黄的藤蔓也压着积雪，投下懒洋洋的阴影，厢房库里散发着苇席的香味儿。

不知是谁碰着了柿子树，树杈摇晃了几下，雪粉扑簌簌落下来了。

老顺子扛着木柴走到了门前，露出一团和气的脸，笑起来冲着王决心道喜。

王决心抬头作揖，回了礼。

老顺子将劈柴放到灶膛口。灶台墙上贴着灶王爷，两旁是烟熏火燎的对联儿，看不清字迹了。他想弯腰点火烧炕。王永泰说烧着呢，老顺子将锅台上的鸡轰走，锅沿冒着一阵阵的水汽。老顺子就将木柴拎到铃铛奶奶屋里，一根一根添火盆。老顺子是贫困户，木头劈柴就是上的彩礼。他一哈腰进了铃铛奶奶的屋，笑着跟铃铛道喜："老太太，道喜，福寿康乐。"他拉着铃铛的手，冲着她耳朵说。

"同喜，同喜。"铃铛奶奶摇了一下铜铃。

铃铛奶奶屋里的墙壁上，贴着红纸福字，被油烟熏成了黑色，隐约透着一点紫红。老顺子笑着凑到铃铛奶奶身边，连连贺喜说："决心大喜，都是奶奶托来的福啊！"

铃铛高兴得合不拢嘴，眼皮也包不住喜泪。

王德、二巴掌扶着水上飞过来了。水上飞也是百岁老人，老雁翎队员了，跟王永泰家是邻居。老人痴呆多少年了，常年扛着木头棍子沿着村庄转悠，还能哼两句雁翎队队歌。

王德夺了手中的棍子，藏在门后，说："爷爷，今天是决心的大喜事，您只管喝酒啊！"水上飞瞟门后的棍子，咳咳地吐痰。

铃铛奶奶鼻子一酸，叨叨着说："棍子就是水上飞手里的枪，痴呆了，还天天想着保卫咱王家寨哪。"人们充满敬意地望着水上飞，水上飞的头一垂一垂，头发不剪，就像一蓬乱草。

铃铛奶奶拍了拍水上飞的后腰，水上飞嘿嘿一笑，不知听懂没有。

铃铛说了一些车轱辘话，像是一个纷乱的线团，七缠八绕，没完没了。

屋里有两只老柜子，一个衣柜，一个橱柜。衣柜装着奶奶的衣物，橱柜被一块花布垂下来，遮挡着锅碗瓢盆和药盒子。橱柜上戳着坛坛罐罐，被油烟熏得黑乎乎的。柜子上面是一扇古旧的靠山镜，镜子上夹着一些奶奶的老照片，能从中领略雁翎队队员的风采。

宾客越聚越多，烟气腾腾，老人围着火盆而坐，年轻人围着圆桌而坐，滋生了亲热的气氛。王永泰的弟弟王永山笑了笑，说："窗外飘着雪，屋里一炉火啊，冰火两重天，喜事遂人愿！"

王永泰并不像弟弟这么乐观，哭丧着脸，心中五味杂陈。

王决心勉强笑了笑。

一锅发糕蒸熟了，出了屉，放在堂屋的面板上凉着。铃铛奶奶牙口不好，就爱吃发糕。王永泰给她送去一块尝尝，铃铛吧嗒吧嗒嘴："哟嗬，这发糕真甜，这是咋蒸的？"

王永泰打个哈欠，得意地笑："咋蒸，用心，就跟娘做鱼丸似的呗！"

两个房间都摆了圆桌，上面摆了香烟、瓜子、糖果、苹果、草莓、香蕉、鱼刺，满满当当一圈。白洋淀人嗓门亮，人们围着桌子，闹闹嚷嚷，嘈杂得厉害。

王决心对水牛说："过会儿人太多了，坐不下，你就往村委会会议室领。"

水牛点点头，出去放气球去了。

王决心摇摇摆摆地迎了出来。他是新郎官，绝对主角，说不上多帅，还是有英武之气的。他身穿一套蓝色西装，白色的衬衫，下系了一条大红色的领带，头发三七分，发胶把头发固定起来，一丝不苟，笔挺的西装，装点着他显得潇洒挺拔。来的道喜人都愿意多看他两眼，他骄傲地作揖还礼，脸冻红了。

远远地，姚力英带着家人过来了。

他是女方朱环家的亲戚，当然的新亲，他带着媳妇乔麦和儿子苇秆儿，感觉霸气十足，带着一缕寒风。

姚力英迈着鸭子步，一甩一甩走来。他五短身材，胖胖乎乎，走路像个油桶在轱辘。他的脸青里透黑，鼓鼻子鼓脸，粗眉大眼，大耳朵，大下巴，酒量大，喝出一个圆鼓鼓的将军肚。他穿着皮大衣，大衣敞开，故意露出腰间常年系的一条宽皮带，戾气重，脾气臭，动怒就拿皮带抽人，人送外号"腰里硬"。

"啊，王决心的婚礼豪横啊！"腰里硬嚷一句，打了个喷嚏。

村巷里，到处滚动着雪粒。

乔麦走得有些慢，风是涩的，雪很滑。她迷恋雪景，不时地东张西望。太阳的一缕波光几乎让她掉下眼泪。她一手拉着孩子，一手吃力地拎着一个透明的大箱子。箱子里是床上用品四件套，上面有一个红色的剪纸，贴着大喜字，印有鸳鸯鸟的彩色图案。乔麦细密的牙齿很白，咬着红润的嘴唇，额头渗出汗珠。乔麦算是一位漂亮女人，她生有一张鹅蛋脸，杏儿眼，菱花翘唇，眉眼传达着善良的笑意。围巾将她的脸遮掩起来，露出一双温柔、忧郁的眼睛，不胖不瘦，皮肤白嫩，饱含韵致和味道。

乔麦起身抬头，瞅见了千年老梨树，每一枝每一杈都挂满了雪。

乔麦是张家口崇礼人，所以她不怕寒冷。乔麦哥哥乔木和腰里硬妹妹姚丽蓉换亲，乔麦嫁到了王家寨，成了腰里硬老婆。乔麦一双巧手，养出来的鸭子身子肥硕。同时，她的记忆力超常，一大串数字、一本厚厚的书，只要看上一遍就能过目不忘，遗憾的是家里穷，考上了大学，没钱去读。

扑棱棱，头顶有鸟飞过，飞鸟没有鸣叫，只有翅膀切割着蔚蓝的天空。

腰里硬在前面走，嘴里嚼着辣椒，喉咙口热辣辣的，抗冻。雪花钻进了脖子里，马上就融化了，他全然不管乔麦和儿子苇秆儿。苇秆儿淘气，一边走一边抓雪球，胳膊扬着，走到谁家门前，就拿雪球砸谁家的门，忽然脚下一出溜，摔在雪地上哭了起来，露出粉红色的牙床。苇秆儿身体柔弱，爱哭。乔麦放下手中的四件套，弯了腰，赶紧将儿子抱起哄着。苇秆儿踢了一下雪。乔麦有些紧张，急忙劝说："不怕啊，雪地摔不疼人的，你姥家有个说法，风里跌倒不怪风，雪里跌倒不怨雪。"她的声音里透着柔情。

腰里硬听到苇秆儿的哭声，心疼了一下，转回身，五官扭得难看，狠狠踢了乔麦的屁股一脚，吼："臭娘儿们，你咋看的孩子啊？"乔麦一屁股坐在雪地上，苇秆儿看见娘被爹打倒了，后悔了，跌就跌了，不该哭。哭了，娘就挨打了。他伸着小手用力拽乔麦起来，仰着头对姚力英喊："腰里硬，不许打我娘！"乔麦禁不住把儿子抱起来，扑打着苇秆儿身上的雪。

王决心踏雪到朱家迎亲，待朱环坐进花轿，喇叭响起，他就往家里赶，今天，他就像艺人手里的一张影人，桩桩件件，都要耍他。

泥鳅挎着老婆雁子的胳膊来了。

雁子穿着丝绸小衫，外边罩着紫色披肩，脸上搽得雪白，浑身香香的。她不怕冷，胳膊上搭着羽绒服。雁子看见王决心，撇着薄薄的嘴唇喊："决心哥，我和泥鳅给你贺喜啦！"

王决心笑脸相迎："好嘞，雁子、泥鳅，谢谢你们。"他红着脸说，笑意在嘴角含着。

泥鳅瞅着自己的老婆，有一股新鲜的俊气，总是傻傻地笑，眼里有对雁子无限的信赖。

泥鳅掂着一个红纸包上了婚礼。

泥鳅吃了被污染的鱼，闹了肚子，总是往厕所跑。尽管泥鳅追随腰里硬，但泥鳅厚道，对姚家和王家的仇怨斗争不掺和，所以王决心对他并不反感。

雁子努了努嘴儿，往厕所方向走。腰里硬的身体靠着墙，叼着一支烟，抖着二郎腿，打量着楚楚动人的雁子。雁子的媚全做在脸上，眉眼描抹了一番，眼睛很亮，有露骨的风情。雁子看到腰里硬，说："姚哥，见了吗？新娘子真漂亮。"

腰里硬满脸堆笑，晃了晃，半拍半捏了一下雁子圆圆的屁股，说："依我看啊，朱环没有你漂亮呢。"边说边动手动脚。

雁子闪身一笑，似懂未懂。

腰里硬并不一味胡搅蛮缠，还是有限度的，他笑一下就躲在墙根吸烟了。他的到来，吓跑一只红鸡冠大公鸡。但是，腰里硬调戏雁子的场面，还是被王决心看见了。王决心的脑袋气大了，瞪了腰里硬一眼，腰里硬挑衅地把手里的烟头用力往地上一摔，皮鞋使劲一蹍，脸红脖子粗地说："王老三，你结婚快乐你的，总盯着我找碴儿，这是啥意思啊？"

王决心走近腰里硬，用手拍了拍他的肩膀："从新娘那头说，咱们是亲戚，大喜的日子，别惹不痛快，待会儿我们一醉方休！"他的嘴唇冻得发白，声音有些颤。

腰里硬说："你豪横，我不跟你计较。"

"姚哥，你们说啥呢？"泥鳅从厕所出来，结结巴巴地说。他说话有点结巴，越着急，越结巴。他这一阵腹泻，搞得腰酸腿软。他继续问腰里硬："哥，刚刚，发，发，发生了啥事儿？"

腰里硬目光阴暗，赖兮兮一笑。

天气寒冷，没有冻掉家禽和动物的热情。村街上摇出来一排受惊的鸭群。嘎嘎嘎，好像施了啥魔法，摇摇摆摆往王家门前聚拢过来，到了门前的草垛停住。忽然，村街上跑来两只狗，嗅来嗅去，各玩儿各的，互不干扰，自在逍遥。铃铛奶奶的花猫不敢出门，怯怯地望着，它不捉老鼠，却像人一样咳嗽。这些畜生竟来凑热闹，在白色的雪地踩出了星星点点的黑洞。王永泰走了出来，不忘给这群动物撒点吃食，大豆、玉米和小米，颗粒饱满，王家寨人喜欢动物，和谐相处，他们觉着，任何生命都有灵魂，即便死了也在空中飘。

"看哪，迎亲花轿来了！"有人喊道。

鞭炮声稠密，像炒豆子一样猛响。

鞭炮响过，一阵古乐声轰然作响。鞭炮的火药味飘过来，弥漫的香气有一股热腾腾的年味儿。

新娘朱环在花轿里，鞭炮响一下，她闭一次眼睛，眼皮都疼了。

王决心哧哧笑一声，踩着鞭炮炸过的碎屑跑过去。王永山不让新郎马上掀红盖头，待上一会儿，盖住的喜气满满登登。

"瞅着咧！"王永山抓着纸盒里的糖果，漫天一扔，孩子们死乞白赖地抢。

水牛笑眯眯地捂了一下耳朵，他还要留一部分鞭炮。后边还有两个节点，需要为婚庆造势。

寒风把杨三笙的整个身子打透了，他也不觉冷。他穿着绿色军大衣，摇头晃脑地吹着笙。他带着德县音乐会的伙计们，提前一天住到了王家寨。原来古乐是他们演奏的。乐手卖力地吹打着，一曲一曲都是喜庆的调子。悦耳的笙、唢呐和锣鼓引着人们，围得水泄不通。

太阳越来越鲜，已将树梢染红，就要将白雪掩盖的东西揭开。

朱环蒙着红盖头，雪光向上刺痛了她的眼睛，她下了轿后，村里的童男童女开始献花，她双手接花，一只白藕般的手重新放在王决心的大掌里。

"揭盖头啦！"王永山喊。

王永山是王决心的亲二叔，今天的婚礼的大操，扯着嗓子喊来喊去，有些失去耐心。

王决心的手抖了抖，唰地掀起红盖头。

盖头揭开了，朱环探了一下头，出了一口气又缩回去了，羞答答不给人看。王决心到了，就由不得新娘的性子了，红盖头瞬间变成一个火球，照亮了农家小院，也照亮了朱环的俊俏的脸。她大大的、黑宝石般的眼睛，皮肤嫩得滴水，像一个水蜜桃儿。她穿着红色带有梅花图案的长旗袍，里面穿着保暖内衣，很合体，把细腰多臀勾勒得完美无瑕，旗袍两侧开的高衩，随着步子微动。白皙的脸蛋若隐若现，大波浪的长发侧面戴着几朵用鲜花手工制作的头饰，精致中透着几分靓丽和妖媚。

街坊四邻惊叫了一声，真是个大美人啊！

人们嘴里喷着哈气，看得津津有味，笑嘻嘻地夸赞着。在众人的喝彩和哄笑中，王决心弯腰抱着新娘进了屋里，朱环张开双臂，完全是飞翔的姿势。

整个村庄静了一瞬间，喜庆的音乐又弥漫开来，丝丝缕缕传到每个角落。

淀子在门口欢欢地叫了两声，引来了村里成群的狗，狗围在门口卧着，看热闹，没有带来一丝喜气，却透着躁动不安的气息。

婚房里，冬菊、马蹄莲开了花，好像一夜之间就疯长了起来，一蓬蓬，一簇簇，茂盛极了。乔麦闻着花香跟新娘朱环聊天，有说有笑。朱环说得嘴唇发干，目光飘忽。

苇秆儿在乔麦腿上蹭着，雪里摔了的膝盖，没多会儿就不疼了。这个年龄的孩子，泥水里摔跤打滚儿，头一秒还哭，下一秒就笑。朱环给了他一串冰糖葫芦，他张开双臂，学飞鸟，举着冰糖葫芦喜颠颠地跑出去玩雪去了。

这一刻，王决心的大哥杨义成来了。

杨义成穿一身蓝色毛料西装，扎着猩红色领带，弯腰拿布擦了皮鞋上的雪，露出黑皮鞋，锃光瓦亮。他的身后跟着爱人甄凤，再身后，跟着德县的地产老板杨义伟。杨义伟是杨义成在德县的弟弟，杨三笙的儿子，他们一同走进了王家大院。杨义伟穿着黑皮大衣，高门大嗓地嚷道："王决心，赶紧出来吧，我给你和新娘子送大礼了。"话音一落，王决心就迎出来，微笑着跟杨义成、杨义伟打着招呼。

大家一看，哄然喝彩。

竟是一辆崭新的红色比亚迪新能源轿车。

新娘朱环看见轿车，眼一亮，她的脸红了，不知是羞涩还是汽车映红的。她掩嘴笑，说不出话来，物质的快感使她心醉神迷，不由得望了杨义伟一眼，眼睛里散发着炫人的光芒。

杨义伟却显得孤独，独自漫无边际地瞎想。有钱人喜欢拿资本证明自己，羞辱别人。

王家院虽大，也只能放三桌，老人陪同铃铛奶奶在老院落吃饭，其余宾客到村委会，那儿摆了三十桌，那边也将香烟、瓜子、糖块、樱桃送去了。稍远一点的亲戚，开席的时候都去村委会那边。院里的人们纷纷围坐，有人扯闲篇儿，有人斗嘴儿，有人吃糖嗑瓜子，等待开席。

腰里硬的二叔姚哈喇探了头，看热闹，喊道："瞅瞅人家，出手大方啊，咱咋碰不上这样的亲戚啊？"

"这狗日的！"王永泰骂了一句。

姚哈喇没有听见，缩头缩脑地走了。

阳光很好，金丝银线绕来绕去，将小院照得雪亮，这样的阳光，多少缓解了王永泰心中的憋闷。他的脸皱皱巴巴的，没有看到彩霞托着祥云，他心中窝着火。他见过村里几对夫妻，阖家幸福，恩爱了一生。听母亲铃铛说过，这样的夫妻结婚非常讲究看天上的祥云。奶奶和大抬杆成亲那天是夏天，复婚那天是冬天，两次婚姻都是霞光万丈，祥云飘飘。因此，他对小儿子的幸福产生了执念，大婚这天，生怕遇到不吉利的事儿。他不敢跟三个儿子说出实情，怕孩子们笑话他老封建，自己闷闷回了屋，长吁短叹。杨牧仁的到来，帮他打开了心结："永泰啊，大雪天里出太阳，已经是吉人天相了，天空到处都是祥云，你心里想哪朵，哪朵就是了。"

王永泰仰脸瞅了瞅，满脸皱纹开了。

其实，莲花祥云不像天空里长出来的，倒像是雪地上走动的公鸡折射上去的，红彤彤一大片。王永泰心想，人生有操不完的心，啥云彩不行？老儿子结婚——大事完毕，他也该享一享老来的福了。

老二王德凑到王永泰跟前，说："爹，我到村委会那边盯着饭菜去了。"

王永泰哈哈笑着说："好，让他们炖鱼，炖肉，炖烂糊点，多加点香菜。"

王德愣了愣，走了，他媳妇杜梅张罗着端茶倒水。

王永泰来到桌旁，闻到了热茶的香味，他喝了一口热茶，胸腔就火辣辣的。王永山、村支书胡玉湖和村会计王德志走来了，他们迈进屋里，磕打一下鞋底的雪粉。

胡玉湖露出一口黄牙，连连作揖："永泰，祝贺王家大喜，祝贺决心和朱环喜结良缘，恩恩爱爱，白头偕老，决心是上进青年，咱王家寨的未来之星啊！"

不一会儿，二哥王德、杜梅、姑姑王永丽和姑父伍宝库也过来了，亲戚朋友越聚越多，气氛渐入高潮。

杨三笙坐在门口的风口，鼓着腮帮卖力地吹笙。其中唢呐声音最强，高亢，缠绵，响声被风吹得东一声西一声，搅得雪片翻飞。杨三笙的脸色被雪映得发白，但是，越吹身子越暖和，慢慢有了红润。杨义成担心爹渴了、累了，就让音乐会伙计们歇一会儿。杨三笙摇头说不歇，全村人的脸齐刷刷地望着，支棱着耳朵听。这时候歇了，气就泄了。在农村，音乐一响，村庄热闹了，大人和小孩都踏雪观看。

杨义伟老板出手大方，送了一辆红色轿车。

朱环刚刚弄明白，杨义伟是杨三笙的二儿子。杨义伟穿戴时髦，身着意大利貂皮夹克，财大气粗，人前人后腰杆挺得直直的，说话故意低音，却是掷地有声。

"哇噻！"朱环喊道。

朱环和乔麦前后脚出来，抚摸着汽车，咂着嘴巴。汽车闪着红光，映着她的脸，脸红得更迷人了。王决心却感到了朱环对婚礼的心不在焉，一点波澜都让她感到锥刺的痛苦，直到那辆红色轿车出现时，她的两眼才放射出光彩。她感觉杨义伟身上有难解的谜团，不敢不敬畏。朱环主动跟杨义伟说："谢谢杨总，加个微信吧。"两个人首次见面，看着眼生，杨义伟微微一笑，高兴地加了朱环的微信。

王决心远远地看见了，脸色一沉。

王永泰不说话，低头吧嗒吧嗒吸烟，时不时望一下天空。王决心瞟了爹一眼，生怕触动爹的心事。

王永山双臂舞动，嗓子呼噜呼噜响，嚷了两句："各就各位，婚礼即将开始。"

水牛弯腰蹿了出去，将红红的鞭炮挂在门前的槐树上，地面上也摆了，摆成了"囍"字，静候着命令。

王决心的两个手机都响了，他弄不好先接哪一个。他接了一个电话，他的朋友乘坐冰床到码头了，别人不熟，他得亲自去接。王决心忙昏了头，这才想起有两位北京的朋友要来道喜。婚礼暂停，等客人。王决心骑着电动车，亲自去接。

王永山急得抓耳挠腮，婚礼过了十二点，就属二婚了。他叹息了一声，让王决心快去快回。

王决心骑着电动车进了街巷。

王家寨的街道，他太熟悉了，闭着眼都能摸到，东西走向的有肖神庙街、学校街、棋盘北街、东大街、五道庙街；南北走向的有文化街、何家胡同、菩萨庙街、南里街、新街、陈家胡同。王家寨的村街极有特点，水村上不来汽车，皆为小巷，狭窄，弯曲，像芦苇荡里细长的水道。小街道又不像主街道那么直，拐弯抹角，转来转去，无论从哪个方向走，最后见到的都是淀水，冬天见到的是冰。

棋盘街巷很窄，越往深越幽寂，细细碎碎跳着雪粒子。空气里飘来了鞭炮的气味。可能人们都被婚礼的音乐会吸引了，村巷寂静。王决心哼着歌，骑着车，不觉间，瞅见前方不远处的雪地上，躺着一个黑乎乎的东西，脑子嗡了一下，刹住了车。

"哎呀！"王决心喊叫了一声，电动车倒地。

王决心从地上爬起来，胡噜着满脸雪和泥，定睛一看，竟然是苇秆儿。

苇秆儿闭着眼睛，嘴巴和鼻子流血了，右手指被血染红，滴到雪地里。

王决心发疯似的扑向孩子，抱起苇秆儿连声喊道："苇秆儿，苇秆儿，你说话呀，说话呀……"

苇秆儿一声不吭，嘴角吐着白沫。脑袋下面有血，黑得像酱油。

街巷上空空荡荡，鸟在树枝上喳喳。雪地上，有两条弯弯曲曲的车印，还有人走过的印痕。

第二章　葬礼

冷风一吹，雪化的地方又结了冰。

王决心的敏锐是天生的，白洋淀的鲤鱼喂养出来的，吃鱼人聪明。他第一个念头，就是赶紧抢救苇秆儿。他抱着苇秆儿踩着冰雪，一阵猛跑，往秦中医的诊所去。

苇秆儿身上的雪和血往下掉。

出了阴暗的巷子，到了诊所，街道就宽了，也亮堂堂的。王决心将昏迷的苇秆儿递到秦医生眼前，秦中医跟一个病人絮絮叨叨说着，见来了急诊，急忙将苇秆儿放在病床上，两个医生同时抢救苇秆儿。所有抢救程序都做了，可是，已经无力回天了。

苇秆儿的心脏不跳了，没有了呼吸。

秦中医拿来酒精棉球，擦净苇秆儿脸上的血迹。

诊所是个小院，满院的树影摇摇晃晃。

王决心给腰里硬打电话，没有打通，又给水牛打了个电话。

诊所门前的两棵大柳树，呜呜一阵响，披头散发摇晃成一团，摇得王决心心慌意乱。

王决心稳了稳心，急忙拨打了新水县 120 急救中心电话，还有交警事故处理中心的电话，然后打电话喊来了胡玉湖和水牛，说："苇秆儿出事了，咱们得赶紧告诉乔麦和腰里硬啊！"

乔麦接到电话，晕了过去。

腰里硬一听，像被电击了一样，手脚冰凉，哼哧哼哧跑到了诊所，看见苇秆儿躺在床上，人已经没气了，猛扑在苇秆儿身上，号啕大哭，跟来的雁子在旁边吓得胆战心惊。胡铁不再装聋作哑，劝了腰里硬一句："大哥，没有想到啊，你得节哀啊，事情会水落石出的……"

腰里硬站立起来，揩了一下脸颊的泪水，盯着王决心吼道："狗日的，到底咋回事？"攥着大腰带，准备随时朝王决心甩出去。

天有不测风云，苇秆儿说死就死了。

胡玉湖深一脚浅一脚赶来，看见这场面，心扑腾扑腾跳了起来。

腰里硬怒吼了一声："王决心，仇怨是咱俩的，苇秆儿还是个孩子啊，他跟你有仇啊？"说着，就要朝王决心猛扑过来。

胡玉湖一个劲朝腰里硬使眼色，喝道："不准胡来！"

王决心被逼得哑口无言，除了悲痛，心里泛出苦涩的滋味。他恨自己发现得晚，没能把孩子救过来。王决心平静地叙述了事情经过，一时间恍恍惚惚，也不知是在梦里，还是醒着。他知道他不是肇事者，不仅不是，还对伤者实施了救援。

腰里硬死死盯着他，眼睛像两把刀，唰唰刺进王决心的身体，又吼了声："王决心，你小子别耍赖，是你把我儿子撞死的！"王决心回道："不是我！撞孩子的车跑了！"雁子愣了愣，说："那谁证明不是你撞的呢？"水牛连忙喊："我，我还证明是泥鳅撞的呢……"

雁子喊："证据呢？"

水牛被噎住了。

王决心脸色灰白，颤声说："天地良心，我王决心敢作敢当，不是我撞的——"

胡玉湖跺着脚喊："你们先别吵了，等交警队的人来了自有定论！"

王决心还想说啥，犹豫一下，咽了回去。

县城的120急救车到了大码头等候。胡玉湖让村会计王德志跟着咸鱼的船去接了，顺便将交警接到王家寨，方便交警勘查事故现场。

生活的节奏越来越快，数字村庄开始建设。可是，这段路是半个主路，监控设备坏了，成了睁眼瞎，两年了，村里一直没有换。集体经济疲软，没有资金换，另外，村里在等待数字化村庄。王决心的电动车车头上有撞痕，被要求一起到交警队协助调查。王决心的电话响了，是王永山打来的。

王决心吸了一口冷气："你们先弄着，婚礼那边让我和胡支书赶紧回去。"

胡玉湖说："腰里硬、水牛你们等着交警大队来人。人命关天，一定等我们把仪式搞完再过来。"

"混账，人都没有了，还搞啥仪式啊？"腰里硬黑着脸吼。

王决心没有理睬腰里硬，急火火地走了。

王决心和胡玉湖回到王家的婚礼现场，脚下一堆旧塑料，被风吹得咯啦咯啦响。

乔麦刚刚醒过来了，脸色苍白，难掩悲伤与疲惫，她被小洒锦搀扶着去诊所，见孩子一面。乔麦跌跌撞撞跑出王家小院，滑了一跤，跌倒了，又爬起来飞奔到了诊所，苇秆儿被从病床上抬下来，放到诊所的后院阴暗的太平间。一片白布单覆盖了苇秆儿冰冷的身体。

交警正在勘查现场，测量，拍照。

腰里硬和乔麦扑过去，掀开白布单，抱住孩子的尸体，哭得呼天抢地。

王决心的电动车被警察扣留了。他的两位北京客人一起走到了婚礼现场，却没有看见新郎。已经十一点半了，"拖堂"不吉利。啥也顾不上了，王决心和朱环被人推着，上了婚礼台。

王永山满面涨红，仰脸喊道："新郎王决心、新娘朱环的大婚礼，即将开始，嘉宾开始入座。在拜爹娘、夫妻互拜之前，我们有请证婚人、新郎的大哥杨义成先生讲话。"

杨义成当作什么都没有发生，颇有风度地走到台上，尽量用平和的语气说了新人婚恋过程。

杨义成说了什么，王永泰几乎听不进去。他今日没有看到九朵祥云，却看见另一种景象，乐观地想着，过一会儿，朱环会脆生生叫他一声爸，他会答应一声嗯，回答的声音恨不得喊破天花板，把王家的晦气扫得干干净净。

雪停了一阵，又飘起来了。

王永泰禁不住笑，笑声含着上升的气息，他的眼睛清凉了许多。他刻意冷笑了一声，心里打翻了五味瓶。这场婚礼，开头是喜剧，沉湎于幸福的梦幻中，突然一掉头就朝着悲剧去了。莲花祥云的缺席，王决心缠上了生死官司，让他痛苦难忍。

婚礼现场，王永泰不禁想起了老伴邢荷花，眼眶子一抖，抖出两行老泪。

王永泰和朱老忠并排坐在一起，摇头感叹，这两个孩子都没有娘了，不由得一阵心酸。

屋里的气氛显得强烈、沉闷。朱家、王家都是王家寨的名门望族。这两个老人一跺脚，王家寨就得四角乱颤。朱家是棺材世家，早年从广西柳州移民来的，到了如今，做着骨灰盒生意，十里八村的都"保供"。王永泰呢？是名声在外的老渔民，他在船上出生，在船上长大，在船上娶妻生子，而今满头像雪花了，皱纹满脸爬了，还不舍这条老船，每年入冬，老船调理调理，罩一遍漆，船身明光锃亮。

村里人都知道，王永泰的四舱船，是他老婆邢荷花从娘家带过来的，实实在在的陪嫁。王永泰常对身边三个儿子说："我要是死了，去那边找你娘，把这艘四舱船也一同烧了。我和你娘在阴间还得用啊！"说得孩子们心里一阵酸楚。

王永泰倒吸了一口凉气，此时的淀上已是另一番景象了。他睁开眼睛，窗台已是一片红光。王永泰引以自豪的是，王家寨各家都算上，就他有三个儿子。老大杨义成老二王德都已经结婚生子，今天，老三王决心也步入了婚姻殿堂。三个儿子的脾气秉性，王永泰摸得透透的。老大杨义成最有出息，中国科技大学毕业，回德县当了科技副县长，三年前辞职到了深圳成为科技公司合伙人。老二王德虽说是过继来的，能吃苦，跟媳妇杜梅开了服装厂，就是有点贪恋女色，爱搬弄是非。老三王决心恋家，守在了自己身边，虽说人嘎，但是，他还是敢想敢干，心粗，气高，孝敬，让王家人另眼相看。

王永泰三个儿子，却是两个姓氏，人们觉着这是一个谜，是谜就有谜底，这是个稀奇的话题。

王永泰的脑袋轰地一响，积存了很久的东西又漫了上来。有一年白洋淀发大水，王永泰的老婆邢荷花被水卷走了，他怀里的儿子王决心命大，活了下来。大儿子大成子抱着船板漂到了白洋淀的德县地界，侥幸被古乐手杨三笙救起，随养父姓杨。老二王德不是亲生的，属于王永泰的养子，他姓胡，水上飞原名胡凤久，王德就是他的亲孙子，他的儿子胡平年纪轻轻就走了，留下孤苦伶仃的胡德，胡德过继到了王永泰身上，更名王德。长成大小伙子了，由王永泰的妹妹王永丽和妹夫伍宝库保媒，娶了容光北河照村的姑娘杜梅。王德和杜梅在县城开了服装厂。老三王决心是王永泰老人一块心病，参加高考，落榜了，生生落个打鱼的命，就这样没离开过王家寨，跟老爹相依为命。家里穷，好在有鱼，白洋淀饿不死吃苦受累人。

杨牧仁来了，肩头落满雪花。

他是王家寨大乐书院院长，出家还俗人士，打日本鬼子那阵，铃铛奶奶是他的乳娘。长者从临济寺还俗，报恩而来。一缕雪白的胡子飘飘荡荡，一尘不染，看上去是个有故事的人。他替铃铛老人讲了一番祝福的话。

杨牧仁说到王家革命历史，刚刚开头，听见一阵撕心裂肺的哭诉："王决心，你还我儿子，还我儿子啊！"乔麦几乎哭晕在婚礼现场。

杨牧仁脸色阴沉，哑了口。

王决心一愣："乔麦，我刚刚在现场说了，我没有撞苇秆儿，我看见他躺在地上把他抱到诊所的。"

乔麦头疼头晕，天旋地转，疯疯地吼道："你撒谎，泥鳅看见了。"然后就鼻涕一把泪一把了。

王决心像是被棍子打蒙了，张着嘴巴，说不出话来。

朱环的老爹朱老忠开始感到难过，脸色变得苍白。王永泰的脸色也很难看，老脸真的挂不住了。

朱环眉眼不往上挑了，红肿着眼睛，脸上有泪痕。咬着嘴唇，她阴沉着脸，凑到王决心面前，悄没声地问："老公，你说实话，孩子是不是你撞的？"

朱环私下抛出这个问题，她感到另一种恐惧了。

王决心告诉她："不，亲爱的，你要相信我。"

朱环还是怀疑。现场有的宾客也投来疑虑的目光。

这种目光让王决心难以接受。大喜大悲，落差太大了，现场的人难以接受。可是，生活就是这样，说不准突然来什么。

王决心蒙蒙地眨着眼睛，心在流血，身体摇摇欲坠，眼泪要落不落，一把夺过王永山手里的话筒，他对着众人说："各位来宾，各位亲友，我王决心心是红的，血是热的，敢作敢当，吐口唾沫就是一颗钉。请大家相信我！我再说一遍，孩子不是我撞的！"

婚礼没有结束，开席的时间到了，人们都饿了，老顺子欠起身，伸着脖子张望，小院人满了，脸生脸熟的都有。

雪从很高的天空落下来。中午温度高，雪到了地上变成了水，水冻成冰。

王永泰抢过话筒，说："事情总会真相大白，还冤屈者一个公道。开饭！"

婚礼没有完成，大家一时怔在那里。

如果非要完成，就会超过十二点，按当地风俗，这时辰是二婚的婚礼时间，将更加不堪。乱七八糟的念头就来了，这让新郎、新娘的内心几乎崩溃。

朱环冲出婚房，大声吼了起来："王决心，到底怎么办？"

王决心眼里含着眼泪，一动不动。

朱环心里酸楚，不停地摇着他的肩膀，忽然跌倒了，胳膊将桌上的酒瓶划拉在地，酒瓶碎了，屋里弥漫着酒的香气。

王决心急忙将朱环搀扶起来，她歪斜着身体，似乎扑到了他怀里。

乔麦心中恨了一声，自顾气冲冲闯进婚房，眼睛冒着火，满脸泪水，说话有些气喘："王决心，揣着明白装糊涂，你还我儿子，还我儿子啊！"

王决心说不出话，有口难辩。

乔麦伸手将王决心胸前的红花抓下来，扔在地上，踩了几脚，咽咽地响。"你还我儿子！"乔麦一头撞向了王决心，乔麦低头撞他时，王决心没有躲闪，咬牙挺住了，朱环过来，一把推开乔麦。

乔麦又扑过来伸手抓王决心的脸，雁子和小洒锦扑上来，拽着乔麦的胳膊，雁子一只手捂住她拼命喊叫的嘴。雁子被疯狂迷乱的乔麦咬伤了，嗷地惊叫了一声。

从婚礼现场，闹到婚房，又联想到撞人现场，几乎是祸从天降，大家都犯了嘀咕。两个场面一个战场，还有比这样的婚礼更乱的吗？

苇秆儿死了，一阵混乱，乱透了，就像淀上发大水失控了。王决心心里是明亮的，可是眼下浑身是嘴也说不清了。这位做了好事的新郎，变得灰头土脸，那一刻，他想变成一只苇茬鸟，飞向白洋淀上空，不再出来。

事情还不算完。

雁子的胳膊被乔麦咬破，流血了，她鼻子有些酸，所有的喜庆和伤怀都退居其次了。

乔麦胡乱抓着东西，疯狂地大喊大叫，嚷嚷道："苇秆儿，你走了，娘找你去吧，我也不活了！"她双手胡乱抓着，打碎了一只茶杯，抓起玻璃就往自己手腕上割，王决心急忙扑上去，死死地从乔麦手中夺了玻璃。乔麦右手划破了，一滴一滴地掉血。乔麦一头晕倒在地上，小洒锦赶紧将乔麦搀扶起来，去掐她的人中。

乔麦脸色苍白，嘴里呼出一口长气。

腰里硬愤怒地闯进来，眼睛里面，两堆火熊熊燃烧着，他冲着王决心抢了皮带，皮带狠狠打在王决心腮上，他一动不动。腰里硬怒目圆睁，还想再抢家伙，被胡铁和水牛拦住了。

腰里硬身体瑟瑟颤抖："都说我们姚王两家有仇，我没有搅你的婚礼吧，是你撞死我儿子，你还想美美地结婚？没门儿！"

腰里硬一出场，人群像锅里炒黄豆，炸成一团。

王家的院里院外，围着黑乎乎的人，红脸对黑脸，像是刚斗完的公鸡。在农村没有比婚礼打架更具刺激性的，没有了喜悦，尽是恶毒的咒骂声。听着胆寒，还想探头探脑地看，像看一场大戏。

杨义成心里乱糟糟的，一直忍着，终于忍不住，大声喝道："腰里硬，不能撒泼！事情还没有弄清楚呢，岂有此理？"

杨义成的话吓住了腰里硬，他不禁打了个哆嗦，被胡铁和泥鳅架走了。

杨义成大声叫住泥鳅："泥鳅，你给我站住，你亲眼看见决心撞苇秆儿了？"

泥鳅有点结巴，咬牙说："是啊，我闹，闹了肚子，去了两趟厕所，去家里拿药，看见了骑电动车的决心，胡同就他一辆电动车啊！"

王决心瞪着红色眼睛，一步一步逼近泥鳅："我的电动车到那儿，苇秆儿已经躺在地上了，你哪只眼睛看到的？你要撒谎诬陷，有你小子哭的那天！"

朱环晃晃地走到王决心跟前："老公，既然这样了，实话实说吧，我希望嫁给一个诚实的人。"

王决心说："我说的是实话，你也不信我吗？"

"鬼才信你的话！"朱环嚷了一句。

她走进雪地里，走了十几步，就跑起来，人影远了，消失在村街深处。

朱环有她的苦楚，又怕又疑。她清楚地感到了隐伏的旧恨和新仇。这算哪门子婚礼？婚礼对于一个女人多么重要？对于王决心，她还拿不准，不敢确信他撞没撞孩子。混乱中，她问自己，这就是她曾经梦寐以求的婚礼吗？王决心就是她的老公吗？

她的心飘忽着，压根儿没有稳在王家寨。

王决心知道，朱环是跑回娘家去了，所以没去追她。他知道，遭遇这样的婚礼，新娘子怎么待得下去？

婚礼已经乱成一团。乔麦苍白的脸上却渐渐有了点血色。

过了二十分钟，派出所的警察来了，从家里将王决心带走调查。

王永泰看着王决心被带走了，嘴里嘟嚷着："心比天高，命比纸薄啊！"

现场乱糟糟一团，人们七嘴八舌议论，有惋惜的，有安慰的，有看热闹的，有添油加醋的，有煽风点火的。姑姑王永丽得了哮喘病，到了冬天就犯病，她连连咳嗽，瘫软在地，泪珠子扑簌簌落下来。

二婶小洒锦满脸通红，一面哭，一面数落，急得二巴掌团团转。

王永泰的心里像塞了一团乱麻，堵得慌，心里暗暗地骂："你个兔崽子，没有给我省过心。这过的是啥日子呀？"他慌了神，过来看望铃铛老娘。铃铛耳朵不聋，眼睛花，牙口不好，跑风漏气地说："永泰，天塌不了，你别为难决心，他没有撞人。"

别人半信半疑，王永泰信娘的。

他心中最敬重的人是娘。他佩服娘的灵通，她怎么总是知道那么多生活的真相。他相信儿子，大是大非面前明事理、站得直，半句谎言不会从他嘴里说出来，但让他这个做爹的在众人面前怎么说？那不成了护短了？

王永泰急火攻心，还是跌倒了。

人们七手八脚，将王永泰扶起来。

尽管冷，院里也安了锅灶，苇席围成的屏风，遮挡着冷风，却挡不住刀勺乱响，油烟滚滚。王永泰睁开眼睛坐稳，熟人熟脸的，连连给大伙作揖："嗨，对不起，我低血糖犯了……"转过脸去，抬手用新衣的袄袖子去擦脸上痒酥酥的老泪。

老人是好脸面的人，为了王家的脸面还要苦撑着，跟人点头哈腰满脸堆笑。可是，好多人没了喝酒、吃饭的兴致，悻悻地走了。

杨三笙极为沮丧，手捧的笙，掉落在雪地。他的音乐队参加过各种红白大事的演奏，从来没有碰上这类事情。他捡起笙，擦了擦雪粉，端起一杯酒，一饮而尽。

王永泰悲伤的心情难以掩饰，嘱咐杨义成和王永山："永山，老大，你们赶紧张罗张罗，事有事在，不管算不算婚礼，让大家别空着肚子，吃饱喝足。"

现场只剩下一大半人，饭菜超量了，但是，喇叭吹得红红火火，没有受到情绪影响。

王德和大厨们都尽力了，每一个人心头都笼罩着阴沉的阴云，都没有吃出饭菜的滋味儿。人们默默地吃着，再也没有婚庆的欢笑，目光变幻莫测，难以捉摸。

王永山眨着眼睛，忧心忡忡的表情。

杨义成故意打破了沉默，举杯说："亲朋好友们，大家都是为决心贺喜而来，可是，谁也没有想到是这样，我说一声对不起了！我相信，真相总会大白于天下。我代表我爹，代表弟弟王决心，向大家致歉啊！"说着深深鞠了躬："没事儿啊，等着决心的事处理完了，咱们再给他们补办婚礼，大家继续过来捧场，今天吃饱喝好啊。"

杨义成举杯敬酒，大家没有响应。

人们只是闷头吃饭，没有心情端酒杯。既然都不喝，杨义成也把高举的酒杯放下了。出了这样的意外，他也是束手无策。如果发生别的什么事，哥几个有钱的出钱，有力的出力，还能摆不平吗？

杨义成敏感，他对王决心和朱环的婚姻前景，隐隐地担忧。他觉得朱环应该和王决心站在一起，替自己男人撑场，不能悄悄跑了。这不是逃婚吗？即便真是决心撞了人，惩罚的是王决心，她完全可以在王决心结束惩罚以后继续完婚。朱环摇摇摆摆的心态，暴露无遗。她到底爱不爱王决心？

王永山叹息了一声，望着杨义成说："生活永远不会欺骗你，只是你误解了生活，这里头有故事，我相信乔麦和腰里硬误解了老三。"

杨义成无奈地说："误解？真是误解就好了。对于王决心个人，这会促他觉醒，让他知道怎样自强自立！"

王永山感叹说："还是义成有水平，不愧当县长的。出了这个事儿，找老爹商量，表明他尊重父亲，大巴掌不在，二巴掌你学着点啊。"

王永泰又回到座位上望着窗外，他的面目模糊不清。

杨义成说："爹，朱家不应该啊！"

喜鹊喳喳地飞走了。

王永泰心里稍稍平顺一些，汗水从他的脑顶淌了下来，他叹息了一声："鳖羔子，怪咱决心不争气啊！新亲那边觉着没有面子，朱家指定没有起灶，等决心回来，给他们送点饭去！"

杨义成说："当然，有爹在，爹就是我们的主心骨，但是有奶奶在，奶奶是爹的主心骨，我们是德孝之家，还是老人说了算。你说怎么办？"王永泰觉得受听，而王永山打了一个寒战，感觉不是好兆头。

人命关天，王决心被警察带走调查，纯属正常。

王决心跟着警察到了现场，配合警察调查。说得口干舌燥，本应有了结论，但案件却成了悬案，不能排除王决心是肇事者。小街小巷没有探头，看不到真相。

王决心跺了脚，急了："你们警察的本事呢？过去也没电子眼，人家警察就不办案啦？别人往好人身上泼脏水，你们不仅不擦不洗，还要甩把鼻涕，像话吗？"

王决心回到家的时候，风冷冷的。他将冻红的手插进兜里，忽然摸到了一叶芦苇笛子，是秋天自己做的。他掏出来，含在嘴边，苇叶有点干，泛着清香。他边走边吹《回家》。他越吹越起劲，苇笛的旋律驱散了他的烦恼。从小到大，烦恼肩扛船运，全靠他吹一支苇笛"卸载"情绪。

回到家，已是下午两点多了。宾客们都走了，他孤零零站了一会儿，胡乱扒拉两口饭，拖着两条沉重的腿，带着新的饭菜踏雪去了朱老忠家。

"朱环，让你受委屈了！"王决心冒险似的伸手抓住她白皙的手腕。

朱环甩开他的手，冷冷地说："别碰我！"

王决心觉得朱环就像风雪里的一溜风，抓都抓不住了，惊诧不已，目光如锥："亲爱的，你为啥这样看着我啊？"

朱环气恨地说："这场婚礼没办成。初婚生生拖成了二婚。都怪你爹哩，非得选啥莲花祥云日子，这不是迷信吗？现在可好了，不管是不是你撞死了苇秆儿，都是很晦气的事儿，不结也罢！"

王决心点点头，说："朱环，对不起，这事实属意外，你就原谅我吧。也许今天的日子不好，下次咱把喜事办了，保证美美满满的，除了幸福，还是幸福。"

"谁还跟你结婚？想得美！"朱环说完独自盛饭吃了。听她说话的样子，好像她从来没有盖过红盖头，她又讥讽地冷笑："婚礼办得不怎么样，饭菜挺好吃。"

王决心吸了口凉气，朱环的语态，让他失望了。

阳光从窗户洒在朱环的脸上。她惊异地将眉毛向上一挑，脸涨得通红。

"决心，我跟你商量个事呗！"

"你说。"

王决心装出感兴趣的样子，洗耳恭听。

朱环皱着柳叶眉，兴致勃勃地说："王家寨没有啥希望，你看你大哥、二哥，在城里混得风生水起。我们两人到深圳打工吧，这里真的不吉利，我们离开王家寨吧！"她热切的声音里，有一种无法抗拒的意味。

风打着呼哨，王决心想了想说："我不想离开王家寨。我爹岁数大了，奶奶更是需要我照顾。"

王决心知道朱环在保定城里当过保姆。城市的魅力，女孩子抵不住。

朱环翻了翻大大的黑眼睛，不吭声了。

王决心等朱环吃完，他去厨房洗碗筷了。他手被乔麦挠了两条，一沾水，有点疼。

王决心心疼乔麦，为了乔麦，多大的委屈只能忍着。乔麦贤惠善良，天真喜庆，她没有不幸福的理由，可是她碰上了腰里硬，命就是这么苦。听说腰里硬平时跟她别别扭扭，还经常对她实施家暴。这个不幸的女人又失去了儿子，乔麦的身体像被抽了大筋，软塌塌地失去了活力。

王决心知道，苇秆儿几乎是乔麦的全部。在王家寨，有几个人能够把这个换亲过来的卑微女人放在心上呢？

王决心却不知为什么，真心地对她充满着同情和悲悯。

第二天上午，一片乌云从西边涌来。

雪，又飘了起来。

生要晴日，亡要雨日。老天也要拿雪花给小苇秆儿送葬，雪化的水转为泪水。

苇秆儿的尸体被送进了太平间，玻璃一样的冷脸，宁静而安详。他红色的球鞋丢了一只，水牛去给买了一双新球鞋。那只苇子编织的手枪，放在他的胸前，乔麦知道这枪是苇秆儿自己编的。他不是编织手枪，而是编织梦幻。人生短，也是他的人生，人生就是一个谜，谜底出来的时候，正是它结束的时刻。好像苇秆儿来到人间的使命，就是保护乔麦来的，专门对付腰里硬这恶魔的，苇秆儿带着梦幻飞走了。

胡玉湖、王决心等人无不伤心落泪，唏嘘不已。

乔麦瘫软在诊所太平间，浑身抽搐不止，没有眼泪，神情疲惫。她想多陪陪孩子，谁劝也不行，就只得依了她。

王决心步履沉重，他走进阴森冰冷的太平间，走到存放孩子遗体的冰柜前，深深鞠了一躬。

乔麦呆滞的目光望了王决心一眼，没吭声。

王决心看看孩子，瞅瞅乔麦，难受地咽了咽唾沫，转身默默地走了。

第二天早上，积雪慢慢融化。乔麦和腰里硬去了朱家，为苇秆儿精选了一只骨灰盒。尸体火化是坐船去的县城，当天回来就在王家寨姚家祖坟掩埋。姚家人举行了一个简单的下葬仪式。腰里硬好像故意跟王决心作对，请来了王决心婚礼上用的杨三笙的音乐队，乐班一阵吹打，众人开始哭泣、烧纸和上香，每一拨烧纸和磕头，乐班就吹打念唱一番。

乔麦穿着白色羽绒服，手臂戴着黑纱。她没洗脸，没梳头，头发蓬乱，像丢了魂儿一般。雁子搀扶着乔麦，一面劝，一面跟着掉眼泪，眼泪冲脏了她画出的眼影，眼睛成了熊猫眼。

腰里硬、姚云、泥鳅、雁子、胡铁、姚哈喇等姚家人都参加了。姚家人穿了白色孝衣，像一群大白鹅似的，歪歪扭扭移动。胡玉湖、王永泰、王永山和小洒锦参加了这个悲伤的安葬仪式。人声、哭声、风声、水声和鸟的叫声杂糅在一起，霎时乱成了一锅粥。香火灭的时候，碗里的筷子还直直地立着。

腰里硬像霜打了一样，耷拉着脑袋。他的粗腰塌了，眼睛肿成铃铛，失去了威风。人们常说福无双至祸不单行，二叔姚哈喇叮嘱他多加小心。腰里硬说："放心，老天爷不灭瞎眼的家雀。"他说着，嗓子呼噜响一下，又呼噜响一下。腰里硬、姚云、姚哈喇等姚家人走了。乔麦一动不动，她的白色羽绒服跟雪地融为一体，她的脸映在雪辉里，洁白，清丽而脱俗。

乔麦嘴里咕哝了一阵，趴在苇秆儿坟前，泪水一下子流出了眼眶。

雾气渐渐散了，雪却没有开化。

胡玉湖怕腰里硬与王决心发生冲突，叮嘱他别到现场。王决心却想给这孩子送行。他躲在一棵树后，远远地瞅。雪天干冷，他瞅见了蓬头垢面的乔麦，听见她咿咿呀呀的哭声，他的心碎了，不住地抬手揩眼泪。

乔麦哭泣着，眼前总是闪现苇秆儿的身影。

乔麦记得，有一次腰里硬对自己家暴，苇秆儿哭着抱住她的腿哭喊："娘，娘！"腰里硬抓起腰带了，忽然，苇秆儿嗖地蹿了起来，愤怒地瞪着腰里硬，双手一横，像是一个小男子汉："腰里硬，不准你打娘，你要打要骂冲我来，你腰里硬，我苇秆儿的腰比你的更硬。"

乔麦和腰里硬都惊呆了。

那是这孩子第一次喊出"腰里硬"三个字。这个孩子竟然说出大人的话。苇秆儿以前在腰里硬实施家暴时，只是嚷嚷两句，有一次被腰里硬无意间打伤了胳膊。面对苇秆儿的明显站队，腰里硬火气更大了，抢起腰带说："臭婊子，儿子对我这样，是不是你教的？"苇秆儿眼神坚定："不是，娘没说，我自己想的。我长大了，该保护娘了。"乔麦嘴唇发白，手脚哆嗦："儿子，你躲开，大人的事你别管。"苇秆儿一动不动："我就不走。"他喊着，扬起了胳膊。腰里硬骂："你小子有种，像我的儿子。你要知道我是你爹。再不躲开，我连你一起抽！"苇秆儿说："你力气大，你就抽。"腰里硬几近崩溃了，厉厉地吼一声："老天啊，我这儿子算是白养了。"他举起皮带，苇秆儿的眼睛眨都不眨。腰里硬心里垮了，他无力地将皮带丢在地上……

此刻，乔麦冻僵的两手，摩挲着儿子墓上的土和雪，絮絮叨叨地哭诉："苇秆儿啊，你来到这个世界，就来保护娘的。你走了，再也没有人惦记娘、护着娘了。娘知道你到那个世界找你舅舅去了，在这个世界上，除了你，娘再也没有心爱的人了，娘生不如死。你太狠心了，竟然狠心地扔下娘走了，娘的心也随着你去了，娘活着还有啥意义呀？儿子，娘只能盼望着每天梦中跟你相聚。娘不能没有你啊！你快醒过来吧，你快起来呀，我的儿子，求求你，起来吧，起来吧，跟娘回家……"

乔麦哭得晕了过去。

墓地冷风飒飒，又飘雪了，雪花轻轻落在乔麦的头上、身上。雪下掩藏着滑滑的薄冰。

乔麦仿佛睡着了，王决心一惊，别睡着冻死在墓地啊？他瞅了瞅表，如果时间长，他就让水牛冲上去。嘭嘭，远处传来了砸冰懤的声音，从寒冷透明的空气里清晰地传来。

这声音唤醒了乔麦。

她耸了耸肩，抬起头来，又扯心拉肺地哭了一阵："儿子你记住，往后每年娘都给会你做一个荷灯，为你照亮回咱家的路，娘会一直一直陪伴着你……"

乔麦满身灰土，头发凌乱，坚硬又柔润的坟土被她抓出了两溜土沟，分不清是鼻涕还是泪水。她的口吻变得温和了："孩子，娘现在不能死，一定要让害你的凶手受到惩罚。娘有个请求，明天就是你的生日了，在你生日的时候到娘梦里来，让我再抱抱你，亲亲你的小脸……儿子，那边的世界路再黑，路再长，别怕，有娘为你做的灯照着亮呢，不怕不怕，明天是你的生日，娘在梦里等你……孩子，说好了，来找娘，好吗？……"

墓地树木旺盛，一棵挨一棵，垂着的雪挂，被风吹得雪粉飘落，像是又在下雪。枯黄的芦苇在微风里摇摆，嚓嚓嚓地响着。乔麦忽然之间想到怎么跟张家口的家人说，她又诉说了一阵，慢慢平静了下来。

王决心保持着得体的沉默，他一脸正经地望天，天灰蒙蒙的，他不相信云端里有一种莲花祥云存在。听了乔麦的哭诉，王决心心碎肠断，浑身没有一点精神。这是他一生中最为艰难的时刻。他在心底里念叨着："我王决心发誓，一定帮助乔麦找到那个凶手！"

乔麦缓缓站起来，晃晃地走了。她想自己以后会隔三差五到墓地哭一场，哭完了，再回到鸭排上放鸭。

王决心望着乔麦虚弱的背影渐渐消失，猛地抬头，雪停了，天空杂乱无章的云团渐渐淡了，天不是蓝的，变成孝布一样的白色，大淀里溅起一股淡淡的雪雾。

天有多大，总有一片是留给白洋淀的。

第三章　砸冰懵

端来一锅炖杂鱼。

炖杂鱼，在白洋淀也叫"一锅出"，热腾腾的杂鱼里有鲫鱼、黑鱼、鲮鱼和泥鳅，掺上白菜、粉条和土豆，乱乱地一炖。炖到火候上，将锅沿儿贴上一圈黄黄的玉米饼子。铃铛奶奶胃口大开，吃得美美的。吃完了，铃铛奶奶拿手背一抹嘴儿，将腿盘在炕头，坐上一个蒲草垫子，烤着火盆，吧嗒着长烟袋，瞄了一眼窗外。依稀瞅见街巷里堆满了雪。

雪堆着笑，一团和气。

夜空飞舞着雪花，街巷的路灯亮了，闪闪烁烁，同每家的灯光呼应着。千年老梨树也挂满了树挂，静静地垂着，仿佛是玻璃的世界。白得圣洁的码头，零零散散地泊着几只老龟一样的旧船。船顶着一坨白雪，白雪上立着一只绿色的苇茬鸟。

天渐渐黑了，铃铛奶奶嘴里唠叨着："永泰啊，你爹活着的时候，就爱砸冰懵子……"

王永泰嗯了一声。

他在夏天是船老大，冬天爱在冰上砸冰懵子。他望见码头上自家的老船，突然觉得眼前豁然一亮，撩得他来了精神。

王永泰挺直腰，拧着屁股下了炕。他先是去厕所解手，年岁大了，屎尿都憋不住了。他趁着夜里清闲，将肚里的货打扫干净，赶紧砸冰懂子抓鱼去。他来到厢房，里面堆着一些杂物，渔网、笊篱、破旧的船桨、苇编的箩筐。墙角戳着一卷驼黄色的苇席。织网架上挂着两张抛旋网。

他从抛旋网上拿了重重的冰枪，腰里缠上一圈绳索，披上油脂麻花的羊皮袄，戴上一顶大皮帽子，哼了几声保定老调，扑扑跌跌地走进雪野里。旁边的鱼丸店亮着灯，叽叽喳喳，传来喝酒吃饭的说笑声。

灯光覆盖的地方，几只鸟疯疯癫癫地啄食。

鱼鹰大黑、二黑躲着雪片儿，跟着他，摇摇晃晃地飞，引来了一群黑压压的乌鸦。乌鸦在头顶盘旋，呱叫，鱼鹰的声音瞬间被雪吸走了。

大淀上的雪，一层层厚着。两溜儿深深的雪窝，串起空旷淀滩上的无数道雪坎，简直就是雪的长城。王永泰的脸变得模糊，脚下一跐一滑，走不大稳，觉得雪窝深得像是挖地三尺，冷透了的寒气直往骨缝里杀。

王永泰斜卧在一块冻僵的船板上，嘴巴喷出一团哈气，拽起拴在腰上的酒葫芦，比画两下，锥子似的目光盯着沉静的大淀。大雪淹没了王永泰的脚。他抬头，看见自家的四舱船。王永泰放下冰枪，拿笤帚扫舱顶上的雪。

四舱船终于露了头，夜色里闪耀着幽幽的光泽。这是白洋淀最常见的渔船。头舱号称工具箱，有丝网、渔具、船桨，件件齐全。尾舱就是仓库，放着水上生活用的衣物、被褥、锅盆碗灶、粮油米面、洗漱用品。

冬天的时候，白洋淀冰冻期，渔民们要拉船到岸上。王永泰每年都参加拉船，绳子缠在手腕上，勒出一道深深的痕。王永泰会喊着拉船号子，喂，吼，嗨，又一吼，上去喽，再一号，往前走、使点劲、玩真的！在众人的喊声中，渔船就拉到了泥岗上，像一头巨龟卧在那里，王永泰歇了一会儿继续拉船。

船已蹭到了平地，再拉就十分费力了，喊号子的人啪啪跑动起来加入拉船行列，喊号人也不出力，就骂了起来，什么臭狗屎啊、下三滥啊、懒歪歪喽！王永泰听着就好笑。

紧接着，远处就传来了拉网的号子。

冰封的时候，没有芦苇遮挡，白洋淀是那么的宽阔。如果拉晚了，赶上下雪，雪使大淀变得纯粹和宁静，船冻住拉不上来了。大淀看上去像是一个偌大的雪场。善于捕鱼的渔民凿了冰窟，用一杆渔叉捕鱼。人们在砸冰懵捕鱼中过冬了，直到第二年开春儿。

因为操办王决心的婚礼，王永泰的船错过了拉船期，冻在码头冰上。船就是王永泰的家，他常常到船上坐坐。冷风吹进来，网坠子唧唧作响。船不能离开淀，冻在冰里，依然有风骨。

红灯笼的油灯点燃了，风一吹，孤灯划出明亮的弧线，映得雪淀红彤彤的。

灯笼照着冰淀，仿佛是玻璃的世界。

白腾腾的，除了雪还是雪，就像夏日淀上的浪头一样白。

王永泰无声地笑笑，感到一种空落，只有嘴巴寻着酒葫芦对话。

往年人多的时候，王永泰总是带着王决心、二巴掌他们打冬围、砸冰懵。捞上来的鱼多得让人无法下脚，弄不好踩到滑溜溜的冻鱼。银光闪闪的鱼铺满了冰面。但今年不同往常，村里给王决心派了活，照料北京来的规划设计专家在白洋淀勘测。王决心婚礼的失败，给他带来了很大打击，跟着北京专家散散心吧。

王永泰只能自己在冰上砸冰懵子了。

雪持续时间太长了，从王决心婚礼之后，雪就没停过，让王永泰害了雪盲。

这个季节，冰下水流交错，淀上是凶险的，常常使走冰的人陷于危险境地。雪野里，连个借脚取暖的地方都难找。白洋淀的雪粉在冰面上窜动，又瞬间结成冰，岸边的冰已冻到淀底。细细查看，靠淀边冰的颜色灰白，离岸越远，冰的颜色越深。厚厚的冰层下面，还能听到淙淙流水的声音。就像铃铛奶奶常念叨的：半寸板内是娘房，半寸板外是阎王。

短短的瞬间，像闪电般穿过历史。白洋淀有一个流传了很久的风俗。

发大水的时候，铃铛的先人在门板上糊上钟馗剪纸，家家户户进水，唯独铃铛家里没有进淀水。这下就把钟馗剪纸传神了，乡亲们买来红纸，请铃铛的先人剪钟馗。后来风俗渐渐演化，谁家男人去世了就摘左扇门随同下葬，那扇门就黑洞洞地空着，等女人走了再摘右扇门跟随女主人下葬。新人入住这座房子，重新换上门，贴上钟馗剪纸。外乡人到王家寨走亲戚，若是看见谁家没有左扇门，就明白这家女人守寡；右扇门空空的，就会知道这家没了女人。

王永泰永远记着父亲大抬杆的模样，父亲和水上飞教他砸冰懵子，真怀念大抬杆肩扛大鱼"喊淀"时的打赏之夜。

"喊淀"是砸冰懵的人回到村口，冲着村口喊一嗓子，有缘赶上的就分一点儿鱼。喊淀还没有人来，就在千年老梨树下敲钟，钟声一响，人们点燃一盏盏各式各样的灯笼，亮了一街。大抬杆将冰枪高高地举过头顶，绷脸不笑，心里却分外得意。这是王家寨人自古以来最高的奖赏。后来王永泰听母亲说，其实，砸冰懵子得到的大鱼是水上飞的功劳，水上飞是护着大抬杆的威望。

京油子，卫嘴子，保定府的狗腿子，不如白洋淀的水鬼子。王永泰捕鱼的本领就属于水鬼子。改革开放初期，王永泰成立了捕鱼公司。但冬天砸冰懵子，照样是他的拿手好戏。

两只鱼鹰大黑、二黑都跟着，飞累了，静静立在雪坨上东张西望。

王永泰零打碎敲地磕打着冰面，风稍微消停了一点，他还是觉得喘不上气。不多时，冰层底下挤出如裂帛的脆响，犹如砸碎了玻璃。响声里夹杂着隐隐约约的"嗷唏——嗷唏"的叫声。白洋淀人都知道冬天鱼的习性，大鱼浮冰游，小鱼却沉了底。王永泰躲避的雪坎子，就是夏天他的老船守鱼窝的地方。他兴奋得眼睛里充了血，扭头时，蓦地看见几步远的雪岗顶端黑乎乎地袒露着什么，那是碎冰，别人砸过冰懵子了。鱼也是精明，见不得一丝人的影子。鱼若是见了冰上头有黑东西，就会掉头逃跑的。

王永泰滚过浮雪，爬上那道雪岗，盖住了被风吹秃的地方，然后斜着眼睛寻着裂响的冰面。他调动了多年获得的嗅觉和听觉经验，捕捉着冰面细小的变动，寻找大鱼的踪迹，同时也在寻找乐趣。

他的心里不知不觉渐渐温馨起来。

寒风涩重，滚地而来。王永泰灌了一口雪粉，咂吧咂吧，眼里闪出狂热。

雪上面有兔子跑过的痕迹，百米远的冰面上有了声响，他就划开了浮雪。冰层下边一个硕大的黑乎乎的东西。王永泰揉揉眼睛，活动一下冻僵的手脚，哈腰轻跑过去，高举着冰枪，狠狠地砸下去，连连砸着。

冰层下面的黑东西就蒙了，露出水的时候，他辨认出是一条大黑鱼，就迅疾趴下，将被砸晕的大黑鱼捉上来，扔进他的网兜里。

自己砸冰懵子，那是他独享的快乐。

王永泰再灌几口衡水老白干，烈酒热辣辣的，身上的筋脉就活了，老胳膊老腿儿也顿时来了灵气。等了一阵，他抽了抽鼻子，看见又游来黑乎乎的东西。大鱼像嗅到了人的气味，哗地一甩尾巴，从冰窟窿里逃了。

王永泰重新找了个地方，刮掉上面的浮雪，细细审视，又有黑乎乎的东西游来。瞧定这是一条肥硕的大鲤鱼，王永泰嗖地爬起，身上好像长了一片芒刺，高高举起冰枪砸去，大鲤鱼瞬间被震蒙了。

王永泰的双手也没劲了，喘了喘气，哑静了三分钟。

王永泰抓大鲤鱼的时候，眼前黑了景儿，扭头噗地摔了一跤。大黑、二黑扑棱着翅膀飞过来。好在都是雪粉，他又撑着身体爬起来，看见一个大冰块滑溜溜滚进一张一合的冰缝，溅起清晰的水声。等他睁开眼睛，已经来不及了，大鲤鱼苏醒了，摇摇晃晃地游动起来。他凄厉厉叹一声："这狗日的……"

王永泰一动不动，宛如悄然拱出的一座雪雕。

他孤傲地站在雪梁子上，等着大鱼不游了，他时刻准备将冰枪砸下去。鱼鹰的叫声起起落落，透着说不出的烦躁。他着急啊，然而大鱼没有动作。僵持许久，王永泰的身体像是生了一股厌气，攥着冰枪的手瑟瑟发抖。他双腿发软，围着冰层里的大鱼兜圈，脚下的棉靰鞡踩进深雪里，脆脆地响。

大鱼几乎在惊悸中游不动了。王永泰即刻出手，嘭一声，冰枪砸下去，大鲤鱼震蒙了。他趴在那里捞出大鲤鱼，忽然有一种温情脉脉的伤感。此时，寒鸟从枯黄的芦苇中起飞。

王永泰又砸冰懵，捕捉了几条大鱼。后来，他看见有两条大鱼活着，悲戚戚地喘息。王永泰想跟鱼说说话，但人的语言和鱼的语言是无法沟通的，无论他怎么叫喊，在鱼眼里就是个咆哮的哑巴。他终究因此有些不快。

王永泰抬头看看天，带着胜利果实回家。砸冰懵子的人越来越年轻了，他看见，淀上闪现的是矫健灵活的身影。

忽然，他听见远处有人的呼喊声。扭头望去，雪白的冰面上有一堆黑乎乎的影子。

天空黑缎子一般。黑暗中，他隐隐听见呼喊声，似乎夹杂着王决心的声音，心就提了起来。他将鱼放在雪坎子上，抓雪做一个大鱼的模型，算作标记，猛抬头，头顶还是黑乎乎的，鱼鹰跟乌鸦还狗扯羊皮，王永泰的脸就像寒冰一样恼了，冲着天空吼了两句，乌鸦扑着雪飞，随后渐渐分清大黑、二黑的模样，两个鱼鹰跟着主人转场，往烧车淀方向转移了。

颠了几步，王永泰腿边亮光一闪，细眽是淀子来了。这畜生咋跑回来了？

淀子晚上是跟着王决心走的，陪着专家勘测去了。淀子鼻里呼呼喷着哈气，围着他的棉鞋嗅来嗅去。黄狗是黑眼珠，淀子的眼珠贼亮，拿嘴咬他的裤脚，他傻了似的，仍然难以确信淀子是来报告险情的。他哼咻着蹲下来，脸几乎挨着淀子的嘴巴，嘴巴大大地张开，他懂这畜生的意思，他脑袋轰地一炸，立刻就明白王决心他们出事了。

"决心，决心啊！"王永泰急走着，声音如寒冰。

远远地，王永泰的心提到了喉咙口，急得咬牙跺脚，他被一种悲伤绝望的情绪控制着。

空荡荡的大淀被雾笼罩，他喊哑了嗓子，这边就是不理，如果不是淀子，他真的摸不过来。终于，喊声、水声和冰块撞击声越来越清晰。渐渐地，他眽见冰面黑黑的一团，听见了王决心的声音。王决心和水牛趴在一个游动的冰排上，让落水的人抓住一根细细的竹竿。

梁荣和规划小组的杨方晨、陈小兰落水了。

好在他们抓着冰排沿儿，此时冻得哆哆嗦嗦，几乎不行了。

王决心和水牛没有经验，趴在一个大大的冰排上，用竹竿施救。王永泰知道，竹竿瞬间冻了冰，人手是攥不住的，这个时候竹竿几乎没有作用。他厉声喊："不能拽竹竿，滚，两个冰排上滚过去。"

王决心看见他，高声喊道："爹，你砸冰懵子带绳子了吗？"

王永泰喘了口气，摸着腰里缠的绳子："有绳子！"今天他砸冰懵子，还真没有把绳子派上用场。但现在的难题是，怎样让杨方晨他们抓到绳子。要知道绳头一挨水，瞬间就会结冰的。他叹了口气，脑子一片空白，突然，他觉得脚下的冰浮动起来，踩住了一个铁架子，那是规划小组使用的测量仪器。

王永泰身子一晃，退了一步，他以为踩的是一道雪坎子，心里猛打一个寒噤。

"决心，先别动。"王永泰站稳了，想着办法……

王永泰扑通一声跳进冰水里。这一举动让杨方晨惊呆了，梁荣也吓哭了："大伯，你咋下来了？"

王永泰没有说话，先是将梁荣推上冰排，再推杨方晨的时候，就没有那么容易了，他的身体重，一点抓挠都没有，推了几次都溜滑下来。

王永泰将绳子拴在杨方晨的腰上，将绳子甩给冰排上的王决心。王决心还没回过魂儿来，就摆起身子，去接绳子，脚下的冰排跟着摇晃起来。他脚一滑，实实地摔在冰排上，手中的竹竿也脱出去，凉津津的淀水忽地漫上了冰排。冰排整个儿成了滑溜溜的白玉，一点儿抓挠也没有了。

王永泰眼睁睁地瞅着王决心的身体往淀里坠滑，淀水漫过王决心的膝，浸透了他的裤子。

扑通一声，水牛也跳进水里，伸手递给王决心一根扁担。

王决心灵机一动，用扁担搪在两块冰排之间，一头儿恰恰顶住了下滑的身子。借着这股劲儿，王决心腾地将身子从冰上硬挺了起来，一滚一滚，滚出一溜儿脆响，搭上了对面梁荣趴着的冰排。王决心拽着王永泰甩过来的绳子，下面推，上面拽，杨方晨终于被拉上了冰排。可是，驮着他们三人的那块冰排有点儿承受不住，一颤一悠。王永泰让水牛过来推，他游动着，伸手去抓另外那块大冰排。

落水的陈小兰冷得招架不住，冻僵了，说不出话来，她的身体缓缓下沉。王决心看见了，大吼："小兰，爹快救小兰啊！"说着，就将绳头甩给了王永泰。

王永泰就势抓住了陈小兰的胳膊，用绳子缠住。陈小兰也不知从哪里爆发的力量，伸手死死抠住王永泰的喉咙，这是王永泰始料未及的。人到最后的时刻，手劲是非常大的。王永泰的胳膊压住了喉咙，险些背过气去。

王决心突然感觉整个身体陷下去，他向上来一个鲤鱼打挺，借着月光看见了这可怕的一幕，他跳进冰水里拽开陈小兰的手，用扁担狠命一挑，让她的身体与王永泰的身体分离，两人联手再将陈小兰顶上了冰排。他们听见扁担的断裂声，水涝涝的陈小兰滚动了一下，腾起一团扎眼的雪粉。

"决心，我们赶紧上去啊！"王永泰吼着，吼得青筋暴突。

王决心甩了半截扁担游过去，先将王永泰推上去，栽了一脸雪。王永泰又将水牛拽了上去，水牛重重地摔在冰面上，嗷嗷叫着，冻得两条腿乱乱地踢腾。

王永泰的手臂冻麻了。他吃不住劲儿，晃了几晃，一头跌在水牛的怀里。

王决心气力运足了，又顺手将几个人从冰排上拽到冰面，冰面像土地一样牢靠，这才算是真正安全了。人脱离了冰水，淹不死了，后面的威胁就是寒冷了。杨方晨目光有些失常，恐惧的眼神散落在冰面，他紧紧拉着梁荣的手，梁荣扎在他的怀里，绝望地说："方晨哥，我们还能活吗？"

杨方晨无力地说："这不活了吗？"

王决心看出了一个秘密。杨方晨是梁荣的恋人，她不是设计专家，她在北京做互联网金融。她是陪伴杨方晨而来，爱情多美好，经过生死考验的爱情更铁了。

梁荣显然冻晕了，哆哆嗦嗦，牙痛似的从牙齿缝里挤出声音："方晨，我怕自己不行了，我不能离开你，你也别离开我。"说着，抽泣了几声。

月光里，梁荣脸苍白，杨方晨捧起她的脸，一个长吻，用吻给她温暖，然后摇着她的胳膊："梁荣，梁荣，你不能睡着了，睡了就醒不来了。"

梁荣没了声息，像一个冰美人。

王永泰大吼了一声："大伙都相互叫醒，谁也不能睡着，睡了，就再也醒不来了！"他话里有一种冷峻的味道。

杨方晨使劲摇着梁荣，梁荣嗯了一声，想睁眼却怎么也睁不开，睫毛冻住了，乌黑的长发也冻了。

王永泰摸出兜里的酒瓶，酒瓶冻着冰碴。他把冰碴掰碎，弯着腰递到孩子们嘴边，每人喝一口。

冰淀上弥漫着烈性烧酒的气味。

杨方晨猛地喝了一大口，他尝试着站立起来，艰难地爬起，又咚一声哧溜一下滑几尺远。王永泰将酒递到梁荣嘴边，说："孩子张张嘴，喝一点儿，喝一点儿吧。"梁荣张不开嘴巴，王永泰抬起脏了吧叽的大掌，用手指撬开了她的嘴，将酒猛灌了进去。

梁荣呛了一阵，猛猛地咳嗽，还是将酒咽了，喃喃地说："谢谢大伯。"顿觉喉咙和胸中火辣辣地热乎起来。人一旦有爱，就有力量，梁荣真能挺住了。

王永泰摸了摸自己的喉咙，枯井似的眼里潮潮润润。这么冷的天，如果没有冰床，他们几乎无法回村。

多少年了，在白洋淀形成了规矩，凡是砸冰懵子逮了大鱼的渔民，上岸就得用力喊几嗓子，不管远近，不分男女老少，听见了的就凑过来，搭手就分一份战利品。今天是冰上救人，王永泰就更得喊了。他抖了抖雪粉，将一扇巴掌贴在嘴边，泼天野吼：

"噢，老少爷们儿，救人喽——"

"噢……"

大淀死静，唯有落雪声。

王永泰的吼声气势如虹，勾起胸腔的共鸣。他自己都没有想到这把年岁还有这般底气。他吼了几嗓子，不见有人理睬，心里十分焦急，表情恹恹的。

大黑、二黑呼啦啦飞回来了，淀子也踩着白雪跑来了。远处渐渐有了人影，人越来越多。隔了很远，王永泰都能听见有人喊："永泰，你个水鬼子，冰天雪地还不消停。"王永泰张嘴骂他，却被一股冷风噎回去了。原来是他们带来了两个冰床，老顺子的冰床。老顺子从冰床上滚下来，赶到跟前，喷着哈气说："水鬼子，这是啥情况？"

王永泰瞪着王决心："问你小子呢，这是啥情况？"

王决心冻得磕打牙齿："先回村委会再说。"

两个冰床就朝着王家寨划去了。

王永泰仰脸朝大黑、二黑打个呼哨，鱼鹰跟着他们欢快地飞。

王永泰喊："我的鱼，砸冰懵子的鱼！"

老顺子这个冰床就朝王永泰指的方向疾驰而去。

大家回到王家寨村委会。

王决心打电话将胡玉湖和王德志叫醒了，他们赶紧来到村委会，从家里带来了换的衣服，找出备用的军大衣。

几个人冻得脸色苍白，赶紧各自换了衣服，不断地喝着热水。

下雪的夜，真是长啊！

王决心披着军大衣，苍白的脸上渐渐有了红晕，他沮丧地说："方晨同志带领专家到烧车淀勘测一组数据，那是白洋淀最深处。我说明天再说，方晨组长说，上边催得急，明天早上就得汇总，他的师傅、北京规划设计院的徐克农老院长还在宾馆等着呢。夜里我和水牛就带他们去了，傍晚吃了炖杂鱼，又下雪了。勘测的时候还算顺利，回来路过烧车淀，这地方真是凶险，雪覆盖着，看上去平平展展，哪知道有暗河，浮冰一块一块的，方晨、梁荣和小兰轰隆一声就掉进去了，我们一下子就蒙了。我让淀子回家叫爹，赶巧了，我爹自己正砸冰懵子呢。今晚如果我爹不在，恐怕就真的出人命了。"

王永泰满脸皱巴，他想尽快帮助王决心挽救婚礼上的恶劣影响，争抢着表白："你们夜里再有行动，喊上我啊。"

胡玉湖说："是啊，决心，姜还是老的辣，你爹是村里有名的水鬼子，他多有经验。再说，你爹要是跟着去了，也不会走烧车淀的。"

王永泰说："大清河水表面平静，底下错综复杂。决心，你不记得老曹家的二小子曹强，不就是冬天砸冰橹子死在那儿了？"

王决心瞪了水牛一眼："你小子也不提醒我，看我咋收拾你！"

胡玉湖紧紧握着王永泰冰冷的手："永泰老哥，你今天立功了，我代表王家寨村委会感谢你。德志，拟个表扬稿，村里宣传表扬，然后报到县上去。"

王永泰咳嗽着，连连摆手："支书，使不得，使不得。我是替儿子干点儿分内的事。多说说决心就是了。"胡玉湖知道，王决心婚礼被误会撞人，还没有结论，这个时候表扬，能够提升王决心的形象。胡玉湖说："德志，重点宣传一下决心。"

王决心摆着手，说："别别，表扬北京的专家，别看孩子们都很年轻，来咱们白洋淀搞规划，吃苦遭罪的，差点丢了命，该表扬的应该是他们。"

"杨方晨几个年轻人值得表扬，可是，人家是有组织的，他们会表扬的。"胡玉湖揉着猩红的眼睛，"哎呀，现在想想都后怕，北京专家要是出了人命，麻烦就大了，我咋跟保定市、新水县领导交代啊？决心，记住，再有勘测小组来，就喊上你爹！"

王决心心疼地说："爹，你赶紧回家换衣裳，休息吧。"

王永泰咳了两声，说："我没事。回家给孩子们做点儿热乎饭去，再熬点儿姜汤，驱驱寒。"

杨方晨、陈小兰已经缓过来了，梁荣有些严重，发着高烧。杨方晨带着陈小兰在村委会办公室整理数据，电脑键盘的敲击声传出很远。王决心去看梁荣，她身体弱，脸色苍白。杨方晨摸了摸她的额头，滚烫滚烫。

梁荣没有哭，却是喷嚏不断，鼻涕一把泪一把的。她顾不得揩，吃力地说："我包里有药……出差时，我妈给带了感冒药……"

杨方晨恢复了年轻兴奋的脸，赶紧给梁荣倒水吃药。梁荣脸上有了笑意，王决心羡慕他们的爱情经历了生死考验。

后半夜，雪停了。星啊月啊隐退得无影无踪，脚下的雪地便模糊起来。水牛搀扶着王永泰回到家，铃铛奶奶已经搂着花猫睡着了。院里积着厚厚的雪，水牛眼里有活，拿起扫帚清扫院里的雪。王永泰到屋里换了衣裳，抱起一捆干爽爽的树枝，抖搂抖搂雪，进屋点燃了灶膛。

灶膛内的火明明暗暗，将他的面孔映红。他从缸里舀了一瓢水，倒进锅里，鼓鼓捣捣地炖鱼汤。他用刀将大鱼的后脊剖开，切成条条块块，又往一只碗里捏碎烤焦的红辣椒。

水牛迈进正堂屋，弥漫着酒味和鱼腥气。

王永泰拿刀哐哐地剁鱼，喉咙骨剧烈地耸动。

水牛慈眉善目，单眼皮，眼睛淳朴细长，圆圆的脸蛋，说话有些口吃。他吸了吸鼻子，感叹说："大，大伯，您还记得吗？你夜里砸冰懵子砸来了几条大鲤鱼？"

王永泰说："是啊，我砸了五条大鱼，还有一条黑鱼。"

水牛嘿嘿地笑了。

鲤鱼炖上了，锅沿儿贴花卷，不到一个钟头就熟了。

鸡叫了两遍，天快亮了。

王永泰给铃铛盛了一碗鱼汤，然后拎出一个大个儿的黑釉罐子，揭了盖，小心翼翼地将鱼汤倒进去，鱼放在另一个盘子里。水牛眯着眼，一脸的如梦如幻。

王永泰说："你送去吧，让孩子们吃好。"

水牛说："再来点儿咸菜就好了。"

王永泰笑了，盛了一碗咸菜。他叮嘱水牛："罐子给我拿回来啊，这可是决心爷爷传下来的。"

水牛说："大伯，放心吧。"

王永泰实在迈不动步子了，毕竟老了，他太乏了，斜靠在炕沿眯着眼睛打盹儿。

水牛提着一篓饭菜走了。

王决心黑着眼圈回来了，在胡玉湖办公室换了衣裳，打扫干净的地面，又踩了满地的雪。王决心这身糟衣裳，无所顾忌地松散着，他跟水牛撞了个满怀。王决心抬头埋怨说："你小心点，快送过去，我待会儿就过去。"

水牛答应一声，走了。

王永泰斜躺在炕头，睡不着，脑子还不闲着，这一通落水，生活的烦恼好像都丢冰淀里了。他顿时清醒，含着怨气叨叨着："你这孩子真不让你爹省心啊，这一宿折腾，你爹活不长了。"

王决心坐在爹的身边，伸手给爹盖个被子，惊讶地说："爹，你别说丧气话啊，你不能撒手不管我，我还没娶媳妇呢。"

王永泰咳嗽了一阵，说："你到阎王爷那求求情，等你娶了媳妇我再走。"

王决心吓得吐了吐舌头："阎王爷那我可不敢去，要去你自个去吧。"

王永泰嘿嘿笑了："你不是嘎吗，不是胆大吗？你也有胆小的时候。"

王决心好奇地说："爹，你走后来了个老头。这个老头可是大人物，您猜猜。"

"拜年踩高跷，啥角儿啊？"

王决心一惊一乍地说："北京的大专家，是杨方晨的老师，北京规划设计院的老院长。八十岁了，鹤发童颜，那叫精神，您跟他比，跟奶奶比，还得当寿星老呢。"

"寿星？你爹不是会省心的人啊！"王永泰合了合眼皮。

王决心神秘地说："爹，你知道吗？这伙专家为啥急着要测量烧车淀的数据？"

王永泰问："那是白洋淀最深的地方。他们要干啥？"

王决心无法抑制新奇和激动，悄声说："这伙人神神秘秘的，说一级保密，老院长透露说，不用多久，白洋淀会有大事发生，世界瞩目。"

王永泰哼了一声："当官的都那样，舌头是山，嘴巴是河，随便一说，你小子还当真了？能有啥大事？"

"不像瞎说，这些专家人品挺好，不会糊弄我们。白洋淀要有大事发生，啥大事呢？"他忽然站立起来在地上来回踱步。

王永泰摆摆手，说："别在我眼前晃了，烦不烦啊，你爹得眯一会儿。等你奶奶醒了，我还要喂饭呢。"

王决心说："我再听听去，有大事咱得提前行动啊！"他吃了个饼子，喝了一碗鱼汤，咂咂嘴巴走了。

冻住的窗棂渐渐泛白，霉味越来越浓。王永泰隐约听见大黑、二黑在吱吱地叫。他起身，长长地打了个哈欠，就去屋外鸡窝给大黑、二黑弄吃的。坯垒的鸡窝落了一层雪，垂着一溜儿白白的冰溜子，他转身动作大了，冰溜子碰折好几根。

门响了，闪过两个人影。

王永泰以为是王决心和水牛回来了，没有抬头，默默地问："那几个孩子吃着咋样？"

"啧啧……永泰大伯，你老可真行啊，你和决心又当英雄了！"

王永泰抬头看，原来是腰里硬，他的身后跟着乔麦。

乔麦依旧怯怯的，但脸上渐渐浮了光鲜。

"永泰大伯，你们老王家牛逼啊，一大早上，王德志就在喇叭里广播了，表扬你、王决心和水牛舍己救人。祝贺啊！你说我腰里硬咋碰不上这样的好事？"

王永泰瞪了瞪眼："你小子听谁说的？"

没等腰里硬搭话，铃铛奶奶的铜铃摇响了。

腰里硬和乔麦跟着王永泰进了铃铛的房间。王永泰赶紧给铃铛盛饭，铃铛奶奶的骨头包着一层瘦皮，脸上多斑，像掉了皮的搪瓷缸。铃铛喝了一小口鱼汤，抬头瞟了一眼乔麦："谁家的俊闺女啊？吃点饭吧。"乔麦用寡淡的语气轻声说："奶奶，我们吃了，您吃吧。"铃铛没有听清乔麦的话，埋头吃了点儿鱼肉，支着耳朵说："听见了，村里的喇叭喊呢，说你救人了？你不是砸冰懵了？咋还救人了？"

王永泰说："不值一提，赶上了。"

王永泰在铃铛屋里烤了烤火盆，揣着手溜达出来了。

"大伯，您是老实人，告诉我，王决心为了树立个人形象，你们合伙跟村里演戏呢？"腰里硬讥讽地问。

王永泰的心终于硬起来了，比冰枪还要硬。他轻蔑地瞟了腰里硬一眼，不无自豪地说："闭上你的乌鸦嘴，演戏？差点丢了命，天底下有这么演戏的吗？我们老王家人就是大气，舍己救人是家常便饭。我们救的可是北京来的大专家，都是人才。"

乔麦低着头，一声不吭。

"救多少人，也抵不了我儿子苇秆儿的命。"腰里硬眨巴眼睛，恶狠狠地说，"王决心这小子心理素质真好，死鸭子嘴巴硬，真有脸皮厚的，撞死了人还自称是英雄，将功赎罪还差不多。"

乔麦拉了拉腰里硬的胳膊："别说了，走吧。"

王永泰似看似不看地望着腰里硬说："别走，咱响鼓不用重锤，村里没人得罪了，你还不依不饶了？你真以为我家决心撞了你儿子？"

腰里硬说："泥鳅都看见了，还能有谁啊？你们家老三活该娶不上媳妇，朱家人都明白了吧？谁愿意把闺女嫁给无信无义的人？"

王永泰说："我儿子啥样我知道，用不着你们说三道四，滚！"

王永泰对腰里硬憋着满腔的怒气，射出冰雹一样的话："狗日的，你狗嘴吐不出象牙，秦中医都说了，你儿子喊叫的时候，决心还在婚礼现场。你就会煽阴风点鬼火，瞪眼诬陷我们决心。你缺德不缺德啊？你们老姚家活该断子绝孙！"

话越骂越狠，这话戳到腰里硬的痛处了。失望皆因希望过高，腰里硬带着乔麦进来，就是想出气的，哪知事与愿违。他愤怒到了顶点，让他受到折磨和尴尬。他鼓着眼睛，眼睛像两条愤怒黑鱼，梗着脖子要动手，倾泻所有恶气。

"你？"乔麦也不爱听了，眼睛里闪烁着逼人的光芒。

制怒比发怒要难，乔麦硬生生将腰里硬拉出房间，到了院里，她又死拉硬拽，将腰里硬拖出了王家小院。

"呸，我拿冰枪砸你狗日的！"王永泰骂。

王永泰几乎被气炸了，动不了，慢慢喝了一口烧酒，辣到心底，吃上一口鱼，眼皮一眨不眨地瞪着院里的雪。穷乐和，富忧愁，王家到底算穷还是富呢？反正他脸上很愁，多皱的脸上网着很多愁。

第四章　热搜新闻

二〇一七年四月一日，特大新闻来了。

国家决定设立由德县、容光县和新水县组成的河北省管辖的国家级新区：白洋淀新区。

白洋淀笑了，王家寨沸腾了。

白洋淀深藏不露，国家建新区，竟然选在这里，就等于中了状元。它抖抖精神，发光发亮，就像大山里的天眼。

白洋淀知道自己几斤几两。它空留一世美名，却被世人淡忘，活得窝囊、受气。忽儿干淀，忽儿水灾，风平浪静的时候，当地人到这里划船、采莲蓬、吃炖鱼。

村里的高音喇叭，轮番广播着新区成立的消息，配上了喜庆的音乐。在老梨树下，人们敲响了喜庆的乾德大钟。鸟们在钟声里鸣叫唱歌。

看来大事到来之前，都是有征兆的。

王永泰记得，去年秋天，千年老梨树枯萎殆尽，叶片提前飘落。到了冬季，漫长而寒冷。春天来了，老梨树重新冒出了绿芽芽。村里的人好奇地围观，目光落在嫩芽上。这棵老梨树存在的意义，早已从生物中异化出来，记录着昔日流逝的时光。

嗡的一声，像一团蜜蜂，飞卷而来。霎时，炒房团齐聚白洋淀，热闹程度超出人们的想象。

国人热衷炒房理财，不撞南墙不回头，撞了南墙继续走。一时间，德县、新水和容光三县城，人满为患，熙熙攘攘，饭店、酒店家家爆满。汽车汇集了一股车流，缓缓流入繁华的白洋淀大道，有的汽车无奈放缓了速度，变成了一种游览观光的节奏。

人们顺势而动，汽车顺势而行。汽车朝着新水县城驶去，出了白洋淀大道，拐进了新水县城人们纷纷驻足而立，饶有兴致地看着这多年不遇的景观。因为有了信号灯，交通警察不用站岗，但要进行必要的疏导，他们也有些措手不及，惊讶地指挥着发愣的车流。

新水县文化广场停满了汽车，下车后，果不其然，人山人海，吵吵嚷嚷。有削尖脑袋试图炒房来的，有来看热闹的，还有人来打探消息的。

有人说上级有命令，白洋淀三县不准房地产交易。原有的房子，按照白洋淀的整体规划，该租的租，该拆的拆，房地产运转模式是全新的，国家建好走出租的模式。

对王永泰来说，一拨一拨的消息轰炸，响声过后，感觉一阵阵旋风，卷起一阵尘烟。王永泰感到晕头转向，无所适从。

王永泰早早来到淀边，看自家新房，新房盖了半截。如果王决心等待新房结婚，兴许就躲过那一场灾了。新房子上梁，冲冲晦气！

王永泰上了房，站在高处看白洋淀，满眼铺开芦苇、鱼影和碧水，目光却落不下，像一只飞翔的水鸟，飞越大淀，不知落在哪儿。最后，不知不觉落在王家寨村。

王永泰这才恍然明白，正月里他去砸冰槽，在大淀上救助的几位专家，原来他们就是规划设计白洋淀新区的专家。他长长地嘘了一口气。

淀上有只水鸟在水面上跳来跳去，像是水上舞蹈。王永泰不由得哼起保定调儿，水鸟就随了节奏，摇头摆尾，叽叽喳喳。

今天上梁！

王家寨被称为"淀中翡翠"。随着年代更迭，村里的模样变了，变的是人情冷暖，不变的是青青的芦苇和满塘绿水。每到黄昏，晚霞在白洋淀水面上滚滚跳跳，水下游动的鱼群就会浮到水面上来，渔民几乎全部收网了。

收网就是收获，他们最愉快的日子。

郁郁葱葱的芦苇，将碧绿的淀水遮盖得看不见水，岸边被水浪冲击的苇叶、流瓶和死鱼，形成了灰白色的泡沫。仔细查看，靠淀边，水的颜色灰白，离岸越远，水的颜色越深。但是，更多的还是白洋淀宽阔的水面，水面和芦苇林的上空，飞舞着丹顶鹤、大天鹅、金丝燕、苍鹭、红嘴鸥、雀鹰、大苇莺、黄腰柳莺、鸿雁、灰雁和各种水鸟，鸟们起起落落，各种颜色的翅膀拍打着水面，有的鸟轻柔舒展地落在芦苇上，落在盛开的荷叶上。生于湖水中的苇塘苇海，苍莽无边，绿浪滚滚，散发着一种潮湿而神秘的气息。

王永泰抓紧给房子上梁，盖好、装修好了，再给王决心和朱环补办一个婚礼。

老话说：好饭不怕晚，有礼不嫌迟。

民工陆陆续续来了，一阵噼噼啪啪的鞭炮声响过之后，房子开始架梁了。王永泰望着房架，憨憨地笑着，一只手挑着爆响的鞭炮，指挥人们给新房架梁。

王永泰自豪地喊："上梁啦！上梁啦——"

粗粗的檩，被绳子拉上了房顶，中间拴了红绸，在蓝天下，能把人的眼睛映亮。红绸飘荡在王永泰的头顶，舒心！

王永泰嗓门亮，声音高亢。音波唰地传遍了全村，又到白洋淀上绕了一遭。

无论是岸上人还是船上人，都看着工匠们架梁，颇有仪式感，放炮、上香、喝酒、吃肉。

老百姓有个顺口溜：八千砖，两间房，盖房当天就上梁。五天之内盘好炕，二十天就可住新房。老百姓盖房用檩、柁、椽子当房梁骨架，上面铺好苇箔、苇苫，然后用土与白灰和成麦糠泥，抹平，干了以后十分牢固，防雨防晒。一般多是前后檐低，房檐装上泄水口，行话叫"两出水"。室内墙壁抹石灰掺麻刀，以白色为主，也有的人家刷上喜欢的颜色，有粉色，也有天蓝，还有花色。屋里面积狭小，养猪无圈，鸡鸭无舍。当然，也有条件好的人家，是一色青砖，灰色瓦顶，房檐四角雕有龙的形象。整个村庄是椭圆形，从空中看去，房屋像一张大伞似的。

喊声一过，紧跟着就是震天响的鞭炮声。

王永泰情不自禁地自语："哎，老天爷啊，我儿决心终于可以住上新房啦！娶妻虽说有点变故，但终归他们是有情人，终成眷属哩！就算他们各奔东西，这天下总有一个女人会是他媳妇，为决心生孩，和他过日子啦！"

咸鱼划着船喊："永泰，架梁了，好气派，王家寨又一座新房啊！你家决心好福气啊！"

王永泰笑着，朝他摆摆手。

一艘船突突地穿过来，驾船的咸鱼扭过脸来，喊一句："决心跟朱环还要补办婚礼吗？"

"当然会补办啊！"王永泰得意地哼了一声，望了一眼咸鱼。咸鱼尴尬地缩了头，微笑着改口喊："啊，老哥哥，恭喜你家的大房子啊！命里让你们家决心在新房结婚。"

王决心的房子地势好，挨着淀水，结构又很现代，正房四大间，其中两间连成一体，那是一间大客厅，两间大卧室，厨房、洗澡间和厕所放了东西厢房，主房和厢房有走廊相连，既防雨又便捷。这是决心找城里人设计的。前楼后厅，盖这种结构的房子，在王家寨是独一份。

王决心和王德志来了，通知所有建筑暂停。

白洋淀新区成立了，上级下令这一排新房子冻结不动了。王决心仰脸看这盖半拉的房子，用脚狠狠踢着土坷垃，感觉鸟起飞的时候房子也跟着飞走了。

王决心蹲在王永泰身边说："爹，房子都停了，上面不让盖了。"

王永泰一愣："为啥？都架梁了，我还想着你再办婚礼，就到新房里来。"

王决心一声叹息："我的婚礼？还不知道猴年马月了。"

王德志诚恳地说："永泰叔啊，这是铁的政策，回家敲钟吧，唱歌、跳舞都算庆祝。三个县都要停，如果再建就要罚款了。"

王永泰慢慢放下了手，心里立刻就不是滋味了，呆愣了半天。慢慢站起来，走到房子跟前，对架梁的工匠说："对不住了，政府有号令，建筑都停了。你们把砖瓦、木料归整归整，明天到家里给你们工钱。"他说完沉着脸走了，怅怅地担了一份愁思。

王决心和王德志又去别的人家通知去了。

晚上回家的时候，王永泰朝着淀边的黑夜，嗷嗷地喊了两嗓子。老嗓子透着童音，穿一溜胡同。呼啦啦，惊飞了已经入睡的水鸟。冬季里，王永泰经常喂水鸟，把玉米撒在苇茬地喂鸟，水鸟熟悉他的声音。这老爷子，撒什么疯？

王决心说："爹，白洋淀新区成立，振奋人心，要是知道成立新区，我大哥就不去深圳了。我在新水，王德在容光，我大哥在德县，你三个孩子把三县都占了。"

王永泰脸上露出怒容："高兴？有啥高兴的，房子都不让盖了，听说还要收船。"

王永泰又说了几句，脾气不如以前温顺了。

湿漉漉的黑暗笼罩着村庄，笼罩着王家小院。王永泰没有吭声，默默地吸着烟。都不让建房，大家都一样。可是，王永泰又想到王决心的婚礼，胸脯颤抖，唰唰流泪。王永泰总觉着自己想得太多，想多了就痛苦。

隔了两天，王永泰照样划船出来打鱼了。他的四舱船成了漂着的一截枯木了。

清晨的白洋淀上，水雾氤氲，水鸟轻舞，一叶小舟从不远处划来，王永泰唱着保定老调，声音雄浑宽厚、粗犷高亢。船舷上立着两只鱼鹰大黑和二黑，张着黑色的翅膀。大黑、二黑身子全黑，眼圈黄色，头部呈灰白色，头冠上又是一小撮黑毛，嘴长，上面的半片带着弯钩，用于啄鱼，双翅张扬着，闪着青铜色的光泽。

王永泰从舱里抽出一根扁扁的草，这是束鹰草，他把这根草撕成细细的几根，放到水里泡两下，就系到鱼鹰的喉脖上。束鹰草系的位置和松紧程度都有讲究，如果系在脖子的上端，留不住咬住的鱼，若系得太往下，鱼就容易滑到鱼鹰的肚里，遂了它意。只有系在脖子的中下端才合适，能留住鱼又游动自由。系松了，鱼易被吞下去；系得过紧，呼吸不畅，鱼鹰就不愿下水捕鱼。

王永泰干活儿轻车熟路。

他用束鹰草把鱼鹰麻利地系好，然后用竹竿顺势一拨，两只鱼鹰就像参加百米冲刺的运动员一样，扑通飞身下了水，双蹼一蹬，划出一道黑色的弧线，朝两边方向散去。鱼鹰挺起矫健的身子，接着一个俯冲，潜了水。

王永泰挥动一块木板，敲打船舷，梆梆的声音传出很远。王永泰为捕鱼呐喊助威，因为鱼听到响声会受到惊吓，往水底钻，而鱼鹰的强项就是在水底啄鱼，人禽配合，相得益彰。五分钟后，大黑浮出水面，嘴里衔着一条草鱼，鱼尾还拼命甩动，鱼鹰兴奋了，一个腾跃就上了船。随后，二黑衔着鲫鱼蹦上了船舷……

捕了几条鱼，大黑、二黑呷吧嘴。

王永泰吸了一袋烟，继续抓鱼。

大黑钻进水中，瞬间就把大半个身子挺出水面，黑色的双翅奋力拍打着，又猛扎水中不见了，二黑也紧跟着潜了下去。

王永泰随后划船赶过去，敲打木板。忽然，大黑冒出水面，口中咬着一条大黑鱼，黑鱼摇头摆尾，不停挣扎，却因遇上钳子一样的鹰嘴，无法逃脱，只得认命。王永泰连忙伸出竹竿，那竹竿上系着细细的尼龙绳，打的是活套。一用力，将大黑非常精准地钩上船，取下了它嘴中的鱼，足有六七斤重。

王永泰乐呵呵把鱼丢进舱里。

此时，配合战斗的二黑也站上了船舷，王永泰把两只鱼鹰的束鹰草解了，只留下黑鱼，剩下的都丢给了鱼鹰，这是主人对大黑、二黑的赏赐。

人和鱼鹰都累了，大黑、二黑立在舷边，往后扭头，长长的嘴藏到了厚实的羽毛里，纹丝不动，像两尊黑雕塑。

王永泰喊一声："收工喽——"

"能享福也能受罪，能人前也能人后。"大乐书院院长杨牧仁对王永泰这样评价。

王永泰听着受用，却不是很懂。杨牧仁想采访铃铛老人，给这位传奇女人写一部传记。朱家送给铃铛老人一套精致的木制的套盒，铃铛送给了杨牧仁。

杨牧仁视为珍宝，他受到套盒的启发，这本书的名字就叫《中国套盒》，也称俄国玩偶。

王永泰配合杨牧仁采访老娘，他更精通在白洋淀打鱼，打鱼人的欢乐是淀里泡出来的。

杨牧仁先生时常来找他，两人说说白洋淀，喝点酒。

杨牧仁不喝酒，闻一闻，吸一鼻子，说一声："好酒！"或是说一声："够味儿！"杨牧仁在五台山当过和尚，在正定县临济寺当过住持；几年前还了俗，竟然来到白洋淀王家寨，在村里的大乐书院当了院长。

王永泰望着杨牧仁说："老哥，还是你的命好啊！"

杨牧仁说："这世上哪有什么命好，只是各有各的苦罢了。"

前些天，杨牧仁来过王永泰的"老窝"，这是一条老船。王永泰两手泡在白洋淀里，哗哗洗着，滋润，水浸上了他黄瘦多皱的脸，上岸久了，脱了皮，一层一层。王永泰在船上吃饭才香，去村上镇上赴宴，吃不饱，回到船上，还要喝上二两，吃两碗米饭；一到夜晚，非得有大黑二黑蹲在身边、枕着白洋淀睡觉才踏实。王永泰对白洋淀亲不够。杨牧仁到新水县城办事，都要坐王永泰的四舱船。他如今蓄了发，头发已经灰白，噌噌地往外长，稀稀疏疏。

晚上，杨院长和老顺子来了。香喷喷的大鱼端上了饭桌。王永泰、老顺子喝了一杯，杨院长闻了一杯。

王永泰说："杨院长，你说的那个新石器时代，多少年了？"

老顺子插话："啥器？"

王永泰说："喝你的。"

杨牧仁说："新石器时代，一万年了吧。"

杨牧仁研究白洋淀，说过有诗意的话："白洋淀是一部大书，天在读，地在读，人也在读。"

王永泰说："这是一万年前的事儿了。说的是水，说的是白洋淀无边无际的水。那几次干了淀，政府引唐河水库的水济淀，后来引王快水库水济淀，去年听说又引黄河的水济淀了，还听说这项工程停了。不管哪里的水，引来的水贵如油，不容易，如今这么好的淀水却给污染了。"

杨牧仁说："唉，这就是工业化的代价啊！"

王永泰说："除了这个呢？"

忽地，两人你看看我，我看看你，不说话了。天地静了，水鸟睡了。

杨院长说："我们渔人糟蹋。看见了吧，糟蹋白洋淀，就是糟蹋自己。"

王永泰说："杨先生，我把话撂这儿，今年即便不干了淀，也是个旱灾啊。"

杨牧仁怔了一下，说了一句："白洋淀多美啊，不能就这么污染了，治理污染迫在眉睫啊！"然后问道："如此说来，老哥哥你又听到王家寨的鸭子和大鹅一起叫唤了？"

老顺子问："谁家的鸭子大鹅？"

王永泰说："喝你的。"

王永泰有一种特异功能，只要听到全村的大鹅、鸭子伸着脖子一起叫唤，就能断定是干淀还是大旱。

白洋淀素有"九河下梢"之称，唐河、大清河、潴沱河、子牙河、漕河等九条大河汇聚于此，九条河对应着天空的九朵莲花，白洋淀的渔民心中的图腾。王决心的婚礼，就是等着九朵莲花祥云，没有等来，还闹了天灾人祸。王永泰觉着以往淀区大水溢漫，十年九涝。后来随着河流断流，改道的改道，剩下的河道大都成为死水。王永泰长吁短叹："这辈子打河田、筑堤、挖河、修水库的活儿多了。今年没有干淀，哪承想到头来白洋淀饱受污染之害了。"

淀水变浅了，旱灾和污染搅着来了。

王永泰打鱼有个绝技，他可以根据河水的颜色判断水里有没有鱼，白洋淀人称为"鱼窝子"，会找鱼窝子的人，被称作水鬼子。

老顺子喊他水鬼子的时候，王永泰心里腻歪。当年，腰里硬偷偷跟踪王永泰，竟然发现了鱼窝子，腰里硬带着胡铁过来打鱼，呼啦啦一下子引来了五十条船抛网，争抢鱼窝子里的鱼。

杨牧仁闻了几杯酒，困了，走了。

第二天，王永泰和老顺子拉二兜网捕鱼，忽然瞅见一艘灰色的摆渡船冒着黑烟驶来，船上载着一辆黑色轿车，轿车旁站立着大巴掌。

大巴掌穿着白汗衫，扎着领带，戴着墨镜。大巴掌看见王永泰的船，摘了墨镜，对摆渡船司机喊："停下，停下，永泰大伯，你们好啊？"

王永泰眼睛花，没看见是大巴掌。

大巴掌一瘸一拐地过来，摇着他那只天生的比正常人大的巴掌。

大巴掌扯着嗓子喊："大伯，我听二巴掌说，决心的婚礼出事了？"

王永泰摆手说："没有大事，出了点误会。"

大巴掌笑了："那就好，大伯，我买了一辆汽车，您瞅瞅啊！"

王永泰听见了，抬头望去，忽地认出这是自己的侄子大巴掌，扭脸嚷道："大巴掌，你买车运回来，跟你爹显摆来了？"大巴掌近视眼，耳朵背，频频地嗯嗯着。

大巴掌让摆渡船停下了。

王永泰的船缓缓靠近了大巴掌，采了一把芦苇，垫在船头，踩两脚，瓷实了。他仰头看轿车的玻璃，上面有块牌子，写着"新闻采访车"几个字。

这几个字金贵，这样的车，听说过，没见过。老顺子不由得肃然起敬，看见车上有个泥点儿，慌忙用袖子擦擦，干净了，老顺子嘿嘿笑笑。

王永泰咳两声："大巴掌，这水污染厉害，你快采访采访吧，呼吁呼吁！"

"您得提供污染源在哪儿，我将把他们拿下！"大巴掌说。

大巴掌和弟弟二巴掌是双胞胎，王永泰弟弟王永山的儿子，哥俩生下来残疾。老大左腿瘸，老二右腿瘸，而且手掌都大，老大左巴掌大，老二右巴掌大。一出生就得了外号"大巴掌"和"二巴掌"。

哥俩是王家寨的一对活宝。大巴掌嘴会说，如今在北京城里当记者，对父母还是挺孝顺的；二巴掌勤快，在王家寨码头开了个鱼丸子店，有俩钱，他对父母却不怎么孝敬。

王永泰是看着他俩长大的。大巴掌每次回来，都带一些东西看望铃铛奶奶。这次回来，大巴掌就是来看他爹王永山他娘小洒锦，还要看王永泰和铃铛奶奶。

大巴掌弯腰从汽车里掏出一包吃的，分别塞给了王永泰和老顺子。王永泰不要，都塞给了老顺子。

大巴掌晃着大手掌，说："买酒喝啊！"

老顺子拿着，激动地结巴起来："太感……太感，感谢……"

大巴掌说："不用谢，孝敬老人应该的。"

大巴掌乘坐的摆渡船走了。

第五章　家暴者

不知从啥时候起，腰里硬病了，得了狂躁症。

就像被几只疯狗轮番咬，最终保住一条命。

腰里硬扭腰的时候，不断地眨眼睛。在姚家，他是率先走出失子悲伤的人。他恢复了生活的常态，挥舞拳头，在院里练习击打沙袋，汗湿的胸膛痒得要命，热辣的汗珠滴进眼睛，眼睛睁不开了，他还是击打着，噗噗的响声传出很远。

腰里硬不养狗，他怕恶狗压住他的霸气。

乔麦在鸭棚的下面干活，她不看腰里硬，不时抬头看一看淀水，白帆倒影，船影绰绰。金丝小鸟在苇垛底下学着天鹅的调子尖声鸣叫。

乔麦是智慧的，她更崇拜智慧。

农村因为靠劳动吃饭，也有崇拜体魄的，超强的体力是男子汉的优势。腰里硬是车轴汉子，体魄有先天的优势，相亲时却成了他的缺点，一切源于他有家暴行为，这家伙急了眼动手打女人。可能是他家暴的毛病传了出去，使他娶不上老婆。相亲接连不断，偷偷打听的人都怯怯地缩了，他落到不得不换亲的地步。腰里硬本想在白洋淀几个村庄里换亲，结果"揭底怕老乡"，谁家不对他知根知底？谁家闺女愿意往火坑里跳啊？

那时候，腰里硬的妹妹姚丽蓉谈恋爱了，对象是胡铁。后来，胡铁腻了，托人找到了张家口崇礼西窑村的乔家，乔麦的哥哥乔木身材低矮，又黑又瘦，娶不上媳妇。远来的和尚会念经，腰里硬强悍的体魄被夸大了，打女人的缺点没有暴露，乔麦的爹娘看了腰里硬，虽说矮点儿，人也不受看，但车轴汉子，体格强壮。"体格壮，金满炕"，二老觉得十分满意。

乔麦她还听胡铁说了一个故事。

有一次，腰里硬打鱼回来，碰上三条货船相撞，腰里硬正在一条船上，突然见到一条船冲过来，撞着了他的船，船上架着高高的芦苇，芦苇船与他的四舱船相碰，装着芦苇的船倾斜了，一个趔趄，即将扣到这个船上——腰里硬毫无畏惧地冲上去。

腰里硬用自己的肩膀，扛住了装着芦苇的船，倾斜的船一点点正了过来，使这条船上的人得以逃生，避免了一场船翻人死的灾祸。这事儿渐渐传开了，越传越神。

力气大的人，往往胆子也大，端村有个叫张海葵的渔霸，欺行霸市，腰里硬跟他争地盘，打过一架。

张海葵好勇斗狠，比腰里硬更胜一筹。那次，腰里硬赚了个遍体鳞伤，离残废一步之遥。不打不成交，后来二叔姚哈喇得了肝病，中医说吃产妇胎盘就会好，腰里硬求张海葵帮忙，张海葵让手下找到了胎盘，接头地点是坟地，腰里硬胆大，就端着脸盆去了黑漆漆的坟地，将胎盘放进脸盆端回来，将胎盘煮好，一勺一勺喂进二叔姚哈喇嘴里。

姚哈喇身体慢慢就好了。

腰里硬力大无比，扳着两个牛犄角，双手一扭，两百斤重的牛就摔倒在地。他还有两个爱好，爱杀猪，爱杀狗。王家寨杀狗的机会不多，杀猪倒是常有的事儿，这事儿一般都喊他去干。后来他盘了个小买卖，怕丢形象就不杀猪了。

好多人吸烟上瘾，喝酒上瘾，唯有腰里硬打老婆上瘾。自从乔麦过了门儿，她第一次跟腰里硬拌嘴，腰里硬就让寒光闪闪的皮带扣儿说话。

乔麦吓得缩成了一团，惊讶地哭喊："我的娘啊，你怎么是这样的人呢？"

腰里硬大声吼道："你刚知道，你这辈子甭想离开我，我打你是轻的。"

乔麦流着眼泪，忍气吞声不敢声张。

有一次，腰里硬打乔麦，打得狠。乔麦哭了，哇的一声，传了半村，惊动了二叔和二婶，二叔姚哈喇给乔麦撑腰。原来他以为腰里硬娶了乔麦，毛病就改了，谁知道还是那副德行，山高压不住太阳，儿大压不住爹娘。腰里硬的爹娘死了，但是二叔二婶在，就是他爹他娘了。

姚哈喇狠狠训斥了腰里硬，骂他老和尚打伞无法无天了，越骂越气，他拿着枣木拐杖，在腰里硬身上横抽竖打。

腰里硬梗着脖子，在火辣辣的痛楚中忽然感到一阵麻酥酥的快乐。这快乐从哪里来？他自己竟然是糊涂的，连连说："我的亲叔，哎，我的亲婶儿，哎，好痒啊。"

姚哈喇气愤地说："我是替你死去的爹打你，让你长记性，男人不能打女人。听见了吗？"

腰里硬涎皮赖脸地笑着说："我爹就打我娘，你不知道吗？"姚哈喇气哼哼地喘着粗气，举拐棍对准腰里硬的脖子又是一阵猛打，连连说："你爹是你爹，他死了的人，不提了，你要给我改掉这毛病。"

其实，姚哈喇知道，腰里硬家暴是从他爹身上遗传的。腰里硬和他妹妹姚丽蓉，从小看见姚富生打他娘，娘被打得遍体鳞伤，他心中充满恐惧。娘的忍耐力是惊人的，忍住疼痛不喊不叫。

腰里硬质问爹时，爹说，儿子，女人都是贱骨头，这男人打女人天经地义，你小子给我滚！腰里硬不服，娘替腰里硬掩护，姚富生一把抓住他娘的头咚咚往墙上撞，娘猛地晕倒了，腰里硬扑上去狠狠咬着爹的手背。姚富生一脚将腰里硬踢飞了，腰里硬撞了个头破血流。

渐渐地，腰里硬麻木了，习惯了。除了爹的遗传，腰里硬心中还多了猜忌和自卑。腰里硬的家暴往往从自卑开始，乔麦的的确确很优秀，他的野心大于能力，外人看不起腰里硬，腰里硬把这种心理转化成看不起家里的人。

种瓜得瓜，种豆得豆。尽管男人歪瓜裂枣，不尽如人意，乔麦却渐渐爱上了白洋淀，爱上了属于自己的生活，她在淀边的院里，种了花，开一片琐琐碎碎的小白花，在自家房间里养了好多花，特别喜欢那盆金边吊兰，层层叠叠地垂着。

乔麦对腰里硬的失望和蔑视，更加刺激了他。

日子久了，腰里硬就产生了一种狂躁症。他观察乔麦身边的人，像猎犬一样扬起脑袋，翕动鼻翼，似乎随时出手攻击。即便乔麦朝他和蔼地笑，腰里硬也猜忌她干了对不起他的事。

腰里硬时常想，这么美的女人，怎么就跟了自己呢？换亲。既是换亲，就有一方不情愿。这时候的腰里硬自卑了，低到尘埃里。乔麦怎么可能爱自己呢？别看她蔫蔫巴巴，心里有一股傲气。她看喜欢的男人心花怒放、春心荡漾、搔首弄姿、卖弄风情。即使他没有看见，但不等于没有。每当想到这里，他心里就腾地冒火，拳头痒痒，皮带扣儿也跟着咔咔响，似乎蹦出来，飞到主人的手上。

腰里硬腰粗体壮，却心眼儿小，连针鼻儿都比不上。夜里常常失眠，看着月亮下去了，天光昏暗。他眼里的月亮像银元，腰里硬每天想着挣大钱，但是心比天高，命比纸薄，挣不到大钱无所事事的日子越来越糟糕。

腰里硬与王决心打架的时候，引来村里老少观看，男人们起哄嘲笑，女人们指指点点地议论。乔麦嫌丢人，将腰里硬从人群中拽回家，腰里硬两道死板僵化的眉毛下，瞪着凶恶的眼睛，似乎要拿皮带打乔麦。这个时候，姚哈喇来了，乔麦面临危机时大多都是二叔姚哈喇给解围。

这个沉醉的黄昏，王决心朝码头船走着，路过乔麦家，他仰脸朝里边望，看看乔麦在不在，他想安慰安慰她，顺便打听一下撞苇秆儿的凶手找到没有，脚步却停了。

此刻，乔麦还在淀里放鸭，她站在鸭排上眺望远方，那远了又远了的人是谁？

王决心听到乔麦院里鸭子嘎嘎鸣叫。鸭子对冷热有反应，冷了张大嘴，热了伸大腿。天气燥热，乔麦养的鸭子就一片片卧在地上伸大腿。

"这该死的鸭子！"王决心嘟囔说。

王决心不想碰上腰里硬，但是，冤家路窄，还是给碰上了。王决心随便发泄的气话，竟然被腰里硬听见了。

他大声吼："王老三，你小子找抽是吧？我媳妇的鸭子，它们叫唤碍着你啥了？"

王决心猛地转身看着腰里硬，他的身后站着他的俩哥们，一个是泥鳅，一个是胡铁。他可不怕他们三个。王决心吼道："苇秆儿刚刚没了，我不想跟你打架，我是打听一下凶手找到没有。"

腰里硬冷笑一声，说："找啥啊？你这不贼喊捉贼吗？别看你没关进去，那是你大哥找了胡大队，求人给你开绿灯，但是，我腰里硬认为处理不公，还要继续上告，连你大哥和胡大队一起告！"

王决心急眼了："你诬陷我还不够，还给我大哥都捎上，你还算人吗？我没有撞人，我心里还冤呢！"

腰里硬对王决心说道："你一点不冤，还有，白洋淀执法大队你没有进去，你心里有气，可这能怪得了谁呢？要怪只能怪你自个儿没吃官饭的命儿，你就老老实实守着你爹你奶奶吧，朱环都不会再跟你了，哈哈哈……"

王决心胸口像着了火，滚烫滚烫。

腰里硬还继续揶揄："朱环可是村里一枝花啊，你这德行，活该没有结成婚，到手的鸭子也飞了吧？"

王决心气冲牛斗，猛地打了腰里硬一拳，却被这个早有防备的小子躲过去了。与此同时，大腰带发出了怒火，啪的一声抽在了王决心的肩膀上，王决心疼得哆嗦了一下，躲闪着。

胡铁和泥鳅嘿嘿地笑。真是人家失火你唱歌——幸灾乐祸。

腰里硬得意地看着王决心说："还敢出手吗？我可找到给儿子报仇的机会了。"

王决心扑向腰里硬，他飞起一脚，踢在腰里硬的后腰，腰里硬身子一阵趔趄。腰里硬抽出牛皮腰带，抡得呼呼生风："看我的，咱姚、王两家新仇旧恨一块报了！"

王决心抬手擦了擦汗津津、黝黑的额角。

他知道，老王家跟老姚家历代有冤仇。故事说来话长了。

王家寨是水路码头，人口多，姓氏杂，但是王家和姚家始终是两个大户。姚家比王家搬来得晚，而且王家在宋代出了状元王炳义，皇帝赐给状元一口大铜钟，乾德大钟，钟上面雕刻着"忠义"二字，本来是王家寨全村的荣耀，可不想却让姚王两大姓家族做了仇、结了怨。

姚家家业大却没出一个状元，脸上无光。

乾德大钟是知县派人用船送到王家寨的，敲锣打鼓，场面甚是壮观。听祖上说状元众星捧月的样子，足以照耀王家的后人。当王家人把钟声敲响的时候，白洋淀人为之欢腾。大钟藏在王家祠堂，传到王耀宗这一辈儿，祠堂被大水冲塌了，大钟也滚到了淀里。

王家人捞起大钟，悬挂在村口的老梨树上。

不知道为什么，大钟总是亮着，特别是夜晚，把村口码头照耀得像是耀眼的白昼，就像挂满灯笼。大钟下，男人们聊天、下棋；女人们缝衣裳、纳鞋底；孩子们藏猫猫、做游戏。感受着大钟的恩泽，都夸王家厚德、善良。

有一天晚上，大钟突然不亮了。相聚的人们散了，摸黑回家。都心里嘀咕，王家怕是顶不住了。

这是在民国年间，王姚两家的争斗升级了，还闹出了人命。姚家是王家寨的大地主，姚占轩在北京同仁堂有股份，族长在村里也是富得流油。姚家垄断了半个白洋淀，有苇田千顷，却在一年夏天发大水之后，做出了不减租、不减息的恶政。

王家的日子轰地陷落了。

王家人活不下去了，有人卖儿卖女，有人干脆逃荒，离开白洋淀，奔着可以活命的安生之地。王大淀不走，找姚家讨说法，被打了出来，王大淀要放火烧了姚家大院，刚将火把扔上房，就被抓了。姚占轩喝令，将王大淀绑在老梨树上，当着王家人的面，将王大淀打得皮开肉绽。最后，活活打死了。

老梨树上挂着状元钟，这是让王家人引以为豪的地方，如今姚家人却恃强凌弱，故意在钟下打人，将人打死，让王家人蒙羞啊！

有好些日子，状元钟哑了。敲几下，闷闷的，像木头打棉花，不响。

王家、姚家两家的仇随着血脉延续至今。

抗日时期，白洋淀有了雁翎队，王家人大抬杆和老婆铃铛都是雁翎队队员，姚家地主姚廷阶的二女婿秦凤生卖身投靠日本人，当了日军的伪军队长。他们勾结日寇以收缴废铜烂铁为名，收缴大抬杆猎枪和王家乾德大钟，王家先人王耀宗为给雁翎队报警，敲钟时，被日寇和伪军刺杀，姚家女婿秦凤生就是罪魁祸首。

平津战役打响，新水县土改，铃铛由农民协会主席当了村支书。铃铛和大抬杆派人从天津而来，抓回了地主姚廷阶，批斗了一番，分姚家的苇田。村里王大栓挑了头，带着人扒光了姚廷阶的衣裳，往他的身上泼大粪。王家寨的农民围观，解气地哈哈大笑。姚廷阶倒在粪便里，站起，摔倒，再站起，最后晕倒爬不动了，惨不忍睹。

铃铛赶来了，拿手捂着嘴巴，狠狠批评了王大栓："咱祖宗可没这么整人啊！这违反土改政策！"王大栓等愤怒的农民才罢了手。

姚家人将臭烘烘的姚廷阶背到淀头，好好清洗了一遍，然后抬回家里，姚廷阶灰着脸，仅剩了半口气，痛苦难忍地惨叫一声，当天夜里就上吊自尽了。

姚家人哭得上气不接下气。姚家人还是把仇恨记在了铃铛身上。"最毒不过妇人心！"姚家人这样骂铃铛奶奶。两家的仇恨都刻在心里了。

合作化那阵，铃铛为了照顾瘫痪的婆婆邢玉芳，辞去了村支书，大抬杆却接了支书，姚家人在王家人面前抬不起头，直不起腰，憋屈得要死要活的。尽管大抬杆对事不对人，打盆说盆，打碗说碗，这让姚家人心里始终怀揣了一种复杂情绪。

王家寨是水村，人们吃的是政府供应粮、救济粮，直到大抬杆擅自给饿得要死的村民分发救济粮吃，姚哈喇的那一份，一点儿不少。他吃饱喝足，就举报到了公社，使大抬杆下台，大病了一场，没有半年抑郁而亡。这让铃铛、王永泰、王决心对姚家更加恼恨。

改革开放了。大抬杆在死前就推举了胡玉湖当了村支书。本来是姚富生想当，却是胡玉湖当了。姚家人又把气撒在王家。这让两家的仇怨，旧仇加了新仇。两家时不时因为一点小事，爆发争吵，胡玉湖头疼，多次出面调停，没有结果。

几年前，腰里硬的老爹姚富生去世了，姚富生活着的时候，搞活王家寨乡镇企业，确实红火一阵。腰里硬有老爹的基因，倒腾过一阵皮货。后来皮货生意不行了，他脑瓜转得活，就地取材，又搞了苇帘厂。

王决心鄙视腰里硬，腰里硬干了什么好事，他都不佩服，仇怨藏在骨子里了。况且，他也想不出腰里硬干过好事儿。

乔麦划着鸭排钻出芦苇荡，风吹得她的腰身摇曳多姿。

天空飘着几朵白云。不远处，成群的水鸟在水面上盘旋，不时传来几声鸟叫。这片水淀长着大片大片的荷叶，花还未开，荷叶唱主角，随风摇摆，翩翩起舞。雨来了，一阵不大不小的雨滴落在荷叶上，噼噼啪啪溅起淡淡的水雾，雨滴聚成一个个透亮的水珠，在荷叶上来回滚动，悠悠翻着跟头。

乔麦将鸭子撒下，二、四、六、七、八……数不清。鸭群炸了。它们发出不怎么动听的叫喊，争先恐后地游着，有的朝着荷下走，有的向着苇荡奔。这就是它们的大食堂，开饭啦！

乔麦见了，扑哧一笑。

笑过，乔麦又恢复了一脸的忧伤。她还没有从失去儿子的痛苦中走出来。

鸭群吃饱了，鸭船回了。当渐渐靠近家里鸭棚的时候，乔麦看见腰里硬跟王决心在干仗。响声、尘土和鸭毛飘散，呛得人喘不上气来。

乔麦站在船头，看见腰里硬和王决心对打，心就悬到了喉咙口。

只见王决心一猫腰，躲闪过了大腰带，脚下一滑跌倒了，灰头土脸地爬起来，腰里硬凑了过去，乔麦喊了一声："别打了！"

胡玉湖也赶到了，急忙吼道："你俩这是干什么？想开武馆啊？"

腰里硬有点怵胡玉湖，还是给支书面子的，王决心在村里干事，怎能不听支书的？两人同时收了手。

腰里硬恶人先告状："支书，你都看见了，他撞死我儿子，还想占我便宜，他是想把姚家人赶尽杀绝啊！"

胡玉湖严肃地说："你们两个为啥打架？"

王决心倔倔地说："我只是说了几句鸭子，他就急眼了。啥素质啊？"

腰里硬说："啥说鸭子，你是指桑骂槐。泥鳅，你说是不是？"

泥鳅不敢张嘴，悄悄躲了。王决心笑了笑，说："鲇鱼抠腮，鲤鱼拿头，泥鳅一抓一出溜！"

见乔麦赶到，王决心望了乔麦一眼，咕哝了一句，倔倔地走了。

黄昏了，渔船纷纷拢到码头，王永泰的船早靠了码头，他绷着脸皮，东张西望观察动静。

王决心鼻青脸肿地过来了。

他听说了腰里硬和王决心打架的事儿，问王决心，王决心哈哈一笑："爹，我俩比画了比画，是他挑衅我啊。"

此时，胡玉湖走到码头来了。

王永泰正对胡玉湖有怨气，没好气地说："支书啊，三儿这事你都看见了，老姚家确实是忒欺负人，你得给我们做主啊。"

胡玉湖说："我知道，我知道。你还得多劝劝决心，千万别冲动，得搂着点火气，现在可是法治社会。"

王决心一梗脖子说道："法治社会更得讲理啊！"

胡玉湖问道："你这王决心的名字是谁起的？"

王决心回答说："我二叔啊，他咋了？"

王永泰叹息着说："是啊，荷花刚生下他的时候啊，他二叔就起了这个名字，他就跟我说，人生要有决心，办事要用心，有多少个心就能办多少事。你自个儿数数，多少个心啊？"

王决心愣了愣，伸手数着："决心，用心，真心，爱心，专心，恒心，耐心，痴心……"十根手指头都数不完。

胡玉湖笑了，拍了拍王决心肩膀，说道："别数了别数了，你呀，踏踏实实下决心帮着我，在村里为大伙干点好事吧！"

王永泰忽然想起什么，说："对了玉湖，我还有一个事得跟你说一说。"胡玉湖愣了愣，静静听着。王永泰说："这一连两天了，听见咱们村的鸭子叫了吧？不光七只八只，是全村的鸭子不停地叫唤，我担心……要污染哪！八十年代那场最大的污染，我就是听见鸭子哇哇地乱叫唤，你还记得不？"

胡玉湖点点头，脸色凝重起来。他转身对王决心说道："春江水暖鸭先知。鸭子是敏感啊，如果污染，我们赶紧向镇里县里汇报，商量应急方案。决心，听你爹说了吧？真的有可能。你这么着，夜里头你看看天象，还能看出啥门道来不？"

王决心深深点头。

当晚，他爬上房顶，举着天文望远镜探视浩瀚苍穹。

没有月亮，星星一抖一抖。王永泰特意没住在船上，回来陪老三，儿子上房顶，黑灯瞎火的他不放心。

他在院子里的葡萄架下提醒着儿子："小心点儿，你可是在房顶上哪。黑灯瞎火的，别一脚迈空，出溜下来。"

"哎呀，爹你别老说话分我的神了，知道啊。"王决心嘟囔了一句，又专心看天象。

"嘎嘎嘎……"村子里又响起了鸭子的叫声。先是东边，然后是西边，很快南边北边挤进来，来了个大合唱。叫声甚是清脆。

王永泰朝儿子喊了一声："三儿你听，鸭子又全都叫唤上了。"

王决心聚精会神，整个心思全在观看天象上。

胡玉湖迈进了院子，看看房顶上的王决心小声地对王永泰说道："这么多鸭子又叫唤上了，够邪行的！"王永泰叹了口气，说："过去鸭子叫会干淀，但是，鸭子喝了污染的淀水，也是这么叫唤。污染是八九不离十了，我这老眼昏花的，都看得一清二楚。淀水完了，河田打不成了，我们家的网箱鱼也养不成了，你说这日子可咋过呀？"

胡玉湖说："别急，都是白洋淀的人了，你还愁日子过不下去？等会儿，看看老三咋说吧。"

王决心在房顶上咳嗽了一声，走到房檐处，爬下了木梯。

王永泰连忙跑过去扶梯子，不停地提醒着："慢点慢点，左脚再往下……小心小心……"

王决心安全返回地面，拍拍两手，对胡玉湖说道："我这没看出个名堂来，还是道行浅、水平低啊！"

胡玉湖的手机铃声响了。

他打开手机，连忙接通："喂，我是王家寨胡玉湖……啥？白洋淀水位下降异常……嗯，我们也正怀疑要污染哪……好，好，按照政府预案我们马上做好相应的准备工作！"

挂了电话，胡玉湖用沉重的语气对王永泰父子说道："还有，镇里来电话，配合白洋淀治水，马上收缴大小渔船，淀面不让打鱼了！"

王永泰的心里咯噔一疼，六神无主了。

污染和大旱，没有击垮他，收渔船却让他如五雷轰顶。他满脸愁容，慨叹说："没营生了，两手攥空拳，往后做啥呢？"

王决心说："奶奶说，让你做鱼丸子。"

王永泰叹息说："二巴掌和他娘小洒锦不是做鱼丸吗？再说了，船收了，没法打鱼，还怎么做鱼丸？"

王决心被噎住了，吭了两声。

王永泰说："我当年啊，差点让你奶奶教我做鱼丸。你奶奶又反悔了，说祖宗规矩是传女不传男，祖上规矩不能破！"

王决心好奇地问："爹，这个挺神奇，你跟我说说，一般都是传男不传女，鱼丸子为啥传女不传男啊？"

王永泰抱怨："都啥时候了，还顾得上听这些？"

铃铛奶奶的铜铃响了。王决心急忙去了铃铛奶奶房间。

过了一阵，王决心从铃铛奶奶房间回来，说："爹，奶奶喝水吃药了。我刚刚问了，鱼丸的事她不想说了，让我们听杨牧仁的录音。"

王永泰的心思还在收船上，瞪着王决心说："这么大人了，做事分不清个主次，这都火烧眉毛了！别让你奶奶再讲了，牧仁那里有录音，你拿来听听不就得了？"

王永泰谁也不理，蹰蹰跶跶进屋了。其实，他对"银淀鱼丸"也很好奇。

铃铛手中的铜铃丁零当啷地响了。

树老根多，人老话多。眼前的事记不住了，脚后跟跺烂的事总也忘不了。

儿孙都习惯了，只要铃铛响了，她就是要讲故事了。

圈头村的银淀鱼丸，白洋淀无人不晓。

铃铛家族邢家鱼丸，兴盛时期是在康熙年间。听父亲说，很久以前，铃铛的祖先在白洋淀水中遇着一只大鱼，这条鱼比人的身体都大，可以说是白洋淀的鱼王。祖先划船追着这条大鱼，船上没有渔叉和渔网，他就要伸手抓到鱼王，一只手指触到大鱼嘴的时候，大鱼咬住了他的手，另一个渔民拼命用渔叉戳大鱼的头，鱼王终于松开了嘴，嘴里冒着血泡，鱼王抽搐着流着血，祖先就循着鱼王的血迹追踪而去，又发现了一条更大的鱼。祖先觉得事情严重，急忙用渔叉叉死另一条大鱼，鱼王和大鱼被带回家的时候，村里人都纷纷围观。祖先把鱼切碎了，将鱼片泡在荷叶水里，做成了鱼丸子。鱼丸异常鲜美，祖先笑了，邢家鱼丸儿就流传下去了。

邢家鱼丸儿做得极为精致，鲜鱼剁成肉末，拔掉所有鱼刺，刀切一丝丝藕，少放一点姜，圆圆的丸子搓成了，放在白面上滚一滚。水煮的火候也很讲究，尽量用白洋淀的土灶，烧一些硬秆芦苇，土烟筒就会冒着烟焰。

康熙皇帝到白洋淀圈头村打猎，在白洋淀端村建立了行宫，康熙皇帝从端村坐船到圈头围猎，品尝鱼丸，龙颜大悦，给邢家赐匾"银淀鱼丸"。圈头的银淀鱼丸声名远播，北平、保定、沧州都有银淀鱼丸店，后来这鱼丸成为天津义珍酒楼招牌菜。银淀鱼丸传了好几代，鱼是白洋淀鲤鱼，刀是保定杨三刀家定制的，传到我们这一代依然兴盛。

王永泰忽然问铃铛一个问题："娘，我们祖宗鱼丸向来传男不传女的，可是后来为啥又改为传女不传男呢？"

铃铛眉毛哆嗦，脸涨得通红："唉，惹了慈禧老佛爷，那是杀身之祸啊！"

这里有一段生死传奇。

圈头村邢家的"银淀鱼丸"传到光绪年间，竟然惹了大祸，西太后出京到保定总督府停留，道台传话，这一带有名小吃过来献艺，以博老佛爷一笑。铃铛的爷爷邢宗良带着儿子邢希望就去了保定，总督差役将他们安排在莲池客栈做"银淀鱼丸"。邢宗良父子精心细作，不料做的鱼丸不是味道，邢家父子吓白了脸。老佛爷吃了一小口就吐了，十分气愤。道台大怒，邢老爷子恐惧万分，亲自下厨再做一遍，还是糟糕。道台大骂："你们到底是不是银淀鱼丸的传人？此等劣迹，也敢欺世盗名，罪该问斩。"邢老爷子连连作揖告饶，道台大人还算开明，没割了邢家父子的脑袋，下令收回康熙帝的牌匾"银淀鱼丸"，不准邢家再做鱼丸。

邢老爷子回到圈头村，一病不起。

风声泄露，银淀鱼丸经营惨淡，只好关张算账。邢宗良奄奄一息之际，请来个算命先生，算命先生说，邢家"银淀鱼丸"只认白洋淀的水和鱼，换了地场，便走了风味。其实，爷爷邢宗良专门研究邢家鱼丸，小刀切鱼，放进少量莲藕，慢火煮，少煮水，火候足时自然香美。邢家男人气数已尽，此绝活要传到邢家女人手里方可振兴。

铃铛爷爷听了，久久不说话，后来还是认为颇有道理，让铃铛爹把做鱼丸手艺传给她娘。爷爷邢宗良再也不摸鱼丸，病入膏肓，却迟迟不肯闭眼，期盼儿媳把铃铛生下来，迎接银淀鱼丸的真正传人。所以说，铃铛是带着使命来到人间的。

铃铛鼻子一酸，没有哭："孩子，你娘降生的那一刻，爷爷终于从眼角淌下老泪，闭上了眼睛。娘至今长寿而且耳聪目明，跟我爱吃鱼丸子有关。"

铃铛做鱼丸出了名，王家寨的码头、碾棚、灶台旁边，相互传告铃铛做鱼丸的手艺。逢年过节，都愿意请她做鱼丸，她帮几十家做鱼丸，每家都夸好，铃铛就有几分得意。做鱼丸跟手艺人一样，讲究手艺，还讲究手气，手艺手气都好，煮出来的鱼丸带着鲜味和甜味。

鱼丸子传到王永泰这一代，传女不传男的规矩愣是给破了。其实啊，王家有女儿王永丽，但她这孩子死活不愿做鱼丸。这手艺落在王永山的儿子二巴掌手里实属无奈。在铃铛眼里，王家寨就有一个女人最适合成为鱼丸子的传人。

这个女人就是腰里硬的媳妇乔麦。铃铛教给乔麦试着做了一回，有赶超铃铛的架势。铃铛喜欢乔麦，她要是学，能够把银淀鱼丸发扬光大，可惜这个苦命的女人是姚家媳妇。

铃铛奶奶只好断了这个念想。小洒锦再三恳求，她将手艺传给了二巴掌。

第六章 养鸭女

日上三竿的时候，鸭群吃饱了，放鸭人乔麦却饿了。

她从口袋掏出一个哨子，呜呜吹响了。鸭群听到哨声，呼啦啦往船边游，乔麦就赶鸭子上船。鸭子个个嗉子鼓鼓，肚子滚瓜溜圆。它们摇摇摆摆上船，显得心满意足。虽说污染，淀上还是有鱼、虾、螺、蚬……活着，这些水生动植物为鸭子提供了丰富的食物。这是白洋淀鸭绒好、鸭肉上乘的主要原因。

腰里硬外出的日子，乔麦就带着干粮，在淀上陪鸭子一整天。腰里硬在家，就不行了，她要赶回去，给腰里硬做饭。

回到家，吃完饭，起风了。院子里飘起了洁白的鸭毛。

乔麦喉咙痒了，鼻子立刻酸凉，眼泪就呛了出来。一只瘦弱的鸭子扭了过来，它也许知道主人的悲痛，伸出蛇一样的脑袋，拿红色嘴巴安慰她。鸭子弄脏了她的裤子，她视而不见；鸭子乖乖地蹲下了，似乎是陪伴。乔麦抚摸着鸭子的脑袋，抬头看枝条挂绿的柳树，树枝上沾着鸭毛，似柳絮，有一根白白亮亮的。

一阵风吹，那根鸭毛在院子里飘飘忽忽，打旋儿，后来飞上了天空，不见了。

乔麦一直看着一根鸭毛的消失。她觉得自己的命，连一根鸭毛都不如。

乔麦是个苦命的女人，一直默默地承受着命运强加给她的屈辱。

不是知情者根本不会相信如今还有这样的苦难。乔麦在心中说："腰里硬，你个挨千刀的鬼，我要不是嫁给你，我和孩子哪有今天的灾？"

下午四点多钟，鱼丸店老板二巴掌给乔麦送来了鱼丸子。乔麦冷冷地问："是王决心让送来的？"二巴掌龇牙一笑："不是，我娘让送的。"乔麦这才收下了，眼睛一热："谢谢二婶。"二巴掌走的时候，乔麦让他带给他娘小洒锦一兜鸭蛋。

乔麦望着二巴掌一颠一颠地走了。

张家口崇礼县西窑村，乔麦从这里嫁到白洋淀姚家。她有男人，有孩子，有自己的家，养鸭子，有吃有穿。养鸭子，本小利大，也好卖，生意一天天做了起来。

村里的人粗一看，这样的生活还求什么呢？所以周围的人并不理解乔麦的苦恼，她无法将自己的苦恼表现出来。她吃苦耐劳，养鸭子吃体力的苦，对于她来说根本不算什么，真正的煎熬是来自精神的打击、内心的崩溃。

土豆、荞麦和莜麦，代表了她的故乡的元素。紧紧巴巴过日子，只能黄连树下弹琴——苦中作乐。这几年，国家加大了对张家口的扶贫力度，日子开始好了起来。哥哥乔木长得又黑又矮，村里人喊他武大郎，妹妹如果不换亲，他就只能打一辈子光棍儿。乔麦是一个孝顺的女孩儿，爹娘为哥哥的婚事愁眉苦脸，她见了难受。而且她深爱他的哥哥，思来想去，只好含泪答应了这门亲事。与她一样，姚丽蓉为了哥哥腰里硬，也忍受了屈辱。

乔麦初次见到腰里硬的时候，没有看上这个个儿矮腰圆的莽汉，他连微笑的时候都带着一股杀气。乔麦偷偷跑了，发誓再也不回这个家了。

可是，一个没有出过门的女孩子，别有什么闪失，家里人急坏了。乔木带着干粮找了半个月，才在张北县的菜地找到干活的乔麦。乔麦看见乔木一愣："哥，你是不是抓我来了？"乔木一把抱紧了乔麦，然后塞给她五百块钱，说："哥不怪你，你平安就好，照顾好自己。"乔麦心头一热，双眼含了眼泪，把钱塞给了乔木，乔木推托着，转身走了。乔麦望着哥哥矮小的身影消失，焦心慌乱。听说爹病了，腰里硬自己回白洋淀了，他的妹妹姚丽蓉却留了下来，照顾老人。虽然还没有过门儿，但她开始尽一个儿媳的职责。

乔麦被震撼了，不由得问自己：我还有别的选择吗？

乔麦脸色苍白地回到家，父亲斜靠着被垛，人走了相、脱了形。她缓缓走向父亲，扑通一声跪在爹的跟前，艰难地吐出两个字："我嫁！"说完，一头晕倒在爹的怀里。

乔麦为了哥哥，答应了这桩婚事。

嫁到王家寨的女人，婆家都给配一个红柜。这里装着女人的东西，也藏着她们的秘密。当柜子的红漆旧了，她们感觉自己被时光变成了旧人，对生活都失去了幻想。

乔麦嫁给腰里硬，姚家也给配了一只红柜。她打苇和织席都是好手。最初到苇田割苇，割苇节是女人的节日。银色的镰刀飞舞着，金黄的苇叶纷纷扬扬落下来，落在头发和肩头，耳朵被沙沙声音灌满，反而有了一种快感，报复谁的快感。

天气渐渐凉了，王家寨的夜晚却是溽热的，虽说白天很累，但是无论男人还是女人，夜晚精力异常旺盛，男人和女人溜光的身子躺在苇席上，浑身上下淌着汗，皮肤叠着苇席的印子，花搭搭的。有的家里，传出女人的呻吟和男人的喘息声。苇子割下来做成苇帘子、苇席。咔嚓咔嚓织苇帘子，织苇帘是手脚并用。手续苇篾，脚踩踏板。乔麦知道，当一片片苇篾子被机器吞了，苇帘子和苇席就做成了。

后来，乔麦改行养鸭了。

白洋淀穿行着一个个鸭排，白色的鸭子密密麻麻。有人向养鸭户家里收购鸭绒。养鸭户也养肉鸭，宰杀后送到北京全聚德烤鸭店。香喷喷的全聚德烤鸭，其实也有白洋淀的味道。

从改革开放到今天，从池塘散养到规模化暖棚养殖，养鸭户走过了风雨历程。这里的双黄鸭蛋，远近闻名。苇荡里，麻雀一跳一跳，喊喊喳喳，说着鸟的语言。鸟窝里面有小鸟唧唧地叫着。乔麦发现，村口有一块高高的苇田，那些枯枝苇叶混合在一起，烂为丰腴的泥土。

鸭子在苇田上溜达，她站在苇田上看王家寨，水村的轮廓和倒影变得和谐。乔麦觉得，要不是因为她的丈夫，这个地方比家乡不赖。

天下所有地方，都是有气味的。山有山的气味，平原有平原的气味，白洋淀有白洋淀的气味。

乔麦问自己，王家寨的气味是什么呢？除了炖鱼的香味，还有一股草的味道。这股草的味道与芦苇味道不同。到底是什么气味呢？这是白洋淀炖鱼和苇叶煎饼的混合味道，煎饼裹了一层苇叶，蘸着鱼汤吃。故乡的饭菜渐渐远去，她渐渐习惯了王家寨的炖鱼、饸饹和苇叶煎饼的味道。

但是，与壮美大淀和风土人情相比，腰里硬就是另类的存在。他坏毛病多，她忍了，用皮带打人，能忍吗？皮带下的乔麦，感觉穿越到了弱肉强食的动物世界，她是一只美丽的小鹿，瞬间被狮子扑倒……

乔麦本有银铃般的笑声，皮带下，哑了。淀上放鸭子，她在船头坐，四周只有芦苇、荷叶、水鸟和鸭子，还有一片水、一片天。这样的环境下，她想起曾经银铃撞响般的笑声，她想试试。试了，听到的是敲破锣的声音，她愣了，戛然而止。

腰里硬说话，唾沫星乱溅，指天骂地。别人聊天，他总要插一杠子，煞风景是他的拿手好戏。对于农村里长大的女人来说，男人霸气点儿没什么，怕的是，乔麦会无缘无故地遭到男人的毒打，几句话不顺，他就拿皮带抽打乔麦。不仅仅是他的狂躁症，一颗深藏的、千百年来播下的男尊女卑的种子，在他腐朽的头脑里发酵和繁衍起来。

如果不是为了哥哥乔木，乔麦当然不会嫁给腰里硬。有时她想，她宁可成为老姑娘，宁可孤独成白发苍苍，化作尘土，都不会嫁给这个男人。但她嫁了，不得不嫁。嫁了，还要强作欢颜，强作欢颜还不行，还要随时迎接飞来的皮带。想到这儿，乔麦心底生起阵阵悲凉。

乔麦高中毕业，也算是读过书的。越是读书，越是无法忍受折磨，越是变得脆弱而无助。

乔木憨厚老实，心里有数。

乔木知道妹妹为了自己受了委屈，但是乔麦遭家暴，对他还是秘密。哥哥理解的委屈是一朵鲜花插在了牛粪上。乔麦的脑子记忆力超强，每次考试数学都是班上第一，如果不是爹在地头犯病，耽误了她高考，她应该是某大专院校的高才生了。

乔麦出嫁时，乔木哭了；为了让乔木开心，乔麦笑了。

乔麦尊重哥哥，也心疼哥哥。起初，乔麦不适应船上的生活，白洋淀景色虽好，她不敢在船上站得太久，否则就感到晕眩，起风浪时她还会吐得翻江倒海。平常日子里，她端坐在船头，任船自己漂流，如果碰到垃圾和杂物，她就动手捞起来，装进塑料袋儿里。苇秆儿没有出生那会儿，她的唯一的伙伴儿是一条狗，狗守着鸭棚子，不能跟她上船，腰里硬整天带着胡铁、泥鳅乱跑，乔麦的生活，在腰里硬眼里，不过是淀上刮了一阵风，不在意。两个人很少有交流，腰里硬不想知道，她是怎么在大淀上打发日子的。

"吃什么呢？这么高兴？"腰里硬回到家里，瞪着眼睛问。

乔麦将油炸的水芹菜端到桌上，让腰里硬吃，腰里硬吃了一口，啪啪地吐出来："啊，这是啥破菜？太苦了。"

乔麦急忙端来醋熘白菜和炒鸡蛋，她自己默默地吃水芹菜。她想以后再炸水芹菜，就多放一些糖，腰里硬吃着也就顺口了。

乔麦硬着头皮，使自己融入男人的生活。可是，腰里硬极难伺候，哪天饭不合他口味，立马翻毛转性掀桌子，几句话说不对了，他抢皮带就打，乔麦常常鼻青脸肿，几天不敢到淀上放鸭。乔麦隐忍了，知道未来的日子无比艰难，嫁鸡随鸡，嫁狗随狗，还是独自承受吧。她的苦没有告诉家里的人，更没有说给哥哥乔木。她知道，如果像怨妇一样说了，家里人除了惦念，于事无补。

这一瞬间，苇秆儿的声音又飘在耳畔，人影也在眼前晃了，孩子跟她放鸭排的时候，顽皮耍闹，险些掉进水里。那一次，她狠狠打了苇秆儿的屁股，苇秆儿哭得伤心，现在想来，她后悔，不该打孩子。鸭船上的母子时光，现在想起来，那是她有生以来最好的日子。

苇秆儿的身影消失了。乔麦躺在船板上，头枕着手掌，仰面长久地望着高远的天空，希望天上再出现苇秆儿的身影。没有了，只有白云一团团地滚动着，好看的云朵转眼就没了，就像苇秆儿一样。乔麦眼里又莫名地涌满了泪水。

乔麦会养鸭，能养鸭。有人叫她"养鸭队长"。干啥就务啥。她常去大乐书院，借养鸭养鹅的书看。有时还看一些喜欢的小说。家乡有个说法，吃水芹菜的人聪明。乔麦爱吃的水芹菜，还能治病。

记得小时候，乔麦的眼睛坏了，她家买不起眼药水儿，就拖成了慢性病。

后来，母亲拿来了水芹菜，挤出汁液给她治眼睛。水芹菜的汁液蜇得疼，但是眼睛渐渐好了，她背着书包到河滩去，蚊子咬了胳膊，她用手抓破了，她就把带着露珠的水芹菜挤出汁液，抹在伤口，这就是最好的良药。因为乔麦的发明，全西窑村老百姓眼睛肿时都去采摘水芹菜。

门响了，然后是杂沓的脚步声。

二叔姚哈喇和二婶进来了。姚家最好的一双老人，常常像爹娘一样照顾着乔麦。姚哈喇安慰了乔麦几句，二婶又哭了一阵。姚哈喇痛心地说："想不到的灾啊，人死不能复活，你想开点吧。"二婶也劝说："是啊，我可喜欢苇秆儿了。哎，刚刚我看见王决心在门口转悠。我们来了，他就躲了。到底是不是他撞了苇秆儿啊？"

乔麦红着眼睛说："泥鳅说是他撞的，他不承认。"

二婶疑惑地说："警察为啥没抓他？说他做完笔录就回来了。"

姚哈喇叹息一声，说："别忘了他们家亲戚，是县公安局的副局长，能不给他开绿灯？"

乔麦说："人命关天，没有人敢在这事上造假。"

鸭子又嘎嘎地叫唤了。

乔麦让他们吃瓜，然后提着鸭桶，去鸭棚子里喂鸭子去了。鸭子吃食的声音窸窸窣窣，像雨点落地。喂好了鸭子，乔麦重新回到房间。二婶思念苇秆儿，她仍然哭。乔麦跟着掉泪，给二婶递毛巾，炕头掉下一个东西，她发现，那是一个用苇子扎起来的小手枪。

那是乔木来王家寨的时候，专门给苇秆儿做的，苇秆儿十分喜欢。苇子手枪上面还沾着泥巴，上面清晰地印着苇秆儿的指纹。乔麦把手枪捡起来放在胸前，眼睛充满悲伤。

两位善良的老人嘱咐一声："别哭别哭，我们走了。"

乔麦送走他们，回头将芦苇手枪珍藏起来，然后又去鸭棚捡鸭粪了。

乔麦尽量用艰苦的劳动来麻醉自己的痛苦和悲伤。黄昏了，鸭子进棚了，掉了白花花的大片鸭毛，她将鸭毛扫起来，收进一个麒麟袋子里，然后用水洗干净，再放进土锅笼屉上蒸，这是原始的消毒程序，只有消过毒的鸭毛才能卖出好价钱。摆渡船停靠的时候，下来走街串巷的收鸭毛的贩子。码头对面的大张庄，有几家规模不小的羽绒服厂，专门到村里来收购鸭毛。

西边的大淀，晚霞渐渐消失了，留下了一片红色的云彩，像一片荷花一样，层层叠叠地涌着。乔麦多看了两眼，轻轻舒了口气。

鸭棚的台子上，有几本小人书，其中一本是卷了边的《雁翎队》。在雁翎队的家乡看这本小人书，乔麦想儿子了，时常拿过来翻翻。

这本小人书是二叔姚哈喇送的，苇秆儿特别喜欢小人书。二叔爱好收藏，这是他小时候看的老物件。苇秆儿每天睡前必看，吵吵着要当雁翎队，杀鬼子。

乔麦抚摸着小人书。她的眼睛又红了。几年前，苇秆儿的出生，使她的生活变得甜美、舒畅。她觉得活着真好，只有和儿子独处时，她才会从心里彻底放松，仿佛空气都是甜的，她经常想，如果时间可以回流多好？苇秆儿还是依偎在她怀里。乔麦坐在沙发上，双手轻轻地搂着苇秆儿，翻看小人书。苇秆儿靠在妈妈怀里，手拿一根甘蔗，津津有味地嚼着，嘴里还吱吱呀呀地嘟囔着，好像听懂了妈妈的话。

苇秆儿一天天长大，乔麦心存感恩。感恩苍天赐给她这么一个好儿子，让她勇敢地面对苦难。

有一天晚上，门嘭地一响，乔麦心里一沉，她知道腰里硬回来了，腰里硬喝了酒，摇摇晃晃走到乔麦身边，嘿嘿乐着，亲了她一口，满嘴酒气，熏得乔麦差点儿背过气去。乔麦知道接下来腰里硬想做什么，可孩子还没睡呢！苇秆儿见了，端起手枪，冲他瞄准，嘴里喊着："啾啾啾，我打鬼子。"

猪头小队长是雁翎队中的鬼子。这是小时候，小伙伴们给腰里硬送的雅号，多少年没人再叫了。儿子无心叫起，让他心里冒火。不由分说，他一把从乔麦怀里抢走了苇秆儿，把苇秆儿举过头顶，苇秆儿受到了惊吓，哭了起来。腰里硬不耐烦地骂："兔崽子，看见我就知道哭，哭，我是你亲爹！"苇秆儿哭得更厉害了。腰里硬一遍一遍摇晃着儿子，让苇秆儿叫爸爸，苇秆儿就是不叫。乔麦急忙说："你快把孩子放下来，会吓着他的。"腰里硬醉了，听不清乔麦说什么，继续摇晃着苇秆儿说："猪头小队长是小鬼子，你爸爸腰里硬是大英雄！"

苇秆儿突然止住哭，眼睛直了，气管被堵住了。乔麦看不得苇秆儿受委屈，她一把从他手上夺过苇秆儿，一股无名火起，腰里硬扇了乔麦一巴掌。

一会儿，苇秆儿脸色缓过来了，发出哭声。乔麦颤抖着身体，怒目圆睁，咬着牙，一字字地说："腰里硬，你不是人，你差点要了孩子的命啊，你有本事就打死我！"

腰里硬看着乔麦对他吼，愤怒了，下意识抽出腰带。乔麦拿起一个杯子，向腰里硬砸了过去，砸中了腰里硬的额头，杯子掉在地上碎了。

乔麦一手抱着苇秆儿，冲出了家门。

乔麦抱着苇秆儿漫无目的地走在水边。她又恨又怕，如果她不在身边，如果没有及时发现，也许现在抱着的是儿子的尸体。她痛恨腰里硬，想想自己和可怜的儿子，再也忍不住抽泣起来。她哭，苇秆儿也跟着哭，夜里收船的人们看到母子两人都投来了异样的目光。

乔麦抱着苇秆儿跟跟跄跄走着，她望着摇晃的芦苇，望着幽深的淀水，她瞬间陷入绝望，与其这样担惊受怕地活着，还不如抱着儿子跳进这大淀。

乔麦看着可爱的儿子，她又摇了摇头，我怎么会有这样的想法，我太自私了。这个时候，乔麦的手机响了起来，是哥哥乔木打来的，说家里的桃树结了好多桃子，可甜了，娘挑出最好的桃儿留了起来，快递给她和苇秆儿。乔麦的心瞬间涌起一股暖流，她眼里渐渐有了光、有了希望，望着这片生机勃勃的芦苇，她深深地吸了一口气，脸上又充满了坚毅。

她抱着苇秆儿回家，腰里硬睡成了一条死狗。

学校有一排老楼，山墙上、围墙上都爬满了嫩绿的爬山虎，郁郁葱葱。

山墙是砖墙，爬山虎爬着容易，围墙是铁艺制作的，它们怎么爬？愣是爬满了老楼，又从老楼爬到了铁艺围栏，像蚕吃桑叶那样，一步步侵占，转眼间，铁艺墙出现了绿色。

乔麦记得她嫁过来那年，铁艺墙是旧砖墙倒塌后重建的。而今已是郁郁葱葱。它们，一片一片的嫩叶，像三根小手指，变成了一个小手掌，灵活、坚韧地攀爬，不管你有多崎岖、多陡峭，它一定要爬上去！爬上去看什么？还是墙！

乔麦觉得自己就像爬山虎，每天只顾爬。不为目的，不问意义。不对，爬山虎用绿色装点了世间，而自己呢？养育的儿子没有了，行尸走肉吗？

学校放学了。门口乱成一团，一片欢声笑语。孩子们蹦蹦跳跳地被家长接走了。

夕阳洒下一片金黄。洒在校园，洒在爬山虎上，美美的。乔麦失神地望着学校，看着孩子和家长都走了，看着校园大门关闭。

如果苇秆儿活着，还有两年也背着书包上学了，这么近的学校，读书多方便。想着，就看爬山虎，她看见爬山虎动了，那些绿色的生灵，争先恐后地往上爬。你追我赶，力争上游，喊着：爬上来呀！爬山虎没人施肥，没人浇水，你爱爬不爬，没人管你，没人理你。

看着看着，自己就想做一藤爬山虎。

乔麦家是村里最北边，一边临淀水，一边挨着河汊子。再往南走那是一架木桥。她家独门独院儿，与村里别的人家不相连接，与姚哈喇家隔着一条空地。这样的环境正适合养鸭。当年腰里硬的爹在村里盖了别墅，后来赔钱拿别墅顶账了，村里又给了姚家这块儿地基。

瘦死的骆驼比马大，腰里硬他爹又盖了一套青砖房，在王家寨也是鹤立鸡群，有一种特别富贵的感觉，那套房子是给姚丽蓉的。"收鸭毛喽，收鸭毛喽！"乔麦听到街上的贩子的吆喝声，慢慢站起来，将积攒的两袋鸭毛拽出去，把鸭毛交给贩子。

天渐渐黑了，王家寨的灯光亮了，隐约听见远处传来的收船的砰砰声。

乔麦仔细听了一下，腰里硬、胡铁和泥鳅的说笑声渐渐近了。泥鳅对腰里硬说："大哥，今天晚上到我家吃饭，我有老白干荣誉酒。"
腰里硬嘿嘿笑道："好啊，泥鳅对哥好。苇秆儿没了，几天都没有喝酒
了。"泥鳅说："你跟乔麦都年轻，再要个孩子。"腰里硬叹息一声："如
今环境污染，怀孕哪那么容易啊？泥鳅，你跟雁子也是不来孩子啊！"
泥鳅让腰里硬喊上乔麦，一起到他家吃饭，腰里硬不让他喊，他不愿
意见乔麦哭丧的脸。

乔麦没有吱声，犹豫了一下，趁着他们没有看见她，赶紧躲到阴
影里。

苇秆儿死后，腰里硬也悲伤了几天，毕竟是他的亲骨肉，但他很
快走出了悲伤，他不爱乔麦，又怎么能特别思念苇秆儿呢？乔麦也不
喜欢跟腰里硬在外边吃饭，更不喜欢他身边的这两个男人胡铁和泥鳅。
雁子打开了家门，乔麦看着他们三个人进了泥鳅的家。

乔麦急忙从暗处里闪出来，朝自家院里走去。院里有一棵苦楝树，
半死不活的，树杈杂多，膨胀成大片树伞，乔麦在树干靠了一阵，闭
上眼，歇一会儿。不知怎的，每次靠上苦楝树，她就心安，像是有人
在抚慰自己，暖暖的。一棵苦楝树，也叫哑巴树；一个苦命的女人，
也像哑巴一样时常自言自语。乔麦靠着树，背过手，抚摸树，盼着树
好起来。

她自己的眼睛却流下了两行泪。

第七章　真相

王家寨靠水而生，枕水而眠，人人都有个好水性，小孩打小会游泳，人人会划船打鱼，人称"打河田"。打鱼、编苇、跑船……

王永泰的父亲王寿山，当年就是赫赫有名的雁翎队队员，外号叫"大抬杆"。

大抬杆和胡凤久齐名，是好哥们，胡凤久的外号叫"水上飞"。提起雁翎队的"大抬杆"猎枪，王永泰就激动一番。母亲铃铛当了王家寨村支书，铃铛孝敬婆婆，邢玉芳瘫痪在床，身边离不了人。她毅然辞官，围着婆婆好茶好饭好伺候，二十年天天守着，温暖不漏一丝，在王家寨成为佳话。

铃铛辞职之后，党员们选大抬杆当村支书。可是大抬杆没有老婆铃铛的魄力，村里有事他多向老婆铃铛请教，村里的硬事都挺过去了。

王永泰也像个尾巴，紧紧跟着大抬杆。他就愿意窝在船上，眼睛欢欢地眨。

王永泰的弟弟王永山在村里，常常跟着他老婆小洒锦过来看望铃铛奶奶。

王永泰有时住在四舱里。四舱里还有一个小机器，摇橹摇累了，砰砰地开动机器。没事的时候，王永泰就驾着机船在白洋淀兜风，老爷子戴着墨镜，看到载有女游客的船只就兴奋，就大声唱保定老调，唱完老调，就唱《雁翎队之歌》。

王永泰划船回了王家寨，想去荷花岛大乐书院看看。进门儿，他就闻到浓浓的花香。

所谓荷花岛不是一个岛，就是村里原来的镇龙寺，"文革"时"破四旧"，镇龙寺被红卫兵烧了，那一片空地和淀边种植荷花，盖了房，取名大乐书院，书院院长杨牧仁有些见识。他想找杨牧仁聊聊淀水污染这事儿。他在村街巷道里走着，老街巷几百年了，还被渔民们捧在手心里，保存下来，青砖瓦舍女儿墙，能防水，还便于晒粮、放苇、盛夏乘凉，这房子，一砖一瓦都有讲究。虽说只有水路出村进寨，但王家寨自古就不闭塞。打清代起，这里就出了王家、姚家、胡家、陈家等大户人家，都是人丁兴旺。宗族之间虽鲜见打打杀杀，鸡争鹅斗的事儿每天都有。这都正常，一家人还打得头破血流呢！尤其是王家和姚家，是王家寨的大户，自古仇怨深厚！四面环水的王家寨，地理位置拔了头筹，生下来就是让人争争抢抢的，少不得刀光剑影。明代以后，保定至天津的津保航线经由此地，渔民对杀人越货的事儿都能当笑话听。

王永泰的老爹大抬杆去世多年了。水上飞参加过抗美援朝，回来还蒙受了一阵冤屈。他住在王家寨的老宅里，孙子王德给雇了保姆伺候着。水上飞本名胡凤久，雁翎队队员，由于水性好，踩着木头贴着水面飞，"水上飞"成了他的外号。这名字，人们叫了一辈子，早把他的本名忘了。如今水上飞也一百多岁了，人还精神，身体硬朗，就是患了老年痴呆。每天在光荣院的院子里走正步，肩上扛着一根棍子。走在街上，王永泰老远就听到了水上飞的《雁翎队之歌》：

> 1943 年，
> 环境大改变，
> 白洋淀的炮楼端了多半边，
> 子弟兵们多勇敢。
> 哎咳哟，
> 嘚儿棱登生，
> 子弟兵们多勇敢——

老房子、老门楼被阳光晒得发白，像出网的鱼鳞，不住地跳出眼帘。王永泰刚刚走进院子，水上飞还在绕着圈走正步，从王永泰身边走了过去。王决心快步过来了，身后跟着淀子。

淀子是王决心从淀里捡的，当时呜呜咽咽要死的凄惨样子，被他抱回家，像对待自己的亲兄弟一样拉扯，有他一口吃的就有淀子半口。极通人性的淀子心里有数，决心报答自己的主人，憋着一股子劲，很快长成了一只健硕勇敢的大狗，看家护院一点也不含糊。

王决心和王永泰格外喜欢淀子。

王决心带着淀子去湿地看鸟，他喜欢看鸟。王德有个业余爱好，爱摄影，拍摄美女，还拍摄鸟活动照片。

王家寨有朱鹮鸟，是一类保护鸟类，国家监管养护。朱鹮在王决心的头顶上叽叽喳喳叫个不停。村里大乐书院西侧的湿地，开了一片鸟林，铁丝大网笼罩着两千只五十多个种类的鸟，包括那只朱鹮。这鸟太珍贵了，等待通知送走。

离开了鸟林，王决心去看网箱鱼，他在路上碰见腰里硬，王决心没有迎上去，钻进芦苇里躲开了。

老王家跟老姚家的世仇没解没化，老一辈走路碰头，脑袋撞了疙瘩，相互摸摸，扭头走了。到了王决心这辈儿，两家年轻人碰上，还能打个招呼，紧要关头当然不会见死不救，那不是王家的脾气。就算一条狗落水，也要搭救上来。

去年夏天，腰里硬坐着自家船，船帮一歪，一下跌进了大淀。那地方水深，腰里硬喝了酒，在水里像只啤酒桶，浮上沉下，踏踏实实喝了两口淀水，连呼救命。正巧王决心驾船打此经过，他一头扎进水里，把腰里硬救上来。

腰里硬觉得没了尊严，他堂堂男子汉，硬汉一枚，岂能直呼救命？而且还让王决心撞上了，不如死了算了。腰里硬死活不领情，王决心又把他的脑袋摁到水里，说："你小子不服，就再喝两口淀水吧。"腰里硬喝着水，满脸憋得通红，连连告饶了："放开我啊，我不豪横，我服了。"王决心这才松开手。腰里硬吐得稀里哗啦。

腰里硬想，在死亡面前，我怎么成不了英雄呢？

姚家人信奉有钱能使鬼推磨，有了大事用钱说话。姚家人上上下下都迷信关系，关系硬了好成事，多个朋友多条路。姚家人脉资源丰富，出了事儿，动关系，使钱，也确实啥事都摆平了。

王家人看不起姚家人。但是，他们还是对姚家有所忌惮的，因为姚家背后的关系实在是太复杂了，哪方面的都有，有钱的有势的，白道的黑道的，盘根错节，错综复杂。王家的铁杆儿朋友，也可能和姚家打得火热。

白洋淀历史上出现过多少次干淀和大旱，就发生过多少场抢水械斗。王家寨村里自己人内斗，王家寨与外村也有械斗，还出过人命。比如圈头村、七间房、笊篱村、十里庄和大树庄抢水打架。

王决心带了一个外姓人水牛。水牛姓牛，大名牛水牛。

水牛跟王决心始终是同班同学，关系铁。

王决心烦他胆子小，看见老鼠都吓得跑。王决心起初也没少欺负他，后来见腰里硬和胡铁、泥鳅都欺负他，就动了恻隐之心，见不得老实人被欺负，就出头保护水牛，还因水牛跟腰里硬干了一仗。水牛自然把王决心当成了"保护伞"，跟王决心形影不离。只要出了家门，一准跟在他身后像一个影子。高中毕业后，俩人都没考上大学，双双在白洋淀上摇着船"打河田"。

"肚子疼。"王决心说。

王决心闹了肚子，担心吃了污染的鱼虾。吃了从抽屉里翻出的医治肚子的药。听说最近有十多个拉痢疾的，严重脱水，都送到了王家寨诊所。估计跟水污染有关。

王决心看见王永泰和老顺子说话，就朝他们走了过去。傻呆的水上飞在一旁，最先看见王决心和淀子，把手里的鞋子递到王决心鼻子底下晃荡。

王决心瞪眼说："这疯老爷子！"

黄狗淀子耸耸湿漉漉的小鼻子，连着打了三个喷嚏。王永泰放下手里的抛网，赶紧问王决心说："你问了吗？大沽高程的水位又降了吗？降了多少啊？"

王决心习惯性地仰着头，说："爹，你能不能别再捉弄残疾人，跟这种人过不去干啥呀？"

王永泰瞪了王决心一眼，黑了脸，说："滚一边去，这是捉弄吗？那是我给他买的鞋子！"

水上飞看着王决心嘿嘿傻笑。王永泰又问："决心，你要是去外地打鱼，你的网箱鱼咋整啊？"

王决心不耐烦地说道："哎呀爹，眼瞅着淀水污染了，还养啥网箱鱼啊。你就别管我的事了，怕啥来啥，就是不怕你三儿子憋出神经病来！"

鱼鹰大黑蹲到王永泰左边肩膀头，朝王决心"喔喔"叫，王决心朝大黑晃晃手掌想把它吓跑，却招得二黑扑了来，被王永泰一声喝令唤回右肩上。王决心骂了一句："小畜生，六亲不认，早晚狠狠收拾你们一顿！"淀子不失时机地配合主人朝着大黑二黑"嗷嗷"一顿狂吠，叫累了就乖乖卧下来。

王永泰嚯了下牙花子："三儿啊，你说真要污染了，没有鱼虾了，打不成河田了，网箱鱼也养不成了，咱吃啥喝啥呀？"

王决心说："甭担心，新区成立了，我听老支书说，政府会安排开上游水库、黄河引水呢。"

王永泰叹了口气，说："我也听老支书说了，政府让笊篱村的小水库放点水，可笊篱村的人不仗义，他们的鞋厂愣是往淀里排污水，你说混蛋不混蛋啊！"

王决心恼怒地说："真有这事？那我带上人给它堵上！"

王永泰说："胡支书去谈判去了。瞅瞅管不管用吧！"

王决心吼道："谈判管个屁用啊！我这就回村召集老王家人，多招呼点人，我就不信笊篱村的鞋厂还敢往淀里排泄废水。"

王永泰脑袋摇得像拨浪鼓："笊篱村一准不叫扒呀，还不跟咱拼命？王家人有个折胳膊断腿的，你赔呀？"

王决心一梗脖子，这是他做好豁出去一腔子热血的准备，他坚定地回答："顶着刀子出门，豁出去了！"

王永泰骂道："屁话！你豁出去了，那老子呢？等我蹬腿了谁来给我打幡抱罐啊？"

王决心的话说得轻松："你老糊涂了吧？你不是还有俩儿子吗？还愁没人给你送终？"

王永泰瞪着浑浊的老眼，不说话。王决心知道自己说的话刺激了爹，刚要把话圆回来，村支书胡玉湖来了。水上飞看见了胡玉湖，立刻扛起木棍子踢着正步走了。

胡玉湖习以为常了，他没有看水上飞。

王永泰凑了过来，说："支书，谈判谈得咋样了啊？"

胡玉湖转回脸叹了口气，说："还能咋样啊，人家笊篱村的支柱产业是鞋，不同意关门呗！我看啊，还得等白洋淀新区统一下来铁政策，关门歇业。"

王永泰问："政府出面也不同意？"

王决心说："活人惯的，老和尚打伞，无法无天了？"

胡玉湖瞥了王决心一眼："腰里硬你俩死磕，连说的话都一模一样，腰里硬已经领着姚家人奔笊篱村去啦！"

王永泰心里一惊："啥？姚家人出动啦？"

"爹，他们要是去了，我是治保主任，我瞅瞅去。别出大事啊！"王决心拔腿就往外走。

胡玉湖不放心，起身也要走，王永泰叮嘱王决心说："老三，苇秆儿的死，你还没有抖搂干净呢，别再惹事啊。"

王决心有些焦急地说："爹，我是治保主任，不能不管，我先走啦！"

王永泰沮丧地一叹。

王决心带着水牛等人出发了。

笊篱村，立刻让人想起捞面条的铁笊篱，笼罩着烟和水的腾腾热气。这个村是半水村，挨着一条入淀的小河，属于萍河分支，河边是一个小水库。这里的水质有啥演变，首当其冲的就是圈头和王家寨，因此嫁到这个村的王家寨媳妇都让着婆家人，生怕得罪了他们，他们日后在水方面找娘家村麻烦。

王决心一边走一边就想：笊篱村人阻挠往下游放水。其实水库里憋着水，深深的，绿绿的，可对于白洋淀来说不过是塞牙缝儿。如果恢复到干淀以前的水量，必须给水库补水，笊篱村人舍不得把有限的水分流到淀里，水库也不是为养船和打鱼，而是满足鞋厂、饮水和家常用。

前一阵子，胡玉湖到笊篱村要过水。可惜，没有任何动静。

乔麦独自绕过水洼，从干硬的小道上急急火火地赶来，她是想截住他们。谁家女人都不愿意男人出事。乔麦还没有从失去儿子的痛苦中走出来。她虽然焦急，却还在犹豫。二婶推了她一把，催促道："快追呀！"乔麦不敢不听他们的话，只好转身追赶而去。

风一股一股地吹，苇叶不经刮，哗哗地山响，乔麦的黄色头巾被吹得飘起来，像大鸟扑扇的翅膀。鸭子浮到淀里，院里和鸭棚安静下来。如果不是出事，乔麦每天会坐在鸭排上，静美如初。乔麦的脸很嫩，光滑细腻，洁净透亮。生活这般劳累，竟然没有拖垮她。

有的人的美，经得起生活的摧残，还能把生活的棱角磨圆，连一根毛刺都没有。有时候，一张白皙的脸庞，却比汉白玉坚硬。她颤颤地追上了腰里硬，咬着嘴唇说："哎，二叔二婶叫我追上你……叫我告诉你别去，闹不好会出……出人命的……"

"放心，我命硬。"腰里硬看着乔麦，目光柔和一些。

乔麦还要说，腰里硬瓮声瓮气地说："乔麦，你别管啦，没有水下来，污染的水，人拉肚子，你的鸭子也会毒死的，明白了吗？"

乔麦提高声音："鸭子重要还是人重要？力英，我求你了，现在是法治社会，可不能舞棍弄棒的。闹不好被警察抓走蹲了拘留……"

腰里硬打断老婆的话，转脸看见胡铁、泥鳅等人颠过来了。腰里硬一挥胳膊吼了一声："咱王家寨人不是好惹的，走！"

泥鳅对乔麦喊："回家吧，嫂子。"

乔麦呆愣，心扑腾扑腾跳着。

腰里硬他们到了码头，上了胡铁的船。十五里路，好像眨眼的工夫到了笊篱村。

笊篱村人站在大坝上，姚家人想上大坝，笊篱村人不让上，僵持得厉害。

腰里硬朝笊篱村领头的女光棍赵霞喊："赵霞，你以为你挺豪横吧？呸，老子懒得跟你闲磨牙，痛痛快快地赶紧放水，老子可没多少耐心！"

赵霞是个女汉子，牛高马大，膀大腰圆。举杠铃，打沙袋，练腹肌，练出腹肌整整八块，就像铁铸的，实打实的女汉子。

污染的鞋厂，就是她家的。

笊篱村有几家鞋厂，其中排污严重的是厂主赵霞的。她喜欢路见不平一声吼，常恨自己不是男儿身，出了事儿，她顶着。常说，怕啥？女汉子给你们顶着！

如今笊篱村女支书赵芦花卧病在炕，村里事儿就让赵霞张罗。在赵霞看来，笊篱村的鞋厂不能关，没有鞋厂，投资怎么收回，工人失业去哪里挣钱？先发展，后治理。你总不能让这帮开拓者饿死吧？

以往，县环保局来人，每次检查都有人摆平。这次怕是碰到了硬茬，没人敢充当保护伞了。老天特意恩赐笊篱村，处在白洋淀中游离唐河最近的位置，优先享受水库的水，其实，水位高的时候，他们排放一些污水不是很明显。

天大旱，淀水一浅，污染就明显了。这次王家寨来人，除了治污还要补水。唐河水库现有这点存水，放到白洋淀，简直是杯水车薪。腰里硬这个人，赵霞早就知道，飞扬跋扈，还打老婆。

腰里硬居然主动上门，挑衅抢水，堵鞋厂的排水管道，简直不让笊篱村的人活了。赵霞朝腰里硬喊："腰里硬，你个打老婆的孬种！老娘懒得跟你磨牙，我们能够看见家里的烟筒，有种你就上来，问问我们手里的家伙什儿答应不答应吧！"

笊篱村人举着手里的家伙抖了抖，跃跃欲试。

老姚家人群情激愤，斗志昂扬。有人喊："我们在理，根本就不怕你们！"

"臭娘儿们！"腰里硬腾地涨红了脸，揉搓着腰里的大皮带，铜扣子搅得嘎嘣嘎嘣响，唰唰几下抽出来，这是他要发飙打人的前兆。姚家人怒目圆睁，做好了械斗的准备。

腰里硬和赵霞一个堤下，一个堤上，怒目圆睁地对峙着，几乎撞出了火星子。腰里硬眼睛瞪着，脑子也是走马灯似的，乱哄哄地响着，嘴里炸响了两个字："豪横——"

霎时间，两股人马交织缠绕在了一起，肢体撞肢体、家伙什儿撞家伙什儿打得难解难分。腰里硬当然是直接跟赵霞对决了，大皮带抡得啪啪震天响，赵霞将棍棒耍得呼呼生风。胡铁和泥鳅分别站在腰里硬身边，一边护着他，一边与对手厮杀。

胡铁是王家寨咸鱼的儿子。这小子从小就混不吝，偷鸡摸狗砸路灯，往厕所里扔石头，没他不干的。他爹娘管不了。骂他他还嘴，打他他还手。除了腰里硬，村里的孩子，就没他不欺负的。对腰里硬，他服，服到了骨子里。服小时候的腰里硬比他还坏，服少年时代的腰里硬脑袋灵主意多，服成年以后的腰里硬腰里的大腰带打人打得狠。他初中毕业，不上学了，跟在腰里硬屁股后头，跑东跑西的。

泥鳅叼着香烟冷笑。泥鳅本名叫张二滑，泥鳅母亲早年去世，他没有亲人，也没亲戚，是腰里硬主动带着他混社会，做买卖，因此成了他的小弟兄。泥鳅看了腰里硬的眼色，直接就冲上去，堵鞋厂的下水道。

两边的人打斗，越来越激烈，双方各有人受伤，抱头鼠窜。

腰里硬提前排兵布阵，他发誓要强于王家人。姚家人兵分两部分，腰里硬率二十人跟笊篱村人对战，其余人冲向笊篱大闸，争分夺秒提闸放水，还要堵住鞋厂的污水。赵霞见状立刻做出人员调整，她边打边喊："二德子——留下三十人跟我打，你带着其他人保护水坝去——"二德子答应一声，领着一大帮村民，扑向了正在扒口子的姚家人。

赵霞见到腰里硬有些含糊，她知道自己的鞋厂排放污水，而且她的后台跟腰里硬是同一位领导，副县长郑继刚。

赵霞说："别闹了，你再闹，我可要找郑继刚县长告你的状！"

腰里硬一愣："郑县长？你认识？"

赵霞说："那是我表兄，你问问他。"腰里硬收了腰带，陷入了尴尬境地。他挠头一笑，用冷笑羞辱赵霞。

混乱中，笊篱村有人给他后背一棍子。

这让腰里硬恼了，像疯牛一样，见了笊篱村人就顶个人仰马翻。

稍微晚了一些，王决心率领王家人赶到了笊篱村械斗现场。

水牛硬撑着腰杆子，紧跟决心屁股后面。

王决心喊："腰里硬，污染问题找政府，咱有话摆在台面上说，别打了，别打了。"

胡铁看见了王决心，边打边跟腰里硬说："大哥，王决心他们老王家也来人了。他们抢功来啦——"

腰里硬边打边朝王决心喊："王老三，这么晚才来，回去看好你的网箱鱼，这没你的事儿。"

王决心边朝现场跑边喊："腰里硬，别打了，别打了，啥年代了，还搞械斗这一套？"

水牛看见有人流血，吓得哆嗦，张嘴就要喊出声来了："妈呀，不要命了？"

腰里硬边打边喊："弟兄们，别听他的，打出我们姚家人的威风来啊！"

"我是王家寨的治保主任，听我的。"王决心喊。

赵霞见说情不成，腰里硬还越打越凶，吼了一声："别打这个王决心，就跟腰里硬算账，别便宜了他！"吼完脚不沾地登上高处泥岗。

笊篱村的人挥舞棍棒朝着腰里硬冲去。腰里硬的皮带打折了，手里没了着落，惊慌失措了。

王决心朝现场跑，边跑边喊："赶快住手，腰里硬别打了，好男不跟女斗，警察马上就到了——"

水牛张嘴要喊，光张嘴喊不出来。

腰里硬呼吸粗重，扭头望了望，边打边喊："弟兄们别听王老三的，老子压根儿就没把赵霞当女人，给我打！"

这时，有人惊呼了一声："不好啦大哥，泥鳅掉淀里啦——"

现场静了，四周一点风都没有。一阵噼噼啪啪响，双方都丢了棍棒。

腰里硬对赵霞吼了声："老子先救人，再跟你算账！"吼完脚不沾地朝岸边跑去。

腰里硬立刻朝淀里看，河堤已经被扒开了大口子，水流如注，喷溅着水花。清水冲进污染的水面，明显分出两个颜色，看出鞋厂污染有多严重，都是制作橡胶鞋底的污水。波涛中的泥鳅时隐时现，很快被污水吞没了。腰里硬跟王决心纵身一跃，几乎同时跳进了滚滚奔流的大淀里。

水牛跺着脚，朝王决心跳下去的地方喊："三哥，三哥！"就是不敢跟着往下跳。

"你小子下来救人啊！"王决心扭头喊一句，扑进了水流中。

水牛往下跑了一阵，试了试，被汹涌的水流吓呆了。他颤抖着，鼻尖亮着细细的汗珠。

王德志的船也开到了笊篱村的码头，胡玉湖他们看见这混乱场面，不知发生了什么，急切地往警车这边跑，不知应该加入哪边阵营。

泥鳅正在湍急的河水里，苦苦地慌慌地挣扎自救，抓住了几根芦苇秆但很快就敌不住河水冲力断掉了。又抱住了一根木头，但一个浪头打来把木头撺跑了。泥鳅心里完全没了底，绝望得张牙舞爪地嘶吼："救命啊——我不想死啊——雁子——大哥——大……"后面的话被淀水呛回了肚子。

泥鳅已经耗尽了气力，奔腾的淀水锐不可当，湍急汹涌。有好几次，泥鳅完全被滔滔河水吞没，喝了几口水，但都拼命地浮出了水面。

最后一次被吞没后，他再也没能浮出来。腰里硬大喊一声："泥鳅——大哥来啦——"他奋力朝泥鳅消失的地方游了过去。

水流并不很急，但是暗流涌动，一次又一次地把腰里硬折腾得起起伏伏，迷失方向，但他还是盯准了泥鳅消失的方向，并且在连着喝了好几口河水之后揪住了他的脖领子揪出了水面，大声喊叫道："泥鳅别怕，大哥来啦——"

泥鳅的意识开始模糊，但还能分辨出腰里硬的声音，立刻清醒了，他反揪住腰里硬的衣袖大喊："大哥，救我——我不想死啊——"腰里硬喊："屄货，大哥这不是救你来了吗，还他娘的死了活了的说啥疯话哪！"泥鳅流泪了："谢谢大哥——"腰里硬喊："别说屁话了，留着点力气——"泥鳅不说话了，紧紧抓着腰里硬的胳膊，风吹浪打不分离。

腰里硬拖拽着泥鳅起起伏伏向岸边游去。忽然，王决心气喘吁吁地看见了他们，出了一下拳头，朝这边游了过来。

眼看河岸近在咫尺了，腰里硬感觉泥鳅胡乱地扑腾起来了，知道他一准是两腿被杂草或者杂物纠缠住了，高声对他喊："别乱动泥鳅，我帮你——"

可是，泥鳅不听话，死死掐着腰里硬脖子不撒手。

腰里硬喊："放开我，我帮你——"

泥鳅还是不撒手，只是双手改了位置，死死揪着他的胳膊。腰里硬几乎无法施展救援，眼看着水没到了他的嘴巴，就要没了脑袋了。关键时刻，王决心游到了近前，喊道："别慌——我来啦——"腰里硬连喝了几口河水，气咻咻地朝泥鳅喊："你他娘的快放手——你想临死拉我一个陪葬的咋的呀？"

泥鳅就是不撒手。腰里硬骂了一句脏话抢起拳头，朝着泥鳅的脑袋雨点一样地砸起来。

也不知过了多长时间，淀里的水位越来越低了。

胡大队、郑继刚他们跟着大群人赶到了岸边，雁子哭着喊着、跌跌撞撞地奔跑着，她不顾人们阻拦跳进了淀里，立刻淹没在了滚滚波涛里。

雁子有水性，她被水里的牛筋草缠住了，白藕似的胳膊来回摇摆。

泥鳅的屁股受伤了，浑身无力，身体瞬间缠上了牛筋草、黄花蒿、绿藻、旱莲草。他一只手胡乱地揪着乱草，怎么也揪不掉，草像是长在了他身上。腰里硬多次想把他拖向岸边，但都被汹涌的大水阻止了。

腰里硬大声喊："你他娘的挺住，挺住啊！"泥鳅苦苦地挣扎着，双手竟然死死掐住了腰里硬的脖子，腰里硬喘不上气来了。泥鳅掐了一阵，但终因体力严重透支松开了手，身体软绵绵的像一片树叶，从腰里硬的怀里滑进了水里，腰里硬怎么划拉也没能划拉住，哭喊："泥鳅兄弟！"王决心已经给泥鳅解除了牛筋草、黄花蒿的缠绕，泥鳅的身体因此飘忽不定，没有了方向，最终在水里无影无踪了。

王决心和腰里硬划船打捞泥鳅，船在水道里哆哆嗦嗦，一个一个打着寒噤。

郑继刚副县长驱车赶到，脸上浮现了痛苦的神情。他下令让笊篱村人将水库堤埝堵住。水流趋缓，船就相对稳定多了。王决心和腰里硬开船边走边寻，沿着泥鳅冲走的轨迹，终于在苇子沟里的一处泥滩上，发现了奄奄一息的泥鳅。将他拖上船，泥鳅脸色苍白，身上的衣服被割破了，零零碎碎的，让人感觉水也有刀的力量。

胡玉湖和雁子也赶来了，泥鳅翻了翻眼皮，吐出满口的脏水，然后就吐出一串串白沫，死死抓着腰里硬的手，断断续续地说："大哥，对不起，我当不了你的兄弟了，其实，我不配当你兄弟。你家的苇秆儿是，是，我骑电动车撞死的，我该死，我害怕你不要我了，我没有勇气说，我也对不起王决心大哥啊！"说着，嗓子呼啦呼啦出气，粗重得像拉风箱。

根据泥鳅的讲述，事情得到了真实的还原。那一天，王决心和朱环办喜事儿，在婚房里，乔麦和朱环拉着热话。苇秆儿在房子里玩耍。

苇秆儿举着糖葫芦去外面堆雪人。因为他看见一只鸟儿，追鸟到了胡同。

泥鳅吃坏了肚子，腹泻。他从厕所出来，肚子又咕噜咕噜响。泥鳅想，这样下去，恐怕是连宴席也吃不上了，骑上电动车回家吃药。万万没有想到，他的电动车拐进胡同，突然出现捉鸟儿的苇秆儿，鬼使神差地撞上了。

泥鳅呆傻了，大脑一片空白，一秒钟后，泥鳅开起电动车奔向了家。进了院子里，他打开自来水，哗哗冲去了血迹，将车放进厢房里。他走进正房，坐在沙发上嘘口气，揉揉怦怦跳的心脏，又去了婚礼现场，担心自己被发现，有人提出电动车，他就顺便诬陷了王决心。前年家电下乡，有补贴政策，王决心、泥鳅还有几个人都买了同一型号的电动车，这也成了怀疑王决心为肇事者的证据。真相大白了。

泥鳅泪流了，咧嘴说："我不是人啊，你们……打我吧。"

他脑袋一歪，咽气了。

雁子趴在泥鳅身上，边哭边人工呼吸。然而，一切都无济于事了。雁子抱着泥鳅的脑袋，哀哀恸哭。

王决心、胡玉湖沉默了。胡玉湖过去，拍拍王决心的肩膀，意思是：委屈你了。

　　这一拍，让王决心所有的委屈都打开了释放的闸门，他蹲在地上，像孩子一样哭了。

　　腰里硬跺着脚，号啕大哭："你他妈的，你这个冤家啊！"

　　王决心胸口火烧火燎般发烫，浑身颤抖不止，泪流满面："我的天啊，这冤屈总算洗清了。"

第八章　乡村书院

天天盼下雨，每天都有乌云来，还打两声雷，不大不小，不咸不淡。隔一阵儿，乌云散了，天晴了，热辣辣地太烤人。

第二天，乌云又来了。

王永泰说："这叫逗你玩儿！"

半月愣是雨星没掉。腰里硬召集姚家人，到大乐书院祈雨。腰里硬二叔姚哈喇说："旱年求雨？这都什么年代了？还有人信这些？"腰里硬强词夺理："别犯糊涂，如果求来了雨，村里高看咱姚家。"

杨牧仁慷慨陈词，大乐书院是传播知识和科学的地方，来这个地方求雨，岂有此理！

腰里硬也不是对谁都来硬的。他不敢惹杨院长，低三下四，话儿软得像棉花："杨院长，我们王家寨自古就有求雨的传统，能不能发扬光大两说着。关键是干淀了，不能打鱼了，民生苦啊！都盼着一场大雨呢！您这儿大乐书院，王家寨人向往的地方，在这儿求雨，最合适不过了！求来求不来，不怪您，我们就借场地，求完雨，完璧归赵。"

杨院长心肠软，说："非要祈雨，你跟玉湖支书说一声吧。"

腰里硬没有跟胡支书说，先斩后奏。姚哈喇主持求雨仪式。

大乐书院门前的广场上，摆了一排桌子，搭起了供台。上面是米面、油、猪头、鸡头米、酸奶、巧克力、棒棒糖，有点像年货市场。桌上有龙的画像，像前上着香，上面写着条幅：龙王行善事，福泽王家寨。

求雨正式开始。姚哈喇一摆手，静了。致辞开始。他祈求龙王爷及时行云布雨，普降甘霖，以解白洋淀干淀之苦。说着说着，姚哈喇忘词了，给腰里硬递眼色。

腰里硬接过话题，改成了随口说："龙王，虽说您职位高、权力大，但也不能摆老资格，脱离人民群众不好啊！您呢，说到底，风神使风，龙王使雨。就是请您老尽职尽责，这阵子，白洋淀又大旱了，您说，您不下雨谁下雨啊？"

他说得姚哈喇泪流满面。姚家人面向祭坛跪倒一片。

烈日晃来晃去，人们大汗淋漓。

腰里硬看看天，一丝云彩都没有。人群有点乱。姚哈喇站在台阶上，发蒙。听说这几天，虽说不下雨，但天天乌云密布，总能装出下雨的样子，他大声说："龙王不下雨咋办？"人们齐喊："晒它！晒它！"姚哈喇说："下面，暴晒龙王开始！"腰里硬把村里过年舞龙的龙头拿了出来，放在高台上暴晒。有人将一个鱼缸放在供台，拎来一个桶，把从淀里捉来的两条鲫鱼，连同水一起放入缸里。两条鲫鱼欢快地游了起来。姚哈喇大喊："急雨！急雨！急雨！"人群跟着大喊："鲫鱼！鲫鱼！鲫鱼！"姚哈喇听着不对，连忙解释："不是喊鲫鱼，鲫鱼是白洋淀生的。要喊的是急雨，就是急急忙忙一场大雨。跟着我喊：'急雨！急雨！急雨！'"大伙跟着喊："急雨！急雨！急雨！"因为鲫鱼与急雨发音相同，就寓意着取得急雨归来的好兆头。

看着腰里硬他们求雨，杨牧仁院长不淡定了。他给胡玉湖打电话。胡玉湖让王决心去制止，管治安的村委委员，职责所在。

王决心匆匆来了。他一听腰里硬搞封建迷信活动，气堵了脖颈，到了大乐书院广场，愣住了。只见供桌上摆着满满登登的供果，旁边一个小孩戴着龙头在扭来扭去，一个小孩在玩儿鱼缸里的鱼。人呢？他哪儿知道，这会儿正是暴晒龙王桥段，人们怕晒，跑到书院吹空调了。

王决心猛地将供桌掀翻，哗啦啦，各种供果撒了一地，在地上滚来滚去。鱼盆碎了，两条鲫鱼在阳光下不住蹦跶。

一个小孩丢掉龙头，猫腰抓起几袋东西，撒腿就跑。

王决心进了书院，站在讲堂，环顾一下大家："各位父老乡亲，我先得罪大家。就在刚才，我掀翻了求雨的供桌，摔碎了鱼缸，摔了龙头。大家看看，这是什么地方？书院！容不得你们搞封建迷信活动！"

大家愣了，面面相觑。

腰里硬大喊："王决心，你来捣什么乱？我们求雨是院长批准的，这是弘扬中华传统文化！你来砸场子，我饶不了你！"

腰里硬过来抡起皮带就打，王决心一躲，皮带打在了花盆上，打碎了花盆的半边。王决心一看，喊了一声："腰里硬，咱们外边撂场儿。"腰里硬却堵住了退路，又晃皮带，王决心只得躲到了另一屋，这屋是图书室，小桌上燃着香，腰里硬还要耍皮带，王决心飞起一脚，踢飞了香炉，从腰里硬肩头飞了出去，两人胡打乱踢。

突然有人喊："失火啦——"

王决心这一脚，烧了书院四十多本书籍，好在救得及时，房子没事儿。

乡派出所警察将王决心、腰里硬带走问话。这时候，姚哈喇他们早就跑了。几个人刚走，王永泰赶到了。

胡玉湖告诉王永泰，王决心和腰里硬都被带走了，到派出所做个笔录。王永泰望着胡玉湖，抱怨道："你眼睁睁看着决心被警察抓走，咋能不救他？你还是我们王家寨的当家人啊？"

胡玉湖说："是我安排决心制止腰里硬祈雨的，他是管治安的，理应尽责。是我没有嘱咐好。书院藏书房起火，烧了一些书，赔偿书就是了。"

王永泰瞪了胡玉湖一眼，吼叫道："腰里硬搞迷信就该打，决心是见义勇为，凭啥抓他呀？"

胡玉湖说："老哥，打架还烧了书，这是要处理的。"

王永泰叹息着说："决心啊，太鲁莽。你咋处理啊？"胡玉湖惋惜地说："决心这个孩子啊，太莽撞了，应该在村民代表大会作检查啊，怕是治保主任当不成了。"

王永泰黑了脸，说："看在我们哥俩情面上，你就高抬贵手，作个检查得了。"胡玉湖想了想，说："那，至少赔偿一些书。还有，图书室弄得烟熏火燎，把墙刷一刷。我对乡亲们也有话说。"

王永泰还是敬重胡玉湖的，冷静下来，他朝王家人挥了下胳膊，看了看胡玉湖，拄着拐杖走了。

一场风波终于平息，王永泰松了一口气。

王永泰慢慢走回家里，疲倦地眯着两只空虚的眼睛。书，多好的东西啊！小时候，刚解放不久，王家寨还没有学校，上学要去大张庄，家里哪有那个条件啊？后来，他参加"扫盲"班，识了几个字。虽说斗大的字不识一鱼筐，但他对文化人总是高看，对书敬畏。

王永泰叫来了二巴掌，还有两个王家小伙，拉来了沙子、水泥和白粉，把图书室刷得四白落地，整理一新。

王永泰划着船到了大张庄码头，放好了船就去县城找书，书店小老板看了王永泰列的书单，说："大爷，我们这里有《荆轲传》《读心术》《网箱养鱼指南》，至于别的经书和关于国学的书，您可以去正定临济寺找一找。"王永泰离开新华书店，把其中收集的一筐书小心地放在鱼篓里，鱼篓四周垫上了报纸，满满一篓子沉甸甸的书，王永泰背着有些吃力。

到容光书店，老人又找了两本，他手中没钱了，他跟王德借了一千块钱。到了王家寨临近黄昏，王决心回家，远远地看着爹的身影，突然感觉爹的背驼得这么厉害，走起路来两条腿似灌了铅。他望着爹，心想，爹老了，一天到晚为生活奔波，还替自己操心，心里不是个滋味，他快跑过来，说："爹，我来拿。"

王永泰一闪身，说："不用！"说着把鱼篓放在家里的小偏房里。

王决心纳闷，神秘地问："爹，你淘到宝贝了，还藏起来？"

王永泰看了一眼儿子没吱声。

第二天一早，天空笼罩着橙色的雾，热风在淀上飞舞。王永泰顶着酷暑划着船又出了王家寨，他到白洋淀火车站，买了一张去正定县的火车票。到了正定县城，他背着鱼篓一路打听，终于看到了一座古塔，人家说这里是临济寺。

王永泰走累了，找到一块石台坐了下来，肚子饿得咕咕叫，他看了一下四周，又看了看天，心想，不能耽误时间，要早点回王家寨，于是他起身顺着一条小路往前走，终于找到了临济寺。

杨牧仁就是从这里还俗的。

中午寺庙里人不多，远处偶尔能看到穿着长袍的和尚走动，这时有一个和尚匆匆走过他身旁，王永泰赶紧追上去问："您好，我是从王家寨来的，想找这些书，你帮我看看这有吗？"说着他从上衣兜里掏出一张纸。

和尚看着满脸疲惫的老人，问道："这，是施主自己看吗？"

王永泰说明了原因，和尚双手合十："阿弥陀佛，请您随我来。"

和尚带王永泰来到了一间房子，里面摆满了各种经书，满满当当。

王永泰找到了要的书，精心地包装起来。他从兜里掏出六百块钱递给和尚，说："我身上就这么多钱，别嫌少，书我拿走了，谢谢你。"和尚双手合十，说："今日与您结缘，留您片刻，食斋饭一碗再走不迟。"

王永泰随着和尚来到了食堂，他很知足，吃得那么香。他又把手里的六百块钱塞给和尚，和尚连连推却，喃喃说："善哉善哉，一切皆是缘。"最后还是没有收下。

王永泰把六百元放进了功德箱，背着沉甸甸的书走出了临济寺，坐火车回到保定，又转汽车到了大张庄码头，把篓子放在离船不远的地方，去弄船，从船上往下跳的时候，脚底一滑摔在地上，半天没起来。这一幕让要回王家寨的王德看见了，他老远就跑过去，嘴里喊着："爹，爹，没摔坏吧？"王永泰看着王德过来，半天没起身，捂着膝盖，说："爹老了，腿脚不听使唤了。"血从膝盖处洇了出来。王德撸开裤腿，膝盖处一块白肉上冒着血，王德二话没说搀起王永泰去了县里的卫生院，包扎好了。王德送王永泰回到家，见王决心不在家，嘱咐好王永泰按时吃消炎药，然后跟铃铛奶奶说说话离开了。

王永泰一瘸一拐，拿书出来。

这时王决心回来了，疑惑地说："爹，你又不识字，弄那么多书干啥？"王永泰不吱声，把书放到屋外的窗台上晾干，他嘱咐着说："我有事去一下你二叔家，天阴了，要下雨别忘了把书收起来。"王决心有心无心地答应着，不一会儿下起了雨，王决心想起收书为时已晚，窗台上的书早已湿透，他赶紧拿到屋里，一翻，纸都粘在一起，他想，书是没法要了，他随意把几本书丢在了墙角。

王永泰惦记着书，他进院子看到窗台上没书，心里松了口气，一进门就叫王决心，问："书收起来了？"王决心看着爹，又看看墙角一堆淋湿得像烂泥的书，没敢出声。王永泰急眼了，抬起脚狠狠踹了他两脚。

王决心惊呆了，身体痉挛着。

王永泰又抄起旁边的扫把，打了上去，王决心躲闪着，说："爹，爹，多大的事呀？还至于打我！"王永泰嘟囔说："提醒你收书，你当耳旁风，婚也结不成，村里事你搞不好，还着了大火。你说，你还能干点啥？真没用！"说着又拿着扫把扔了过去，不偏不倚正打在王决心的头上，瞬间王决心头上起了包。

王决心不理解，爹发这么大的火干吗？

王决心嚷嚷道："不就几本书淋湿了吗？再买不就行了吗？干吗动手啊，还说我没用，您这是中了哪门子邪呀？"他捂着脑袋，疼得嘴直咧。

"不服？不服我还踹你！"

王德不放心王永泰，进门正好撞见爷俩动手，怒吼："决心，你住口，你这个没良心的，爹为给你积攒这些书，起早贪黑跑遍县里大大小小的书店，还坐火车去了正定临济寺，爹怕钱不够，和我借了钱，爹那么好强，和谁开过口啊，爹都是为了你！你小子要造反啊，你看看爹摔的，还缝了针！"说着撸开了爹的腿。

王决心吃了一惊，给王永泰跪下，哽咽说："爹，都是为我啊！我错了，我错了。"

王永泰懒得瞅他，冷冷地说："你把书晒干，给杨牧仁送去，爹不识字，你得读书啊！"

书院挂有一副对联儿："大道逸文心上乐，半世浮沉恋此音。"

这副对联儿，王决心怎么看都不懂，但是他心生敬畏。当年诗人侯权就是依靠这副对联儿，将这里起名大乐书院。因为对联儿以前挂在正学书院的，让王决心惊奇的是，正学书院当年被日寇大火焚烧了之后，共产党人王学武把这副黑檀木对联儿偷偷带回王家寨，最先藏在地窖里。当时侯权被打成右派，在王家寨劳动改造时，看见了对联儿受到启发。

王家寨大乐书院在胡玉湖手里建起来了，规模不大，确实非常独特。青砖、青瓦，白灰抹墙，有些雅致。微缩的书院大殿，左侧是西厢侧院，那里有一个讲堂，一个五十平方米的藏书房，藏书房紧邻的是音乐堂。阅览室跟藏书房放在一起，造成了那次火灾。阅览室青砖地面，六排书桌，十几排椅子，读书的人极少。王家寨古乐队在那里活动，那里有笙、箫、管、笛，还有锣等敲打乐器以及唢呐、胡琴等，奏出的曲调有的高亢悠扬，有的低迷凄婉。

令人惊奇的是，这里还有一架旧钢琴。那是当年北京来的知青留下的。

王决心记得，王德志的媳妇会弹钢琴，胡乱弹奏出的曲调枯燥而做作，中间有些杂乱，往往给人以迟钝和恍惚的感觉。两年前，王家寨小学来了一名女教师，她弹一手好钢琴。

毕竟，钢琴为王家寨独有，渔民听见清雅缠绵的钢琴声，心情就格外舒畅。温润的琴音飘荡在白洋淀上空，贴着水面传遍四周村落。王决心记得这位女教师还会唱一首洋歌，是夏衍《复活》话剧里的插曲："啊，我的喀秋莎，你还记得那往事吗？捉迷藏在丁香花下，我跌倒泥坑你把我拉——"早晨的钢琴声音里，村庄有雾霭浮动，飘飘渺渺如梦似幻，让男人听了甚至陷入某种联想之中。

大乐书院虽说归村委会管理，但是王家人格外珍惜，王家人多才情，讲义气，喜欢读书，讲德孝，但是历史上有人放了火，烧过一次书院，还烧死了人，魂断书院。

王家人穷，人穷志不短。姚家人曾经发达，一朝衰败，就痛恨书院，犹如老话所说，有道恶惊世，姚家人总想办法东山再起，重振门楣，可是丢了文化精髓，就很难有所作为了。

王决心和水牛又到二叔王永山家要了一些书。

王决心把爹收集的书送到大乐书院来，眉宇间依然是懊丧困惑的愁云。杨牧仁得知王永泰偷偷干的，还去了临济寺，他十分欣慰。他觉得不在书多少，他欣赏王决心的变化，缓缓地说："人不读书就缺少敬畏之心。感谢你对书院的尊重。"王决心听懂了，毫不犹豫地走进了书院。他带着水牛，先给书院干活。他把烧坏的书院藏书房粉刷一遍，又增添了一些书，补上了书架，他对着书一拜再拜。

杨牧仁看着那烧了的书，真是心疼，心上也有了裂纹，声音变得虚弱，含着乞求。书院的院里有一个半人高的铜鼎，里面盛水养着睡莲，那天书房着火的时候，他们就从这里取水。王决心望着这个铜鼎，想起了这个书院的历史。读书的习惯可能就是从这次火烧大乐书院藏书房开始的。王家和姚家的仇怨链条何时能够斩断？他心中像是扎了一根鱼刺。

王决心坐在荷花岛石凳上，怔怔地望着白洋淀。

书院起火，让他很愧疚。他是个直脾气，为人爽快，遇事不过脑子，单单凭着一腔热情干事儿，这让他屡屡碰壁，一脑门子鼓包。

现在想来，腰里硬可能是有意的，让他差点成为纵火犯，让王决心在王家寨颜面扫地，这个腰里硬，看似粗，却粗中有细，杀人于无形。

淀边寂静无人，银灰色的淀水荡来荡去，叠着一片碎光，烈日炙烤着大地，热风扬吹，空气里有烤熟苇叶的气味。

一场小雨过后，渔民不再那么慌张。

多年来，王决心与腰里硬短兵相接，桩桩事情，暴露出腰里硬的邪恶。他同时也发现了自身的问题，如果不读书，自己就被时代淘汰了。他想离开这个地方，到白洋淀工地劳动挣钱去。如果自己不走，那就请腰里硬离开这里，去掉他的心头之患。他们之间无法和谐相处了。

这很残酷，也很真实。

王决心的心被狠狠扎了一下，有一种刺痛感，王永泰因为书的问题揍了他，让他别扭，同时催他猛醒。这个转变其实是艰难的，原来他对爹揍他不服，后来听王德一说，他愧对父亲，感觉应该好好读书。

王决心在阳光里晒书，突然发现了一本《荆轲传》，他喜欢这本书。

上学时，就知道"风萧萧兮易水寒，壮士一去兮不复还"的千古绝唱，他读得泪流满面。全班同学为之动容。他敬佩这位历史上的英雄，那种视死如归的英雄气概最令他折服。

王决心看了一半的《荆轲传》，水牛却把这本书借走了。

王决心想让水牛看，说不定会让他坚强起来。

窗外已是霏霏细雨。

王决心转身的时候，杨牧仁轻轻走过来了，忽然问了一句："决心，你研究过白洋淀历史上的灾害吗？"

说着递来一本《白洋淀的生态考》。

"快给我读一读。"王决心接过书，随便翻看，看到王家寨民国九年的旱灾和民国十年的水涝，"白洋淀啊，除了旱就是涝，多少年了，一直困扰着王家寨人啊！我得找我奶奶，让她讲一讲历史上干淀的故事，或许能得到启发！"

杨牧仁说："走，我们一起找老人家去。"

第九章　父与子

　　泥鳅之死，最难过的是雁子，她像经受了猛烈一击，身体撑不住了，似乎一阵风就能吹倒。

　　雁子颇有姿色，模样虽比不上乔麦，但是，女人的娇媚是一点儿也不少的。这桩婚姻是泥鳅追的雁子。雁子瞅着泥鳅不顺眼，也凑凑合合地过。泥鳅说没就没了，雁子心疼，自己没能给他留个一儿半女。一日夫妻百日恩，泥鳅曾经的点点滴滴，一股脑涌上她的心头，她不禁嘤嘤地哭。

　　雁子跟着泥鳅的灵车出殡了，咿咿呀呀，哭成了泪人儿。哭着去，埋了，再哭着回来。她脸色苍白，无比悲伤。轻纱似的薄雾笼罩着码头，对面的天空染成了朱红色和紫褐色，飘渺、虚幻、令人神伤。

　　泥鳅刚入土，村子里有几个光棍对她想入非非，有托人说媒的，有电话表白的。雁子挺烦的。腰里硬看看，都姓姚，说话立马硬了："雁子乐意跟谁跟谁，她不乐意，谁也别打她的主意！瞅着哪儿凉快，哪儿待着去！"

　　雁子对腰里硬有好感。这个世界，什么样的男人都有女人喜欢。雁子觉得他比泥鳅更加像男子汉，泥鳅的生计都挂在他身上，泥鳅死了，腰里硬对雁子更加呵护。

　　泥鳅撞死了腰里硬的儿子，本应花些钱，赔偿人家的损失，可人家就是不要。乔麦也跟着来了，是腰里硬的主意。乔麦说："泥鳅死了，你也在难处，这钱绝对不收。要说苇秆儿死了，我这当妈的责任最大，我没看护好他，让他跑出去了……还冤枉了人家王决心，对不住人家啊！"

见腰里硬黑了脸，乔麦忙转移话题："雁子，你脸这么白，搽的啥化妆品啊？"

腰里硬笑了，不知怎的，他喜欢两个女人在一起的样子，越看越有味道。

雁子对腰里硬这个保护伞感激涕零。但她没有嫁给他的心思，觉得腰里硬是姚家的能人，还有乔麦这样的好媳妇。当然，腰里硬是一个可靠的好大哥，她就跟腰里硬诉苦。雁子无法承受的还有一个问题，泥鳅撞死了苇秆儿，竟然在王决心与朱环的婚礼上公然诬陷王决心，实属罪不可赦的事，她替泥鳅脸红和内疚。

腰里硬忏悔说："雁子，没有想到泥鳅会出事，本来白洋淀特区成立了，好日子要来了，泥鳅却走了。我要是拦住泥鳅就对了，对不起泥鳅兄弟，更对不起你啊！"雁子伤感地说："人死不能复活，眼下说啥都没有用了，还是泥鳅命薄啊！"

雁子对腰里硬也不是没有一点怨恨。

如果不是腰里硬，泥鳅也不会死去。两家的事算是扯平了，泥鳅撞了苇秆儿，纯属自取灭亡。村里好多食物中毒的人都治好了，泥鳅也是拉了肚子，泥鳅如果不是身体弱，凭他的水性能够自己游上岸的。最后苦的是雁子，出一家入一家不容易，年纪轻轻守寡可咋活？

"放心吧雁子，往后我养着你！"腰里硬来看她。

雁子悲伤地啜泣，没有吭声。

腰里硬拍着胸脯说了第二句："我没救下泥鳅，对不起我兄弟啦！"

这个时候，王决心和水牛从雁子门口过，听见了里边雁子的哭声，王决心就扒着门缝看，腰里硬在院里哄雁子呢。

王决心和水牛蹲在门口，听见雁子的声音："唉，我还没有想到，泥鳅撞死了苇秆儿。我替他赎罪啊！"腰里硬说："泥鳅是我好兄弟，不是故意的，纯属意外。"雁子说："作孽啊，泥鳅不该栽赃王决心，还把人家喜事搅了，你应该跟王决心和朱环道歉。"腰里硬加重了语气说:"道歉？我才不道歉呢！如果不是他结婚,苇秆儿能出事吗？我要是跟他服软,他还不给鼻子上脸啊？"王决心气愤了,要冲进去,水牛拦阻他说:"哥,别听了,别生气了,你俩就别斗啦,不值当的。"王决心梗着脖子说:"我俩就是冤家,歪锅对歪灶,歪嘴和尚对歪庙。但是,不怪我,怪他太坏。"他说着,弯腰找了地上的铁丝,将门锁死死拧住了,然后又轻轻拽了拽。

水牛笑着说:"你嘎劲儿又上来了。"

老顺子扛着渔网从胡同里出来了,喊王永泰:"水鬼子,你干啥呢,你家老三出事了还不知道吧？"

王永泰脑子里嗡的一下,急忙问他:"出啥事了？"

老顺子说:"决心跟腰里硬打架,胡玉湖去拉架,一失手把胡支书的腿踹折啦！"

"这个兔崽子！"王永泰一听,两只耳朵吱吱乱叫,浑身抖个不停。老顺子放下兜网,急忙扶住王永泰:"跟你说话呢,你没事吧？"

腰里硬背着两只胳膊,正在他的苇帘厂车间里巡视。空气里到处弥漫着苇叶子散发出来的浓烈清香,人一进来被香气熏得揉鼻子。

车间里共有五个中年工人,三男两女。其中就有泥鳅媳妇雁子。她本来养鸭子的,水污染了,鸭子养不成了,被腰里硬招进了苇帘厂。其他四个全都来自村里的经济困难户。不困难不要,目的是接济一下村里的穷户。村民们都夸腰里硬这件事办得好,积德行善了。胡玉湖在电话里表扬了腰里硬。

姚家人风光了好几天。王决心下意识地缩缩脖子,恨自己咋就没开工厂的本事。

胡玉湖趁机开导王决心,鼓励他创业。

这一阵子,王决心沉默寡言,唉声叹气。他躲在家里给胡玉湖写材料。写好了材料,就到医院陪床,见到胡支书也好有个交代。

胡玉湖的意外受伤,王决心心里是歉疚的。不管谁对谁错,毕竟因他而起。胡玉湖挨了王决心几脚,六十岁的人了,哪能承受骨折之痛？

腰里硬有个习惯,发愁的时候,只有揉搓着大腰带上的老虎脑袋。

当然，每次打人之前，擦擦皮带，皮带也老了，"包浆"老厚。上次在笊篱村，皮带打断了，他又找鞋摊儿缝了。皮带宝刀不老，虎头依然闪亮，张牙舞爪，冒着寒光。日子久了，腰里硬也习惯了，只有摸老虎脑袋才能减缓压力，才能打开脑洞。现在，他又开始揉搓老虎脑袋了，一边揉搓着一边吃着鸡蛋汤面。正揉搓着吃着，他的手机铃声响了，是雁子的号码。

雁子第一句话就是："出事了，永泰大叔过来把机器砸了！"

腰里硬啪地一摔筷子，喊了一声："这老爷子，够豪横的啊？他去找我闹事吗？"

雁子说："说找你，你不在，就把机器砸了。"

腰里硬说："他瞅着王决心吃了亏，老爷子亲自出马了。还有没有王法了，我得找胡支书去！"

雁子挂了电话，没有阻拦。

腰里硬手摸着皮带的铜扣子，眼睛灵活地转了转。他家到苇帘厂有二里水路，划船钻芦苇荡抄近道，一刻钟就能到。他上了船，船上的犄角旮旯都塞满了浓浓的腥臭味。夜风一搅和，腥臭味愈加浓烈了。腰里硬一边划船一边想：王永泰老爷子一向沉稳，今天是不是要把事态扩大啊？王家跟姚家的旧怨没解，又添新仇了。

这下看他胡玉湖咋摆平这事，他掏出手机拨通了胡玉湖的电话。胡玉湖在电话里压低了嗓音说道："我在医院输液，有事给我发信息啊。"电话就挂了。腰里硬收了手机自语说："这个老滑头，大半夜输啥液呀？跟你老婆炕头整事呢吧？"

与此同时，王决心也接到雁子的电话，说他老爹砸了腰里硬的编织机。王决心眼睛一亮，拿拳头捶了一下病房里的墙："爹，砸得好！"他兴奋得还要砸，扭头看看胡玉湖才将手收回来。

夜深人静，杨义成自己在德县，一边看书一边听音乐。甄凤带着儿子子恒去石家庄了，听说甄爱社喝酒喝出病来了，血压嗖嗖上涨。甄凤去看看，过几天杨义成过去。杨义成独自听着外国歌曲，德沃夏克《来自新大陆》的第二乐章。王决心打来了电话。

王决心说："大哥，你没有走，赶紧回来一趟。最近淀里污染严重，没法打鱼了，姚家人兴风作浪，家里乱套了。再说，奶奶和爹也想你啊……"

杨义成沉默了一会儿，说："咳，别说了，我也想爹呀，可我现在工作实在是忙。我一定抽空回去。"

王决心收了电话，走出了卫生间。迎面走来了胡铁。水牛看见胡铁就警觉起来，他跟王决心形影不离，做好了防范准备。平日里，胡铁见了王决心，只要没有腰里硬在场，就和和气气。胡铁朝王决心点个头，嗓子眼里呼噜了一声算是打了招呼。王永泰跟胡铁爹胡咸鱼关系不错，胡铁也不主动找王决心碴。

王决心愣了一下，问："你咋来了？腰里硬呢？"胡铁举举右手拎着的一个黑色塑料袋子，说："大哥叫我给胡支书送螃蟹来了。"王决心眨巴眨巴眼睛："都污染了，哪整来的螃蟹啊？"

王决心走进病房，看见乔麦坐在病床边，喂胡玉湖吃罐头。胡玉湖要自己拿着勺子吃，乔麦非要喂他吃。王决心看一眼乔麦，想跟她说句话，又不知道说哪句话好。

乔麦放下手中的罐头瓶子，转脸望着他，叫他出来有话要说，王决心就跟着出来了。王决心担心腰里硬撞见，催促乔麦说："乔麦，有啥事啊，快点说，要是被你男人看见，回去该为难你了。"

乔麦眼圈红了："决心，你和朱环婚礼上，我们都怪罪你了。对不起啊！"王决心低头说："误会，你不是故意的，你别记在心上。"

乔麦说了句"唉"就哽咽了，说不下去了。

王决心说："乔麦，以后咱不提这事了，苇秆儿的事你要想开点。"

乔麦点点头，揩了揩眼睛回到病房。

王决心一转身看见胡铁，白了他一眼，转身打开黑袋子看里面的螃蟹。

胡铁愣了愣，问："你要干啥？"王决心反问："你来送这玩意儿干啥？"胡铁说："给叔吃呗，海鲜补钙。"王决心嘲讽他说："咋的，你也想进莲花孝子庙贴照片啊？那你应该先给你爹送几个吃。"胡铁翻着白眼看着他。王决心说："看着我干啥呀，你想让大叔自个儿下了床吃啊？"

胡铁尴尬地一笑，沉默无语。

第二天临近中午，杨义成开车来到白洋淀。

本来他就要回深圳上班了，听说家里又出了事，只能处理好再走。他开车到了大张庄码头，这道沟没有干，漂着一汪水。如果去王家寨还是要走水沟乘船的，船到了一半，就得步行了。他望着浅浅的淀底，听见汽车马达声，看见刑侦大队长胡大队从一辆警车里跳下来，胡大队告诉他一个消息："你爹砸了腰里硬家的苇帘子编织机，你弟王决心踹折了胡玉湖的小腿，这都不是小事，不处罚实在说不过去啊！"

杨义成目不转睛地看着胡大队："谢谢你胡大队，老三跟胡支书关系挺好，肯定不是故意的，我爹他真是的。"

胡大队说："腰里硬挑的事，老三无意误伤，你爹心里窝火，估计得赔钱。"

杨义成说："我们王家和姚家有世仇，钱能解决就好啊！"他说着上了船，到了码头，转身走了一段泥路。到了王家寨，杨义成就要往家里走。

王德朝他的后背喊："大哥，家里只有奶奶，爹他们都在村委会哪——"

杨义成头也不回地说道："那我上村委会去。"晃了晃手拐进了一条胡同。

此刻，王永泰正坐在村委会会议室和郑继刚副县长说话。胡玉湖躺在医院输液，不在家，王永泰砸机器的事，委托了郑继刚处理。村主任和支委们没在。只有村会计王德志在噼里啪啦打算盘不知在算啥账。他从来不用计算器，说发出的声音不入耳，找不准感觉。

"永泰大叔，我的意见哪……"郑继刚看着王永泰脸上的表情，努力把语气梳理得平淡无奇，"你跟姚力英道个歉，看看适当赔点设备钱，好吧？不用多少钱，那么个意思就行啊！"

王永泰背着手朝家走，一边走一边嘀咕："赔钱？哼，我哪有那么多钱哪？如果老大知道了，就得跟老大张嘴了。"

正说着话，他身后突然响起杨义成的话音："爹，您没事吧？别往心里去了，这钱我来帮您赔。"他转身看着大儿子，惊喜地张大了嘴巴。

杨义成亲热地挽扶住王永泰的一只胳膊，说："昨晚老三告诉我了。爹，不能因钱伤了身体。"王永泰满意地说："还是我儿孝敬啊，有你这句话，爹砸得不后悔。你爹终于替老三出了口气，还让你回了家，这是一箭双雕，王德也过来，中午咱爷四个喝点酒啊！"

杨义成扑哧笑了："爹，您咋跟个孩子似的了？听说您出手了，我非常吃惊。老三惹的祸，不能连累您啊？我说话您别不爱听啊……"

王永泰翻了翻眼睛，红脸看着老大："老三那傻样，我不出手他能赢吗？就是要气一气腰里硬。"

杨义成语气柔和："爹，不是我说您，您不该砸腰里硬家的机器，决心不该跟腰里硬动手，你们爷俩犯了法了呀！"

王永泰说："我这叫执法，哪里犯法了？"

杨义成无奈地说："决心都多大的人了，您还宠惯他？腰里硬他俩啊，这么多年了，还打打掐掐的。您得好好管教他。和为贵，和为贵。为人处世离不开。"

王永泰嘿嘿一笑，说："老大啊，你不知道，决心这阵子真是窝火啊，上班的事让姚家人顶了，每一次跟腰里硬交手，都打了个平手，腰里硬还搅黄了决心的婚礼，这次更加倒霉，决心对付腰里硬，倒霉的家伙误伤了胡玉湖。我帮儿子砸了腰里硬的机器，决心才算扳回了一局。他的气才顺了。老大，我赔机器的钱，别跟老三提了，让他高高兴兴地把气顺过来。"

杨义成不满意地晃晃巴掌，说："砸人家机器，还要赔人家钱，人家腰里硬有啥损失？都是法盲，指不定惹出啥乱子呢。"

王永泰愤怒地吼了一声："回来教训你老子来了？告诉你，这不是你当副县长的德县，也不是深圳！"

杨义成眨着眼睛，不吭声。过了一会儿，王永泰瞪着眼睛问："老大，决心的事一时半会没有完，你回深圳干你的正事吧。"杨义成望着王永泰，红着眼睛说："爹，保重身体，别为决心的事难过了，儿女都是操不完的心！"

王永泰眼睛湿润了，深情地说："是啊，我想开了，想开了。"

老二王德满脸带笑地进来了。

王德从厨房里出来，手里捏着一个煮鸡蛋，热得他咝咝吸气。他看见了父亲和大哥，跟杨义成亲热地打了招呼，然后咧着嘴说："爹，家里啥吃的也没有啊？馋死我啦。"王永泰对老二立刻脸上开了晴，语气里也有了温情："你不是吃着鸡蛋呢吗？还想吃啥呀，爹给你做！"

杨义成说："瞧咱爹总是偏心眼儿，我从德县风尘仆仆地回来了，也不问我想吃啥，就知道跟我要态度。"

王永泰白了老大一眼，说："你是大老板，天上飞的地上跑的啥好东西没吃过呀？老二吃过啥呀，跟自个儿的兄弟争吃喝，这成何体统啊？"

杨义成说："爹您这话要是叫我姑听见了，非找您打架不可，好像他们虐待老二似的，那可是我们的亲姑亲姑父啊！"

王德吃着鸡蛋，厚嘴唇动着，傻乎乎的。

王永泰继续望着杨义成说："你姑家过的啥日子、啥条件你又不是不知道，能跟你这个大老板比吗？别的不说，就你家子恒要月亮不给摘星星，惯得都没样儿了！"

杨义成说："你孙子不是有点病吗，不惯着又能咋样嘛？"

王永泰哼了一声："要是你媳妇不那么势利眼，见钱眼开，能生出个子恒这样的孩子吗？"

杨义成脸色立刻变了："爹，咱不说了行吧？我就是跟老二开了个玩笑，你看你竟然……王德穷咋的？他媳妇杜梅在容光开着服装厂开了十多年了吧？那钱少赚了？我俩也就看着挺风光，其实啊不见得比得过人家两口子。"

王德说话了："都不说了，别哭穷了，子恒要做手术用钱，大哥你放心，我和杜梅愿意解囊。"

杨义成饮了一大口茶，说："咱就不能这么没完没了，解决不了问题。我提议，请腰里硬喝顿酒，一顿不行，两顿。"

王永泰吹胡子瞪眼："你请敌人喝酒？你让我这老脸往哪搁？你想当叛徒啊？"

王德说："爹，这是商场规则，以和为贵，大家都赚钱。"

王永泰生气地说："家族世仇，你们拿来做买卖？"

王德脸上带着些祈祷的神情，期盼两家仇恨和解，毕竟他是过继过来的，对两家世仇的概念不深。

杨义成让爹保重身体，他还有事儿，走了。

王决心跑来了，想见大哥，没见着。

王决心想，大哥就知道当官儿做买卖。好不容易回家一趟，哥儿个和爹聚一聚多好？王决心叹口气。

王决心的手机发出了微信声，他一看，是大哥："三弟，大哥走了。你不要再和腰里硬闹了，没意义。我建议，王姚两家和为贵，这个年代，没有永远的敌人。你年轻，观念新，多做和好的事，千万别打了！"

王决心看看，想想，再看看，再想想。没说话。

王永泰问："想什么呢？"

王决心就念了大哥发来的微信。

王永泰一拍大腿："糊涂啊！"

王决心说："我跟腰里硬干仗，不是自己逞英雄，是为了老王家出头啊！我一堂堂男子汉，能为一己之私吗？"

王永泰说："道理是这个道理，可你没脑子，打乱仗，不是腰里硬的对手，总让人家抓住小辫子。百斤面蒸寿桃——废物点心。这些日子，你长智商，你不长几斤智商，别跟腰里硬交手。"

王德不愿掺和这些事儿，他买来几个好菜，张罗哥俩和爹喝两杯。

看着儿子置办了酒菜，王永泰说："你和杜梅的服装厂挣点钱，不容易。这钱能省点儿就省点儿，没毛病，就是别老给那些不三不四的女人花就行了。"

王德有点尴尬，说："我有钱就孝敬爹，没毛病。"

王德站起来，拿着一根没有啃完的玉米棒当话筒，唱起了流行歌曲《父亲》。

天空中突然响起了雷声，雷声过后，就有一阵如诉如泣的钢琴声。

大乐书院的旧钢琴，过去没有人会弹，村里小学来了一位女教师，村里就有了美妙的钢琴声。

在王决心听来，钢琴虽老了，但音色可单纯可丰富了，弹琴人十指的灵动弹奏，不是在按动琴键，而是在按动你的心。

一阵雨后，彩虹美美地升起来。

琴声是柔的，柔如雨后的阳光，盈盈亮亮，温暖平静。苇荡里，千万苇叶的摩擦声传来，唰啦唰啦，有节奏，有韵律，迎合着琴声。琴声传来，如浩瀚的白洋淀，层层涟漪，汇成波浪，荡人心魄。

吃饭的时候，王决心放下筷子，扒着窗子往外看，很是陶醉的样子。

王德心里说："重色轻友的家伙！"

王永泰说："王家寨小学来的新教师，喜欢大乐书院，会弹钢琴。"

王德说："爹，听说自从来了女教师，老三总往书院跑，他是不是看上人家啦？看他这点出息！"

王永泰说："你还说老三呢，自己管好自己，你以为谁都和你一样？"

王德自知理亏，不敢吱声了。

第十章　上城记

爱情可以改变男人。因为朱环，王决心的世界变得五光十色。

王决心的变化自己没觉察，是别人说的，他穿得干净利落了，晒黑的面孔变白了，两腮的胡子刮得光光溜溜。他每次见朱环的时候，衣兜里都要插上一朵鲜嫩的荷花。泥鳅死了，他的冤屈也洗清了。

这些天，朱环的心思不定，猫一阵，狗一阵，从村里消失了。王决心天天找，找不到。听说去了保定串亲戚，今天她回来了，就追了过来。

王决心怀抱着一束鲜花，去了朱环家，他要把这个好消息告诉朱环，她听了一定会喜出望外。

王决心进了朱环的闺房，他将满满一捆鲜花塞到朱环怀里，满脸带笑地说："亲爱的，泥鳅死了，他死前亲口说的……"

朱环打断他："苇秆儿是他撞的，不是你，你是英雄，受累又流泪的英雄。王家寨知道了，整个白洋淀都知道了。"

王决心笑了："我就希望你知道，你相信我，我就赢了。"

朱环没有一丝惊喜，依旧沉着脸，说："我有点烦。"

然后，眼泪在眼眶里打转儿。

王决心的心都碎了。这样一个美丽清纯、如花似玉、浑然天成的女孩，怎么能流眼泪呢？

王决心的头挨过去，哄她开心："亲爱的，你要是还不开心，就捶我脑袋。"

朱环把他推开了。

王决心眨眨眼，如堕五里雾中，急切地问："老婆，我们什么时候补办婚礼啊？只要夫妻同心，其利断金，日子会好的。"朱环好像有满腹心事，强装笑颜说："决心，跟你商量个事儿呗，但你要答应我。"

王决心一愣："什么事儿，你说。"

朱环伸手推了他的胳膊，说："决心，我们这次婚礼出事，表面看是偶然事件，其实，说明王家寨不养我们。别看有了白洋淀新区，王家寨还是那个穷样，我们一起走吧，到城里打工去吧！"

王决心一愣，讷讷地说："为什么要离开王家寨，为什么去打工？"

朱环生气了，高声说道："为什么，你没有看见吗？年轻人都出去了，王家寨除了老人就是孩子。有啥前途？"王决心劈头问道："朱环，这是你一时兴起，还是想了很久的主意？"

朱环说："我想了很久，本想结婚以后跟你说。王家寨这鬼地方，我是一天也不想待啦！"

王决心望着她，声音颤抖："你看不起家乡看不起农民。你难道不是渔民吗？家乡虽然比城里穷，需要我们留下来，爱护它，建设它。咱俩扯结婚证的时候，不是说好了，就在王家寨安家，好好过日子？"

朱环抹着眼眶里的泪水，陌生地望着他："你还在唱高调？农民的困境和精神负担，会把人压垮的。"王决心大声说："你要坚信，未来白洋淀生活会更好，风景更美，人更大气。"朱环更加刺激他地冷笑了两声："更美？说的比唱的好听，瞧你爹王永泰那个熊样，打一辈子鱼，还穷得叮当响，如果不是你大哥、二哥接济，过的啥鬼日子啊？他就是你的未来，我不愿意看见，你老了还是你爹那个熊样儿！"

王决心瞬间被激怒了，满脸是羞辱和憋屈。

王决心握紧拳头哆嗦着，骂道："朱环，你个骚狐狸，好大的胆子，竟敢污蔑我老爹，看不起王家寨，看不起白洋淀。你有啥资格污蔑我爹？我爹靠劳动致富，孝敬老人，拉扯我们哥几个长大成人，他虽然普通，在我心中就是英雄。赶紧收回你的话，跟我爹道歉！"

朱环说："我没有错，凭啥道歉？"

王决心气得说不出话来了，怒目圆睁："朱环，你要么留下来跟我过日子，要么你滚蛋，能滚多远滚多远！"

朱环捂着耳朵，跺跺脚，伤心地哭了："我算认清了你，你心里根本没有我，你要是爱我，就会跟我走的。分手就分手！"

王决心说："我们志不同、道不合，压根儿就不是同路人，老子最瞧不起你这号人！"

王决心转身要走，朱环还是叫住了他："你等等！"

王决心收住了脚步，连看她一眼的心情都没有了。

"王决心，我再问你最后一句，你就是选择留在王家寨，才跟我分手的吗？"

王决心毫不犹豫地说："我就是这观点，你可以不爱我，但是你不能不爱白洋淀，你是吃白洋淀鱼长大的，看不起家乡的人是没有好下场的。"

王决心决绝地走了。

朱环恶狠狠地喊："做你的美梦去吧！"

说完，她哭了。

王决心悻悻地回到家里，看见王永泰正扫地，他想说刚才跟朱环分手的事。他不愿老爹伤心，默默接过父亲手里的扫帚。

王决心干完了，他坐在板凳上发呆。自己是不是有病？新婚两口子离开家乡，出门打工，不是司空见惯吗？值得据理力争吗？他觉得自己气就气在朱环的思想上，嫌弃家乡，没个真主意，人云亦云。他想起从书中读到的一句话：优柔寡断、嫌贫爱富的女人，会亲手葬送自己的幸福。

他越想越气。

傍晚时候，二婶小洒锦风风火火地来了。她是王决心跟朱环的媒人。乡下风俗，就算自由恋爱，也要找个媒人。明媒正娶嘛。小洒锦说："决心，你跟朱环吵架啦？"王决心嗯了一声。小洒锦叹息道："朱家要退亲了。"

王永泰惊愕得呆愣了，不知所措："朱家人咋这样，凭啥？苇秆儿是泥鳅撞死的。真相大白了，他们反倒退亲啦？"

王决心说:"她逼我跟他到城里打工,我没有答应。我可能也不对,反正吵起来了。她这人,一点主见没有。"

小洒锦喋喋不休地唠叨:"明明是他朱家攀了我们王家的高枝,她倒嫌弃咱了,哪家的道理啊?"

王决心叹息,不说话。

王永泰哆嗦着点烟,几次没有点着,王决心给爹点了烟。王永泰吧嗒两口烟,说:"他二婶儿,要不我去找朱环她爹再劝一劝。这么分了,村里人看笑话哩。"

小洒锦摇头说:"朱环爹管不了她,我看朱环是铁了心,没有回旋的余地了。您就别自取其辱了。"她转脸望着王决心:"朱环模样漂亮,漂亮的是脸蛋,我看人品有问题。回头二婶再给你介绍,好姑娘多的是。"说完转身就走了。

王永泰叹息着,他被生活折磨得有些麻木,苍老的脸上流淌下泪来:"唉,决心前世作了啥孽,碰上这桩婚姻?"他心中一阵翻腾,咳嗽起来。

奶奶铃铛被吵醒了,本想装聋作哑,王永泰让铃铛说说看法,铃铛缓缓地说:"我看啊,朱环这孩子不是我们王家的人,过不了日子,决心跟她没有缘分。"

王永泰十分相信铃铛的判断,埋头吸烟。

说朱环没主意,自己又来了气。王决心狠狠心,把手机里朱环微信删除了,心里清除着关于朱环的记忆。其实,朱家对这桩婚事本来就不心甜,王家的新房没有架起来,婚礼又出了事,如果朱环真的跟王决心有感情,不管王决心是不是撞了人,她都应该守候着他,给他一点温暖和抚慰。可是,她选择了观望和沉默。

那个灿烂的上午,朱环提着皮箱登船走了。她走之前,两人办了离婚手续。

回想那一年,村里办渔网培训班,王决心和朱环恋爱了。朱环帮助王决心卖渔网。王决心卖的渔网不多,却用一张爱情的网罩住了朱环。后来,渔网发生了质量问题,纷纷退货。销售处来人了,吵成一团。朱环去了保定城里打工。王决心不愿去,他没有离开王家寨,他和朱环始终保持联系，直到这场半半拉拉的婚礼。

朱环回头看了王家寨一眼，眼角滴下了泪水。

她的影视梦没有灭，又滋出芽芽来。

王决心内心的苦恼，像白洋淀的一片污水。

人生多艰，没有刻意绕过谁。在别人看来，王决心的苦恼来自与腰里硬的斗争，来自婚礼的失败，来自踢伤了胡玉湖，来自大乐书院失火，来自朱环的出走……总而言之，他的自尊心受到极大的打击。经过这一翻折腾，内心有一种挫败感。

苦难让人成熟，挫折让人成长。王决心反反复复地想着，他忽然觉得真正的苦恼，不是婚礼被搅黄，似乎也不是和腰里硬的斗争，那深刻的苦恼又是什么？他自己也说不清。

王决心真想找个人倾诉一下，说说心里话，这脚下的路怎么走？留在王家寨，还是走出白洋淀？自己有了这个想法，他有点同情朱环了。

一个月过去了，王决心没有一天感到轻松，他多想找个人说说他的苦恼。写了检讨，村治保主任又复职了。胡玉湖支书又派给他一个新活儿，王家寨水质监测员。

王决心参加了水质监测员的培训会，他虽然对高锰酸盐磷等这些名词陌生，但他充分了解家乡的水质严重污染的情况。铃铛奶奶说过，过去的白洋淀的水，捧起来喝一口，都是甜的。再看看现如今的白洋淀，污水成片，垃圾成堆，闻着一股股的腥臭，专家说水质现状属于V类，甚至比V类还严重，这种污染会致癌，想想以后自己的子子孙孙，怎能生活在这样的环境里？

王决心划船出去了，望着满是青苔的水面，眼里一片茫然。这段时间，王决心似乎很想找一个出口，找一个人来说说心里话，朱环进城打工了，两个人宣布分手，今生不再相见。

即使朱环在身边，她也不再是王决心的倾诉对象。当初在朱环身上释放的炽热的爱情冲动，随着失败的婚礼、苇秆儿的夭折，消磨光了。

生活的无奈，工作中的困惑，内心的挣扎，王决心能和谁说？想了一圈儿，他又想到了大哥杨义成，但他从小和大哥沟通就很少，他们不在一个世界。他思来想去，觉得身边没有一个可以敞开心扉诉说的人，王决心叹了口气。

爷爷大抬杆是一个那么倔强的人，是一个硬汉，他爱了奶奶一辈子，他说奶奶是家里的定盘星，奶奶往那一坐，爷爷心里就踏实。奶奶的聪明和智慧，赢得了爷爷一生的尊重和爱。想到这儿，王决心又想到了朱环，气恼归气恼，恋爱两年，说一点感情没有那是假的。对于朱环的问题，他终于想明白了。娶个漂亮女人当老婆，是男人的理想。但是，缺陷也是明显的，女人漂亮则风骚，自然会有很多男人追求，但都没有一个是真心爱她的人，什么样的人接触的也就是什么样的人，久而久之，会因为她的廉价和轻浮而被抛弃。所以，他觉得漂亮女人是嫌贫爱富的。她属于浮华。

一想到朱环骨子里的张扬和欲望，王决心顿时感到底气不足。长痛不如短痛，坏事总有好的一面。村里有人羡慕王决心抱得美人归。朱环离他而去，去保定打工去了。腰里硬对他一番嘲笑。王决心的苦恼恰恰就在这里。

王决心是一个孤独和自卑的人。他想到了大哥杨义成的成功，又想到了自己从小跟随父亲一起打鱼、养家，照顾奶奶，生活就这样平平淡淡地过着，时间就这样悄悄地流走了。他无怨无悔，守护着家人，在王家寨干事，心中是踏实美好的，如果都像大哥那样闯世界，这个家谁来照应？

村里有人羡慕他有个好大哥，还有当服装厂厂长的王德二哥，凭着人脉干点啥都能发财。可王决心自己清楚，自己没本事，什么都留不住，只有自己强大了，日子过得才踏实。王决心慢慢悟出了脚下的方向。天不亮，王决心就爬了起来，朝着大乐书院走去。书院门口的向日葵向阳而生，明亮而温暖，向日葵一旁的芦苇长得郁郁葱葱，一排排错落有致。

一进小院，王决心看到杨牧仁拿着扫把清扫院子，王决心有点儿惊讶，杨牧仁停了下来，轻轻地问："决心，这么早干什么来了？"

王决心停下脚步，有点儿不好意思，上前抢过杨牧仁的扫帚，说：

"杨院长，以后书院打扫卫生、房屋漏雨、管道堵塞这些杂活包在我身上。"

说完拿着扫把低头干了起来。

杨牧仁上下打量着王决心，这嘎小子突然这么勤快，一定有所求。杨牧仁把双手往后一背，说："说吧，有什么求我出面？"

王决心停了下来，对着杨牧仁微微一笑，小声说："这小家雀儿就是斗不过老家雀儿，一下被您识破。"他三步并成两步快速走到杨牧仁身边，对着杨牧仁耳朵悄声说："我每天来打扫院子，保您这院子一尘不染，但您老人家以后多给我推荐点书看，让我多进步进步，您看怎么样？"

"真心的？"杨牧仁睁大眼睛看着王决心，王决心挥了一下拳头。

杨牧仁开心地说："好啊，成交！"

从那以后，王决心每天坚持到大乐书院去看书，他也叫着水牛，两人一起给书院干活。王决心是随性看书，开卷有益，别管看什么，都比不看强。水牛三天打鱼两天晒网也跟着王决心，王决心看了《荆轲传》，看了武侠小说《鹿鼎记》，他喜欢韦小宝这个人物，他最欣赏韦小宝一个观点，遇到问题就是不多论、不争论。王决心知道自己的脾气，有时一言不合就会发火，就会争吵，就会出拳头，他认可韦小宝说的这句话，只要心里有数，不便多争论。

一天，腰里硬看王决心和水牛走进书院，他悄悄地跟了过去，看王决心坐那儿专心看《鹿鼎记》，他有些想不通，冷言冷语地嘲讽一番。

王决心抬头看了他一眼，没吱声。

腰里硬又阴阳怪气地嘀咕着："老三，就你肚里那点墨水、那点文化，看得懂啥呀？白洋淀新区都成立了，咱们就是城市人了，还看《鹿鼎记》呢，土不土啊？"

王决心依然没有理他，低头看书。

腰里硬没有摸腰带，颠着腿，继续窥察他。

水牛探头探脑地过来，不高兴地说："姚哥，你嘀咕什么呢？别在这找事啊！"

腰里硬瞥了水牛一眼，根本没夹在眼里。他瞪了一眼水牛，晃晃悠悠走了。

水牛不甘心地问："哥，你听他说你啥了？你为啥不吭声啊？这不是你性格啊！"

王决心拿起手里的《鹿鼎记》，说："我想了想，跟他斗争没有占到便宜。天下第一件好事还是读书，回头你也好好看看这本书，我有点儿开窍儿了。"

"行啊，给你点赞！"

王决心看着水牛说："以前吧，很多事，一言不合就翻脸，你看现在的网络上，想法不一致就互撕，除了痛快嘴儿，毫无意义。我在想啊，人生的成败，不是看你吵赢了谁、打胜了谁，归根结底呢，还是要比内功、比能耐，也是比谁能把日子过好。想过好日子就得学习，不断地学习，让爱你的人和你爱的人都有安全感。"

水牛眼睛灵活地转了转，点点头，说："哥，你咋和以前不一样了？王家和姚家的仇就这么过去了？你看，刚才腰里硬那副德行，就差骑你脖子上了，我都想揍他。"

王决心扭头看了看窗外，回头对水牛说："水牛，王姚两家的仇过不去，白洋淀新区都成立了，说不定王家寨哪天就搬迁了。"

水牛愣着眼睛："白洋淀成立了，拆迁了，那仇就扯平啦？"他疑惑地摇了摇头。

王决心看完了《鹿鼎记》，又津津有味地看着《工业时代》，感觉对未来有了新的眼光。他遇到不认识的字，就掏出手机去查。他扭头对水牛说："兄弟，好好读书，将来哥带你去白洋淀城里找工作，我不能像腰里硬那样把你当成胡铁啊。"

水牛听了，心中热乎乎的。

第十一章　王永泰的苦恼

王永泰的苦恼没有人能理解。

夜深人静，他还没有睡，屋里没点灯，倒不是因为想省电，而是老人想摸黑儿思考问题。拉了一天的兜网，出了一身热汗，浑身毛焦火辣，夜风瞬间就吹干了。他斜靠着被窝，闭目沉思着，好像魔怔一样，惊喊两声："这叫啥鬼日子啊？"然后就斜着身体，出溜到地上。

王决心听见爹的吼声了，看见爹爬上来了，摇摇头，继续睡了。

王永泰心里有两个念头，相互矛盾着、纠结着。国家宣布建设白洋淀新区，他随着众人欢呼了一阵儿，感觉是大好事儿，可是转念一想，不让盖房，不让捕鱼，整个生活都颠覆了，空空许愿了一堆虚幻的话，他怎么没有感觉日子越来越好呢？哪里好呢？胡玉湖又给老百姓画了个大饼，搞形式主义。

王永泰陷入了思想斗争里。

王永泰是个偏爱面子的人。多少年来，严守着勤劳持家的祖训和家规。"家丑不可外扬。"王永泰说，他不愿把家里的私事都张扬出去。王决心的婚姻，他对人闭口不提。这种折磨和苦闷使他彻夜难眠，睡不着了，干脆到淀边坐着吸烟。他茫然地望着开阔的芦苇荡，耀眼的月光照得他睁不开眼睛。

天亮的时候，新的问题又出现了。

村里大喇叭说，甄爱社副省长要到王家寨参加座谈会，为了营造美好气氛，胡玉湖让王德志带人挨家挨户刷墙。刷到王永泰家门口的时候，王永泰的脸啪嗒一声掉了下来，心里好像有尖锐的、像是没有拔出来的蜂刺，扎得他疼痛难忍。他心一横，毫不犹豫地拒绝了："滚，少给我来这一套！我家的墙好好的，别给我刷脏了！"人们都惊奇地瞪大了眼睛。

僵持了一阵，王德志把王决心叫来，王永泰依旧没有给情面。王德志紧锣密鼓到别人家刷墙去了。村里出钱，将黑乎乎的墙壁刷白，粉刷得漂漂亮亮的，有什么不好呢？王永泰生气地吼："滚，净干这些没用的东西，形式主义害人啊！"

王德志嘻嘻笑着说："永泰，形式也是内容，这机会打着灯笼难找啊！"

王永泰说："水污染了，家家为生计发愁，这内容咋不好好管管啊？"王德志还要往他这边闯，王永泰将船桨一横："我看你们谁敢来，我就告你们私闯民宅，给我滚蛋！"

王德志和工人们纷纷撤了。人们委实弄不懂，王永泰突然变脸为哪般。"这个老头儿太狠了，太糊涂了。"人们议论说。

王永泰并不是没有心肝的人，他是一个老实忠厚的人。新区成立，给王永泰造成的心理震荡前所未有，他心里是矛盾的，既盼望新区给他带来好处，同时害怕更大的形式主义来袭。老顺子不解地劝："老哥，你不该哩！你让决心咋在村里干事？"

王永泰倔倔地吼："眼下物价飞涨，老百姓生活越来越难，恶性循环，你们只知道刷墙，对老百姓的疾苦不闻不问，还是老百姓的村委会吗？上面下来点钱，你们给老百姓办点啥事儿不好，光知道往脸上搽胭粉。"王永泰扯了嗓子喊。

王德志说："永泰，我刚刚听明白，你说的不是事实啊，玉湖支书是你老朋友，你难道还不信任他吗？"王永泰说："玉湖是啥人，我不评价，他也是在听上边吆喝，我就烦这形式主义，那是花架子。我不是为自己，是为村里，也是为你们村委会信誉，得民心者得天下。新区成立了，这不让弄，那不让搞，然后把明天说得天花乱坠，这不是天上扭秧歌空欢喜吗？你们得爱护老百姓，得罪了乡亲们，愚蠢不愚蠢啊？"

王德志被王永泰连珠炮似的话噎住。

姚哈喇瞪着眼，惊奇地说："永泰，蔫人出豹子，你可让我惊着了。"王永泰的异常举动，让王决心心里非常难受，他刚刚带人刷房子，别人家欢笑着，端茶递烟。他不知道自己该如何说服爹。别人家的墙一片白，自家的墙却脏兮兮的，说不过去呀！

傍晚的时候，王决心回到家里一问，王永泰说："我反对白洋淀新区，这里建城市，赶我们上楼，王家寨说没就没了，你们还傻呵呵笑呢。"

王决心说："政府不是承诺了吗，让老百姓生活更好。"

王永泰哼了一声："别提更好，多少年了，远的不说，就说美丽乡村建设吧，闹得多热闹，最后留下啥产业了，还不是打这点鱼吗？咱村不产粮，老顺子家半月没粮了，人差点饿死，谁管啦？我把咱家的粮食送到了老顺子家，村里还有那么多困难户，解决问题要从产业入手，从根儿上解决问题。如果有产业，朱环她们能上城打工吗？"

王永泰眼前浮现老顺子的家，谁还能笑得出来啊？这些当官的怎么就不能替百姓着想呢？可这在村干部眼里，王永泰是自私自利。姚哈喇在门口也起哄说，王永泰是自私自利。可是，多年来，王永泰什么时候也没夸过自己大公无私啊？在许多人高喊革命口号那阵子，王永泰当了模范，致富典型，戴上了红花儿，可是，当又一拨新生活到来的时候，又给老人带来了新的迷惑和困扰。

王永泰来了这么一手，立刻在王家寨传开了。

胡玉湖听说后哑口无言，他压根儿都没有想过，没有半点思想准备，甚至有些惊讶。他想找王永泰好好谈一谈，来到王永泰的门口，却吃了闭门羹。不见就先不见吧，一路上涌到喉咙里的话，不知怎么又憋回去了。胡玉湖本来想让王永泰参加甄爱社副省长座谈会，干脆取消了，如果他再放一炮，麻烦就大了。好一阵儿，王永泰不搭理胡玉湖，他即便与胡玉湖碰面，相互递烟，抽了根烟，王永泰也只说了一句："这世界，我越发看不明白了。"

王家寨不打粮食，只盛产芦苇、鱼虾蟹贝。王永泰听铃铛娘讲土改的经历，土改的时候，王永泰家从姚家那里分到了烧车淀方向的十二亩苇田。大抬杆和铃铛就有了发家致富的热望，大抬杆挥洒青春和汗水，可是，他们的愿望还是落空了，后来进入了人民公社，集体又把苇田收回去了，变成了集体财产。生产队那阵儿，村里提出了个口号，向淀水要粮，提出"备战备荒为人民"口号。大抬杆带领着乡亲们大规模地围堤造田。王永泰是积极分子，每天给苇田背土培泥，台田渐渐增高了，增添了肥力。这个时候，王永泰被推举为积极分子，到南方学了种水稻，他成了种田模范，稻田里阵阵飘香。

不久，铲苇造田就遭到了大自然的报复，白洋淀的水位猛然涨起来，庄稼被淹了，粮食几乎绝收。明眼人都看得见，种粮还不如种芦苇收入高。芦苇不投工、不施肥，省人省心，符合天定，傻子才要种粮！结果，又把稻田改回苇田了。就是那年大水，他的老婆邢荷花淹死了，王永泰趴在她的尸体上号啕大哭。生活是那样地艰难，想起这些年漫长而凄苦的岁月，王永泰眼里汪了一泡泪水。七十年代，"批林批孔"运动，上级又让村里砍掉芦苇，向白洋淀要粮，村里继续推王永泰闯在前面，当先锋，做模范。王永泰坚决不干。到了，他不仅没有戴上红花，还到台上挨了批斗，大抬杆、铃铛都很着急。

王永泰挨批的时候情绪低落，他去哪儿，大抬杆尾随到哪儿，生怕他想不开，一头扎进淀里。

改革开放来了，王永泰家里又分得了十几亩苇田。王永泰一边料理芦苇，一边成立了捕捞大队。那份荣耀谁人能比？眼下白洋淀新区成立了，村会计王德志开始挨家挨户登记渔船，说新区成立了，不让打鱼了，船就要收回去了。王永泰心里咯噔一下，难受极了。当时正是美丽乡村建设的尾声，听说收船，王永泰和老百姓都闹，发誓抗争。

美丽乡村建设中，王永泰又是典型。三项内容，生产、生活和生态，三位一体。美丽乡村建设，政策都好，村里没有干好，画大饼，搞形式。轰轰烈烈的运动过去了，除了房顶修缮了，日子又回到了从前。胡玉湖在操作上总是先易后难，重视生态，重视生活，却忽略了产业，打造一个扎根的产业难上加难，产业不兴，王家寨的年轻人留不住，都出去打工了。

王永泰想起了朱环的出走，他对村里的怨气又加重了。

如今，白洋淀新区来了，他没有想到来了一个斩草除根：不让打鱼了。这让他不能不恐惧地想着未来，没有船，没有产业，没有集体经济，一切都是虚幻的乌托邦，是逃避责任的许诺。胡玉湖到底是怎么想的呢？

王决心不明白，爹是个明白人，却整天说着糊涂话。

早些年，王永泰跟胡玉湖一起当捕鱼队长，都是披红戴花的生产标兵。王永泰坚定不移地跟党走，重新创业了。当新区大旗擎起时，王永泰这是怎么了？家里出的所有烂事，竟然怪罪政府的新政，对吗？他心里充满了矛盾，对白洋淀新区产生了抵触情绪。严格地说，在几年前搞美丽乡村建设的时候，他内心就产生了疑惑，过于抓生态和生活，忽略了生产，致使村里出现三种情况：极少的贫困户，不穷不富的中等户，还有少数富户。

前几年，村里与外边企业合办了一个渔网厂，王家寨出场地，出工人，负责销售，所以，王决心进了销售处。对方则负责采购、进料加工。采购员黑了心，进了不合格的线料，织成的渔网用两三次就破了，整张渔网稀碎。用户纷纷退货，要求赔偿。没半年，渔网厂就倒闭了。算算账，村里那块地还在，村民赚了点工资，村子没有赔钱。这也让胡玉湖捏了把汗，以后再也不敢办集体企业了。

没了企业，百姓没了进项，王家寨守着白洋淀，就这么不死不活地过日子。

这一天上午，王永泰教王决心拉二兜网打鱼。二兜网也叫二架网。有钩子有拉环，拉网要两条船操作，兜儿上系着白色浮标，上端系上吊绳、排须、铝坠儿和铁钩，在兜口之间丁零当啷晃悠。王永泰下网时，网口像龙爪鱼须子一样张开去，用力一提，就看见水底的杂草和鱼了。

王永泰手握竹竿探着水底，这儿捅捅，那儿戳戳，然后再选下网的水面。他长长地喊一嗓子："兜口！"老顺子喊："收排！"就呼呼地下网，老顺子也用棍子探一探。王永泰把棍子递给王决心："你试试！"王决心心里装着一大坨子心事，心不在焉，二兜网也拉得懒散。

王永泰沉脸训斥说："你不要忘了，你还是个渔民，还得靠手艺吃饭，治保主任，比七品芝麻官小多了，要是我，睁着半只眼就当了，年底还得披红戴花，还用得着一门心思吗？再说了，王家寨没了你和腰里硬打架，形势一片大好。你当治保主任，把自己管好，就成功一半了！"

王永泰想把绝活儿教给他。王决心戴着个草帽不晃眼，阴影正好遮在眉骨上，心情比王永泰要好。王决心对明天充满憧憬，苦笑说："拉二兜网再好有啥用，以后王家寨农民就变市民了。"

王永泰黑了脸，训斥道："屁话，你走到哪儿都是咱王家寨人，学了手艺不丢人，学了手艺有饭吃。"

王决心说："爹，我当不了渔民了。我要参与新区建设。学了手艺也没用，这船都登记了，就会收回去的。你能拉着破船，建设高楼大厦吗？"

王永泰倔倔地吼："不交船，给钱老子也不交，我看他胡玉湖敢把我怎么着？"

王决心说："不交，就是落后典型啦！看你老脸往哪搁？反正，我不上火就是了。"

芦苇荡微微响了，水面翻着水花，老顺子划着船缓缓驶了过来，远远地吼："你们爷俩吵吵啥呢？"王决心说："磨叽收船的事呢，这事我爹心里坐了病了！"王决心不软不硬地顶撞了王永泰，王永泰却选择沉默，用沉默化解父子之间的冲突。你老了，还能怎样？能揪住儿子打一顿，还是三天不给饭吃？

老顺子递过来一个鱼篓："吵啥啊，不管用，傻吃憨睡混日子吧。"

王永泰接过鱼篓，说："这鱼篓好看。"老顺子说鱼篓是他老婆春花编的。

王永泰说："你老婆好人好手艺！"

王决心却还在他的思绪中，没走出来。他说："爹，有气你就跟胡玉湖叨叨去，他掌握着政策呢。"

王永泰火了："啥叫掌握政策，他是执行者，好政策也让他们执行歪了，我越来越烦他了，他就会笼络人心，没有过去的魄力啦！"他气得脸都黑红了。

王决心提醒说："爹，您没有老顺子叔心态好，想法太多，您可得记着您是共产党员，党员服从组织，再瞧说看胡支书怎么收拾您！"

王永泰气笑了："他敢，给他仨胆子。老顺子，你说胡玉湖是不是老好人？"

老顺子想想，说："好人，也老了……"

王永泰提高声音说："我问你，是不是老好人？"

老顺子不想得罪人，只得凑近王永泰说："胡玉湖不像以前了，威信越来越低啦。不过，眼下村里还没有人能替得了他。"

王永泰哼了一声，他忽然感觉胡玉湖不亲了，从心底里感到厌恶，就像是在芦苇丛中看见了一条水蛇一样。王决心压根儿就没有想到，收船这么不得人心。全村人都知道，王永泰这条四舱船，是老婆邢荷花嫁给他的嫁妆，如果收了，那不等于收了他的命？

收了二兜网，王决心独自去了村委会。

王永泰和老顺子去了老顺子的家。他们把一兜鱼虾糊里糊涂地一丢，进了屋。

好几年没有来他家了。老顺子家在村东，门前有个水塘。老顺子叫邸春风，他有两个儿子，一个叫邸大虎，一个叫邸二虎。大虎结了婚之后，老婆有病没了，自己带着个孩子。二虎在保定城里打工期间，打了一场架，被判了三年刑。听说二虎就要出来了。

老顺子老婆春花望着窗台，那有一只麻雀，东蹦蹦，西跳跳，闲得无聊，有陪伴主人的意思。看有人进来，窗台上的鸟惊飞起来。老顺子精于算计，是王家寨有名的铁算盘，可是人算不如天算，家里的日子越过越悲凉。

老顺子家的窘况，还是让王永泰吃了一惊。屋里简陋，弥漫着苦涩的草药味。白天的碗筷，零零散散地摆列着，招引着嗡嗡的苍蝇。他的老伴春花脸色蜡黄躺在床上呻吟。春花瘫痪了，老顺子却闭口不谈。

老顺子撸起袖子就收拾东西，为的让王永泰坐下。他擦了桌子，扫了地，又把那把晃荡的椅子擦了擦。老顺子推来一盘菱角，让王永泰吃。

王永泰勉强坐下，不吃，但有些心酸。老顺子饿了，他抓过一只菱角含在嘴里嚼着，呜呜哝哝的。房间阴凉，王永泰身上起了一层鸡皮疙瘩，埋怨说："春花是啥时候病的？我咋一点儿也不知道啊，你也没说一声呀！"

老顺子说："两年了，春花不让我说。"

春花尴尬地苦笑："秦大夫说了，瘫了就起不来了，命苦啊！"

老顺子说她不仅瘫了，而且眼睛也坏了。闹铃哗哗地响了，老顺子赶紧给春花点眼药水，春花缓缓把头抬起来，春花眼睛就像嘴巴似的嚅动着。她抬着脸，怕滴下的药水流下来，药水吃进眼窝，眼角却滑出两滴泪珠。

老顺子说："别哭啊，眼药水白点了。"

春花仰脸停了一阵，缓缓睁开眼睛："永泰大哥，你别笑话我啊！"

王永泰说："笑话人，不如人。人吃五谷杂粮，谁能没病啊？"麻雀跳到窗前，叽叽叫着。

春花喘息着说出了原委，那一年两只母鸡跑了，钻进了池塘边的苇垛，春花找不着，急火攻心，回来就高烧，屋漏偏遭连阴雨，高烧好了，眼睛瞎了一只，又跌了一跤，人就瘫在炕上起不来了。王永泰瞟了一眼桌上的空碗，掀了掀他家的锅盖，仅有一碗炖小杂鱼。

王永泰问："米和面呢？"

老顺子说："压根儿就没有了啊，几天都吃鱼呢。"

王永泰赶紧回家，将家里的那袋面、半袋大米扛了过来。老顺子身体一抖，哽咽了："谢谢永泰，谢谢救命呀，好人哩，以后我不叫你水鬼子啦。"

王永泰一本正经地说："老顺子，春花，你们都听着，我们都是乡里乡亲的，又是好哥们儿，有我一口吃的，就有你吃的，人就是帮衬着往前奔的。"老顺子鼻子酸了，眼圈红了。

王永泰从老顺子家出来，心里极为难过，盘算着家里村里的事儿，加剧了他内心的矛盾，压在心头的痛越发强烈。

睡梦中醒来，王永泰就喃喃地叽："我不服，不服啊。"他半眯着眼睛，呆呆地、固执地望着白洋淀，仿佛看到的不是水和船，而是白色耀眼的天空云朵。谁知道这回胡玉湖怎么处理他。

王决心不理解爹的真实想法，他认为爹魔怔了，像是中了什么邪。王永泰眼窝儿有些红，没有泪痕。王决心天不怕地不怕，就怕老爹低眉顺眼的苦相。王决心说："爹，你别在心里窝火了，我知道你心里不好受，你有话想说又不敢说。"

老顺子过来了，低声下气地劝："永泰，你就想开点吧，决心的婚房不让盖，船收就收了，又不是收你一家，天塌不了。"王永泰依旧较劲："你说上边说一出是一出，村里生产没人管，这不是形式主义的翻版？"

王决心瞪了王永泰一眼："爹，你竟敢跟政府唱反调儿，你就是公开跟政府对着干，还像个党员吗？老百姓应该体谅政府，应该支持政府。"他说着说着，忽地没底气了。

王永泰气得黑了脸，说："光让老百姓体谅忍耐，就得任其摆布吗？想不通的不止我一个，等开大会的时候，我得好好地说道说道。"

王决心语气缓和了许多："爹，你又抽啥风了？上级不比你看得远？这是国家大事，千年大计，幸福来敲你的门了，我们白洋淀人的就业、住房、教育、医疗都会大大提升，怕是你架不住呢！咱可不要瞎议论！"

王永泰瞪着王决心："啥叫瞎议论，啥叫幸福来敲门，我咋没听见门声？我这也是民意，我就代表民意！"王决心说："你瞅瞅，刷墙到哪家不是笑脸相迎？就你！"

王永泰哼了一声："这回闹的动静这么大，我算看透了，无外乎是给我刷刷房、换房顶，像美丽乡村建设一样，还不会从根儿上帮老百姓解决问题。"

老顺子说："说得好，你代表民意，也代表我老顺子啊。"他用手揉着布袋儿里的烟叶子，吱吱喳喳响，他掏出了烟叶捻碎，放在烟锅里递给王永泰。王永泰赌气不抽。

王决心说："顺子叔，你怎么成了墙头草——两边倒了？你也当过劳模，可别让我爹把你带偏喽！"

老顺子点点头，他打了一辈子鱼，从来都是逆来顺受。王永泰对王家寨渔业生产有思考，他的思维并不比王决心深刻、走得远。王永泰在村里有着较高的威望，他愿意替乡亲们说话。他文化不高，深受大抬杆和铃铛娘的影响。但他只有一个最质朴的想法，那就是盼着老百姓的日子好，平安，富足，踏实。王永泰沉思了一阵，说："我们王家寨人靠水吃水，只会打鱼。如果我们学，也会种庄稼，也会种蔬菜，也会放牧……可是，我们哪有土地呀？"

王决心的新房子被叫停以后，姚哈喇在家设酒宴，一堆落后农民在那里奚落政府，奚落党的政策，挖空心思地抹黑胡玉湖，企图借机将胡玉湖赶下台，被路过的王永泰听见了。王永泰愤怒地闯进去了，狠狠凶了他们一顿："姚哈喇，你胡说啥呢？村里哪点对不住你了？"

姚哈喇一愣，说："永泰来了，村两委不作为，你难道没意见？"

还有人问："你别横，掏良心说，是还是不是？"

王永泰被噎住了，哈着老腰走了。

姚哈喇恨王永泰，但是又拿他没办法，王永泰在王家寨的地位无人能撼动。

王永泰多年来是以自己勤劳、节俭、孝敬的美德，深受王家寨人的敬重。不看别的，看他料理的那个大院子，宽敞明亮，就有一种不同凡响的气派，这是他靠辛劳创办的家业。院里养着狗，养着猫，鸡鸭成群，谁见了都会说老人日子过得不赖。王永泰抚养出了杨义成、王德和王决心三个儿子，还照顾着水上飞和铃铛的生活，他对自家管理得是那么井井有条，颇有匠心，根本不像没有女主人的家庭。只有热爱生活的人，才会把这个家料理得这么好。仅凭这个，王永泰有理由蔑视那些投机取巧把生活当儿戏的人们。

有一年，家里穷得叮当响，王决心冒出个坏主意，拿针头往鱼肚子里注水，图多卖一些钱。王决心注水的时候，王永泰发现了，他没有骂他，瞪着铃铛大的眼睛瞅他。

王决心被瞪软了，双手就颤抖了，赶紧把注水的针头扔掉了，脚踏上去踹碎了针管。

王永泰瞪着他说："老三，不能有下一回啊，我们王家人堂堂正正，

128

不能让人戳脊梁骨！"

"爹，我再也不了！"王决心悔恨了。

隔墙有耳，他们的谈话被卖鱼的咸鱼听见，咸鱼传给了姚哈喇。姚哈喇告状，胡玉湖让王决心当着村民的面检讨。

王永泰的思绪收了回来，喃喃地说："去他娘的，乱套啦，乱套啦！"

他也想找人闹一通，但他又忍住了，把火气压在心底。他愣了半天，忧伤地走到院里柿子树前，手轻轻抠着树皮，抬头望着青青的柿子，陷入往事中去了。他天生就是顶风噎浪的命，一闲下来，不是这儿疼就那儿疼的。他把自家日子过得有滋有味，还图啥呢？后来一想，他心里的疑惑，也渐渐明白了八九，就是对未来惶惑。新区的巨变，是对还是错？是福还是祸？王永泰瞪眼挺了一宿，天亮眯了会儿，睁着眼睡到晨光乍现。

这一觉醒来迷迷瞪瞪，浑浑噩噩，勉强站起来，扶着窗台往外看。晨光中，云彩哗哗啦啦跑了过去，来了一拨，又哗哗啦啦跑了过去。天空跑马戏，他受不了，颤颤巍巍回到床前，让王决心给他沏茶。王决心倔倔地说："一宿没睡好，还喝茶，这身板糟蹋了。"

王永泰板着脸："喝茶！"

王决心没有动，他不打算哄爹高兴，自己还高兴不起来怎么哄他？

王永泰想，风云从眼前掠过，以为是过往的梦境，难道是老百姓不体谅政府的难处，还是政府不管老百姓的疾苦？细想都不是。

问题出在哪啊？

王永泰比王决心敏感，在王家寨的政治生活中，发生了酝酿已久的风暴，那就是有人想趁势夺胡玉湖的权了，特别是姚家人。姚哈喇已经到处放风了，王家人跟还是不跟？王永泰对胡玉湖内心也是矛盾的，一方面他对他的工作不满意，不作为。可是，他又希望他继续干下去，毕竟那是他的老爹大抬杆扶上马的……

王永泰喝了茶，想着想着，睡了。茶水里，王决心放了安眠药。

姚家人最终挺不住了，呼啦啦拥到村委会。

姚家人的成分复杂，干什么的都有，有腰里硬和姚云这些富足一点的农户，也有姚哈喇这样的穷户，姚大贵一家甚至更穷，属于扶贫的对象。自从村里宣布收船和捕鱼禁令，姚哈喇也受不住了，他家既有船，也养着鸭子，他带头找胡玉湖闹事。腰里硬硬着头皮陪着，围着村委会吼叫，咒骂，失了章法。

连锁反应，姚家人的举动，感染了村里人，王家人、胡家人和邸家人也纷纷迎上去。

王永泰还是醒了，心里有事，吃一把安眠药也睡不踏实。他的眼角糊着眼屎，那是心火灼的。只是远远地观望。他不动声色，就像看一件与他无关的事儿。前面有人挡了他的视线，他挪了挪，视野立马开阔了，正好。

老顺子兴冲冲地来找王永泰："闹起来了，有人替你出气啦，我们跟着添把火去！"

王永泰倔倔地说："那条船上没咱的货。"

王永泰想，我跟他们不一样，他们愿怎么闹就怎么闹，闹个天翻地覆才好呢，但我不去！王永泰虽然内心有矛盾，也有不满情绪需要发泄，但是王永泰也心存一种侥幸：万一政府这边调整了政策，像大包干一样，王家人从新区的建立中得到啥机会呢？人还不能把路走绝嘛。王永泰认定，这个关头，自己不掺和为上，观察动静。

维持场面的王决心，发现了不远处的爹。他似乎看透了爹身上的两面性。

姚哈喇在酷烈的日子，一阵一阵晕眩。他的声音颤得更厉害了："胡玉湖，我们祖祖辈辈都靠船生活，你收了我的船，就算是把我全家的饭碗砸了，我跟你拼老命！"

咸鱼伸着脖子喊："新区成立了，不管村里是搬还是留，都得爱护老百姓，关心我们的生活。以荣遮目，一味地讨好上级，牺牲我们的利益，我们不答应！"

老百姓闹事，胡玉湖见多了，今天这个阵势让他吃惊，有一种如履薄冰的感觉。他刚才给郑继刚副县长打了电话。郑继刚是抓渔业的副县长，他还包着王家寨村，属于包村领导，直接找他没问题。前几天，王永泰砸了腰里硬的机器，就是他出面调解的。

新区成立后，白洋淀沿岸村庄对于同类问题的过激反应普遍存在。王家寨属于纯水村，反应可能更激烈一些，郑继刚让胡玉湖耐心做工作，不能退缩，别说村里，就是县里都当不了家。说这是普遍存在，他首先应安抚的是村里人的情绪。

胡玉湖说："乡亲们啊，你们想过好日子，心情我理解。王家寨要想大变样，就得搭上城乡统筹这班车。就是不搬，也是城市的规划中了。这是有过程的，你们要相信党和政府，白洋淀的明天会更好！"

王德志说："你们没有听宣传吗？新区是新型城市，就业、医疗、住房和教育都会大改观，幸福指数有多高啊？"

"又是空头支票，画大饼，天上的凤凰不如手上的麻雀，你们村官看大事，我们老百姓就看小事，今年和去年有没有变化？鸭子不让养了，我们吃啥？"姚哈喇吼着。

胡玉湖说："哈喇，不让你养鸭子，你就会饿死啊？实在不行，还可以吃低保啊！"

姚哈喇打了个寒噤，他表面镇定，心里已经打鼓。他准备申报低保呢，跟胡玉湖闹僵，后边就没有退路了。落霞红红的，像一根红色的羽毛，把村委会院子映照得暖洋洋的。

"乡亲们，听我说两句！"王决心说着，大步走了过来，"我说话之前，有一个条件，大家都笑一笑。"

"都没饭吃了，笑不出来。"姚大贵丧气地说。

王决心说："老顺子叔，你带个头，笑一笑。"

老顺子嘿嘿地笑了两声。

"这笑比哭都难听，勉强过关吧！"王决心笑了。

在场的人都哄地笑了。

"王老三，净整邪的，火烧眉毛了，你笑得出来吗？"腰里硬伸着脖子喊。

"哈哈，我这不笑了吗？"王决心笑了两声。

王永泰不能表现出任何的慌乱，其实，他内心也充满焦躁和不安。王家寨没有支柱产业，大多家庭都很脆弱，像老顺子一家，出现一个病人就可能使家庭陷入瘫痪。王决心咳嗽了一声，大声说："老顺子叔，我们一起拉二兜网。他家的情况，恐怕谁也不知道，儿媳妇没了，老婆瘫痪了。家里断粮两月了，就靠菱角、熬小鱼度日。我爹无意中发现的，赶紧送去了粮食。人家哭穷了吗？人家嚷嚷了吗？因为他知道，困难只是暂时的，相信党和政府不会丢下一个老百姓。好日子就会到来！"

老顺子流泪了，拿衣角擦干脸上的泪痕。

胡玉湖心头一颤："老顺子，这是真的啊？"

老顺子吭哧着说："真的，我家日子没过好，是我自己没本事。"

胡玉湖说："我失职，我失职。"

刹那间，一种强悍的豪气汹涌地冲到王决心的胸腔，他激动地说："一方水土养一方人，我们王家寨人，是出英雄的地方，靠山吃山，靠淀吃淀。如今政策，猛地打碎过去的生活方式，大家可能都不适应，心中有矛盾、有怨气，我爹也是这样的。我说一句，王家寨没有从产业上抓好，原因复杂，根源在哪？就在没有城乡统筹发展。这次白洋淀新区来了，这次跟美丽乡村建设不一样，就是彻彻底底的城乡统筹。你就是住在王家寨，城里人咋生活，我们就会过上和他们一样的生活，往后城里人会羡慕我们乡村的小康生活，你们不信，我信！"

现场的人惊讶了，安静了一阵，突然响起雷鸣般的掌声。

王决心虽然嘎，但是思维总是敏捷的，他继续说："收船，大家有抵触，我爹更有抵触，他做梦都骂胡支书呢！大家想想，这是胡支书一个人的事吗？如今是三个县一道令，哪村都这样，王家寨破了规矩，新区还咋建设？大家开销大，光出不进，急死人了。如果没了船，更恐惧了。我们是共产党的政府，不是国民党，当年国民党收船就是抢船，我们党和政府是要补偿的，买船。还有，堵上一扇门，又打开一扇窗。大家出入有摆渡船，开画舫船，日子能不好吗？今天我背着我爹表个态，我们王家第一个交船。钱多钱少，无所谓。还有，新区建设马上开始，缺大量人手，想当老板去当老板，想当工人去当工人，我们还愁没钱挣吗？"

胡玉湖和王德志惊讶了。

王决心望了望门口，大声喊："把船抬过来！"

水牛和三个小伙子将王永泰的船抬了过来。

老百姓看呆了双眼。

老顺子哆嗦着说:"决心,你可想好了,这船可是你娘的嫁妆,你爹知道了还不揍你?"

王决心咧嘴说:"我不怕挨揍,我从小就是爹揍大的。"

姚哈喇看见王家人占了上风,双目渐渐灰暗了,喃喃说:"老姚家人,撤了。"

胡玉湖吃惊地望着王决心,没有想到他能思考这么深广的问题,他朝王决心投来赞许的目光。

村委会门前热闹嘈杂的人群,傍晚的时候才散了,疯狂了一天的村庄渐渐安静下来。

王永泰蹶趿趿往前走,王决心颠儿颠儿地追上来。

王决心讨好地:"爹,您老慢点儿。"跟上来搀扶着老人。

王永泰胳膊扭了扭,一把甩开他。

王决心说:"爹,您是我亲爹……"

王永泰站住了,哼了一声:"我没有你这样的亲儿子!把你娘成亲的船上交了。你好大的胆子!"

王永泰说话低沉,毕竟别人听见他们父子吵架不好。见对面有人过来,王永泰将自己的胳膊往儿子的胳膊里挪了挪。人家跟爷俩打声招呼,过去了。

王永泰嫌弃地甩开儿子的胳膊:"到家再跟你算账!"

进了家门,王永泰一肚子火往儿子身上撒。

"这么重要的事儿,你就做主啦?这个家还轮不到你说了算!我看你是三天不打,上房揭瓦呀!"他吹胡子瞪眼。

王决心说:"爹,我和您说过,您也答应了,交船。您和娘那条船也糟了,一年四季漆也扛不住了。不如交了。咱家把这么重要的船都交了,谁家还不交啊!总而言之,这条船保不住!不如放个响雷,让大伙看看咱王家人胸怀!"

王永泰知道,船早晚要交,但他没想到这么快,而且是在他完全没有准备的情况下,儿子满脸荣光地做了这件事。

自己做的一切，归根结底是为了儿子，看着乡亲们为王决心喝彩，他觉得这个二了吧唧的儿子，开始成熟了。

只是，这条船，这么多年与他朝夕相处，往后他还能看到吗？

王永泰长吁一声，想起了这艘四舱船。

旱年不娶，涝年不嫁。王家寨的规矩。一九七四年，白洋淀干淀了，淀底祖露着龟裂的土地和鱼骨。铃铛的心咯噔一下子，仿佛停跳了。那一年，先是浅旱，后是深涝，到了芦苇吐穗的时候，天气却是见湿见干，好得无可挑剔，而此时王家寨的人们几乎逃光了。

大抬杆是支书，村里老老少少就都敬他三分，儿子娶亲还是沾了光。新娘邢荷花家里陪嫁的嫁妆是一艘崭新的四舱船。

娶亲的这一天，正是白露。由于干淀，村里码头船少人更少。大抬杆的脸上极为不悦，就像糊了一层黄泥。铃铛家土墙上搭着一排白色的鲤鱼刺，远看像一片苇席，鱼和土墙的颜色连成一片，难以分辨。苇帘后面瑟瑟抖动，铃铛以为是猫偷鱼，冷不丁抓起柿子树下的木棒，朝灰墙扑了几步，却发现是人黑黑的脊梁。铃铛吓了一跳，挥着拐杖朝那人的脊梁骨抽打起来。那人头上、脸上、屁股和腿上，都让她的木棒给抽红了，不动不吭，慢慢就顺着木棒滑下了墙头，把墙下的芦苇压倒了一片。

铃铛一愣喊："永泰？今天是你结婚的日子，你咋猫在这啊？"

王永泰咚一声跌倒在铃铛的脚下。

王永泰蹲着，蜡黄着脸不睁眼。

大抬杆听见喊声过来，弯腰一看，王永泰刚才是撅着屁股偷吃鱼刺。王永泰是个老实孩子，他这是饿得不行了。

铃铛心中一疼，泪水流得满脸都是。

铃铛知道孩子懂事，大抬杆却骂："你个不争气的东西，马上给你娶亲了，你还钻到苇垛里吃鱼刺？"

水上飞喉咙一热，说："别骂他了，孩子多孝敬啊，他是省点鱼让你们吃，自己吃鱼刺。"

王永泰穿着破烂衣裳，人瘦得裤腿空荡荡的，像悬空的灯笼一样摆来摆去。铃铛生气了："永泰，你的衣裳呢？"

王永泰搂着铃铛的腿泣不成声了。原来，铃铛从圈头借来的咔叽布上衣和灰布裤子让弟弟王永山穿走了，他说要去县城开一个诗歌会议。

铃铛叹息了一阵，埋怨老二王永山也是不懂事，不知道大哥今天要娶亲吗？

王永泰既没有穿的，肚子还饿得让他直不起腰，就在墙根吃鱼刺。铃铛拿了一条干鱼递给王永泰，说："孩子，你马上娶亲了，没有力气咋成，吃一点鱼干吧。"王永泰将鱼干放进嘴里嚼着，喉咙卡着鱼刺了，胃里火辣辣的。

铃铛的心头掠过几天来的悲惨一幕，那些饿死在村道上的外乡人应该赶紧掩埋。人民公社受不住灾年的冲击，人人吃不饱饭，这是我们王家寨人最潦倒的季节。

"我的娘啊，这副模样怎能进洞房啊？新娘来了可咋办啊？"铃铛跌坐在草地上，身子抽着，盯着天空哭了起来。

弄得空荡荡的村巷都是哭声。

王永泰先是觉得委屈，丢了衣裳，还被娘打了一棍子，脸上、身上忽然觉得疼了。

铃铛心疼，她将王永泰搀扶起来，说："孩子，听你爹的，咱回屋吧，新娘邢荷花从采蒲台出发了，说不定就要到村上了。要是人家变卦，也别伤心，日子好了，娘再给你娶！"

"嗯。"王永泰点点头，立起来拍拍大窟窿小眼的烂衣裳。

大抬杆眼睛亮了一下，然后紧紧抓住王永泰红肿的胳膊，说："没有衣裳不怕，等新娘子来的时候就说你今天病了。你回家洗洗身子，赶紧给我躺在炕上装病！"

王永泰梗着脖子说："爹，撒谎不地道吧？"

大抬杆说："火上房了，先娶了媳妇再说。"

王永泰无奈地回了屋。

铃铛跟着王永泰进屋，赶紧一番收拾，提着瘪瘪的粮袋到西间里去，潦潦草草地看了缸、看了罐，缸和罐都是黑洞洞地空。她伸手摸索了一阵子，终于摸出一把又干又硬的枣、栗子和莲子。

采蒲台是白洋淀大村，大户人家邢喜贵的长女邢荷花，这朵淀里的俊鸟儿，凭啥要嫁给这穷酸的王永泰呢？邢喜贵跟大抬杆修唐河水库成为朋友，听说他就是王学武的侄子，肃然起敬，大抬杆让工地上的王永泰过来拜见邢喜贵。

邢喜贵立马答应把女儿邢荷花嫁给王永泰。王永泰憨厚老实，还是捕鱼模范。邢喜贵是采蒲台的村支书，邢荷花从小就在爹娘面前得宠，五官一般，身材极好，胸脯胀鼓鼓的，脸颊红扑扑的，像是涂了一层胭脂，湿润的眼波让人过目不忘。整个白洋淀的女人就数采蒲台的女人屁股大奶子好，会生一堆的娃。跟邢荷花见面那天，铃铛仔细瞧了，邢荷花那副优美的姿态，颤颤悠悠的，奶子仿佛立刻就会从衣裳里跳出来。为了这份传说中的期待，王永泰喜出望外，好像闻到采蒲台女人的香气。

因为是干淀，新娘邢荷花是坐着一辆驴车过来的，后来几个小伙子抬来一艘四舱船，船刚刚刷了桐油，明光锃亮。

邢荷花进了家门，船却抬进了院里。铃铛和大抬杆把邢荷花迎进了家门。

躺在土炕上装病的王永泰，刚刚窝在烂被窝里眯了一阵，屋里的空气凉阴阴的。

大抬杆、铃铛和水上飞站在门口迎着。

王永泰听见爹的咳声夹杂着驴蹄声，心跳就紧了，赶紧爬起来透过窗子往外看。

新娘邢荷花被搀下驴车的时候，红色上衣被车辕上的铁钩挂住了。铃铛给她摘下来，看见邢荷花轻轻抬起了细皮嫩肉的圆脸，穷家立刻被照得粉亮了。王永泰心里一喜，他急忙重新躺下，幸福地哆嗦着。弟弟王永山借走了他的新衣服，婚礼仓促、寒酸。没有亲戚来庆贺倒也罢了，连一张红纸"囍"字儿都没贴。邢荷花脸上也没有新娘子的慌乱和羞涩，见到大抬杆和铃铛的时候，她的目光无比镇定，没有一点大户人家的姑娘的傲气。

邢荷花看见王家窘境，家徒四壁，一排排的粮缸，缸盖全被扔在地上、锅台上，缸里空空的，她一点不嫌弃。铃铛领着邢荷花拜过了祠堂，然后就回到四舱船跟前。黄色木船罩着一层白气，白气散开，露出一片龙尾一般的木纹。

大抬杆说："好船！"

邢荷花静静地说："娘，咱白洋淀有船就能过上好日子，等水来了，我和永泰打鱼去。"

铃铛和大抬杆自惭形秽，还有一些受宠若惊，白洋淀哪有闺女陪嫁送新船的？

邢荷花在堂屋门口站了一会儿，就走进屋里直接入了洞房。

早晨起来，邢荷花还睡着，王永泰悄悄爬起来，望着院里的四舱船。

他喜爱极了！

白洋淀的风俗，淹死的人，下葬要看水位回落情况。如果大水迟迟不退，在水中打四根木桩，将棺材架起来，棺材映在水中幽幽闪光，很像一艘船。供品、香火摆在棺材前头的挡板上，邢荷花的棺木映在水里，这个画面让王永泰永远难忘。

乌云渐渐散了，天空变得碧蓝。大淀空荡荡的，突然，有一只大鸟立在棺材板上唱歌，发出三种音调，唱出清脆的歌，中间似乎有一停顿，好让这宛如银笛吹奏的轻音的声音，丝丝入扣地传遍了四周的芦苇荡。

邢荷花的棺材上立着一只朱鹮鸟。

淀风以一种温和的姿态吹拂，鸟鸣响在四周。王永泰每天划着四舱船，到棺材这里看望邢荷花。他发现棺木上有一层潮湿的露水，到处是苇叶儿和鸟屎以及枝节横生的树枝。杂草和水葫芦从远处漂来，纠缠四根木桩。他双手紧紧地抓着木桩，放声痛哭。

他弯腰在船头烧纸，纸燃烧，旋起了一片纸灰。他冲着悬棺嚷了一句："荷花，我想你！"然后就闭上了眼睛，泪水涌满了脸颊。

或许是由于过度悲伤，让王永泰神情恍惚。忽然，他听见四舱船说话了："老公，你回去吧，照顾好孩子，往后你要是找我的时候，就把这艘四舱船带来，我在那边用船。"王永泰点点头答应着，他没有恐惧，相信是邢荷花在说话。阳光越来越强烈，荷花和芦苇都散发出强烈的香气。远处又传来了大鸟的歌声，像是人在唱，一串铃铛摇晃发出的声响。

歌声一来，水就退了。邢荷花入土为安。

王永泰收回了思绪，尽力平静下来说："决心啊，你娘没得早，你对她没有记忆，可是，我今天要告诉你，那年大水，你就在你娘的怀里，你娘咽气的一刹那，还抬了一下胳膊，指了一下你，又指了一下四舱船。"

王决心一愣："爹，啥意思啊？"

王永泰用手抹了一把脸上的泪水，说："这是啥意思，你还不明白吗？她是不放心你，让我照顾好你，将来这艘船留给你打鱼。"

王决心眼里也有泪花闪烁，仿佛娘就在他眼前站着。

王永泰气恼地喊："鳖羔子，你娘在阴间要船呢，听明白了吧？"

"爹，你别吓唬我！"王决心深深地叹息了一声。

王永泰发出一声恍如隔世的叹息，眼睛里旋转着泪水。

无言中，表达了父子的万千思绪。

王决心擦了一下眼睛，说："爹，你等着。"

他转身进了自己房间，抱来了一个大相框，相框上面还蒙着红绸。他走到爹跟前，猛地把红绸揭去，相片唰地映入了王永泰的眼帘。什么？他看清了，又像是没看清。他赶紧揉揉昏花的眼睛——这是那只船的照片，船上坐着他，怎么？还有他的老伴儿邢荷花？对，荷花和他坐在船上，相依在一起。

王永泰接过相框，抚摸着，他的眼眶含满了热泪。

这几天，王决心找到照相馆，将母亲的照片P上去，她的肩膀挨着父亲的肩膀，毫无违和感。

王决心抹抹泪，说："爹，往后想船了就看看相片，想我娘了就看看这张照片……"

王永泰说："好好好，你小子，总算办了一件好事儿！"说着，一把将泪抹干。

晚饭，老人高兴，炖了一锅鲹鱼。

王决心看到了爹满是柔情的目光。这样的目光，他好多天没见了。

爹总是记着，小儿子最爱吃自己做的炖鲮鱼。

爷俩喝两杯。吃着鲮鱼，王永泰又提起了白洋淀的鲤鱼、草鱼、青鱼、铜鱼、猴鱼、红鳍鲌、白鲢、胖头……

王决心说："还有大雁。"

王永泰瞪了眼："大雁是鱼吗？人啊，不能想吃啥吃啥。"

王决心笑笑："我顺嘴秃噜了。大雁是国家二级保护动物，吃了要坐大牢的！"

王永泰想了想，说："是啊，你奶奶说，咱祖上出过一位英雄王学武，他就是打雁的高手。"

王决心来了兴致，说："爹，你给我说说。"

"还是你奶奶讲得好。"王永泰说。

王决心喜欢大雁，吃过红烧大雁腿。大雁的颜色五彩缤纷，大雁的肩、背三级飞羽和尾羽呈暗褐色，羽喙淡棕色，下背和腰是黑褐色，胸部则是肉红色，头侧是桂红色。

王决心把饭菜给奶奶端过去了。

第十二章　入乡随俗

天空没有一丝云。

早上，天还是蓝的，太阳升起来，天空被晒得褪了色，白不白、蓝不蓝的，没颜落色，有点儿贼。

一轮火辣辣的太阳射下来，感觉能听到白洋淀的水呜啦呜啦响，发出水壶里的水还未开的声音。

苍鹭呱呱躁叫。夏天最热的季节，空中流火一样，日光照得向日葵打蔫儿。绿树遮掩着书院，瓦舍、白墙、竹篱在散热，颜色越来越白。王决心去淀里查看环保数据，回到大乐书院，弯腰在书院墙根水管下哗哗地冲了头，甩着水涝涝的脑袋，抬头看见胡玉湖带来了孙小萍，孙小萍到大乐书院来当志愿者。

孙小萍的到来，让王决心有些吃惊。他皱着眉头笑了，好奇地望着这位大学生。

孙小萍有二十七八岁的样子，个头矮，肤色微黑，说话爱笑，眼睛闪闪发光。她有对女性来说特别优越的黑发，又密又黑，瀑布似的垂在肩头。她虽然长相一般，但气质不凡，说话的时候，脸上有一片胭脂红，显得有了风情，风情也是含而不露的。

她说话的口音，略带南方人特有的味。孙小萍的到来，让书院热闹起来，也多了名堂。

王决心望着她好奇地问："小萍老师，你为什么到这里来？"

孙小萍愣了愣，忽而一笑，说："因为白洋淀新区啊，我要看一看白洋淀到底什么样。到了白洋淀，我才知道了王家寨，我过去在福建蓝田书院当过志愿者，我喜欢书院。"

王决心双腿麻了，站不起来了，微笑说："王家寨人欢迎你啊！"

孙小萍眼睛炯炯有神："我一个女子，举目无亲，哥哥多多关照。"她说话文文静静。

王决心感觉她身上有一股气息和力量。孙小萍对王家寨蛮有好感，村里平时那些牛烘烘的人，见了她都变得和蔼可亲。王决心一直没弄明白，只是眨巴眼睛。但有一点，王决心发现孙小萍吸引了乔麦，因为她的到来，乔麦来书院渐渐多了起来。乔麦到这里读书，常常跟孙小萍交流。王决心还发现一个问题，孙小萍跟杨牧仁有些不融洽。没想到杨牧仁这么仁慈的人，怎样跟孙小萍起了冲突？王决心感觉这个女孩子真不寻常，所有人对杨牧仁都是敬畏三分，而她却敢于挑战杨牧仁，让杨牧仁十分恼火。

夜晚来临，书院灯火通明。

胡玉湖支书透露了孙小萍的身世。因为孙小萍最先主动找到了胡支书。孙小萍是福建福州郊外大山沟里的穷苦孩子，考上了大学改变了命运。其实，她祖上有人在福建书院当差，她在蓝田书院恢复之后，又在蓝田书院干了一年。

她是福建师范大学毕业的，走遍了南方的书院，对北方的书院极为好奇。白洋淀新区成立以后，她来到白洋淀，一眼看中了书院，所以来这里当一名志愿者。

孙小萍表扬了王决心、水牛和乔麦读书的态度，将他们三人的名字贴在墙壁的红纸上。

孙小萍对书院感兴趣，尤其是农村的书院。她故乡的蓝田书院，根植乡土，服务乡民，书院渐渐变成了观光景点，而大乐书院竟然有藏书房。早在北宋时代，书院就形成了讲学、藏书、祭祀、学田四大规制。原有讲学和藏书功能，基本被后来的学校和图书馆替代了。学田指官方和民间提供的田产收入，用来给养书院的开支。

孙小萍听说大乐书院的杨牧仁院长是出家还俗之人，他是为铃铛奶奶报恩而来，撰写铃铛老人的回忆录。杨牧仁在民间拉来了赞助，可敬，但是这不是唯一理由，她跟杨牧仁对书院的经营理念不同。孙小萍喜欢读书，擅长网络销售。她想在大乐书院开网络直播销售王家寨的土特产。她还想组织人力在书院唱书讲学，办专题讲座。

孙小萍像孙悟空大闹天宫，在王家寨闹大了，在书院里卖货，杨牧仁气得浑身发抖。

孙小萍却满不在乎，她言外之意，大乐书院这么好的资源，在杨牧仁手里办得越来越萎靡。铃铛奶奶听说了孙小萍，悄声说："这孩子有个性，挺像年轻时的我！"

孙小萍是见过铃铛的。她来大乐书院第二天，就去拜访了传奇老人铃铛奶奶，手里提着她从福建带来的深沪鱼丸子。老人正在树荫下乘凉，她就自报家门，铃铛奶奶喜欢女孩这秉性，和孙小萍聊得热乎。老人是活地图，老人是指南针。

王决心惊讶地发现竟然有人挑战杨牧仁，真是大胆的女子。他听了孙小萍的想法，细想想，明白了一个道理：在阅读中去寻找生命的意义，人一旦放弃对生命意义的追寻，就等于放弃了生活。

孙小萍提议开设村民大讲堂，得到了胡玉湖的支持，王决心觉得靠谱。胡支书让孙小萍试一把，趁热打铁，赶紧张罗。讲学的事很快就有了眉目。

那天阳光明媚的上午，乔麦来到大乐书院。

王决心微笑着望乔麦，心里一亮。他轻轻问乔麦："你为什么来读书？"

乔麦莞尔一笑，说："读书，让人更智慧。这都不知道？"

王决心一笑，乔麦还真有点孙小萍的风格了。看来她抵抗腰里硬的家暴会用智慧了。胡玉湖的出面，让杨牧仁勉强退让了，他抓紧对铃铛老人的采访。

孙小萍干事有速度，她刚来就搞了网络直播，她搭建了书院的平台，竟然有那么多的赞助者。她征集到了一箱一箱的图书，有农业科技的，有青春励志的，还有一些小说。

孙小萍耐心地整理新邮来的书。

图书越堆越高，真成了书山了。书多了，书院扩建就迫在眉睫了，她强烈地表示，要扩建书院。杨牧仁又是一愣，他感觉大乐书院规模正好，一个村级书院还需要扩建吗？而且白洋淀新区成立了，不让动一砖一瓦，孙小萍这才闷住了。

孙小萍继续她的网络直播，她掰着手指头数落着芦苇画、双黄鸭蛋、荷叶茶、干鱼片等特产。每一天卖货的时候，都引来村民围观，闹闹嚷嚷。

杨牧仁曾是佛门弟子，喜欢安静。他嫌乱，沉着脸说："书院是圣洁的地方，怎么变成了商店？"

孙小萍耐心地解释，称这是现代书院的经营。

杨牧仁黑着一张脸，不说话，悻悻地走了。

孙小萍失望地望着他的背影，犹如幻影。她想，这是经验和理念的冲突吗？

孙小萍嘴唇发干，心里苦恼。她是志愿者，不拿书院的工资，这一点让人敬佩，也让她格外硬气。但也有人表示了怀疑，当今还有这样的好人吗？

人们嘴里啧啧地响，不知是赞赏，还是惋惜。

腰里硬就在怀疑之列，质疑说："福建人聪明，南方人心眼儿多，小心是陷阱，她到这里图什么呢？是不是有别的目的啊？"

王决心听了，瞪了腰里硬一眼："人家有文化，喜欢经营书院，我们大乐书院算是筑巢引凤啦！你这是什么眼看人低来着？"

水牛说："狗眼看——"

腰里硬被噎住了，当着杨牧仁的面，不好发火。杨牧仁目光冰冷而犀利，说："我接触小萍，心眼挺好，她是想把书院搞活，但我是不同意的，书院就是一片清净之地，可是胡支书都点头了，就随她吧。"

王决心面带微笑说："杨院长，您得支持小萍，让书院发挥更大的作用是对的，不能把书院变成寺庙啊！"王决心说话，直来直去，撞到墙都不拐弯儿，杨牧仁的心被硌了一下，沉了脸："人学会说话，真是门学问。"腰里硬说："这小子，不是好肉。你是不是看上孙小萍啦？"

王决心瞪了他一眼，他的脸烫了一下：杨院长玻璃心，旁人说话得掂量着。

大乐书院村民大讲堂开始了，孙小萍主持。第一课是配合白洋淀治水。这一讲，孙小萍亲自讲渔村垃圾分类。这个话题老百姓不感兴趣。人图方便，垃圾随便丢，千百年的习惯养成了，哪是说改就改的。虽说来了几个人，也没好好听课。

第二天上午，王德志在村里喇叭里广播了，晚上还是没人来，阅览室里空荡荡的。孙小萍极为失望。王决心和水牛来了，他俩照常来听课读书，这让孙小萍心里暖暖的。

听说王决心想当一名工人，孙小萍向他们推荐了《工人技能大全》，他心醉神迷地读了起来。

王决心这段时间坚持到书院看书，他不想打架了，只是想哭，不是感动得想哭。是什么？他也说不清。

天黑了，王永泰早早做了饭，王决心吃了饭，就去大乐书院。

到了书院门口，王决心发现了一个熟悉而亲切的背影，快走了两步，看见果然是乔麦。王决心看见乔麦眼睛一亮。他愣了一阵神儿，赶紧走进屋里看书。他分别和身边的几个人礼貌地打了招呼，坐在了一个墙角，继续看他的《工人技能大全》，其中有电焊技术。

村里有两个打工回乡的年轻人，竟然会写诗歌，孙小萍称他们诗人。

王决心并不觉得诗人都很高深、很孤傲，因为他二叔王永山就是诗人。

今天王决心有点心不在焉，他若有所思地望着这间三百多平方米的房子，房子还很高，中间打个隔断就是城里人说的叠层，他再看这房子四周墙壁都打满了小隔板，每个隔板上面都放着书，有的书角卷起来，一看就是好久没有人翻阅过，隔板有的都掉了漆，露出了木头的本色，房顶漏雨造成一片片泛黄，像小孩尿了床留下的印。墙角和大片的墙体因潮湿长了很多的霉点儿，有的地方是新修补过的，白得格外显眼，几个简单的灯吊在屋中，灯光不明不暗的，整个书院显得那么地陈旧、沉闷，但杨牧仁和孙小萍还是把书院收拾得很干净，长条椅摆放在吊灯下，椅子有的地方是用铁丝缠上的。但是，爱动的人坐在椅子上看书，椅子总是嘎吱嘎吱响。

孙小萍来了以后，在院子墙角栽下一片竹子，竹子长得高大挺拔，竹叶密密的，显得儒雅。大门口旁边的围墙也有几个大窟窿，围墙下散落着一堆砖头，是杨牧仁化缘回来新买的准备修补围墙的。王决心这时内心闪过一个念头，要是把书院修复一下，大家在这么好的环境下看书学习，那该多好，可转眼一想，那得需要多少钱呀？

王决心想，没有钱修书院，总能多叫点人来看书吧？一想到这，他马上给水牛打电话，让水牛找人来书院，水牛记住了，他真带来了三个人，三人是到村里收鸭毛的，一看说学诗弄文，摇摇头就跑了。

王决心笑嘻嘻地说："嘿，这货！"

王决心看出来，村民大讲堂开了，他和孙小萍最担心没有人来听课。王决心跟孙小萍商量解决办法。

王决心满怀心事回到家，铃铛奶奶一眼就看出孙子有心事，就问："遇到难事了？"王决心看着铃铛奶奶半天不语，唉声叹气。铃铛奶奶再问，王决心终于说出诉求，大乐书院请铃铛奶奶讲一课。

铃铛奶奶说："奶奶该讲的都给杨牧仁讲了。"王决心眼珠一转，说："您就选一段，您当年辞去村支书，回家孝敬婆婆的。这话题一定吸引老人，教育年轻人！"铃铛奶奶说："奶奶在讲堂上站不住了啊。"王决心想了想，说："有轮椅，我推您去，您坐着讲。"铃铛奶奶嗫动着扁嘴巴答应了。

铃铛说："小萍那孩子不错，我得去看看她。"

王决心转身就跑了出去。

大乐书院大门口墙上贴着一张 A4 白纸，上面醒目地写着，周一到周日凡是到大乐书院看书学习两个小时以上的，每天都有不同的奖励。周一来的，每人可以领一块香皂，周二是毛巾，周三吃鱼丸子，周四是鲤鱼炖豆腐，每人一碗带回家，周五、周六、周日奖励不重样。大家闹哄哄望着告示看，看了笑着说，这种激励的方法好啊，学习了，还有吃有拿。

王决心暗暗佩服孙小萍。周一早上，书院门口聚集了不少人，王决心心里很高兴，他把批发来的香皂毛巾装了一个大袋子，袋子不轻，扛到书院气喘吁吁。杨牧仁看着他满头大汗，赶紧上前帮忙，心想，这小子不跟腰里硬动手打架了，思想提升了，还想带着大家伙共同进步，这样的上进青年越多越好，我当初怎么就没想到奖励机制？他们要把东西放屋子里，杨牧仁笑呵呵地拿着二百元钱塞到王决心手里，说："拿着，你出力，我出钱。"王决心笑着说："杨院长，这钱我不能要，这主意是孙小萍和我想的，钱也是我俩出，您鼓励大家伙多读书，长知识，学习对我们太重要了。"

杨牧仁竖起大拇指对孙小萍说："小萍啊，过去是我脑子落伍了，你们感动了我。年轻人有朝气有想法，敢作敢当，我们这些老人要向你们学习啊！"

孙小萍一怔，心中涌起一股暖流，眼睛汪了泪水，杨牧仁院长什么时候改变了？

王决心觉得孙小萍灿烂的笑容感染着每一个人。

孙小萍提出了一个大胆的想法，她和王决心想办法集资，改造大乐书院，借着白洋淀新区的东风，让一个崭新的大乐书院在王家寨雄起。

杨牧仁微微点头，湿淋淋一身汗。

村民们抱着各种目的来到大乐书院，有人看书，有人聊天，有人切磋写诗。大乐书院熙熙攘攘，热热闹闹。王决心拿手机拍了不少照片，说要工作留痕，留下的资料，将来办个展览。王决心和孙小萍看到大伙进到书院看了书，领走香皂，不管今天大家学到了什么，总算是一扫往日的冷清。

王决心替孙小萍忙着开直播各种琐碎的事，《淀上书院》直播开播一周，每天晚上七点直播到十二点，孙小萍在直播间讲白洋淀历史，讲白洋淀风土人情，讲白洋淀的土特产"两蛋一腥"：咸鸭蛋、松花蛋、熏鱼，以及芦苇画和鱼丸子，讲铃铛奶奶的故事……

每天直播间的流量不少，孙小萍困了累了，还是强挺着。可是，一周下来只卖出去了十几斤咸鸭蛋。

王决心和孙小萍看着这一成绩表，都止不住发呆。

直播了一个多月，孙小萍和王决心每天都搞到半夜，杨牧仁不太认同这种方式。这不是疲劳战术吗？会把人拖垮的。

　　一天，王决心和孙小萍直播完，小萍的嗓子有点哑，杨牧仁沏了胖大海递给了孙小萍，看着两个年轻人疲惫的样子，杨牧仁关心地问："每天四五个小时就这样说车轱辘话，嗓子能受得了吗？"孙小萍说："已经习惯了，杨院长，您是不是很不赞同我们这样做？我和王决心一直在坚持，不仅是卖我们的鸭蛋、特产，是想通过这个平台，让更多的人知道我们白洋淀的巨变，拉动旅游和商家来投资。"

　　杨牧仁说："你们的想法很好，但什么时候能实现呢？"

　　王决心连忙说："我们在实现的路上呢。"

　　杨牧仁说："这段时间我跑了三个县，拉了五万资金，这是卡，钱都在里面，咱们成立个公司，每个人承包任务，你们年轻有精力，多跑跑一定比现在行。"

　　王决心和孙小萍先是一愣，后是四目相望，谁也没说话。当初的雄心壮志被现实打碎，他俩有些疲惫和无奈。是成立公司跑业务，还是继续直播创业？

　　铃铛奶奶看见王决心每天都深夜而归，心疼和惦念溢于言表。今天王决心有些沮丧，回到家里，发现灯亮着，看到奶奶躺着，睁着眼睛。他望着奶奶布满皱纹的脸，他觉得奶奶就是个神人，一旦自己遇到困难，总是逃不过她老人家的一双慧眼。其实，奶奶从杨牧仁那儿知道他最近一直都在做什么，虽然知道杨牧仁不看好他们做的这个事情，但奶奶还是站在孙子王决心一边，鼓励他干自己想干的事。

　　这大半夜的，奶奶还等着他，王决心心里感到满足而温暖。王决心和孙小萍的坚持，让他们有了意想不到的收获。

　　一天，王决心手机上看到了一条信息，说："请迅速联系我。"留下一个电话号码。

　　王决心担任直播间的客服工作，买货的各种询问也忙得不亦乐乎。过了两天，他又收到了同样的信息。王决心吃了一惊，他和孙小萍说了，打过去问问啥情况，王决心电话刚打过去，对方马上接了，是个女的。

对方讲明了自己的身份。她说她叫靳嘉，是山东潍坊的一个企业家，母亲欧阳凤在创业时期曾经去过白洋淀大张庄，由于白洋淀发大水，把她母亲冲到了王家寨，有一个叫王永泰的男人救了她，当时母亲奄奄一息，王永泰把母亲送到大乐书院，在那儿，母亲被救活了，之后这个救命恩人几天来一直照顾自己的母亲，后来她母亲离开大乐书院时，阴差阳错没能和恩人道别，就这样一晃几十年，母亲做羽绒服生意发了家，她经常念叨她的这段难忘的经历。由于母亲身体不好，这么多年一直没有再去过白洋淀，通过直播平台发现了大乐书院，母亲兴奋得彻夜未眠。母亲让她马上联系王家寨，看看是否能找到一个叫王永泰的老人。

王决心瞪大了眼睛，觉得蹊跷。

靳嘉代替母亲来到了王家寨，也找到了王永泰，才知道王永泰是王决心的父亲，她从沉甸甸的书包里拿出来一堆现金，让王永泰收下，说："钱不多，二十万，这是我奉母亲之命来报恩的，请务必收下。"对方态度坚决，王永泰坚决不收，就这样僵持着。

靳嘉突然一个下跪，吓得王永泰父子俩心里咯噔一下，连忙上前搀扶，最后王永泰拗不过，收下了这二十万，他们送走了靳嘉后，王永泰对王决心说："老三，这事因小萍而起，走，捐给大乐书院扩建吧。"王决心看着父亲瘦弱而坚定的身影，觉得父亲像一棵参天大树。

王永泰就是这样的人，能帮人处，一定要帮一把。帮了，也不放在心上。帮人是常事儿，就像人不会记得，每天都吃了什么饭。

杨牧仁说："这叫境界。"

杨牧仁看到了这二十万，还是有些意外；孙小萍则干脆呆愣了。

杨牧仁紧紧握住王永泰的手，哽咽无语。王永泰对孙小萍竖起大拇指。大乐书院可以重新修建了，这是杨牧仁多年的心愿。其实，他已经跑好了修建手续，只等这笔钱了。一个阳光明媚的上午，大乐书院扩建工程开工了。杨牧仁高兴得像个孩子，因此对孙小萍更刮目相看了。

孙小萍对王决心说："铃铛奶奶啥时候讲课啊？"王决心说："我奶奶答应了，看看她哪天最精神。给大家讲述自身的革命经历，百岁老人讲课，全国独一份。"

第二天上午，阳光毒辣，芦苇、蔬菜和树木晒蔫了，地上蒸腾着湿漉漉的气息。王决心背着铃铛奶奶来到书院，蝴蝶、蜻蜓追着铃铛奶奶翩翩乱飞。老太太给孙子撑场面，帮孙子圆场，而且还进行了传统教育。铃铛老太太盘着利落的小髻，浅灰色的盘口的布衫，映衬得老人干净麻利。王永山和小洒锦也陪着来了。

村民们很多是奔铃铛奶奶来的，这老太太一出现，村里的老人们稀奇无比。大爷和大婶们都来到书院，有的坐着轮椅被晚辈们推着来看奶奶，书院像过节一样热闹。大家回忆着往事，感叹人生的冷暖。

杨牧仁推来了一把新轮椅，王决心将铃铛奶奶从后背放到轮椅上。

乔麦也来了，铃铛满脸笑意拉着乔麦的手。不知为啥，铃铛见到乔麦就说不出话来，默默地流泪，老奶奶一抹眼泪，乔麦哭得更伤心了。

杨牧仁热情地跟铃铛奶奶介绍了孙小萍。杨牧仁热情地说："这个大学生叫孙小萍，不简单啊，她是来自大山里的苦孩子，就是通过学习读书成了一名大学生，这可不是一个普通的大学生，她靠网络销售为自己的家乡拉了赞助，修了路，现在来到咱们王家寨帮助大乐书院搞活动搞经营，让咱们村民脑袋活起来！"

铃铛呵呵笑："我们早就认识啦！这孩子刚来就到了我家。"

杨院长和王决心有点诧异。

铃铛拉着孙小萍的手微笑着："好闺女，好闺女啊。你要让大伙端着的碗儿，里面盛着的是香喷喷的鱼丸子，想当年，我们端着的碗儿里常常是空的，能喝上一口粥都阿弥陀佛喽！"

孙小萍看着铃铛奶奶，自信地点点头，说："对，奶奶，端自己的碗，吃想吃的饭！"

孙小萍拿着王决心给的材料，主持开了场。

叮当叮当，铃铛奶奶摇了摇铜铃，她就开口了，大家瞬间安静了下来。铃铛奶奶望着孙小萍，声音细弱："闺女，我讲啥好啊？"

孙小萍说："您随便，您讲啥都好。"

铃铛奶奶嚅动嘴巴的时候，王永泰来了，鱼鹰大黑、二黑竟然跟来了，一个肩膀落一个，很乖，不动，也不出声儿。它俩好像也来听课。

王永泰正襟危坐。

铃铛微微笑了，脸像荷花，她忽然提出了一个问答题："我能够说出那么多荷花的名字，你们谁能说说？"

乔麦举手说："奶奶，我能说几个。大洒锦、小洒锦、白孩莲、碧降雪、佛座莲、水芙蓉、大紫莲、处州莲和红台莲。"

铃铛嘿嘿地笑了："乔麦不错，说了不少。你能说说这些花多少瓣、啥颜色吗？"

乔麦腼腆一笑："我说不好，奶奶说。"

铃铛掰着手指说："大洒锦，白色，花开八瓣；小洒锦，青白色，花开七瓣；白孩莲，白色，花开六瓣；碧降雪，白色，花开七瓣；大紫莲、佛座莲，橘黄色，花开十瓣；水芙蓉，紫红色，花开九瓣；处州莲，红色，花瓣十九；红台莲，红色，花开五瓣。"

台下乡亲哗哗地鼓掌。

铃铛又将话题转移到民间传说上来，大洒锦变成小桃红营救众生的故事一直在白洋淀流传。

民间传说荷花女神大洒锦忽然变成一个村姑，自己起名小桃红，来到人间救灾，她独自走了一遍白沟引河，就将白沟引河分为白沟河和南拒马河。

小桃红终于弄清，南拒马河流经涞水县至定兴县，北河店有易水汇入，两岸无堤防。北河店至新盖房枢纽，两岸筑有堤防，在定兴县北田村附近预留分洪口门。遇超标洪水时，弃左堤扒开北田、章村附近堤防分洪入兰沟洼。

这次白洋淀水灾，笊篱村的大恶霸地主陈宗选，担心三千亩农田被淹，带领家丁昼夜护堤，与白洋淀各村村民械斗，致使淀里王家寨等村人员伤亡。王家寨春桃姑娘爹老金奎和哥哥大锁被打死，春桃姑娘带人扒了长堤，白洋淀开始泄洪，可是春桃被陈宗选抓进大牢。春桃姑娘的故事惊动了小桃红。小桃红被春桃姑娘的义举感动了。她发誓要救出春桃姑娘。起初，小桃红是状告陈宗选的，到了保定衙门，官官相护，没有人给她一个小姑娘做主。小桃红动过向天后祈莲求救的念头，后来她放弃了。她被发配转世就是因为她没有管好这条河。她要凭自己的智慧救出春桃姑娘。水灾刚过，渔船都破碎了。人们无法打鱼，民不聊生。有些渔民准备移民逃荒去了。

一天上午，风和日丽。

崭新的大船从长堤一侧扬帆而来。黄色木船在阳光里金光闪闪。

白洋淀的打鱼人从来没有见过这么大的船。船头站着美丽的小桃红，她身披红色锦缎，面如荷花。船顶有一排朱鹮飞翔而随。听说春桃姑娘死后变成了一只朱鹮鸟。哪一只是春桃呢？船在王家寨西码头抛锚，靠岸，小桃红微笑着向人们打着招呼，并吩咐仆人从船上搬下粮食，还有猪马牛羊。圈头和王家寨人只知道吃鱼，哪里见过这样的场面？小桃红说："乡亲们，我叫小桃红，是春桃姑娘带我看望你们的。大家把物资搬走，不够用了，我们再来送。"小桃红说完，仆人又搬来一筐嗡嗡叫的小东西。小桃红说："这叫蜜蜂，会制造出甜美的蜂蜜。你们吃了一定会喜欢。这些东西都是天神乌拉赐给大家的！"

王家寨的乡亲们纷纷跪地磕头："谢谢天神啊！"

忽然，有人问了一句："小桃红，刚刚你说了春桃姑娘。她人呢？"

小桃红打了个口哨，一群朱鹮呼啦啦落地。她望着一只朱鹮，说："看见了吧？春桃姑娘变朱鹮啦！"

人们纷纷给朱鹮磕头。

有一位长者哭泣着说："春桃啊，你爹，你哥，没了。他们是为白洋淀乡亲们走的，你回家来吧！"

小桃红轻轻摇头："北田恶霸陈宗选，已经受到惩罚。春桃舍命扒堤的义举感动了天公天后，我要带春桃到天宫。"

春桃姑娘要去天宫啦！但是，小桃红留下了那一群朱鹮鸟。

其中一只朱鹮嘎嘎叫了两声。

王家寨没有人能够听懂。小桃红说："这只朱鹮就是春桃姑娘，她说话我懂，你们听不出来了。我带春桃走了，这些朱鹮鸟无比珍贵，就留在王家寨吧！"

小桃红随大船走了。人们恍如梦中，只见大船缓缓驶入烟雾中。

大船和小桃红几乎是瞬间消失的，人们看见一只朱鹮在天边飞翔，渐渐消失在云霞之上。

村民拾起一片朱鹮遗落的羽毛，循着朱鹮消失的方向久久凝视⋯⋯

铃铛奶奶叹息了一声，说："祈愿归祈愿，水灾和干旱照样来。改变靠谁？靠共产党啊！乡亲们，到啥时候，我也是夸咱共产党好。"

民国九年，那一年闹旱灾，干了淀，淀边所有村庄粮食颗粒无收，淀里也没有鱼了，龟裂的河滩上露出苍白的鱼骨。富人家都扛不住了，穷人家哪有一点抵抗能力啊？干淀那一年，铃铛的二叔邢锁头就是饿死的。后来九条河给白洋淀蓄水，人们好在还有鱼吃。娘天生气弱，没有奶水，铃铛饿哭的时候，娘就喂她鱼丸子汤。为此招来了好多灾民，有一拨来自山西衣衫褴褛的灾民，守候在村口码头，砸地主姚家的大门乞讨。

王永泰插了一句说："娘，我听说大地主姚占轩放出狗来咬他们，有的被狗咬了，有的滚落在水里淹死了。"

铃铛说："新水县成立农民协会，斗争地主的恶行。晚清翰林张怀德为会长，王家寨秀才王选青为副会长。王选青回村筹办农民协会，他开着一艘槽子船奔圈头村而来，返回时却是家人送走，船送给我们村里了。爹不假思索地加入了农民协会。办公地点就在三槐家的豆腐房里。房间低矮破旧。那个院子离我家很近，院里人铺开苇子编席。然后划船去大淀了，细细查看鱼情和风向，开始撒网。"

孙小萍听着，仿佛沉浸到历史中去了。

铃铛说："黄昏的时候，霞光璀璨，爹从船上爬下来，提一兜子鲫鱼、猴鱼、刀鱼、鲮鱼。爹兴冲冲地说，炖鱼，做鱼丸子，庆贺一下。娘愣了愣，庆贺啥呢？爹说，我加入农会了。娘问，农会是啥？爹抓着脑袋，只管嘿嘿地笑却答不上来。爷爷死了，做鱼丸的手艺在爹身上，记得那个傍晚我们吃了烤鱼，鱼在火堆里吱吱流油，化作了熊熊的光芒。我们吃了鱼肉，鱼骨又重新扔回火堆。"

时光进入了一九二一年，民国十年。

这一年铃铛九岁了，爹说，祥云同时出现在天空，将有天大的喜事发生。这一年的七月一日，中国共产党成立啦！九朵荷花对应着九条河入淀。铃铛的爹说，这是九九归一。

铃铛太小，她不懂这是啥大事。她爹说这是开天辟地的大事。据说那一阵，风在芦荡深处翻起道道波澜。她站在圈头村口，望着上空飘荡几朵荷花状的祥云。云朵渐渐变红，像火焰一样的花。爹说当时他看见荷花的精灵变成一股旋风吹动着云朵，剩下的尘埃落下来，融入大淀。

铃铛咧嘴笑了笑，说："每年七月，白洋淀荷花开得最艳。共产党把农民组织起来，砸盐店，分粮食，不让穷苦百姓冻死饿死了。有了党，我们就有了靠山，村里还飞来了朱鹮鸟。"

铃铛风趣地说："该吃中午饭了，我的故事等听下回分解吧。"

在场的人咯咯地笑了。

第十三章　浮生

那个雨后的下午，杨义成和甄凤回到了深圳。

深圳闹台风，甄凤没有戴围巾，头发被风吹得凌乱不堪，脸、脖子和衣领都是土。甄凤先去卫生间洗了澡，就去厨房做饭了。杨义成洗了手走到厨房帮她，甄凤知道他腰疼病犯了，不让他干活。

杨义成回到沙发上听音乐，音乐是他的爱好。美妙的音乐声，容易让人想起往事。他记得，那是在二○○八年汶川抗震救灾中，他和大学同学苏一朋看通信科技落后，两人一拍即合，合伙在深圳开办恒通通信科技公司。苏一朋的家在北京，父亲是北京地产大佬，有钱就任性，他借父亲的钱做投资，人常驻深圳运营公司。杨义成没有履行约定，他当时是德县科技副县长，官身不由己。

恒通公司的财富滚雪球一样越滚越大。苏一朋招架不住了，催杨义成过来。

杨义成的辞职还有一个原因，官场传说他是靠岳父上位的，他感觉是对他能力的羞辱。三年前，他说服了甄凤，还得到了当副省长的岳父甄爱社的理解，辞去了德县副县长，押上家底。

人一旦进入角色，命运之舟也就任由风浪抛掷，自己根本驾驭不了。

辞职之前，杨义成给王决心打了电话，约王决心陪同自己去德县亚古城村看望养父杨三笙。

王决心在新水与德县的交界地等候。

傍晚的时候，他们来到了亚古城村。

大院里有六间瓦房，房间不大，前后的院落宽敞无比，后院种了蔬菜。其实，杨义成的弟弟杨义伟也在家里，杨义伟已经在德县县城给老人买了别墅，杨三笙和老伴贺红梅死活不去住，依旧拾荒，依旧吹笙。杨三笙坐在沙发上自斟自饮，身边摆着古笙。

杨义伟看见杨义成进来了，赶紧站起身又是哈腰又是斟茶，嘴里还忙不迭地说着："大哥快坐，决心弟弟也来了，喝茶喝茶，好普洱。"

杨义成摆摆手，问："娘呢？"

杨义伟说："出去了，我给他们打电话叫回来。"杨义成大大方方坐下了。

杨义伟看看站着的王决心说："你咋不坐呀？"

王决心认真地说道："你光让杨县长坐了，也没让我坐呀，我小老百姓哪敢随便坐嘛。"

杨义伟听出话里的弦外之音，拍拍他的肩膀笑着说道："对不住王村长啊，照顾不周，你多担待多担待啊。"王决心板着脸说："谁是村长啊？你瞎叫啥呀？我是王家寨的治保主任。"

杨义成笑笑："别把主任不当干部啊！"

王决心在杨三笙身边，摆弄着他身边的笙。杨义伟白了王决心一眼，给母亲打电话。

贺红梅收拾院里的破烂，很快就回来了。杨义成把辞职的事告诉了他们。杨三笙立马不喝酒了，贺红梅当场就蒙住了，一句话也说不出来。

杨义伟反应快，抓住杨义成的手腕问道："大哥你想啥哪，刚刚当上副县长的官儿咋就不干了呢？兄弟我还指望着你呢，你岳父都当到副省长了，谁不羡慕你呢？你不当官了，我没靠山了，这不是断了我的财路嘛！"

王决心说："你知道啥呀，咱大哥理想不是当官儿，是当个科学家。"

杨义成摇摇手，说："我做生意也能帮上你的忙，再说了，你杨董事长都把地产做到北京了，哪里还用得着我啊？"转脸对养父养母说：

"你们二老多保重，我有空了会来看望你们的！"

杨三笙愣了愣，说："你去了深圳，那甄凤和子恒咋办啊？"杨义成说："我那同学的公司快挺不住了，我暂时过去，如果安顿下来，再让甄凤和子恒过去。"

贺红梅眼睛红了，叹息说："唉，这么老远，再见面就不那么容易了。出门在外，照顾好自己啊！"

杨三笙忽然抬了脑袋问："义成，你丈人甄副省长、你姐夫国栋是啥意见啊？"

杨义成诚恳地说："我们讨论过了，岳父支持我，爱珍姐和姐夫也还是很支持我的。"

杨三笙沉吟了一阵，说："这对我们两个家族来说，不是小事。我看啊，明天应该到王家寨，跟你爹、你奶奶开个家庭会议，大家都拿个意见。"

杨义伟沉着脸说："我有意见，大哥当年用我的学费读大学的时候，我家与他是有约定的，回家从政光宗耀祖。你这一走，杨家就白养你了。这得好好说说！"

杨三笙瞪了杨义伟一眼："啥协议啊？你小子还当老板呢，格局忒小了。一家人不能说两家话。你大哥走到哪，他都是我们杨家人，对我们都错不了。"

杨义伟没有话说，只有揣着明白装糊涂："他啊，就是好面子，挨了处分，不想从政了。"

第二天早晨，杨义成和王决心来到了白洋淀大张庄码头，乘坐咸鱼的船回村。都到齐了，大家闷闷不乐，没有人说服杨义成，只是喝了一顿酒。王永山看出官场的秘密，力挺杨义成下海经商。

杨义成不愿掺和家里七七八八的事儿，爹跟他磨叨，他也解决不了，无所适从。

王永泰和杨三笙心中疙疙瘩瘩。

二〇一四年七月十二日，杨义成的辞职申请得到了组织部门批复，他只身来到深圳。

生意越来越不好做了。三年眨眼就过去了，杨义成用尽浑身解数，恒通公司仍然没有大的起色，却迎来了最大的竞争对手深圳国盛集团吞并。苏一朋想转型房地产，杨义成一直阻拦转型，强挺着，公司上上下下都知道，经营纷争，两人的矛盾进入白热化了。

甄凤苦口婆心地说："义成，看你都瘦了，是不是生意不好做？我知道你爱面子，就咱两口子，你跟我说说实话。"

"你想多了，你的工作稳定下来，就安排子恒转学的事情。"杨义成的眼皮微微下垂。

甄凤心里也是风雨雷电。她从容地提醒着："义成，刚刚你告诉我，深圳文联调动有希望了，我非常高兴。可是，女人是跟随男人的，我担心你这里有什么新的想法，趁着我还没有调来之前，好及时调整。"

杨义成给甄凤夹了一块熏鱼，愣了愣："老婆，什么转型？什么调整？你听见什么啦？"

甄凤微笑着说："这次我和子恒去石家庄看老人，父亲还问你的公司怎么样，在深圳生活得好不好，我知道你好面子，说你挺好的，买好了大房子，准备迎接我和子恒，说你就是太忙了，没空来看他们。"

杨义成说："谢谢爹的惦念。爹真的没有再问别的吗？"

甄凤摇了摇头，说："你又心虚了，我真没跟父母说啥，你不相信吗？"

杨义成被说得没了面子，吃着熏鱼，一时无话可说，苦笑了几声。甄凤觉得杨义成面对别人，总是面带微笑，只有自己独处时变得暴烈无比，听音乐，却骂着脏话。她听见他在电话里跟客户争吵，简直与以前判若两人。

"义成，你心中有苦难言。知夫莫如妻嘛！你回家参加老三的婚礼，尽管面带微笑，彬彬有礼，我知道你心里的苦处。说说吧，我在老家、家人、同学面前保证给你保密。"甄凤轻声说道。

杨义成倔倔地说："瞎说，你写诗歌是不是写成虚妄症啦？我没有苦处，我挺好的。"

甄凤说："你就别撑着了，死要面子活受罪。你不说，我和子恒就不过来！"

杨义成气愤地吼道："是不是苏一朋跟你说什么了？我杨义成向来

光明磊落，如果说苦处，就是出在苏一朋这小子身上。他太没有战略眼光，耳根软，他听了香港股东黎明光的蛊惑，想挣快钱，整个打乱了我的计划和步骤！早知他这样，早知白洋淀新区建立，我就不来深圳了！"

甄凤提高了声调说："我不懂经营，但是，我知道地产是挣钱的，研究芯片是烧钱的！"

"科技创新，大投入才有大回报嘛。搞地产、网上带货，都是目光短浅之人干的事。"杨义成心里不是滋味，语气严厉了。

甄凤被激怒了，大声吼："疯子傻子才会往里砸钱，一句话，时代变了。"

"说得好，时代变了。"杨义成吃惊地望着甄凤，从迷乱进入平和，从狂热进入理性，"甄凤，你说对了。时代变了，地产、互联网金融，敛财狂潮很快就过去了。唯有创新是正路，搞地产，盖楼房，我还用到深圳吗？义伟在德县、保定和廊坊就搞得风生水起嘛。但是，不出十年，房子就会烂大街的！"

"你还是那么固执，好吧，算我没说。"甄凤噘着嘴巴默默吃饭，"我们都吃饭吧！"

杨义成将杯里的饮料喝掉。他担心甄凤的枕边话软化了他的斗志，急忙转了话题，让自己的思维从危险的怪圈里钻出来。

甄凤叹息了一声："我们不争论了。我知道说服不了你，你知道你自己的缺点吗？"

杨义成抬头问："什么缺点？"

甄凤一字一句地说："你啊，还是那么拧巴，死倔，好面子！"

杨义成将筷子啪地一拍，生气地走了。

第十四章　博弈

这天早上，赵国栋乘船来到王家寨，恭候甄爱社副省长参加一个座谈会。座谈的议题是白洋淀生态治理，治污和引水。

胡玉湖支书安排村里的乡亲们都来了，会场闹闹嚷嚷。人们吸烟说笑，烟气在会议室低回、飘荡，脸上闪着焦灼的光。

赵国栋看看手表，都九点半了，甄爱社副省长乘坐的画舫船还没有个影儿。热风灌进楼道，贴着墙根溜着，赵国栋在王家寨村委会走廊里走来走去。

"怎么办？又能怎么办？"赵国栋心里极为恼火。

赵国栋是白洋淀新区常务副书记、管委会常务副主任。他刚要给新水县委书记郝奇打电话，郑继刚副县长过来报告："赵书记，甄爱社副省长乘坐的船突然改道，从圈头村绕向笊篱村去了。"赵国栋吃了一惊。笊篱村鞋厂多，三台镇鞋厂污水沿着萍河入淀。大家都知道，甄副省长在白洋淀新水县当书记的时候，扶持了这里的鞋业。如果不是甄爱社幕后撑腰，这些鞋厂早就应该关掉。如果关掉了，就不会发生腰里硬带村民抢水械斗的事，泥鳅就不会死亡了。泥鳅的死亡事件，县里已经报到赵国栋那里，赵国栋感觉白洋淀水情严重了。

王家寨处于白洋淀中央，对水质的变化极为敏感，老百姓渴望水质快速改变。所以，新区将甄爱社副省长的调研座谈会安排在王家寨。胡玉湖支书早已安排好了干部群众座谈会。甄爱社为什么临时改道，是他本人意见还是新水县委书记郝奇的主意？据赵国栋所知，郝奇有地方保护心态，对新水县关停鞋厂颇有抵触情绪。窗子陆续打开，会议室的烟气消失在上午的阳光里。

胡玉湖支书不知道赵国栋心里在翻江倒海。他对赵国栋说："赵书记，到我办公室坐一会儿吧？"

赵国栋说："不用，我站一会儿。"

赵国栋有一个预判，如果甄爱社在笊篱村搜集到污染可控证据，会力推引黄济淀工程的。如果是这样，白洋淀污水治理就被动了，会挫伤老百姓引水的积极性。甄爱社是临时动议还是另有所图？郝奇也太过分、太任性、太随意了。为什么会是这样？赵国栋陷入两难境地，他是在王家寨死等，还是亲自出马将他们的画舫船截回来？如果亲自去堵截领导，他就犯了官场之大忌。官大一级压死人，领导如果被激怒，什么工作都没的做了。赵国栋顿时感觉脑子发蒙，冷静下来，他进一步分析着，他完全可以揣着明白装糊涂，得过且过。但是，甄副省长一个错误的决策，会让白洋淀引黄济淀工程遥遥无期，甚至会阻挠下一步的鞋厂污染治理。明明知道这样的结果是错误的，自己还听之任之，你赵国栋就是白洋淀新区的千古罪人！

苇田里的蛙，以亘古不变的节奏鸣叫着。

"必须把甄爱社副省长的船截回来，如果在笊篱村调研，他们就不会来王家寨啦！笊篱村支书家里就有鞋厂，那么得出的结论就大不一样了！"

赵国栋嘴里嘟囔着，急忙走到胡玉湖支书跟前，说："胡支书，你们有汽艇吗？"

"有啊！去哪用汽艇呢？"胡玉湖问。

赵国栋说："马上去笊篱村。"

胡玉湖想了想，说："从这里去笊篱村，路不近，只能坐汽艇了。"

赵国栋焦急地说："就坐汽艇吧。"

胡玉湖安排王决心去码头发动汽艇。王决心听说开汽艇去截甄副省长，愣了一下，胆怯地摇头："哎，人家是分管水利的副省长，我这小人物不管大事情，我追省长的船，这不是找死吗？我不去！"

胡玉湖瞪了他一眼，说："你小子就是轴！你认识省长吗？省长认识你吗？有你啥事？赵书记去谈，你把汽艇开好就是了。"

王决心望了一眼赵国栋。赵国栋疑惑地问："这小伙子能开汽艇？"

王决心谦逊地一笑："我虽说开惯了四舱船，开汽艇还是新手。不过，我去年报考水上执法大队，专门学了半年汽艇，没有问题的。"他挺起宽宽的胸脯，深深吸了口气。

赵国栋挥了挥手："好，出发吧！"

王决心龇牙一笑："赵书记，自报家门，我是杨义成的弟弟王决心，愿意为您效劳。"

赵国栋终于有了笑意："我知道了，你是王家老三。你爹、你奶奶还好吧？"

王决心说："挺好，挺好。"

郑继刚副县长站在码头，望着赵国栋说："赵书记，我还去吗？要不我在这里盯会场吧？"

赵国栋看了郑继刚一眼，他明白了，他担心甄副省长和郝奇书记迁怒于他。赵国栋心中一沉，又一个官场里精于算计的人。

胡玉湖嘿嘿一笑，说："我跟赵书记去吧，见到省长我就说，我代表王家寨老百姓请他指导工作。"赵国栋满意地点点头。

胡玉湖叮嘱王决心说："决心，小心啊，保证赵书记的绝对安全！"

王决心说："放心。"王决心带着赵国栋和胡玉湖上了汽艇。

汽艇在水面上飞驰，划出一道亮亮的白线，芦苇在他们眼前一片片闪过去，瞬间就消失了。有人在船上放风筝，风筝飘在空中，飘出了一朵一朵的颜色。蜻蜓的翅膀打着旋落在荷花上，流动着欢喜的气氛。王决心小心驾驶着汽艇，双目圆睁地盯着前方，船上的人没有说话，默默地盯着前方。过了烧车淀，汽艇斜着冲过来了，钻进一条窄窄的水道。飞驰了半个钟头，远远地看见画舫船了。

赵国栋闻到了苇田腥甜的气息，不时有凉凉的水珠喷溅到脸上来，他抬手说："就是那条船，冲到它前面去。"

王决心点了点头。

汽艇嗡嗡一响，就箭一样蹿向了水面。

画舫船缓缓行进，王决心的汽艇兜了个圆圈，斜着冲到了画舫船前面，一横，卷起一道高高的水浪。水浪头催动了画舫船体，画舫一阵剧烈颤动，两个船险些相撞，甄爱社的身体猛地一个战栗。

甄爱社副省长沉了脸，冷冷的目光望着赵国栋。郝奇书记刚要动怒，汽艇停稳了。

赵国栋手扶着栏杆先探出脑袋喊："甄省长啊，您可让我们好找啊。"

甄爱社受了惊吓，一脸的恼怒："赵国栋，你想干什么，成何体统？"

胡玉湖赶紧解释说："甄省长啊，我是王家寨村支书胡玉湖，您可别怪赵书记啊，都是我们接待不周啊，两委的同志和乡亲们都在办公室恭候您呢！"

甄爱社火气消了一些，说："胡玉湖，你可是老支书啦，我们见过面。"

胡玉湖说："谁不知道您在新水的功绩啊？"

赵国栋满脸赔笑："甄省长，我也是您老部下啊，应该第一时间接待您啊！"

王决心不看他们，心想："这官场，钩心斗角，一点意思也没有。"

甄爱社终于笑了："国栋啊，你如今是白洋淀新区的主官，大权在握，还记得我是你领导啊？"

赵国栋说："新区再大，也归您领导。国栋永远是您的兵啊！"

甄爱社微笑着，抹了抹额头的汗："国栋，我想去笊篱村，看看鞋业污染治理情况。"

赵国栋说："您想去，我们都陪您去。不过，您不是调研引黄济淀工程吗？先听听王家寨老百姓的呼声，怎么样？"

甄爱社扭头望了望郝奇："郝奇啊郝奇，你是怎么跟赵书记沟通的？怎么出了这样的事情？好吧，先去王家寨，让笊篱村把污染的资料报过来。"

郝奇面露尴尬，答应了一声，赶紧掏出手机打电话。

甄爱社让赵国栋、胡玉湖都上了画舫。

胡玉湖朝王决心摆了摆手，王决心开着汽艇提前回去了。

甄爱社瞪了赵国栋一眼，说："你呀，还是这么毛毛糙糙的性子，有什么事儿等我回来再说嘛！"

赵国栋说："您是引黄济淀启动领导，对白洋淀有深厚的感情，您不到王家寨，我心中没有底啊！"

甄爱社满意地点点头。是的，他对白洋淀的生态治理有自己的一套想法和方案。他一直助推引黄济淀工程，往国务院跑了多少趟。他之所以要去笊篱村，就是先拿第一手资料，对下一步污染治理提出意见。新水县有个鞋业确实不容易。郝奇左右为难，他听甄爱社副省长的，还担心此事激怒赵国栋，怕赵国栋事后骂他，就让郑继刚偷偷给赵国栋报了信儿，算给自己留了后路。郝奇做过甄爱社的秘书，对老领导是言听计从，白洋淀怎么治污、怎么引水，他一律听甄爱社的。他从心底也佩服甄爱社，甄爱社当新水县委书记时的业绩，就是推动新水县鞋业的腾飞。甄爱社认为，当官要是没口碑，还不如不当。他感觉自己在白洋淀老百姓那里赢得了好的口碑。眼下甄爱社陷入了困境，两个想法相互矛盾，既想保住鞋业，又想保住白洋淀水质。太理想化了，天下哪有刀切豆腐两面光的美事？甄爱社也陷入一个怪圈而无法自拔，白洋淀新区成立了，一切渐渐明朗了，污染产业必须外迁，白洋淀的水质必须保住。转念一想，他都是副省长了，白洋淀对于他有那么重要吗？甄爱社副省长看了看水源化验单，水质确实已经恶化到严重的 V 类水质了，内心顿时产生一种焦虑。

"水质的情况，不容乐观啊！"甄爱社叹息道。

他这次调研是为了引黄济淀工程而来，同时，他想为保住白洋淀的高端鞋业做最后一次努力，能留多少留多少。甄爱社心里明白，做到这些，还要笼络好赵国栋。画舫船掉头时吭哧吭哧响。赵国栋忽然看见了远处的三艘四舱渔船，他们用拉兜网打鱼。赵国栋朝他们摆了摆手，让老乡们过来。渔船渐渐靠近了画舫船。

赵国栋让画舫船停下来，转脸对甄爱社说："甄省长，您这次来白洋淀，想了解民情，让渔民们跟您讲一讲。"

渔船靠近了画舫船，有个长脸渔民被赵国栋拉上了画舫船。长脸渔民竟然认识胡玉湖，大声喊："胡支书，这次你们村泥鳅死得冤啊！"

胡玉湖说："那都怪腰里硬，他带着泥鳅到你们笊篱村捣乱。不提了，这是甄省长，说说你们笊篱村。"

甄爱社问："村里的鞋厂关了几家，开工的上了排污设备没有啊？"

长脸渔民说："还剩下三家，上马了排污设备。唐河水库放了水，白洋淀水质好一些了。省长啊，引黄济淀咋没动静儿了？"

甄爱社点了点头："农民都知道引黄济淀工程？政府在狠抓，黄河水一来，这不就是缓解缓解吗？具体进度，让新区赵国栋书记跟你们说。"

赵国栋赶紧解释说："老乡啊，你还认识我，当时我是保定市副市长，分管引黄济淀工程。后来被抽借到北京，筹建白洋淀新区。实在对不起啊，工程进度有些缓慢。这不，甄省长调研来了，就是说明省政府和新区非常重视这项工程。"

长脸渔民说："听说任丘小白河那边停工啦！快点吧，白洋淀老百姓都盼黄河水啊！"

赵国栋微笑着说："甄省长，您听听人民的呼声，您看见了，这个可不是提前安排的。"

甄爱社点点头，说："是啊，白洋淀补水，省政府多次申请，国务院与黄河管理委员会协调，筹措了十亿立方米的水，这是很不容易的事啊，好事一定做好。我还要问一句，你们村鞋厂上了排污设备，效果怎么样啊？"

长脸渔民说："设备不赖，还是不能彻底根治，还有污水排出来。环保局来人测验过了。"

甄爱社阴了脸，继续问："难道唐河水库、王快水库的水不可以用吗？"

长脸渔民搓着双手说："水库那点儿水补淀，猫尿似的，不够渗漏和蒸发的。今年是大旱，怕要干了淀。"

甄爱社好奇地问："老乡啊，我明白了，引来的黄河水补淀，不会干淀，但是，政府不让你们打鱼啦，你们会不会有意见呢？"

长脸渔民停顿了一下，泪水在眼眶里滚动："当然有意见，不让我们打鱼，我们靠啥生活？但是，如果大淀的水清了，即便不让我们打鱼，国家也会照样让我们有鱼吃，我们相信党和政府。"

赵国栋听着一番感动，微笑着说："你们笊篱村人，真的这么想吗？你们对新区的新规定有没有意见呢？"

长脸渔民说："赵书记，新区建设让我们有了奔头儿，以后我们就是市民了，到城里住高楼呢。那有啥意见，谁不愿意过好日子？我们爱白洋淀，将来引了黄河水，我们子孙万代都会感谢共产党的恩情啊！"

甄爱社仰脸笑道："老乡，你讲得好。"郝奇望着甄爱社，心中更加没底了。甄爱社说："你们有这份心，我还是很欣慰的，说明白洋淀老区人民还是有情怀的。"他跟渔民挥了挥手。长脸渔民下船，画舫船朝着白洋淀开去了。

王家寨的座谈会，大家情绪激昂。

座谈会后，甄爱社一行又考察了小白河和枣林大闸。整个考察结束，晚上回到宾馆，赵国栋宴请甄爱社，郝奇书记作陪。甄爱社喝了酒，赵国栋和郝奇将他送到屋里。甄爱社两条腿除了酸痛，还有些粗肿。体检时医生说甄爱社得了肾囊肿，看来得好好调养身体了。郝奇走后，甄爱社把赵国栋留下，聊了一点私事，毕竟从杨义成这边说，还是很近的亲戚。

甄爱社喝着茶水说："国栋啊，你小子还是老样子，干事还是毛毛愣愣的，今天你坐汽艇追画舫船，多危险啊！难道不可以回头再说？我又不是不回来。"

赵国栋连连点头，说："是，是，您打个措手不及，当时我不是着急嘛，那么多乡亲们都等着听您的指示啊！"

甄爱社微微一笑，说："这是套话，虚话。你今年也五十五岁了吧？国家把这副担子压你身上，你也是不容易的。我的意思，工作好不好，成绩突出不突出，尚在其次，关键是平安，不出事。"

赵国栋说："谢谢您的教诲。"

甄爱社望着赵国栋，慢悠悠地说："我跟你们新区管委会的领导程远副省长聊过，必须把引黄济淀工程干好。别看我不直接管你了，该说你还得说你。"

赵国栋说："那是，那是，我和程远省长配合挺好，只是盼着您推动我们引黄济淀。北方大旱，北方和白洋淀缺水是常态，南水北调只是解决北京、天津大城市的饮水问题，解决不了我们农业灌溉和白洋淀补水的问题，引水和治理污染，同步进行，盼您多多支持啊！"

甄爱社大张着嘴，诚心诚意地说："是啊，我真的是很着急，你不怀疑我对白洋淀的感情吧？当年的八路军雁翎队，喝着白洋淀的水，吃着白洋淀的鱼，赶走了日本鬼子，如今人民群众有困难，新区建设有困难，我们能袖手旁观吗？你和郝奇要多做工作啊。"

赵国栋说："这块硬骨头，必须啃下来。"甄爱社笑眯眯地说："我让保定市抓紧修复唐河水库、王快水库，给白洋淀补水，引黄济淀工程也要加快步伐，这次调研我明白了，要想彻底解决问题，还得引黄济淀。"

赵国栋诚恳地说："我们想到一起去啦。"甄爱社很气愤："国栋，你给我好好查一查，任丘小白河段为什么停工，哪方面的问题，我要追责！"

赵国栋愣了一下，说："据我了解，小白河和排干渠泵站的占地问题，施工方与当地老百姓闹出了官司，拖了工程后腿，具体我做一下深入调研，再向您汇报。"

甄爱社坚定地说："好，马上开工，入冬前就可以试水了。"

赵国栋胸有成竹地说："甄省长，黄河水入淀以后，白洋淀防护很重要，要种植大量的挺水植物，吸收转化用来降低碳磷含量，要打击非法捕捞和非法排污，以鱼养水，是太湖经验，我们想去考察学习。"

甄爱社默默地吸着烟，表示赞赏："你的这个想法很好嘛！"

赵国栋半晌不说话。然后他们两个人转了话题。甄爱社说："我们说说郝奇书记吧，干得怎么样？"

赵国栋说："他是您的兵，我不好评价。"

甄爱社哈哈笑了："郝奇过去是我的兵，如今是你的兵，他还是不错的，希望你工作上多支持他，适当时候，该进步进步了，你说呢？"

赵国栋说："他有您这样的大领导力挺，是他的福气，我哪有这权力啊？"

甄爱社用复杂探究的目光观察赵国栋的表情。

甄爱社副省长离开了白洋淀。第二天上午，赵国栋在郑继刚的陪同下来到了任丘的小白河，这里是白洋淀东南方向，隶属大清河水系。小白河已经干涸了，河岸被炙热的阳光烤得火热，白河岸、白河滩，甚至连岸上的柳树也是白的，紧挨河畔有一片平房和板房，投下一片阴影，耐旱的老鼠在洞里钻来钻去。这是一个小镇，河岸有饭店、商店、修车铺和小旅馆，凌乱不堪，远看这些房顶也像铺了一层白雪。河岸的右侧是个鱼市，卖鱼的、买鱼的在那里来来往往，闹闹嚷嚷。小白河碱性大，长着一片片的沙棘、田菁、紫穗槐和柠条。不知谁家里的黑驴站在河坡上吃草，嘴里头冒着白沫。河水变浅了，拐来拐去，浅滩见了底，河底的浅水变成了白泥河滩。再走半里路，河就干了，河道也是遍地洁白的盐碱面儿。

赵国栋望着这里的地貌，觉得还是有一些特殊的。

郑继刚副县长介绍说，因为这几个乡镇刚刚移交到白洋淀新区，全面情况不是太了解，但是，他听说小白河和排干渠工程发生了一场激烈的冲突。省水利厅工程队人员因建泵站跟农民吵了起来，动手打了人，工程队将工程外包给宝地建设公司，宝地公司的工人刚刚动了手，有人被打破脑壳去医院救治，地上留下一摊血。打人者和伤员都被警察带走了。一个叫黑老蔡的农民在那里嚷叫，被打伤的是他的儿子蔡荣光。

老百姓的呼喊、控诉使赵国栋猛地清醒了，他呆愣在那里，好半天说不出话来。

赵国栋一定要探个究竟。

赵国栋让郑继刚将镇领导叫来。孙镇长火速赶到，他对孙镇长说："找一个政府的办公室，我们开个临时会议！"然后对郑继刚说："通知省水利工程局的负责人，施工单位和村委会的同志们都要来，还有闹事的村民代表。"

农民闹闹嚷嚷地进了会议室。

赵国栋疑惑地说："大家实话实说，问题出在哪里？即便伤一些人，也要说实话。"会场开始冷了场。赵国栋问黑老蔡大爷："你是哪个村的？"

黑老蔡说了，瓦房店的。孙镇长说，就是小白河边上的那个村庄，他们村的占地就是将来泵站的地方，村长还要说下去。

黑老蔡说："公司的人太不讲理了，不给补钱，还强行施工，要打人，我非要告到底不可！"

孙镇长瞪了他一眼："听领导说话，你说话态度认真点儿行不？"赵国栋问省水利工程局的同志："打人的事你们清楚吗？"

水利工程局的同志摇摇头，说："不清楚。"

赵国栋问："你们的工程外包给了哪个公司？"

工程局的人说："好像是宝地工程公司，就是白洋淀的。"

赵国栋神色严峻地说："现在引黄济淀工程卡了壳儿，我们大家都有责任，河南濮阳开工了，我们入淀口出了问题就不应该了。"

赵国栋记得开工典礼的时候，他还是保定市副市长。他参加了开工典礼，还亲自到河南濮阳看见了滚滚滔滔的黄河水。引黄济淀，这是多么重要的工程，沿线的农业灌溉解决了，白洋淀也能顺利补水。

赵国栋继续说："据说河南濮阳那边的工程进度还是不错的，河南地段的老漳河、古洋河，到了任丘的地界就是小白河和排干渠，临淀的泵站就是最后的冲刺，我们白洋淀的生态水源能得到保障，必须马上开工！"

孙镇长胆怯地望着赵国栋说："赵书记，我来的时间不长，听说施工单位外包的宝地公司跟农民有纠纷，还打了官司，看来问题就在这个宝地公司。"

赵国栋沉下脸，说："你们给我查一查，这个宝地公司掌控人到底是哪里的人，到底什么背景？"

黑老蔡说："这伙人挺横，找他们说理，没门，他们手下人竟敢打人，打得我儿子流了血。"

郑继刚插嘴说："这简直是具有黑社会性质的问题了，一定要严惩。听说这家宝地公司有来头，有保护伞。"

赵国栋说："不管多大的保护伞，不管背景是谁，一定打掉，谁犯了法，该查的查，该抓的抓。看来，今天我是来对了，如果不摸到实情，顺藤摸瓜，我们这个工程永远没法复工。"还有几个农民说："赵书记，您这是青天大老爷呀，让那个黑心的公司把钱补给我们吧。我们也是盼着黄河水来呀，庄稼就有救了，光靠我们老百姓跑断了腿、磨破了嘴皮子也不顶用啊！"

赵国栋说："不用谢我，是我们对不起乡亲们。新区成立了，我们需要黄河的水，黄河是我们中华民族的母亲河。白洋淀是黄河改道涌出的水淀，我们要让白洋淀畅饮母亲河的乳汁，保护好白洋淀是我们义不容辞的职责！"

黑老蔡紧紧抓住赵国栋的手，哽咽不止，一把一把地抹眼泪："赵书记，白洋淀新区成立，我们高兴啊，我们离不开白洋淀，我们一心一意听党的，听政府的，相信邪不压正。我代表这些农民表个态，修渠的时候，愿意出一把力气。"

黑老蔡的质朴和真情，打动了赵国栋。

赵国栋感动地说："乡亲们，我赵国栋也是农民的儿子，不会说大话、说谎话、说废话，更不会成为黑势力的保护伞。你们记上我的电话，一旦有人找你们的麻烦，直接打电话给我。"黑老蔡佝偻着腰走过来，深深鞠了一躬。

孙镇长让农民们陆续走了，赵国栋转脸，疑惑地问："宝地公司什么情况？"

孙镇长摇头说："我真的不知道，问问施工单位，省水利工程局的同志应该知道。"

郑继刚转脸批评孙镇长："一问三不知，我向郝书记推荐了你，一个月了，没想到还是一问三不知，你这头一仗就打败了。"

孙镇长龇牙咧嘴，为难地说："我从新水来这里，这里过去归沧州任丘。他们对我有抵触情绪，真正融进来还得慢慢来。"

赵国栋说："要尽快融进去，要用你的真心换人家的真情，现在我们不是一家人吗？"

郑继刚扭头瞪了孙镇长一眼："就是因为你当过兵，才派你来冲锋陷阵的，由副镇长提你镇长，必须打好后边的硬仗，听见了吗？"

赵国栋说:"镇长刚来没有理清,可以理解。我们再派一个镇书记过来。"郑继刚点了点头,说:"明白,赵书记,我马上跟郝奇书记商量,尽快落实。"

赵国栋走出了会议室,走上了小白河河岸,路面坑坑洼洼,他缓缓地说:"这是什么路啊?为了方便百姓出行,要重整河道,重修道路,一定把柏油路铺好。"郑继刚点了头,在笔记本儿上记下了。

隔了几天,赵国栋又到小白河现场办公。

他感觉事情没有那么简单。现在的事情,牵一发而动全身,碰上这棘手问题,好多干部退避三舍,就怕自己担责。让郑继刚将省水利工程局、施工方宝地公司负责人叫来。宝地公司的牛爱国总经理终于现身了。赵国栋想从牛经理嘴里弄清这个官司的由来,赶紧找到破解办法。牛经理说了说去年夏天工程中标经过。赵国栋一脸严峻:"你们的董事长是谁?"牛经理支支吾吾。赵国栋说:"你不说,我们也会查出来。到时候,咱就没有回旋余地啦!"牛经理额头冒汗了,捕风捉影地说:"领导,我就是老板,我的后台叫赵国栋书记。"

"谁?"赵国栋听着一愣,嘴巴张大了。

郑继刚和孙镇长也都愣住了。

"你认识赵国栋书记吗?"郑继刚大声质问。

牛经理尴尬地笑了笑,补充说:"领导,我不认识这个赵国栋。听说他原来是保定市副市长,如今是白洋淀新区常务副书记、副主任了。"

赵国栋两眼一黑,气得浑身发抖,吼道:"睁大你的牛眼,我就是赵国栋,你都不认识我,我怎么成你们后台啦?谁在造谣生事?你的老板到底是谁?"

牛经理吓白了脸,说:"我的老板叫杨义伟。宝地公司隶属国义集团。"赵国栋恍然大悟,杨义伟就是他的小舅子啊。但是,工程的事他一概不知,怎么成了杨义伟的后台?

牛经理一看碰到真神,将长久憋在心底难以对任何人道出的秘密,如决堤的水倾泻而出。

杨义伟是宝地公司实际控制人,杨义伟下令牛经理挪用了工程预付款，资金压在了德县的地产上。杨义伟本想今年春天卖掉房子，回笼资金后用到引黄济淀工程上来。可是计划赶不上变化，白洋淀新区成立了，楼盘封住不动了，一下子压得杨义伟喘不过气来，像热锅上的蚂蚁。

赵国栋听得目瞪口呆，将手中的茶杯狠狠地摔在地上，骂道："这个混蛋，畜生！"郑继刚、孙镇长和牛经理呆呆地望着赵国栋。

赵国栋依旧愤愤不平："杨义伟啊，将工程搞成这样，成何体统，严惩不贷！"赵国栋让郑继刚和村长出去了，单独跟牛经理又聊了一阵儿，摸到了整个细节。他感觉，杨义伟后面还有大人物，否则拿不到工程，那就是甄爱社副省长。他知道，杨义伟通过大嫂甄凤，攀上了甄爱社，甄爱社默默地帮扶杨义伟。至于他们之间有什么利益瓜葛，赵国栋一概不知。因为多年来，他看不惯杨义伟的行为，从来没为他的经营说上一句话，并不是因为他死板、不开明，而是他从骨子里不接受杨义伟这种人品。他感觉杨义伟没有文化，素质低，行为霸道，生活奢侈放纵，甚至可以说是堕落。同时，他对杨义伟的能力心存质疑。他的公司怎么能担当这样的国家工程呢？如果是甄爱社给了杨义伟这个胆量，那他真是大脑进水了。如果说杨义伟的公司属于诈骗行为，这是赤裸裸的巧取豪夺，明目张胆的犯罪，这个后台就是犯罪的帮凶。赵国栋也反省了自己，身边人发生了这么大的事，他竟然一无所知，也是自己的失职。

赵国栋提前回到家，难得在家里吃一顿饭，尤其是与女儿赵晓薇一起吃饭。天气越来越热，家里开着空调，赵国栋身上的汗瞬间就没了。杨爱珍破例，给他弄了三个可口的好菜，炖鲤鱼、醋熘白菜和熘三样儿。三个人坐下，赵国栋脑子里乱哄哄的，他看着杨爱珍不说话。

饭桌上的气氛比较沉闷。

赵晓薇吃着，觉得没有意思，低头看着手机。每个人的心头都笼罩着阴云，都没有吃出菜的滋味来。赵国栋主动夹了一块肉，放在了杨爱珍的碗里。杨爱珍很诧异，放下筷子，盯着赵国栋的眼睛，问："我们的大领导，你是不是有话要说？吃着说，还是饭后说？"

赵国栋点点头，默默吃饭。

"好吧，吃饭，饭后我们都听一听。"杨爱珍说。她觉得，只要赵国栋跟她商量的事儿，肯定是跟家人有关。难道是女儿赵晓薇恋爱的事？或是老人治病的事？她万万没有想到，赵国栋没有吃完，就爆出一个惊雷。

赵国栋说："气死我了，杨义伟的公司手伸得够长的，竟然拿到了小白河引黄济淀工程，拿到了项目吧，还不好好干，巧取豪夺，坑害百姓，属下动手打人，还跟老百姓闹上了法庭，成何体统！"

杨爱珍的心跳到了喉咙口。

"你告诉他，要干尽快完工，不开工的话，赶紧退出去！"

杨爱珍倔强地说："义伟公司经营上的事儿，就让他自己做主吧。你没有帮他，还要干涉他，有你这样当姐夫的吗？"

赵国栋瞪了眼睛，说："说得倒轻松，是我干涉他了？你没有听见牛经理怎么说，说我是他后台。如果耽误了白洋淀补水，可是天大的事儿，这是政治担当，没有一点讨价还价的余地。"

杨爱珍叹息说："你看看，义伟那劲儿，是个听话的主吗？我能挡得住吗？"赵国栋大声说："挡得住要挡，挡不住也要挡。你知道谁给他工程中标上打了招呼吗？"

杨爱珍摇头说："你别这么瞅我，我真的不知道。"

赵国栋一脸阴沉。屋里的气氛是睡梦般的恍惚，杨爱珍望着赵国栋不吭声。杨爱珍是个对丈夫百依百顺的女人，也从不参与弟弟杨义伟的业务经营。

赵国栋放低了声音说："爱珍，我不是不讲人情，白洋淀新区成立了，过去的老黄历行不通了，工程要求高了，现在让义伟撤出来，对他属于及时止损。"

杨爱珍放下筷子，沉重地叹了口气。

她知道一个电话不解决问题。第二天晚上，杨爱珍将杨义伟约到了老爹杨三笙的家里。杨义伟晃晃悠悠地来了。他高高的个子，长驴脸，长脖子，高鼻梁，鱼眼睛，有一副好口才。后脑勺头发稀疏，像是长出了一双眼睛。他看见杨爱珍就打着手势，挤眉弄眼："我的姐啊，姐夫升官了，你都不召见弟弟了，今天是哪阵风把您吹来了？"

杨爱珍说："一家人不说两家话，啥时候见你都是我的弟弟，弟弟就要听姐的话！"

杨义伟嘻嘻地笑："当然，每人心中一杆秤，我姐比姐夫对我好。"

杨爱珍觉得杨义伟在杨家属于另类。

杨义伟的爱人邢月月和女儿杨凤仪已经移民加拿大，凤仪在那里读书，邢月月去陪读。杨义伟没有随老婆女儿移民，自有他商业上的考虑。尽管他在北京、保定设了办事处，杨义伟的事业的根基还是扎在德县和白洋淀。

杨义伟创业初期，经过一段时间的市场调研和论证，决定做塑料包装产业，这可是德县的支柱产业。这一产业在德县具有两百年的历史了。在上个世纪六十年代，德县有十几家塑料工厂，生产鞋帽里边的塑料标签、衣服纽扣等等，而且发展越来越快。改革开放之后，德县塑料厂雨后春笋般崛起，形成塑料包装、纸包装、人造革包装产品线。杨义伟的产业是爱娃塑料制品厂，专业生产避孕套，经过三年的发展在全国有了知名度。

杨义伟常常回忆过去的历程。

甄爱社不像杨义成那么没有人情味，他给了杨义伟一个建议：转房地产。理由是这个行业发展空间很大，市场空间也很大。另外他在这个领域里有几个老板朋友可以借鸡生蛋。甄爱社最初是这样给杨义伟设计的，由他亲自出面协调，让义伟用爱娃塑料厂全部资产做抵押，从县工商银行贷出巨款，选址在德县城中心广场建设一座四层楼，把这里建成一个"雄州塑料包装交易市场"。杨义伟喜出望外，说干就干，经过新闻媒体宣传，很快一些物流公司和塑料制品公司相继把办事处设在了这里，杨义伟依靠塑料产业交易市场就完成了转型地产的华丽转身。

杨义伟成为商业奇才，他的奋斗史让德县人津津乐道。但是，有一个不光彩的故事，在德县流传，后来都传到新水县了。杨义伟跟女秘书们明着来往，除了惧怕杨三笙，他连妻子邢月月都不在乎。邢月月对他彻底放开，来自澳门的那一次赌博。杨义伟转型地产，保定建了一个小区"莲池美苑"。他造谣说，保定马上成为北京副中心了，大巴掌写文章助阵，房价就很快提升了。挣了大钱，他就风风火火地去澳门赌了一把。最初还赢钱了，所以成为那里的常客。一来二去，他输了一个亿，按赌场的规定，输掉一个亿的属于大客户，要奖励一辆豪华林肯汽车。赌场给杨义伟颁奖的时候，举行了一个隆重的颁奖仪式。共有三个嘉宾获奖，音乐奏响的时候，杨义伟登台领奖，他被礼仪小姐戴上红花，还送来鲜花。

杨义伟没有想到邢月月追了过来，她冲上了领奖台，狠狠抽了他一巴掌："杨义伟，丢人，到澳门丢人来了，输了那么多钱，能买多少好车啊？"

杨义伟被打愣了，半天醒过味儿来，看清是邢月月，他狠狠踢了她一脚。杨义伟在赌场是场面人物，丢了面子，大声嚷着："老子不要这破车了！"两人互伤，从此心就远了。

女儿杨凤仪去加拿大留学，邢月月跟着陪读去了。以前，杨义伟跟老婆邢月月吵架的时候，眼睛对眼睛，鼻尖对鼻尖，不差两寸远。如今，邢月月再不吵架了，她在加拿大一边陪读，一边开公司，拼命地花钱，连杨义伟身边有了女人的事儿她也不管了。

杨爱珍担心爹娘听见，她把杨义伟叫到了一个房间。一切都聊透了，杨爱珍才回到自己的家。

杨爱珍跟赵国栋说："义伟答应退出小白河工程了！"

赵国栋灵活地眨着眼睛："爱珍，义伟是什么态度呢？"

杨爱珍说："义伟说，姐夫在新区当领导不容易，我姐给领导当夫人更不容易，即便赔钱也不能让姐为难！这是原话，你别吃醋啊！"

赵国栋点了点头，风趣地一笑："这小子，只要他不添乱，我吃什么醋啊？"

杨爱珍说："看来他是真心想退出来了。"

第十五章　民间呐喊

掌灯时分，王决心拖着疲惫的身体回到家里。大乐书院的事情总算告一段落，他可以喘一口气了。

王永泰做好满桌的饭菜，大巴掌突然在院子里喊了声："决心！"只听见脚步声一轻一重，交替着响起来。大巴掌晃着进来了，他朝王决心斯文地笑笑："刚吃啊，给你们添个菜。"

王永泰慈祥地说："春夏来了，快过来喝点。"

大巴掌麻利地从挎包里掏出一个食品袋，把里面的猪头肉、熏鸡和灌肠倒在了桌上，很大方地耍着俩大巴掌："吃吧吃吧，我们喝点。"

王决心给大巴掌倒上了酒。大巴掌望着王决心说："三弟，你又进去了一回？"

王决心的脸勃然变色，没有吭声。大巴掌有些尴尬，夹了一个鸡腿到王永泰的碗里，转移了话题："大伯，其实，您的事迹我应该写一篇文章。您打了大半辈子的鱼，从来不吃鱼肉，吃了大半辈子的鱼刺，想起来我这个做侄子的心里头就难受，今儿个，您必须吃鱼肉，全都吃了啊！"

王永泰眼睛有了酸热："当年家里穷，打鱼都卖了，供孩子们上学。鱼刺补钙，吃着习惯了。"

王决心说："大巴掌，好久见不着你了，听朱环说，你在北京改职业了？"

大巴掌说:"我当了房地产咨询师,整天研究地产了。写文章是我的爱好,也是见领导的敲门砖,也不能丢啊!"

王决心笑了笑:"你可真行,说变就变,还能混得挺好。"

大巴掌晃着巴掌说:"这牛逼不是吹的,你的话就是不受听,啥叫混?我的每一步都是有规划的,这叫改变观念,打开眼界,与时俱进啊!"

王决心嘿嘿笑,说:"你小子如果不犯错误,还是有前途的。"大巴掌想了想,说:"我这条件当官不行了,挣点钱吧,广交朋友。还有,我要在北京买房,把爹娘、大伯和奶奶接到北京去住。我就不用总跑王家寨了,这里交通多年没变,实在不太方便。"

王决心平常爱跟大巴掌逗,但是,他敬重大巴掌,看重他人残志不残,写一笔好字,文章写得也有文采,更可爱的是孝敬老人,每次回家看望父母,还看看王永泰和铃铛奶奶,缺点就是爱吹牛。喝了一阵子,大巴掌脸红了,晃了晃巴掌,说明他要说话了。就见他的表情阴郁了,像要下雨,他叹了口气,看着大伯语气挺沉地说道:"白洋淀污染了,往后打鱼的生计不好过了呀!"

王永泰看着左腿残疾的侄子,问:"为啥又污染了啊,你一准知道。"大巴掌拿出手机,百度了一下,然后说:"当然知道了。污染还是工业废水和人的生活垃圾,野蛮排入了白洋淀。《山海经》记载,白洋淀是古黄河改道而来,黄河自古多沙善淤,流经白洋淀长达一千四百多年,自然加剧了白洋古淀的解体,有大片的水分散成淀泊,看来咱白洋淀跟母亲河有不解之缘啊!据我所知,国家已经开启了引黄济淀工程,只是因资金不足干得缓慢,黄河水一到,咱白洋淀的污水就会治好了,白洋淀新区的建立,会催促这个工程早日完工的。大伯,您高兴吧……"

王永泰嘟囔说:"我不高兴,新区好在哪儿?不让盖房了,不让咱打鱼了,那不是空中扭秧歌——空欢喜吗?"

大巴掌说:"您这就不对了,对白洋淀新区有成见啊?"

王决心打断大巴掌的话:"大巴掌,别卖弄学问了,喝酒。"

大巴掌喝得有些飘忽,喝了酒,就有些自卑:"决心,你喊我啥呢？太拿我们残疾人不当人了吧？我叫王春夏，以后都叫我大名，知道吗？"

王决心连连点头："别生气啊，我懂，我改啊！"

王永泰说："也是啊，大家叫惯了，春夏大记者，我们听不懂这些，忒高深，你说通俗的吧。"

大巴掌笑笑，说："好，说通俗的。上个世纪五十年代啊，咱们白洋淀上游曾经兴起一股大修蓄水工程之风，这事大伯您一准记得。"

王永泰点点头："记得，记得，不过那时候我还小，没亲身参加过劳动，你爷爷去了。"

大巴掌晃了晃巴掌，说："我采访了一个水利专家，他说啊，白洋淀下边成了可怕的'漏斗'。白洋淀水位持续下降。水少了，排污的村庄和工厂没有少，你们说能不污染吗？"

大巴掌一激动，整个身子朝左歪斜，王决心扶了扶他，大巴掌坐稳了，他转脸对王永泰说："大伯，有事就找我，没有办不了的。"

王永泰又问："都办得了？"

大巴掌一挥大巴掌，气吞山河地喊出两个字："拿下！"这是他的口头禅。

大巴掌安慰王永泰和王决心说："大伯，我们要有信心，一切会好的。"

王决心与王永泰相视一眼，转过脸看着大巴掌："春夏啊，你真行啊，不愧见过世面，满满正能量，说话有高度。"

大巴掌说："我们搞新闻特写，一定得讲政治，以歌颂为主，弘扬主旋律。偶尔碰上不公的事，就找找人，呼吁呼吁。"

二巴掌颠着脚进来了。

二巴掌来得毫无征兆，他忙于鱼丸店。二巴掌嘻嘻地笑着："大伯，我是夜猫子进宅——没事不来。不过可不是黄鼠狼给鸡拜年——没安好心啊！"

王永泰瞪了二巴掌一眼："嗨，你个夜猫子。"

王决心说："二巴掌，你来得正好，你哥喝高了，你给送回家去，我二叔骂街，别说和我们喝的。"二巴掌说："我娘不放心，我就是找他来的，怕他吹牛吹大了，没想到喝大了。"王永泰父子和大巴掌一起奇怪地看着二巴掌。大巴掌瞪着眼睛："老二，你咋刚来？你替我喝点，你的鱼丸子哪？"

二巴掌摇头，苦笑说："哥，污染了，没有鱼，哪来的鱼丸子？你非要吃，我裤裆有俩给你！"

大巴掌黑了脸："滚，瞎说，我揍你！"

二巴掌吓得缩了脑袋。王决心哈哈地笑。二巴掌摇着大巴掌喊："大伯，你得给我指望啊，我可就指着卖鱼丸子活着哪！"

大巴掌红着脸说："二巴掌，咱大伯又不会下小鱼儿，咋给你指望嘛，他们爷俩不也指着打鱼活着嘛，难道他们乐意打不上鱼来呀？站着说话不腰疼！"

王决心啐了口唾沫，对王永泰说道："爹，我忽然有了想法。老天爷饿不死瞎家雀儿。淀干了，咱上渤海湾打鱼去！"

王永泰两只眼睛立刻冒出了光，猛地一笑，说："对呀，渤海再咋说也不会干吧？"转脸捶了二巴掌的肩膀头："秋冬，你的鱼丸子甭发愁了，渤海里头的鱼几辈子也打不完哪！"

二巴掌瞅着王永泰："我可等着了。"

大巴掌有些失控，举起左大巴掌连击了二巴掌好几掌，喊了三声："拿下，拿下，拿下！"

二巴掌搀扶着大巴掌走远了。

王永泰望着两人一颠一颠的背影，伤感地说："这俩孩子啊，人心眼不赖，就是残疾，到如今都娶不上媳妇。要不你二叔心情不好，宁可跟徒弟生活也不愿意回家，挺可怜的。"

王决心说："爹，村里传说这哥俩不是二叔的孩子。"

王永泰瞪了瞪王决心，说："别瞎说啊！去瞅瞅你奶奶去！"

王决心起身到铃铛那屋，偷偷看了看，奶奶和花猫都安静地睡着，发出轻轻的鼾声。

王决心看着黑暗中看不清面庞的王永泰，觉得他劝二巴掌的话说得真好。一颗悬着的心落回了肚子里，就对父亲说了一句："爹我困了，咱睡吧。"

王永泰嘟囔了一句："睡吧，盖好被子，后半夜凉。"然后靠在墙上悄没声地睡去。

王永泰竟然梦见发大水了。他被吓醒了。

一九六三年，白洋淀大洪水。八十年代初，白洋淀也发过一场洪水，虽说比不上那年的大，还是很猛烈的。这两次大洪水之前，老梨树下的老井里都有预兆，井里有声音，还冒黑水。大水让王家人和物损失惨重，能冲走的都冲走了，不能冲走的也都找不着了。偌大一个家在滔滔洪水中化为废墟。王永泰记得，那是一个接近黎明的时刻，连续下了三天的暴雨突然就停歇了下来。王永泰悄悄起来，走到老梨树下，掀开盖子看古井，里边有杂音，冒了黑水。他吓了一跳，耳朵里就轰轰响。还伴随着吱吱吱的尖叫声。他怔了一下，自言自语："糟了，要发洪水吧？"转身赶紧往家跑，他告诉了爹大抬杆，大抬杆让他赶紧敲铜锣喊："乡亲们快跑啊，要发大水啦，快点跑啊，登高，上船——"

王家寨人惊醒了，喊叫声四起。

大家像没头的苍蝇一样惊慌四逃。滔天洪水，疯狂地朝王家寨扑了过来。王永泰的老伴邢荷花抱着王决心，一根房梁砸了她的头。一家人冲散了，铃铛命大，躺在门板上，大抬杆救了铃铛。八岁的大儿子王义成在大水中抱着船板漂到了接近德县的拒马河入淀口，被德县亚古城村古乐世家杨三笙救起收养。洪水退后，王永泰拎着酒去答谢杨三笙，按着大儿子的脖颈给杨三笙连着磕头，杨三笙有个闺女杨爱珍，正缺儿子，对大成子喜欢得不得了，就过继过来了。后来家里有了杨义伟。

大水退去，王家人为邢荷花发丧。

因为大抬杆是老支书，在王家寨威信高，村民都来了。王永泰从朱家买来了一口乌亮的棺材，摆放在院子的正中间。黑乌鸦、朱鹮鸟围着棺材呱呱叫唤个不停。

邢荷花头边放着一只雪白的大碗。

那是铃铛在王永泰与邢荷花结婚时赠的。碗底带有个"盈"字。丧葬习俗，老大杨义成是要给亡母打幡摔罐的。起灵的时候，王永泰让义成给他娘磕完头之后，要把这只大碗也摔碎了。杨义成举碗要摔的时候，铃铛奶奶忽然大声喊道："大成子，把碗留下还给我，摔瓦罐吧！"披麻戴孝的杨义成摔了土瓦罐，把碗送到了奶奶手上。大抬杆问她："他娘，你不是给了荷花了吗？咋又变卦了呢？乡亲们可都看着哪！"铃铛奶奶说："我琢磨着，还是留在阳间当个念想吧！"掩埋了邢荷花，铃铛奶奶拉着杨义成的手说："大成子啊，这只碗是奶奶当土匪的时候，大当家的赠给我的，宫廷珍品，我们的传家宝贝，你爹娶你娘的时候我赠给你娘的。你是咱们老王家长孙，等你结婚的时候，奶奶就赠给你的媳妇。"杨义成抱紧了铃铛奶奶哭了。

邢荷花发丧过了五七，王永泰为过继杨义成，摆了一桌酒席。杨三笙吹了古乐，王永泰醉了，老泪纵横。他情不自禁地想起了老爹大抬杆，就跟着杨三笙的笙乐唱了起来：

> 白洋淀里拉话长，
> 雁翎队长大老王。
> 手握长枪大抬杆，
> 日本鬼子遭了殃。
> ……

家里生活艰难，王永泰没有再续娶。

那一年，水上飞老汉上茅房跌了一跤，昏迷了两天两宿，醒来就痴呆了，谁也不认识。水上飞家人丁不旺，他的儿子胡平也死了，媳妇改嫁走了，扔下不到一周岁的小孙子胡德，铃铛奶奶和王永泰商量，就把胡德过继过来了，改名王德。水上飞、铃铛和大抬杆都是雁翎队的战友，过命的交情。王永泰就拉扯着王决心和王德。铃铛的女儿王永丽嫁到容光北河照村的伍家，伍家的邻居是杜梅一家。王德到姑姑家玩，看中了杜梅，姑姑姑父保媒让王德娶了杜梅。

王永泰打鱼炖鱼，可他一辈子没有吃过鱼肉，吃鱼刺为生。多难的日子，他挺过来了。

夜深了，万籁俱寂。偶尔响起几声蛐蛐的低鸣。没有了往日的青蛙聒噪。天不亮，王永泰就被老顺子喊走了。

阳光越来越耀眼。胡玉湖拄着拐杖，去了王永山的家。

小洒锦和王永山正在菜园子里摘豆角，一边摘一边说笑。这两口子，年轻时有点秘密，打打闹闹，常年分居，老了就都踏实了。

小洒锦看见胡支书，就让王永山躲起来，王永山躲在浓密的豆角架里，胡玉湖没有看见他。

小洒锦朝门口的胡玉湖打着招呼说："老支书来了，永山没在家呀。"胡玉湖问："上哪了？"小洒锦说："好像是借钱去了⋯⋯"

胡玉湖一愣，掏出手机给王永山打电话。王永山的手机是振动，没有露馅。

胡玉湖说："永山没有接啊。好咧，我等会儿他吧。"

小洒锦偷偷瞟一眼豆角架，转身对胡玉湖说道："支书，进屋喝茶啊。我给你沏茉莉花茶喝。"

胡玉湖进了屋，放下了拐杖。

小洒锦也跟进了屋。王永山从豆角架里探出脑袋看看，轻手轻脚地蹲下来偷听。

小洒锦忙着沏茶，胡玉湖拿起一本杂志看着。小洒锦说："支书看书不戴花镜，眼神可真好使啊！"胡玉湖说："还行吧，有时候看着看着也模糊不清喽。"小洒锦说："永山眼睛就不行，花镜度数越来越高了。支书，永山出书的钱有着落吗？"

胡玉湖说："村里出这个钱，德志会计说没法下账。我是想啊，听说大巴掌挣大钱了，让他帮帮他爹出书不行吗？"

小洒锦噘着嘴巴说："谁说大巴掌发财了？他就是爱吹牛，发财的话早娶媳妇了。支书，你知道，当年我是村里一枝花，屁股后面追的人一大堆，能够嫁给王永山，不就是因为他是乡土诗人，我崇拜他嘛！他的这本诗集，我大概看了看。都是写咱白洋淀的，像他这样的乡土诗人，非常珍贵。你还记得来村里改造的右派诗人侯权老师吧？"

胡玉湖说："当然记得，北京人，永山的老师嘛，'文革'时咱还批斗过人家呢。"

小洒锦说："侯老来过白洋淀，如今人家可是全国的大诗人了。"

胡玉湖说："小洒锦啊，有一个问题我一直不明白。永山比我大三岁，这个年纪了，为啥还要出这部诗集啊？"

小洒锦撇着嘴说："永山好面子，觉着热爱写作这些年，影响越来越小，他的学生都是国家会员了，自己还是省里的会员，总觉得没面子，国家级会员申报条件是两本书。他原来有过一部，还差这一部啊，您就帮帮他，圆个梦吧。"

胡玉湖喝了茶水，频频点头。

小洒锦站立起来，走到书橱跟前，拿出了打印稿："我的胡支书啊，我们永山写的这本诗集叫《地球与九朵荷花》，就是侯老师作的序哩！侯老夸奖说，这诗歌是站在人类高度，对地球和白洋淀环境艺术的呐喊，有些句子挺感人。我年轻时也写过诗，多少能够看明白，那叫深刻啊，从地球上来到灵魂里去，多么地深刻高远啊？你听我给你念两句啊！"

胡玉湖静静地望着小洒锦。

小洒锦兴奋地端着稿纸，声音清脆："大淀的夜晚寒凉而空旷，/大堤围着一汪污水，/那是地球最后的眼泪。/它渗进龟裂的泥土，/去追究人类的根底，/为什么啊？/鱼死了，/人死了，/荷花枯了，/古老的亡魂在低飞，/骷髅在星光下合唱，/我的呼吸被热风吹散……"

胡玉湖沉默了一阵，惊诧地说："别念了，别念了，咋都是死啊骷髅的，听着怪瘆人啊！"

小洒锦咯咯一笑："你接着听啊，后面还有人类的救赎、奋起的力量啊。"

胡玉湖苦笑着，摆手说："我还有事，以后我好好看书，污染以来，这是永山心底的呐喊，保护环境多么重要。要不这样吧，两万的书号费呢，你们自己出，印刷费用呢我找杨牧仁，加在《王家寨村志》里得了，反正都是牧仁院长找来的赞助。不过，村里人多嘴杂，你们保密啊！"

王永山一个哆嗦，轻轻地笑了。

王永山找到杨牧仁，听他说，印刷《王家寨村志》都是他到石家庄正定县"化缘"化来的钱。王永山感动地说："牧仁啊，你的精神让我感动。胡支书让我的诗集也跟《王家寨村志》一起印刷。"

杨牧仁说："这毫无问题，我认识一些企业家，愿意资助文化。"

王永山愣了愣："还差两万的书号费。不是个小数啊，您看？"

杨牧仁豪爽地说："我这里都一起出了吧，人这一生都不容易，不要委屈自己，一定要做自己想做的事。您坚持写作，让牧仁钦佩不已。"

王永山攥着杨牧仁的手，眼圈红了："唉，那就谢了，真是不好意思啊！我的艺术学校开张，钱压在那里了，可我那俩儿子，老大大巴掌有钱不理我，二巴掌做鱼丸子真没多少钱，都不愿意借给我……"

杨牧仁微微一笑，喃喃道："别难为孩子，别难为孩子……"

第十六章　　出轨

中午，雨突然停了。

王德闲着无聊，打伞在雨中转悠了一阵，去伍宝库家串门，瞅见伍宝库鼓捣种子，他家墙壁上，挂满了各种粮种标本。王德心中有个疑惑：姑父伍宝库为啥喜欢收藏粮种？

喝酒的时候，伍宝库心中涌出惋惜的忧伤，说出了一个秘密。

伍家的祖先在保定直隶总督府当差，家原先住保定莲花池附近，所以，他小时候常去莲池书院看书。"七七卢沟桥事变"，日寇攻打保定城。国民党抵抗不住，临撤退时，为了给日寇制造混乱，找时机再收复保定城，突击发展了一批国民党党员，姑父的老爹伍培琦是研究粮种的专家，糊涂着填了表，不知是什么。可是，新中国成立后，政府在保定敌伪档案中查到了伍培琦的名字，从此他就成了有"一般历史问题"的人。一九五七年"反右"斗争中，伍培琦被打成右派，开除公职，戴帽回老家劳动改造。后来平反，人都老了，没有回城，保留了这个嗜好，收藏粮食种子。

王德有两个癖好，好吃，好美女。二十三岁那年，王德和王决心到姑姑家玩，一眼看中了邻居家的姑娘杜梅。王德主动跟杜梅搭讪，他给杜梅写情书，杜梅天性高傲，没有搭理王德，姑姑王永丽出面，促成了这桩婚姻。

杜老鸢就一个女儿，老伴去世了，杜梅爹杜老鸢希望姑爷到北河照村生活，意思是倒插门。王德一听就答应了，婚后离开了王家寨。王德喜欢杜梅，十分疼爱老婆。

杜梅也能吃苦，非常干练，唯一让王德不满意的是，杜梅是事业型的，生理上性冷淡。王德又是性欲贼旺的家伙，他极为痛苦，家庭生活没滋没味。

痛苦期间，顾凤娇来了。

顾凤娇来自太行山阜平县龙云台村，她不仅做饭好吃，而且偏偏也是个"种子迷"，她和王德结缘就跟种子有关。她的老家是国家级贫困县，国家大规模扶贫开始了，她家是建档立卡贫困户。驻村扶贫干部通过保定市政府与容光县达成协议，希望把服装行业引到阜平，另外再安排一些人就业。因为阜平交通不便，建分厂不现实，就先达成了一个用工合作，阜平县选了三十个女工到容光县的企业，提出一个口号："一人就业，全家脱贫。"其中就有顾凤娇，分到了杜梅的优派服装厂。

顾凤娇是阜平职业技术学校毕业的，学的烹饪，心灵手巧，很快出师，做得一手好菜。

王德喜欢吃，爱吃小灶。顾凤娇做的"饸饹包肉"是阜平名菜。

他第一次吃，刚吃了两口就啧啧称赞，问上菜的女工："换厨师了？"女工说："杜总给派来一个女师傅叫顾凤娇，这是她做的。"

王德一听是女的，立刻来了精神，站起身就去了厨房。厨房大灶台前，王德见到了顾凤娇，他眼睛唰地一亮，心里怦地一动。

顾凤娇打量着王德，试探着说道："您是……王老板吧？我是新来的顾凤娇，您多指教！"

王德呵呵地笑着，好不容易恢复了正常，一把握住顾凤娇油腻腻的手摇晃着说道："手艺高，太高了，好吃，真好吃，哈哈，我就没吃过这么好的菜……哦，对了，刚才上的那道菜叫啥名啊？"

顾凤娇撒娇地说："叫'饸饹包肉'，是我们阜平的一道名菜。"王德好奇地问："这道菜你咋做的，咋这么好吃呢？"顾凤娇笑笑，说："就是把山药面玉米面和荞麦面掺在一块儿，适当放进点花椒大料和盐捏成圆薄的饼子，放在木头做的饸饹笼屉里边用开水煮熟，再裹上各种熟肉，猪肉啊、驴肉啊啥的，就可以上桌吃了。"

王德举举大拇指，笑成了花。

从此以后，王德来小灶吃饭每次都要点饸饹裹猪肘子肉。这还不算，吃完后还要再要一份包起来带回家，跟姑父和姑姑一块享受，能跟姑父多喝不少酒，很快伍宝库也吃上瘾了。

这一天晚上，食堂的人都下班走了，小灶这边一共仨人，那俩已经走了，就剩下顾凤娇收拾好灶台正要去换衣服下班。王德来了，一见就她一个人立刻心花怒放，声音很轻柔地说道："凤娇啊，忙到现在刚忙完，饿坏了，辛苦辛苦吧，给我做一份饸饹包肉就行了。"顾凤娇立刻爽快地答应道："王总太辛苦了，我这就做去啊，您稍等。"

王德等菜的工夫捧着一本《育种春秋》的书专心致志地看着。过了一会儿，顾凤娇端着菜进来了，看到王德手中的书惊喜地叫出了声："呀，王总也喜欢种子？"王德抬起头看着凤娇："这么说，你也喜欢种子？"顾凤娇连连点着头说："是啊是啊，我从小就迷恋种子，我还发誓学种子专业将来好改变家乡种子结构，为乡亲们的好日子添砖加瓦！"

王德吃惊地看着凤娇，高兴地说："想不到你还是一个有理想的姑娘，我要向你学习啊！"凤娇不好意思地摆摆手："不敢当，王总过奖了。"转身往外走。王德说："别走啊，也没别的活计了，陪我坐一会儿。"凤娇怔了一下："这……不好吧，您是老板，我是一个做饭的……"王德站起身走到她跟前指旁边的椅子，轻柔地说道："在我的眼里你和我从来都是平等的，千万不要自卑。坐，你不是说也对种子感兴趣吗，咱俩正好交流交流。"

顾凤娇立刻不再羞怯，兴致勃发地说道："是啊是啊，王总，我们的太行山是出老种子的地方，这些年啊，也都买外国种子了，像玉米、大豆啥的。能不贫困吗？所以我才想研究种子的。"王德歪着脑袋问道："那你为啥改学烹饪了呢？"顾凤娇两眼充满了哀怨："我家是阜平建卡的贫困户。我爹我娘都是普普通通的乡下人，我娘还常年有病，弟弟顾邈邈因为得过大脑炎呆傻了，这个家就全靠我养着了。爹娘说啥不让我学种子，说挣不来钱家里人该咋活呢？唉……"

王德对凤娇充满了怜悯之情："明白了，别难过了，你的选择没有错。其实，我也是不懂种子，我姑父喜好这玩意。好的种子可以使农业增产，使农民增收，维持种子公司竞争优势。今后咱俩一块多多合作，并肩战斗吧！"说着，向凤娇伸出手，顾凤娇柔情地注视着王德。

顾凤娇的一颗心莫名其妙地产生一种冲动，扑进了王德宽厚的怀里。

这个时候，顾凤娇还不知道王总和杜总是夫妻关系。知道了，就吓了一跳。冷静下来以后，顾凤娇想到自己穷困的家庭，就冒出傍上大款的贼心，如今大款都精明了，不是那么好傍的。她想起一个大姐说过的话，要想抓住男人的心，必须先抓住他的胃。顾凤娇的拿手菜一个接一个，走马灯一样，王德吃得眼花缭乱。

王德微笑着问顾凤娇："你到底会做多少菜呀，我怎么吃也吃不完呢？"

顾凤娇立刻心花怒放，她所期待的目的终于实现了，她就是要让王德被她的菜肴美味深深吸引而不能自拔，离不开她。

纸包不住火，事情的败露，源于一条土狗。

顾凤娇上班带来了一条黄狗，狗是她弟弟养的，弟弟呆傻，她就将狗带出了太行山。土狗很温顺，毛发光亮亮的，浑身干干净净的。

这天晚上快午夜了，杜梅突然出差回来了，觉得饿了就独自去了食堂小灶想自己做点吃的，刚进院子就响起狗的叫声，她吓了一跳，幸亏土狗拴着链子。杜梅没好气地问保安："哪来的狗啊？"保安支支吾吾地说："杜总，小灶厨师顾凤娇养的。"杜梅黑了脸，生气地说道："厂子里的规定都忘记了吗？怎么能养狗呢？"保安哆嗦着说："王总点了头的。"她预感到什么就去了王德宿舍。走到宿舍门口悄悄听听屋子里的动静，隐隐约约传出床铺板咯吱咯吱的响声，还有细微的王德与一个女人打情骂俏的声音。杜梅顿时浑身的血液一齐涌上脑门，愤怒地捡起地上的一块石头砸向窗玻璃，哗啦一声，玻璃碎了，里面响起女人的尖叫声，没有王德的声音。杜梅大声喊道："王德，开门——"屋子里突然静了下来，没人开门。杜梅接着喊："再不开我就报警啦——"王德只好开了门，显得焦灼和内疚。杜梅拉开电灯怒视着一对衣衫不整惊慌失措的男女，气得浑身抖个不停，指着王德的鼻子骂。顾凤娇躲在王德身后哆嗦，一动不敢动。

杜梅流泪了。

王德内心忐忑不安，等着杜梅的暴风骤雨式的打击。杜梅回到家，没事人一样，啥都没说。杜梅越是不说，王德的心里越慌。他要崩溃了，一天他央求杜梅："老婆，我错了，我对不起你，你想咋惩罚我都行，你说句话呀！"

杜梅冷若冰霜地说："把你的头发全都给我剃下来！"

王德一听差点昏死，剃光他的头发，无异于要了他的命，他跟姑父一样，最爱惜自己的头发。他扑通一下跪在杜梅面前带着哭腔恳求道："老婆，你打我骂我都行，求你饶了我的头发呀，这样我会生不如死啊！"

杜梅冷漠地说："那你就去死吧！"

王德和杜梅的争吵，被女儿茜茜听见了，立刻打电话告诉了爷爷王永泰和姑爷伍宝库。俩老人同时赶到了县城王德家，齐声谴责王德。

杜梅哽咽了："他竟然跟一个山里来的做饭柴火妞，还在我的厂里，这让我的脸往哪放？"

王德知道自己闯了大祸，抽自己大嘴巴，发誓再也不干这种事了。

王永泰踹了王德一脚，吼道："鳖羔子，杜梅叫你剃光头发你就剃，还有脸求啥情啊？"

伍宝库求杜梅说："杜梅呀，看在我这张老脸的面子上就别要他的头发了吧！"

杜梅坚决地摇着头说："必须惩罚他，必须剃掉他的头发，否则他就给我净身出户滚出去！"

最终，王德只好同意剃光头。

王永泰糊涂着，剃头有那么严重吗？伍家是满族，满族男人最看重头发，剃了光头，是对男人最重的惩罚。可是王德是汉族，咋也在乎头发？原来这里边有故事，他们相爱的时候，杜梅拉他到保定一家医院当护工，医院病房失火，王德救人烧秃了头发。他发现自己没有头发是那样丑陋、可怜、无助。伍宝库吓唬他说，你可能永远长不出头发了，王德更恐惧了。杜梅给他熬中药，他还是长出了头发，王德跟伍宝库一样爱惜自己的头发。

王德攥着自己的发楂，忏悔说："老婆，你就原谅我吧，我没有想丢了家，是她勾引的我。"

杜梅说："你知错就改，改正了更好，好好帮我料理工厂吧。"

事后，杜梅出于对这个阜平老区贫困户的同情，决定原谅顾凤娇，低调处理。她把凤娇叫到办公室心平气和地说道："这事就算了，我不再追究你什么了，但厂子你是不能再待下去了，去别处找份工作吧。我给你三万块钱贴补家用，现在你去财务室把钱领走，以后再也不要让我见到你了。"

顾凤娇低着头抹着眼泪。

杜梅就生了怜悯之心，又追补了一年的工资。顾凤娇两腿一弯跪在杜梅眼前，哽咽着说："对不起，杜总，我罪该万死，我真的不知道他和你是一家人，他跟我说还没结婚呢……我……"

杜梅不爱听了，冷冷地说："你走吧。"

顾凤娇含泪走了。

杜梅没有想到的是，顾凤娇离开容光后没有回阜平，既然出来了，她不甘心回到那个穷家。顾凤娇想起王德说过的那句话："我一定帮助你家脱贫！"决定不跟王德再有那方面的来往，但总可以让王德帮忙找份工作。

王德犹豫了一下，担心两人死灰复燃，担心这事被杜梅发现。但是，如果顾凤娇离开容光，到新水县的白洋淀会好一些。他就想到了二巴掌开的鱼丸店。二巴掌的生意一直很火爆。他亲自去了趟鱼丸店，跟二巴掌说了这事，二巴掌喊了声："二哥，拿下！"

王德拍拍二巴掌肩膀："谢谢二巴掌，明儿个就让她上班来吧。"王德递给他一支中华烟。

二巴掌点燃了烟，嗑了下牙花子："二哥呀，这事儿二嫂知道不？"

王德说："这事不用跟她说，说了她一准会多想。"

二巴掌翻着小眼睛，担忧地说："那她日后知道了骂我，可咋整啊？我可惹不起二嫂啊！"

王德晃着手说道："知道了也没啥大不了的，我又没搞破鞋，瞅你吓得这个样儿。"

二巴掌看一眼王德。王德急了："少给我扯淡，别废话了，明天我就叫她来上班。"

第二天早上，顾凤娇给二巴掌打了电话，坐着公交车来到大张庄码头，乘船到了王家寨，她告诉二巴掌，撒谎说："老板大哥好，王德老板让我来的，我叫孙苇花，采蒲台村的。"

二巴掌连声说道："好，王德二哥说了，欢迎欢迎，我跟你说说工资待遇啊。"

顾凤娇说："不急老板，我先收拾收拾做做卫生吧。"二巴掌看着顾凤娇干活风风火火的样子，满意地笑了。

半个月过去了，顾凤娇在鱼丸店干得真不错，手脚勤快，一天很少闲着，也不多说话，只说该说的。王德也一次没来过，顾凤娇也一次没离开店超过五米远。二巴掌心里说：看样子王德二哥学好了，真没白剃光头发呀！

二巴掌正和几个员工吃着饭，忽然听到外面响起吵嚷声，还有女人尖叫声哭喊声，听着好像是顾凤娇。二巴掌说了声："出事了。"扔下手里的馒头就往外跑。三个员工也紧随其后。借着路灯光，二巴掌看清居然是二嫂杜梅。

二巴掌痛惜地想，怎么走漏的风声？

杜梅没有亲自动手，让随从紧紧薅着凤娇的头发连踢带踹，王德傻傻地站在旁边，不敢吭声。

二巴掌赶紧跑过去喊道："二嫂二嫂，别打啦别打啦！这是咋回事啊？"

杜梅回掼了他一句："滚一边去，你也是同谋，待会儿再跟你算账！"

二巴掌立刻就明白了，王德跟顾凤娇还是暗中勾搭了。没有不透风的墙。杜梅对王德不放心，偷偷派人跟踪，盯梢到了王家寨。

王永泰听说王德将顾凤娇弄到家门口，气得连连跺脚。他和伍宝库、王永丽全部出面。杜梅铁青着脸，咬牙吐出两个字："离婚！"

没办法，王德只能请铃铛奶奶出面了。王德的亲爷爷水上飞痴呆了，只能靠铃铛奶奶了。

"丁零零……"一阵铃声响过，王决心推着铃铛奶奶的轮椅，到了杜梅的办公室。

杜梅赶紧迎上前，搀扶着老太太坐到沙发上。在这个大家庭里，杜梅最崇拜铃铛奶奶。还没等老人开口，杜梅抢先说道："还惊动了奶奶，真的不好意思啊！"

铃铛叹了口气，说："杜梅啊，奶奶是明白人，不为难你，既然老二请我来，我是来看看你。"

杜梅受宠若惊地说："好吧，奶奶都出面了，我还说啥啊？"

杜梅说了软话，就请王德进来了。

王德进屋就要跪，王决心拦住了他："二哥，男儿膝下有黄金，跪天地，跪父母，别总是给女人跪了，越跪人家越瞧不起你，还是管好自己的鸡巴吧。"

王决心说话太嘎，说得杜梅直瞪眼。王永泰狠狠踢了王决心一脚："咋说话呢？"

铃铛奶奶说："老三话糙理不糙。"

王德就挺直了身子，做了一番表态。他说让决心把顾凤娇押送到阜平龙云台，以绝后患。

铃铛奶奶最后表态，杜梅是孝敬能干的媳妇，夸奖杜梅说得在理。

危机艰难地化解了。

王德在容光县城请客，介绍人伍宝库、王永丽都来了，杜梅的爹杜老蔫也来了，铃铛奶奶坐不了多长时间，吃一点，就让王决心、王永泰先送回去。铃铛奶奶胃口大开，吃得满嘴流油。杜梅说："要不奶奶长寿，嘴壮。"铃铛说："你奶奶年轻时候，脑子都用光了，如今傻吃蔫睡。"杜梅开心地笑了，她没有吃饭，坐了一阵就离开了饭桌。

王德望着王决心，悄悄地说："决心，你明天帮我去阜平送走顾凤娇。"

王决心喝了酒，笑着说："二哥啊，好事你都干了，这事你总是想着我。我还是个单身，你觉得让我送合适吗？"

王德忽然说："你还怕顾凤娇勾引你啊？这样吧，我去送她，跟杜梅说你送的。"

王决心瞪他:"我才不跟你撒谎呢,二巴掌都挨揍了。二哥,奶奶这么大岁数过来帮你,这是你最后的机会。"

王德想了想,说:"谢谢奶奶、爹、三弟帮我,可是你帮人帮到底啊!"

王决心说:"她顾凤娇是个小三,还有啥可送的?又不是王母娘娘。二哥,你再不能让爹、奶奶操心了,你的事从二巴掌的鱼丸店传遍了王家寨,腰里硬到处嚷嚷,看我们王家的热闹呢。怎么做,你自己应该掂量得出轻重。"

说完,王决心开车走了。

王德愣愣地站着,六神无主。

顾凤娇想了想,艰难地说:"你别费心了,我还是走吧!"这次真答应走了,但是,她提了个条件,必须有人来送。第二天上午,王德还是派服装厂的汽车将顾凤娇送到阜平太行山去了。

王德的心头像是被剐去一块肉,贼拉拉地疼,禁不住眼泪汪汪。

杜梅跟王德分居了。这对于王德来说是无比残酷的惩罚。杜梅让王永丽替她监视他,他只能回家住。王永丽跟杜梅住着邻居,旧被子潮湿,王德让姑姑王永丽帮着晒过,很暖和,有股子日头的气息。家里生活温馨,跟闺女茜茜见面多了起来。茜茜上学走了,王德送她到学校,自己就开车去厂里。这样彻底断了王德的性生活。王德忍受着,他从网上性商店买来了"硅胶性伙伴"。

有一天,顾凤娇又打来了电话,王德又挺不住了,两人在容光宾馆开房被查。

警察把两个人分开审问,不涉及卖淫嫖娼,没有拘留也没有罚款,只是做了一番教育。王德从派出所出来,回到家里又是一顿忏悔。

杜梅严厉地说:"谁也别劝了,我这次绝对不跟他过了,放着好日子不过,非要飞蛾扑火,那就成全他吧!"

王德说:"老婆,我改,我改啊!"

"狗改不了吃屎!"杜梅冷冷哼了一声,转身走了。

王永泰不放心,还是想最后争取一把。赶紧给深圳的老大杨义成打电话，让他快回来做好杜梅的劝解工作。杨义成不想掺和这事，清官难断家务事，特别是这种婚外情，更是说不清道不明的。可既然老爹亲自打来电话求援，不回去劝解一下有点不近人情，就趁着到北京中关村办事，顺便赶到了容光县城。

杨义成打了一下老二的肩膀："老二你呀，怎么搞的，茜茜也都大了，你怎么就这么不检点呢？"

王德叹了口气，说："我也不想这样，可就是控制不住啊！也许我是家里的老二吧？"

杨义成瞪了眼睛，说："诸恶莫作，众善奉行，莫以善小而不为，莫以恶小而为之。你呀，远嫖近赌，这点规矩都不懂？你把凤娇弄到二巴掌的鱼丸店，本身就是自投罗网。唉，从小，咱爹对你管教不严，才使的你的坏事越做越大，这教训应该汲取！"

王德拍下自己的大腿，说道："哎呀大哥，事到如今你就别光责备我了，我已经知道错了，你快点给我出出主意咋留住杜梅吧！"

杨义成说："你把人家杜梅的心都伤透了，你想她能谅解你吗？"

王德质问大哥："那你回来干吗来了？劝我跟她离婚吗？"

杨义成说："不是劝你离婚，而是想听听你究竟有什么打算。"

王德咧嘴说："我有啥打算，我心里非常矛盾，破镜很难重圆，但是，我娶了顾凤娇，她那身份素质，又拉低了我。顾凤娇充其量当个性伙伴。"

杨义成痛惜着摇头，问道："你听哥说一句真话，你的人生观出了问题，享乐主义抬头。你要想一想，你是厂里的副总，家庭里是当爹的人了，还有男人的责任。"

王德抱着脑袋，颤抖着。

"看出来，你不想离，说明跟杜梅还有感情，还是因为服装厂财产不好分割？"

王德看了杨义成一眼："杜梅这里没戏了，下一步我得跟她分割好财产。"

杨义成瞪了老二一眼："你呀，我算是明白了，我就知道你是舍不得那个服装厂那些钱。记住，如果你把金钱当成上帝，它就会像魔鬼一样折磨你。金钱的贪求不是幸福！"

"你站着说话不腰疼，没有钱寸步难行。"王德抬起头来冷笑一声，摆摆手，说，"我跟杜梅的事儿你就别管了。"

杨义成狠狠地给了他一拳，吼道："不让我管，你为什么叫我来？你小子听好了，杜梅没错，错就在你。俗话说，闲心出乱事。我是想问你，是不是当初服装厂的大权都交给了杜梅，造成你自己没了尊严？"

王德说："有本名著上都说了，幸福的家庭是一样的，不幸的家庭各有各的不幸。我的不幸跟老三不一样，我的苦处跟谁说呢？"

杨义成说："你的不幸？当然应该对我说了。"

王德说："那我就跟你说说吧。杜梅她……性冷淡……"

杨义成说："她这方面要求低，所以你就找外边的女人，这是个合理的理由吗？"

王德说："我还这么年轻，我又好此道，总不能憋屈了自个儿半辈子吧？"

杨义成怨气十足地说："你啊，让我说你什么好呢？有病治病，你也不能搞婚外情啊！这是婚姻的基本规则，你不懂吗？如果你要自由，性解放，就单身。即便你单身，也有一个致命的恶魔管束着你，那就是艾滋病！"

王德吸了口凉气，扬手说道："我看透了，杜梅是铁了心跟我离婚了，既然这样我也不能再给她下跪求她了。大哥，你不知道，我头发也剃了，跪了好几回了。即使以后跟顾凤娇结婚过日子，我得挣钱哪。"

杨义成点点头，说道："对，这就对了，知错就改，从头再来，我感觉你目前跟杜梅恢复感情，已经不太可能了。不如先自强自立，然后干点正事！真正能够帮你走出困境的还是你自己！"

王德眨着眼睛，说："谢谢大哥。我想和凤娇去深圳找你发展事业，听说那比白洋淀好挣钱，你看行不？"

杨义成摇着手说："不行，你和凤娇的文化不够，你还是先积累点经验再说。"

王德心烦意乱地说："哥，我有资金，服装厂有我股份，你说咋办啊？"

"你跟杜梅有孩子，钱的事你们自己分。"

王德沉吟了一阵，说："哥，在容光县城的服装厂是不能待了，跟杜梅低头不见抬头见，风娇在新水县城干点事情，我就回咱王家寨干事得了。"

杨义成眼睛亮了，一拍手，说："这个想法不错。哪跌倒在哪爬起来，老二，你是应该多吃点苦了，在家乡完成华丽转身！"

王德想了想，说："对啊，说不定我回王家寨就会干出一点名堂来。"

杨义成点了点头："你带着风娇回去，多照顾照顾爹、铃铛奶奶和水上飞爷爷。"

"爹说，王家寨有不少贫困户，我可以上项目搞扶贫嘛。"王德兴奋地说。

杨义成忽然想起什么来，眼睛一亮，说："有一个事，我可以帮你。动员胡玉湖支书，建设数字村庄。我想啊，咱老三结婚撞人事件，刺激了我，如果王家寨是数字村庄，都有监控，调出影像来一看，那老三就不会被冤屈了。"

"是啊，是啊！"王德频频点头，"不过，我不懂数字村庄，我懂玩具厂、服装厂业务。"

杨义成说："对啦，你们最早在白沟搞玩具和箱包，轻车熟路哇。"

第十七章　小白河

二〇一七年七月，"引黄济淀"小白河工程复工了。下午四点，白洋淀新区管委会召开常委会，赵国栋要汇报引黄济淀小白河工程，因为工程扩建，需要新区出一部分资金。三点钟了，赵国栋的秘书拿着文件袋走过来。赵国栋对秘书说："你把引黄济淀小白河工程材料给我打印出来。"

秘书拿着文件打印去了。

赵国栋快速处理了一些公务，去了会议室。

会议开始之前，赵国栋在等省委常委、副省长、新区管委会书记程远。赵国栋端着茶杯来到小会客厅，客厅精致小巧，有一圈沙发和茶几，朴素而洁净，可以喝茶，可以坐着聊天。

赵国栋沏了一泡大红袍茶，茶水散发着淡淡的幽香。赵国栋跟李永军副主任讲了讲规划上的具体事情，正讲着，一个陌生电话打了进来，他看了看，摁了手机，没有接，然后这个号码又打了进来。他还是没有接。

他的脑袋嗡地一响，这陌生的号是谁呢？

赵国栋心中疑惑的时候，郑继刚电话打过来了。他说刚才的电话是小白河工程占地农民黑老蔡打来的，让他别接，法院判决出来了，农民对补偿不满，国义集团没有拿到工程，对农民的赔偿更是拖欠。闹事的不仅有黑老蔡等农民，宝地公司的工人也来捣乱，两股势力闹翻了工地。

工地又停工了。

赵国栋一愣，说："国义集团属下的宝地公司已经撤出了，现在施工方回到了水利工程局了，他们为什么还是盯着工地啊？"

郑继刚说："宝地公司的手续还没有交接好。听说政府追加投资，他们又变卦了！"

"这个杨义伟！"赵国栋心里翻腾着，有些憋屈，也有些愤怒。

省水利厅来了个叫马永力的专家，马技术员对小白河和排干渠进行了考察，突然发现排干渠下面有几个大水漏。华北平原多年干旱，地下水沉降，漏水严重，而任丘小白河到排干渠之间，有一个大水漏。这就找到排干渠常年干旱的原因了。赵国栋又请来了地质专家，这里地面沉降、裂开、塌陷。一般说来，靠近大海的地方容易形成漏斗，容易发生海水倒灌，临湖的地方也容易造成这种问题。鉴于这种情况，解决这个问题有两种模式：大水漫灌模式和以色列的滴灌模式。有人提出改道，躲开排干渠，有人说排干渠应该做精细的防渗漏工程。

常务会后，赵国栋看见程远忙得不可开交，就没有提小白河工程停工的事情。

会后，赵国栋即刻赶到新水县，召集郝奇、郑继刚开会，先形成一个方案，报给省政府和水利厅。会上讨论很是激烈，如果改道，入淀泵站就废了，还要投入大量资金。如果做防水，尽管也消耗资金，相比之下损失略小一些。这是一个严峻的问题。

整改文件修成了，郝奇他们谁也不敢签字、不敢表态。最后文件传到了赵国栋手里，是上交，还是签字？他心中也充满焦虑，引发了极度的心理危机，谁签字是要终身负责的。

赵国栋彻夜难眠。底层的乱象，跟上层的干涉有关。甄爱社副省长不仅影响着水利厅，还跟杨义伟纠缠不清。甄爱社主张改道，重新开挖排干渠，入淀泵站也要调整到采蒲台那里。

赵国栋反对改道，抛开小白河排干渠，重新开挖十八公里长的河道，浪费资源，耽误时间，而且泵站的更改投入巨大。

赵国栋把郝奇、郑继刚叫到管委会的办公室，他说杨义伟这边他负责压住，让他们处理好黑老蔡那几家农民的事情。

沉默了一阵，郝奇说："甄副省长意思，换一条河道，躲开了这些刁民，将入淀泵站放在采蒲台。"赵国栋担忧地说："不能这样看农民，责任在我们。躲过排干渠，新改了河道，就能保证不出问题吗？如果这样的话，会造成双倍的损失，这不是蛮干吗？"

郝奇沉着脸说："赵书记，说话注意分寸，领导有领导的考虑，怎么是蛮干呢？新的排干渠虽然长了几公里，但不涉及村庄拆迁，蓄水和泄洪共用一个河道，表面是投入多了，其实是节省了。"

郑继刚尴尬地听着，蔫蔫儿地不吭声。

赵国栋武断地说："乱弹琴，有点常识的人都知道，白洋淀泄洪水道都是满的，怎么能共用？这是自欺欺人嘛！"

郝奇说："甄副省长说，派水利专家考察一下。原因可能是任丘排干渠有多个地漏。"

"多个地漏？"赵国栋一愣。

杨义伟本来被赵国栋镇住，听说改道，又插进来了，忽然变卦，不同意解除合同。资金怎么办？新区刚刚起步，用钱的地方太多了，高标准施工所需资金必须解决。一连好几个夜晚，赵国栋睡得都不踏实，盘算多时，反复权衡，陷入了困境和危机。这个事情无论从哪个方向走，好像都是违规的困局。

赵国栋如果不听甄爱社的，追加投资会受阻；如果放任自流，领导和老板皆大欢喜，但是，国家的损失严重。

赵国栋心中焦虑，危机四伏。按理说，这是新区成立前的遗留工程，烂尾工程似乎都有这样的特征，各方利益纠缠不清。

赵国栋更加证实了杨义伟的后台就是甄爱社，这家伙胆大包天，还不收手，甄爱社副省长吃了杨义伟多少好处？赵国栋不是纪委干部，不能去主动揭开这里的秘密。但是，有一点是肯定的。杨义伟有问题，问题有多严重，他不知道，也不想知道。赵国栋不贪不腐，但是工作态度会树敌的。他性格强势，所有的人和事都要按他的思路去办，不然他就劈头盖脸地发火。

傍晚的时候，县城家家亮起了灯。

赵国栋把杨义伟叫到了家中，严厉地训斥道："义伟，你都是大老板了，你说话怎么能出尔反尔呢？"

杨义伟哀求说："我退，是因为上次想给您面子，这次听说水利厅追加投入，就不一样了。姐夫，我公司需要这笔业务，你得帮我呀！"

赵国栋大声说："水利厅答应给钱，但是，走省财政的手续很难，我们急需补水，垫资上马，只有国企能跟上，这是新区速度，民营公司做不到。另外，投资的缺口，还要动员白洋淀沿岸各村出义务工。你想想，有什么利润可言？"

杨义伟暗暗一笑，说："赔钱我也要干，这是展示我国义集团实力的好机会。"

赵国栋说："你先把小白河老百姓官司弄利落，免得我给你擦屁股！还有，以后你把生意做到外边去，不能在我眼皮底下拿工程，即便没有任何事，人家也会指指点点。"

杨义伟嗖地站起身："姐夫，这话不妥吧？我长这么大求过你吗？我说过你是我的后台了吗？从来没有啊，这次你必须帮我！"

赵国栋目光炯炯，斩钉截铁地说："我帮不了！"

杨义伟吸了一口凉气，换了一副模样，耍起了胡搅蛮缠，一会儿又是嬉皮笑脸。

"义伟，你姐夫是啥人，你不是不知道。希望你做一个充满正能量的好商人。"赵国栋说。

赵国栋来到了办公室，心里并没有解脱，空空荡荡的。引水工程很棘手，迫在眉睫，他必须报告给一把手程远副省长。赵国栋决定上省政府找程远做个专程的汇报。夜里，他严重失眠了，眼睛红红的，眼圈肿胀。他揉了揉紧巴巴的太阳穴，无力地垂下了头。

赵国栋对引水复工抱有极大希望，希望，是一把双刃剑。他如果对甄爱社妥协，也就等于依从了杨义伟，杨义伟违规经营的后果，都将由他承担。工程交易一定有巨大的黑洞，如果赵国栋签了字，事情爆发，他赵国栋无法逃脱干系，轻者挨处分，重者被撤职、查办。赵国栋望着窗外的景色，长长嘘了口气，紧绷的神经松弛不下来。

第二天早上，赵国栋让司机拉他去省城，到了路上猛地一想，眼下匆忙去见程远副省长，多少有些不妥，杨义伟的介入，使问题复杂化了，自己家里的屁股没擦干净，怎么能把球踢到程远那里呢？让程远副省长来拍板儿，这明显是对程远的不尊重，把风险推给了程远。

赵国栋让司机调了头，又回到了白洋淀。他的思想疙瘩解开了，感到新奇而激动。他从高速上折回来的首要任务是解决杨义伟问题。赵国栋让杨爱珍把杨义伟叫到家里，耐心说服。杨义伟兴冲冲地来，以为赵国栋想通了，谁知撞了南墙。

赵国栋望着杨义伟说："不管你怎么想，必须退出，你要干下去，你我一起完蛋！"

杨义伟一愣，说："姐夫，有那么严重吗？你只是顺水人情，常规工作，没有腐败，凭什么完蛋？"

赵国栋大声吼："这不明摆着吗？你是我的小舅子，上级让管好身边的人，其中就包括你。"

杨义伟双手抱着脑袋，沮丧地说："我这比窦娥还冤呢。这是哪家的道理？好光我没沾着，却惹了一身骚，你还断我财路，我绝对不答应！"

赵国栋猛地拍了桌子："你不答应，这就由不得你啦！"

杨义伟说："给我惹急眼，别怪我翻脸不认人！"

杨爱珍火了："义伟，这是你姐夫，有你这么跟姐夫说话的吗？"

杨义伟想了想，说："让我退出，得有个条件，堤内损失堤外补！姐夫，你在白洋淀新区，完全可以答应给我一个大工程，我也以央企的名义去投标。"赵国栋坚定地说："给不了，新区的所有业务，你必须回避！"杨义伟鼻孔里发出轻蔑的冷笑声："姐，你都听见了，这不是六亲不认吗？你不仁，别怪我不义。等你的官儿保不住的时候，别赖着脸皮找我啊。"说着气哼哼甩手走了。

赵国栋深深地叹了口气，浑身还在颤抖。

杨爱珍望着杨义伟的样子，赌气说："这个浑小子，甄爱社给他惯坏了。"

赵国栋郑重地说："哪是甄爱社惯坏了他，我看纯属是咱娘宠坏了他。"说着陷入了沉思。

杨爱珍叹息说："国栋，这新区刚刚规划还没有开工，引水工程就将家里搅成这样，往后咱没有好日子了，要不咱们就换个岗位，辞了吧。"

赵国栋在地上来回踱着步说："换岗容易，辞职不简单，这叫临阵逃脱。这是我赵国栋的行为方式吗？"

杨爱珍说："要不你就办个住院，避一避这事儿的风头，他们不签字，你也不签。"

赵国栋的喉咙肿了，犯了高血压。

赵国栋冷静下来，对棘手的事情做出深入的思考和明确的判断，然后再做出取舍。这种选择是何其地艰难呢？人生的难处就在权衡利弊中选择。选择没有对错，只有后果能不能承受。

省水利厅来了马技术员，他对排干渠下面的土质进行鉴定。

改道的排干渠地下也有漏斗，但是马技术员好像受到了什么人的威胁，不敢这样说。赵国栋听完了马技术员的汇报，沉思了半天没有说话。他根本想不到这里边越来越复杂。马技术员说完，赵国栋考虑了一下，说："你先回去吧，让我想想再说。"马技术员走后，赵国栋想，他作为这里的常务主官，不能把球踢给程远副省长，他必须担当起这个事情的责任，是福不是祸，是祸躲不过，这里的问题必须得有人站出来承担。杨爱珍担忧说："你要是签字，要终身追责的。"赵国栋说："白洋淀需要黄河水，这字总要有人签的，追责就追责，都躲猫猫，踢皮球，工作还怎么开展，新区不就完蛋了吗？"赵国栋拿起电话，打给郝奇坚定地说："这个字我签，出了问题我担责。"

赵国栋忽然想出了个奇招，因为工程与省水利厅合作，改成由白洋淀基础建设公司来主导，这一下子把过去的合同全部作废。甄爱社副省长坐不住了，亲自打招呼都没用。杨义伟的宝地公司自然就被排除在外。

"我不服，白花花的银子，说丢就丢了啊！"杨义伟吼道。

他显然被激怒了，他的公司必须跟农民把官司了断，这个特殊条件专门为宝地公司设立的，他哑口无言。

杨爱珍劝慰杨义伟说："你光有力气，没有心眼儿，在这你争我夺的世上只有吃亏的份儿。"杨义伟摇头说："我姐夫跟我搞这套，有他吃亏的那一天，骑驴看唱本——走着瞧！"他走了，头也没有回。

密集而璀璨的灯火，照耀着整个德县县城。商店、饭店、学校、古玩城和健身房，应有尽有。杨义伟走到街上，没有马上上车，而是心事重重地在街上徘徊。

第二天上午，赵国栋在工程项目报告上，庄重地签上了自己的名字。不知为什么，一种特别愉快的心情充满心头。

郝奇想在官场进步，但是没有签字的胆量。尽管没有签字，他还是积极行动了，这让赵国栋很是欣慰。他必须打破甄爱社的这个阵营，甄爱社的行为刺激了他，刺激了他男人的气概，他迷茫胆怯的心理障碍消失了，变得无所畏惧，这种勇敢是旁人不具备的。省水利厅的同志说，甄爱社对这个结局不满，在拨付资金上阻挠。

资金的难题袭来了。

水利厅的资金有限，赵国栋只好在白洋淀新区内部来消化这个问题。资金不是问题，但是也不好一下筹措这么多。他忽然冒出一个念头，白洋淀沿线各村出一些义务工，来弥补资金的不足。郝奇愣了愣，说："出义务工？大胆的想法。我们新水县毫无问题。"郑继刚说："放心吧，赵书记，我们会组织好的。"赵国栋面色严峻地说："时间上一点也不能等了，黄河水来了，我们华北之肾的肾功能才能真正恢复，新区工作就活了；如果出了闪失，我们就是千古罪人。"

杨义伟的公司撤出，省水利厅和白洋淀新区基础建设公司，两家担此重任，摆开了主战场。

一场雨过后，空气中出现了少有的清新，一片繁荣的景象，天完全放晴了。

赵国栋心里舒畅极了，笑眯眯的。他心里想，只要出于公心，没有过不去的火焰山。赵国栋坐在家里的沙发上，体验了从没有过的温暖，工作带来的紧张、劳累消失得一干二净。让赵国栋欣慰的是，杨爱珍在他与弟弟杨义伟之间没有选边站，杨爱珍体谅丈夫，又劝慰杨义伟，够得上贤内助了。

饭熟了，厨房里飘溢出新鲜的香气，饭香诱惑着赵国栋。可是他的嗓子疼，喉咙堵塞得难以下咽。

杨爱珍心疼地说：“你看你，赶紧给你熬点中药吧。”她说着，眼泪又弹了出来。

赵国栋恼恨自己，只是悄悄地说道：“爱珍，谢谢你的理解。不，应该是求得你的原谅，我是党的人、国家干部，不能为了家庭私利而踩红线。”

杨爱珍点了点头，慈爱的眼睛微微眯着。

赵国栋紧绷的神经松弛了下来，他感到了困意来袭，头一挨枕头，就呼呼大睡了。

第十八章　故事

王决心到了王家寨码头，天黑透了。

他在北京新发地市场考察卖鱼行情，那里的鱼虾真多，单拿鲤鱼来说，北京是六块五一斤。刚刚下船，胡玉湖打来了电话。

王决心情不自禁地站了一会儿，其实，他的烦恼不比爹的少。芦苇和蒲草沿淀滋蔓。他看见芦苇、树影不能遮挡的沉睡的老船。他的目光是灰色的，一点也不明亮。夜色模糊，灯晃晃荡荡地移走了，眼前却跳荡着一片模糊的光和影子。风吹来了，闷热的天气稍微得到缓解，还是热乎乎的，有点黏，一股带着臭鱼烂虾味道的风吹了过来，他的喉咙堵了一下。卖鱼人的吆喝声没有停下来，反而变得越来越响亮。他迅速折转身，穿过小树林，到村里市场看个究竟。

小市场上的人几乎走光了，仅剩两个卖鱼人，灯也关了一半，黑咕隆咚的。

邸老汉低头在卖鱼，烟卷都吸完了，还舍不得扔掉烟头。他抽搐了一下嘴角，扔了烟头，铁桶里的鲤鱼打蔫儿了。

"大爷，鲤鱼多少钱一斤？"

"六块，五块你全包了吧？"

王决心说："包不了，我爹也打鱼。"

邸老汉笑了："看清了，你是决心啊？"

"淀都污染了，您这鲤鱼还保险吗？"

"保险，不是淀里的鱼，这是王快水库的鱼，批发来的。"

"如果让您去北京新发地卖鱼，您去吗？"

"我去，能挣钱就行。"

王决心的心一阵酸楚。问题很严峻，这邸老汉跟爹一样是打鱼人，改成卖鱼了。白洋淀产鱼，还要从外地批发鱼。这是什么鬼日子啊？污染治理不好，淀中老百姓很难生存了。王家寨码头卖鱼跟北京卖鱼是两码事，那份沉重和艰辛会更加严重，还得多长心眼、多操一些心。在北京要租房、吃饭，买电动车，如果不精打细算怕是剩不下多少钱。生意人脑瓜要灵活，还要有眼光和运气，心肠变硬变冷，不然很难在北京落脚。

他在黑暗中哆嗦了一下。

胡玉湖的电话催了一遍，他连连应声，赶紧去胡玉湖家。他走进了一条黑黑的胡同，这里就是泥鳅撞死苇秆儿的胡同。他在出事地点停留片刻，乔麦的身影就浮了上来。

他快步走进了胡玉湖的家。门敞开着，卧着的黄狗叫了两声，王决心做了个鬼脸，就制服了黄狗。

胡玉湖的小院被张翠青打扫得很干净，但充斥着奶牛和牛槽里的豆腥味。胡玉湖爱喝牛奶，正坐在一把太师椅上，受伤的腿搭在一个红木椅子上，戴着老花镜低头看笔记本。

腰里硬比王决心到得早，在炕边坐着吸烟。

张翠青见王决心进来，唤了声："决心来啦，快坐下喝茶。"

王决心回了声："谢谢大婶儿，我不累。"

胡玉湖仔细地看着北京新发地水产厅的经营材料，判断王家寨人去那里多少人。王决心坐在了炕沿上，接过茶杯，吸溜吸溜喝着。

过了一会儿，胡玉湖抬起头，望着王决心和腰里硬说道："好啊，你俩兜来的这些情况，挺细致的，我这就上村委会开支部会，定一下这个事儿。时间不等人，如果达成一致，就正式分组，你俩快回家歇着去吧。"说着，他拿起拐杖就要走。

腰里硬说："支书，您去哪，我送您吧。"

胡玉湖笑着说："腰里硬，你赶紧回家去，听见我叮嘱你的了吧？"

腰里硬答应一声，呆呆地傻站着。

胡玉湖扭头冷冷地说："还杵着干啥，家里出了那么大的事，赶紧回家吧，明天上午再过来找我！"

腰里硬答应了一声，没趣地走了。

王决心背着胡玉湖走进了胡同。胡玉湖神秘地说："决心啊，你知道我为啥叫你们今天晚上必须回村吗？"

王决心吃力地走着说："不知道啊，我路上还猜呢。"

胡玉湖哼哧着说："乔麦出事了，还没法当着腰里硬说。我只能到村委会跟你说说，你跟腰里硬过手多年，最了解他了。"

王决心哆嗦了一下，差点将胡玉湖摔下来。王决心颤声问："妈呀，她出啥事啦？人没事吧？"

胡玉湖说："你激动个啥？等到了村委会跟你细说。我知道你心疼乔麦，我这阵跟你说了，你摔了我咋办？"

王决心惊讶地吸了一口冷气："您不说，我更背不了您了。还是说吧。"

胡玉湖沉痛地说："今天乔麦自杀了。"

"啊？"王决心双腿一软，险些瘫倒在地。

到了村委会办公室，胡玉湖对王决心说："你坐下，自杀是自杀了，人没有死。村委会开会之前，我跟你说一说。但是，清官难断家务事，你得答应我，一不能打腰里硬，二不能问乔麦。这家务事还得冷处理，你能够做到吗？"

王决心点点头，说："我能做到，能。"

胡玉湖沉重地说："今天上午，腰里硬二叔姚哈喇不是每天敲锣吗？他找腰里硬商量敲锣祈雨的事，一进门发现乔麦割腕自杀了，满地都是血。人已经昏迷了。姚哈喇年纪大了，背不动乔麦，就出来喊人，姚大贵背着乔麦去了秦大夫的诊所。乔麦还是命大啊，光靠秦医生还够呛，真巧啊，寨南村的老中医方医生过来巡诊，两人同时抢救乔麦，救活了。还有啊，方中医用了止血的偏方啊！"

王决心又犯了倔脾气，起身说："腰里硬这狗杂种，肯定是他的事，准是又家暴乔麦了，苇秆儿没了，他更肆无忌惮了。支书，在你家跟我说，我非掐着他的脖子，让他给乔麦跪下不可。"

胡玉湖叹息说："你看看，又来了。刚刚答应我的条件都忘了吗？决心，事情没有那么简单。在我的家里，我单独把腰里硬叫到一个房间，问过了，骂也骂了。我跟杨牧仁和孙小萍都说了，让他们劝劝乔麦，我是村支书。实在过不了，动员腰里硬跟乔麦离了算了，腰里硬却给我跪下了，痛哭流涕，做了保证。"

王决心说："狗改不了吃屎，他就是个恶人、神经病，他的话您也信？"

胡玉湖说："宁拆十座庙，不破一桩婚啊，我是想啊，让腰里硬跟乔麦道歉。借这次污染，让腰里硬带队去北京新发地卖鱼，让乔麦去山东微山湖养鸭子。两人分开一阵，冷静冷静！"

王决心说："冷静管用吗？白洋淀蓄水了，都回来了，病根儿没除，还是老样子。最好的办法，就是分开。"

胡玉湖说："你还是不知道内情。乔麦忍受到今天，都是为了张家口的哥哥乔木，腰里硬第一次打她骨折，就是刚刚结婚后，还没有苇秆儿哩。乔麦要去郑县长那送材料，腰里硬用腰带打折了她的胳膊，到郑副县长那还得伪装说，是送材料跌的。腰里硬的一个计谋，拿下了郑副县长。"

王决心捶了一下桌子，说："我就感觉腰里硬跟郑副县长关系暧昧，没有这样的。"

胡玉湖咳嗽了一声，说："你听我往下说，乔麦也不是没有反抗，有一次，她举起了剪刀，要扎死自己，结果真刺破了脖子，血流不止，腰里硬夺过了剪刀。但是，乔麦每一次反抗腰里硬，她张家口家里就有反应。"

"啥反应？"

"姚丽蓉折磨乔麦的哥哥乔木，折磨两个老人。有一天，姚丽蓉杀死了乔麦老娘养的猫，隔着墙头扔了过去，把乔麦娘吓得犯了高血压。姚丽蓉还威胁说，这次死的是猫，下次还不知死的是谁呢！"

"姚丽蓉也不是个好东西！"王决心说，"没办法，死局。支书，这威胁的话，可是带着黑社会性质了，就凭这句话就能让警察抓她这兔崽子！"

胡玉湖想了想，说："唉，抓是好办法吗？办法总会有的，有空我们一起劝劝乔麦，或是利用一下腰里硬的虚荣心？"

王决心说："这种人您真想提拔他？那就蹬鼻子上脸，有你不好收拾的那天。群众会咋看村委会，咋看您？您多年积攒的威信，就会因为这只臭老鼠屎坏了一锅汤！"

胡玉湖叹息了一声，连连咳嗽起来。

村委会院里响起了脚步声、说话声。村主任、王德志、几个支委陆续都来了。

王决心回到家里，天彻底黑透了。

夜幕笼罩了王家寨，老梨树沉浸在阴暗中，即使有路灯照耀，四周还是模模糊糊。夜晚凉爽了一些，风温和地抚摸着他的脸颊，隐隐约约可以嗅到一种苇草和鸭粪的味道。他不想进家门，情不自禁地朝木桥那边张望。他在想乔麦现在怎么了，她还想死吗？

王决心在门口站了一会儿，听见敲锣的声音。夜里有个大月亮，夜风穿过街巷，传来依稀锣鼓声。王永山无奈地说："腰里硬安排的，他二叔姚老二敲锣祈雨呢。"王决心心里忽然不烦姚哈喇了，毕竟是他救了乔麦。如果他不去乔麦家，乔麦也许就躺在医院太平间了。王决心越想越后怕，浑身痉挛。

王决心不知道王永山和王永泰两人啥时候站在了他身后。王决心说："二叔来了？"王永山说："晚上看看你奶奶，老太太哮喘，我让寨南村的方中医开了中药。"王永泰将一个药方递给王决心，说："老三，你明天去县城同仁堂，给你奶奶抓药啊。要同仁堂的，好药！"

王决心接过了药方，放进上衣兜里。

王决心忽然看见一个黑影，细细一瞅是腰里硬。腰里硬嗖地一闪身，钻进了雁子的院子，传出嘻嘻哈哈的说笑声。

雁子的声音："你到了北京，给我买啥好东西了？"腰里硬说："我是想住下买东西，王决心那小子非要回来。这不买了京城八大件。"雁子声音："这么抠门啊？连一只烤鸭都没有。"

腰里硬说："回屋说，回屋说。"

王决心听见嘭的一声关门声，他阴阳怪气地说："月光爬上房，人就爬上床。这孙子，家里出了这么大的事，还有闲心找雁子呢，今晚竟然还让他二叔去敲锣，什么人啊？他还是人吗？"王永泰一撇嘴，愤愤地骂："雁子也不是个好东西，太骚啦！"王决心说："唉，说不定泥鳅死前就勾搭上了，乔麦的命苦啊！"王永山跟着说："乔麦是个好人，跟了腰里硬这辈子就毁了。"王决心想起了胡玉湖晚上跟他说的事，心中更加惦念乔麦。但是，胡支书不让他说，他只好把要说的话吞回肚里。

王永泰望着王决心说："决心，乔麦那儿你少去，姚家人干啥都别管，他敲锣，他上床，他就是闹翻了天，也没咱的啥事，让你爹省省心吧。"

王永山担忧地说："是啊，决心，你看不过眼，就不看，躲着点，把自己日子过好。你二婶说，最近给你介绍一个好姑娘。"王决心摇头："我真的没空谈恋爱。"王永泰瞪眼说："听你二叔二婶的，咱家里就缺个里里外外照应家的女人。你瞅瞅，朱环那个样的，瞧不起农村，能跟你过日子吗？"

王决心故意不提朱环，这个女人已经淡出他的生活。

哐哐，哐哐，锣声越来越近了。

王永山淡淡地说："姚哈喇敲锣过来了，赶紧回家啦。"说着就走了。

王决心的电话响了，水牛打来的，说王德给他介绍的对象黄阿妹来了，让他去他家一趟。

王决心转身要走，王永泰惊讶地问："老三，这么晚了你干啥去？"王决心回头对王永泰说："爹，您先休息。我让二哥给水牛介绍了对象，这两人在家等我一天了。"王永泰叹息着说："自己的婚姻还整不明白呢，竟然给别人介绍对象。别招惹姚家人啊，你让爹省点心吧！"

说着，他走进院里关了大门。

王决心去了水牛的家，已经十点多了。

水牛和黄阿妹摸黑站在院子里，焦急地等候王决心。屋子里，餐桌上摆好了酒菜。院门响了一声，水牛就迎了出去，跟着响起王决心的声音："哈哈，够哥们，这么晚了还等着哪？"黄阿妹喊了声："三哥，听说你去北京考察，当天就回来，晚上还饿着肚子呢，我和水牛请你吃宵夜吧！"王决心欣慰地说："水牛，你小子有福气，阿妹多懂事啊，你可得对人家好啊！"水牛亲亲热热地攥住王决心的手："哎呀，三哥，你可回来了，兄弟想死你了！"王决心笑哈哈地说道："净扯，把我想死了你还能有三哥？"黄阿妹说："你看你水牛哥，三哥出门挺辛苦的，还不赶紧让进屋歇着！"水牛反应过来说道："对对对，三哥快进屋，兄弟把酒都给你烫好了，给你接风洗尘。"王决心进屋喝了一碗酒，眼泪就一串串地流下来了。

王家寨家家户户的灯火都灭了。

第二天一大早，王决心和水牛送走了黄阿妹。水牛追问昨晚王决心为啥流泪，王决心跟水牛说了乔麦自杀的事，让水牛保密。水牛气愤地说："乔麦姐可怜，三哥，你是不好出面，收拾腰里硬如果有用得着我的地方，你发话，我上！"王决心痛惜地摇头："你小子还有胆儿啦？你别掺和，赶紧把阿妹娶过来，我们挣钱过好日子！"

水牛眼圈红了："三哥，昨天你哭了，我特别难受。"

王决心沉默了一阵，苦笑："我也是的，哭个啥，乔麦是我啥人啊？"

水牛说："这不是你的心里话，你心里惦记乔麦，其实，你俩才像是一对夫妻呢！"

王决心揪住他的耳朵："水牛，不能瞎说啊！乔麦再好，是腰里硬的媳妇。"

王决心去县城给铃铛奶奶抓了药，就急匆匆回了王家寨。刚刚到村里码头，胡玉湖就给他打来了电话，让他赶紧到村委会，他把药送到二巴掌的鱼丸店，跑着到了村委会。

胡玉湖告诉他好消息，乡里给协调好了，昨晚村委会也通过了，让王决心和王永泰带队到沧州黄骅的渤海上打鱼去。王决心兴奋地拍着胸脯说："我一定完成好，支书！"胡玉湖说："你们从新发地考察回来，我有了信心，让腰里硬去新发地卖鱼。"王决心问："腰里硬答应去了吗？"胡玉湖说："答应了，这时候他也老实了。这小子万一能够改好呢？"胡玉湖让王德志赶紧在喇叭里通知，大伙准备一天，过几天就举行出发仪式。

第二天下午，胡玉湖支书又把腰里硬和乔麦叫到村委会，狠狠批评了腰里硬。胡玉湖发现腰里硬的右手裹着纱布，惊讶地问："你的手指咋了？"

腰里硬一副可怜相，不吭声。

胡玉湖转脸问乔麦："乔麦，你知道这是咋回事吗？"

乔麦望着胡玉湖，默默望着，也不说话。

腰里硬憋不住了，打开了纱布，凑了过来："支书，你瞅瞅，我为了痛改前非，跪老婆床头一宿。天亮了，她还不原谅我，我就拿来了菜刀，狠狠剁了右手的小指头。"

胡玉湖看着黑红的手指根，露出白色骨头茬，惊讶地说："你该长长记性了。手指头呢？"

乔麦看都不看腰里硬一眼，静静地站着。

腰里硬说："叔啊，我的好支书啊，我怕狗叼走了，我就将那根手指头存放在朱环家了，我为自己提前定制了一个骨灰盒，手指就放在那个骨灰盒里。踏实一些了，将来我人没了，就把我的骨灰与手指合葬。也算是个全尸啊！"

胡玉湖哭笑不得，叹息了一声："你啊，该汲取教训了。"

白洋淀的水质没有整体好转，芦苇半死不活，还得了赤枯病。去年的存苇用光了，没了原料自然就织不成苇帘了。腰里硬的苇帘厂干不下去了。他不想到渤海湾捕鱼，冲着王决心就不愿意去。他觉得凡是有老王家人掺和的事，老姚家人一概不能为伍，他要比老王家人风光，要做就做压得老王家人抬不起头来的风光事。村里让他带队到新发地搞批发，他可以接这份荣誉，但是，让他守摊位卖鱼，他还稳不住，再说了，当一个鱼贩子，面子上也过不去。后边一大堆难题，乔麦怎么办？雁子怎么安置？但是做什么才能压得老王家人抬不起头来呢？他想到了副县长郑继刚。

有了这个念头，腰里硬就找姚云商量。

姚云造谣说："郑县长如今被考核呢，可能要当县长。"腰里硬一拍大腿："好啊，他上去了，咱就发达了。"郑继刚接到了腰里硬的电话，担心他破嘴泄露出去，就大声说："哎呀，谣传，谣传。"郑继刚就把电话放了。腰里硬想了想，说："他就是当书记，大张庄也是他辖区，说话顶用。"然后，他就聪明地想，最近郑继刚有些疏远他，他为了协调渔民到沧州黄骅打鱼，亲自跑了好几趟，可能是为提拔积攒政绩。姚云走了，腰里硬陷入了沉思，他跟郑继刚结缘，还离不开乔麦。

郑继刚是端村人，老爹养鸭，郑继刚当副县长，在乡里负责养殖。到了乔麦的养鸭场，他对乔麦的养鸭技术非常认可。腰里硬老爹去世以后，皮货生意就不做了，但是他看不上养鸭，他跟胡铁买了一艘抓泥船，抓泥船开始活计不少，后来别的村也有了，腰里硬的抓泥船就闲置了。听说三台镇鞋王申万胜投资鸳鸯岛，这个项目开发由郑继刚分管，他想巴结郑继刚揽上这个大活。腰里硬听说郑继刚来了乔麦的鸭场，就紧紧跟着，递烟、赔笑，都不管用。过去养鸭，基本是养鸭人划一条鸭排撑一根长篙，成为白洋淀的一景。如今不适合了，乔麦率先搞起了鸭棚圈养。郑继刚压根儿不瞅他，目光落在乔麦的脸上、身上，连连夸奖说："乔麦的'樱桃谷'鸭子品种好，鸭舍、鸭粪管理也好。比我爹做得好！"腰里硬一听，猛地记住了一个信息，郑继刚的爹在端村养鸭。郑继刚走了，临走的时候，他让乔麦写一个养鸭经验材料给他。乔麦连夜写好了材料，划着鸭排就要给郑继刚送去，走到门口就被腰里硬截住了。腰里硬问："老婆，这材料给我吧，我正好去县里办事，亲自送到郑县长的办公室。"乔麦不高兴地说："你掺和个啥？郑县长有指示，让我亲自报。"腰里硬说："你亲自送，想投怀送抱吗？"乔麦说："你这是啥话？人家是县领导。你以为男人都像你啊？"腰里硬当即就变脸了："臭娘儿们，敢跟我横，郑县长表扬你了，你就翅膀硬了？你翅膀再硬，有我腰里硬的皮带扣硬吗？"乔麦继续辩解："哪有你这么没脸的人啊？放我过去。我不亲自送去，人家胡支书、郑县长咋看我？"腰里硬的皮带啪啪抽打在乔麦的右臂上，乔麦感觉骨头折了，一炸一炸地疼。乔麦抱着胳膊，瘫倒在地，泪水不住地淌，一声不吭。腰里硬狠狠地冷笑："刚刚结婚，给你脸了，这回让你瞧瞧我腰里硬的厉害！"乔麦脸蛋儿通红，胳膊剧痛，不能动了。腰里硬说："我们去见郑县长，你亲自把稿件交给他。别的你听我的。"

腰里硬背上乔麦上了船，直接去了县政府，到了郑继刚的办公室，乔麦疼得冒汗，将稿件递给了郑继刚，吃力地说："郑县长，给您。"腰里硬说："郑县长，那天您到我家鸭场，让我老婆写个材料，乔麦写好了，要亲自送你。结果路上跌了，可能是骨折了。"郑继刚惊讶地问："你看她疼的，救人要紧啊，赶紧上县医院！"郑继刚让办公室调动了执法快艇，送腰里硬和乔麦去了医院。

从此，郑继刚就记住了腰里硬和乔麦。

当年郑继刚在白洋淀当乡长，腰里硬为了接近郑继刚，摸清了他县城家里住址，提着两条鲤鱼去拜访。他将鲤鱼里塞了两张各五千块钱的购物卡。腰里硬到了郑继刚家里，郑继刚不在，他老婆收了两条鱼。腰里硬特意叮嘱："嫂子，这鱼自家吃，别送人啊！鱼肚子都是籽，吃鱼吃的就是籽啊！"郑继刚的老婆说："谢谢，记住了。你叫啥名？"腰里硬微笑说："我是王家寨的姚力英！"腰里硬走后，郑继刚老婆做鱼时发现了两张卡。郑继刚将购物卡还给了腰里硬，还批评了他："鲤鱼我吃了，这卡还给你，以后你不能这样啊！"腰里硬尴尬地一笑："好的，听郑县长的。这是我老婆乔麦的意思，感谢郑县长那天的帮助！"郑继刚问："唉，你有个好老婆啊！乔麦胳膊恢复得怎么样了？"腰里硬说："已经回家养着呢，吊着绷带，可以干活了。"郑继刚对腰里硬渐渐熟悉了，还问他有什么事情。腰里硬带着乔麦去端村，看望了郑继刚的老爹老娘。恰巧郑继刚养鸭的老爹郑大拿病了，乔麦留在那里伺候了一周，还帮助郑大拿照看鸭子。一来二去就熟了。郑大拿养鸭赔钱了，郑继刚也非常焦急。端村老百姓自嘲地说："要发家养白鸭，养鸭就学郑大拿，一年赔个一万八。"郑继刚听了很难过，他爹养的品种是"樱桃谷"，乔麦养的也是"樱桃谷"，为什么乔麦挣钱而他爹赔钱呢？郑继刚让腰里硬带乔麦到端村，看看到底是啥原因。乔麦检查惊讶地发现，郑老爹养的"樱桃谷"是假的，不是山东陵县引进的"樱桃谷"。乔麦将孵化的小鸭子送给了郑大拿。郑大拿挣钱了，回头过来感谢腰里硬和乔麦。郑继刚跟腰里硬也走近了，经常喝酒吃饭。腰里硬对胡铁说："要把郑继刚乡长变成我们的靠山，就要交成铁杆，铁杆朋友就得一起干坏事。"胡铁愣了："郑乡长非常正派，怎么能跟我们干坏事呢？"腰里硬眨着眼睛说："不怕领导正派，就怕领导没爱好。"腰里硬让胡铁摸一摸郑继刚有什么爱好。胡铁终于摸到了，这家伙爱下围棋。下棋结束的时候，腰里硬就请他喝酒，喝酒的时候，腰里硬终于说出了他的想法。郑继刚想了想，说："你们有公司吗？如果有公司就参与投标吧！"腰里硬说："我们没有公司，就一条抓泥船。谁家中标了您就说话，给我们点活干得了。"郑继刚爽快地说："你和乔麦帮了我爹那么大的忙，这点事应该的。"郑继刚操持了一顿饭局，让腰里硬和鞋王申万胜认识了。抓泥船干了活，挣了钱，腰里硬又买了一条抓泥船。腰里硬最后给了郑继刚十万块钱好处费。

这是郑继刚副县长最后悔的地方。

那一天晚上，腰里硬请羽绒服厂张宁厂长吃饭，郑副县长陪客，张宁受宠若惊。腰里硬搬动副县长，张宁对他刮目相看。

张宁站起身连连敬酒，等候郑继刚说话。郑继刚只喝不说，腰里硬在桌子底下踢他的脚，郑继刚直咧嘴。张宁察言观色望着郑继刚。郑继刚有个特点，越喝说话越慢，他慢悠悠地说："张总啊，你跟腰里硬应该成为朋友啊。腰里硬是王家寨的能人，就是啊，他的生意不顺，如今污染了，就想干点活，他看中你的羽绒服厂了，你安排干点啥都行，不挑，他不挑。"

腰里硬红着脸点头："跟张老板学习，您看着安排，有碗饭吃就行。"

张宁苦笑着摇摇头，说："感谢郑县长看得起我啊，话是这么说，腰里硬我知道，他在白洋淀也是个有头有脸的能人，我这小庙儿哪搁得下他这尊大神啊？"

郑继刚拍拍他的手背，安慰道："你放心，姚力英他本人说的干点啥都行，不挑的。你呀，听我说，别看他这个人挺那个的，可他不是个糊涂人，他有自知之明，羽绒服专业他一点都不懂，你就是叫他当个领导他也不会同意的，明白了吗？"

腰里硬就这样进了大张庄张宁羽绒服厂，当了一个工人。张宁心里忐忑不安地问腰里硬："叫你当工人你真的不委屈？"腰里硬说："你这人咋这么啰嗦啊？我说了不懂你这行，当个工人就挺好的。不过，我有个请求你得答应我。"

张宁连忙作着揖说："哎哟哟，不敢当，不敢当，你吩咐就是了，我保证……"

腰里硬打断他的话："听着，污染了，我媳妇乔麦的鸭子养不了，只能把那些小畜生全都给杀了，通过关系卖到北京的烤鸭店。鸭子肉卖掉了，可鸭子毛呢？我想啊卖到你这儿，让我少损失点儿，听明白了吗？"

张宁顿时松了一口气，说："这点小事儿啊，张飞吃豆芽——小菜一碟，没问题。"

当天下班后，腰里硬就把这事告诉了乔麦。

对家庭来说，这真是好事。乔麦正蹲在院子里洗菜。她的脸蛋儿通红，刚刚洗了澡，湿漉漉的头发松散地披在肩头。腰里硬像不认识她一样上上下下审视着她："你说吧，雁子家的鸭毛得几天送完？"乔麦愣了愣，说道："她家的鸭毛几天送完得看你送得快还是慢。"腰里硬刚要急眼，习惯性地摸腰带。乔麦停下手里的活儿，倔倔地说："腰里硬，你是咋跟胡支书保证的？"腰里硬缓缓松开摸腰带的手，脑袋咚的一声撞了墙："胡玉湖啊，您岁数不小了，咋还不退休啊？"乔麦生气地说："支书是多好的人啊？你竟敢咒支书？"腰里硬马上微笑了："我没有咒，我是念叨念叨，让他健康长寿。你别去告状啊！"乔麦说："不跟你贫了，我们说正事吧，你既然去了羽绒服厂，自己就办了呗！"腰里硬说："我这不是丢了一根手指嘛？"乔麦说："雁子有手有脚的，凭啥叫我送啊？"腰里硬说："雁子长得那么好看，天这么热，万一晒黑了咋办？还有啊，那厂子里光棍多，万一打她的歪主意咋办？"乔麦气得浑身颤抖："你怕她晒黑了，就不怕我晒黑了？"腰里硬说："你可真敢说，你跟雁子能比吗？她是客人，你是家人。"乔麦摇头说："你别说了，你就不怕有人说你闲话啊？"腰里硬哈哈笑了一串，说："泥鳅活着的时候就没少说我的闲话，爱说啥说啥吧。"乔麦追问一句："就不怕我说啥吗？"腰里硬恶声恶气地说："你都自杀过了，闹得一街两巷，该说的不都说了吗？"乔麦嗓子眼一堵，胸脯起伏："腰里硬，你……你……你还要不要个脸啊？"

腰里硬的牛眼睛嗖嗖放着邪光。

乔麦一股血上了头，想拼个你死我活。但一想到哥哥乔木，想到家里爹娘，她又忍住了。

腰里硬冷笑两声："我告诉你啊乔麦，苇秆儿走了，你自杀事件刚刚平息，我不想再生事端，这次运鸭绒我让胡铁弄吧！但是，这事扯平了，以后我可是公事公办！"说完，气哼哼地走了。

大群的鸭嘎嘎叫着，干渴得难受。

腰里硬听见鸭叫就心烦，瞟了一眼发呆的乔麦，说了一句："从明天早上开始，你给我好好送鸭毛，看好秤，别他娘的缺斤少两的！"

他踢翻了一个菜盆子，扬长而去。

乔麦坐在鸭子园跟前，看着菜盆子滚落到淀沟里，惊动了站立的鸭子，她心疼这些鸭子。

腰里硬的一只大手按在了雁子的肩上，她鼻子立刻一酸，眼泪唰唰流下来了。

"哥？"雁子身体软了。

腰里硬搂住雁子的肩膀揽进自己怀里，摩挲着她的脸颊说道："亲爱的，别悲观。不是还有我吗？张宁的羽绒服厂需要大批鸭毛，我已经跟他讲好了价，可以赚一大笔了。"

雁子抬起头来看着腰里硬："真的？"

腰里硬笑笑："你把鸭毛都准备好，明天早上叫乔麦送厂里去。"

雁子问："咋叫乔麦送啊？"

腰里硬说："你不懂，听我的就是了。"

张宁是土生土长的大张庄人，今年三十八岁了，手里有两个羽绒服企业。腰里硬通过郑继刚副县长跟他熟了，关系越来越铁。

这天一大早，还不到六点钟，乔麦就起床做好了早饭，熬大米粥，鸡蛋炒咸菜。腰里硬嫌粥烫不吃了，抓起俩馒头和两个鸡蛋走了。

乔麦无意中听到了腰里硬和雁子的流言蜚语，极其恶毒，她心里不痛快，堵得慌，但又不能发作，只能强忍着吃完了饭，把两袋子鸭毛捆绑在自行车后座上，骑上直奔大张庄羽绒服厂。

乔麦家的鸭绒过去都是卖给贩子。她和雁子家的鸭毛是第一次进羽绒服厂。每次来送鸭毛，张宁必须要亲自验货，当他走到原料站准备验货的时候，第一眼看到乔麦，眼睛立刻就直了。王家寨竟然有这么漂亮的女人？乔麦不知道张宁为什么这样看着她。司机大哥着急了："张老板，你快点验货收货呀，还有下一个客户等着我哪。"张宁反应过来，一边继续盯着乔麦看一边语无伦次地说道："不用验货了……错不了，挺好的……挺好的……"

一个大雨天，张宁带着一个客户去食堂吃饭，酒喝多了点儿，客人顶着雨走了。他在食堂躲雨，王大翠闯进来了，一句话不说一屁股坐在了他的大腿上，脑袋往他的怀里扎，毛茸茸的头发撩拨得他浑身越来越燥热，嗓子眼干得要冒烟，有一只无形的大手操控着他一把抱起了王大翠放到了沙发上，缓缓地解开了她的衣扣。两个人就这样越过了那道红线，成了一对野鸳鸯。现在，王大翠跳下车，揪着张宁的手一再追问："你在这等谁呢？啊？说，你说嘛你说嘛……"张宁搪塞道："啊，我……我没等谁，去食堂忙吧，晚上陪我喝点儿啊。"王大翠信以为真上了车走了。

王大翠刚走没一会儿，乔麦驮着两袋子鸭绒进了门口，张宁立刻眉开眼笑心花怒放地迎了上去，说到结账，糊弄乔麦进了自己的办公室。

办公室空无一人。乔麦犹豫着不进，张宁推了她一下，咧嘴说道："乔麦，进来，进来，你累了吧，快擦擦汗。"

乔麦有些紧张，忙不迭地躲着张宁。

张宁郑重地说："乔麦，往后不让养鸭了，你就到我羽绒服厂当领班吧？"

乔麦说："我哪有这技术啊？"

张宁说着涎皮赖脸地凑近乔麦，闻到酒气，乔麦越躲，张宁离她越近，就要挨到一块了。乔麦一颗心狂跳不止，嘴里发干，干得使劲喊却喊不出声来，张宁已将乔麦压倒在身下了。

王决心跟着水牛来送鸭毛，水牛盯着过秤。王决心忽然听见一个熟悉的声音，多像乔麦的声音啊？他循着声音摸到了张宁的办公室。

王决心突然闯进来了，大喊了一声："乔麦，我来了！"他冲进去，将张宁打了一拳，营救了惶恐的乔麦。

乔麦从办公室出来，浑身微微颤抖，恐惧的眼神没着没落的。她感谢王决心为她解了围。

乔麦说她再也不自己来卖鸭绒了。

王决心和乔麦一起乘船回到王家寨，王永泰在码头看见了，鼻子不是鼻子脸不是脸，埋怨王决心怎么跟乔麦在一起。王决心说："爹，她在大张庄羽绒服厂碰上流氓了，我英雄救美了一把。"王永泰喊王决心去西大淀，他说老顺子在那里训练鱼鹰。白洋淀的土话，叫"熬大鹰"。

王永泰划船出了码头，大黑、二黑跟着飞来了。

第十九章　忍气吞声

酷夏，太阳蒸着白洋淀，阳光飞一般旋转，头顶的太阳热烘烘的。

王德志哐哐地敲响了乾德大钟，人们纷纷集中到老梨树下。

早晨，老梨树的树冠不能遮阳，太阳光折射到人的脸上，变成了红光。胡玉湖满脸通红，威风凛凛地站着。村主任、王决心、腰里硬站在胡玉湖身旁，其余的村民站在了对面。

黑压压一片人群，每个人脸上都充满期待。

胡玉湖心里清楚得很，眼前这些祖祖辈辈习惯于白洋淀上打鱼的乡亲们对渤海湾是陌生的。熟悉的是八十年代干淀时在渤海湾打鱼谋生的人。

胡玉湖的脸过去是黄白色，如今被晒成了古铜色。他挂着拐杖，向前挪了两步，眼睛红了："乡亲们啊，咱白洋淀水质污染，不能打鱼了，人不能被尿憋死，办法总是有的。日子苦也罢甜也罢，总得一天一天过下去。你们就要去渤海湾打鱼了，今天我代表王家寨村两委，给大家送行。其实，我不想说，还是应该说说。我的腿没有好，要是好了，我应该亲自送大家！"

大家的目光都集中到了胡玉湖的脸上。

人群一阵骚动，相互交头接耳。

胡玉湖看着王决心说："决心，你说两句吧！"王决心突然觉得眼前豁然一亮，刚一说话，嗓子哑了，难受地咽了口唾沫，大声说："乡亲们，白洋淀污染以来，大伙都很焦急，胡支书和村里领导啊，比我们还着急。老支书腿都这样了，还为我们奔波，找乡里，找县里，这说明了啥？说明党和政府心中装着咱老百姓啊！渤海都到了禁捕期了，为了我们有口饭吃，支书跑断了腿啊！"

腰里硬心中嘀咕："口才豪横啊？挺会溜须拍马的。"

王决心瞟了腰里硬一眼，继续说："有一个事咱得说说，上级特别批准让我们捕鱼，听着就感动。我们要懂得感恩，感谢谁啊，感谢党，感谢政府，感谢黄骅人民。人家渔民自己休渔期，借给我们渔船，借给我们渔网，让我们去捕鱼，听着我就落泪啊！没有组织出面，凭我们小老百姓谁能办到啊？我不啰嗦了，去海里打鱼的，跟我走。只要肯吃苦，保证让大家挣到钱，白洋淀蓄水了，我们就平安归来！"

人们是新奇和激动的表情，纷纷鼓掌。

乔麦挤出人群，竟然对王决心刮目相看。她很吃惊，王决心平时说嘎巴话厉害，竟然还会讲场面上的话。胡玉湖激动地鼓掌："决心讲得好，肺腑之言，大伙有干劲了吧？"人们大声喊："有！"胡玉湖看了腰里硬一眼。

腰里硬结巴着说："决心说了的，我就不再重复了。我们刚去了新发地，海鲜市场很火爆，价格我发给大家，想去新发地卖鱼的跟我走。还有啊，你们在海里打了鱼，也可以由我们来卖，这叫团结一致，共同发财！"

王德志嚷嚷着："大伙静一静，刚刚接到通知，县里派郑继刚副县长送你们去黄骅海边接头。多么重视啊，凭啥啊，就因为你们是白洋淀人了，大家事事要给白洋淀人争脸。第一组由王永泰、王决心父子带队去捕鱼，另一组由姚力英、姚大贵带队负责往北京新发地贩鱼。两个组，还有什么问题和要求吗？"

胡玉湖眼睛红了，说："这是权宜之计，大家理解啊，我表个态，白洋淀蓄了水，治理好污染，马上通知大家，我就是瘸腿也要亲自去接你们回家啊！"

人们又继续鼓掌，哗哗的掌声。

胡玉湖抬了抬手，揩了一下眼泪。

人群开始骚动，踢踏踢踏的响声。

王永泰和王决心身边围了个水泄不通。水牛站在了王决心身后，龇了龇牙。跟着腰里硬的站在他跟前保持一段距离。跟着老支书的簇拥着老支书说这说那。

乔麦站在原地不动，远远地站着，腰里硬的目光望着乔麦，期待着她能够站在自己身后，这样那些传言就会熄灭了。乔麦犹豫地站着，她的站队竟然成为新的焦点。王决心也望着乔麦，希望乔麦顺理成章地站到腰里硬身后。

姚哈喇喊："乔麦，快过来啊！"

乔麦呆呆地不动，过了一刻钟，乔麦竟然转身走了。

腰里硬哼了一声，失望地闭了眼。她几乎没有选择，她也没有必要选择，像她这样没有家庭地位的人，谈何选择啊？她唯一能够做的，就是当着众人独自回家。

咸鱼喊道："乔麦，去不去微山湖养鸭子啊？"

乔麦没有回头，心事重重地走了。两拨人说说笑笑，唯有她沉默不语，笑声渐渐远去了。污染了，鸭子养不成了，听说白洋淀新区即便把水治好了，也不让养殖了，让白洋淀的水更清更蓝。她说不清自己此刻是一种啥心情，也不知道自己此刻在想些啥，更不知道自己接下来要干些啥。她预感不妙，现在自己不该再待在这了。

羽绒服厂的遭遇，让乔麦对腰里硬非常寒心，但她敢怒不敢言，为了张家口崇礼的哥哥，只能忍耐忍耐再忍耐。这日子该咋过呢？她想到了好久没见到的爹娘，还有时刻惦念的哥哥乔木，想回一趟张家口崇礼探亲，顺便让他们帮着安排一下自己今后的生活。决定下来以后她就开始做准备，爹爱喝酒，娘爱吃核桃酥，哥爱抽烟，得给他们买好的、多买点，包括白洋淀特产熏鱼、炖鱼、双黄鸭蛋。她又想死去的儿子小苇秆儿了，她的幻觉里仿佛牵着儿子的手在走路。

乔麦心里就隐隐作痛，常常情不自禁喊他的名字，好像他还活着，眼泪就唰唰淌下来。

乔麦好不容易让自己安静下来，来到后院，到那棵苦楝树旁，愣愣地看着树干和枝叶，她看见一片光鲜的绿色，在夕阳下泛着金色的光芒。这棵枯败的苦楝树，就是乔麦的知己。这些日子里，乔麦天天都要去拥抱、依靠、抚摸，对它说心里话。一天，这一举动被腰里硬发现了，于是他每天抡起腰带在树上练准头，啪啪啪，直打得苦楝树落叶纷纷。乔麦急了："你打吧，打死它，死不了，干脆砍了它更好！给它一个痛快！"乔麦笑了，哈哈笑出了声。她是被气笑的，自己连有一个树朋友的权利都没有，我不再向世界抛眼泪了。

腰里硬也愣了，心想，你想让我把苦楝树打死，砍掉？我偏不！做你的梦去吧！

乔麦放鸭去了。

天色向晚，乔麦惴惴地回了家，走进家门的一刹那，耳鼓里立刻传进从大屋里发出的一串笑声，明显是打情骂俏声，是腰里硬和雁子的笑声。她的心头涌上一种不祥之感，断定腰里硬没干好事，顿时气得浑身发抖。

胡铁喊："嫂子回来了？"

腰里硬和雁子理亏，还是有些忌惮，装得一本正经起来。

乔麦进了房间，腰里硬已经穿好衣服。雁子红了脸想转身就走。

腰里硬拽住了她的胳膊说了句："雁子，你嫂子来了，我们一块吃煮饺子！"

腰里硬斜着眼看着乔麦，冷笑两声："我饿了，去给我们煮饺子去，快点儿。"

乔麦蔑视地哼了声，默默地煮饺子。

胡铁跟乔麦进厨房，观察着乔麦脸上的表情，劝慰道："别耷拉脸啊，你应该高兴才对，这说明大哥的男人魅力十足啊，我倒也想这样，可没女人乐意跟我啊！"

乔麦根本就不想搭理胡铁，姚丽蓉换亲嫁给了哥哥乔木，不就是胡铁穿针引线的结果吗？在此之前，胡铁一直想得到姚丽蓉，开始姚丽蓉死活不愿意，胡铁就软磨硬泡，还求腰里硬帮忙劝说。可姚丽蓉没给哥哥的面子。后来，姚丽蓉不知道因为啥终于答应了胡铁，胡铁却又不想娶姚丽蓉了，四处给她介绍对象。再后来，腰里硬和胡铁、泥鳅去张家口崇礼贩卖皮货，乔麦去市场上赶集挑选腰里硬卖的皮帽子，腰里硬立刻喜欢上了眼前这个身段好、长相端正的女子，就让胡铁拿着礼品登门提亲，乔麦不同意，胡铁了解到乔家还有个老光棍哥哥就提出用换亲的形式，才有了现在的结果。

过去，乔麦对胡铁的心绪很是复杂，说不清是不是应该感谢他使自己的哥哥娶上了老婆。苇秆儿死后，乔麦恨胡铁，恨泥鳅，冤枉了王决心，竟然是泥鳅撞死了苇秆儿，后来她恨泥鳅和雁子。之后，她自杀的那一刻，开始恨胡铁了，恨他导致自己嫁给了一个薄情寡义的家暴男人。胡铁感觉到乔麦不想说透，就抓了个西红柿咬着出去了，红色的汁液喷溅到墙壁上。

饺子在锅里滚动着。乔麦想起了远在家乡的哥哥乔木。他现在在老家的一家私营小煤矿井下当采煤工，腰里硬的妹妹姚丽蓉跟他过日子。乔麦想，也不知道现在哥跟嫂子过得咋样了，他们也该有个孩子了啊？

乔麦想着，锅里的水潽了出来。她小心翼翼地煮饺子，生怕挨揍，弥漫的热气遮盖住了她的脸，将她的身影吞噬得若隐若现。不知怎么的，一张棱角分明的脸、只要激昂便要伸出铁拳的男人浮现在眼前，越来越清晰。他是王决心啊，她的心房立刻扑腾腾一阵乱颤，禁不住责骂自己：怎么突然想起别人家男人来了呢？乔麦你要不要个脸啊？这样骂完了却还是继续浮现，赶也赶不走。紧跟着，眼前开始不住地浮现那天在羽绒服厂院子里自己被张宁欺辱的时候，王决心挺身而出搭救的情形，她没有想到王决心会救她，内心对王决心充满感激。想到王决心就要带着乡亲们奔赴渤海湾上打鱼，从心底里祈祷他和乡亲们平平安安顺顺利利……

天还蒙蒙亮，远远近近的景物依稀可辨，乔麦悄悄爬起身来到厨房，打开冰箱拿出昨晚做好的干粮用一块花布包好，准备回崇礼老家。

"咣咣咣……"钟声响了。

乔麦知道王决心他们奔赴渤海湾打鱼的队伍就要出发了。乔麦想去给王决心、王永泰送行后再回老家。想了想，从花布包里拿出一篮子煮鸭蛋揣进怀里跑出了家门。

王决心告别了铃铛奶奶，王永山和小洒锦过来了，王永泰叮嘱了

223

所有事，王决心他们就出门了。王决心有点怅然若失，还像缺少了什么，其实，他不知道等待什么，朱环的影子荡然无存了，心中没有女人真是空落落的，他需要到大海里排解忧愁。黄狗淀子最懂主人的心思，嗓子眼里呜呜咽咽地低鸣着蹭着主人的腿。王决心低下头拍拍淀子的小脑袋，水牛站在旁边不说一句话，就是想摸摸底。

水牛喊道："三哥，胡支书叫你哪。"王决心顺着水牛手指的方向看去，胡玉湖正站在老梨树下朝他这招着手，他的身边站着郑继刚。

摆渡船是王德志花钱租来的。

"支书，啥事啊？"王决心抹着脑门上的汗水问道，同时，对郑继刚点了个头。

胡玉湖捏住决心的肩膀，说道："别嫌叔唠叨，安全重于泰山，带出去的乡亲回来的时候一个都不能少！"

王决心感到肩膀上沉甸甸的，庄重地点点头："叔，你的话我都刻在心里头了，啥时候也不敢忘了！"

王永泰看见郑县长走过来了，但注意力没在他身上，而是正在为大黑、二黑迟迟没有飞回来焦躁不安。王永泰就自言自语："这俩小畜生不会是出啥事了吧？可今儿个这是咋的了呢？"

郑继刚已经看出了王永泰的心思，安慰道："大黑、二黑那么灵性，不会出啥意外的，大叔你就放宽心吧。"

王永泰叹了口气看着亮堂堂的天空，说道："上渤海湾我可不能没有它俩呀！"

王决心望着王永泰说："爹，别让人笑话，大海里可是没有鱼鹰逮鱼的！"他说着，抬头看看天色，看看等候出发的乡亲们，老梨树和千年大钟进入他的视野的时候，刹那间，他感到浑身剧烈一凛，有一股子向上升腾的力量。淀子都跟着主人高高昂起了头。突然，他的耳畔响起乔麦一句赞叹："不赖呆！"王决心循声看清是乔麦，不由得一怔，不知道乔麦这是在夸谁。

乔麦笑着跟王决心招手。

王决心一愣，望向胡玉湖。胡玉湖示意让他过去，乔麦走到王决心跟前，递给他一篮子鸭蛋："那天在羽绒服厂，谢谢你帮忙。听说你和大伯去渤海打鱼了，拿着，咸鸭蛋，到船上吃。"王决心呆愣着不好意思去接。

乔麦说："拿着啊，你跟大伯路上吃。"

王决心脸上红涨涨的，支吾说："你的心意领了，我不能收，腰里硬知道了会为难你的。我走了，你多多保重啊！"

乔麦仰了脸，嘱咐说："海上风急浪大，你们可是多多小心啊，平安归来！"

王决心心中一热，动情地说："谢谢乔麦，我就是顶风噎浪的命，会活着归来的！乔麦，我一直没有机会跟你说说话，苇秆儿没了，听说你又……我是说，你要好好活着。有事找杨牧仁和孙小萍聊聊，你可不能再干傻事了！人这辈子遇到沟沟坎坎，不可怕，不管咋样，都要闯过去！"

"嗯。"乔麦眼圈红了，点点头，转身离去。

乔麦轻轻地走着，脚下跟着几只柴鸡，留下闪光的、清晰的趾印。直到她的倩影被一片绿油油的向日葵遮住，花粉落满她的肩头。

王决心凝望着她的身影消失了。

王永泰喊了一声："走咧！"

王决心背着包裹，大步朝老船走去。淀子箭一样蹿上了船。

第二十章　启蒙的季节

这天上午，杨牧仁来到了胡玉湖家。

王永山在胡玉湖家喝茶呢。杨牧仁坐下来，张翠青递来一杯茶，忽然问了杨牧仁一个问题："杨院长，你为啥还俗了啊？"

杨牧仁想了想，说："如今的人啊，拜佛的人，基本都是拜自己的欲望，对菩萨都有所求。菩萨是普度众生的，满足每个人的欲望，欲壑难填，菩萨基本做不到。既然不能普度众生，还不如还俗人间啊。"

王永山似乎有所感悟，说："牧仁所言极是。人啊，很难摆脱七情六欲的，超拔的精神在远方。在王家寨，活得最明白的人是牧仁兄啊！"

杨牧仁轻轻摇头："在王家寨，不，在人世间活得最明白的人不是我，是我娘铃铛啊！在家敬父母，何必远烧香？"

胡玉湖一愣："老人没有跟我们说什么啊。"杨牧仁摇头说："她不与你说，那是她不想说。我单独与老娘谈话，芸芸众生，鱼老成精，人老成仙。"王永山一愣："是吗？对我娘还得刮目相看啊！"杨牧仁说："老娘百年之后，我如果活着，铃铛老娘叮嘱我替她主持丧葬礼仪，还要公布一个秘密。"胡玉湖好奇地问："什么秘密啊？能不能透露一下。"杨牧仁说："不能说，这是我与娘之间的一个约定。"

院里的狗叫了，张翠青出去喝住狗，将乔麦迎了进来。

乔麦的左脸伤了，裹着一块纱布。她最近太别扭了，精神恍惚，产生了错觉，不慎跌了一跤，将左脸擦伤了一块。擦伤的脸渗血，血迹斑斑，她对着镜子擦了脸上的血还用碘酒消了毒。乔麦不好意思地望着大家，拘谨地说："昨天不慎跌了一跤，脸擦伤了。"胡玉湖说："这次不是腰里硬打的吧？"乔麦摇头说："这次真的不是。"胡玉湖说："孩子，脸上擦伤好治，心里的伤不好医治。牧仁是自家人，你别拘束，把心里的苦水都倒出来吧，牧仁会心理疏导，然后你按牧仁说的做啊！"

杨牧仁将乔麦带到一个房间，两人开始了一次对话。

杨牧仁语调深沉地说："你丈夫是个狠人，极大地控制了你、伤害你。"

乔麦木然地望着杨牧仁，点点头。

杨牧仁说："你丈夫对你不好，但是对儿子还好。你们的儿子没了，他也很伤心。当初，你原生家庭的阴影带到了王家寨，先说你丈夫，你的美丽吸引着他，你的善良放纵了他。你的善良和忍让，怂恿了他对你变本加厉地伤害。夫妻哪有没有一点感情的，有时候他对你忏悔的时候，你是悲悯的。"

乔麦长长地叹着一口气，久久不能平静。

杨牧仁说："我看出来了，你爱哥哥，而答应换亲，换亲之后想为家人构筑一道防护网，一不小心，作茧自缚，不但帮不了家人，还会困住了自己。你是善良人，你的善良必须有点锋芒，就像一把青铜宝剑，即便不出剑，寒气却笼罩在剑锋。你懂我说的话吗？"

乔麦身体一颤，抬手抹起了眼泪："先生，我懂，可是属于我的那把宝剑在哪儿？您看我还有救吗？"

杨牧仁说："宝剑在你自己的手上，只是没有利用而已。"

乔麦一愣，看看自己的双手："我自己手上？没有啊！"

杨牧仁感慨地说："面对人生的困境，有人选择死亡，这不是勇敢，这是逃避。你要选择活着，好好活着，在自我救赎中找到你自己。其实，你不要面面俱到，靠自己与苦难和解，与敌人和解，与自己和解，如果你想与你的丈夫和解，首先跟自己和解。其实，人生就是一场自我救赎过程。谁能救赎你的灵魂？唯有你自己，自度与释怀，才能离苦得乐，每个人都有这个问题啊！"

乔麦豁然开朗了。门开了，空调的寒气渐渐渗透到她的皮肤上，凉得起了一层鸡皮疙瘩。

杨牧仁说："尘世嘈嘈，沉沉浮浮，愿你我都在心间种一朵莲花，寻一处清静与安宁。"

乔麦突然间想通了什么，脑袋轰然一响，掩饰不住脸上的高兴，却一声不响。乔麦望着上空寂静的蓝天想，许多时候，生活的残酷会考验你的内心，当你无助，濒临绝境，心里的力量能不能支撑你扛过这一关？

乔麦要找个没人的地方，号啕大哭一场。

孙小萍听说杨牧仁开导了乔麦，她有些担心，杨牧仁仅仅用"儒释道"的国学理论安慰乔麦，这是不负责任的。她决心跟乔麦好好聊聊，她真心想帮助乔麦。

这天上午，静静的书院只有三两个看书人，极为安静。小雨刚过，天气又转暖了。鸟们在书院上空啁啾，乌鸦在远处的灰堆里觅食，不敢靠近书院。孙小萍约好乔麦在大乐书院见面。杨牧仁的谈话，仅仅是让她心灵安静一些，乔麦正期盼着有一个真正帮助自己走出困境的人，她认可孙小萍。鸭子不能再养了，得转型，干什么呢？她迷茫，如今缺乏资金，更缺乏自信，孙小萍的启发和鼓励让乔麦看到了一线生机。

孙小萍看着乔麦，把手伸过去拉住了乔麦的手，小心翼翼地说："乔麦，我了解你过去的一切，你吃了那么多的苦，从换亲，到结婚后的家暴，之后又失去了心爱的儿子，你那么善良、隐忍，命运对你太不公平了，但我相信你所有吃的苦和受的罪都是为成就将来不一样的一个你，相信我，打起精神，我们一起努力，好吗？按老话讲，宁拆十座庙，不拆一桩婚，但是，就你的情况，婚姻已经严重影响了事业，跟腰里硬多待一天，都是在浪费青春和生命。"

"小萍，你的意思是？"乔麦问。

孙小萍坚定地说："你们应该分开了。"

乔麦一双大眼睛看着孙小萍，弱弱地说："这离婚的事儿，哪有那么简单？听天由命吧。"孙小萍说："你过去忍耐是为了儿子，如今是为了哥哥。苇秆儿已经走了，你还忍气吞声，实在是委屈自己，经历这么多的苦难和挫折，你早该醒醒了，请问你快乐吗？其实这个答案我早就知道，你的存在和隐忍是为了换取你哥哥的幸福和安宁，你太善良了。"

乔麦心里一颤，孙小萍说得对，她的隐忍就是为了换取哥哥的幸福和平安。

乔麦神情猛地紧张起来，她觉得孙小萍的话说到她的骨子里了，她迟疑了一下，眼圈红了："离婚我也想过，但是我心里就是怕，也不敢尝试走这一步，有时候心里很乱很乱。我担心腰里硬不会放过我的家人。我真是天生命苦啊！"

乔麦感到浑身一冷，下意识用双手抱住了自己的肩膀。

孙小萍说："女人有很多生存的方式，有小鸟依人小情小爱的，也有女强人型的，你看着柔弱，但你骨子里就有那么一股劲是别人没有的，你真的可以尝试走出去，我相信你。"说完孙小萍使劲攥了攥乔麦的手，仿佛在给她勇气和力量。

乔麦谦逊地说："小萍妹妹过奖了，我文化不高，也没有什么见识，让我走出王家寨，让我从事新的行业，我真的没有这个勇气和能力。"孙小萍鼓劲说："你能行，回家好好想一想我说的话有没有道理。既然知道了结果，何必再耗费精力呢？这个世界上，真正能够救你的，只有你自己！"

"谢谢小萍！"乔麦点了点头。

王永山带给他们一个好消息，引黄济淀工程重新开工了，黄河水就要引到白洋淀了。

"好啊，有水就能够回家打鱼了。"王永泰高兴地说。

晚秋的太阳很烈。海边已经凉了，王决心的渔船刚刚从海里拢岸。

海风湿漉漉地吹着。王决心和乡亲们正在海边投放鱼笼，冷风一吹，起了一身鸡皮疙瘩。这时候，王决心听水牛说，水牛看见腰里硬带着几个人在海边卖羽绒服。

王决心一提腰里硬就来气。他忽然接到笀篱村赵霞的电话，赵霞警告说:"我给你打这个电话想告诉你一个秘密。"王决心一愣,问:"啥秘密啊?"赵霞说:"有人看见胡铁在家禽市场上买走了不少鸡毛,是腰里硬的主意。"王决心没琢磨出,他们买那么多鸡毛干啥用?做鸡毛掸子?他蒙着,琢磨不出来。

第二天,大伙驾着大船回港。海面上起风了,一阵冷似一阵。王决心新买来的羽绒服立刻派上了用场,穿上了,身上暖和起来。回到了港口,王决心正在泊船,老顺子两手抱着肩膀头,哆嗦着走过来了,说道:"我说决心哪,我咋觉着这羽绒服不抗风呢?都说暖和,我咋还这么冷呢?是不是我要发烧?"

王决心伸手摸了摸他的脑门:"不热呀,老顺叔你感觉身上哪不舒服啊?"

二球子咔嚓一声,撕开了羽绒服,连连叫喊道:"娘呀,这好像不是鸭绒的吧?"

老顺子凑过去问:"二球子,喊啥哪?"

二球子举着羽绒服说:"二舅,你快过来瞅瞅,羽绒服里头塞了不少鸡毛。"

王决心一听赶紧和老顺子跑了过去接过羽绒服细看,果然是鸡毛。王决心问二球子:"你咋知道有鸡毛的?"二球子说:"刚才我正在泊船,羽绒服被铁锚钩开了一道口子,里头的毛飞了出来,我就发现不对劲了。"

乡亲们纷纷围拢过来,气愤地大骂腰里硬。

结果,有多一半的羽绒服掺了鸡毛。这下子渔民们都火了,嚷嚷着回村找腰里硬算账去。

王决心回了一趟王家寨,找到了胡玉湖。胡玉湖听说腰里硬没有去北京新发地卖鱼,通过大张庄羽绒服厂老板张宁,承包了张宁的一个车间。苇帘厂业务停了,开始生产羽绒服了。胡玉湖将腰里硬叫到办公室,仔细核实。

王决心大声喊:"哎呀,老支书,甭跟他废话了。我问你,你往羽绒服里头掺鸡毛骗钱,咋个认罪法?"

腰里硬心里咯噔一下子,头晕目眩:"这是经营策略,怎么扯到法律上？"

胡玉湖啪地一拍桌子，吼道："姚力英，你给我放老实点儿！有人想举报给工商局叫决心给安抚住了，你还在这狡辩？"

腰里硬塌了腰，慢悠悠地说："我承认，拿鸡毛充鸭毛做羽绒服是我不对。但你也知道如今赚钱不容易，成本忒大，我也是……"

胡玉湖打断他的话说道："别往下说了，说这些没用，今儿个我代表党支部严肃地告诉你，你必须一分不少地如数退给乡亲们买羽绒服的钱。然后，你还要在全村人面前作一次深刻的检讨，就不往上举报你了，听清楚了吧？"

腰里硬说："叔，检讨就别作了吧，你叫我们老姚家人的脸往哪搁呀，哪怕多赔点钱我也干哪！"

胡玉湖大手一挥，说："不行，这是原则！"

腰里硬两手按在了腰里的大皮带上，瞪视着王决心，恨得咬牙切齿。

在胡玉湖亲自监督下，腰里硬将一百五十件羽绒服的差价钱，不情愿地递给了王决心。

第二天上午，王决心趁着腰里硬拿着钱到渤海边给乡亲们赔钱道歉的机会，让当地渔民将腰里硬扣了起来，渔民拿一条绳子从他身后下手，三下五除二就给绑了起来。

腰里硬突然看见了王决心的身影，嘟嘟囔囔，骂了一句。

王决心回骂了他一句："绑上再说，让你去根儿。你站在这好好吃吃海风吧，尝尝造假的后果。我看你还能豪横起来吗？"说完，将他绑在一根桅杆上转身进了船舱。

腰里硬不再嚎叫。他也没有想到王决心会在海边来这一手。早知道就求胡玉湖支书一起来了。船上的乡亲们偷偷窥视着他遭罪，捂着嘴巴尽情地笑个不停。

王永泰几次想去给腰里硬松绑，都被王决心给拦住了："爹，你别管，这家伙作恶多端，必须收拾收拾这小子。你甭怕，理亏在他，他不敢闹，他要再闹我就报警告他诈骗！"

王永泰叹口气，还是犯嘀咕。

第二天早晨，天刚放亮的时候，腰里硬被冻了一夜，腰杆也塌下来了，浑身已经被冻麻了，嘴巴张开了。王决心担心他出事，夜里起来两次看他，他有一阵还打了呼噜。

王决心打着哈欠，慢慢走到腰里硬跟前，笑逐颜开："咋样啊，海风好吃吧？还豪横吗？"

腰里硬青黑的脸更青了，哆哆嗦嗦。

王决心返回船舱拎出一件羽绒服，让水牛给腰里硬松了绑，然后亲自给一屁股瘫坐在甲板上的他披上，说道："先暖和暖和，放心穿吧，这不是你卖的鸡毛羽绒服。早饭一会儿就得，想吃就等着啊。"

腰里硬一把扯下羽绒服，抬腿踢到一边，恶狠狠地瞪视了王决心，硬撑着要下船。

腰里硬哼一声走了，王永泰脸上的愁云一扫而光。老顺子他们围拢过来纷纷夸奖决心干得好，替大伙狠狠出了一口气。王决心挺得意地说："对付这种人，光讲大道理不行，得以牙还牙，用他明白的方式教育他！"

王决心接到胡玉湖的电话，说引黄济淀工程进展顺利，白洋淀很快就蓄水了，让他们做好回家的准备。大家分外高兴，可是，最后出海还遇到一次险情。

起浪了，太阳在海浪头上一滚，跳着跳着就被海水吃了，但海上还是积着一弯浑厚的暗红，王决心看见海天交界处像烧着了一样，大浪掀出哐哐巨响，在如烟似梦的癫狂里，把大船的龙骨撞得哐哐直响。王决心眼睛直了，看了王永泰一眼。王决心有些傲气和目空一切，此刻双腿也软软的。这样的景观他还是第一次看见。水牛吓得直吸冷气："天啊，三哥，你看这是啥情况？"王决心说："风暴潮来了，天气预报说夜里退潮有大风，咋提前来了？"迷乱的海水撞击着船板，船体歪歪斜斜了。风大的时候，王永泰喊了一句："决心，快落帆吧。"王决心呱嗒嗒落下了船帆，机帆船在大风时调整不好帆，还不如落下来。船帆落下以后，船体平稳多了。浪头就像一朵朵开败了的白色花儿，涌起又落下。大船跌跌宕宕，王决心嗅到了一股浓郁的海腥气，顿时，风又将远处人们的惊叫吹过来。王决心赶紧用手机联系那几条船。王永泰说："让他们赶紧回海港吧。"他在白洋淀打鱼，从来没有遇见过这么大的风浪。王决心在电话里吼着，他的胸脯挤在舱门，似乎有一种无名的火往外蹿，嗓子眼火辣辣的。

"水鬼子，这是啥情况啊？"老顺子心存疑惑地问。

王永泰吼了一句："风暴潮，快落帆，赶紧回吧！"

老顺子怪模怪样地笑了，很陶醉的样子。

王永泰骂："这狗东西还笑呢。你小子小心被海鬼抓了去，赶紧走吧，前边就是鬼浪滩啦！"

王决心听当地渔民讲过，如果船闯鬼浪滩，一般都要把船上的鱼虾扔在海里，船越轻越好。他摸了摸满筐的虾、蟹和海蜇，心里真的舍不得。一个大浪哗地拍过来。

水牛惊叫一声，王决心撸着水涝涝的脑袋，看见海面上异常模糊，冷风与海浪堆起一道道高高的水墙，一颠一颠，船被挤压得嘎嘎裂响，仿佛随时要散架。远处的船都往回走，滚来滚去，颠颠荡荡。王永泰将满筐的海鲜哗啦啦扔进海里，然后抹了一把老泪。

王决心真的心疼，水牛哭了。

一个浪头劈头盖脸地扑来，王决心晕头转向，嘴里又咸又湿。王决心喊了一句："顺子叔，怎么啦？船怎么不走了？"老顺子焦急地说："他娘的，越渴越吃盐，熄火了，熄火了。"王永泰探头说："你的船桨可能缠上了海藻或是渔网。"老顺子的船被浪头覆盖，看不见人，只有恐怖的声音传出，有点像哭声。王决心喊："顺子叔，怎么样，赶紧打火，掉头走吧。"王永泰头晕了，剧烈咳嗽起来。王决心听见声音回到机舱里，要替爹开船，王永泰急切地吼："甭管我，看看老顺子他们，船出毛病了。"王决心和水牛赶紧喊老顺子。王永泰依然很沉着，控制着船头，准备冲鬼浪滩了。

王决心相信爹的驾船经验。他们的船蹿过几个浪头，老顺子的船露头了，船桨被海藻缠住了，老顺子和几个人都慌乱无比。

王决心大声喊："大叔别急，我跳下去，摘海藻啊！"老顺子和船员个个呆愣，满脸恐惧。王决心骂了一句，扑通一声跳进了海里，冲到老顺子船底，钻进去伸手揪着海藻，不仅是海藻还有旧渔网。王永泰从驾驶楼出来，他和水牛担心地望着水面。海面没有人影，亮出一道亮亮的晕光。老顺子被王决心的义举瞬间感动了。王决心摘开了渔网，又一把一把地揪着海藻。

王永泰脸色严峻了，他担心决心一人弄不过来，然后他看着水牛。水牛明白了，喊道："哥，我跳下去帮你。"王决心露头了，喊："别下来。"水牛已经脱了上衣，试了一下，胆怯了，缩头缩脑退回来了。船体一摇，水牛跌倒在船板上。王决心嘲笑水牛："尿了吧？你小子白读《荆轲传》了。"

水牛一阵恶心，有一种落败感。水牛伸着脚，脚突然抽筋了，王决心狠狠推了他屁股一把，水牛爬起来。

水牛跪在船板上，吐了一摊海水。

秋天的螃蟹肥。王永泰、王决心和乡亲们的大船乘风破浪，挣钱都挣得手软。突然，王决心接到了胡玉湖的电话，让他们赶紧回到白洋淀，引黄入淀工程要村里出义务工。大船抛了锚，吃了晚饭，老顺子、水牛等人都聚拢到王永泰居住的草屋里。大家都听说回家的消息，却没有人兴高采烈。王永泰胡子没刮，吧嗒着烟，腾腾烟雾罩住他的脸。王永泰生气地说："海鲜正肥，每天一船货，出手就是六百块钱啊！啥年代了，还出义务工？"

"唉，谁说不是呢！"老顺子说。

王永泰默默的，不吭声。

王决心催促说："爹，你倒是拿个态度啊！"

"我心里正烦，没态度。"王永泰狠狠白了王决心一眼，倔倔地吼，"这个胡玉湖，来也是他，回也是他。站着说话不腰疼。"

王决心说："出义务工，不正常吗？我们为啥背井离乡到大海里啊？还不是因为白洋淀大旱啊？黄河水来了，白洋淀新区就活了。我奶奶就说过，解放前，老百姓经常出义务工，解放后还是出义务工啊。挖河道，筑大堤，回去让奶奶给你讲一讲，听奶奶讲的故事，您心口就不堵了，人啊，还得有点精神。"他说得有点冲动，冲动使他口渴，抓起一瓶矿泉水咕咚咕咚地灌。

老顺子的两道眉也拧成了疙瘩，叹息说："永泰老哥，决心说得在理，回家吧，别上火，自己给自己长一回脸！"

王决心说："我们普通人，挣的是辛苦钱。谁都知道钱好，眼睁睁瞅着钱跑了，谁不心疼。可是，我们得来回想，眼下咱村集体经济是个空架子，新区花钱的地方多，引黄工程又急，我们不干谁干？"

王永泰嘟囔说："你小子又来逞能！"

"啥叫逞能？有种有根，无种不生。我是白洋淀的种儿，咱自己得给自己长脸！"王决心吼道。

王决心他们从黄骅港回到了白洋淀。

王永泰他们进了家门，铃铛老人想念他们，望着王永泰和王决心的脸，咕哝着说："我梦见你们回家来了！"

第二十一章　义务工

晚饭后，村里召开义务工动员会。

炖鱼的香气从鱼丸店飘出，流得满街都是。王决心吃了饭走出家门，闻到了鱼丸子的香味。今天村里开会报名参加小白河工程义务工。他提前赶到了村委会，王永泰和老顺子后脚也到了。王决心吃晚饭的时候，跟爹闹了别扭，成心不跟爹一块来。天光虽然暗，淀上的一泓清水，隐隐透着一些光亮，天上挂着一钩黄色的月牙，月牙透过薄雾照过来，王决心脸一半是黑的。他在村委会门前望了一阵大淀，村庄的倒影便浸在溶溶月色里了。风吹着树叶和苇叶儿哗哗响，细听，蛐蛐也在鸣叫。

"决心，你来得这么早？"孙小萍喊。

"小萍，你也要去排干渠工地吗？"

孙小萍笑道："女孩就不能去吗？"

"当然，你孙小萍是谁啊？你是王家寨冉冉上升的新星了。"王决心说。

他跟孙小萍学会了用脑子琢磨问题，他喜欢跟她探讨问题。

人们懒散地聚拢过来。

会议室晃着众多人的脑袋。人们喜欢抽烟，人声嘈杂，烟雾缭绕。会议开始了，孙小萍喊："大家都把烟掐掉，以后开会不准吸烟！"王德志吓得吐舌头，将烟头蹭在鞋底。

胡玉湖大声喊道："大家静一静，小萍说得对，吸烟有害健康，以后就执行啊。"

叽叽喳喳的声音停了，一片鞋底响。

王决心望着胡玉湖的脸。胡玉湖说："感谢大家，无论是海里打鱼的，还是新发地卖鱼的，还是养鸭的，一招呼就回来了，说明王家寨农民有觉悟。这次引黄济淀出义务工的事儿，德志先跟大家讲一讲。"

王德志仰了脸说："我们村出工指标一百三十人，地点在小白河和排干渠交界地带。现在政府有困难，需要大家做一些奉献，不光我们村里出，沿线各村都要出义务工，我们王家寨不能落后啊。"

腰里硬忽然喊了一嗓子："白洋淀大旱，污染，大家生活本来就有困难，还出义务工？都啥年代了，哪个领导出的馊主意？"

"腰里硬，闭上你的乌鸦嘴！"王德志说。

王永泰咳了咳想说话，看见腰里硬挑了头，闷头不吭声了。但他内心里依然是矛盾的。海里的虾蟹正肥，大家忽然被叫回来确实损失不小，犹如身上割肉。

胡玉湖觉得思想发动越彻底，动员的人数越多，他补充说："出义务工，党员带头，群众跟进。大家想一想，八十年代，白洋淀饱受干淀之苦啊，党和政府做了多少尝试啊？引黄河水是国家工程，黄河水来了，水就是财，不管以后让不让打鱼，黄河水来了，大伙儿瞅着干净，这可是给我们自己家里干活！"姚哈喇噘着嘴说："水好不好，又不顶吃，不顶喝。出工不给钱，亏你们干部还想得出。"

王德志让大家签字报名的时候，一时肃静。

鱼鹰吱吱叫声，敲击着每个人的心。

忽然，王决心第一个站了起来，说："啥话也不说了，我来报名！"

人们惊讶地望着王决心。

王德志竖起大拇指，说："看看人家王决心，好样的！决心，你说两句吧。"

王决心望了王永泰，看了看大伙，胸腔像火烧似的发烫："靠山吃山，靠水吃水，我们靠的是白洋淀。没有好水我们吃啥？我们在渤海打鱼，那也是背井离乡，权宜之计，尽管每天一条船能多进个六七百块，可是，那不是我们的家，鱼虾再肥，我宁可不挣钱也要回来，白洋淀人不能丢在钱眼里，人得有点精神的，大伙说是不是？"

"是啊，说明党和政府没有拿咱老百姓当外人，鱼水情深啊。"咸鱼躲在暗处喊了一嗓子。

王永泰伸着青筋暴突的手，抓了抓脑袋，忍不住问："玉湖支书，这黄河水来了，淀上的污染就会缓解吗？"胡玉湖点点头，说："当然啦，枣林大闸一泄水，黄河水补进来，白洋淀水质立马改观。"老顺子问："污染好了，还能打鱼不？"胡玉湖摇了摇头："这不好说，据说白洋淀沿岸所有的村庄都要收船，转型，再说了，水不就是财吗？"姚哈喇吐出一口痰，说："又吹牛，画饼充饥，不打鱼不养鸭，吃啥喝啥啊？"胡玉湖扬了扬手，说："这是国家的规定，听政府的，跟党走，没有错儿。有一点大家放心，水清了，环境好了，我们不是照样有饭吃吗？"王永泰哼哼了一声，喊道："你个胡玉湖，又给我们画大饼，开空头支票吧，你干点实事行不行？村里出点钱难道不行吗？"胡玉湖说："村集体没有钱，这你是知道的。以后啊，要想办法加强村集体经济啦！"王永泰还要说话，王决心忍不住了，拽了一下爹的胳膊，说："爹，你少说两句。这个时候，需要给大家鼓劲儿。"王永泰的脸在阴影里，瞪着他说："谁也别唱高调，钱就是血，没有血能有劲儿吗？"王决心急眼了："如今生活好了，活着就有劲，人吃五谷杂粮、大鱼大肉的能没有劲吗？"王永泰骂："不说话难受啊？你小子一边待着去。"

王决心犟嘴说："您是老党员了，整天怨这怨那，该成怨妇了，我就烦您这点！"

王永泰怒了："你小子不就是个治保主任吗？还成精了？我还烦你呢！"

乔麦努努嘴，低头在王决心身边悄悄说："决心，你爹不是为自个儿，他是盼着乡亲们都富了，心里的疙瘩才会解开。"王决心看见乔麦劝他，就不吭声了。

腰里硬的余光瞟见了乔麦跟王决心咬耳朵，心里的火气就蹿上来了，喊："王老三，反了你啦，你想出风头，别跟你爹发火。你小子口口声声说不为钱，村里哪个人不知道，当年你卖鱼往鱼肚子里打水，还不是想挣黑心钱啊？"

王决心急了，冲到腰里硬身边。

胡玉湖喝道："腰里硬，说啥话呢，那是哪年的事啊？当时人家决心已经给村民道歉了，揭人不揭短，打人不打脸嘛。"王决心瞪了他一眼，因为给鱼注水的错误，他心里的这个地方硬不起来，强撑着喊："支书，我这张脸皮糙肉厚，不怕打。腰里硬，你干的缺德事，还用我说吗？扯远了没意思，你赶紧报名吧。"说着，他在王德志的本上签了字，放下笔继续说："老少爷们，新区成立了，我们不能无动于衷，到了关键时候，为啥叫义务，就是引水是我们的义务，为咱白洋淀就得豁出点来，王家寨人不能落后。"他说完扭身要走。

腰里硬说："别走哇，你小子不就是为了出风头吗？你心里真是这么想的？"

王决心扭回头，一句噎人的话，将腰里硬顶得撞南墙："腰里硬，你可以当逃兵，没人强迫你！"腰里硬吼道："老子报名，姚家的劳动力都报名，到工地咱比一比，王家和姚家哪个骨头硬！"胡玉湖喊道："打人不打脸，骂人不揭短。年轻人犯了错误，改了就是好同志。"王永泰看不过眼了，站起身来说："腰里硬，你哪个狗眼看见王决心给鱼注水啦？那是我老汉干的。"王决心阻拦说："爹，没您的事，我敢作敢当，大家都知道，我娘没得早，我爹打不着鱼，没鱼就换不来粮食。奶奶饿得不行了，为了多换点粮食。那一年我十七岁，犯了错误，我有罪，我对着村里大喇叭跟村民道歉了！爹，我后来改了吧？"王永泰点点头，泪水从眼里涌了出来。王德志瞪着腰里硬："跑题了，跑题了，别说过去陈谷子烂芝麻的事儿了，腰里硬，你往黄骅渤海卖羽绒服的事，还用在这说吗？"水牛起哄："对啊，说说吧。"腰里硬脸红一阵白一阵，翻着眼睛。胡玉湖挥着手喊："别闹了，腰里硬，你到底去还是不去？"

腰里硬青着脸，心里做着斗争，黑嘴唇露出了白牙齿："老子去，凭啥不去，老姚家人有种的都去！"

王决心狡黠一笑："好，别反悔啊，到了工地咱比一比，王家人和姚家人谁的胸怀大、谁的骨头硬。"

腰里硬气势汹汹地说："好，比就比，不过，胡支书，不能让王老三当突击队长啊，这个突击队长应该我来干，大伙说呢？"

乡亲们默默地不吭声。

王决心嘿嘿地笑："腰里硬，你说啥话？你当队长我没意见，不跟你争长论短，只要你去就行。"

腰里硬眼里闪过一丝愤怒的光："你能干啥？糊里糊涂把我们带进泥沟里。"

散会之后，腰里硬犹犹豫豫，嘟囔说："如果王决心当队长，我有意见。"

胡玉湖说："有意见也要保留！"

王德志统计了一下人数，没有凑齐一百三十人。年轻劳力都到城里挣钱去了。村里哪有那么多年轻人？数字报到乡里，乡里报到县里。郑继刚副县长给胡玉湖打电话："老胡，别的村里凑齐了，王家寨落后了，赶紧找人，村里花钱雇人也行。赵国栋书记急了眼，这事弄不好吃不了兜着走！"

胡玉湖心里怦怦乱跳，脸上火烧一般。怎么办？胡玉湖忽然心生计谋，利用姚王两家矛盾来了个激将法，他对王决心说，姚家的人可是超过王家的人了，让他再找点人。胡玉湖又对腰里硬说，王家的人比他们姚家的人积极，催他赶紧凑人。

胡玉湖两边一忽悠，两个家族又凑过来五十多人。这可是费了吃奶的力气了。

第二十二章　王决心引水记

鸡叫头遍，王决心摸黑爬起来，来到了任丘小白河工地住了下来。几排灰色的工棚已经搭好，他们干了一天活，除了累，愁事也随之而来。晚上也不得放松，还要听省水利厅马永力技术员讲课。

马技术员讲课的时候，王决心和水牛睡着了，王决心居然打起了呼噜。

腰里硬冷笑两声："这个王老三啊！"

王决心被腰里硬捅醒了，抬头看见马技术员一脸严肃地站在身边，龇牙一笑。

马技术员吼道："你们睡大觉，还怎么挖好泥井？下课！"说完把黑板擦一拍。

水牛当即被震醒了。

马技术员一走，水牛嚷嚷着打牌，有人嚷嚷着洗澡，马技术员又转身回来了，愤怒地说："都站住，成何体统？打牌能解决工地上的地漏问题吗？应该教育你们农民，我怎么教育你们好呢？"

王决心有些气恼："你老家不是端村吗？你不是农民吗？刚几天脑袋不顶芦苇花啦？我们不是小孩子，不用你教育。我们凭力气吃饭。"

马技术员板脸说："你还挺横，你们在帮倒忙，不听讲座，胡乱挖土，那是危险的，不端正态度，黄河水能来吗？即便来了，也会漏光的，出现问题你们吃不了兜着走！"水牛火了："你凭啥冲我哥发火？

你懂技术你来干，我们不拿你一分钱，我们是义务工。"马技术员一甩手，喊："我不干了，让领导给我换岗。"他悻悻地走了。

马技术员到工棚里收拾东西，然后大步朝自己的汽车走去。王决心急忙追了过去，他头也不回，上了自己的汽车走了。

王决心开着自己的汽车追了过去，一直追到小白河工地总指挥部。他看见赵国栋书记、郝奇和郑继刚等人在开紧急会议。会议刚刚结束，马技术员跟赵国栋发怨气："赵书记，我没法干了，要求回省水利厅。"赵国栋略微一愣，说："小马，你过来，我跟你单独聊聊。"马技术员噘着嘴，似乎怨气未消："赵书记，我没开玩笑，地漏不治了，我走了，换个技术员来吧！"赵国栋问："为什么呀？"马技术员说："王决心手下王家寨的农民不是职业工人，不懂技术，还不听课，排干渠非挖坏了不可，气死我啦。"赵国栋耐心地说："你们年轻人啊，别生气，别患得患失嘛，你得学会包容和引导，这些义务工都是农民，能来就已经不错了，我们要教育提高他们，但你不能拍屁股走人哪！"

马技术员哼了一声，呆呆地坐在那里。

赵国栋有些激动地说："你是技术员，你是工程师，所有技术问题都靠你了。你说走就走了，我们靠谁？遇到点困难，就想跑，那白洋淀水什么时候补上啊？"马技术员说："不光是农民捣乱，还有两个人威胁我！"赵国栋一愣，说："竟然有这样的事？威胁你的人叫什么？"马技术员说："他们的老板是国义集团的杨义伟，说我的方案砸了他们的生意。"

赵国栋愣了愣，气愤地说："搞不懂了，杨义伟的公司已经撤出了，怎么还过来捣乱，回头我找他。"

马技术员垂了头，嘟囔说："反正我要走的。"

赵国栋劝说："为什么走？在白洋淀地盘上什么都别怕，谁敢动你？这个时候你当逃兵，蠢不蠢？你们厅长知道了也会骂你！我让王家寨的王决心保护你。"

马技术员说："快别提王决心了，他听课打呼噜，犯嘎，捣乱，成心气我，将来修了一条废河，我可担不起这个责任。"

赵国栋说："王决心是村里第一个报名的，他捣乱，不可能吧？"

王决心在门外偷听着，心中在怦怦打鼓。马技术员一摔门就要走，与门口的王决心撞了个满怀。

王决心说："马技术员，我是来向你道歉的，我顶撞你不对，你耐心点，耐心点啊。"

赵国栋看见了王决心，大声说："决心，你向马技术员道个歉，把马技术员拉回去，这大专家我可交给你了，你要保护好他。"

王决心龇牙一笑："放心，赵书记，只要我有一口气的，就不让马技术员受委屈。"

马技术员看着王决心道歉时的模样，气消了不少。马技术员说："我又不是签扎纸糊的，还用他保护？"

赵国栋望着王决心，微笑着说："决心，你是王家寨的队长，不能跟马技术员捣乱啊，要好好跟马技术员学。找出所有的地漏，打泥井，用水泥灌浆。"

王决心心悦诚服地点头。他喜欢刺激和冒险，就是要拿下挖泥井的活，竟然争取到了挖泥井。到了晚上，马技术员讲完课，他和水牛约马技术员喝酒吃夜宵。渐渐地，两人成了朋友，马技术员平时话少得吝啬，他喝了酒，嘀嘀咕咕地说个没完，还把他即将结婚的女友照片给王决心看，他们渐渐成为无话不谈的好朋友。

紧挨水库的地方，容易产生地下漏斗。马技术员戴着安全帽，天天蹲在工地研究，天热流汗，衣服贴着肉了。小白河跟排干渠之间得挖泥井，检查地下漏斗。

王决心当了挖泥井的突击队长，王家的团队和姚家的团队开始挖井比赛。十多米高的泥井挖成了，等待工地裴主任和马技术员过来验收。王决心带领的小分队一路冲在前面，完成土方量最大，抢在了腰里硬的前面，他没有按马技术员的施工图纸去干，井口斜插的豁口相差两米。

马技术员却给腰里硬顶回去了。

王决心吃了一惊。腰里硬气愤了，招呼裴主任、胡玉湖等人过来验收，需要马技术员做鉴定。

王决心极度惶恐，担心马技术员戳穿他的诡计。如果在众人面前栽了，就永远抬不起头来了。

马技术员望着王决心挖的泥井，一会儿睁眼一会儿闭眼，最后还是挺了王决心。腰里硬梗着脖子，似乎不服气。

人们都渐渐散去了，马技术员瞪了瞪王决心，严厉地说："为了跟腰里硬比进度，争强好胜，弄虚作假！"

王决心一愣，不知所措，条件反射地后退了两步。

马技术员又说："你记着，天下没有傻子，傻也是装傻，刚才我给你留了面子！"王决心讷讷地问："你为什么要帮我？"马技术员说："我看你还不是无可救药，为了改变你，去掉你身上的坏毛病。"王决心蒙了，哑口无言。

井口上的云朵移走了。

王决心像是在梦中，昏昏沉沉，极度惊讶。马技术员走到王决心身旁，轻声说："王决心，你认为我说得对吗？"

王决心目瞪口呆，他平时犯嘎，眼下却哑了口。

马技术员说："王决心，你不服，还是因为我过于挑剔？"王决心眼睛紧盯着井上的泥皮，慢慢渗着水珠。

马技术员拍了拍王决心的肩膀，逐字逐句地叮嘱："我为什么替你打掩护？因为你是好人，但身上也有不少坏毛病，我在你仇人面前用谎言换回你的诚实，从今天开始，你一定要改变自己！"

王决心猛地打了个哆嗦，自尊心在崩溃，不知不觉感到羞愧。马技术员一字一顿地说："你好好听课，好好看书，我要用知识过滤你灵魂里邪恶的东西。我的话是重了点，但是，你会终身受用的。"

"好吧。"王决心长长出了口气，好像是浊气。

马技术员笑了一下，蹬着木梯上井了。

王决心呆愣愣地站在井底，喊了一句："马技术员，等一下。"马技术员一脚蹬着梯子，扭回头说："还有事吗？"王决心理亏似的低下头，脸带寒气，眨眨眼睛，说："对不起，不，谢谢你。"马技术员扶了一下眼镜，腋下夹着笔记本和皮尺上了井。王决心却没有动，傻傻地站在那里。

天已经黑透了，没有月亮，满天的星星。王决心从兜里掏出手机看图纸，眯着眼睛比对了一番，确实差两米，他心服口服。王决心摸着黑抓起锄头，冲那个土方豁口刨着，像一个遭到审判的人被流放。他拼命地刨土。黑暗里还有一条黑影，这一刻，他似乎看穿了自己的灵魂。当年自己为啥往鱼肚子里注水？这一切不是偶然的，不能说自己是堕落的恶魔，起码也充满了坏习气。他脱了汗衫和背心，挥汗如雨地刨土，刨得头昏脑涨，仿佛泥井墙壁上贴着一个黑影，就是那个丑陋虚伪的王决心，满脑子都是仇恨和无聊，浑身都是卑鄙的伎俩。他高高举起锄头，狠狠朝那个黑影刨去，瞬间，那个黑影与他分离了。

"我的天啊，日他个奶奶！"王决心喊一声，气喘吁吁，一屁股坐在湿湿的井底。也不知过了多久，他猛地抬了头，瞅见头顶的月亮闪耀着刺目的光亮。

王决心汲取教训，这次没有挖错，腰里硬挑刺来了。裴主任竟然听腰里硬的谗言，狠狠批评了王决心。王决心心里委屈梗着脖子不吭声，腰里硬凑过来说："王决心，你小子有劲没处使是吧，赶紧跟裴主任道个歉！"王决心生气地一甩手走了，裴主任被晾在了那里。胡玉湖追了几步，喊："你回来，你回来，这个臭小子。"腰里硬对胡玉湖说："你看你看，都是你宠坏了，还让他当标兵，明显着就是排挤我们，我们这小队做的活比他干得漂亮。"

王决心想来想去，不该跟裴主任犯倔脾气。

每天夜里，王决心等待马技术员讲课。这天夜里，马技术员竟然没有来讲课，王决心不放心，就去工棚找马技术员，突然看见几个人影晃动，还传出来争吵声，王决心敲门的时候，那三个贼眉鼠眼的小伙子骂骂咧咧，见到王决心，灰溜溜地走了。

马技术员脸色苍白，躺在简易床上嘟囔说："娘的，威胁我来了？老子不是吓大的！"他喉咙里发出呜呜的声响："死，我才不怕呢，要死一块儿死！"

王决心摸不着头脑，愣愣地问："马老师，你说什么话呢？啥死不死的，邪不压正，谁欺负你不是还有我吗？"

马技术员叹息说："这事严重了，你别掺和，他们再来我就报警。"

王决心问："那几人是干啥的？"

马技术员叹了口气，欲言又止："算啦，说了你也不明白。"

王决心坐在他的身旁，目光如炬："你不说我跟你急眼了，赵国栋书记让我保护好你，你有什么委屈就说出来，你看见了，我连腰里硬这种人都不怕，还怕谁？"

马技术员脸色苍白，手有点哆嗦，他在图纸上勾画了几下，就把图纸推到了一边，控制着恐惧，不让恐惧溢出来。

王决心和水牛悄悄守候着马技术员。一天傍晚，三个家伙终于现身了，他们敲马技术员的门。王决心一声断喝："有种的，找我来，人家书生碍着你啥事了？"

一个瘦子说："驴槽里多出个马脸来，那就拿你开刀。"

瘦子挥了手，三人就扑了上来。

王决心也不知哪里来的力气，没等水牛上手，噼里啪啦一阵响，就将三个家伙撂倒在地。三个人鼻青脸肿地走了。

水牛说："行啊，你打腰里硬咋没这么利落？"

王决心说："到了小白河，原先是沧州地盘，我跟这里的农民老薛练了戳脚。"

胡玉湖感冒离开工地，孙小萍和王德过来了。

王德忙于村里建玩具厂，放下一些慰问品走了。孙小萍替胡玉湖留下来，她与马技术员熟了，马技术员听说孙小萍是大乐书院的志愿者，面带崇敬，他最爱读书，答应有空到大乐书院看看。

马技术员请孙小萍替他保管自己带来的那一箱子书和资料。孙小萍小心翼翼整理好箱子里的书籍，除了水利方面的书，竟然还有地质方面的书。

一天下了暴雨，雷声阵阵。

二巴掌穿着雨衣送鱼丸子来了。王决心和孙小萍让孙技术员尝尝王家寨的鱼丸子，马技术员望着哗哗的暴雨，担心挖的泥井进水要去查井。孙小萍煞有介事，一本正经地说："我们王家寨的祖传特产银淀鱼丸，铃铛奶奶的真传，康熙皇帝题名，鱼丸子好吃到啥程度，吃完了还想再吃。"

马技术员笑得双肩耸动："孙小萍，你真幽默，听你这么说，那不撑死啊？"王决心哈哈笑了："撑死的都是胆大的。"

马技术员收了笑，表情庄重地说："读大学之前，我在白洋淀端村长大，我们村有名的是醋熘鱼片，知道王家寨的银淀鱼丸，但是还真没有吃过。"他说着就穿上雨衣走了，回头说："小萍，给我留一碗，我处理完事故就回来吃啊。"

王决心嗖地站了起来："马技术员，我陪你去。"

他们穿着雨衣扑进雨夜里。

大雨哗哗地下，空气气压低，憋得人喘不上气来。王决心和马技术员穿着雨衣扑进了工地。王决心看见夜班工人正在雨中灌水泥，马技术员问工人那个最深的洞有没有进水，工人说盖得严实，没有泥井进水。水泥已经灌到第四口泥井了，马技术员蹲在一个大泥井口仔细观察，看见蘑菇似的水泡，他疑惑了，非要下去。王决心陪着马技术员下了泥井。

马技术员拿着手电，晃来晃去，光点定在一个地方不动了，汪水的地方有一个漩涡，黑洞洞的。他将手探进凉水中摸一摸，惊诧地说："不好，右侧肯定还有个大的漏斗。都怪我，怎么就没有发现啊？"灾难的到来确实突然，马技术员话音刚落，泥井轰然坍塌，梯子砸在马技术员脑袋上，泥墙倒了，王决心脑袋轰地一响，他和马技术员就被埋在土里了。

最后的一瞬间，王决心不免惊诧了，扯着嗓子喊了声："来人啊，井塌了，还多了个地漏。"他在井里挣扎，直不起腰，连连大喊，听不到马技术员的声音了。雨的响声很大，泥井扣着井盖，上面人没听见。王决心惊慌失措，双手乱划拉一气，怎么也抓不到马技术员。人们涌过来，把潮湿的黑土扒开，马技术员的脑袋沾满黑泥，泥中渗出鲜血，喃喃地说："决心记住，地漏不是有三处，这个泥井右侧还有一个大地漏。记住啊！"王决心抓着他的手说："别怕，我来了，我记住了。"人们在雨中涌来，七手八脚将王决心和马技术员拖了上来。

马技术员脑袋流着血，慢慢地没有了心跳。

王决心只有一处轻伤，呼喊着马技术员的名字，孙小萍端着鱼丸子过来了。王决心接过鱼丸子，人还在恐惧中颤抖。孙小萍缓缓蹲下，用毛巾将马技术员的血脸擦得干干净净，端着一碗鱼丸子喂到马技术员的嘴上，哭着说："小马，你还没吃过鱼丸子，这是给你留的，你吃你吃。"孙小萍含泪喂着，鱼丸滚落下来，掉在泥水里滚成了黑煤球。王决心一把抢过孙小萍手中的碗，冲着机械狠狠一摔，碗应声粉碎，他蹲在雨中号啕大哭。

王决心和水牛给马技术员守灵。

省水利厅领导到工地处理马技术员后事，并追认其为烈士。马技术员的骨灰送到白洋淀端村的祖坟安葬，王决心看见马技术员的恋人参加了安葬仪式。

第三天上午，甄副省长打来了电话，语气强硬，要追究为什么没有改道的责任。白洋淀新区的程远书记替赵国栋鸣不平，竟然跟甄副省长争吵起来，他放下电话起身要去省委解释。赵国栋拦住了程远说："谢谢程书记，您是省委常委，您对我肯定就是省委的肯定，这个责任应该我承担。因为我不是为自己，背个处分不算什么，您放心，我不会背包袱的，新常态做事嘛！"嘴上这么说，赵国栋回到家里，还是和杨爱珍发牢骚："甄爱社副省长，算是跟我死磕上了！"杨爱珍说："老赵，我知道你心中委屈，该骂就骂出来。"赵国栋说："我能够骂谁？只能骂杨义伟了！"杨爱珍说："这个引水啊，你得到啥了？得罪了弟弟，还背了个处分，以后你工作不能往后缩一缩，让他们分管副主任去干？"赵国栋叹息说："不是我吹牛，引水这事，我不亲自抓真的推不动，甄副省长分管水利厅，按甄省长的意见改了道，就要加大投资，还耽误时间。"杨爱珍说："背个处分，就说明两年内不提拔了。"赵国栋愣了愣，伤感地说："小马牺牲了，跟生命比，其他都是擦伤。多好的青年啊，说没就没了！我，我有责任。"他说着已是满脸泪水。

杨爱珍默默地望着他，眼圈红红的。

到了小白河工地，赵国栋见到郝奇书记。郝奇不忘给领导溜须拍马，当着省水利厅厅长的面，感慨地说："甄省长料事如神哪，他知道排干渠有地漏，坚持排干渠改道，我们为什么不改道啊？"省水利厅厅长望了赵国栋，眼睛一愣一愣。

赵国栋大为不悦，冷冷地说："我反对改道，有我的理由，排干渠地质结构是复杂，悲剧发生了，教训惨痛，我几天都缓不过来，现在说什么都没有用了，如果有责任，我承担责任！"郝奇眼睛灵活转动着说："是啊，赵书记有担当，值得我学习。不改道有不改道的好处，赢得了黄河入淀的时间。"赵国栋眼睛亮了，说："对呀，时间多么重要啊，新区规划用水，植绿用水，将来开始的建设更要用水。改道的成本你考虑过吗？谁能告诉我，如果改道就不会发生伤亡吗？淀边都容易形成漏斗，改道就没有地漏吗？"

郝奇被问愣了，无法回答。

没有几天，王决心听说赵国栋被问责了，挨了警告处分，心里替赵国栋难过，但是他无能为力。他惊讶的是，赵国栋背着处分，依然精力充沛地工作。

天黑了，宿营地小白河还是白咧咧的，鸟儿唰唰地归了巢，到处都是土地龟裂的声音。他没觉得累，他伤感的是，脑子里时常闪现马技术员瘦高的身影。新来的技术员是个女同志，她忙得满头大汗，衣裳都贴在肉上了。王决心看出这个女技术员不安的心情。因为马技术员用生命找到了最大的地漏，女技术员不用费心劳神，找准了方位，王决心和腰里硬的两拨人，拼命地挖了一个十二米深的大泥井。灌注水泥开始了。

整修的排干渠底层做了防水，小白河工程到了尾声。

王决心想好好珍惜身边人吧，人生活在世上变幻无常。排干渠修成了，孙小萍把马技术员的书带回了大乐书院。孙小萍说："为了纪念马技术员，书院给他设一个图书专柜。"

工程全面竣工，等候通水仪式。王决心回到王家寨，见到爹还是萎靡的样子，说了说沸腾的挖泥井工地，说他如何战胜腰里硬的，王永泰的脸上浮现一丝笑意。一天夜里，王决心做了噩梦。他梦见马技术员了，马技术员找他要那一箱书籍。鸡还没叫，天黑黑的，王决心一骨碌爬起来，穿上衣服去书院找孙小萍。孙小萍没有睡，认真地读书。他看到了马技术员的一本日记，打开看见一句话，眼里泪光闪闪："开始的时候，我最烦王决心，文化不高，还有些嘎，但是往深里接触，他侠肝义胆，有情有义，能吃苦，聪明，还能自省，窝在王家寨太可惜了，他走出来一定能够干成事的。"孙小萍仔细看马技术员的日记，惊讶了。

王决心捧着笔记本，喉咙里发出低泣之声。

第二十三章　黄河之水

临近大雪，天气渐渐凉了。任丘小白河治理竣工，举行引黄济淀工程试水仪式。黄河水流淌着、跳跃着，流过小白河，冲过排干渠，最后在光明泵站排入白洋淀。排干渠的地漏化险为夷，清凌凌的河水流过去了。

这天一早，赵国栋、李永军副主任、郝奇书记和郑继刚副县长等领导来到了小白河闸桥枢纽站。

天气转冷，头顶上顶着欢快的晨曦，黎明前的蔚蓝色天空，弥漫着一层薄雾，对映着龟裂的湿地，干巴巴的淀面已经没有湿气，连一块冰碴都没有。

简短的开闸仪式后，闸门缓缓打开，黄河水哗哗流淌着，冲进了干涸的白洋淀。先是浅流，水波在盘旋、激荡，很快，水由浅流变成了泛流，又由泛流变成深流。黄河水翻卷着、咆哮着、怒吼着朝着淀中心冲去了。

胡玉湖带来了王家寨的秧歌队，呼啦啦扭起了大秧歌。

人们围着闸门观望，尽管是冷节气，但人们心中燃着烈焰，脸上洋溢着喜气。王永泰、老顺子和王决心都参加了小白河、排干渠的义务工，整整一个半月。王决心的笑声像打雷似的，震人耳膜。黄河水经过净化处理，变得清清的了。王永泰满脸笑容，走到闸门水边，深深埋下头来，弯着腰，捧起了水，猛地喝了两口，老泪纵横："水，好水啊。"

王决心说:"爹,喝个够吧,这是黄河的水啊!"

王永泰感动地说:"古黄河改道,冲出了个白洋淀,今天的大旱之年又是黄河的水,救了咱白洋淀。黄河啊,不愧是咱的母亲河啊。"

胡玉湖嘿嘿一笑,急忙纠正着说:"感谢引黄济淀工程,我们除了用上黄河水,还有太行山的水,王快水库补给了唐河水库,眼下完成了唐河上游整治,才有这么清亮的水,感谢党和政府,感谢白洋淀新区管委会吧!"

王决心他们沿大堤奔跑,跌跌撞撞,跑到了淀边的斜坡上,双手扶膝喘息着。他跪在地上,伤感地说:"马技术员,地漏治好了,黄河水来了,你听见了吗?"

胡玉湖激动得泪水盈眶,眼圈红了:"蓄了水,水润大淀,白洋淀有救了。老百姓高兴啊,高兴啊!"

腰里硬、乔麦和雁子站在人群里。雁子当着腰里硬的面不好直说,她用手擦了半天眼睛。腰里硬喃喃地说:"泥鳅兄弟,咱白洋淀有水了,你可以瞑目了。"

赵国栋的脸上泛出兴奋的红晕。他明白,蓄水之后,就是白洋淀沿岸企业的污染治理了。

郝奇书记点点头,说:"赵书记劳苦功高啊!"

引黄济淀之后,还有治理污染这更棘手的事情等待他处理。他在德县当副县长的时候,对赵国栋的人品和能力非常钦佩。他没有想到,赵国栋"新官上任三把火"的第一把火竟然"烧"到了三台镇鞋业,等于烧到了副省长甄爱社的身上。甄爱社当副县长时,三台镇的鞋业大王申万胜就是他扶持起来的。白洋淀边投资兴建了鞋厂、鞋垫厂、塑料厂等污染企业,取得了不小的经济效益,白洋淀环境污染这一现实问题却被忽略了。甄爱社因此从三台副县长升任常务副县长、县长、德县县委书记,保定副市长、市长、书记到副省长。目前,他身居高位依然非常关注着新水的事。作为甄爱社的亲戚,赵国栋跟甄爱社心不近,两人观点并不一致。甄爱社的从政经验,赵国栋还是佩服的。甄爱社是既能帮人、也能杀人的铁腕领导。

赵国栋生在德县望马浒村，离白洋淀不远，对白洋淀有着深深的感情，他是看着白洋淀人怎样受穷、怎样致富的。当上副县长之后，面对甄爱社大上塑料包装企业，他很是不满，提出了白洋淀生态保护的问题，他的问题，当时很不合时宜，甄爱社更是极为不满，两人争吵起来。因为有甄凤与杨义成的婚姻关系，甄爱社只是婉言相劝，赵国栋还是回不了头。这样他就在副县长位置上越来越被边缘化。但是，他偷偷做着调查，发现，近三十年的粗放式发展，的确鼓起了白洋淀三县人民的钱袋子，让大家的日子过得热闹起来。但三台制鞋的"塑胶"下脚料有几十万吨，其他地方的铝灰十几万吨，农村垃圾、生活污水散乱堆积、排放，难以计数。它们堆在村旁，从德县一侧流入大淀坑塘。

郝奇书记认为，上级有上级的理由。企业没了，GDP 怎么保？

赵国栋有自己的想法，最近有一些动态，地方债务危机来了，拉动经济多么重要。但是，地方考核业绩不再唯 GDP 论英雄，就是倒逼升级转型。他感觉在这样的大背景下，新水的鞋业，确实走到了巨变的前夜。

赵国栋从保定开完会，新水县那边的电话就不断地打了过来，让他回去陪一陪省环保厅环境保护检查团。下午，他把工作安排停当，才抽开身到德县来了，因为他答应夫人杨爱珍了，今天晚上举办家宴，给岳父杨三笙过生日。赵国栋家三代单传，爷爷哥一个，老爹赵树森有个妹妹，也是哥一个，到他这辈儿还是哥一个，他与杨爱珍生了女儿就断了线了。他娘生他就落了病，没有奶水，他是吃村里百家饭长大的，所以对乡亲们有感情。

进了德县县城的家门，看见妻子杨爱珍在厨房炒菜，赵国栋买来了蛋糕，一共两个，另一个是杨义成从深圳打来电话委托他帮着买的。杨爱珍说："这个义成还真有心了，还惦记着爹的生日。哎，国栋，赶紧把咱爹接过来吧！"赵国栋说："我打电话了，老爷子说他和娘已经到半路上了。"杨爱珍说："最近爹身体弱，我去同仁堂买了西洋参、枸杞子和黄芪，让保姆给老爹泡着喝。"赵国栋说："你做得很好，应该对爹好！"说着，洗了手扎上围裙和妻子一起做饭。

大约一个小时后，响起了门铃声。

赵国栋开了门一看，是杨三笙和老伴贺红梅来了。杨三笙抱着自己祖传的古笙，笑呵呵地走进来，说要吹一段古乐。

杨爱珍让老爹先吹一阵，杨三笙梗着脖子说："不吹！今天我不高兴！"杨爱珍一愣："给您祝寿您还不高兴？"贺红梅说："你爹想邀请乐队几个老伙计在饭店办，可国栋说还是在家好。"杨爱珍看一眼丈夫，对父亲说："爹，如今政府工作人员要求很严，不管是在饭店办还是老二的别墅办，国栋都不能参加。"杨三笙吃惊地问："为啥呀？他是我姑爷，当多大官都是我姑爷！"杨爱珍哭笑不得地说："他是你姑爷不假，但是，他还是新区管委会副主任，如今纠正'四风'，他得以身作则。"贺红梅问："爱珍，在咱家老二别墅吃，为啥也不行呢？"杨爱珍说："那是老二义伟公司招待客户的会所，国栋怎么能去啊？"

杨三笙说："爹明白了，为官之人，就要遵守为官之道，国栋坚守得好！"赵国栋微笑着说："爹是明白人。"杨三笙说："贪来的钱，花着不踏实，到了败露那一天，到头来一场空，还落个牢狱之灾，何必啊！"

赵国栋笑着说道："是啊，老爹说得对，咱有个好家风。"说着，递给杨三笙一根香烟。杨三笙接过烟，瞟了老婆贺红梅一眼，摆了摆手，说："不抽了，老咳嗽。哎，国栋，你爹咋没有来啊？"

赵国栋说："哦，我正要跟您说哪，我爹他电话里说感冒了，怕传染上你们，让我替他给您贺寿哪！"

杨三笙说："好啊，吃点药养好了，有空我找他喝两盅儿！"

杨爱珍对赵国栋说："你也别抽了，娘也怕烟儿。"

赵国栋急忙收起烟，说他到阳台上抽一根。他吸烟，是为了思考一些棘手问题。

赵晓薇提着生日蛋糕，蹦蹦跳跳地进来了，进屋就喊："姥爷，生日快乐，健康长寿！"

"晓薇回来了，太好了。"杨爱珍微笑说。

赵晓薇穿着鲜亮的裙子，蝴蝶一样飞进来。她的嘴唇和脸蛋红润可爱，像熟透的樱桃。唯一有点遗憾的是身材，可能随了赵国栋，腰略微粗了一点。为此，孩子天天减肥，甚至嚷嚷着去美容院抽脂。

赵晓薇跟赵国栋说话去了。女儿是爹的贴心棉袄，杨爱珍感觉女儿就是跟赵国栋亲。天下事情，凡是涉及自己，就会模糊起来。俗话说，当局者迷。赵晓薇在北京住房的事，杨爱珍比赵国栋发愁。女儿从英国谢菲尔德大学新闻专业毕业回国，在北京电视台新闻中心工作，却买不起房子。孩子看中了廊坊三河燕郊孔雀城的一套小房。她有了恋人，她的同学武玉龙。

杨爱珍微笑着问："晓薇，玉龙怎么没有跟你来啊？"

赵晓薇说："玉龙回通州老家了，他想带他爹一起来，你们见面得隆重一点啊。"

晚宴开始了。点燃生日蜡烛，大家就坐下来吃饭，杨爱珍忙着给赵晓薇夹菜。赵晓薇边吃边说："爸，我采访了你说过的王家寨了。那个大乐书院，真是有点味道。"

赵国栋嘿嘿地笑："晓薇去书院了？见到哪位啦？杨牧仁还是孙小萍啊？"

赵晓薇说："当然是孙小萍，她很能干。她还提到你了。"

赵国栋说："小萍是个人才，你要多跟她交流，自从孙小萍来到王家寨，书院就有了人气。村里读书的老百姓渐渐多了起来，精神面貌有了变化。"

赵晓薇一边吃一边点头，说："是啊，我跟小萍聊得很好，读书能够改变人的。"

两天之后，赵国栋主持了白洋淀新区周边治理水污染大会。他跟县委书记郝奇商量，地点首选新水县，在白洋淀搞一场治理污染的风暴——整治鞋业环境污染整治行动。三台镇制鞋业始兴于上世纪七十年代中期，生产旅游鞋、雪地靴等品种，有"南有晋江、北有三台"的说法。三台镇也在业内被称为"北方鞋都"。此时的三台镇，全镇共有制鞋企业七百多家，年产鞋近两亿双，销售收入四十多亿元，形成了京胜、通天地、十只狼、稳步、亿昌、艺步、新茂达等七个著名商标，涵盖了运动鞋、旅游鞋、板鞋、皮鞋、雪地靴制作，产品远销俄罗斯、南非、匈牙利等国。新水县城到三台镇，十多公里路程，狭窄的道路两边，小作坊鞋厂鳞次栉比、让人眼花缭乱。穿过三台镇的小巷子，前往当地新三板挂牌企业天宏股份的路上，家庭式的小作坊鞋厂一家挨着一家。制鞋的下脚料、垃圾随意倾倒，充斥着刺鼻的味道。无数鞋的下脚料都被填入了白洋淀。

几天里，赵国栋连续到三台镇鞋业调研。他首先到了申万胜的"京胜鞋业"，见到了鞋业大王申万胜。申万胜中等个头，胖胖的，圆形的国字脸，说一口地道的保定话。二〇一〇年六月，京胜鞋业在香港主板上市。他获得了资金，扩大厂房增加产能，在下游拉大了产业链。申万胜当了新水鞋业协会会长，是三台镇的龙头。他有一句口头禅："做企业做到上市。"所以说，他与当了副省长的甄爱社来往密切。

赵国栋知道，"京胜鞋业"港股上市了，好比拿到了毕业证，证明企业成熟，有能力走向社会，获得更多社会资金和更多资源。申万胜的顾虑是担心企业股票下跌。赵国栋说："这不能一概而论，国内著名通信科技企业国盛就没有上市嘛，我弟杨义成就在这家企业当部门老总。"

申万胜叹息着说道："人家是大企业，融资容易。我们上市过关斩将多难啊！这个规模，如果厂房拆迁，影响产量，股票就跌下来了。受宏观经济和行业周期影响，今年是中国鞋业大洗牌，利润空间下降，不得不在各种成本上精打细算啊！"

赵国栋想了想，说："任何事情都是双刃剑，行业洗牌，这正是转型的大好时机。我想听听你有什么想法！"

申万胜不假思索地回答说："继续深耕主业，我还想啊，腾出一些精力，搞互联网金融。"

赵国栋最近正在研究鞋业升级转型方向在哪里这个课题。他不是企业家，也非常迷茫。但是有一点，不能搞互联网金融。这方面他是懂一点的。P2P的小额贷款公司，有着巨大的风险。

"如今民营企业还需要吗？如果需要，应该怎么突破困境？"申万胜苦恼这个问题已久了。因为赵国栋经常接触杨义伟，他对这个问题也是有体会的，两人有过一次深谈。

申万胜找到的一个叫卢凤凤的贫困户，就是靠着他的鞋业脱贫的。

赵国栋当然明白，他的意思是鞋业带动了就业，关乎老百姓的民生冷暖。赵国栋书记提议去看看申万胜患病的老娘。

这是一栋两层小别墅。

房子陈旧一些，院落很大，有假山和荷花塘。赵国栋弯腰走进一楼住室，屋里黑黑的，充斥着陈腐味道。申万胜解释说："我娘得了哮喘，还有矽肺病，卧床不起好几个月了，我又很忙，所以没空收拾家里。"赵国栋看着头发花白身体瘦弱的老人，心里很不是滋味。

申万胜搀扶着老娘坐起，说道："娘，这是新区的赵书记，看望您来啦！"

辛欣茹不抬眼皮，余光扫着赵国栋，只顾自己拍打着炕沿儿哭喊道："老天爷啊，我太难受了，我咋还不死啊，我咋还不死啊……"她的手虽然无力，炕席还是被拍得啪啪响。

申万胜沉重地说道："赵书记，实话跟您说，当年我创业那阵儿是我娘给我看护鞋厂，常年跟有污染的鞋底打交道，才得了哮喘和矽肺的。"

赵国栋握着老人树枝一样的手，说道："大娘，您不能死，现在医疗条件好了，您的病会治好的！"

辛欣茹哭得鼻涕一把泪一把："书记啊，您不知道得病有多难受啊！钱多了有啥用？能买命吗？人不能把钱带走，钱却能把人带走啊！"

赵国栋一惊，老人的话触动了他。

申万胜赶紧扭了头，两行眼泪掉了下来。他突然背过身去，揩了揩眼泪。

赵国栋深知，三台镇封闭的鞋业，尽管有污染，但是解决了一代一代的贫困问题，年长日久，麻痹了人的思想和精神，为了远离这种精神痛苦，人们养成了逃避的习惯。

赵国栋坐船到了白洋淀，看见白洋淀水面死鱼成片，心疼无比。他到王家寨调研，见到胡玉湖支书，面对污染，白洋淀渔民忧心忡忡。胡玉湖说了真话，三台镇的鞋业成名，鞋王申万胜背景深厚，前任书记也没有动成。申万胜与甄爱社副省长关系甚密，甄爱社亲自给赵国栋打了电话，赵国栋明白了内幕，也预想到了其中难度。

赵国栋不敢往下想了，揉了揉太阳穴。

没有时间容他过多地考虑了。他本想给白洋淀新区的程远书记打个电话，商量商量对策，掏出手机，又把手机放下了，掏出一根香烟点燃，一边吸着一边思索着，这场风暴以什么样的方式展开，他得尽快拿出一套可行的方案来。

第二十四章　较量

白洋淀新区污染治理再次提上日程。

二〇一七年冬天，郝奇书记主持新水县的常委会，会议主题是落实党的十九大精神，狠抓生态文明建设。报告里提出的"乡村振兴"，正好切合了白洋淀城乡的深度改革。赵国栋应邀列席了会议。赵国栋亲力亲为，他把三个县都摸了一遍。白洋淀生态治理，是一场硬仗、一场大刀阔斧的改革。

在管委会里，他提出到新水县来，参加县委治理污染会议。涉及白洋淀的污水治理，新水的任务最重。赵国栋提出的议题，需要先在白洋淀新区常委会上讨论。

会场气氛庄重。

赵国栋的神态和表情有些严厉。他代表新区管委会，说了几句开场白。新区提出系统治理修复水田林淀，内外共治、修治并重，补水、治污和防洪整体推进。

常委们全都沉默了，这不是常委们的惯常形态，他感到纳闷和意外。

为什么突然改变了常态呢？

理由当然只有一个，对于鞋业的关停转型，难度巨大。因为鞋业是新水县的重要产业。

赵国栋以前在新水当书记，郝奇是县长，两人就有严重分歧。赵国栋提拔到白洋淀新区，可能与他对白洋淀的感情有关。白洋淀新区成立之前，赵国栋就因为坚决推动白洋淀污染治理，与郝奇县长争吵起来。

常委们都在猜测，有倾向性的表态会涉及自己的利益和仕途，因此表态必须谨慎。

还是一阵沉默，会场鸦雀无声。

赵国栋望了一眼大家，打破沉默："同志们，我们不能否认三台的鞋业对新水经济发展的历史贡献，但是，白洋淀新区发展的前提条件，是治理白洋淀水质，去年白洋淀污染到什么程度？大家有目共睹。我们的渔民都到渤海湾打鱼去了，有的转型卖鱼。如今蓄水成功了，有的渔民回来了，怎样保住白洋淀的生态，历史把这个重担交给了我们，不能让一滴污水流进白洋淀，大家谈谈你们各自的看法吧！"

郑继刚只好发言了："治理环境没有错，当年国栋书记在新水当书记，治理污染初见成效。今天更要大力推进，但是，具体问题难办啊！鞋业优劣怎么鉴别，保，保哪些？关，关闭哪些？一碗水怎样端平？弄不好就会乱套的啊！"

赵国栋语气沉重地说："新区将来是创新型城市，保？恐怕我们原有产业没几个会保住的。不知你们知道不知道德县治理塑料污染的事。德县塑料包装行业外迁已经开始了。还是直奔主题，说一说我们的鞋业治理吧！"

话题回到新水县三台镇鞋业治理。郝奇好像憋着一肚子火气，急着要发言。不知为什么，赵国栋对郝奇的急切心态有些不快。

郝奇情绪昂扬地说道："新水鞋业过去对县域经济的贡献，大家有目共睹，现在环保压力越来越大，政策越捆越紧、越管越严，现在鞋业有多难，其中有两家搬到哈萨克斯坦和朝鲜去了，效益极低，举步维艰，事实就是这么残酷，银行不给中小企业贷款，他们借债也要把工厂维持下去，这种坚守多么悲壮啊！"

赵国栋一愣，郝奇是想把话题带到哪里？

郝奇咳嗽一声，嗓音沙哑："我们的企业家，他们没有光想着自己的利益，他们更多考虑的是那些工人就业，想着怎样把产品做好、做大做强，拿外汇，拿税收，给县里财政分忧解难。我们不能光嘴上喊着替中小企业解决问题，应该落实到行动上啊！"

会议室里静悄悄，没人鼓掌。

郝奇继续说道："这不光是企业家的意见，也是群众的意见。至少是一部分群众的看法。我举例说吧，白洋淀水质是Ⅳ或Ⅴ类，确实有污染，不能都怪在鞋业上。比如岛村王家寨，常住人口五千多人，污水往哪里排？生活垃圾怎么处理？没有完善的污水管网和足够的处理能力，污水只能排进淀里，成年累月，对白洋淀水质造成极大的破坏啊！"

赵国栋愣了愣，郝奇只字不提鞋业污染，话题转移到王家寨，用意是危险的。赵国栋打断了郝奇的话："郝书记，不要说这些了，村里的垃圾外运，影响有限，关键还是企业。硬碰硬，怎么解决？德县塑料行业外迁，新水鞋业外迁，容光服装也要外迁，说是外迁，环保没有能力投入的企业，不如关掉。当然，我们要分步走！"

"饭要一口一口地吃，大家说是吧？"褚县长说。

赵国栋声音洪亮："白洋淀是我们华北之肾，涵养水源、净化空气、调节气候、维护生态、防旱抗洪，功能要多重要有多重要。白洋淀是生态之城，蓝绿交织，蓝色就是白洋淀，绿色是我们的千年秀林。我们今天讨论三台镇鞋业问题，不是鞋厂关不关的问题，而是怎样关、怎样外迁的问题。"

郝奇低估了赵国栋的决心，他满以为感人肺腑的话能够稳稳打动赵国栋，没想到引起赵国栋的更坚决的抵制。他真有些稳不住了，大声质问赵国栋："外迁，拆除，都可以，请问这些老百姓靠什么生活？我们怎么跟老百姓交代？牵一发动全身，谁给了你这么大胆量？"

赵国栋把白洋淀生态建设的材料一摔，嚷道："就是这个给我的胆量！白洋淀生态文明建设就要这么抓！"

这个大动作让新水官场立刻紧张起来，领导之间的分歧让所有人尴尬无比。

"总之，不让一滴脏水流入白洋淀！"赵国栋站起来说。

他提前离开会场。

郝奇继续主持常委会，话题从治理白洋淀展开讨论。

赵国栋回到新区管委会大楼，接待了规划组的专家，下午，他从大张庄坐船去了白洋淀。他吃惊的是，郝奇书记反应为什么异常激烈？他离开会场后脑子里一直都在想着郝奇说的话，是背后有人给郝奇施加压力了吗？有人说郝奇书记务实，唯恐牺牲县域利益，如果把这些陈词滥调说成务实，岂不是太恐怖了？北京雾霾严重，白洋淀水污染，已经到了触目惊心的程度，怎么体现"先植绿，后建城"？世事变了，环境变了，他这样想这样做，那岂不是太可怕了？这是要踩红线的。

这个时刻，赵国栋忽然想到了杨义伟，马上打电话向杨义伟求证九个问题：鞋王申万胜是不是甄副省长的人？他们的私人关系到底有多近？是不是甄副省长给申万胜撑腰？

杨义伟来到赵国栋的家里。他还是有这个水平的，涉及领导的话题，尽量当面说。

杨义伟生气地说："这是不用怀疑的，申万胜和郝奇自然听甄副省长的。"

赵国栋气愤地说："白洋淀新区成立了，这些人怎么还保持旧思维？环保这条红线，有后台就能够兜得住吗？郝奇是我部下，现官不如现管，先让他蹦跶吧，我找申万胜谈一谈。"

杨义伟吃了一惊，说："你俩最好别见面，否则会很尴尬的。你是我姐夫，尽管你对我不好，但是打断骨头连着筋，你真想干，我也不拦你，我建议你啊，等待时机。"

赵国栋一愣："时机？生态文明抓得这么紧，难道时机还不到吗？"

杨义伟嘿嘿笑了："你永远无法叫醒一个装睡的人，甄副省长是你领导，你得给他面子。他自己明白该整顿了，你就顺水推舟。"赵国栋摇头说："不行，白洋淀不是过去的白洋淀了，新区成立了，不能再有一滴污水流进白洋淀。"

杨义伟继续说："如果你非要上，就越级请示省长，省长说话，甄副省长还是在乎的。"

赵国栋反复琢磨着。

杨义伟神秘地说："还有一个秘密，听说一位被查的省领导，牵涉到甄爱社的事情，中纪委已经秘密调查了！"赵国栋一愣，悄声问："你听谁说的？官场上的消息还挺灵通啊？"

杨义伟得意地说道："我是谁啊？姐夫，我不给你添乱了，我的生意已经走出白洋淀了。我保定的楼盘清零，我的大本营转移到北京和廊坊啦！"

赵国栋有些颤抖，隐隐地有一种担忧。凭杨义伟的素质，爬得越高越危险，可是，他说什么都不管用。他要找郝奇谈一次。杨义伟的内部消息，将是他转变郝奇的秘密武器。这叫敲山震虎，走一着险棋，强迫郝奇推动治理方案。

郝奇这里果然奏效，他陷入矛盾中。

赵国栋回到宿舍夜不能寐，怎么办？自己要做的事又是和甄爱社有关联，这辈子怎么就总是离不开甄爱社的阴影呢？这真是一个魔影啊！

大家对赵国栋和郝奇的争吵议论纷纷。赵国栋抓住这个机会打了一个时间差，整顿新水三台镇鞋业乃至新水整个鞋业。该关的关，该停的停，该搬的搬，该升级的升级。

半个月，申万胜三台镇的"京胜鞋业"股票停牌。

这个事件引发媒体关注。"京胜鞋业"尽管在香港主板上市，可是，港股的资本池里，"京胜鞋业"非但没有扶摇直上，反而变成一只折翼鸟坠入深渊。

甄爱社副省长急眼了，京胜鞋业是他树立的典型。甄副省长当过新水县委书记，又到了德县任书记，他死活看不上赵国栋。两人在德县经济转型上有分歧，杨义成当副县长的时候，与甄凤为他俩调停，效果甚微。听说甄副省长把申万胜叫到了办公室，让他写出赵国栋迫害三台镇鞋业的材料。申万胜不敢不写，但是他陷入了苦恼中，他觉得不能都怪新区管委会的赵国栋书记，里边有他经营上的问题。

甄爱社在德县当书记的时候，他与赵国栋的矛盾也因"茅台酒"而起。工作上的分歧，无法造成那么大隔阂。赵国栋是德县人，不爱吸烟，不爱喝酒，喝酒也是小喝，专喝当地酒。有一次，省领导到德县检查工作，担心影响，甄爱社带了茅台酒，装进了标有"刘伶醉"的玻璃瓶里。赵国栋是陪酒的，他不适应茅台酒，刚喝到一半就高了。赵国栋就给捅漏了："我们喝的不是刘伶醉啊，这是甄书记带来的吧？刘伶醉哪是这个味道啊？这不是弄虚作假吗？"省领导惊讶了，甄爱社当场就沉了脸。第二天，甄爱社狠狠地骂了赵国栋。

后来，杨义成大学毕业回到德县，甄凤嫁给了杨义成，杨义伟做生意也攀上了甄爱社，甄爱社与赵国栋表面缓和了关系，但两人内心一直打着结，越来越严重。

省纪委同志专门找申万胜，让他谈对赵国栋书记的看法。有什么想举报的问题可以直接反映。话题里，还涉及了甄爱社省长。申万胜糊涂了，困惑了。这到底是冲着谁来呢？还是他们两人都有问题？还是都没问题？

民营企业家要随时算成本账。申万胜也一样。

最终，申万胜找到了甄爱社。甄爱社给申万胜撑腰状告赵国栋。他写好了状告材料，但一直没有交给甄爱社，他在犹豫到底该不该告赵国栋呢？就在这个时刻，申万胜得矽肺的母亲去世了，他以给老母亲发丧为由拖延下了此事。

杨义伟是申万胜的好朋友，过来给申万胜的母亲发丧。申万胜话里有话地说出了赵国栋的事情。其实，这个僵局已经被杨义伟想到了。是亲三分向，杨义伟没有回德县的家，但是给大姐打了电话，说甄爱社要对赵国栋下手了，申万胜是不是出杀招，他正在犹豫，让姐夫赶紧想办法把他稳住。

赵国栋面临巨大的压力。有人开始告赵国栋的状了，省纪委来人调查。如果不是大刀阔斧地治理三台镇鞋业，申万胜的鞋业不会停牌，他与郝奇的矛盾不会白热化。甄爱社听了郝奇的汇报，把账记在赵国栋身上了。

省委巡视组来巡视，郝奇证实了关于甄爱社的传言，他给自己找后路，无奈之下，积极配合赵国栋。郝奇投靠赵国栋，甄爱社没有感觉。甄爱社加大了对赵国栋的施压。

赵国栋憋在屋里想了一天，做出了关乎自己人生的重大抉择。这是山穷水尽、迫不得已的抉择，此事得赶紧搬出杨义成，他在商界说话格外有分量。他如果回来一趟与申万胜谈一谈，用科技力量帮助申万胜升级转型，这样既能拉回申万胜，还能挽救一个上市停牌的鞋厂。

杨义成答应了赵国栋的请求。

杨爱珍去求老爹杨三笙。杨三笙两口子刚刚收破烂回来，杨爱珍埋怨说："你瞧你们，说了多少遍了，就是不听！两个儿子都是大老板，闺女是县工商联主席，姑爷是新区领导，你们再捡破烂，我们的脸往哪放啊？"

杨三笙说："你们都有出息，我和你娘都高兴。可我们捡破烂习惯了，也算活动活动老胳膊老腿儿的。"

贺红梅插嘴说："再说了，主要是心里踏实。你爹考虑你们形象了，我们出去的时候都会化装，熟人也认不出来。"

杨三笙将一个破帽子拿出来一戴："闺女你瞅瞅，连村里音乐团的老伙计们都认不出我来！"

杨爱珍差点笑出声来："哎呀，多硌碜哪，快摘下来，跟演小品的赵本山似的。"

杨三笙说："国栋呢？义成他爹王永泰这人挺好，这不让三儿子王决心送来几条鲤鱼，你叫国栋过来吃炖鱼。我们俩喝点儿！"

贺红梅开始炖鱼。杨爱珍拉着杨三笙的手，说道："爹，国栋哪有心思喝酒啊！国栋这有点急事，您赶紧喊义成回来一趟吧。"

杨三笙叹了口气，说："你先说说是啥事吧，义成天南海北地跑，回来一趟不容易。义伟让我喊他，他都没给面子啊！"

杨爱珍说："国栋在义成心中那是啥分量？国栋的事，义成会管的。"

杨三笙凑近了杨爱珍看了看，哆嗦着："闺女，瞅你急的，莫不是国栋被查了吧？"

杨爱珍摇头说："那倒没有，不过，有人暗害他。"她把申万胜的事情来龙去脉跟杨三笙说了一遍。

杨三笙一听感叹道："国栋可是我的好姑爷，更是一个好干部，不能吃眼前的亏啊！"

杨三笙不再犹豫,拨响了杨义成的手机,听筒里响起杨义成的声音:"爹。"杨三笙急切地说道:"义成啊,你赶紧回来一趟吧,你姐夫出事了!"杨爱珍赶紧凑近话筒更正道:"你姐夫没出事,是有事跟你说。"杨义成着急地问道:"到底咋回事啊?"杨三笙焦急地说:"你回来就知道了。"

杨义成挂了电话,改签了飞往成都的飞机票,他的公司在成都搞一个研发基地,开发射频芯片。晚上八点,杨义成走进了赵国栋家。赵国栋还没有回来,只是跟杨爱珍说到市委参加一个紧急会议。杨爱珍把申万胜要告赵国栋的事跟杨义成说了,还说这是甄爱社授意、郝奇书记的指使。杨义成说:"姐,你也知道,我已经和甄凤说了,甄凤肯定帮忙的,甄爱社即便不给我们面子,还是会考虑甄凤意见的。"

杨爱珍叹息了一声,说:"这个我知道,我的意思是你去找申万胜谈一谈,以恒通科技帮助申万胜升级转型为条件,让他先不要告你姐夫的状!你姐夫已经得罪了一个郝奇,不能再让他添乱了。"

杨义成思忖了会儿,说道:"郝奇也好,申万胜也罢,根子在甄爱社,我担心申万胜顶不住甄爱社的压力啊!"

杨爱珍说:"不是叫他顶,是叫他想办法往后拖,听你姐夫说国家对治理环境污染很快会出台一些相关政策!"

杨义成说:"嗯,我明白了。"

杨义成当即给申万胜打电话,约他第二天上午见面。申万胜是个精明又敏感的人,立刻意识到和告状一事有关,微笑说:"哎呀,谢谢国栋书记对我的关心,更感谢杨总。国栋书记亲自到我家里看望我母亲,是个好领导啊!"

杨义成动情地说:"我希望你说的是真话。你这里必须转型,不是赵书记让你转,换个书记照样这样做。大势所趋,符合中央精神的啊!你想想,白洋淀新区落地,举世瞩目,白洋淀水质不好起来,中央不答应,老百姓更不答应啊!"

申万胜额头沁出汗珠:"我明白,明白。"

"你不能为了自己的企业,伤害一位好官。不能被人当枪使,一失足成千古恨哪!"

申万胜沉默了一会儿，说："杨总，我知道该咋做了！"

杨义成说："你帮助了我，就帮助了赵书记，我也想着你，帮助你鞋业的转型。你有什么打算？"

申万胜说："转产到外地，一个方案。如果故土难离，造福白洋淀，还是一个方案。"

申万胜接着说："容我想想，我老婆逼我移民。"

杨义成大声说："下策，绝对是下策。我们是白洋淀人，新区来了，希望来了，你带着资金跑了，对不起父老乡亲，对不起养育我们的白洋淀哪！"

申万胜点点头，额头冒汗了，从兜里掏出上告材料，哆哆嗦嗦地烧了。

杨义成安抚住了申万胜。

赵国栋憋足了劲，联手郝奇，在治理白洋淀周边污染上，轰轰烈烈地大干一场了。

赵国栋在省里开会见到了甄爱社副省长。赵国栋听说杨义成给甄爱社打了电话，他主动向甄副省长走过去，两人捐弃了前嫌。最近官场疯传甄爱社被调查的消息，甄爱社人转变不少，见到赵国栋特别热情，微笑说："国栋啊，散会后什么时间回去？我请你喝点吧？"

赵国栋微微一笑："谢谢甄省长邀请，我会后就要回去。"

甄爱社叹息着说："我爱白洋淀，今天，你爱白洋淀，我们没有矛盾。只是沟通少，有了一些隔阂。你别介意啊，中央明确了生态文明建设，你就放手干吧！"赵国栋说："甄省长，您对家乡的感情，我们感动，盼望您多多去指导工作。"

甄爱社紧紧握住了赵国栋的手："国栋，你爱白洋淀。去年的污染，还闹出了械斗出了人命，让我十分震惊，也很痛心。这次修复唐河水库，我是力推的。"

两人分手的时候，甄爱社悄悄地说："国栋，甄凤和义成都夸奖你。过去，是我听信了别人的谗言，对你不公平。后悔莫及啊，希望你能想开了。"

赵国栋嘴巴抖了抖，微笑着说："过去的事，不提了。从义成这说，我们是实在亲戚呢！"

甄爱社笑了，说："是啊，是啊，郝奇在新水当书记，工作上有思路。他过去跟你顶撞，原因在我。既然我这疙瘩解开了，别记恨他，好好帮助他啊！"

赵国栋说："甄省长放心。我们两个人之间没问题，我回去看望他。希望他早日恢复工作，我们还要一起共事！"

甄爱社欣慰地点点头："你有这个胸怀，我很开心。你记住，我不会忘记跟过我的人。"

赵国栋点了点头，他在官场多年，这种闪烁其词的空头支票，就是一句套话，不必当真。在他和郝奇之间，甄爱社更偏爱郝奇。散会了，赵国栋惦记着引黄济淀泵站工程，回到白洋淀便驱车赶往排干渠泵站工地。

白洋淀整治有功，郝奇荣升白洋淀管委会副主任。据说这里面甄爱社暗暗出力了。

新水县迎来了新的县委书记贺军。

第二十五章　亲情

　　乔麦出了张家口火车站，搭车回了西窑村。

　　张家口崇礼县西窑村是乔麦的故乡，谁不恋故乡？张家口崇礼地处内蒙古高原与华北平原过渡地带，北倚内蒙古草原，南邻张家口市中心城区。这里多为丘陵山地，森林覆盖率达到百分之五十多。地貌属坝上坝下过渡型丘陵。山连山，连绵不断，沟套沟，难以计数。雪期降雪大，雪期长，而且是低纬度，高海拔，还有利于造雪。

　　乔麦一下车，打了个寒战。

　　乔麦感觉到冷了。从这个公交车站点往西走，差不多二里地过一片草原，再过两条河沟就到西窑村了。她抬头望了天，天空辽阔无比，透亮透亮的。莜麦长得正欢，麦穗拔节似的疯长，被风吹出了喧闹声。

　　乔麦用纱巾将头严严实实地包住，秋天花还开得艳丽，树叶也黄了，层林尽染，植物繁茂，鸟语争鸣，呈现崇礼特有的瑰丽与祥和。路两旁随处可见那熟悉而亲切的菊科、豆科、禾本科、蔷薇科、毛茛科、唇形科、蓼科等野生植物。乔麦边走边观赏着那些植物，感觉真的到了家了。无论是草原还是大山，都盛开着野花，沙棘、蕨菜、苦菜、蘑菇、黄花。她忽然想到就要见到亲人了，苇秆儿的事说不说啊？这么一想，她就伏在花草上哭了。

　　"麦子，麦子……"有人叫着乔麦。

　　乔麦一回头，瞅见哥哥乔木。

乔木个头矮，脸上总是洗不干净，黑乎乎的，长得黑还爱穿黑衣服，像黑鱼鹰。

乔麦立刻喊了声"哥"，扎进哥哥的怀里，嘤嘤地哭了。乔木害怕了，连忙问："出啥事了？刚刚看你自己哭啊？快跟哥说说，出啥事啦？"乔麦发红的眼眶里，又滚下两滴泪水。乔木更着急了，颤抖着嘴唇："是不是力英出啥事了？还是苇秆儿？你说话呀，哥求你了，别哭了……"

乔麦控制住了情绪，揩了揩眼睛。

苇秆儿之死，看来姚丽蓉瞒得很严实。乔麦还是不想说，爹娘年龄大了，受不了刺激，还有，哥哥的身体也吃不消。尘沙飞进了乔麦的眼睛，她用眼泪将沙子冲刷出来。此刻，她不能说，跟腰里硬过的是啥日子？家暴不说，泥鳅死后，他还拽了泥鳅的女人雁子，俩媳妇陪着，俨然当上了土皇帝。她不敢跟哥说，说了会出大事的。再说，哥这边不是还有姚丽蓉吗？乔麦揩了揩眼睛，搂着哥哥的脖子笑道："哥，没有出事，就是想你和爹娘了……"乔木拍打着妹妹的后背说道："乔麦，你还说没事，苇秆儿没了，这事还小啊？丽蓉跟我说了，我难受了好几天，没敢跟爹娘说。苇秆儿是多好的孩子啊？腰里硬没有欺负你吧？"乔麦一把推开哥哥，眼里的泪水就流下来，滴到乔木的后背上。乔麦嘟囔说："哥，爹娘身体不好，先别跟爹娘说吧，想到孩子我就想哭嘛！"乔木停下来，哽咽着："好好好，爱哭就哭吧，哥不管了。"乔麦与乔木紧紧抱成一团，都呜呜哭了一阵。哥哥脏兮兮的蓝色工作服都湿了。过了一阵，乔麦脸上平静了，问道："你这是上班还是下班了啊？"乔木说："下班。走，跟哥回家吧。"乔麦点点头抹了把眼泪："嗯，不赖呆！"乔木一愣："不赖呆，是啥意思？"乔麦说："王家寨的土话，是不错的意思。"乔木憨憨地笑了。乔麦端详着哥哥在前面走，自己却一动不动。乔木走出一截，猛地回头喊道："你咋不走啊，咋的了？"乔麦跺着脚就是不迈步子。乔木是一个木讷的人，看不懂。

乔麦使劲扭动着身子，赖着不走："哥，我脚疼——"乔木听明白妹妹要干啥了。她是想让哥哥背着走，小时候她总是这么耍赖的。

乔木走到乔麦跟前，蹲下身，乔麦咯咯咯地笑着趴到了哥哥的后背上，立刻闻到了哥哥身上的大豆气味。哥哥的身材瘦小，但是很温暖，像冬天里的麦垛。乔麦不说话了，尽情享受这温馨时刻。她将脸放在哥哥的后背上，瞅见了他胳膊上文的三棵荞麦花，心头涌起一股暖流。当年，为了逗她笑，哥哥为了她文身，她只要一哭闹，哥哥就把左胳膊展示给她看，她就被逗笑了。现在，乔麦看见荞麦花就想起儿时幸福的往事。她慢慢闭上眼睛睡着了。

乔麦醒来，发现自己躺在娘的土炕上。

乔麦一睁眼看见娘，娘正端详着她。

乔麦喉咙一热，鼻子酸了："娘！"乔麦娘微微笑了："你个丫头，心真够大的，竟然在你哥背上睡着了。"乔麦欢叫着，摇着娘的胳膊："娘，我想死你们了，你和爹都好吗？"乔麦娘伸出手指头，戳了一下她的脑门："你都是当娘的人了，我们能不老吗？苇秆儿还好吗？"

乔麦心中一疼，赶紧转了话题："我爹呢？"母亲说："你爹在大棚里干活，回来给你买牛肉，你不是最爱吃红烧土豆牛肉吗？"乔麦晃着脑袋，得意地说："谢谢爹，谢谢娘，家里这么穷，哪有钱买牛肉啊？"乔麦娘说："家里条件好点了，你哥已经不在煤窑干活了。"乔麦一愣："为啥不干了，因为我哥的病吗？"娘叹息着说："不是，你哥的煤矿技术更新了，用了机器人，没有文化的不能下煤窑采煤了。"

乔麦恍然明白了，担忧地问："下岗了呗，那我哥咋办啊？"

娘微微笑了："扶贫大棚来了。他们爷俩承包了大棚，你给寄来的钱也用上了。"

乔麦说愣了："爹说种大豆挣钱，不是把莜麦地改种大豆了吗？"

娘沉了脸，说："别提大豆了，你过来，到娘的豆腐房瞅瞅去。"

乔麦起了身，到镜子前拢了拢头发，跟着娘去了院里的东厢房。乔麦发现母亲将东厢房改成了豆腐房，每天做六屉豆腐。豆腐房里，老牛一样卧着石头磨盘，娘将绿豆和黄豆放进洞里碾碎，磨出豆汁，剩下的豆渣可以吃，还能煮豆浆、点豆腐。房间挂着荞麦、莜麦的麦穗和亚麻秆，乔麦喜欢这三样东西，像她的脾气秉性，吃苦耐劳、坚韧顽强。乔麦知道爹爱养鸟，鸟儿蹦一蹦，唱一唱，爹浑身就解除了疲乏。两只鸟儿身上粘了鸟屎，将彩色的翅膀糊住了。乔麦打开笼子给鸟洗澡，鸟抖了一下，伸出嘴来啄着她的手指。乔麦怜惜地笑了："娘，鸟儿认出我来了。"

乔麦娘咯咯地笑了。

乔麦看见墙壁贴着贫困户登记卡。她愣了愣，她不知道家里啥时候成为建档立卡贫困户了，急忙追问："娘，家里出啥事啦？"娘清理豆腐渣，淡淡地说："真是要紧的事。"乔麦一愣，说："娘，到底是啥事啊？急死我了。"娘不以为意说："咱家沦落成贫困户了呗，还能有啥事啊？"乔麦低头看着贫困卡，上边写着致贫原因：疾病。乔麦瞬间就明白了，乔木有病，娘有病，全家人的顶梁柱就是爹了。乔麦娘说："你爹知道你那养鸭不容易，不让跟你说，咱家致贫的原因，不光是有了病人，还有受了假种子的害，你爹把莜麦换成了大豆。谁承想那家种子公司送过来的是假种子。"娘说着叹了气。

乔麦吃了一惊，愣了愣："听说过假种子害人，没想到摊到咱家了，不能就这么完了。"娘说："被假种子坑的不仅是咱一家，还有你哥一家，村里还有好几户。种子钱是小事，播种下去不长苗啊，时间不等人啊！"娘越说越激动，脸涨得通红。

乔麦屏息敛气，无言以对。

乔本春扛着锄头回家了，他绷着略瘦而微黑的脸，看见乔麦就甜蜜地笑了。家里人中，爹最惦念的就是乔麦。乔麦说："爹，回来啦？"爹坐下吸着烟说："苇秆儿咋没来啊？"乔麦心里一疼，支吾说："他，他上学前班了，我怕耽误课。"爹以为乔麦不知道大豆的事，就转了别的话题。乔麦娘望着老乔的脸，说："她爹，毕竟乔麦也出钱啦，大豆种子的事，我跟乔麦说了。"乔麦说："咱农民种地容易吗？不能就吃哑巴亏，告他们，让他们赔偿。"老乔的话里就夹枪带棒了，愤愤地骂："假种子坑农，粮站低价收购也坑农，不如自己买大豆做豆腐卖。"乔木凑过来了，以悲怆的语调说："爹，别难过了，已经起诉那家公司了。妹，你放心，追回钱来先还你。"

乔麦瞥了哥哥一眼："我那钱是孝敬爹的，哥，这家公司有经营种子的许可证吗？"乔木眨巴着眼睛说："都有，齐全，他们说也是受害者。"乔麦继续问："这些地赶紧补种莜麦啊！"乔木说："补种了圆白菜、西蓝花。"老乔欣慰地说："到啥时候，还得靠党和政府啊。村党支部和驻村扶贫干部帮助补种了白菜、西蓝花，最近还有好事，扶贫干部争取了一笔资金，在村里建起了一百二十个温室大棚，贫困户优先租种，一个大棚一年租金一千块。"乔麦愣了愣，笑道："爹，大棚里还种大豆吗？"老乔的脸上晴了天，说："不种粮食了，也不种大豆了，我们有了新的种植技术和品种啦，乔麦你猜猜。"

乔麦摇着脑袋说："爹，我一个养鸭子的，也没到现场，咋会猜得到呢？"乔木憋不住说："种植微型红薯，小红薯特别甜。"乔麦点点头："这不是挺好吗？"老乔将手中的烟掐灭了，说："村里请来了省里的专家，专门给授课，帮助我怎样选择薯种、浇水、喷药、施肥，讲得头头是道，看来这回要挣点钱了。"乔麦叮嘱说："爹，这回别折腾啦！"老乔咳嗽了一声，皱着眉头说："本来咱家底薄，谁愿意折腾啊？其实，我喜欢种粮食，手里有粮，遇事不慌嘛！"乔麦说："微型薯挺好，挣钱就行啊。"老乔摇摇头，说："你的观点不对，国家提倡粮食安全，我们当农民的应该给国家分忧。国家需要大豆、玉米，如今搞了一个大豆、玉米复合种植法，明年不种菜了，就搞这个复合种植。"乔麦以夸奖的口气说："我爹就是觉悟高，我支持你。爹，你先别较劲，先把小红薯种好，挣了钱再说。"乔木插嘴说："这小红薯啊，也不是容易管理的，薯苗儿不是直接种在大棚里，而是移栽红薯苗儿，选薯苗儿还是一关哩。"老乔瞪着乔木说："儿子，你多多留意红薯，爹还是想种粮。"

乔麦看出爹对粮食有感情，看得远，她为爹的高瞻远瞩而心生敬意。西窑村的乡亲都知道，乔麦的爷爷乔柳树，当过村保管员，因偷了公家的粮种被抓，挨批斗的时候病死了。其实，爷爷偷粮食救活了几个乡亲。爹的嘴里常常挂着："狗日的粮食！"如今这个家庭看似平静，受刺激的事还在粮食上。乔麦头脑里一片空白，低下头苦笑："爹，哥，愿你们不再受假种子伤害，祝福你们在微型红薯上脱贫。"老乔叹了口气，说："爹老了，有啥能耐？一个种田的能吃苦，赶上了党的好政策，政策好了，这几年国家扶贫扶到咱穷人的心坎上了。爹现在的的确确最惦念的就是你，你那儿过得咋样？"乔麦心头罩着阴影，像个哑巴，低着头不吭声，流泪不止。乔麦娘瞪眼说："这孩子，快吃饭，吃饭你哭啥呀？"

老乔一愣，问："家里出啥事了吗？"

乔麦轻轻瞟了姚丽蓉一眼，摇了摇头，固执己见地说："爹，建档立卡贫困户不丢人，证明是一种资格，你有资格享受国家的优惠政策，人活一世，不能混吃等死，总应该拼一把。"

姚丽蓉说："乔麦，你别忽悠他们了，拼啥啊，种田多不好挣钱啊，别是钱没有挣来，人搭进去啦。"

老乔不爱听，愤愤地骂："屁话，一次被骗，就啥也不干了，人活着就是干活。"

姚丽蓉毫无惧色，梗着脖子说："你个老东西，要干你干？反正我们乔木不干！"

说着，她拽着乔木就走了。

乔木和姚丽蓉去了隔壁他们的家里。吃过了饭，乔麦娘又去豆腐房磨豆腐去了，屋里就剩下乔麦和老乔。乔麦说："爹，你到底想干什么？干吗冲着丽蓉发那么大火？"老乔倔倔地说："你嫂子人不行，好吃懒做，整天打扮，要不冲你和你哥，早给她轰出去了。"

乔麦知道姚丽蓉人品，懒得说了，跟爹的话题聊到了大豆假种子的事，爹跟他讲了讲假种子的来龙去脉。现在这几家贫困户由李大海挑头，将那家公司起诉了。乔麦以平稳的口气说："对，我们农民就是要依靠法律的武器来维权。"乔麦说话的时候想起了种子的事儿，记得王德跟自己说过，如果回张家口老家，替他留心一点种子。伍宝库收藏老种子，将来要捐献给国家种子库。乔麦问爹说："爹，您手里还有没有好的种子？"老乔想了想，说："我有乔麦、莜麦、玉米、土豆和亚麻种子。"

乔麦想了想，说："白洋淀新区那边，有朋友收藏种子，要是有大豆的种子，我给爹留心点。"

老乔说："还是给我弄点好的大豆种子吧！"

乔麦一愣，问："爹为啥那么青睐大豆啊？"

老乔掰着手指头说："豆子可是好东西，可以榨食用油，可以造酱油，提取蛋白质，还能磨豆腐，你看你娘每天磨出六屉豆腐，就能挣一些钱回来，家里的日子就会渐渐好了。”

乔麦抬起头来，眼里闪着亮光。

三天后的下午，乔麦风尘仆仆地回来了。

乔麦迈进家院子的时候，雁子蹲在地上洗鸭子，乔麦心中热乎乎的。雁子惊讶而尴尬地朝她笑笑，说：“你回来啦。”腰里硬没在家。乔麦轻轻地说：“回来了。刚才我在河边看见鸭子挺欢实的，现在又看见你侍弄鸭子，辛苦你啦。”

雁子微微一笑，说：“咱们姐俩用不着客气。那你歇会儿吧，我……回去啦。”

雁子噘着嘴，一拧一拧地走了。

黄昏时候，腰里硬进了家，腿一迈进院子，就怪声怪气地喊：“亲爱的雁子，快快迎接你老公。”

腰里硬惊奇，迎出来的竟然是乔麦。

腰里硬打了个愣：“是你？这么快就回来了？见到丽蓉了吗？”乔麦心想，你不问我哥的身体、老人的身体，上来就问姚丽蓉，故意闷着头不说话。她嘴上说的是：“当然，我想鸭子了。”腰里硬问：“鸭子？你就不想我吗？雁子呢？”乔麦说：“回她家了，是她自个儿要回的。”腰里硬沉了脸，说：“你怎么没有良心，你回家的时候，人家雁子给你喂鸭子，你不撵她走她自己能走吗？去，把雁子给我找回来。”

乔麦赌气说：“你不是喊她老婆吗，自己去找，不信你就现在打电话问她呀。”

“吃了豹子胆了，你还敢跟我横啊？”腰里硬骂了句脏话，一脚踹倒了乔麦，解下腰里的大腰带就抽，她的身体被抽肿了。

乔麦气得浑身直抖，奋起反抗，随手抓起餐桌上的盐罐子，朝着腰里硬狠狠砸去。

哗啦一响，陶瓷盐罐子碎了。白色的食盐撒了一地。好在里头盐也不多了。

腰里硬说：“你豪横啊，竟敢在家砸盐罐子啊！日子不过啦？这就是砸盐店啊！你知道盐在白洋淀多金贵吗？”

"我就砸盐店啦！"乔麦眼泪没擦，倔倔地吼。

乔麦从铃铛奶奶嘴里听过砸盐店的故事，那年月缺盐，如果不是盐的事，怎会发起一场轰轰烈烈的农民暴动。

乔麦故意到了王决心家里，听铃铛奶奶讲砸盐店的农民暴动。

王决心看见乔麦来了，有些手足无措。

他只好跟着听，奶奶当年做鱼丸，没有盐怎么行啊？

铃铛说："乔麦想听砸盐店，决心也过来听一听，你好知道咱家族的英雄王学武。当年日本鬼子将他的人头挂在城楼，如今都没找到下半身，你打听着点，找到了我亲自给他并骨，你奶奶也算了却一码心事。"

王决心点点头："奶奶，你说过好几遍了，我留神找呢。"

铃铛嚅动着嘴巴说："民国十七年，直隶改称河北省。七月，国民党在新水县建立了支部，新水县公署改为县政府，县知事改称县长。春去冬来，日子过得飞快。一晃就到了一九三一年冬天，大雪的节气到了。我看见父亲迎来了三位客人，其中一个是王学武。"

王决心调皮地说："王学武二爷是您的偶像，这个我知道。"

铃铛说："王学武穿着棉长袍，戴着黑色礼帽，那叫精神。他们到新安县搞农民暴动的。王学武脱了棉长袍，摘下了礼帽，微笑说，既然饭熟了，我们边吃边聊吧。我把炖鱼端上来了，故意放在王学武那边，王学武吃了一口，直接说，这鱼咋这么淡呢？母亲长叹一声，没有盐啦，用了点硝盐。他问什么是硝盐啊？硝盐就是老百姓自己熬的，穷地方的老百姓买不起官盐。王学武把筷子啪地一摔，厉声吼，狗日的，我们砸盐店！"

王决心笑道："这性格，痛快，我喜欢！"

铃铛叹息着说："你身上有王学武那股子劲头。可是，哪有这么一帆风顺的，王学武被家人拦住了，祖上王耀宗不干啊！王耀宗说咱们白洋淀有句土话，有钱难买回头看。清顺治元年，农民抗清起事，四面围攻新安城，未破。清顺治六年，淀区白莲教起义，驾舟百余只，欲攻克安州，州守陈圣治率兵镇压，杀害白莲教百余人，攻城失败。还有，清同治元年，捻军从南向北推进，新安城告急，戒严五个月啊！乡绅招募壮丁，昼夜守护，捻军南退至北大堤，因新安城四面环水未入。是年七月五日，安州、高阳、容光、博野等十四个县农民相继起义。很快遭到清兵的镇压，最后怎么样？血流成河啊！王学武说，爹，您放心，我们这一次与以前不一样。王耀宗问，你说怎么个不一样啊？王学武脸上冒着红光，说，我们是共产党人，共产党人领导农民闹翻身，农民一定会翻身！"

乔麦心中扑腾扑腾地跳："奶奶，后来怎么样啊？成功了吗？"

铃铛颇有兴致地说："王学武的性格，家人拦不住，第二天上午九点钟，党员和群众都来到指定地点安州东大洼。松散的农民、渔民拢在一起，攥成铁拳头。三十几个村的农民纷纷组织起来，创办了农民协会，挂起了一块块棕底黑字的牌子。以砸盐店为由头的农民暴动席卷新安城。人们呼啦啦地来了。"

王决心的心提到了喉咙口，呼吸也软了。

铃铛白色的眉毛哆嗦着，接着说："愤怒的人群蜂拥而上，首先把官盐店砸了。有人安排分盐，我们随着众人涌向东大街盐商孙见喜的私盐店。他们没有任何准备。他家雇用的盐务缉私队和大家伙小规模地交锋，大家就砸开了大门。守盐店的盐务缉私队不堪一击。人们一窝蜂冲进去抢盐，那些赶集的群众扛着食盐跑了。老百姓瞬间感觉翻了天，个个扬眉吐气。"

王决心嘿嘿一笑："好，我要是赶上那个时代，我也会去砸盐店！"

铃铛叮嘱说："三儿啊，奶奶跟你讲这些，就是让你成为王学武，也让咱王家咸鱼翻身。"

第二十六章　转型

太阳疯狂地蒸晒着大淀。

赵国栋、郝奇、贺军和郑继刚等人乘船登上王家寨码头，下船时已经汗流浃背。

赵国栋站在码头向天空望去。一只大雁孤零零地飞着，翅膀闪闪发光，青灰色的羽毛闪烁着铁一样的光芒。他最后看见了那架古老的风车。没有一丝风，风车停止了转动。几条通往淀水的街道上，几乎连人影都看不见。

鞋业大王申万胜突然出现了。

申万胜望着赵国栋，热切地说："赵书记，您好。"申万胜声音颤抖，绝望的目光在赵国栋的脸上打转儿。

赵国栋愣了愣，问："万胜，大热的天，你怎么在这里啊？"

申万胜一脸的疲惫，脸被太阳晒成了褐色，被汗水打湿的汗衫翻卷着边儿，嘴唇干裂着，显得很落魄。他显然满肚子怨气："赵书记，您一下令，我的鞋厂关了，我们民营企业怎么活啊？还有那么多工人怎么办？"

赵国栋愣了愣，说："怎么办，我不是推荐杨义成帮助你转型吗？进展怎么样？"

申万胜哭丧着脸说："说得轻巧，没人才没技术，往哪里转型？杨义成我们谈过两轮了，他让我干芯片研发，咱小家薄业玩不了那个啊！"

"哦，原来是这样。"赵国栋说。

贺军刚到新水县，申万胜跟郝奇走得近，消息一准是他透露给申万胜的。

申万胜大声说："您知道，我们是咱新水县响当当的改革者、纳税大户。今天怎么成了罪人啊？"

赵国栋在郑继刚搀扶下下了船，他苦口婆心地说："万胜啊，你以前鞋业应该淘汰了，白洋淀新区成立后，谁污染白洋淀，谁就不是改革家。只有适应新时代的创新企业，才称得上改革家。"

申万胜一筹莫展，迟疑了一下，说："创新，谈何容易啊，我听政府话了，彻底关了鞋厂，双手空空，我就是改革家啦？"

赵国栋声音柔和一些："当年你是改革家，民营企业家。企业家，改革家，不是土老板，我们在白洋淀治理上就是要大刀阔斧地改革，你要担起企业家的责任来。"

申万胜手里拿着一份杂志，激动地大喊大叫："赵书记你看，我过去被大巴掌写文章，还登上了《改革家》杂志封面，文章上了头条儿，今天我又以污染企业家身份出现在这个头条，还批判了我，我就是想不通！我们县里的民营企业家看了以后都非常气愤，你必须给我一个说法，我们为白洋淀新区出力，难道热脸贴冷屁股，一点不要民营企业啦？"

赵国栋说："你误解了，不是不要，是让你们在白洋淀环境里成功转型，活得更好。"

"万胜，怎么转型、转什么，还要你自己想。到时候赵书记会支持你的！"郝奇瞪了他一眼，说。

"老申，回头我们细聊。"贺军也说。

申万胜被扔在码头，痴呆了似的张望着。

赵国栋在郝奇、贺军和郑继刚陪同下去了王家寨村委会。村委会有胡玉湖、王德志、孙小萍、王决心等恭候着。孙小萍将苹果、草莓、香蕉和葡萄摆上了桌面。

赵国栋听了县里、村里治理白洋淀垃圾、排水之后，作了重要讲话。贺军书记宣读了水村管理的严格规定。

赵国栋点点头，说："党的十九大以后，我主动到王家寨蹲点包片，来的时间不多，但是，还是非常牵挂的。引来黄河水，王家寨乡亲踊跃出了义务工，走在了前列，白洋淀水质已经好转，新区政策落地，我就想到乡村振兴的话题。乡村振兴的政策怎样惠及乡村，咱们就这个座谈一下。"

胡玉湖咳嗽了一声："谢谢赵书记关心啊，我先说说。最近我们村党支部学习了一些文件，新区成立，大家高兴，可是他们原有的生活打乱了，转型，谈何容易啊，老百姓急需产业振兴，必须由组织振兴做保障。没有人才一切无从谈起。"

郝奇插话说："贫困村，我们配备了第一书记，因为王家寨不属于贫困村，但是，村里有一些贫困户，就派了几个对口干部。"

赵国栋想了想，说："我们可以找补上嘛，乡村振兴派上第一书记嘛！"

郝奇望着贺军说："贺书记，你听见了吧？"

贺军点点头，记在了笔记本上。

赵国栋在心中早就品评了孙小萍，对她为村里做的事、是不是党员，都了如指掌。他微笑着说："贺书记，人选不就在眼前吗？"

大家的目光都集中在了孙小萍的脸上。

孙小萍一时间满脸通红，实际上，每个人的目光都没有特殊含义，谁也不能马上表态，看看她怎样突破模糊状态。

孙小萍无法表态，说重了，胡玉湖心里不舒服；说轻了，可能违背赵国栋书记的意愿。

"小萍？当然最合适了。人家在福建有挂靠单位，愿意调过来吗？"胡玉湖说。

赵国栋说："小萍同志的能力，不用我多嘴了吧？下面我们就诚挚地邀请孙小萍同志，真正落户白洋淀，大乐书院属于你，王家寨也是你的舞台。"

郝奇有些惊讶："小萍，你的工作关系在……"

孙小萍讷讷地说："在福州文化局的文化中心。"

赵国栋说："小萍，我的意见怎么样？如果你同意就整个融入新区吧，做王家寨第一书记。"

"赵书记，您和玉湖支书都是我尊敬的领导，我才疏学浅，能够胜任吗？"

赵国栋武断地说："别谦虚了，你必须答应我！"

孙小萍最终服从了赵国栋的安排。

"好啊，真是缘分啊！"胡玉湖深深吸了两口烟，眼睛熏出了眼泪。

王德志、王决心和孙小萍纷纷散去了。

赵国栋、郝奇、贺军和郑继刚继续留在胡玉湖的身边。赵国栋转了话题问道："胡支书，我今天提到组织振兴，推出了孙小萍，你不会背包袱吧？"

胡玉湖摇头说："没有，这个孩子是我发现的，我是她的伯乐啊！她喜欢书院，本来是想让她接替杨牧仁的，没想到这么能干！我也在想啊，自己的孩子在北京卖鱼安家了，自己应该看孙子了，可是，我不服输，还想为村里干成一件大事，来个完美谢幕，恐怕是燕赵悲歌啊！"

赵国栋憨憨一笑，说："你老胡德高望重，群众基础很好，再来个完美收官，将年轻人抬上去，功德无量啊。"

胡玉湖说："赵书记，真有点力不从心了，比如村里建设数字乡村，义成派人来讲了几遍，我怎么也听不懂，只知道上宽带，上网方便。老了老了，还得年轻人上了。"

赵国栋哈哈笑了："我也是啊，我们都是奠基人，咱新区将来就是智慧城市，交给年轻干部来管理。"

胡玉湖说："我把数字乡村的事，交给王德了，王德文化也跟不上，他只能依靠你们家的杨义成了。"

赵国栋说："义成不愿当官，愿意搞科技。我们说说别的吧，咱们村渔民转型怎么样？老百姓不能网箱养殖、不能养鸭和不能打鱼之后，他们有什么样的收入呢？"

胡玉湖叹息了一声："只能外出谋生了，有的在北京新发地卖鱼，有的到新区工地打工，还有的外出打工了，到了国外劳务派遣。"

赵国栋脑子里闪现着申万胜的影子，他久久地直着脖子，发出尖声的咳嗽声。

郑继刚给赵国栋倒了一杯开水，说："赵书记，您还生申万胜的气吗？哎，今天怎么碰上他，您过来是谁走漏了风声啊？"

郝奇转脸望着贺军说："贺书记，我把新水县交给你了，民营企业还要扶持，我通过申万胜的鞋业，对民营企业有所思考。民营企业在白洋淀建设中能不能挑大梁，能不能分到一杯羹呢？"

贺军点点头，似有所悟。

赵国栋关切地说："我们的建设以及市场融资模式，还是以央企国企为主，但是，民营企业也不是没有份，一样具有参与能力。我们还真得深入研究这个问题。民营企业现在遇到了困难，走到了十字路口，他们遇到了好多的难处，也有自身的局限，也有我们政策落实不到位的问题，当然也有企业自身的问题，民营企业规模小，融资难，人才匮乏，怎样跟上白洋淀步伐，在白洋淀建设中起死回生，要好好研究研究。"郝奇点点头，说："是啊，如果我们身边的民营企业都倒闭了，也是我们不小的损失啊。就业，纳税，民营企业还是有功劳的。"

赵国栋思虑重重地说："我们一定引导民营企业走创新之路，不创新死路一条。你们想想，就拿申万胜为例，他关闭了企业，手里几个亿的资金躺着睡大觉，这样容易造成资金外流，一定要利用起来，我们都想一想。"

郝奇说："申万胜小农意识难当大任，干点儿力所能及的活儿还凑合。他当年的京胜鞋业，如果不是老省长助推，怎么能够上市呢？他是挣过大钱的，手里不缺钱，所以他还是想干大的。"

赵国栋想了想，说："你们也摸一摸，我和管委会、白洋淀集团也开会研究研究，我们白洋淀的产业，将来在白洋淀主城规划好以后，大规模建设，他们怎样融入其中。就是说，申万胜这样的企业家能干点儿什么？我们能做好服务，能帮就帮帮，要让我们的企业家对自己下手，勇于改革，只有革到自己的命，才能成为新的改革家！"

申万胜沮丧地回到家里，天渐渐黑了。

三个民营企业家在门口等他，看他萎靡的样子，估计谈得不好。

过去申万胜很霸气，在三台镇说一不二，吼一声，地动山摇。韩文革试探地问："大哥，赵书记怎么说呢？"申万胜气得脸上紫涨，暴咳不止："赵书记说了，过去我是改革家，现在形势变了，要用新的改革家来革我们的命，他让我们自己蜕变成为新的改革家。"家具厂老板范大海骂："这是什么屁话啊？这哪儿跟哪儿啊，他就是保环境不管我们死活，让我们当新改革家，那是需要人才和资金的，吹糖人那么容易啊？"

申万胜在客厅慢慢坐下来，他由气愤转为伤心，但没流泪。他喝了一杯茶水，说："在王家寨码头，见到赵国栋主任，郝奇书记也在，反正我都说了，不行拉倒，总比坐着等死强。"韩文革叹息说："他真是这么说的，就是推诿，他大权在握，要是一点儿也不管，我们就告他不作为。"范大海侧目望了望韩文革，嘴角拉开一丝讥讽："笑话，在白洋淀跟赵国栋较劲，做梦吧，没等你缓过劲儿来，就有人收拾你了。他那个小舅子杨义伟是省油的灯吗？"韩文革凑近了申万胜说："申总，我们再找找甄爱社副省长呢？"申万胜压抑着内心的种种不满，讥讽说："你小子脑袋进水了吧？你还以为是过去，找找领导打个招呼就结了？如今挨着红线的事，谁敢说话？就是说了话能够管用吗？"范大海拽了韩文革的胳膊说："别说了，走吧。"

韩文革和范大海沮丧地走了。

申万胜没有起身送他们。老朋友了，不用客气。今天的事深深刺激了申万胜，重新唤起了他对赵国栋的评价。赵国栋的廉洁和正派，是有目共睹的，而且连杨义伟也这样说。

申万胜悄悄走到了别墅二楼的阳台上，心中憋闷，他双手护着嘴，向着远处吼了一嗓子，然后骂了句："我操他娘！"

他骂谁，自己都搞不清。

申万胜呆呆地站着，显得像傻瓜一般。他从阳台上拿出一双鞋，触景生情，过去披红戴花的情景又出现在眼前，一幕接一幕。他得了无数的奖状、奖杯。当年创业的辉煌，又浮现在眼前，那是何等地荣光？人们用敬佩的目光羡慕他，他几乎忘乎所以，公司香港上市回来，人们像迎接英雄一样敲锣打鼓迎接他，围着问这问那。过去还有甄爱社副省长给他撑腰，如今没有领导敢说话了，他这是叫天天不应，喊地地不灵，他有可能就这样悲壮地退出历史舞台了。如果他退出舞台，那么薪水的民营企业家就彻底消失了。他不甘心，即便不污染，过剩的市场也会让他倒闭。他的难处也是大多民营企业的难处，多年来，他在艰难的夹缝中生存。国家粗放式的发展模式结束，各行各业都难赚钱。首先说融资难找，找不到突破性的好项目，融资是非常艰难的。有个好项目首先得有人才，留不住人才，产业升级就是空话，民营企业留住人才有多难？政府号召搬走，搬到哪里也是白搭，鞋业产能已经过剩，生机无望。

申万胜深感这一行业的困境，只能换赛道改行了，可是换到哪里去呢？申万胜一副破落相，如同鬼魂一般游荡，无力自拔。

夜深了，申万胜睡觉的时候，翻来覆去睡不着。自从母亲去世，他常做噩梦。

妻子马琴虽然不管他的事情，但是，知道丈夫因什么而煎熬。自从鞋厂关闭，她给他说着宽心话，给他做好吃的炖鱼，给他温柔的抚爱和体贴。申万胜脾气不好，多少年来，她情愿当了他的出气筒。马琴平静地说："当官也有退休的时候，你都六十的人了，非要继续干企业吗？我们也不缺钱了，孩子也成了。该养身体了，还求啥啊？"

申万胜叹了一口气，说："你不明白，咱县我是民营企业家的头。企业处于最困难时刻，我想转型，给他们带个头。"

"万胜，娘也没了，要不我们一家移民吧！"马琴兴奋地说，"你想干，在国外继续干你的老本行，做鞋，听说大奎在哈萨克斯坦的鞋厂开得挺好。"

申万胜摇摇头："你睡吧，我的根在白洋淀。"

马琴生气地说："当年你成为功臣，如今你是白洋淀的罪人。你现有这点钱，还想都扔给白洋淀啊？"

申万胜说："跟我打天下的管理者和工人，你说多少人啊？他们眼睁睁看着我呢，我老申拍屁股出国了，他们拉家带口的，生活怎么办？"

马琴嘟囔说："你要想这个，就自己想吧。"

马琴躺下重新睡了。申万胜仍然在黑暗中醒着。他比一般企业家更能深远地考虑问题。

第二天上午，让申万胜惊喜的事来了。赵国栋的秘书来了电话，让他到容光一趟，赵国栋在办公室等他。申万胜带了一箱好茶，提着皮包就过去了。

申万胜走进赵国栋的办公室，赵国栋正在跟李永军副主任谈白洋淀新区规划的事情，李永军一看申万胜来了，简单说了几句走了。

赵国栋马上将民营企业家邢天下叫了过来。邢天下不仅认识申万胜，两人还是好朋友，他们紧紧握了握手，转身坐到了沙发上。

赵国栋端着水杯走过来，说："老申，昨天在王家寨你是不是对我有了意见呀？乡村振兴，我在王家寨包村蹲点，有好多工作，没有时间回答你。希望得到你的谅解！"

申万胜由衷地笑了。

他一夜未眠，眼睛都熬红了。他本来就想找邢天下倾诉倾诉肚里的苦水，哪知道在赵国栋办公室见到了他。

赵国栋亲自给他沏好了茶水，坐下来，郑重地说："老申，我过一会儿还有会议，咱们长话短说，我主持拆掉了你的鞋厂，鞋业停牌了，这不是我的错，大势所趋嘛，就是甄爱社在这里，他也得给你关掉，如果不是我，别的领导也会这么做的。请你不要恨我，我昨天说到你曾经是新水县的改革家。但是，那是老黄历了，新时代新常态来了，当然，你成为新的改革家的机会也来了。"

申万胜眼睛一亮，疑惑地问："这是？赵书记请明示。"

赵国栋声音洪亮地说："我跟你说过，新区政府和新水县政府不会不管民营企业的，我一直在强调民营企业加入新区的建设大军。我说出去的话，泼出去的水，哪能收回来呢？可是一直苦于没有合适的项目，早上我就跟天下通了电话，其实我对你的事情早有布局，天下具体说给你。"

邢天下嘿嘿一笑："是啊，万胜兄，赵书记可是挂记着你呢，惦记在心上，他早就叮嘱我了，让我在北京拉投资，在白洋淀搞大旅游，一旦谈成了，让你加盟。现在这家股东找到了，北京东方文旅集团。

所以要请你这大老板出山啊。"

申万胜心头一热，心中五味杂陈，眼泪在眼眶里打转，不知说什么好了。

赵国栋嘿嘿一笑，说："这家集团公司看中了白洋淀旅游这块肥肉，愿意独家经营，我没有答应，我说必须带上我们白洋淀的民营企业。"

申万胜感动地说："谢谢赵书记，对不起，是我心里没底，太急躁了，误解了您，请您原谅我。"

赵国栋一笑："不用自责，这么大的改变，你有情绪是必然的，谁转型不痛苦啊？"

申万胜感动地说："是的，资金没处去，憋得难受啊！"

赵国栋说："我们白洋淀新区，白洋淀是我们的大宝贝，最好的旅游资源，白洋淀新旅游开发，是个大的事情，过去的旅游显然不能适应新形势了，要搞高品位的现代旅游，与我们白洋淀新区才匹配，改造的时候融进高科技，还要布置 5G 的基站。我们的生态涵养区，既要保护白洋淀的水质，同时又给游客带来享受。"

申万胜和邢天下洗耳恭听。

"淀里有荷花岛、文化苑、荷花大观园、鸳鸯岛，游客来度假，可以赏荷、垂钓、游泳、实景表演。邢天下是圈头人，你是三台人，都是我们白洋淀人，你过去的企业污染了白洋淀，今天你们要用手中的资金来养护白洋淀，同时还要借助大旅游，为你们的企业带来效益，这就是我们说的良性循环。"赵国栋如数家珍地说，"你们俩可以到通州环球影城看一看，学习人家的经验，我们白洋淀也可以搞嘛。"

申万胜想了想，脸上浮出笑意："企业转型升级确实很难，我还真没有想过旅游，鞋是不能干了，不仅是污染，还有产能过剩。昨天晚上我老婆还逼我移民出国呢，我一直没有动心，我是中国的企业家，我挣的钱，要回馈乡亲们，回馈白洋淀，我终于找到了新的竞技场。"

赵国栋哈哈笑了，大声说："老申，这不就是一夜之间柳暗花明吗？过去你申万胜是响当当的改革家，那是历史了，你今天把白洋淀旅游搞好了，功德无量，就是新的改革家！"

申万胜谦逊地说："我不敢称家，就是一个小老板。一定按您指示把旅游办好。"

赵国栋看看表，站起来说："我还要开会，天下带你去北京跟北京东方文旅集团的吕总接头。整体投资可能在十个亿左右，谈妥投资比例，划定股权，搞好规划，把我们的码头、旅游场景，规划好建设好，把老乡的旧船全部换掉，换上美丽漂亮的画舫船，搞现代新旅游。"

申万胜眼眶湿润，感恩戴德地说："您研究透了，工作这么忙，还想着我，我申万胜只有好好干，不给您丢脸！"

赵国栋拍了拍他的肩膀，欣慰地点头。他有一种成就感，申万胜跟杨义伟不一样，他是个优秀的民营企业家，必须重新唤起他创业的勇气，让他重新找回民营企业家的自信和力量。

申万胜和邢天下欣欣然地走了。

第二十七章　扶贫

天气闷热，容光县城熙熙攘攘，人流像泡沫一般闪烁。人们能闻到县城特有的那种混合味道，马路两侧是一片片的巨幅服装广告，还有假人模特陡立的橱窗。容光人引以骄傲的是服装，人和服装广告形成了五颜六色的世界。

王德独自一人走在县城的大街上。

走着走着，蒙蒙细雨落下来了，雨雾四处飘舞。他感到一种惬意、湿润的清爽。他刚刚与杜梅离了婚，离婚说复杂就复杂，说简单也简单。孩子和钱都没法分清。茜茜面临考初中，服装厂的资金都在厂房和设备上，流动资金是为了生产。

王德要回王家寨了，伍宝库和王永丽给他送行。家宴饭菜很丰盛。顾凤娇泼泼辣辣地下厨做饭，王永丽帮衬着打下手。到了喝酒的时候，王德举杯说："姑父，我想离开容光县到外地扶贫，开始重新创业了。"伍宝库当场气得半死，捶胸顿足老泪四溅。他把筷子一摔："王德啊，这么大的事，咋不跟我们说清楚呢？你就私自决定了？"

王德和顾凤娇都愣了。顾凤娇埋怨说："你没有跟姑父、姑姑说清啊？撒谎可不好！"

王德连连摆手说："姑父，我还没有说完呢，大哥和永泰爹让我回王家寨扶贫。"

"这还差不多，回了王家寨，你到了那儿好好照顾你爷爷、我娘、我大哥啦。"王永丽欣慰地说。

王德自罚了三杯酒："姑，姑父，开始是想跟大哥去深圳开公司来着，可是，离婚的时候杜梅也没分给我钱啊！没有本金咋开公司啊？那的房价贼高贼高的。"

顾凤娇有点明白，脸色一沉。

王德看了看顾凤娇的脸色，说："我回王家寨挺好，毕竟是王家寨养育了我。你们放心吧，我肯定能成功！"

伍宝库吃着菜，拿出手机看了看。他收藏粮种，屋里屋外挂着粮种。

王德背着行李，拉着顾凤娇的手离开了家门。

王永丽和伍宝库冷冷地坐着，送都没送。老两口心底还是有怨气。王永丽叹息着说："王家寨水污染了，我还没法跟我娘跟我哥念叨。王德这孩子真让人不省心，跟杜梅离婚了不说，还和顾凤娇回王家寨，义成也是糊涂了，咋给他出了这么个馊主意？我哥瞅着凤娇不是添堵吗？"

"义成考虑王家寨家里缺人手，既让王德受到锻炼，还让王德照顾照顾家。"伍宝库分析说。

王永丽陷入苦闷的思想里。

伍宝库叹息一声，说："王德这些年，就像咱的儿子一样，我舍不得孩子走啊，我们要是有自己的孩子就好了。都怪我的种子不行啊。非要认水上飞的孙子干亲，不说基因不行，王德毕竟不是你们王家的血脉啊！"

王永丽生气地说："别怪我们王家，医院出证明了，责任在你。不是母鸡不下蛋，是你公鸡不打鸣儿！"

伍宝库说："唉，是我拖累了你啊！我研究了一辈子种子，到自个儿身上却种子坏啦！"

王永丽擦了擦眼泪，赌气地说道："别说这没用的了，王德这一走，跟凤娇结婚，往后就怕是指望不上了。我还担心啊，如果住到我娘那儿，我哥瞅见顾凤娇，还不得气死啊？"

伍宝库沮丧，略有悔意地说："这孩子名字我起的，起错了啊，王德王德就是无德嘛！无德还能干啥好事？没救啦！"

王永丽又呜呜地哭了起来。

伍宝库拍着床帮说道："哎呀，我求你了别哭了行不行啊？你就是哭塌了天，有啥用？我们要好好保养身体，相互照应吧。"

王永丽说："我哥说了，往后让王决心给我们养老送终。决心这个孩子比王德靠谱儿。"

"决心还没个家哪！"

"那也不能打一辈子光棍，晚婚呗！"

他们的话音刚落，王德突然闯进来了，跪在伍宝库和王永丽面前，有声有泪："姑父，姑姑，我王德刚刚没有走，在墙根下偷听你们说话。我怕你们难过，我都听见了，我王德虽然有毛病，但是，我绝对不是忘恩负义的人，更不是无德之人。不用决心，有一点你们尽管放心，我王德一定给你们尽孝心的！"

伍宝库喉咙一热，急忙拽王德："孩子，我信，我信。"

王德说："老三说了，跪天跪地，跪爹娘，我跪杜梅好几回了，给你们丢人了，我发誓啊，以后我不会再给任何一个女人下跪了！"

王永丽泣不成声了："王德说得好，终于有了志气。"

王德想起一个事来。尽管王永泰跟胡玉湖商量妥了，他还是心中没底。如果来扶贫，答应他挂名扶贫办公室主任；如果来投资数字乡村，那就再盖一些车间，存放遥控设备。王德陷入两难，是扶贫建玩具厂，还是投资数字村庄？

尽管村里人都熟悉，王德觉得还是找杜梅开一封介绍信，算是优派服装厂派去扶贫的。一是证明王德在服装厂的身份，二是玩具厂的玩具由优派服装销售。

王德和顾凤娇来到了新水县城，在白洋淀不夜城选了两个摊位，一个摊位开饭店，另一个办王家寨产品展厅。

王德第一天回村，就到村委会报到。

胡玉湖在村委会给他安排了一间会议室。胡玉湖叮嘱一番，说明天村两委开会，宣布王德为乡村振兴办公室主任，然后接风洗尘。王德就去了王永泰家，养父和王决心都不在家，到了铃铛奶奶屋里，看见老人搂着花猫睡觉，奶奶和花猫都睡得香甜。他不忍心惊动奶奶，就去邻院看望自己的亲爷爷水上飞。水上飞已经痴呆多年了。王德搀扶着老人的胳膊在村里转了一圈，见到熟人打着招呼。水上飞依旧扛着那根棍子雄赳赳地走着，像是扛着大抬杆去打仗。

人在变，白洋淀也在变。

王家寨的路是沙土垫成的，晴天里沙土飞扬。只有村街小巷是砖头铺就。王家寨所有通路的地方，都是为活人通的，唯有一处不是，那就是王家寨墓地。东北方向的水塘边，有一块很大的坟地，在朱家进村之前，那是一片乱葬岗子，渐渐形成了墓地，据说淀边墓地风水好。

水上飞扛着棍子，颠到了墓地。

王德望着水上飞爷爷，久久未能合拢嘴巴。不让他再奔跑了，摔了就坏了。水上飞不听，颠着碎步转了好几圈，惊飞了一群家雀。王德看着爷爷额头出汗了，就强行扶他坐在石头上歇口气。水上飞呆呆地坐着，呼吸急促。

王德默默地陪着，太阳照得他头顶暖洋洋的。过了一会儿，王德扭头说："爷爷，我是你孙子王德，你认识我吗？"水上飞没有反应，呆呆地坐着。王德不说了，心里翻涌着，爷爷不容易啊，雁翎队打鬼子，参加辽沈、平津战役，立下赫赫战功，抗美援朝坚守上甘岭。抗美援朝回来，被冤枉了，说他是逃兵，他不服，一直告状，也没有个结果，整得老人在村里抬不起头来。"文革"时，老人被游街批斗，惨绝的屈辱让他忍受了几十年，连走路遛弯儿还要扛着棍子证明自己是一个活人。一九九〇年秋天，政府给他平反的消息来了，他却痴呆了。

后来铃铛奶奶告诉王德，九十年代初期，水上飞的儿子胡平开始做生意，赔钱了，老婆小敏跟胡平离了婚。胡平依然不醒悟，照样经营他的钢厂。灾难就这样发生了。他们为了节省运输资本，违规在公路上运输高温铁水发生车祸，人被铁水化成一股烟尘。翠花病重的时候，铃铛和水上飞都守候在她的身边，翠花死的时候，大睁着眼睛，一只手拉着铃铛的手，一只手拉着水上飞的手，直到吐出最后一口气，眼睛死死盯着孙子胡德，吐了一口血，缓缓地撒开铃铛的手死了。

铃铛忽然明白，翠花放心不下胡德。

有一天黄昏，水上飞也病了。七岁的孙子胡德谁管？铃铛和大抬杆、王永泰商量，将胡德过继到咱王家吧。

水上飞哽咽着说："万万不行的，你家荷花走了，王永泰还有决心，大成子都过继到杨家了，我不能再给你家添累赘了。"

铃铛将胡德抱了过来："啥你家我家的，本来就是邻居，咱两家从抗日那阵，就是过命的交情，以后就是一家了。生活富裕了，不愁吃喝了，以后你就到我家吃饭吧。"

胡德在铃铛怀里睡着了，她胸前暖乎乎的。

后来，王永丽看着铃铛和王永泰带不了两个孩子，她和伍宝库一直不生孩子，看上胡德了，非要过继到容光县北河照村去。

胡德去了容光县北河照村，改名王德。

王德住在了容光的伍宝库家，心却仍然留在了王家寨。这孩子开始挺不适应，哭得牙都肿了。

水上飞也想念孙子，铃铛带着水上飞和王永泰去容光县看望他。这一看，王德受不了，他偷偷往王家寨跑。水上飞抱着王德亲了亲："孙子，姑姑姑父待你好吗？"王德倔倔地说："不好！"水上飞扇了王德一巴掌："兔崽子，人家待你那么好，为啥偷偷往家跑？赶紧回去！"王德捂着两腮，咧着嘴巴哭了："你是我爷，王永泰是我爹，我娘死了。"水上飞吼道："放屁，伍宝库才是你爹，你已经姓伍了。"

王德瘫在地上，用手背抹眼泪。

王永泰看见王德哭，抱起了王德，说："这孩子可能不喜欢那儿，要不把决心过继给伍家呢？"

大抬杆摇头说："决心这小子太嘎，怕是永丽和伍宝库管不了他。"

铃铛瞪了大抬杆一眼："决心太小，我不放心，说好的就别变了。"

王决心玩着泥巴捏泥人。他听见大抬杆说他嘎，就一出拳头，把泥巴扣在大抬杆的鞋上。

大抬杆狠狠拍了一下王决心脑门，王决心又给王德脸上抹了黑泥。王德常常被王决心欺负，摸着脸上的黑泥哭了。

铃铛好说歹说，把王德哄好了，牵着他的手到老梨树下转了转。

孩子的脸说变就变，王德跟王决心又玩上了。

水上飞说，务必让王德的心留在北河照村，他和铃铛把他送到伍宝库家，并叮嘱王德，从今天开始，你就是伍宝库的亲儿子。

伍宝库、王永丽两口子掉了眼泪。

铃铛摸着王德的脑袋说："好孩子，这里多享福啊！"

伍宝库龇着黄牙笑了，发自肺腑地说："娘，我们会好好培养王德成才！"

后来的日子，王德果然不敢轻易往王家寨跑了。

铃铛知道，水上飞呆傻之前最惦记王德。

水上飞扛起了棍子坐下，王德紧紧抱住老人，拼命地摇晃着，说："爷啊，孙子回村了，以后孝敬您啊。"

水上飞嘶哑着喊了一声："放！"他的声音像一缕青烟。

王德惊讶了，不懂"放"是什么意思，追问："爷爷，你说话了，你知道自己被平反了，知道你是英雄了，是吗？"

水上飞还是没有反应，怔怔地望着王德。

王德替爷爷扛着棍子。半路，爷爷嘱咐他一定把枪保护好。走着走着，爷爷采把芦苇，要过棍子。三绕两绕，就把棍子包上了苇叶，然后交给王德，说了句："注意隐蔽！"王德搀扶着老人回了自家的老院子。到了老院里，水上飞又夺过王德手里的棍子，胡乱挑着，他这是找他的奖状奖章。当年，他从辽沈战役下来，把得到的奖状奖章都给了翠花，翠花糊里糊涂弄丢了。

王德又去看望了铃铛奶奶。奶奶搂着猫睡觉，无声无息。

王德刚从铃铛奶奶屋里出来，与王决心撞了面。王德问："决心，爹在哪儿啊？"

王决心说："爹在船上呢。二哥，你回来扶贫了？"

王德点了点头，说："我是来扶贫的，村里给我分了几家，刚刚看了爷爷，我看看咱爹。"

王决心说："在爹的眼皮底下，你可要干好了，需要我帮忙就说啊！"

王德点点头。

王德去王家寨码头找了王永泰，在咸鱼的那艘破船上，他跨上船，机器呜隆隆响着，咸鱼跟他说什么，几乎听不见，他嗯嗯地应付着。

王德从咸鱼那条船跳上了王永泰的船。船头摆放着一捆干芦苇，还有地笼网、菱角和鸡头米。风在吹，将晒干的芦苇吹得七零八落。白洋淀的鱼越来越少了，老人打不着鱼了，就在船头编织苇篓子。苇篓上的淀水沁凉地滚落在他的手心里。扑进来的阳光那么明亮，晃得王德睁不开眼睛。王永泰正在编织苇篓子，瞅见王德到了船上，憨厚地笑着说道："老二，你也来一网，中午爹给你炖鲅鱼吃。"王德接过沉甸甸的渔网，甩了一下，没有甩出去，王永泰笑道："你们啊，小时候跟爹撒网，都甩得好着呢，长大了都不会啦！"王德不服气，继续撒网，将网拖上来的时候，空空的，连个虾米都没有。王德再次撒网的时候，手机响了，他掏出手机，刚要接电话，船抖了抖，手机掉进水里去了。

王德心中一凛，心空了，手一抖，扑通一声，渔网掉进了淀里。

王永泰一愣，弯腰抓了上来。王德看看王永泰，说："爹，正好，今天我想清静清静，跟您说说心里话。"王永泰没有多想，开心地笑了："哎呀，王德懂事儿了，一会儿，咱爷俩在船上喝点酒，聊一聊这几家贫困户。"他说着，低头观察了一阵水流，大约过了十分钟，他朝着水面撒了一张大网。

王德呆呆地看着水面，满脸的新奇。

过了一会儿，王永泰笑着问王德："你猜猜，有没有货？"王德摸了摸绳子，说："爹厉害，抖呢，有货。"然后他就接过了网绳，一点点拽上来，是三条活蹦乱跳的鲤鱼、麦鲅鱼。王永泰说："你等着，爹给你在船上炖鱼。"王德看着老人，动情地说道："这次我得好好孝敬您，您吃鱼肉，不能再吃鱼刺了！"王永泰感动了，高兴地点着头说："爹不吃鱼刺了，是不是老三说的？爹就这么点秘密，还让你们给破了。"

王永泰点燃了灶火，醋、酱油和花椒都准备好了。王德蹲在灶前看着父亲忙活。没有一会儿，他闻到了久违的香味。王永泰感慨了一声："老二，你小子嘴馋了吧？"王德微微笑了："是啊，又吃到老爹的炖鱼了。"王德望着白洋淀里的水，眼睛里闪出一份豪情，嘀嘀咕咕诉说起来："爹，我离婚的事让您操心了。"

王永泰拍着王德的肩膀："王德啊，爹对你离婚，是有看法，可是，你回村扶贫，爹又高看你。平平安安的就好！这世界啥东西属于你啊？就是你的身体啊，别喝大酒，别熬夜。"

王德感叹说："在这个世界上，有多少原本可能成为英雄的男人，结果却落入滚滚红尘而平庸了。平庸还好，有的干脆就栽啦！我就是能够成为英雄的人，可是……"

王永泰说："王德，除了离婚，还遇到啥窝心的事啦？"

王德摆了摆手，说："没有，咱爷俩喝酒吧。"

王永泰伸手摁住王德的手，大声说道："你瞒不了我，你心里有不顺心的事，你记住，人不能天天过好日子，有了不顺心的日子，才是你真正的生活啊！"他的话软中带硬。

王德还从没有听过父亲这样说话，软了声说："爹，没事儿啊！就是想您了，过来看看您！"

王永泰愣了愣："真没大事儿是吧？好，那就喝酒。"

王德喝了半碗，又把话题转到他爷爷那了："爹，今天我带爷爷转了转，看着他还扛着那棍子，我就难受，这些年，您不仅带我，还照顾我爷爷，我爷爷让您和奶奶操心了。"

王永泰说："你看你看，咋又说上客套话了？当年，你爷爷带着我爹参加雁翎队，舍命救你铃铛奶奶。我爹跟你爷爷可是过命交情啊，话又说回来，你奶奶翠花跟你爷成亲，还是铃铛奶奶保的媒。这事你知道吧？"

王德说："知道，我爷爷说过，铃铛奶奶勇敢地闯土匪窝儿，那是拿命换回来我奶奶的啊！"

王永泰笑了笑："这不就结了，我们永远是一家人。一家人不说两家话！"

王德想起爷爷说的那个"放"，就问道："我想起来了，今天我爷爷跟我说了一个字，放！不知是什么意思，您知道吗？"

王永泰摇摇头，叹息了一声："他有时候往外蹦一个字，我也不懂。王德啊，等我也蹦一个字的时候，就是啥都不知道了。人都有那一天啊！"

王德的情绪稍有好转，脸上有了笑意："说啥话呀爹，您不会的。记得小时候，您最爱举着我，我骑着您的脖子，我特别爱咬您的手腕子，记得吧？"

王永泰嘿嘿地笑了。

他想起来了，他以前背得最多的是王德，王德常常忍不住咬他的手腕，疼得王永泰连连叫唤。王德不咬了，就揪他的头发。王永泰头发被揪得生疼，但从不发火，都是憨憨笑着。尽管他知道棒打出孝子，他揍得最多的还是老大杨义成和老三王决心。无论如何，他对王德也冷不下脸来。

王德喝高了，突然一把抱住王永泰的脑袋，咧着大嘴呜呜地哭开了，边哭边说道："爹，您为我们哥几个吃了太多的苦了，我们必须要孝敬您，孝敬您……"

王永泰干咳了两声，喉咙扎了鱼刺了。

王德赶紧一手托着老人的下巴，一手猛拍他的后背。王永泰呃呃地吐了几口酸水，鱼刺就出来了。他从小就有一门手艺，喉咙口择鱼刺。

王德跟王永泰坐到了午后三点钟，阳光越来越烈，两人再也无话。王德懒洋洋地躺在船板上，闭眼就能闻到莲花的味道。他忽然爬了起来，说："爹，我该走了。"王永泰两眼不舍地看着王德说："你睡上一会儿，到岸了我叫你。"王德听话地躺在了船舱里，打起了鼾声，做噩梦了，鼾声过去又惊醒了。

王永泰划着船送王德到了大码头。码头背靠着大堤，王永泰叫醒了王德。王德假装刚醒，揉揉眼睛，跟父亲说了句："爹，我走了啊！"

顾凤娇开汽车在码头接王德。

第二天上午，王德志带着王德跟老顺子、大虎、邸老汉、姚大贵几家贫困户接头。

王德把一切杂念都放下了，只能拼一场了。只有把王家寨玩具厂建起来，他才有话语权。王德给大巴掌打了电话，大巴掌电话里说："此事可办，拿下！我可以采访一下县委领导，然后再让书记批示一下。"大巴掌放下电话，过了一阵打过来了："查出来了，县委书记贺军。我让报社开一个采访函就过去。"王德说："不用贺书记，找到郑继刚副县长就行，他分管这项工作。"大巴掌到了新水县城，采访了贺军书记，贺书记本来要陪同前往，只是因为接待新区千年秀林规划组组长，抽不开身，贺书记给郑继刚副县长打了电话，郑继刚副县长让政府办霍主任督办，霍主任陪同大巴掌回了王家寨。

胡玉湖接待霍主任，没有理大巴掌。

大巴掌说："胡支书，你不能拿豆包不当干粮，我可是贺军书记的客人。"胡玉湖马上变了笑脸："对呀，我都给忘记了，你今天也是客人。"大家笑呵呵地来到会议室。王德做了关于玩具厂的简单汇报，他需要马上干两件事：一是租用厂房和设备，投入资金二十万，钻窟窿倒洞把钱挖来，实在融不到资金，就从他的股份里出；第二件事儿就是扶贫。霍主任说："新区成立了，目前新项目都停了，主要是保护白洋淀的水质，玩具厂必须做出没有污染的承诺，然后再报批。"胡玉湖说："王德，玩具厂没有污染吧？"

王德摇头说："我们过去搞过，布娃娃、手机套、汽车玩偶，有啥污染啊？"

王德想来想去，回容光找杜梅谈合作经营。

王德回了一趟容光，在合作经营上跟杜梅谈了，杜梅眼下拿不出更多的资金来。

王德犯愁了，大巴掌出主意说："你要打开思路，既然惊动了县委郝书记，可以找县委动用一点扶贫资金，你再筹借一点。"王德明白了，起草了新的合作文件。他拿着一个报告找到胡玉湖，申请二十万基础资金。胡玉湖看了看报告，说："村里没这笔钱，这得靠你发挥主观能动性啊！"

王德坚持说："好，我亲自去跑资金。"

胡玉湖听明白了，鼓励说："王德，这是啃硬骨头，解决贫中之贫困中之困的难题，我带你去找郑继刚副县长，他是分管扶贫的领导。"

王德当然愿意胡玉湖出面，笑着说："正好，我跟凤娇在县城白洋淀不夜城开了个小饭店，阜平食府，是太行山风味，您过去尝尝，凤娇的厨艺还是不错的！"

胡玉湖笑了："好，到时叫上决心一起喝点。"

到了新水县政府，胡玉湖等到了郑继刚副县长，王德递上玩具厂的资料，说："郑县长，我们的王家寨玩具厂，不比鞋厂，没有污染，是在新水县服装业的第一把火，对于白洋淀多重要啊！挣钱的事谁会往后缩呢？"

郑继刚有些难处，说："咱新水不是国家级贫困县，连省级贫困县都不是，但是，扶贫的任务也很重，我们是点式扶贫，专门派人包户，你到王家寨包户就非常好。扶贫用钱的地方太多，你这个玩具厂只能帮助五万。"

王德脑袋灵活地转了转："县长，还是多给一点吧，我们逮个耗子还得夹个豆呢。后边我们还要加大投资。"

郑继刚为难地说："县里资金真的紧张。国家扶贫款好多没有到。"

王德想了想，说："好吧，那一半我们想办法，谢谢县长。"

郑继刚笑了笑，说："大记者春夏说到你了，白洋淀人，杨义成的弟弟，优派服装的副总，新水县欢迎你啊。"

王德谦逊地说："谢谢县长，多多支持。"

郑继刚语重心长地叮嘱，说："这第一炮给我打响啊！"

王德拍着胸脯说："保证打响，双赢，双赢！"

这是第一次动用扶贫资金，与民营厂家联手合作。

消息传开，新水县和白洋淀各村引起激烈争论。有些干部说："哪有政府贴资干玩具的？企业的利润老板拿走了，老百姓拿着保底资金混日子，这不是变相低保吗？"流言蜚语像乌鸦一样恶心，胡玉湖给王德鼓劲。

王德激动地说："书记，人家说啥，咱都理解，出水才看两脚泥呢！这是一次探索，涉及一个观念问题，只有悄悄把王家寨搞起来，让干部群众看到一个好的模板，老百姓受益，企业受益，县里还得税收，多赢局面一来，非议自然解除了。"

胡玉湖仰脸笑了："好啊王德，你比我想得开，说干就干！"

天冷了，白洋淀冻实了，寒风凛冽。王德跟打了鸡血似的，乘坐的冰床来往县城和王家寨之间，跑来跑去。

县里支持了点资金，王德在杜梅那软磨硬泡，又从杜梅那拿到了十五万资金。玩具厂开始整修厂房了。

新的难题又来了。

老顺子的二儿子邸二虎出监狱了，厂房是老顺子的老房，歪歪斜斜，几乎要坍塌了。邸大虎答应，但是，邸二虎回来不答应。邸二虎非常难缠，老顺子说话都不顶用。邸二虎跟王永泰本来就有过节儿，听说王永泰儿子王德操持建厂，死活不答应拆迁，如果拆，狮子大张口：十五万。

王永泰跟老顺子说妥了，老顺子当不了邸二虎的家，几句话就说僵了。

火山积得越久，喷发时的火焰越强烈。邸家爷三个吵吵嚷嚷、骂骂咧咧，后来干脆拳脚相斗了。老顺子一船桨，没有打着邸二虎，反而伤了自己的胳膊。邸大虎一气之下就将邸二虎打伤了。邸二虎躺在老宅门前满地打滚，捂着肚子哭喊："邸大虎，你敢打我，我操你姥姥的！"邸大虎吼："你小子还有个人样吗？不孝敬也罢了，连老爹都敢打。"邸二虎大声骂："给我惹急了，不是骂两句的事了，白刀子进去，红刀子出来！"邸二虎忽然一骨碌蹦起来，爬到机器轮子下面打滚，施工机器无法进入施工现场。

胡玉湖和王永泰出面都说不通。

事情卡壳了。王德愁得乱转，忽然，他急忙给王决心打了电话。胡玉湖去县里开会去了，王德志也去保定办事去了。王德到了村委会，顾凤娇从县城赶来了。王德对顾凤娇说："我们不能动了，老三不到，绝对不能动机器了。如今王家寨不让施工，如果不是扶贫，很难批下来的。"顾凤娇说："老三气场大，能打，还能说，邸二虎到时就会傻眼的。"

王决心带着水牛过来了。

王决心的电动车放在斜坡上的老树下。两辆大型推土机器停着，机器前站着彪悍的邸二虎。王决心走了过来，看了看玩具厂厂址。王决心跟王德的悄悄话变成了大声交谈。王德对着邸二虎说："二虎，我们从小一起长大，后来我去了容光县，但是，我弟弟决心你们是同学啊！你回村我还没有给你接风洗尘，这不，我弟决心和水牛过来看你来了。"

邸二虎脸色阴沉地扫视一下："决心来了也没有用，我出来了，生活还没有着落，谁可怜我啊？"

王决心望一眼邸二虎，邸二虎也瞪了他一眼。

邸二虎翻翻眼皮，扁扁嘴，不屑一顾，倔倔地说："你不就是治保主任王决心吗？老子不管你有决心，还是没决心，动我的房子就得他娘的掏钱。"

王决心脑子转了转，走近了邸大虎和老顺子，笑呵呵地说："顺子叔，大虎哥，乡里乡亲的，有话好说。补偿你钱是肯定的。走，让我先瞅瞅您的房子啊！"

王决心转脸朝水牛使个眼色，水牛指挥推土机司机开始施工了。隆隆的机器声，惊动了大家。

邸二虎抬手喊："慢着，不谈妥不能施工。我看谁敢动？"

王决心望着邸二虎说："我二哥建厂干啥，你知道不？是给你们几家脱贫，我先看看你的房子，施工谈判两不误。走，走走！"他拉着邸二虎就进了院子。

王德跟着老顺子进了他家的院子，然后就低着头进了里屋。

王决心从记事起，就没有见这破房子翻修过。土石结构，山墙歪斜，四面漏风，房顶有瓦片吹开，时动时响。旧房山墙上裂开了大口子，如果赶上雨天，房顶滴滴答答漏水。三小间屋子，黑黑的墙壁，一盘土炕占去一半，火炕上几乎不能藏任何东西。打鱼用的渔网和冰枪，散乱摆放在黑暗角落里。有一只破箱子摆在堂屋，箱子盖落满尘土，夏天放被子和棉衣，再用一块灰布罩住。房屋外墙上挂着玉米棒子、葫芦和红辣椒。

王德仔细观察着王决心，他和老顺子竟然聊得很融洽了，他们里边聊天，王德和邸二虎也开始打破僵局，王德和邸二虎开始说话，有一句话说僵了，邸二虎暴脾气又上来了，两人又争吵起来。这瞬间的事，谁也想不到的意外发生了，王德听见轰地一响，眼看着房子倒了，尘烟四起。

老顺子和王决心给压到废墟里边了。

王德突然一个激灵，人命关天。邸二虎瞪着眼睛冲着水牛吼："我爹压里了，他要是有个三长两短我扒了你的皮！"推土机的施工地点，离老顺子的旧房有十米，显然房子是被推土机震塌的。王德大惊失色："你小子吼啥，我弟弟也压里边了。决心啊！"王德带哭腔了，他不顾一切地冲过去，拼命地扒人。邸大虎拿来锄头，疯了一般扒过去，呼喊着，双手刨着。终于在老板柜一侧找到了王决心和老顺子。房子倒塌的瞬间，王决心用身体护住了老顺子，老顺子咳嗽了一声，王决心昏迷了一阵，醒来的时候，从嘴里抠出一块泥。王决心听见上面扒人的喊声，王决心喊："二哥，我们在柜子这边呢。"

老顺子睁开眼睛，灌一口水，他瞪着邸二虎吐出一口气，说："孩子，你个没良心的，我压在底下，如果没有决心相救，你爹就完了。这房子，推土机都能震塌，还留着干啥啊？"邸二虎紧紧握住王决心的手，王决心说："兄弟，你这个朋友我交定了。你小子也是我二哥扶贫对象，还有啥想不开啊！"

王决心和邸二虎紧紧拥抱在一起。

水牛用矿泉水冲着王决心脑袋上的土。王决心疼得一咧嘴，脑顶受伤了。王决心抬手撸了一把脸，说："二哥，厂子建起来，二虎这兄弟交定了，让他给你跑销售。"王德点点头："好啊，没有问题。"

顾凤娇跑过来了，夸奖着邸二虎："这二虎啊，一看就是豪爽义气人，以后多多挣钱。"

邸二虎一愣："谢谢，您是谁啊？"

王德嘿嘿笑道："你二嫂，阜平太行山人。"

邸二虎赶紧点头哈腰："谢谢二嫂，大水冲了龙王庙，一家人不认识一家人了。多多担待啊！"

顾凤娇说着，那头找王决心，递给他一个毛巾："决心三弟，你没事吧？没事就好。"

王德对邸二虎说："你爹跟我爹是好哥们，别总穷打了，好好挣钱脱贫吧。"

老顺子对王决心说："决心啊，王德像个扶贫干部，他一回村建厂，我家就时来运转了。"

王决心说："叔啊，二哥是老实人，嘴巴笨点，你们多多包涵。我和我大哥盯着我二哥，在这干出点业绩来，对得起王家寨，对得起乡亲们。"

邸二虎跟王德握手言和，双手颤抖。王决心和水牛要走，王德留王决心到二巴掌的鱼丸店吃饭，晚宴就在王家寨吃了。晚上，大伙让顾凤娇亮一下手艺。顾凤娇炒好了菜，喝酒的时候，胡玉湖从县城办事回来了。机器声音隆隆刺耳，顾凤娇将王德拉到一边，嘀咕了几句，王德就过来跟王决心商量一个事，说阜平县龙云台村里有个孩子叫花花。她爹娘都车祸死了，花花的亲姑姑顾彩铃在深圳基建公司打工，学会了开塔吊，挣得不少，她愿意出钱找个合适的人家给寄养着。

王决心一愣："二哥，还管这些事啊？"

王德说："老三，我刚刚回村，对这里的民间苦境了解很少。太穷了，老百姓吃喝拉撒都得管。求求你了老三，你看咱村里乔麦行不行啊？"

王决心一愣，咕咚咕咚喝一口酒："乔麦的儿子死了，应该有个孩子陪她。"

夜晚，流星从夜空划下，落到了白洋淀里。

难得闲暇，王决心睡不着。他游魂似的走出来，看见水围的村庄，缠绵的村庄。淀边长满了苇草和杂树。他折两片苇叶和苇秆儿，树枝上的倒刺紧紧抓住了他的裤腿，他弯腰择开，做了笛子，放在嘴边，试一试，吹响了。这就是芦苇的魅力，白洋淀的灵魂。秋天苇叶多，冬日苇塘冰封了，苇笋撒开了第一片叶子。

王决心有好长时间没有吹苇笛了。想想前次，好像自己新婚那天，因抑郁的心情，让他吹起了苇笛。

王决心向一片苇叶寻求答案。他的心进入了奇妙的游荡，双眼就生出光来。苇叶会燃烧，他有一颗燃烧的心。

最后，他吹响了张学友的《吻别》。他被苇笛优美的声音感动，眼睛湿润了。

第二天下午，乔麦赶着鸭子回家，碰上了王决心。乔麦担心被腰里硬看见惹出麻烦，低下头装作没看见。王决心喊了她一声："乔麦，跟你商量个事啊，阜平县龙云台村有一家人那个穷啊，爹娘出车祸没了，这孩子孤苦伶仃没人管，王德就给了我，我当时脑袋一热，就给领回来了。这孩子唯一个亲人，就是她姑姑顾彩铃，还只身一人去深圳新基建打工了，你知道新基建的管理，哪顾得上她呀，就委托我带回来了，该交钱交钱。"乔麦一听就愣了，怜悯之心油然而生。乔麦走过来摸着孩子的小脸蛋，亲切地问道："告诉婶儿，你叫啥名字啊？"孩子低下头不说话，默默掉眼泪。王决心说："她叫花花，是个聋子，但不哑巴。"乔麦"哦"了一声："这种病例还是头一回听说。"王决心说："听二哥说啊，这孩子感冒发烧，家人给打了两针青霉素，就打聋了，听不见，她能说话。"乔麦微微地一笑，默默地抱起孩子把自己的脸贴在了孩子脸上，然后慢慢放下孩子走了。

　　王决心急了："哎，乔麦，你是啥意思？"

　　乔麦把头摇成了拨浪鼓："我不能留花花，我是个苦命人，怕她跟着我遭罪。你知道，我那个家境，我没有地位，孩子能有啥好？"

　　王决心说："对不起，你不要我要，我王决心自己养着。将来我挣了钱，还要给花花治病！"

　　乔麦头也不回地走了。

　　王决心带着花花到二巴掌的鱼丸店，饱饱地吃了一顿，花花吃了一碗鱼丸和一碗荷包蛋挂面。他带着花花回到自己的家。他把前后情况跟王永泰一说，王永泰叹息着说："你说你二哥，真是个猪脑子，我让你趁出差的空，瞅瞅他，他可倒好，让你带回来一个残疾孩子。他是咋想的啊？"

　　王决心说："他说让乔麦养着。说乔麦有爱心，喜欢小孩子。我看见乔麦了，她不要。"

　　王永泰吸着烟，咳嗽一声说："他不知道乔麦是谁的老婆？乔麦想要也当不了腰里硬的家啊！"

　　铃铛奶奶抚摸着花花圆乎乎的脑袋，眯着眼睛笑："这小猫真好。"王决心反驳说："我的奶奶啊，真是糊涂了，这是大活人，她叫花花，不是猫。"花花听不见别人说话，但是，她能够说话："谢谢奶奶，叔叔带我吃过饭了。"

王永泰吭哧一笑，说："这孩子啊，真聋，你奶奶说她是猫，她说吃过饭了。这一老一少啊！"

王决心见王永泰笑了，得寸进尺地说："爹，你说咋办啊？"

王永泰说："送回去。他站着说话不腰疼，让他和凤娇养着。"

花花没有听见王永泰说啥，冲着他的脸笑了笑。

乔麦悄悄地进来了，望着花花的脸说："我和腰里硬说了，他喜欢孩子，要花花过去。"

王决心说："你说我领回的花花吗？"

乔麦诚恳地说："说啦，他说不管谁领来的，他只冲孩子。他这辈子最喜欢孩子！"王决心说："真这么说的？不是反话吗？"乔麦说："真的，我骗你干啥？他这人反复无常，但是，对待孩子还是非常有爱心的，苇秆儿活着的时候，他对苇秆儿可好了。"

王决心点点头，说道："你这人心眼好，我信你！我就是担心腰里硬。"

乔麦说："你放心吧，我保护好花花。"

王决心眼睛红了："其实，苇秆儿没了，你跟腰里硬应该再要个孩子，在你们没有孩子之前，你带着，多少也是个伴儿，如果你有了自己的孩子，再把花花给我。"

乔麦没有搭理他，领着花花走了。

第二十八章　归来

白洋淀割苇的季节到了。

王家寨人俗称"打苇"。王决心跟着王永泰、王永山去苇田打苇。苇子分两种，柴苇和席苇。王永泰家的苇田一半是柴苇一半是席苇，柴苇在霜降季节收割了。席苇一般在大雪节气前后收割。他们现在打的是席苇。打苇的方法因苇田的地势高低而定，分为打旱、扒苇、大套、刨套、甩套。

无论按哪个方法收割，王永泰都要求王决心把留下的苇茬锉平、割得干干净净。王决心喜欢在冰面上砸苇篾、打席苇，边玩边干，苇篾在手中银光闪闪，唰唰山响，偶尔有冰碴溅到他的脸上，惬意极了。王决心在前边割着，王永泰在后边打捆，回头看，一片黄灿灿的芦苇。

他们运回了苇子，天空就飘雪了。

好多人家苇塘的芦苇还没有打完，打好的苇子也要等雪停，再用冰床运回村里去。

黄昏时，冷风刮停了，天气好转。这天中午时分，杨义成从深圳回家来了，赶上最后一天家里收苇子，眨眼就干到了第二天中午，弄得他腰酸腿疼。

家家户户忙碌着做午饭，空中飘着粉茸茸的荷花瓣，杨义成和王决心到了家门口，将芦苇垛好。苇垛盖住了一片茅草。

王永泰让他赶紧吃饭，杨义成放下包裹，郑重地说："奶奶，我拜一下咱王家祠堂。"

铃铛老人记得，王家祠堂很大，"文革"时已经烧掉了。那时的王家祠堂，应该是在王学武壮烈牺牲之后，由乡绅王银斋操持兴建的，占地二亩多，拥有一座戏台、看台。戏台左侧有一个小院，院里有正房、厢房、耳房和甬道。祠堂没有姚家大院宽阔，但是，也是不错的建筑，雕梁画栋、白墙青瓦，鱼鳞瓦盖顶。四梁八柱、椽板封沿。

设有先祖牌位及香案，古色古香。

尤其是戏台高十丈余，斗拱飞檐、游龙走脊，与正厅遥相呼应，亦是整座祠堂的亮点。

祠堂被红卫兵一把大火烧掉了，就没有再修盖。王永泰自家院里恢复了一个小祠堂，过年过节前来祭拜祖先。

杨义成自己也说不清楚，这次为什么特别想拜王家祠堂祖先。

祭拜结束，杨义成和王决心弯腰从祠堂里出来，王决心做饭去了，杨义成仰脸凝视着高远的天空，他情不自禁地想起曾经和岭岭来祠堂的日子。如今他又来到了这里，他与杨岭岭的故事，瞬间闪现在脑海里。

杨岭岭是他的初恋，如今有了妻子甄凤，他不应该再想与岭岭的往来。可是，触景生情，他还是想起了杨岭岭。他跟杨岭岭、甄凤都是中国科技大学的同学，杨岭岭是容光北河照村人，与姑姑王永丽的家是邻居，她是明代"忠谏名臣"杨继盛的第十六代。读大学的时候，他带着岭岭来过王家寨，一起祭拜了王家祠堂。他与岭岭几乎到了谈婚论嫁的程度，岭岭却反悔了。后来，他面临甄凤的追求，他们结合了。再后来，杨义成才知道岭岭在大学实验室，被黄教授强奸了。这样的悲剧是他万万没有想到的。毕业之后，岭岭分配到河北科技大学任教，就主动断绝了和他的一切联系，但是，她和甄凤的联系一直没有中断。

午饭之后，杨义成要回德县，看望杨三笙和甄凤、杨子恒。王永泰还给子恒带了一份炖鱼。王决心划船到了大码头，杨义成上了甄凤派来的汽车，直接去了德县。

到了家里，杨义成紧紧拥抱了甄凤，喃喃地说："老婆，我好想你，你辛苦了。"

甄凤感动得眼圈一热。

她是刀子嘴豆腐心，他这一抱，她心中的怨气都消散，还感觉分外温暖。杨义成坐在沙发上看着墙上照片发呆。甄凤笑了笑："怎么的，想谁呢？"杨义成答道："想你啊。"甄凤噘下嘴巴，白了他一眼，说道："我不信，你看着大学照片呢，是不是想岭岭了？"杨义成诚恳地说："甄凤，你们女人感觉就是厉害。我刚刚从爹那来，祭拜王家祠堂的时候，还确实想起杨岭岭了。"甄凤没有吃醋，淡淡地说："你想她，我也想她啊。"杨义成说："我这次回来在北京办事，是公司遇到危机了，我们科技公司要上市，必须有科技成果。听说她研究芯片技术有了突破，她要是跟我们恒通合作的话，问题就迎刃而解了。亲爱的，你能够帮我找找她吗？"甄凤说："我们在北京见过面，义伟请客，义伟想要与她合作，你们哥俩可真有意思啊！"杨义成一愣："义伟找岭岭？他没跟我说过啊！"甄凤神秘地说："商业机密，义伟也没有跟我明说，只是通过我找到了岭岭。嘿，如今书呆子杨岭岭又吃香了？早知这样，当初我不该报艺术系啊！"杨义成叹息着说："学好数理化，走遍天下都不怕，当时我们读书的时候，正流行这句话。如今又开始了，科研人员都是学数理化的。"甄凤用手指点了一下他的额头，说："没出息，遇到困难找女人，你不是学通信科技的吗？县长你不当，非要去开公司搞研发，你们自己研发啊。"杨义成后悔地说："我从政这阵，研发能力明显不行了。苏一朋偏重公司经营，科研创新也丢了，毕竟这是两个行当啊！"甄凤想了想，说："你们非要搞科技做啥？改行搞互联网金融啊，那多挣钱啊？"杨义成反感地瞪了她："你跟苏一朋一个论调，我去了这半年，好不容易说服了他，你可别当着这小子说这话啊。你说了，别怪我就跟你急啊！"甄凤软了声说："好吧，我和子恒指望你挣钱，我们也着急去深圳团圆呢。我一个搞艺术的，到深圳怕是要失业了吧？"杨义成终于笑了："甄凤，你终于想通了，咱爹想通了吗？"甄凤说："爹当他的副省长，做他的官僚吧，娘是想通了，她的哮喘到了深圳就会好。"杨义成说："你和娘想通了就好，深圳气候真的好。"

甄凤依偎在杨义成的肩头，享受着幸福时光。

杨义成焦急地说："你知道，我怕你误会，没有杨岭岭的联系方式。

火烧眉毛了，你赶紧联系杨岭岭啊！"

甄凤的脸色变得红一阵白一阵："你是什么意思啊？我不给你找来岭岭，你就跟我急眼是吧？人不能经商，经商的人啊，没有一点艺术感，狂魔一般贪婪。"

杨义成被逗笑了："你说对了，经商就是打仗，当别人贪婪时，我恐惧，当别人恐惧时，我贪婪。"

甄凤讥讽说："别卖弄了，我知道这是美国股神巴菲特说的话。你啥时候混大了，拿着钱约这老头吃午饭啊？"

杨义成激动地说："我约他吃什么饭，我哪有那个钱啊？我要赶紧跟杨岭岭吃饭！"

甄凤愤怒地站了起来，冲出客厅。

杨义成看一眼甄凤，指指沙发，说道："别激动，坐下。我在深圳学会茶道了，我给你沏茶喝。"

甄凤扭头冷眼看着义成："你信不，我可以一个电话就安排岭岭与你见面，还得她请客。"

杨义成看了甄凤一眼，说道："我信，姑奶奶。为了我，为了我们的家，你就赶紧联系啊？"

甄凤哼了一声，说道："我算是认清你杨义成了，经常上演身在曹营心在汉。在德县官场，你演了一回。但是，现在我必须弄清，在你求见杨岭岭问题上，是不是老戏重演啊？我傻了吧唧将杨岭岭给你领了来，引狼入室，把我甄凤扫地出门！"

杨义成无奈地一叹："你啊，鬼心眼还那么多，你还不知道我是啥人吗？通信科技这么发达，别说找她一个人，就是找到全部同学，我瞬间都能找到。我之所以让你找她，就是说明，我们只谈工作。而且必须你都在场！"

甄凤说："宁可相信天下有鬼，也不能相信你们男人这张破嘴。多少女人都是被男人哄死的啊？"

杨义成默默地想了一会儿，说："好吧，既然想不通，我就放弃寻找杨岭岭了。找别的男同学合作吧！在院校当教授搞科研的又不是她一个人。"

甄凤见杨义成服软了，火气就消了。多少年了，甄凤还是了解杨义成的，他是一个对家庭负责的男人。他们结婚十三年了，子恒都十二岁了，杨义成和杨岭岭确实没有一点联系。

甄凤起身烧水去了，水咕嘟咕嘟开了，她给杨义成沏了乌龙茶，递过来软声说："义成，对不起，刚刚我有些冲动。我相信你，不然也不会放你一人去深圳。我知道你是有理想的人，不会像王德那样陷入儿女情长的俗套里。"杨义成说："夫妻最珍贵的是彼此信任。等你到了深圳，问问苏一朋就知道我的状态是什么样子。"甄凤扑哧笑了，洋洋自得地说："告诉你吧，我已经给岭岭发微信了，等她回话，我们一起去见她。"杨义成一把揽过了甄凤的腰，说："谢谢你甄凤，夫妻就是要有福同享，有难同当，你听过奶奶讲过的王学武的故事吧？"甄凤点了点头。杨义成激动地说："我的祖先王学武跟石燕红刑场上的婚礼，是共产党人的一种信仰。我们搞科技的，要为国家科技打胜仗，也应该成为科技界的一种信仰。"甄凤听懂了，真的懂了。

杨义成掏出手机给杨爱珍打了电话，告诉她自己回到了德县。杨爱珍笑着说："义成，姐梦见你了。今天早上我有一个强烈预感，或许晚上有奇迹出现。结果你来了！自从国栋到新水县当书记，你们还没有见过面呢。晚上啊，你带甄凤、子恒到家里来吃饭，我把爹娘都接过来。"杨义成说："好的，甄凤就在我身边呢！"杨爱珍嘿嘿笑了，说："久别胜新婚啊，不打扰你们的二人世界了。"杨义成挂了电话，满意地笑了："甄凤，我们应该向姐姐姐夫学习，珍惜家庭，恩爱一生。"甄凤心疼地看着杨义成瘦了，她慢条斯理地说道："是啊，我们女人嫁的就是真情啊，眼下生活好了，除了真情还有啥呢？子恒治好了病，我心中踏实了一大块。爹和娘总是让我去他那里拿这拿那，我都不要，吃不了啊！"杨义成说："你做得对，爹娘有那是爹娘的，你还有弟弟弟媳呢。一个人活得有尊严，不要去领取别人的施舍，一切靠自己创造。这一点上，我跟老三王决心是一致的。"这个时候，甄凤的手机响了。甄凤看了看手机，猛地一拍自己的大腿："哎，岭岭来电话了，你先别说话啊！"恰恰此时，杨义成的手机也响了，苏一朋打来的，他走进卧室去接电话。

过了半个小时，他们同时回到客厅。甄凤沉了脸，说："义成，岭岭说不见。"杨义成很失望："你说我们两人去见，她也不见吗？"甄凤摇头说："我是这么说的，她回答很肯定，没有商量的余地啊！这个冷美人啊，变得越来越古怪了。"

杨义成缓缓坐了下来，很伤感。

甄凤说："我了解女人，我说你见她，可能又揭开了过去的伤痕。她一直单身，怪不容易的。"

杨义成默默地喝了茶水，还是不说话。

甄凤说道："哎，你别灰心啊，放心，我一准会尽快帮你联系上岭岭的，义伟我还帮了呢，你是我老公能不帮吗？"

两天后的早晨，杨义成终于等来了杨岭岭见面的消息。

杨义成约甄凤立刻动身赶赴容光。甄凤说县里有重要会，让他自己前去。下午三点，杨义成终于见到了杨岭岭。杨岭岭昨天从北京回村的，她这次回来是看老爹，还到娘的坟地烧了纸。杨北北在美国，家里几乎没有什么亲人了。岭岭看上去似乎胖了一些，脸上也有了浅浅的红晕，精神状态好像比前段时间好了一些。杨义成心里多少有了一点安慰。

杨岭岭打量着杨义成。

杨义成苍老了许多，精神状态也不好，昔日那个胸怀理想、阳光健康的青年不见了。

杨义成恳求说："我和一朋希望你到深圳去。在那里，我们好好在通信领域拼搏一把。"

杨岭岭没有说话。她感觉他太天真，离开科研领域时间太长了，如今还带着官气。她不知道义成为何蜕变成这般模样。

"岭岭，你说话啊！"杨义成催促着。

杨岭岭说："甄凤是个好妻子，祝福你们。我今天意外见到你就很高兴了。"

"你最近挺好的吧？这些日子我特别放心不下你！茶饭不思，就是……想跟你见面……又担心你不见。唉，我听甄凤说，杨义伟也要见你了？"杨义成说。

杨岭岭的鼻子一酸，眼窝涌上了泪水。

杨义成眼睛红了，伸手揩了揩眼睛："岭岭，我不知道该怎么说。这么多年过去了，我们同学之间，就不能保持深厚的友谊吗？"

杨岭岭真的真的好想对义成大声说一声：我也想你，特别特别想！可是，可是她不能这样说，这样一说，就对不起甄凤，那就更摆脱不开杨义成了。

杨义成拉住岭岭的手恳切地说道："岭岭，走，离开北京吧，别当教授了，跟我们恒通搞科研不好吗？"

杨岭岭挣脱开他的手，沉默了会儿，说道："我挺好的，我不跟你走，我有我的规划，你回去吧。"

杨义成问道："老同学，难道真的不给我机会？"

杨岭岭淡淡地说道："我可能去美国，我还要到曼哈顿的一所大学深造。我二叔杨振兴是中医，在纽约唐人街开了一家中医店，他希望我能够到美国搞科研。"说完，从兜里掏出木头红双鱼，用力一掰啪的一声掰成了两半。然后她把其中一半装进了口袋里，另一半递给了杨义成。

杨义成愣了愣，惊讶地发现，这就是当年他给岭岭雕刻的木制红双鱼，红双鱼在白洋淀有一个美好传说。他吃惊的是，遥远的红双鱼啊，她竟然完好地保留着。他想，彼此都留着一半，说明每人还有半颗心想着对方，这说明岭岭对我并没有完全绝情啊！他将一半红双鱼收好，默默地看着岭岭，鼻子酸酸的。岭岭不看义成，只是说了句："保重！"转身毅然决然头也不回地走了。

杨义成喉咙一热，好久才叫了声："岭岭，保重。"

杨义成回到德县，晚上就发起了高烧，烧得一塌糊涂。甄凤正好来看他，问他跟岭岭谈话的结果，见此情形连忙把他送进了医院，很快就打吊瓶输上了液。甄凤心疼杨义成之余想到了心病还需心病医，想到了杨义成二叔王永山，就给他打电话说明一下情况，希望他过来开导开导义成。

王永山支吾着说："甄凤啊，我这艺术学校开课，完事就过去啊。"甄凤感觉王永山找托词不想来。这里有什么事情吗？

甄凤挂了电话很快就想到了杨牧仁，电话里一说，杨牧仁立刻爽快地答应明天早晨就起程。

杨义成退了烧，依旧无精打采的，甄凤怎么劝说他也不想吃喝，不想说话，辗转反侧，一宿都没睡着。

甄凤惦记着杨义成身体，又是递水又是喂药，弄得她也一宿没有困意。

两天后的下午，杨义成办理了出院手续，他要赶紧回深圳。他在北京中关村的事办完了，但是，岭岭这里有了遗憾。

这天下午，杨义成回京的时候，汽车路过北河照村，听说这里建设郊野公园，即将拆迁，家家户户搬迁。他情不自禁地下了车伫立在村头好一会儿。他就在这里认识的杨岭岭。他的眼窝热辣辣的。黄昏了，大地仿佛披上了一层单薄的金装，夕阳下闪着明亮的光芒，而迎着夕阳的背后则是被拉长了的冗长的影子。这些影子在夕阳的渐落下，越过了平原，留下一片深暮的静谧，漫过村口小溪，把深灰的暮色融入土地。杨义成把汽车停在河边，这是他小时候经常和岭岭玩闹的地方。

他鼻子一酸，泪水纵横。

不知怎么回事，杨义成突然想起了小时候，他和王决心、王德一起在芦苇荡玩水里憋气，比谁憋气憋的时间长。哥几个啪啪跳到河里，各自嘴里叼着一根儿芦苇管儿，看谁能在水里待的时间长不出来，待的时间长的人就可以得到一个烤熟的鸟蛋，那个时候，他们都爱吃鸡蛋和鸟蛋。王决心嘎劲坏劲上来了，他偷偷浮出水面，伸手先堵住了二哥王德的芦苇管儿，不一会儿，王德憋不住了，从水里冒上来呼哧呼哧大喘气。王决心再堵杨义成的芦苇管儿，这点雕虫小技，当场被他这个当大哥的识破了。

杨义成在水中，就瞅见王决心身影像鸭子似的，一扭一扭的。王决心刚要下手，杨义成突然跳出水面，王决心吓了一跳，赶紧跑上河岸，王德把跑上岸的王决心推回水里，哗啦一声响，麻雀受了惊，呼啦一下飞起来。王决心脑袋躲避着王德的手掌，慌里慌张地钻出水面，作揖求饶，杨义成和王德才饶了王决心。

想到这些，杨义成心中涌出暖流。

第二十九章　真生活

　　生活总是不尽如人意。不完美的人生才是真实的。有时候，家庭影响事业，事业影响家庭。杨义成好像就走进了这种怪圈。

　　那一年，杨义成到深圳的时候，苏一朋已经聚集了十三个人，他们要进军互联网通信产业。恒通科技公司成立了，苏一朋出资多，当董事长，他是大股东，香港的黎明光也是大股东，杨义成股份最少，他职务是总经理。在国产手机已经兴起的情况下他们很快有了自己的品牌手机"恒通"。恒通提前完成了程控交换机升级，04机的成功营销，让恒通的销售额猛增，恒通出手不凡，一炮走红。

　　香港的股东黎明光来到深圳，他本来是开公司董事会的，可是，他的到来，打乱了杨义成一家的生活。黎明光在香港搞传媒，是香港光传媒有限公司的老板。光传媒在香港名气不小，言论颇为自由，回归之后，常有"港独"的言论。黎明光在香港还有一重要身份，著名诗人。甄凤在深圳礼堂听黎明光讲了一课，似乎沉迷了，她把黎明光的诗句烂熟于心，倒背如流。

　　甄凤的变化速度挺快，杨义成每天都能感受得到，他怀疑黎明光是不是勾引甄凤啊。后来，杨义成发现黎明光有这个意思，甄凤仅仅是个崇拜者。有一天，杨义成悄悄跟踪了甄凤，甄凤到了黎明光住的大酒店，黎明光穿着睡衣喝着咖啡，他们谈得兴致正浓，杨义成让服务员领着敲门进来了。

甄凤用欣赏的眼光望着黎明光，看见杨义成突发一个愣怔："义成？"黎明光故作镇静，让杨义成坐下喝咖啡。杨义成愤怒了，冷冷地说："我不是诗人，我不喝咖啡！"他声音不高，神色凌厉。杨义成问甄凤："你们继续谈，还是跟我走？"甄凤生气地说："黎老师多忙啊，当然继续谈了。"杨义成拿起手中的咖啡杯，狠狠地往地上一摔，转身走了。黎明光呆愣了："杨总，什么意思啊？你误会了！"甄凤感觉自己很没有面子，回到家，她跟杨义成争吵起来，甄凤认为他心中有杨岭岭，杨义成被噎住了。甄凤心中知道这么多年她和杨义成之间的一丝嫌隙，是丈夫始终没有忘记杨岭岭。苏一朋出面，他请黎明光、杨义成和甄凤一起吃饭，化解了杨义成的猜疑。

危机解除，甄凤极为委屈，自己搬走了，杨义成跟甄凤道歉也无济于事。杨义成的心绪破坏了，自己独坐在石头上，点燃一支烟。他望着波光粼粼的海水，望着繁忙的集装箱码头，内心却是风起云涌。

他想在自己冷静的时候，好好跟甄凤谈一谈。谈了，两人化解了误会。甄凤说陪儿子睡几天，杨义成回到家，感慨万千。阳光发暗，墙壁上挂着杨义成与甄凤的婚纱照。甄凤微笑着，能够看出当时沉浸在无比的幸福之中。他竭力回避着照片，躺下了，却翻来覆去睡不着。

一个彻夜不眠的夜晚——

第二天早上，杨义成异常疲惫，心中烦躁不安。办公室的门开了，苏一朋董事长端着茶杯，慢悠悠地来到他办公室，说约他到茶室坐坐。苏一朋笑了笑，说："甄凤你俩和好了，我非常高兴。"杨义成说："尽管和好了，我得找你倾诉一下。"苏一朋微笑着说："你是应该倾诉倾诉了。不然会憋出病来，但是，你倾诉的对象不是我。"杨义成愣了愣："你小子别兜圈子啦，那是谁啊？"苏一朋说："杨岭岭啊！"杨义成苦笑着："不能让她知道啊！她来了只会添乱啊，昨天甄凤还醋了吧唧地提岭岭呢！"苏一朋感慨地说："其实啊，大学的时候，我们班都看好你俩。天造地设的一对，听说你跟甄凤结婚了，大家都非常不解啊！后来听说，甄凤的父亲是县委书记，对你前程有好处，大家就更看低你啦！"杨义成喝着茶说："我还真没有巴结她，是她追求的我。但是，我检讨过自己，那一步，我有责任，对不住岭岭。"苏一朋盯着杨义成的眼睛说："不能怪你，后来我理解你了。那个黄教授，真是禽兽不如，他把岭岭害惨了……"杨义成一愣，饶有兴味地笑着："你是怎么知道的？"苏一朋搓了搓鼻子，说："你以为是秘密，其实，大家都传开了，实验室的惨剧。我们不提了不提了！"苏一朋看着杨义成眼神有些迷离，摆手说："过去的陈芝麻烂谷子就别提了，听说后来甄凤跟岭岭相处得不错，你还是让岭岭劝劝她，也好解开甄凤心中的疙瘩。夫妻啊，还是原装的好啊！你、我、甄凤，要想办法把岭岭拉过来，岭岭是科研的天才。"说完，苏一朋走开了，杨义成望着他的背影想，苏一朋商人气息太重了，人的关系上，他们不看重感情只看重价值。

隔了两天，杨义成听见敲门声，心里一热。难道是甄凤回家了吗？打开门，竟然是杨岭岭来到了深圳。

杨义成分外惊喜，现在能够倾诉的竟然是岭岭。他知道，杨岭岭大学毕业时遭到黄教授强奸，心灵遭到重创，她整天以泪洗面，一遍又一遍地抄写《心经》，还养了一只受伤的流浪猫，猫的伤养好了，就与她一起生活了。杨义成完全不知岭岭经历的痛苦。杨义成吃惊地问："自从容光分开，我以为再见不到你了。你怎么说来就来啦？"岭岭看见杨义成萎靡的样子，忍不住鼻子一酸，但是，还是马上恢复平静："是苏一朋告诉我的。你别怪他，他是好意，他说在你最困难的时候，需要找人倾诉。倾诉的对象不是他，我最合适。还有啊，甄凤是我的好朋友，我来是想劝她回头。接到苏一朋的电话，我犹豫了一下，我来还是不来？都是女人，我懂甄凤的心。"杨义成苦笑着说："谢谢你，岭岭，是我误解了她。这场误会来得还挺及时，终于把你请到了深圳。你应该告诉我，我去机场迎接你。"岭岭说："一朋这小子啊，上学的时候就机灵。他派司机去接了我。"

此刻，杨岭岭陷入沉思，想起了她和杨义成的往事。杨义成问："你想什么呢？"杨岭岭回过神来说："我想我们大学的情景呢。"又急切地说："这几天，甄凤都不跟我联系，我看她没有发圈，也没有听课，快说说你们的事吧，你跟甄凤到底发生了什么？"杨义成微笑着说："你们不是有微信吗？她没有与你说吗？"岭岭说："就是奇怪，最近我们俩很少联系了。只是看她朋友圈发一个香港诗人黎明光的诗作，我一直不解，在白洋淀不怎么发诗，到深圳这种快节奏的地方，她怎么爱上诗啦？"杨义成感叹一声，说："快别提诗啦！这一场误会啊，都是诗歌惹的祸啊！"

岭岭听完了整个过程，一点也不复杂，有偶然也有必然。杨义成说："那个姓黎的家伙，是我们的股东，苏一朋说，因为我的误会，他要撤股了！"

岭岭感叹说："这是一个荒诞的年代，你永远别想叫醒装睡的人。其实，他就是想撤股，跟你的误会没有关系。"

杨义成叹息了一声，岭岭沉默一阵。

杨义成问她过去的事情，他一直糊涂，毕业之前校园里到底发生了什么？

岭岭轻轻摇头："那次在容光，我什么都没有说。都过去那么多年了，你想知道真相，还有意义吗？"

杨义成提高了声音："你说啊！我听说归听说，我想听你嘴里说的。"

杨岭岭痛苦地抽搐着嘴唇，说："我恨那个黄教授。甄凤也恨他，我为什么跟甄凤好，在我痛不欲生的时候，是甄凤陪伴我开导我，伴随我走出了阴影。"

杨义成脑袋轰然一响，心中热热的："原来是这样，甄凤从来没有跟我说过。"

杨岭岭激动地说："这些话，她怎么说呢？甄凤是个好女人，我祝你们幸福！"杨义成到底没能忍住泪，说："什么都别说了，如果是这样，我更不能误会她了。"岭岭和风细雨地说："不仅仅是家庭的事，什么事情你都要冷静，明天我看看甄凤。"

杨义成满眼都是凄厉的场景，恨意转化到黄教授身上。

杨岭岭用手绢擦了擦嘴角，说："义成，你们家儿子子恒好吗？"杨义成说："很好，读书成绩也不错，他说你很关心他。谢谢你！"杨岭岭说："我要去美国硅谷搞研究了，我想带着子恒到美国读书去。"

杨义成一愣，说："岭岭，你要去美国？是在那边有了爱情吧？"

杨岭岭自嘲地说："没有爱情，就搞研究吧。"

杨义成想了想，说："岭岭，事情过去那么多年了，你何必独身生活？人生苦短，为什么这样折磨自己？找一个自己满意的灵魂伴侣不好吗？"

杨岭岭轻轻摇头说："现在为什么出现单身潮？就是男人与女人越走越远了。男人娶的是生活，女人嫁的是爱情。这是两种东西啊！我习惯了，我有事业，每天的生活很充实。每天我跟甄凤微信聊天，互动，我很疼她。我感觉她很爱你，我并不愿意与你联系，可能是因为你是甄凤的爱人吧？"

杨义成定住了魂，豁然开朗说："我是她爱人，你是她闺蜜，她其实挺幸福的。"

岭岭微微地笑了，眼睛里有泪花在闪烁。

两人喝茶，对望了一阵，沉默了一阵，无言中表达了双方万千心绪。杨义成暗暗吐了口气，觉得后背凉津津的。他深情地凝视着岭岭，岭岭的话深深触动了他的灵魂。他感叹地想，岭岭和甄凤是同乡、同学、闺蜜，而她们的境界又多么不同？岭岭外表美丽，柔弱，同学们都叫她"林黛玉"。她经历了磨难，却没有被苦难击倒，反过来柔言细语地来安慰他，她的骨头比男人还要坚强，心胸比男人还要宽阔。

杨义成希望杨岭岭把一肚子苦水，跟他倒一倒。他是最适合倾听她痛苦的人、理解她痛苦的人，可是，杨岭岭不说了。面对岭岭的悲惨，他跟甄凤的误会简直不值一提。这样一想，他甚至产生了一种力量，情绪也镇定下来。

岭岭看见她的话在杨义成身上起了作用，极为欣慰。

杨岭岭与杨义成商量，她去看望一下甄凤。女人都是有弱点的，像甄凤这样的高干子女、女诗人，多愁善感，真正需要倾诉的可能是甄凤，她要启发甄凤清醒地处理这场中年感情危机。

杨岭岭终于见到了甄凤，她的脸色有些严峻："你创作诗歌，对生活比我有更高的哲学思考。但是，我得提醒你，爱诗歌，但更要爱义成，爱你这个家。"甄凤拉着岭岭的手，说："我们是好朋友，能问你一个问题吗？"

岭岭说："你说啊！"

甄凤没有马上答话，屋里一时很静，能够听到对方心脏跳动的声音，好像世界只有这种声音。甄凤喘了一口气，感觉是惊魂未定："如果我与义成婚姻出了问题，你会嫁给他吗？"杨岭岭一把抱住她："甄凤啊，你怎么心中还有这个结呢？我跟你说过，也对义成说过，我们是并行的两股火车轨道，也许永远是并行的，一切都不可能了。"

岭岭的态度很坚定："对于义成，过去是我躲避的。这次能够过来，就是最后看看你们。你放弃这个心结吧。义成、一朋非要我去他们公司搞科研，我跟义成也说了，去美国曼哈顿了。我要到那里一所大学研究所搞科研。听我的，你赶紧主动找义成道歉啊！"

甄凤微笑了，笑着笑着就哭了。她任凭泪水流淌，她希望让泪水冲刷自己，冲刷掉心中的龌龊。

岭岭走出了这个宽大明亮的房间，仿佛走出了迷惘。她约杨义成，叫上了甄凤，他们共同与杨子恒玩了一天。岭岭当场让甄凤给杨义成道歉，说说回心转意的话，这个家庭又恢复了往日的宁静，像什么也没发生过一样。到了晚上，苏一朋宴请岭岭，苦口婆心地想说服岭岭加入他们的团队。

岭岭不吐口，还讽刺苏一朋，苏一朋独自先走了。杨义成激动了，手指敲打着桌子："如今是新常态，这个概念提出，我很赞同。从国家高层到地方，已经改变一切向钱看的增长方式。我们的老家白洋淀，配合北京在打一场抗霾治霾的全民战争。企业关了很多，转型艰难，可谓悲壮、惨烈。我们的技术创新，这不是一份责任吗？有人说我在做梦，太自以为是了。岭岭你怎么看我？"

岭岭说："你不要太自负。"

杨义成说："不，我就是自信。"

岭岭忽然很凄凉地说："过了自信的临界点就是自负了。你记住啊，没有人是不可替代的，无论多强，包括我自己。老话说得好，地球离了谁都转，所以认清并接受自己的可替代性，才是最积极有效的面对。丰富阅历的过程，心中充满了伤痕。如何努力才能做到不可替代呢？这就靠自己的情商和悟性了。"岭岭抬手端着咖啡，喝了一小口："我在北京，一切都是动态的，时代淘汰一个人，连声招呼都不打。所以说啊，没有成功的企业，只有时代的企业啊！企业家不也是一样吗？"

杨义成说："企业问题，本质是能力问题，也是人性问题。你的信息比我更多。"

岭岭眼睛一亮，说："其实啊，国盛的成长之路，也不顺畅，充满坎坷。最早的时候，他们为运营商生产手机，与3G网络设备交换机捆绑销售。后来他们从白牌厂商向自有品牌转型的时候，打了一场漂亮仗。"

杨义成说："我佩服他们的自主研发能力。虽然他们目前没有选择IDM模式，研发强，加工能力弱。射频芯片国际上做得好的还是西方国家。我们如果不提前做准备，美国等西方国家一旦制裁，就会被卡脖子。"

杨岭岭吃了一惊："义成，你在恒通坚持射频芯片研发，是基于这样的考虑？"

杨义成说："我当然是这样想，目前公司实力捉襟见肘。芯片研发是烧钱的，你在实验室，心里最清楚。我一直研究国盛科技和靳一光老总，靳一光也研究我们恒通。岭岭，你在《科学》杂志的论文，我都看到了。射频芯片关键技术，你是有可能登顶的一位，最后的冲刺可能会更加艰难。"

杨义成眼前亮起了一道光："岭岭，现在是水大鱼大，充满激荡的年代。人家是大公司，我们是小公司，大鱼吃小鱼，是自然法则。我们恒通还没有走IDM模式的条件，但是，我们可以力出一孔，拿出一招鲜的成果。即便被人吃掉的时候，我们还有精英技术，属于美女出嫁。"

岭岭点点头，说："我明白了，心里感动了一下。我很久没有这种感觉了，你想从优秀做到卓越。高处不胜寒啊！"

她抱了双肩，空调有点冷，两腿直抖。

杨义成关了空调，激动地说："我研究了管理，控制资源的分配方向，其次是控制财务回报。把资源聚焦在主航道上，沿着主航道创新，做到别人做不到的高度！但是，你和我如果联手呢？奇迹会出现吗？"

杨岭岭惊呆了片刻，轻轻摇头："你是理想主义者的逆袭，我不知道，真的没有把握。"

杨义成说："谢谢你，这是我辞官下海以来，谈论科技最多的一次。"

痛痛快快聊了一晚，第二天上午，岭岭放心地回京了，杨义成开了一辆面包车与苏一朋和甄凤一起送她去机场。临走，岭岭也没有答应辞职参与恒通的创新研发。岭岭对苏一朋最后叮嘱说："昨天晚上，你走后，我与义成谈得更多是企业经营。我不懂经营，但是，见得多了，也有一点建议。企业的基本矛盾是扩张与控制。不扩张就不可能做大，不控制就容易有危险。"苏一朋一愣，问："你看出我们最大的问题是什么？"岭岭说："我就实话实说了，你们的问题是管理上有失误。你们恒通没有做大，公司最好不走 IDM 模式，既当爹又当娘，研发和生产全活。你们应该广泛撒网，重点培养。广是有了，主业模糊。哲学上讲，力出一孔。可是，你们把射频芯片小组卖掉了，我认为走错了一步。你们还是应该重点发力射频芯片啊！"

苏一朋似有所悟。

岭岭失望地与杨义成对视一眼，摆手告别了。

杨义成自己也有预感，他们的恒通公司出了大问题，股东黎明光恼羞成怒，在关键时刻，黎明光捅了恒通一刀，要从恒通科技撤资！

这个黑天鹅事件，在杨义成毫无防备时袭来。还有，他们碰上了国内强劲的对手深圳国盛科技集团。国内的通信科技公司，国盛和泰兴是两家巨头，恒通是在夹缝生存的小公司。

国盛老总靳一光，是一位铁腕人物。国盛重金投入 5G 和芯片研发，靳一光眼光独到，在公司成立了对抗恒通的策略。就是与恒通竞标，只要恒通竞标的项目，国盛就拼死一搏。靳一光有很深的谋略，详细研究了杨义成和苏一朋这两人，同时研究了公司部分股东，终于发现恒通的一个软肋:管理！靳一光采用"攻击无备"和"打薄弱环节"原则，恒通的短板是长于技术，短于管理。杨义成和苏一朋都是技术型的，管理上大股东黎明光有戏，可是，因为与甄凤闹了绯闻，不能到场参加管理，甚至退股，这就在管理上丢了分，而且出现假账、匿名信，极大影响了恒通科技的上市进程。

在恒通启动上市之前，靳一光决定向恒通发动全面进攻，迅速将恒通逼到了绝境。

第三十章　晚荷飘香

调解姚家和王家的仇怨，胡玉湖看中了第一书记孙小萍。

胡玉湖对王决心说："决心，这事你动员孙小萍试一试。她兴许有办法。"王决心说："支书，人家如今是第一书记了，您直说，我去说怕是不合适吧？"

胡玉湖说："让孙小萍以大乐书院的身份去谈，一切都放在大乐书院，你说最合适，我说了，好像是村里的政治任务了。"

"团结是最大的政治！"王决心嚷了一句。

胡玉湖嘿嘿地笑了。

多么严肃的事，经王决心嘴里一说，都能逗大伙笑几声。

隔了一天，王决心跟孙小萍一说，孙小萍皱着眉头愣了一阵。她没有思想准备，心中纠结一番，还是去找姚哈喇，第一次，没有谈下来。

姚哈喇没有抱怨王家，却将矛头直接指向胡玉湖和村党支部。姚哈喇梗着脖子，一副不开窍的模样，愤怒地说："完了，这事也让书院管？他胡玉湖不担当，藏猫猫，党委职责虚化，这是个大问题！"孙小萍被说糊涂了，微笑着问："叔，您是党员吗？"姚哈喇自豪地说："当然了，我和我哥，九二年入的党。我哥可是致富带头人！"孙小萍微笑说："是这样啊，好啊，王永泰大伯也是党员，党员更要高姿态了。"

"滚，我没有高姿态！"姚哈喇吼道。

孙小萍绝望地撤了。

姚哈喇十分气愤，有一种说不出的屈辱。这是怎么了？村委会不出面，王家和姚家老人不露头，光让一个外来大学生孙小萍出面，这不是砢碜人吗？

孙小萍跟王决心商量，准备把乔麦叫过来，他们三个人再谋划一下怎样说服姚家人。

王决心点头答应，但是仔细想，姚哈喇说的也不是没有一点道理。

王决心知道多少年来没少解这个难题，胡支书费尽了心力，姚家人还是不满意。村委会出面有用吗？

孙小萍在大乐书院等王决心和乔麦的到来，杨牧仁不愿参与此事，就拿着笔记本去找铃铛奶奶采访去了。

孙小萍等到了乔麦。趁着王决心没有到，孙小萍跟乔麦先说说腰里硬家暴的事。在孙小萍看来，丈夫出轨是最令妻子痛心疾首的事，而乔麦面对腰里硬的出轨却无动于衷，腰里硬不是偷偷摸摸，而是直接搬到雁子那里明目张胆地过上日子了。这种生活方式已经构成了重婚罪，腰里硬家外有家，是孙小萍最痛恨的渣男。孙小萍从王决心那里打听了一些腰里硬的情况，她要知道乔麦内心的感受以及真实想法。

乔麦不敢说，担心腰里硬知道会引起更大的报复，这样的情况长期无法改变。说到二叔姚哈喇老两口，乔麦为他们做什么都心甘情愿。

孙小萍跟乔麦聊了聊家事。乔麦喜欢孙小萍，其实，她感觉孙小萍的许多观点新颖、独到、深刻，但是，已经超出她的思考范围。孙小萍认真地说："你太善良了，腰里硬这样的人不值得你陪，还有，你对哥哥的爱将你的生活绑架了。"

乔麦感动，眼泪汪汪。

乔麦晃晃着跑到了书院院里，抱着那个香椿树放声大哭起来。香椿树有一蓬老鸹窝，母老鸹叽叽地叫着，泥草纷纷掉落。乔麦抱着树干拼命捶打着，哭得像个泪人儿。

孙小萍跑出来紧紧抱住她，劝道："你啊，好好想想我的话，女人低自尊付出，永远唤不醒不爱你的人。过了青春没年少，青春是有限的，不要浪费在错的人身上！"

乔麦肩膀松动，情绪波动太大。

王决心刚刚到来，没有跟乔麦说话，却看见她哭着走了，他的心再也不平静了。

孙小萍说："如今时代生活节奏快，压力大，大家几乎都有一些心理问题，一想起历史仇怨，心中就不平衡，就窝了火儿，如果想想别人的好呢，可能就好一些。如果王家多想想姚家的好，姚家多想想王家的好，再看看咱们自己已经是白洋淀人了，这么来回一想，怨气也许就没了。"

王决心处在一种平静的感动中，点了点头，说："好的，小萍，你这个观点好，白洋淀人容易接受。我怎么从来没这么想过呢？"然后孙小萍继续说她的道理。王决心静静地听着，眼睛望着窗外的夜淀。

王决心没有回答孙小萍的问话，而是想着乔麦呢，乔麦不会想不开吧？既然乔麦下定了决心跟腰里硬决裂，她应该心硬如铁了，为什么还哭着走了？如果让乔麦去劝说腰里硬与王家和好，腰里硬是不是有抵触情绪呢？万一她劝说腰里硬成功，她就不闹离婚了吧？王决心胡思乱想着，后来他自责，想人家乔麦的事干什么？

王决心心不在焉，恍恍惚惚。

孙小萍啪地拍了下桌子，说："王决心，你怎么走神儿了？"王决心吓了一个哆嗦，赶紧回过头来望着孙小萍："孙老师，对不起，你请讲。"

孙小萍没有兴趣再说下去了，她知道王决心也是被调解的一方，王家年轻一代的代表。王决心走神儿让孙小萍有了困惑，她犹如堕入五里雾中，猜测王决心到底愿意和好还是不愿意和好呢？孙小萍嗔怨地说："王决心，这事可是你求我帮忙的，你现在是什么态度啊？"

王决心一愣："不，我愿意调解好。"

"你是当事一方代表，你看是不是这个理儿：一个人自己跟自己打架呢，前半夜一个想法，后半夜又一个想法，两个想法势不两立，一会儿你赢了，一会儿他赢了，你的身体就是战场，打得稀巴烂，病就上身了，最后谁遭罪，这个道理你应该懂吧？"孙小萍说。

王决心频频点头："我懂，但是，就怕腰里硬那小子不配合。乔麦哭着走了？你说她什么啦？"

孙小萍平静地说："我问她遭受腰里硬家暴的事，提出了我的处理看法。可能说到她的痛点了，她就哭了。"王决心问："你什么看法？"孙小萍说："这样的渣男不值得陪伴，离婚！"王决心竖起大拇指："说得好，不值得陪伴。"孙小萍怪怪地望着他，没有谈下去的愿望了，说："咱们今天就谈到这儿吧，我想明天找乔麦，让她带我去见一见姚哈喇，或者把姚大叔请过来，再做一次工作。"

王决心默默地离开了大乐书院。

他望着夜淀，雾未散尽，远方出现了微明。

第二天乔麦带着孙小萍去了姚哈喇家里。姚哈喇在家里正在编织苇篓儿，听孙小萍一说，姚哈喇倔倔地说："我不同意调解，这太草率了吧？"乔麦在一旁劝说，姚哈喇才知道是孙小萍主持两家平息冤仇，但是，他还是拒绝了孙小萍。姚哈喇觉得孙小萍的想法还是过于天真。孙小萍是想说服姚哈喇，觉得一盘死棋就走活了。她煞费苦心，但是姚哈喇窝囊，他还瞄着腰里硬和姚云，这两个姚家的人不表态，他就会犹豫不决。腰里硬不知是从乔麦那里得到了风声，还是姚哈喇告诉了他，这天下午，腰里硬带着胡铁到大乐书院，找孙小萍示威来了，而且骂骂咧咧的。

胡铁掂着保定健身球，一副无赖样。

孙小萍不吃这一套，直接批评了腰里硬，腰里硬想怒又止住了，他拿孙小萍一个女孩也没办法，还有杨牧仁大师更是惹不起。腰里硬心里憋屈着，也得乖乖地听她训话。腰里硬没有想到，王家寨来了这么个大学生，村里的事儿都由她掌管了，书院几乎成了第二个村委会了。腰里硬强装笑颜对孙小萍说："小萍书记啊，你来王家寨干了好多好事儿，包括我们家乔麦的读书，她整天夸你，你为了修建大乐书院，拉来了钱，确实让人钦佩。你有文化，又善良，但是我们姚家和王家的世代冤仇啊，由来已久了，我希望你搞好你的书院，别掺和这个问题啦！"孙小萍愣着，严肃地说："今天，我不是以第一书记身份谈事，我们调解平台是大乐书院，属于民间调解，有什么不好吗？"腰里硬阴阳怪气地说："书记，我不管你以啥身份，有一点要说明，王决心是我永远的死敌，如果你只听了王决心那个蠢货的一面之词，拉偏架的话，我腰里硬的皮带可不是吃素的，你打听打听，我会怎么对付你？"

孙小萍气恼地猛地拍了桌子，大声吼："腰里硬，你给我听好了，别什么事都往王决心那里扯，先说说你家里的事，我知道你家暴，今天就挑开了说亮话，你要好好待乔麦，多好的女人啊！你要是继续穿新鞋走老路，我就跟你没完，你家的浑水我蹚定啦！不知好歹！"

腰里硬气咻咻地吼："嘿，你比胡支书豪横啊？"他转身走了。

孙小萍再去找姚哈喇还是碰了钉子。

这次姚哈喇又骂了一通胡玉湖。孙小萍没有急着走，静下心来听听他对胡玉湖到底哪里不满意。姚哈喇说："胡玉湖支书，那是个笑面虎，是王决心爷爷大抬杆提拔的村官，这还不重要。现在看着王家人有权有势，心里偏向王家。"

孙小萍继续问："叔，还有别的意见吗？"

姚哈喇咳嗽起来："我还对村党支部有意见，老百姓意见大了。胡玉湖是王家寨强人，几十年来，混得人缘不错，但是不干实事。你说村里那么多大事不干，带着会计王德志给乔麦铲鸭粪，当然，我对乔麦没意见，她应该帮，我举例说明胡支书，这不是做表面文章吗？我也是党员，现在基层党建多重要？他怕伤人，不敢唱主角，就拿姚家和王家仇怨来说，哪村没有这事，别的村都解决了，他胡玉湖就磨叽到今天，还推到你身上了。你是刚刚提拔的第一书记，一个管理书院的女孩子知道个啥？这不是不作为、躲猫猫吗？"

孙小萍点点头，忽然觉得姚哈喇有想法，也有其道理。

姚哈喇继续说："孙书记，这不是我一个人的意见。人民群众眼睛是雪亮的。"孙小萍歪着脑袋问："你应该跟胡支书反映啊！他人挺好，能够听进去的。"姚哈喇说："我说过，他瞧不起我，没有用的，你给反映反映。"孙小萍吸了口凉气，这事可是雷区。看来调解的事儿僵住了。但是，孙小萍闹不懂的是，姚哈喇对胡玉湖的意见很快传到了村委会，胡玉湖也知道了。听说胡玉湖听了有些气愤，骂了几句姚哈喇。孙小萍想以后怎么调解，姚王两家的事儿竟然跟村委会党支部问题扯在一起了？还有人继续跟进，说村党支部政治功能淡化，工作没有创新。事情越来越复杂了。孙小萍跟王决心一说，王决心没有看出来问题严重性，拿姚哈喇开涮，他认为书院多了调解功能有什么不对，胡玉湖却因此受到了精神重创。

王决心赶紧过去劝胡玉湖说："叔，姚哈喇的鬼话别往心里去，您还当真啊？"胡玉湖哈哈一笑就过去了。其实，胡玉湖心中没有过去，阴影算是留下了。王决心离开村委会，来到大乐书院门前，书院的牌楼映在淀水上，晃晃悠悠，祥和而儒雅。门口有人卖莲藕、鸭蛋和荷叶茶，热热闹闹的，一派繁华的烟火气。书院门口从来没有人卖货，自从孙小萍网络直播以后，这里竟然有卖货的了。

王决心发现乔麦继续来书院读书，她放下花花读书，一定是收获不浅了。

凡人有貌便无才，有才的人无貌。乔麦这种有才有貌的女人，一旦醒悟，就会像正常人一样思考问题。她这才意识到，她一生中最大的财富就是认识孙小萍，她爱上了读书，每天抽空到大乐书院读上一阵，让她感到心满意足。是啊，知识改变人的命运，知识也是力量。她感觉自己不再软弱，过去的乔麦在热腾腾的气氛里，心是凉的，忧心忡忡，前途茫然。她心里明白，只有彻底改变腰里硬，她的家庭地位才有希望翻身，不能灰心丧气地逃避苦难了。

乔麦听了孙小萍的话，心里不再恍惚，追求新生活的念头一旦萌发，就像春天的芦苇，迅猛生长，无法遏制。

姚王两家矛盾本来看似调解无望，但是机会还是悄然降临了。那天傍晚，天气闷热，突然下了暴雨。王决心从爹的船上下来，扶着王永泰上了岸，他听见另一艘四舱船上有人呻吟的声音，王决心撑着雨伞凑过去低头一看，黑乎乎看不清，躺倒的人一说话，王决心才认出是雨中的姚哈喇。姚哈喇的腿受伤，他的腿动脉是被镰刀割破了，呼呼地流血，血被雨水冲到船板上。王决心二话没说背起姚哈喇就上了岸，快步往诊所跑去。到了秦医生的诊所包扎伤口，姚哈喇的血止住了。秦医生说失血过多，得马上输血。试了好几个人的血都不合适。王决心毫不犹豫地说："秦大夫，您看看我的血，输我的。"秦大夫愣了愣问："你是什么血型的？"王决心说："我是O型血，可以吧？"秦大夫点点头，让王决心给姚哈喇输血。姚哈喇一看脸色苍白的王决心，心里过意不去，他无力地摇头，摇着摇着就昏迷了。王决心的血一滴滴地流了姚哈喇的身体里，渐渐地，他苍白的老脸便红润起来。

姚哈喇苏醒过来，睁眼一看，竟然是和王决心躺在一张床上，他想起来了，是王决心从船上救下了他。王家人的血液流在了他的身体里，他的心头淌过一股暖流。

腰里硬听说二叔姚哈喇出事了，急忙跑过来了，他的身后跟着乔麦。腰里硬看见王决心给姚哈喇输血，顿时惊呆了，怎么会是这种情况？腰里硬竭力避开王决心目光，对秦大夫说："秦叔，我给二叔输血吧。"秦大夫点点头："不用了，你叔已经没有危险了，快谢谢人家决心吧。他从船板上给背来的。"腰里硬看到姚哈喇睁开眼睛，姚哈喇哽咽说："力英啊，你差点看不见你叔了，多亏了王决心啊！谢谢决心啊！"王决心摇头说："不用谢，您咋弄的啊？流那么多血啊？"姚哈喇咧了咧嘴，说："别说了，我拿镰刀割了点苇子，跌到镰刀上边啦。"王决心还要说，腰里硬背着姚哈喇就想走，刚刚到门口，遇见了赶到诊所的孙小萍。孙小萍听说这事儿，给姚哈喇带来了一篮的水果和大枣。姚哈喇很感动，夸奖了一阵孙小萍。腰里硬背着姚哈喇颤巍巍地走了。

乔麦跟着走了，回头望了一眼王决心。

孙小萍对王决心说："你做得好，这次机会来了。"果然，孙小萍再次登门的时候，姚哈喇松口了，他答应到大乐书院进行调解。

万事俱备，调解大会终于召开了。

大乐书院张灯结彩，热热闹闹。书院前的村民文化广场上，所有路灯都亮了，灯光透过树木，斑斑点点，显出几分生气。按照孙小萍的安排，姚家的人由姚哈喇招呼着坐在了阅览室的南排，王家的人在王永泰的带领下坐在了北排。

会议由孙小萍主持。

她写好了一个完整的讲稿，故事是杨牧仁提供的，从两家百年的历史仇怨谈起，一项一项地说了一遍，郑重地说："历史的事情，大家可能都忘记了，今天大家都想彼此的好，这样就轻松了。都是好人，好人结好吧！祝福姚王两家！"大家有听的，有议论的，有赞赏的，有起哄的，有泼冷水的，中间的环节是姚哈喇和王永泰发言。

两位老人发言简短，却充满诚意。

后边的环节，要隆重推出腰里硬和王决心发言。孙小萍看腰里硬没有来，让王决心发言。王决心走到了台上，他只讲了一些姚家人的好，检讨自己过去读书少，境界不高，与腰里硬大哥发生一些冲突，祈雨的时候，还将大乐书院弄着了火，现在看啊，真后悔。姚家老少爷们，以后多多交朋友，朋友多了路好走嘛！大家鼓掌，乔麦微笑鼓掌。姚哈喇站起来插了一句："决心是好孩子，那天晚上，我在船上让镰刀割破了腿流血，要不是决心救我的命，我今天就坐不到这里了，姚家的人哪，你看看我们还斗啥斗啊？"说着落泪了。轮到腰里硬发言了，会场顿时冷了场。

一等不来，二等还不来，姚哈喇给他打电话竟然关机了。

姚哈喇骂了句："这兔崽子，说好了过来，不来也由不得他了。"

孙小萍有些疑惑，把王决心叫到一旁商量。如果腰里硬不来，这场调解就不能生效，还不算完成，会成为持久战。

"这狗日的，跟我们玩把戏呢！"王决心骂了一句，他急成热锅上的蚂蚁，额头冒出了冷汗。

孙小萍焦急地说："这可怎么办？派人去找吗？"

姚哈喇又喊道："腰里硬，死哪去了？关键时刻掉链子，气死我啦！"

会议冷场了，人们哑了口。

"我来了！"乔麦突然站起来喊。

她大大方方地走向主席台。她显然也很紧张，紧张的时候，故作平静，胸脯大乳活泼泼跳。她眼睛放光，撩了一下头发，提高了声音说："我是姚家媳妇，腰里硬的老婆，我是养鸭的，从来没有抛头露面，今天我们当家的有事没来，委托我替他说两句吧。"

大家目光都集中在乔麦的脸上，乔麦的救场，让孙小萍喜出望外。

王决心替乔麦捏了一把汗。他眼睁睁地望着她，她额头发亮，新鲜湿润，神采奕奕，与平时判若两人，颇有一种刺激人的味道。

乔麦慢声慢语，声音不高："我们感谢大乐书院，感谢杨牧仁院长，感谢孙小萍书记。我们更该感谢的一个人，就是我们尊敬的胡玉湖支书。如果没有胡支书，怎么会有书院？怎么会有牧仁院长和孙小萍的到来呢？我说的是良心话，下面我就说一下，姚、王两家人的斗争，从我过门就看在眼里。我家腰里硬还动用了大皮带，打来打去，两败俱伤啊！"乔麦说得痛心疾首，潸然泪下，眼睛里充满忧伤："我见证了两家人这些年的打斗，那种伤感、无奈和沮丧。举例说吧，腰里硬跟王决心打，有一次还无意打坏了拉架的胡玉湖支书。唉，自己受伤还害了别人，完了都后悔，回家生气，气大伤身，伤了身体，耽误了事业。要是有闪失，还丢了命。如果大家握手言和，团结一致，勤劳致富，两家的日子多好啊，王家寨的日子该多好啊？我就一个家庭妇女，不会说话，我代表我们家腰里硬表个态，两家握手言和，永不再斗。我们白洋淀人应该是幸运的，应该有这样的胸怀、有这样的精神。"

孙小萍带头鼓掌，雷鸣般的掌声。

姚云没有鼓掌，她偷偷出去给腰里硬打电话去了。

王决心惊呆了，真人不露相，乔麦竟然会说这么精彩的场面话！即刻对她刮目相看了。

最后一个仪式，老一代姚家的长辈姚哈喇与王家的长辈王永泰握手。姚哈喇的腿伤了，一瘸一拐地走上了主席台，走到了台前。

王永泰缓缓走到了台前，两个老人紧紧地握手，后来干脆张开双臂拥抱。姚哈喇抽泣着，王永泰眼眶一抖，老泪纵横："我们老哥儿俩终于等到了这一天。两家人低头不见抬头见，终于和好了，回去我就到王家祠堂，告慰祖先啊！"姚哈喇说："我也是啊！祖先也跟着高兴啊！"台下的人屏住呼吸望着听着，不免唉声叹气，然后流下了热泪。王决心和乔麦对望了一下。孙小萍说："年轻的一代，因为姚力英没来，他的爱人就不拥抱了，改为握手。"王决心有些紧张，颤抖着走过去，眼睛盯着乔麦。乔麦的眼睛也望着王决心，缓缓伸了手。王决心心情复杂，他不敢握手，微笑摆了摆手。乔麦瞬间懂了，他是在保护她。王决心没有握乔麦的手，转而跟姚哈喇握了手。

王决心感觉到，腰里硬和姚云没有来，说明两个家族的争斗结束了，但是，他和腰里硬的个人仇怨远远没有结束……

大乐书院的调解结果，尽管有腰里硬缺席的遗憾，乔麦补充得还是很好，让胡玉湖很是欣慰。但是，后面由此引发的舆论却把他击垮了。

胡玉湖病了，人瘦得脱了相。

人们望着胡玉湖的背影，叽叽歪歪地指点着。胡玉湖像个罪人抬不起头来。乡村振兴刚刚开始，怎么会出现这种情况？这些日子他遭到了精神的重创，他那样子如同坐着汽车打盹儿，汽车突然翻进了阴沟里，事件虽然不大，对胡玉湖的打击却是极为沉重的。平时笑呵呵的胡支书，终于将脸阴沉下来。这天午后，他走在窄窄的村街上，村里难得见着人影，村庄似乎被凝固了。王家寨的秋天来了，下了一场雨，地上有些泥泞。他告诉王德志，村两委要准备开个大会，因为有重要事情商量。胡玉湖感到了巨大压力，孙小萍的调解越是成功，矛盾的焦点就越往胡玉湖身上集中。胡玉湖的伤感不仅仅是人们对党支部的责难，而是给他敲响了警钟，让他反思自己走过的路。他记得自己是在八十年代白洋淀干淀时开始创业的，九十年代村里最穷的时候接过村支书的担子。三十年了，那是多么艰苦的日子呀？好多人都逃荒走了，他在村口拦着村人，进行艰苦创业，获得了群众的拥护和爱戴。如今王家寨不需要我了吗？群众不仅仅是议论，还有人写信写到了镇上、县里，说胡玉湖领导的村党支部工作不得力，不敢唱主角，甘愿跑龙套。抓党建蜻蜓点水，做表面文章，对党的认识模糊不清，措施缺少创新。

胡玉湖听了很伤感，他说这些人的良心呢，胡玉湖在村口碰见了姚哈喇，向他征求意见。

姚哈喇说："胡支书，你个糊涂官、老好人，不敢旗帜鲜明地跟坏人斗争。"

胡玉湖冷静地说："哈喇，你说具体一点。"

姚哈喇说："你给乔麦的鸭棚起粪，这是你支书该干的吗？我侄子跟乔麦的关系，都是你调解不力造成的。"

王德志说："你这么说，你侄子腰里硬是坏人喽？"

姚哈喇被噎住了。

村里的两委会定在下午三点召开，胡玉湖听见姚哈喇这样说，心情十分糟糕。他让王德志在喇叭里喊，把人都召集起来，越多越好。

孙小萍和王德到外地出差了，这个特殊的会议，他俩请假缺席。

有些村委委员和党员好久不来开会了，甚至有的党员不交党费了，村里的事儿想得少。他们没有想到，今天胡玉湖点名请他们来开会。大会的议题竟然是给胡玉湖提意见，他想提出辞职了。人们很吃惊，现场有村支委、党员代表和群众代表，大家的目光集中到胡玉湖身上。

会场顿时冷静下来。

过了半晌，胡玉湖心中一阵疼痛，一字一顿地说："大家好，今天把你们请来，是给我提意见的，公投一下我还当不当支书。只要是为了咱王家寨好，为了老百姓好，所有批评我都虚心接受。我为大家服务多年，辛苦是没有问题，但是在工作魄力上，在党的要求上，还是非常欠缺的。这次老百姓给我提了个醒，我虚心接受。"

王德志就插话说："老书记，您想多了，大家的议论，是由大乐书院解决姚家和王家仇怨引起，姚哈喇嚷起来的。唉，村里自从来了孙小萍，就乱了套，如果没有她在大乐书院解决这些问题，能出这事吗？"

胡玉湖静静地望着大家。

村副书记说："就是这个书院在杨牧仁手里，非常平稳。这个女大学生一来呀，鸡飞狗跳，出了多少事儿，待在书院得了，还提拔为第一书记，王家寨没有人了吗？多少优秀青年党员啊！"王德志说："孙小萍今天不在，她当第一书记是领导提议、组织任命、村党支部通过的。有人故意借小萍的事，给胡支书泼脏水，这是借题发挥，别有用心！"

一个老党员说："我说句公道话，玉湖是雁翎队英雄大抬杆支书扶上马的，政治上绝对过硬，对老百姓有感情，哪家的大事小情儿不放在他老人家的心坎儿上？现在能够顶替玉湖的人还没有，孙小萍也镇不住，现在王家寨大局已定，村里必须有胡支书给咱们掌舵。"

一个党员提反对意见："胡支书干得不错，但是时间太长了，王家寨强人政治该结束了。"

胡玉湖嘴角耷拉着，露出复杂的神情。

王德志瞪了他一眼，说："强人？胡支书是强人吗？他温和谦逊，和蔼可亲，怎么叫强人？"胡玉湖阴郁的心情一下子宽松了许多。他等大家把话说完，说了一句："大家不能怪孙小萍，这个福建的大学生，到我们这里不拿工资，开始是大乐书院的志愿者，后来当了第一书记，她给村里干了好多好事儿。大家都有目共睹，如果对人家说三道四，还有良心没有啊？"

有人喊："我们应该感激孙书记！"

王永泰说："还是玉湖有胸怀，玉湖说得对，我不看书，但是我儿子决心开始看书了，我感觉着决心确实变化不小，这个书院越来越发挥作用了。"

胡玉湖："我们不扯别的了，大家对我去与留，还是进行表决吧，如果愿意我干，大家写同意，不愿意我干的写上不同意。各抒己见，真实表达。我不干了，就回家看孙子啦。看孙子也是挺好的。"

白纸发下去了，人们埋头写票。

胡玉湖欣慰的是，大多数党员群众代表还是愿意他继续干，只是丢了几票。胡玉湖跟大家摆了摆手，微笑说："好，谢谢大家对我的信任，让我干，继续给大家服务。那我可对大家提要求了。从今天开始，我要好好抓党建了。等第一书记孙小萍回来，我们制订方案，给支委和党员立规矩，当然，首先给我自己立规矩。"

人们投来敬佩的目光。

"上党课，党员帮扶小组，多多做实事，不搞花架子，像大乐书院那样，把学问写进群众的心坎里，融入我们的工作中，把我们的工作做到千家万户。一诺千金，说到做到！"胡玉湖诚恳地说。

党员和群众代表热烈鼓掌。

胡玉湖郑重向大家鞠躬，说："党员同志们，我们党支部，要在王家寨翻波浪啦！"

胡玉湖说到"翻波浪"，有人茫然，有人惊讶。这是王家寨一句土语，意思是对坏风气动手了。可是，这个"翻波浪"跟铃铛老人讲的历史上的"翻波浪"运动，有着很大的出入，过去说的"翻波浪"，是打击渔霸。

第三十一章　奶奶的大碗

　　杨义成从北京回到深圳。

　　北方天气转凉了，深圳却热流涌动。出了机场，热浪冲击着他的脸颊、眼睛，眼里涌出了辛辣的眼泪，模糊地想着那些没有兑现的理想，哀叹自己陷入了飘零的生活。

　　杨义成就因铃铛奶奶的大碗与妻子甄凤在电话里吵起来。在机场的时候，王决心打来电话，催这只碗，说奶奶天天喊这碗。杨义成就火冒三丈，他想不明白，明明他把碗藏好了，怎么会找不到了呢？他赶紧给甄凤打了电话，甄凤模棱两可地说："这碗你藏起来的，后来我就没有看见过！"杨义成感觉甄凤说话吞吞吐吐的，猜想她一定有隐情。

　　甄凤虽是高干子女，却没有大小姐毛病，为人谦逊，只是说话口气冲一些。她的口气，让杨义成无法接受。杨义成愤怒叫道："你这是什么态度？我怀疑是你拿了，现在你竟敢欺骗我了啊？"甄凤反唇相讥道："这只碗是你奶奶赠送给我的，我有资格处置，但是，我真的没看见，我还要问你呢！"杨义成苦口婆心地说："甄凤，我的老婆，这不是一个碗的事，是奶奶的命。这里的故事我不是给你讲了吗？我们必须还给奶奶，救奶奶的命啊！你知道这碗对我奶奶的生命有多么大的意义吗？告诉你，我奶奶若是因为这个碗有个三长两短，我就跟你没完！"他的话很平静，却有着威胁的力量。

太阳沉落了，紫色的晚霞笼罩了大地。渐渐地，紫色的落霞变成了无边无际的黑色。

杨义成望着不断后退的夜色，久久发怔，回想这只大碗的经历。

那一年，他与甄凤在德县的婚礼还是挺轰动的。甄凤的父亲甄爱社是县委书记，杨义成的弟弟杨义伟是老板，姐夫赵国栋是德县副县长。因为杨义成的特殊身份，有两个爸爸妈妈，亲生妈妈没了，还有铃铛奶奶。那时候，婚礼隆重热烈。宴席在德县春风大酒店举办，县里的班子成员都公开出席了婚礼。

婚后，杨义成和甄凤去王家寨看望奶奶。

傍晚时分，白洋淀融化在浅红的余晖里。汽车停在大码头，扎着红绸子的喜船由老三王决心划过来。上岸以后，杨义成带甄凤参观家族引以为傲的乾德大钟，看了那棵老梨树，王决心将一块红布和笔给了大哥大嫂，他们在红绸布上写上"百年好合，美满幸福"然后签名，两人踮脚挂在树枝上。

铃铛奶奶说有一样宝贝给孙子媳妇。

铃铛奶奶找出花布包裹的白瓷大碗。铃铛奶奶说了说这碗的来历，说到当慰安妇、当土匪的岁月，杨义成都不好意思了，甄凤也脸红了，铃铛奶奶非常平静地唠叨着，然后亮出碗底，上面有一个"盈"字。

杨义成抚摸了一下碗底的"盈"字，抓甄凤的手让她去摸，甄凤像是怕脏了手，轻轻缩了回去。

铃铛奶奶继续说："我们王家娶儿媳时，这只碗啊，也许价值连城，也许分文不值，但是它是我们王家的传家宝。我有个规矩，只传长儿长孙的媳妇。甄凤来了，就给你啦，祝愿你们恩爱幸福，白头偕老，成为人生赢家！"

杨义成拉着甄凤接过大碗，给奶奶鞠躬："谢谢奶奶，祝福奶奶福如东海，寿比南山！"

铃铛奶奶嘿嘿笑了。

杨义成将大碗用花布包好，轻轻放进甄凤的"爱马仕"名包里，甄凤有些不愿意，当着奶奶和王永泰没有说什么。上了码头，去德县的路上，甄凤一直沉着脸，嘟囔说："义成啊，你奶奶真是老糊涂啦！

今天是我们俩大喜事，给个红包啥的，不在钱多钱少，图个吉利，给个从旧社会带过来的破碗，这不是让我们要饭去嘛！"

杨义成一边开车一边说："亲爱的，你想多了，这是奶奶的一番心意。奶奶当宝贝藏着，是祝福我们！"

甄凤苦笑着说："你呀，就是书呆子，你仔细想想啊，这碗啊来路不好，如果是你爷爷给的爱情信物，也说得过去，还是许大彪土匪头子给的，你奶奶当宝贝送给你娘，你娘命就短——"

杨义成有些恼怒："说啥话呢？给你脸了？"

甄凤也大声说："杨义成，今天是我们大喜日子，你是不是还想着杨岭岭啊？你要后悔还来得及。你还强词夺理！"

杨义成说："这跟杨岭岭没有半毛钱关系，我们说好彼此不再联系，如果你们联系，是你们之间的事。我既然娶了你，就是你的人。今天我说的是这大碗，你不能曲解我奶奶的好意。"

甄凤软了声："好意，是好意。听说老太太还是雁翎队队员呢，是挺让人敬佩的。这碗我扔了，就当把你们家、我们之间所有晦气都甩掉啦！"说着，摇开车窗就把碗扔了出去。

杨义成疯了似的，猛刹车。

杨义成打开车门，疯狂地扑过去，伸手在黑暗中摸那只大碗，好在碗有花布裹着，完好无损。

他捧回了那只大碗……

多少年过去了，杨义成仍然记得这只大碗。他仔细端详，瓷碗胎质色白纯洁，致密坚硬，胎土中少有杂质，碗呈乳白色，莹润光泽，质朴素净，口沿外缘有一道唇边凸起，线条圆润，还有卷形的大卷唇，玉璧底的特征。底部刻着一个凸起的"盈"字。他悄悄藏好，说不定哪一天奶奶糊涂了，还要回这只碗。果然被杨义成猜着了。

杨义成回到了办公室，从速处理了一些公司的事情，约上苏一朋到茶楼喝茶。无意间拿起一份《香港商报》浏览了一下，忽然看到一则消息：香港苏富比拍卖行筹备一场秋季拍卖。其中一件拍卖品引起了他的关注，竟然是白瓷大碗，这让他吃了一惊，这不就是奶奶的那只大碗吗？报纸上说，专家鉴定，这碗是唐朝时期的重要文物，邢窑白瓷碗，皇宫用品，数量极少，全国仅有三个，可见价值连城。

"妈呀！"杨义成激动了。

他让甄凤火速赶到他办公室。甄凤吞吞吐吐地说："义成，我不知道你今天过来。我带着子恒在香港逛街呢。"杨义成无奈地说："好，你们俩在那儿等我，晚上我们在香港维多利亚港湾的酒店吃饭见面吧。"

晚上八点钟，杨义成终于在香港与甄凤、杨子恒见面了。读初二的杨子恒扑进了杨义成怀里，显得十分亲热。

甄凤对子恒说道："儿子，吃完饭后娘带你到皇后大道去玩好吗？"

杨子恒的病在北京手术以后，已经完全恢复了。但是，留下一点小的后遗症。开颅时，他的智力受到一点影响。尽管智力有点问题，但经过治疗和智力恢复训练已经与同龄孩子差距不大了。他听了甄凤的意思后摇摇头，说："娘，我不看皇后大道！"

杨义成一把抱紧了子恒，眼睛红了："好儿子，想爹了吗？"

杨子恒举着小拳头大声说道："我想爹了，爹说得对，去美国读书。"

杨义成谈到甄凤的公司，提醒她不要跟黎明光的"港独"媒体掺和。

甄凤生气了："说孩子读书，你又说到黎明光，我看你是坐了他的病啦！我们已经没有一点联系了。"

杨义成想了想，说："这我知道。你没有问题，提醒你政治站位，'港独'这么闹，国家不会不管的。我也没说你啊，我是说，子恒在美国读书，有岭岭照顾挺好的！"

甄凤转怒为笑，拍拍儿子的肩膀，说道："杨义成，你恨人家黎明光，我理解你的心情，不管怎么说他对你老婆起了贼心，好在我们发现得早，这一点，我可以自信地说，我没有做一点对不起你的事。你老婆过去是啥人，你应该清楚。你的恒通科技眼瞅着就完了，还跟我在这唱什么高调啊？深圳的国盛已经是跨国公司了，在香港都有分公司，业务在欧洲和非洲也都有。人家靳一光老总的思维和智慧你还是好好学学吧！"她的语气有讥讽的味道。

杨义成说："人家国盛，一不上市，二不跟中国老百姓争利，走的是科技创新，挣外国人的钱，这就让我敬佩不已！他打败我们，我服气！我认输！"

甄凤哼了一声，说道："告诉你，我在香港注册的这一个传媒公司，刚刚放出风去立刻就得到了汇丰银行的资金支持。汇丰银行，知道吗？是英国人的，我这也是在挣外国人的钱，服了吧？"

杨义成冷笑了一声，说："别，你这就错了。如果你的传媒跟黎明光一个鼻孔出气，这样的钱永远不是干净的！香港舆论够乱的了，你就别蹚这浑水了。"

甄凤啪地一拍桌子："杨义成，给我住口，你给我……"

杨子恒蹦着脚，捂着耳朵喊叫起来："哎呀呀，别吵了别吵了，我就烦你们见面吵架！"

杨义成和甄凤不说话了。

甄凤胸脯剧烈地起伏着。杨义成想起奶奶的那只大瓷碗就把话题说到了大碗上："我们夫妻一场，我不跟你争论了，是我错了，再不提黎明光了。你把碗交给我，我好带给我奶奶！我奶奶病了，整天喊着这只碗呢！"

甄凤愣了愣："我不是说了吗？在咱德县家里，可能找不到了！"

杨义成低头翻着皮包，掏出手里的一张《香港商报》往桌上狠狠一拍，说道："甄凤同志，你还敢睁着眼睛说瞎话，没有几天你就在香港苏富比拍卖行拍卖了！你要不给我，我就到现场砸了拍卖行！"

甄凤软了，低眉顺眼地说道："义成，你知道我来深圳，你公司事帮不上，工作关系算是落在深圳文联了。文联也没有什么事，发表诗歌交差，我想用这钱开个公司，挣钱减轻你的压力。子恒面临出国留学，哪不需要钱啊？"杨义成软了声说："你的心情我理解。你喜欢文化，喜欢文学，怎么能去做生意？你以为生意那么好做？但是，你要跟我商量，哪能背着我呢？"甄凤说："我不背着你咋弄，你的公司也正缺钱啊！"杨义成点点头："好吧，那就只好给奶奶弄一个仿制品吧！"甄凤一头扑进杨义成的怀里："义成，我爱你，都是我的错，我用以后的生活来弥补你。我求求你，你就看在儿子的面子上别跟我闹了，好吗？"

杨义成拍了拍甄凤的肩膀，伤感地说："我跟你说过的，这只碗在我奶奶心中占有非常重要的位置！她只给长孙，你当初隔着车窗扔了，还说了不吉利的话。是我下车捡回来的，你今天知道它值钱了，说把它卖掉就卖掉了，奶奶知道了，心里多难过啊！"他说着，眼睛湿润了。

甄凤摇摇头，说："晚了，这只碗拿不回来了。既然是给奶奶玩的，我负责做一个赝品啊！"

杨义成一怔，问道："老婆，你还真有办法，你是怎么拍卖的呢？"

甄凤颤抖着声音说："我通过朋友，碗已经抵给汇丰银行了。如果拍卖成交，那笔钱要先打给汇丰银行，然后银行再……"

杨义成问："这是不是黎明光那小子的主意？抵了多少钱？我去汇丰银行要回来！"

甄凤跪在了杨义成脚下，哭着说："义成，我求求你，真的不是找的他。我已经把他电话、微信都删除了。我求你了义成，千万不能去要啊！你还当我是你老婆，你就别追这事了，行吗？这钱也不能跟王家寨说，一说家里就炸了。老二、老三就都扑上来了，为了子恒，你得长点心眼，你听见啦？"

杨义成流泪了，他使劲抹了把泪水转身走了，头也不回地走了，身后留下一阵冷风。

理想很丰满，现实很骨感。

恒通科技被国盛打败之前，内部分裂了，危急时刻，杨义成让苏一朋召开紧急董事会。苏一朋主张恒通放弃科技研发，转向房地产。杨义成却依然坚持，慷慨陈词："我们遇到了危机，越是这样的时刻，越是要团结。没有团结就没有未来。"苏一朋的态度却是那样悲观："国盛、泰兴，都在科技创新上胜我们一筹，我们公司晚了一步，光有科技兴国的理想不行，市场多么残酷你应该知道，还谈论团结，听起来不滑稽和愚蠢吗？"

杨义成失望地一叹，转身走了。

会议的结论，恒通科技解散。

国盛付来买技术射频芯片研发小组的巨资，均被黎明光和苏一朋等股东瓜分。杨义成没有要钱，他留下了残破的公司，悲壮地坚守。苏一朋对杨义成说："即便不合作了，还是同学和朋友。"杨义成大骂道："什么狗屁朋友？没有同学，没有朋友，只有利益。"苏一朋被骂跑了。杨义成尴尬而被动。绝望的人所做的第一件事，就是该给釜底抽薪的小人狠狠揍一顿。

　　恒通公司人去楼空，遍地狼藉。杨义成望着这一切，就像被遗弃在战场上的受伤的败将，为无可挽回的悲局而悲鸣。杨义成的局面在深圳引起很大喧哗。人们怀着不同的心情，议论、传告这一消息。杨义成显然对此没有任何的精神准备，直到现在他还不相信，恒通就这么完了。夜幕降临的时候，杨义成呆呆坐着，依旧没有回宿舍，脸上糊着泪痕，默默无语地看着窗外的星星。半夜了，他站立起来缓缓走到窗前，此时此刻，他跳楼的心思都有。公司房是租的，催房租的人来了。杨义成好言相劝，还写了保证书，如果半月还不上就封门。刚刚劝走了房东，老家德县梁老板的信息就来了："义成，我明天到深圳。"杨义成吓了一哆嗦，梁老板是德县的塑料老板。当初，他开恒通的时候，借了他一百二十万，入股了恒通公司。梁老板肯定是听到他公司倒闭的消息了，过来催债来了！

　　长夜难熬，夜里杨义成睡不着，本来他不会抽烟，却一支一支地吸烟，烟灰缸里堆满了烟头，气炸了肺，引来震耳欲聋的咳嗽声。

　　他站起身来，缓缓走到护栏前，往下凝望着。深圳灯火辉煌，闪闪烁烁。这一瞬间他想跳下去，摔死了一了百了。

　　突然，杨义成的耳边响起了一阵悠扬的笙乐，他的脑袋嗡地一响，这不是养父杨三笙的笙乐吗？这段古乐他太熟悉了，从小就爱听这段古乐，名字叫《普庵咒》。是幻觉吗？不是啊，耳边真真切切地在响啊！他呆呆地听着，鼻子一酸竟然蹲在楼顶抱头痛哭了。蒙蒙眬眬，他看到姐姐杨爱珍搀扶着养父杨三笙缓缓地走了上来，老人手捧着沉重的笙，眼里闪着泪光，一步一颤地吹奏着。

　　杨义成不敢相信自己的眼睛，揉了揉眼睛，瞪大了使劲看，确信不是幻觉是真的。他忘情地扑过去，立刻高声喊叫一声："爹，姐——"扑到他们跟前扑通一声跪在地上，抱着杨三笙的腿，孩子般地哇哇大哭起来了。

杨三笙连忙伸手将杨义成扶了起来，哽咽着说道："成子啊，岭岭给你姐打了电话，我们啥都知道了，你可不能想歪的邪的呀，天下没有迈不过去的坎儿，你爹你娘捡破烂不也过得挺好吗？留得青山在，不怕没柴烧啊！你好好想想是不是这个理儿啊？"

杨义成羞愧难当地说道："爹，姐，义成让你们惦记了！跑这么远的路来看我……"

杨爱珍从口袋里掏出一张银行卡递给杨义成："这卡里有十五万块钱，是我和爹凑的，不多，你先用着啊！"

杨义成泪流满面，垂着双臂，就是不接卡。

杨三笙说："接着啊，别亏了身体。大不了回老家，跟爹吹笙去！"

杨爱珍说："爹，看你，说啥话呢，成子是一个有文化有智慧的人才，这道坎他一准能迈过去，咋能回去跟你吹笙去呢？"

杨三笙笑了，说："对对对，我说错了，成子一准能迈过这道坎的，啥困难也难不住我们家成子啊，是吧？"

杨义成用力点点头，说道："对呀，人到了山穷水尽的地步，而能够自拔，才不算懦弱！更何况我还没有到山穷水尽的地步呢？爹，姐，走，咱们去吃饭，不能让咱爹饿着肚子啊！"

杨三笙与女儿相视一笑，拍拍杨义成肩膀，说道："这就对了！走，吃饭去！"

到了饭店，杨三笙将笙递给了杨义成，说："儿子，爹赠给你的那个古笙呢？"

杨义成忽然一愣，脸火一般热烫。

他想起来了，那只笙就在深圳的家里。杨义成从小就跟杨三笙开玩笑，他家老房子有一个塑料厂的大烟筒，四十米高，塑料厂搬家，烟筒废弃了。有一年国庆节，村支书希望把一面国旗挂到烟筒顶上，杨义伟说他有恐高症，不敢，杨义成逞能，身披国旗，抓着烟筒的铁钩，蜘蛛一样爬上去了，站在烟筒顶上，叉着双腿，长长地喊了一嗓子，把国旗挂好，走了走平衡木，出尽了风头。杨三笙怕他摔下来，让他赶紧下来，杨义成双手抓着烟筒的红砖一点点下来了。有一次，杨义成夜里尿炕，尿渗到杨三笙屁股下边，杨三笙打了他的屁股，屁股被打得红一条紫一条。杨义成怀恨在心，偷偷报复杨三笙，把他最爱惜的古笙偷偷藏到烟筒顶上去了。要吹笙了，急得杨三笙团团转，杨义成在一旁幸灾乐祸地笑。杨三笙就知道是他捣鬼，打他的屁股，他又嗖嗖爬上烟筒，把笙扔了下来。还有一回，杨义伟偷人家邻居的鸡，杨义成把杨义伟屁股给打伤了，杨义伟到杨三笙那告状，杨三笙拿着笤帚疙瘩打他，他跑了，吃饭的时候也不回家，急得杨三笙到处找，哪里也找不到，其实，杨义成爬上了后院的大烟筒。杨三笙知道杨义成最爱听他吹的古乐《普庵咒》，杨三笙捧着笙，一遍一遍地吹古乐，杨义成听见古乐就嘿嘿笑了。杨三笙终于发现了他，坐在烟筒下边的石凳上继续吹，杨义成就是不下来，杨三笙气愤地说："你不下来，爹就永远在这吹，吹死拉倒！"杨义成终于软了，在烟筒顶上喊："爹，我就要读高中了，你答应送给我笙，我就下去。"杨三笙扑哧笑了："说好了，爹真给你，你就永远带在身上，遇到啥事就捧着它，等于爹跟你说话呢！"杨义成像个猴子似的从烟筒上下来了。杨三笙把笙递给了杨义成："你小子收好了。"杨义成端着笙，爱不释手。

杨三笙说："记着啊，咱白洋淀的笙会说话。"

杨爱珍忽然想起临走时王决心的嘱咐，就赶紧拨通了他的电话，告诉他说："决心啊，你大哥挺好的，告诉老人放心吧，现在我们三个正往饭店走哪。"

王决心在电话里说道："姐，你把电话给我大哥，我跟他说几句。"

杨义成接过电话喊了声"老三"，鼻子一酸差点掉下眼泪来。

王决心声音响亮地说："大哥，你的事除了奶奶都知道了，爹一听就病倒了，要不这回我就跟着三笙叔一块去了，我得照顾爹呀。他叫我给你打电话，让你回来发展，别在外边受那份罪了！"

杨义成心里涌起一股暖流，说："咱爹好点了吗？你把电话给爹。"

电话里立刻响起王永泰的声音："成子啊，别难受啊，咱有白洋淀新区，回来吧，家乡机会多了。这不，我跟老三给你准备了点钱，你回来给你投资啊！"

杨义成赶紧说道："爹你们甭惦记我，留着给自己买点啥吃吧，舍不得吃舍不得花的苦了一辈子了，多保重身体！等过段时间我回去看您，啊！"

杨义成眼窝一热，心底从未有过地温暖。他暗下决心：他不死了，无论命运多么坎坷，人都要好好活着，哪怕像牲口那样活着，光明，终会到来，他一定要带领恒通走出困境。即便恒通没了，他也要在射频芯片的路途中跋涉下去。

王决心给甄凤打了个电话，说出杨义成公司的倒闭，杨义成想自杀了。甄凤吓了一跳，似乎还蒙在鼓里。她半天没说出话来，她太粗心了，回忆杨义成离开家的时候，交代了一下子恒的事，还叮嘱她好好培养子恒，原来他是去死啊。

甄凤流着眼泪，马上开车冲了出来，一边开车一边打电话："杨义成，你个混蛋，孩子还没有长大成才，老婆还想跟你白头偕老呢，你想死，儿子不答应，我更不答应！"

杨义成在电话里难过地说："我是不想连累你们。那么多的债务，还是我带走得了。唉，爹过去救了我的命，今天，他又救了我的命。从此我就明白了，我的命不是自己的，是爹的，好好珍惜。你跟爹说说话。"

杨三笙哆哆嗦嗦端着手机，说："凤儿啊，爹和你大姐到深圳了，你赶紧过来吧。"

甄凤哽咽着说："我过去，我过去。"

杨三笙等候甄凤的时候，杨义成给杨三笙敬酒："爹，您在白洋淀的音乐队还活动吗？"

杨三笙额头冒汗了，咳嗽两声说："活动啊，你们王家寨老朱家，过去做棺材，如今转产骨灰盒了。朱家有一个祭祀活动，请我们给吹了两天。你跟朱家熟吗？"

杨义成点头说："熟啊，老三决心原来的对象朱环，不就是朱家人吗？我奶奶讲过，朱家是广西柳州移民到王家寨的。"

杨三笙说："对喽，我还给忘记了。做棺材的人心狠，听说那个朱环外出打工就没有回来。"

杨义成说："听铃铛奶奶说，她的父亲去世，用的就是朱家的棺材！"

第三十二章　被查

二〇一八年的早春，杨义成回到了白洋淀。

杨义成一家春节没有回来，出了正月，他、甄凤带着杨子恒回来了。

其实，他们春节刚过就到了北方，一家人去了一趟哈尔滨，欣赏那里的白雪、冰雕和冰灯。哈尔滨天寒地冻，哈气成霜。大雪积冰，到处垂着美丽的树挂。杨子恒喜欢冰雪，他们玩松花江上的冰床，冰床压了一层被风舔得溜光、柔软的雪堆，雪的上面印满兔子、麻雀的足迹。他们回到白洋淀，到了大张庄码头，感觉白茫茫、昏昏欲睡的寒冬结束了，天气转暖，春天的到来，预示着生命的复苏。

在这早春的融雪天气里，白洋淀解冻，薄冰咯吱咯吱、轰轰隆隆响着，水面上漂浮着白色的门板大小的冰块，冒着寒气。岸边的柳树在春天里激动起来，仿佛欢迎杨义成一家，起伏、摇曳。喜鹊在凄凉的树枝间鸣叫，乌鸦也呱呱吵闹了。大清河入淀的水呻吟着，挣破了身上的薄冰，挺起了褐色的脊梁。

王决心带着铁壳船接他们来了。

铁壳船渐渐离岸，不远处传来低沉的轰鸣声。杨义成想起这是拉春网的季节。他小时候就爱跟着父亲拉春网捕鱼。王决心告诉大哥，网箱养鱼、家庭养鸭都关了，拉冬网拉春网还没有取缔，因为这是淀里自然生长的野鱼。拉春网不用冰镩破冰了，借着自然破碎的冰块缝隙，拿着跑马篙下网，人们蹬着"凌鞋"拉拽引绳，带动渔网缓缓前行，然后合梢、收网。湿漉漉的渔网在阳光里闪闪发光。收网的时候，渔民还唱起了白洋淀的情歌《红双鱼》，将一冬压抑的火气都咏唱出来：

> 孤单的身影，
> 像一只掉队的天鹅，
> 找寻白洋淀的红双鱼吧，
> 我陷入了寂寞的生活。
> 哥哥，你在哪里呀？
> 妹妹看见了吉祥的云朵，
> 虽有跋涉光年的距离，
> 身边也许会降临灾祸。
> 我愿意跟你一起收网，
> 红双鱼带我们游进一条爱河，
> 你就是我的情郎，
> 哥哥，红双鱼向我诉说，
> 如今你我都还年轻，
> 你会在春天破冰的时候等我，
> 你会在未来等我。
> 伊耶，伊耶，嗨伊耶。

杨子恒没有见过收网，更没听过这首情歌，东张西望地看新鲜。

拉春网的渔民，脸都冻红了，嘴里嚼着辣椒，有的灌上一口酒。终于收网了。鲫鱼、草鱼、白鲢、黑鱼在网底蹦跳着。忽然，有一种鱼映入眼帘，红色连体的，杨义成眼一亮："红双鱼！"他终于见到活的红双鱼了。红双鱼在夜色里还熠熠发光。杨义成眯缝着眼睛远远地望着，想起了遥远的地方闪耀着惊心动魄的光芒。杨子恒对红双鱼不感兴趣，他弯腰搬了一个大冰块，往水里一砸，冰凉的水泡像翻花一样，溅得高高的。

太阳升高了，阳光像雪白的面粉，把褐色的老梨树照亮了。杨义成、甄凤、杨子恒和王决心回了家。走到老梨树前，摸着麻麻圪圪的树皮。老梨树鼓胀起了芽苞。杨义成揪了个芽苞放进嘴里嚼着，蒙眬的眼睛凝视着摆脱寒冬、披了新绿的老梨树。

到了王家寨码头，人们像走马灯似的来来往往。老梨树下立着一群人。

噼里啪啦放了一阵鞭炮，然后就有新郎抱着新娘上了汽车。汽车是摆渡船运上来的。杨义成脸上就掠过一丝喜气。

王决心说："老顺子大叔的儿子大虎结婚，是二婚，也算喜事。"杨义成问："决心，是不是王德帮助脱贫的那个大虎啊？"王决心点头说："是啊，二哥还真干了几件漂亮事。"王德凑过来了，脸火一般热烫，说："大哥，我帮大虎操办婚礼呢，回头我和凤娇过来看你。"

腰里硬是婚礼的司仪，操持着人和车的秩序。尽管天凉，他却只穿着厚厚的皮夹克，戴着黑礼帽，摇摇晃晃地淹没在人群里。他好像故意炫耀着自己不怕寒冷的健壮体魄。

王决心看着腰里硬的影子，说："腰里硬这家伙，惹是生非，不懂规矩，就爱凑热闹，人家结婚不够他忙乎的。"

杨义成苦笑了一下，轻轻地说："决心，听说姚家跟王家的仇怨给解开了？咱爹和姚哈喇上台拥抱啦？"

王决心说："是啊，多亏了大乐书院的大学生孙小萍。她还是有办法的。两个家族握手了，腰里硬跟我还在较劲呢！"

杨义成说："任何矛盾都在变化中，白洋淀新区会给你们化解的，只是时间问题啊！"他转了话题，望一眼王决心，说："你的婚事也得抓紧，别看爹不催你，其实，他最心焦哩。"

王决心瞪了瞪杨义成，说："我不急，等二哥结了婚，我再考虑。不过，我的女人还没有个影儿呢。"

杨义成嘿嘿笑了："我弟弟这么优秀，还缺少女孩追求吗？我看你还没有走出朱环的阴影。"

王决心问了一句："大哥，咱不说了，我早就把朱环忘到脑后了。你这次回来，北京还有什么事吗？"杨义成微笑着说："我过几天要去北京的，看一看我的老师贾大兴，他可是大老板了，科技企业的精英啊！你有事吗？"

王决心想起什么来，说："大巴掌春节回家时，他想见你。你没有回来，他说他的一个朋友在亚投行工作，想谈谈跟你的合作。大巴掌那么一说，这亚投行是干啥的啊？"

杨义成很有兴致地说："这亚投行啊，是中国提议，世界五十七个国家共同筹建的亚洲基础设施投资银行。地点在北京。大巴掌真行啊，哪的人脉都有。"

王决心说："那家伙吹得大，也不是啥都能办。他还真有点本事，二哥的扶贫款，王德约他去给撑腰。县里喝了三天，县委书记和县长都给他面子。"

王决心边走边瞟着甄凤，说："大哥大嫂你们俩没有闹矛盾吧？这次看着她好像不高兴。她瘦了不少，好像有心事啊！"

杨义成叹息着，悄声说："家家都有一本难念的经啊！跟你说，别跟爹他们说。甄凤家里出事了。春节没回来，这次回来也是想去石家庄看看岳父岳母。"

王决心一怔，说："大哥，出啥事了？"

杨义成一阵心酸，偷偷告诉他，甄爱社的秘书和甄凤的弟弟已经给纪委带走了，恐怕留给甄爱社的时间不多了。

王决心有自己的态度："如果是贪官，就应该受到惩罚！"

院里有了一点变化，祠堂前面的葡萄架下多了个花坛。星星点点缀着花枝，枝条含苞却没有开花。院里背阴地方，有一片原封未动的积雪，还能看出人头的模样。积雪旁边堆着蜂窝煤、劈柴和干芦苇。

说着话，王永山和小洒锦来了。

铃铛奶奶睡着，小洒锦和王永泰开始点灶做饭，折芦苇的声音，嘎巴嘎巴，惊动了铃铛奶奶。铃铛奶奶醒来了就嚷嚷着："义成，碗，奶奶的大碗。"杨义成拉着铃铛奶奶的手说："奶奶，我回来专门给您送碗啊。"说着，心想，挣钱了把那碗给奶奶赎回来。他看见甄凤很尴尬，就带着甄凤到爹的屋里。人一离开，铃铛奶奶搂着猫又睡了，睡一阵咳嗽一阵。秦中医是呼吸科医生，说："奶奶是哮喘，可能有什么过敏。"她的目光落在猫上，说："对了，就是猫，猫掉毛。不能让奶奶跟猫睡了。"王永泰说："决心，你负责把猫处理了。"王决心为难地说："我也喜欢猫啊，拿走送人，怕奶奶跟我急眼。"王永山对小洒锦说："不要扔猫啊，到秦中医诊所给娘开点防过敏的药来。"王永泰插话说："娘年龄大了，咳嗽是肺弱，我听娘说抗日时期闹瘟疫，说有个药，叫荷花清肺，雁翎队员吃了就祛了瘟疫。你弄点来让奶奶吃点。"

王决心说："我明天就去办。"

大家笑着纷纷去了王永泰那屋寒暄。大家庭其乐融融。大家说到杨义成的话题，杨义成的恒通倒闭以后，他没有再应聘，在杨岭岭的鼓励下，他自己在家研究射频芯片。他想，如果有了突破，再带着成果去应聘大公司。王永山对杨义成说："义成啊，还是你有先见之明啊，你辞官下海了，溜得太是时候了，如今《准则》和《党员管理条例》出来了，想辞官先审计。有多少干部过不了审计这一关啊，老大厉害！"

杨义成着急了，提高声音说："二叔，我在官场也是清官。我是想搞通信科技，我的专业，可不是有啥问题而逃离官场的。脚正不怕鞋歪，我就是不怕审计。"

王决心说："咱奶奶说啊，我和大哥都有点祖先王学武的劲头，有一股子燕赵侠风。"

王永泰被逗笑了。大家将话题扯到了杨子恒身上。杨义成说他们不用每天接送杨子恒了，杨岭岭去美国纽约曼哈顿，她带杨子恒到美国读书。杨子恒都十三岁了，他的病好了，小伙子长高了。子恒如果在以往，像风一样刮出去玩了。如今像个大人，在屋里坐着，说一些大人的话，有时低头看看手机。杨义成说："子恒马上就到美国读书了。"王永泰和王决心一愣。王永泰问："他还这么小，到那里谁照看啊？甄凤陪读吗？"杨义成畅快地说："爹，你还记得容光北河照村的杨岭岭吗？我和甄凤的同学，她是科学家，她到美国做访问学者，搞科研，她当子恒的监护人。"

甄凤嗑着葵花子，说："她是我闺蜜，还没有结婚，没有孩子。交给她，我和义成是放心的。"

甄凤好久不说话，说话的声音也是微弱的。她竭力镇静，仍掩饰不住内心的恐惧。甄凤精神焦虑，掉了头发。中央巡视组巡视全省，留下几个省级干部的线索，而且对甄爱社副省长的议论最多。她每天看新闻，不看别的，只要全国哪个官员被查，她也是一个哆嗦，担心网站跳出甄爱社被查的新闻。这样恐惧着，吓出了病，从来不吃安眠药的她，竟然每天靠吃一粒舒乐安定睡觉。杨义成经常安慰甄凤，从心理上疏导。有时还叮嘱，看看经济上跟你爹有什么地方分不开的。甄凤想了好几天，真的没有什么大事。

老二王德离婚了，人在王家寨工作，晚上回到新水县城跟顾凤娇同居，日子过得有滋有味。王德在村里包了几家贫困户，其中就有老顺子一家，还有老顺子的大儿子邸大虎。老二和老三的婚姻耽搁着，让王永泰心中悬吊吊的。这生活啊，你啥时候让这位饱经沧桑的王老汉笑逐颜开啊？

王永泰吃饭的时候批评王决心说："你和你二哥的婚姻，让我操心啊，你看老大让我多省心啊！决心，爹不图你买好酒，爹想看见你成家立业，闭眼也踏实了。你找个贤惠的媳妇，生个孩子，好好过日子，听见了吗？"

王决心点点头："老爷子一辈子看不上我，整天批评我。埋怨我混得没出息呢，我就是这德行，咋着吧？把我开除地球吗？二叔你说，你的《地球与九朵荷花》我认真拜读呢。"

王永山微笑了，说："你好好读，然后跟二叔谈感想。"

"别看你在写生态，这与我们的乡村振兴有关啊！"杨义成声音加重了说，"解决农村问题，国家可是下力气了，扶贫还没有结束，就实施了乡村振兴战略。"

王永山喝了一杯，吃了一口鱼丸："义成，好样的，闹半天科学家也要懂政治啊！"

王永泰黑了脸，说："新区来了，不让我捕鱼了，还没有见到好处，又来了乡村振兴。这回口号震天响，我看啊，又是干打雷不下雨啊！"

"爹，你又传播落后思想。"王决心说。

杨义成说："爹，乡村振兴可不是干打雷，这次要动真格了。以后您会看得见。白洋淀新区，城乡一体了，这是一个大规划，城乡统筹发展，建设数字新区，王家寨能不变吗？"

王永山感叹说："只要观念变了，乡村不振自兴！"

"都晌午歪了，吃吧！你们不是农民，就会耍嘴皮子，哪知道农民的苦啊！"王永泰瞄了一眼窗户叹息着说。

王德红着脸回来了，喜颠颠地跑过来说："大哥，大嫂，我来晚了，罚酒两杯。我给你们敬了酒，还得过去给操持晚宴！"

小洒锦说："老二，哪有扶贫的还管操持婚礼啊？夜里入洞房的事肯定没你的份吧？"

王德笑着："二婶的玩笑开大了，晚宴老顺子还要请爹和决心过去喝酒呢！大哥，你住下吧，晚上到那里闹洞房去！"

王永泰说："凭你爹跟老顺子的交情，我才去捧个场。让你大哥凑啥热闹？"

杨义成嘿嘿笑了："老二，你跟凤娇啥时候结婚啊？等你结婚我再喝酒吧！"

王德说："顾家有个傻儿子，没法成家了，她爹要求女婿必须倒插门，我从小过继给姑父姑姑了，我哪能丢下他们呢？我现在压力山大啊！"

王决心说："你有啥压力啊？顾凤娇要是跟你，就回容光跟姑姑过日子，她家不答应，你就跟她黄。"

小洒锦扑哧一声笑了。

杨义成说："老二变化不小，看来扶贫锻炼人啊！是不是，爹？村里反映不错吧？"

王永泰没有吭声，王永山说："老二值得表扬，这叫浪子回头金不换啊！"

王德噘嘴说："二叔，言重了，我不是浪子。"

王决心说："不是浪子，是浪人。你啊，给爹的肺都该气炸了，除了扶贫，好好孝敬老人。"

王永泰不再装聋作哑，让王德给他爷爷水上飞送去一碗炖鱼和一个热腾腾的馒头。

王德喝得有些飘浮，王决心端着碗里的东西走了。

大家都笑着，唯独甄凤不笑。

铃铛奶奶和花猫还在睡着，说笑的声音都没有惊醒她。甄凤的情绪让王永泰吃了一惊。她是一个爱说爱笑的人，今天回家怎么豆干饭——闷起来了？王永泰给甄凤递了一个双黄鸭蛋："甄凤，你吃好了啊！"

甄凤抬了头，接过鸭蛋说："谢谢爹。"然后就默默地剥了皮，递给儿子杨子恒。甄凤没有一点食欲，恐惧和彷徨消耗了她的体力和信心，人啊，真是飞得越高越危险。

离开了王家寨，杨义成和甄凤带着杨子恒去了德县，看望了杨三笙、贺红梅和杨爱珍。赵国栋工作繁忙，回家时候很少，杨义成跟他通了个电话。

第二天早上，杨义成和甄凤坐高铁去了石家庄，看看甄爱社和母亲。可是，刚刚上了火车，一个残酷的现实发生了，中纪委网站发布信息："河北省政府副省长甄爱社涉嫌严重违纪违法被查。"甄凤惊呆了，手上的手机咣当一声掉在地上。她低着头，悲伤地扑进了杨义成的怀里，久久不动。

杨义成在这瞬间有些慌乱，摸摸这，拍拍那，知疼知暖地抱着甄凤。下车的时候，杨子恒懂事，他给母亲擦拭着泪水。

甄爱社住在省会维明大街的省领导家属楼，眼下不能去了，那里已经贴了封条。甄凤的母亲安瑞娟被接到亲戚家里。安瑞娟一着急又犯了哮喘病。见到安瑞娟之前，杨义成叮嘱甄凤说："反正事情已经这样了。你要振作起来，见到娘别哭哭啼啼的。"甄凤点了点头，默默地上楼了。

安瑞娟有哮喘病，这时候正在吃药。

安瑞娟对甄爱社持慎重态度，不仅慎重，还有警惕。他身边一些不三不四的商人，都让安瑞娟挡回去了。为此，甄爱社经常跟老婆发生争吵。但是，甄爱社有一个要命的爱好，喜欢"茅台酒"，不仅爱喝，还大量收藏。安瑞娟脸色苍白，无力地说："唉，你爹存多少钱不可能，但是这个爱好，毁了他啊！"

甄凤一愣："哪个爱好啊？"

安瑞娟说："喝茅台酒，收藏茅台酒。"

杨义成插话说："酒的事，能有多少啊？"

安瑞娟叹息着说："多少？可是不少啊。徐水县老家仓库里，装得满满的茅台酒。十五年、五十年的老茅台都有，唉，就是不听话，收那么多茅台酒干啥啊？伤肝伤胃啊！"

甄凤问："我爹也是的，要那么多酒？把自己给害了。"

安瑞娟说："看看纪委、检察院评估折价吧。价值得有几千万哪！纪委前天抓你爹的时候，他晚上还在喝茅台呢。喝多了，带走的时候，还醉着哪，到了里边还嚷嚷，要上一瓶十五年的茅台。"

杨义成说："娘，您保重身体，千万想开一些。"

安瑞娟点了点头，咳嗽的时候，赶紧吃上药，还要喷一下嗓子。然后又聊了聊甄凤弟弟甄浩的事。甄浩卷入一个土地转让案件，甄爱社插手多深就不知道了。杨义成知道，土地转让有个灰色地带，是权力的运作空间，也是获利空间。当初，杨义伟让他操作白洋淀德县段的环湖别墅拿地，他和赵国栋都推掉了。这是一条红线，是万万不能碰的。安瑞娟也不知道真相，这个世界上真相都揭开，那将是怎样的一种震撼啊？

到了宾馆，甄凤身体不听使唤地哆嗦起来。杨义成将她揽进怀里，耐心地做心理安抚。

尽管甄爱社有罪，甄凤还是很伤感。早晨起来，甄凤想离家出走，杨义成总算找到了她。这算是女儿对父亲的情感吧？

杨义成忽然想到铃铛讲述的历史故事，奶奶的父亲去世那一年，皆因那口棺材的欠债，年轻的铃铛奶奶就离家出走了。

第三十三章　城里来的年轻人

　　天空永远是宁静的，白洋淀却是不平静的江湖。这天上午，游客来到王家寨旅游观光。人们还是喜欢湿地鸟林，听着鸟儿的欢唱。

　　王德志的残疾女儿王莹莹看护鸟林。

　　王莹莹给大家介绍鸟林里边的鸟，比如朱鹮、苍鹭、黄苇鳽、丹顶鹤、罗纹鸭、文须雀、水鸥等等，游客争先恐后地和鸟儿拍合影照。

　　王决心陪同游客们说笑，王莹莹惊慌地跑过来："王主任，不好了，朱鹮受伤了。"

　　王决心脑袋嗡一声就响了，赶紧跑到那只鸟跟前一看，朱鹮鸟躺在地上抽搐着，一条腿拨浪鼓似的摇着。王决心气得肺都要炸了，大吼一声："这是谁干的？谁喂吃的了吗？"谁要伤害朱鹮是犯法的，参观的人纷纷吓跑了。

　　朱鹮拼命扑棱着翅膀，飞跑了。

　　王决心急得直跳脚，他估计朱鹮飞不远，连忙和王永泰去寻找。王永泰知道，朱鹮是国家保护的一类名贵鸟类，如果丢了朱鹮，王决心会真的伤心、精神上受到刺激的。王决心说："朱鹮鸟珍贵，如果找到了，赶紧交给国家去养吧！"他们到了鸟类喜欢的白洋淀的大片湿地，找了一天，没有找到。

　　王决心悲伤地瘫软在地，喉咙发堵，眼角发酸。国家园林部门就要将朱鹮领走了，这个节骨眼丢了。他这个治保主任，协助王莹莹管理鸟林，现在朱鹮找不到了，他真的没有办法跟胡玉湖支书交代。

王永泰心疼儿子，默默地划船钻进芦苇荡，继续寻找着朱鹮鸟。

夜里，王决心爬上房顶看天象，他想通过星宿预知他的朱鹮的凶吉。王永泰仰脸看着儿子，多么希望他能看出来呀。可惜，父子俩失望了。翻来覆去折腾了大半宿，好不容易睡着的王决心做了个梦，梦见朱鹮在白洋淀湿地上绝望地不屈地挣扎，他要去救却怎么也够不着，一着急就醒了。翻了个身，闭上眼，那个场景又出现了。睁着眼睛到天亮，嘴里一遍又一遍地念叨着："我的朱鹮啊，我的朱鹮啊，你在哪儿啊……"

上午九点，太阳光线很足，湿地上有一股岚气，朦朦胧胧，带着迷幻的气味。

王决心到白洋淀湿地的时候，惊呆了。一个年轻女孩陷入湿地泥沼，双手托着那只受伤的朱鹮。她半腰卡在泥里，脸色苍白，咬着嘴唇，挣扎着。两个女孩手拉手在营救她。一个高个女孩喊："把鸟放了吧，俩手拽住我们。"手托朱鹮的女孩脸上湿漉漉的，泡出了水汽，断断续续地说道："这鸟儿真好看，它腿受伤了，裹着红布呢，我放手它也飞不了。"高个子女孩说："鸟儿再好，也不比命重要啊！"手托朱鹮的女孩换了一只手，手软软的，几乎要哭了："我……我要挺不住了……"

王决心眼睛亮了，终于找到朱鹮了。

有一个男孩跑过来，对着那个女孩喊："晓薇，别动了，等着我啊。"

男孩拿着绳子，咕唧咕唧踩着稀泥过来了。

男孩将绳索甩给了女孩，女孩一手拽绳子，一手托着朱鹮鸟，男孩越拽她的身体陷得越深。

王决心知道这地方是沼泽，人一动就下坠，他对那个男孩喊："不能拽，危险！"

王决心对湿地救援有经验。他到一间草棚里找来一块一尺宽三尺长的木板，想扔过去，又怕砸了女孩的脑袋，就把木板放在泥沼上，滚了几滚，滚了三米远再拿木板向前倒腾。

啪唧啪唧，湿地不远处，一群白鹤受到惊扰，扑翅而起。

女孩和那只朱鹮得救了。

女孩叫赵晓薇，男孩叫武玉龙，两人是恋人。女孩谢过王决心，抬腿使劲甩着泥，抚摸着咕咕鸣叫的朱鹮，朱鹮身上的污泥瞬间脱掉了，它的羽毛具有去污功能。赵晓薇兴奋地说："小宝贝儿，往后你就当我的妹妹吧！"

王决心一听急了，夺过朱鹮说道："这是朱鹮，国家一级保护鸟类。还给我吧！"他心疼地刮着朱鹮翅膀上的泥水，对着嘴亲了亲："宝贝儿，你受伤了，自己瞎飞个啥呀？"

那两个背包的女孩噘了嘴巴，拽了下脱险女孩，说："晓薇，白洋淀人素质低，你救了他的鸟，他连一句谢谢都没有！"

赵晓薇太喜欢这只朱鹮了，眼巴巴地看着鸟不动身子。

王决心似乎什么都没有听见，抱着一身泥水的朱鹮，亲切地喊着"呜，呜"，像是抱着自己的孩子，惬意地笑着。

赵晓薇惊讶地望着他和朱鹮，惊奇而感动。她从兜里掏出半瓶矿泉水，洒在朱鹮翅膀上。王决心这才抬头望了一下赵晓薇："谢谢你，你叫赵晓薇？"赵晓薇没吭声，噘了嘴巴，转身离开了，走了好几步，回头看王决心还在小心翼翼地用手梳理着朱鹮的羽毛。

刹那间，朱鹮抬头冲着晓薇她们咕咕地叫唤起来，两只小翅膀也不停地拍打着，似乎要飞起来追赶她们。王决心顺着视线望去，觉得自己失礼了。人家救了朱鹮，自己连一句话都不说，多么地愚蠢和不近人情啊！

王决心忽然反应过来，朝三个女孩深深鞠了一躬，说道："对不起啊，你们别走，感谢你们救了我村的朱鹮。我是村里的治保主任，中午在我们村鱼丸店请你们吃饭！"

朱鹮鸟再次吸引了赵晓薇，她朝王决心走了过来，边走边问："大哥，你口口声声说朱鹮，难道这只鸟真是朱鹮？"

王决心说："对呀，是我们王家寨的朱鹮，名贵的鸟，国家就要收走了。"

赵晓薇举起手机给朱鹮拍照，开动了对比程序，对照显示：朱鹮。

她兴奋地笑了："真是朱鹮鸟儿啊！我在日本见过这种鸟儿，特别珍贵的。"

王决心听说她们三人是北京电视台的实习生。雄安新区成立了，来实地考察，拍摄一些素材。刚刚营救朱鹮，王决心觉得欠下了赵晓薇的人情，赶紧给老爹王永泰打手机，告诉老爹鸟找到了，老人非常高兴，他让老爹带着鱼到二巴掌的鱼丸店炖鱼。

男孩对王决心说："大哥，我叫武玉龙，国家发改委办公厅的，晓薇的男朋友，你的好意我们心领了，留个微信，我们以后再见。本来不想吃的，可看你这么爱朱鹮，理解你了，为了多陪朱鹮一会儿，我们答应你啦！"

王决心嘿嘿笑了："你救了我家朱鹮，我救上了你。咱们扯平了，哈哈！"

王决心怀抱朱鹮，离开了湿地。到了大张庄码头，王永泰在码头吸烟等候，王决心将朱鹮洗了洗，郑重交给了王永泰，让他亲自交给胡玉湖支书。

王永泰将朱鹮放进一个鱼篓里，摇船走了。

王决心领着赵晓薇等几个孩子上了咸鱼的旅游船。咸鱼见他和赵晓薇一身的泥，惊讶地问道："决心，你这是干啥去了？"王决心伤心地说："朱鹮飞了，差点死在湿地。"咸鱼开玩笑说："你小子行啊，比你二哥王德不差，桃花运贼旺，还带回这么多的美女？"王决心瞪了瞪咸鱼："闭上你的乌鸦嘴，玩笑是随便开的吗？人家是北京来的，救了我的朱鹮，我得让二巴掌炖鱼做鱼丸犒劳人家。"

咸鱼嘻嘻笑，不吭声了。

船颠颠簸簸，一直开往民俗村望月岛。风浪不大，芦苇在身边摇摇荡荡，被风吹出窸窸窣窣的声音。一只蜻蜓从芦苇荡里飞了出来，静静地落在一朵荷花上，人们在船上能看见蜻蜓透明的彩色翅膀。

"太美了。"赵晓薇掏出手机赶紧拍照。

咔嚓，赵晓薇拍摄了一张。

蜻蜓飞舞起来，又有一只蝴蝶围着荷花飞舞。赵晓薇继续拍照的时候，船体一晃，赵晓薇的手机掉进水里了。

王决心吃了一惊。

"哎呀，都怪我大意了！这可怎么办啊？"赵晓薇几乎是哭腔了。王决心怪怪地一笑，缓缓地吐出一口气，脱了上衣，人们不知他要干什么。人们不经意间，只听嗵的一声，王决心一个猛子扎了下去，气泡灭了，溅起几朵浪花。

王决心潜入水里，水下越来越黑，突然，他感到一阵震动，一股水流搅动的水波使他难以保持平衡。他接近水底淤泥的时候，用眼睛搜寻着，伸手一摸，凸起的硬东西，一块砖头，他用手挖了一下，手机就在砖头下面了。淀底的淤泥被他的脚蹬烂了，翻来翻去，他们可能被水底的这块砖头迷惑了。他抓到手机晃一晃，手机上的污泥就散了，这时候，有两条鲤鱼擦身而过，他将手机咬在嘴上，顺手抓住了一条鲤鱼，这个时刻，他的憋气已经到达极限了，在水波间斜着穿刺过去，像一条水龙自由穿越滚动的水波游向白亮的水面。

隔了五分钟，水面平静，赵晓薇不错眼珠地盯着水面，眼皮嘣嘣地跳了两下。

忽然，水面上冒了一串水泡，还是没有动静。赵晓薇目不转睛地盯着水面，担忧了："叔，他不会有事儿吧？"咸鱼只顾吸烟，大咧咧地说："不会。"忽然，听见哗的一声，翻出一个白白的水花，随后王决心的脑袋露出了水面，脸上糊着黑泥，嘴里叼着一个水淋淋的手机，右手攥着一条鲤鱼。

"啊，太酷啦！"赵晓薇惊喜地喊。

赵晓薇、武玉龙等人手挽手，欢跳起来。

王决心松了一口气，双腿一钩。武玉龙伸手一拉，将王决心拽上船来，流了一摊水。赵晓薇从王决心嘴里接过泥巴糊着的手机，看不出是什么了，她放水里涮了涮，微微地笑了："谢谢王大哥啊，你真是太厉害了！"

咸鱼解释说："这算啥？他爹是白洋淀有名的水鬼子，跟他爹学的。"

王决心默默地不吭声，将一条活蹦乱跳的鲤鱼扔进船舱，抖了抖身上的水，搓着手上的鱼鳞。

鲤鱼蹦了几下，一动不动了。

咸鱼将他们送到了望月岛上，默默划船走了。

王决心带着客人登了岛。二巴掌有两个鱼丸店，王家寨老村一个，望月岛上一个，两个都红火。赵晓薇看到这里的人可真多，熙熙攘攘、摩肩接踵的。王决心安排三个女孩到太阳能房间洗澡，自己也冲了冲，干干净净的。武玉龙洗了洗脚、脑袋和胳膊。王决心笑着喊："先喝我们的荷叶茶，鲤鱼炖上了，过会儿就喝酒吃饭喽！"灶门敞开着，对着长长的过道，过道外边还有一个土锅灶，粘着一层黑灰。

赵晓薇刚刚洗了澡，像出浴的荷花，美丽洁净，绚烂多姿，她的眼神羞涩，同时又是十分坚毅。脸上不施脂粉，有清纯自然之美，鹅蛋脸，高鼻梁，嘴角微微上翘，略显一点调皮的意味。她从外表到心灵都是那样纯净，没有一丝阴影。武玉龙见到出浴的赵晓薇，眼神亮了一下，显然，他是爱晓薇的。那两个女孩也换上了鲜亮的衣裳，像蝴蝶一样飞进飞出。

王决心喝茶的时候，得到了一个惊人消息，是武玉龙悄悄告诉他的，赵晓薇是白洋淀新区赵国栋书记的女儿。王决心一愣，嘿嘿笑了："嗨，要不我总觉着她像一个人呢，跟她爹太像了，我跟赵国栋书记熟啊！"

二巴掌说："今天没有鲮鱼，只能炖鲫鱼和黑鱼，锅贴饼子。还有白洋淀双黄鸭蛋、驴肉火烧。"王决心还让二巴掌做了两碗好吃的鱼丸子。二巴掌兴致很高，拍拍王决心的肩头，对着王决心耳语："三哥，今天这场面是不是你相亲啊？给我介绍一个呗？"

"去你的！"王决心说。

王决心将二巴掌叫到赵晓薇、武玉龙跟前说："你小子就知道相亲，这美女叫赵晓薇，新区赵国栋书记的千金，这位是她的男朋友武玉龙。"

二巴掌微笑着，对大家说道："来到我家鱼丸店，吃好喝好，喝好吃好。"

赵晓薇、武玉龙与两个同事非常开心，相互微笑，相互夹菜。王决心先给赵晓薇敬酒，赵晓薇喝的饮料。他先干为敬，说："谢谢你晓薇妹妹，你救了朱鹮的命，就等于救了我王决心的命，我和王家寨的人都感激你。”

“刚刚不是说了吗？我爹是赵国栋。赵国栋的女儿不应该救白洋淀的朱鹮吗？”赵晓薇说。

王决心嘿嘿笑着说：“对，对对，那就不客气了。你爹来我们村，我还给开过汽艇呢！”

二巴掌插嘴说：“晓薇是德县人，爱咱白洋淀是应该的。今天这酒应该敬一下武玉龙。人家可是北京人啊！”

王决心和二巴掌举杯敬了武玉龙。

王决心吃了鱼，说：“晓薇，咱还有一层关系，是亲戚。杨义成可是我的亲大哥啊！”

赵晓薇笑道：“哇，这层关系啊？义成是我大舅。”

王决心说：“你也应该叫我舅！”

赵晓薇嘴里含着鱼丸儿，差点喷了出来。二巴掌用余光看那两个姑娘，给她们盛了一碗鱼汤：“这是白洋淀鱼汤，我们淀里赵北口鱼汤，喝也后悔，不喝也后悔。”

赵晓薇歪着脑袋问：“为什么都后悔呢？”

王决心说：“这是白洋淀的口头语，说明鱼汤好喝。不喝，你会终生遗憾，喝了呢，还想喝，你在这待的时间太短，以后可能不再来了，能不后悔吗？”

赵晓薇和两个同学都笑了，武玉龙说：“看来，我们还得来啊！”

二巴掌敬了一圈酒，喋喋不休地介绍“银淀鱼丸”。尽管他不如大巴掌口才好，说到鱼丸还是头头是道的。

王决心给赵晓薇盛了鱼丸，赵晓薇吃了，连说好吃。

黄昏日落、炊烟升起的时候，是王家寨人一天里最闲暇的一段时光。鱼丸店溢出绵软的音乐。

王决心送走了赵晓薇一行，回到了村委会，骑着电动车穿越胡同回家。街巷狭窄，黑得让人总想闭眼睛。

街道上静悄悄的，晚雾来了，人影稀稀疏疏，淀子的两只爪子刨地，吧嗒吧嗒地响。

胡玉湖与王德志在胡同里走，边走边说着话。

王德志看了看手机，叫喊了一声："老支书，为了治理白洋淀的生态，该关的关了，该转型的转型了。王家寨的乡亲们，都等着上马新产业呢！您心中有规划没有啊？"

胡玉湖瞪大眼睛，望了望天，说："我们党支部是要想新产业，可是，哪有那么容易啊？饭要一口一口地吃，新区的建设缺人手，眼下最好的办法就是到工地打工。"

王德志说："以前我们也是打工，这不是换汤不换药吗？"

胡玉湖说："那不一样，我们建设白洋淀新区，是在咱家门口打工啊！"

第三十四章　警钟

甄爱社接受组织调查，在白洋淀传开了。

这一天，赵国栋去北京开了会，回到家里，已经七点，电视里正在报道甄爱社被查的新闻。

赵国栋默默地看着，表情凝重，沉默无语。

杨爱珍说："人不管当多大的官，不能嚣张，嚣张必灭亡。老甄就是一个反面教材，我应该让义伟好好看看，免得他总是威胁你。"

"你以为义伟没有看吗？他跟甄副省长是什么关系？所以，他比我们更敏感。我担心义伟过不了这一关！"

"国栋，没有你这样当姐夫的，你不帮义伟就算了，可你也不能咒他啊？"杨爱珍绷着脸说。

赵国栋苦口婆心地说："你又理解错了，我咒他什么？就说老甄吧，你看甄爱社收受礼品礼金一栏里，就有大量茅台酒，有三十年的，也有五十年的。听说纪委的同志让人拉了三卡车茅台酒。光这些茅台酒折合成钱就得有几千万啊。老甄最初是个好官，就是从偏爱喝茅台酒开始，一点点变质的，冰冻三尺，非一日之寒啊！可惜啊！"

杨爱珍说："我知道，你俩的矛盾不就是你劝他喝茅台酒引起的吗？"

赵国栋叹息了一声，说："他太喜爱茅台了！我担心啊，他的酒就有义伟送的。"

杨爱珍咧了咧嘴，说："老公，义伟不会受到牵连吧？甄爱社的老婆、义成的丈母娘安大姐我不是很熟吗？我跟安大姐吃饭，安大姐开玩笑时说，我们老甄啊，不喝酒就阳痿，不阳痿就早泄。为啥官方说他权色交易，可能是喝了茅台，在外边也有搂不住的时候！他这不叫权色交易，准确地说，应该叫酒色交易！"说着，嘻嘻笑了。

赵国栋无奈地说："你们女人啊，还扯起过这话题？别拿人家取笑了，我们还是说喝酒的事吧。"

杨爱珍继续念着："在生活上，极度奢靡，道德败坏，大搞权色交易、钱色交易……"

赵国栋有些不耐烦了，大声说道："别念了，别念了，烦人！"

杨爱珍瞪了他一眼，鼻子不是鼻子脸不是脸了，侃声说道："我就要念的，你不爱听了？是不是你也有这样的问题啊？你是不是外面也有女人啊？"

赵国栋正色道："爱珍，这种玩笑开不得啊！这么多年，你还不了解我赵国栋吗？我跟甄爱社是一路人吗？"

杨爱珍似乎很认真地说："反正我有俩兄弟，你要是胆敢欺负我，他们是绝不会轻饶你的，听见了没有啊？"

赵国栋无奈地笑笑，说："好了好了，亲爱的，听见了，听见了。"

杨爱珍走到赵国栋跟前，使劲捅他的脖子，快人快语地说："从严治党就是好，过去三天两头见不着你人影，这回有纪委管着，我们女人都放心了。"

赵国栋说道："爱珍啊，我这一辈子有你，有女儿，就一切都知足了。既然你话说到这了，今天我跟你坦白一个秘密，免得你总怀疑我是两面人。"

杨爱珍抬起头来："啥秘密？"

赵国栋说："我爷爷赵春华是咱德县人，土改的时候当过咱德县县委副书记，土改工作上出了点问题，就被组织派到新水县当了副县长。这才有了新婚姻，娶了邢二霞。"

杨爱珍亲了亲他的脑门，愣了愣，说道："原来是官二代啊，为啥瞒了我这么多年啊？"

赵国栋轻轻摇头，苦笑："什么官二代啊，今天你借甄爱社的罪状敲打我，我才想跟你说一说。父亲赵树森至死都没能理解我爷爷啊！我爷爷属于新中国成立后进城干部，那时候颁布《婚姻法》，有些进城干部换老婆，我爷爷赵春华跟我奶奶翠莲离婚了。我爷爷换了老婆，娶了邢二霞。我父亲赵树森还有一个姑姑，他俩就是奶奶张翠莲生的。后来的二奶奶邢二霞，跟爷爷结婚以后又生了两个孩子，奶奶不让我们来往。"

杨爱珍说："怪不得你不愿意说呢，你家是够乱乎的。"

赵国栋缓缓站起身来说道："我爷爷有权力了，让我父亲去城里当了工人。奶奶是个有骨气的女人，父亲特别孝敬她老人家，一切听奶奶的，奶奶不让他进城当工人，他就说啥也不去！家里最困难的时候，奶奶拄着打狗棍讨饭，腿被恶狗咬伤差点死了。如果不是那条打狗棍子……"赵国栋说着，弯腰去床下掏出一个东西，被塑料包裹着，缠满了红绸布。

杨爱珍问："这是什么东西啊？"

赵国栋一层层打开包裹，露出一个老旧的木头棍子。棍子上雕刻着歪歪扭扭的一行大字，家训：爱国、爱家、清廉、勤俭、好学、孝敬。他转了一下棍子，后面还有三个字"不离婚"。

杨爱珍震惊了，顺口念了一遍家训。

赵国栋双手颤抖，眼睛湿润了："这是我们赵家的家训。本来我们女儿出生的时候就想拿出来，那时候社会风气不好，拿出来怕让你和家人笑话，闺女也不理解，怕是亵渎了家训。还有，这事传到官场对我也不好，人家也不相信。如今党风正了，我可以理直气壮地拿出来了。"

杨爱珍说："国栋，我懂，我也赞成！"

赵国栋把打狗棍翻了过来，哽咽了："爱珍，'不离婚'这三个字是我奶奶刻的。她不识字，新中国成立后报名上了识字班，一辈子就学了这三个字就逃学了。家训是我爹刻的，我家每年大年初一这天都要念一遍家训，我拼命读书，才考上了河北大学。"

杨爱珍频频点着头说道："赵家有好家风啊，可惜，我们杨家不行啊！"

赵国栋深情地说道："'不离婚'三个字是奶奶亲手刻的。她刻这三个字的时候，该是什么样的心情啊？你说我能离婚吗？能在外面搞女人吗？"

杨爱珍抓过棍子，紧紧抱在怀里，泣不成声。

赵国栋说道："爱珍，时代变了，离婚也是正常的，说明社会的进步。我们说义伟，他没有离婚，家里红旗不倒，外边彩旗飘飘。这是错误的，我自从娶了你，我非常知足，每时每刻都感到家的幸福。"

杨爱珍说："家是女人的靠山，家是幸福的港湾哪！"

赵国栋紧紧抱住杨爱珍，闭着眼睛，听到她的一颗心在强劲地跳动。

沉默了一会儿，赵国栋忽然想起什么，说："天下说大也大，说小也小。你知道我的二奶奶邢二霞是谁吗？"

杨爱珍摇摇头，说："不知道，我一次也没见过啊。"

赵国栋说："二奶奶已经去世了，我也没见过。她是杨义成铃铛奶奶的亲妹妹。虽然不是雁翎队队员，但也是为革命做过贡献的人。铃铛奶奶带土匪许大彪参加八路军那阵，二霞就跟义成的爷爷大抬杆在白洋淀假扮夫妻开鱼丸店，许大彪自杀以后，铃铛跟大抬杆复婚，二霞就跟了我爷爷赵春华了。"

杨爱珍惊讶地说道："啊？这么巧合啊？这么说，你跟义成还是亲戚呢！"

赵国栋有些激动地说道："我还是非常敬佩铃铛奶奶的。我在王家寨调研，去看望过老太太。不过，我没有提这层关系。我拒绝义伟，拒绝他的所有要求。其实，我也难过，我凭什么这样做？凭党性，凭我们赵家留下的好家风啊！如果我成了甄爱社，还有脸见列祖列宗吗？"

杨爱珍说："回头跟我爹说说，也让你们家的好家风教育教育义伟。"

赵国栋想了想，说："你们家，家风不错，咱爹，咱娘，子女都干成这样了，还在捡破烂，勤劳、诚实，过着俭朴的生活。义成和你，培养得也好，咱家的义伟是一个另类啊！"

杨爱珍疑惑地说："义伟啊，压根儿不像我们家的人。"

赵国栋忽然想起什么，问："爱珍，我把打狗棍给你看了，这是我隐瞒你的唯一一件事。我们夫妻恩恩爱爱，坦坦荡荡，这也倒是分外轻松。你想一想，你有什么隐瞒我的吗？"

杨爱珍想了想，说："人在河边走，谁能不湿鞋啊？说有呢也有，说没有呢，真没有。"

赵国栋一愣，警觉地追问："这是什么话，模棱两可，背着我收人家钱了？还是偷偷买房子、买股票啦？"

杨爱珍噘起了嘴巴，故意不吭声。

赵国栋急眼了："你倒是说啊，现在干部个人申报可严了，你要是故意瞒着我，人家查出来，我就挨处分、免职的！"

杨爱珍收住笑，摇着头说："你个官迷，看把你急的，放心吧，这些都没有。明天我带你去咱家老房子，给你表演表演，啊。"

赵国栋心里更加没底了，不解地问道："表演表演？怎么回事啊？"

杨爱珍笑了笑，说："晚上光线不好，明天上午吧，我正好要亮相给你看哪。"

赵国栋一听"亮相"二字，更加紧张，额头冒汗了，她这个秘密到底是什么呢？他拽着杨爱珍说道："走吧，咋这么磨叽啊？我明天早上就执行任务去了。今天晚上就去，不然我睡不踏实。"

杨爱珍瞪了他一眼："做啥亏心事了，还不踏实？"

两人下楼，汽车直奔望马浒村的老宅而去。

杨爱珍问："听说这里是白洋淀高铁站？"

赵国栋说："现在保密，有可能吧。"

杨爱珍知道，赵国栋担心让杨义伟知道。赵家老宅在县城东侧的望马浒村，明嘉靖年间叫望马台村，清末改名为望马浒村，村西有梁家场、苏家庄。八十年代中期，赵国栋与杨爱珍结婚时，住在村里的老宅，老宅粉刷了一遍，院落整修了，种上了花草，栽上了葡萄。如今，赵国栋老爹赵树森搬到县城的"雄美家园"小区。

老爹离开这里，老宅就委托杨爱珍照看。

汽车进了村庄。村庄的夜景，弥漫着一层湿气，漆黑而浑白，让人有些恍惚。他们进院的时候，赵国栋看见葡萄秧子枯黄了，还不到季节，可能是没有人过来浇水。

到了屋里，破旧的家具，两只掉漆的旧箱子，还有一个歪歪咧咧的立柜。这些家具老爹搬家时没动，一动就会散了架。屋里多了一扇戳地镜。原先青砖砌面，有些凹坑，垫平了。

杨爱珍用钥匙打开老旧的箱子，里边竟然是一些名包、名表和翡翠首饰，尽管灯光幽暗，但还是闪闪发光。

赵国栋惊讶了，眼睛顿时瞪圆了："啊，哪来的？"

杨爱珍讷讷地说道："你别急，反正不是受贿来的。这两个呢，这个 LV 皮包是义成给的，爱马仕皮包、伯爵手表和翡翠镯子是义伟给的，这个梦特娇皮包，是我从白沟开会自己买的。你要是不信，可以马上给他俩打电话核实！"

赵国栋狐疑地看着杨爱珍说："老大义成那么抠门，能给你买名包儿？"

杨爱珍颇为得意地说："我是他姐，不能对我抠啊！我有两个好弟弟，就不能弄点名货吗？"

赵国栋沉了脸，厉声说："义成给你的留下，义伟给你的，一律送给他。要不他总是威胁我呢！"

"我是他姐，跟你俩争吵是两码事。"

"德不配位，必有祸殃，义伟的一定送回去！"

"好了，我还给义伟。你还埋怨我，一切还不都是为了你，如果不是怕影响了你仕途，我早就敢戴出去穿出去了。咳，可惜啊，我只能到老宅里穿上戴上自己照照镜子！"

赵国栋稍微恢复平静，埋怨说："你脑子有病吧？这院里没有住人，就不怕小偷跳进来偷窃？你说实话，这些名贵东西到底是哪来的？"

杨爱珍迟疑了一下，说："你老婆没有半句假话。纪委来查我都不怕！你看，这还有一件白色的貂皮大衣。"

赵国栋一愣，问："这是哪来的？"

杨爱珍说："我去沧州肃宁阿登皮衣厂自己买的。这有发票，你可以到厂里去查啊！"

赵国栋质疑地摇着头："我不信了，都是义成、义伟他俩送的？我可是要核实的啊，没有别人送的？问题很严重，人就怕成瘾，你收藏这奢侈品，跟甄爱社收藏茅台酒有啥区别啊？"

赵国栋的眼神让杨爱珍感到陌生，感到难过。

杨爱珍红了脸，人也蔫了，嘴唇颤抖不止。其实，杨爱珍看了他的打狗棍情绪就上来了，因为没有受贿，才敢于跟丈夫坦白这个秘密，她没有想到赵国栋不相信她，还把这事看得如此严重，她吓了一跳。

赵国栋诚恳地说道："爱珍啊，上级苦口婆心地讲，领导干部要管好身边人，自己老婆是最近的身边人啊！你本身也是德县工商联主席，是科级干部，怎么能够有这种爱好呢？"

杨爱珍说："我就是你的贤内助啊。你可以打听打听，家里、县里、亲戚、朋友，哪个不夸奖我？"

赵国栋说："这个我心中有数，你做得非常好。但是，今天你让我看到一个可怕的苗头啊！这里有巨大隐患的。你说甄爱社，还有纪委曝光的那些腐败干部，哪个不是从小事、个人爱好一点点陷落的？"

杨爱珍觉得心里沉甸甸的，郑重地说道："国栋，你别说了，我明白了。我的这点爱好是受弟媳甄凤的影响，甄凤就是喜好这些奢侈品，两人因为这些问题真的没少吵架。"

赵国栋以严肃的语气说："爱珍啊，我们夫妻在今天晚上又重新认识了对方。别看我家的打狗棍上奶奶刻着三个字'不离婚'，可是，我的原则你知道，女人一旦出现以下三个问题那就必须离婚，一是出轨，二是不孝敬老人，三是背地里受贿。这是原则问题，没有丝毫商量迁就的余地！"

杨爱珍迎着赵国栋的眼神，委屈地争辩道："我没有受贿啊，但是，我现在知道了这种爱好很可怕。你说怎么处理吧？我不拖你的后腿。"

赵国栋说："你自己买的，还不是什么大牌，该穿的穿，大大方方地穿。义成给你的包，牌子大，你就拿回家，留着你欣赏。义伟的所有东西，一定要全部退给他，记住了吧？"

杨爱珍争辩说："义伟是我的亲弟弟，为什么可以收养弟义成的，不能收亲弟义伟的呢？"

赵国栋头脑里似乎炸了一颗响雷："我们在家不是说了吗？义伟是个商人，一颗定时炸弹，早晚就会引爆的，他有好多事要找我们帮忙的，没听过这么一句古训吗，吃人家的嘴短，拿人家的手软！"

杨爱珍郑重地点点头，说道："老公，我听你的。"

杨爱珍被深深的自责和内疚折磨着。过了一会儿，她自嘲地说道："唉，我是有病了。国栋，这事我想通了，这些东西都不要了，跟这种爱好一刀两断！但是，我今天晚上有个请求可以吗？"

赵国栋说："老婆你尽管说吧！"

杨爱珍伤感地说："我想你没忘记吧？这个房间就是我们结婚的地方。那时候，我们都穷，穿得土了吧唧，戴的基本没有。眼下孩子大了，日子好了，就想着找回失去的东西。其实，我们这个年龄的女人啊，人老珠黄了，打扮来打扮去，都是给自己爱的人看的，别人咋看我有啥用呢？"

赵国栋微笑着说："人都得老，你老了，我不老吗？不管多老，不管你穿啥，你在我心中永远是最美的老婆。以后我们白头偕老，共度幸福的晚年啊！"

"虚伪，你们男人就是嘴上会说。"杨爱珍说。

赵国栋瞪了眼，说："你说我什么？"

杨爱珍欣慰地笑了："国栋，玩笑话，我相信你。我积攒这些有啥呀，为啥藏着啊，想着有一天，穿上戴上这些东西，得到你的肯定，让你高兴。"

赵国栋爽快地说道："好啊，你是模特，我当观众。"

"哈哈，你这不是挺懂幽默的吗？整天回家板着脸，都是成心气我。"杨爱珍捶了他一拳。

赵国栋笑道："你还没完没了啦？"

"罚你，给我戴上。"

赵国栋双手笨拙，吃力地帮着杨爱珍戴上翡翠镯子、穿上貂皮大衣。

杨爱珍坐在镜子前，抹了一点口红，拢了拢头发。她轻轻站立起来，提上爱马仕名包，立刻有了自信和光彩，像模特一样，走了两遍。

赵国栋欣赏着，轻轻鼓掌。

杨爱珍坐下静心，扑簌簌两行泪。

夜里，月牙高高地悬着。赵国栋一把抱紧了杨爱珍，杨爱珍有些迟钝。他们脱了衣裳钻进被窝。

赵国栋轻轻抚摸着她的胸脯，耐心等她进入美好的状态。之后，他们相拥着睡去了。

第三十五章　奔丧

那天上午，乔麦接到娘从张家口打来的电话。

乔麦爹重病住院了。她不相信自己的耳朵，手抖个不停："爹，没有大事吧？"她只好将养鸭场和花花交给了姚哈喇和二婶，立刻动身上火车站。乔麦坐了一宿火车，天亮到了张家口。

起风了，北风呼啸。风割着乔麦的脸、脖子和手。她看见天空浓云密集，浓云背后，有闪电将浓云撕开，云缝里渗出一丝蛋青色。

到了医院，乔麦看见娘照顾着老爹乔本春，独独不见乔木和姚丽蓉。娘说了一遍爹犯病的起因，省里扶贫工作组到了张家口，考察了西窑村的温室大棚。老乔涨红着脸，数钱。微型红薯卖出去了，盈利几万元，领导授予一面锦旗。老乔一辈子也没有这么风光过，高兴过度，突发脑溢血，倒在自家责任田里。

"爹，您没大事吧？"乔麦眼睛红着。

老乔刚刚输了液，脸色苍白："没事，这么远还跑来了。"

乔麦娘苦着脸："唉，黄鼠狼专咬病鸭子。你哥身体那样，你爹又病了。"

娘叹息说："绳子单打细头断，大棚刚刚挣钱了，这一病又返贫了。"

乔麦愣着说："别急，人吃五谷杂粮，还能没有病？我哥我嫂子呢？"

老乔说："他们去张家口市法院，打那个大豆种子的官司去了。"

天黑了，乔麦要去医院食堂给爹买晚餐。没有买到馄饨，乔麦买了两块烤红薯给爹吃。等她推开病房门看见父亲正在吃东西，走过去一看竟然是馄饨，奇怪地问道："爹，你这是哪来的馄饨啊？"老乔指指邻床的大叔。

乔麦感动，拿着一块烤红薯递给大叔。

乔麦娘在临时加床睡一阵，乔麦照顾爹。

乔麦手机铃声响了，是姚丽蓉打来的，很平淡地告诉她："你哥出车祸了，在医院抢救哪。"

乔麦的脑袋嗡的一声，心好像跳到了嗓子眼："你说啥，嫂子？我哥他……咋回事啊？他现在哪个医院啊？"

姚丽蓉哽咽着说："在张家口医院，你快来吧，来了就知道了。"

乔麦脑袋轰然一响，感觉天塌了。

乔麦知道家里大豆种子被骗的事，种子事件之后，爹和哥哥承包的温室大棚。可是，假种子赔偿未果，乔木和那几家农民把福乐种子公司告上了法庭，张家口法院让他过去做笔录。法庭做了调查，没有正式宣判，回家的路上，他搭乘的拖拉机跟运输煤炭的汽车相撞，乔木当场撞扁了脑袋。乔麦赶到张家口医院，医生刚刚宣布乔木的死亡，守在门口的姚丽蓉见到乔麦，她紧紧搂着乔麦的脖子哭了："人走了。"

乔麦如五雷轰顶，身体趔趄着。她走到急救室，一头扑向血糊糊的乔木，哽咽了："我可怜的哥哥呀——"她用力摇晃着哥哥瘦削的遗体，肝肠寸断，泪如雨下。

医院女护士走到乔麦身边劝慰道："请你节哀，我们要把遗体送太平间了。"

乔麦摇摇头，说："我刚从保定赶来，让我再陪会儿我哥吧！"

女护士叹了口气，默默地出去了。

乔麦看着乔木的遗体，身体颤了颤，险些跌倒，她透过蒙眬泪眼盯视着哥哥的遗容，放声大哭："哥，妹妹来晚了，你不会生我的气吧……咱兄妹俩就这么永远阴阳两隔了？如果不是假种子，你就不会打官司，你就不会遭车祸。黄鼠狼专咬病鸭子，咱家是啥命啊？大棚红薯刚刚见亮，日子刚刚看到希望，你连声招呼都不打就走了，让爹娘、让我心里多……多难受啊？……"她轻声说着，泪水又从她漂亮的眼里涌了出来。

乔木胳膊上文着的三朵荞麦花，瞬间映入她的眼帘，她顿时回想起哥哥背她上学的一幕。她抚摸着哥哥胳膊上的荞麦花，向他哭喊道："哥呀，你起来呀，我要你背我回家，我要吃你亲手给妹妹做的莜麦卷啊……"她皱着眉头，嘴巴一张一合。

乔木一动也不动，脸像个蜡人。乔木的尸体运到崇礼医院。乔麦爹、娘听说即刻晕倒。抢救过来，乔麦跟爹商量葬礼事情，老乔的病立马好了。葬礼是乔麦一手操办的。葬礼之后，乔麦爹、娘就缓过来了，老乔沮丧地说："唉，福兮祸所伏，祸兮福所倚。这是你哥的命啊！"

乔麦点点头，不哭了。

"尽管你是换亲，苇秆儿都这么大了。好好跟力英过吧，家里别惦记啊！"老乔又说。

乔麦的泪水流得更汹涌了："爹，跟你说个事啊，你答应我别跟娘说。"

老乔的眼睛出现惊奇："说吧。"

"爹，苇秆儿走了。"

老乔一口气没缓上来，眼睛瞪圆了："啊？啥时候的事？咋没的啊？"

乔麦说："泥鳅撞死的，一年多了。"

老乔哆哆嗦嗦地哭了："福无双至，祸不单行啊，这孩子跟他舅舅一个命啊！"

乔麦双手捧着脸，呜呜地哭了。

乔木的葬礼结束，老乔出院了。乔麦安顿好老人，回到了王家寨。

夏天的景象，露水太重，到处湿漉漉的。乔麦到了王家寨的时候，已经是掌灯时分。她刚一进院，花花就欢蹦乱跳地喊："娘回来了。"花花像小鸟一样靠过来和乔麦亲热个不停。她耳朵聋，但是嘴巴说话越来越清晰了。

乔麦含泪拍拍花花的小脑袋，强忍着心里的哀伤，拖着疲惫的身体在花花的拥抱下走进屋，见餐桌上摆放着几样炒菜，却不见腰里硬，就比画着问花花："你爹呢？"花花用手比画着告诉娘："我爹和姑姑出去吃饭了。"花花说："这是胡铁叔叔送来的菜，你也吃呀。"乔麦说：

"娘不饿，先躺会儿。"花花呀呀叫着比画着，跟着乔麦进了对屋，乔麦身子软得跟一根面条一样瘫倒在了床上，浑身像散了架。忽然，花花一双小手按在了她的胳膊上，花花像猫一样守候着她。

乔麦盘算起怎么卖这批小鸭子。她不想求腰里硬，她要寻找一个合适的机会，跟这个狗男人提出离婚，花花她要，其他都无所谓。她甚至想到了带着孩子回崇礼老家陪着爹娘过好以后的日子。政府不让养鸭了，眼下得先把小鸭子处理完，不能委屈了那群小可爱。她想好了，雇一辆长途运输车到微山湖。可不知道运费得多少，就想问问胡玉湖老支书。

胡玉湖感冒了，吃了药躺下了，迷迷糊糊中接到了乔麦的电话，听说要雇车去微山湖，连忙问："力英跟你去吗？"乔麦说："他腰坏了，有花花呢。"胡玉湖知道她这是在赌气，劝解说："这么远的路没个男人跟着押车咋行呢？我就让王德跟着吧。"乔麦说："真的不用，放心吧，胡支书，我自个儿能行！"胡玉湖知道乔麦的脾气再劝也没用，就叹了口气，给了她一个跑长途运输人的电话号码。

胡玉湖挂了电话以后想了想，拨通了王决心的电话："决心哪，乔麦明儿个一早上山东微山湖卖她的鸭子去。"王决心心中焦急："她自己去吗？"胡玉湖沉默了会儿，说道："她不自己去谁跟她去？乔麦这孩子命苦啊！"王决心心里咯噔一下，莫名其妙地涌上一股酸楚，握着手机的手不由得抖动了起来，他说了一句："挂了啊，叔！"之后，呆呆地坐了好半天。

乔麦挂了老支书的电话后，给那个跑运输的师傅打通了电话，人家嫌路途远不去。正好县电视台正在播放一家运输公司的一条广告，凭着超强的记忆力，她牢牢记住了联系电话，顺利达成了相关协议。乔麦再联系山东微山湖那边承接鸭子的客户，一等就是好几天。双方约好，第二天上午九点装车出发。

小鸭子有了着落，乔麦心里松了口气。

当天傍晚，王决心过来送了一笔钱，说是花花的姑姑顾彩铃从深圳打来的钱，乔麦一看是三万，愣住了，问："这么多？"王决心说："彩铃让我们给花花把手术做了。"乔麦说："我让秦中医给花花看过，手术应该在保定能做，她能够说话，只是得八万块钱。"王决心说："我再想想办法，五万块钱，我来凑吧。"乔麦心头一热，感觉王决心心眼好，她说："我这里还有一万五。"王决心摇头说："不行，你这里刚刚给哥哥治病，哪有钱啊？你别管了。"乔麦说："我必须出点钱，要不对不住花花。"

王决心、水牛和乔麦带着花花去保定做了手术，手术非常成功。

花花耳朵听清了，乔麦喊花花，花花的耳朵听见了，答应一声。乔麦落下了眼泪。

乔麦眼下觉得饿了。她先到对门屋看看花花，花花在写作业。花花问："娘你是不是饿了？我去给你盛饭去。"乔麦拽住花花说："娘自个儿上厨房吃去，你学习吧。"

乔麦打盹的时候，腰里硬醉醺醺地回来了。

腰里硬酒后性欲旺。他见到被窝里露出了乔麦雪白的后背，一时兴起，三下五除二脱光自己的衣服钻进了乔麦的被窝。

乔麦听见响动了，她是在装睡。哥哥刚走，她哪有心思干那事？

乔麦一把推开了他，冷冷说道："我哥刚发送走了啊，我还戴着孝，我哪有这种心情啊？"

腰里硬眼珠子一瞪，说："乔木死了是他的命，咱还不过日子啦？废话少说，好好配合老子。"

乔麦怒视着他提高了声调："我不是你的玩物，我不愿意！"

腰里硬说道："你他娘的要造反是吧？我告诉你，老子正没好气哪，别把我惹急眼了揍你啊！"

姚丽蓉带着哥的补偿款，自己回王家寨了。哥哥走了，乔麦没有顾虑了，憋屈了很久的愤怒终于瞬间爆发。她尖声叫道："我看你敢！"

乔麦抓了一把剪刀，对准了自己喉咙："你过来，我就死给你看！"她的眼神，带着杀气。

腰里硬胆寒了，摸了摸他的皮带铜扣。

这一回合，乔麦胜了。

隔了几天，腰里硬来了新花样，他掏出了一个测谎仪。他不让乔麦睡觉，要测测她是不是说谎。

乔麦睁大了眼睛，惊讶地瞪着他。

腰里硬说："你怕了吧？你越怕就说明你心中越有鬼。"乔麦嚷道："我有啥鬼？我交代个啥？"

腰里硬说："你自己知道。"

乔麦气恼地说："你别逼我了，再逼我就跳淀啦！"

腰里硬说："你跳啊，我瞅着你跳。看看王决心救不救你？"

乔麦真的一跃而起往外冲的时候，腰里硬又一把抱住她，然后用皮带抽了两下。

乔麦的身体在颤抖，声音极其微弱："既然生不如死，就让我死吧。"

花花被惊醒了，花花像当年苇秆儿一样护着乔麦。花花哭泣着喊："不许打我娘！"

腰里硬选择下手的角度，花花余光瞟他，然后就一转身，将自己的脊背对着腰里硬，哽咽说："你打我，要打就打我。"腰里硬吃惊了，双手软了，身体一晃，感觉花花就是苇秆儿，他狠狠地呸了一口，系上皮带转身扬长而去。

乔麦胸脯剧烈地起伏着。

花花从惊讶中恢复常态，花花看见了乔麦后背的伤。皮已经开了，露出红白相间的嫩肉。花花闭了一下眼睛，拿卫生纸一点点地擦着血："娘，你疼吗？"

乔麦泪水模糊了双眼，强忍剧痛，一把将花花搂进怀里，哽咽着："我的女儿真好，花花对娘真好……"

花花给乔麦后背的伤口抹中药。

乔麦轻轻笑了："娘不疼，娘不能让你受罪。你为什么护着娘啊？"

花花听懂乔麦说话，说："娘是好人，爹是坏人。"过去花花刚来的时候，乔麦让王莹莹教给她哑语，如今手术治好了耳朵，花花变成正常人了。乔麦望着花花叹道："让我们花花受惊吓了，别怕啊，这孩子也是命苦。到个好人家多好？"说着，揩了一把泪水。

花花依偎在乔麦怀里……

第三十六章　远去的鸭排

过了半个月，乔麦后背的伤好了。

花花一个小姑娘，像当年苇秆儿一样勇敢，腰里硬开始收敛了，改变家暴的方式。腰里硬夜里又要给乔麦测谎。忽然，腰里硬的手机铃声响了，他一看来电显示赶紧接了："喂，铁子……啥？……行行行，我这就过去。"挂了电话，指着乔麦鼻子恶狠狠地说道："我先去胡铁那一趟，你给我等着，你是我老婆，干那事天经地义，必须伺候我！"说完，穿上衣裳颠了出去。

腰里硬跑得急，跌了一跤，抻了腰。

乔麦一点困意也没有了，索性穿上衣裳蹑手蹑脚地走进孩子那屋，悄悄推醒了花花："跟娘上鸭场睡去。"乔麦给花花穿好衣裳，俩人轻手轻脚地出了家门，朝鸭场走去。王家寨的早晨静极了，街巷静悄悄的。整个王家寨都睡着了。偶尔吹过来一阵微风，空气里的芦苇与白洋淀水味更加浓烈了。乔麦牵着花花的小手走着，心情稍稍得到了缓解。花花是自己的心头肉，有花花，所有的烦恼全部赶走。花花问："娘，我们去哪儿？"

乔麦说："我们去山东微山湖卖小鸭子。"

花花说："我们幼儿园咋办？"

乔麦摸摸花花的小脑袋，柔声说道："娘已经和你们班主任余老师为你请好假了。"

花花听懂了，又蹦又跳："太好了。"

乔麦和花花母女俩来到鸭场。鸭子们醒得早，发出轻微的鸭叫声，像梦呓。

天放亮了，王决心就睡不着了，盼着快点天亮。他干脆爬起来，带上淀子出了家门。老远就看见爹住的船上晃动着身影，知道早睡早起的爹在收拾船舱。

"起这么早干啥？"王永泰瞄了儿子一眼。

王决心说："爹，乔麦家卖鸭子，老支书叫我照应着点儿。"

王永泰沉了脸："你还没长记性？当心姚家人说你的闲话。"

王决心说："不怕，老支书委派的。"

王永泰看儿子一眼欲言又止，继续收拾着船舱杂物。

王决心跳上船，说："爹，使一下咱家的船行吗？我想帮乔麦往渡口运小鸭子。不光咱家，还有胡支书家的船、王德志家的船，都去了……"

王永泰说："乔麦又不是困难户，她有男人腰里硬，腰里硬的活你们都干了，这咋算？"

"腰里硬也就充个数，他从来不管乔麦。"

王永泰一扬手，说道："我回去给你奶奶喂饭，你用了船给我打扫干净。"

王决心点点头，划船去了乔麦家养鸭场。船走到半路上，他看见了胡玉湖和王德志的船，朝他们挥了挥手。王决心喊："乔麦担心我碰见腰里硬，她要是撵我走，你可得替我解围呀！"

胡玉湖嘿嘿笑，说："腰里硬不在场，啥都好说。他知道了，就说我派你的。"王决心连连摆头："你咋知道腰里硬不去呀？"王德志嘻嘻笑着说："刚才路过雁子家门口的时候，听见这小子的说话声了。他的腰坏了，在雁子那躺着呢！"王决心说："这个鳖羔子，腰终于也有不硬的时候啦！他跟雁子的事，您不能不管啊！"胡玉湖面带难色说："这属于个人私生活，村里咋办？只有乔麦提出来，我才能介入。"

远远地，他们看见乔麦的鸭排。花花蹲在鸭排上玩击水，乔麦往铁笼子里捉小鸭子。呷呷的声音此起彼伏，乔麦忙得满头大汗。

王德志喊："乔麦，我们的增援部队到啦，可爱的小花花——"

乔麦直起身，循声看是老支书三人，朝他们喊："你们咋来了，这么点活儿不用麻烦你们——"

胡玉湖说："都来了，帮帮你。决心也是我喊来的。你还让我们回去啊？"

乔麦说："谢谢啊，卖了鸭子，回来我请客。"

三个人把船靠了岸，走进鸭场帮着捉鸭子。

乔麦丰满的白腿上沾着黑泥和苇叶，细密乳白色的雾气笼罩着，人和鸭子模糊不清。

乔麦望了一眼王决心，王决心显得有些尴尬，咧嘴一笑，划船捉鸭子去了。

太阳一冒头，雾就散了，照红了淀水和芦苇。小鸭子摆尾游动，乔麦拿着竹竿，打着口哨，轰赶着鸭子往一片苇塘集中，但是，鸭子就是不进铁笼子。王决心和胡玉湖他们轰赶鸭子进了铁笼子，还有一些鸭子散游，像泥鳅似的不好抓。乔麦束手无策，露出难以掩饰的愁容。

王决心说："我瞅瞅爹的舱里有渔网吗。"

胡玉湖说："对了，用渔网打。"

王决心提着旋网，站稳脚跟，铆足了劲头，朝着小鸭子抛出网，网脚散开，形成一个优美的大圆，旋网像一张大嘴，将游动的小鸭子吃了进来。小鸭子在网里叽叽地惨叫，好像世界末日来临。

王决心唯恐小鸭子在网里缺氧，快速拽上来，双手将湿漉漉的鸭子捧出网，放进了铁笼。

乔麦按捺不住地窃笑："天下尽是稀奇事，还有拿网打鸭子的？"

鸭子都打上来了，王决心又撒了一网。网里竟有鲫鱼、泥鳅，还有一条小蛇。王决心弯腰捏着小蛇在花花眼前一晃，花花看见小蛇吓得叫了一声，转过脸去。

鸭子全都装进铁笼子里，整整装了九大铁笼。王决心的船装了三个铁笼。小鸭叽叽喳喳，传出很远。

花花嫩声喊："决心叔叔，你超过我们啦？娘，我们追！"

乔麦笑了一下，加快了划船速度。

四条四舱船到了大张庄码头，乔麦租来的大挂车已经等候在岸边了。

前两年，乔麦认识一位微山湖的张师傅，张师傅到王家寨教渔民下地笼子。她给张师傅打了个电话，张师傅为人厚道，她相信张师傅，张师傅联系好鸭脯厂鲁总，乔麦加上了鲁总的微信，鲁总将路线图和定位发在乔麦手机上。

卡车破旧，好像散了架。

乔麦跟卡车司机讨价还价，谈好了往返运费九百块钱，如果负责装卸，加二百元，就是一千一百元。司机叫管占民，悄悄对乔麦说："大姐，这点钱还是低，怕是不够油钱啊！"乔麦说："村里不让养鸭子了，我们也是赔钱送到微山湖，你就这样吧！"管师傅不吭声了。乔麦端详着管占民面相，估计不是坏人，她担心出现羽绒服厂厂长张宁事件，想来想去，便牢记在了心里。管占民是一个中年男人，看上去挺和善的，他也跟着往车厢里装鸭笼子。很快就全部装上了车。胡玉湖对乔麦说道："我看还是跟你去一个人吧。"王决心说："支书，我去吧。"乔麦没有看王决心，对胡玉湖说："支书您就放心吧，我啥也不怕。"花花一挺胸脯，举着手枪响亮地说道："爷爷，还有我哪，我保护我娘！"大家全都笑了。

当天上午九点钟，乔麦押车从新水县城出发，前往山东济宁市微山县南部的微山湖。他们跑了六七个小时，出了微山湖高速口，花花睡醒了，乔麦松了一口气。

突然，管师傅叫喊一声，车身猛地颠簸了一下，车头向右边扎去，颠簸了一阵，司机师傅刹住了车。不知是车胎老化，还是钉子扎了轮胎，汽车爆胎出了故障。

管师傅弯腰掏出了备胎，用手机打光换着。

乔麦在惊吓中半天没有缓过来。突然觉得眼前车头下，划过一些闪光的东西，仔细一看竟然是几只小鸭子，她让花花坐好，连忙起身跳下来，打开手机灯光，抬头看车厢后斗里的鸭笼子，顿时惊呆了，一个铁笼子的门大敞四开，里面的鸭子全都逃了出来，有的站在笼子上东张西望，有的扇动着翅膀四下乱飞，有的已经到跳到了地面，在树林里乱跑着。乔麦大喊一声："管师傅，糟了，鸭子跑了——"

管师傅弯腰换着胎，转脸问："出啥事了？"

乔麦焦急地说："管师傅，有个笼子颠坏了，鸭子跑了，帮我再找找小鸭子，好吗？"

管师傅点点头，说："换好胎我就找鸭子。"

乔麦红着脸喊："你说得轻巧，这可都是你的原因啊，等你换好了，鸭子都跑光了，损失你来补啊？"

管师傅站立起来，爬上车，看见敞开的笼子，拿钳子把笼子修理好，先抓了车上的几只鸭子，塞进了铁笼子，转而跳下车随着乔麦追赶鸭子。

乔麦刚追出十几米远，摔了一个跟头，鼻子磕出了血，脸火辣辣地疼。她顾不上疼了，爬起身来，一瘸一拐继续追。

一只小鸭子叽叽叫着，钻进了一团灌木丛。

乔麦拼了命地追进了灌木丛，枝枝杈杈胡乱地划着她的胳膊和腿，针扎刀割一般。她终于看到了那只小鸭子，龟缩在树根下。她小心翼翼地包抄过去，眼看就要抓住它了，不料哧溜一下，鸭子又钻到树丛里。乔麦扑了空，她没有放弃，拨开挨挨密密的枝杈，脑袋钻进去，抓住了这只小东西，连连骂道："叫你跑，叫你淘气……"

管师傅将笼子放平，乔麦将小鸭子放进去。

管师傅用手机照亮，两个人追了一段路，相继抓住了三只，都已经是气喘吁吁了。管师傅和乔麦又跌跌撞撞追了一阵，几只鸭子一闪一闪地爬过斜坡，上了一个垃圾山。管师傅绝望地说："这么高的垃圾山，不好抓呀！"乔麦坚定地说道："不好……不好抓也得抓……一个也不能少……"管师傅无奈地摇摇头，感叹道："这个大姐，她可真够泥腿的！"

乔麦大口大口地喘着粗气，双手抓着垃圾往上爬，瞄准一个鸭子就紧追不舍，抓不住决不罢休。管师傅拎着鸭笼子过来了，喊："大姐，别追了，咱们走吧，你这么多鸭子还在乎少几个？"

乔麦把鸭子塞进笼子里，坐在地上歇息了会儿，说道："你没养过鸭子，不知道我的心情，它们跟我的孩子一样……"

乔麦刚刚弯腰抓到两只小鸭子，脚一哆嗦，哎哟一声，瞬间跌倒在地。管师傅说："大姐，你咋啦？"

乔麦脚下一疼，一屁股坐在垃圾上，伸手一摸，右脚流血了。她咬着牙，疼痛难忍的样子，灰白的脸抽搐。突然，她猛地拍了下自己的脑门，站起身说道："我都急傻了！"说完，清清嗓子学鸭子叫唤了起来："嘎嘎嘎嘎……"

司机师傅不解地看着乔麦，咕哝了一句："嘿，你还有心情学鸭子叫哪？"

乔麦的叫声很大，像是老鸭子的鸣叫。

鸭叫在黑暗中传向四方，过了三五分钟，奇迹出现了。爬上垃圾山的鸭子摇摇晃晃扭着屁股回来了，聚集到了乔麦身边。

管师傅看明白了，拍着巴掌："哎哟，大姐，原来你养的这些鸭子全都训练好了呀！"

乔麦笑了笑，说道："咋样，不赖呆吧？"

管师傅举着大拇指说道："大姐，鸭子跟你有感情啊，怪不得你把它们当孩子养啊！既然这样为啥还卖到这啊？"

小鸭子陆续进了铁笼，管师傅和乔麦抬着回到汽车一边。远远地，听见花花呜呜哭着。

乔麦只闻哭声，却看不见人，大喊道："花花别哭了，娘回来了！"

管师傅肩膀扛着鸭笼子，吃力地走着。乔麦一瘸一拐地跟着走，到了汽车跟前，一屁股瘫坐在地上。

管师傅将笼子放到汽车上，将铁门用铁丝拧紧。小鸭子嘎嘎叫着，让人怜爱。乔麦用手机照了照右脚，洇出血来，她脱了袜子挤血。管师傅说："大姐啊，你可是真能干啊！哪个男人娶了你，算是八辈子烧高香了。你养几年鸭子啦？"

乔麦抱着花花，没有吭声。

管师傅估计乔麦疑心他，故意说："我是端村的，我们村也治理呢，不让养殖了，下一步你想干啥呢？"乔麦迷茫地说："孩儿她爹有个苇帘加工厂，还有羽绒服厂。我们各干各的，我自己干啥，还没有想好。"

汽车修好，又跑了一个钟头，来到了微山湖的养鸭场，天已经黑透了。就这样，乔麦精心饲养的小鸭子，终于在微山湖落了户。

鸭子送到了，乔麦要连夜往回赶路。

汽车驶出来，乔麦又潦草地看了看微山湖的夜景。路灯的映照下，她感觉这里的景色与白洋淀很像，也有一片荷花园。遮天蔽日的树冠和葱郁的灌木丛，掩映着一望无际的湖水。

第二天上午，汽车回到了新水县大张庄，乔麦回到了王家寨码头。乔麦跟管师傅结了账，管师傅喃喃说："我这一趟好像没有挣钱啊！不过，我不后悔，认识了一位能干的大姐。"他说完递了一张名片："有啥活尽管找我啊！"乔麦心头一热："管师傅你是好人，路上鸭子跑了，我冲你发了脾气，你别介意啊！"管师傅抱了一下花花，开车离开了码头。乔麦忽然想起自家船在码头，里边还有鸭蛋。她冲过去拦住了管师傅，让他等一等，乔麦到自家船上，用钥匙打开主舱，拎出一篮子鸭蛋，送给了管师傅："大兄弟，这一路你还亏了，我也没啥给你的，这是家里的鸭蛋，你拿着回家给孩子吃。"管师傅推辞说："不要，不能收啊！"乔麦冷了脸："你不收，大姐可是生气了，拿着！"

管师傅提着鸭蛋开车走了。

乔麦和花花上了咸鱼的船，朝村子驶去，她边走边思忖着，不养鸭了该干点啥才好呢？

乔麦抓着船桨划船，没有了雪白的鸭子，船上显得冷清单调。花花吃了点零食，在船上玩那个玻璃镜子，她对着太阳照去，太阳的反光折射到水里，闪闪跳跳。花花有点困了，躺在船板上睡着了。

船靠了岸，乔麦抱起睡着了的花花，玻璃镜子从她的手里滑落，乔麦将镜子捡起来，装进自己的兜里。她背着花花匆匆朝自家走去。阳光在小街上铺张着，街道安静，偶尔听见两声狗叫，狗叫得毫无生气。来往几个人跟乔麦打声招呼，乔麦回应一下继续走着。

快到家门口的时候，乔麦看见淀子蹲在她家门口喷气，她觉得挺奇怪，四下看看没有王决心。

乔麦下意识地松开了手。这时候，花花醒了，花花从乔麦的后背上出溜下来，揉着眼睛。

乔麦沉浸在喜悦中，却不知灾难已经到了家门口。

第三十七章　离婚

乔麦领着花花跨进了院子。

院里没有鸭了，鸡们发了狂。母鸡和公鸡掐架，扑扑棱棱，跳来跳去。忽然，乔麦瞅见院里坐着两个警察，一个女警察和一个男警察。

警察见乔麦和花花进来，两人一同站立起来。

女警察问："你是乔麦吗？"

乔麦点了点头，嘴巴大张着。

女警察亮了一下警官证件："有人举报你涉嫌卖淫，请你跟我们到派出所接受调查。"

花花张着胳膊哭喊着："娘，娘！"

水牛嗖嗖地跑了过去，对那个女警察说道："警察同志，我们村的胡支书马上过来了，能不能等一会儿再走啊？"

女警察说："可以。"

胡玉湖和王决心匆匆赶来了。乔麦问胡玉湖："老支书，警察说我涉嫌卖淫，这是咋回事啊？天大的冤枉啊！"

胡玉湖望着乔麦叹息说："咳，我们也不相信你会干这种事。我们让水牛在门口等你，就是想等你回来弄个清白。你别急，相信警察不会冤枉一个好人的！"

乔麦脑袋嗡地一响，马上想到腰里硬，转脸问胡玉湖："腰里硬没在家，您知道他去哪了吗？"

胡玉湖叹口气，说："上车走吧，家里有我们哪。我会找他对证的。"

乔麦颤声喊道："支书，您是了解我的，我是清白的呀，这是谁陷害我呀？"

王决心凑了过去，轻声说："这是一种不可饶恕的陷害，我们都相信你，你在里边照顾好身体。"

乔麦点点头，有一种温情味道涌上来。

腰里硬一只手叉着腰，腰真伤了，走路一扭一拧，满脸恶气地嚷道："乔麦，有你这样的老婆吗？你竟敢让老子戴绿帽子，太不要脸啦！"

大家循声看去，腰里硬和胡铁从胡同口冲了过来。乔麦愤怒地叫喊道："事情还没弄清楚，你不要血口喷人！"

腰里硬伸着脖子喊："人证物证都在，你还想抵赖吗？没想到，没想到啊，你这个破鞋！"

王决心狠狠一瞪眼："喊啥？"

乔麦异常冷静，走到腰里硬跟前，轻轻地动了动嘴唇。腰里硬一愣："你说啥呢？一点听不清。"

王决心在身边，听得清清楚楚。他气愤地走到腰里硬身边，抬手做出手枪状，顶住腰里硬的脑袋，像是射出七颗子弹："乔麦说，去、你、妈、的、别、后、悔！"

腰里硬瞬间被子弹击中，张着嘴巴。

王决心忍不住说话了："腰里硬，她是你老婆，花花的娘。你要是血口喷人，等于把乔麦往死路上逼，没有回头路了。"

腰里硬黑脸忽然转青了："别唬我，不是乔麦说的，你小子编的。"

王决心说："这次你玩过了，有你哭的那天。"

王德过来找王决心，他发现了腰里硬的行踪。

王德上马了第一批数字设备，有了宽带，还安装了摄像头，腰里硬在胡同跟一个陌生男人偷偷接头，就给拍上了。这个矮个男人可能就是赵三。

王决心兴奋地说："数字乡村就是好，赶紧把资料给我打印出来啊！"

王德感叹说："谁说不是呢，你结婚要是有这个，还用背撞死苇秆儿的黑锅吗？"

"别废话了，赶紧打印。"

王德答应一声，转身打印去了。

王决心又折回了胡玉湖办公室。

星星像灯盏，夜晚变得神秘。

乔麦躺在派出所的房间里，痛苦地望着星星。时光流逝，丧事接二连三，乔麦经受了打击，人并不显得衰老。灾难还没有远去，赵三又折磨她来了。那个赵三为啥要害她？她回忆起从娘家回来的火车上，对面坐着两个女人。吃饭的时间，好像有人坐在她身边倒腾什么，还碰过她身边的旅行包。她疲惫极了，迷迷瞪瞪，没有感觉到什么异常。难道那个拿旅行包的人就是赵三？在她睡觉的时候偷拍了不雅照？

乔麦猛地想到腰里硬和雁子。

王德送来了录像资料，派出所金所长收下了。赶紧调查取证，突审腰里硬。

临近中午的时候，金所长终于敲门进来了，身后跟着一名女警。下雨了，乔麦躺在派出所的长椅上听雨，像一只柔弱的小羊，坐起身看着他们。

她被释放了。

乔麦扑在孙小萍的怀里，流泪了。

孙小萍拍着她浑圆的肩膀："乔麦，你受委屈了。"

乔麦揩去眼泪，转脸对胡玉湖说："支书，我想起来了，那个赵三一准是在火车上，瞅准机会拿到假证据害我的！只要撬开他的嘴就能挖出背后指使他的那个人。只可惜，赵三缴了一大笔罚款放走了！"

胡玉湖说："放心吧，天网恢恢疏而不漏，决心和水牛已经拍了腰里硬与陌生人接头的照片了，早晚会抓住他的！"

王德志问乔麦："鸭子养不成了，往后有啥打算啊？"

乔麦沮丧地摇头说："不知道呢。"

乔麦到了家里，看见了腰里硬，没有气愤，只是感到恶心，这个无耻的男人在她心里已经死了。

天一扑明，鸭排就从芦苇荡里钻出来了。

鸭排上没有鸭子，只有乔麦和腰里硬两个人。腰里硬静静地坐着，乔麦撑着竹竿站着。鸟儿嘀嘀一叫，开始了两人最平和的一场谈话。芦苇渐渐熟了，叶子却还青着。一只不知好歹的鱼鹰，颠颠地飞了过来，轻轻落在鸭排上。鱼鹰忽然抖了一下翅膀，水珠溅到乔麦的脸上。乔麦的鼻尖、额头和头发上沾着水珠。

乔麦脚下轻飘飘，眼睛有些晕，她说："要说我们两人，一点好日子没有，也不是的。那半年，你疼我，你每天到鸭排上接我，尽管我们是换亲，我知道那时你心里是有我的。"

"到现在，我心里照样有你啊！"腰里硬愣着，眨巴一下眼睛说，"你想让我天天捧着你、供着你吗？"

鸭排碰了芦苇，微微颤动，淀水在鸭排下面转弯流过。

乔麦心里空空的，脸上蒙着阴影："哼，我没有那么高奢望，别说你宠我了，你连一件裙子给我买过吗？你跟雁子鬼混，喝得醉醺醺的，回来倒头就睡，说你两句动手打人。女人'嫁汉嫁汉，穿衣吃饭'，如今时代变了，不是吃饭睡觉、生儿育女，起码我要精神支撑、心理依靠，我要我的男人疼我、爱我、珍惜我。"

腰里硬冷冷地一笑："你个臭婊子，要求还挺高，你知道自己几斤几两吗？你是咋来我们姚家的，难道都忘了吗？"

乔麦迟疑了一下，自嘲地说："换亲，换亲也是亲，难道我哥对丽蓉不好吗？"

腰里硬梗着脖子说："我今天才明白了，你在男人身上找依靠，所以找了王决心。在这小子身上找到了靠山，对吗？所以你就给老子戴绿帽子，马上离婚！"

晨光穿透芦苇的叶片，喷在乔麦脸上印出细碎的浅花。彩色的鸟掠过苇梢儿，盘旋在头顶。

乔麦略微沉静一阵，严肃地说："我跟王决心是清白的。人在做，天在看。你和雁子做了啥见不得人的勾当，你自己知道。我们办手续吧！"她说着，从包里掏出了户口本、身份证、结婚证和协议书。

腰里硬一愣，愤怒地喊："身份证、结婚证、户口本，你准备得够全的。看来你是早有准备，你早就期待着这一天吧？"

乔麦说："这都是你逼的，要不是苇秆儿和哥哥，我不会容忍你到今天的。"

腰里硬脸一沉："哼，你也太遂心了吧？你怎么就知道我会同意你离？我不离，我拖死你们！谁都甭好过，想从我床上爬过去，爬到我仇人的怀里，考虑过老子的感受吗？没门儿！"

乔麦绝望地眨着眼："有你这么说话的吗？能不能坐下好好说？"

腰里硬骂："好说个屁，我没跟你抢皮带就不错了！"

乔麦气恼地说："你血口喷人，警察说了，有人故意陷害我，幕后黑手还在调查。"

腰里硬踢了一下鸭排，说："我不信你，请你转告王决心，虽说两个家族和解了，我腰里硬这辈子都饶不了他，你告诉他，他摊上大事了！"

乔麦有些心惊肉跳，但还故作平静："腰里硬，狗嘴吐不出象牙，王决心是我什么人？他不怕你，我也不怕你！"

腰里硬恶狠狠地说："你就不怕我把王决心推淀里淹死，你哭不哭？你说我敢不敢？"

乔麦用尽全身力气，狠狠一跺脚，鸭排摇摆起来，腰里硬战战兢兢，扑通一声跌在水里。

乔麦幸灾乐祸地蹬蹬腿，撑了一下竹竿儿，划着鸭排走了。

惊飞一群水鸟。

二〇一八年七月五号上午，乔麦和腰里硬办理了离婚手续。

腰里硬从县民政局出来，神情恍惚，情绪低落。

腰里硬冲她的背影喊："我要随时看花花，你要是照顾不好花花，老子跟你没完！"

乔麦没有搭理他，花花跟他没有一丝血缘关系，他只是故意找碴儿。

腰里硬迈着鸭步走了，像一只独狼。

乔麦步行去大张庄亮子码头。她抬头看见一片黄灿灿的阳光，感觉自己逃出了牢笼。她过去没有工夫看县城的生活，她沿着人行道慢慢走着，阳光洒下懒洋洋的、驼黄色的阴影。走累了，站在杂货摊凉篷歇一阵，她闻到了烤红薯和果汁的气味，倾听到了县城里的各种喧闹声。她好像被生活抛弃了一样，从来没有这样打量着生活，她颤动着嘴唇，激动地、抑制不住地出了一口长气。

乔麦竟然一口气走到大张庄码头，淀里吹来了波浪似的清新、令人神爽的微风。这里她能够看见青灰色的淀与天的连线，耀眼的白光染红了烟雾迷蒙的航线。她与咸鱼招了招手，船就咯吱咯吱地摇来了，她默默上了咸鱼的船，船上塑料瓶里插着两个莲蓬和一朵野花。她拿起莲蓬和野花，脸上闪过一丝笑意。

乔麦说："叔，您歇着，我来划船吧。"

咸鱼愣了愣："乔麦，瞅你高兴的样子，是不是有喜事啊？"

乔麦没有回话，他将船桨交给她，自己坐在船尾望着乔麦。船没有走水道，钻进芦苇荡，芦苇哗啦啦响着，纷纷倒了下去，船像刀一样从芦苇里切开了一条路，芦苇缨子白得像雪，零零散散落在她的胳膊、肩头。小船在芦苇荡里，她听到了芦苇懒洋洋地拔节抽穗，声音又细又轻。王家寨越来越近，她听见狗叫、鸭叫、人声，闻到炊烟的味道了。

船到码头，乔麦上了岸，转身走进了二巴掌的鱼丸店。已经过了饭点，鱼丸店很清静，她点了菜，一盆鱼丸、凉拌鱼皮、花生米，一瓶白酒。

乔麦的表情庄重，还有一点霸气。

小洒锦吓得吸了一口气，朝二巴掌挤眼睛。二巴掌看看四周没人，过来搭话："乔麦，自己一人？"

乔麦没有吭声，倒了一碗酒，脸就对着墙壁的镜子，喝着，几乎没有动菜。

她白嫩的脸渐渐红了，望着镜子里的自己，喃喃地说："你说，幸福生活跟我有关吗？嫁给生活，可以培养爱情，嫁给爱情却死在了生活。生活啊，你欺骗了我，为啥欺骗我？我嫁错了人啊，你为啥让我嫁错人啊？我来到白洋淀，来不及选择，就陷在这种生活里了。这是多么美丽的地方，又是多么丑恶的地方啊？换亲、交换，能换的东西都是廉价的。心软、忍让换来的总是被践踏、被伤害，他不拿我当人，可我是人啊，我也有梦想，我也有尊严。我反抗过，他翻脸不认人，瞅我一个弱女人好欺负，动不动就打，皮开肉绽，伤痕累累。村里人说，打老婆是我们当地风俗，都来指责我，他背天理、违人道、败风俗，却当成天经地义。所以，都是女人的错。"她自言自语，又喝了半碗酒。

二巴掌剁着鱼片，不时瞟一眼乔麦。乔麦脸对着镜子说话，舌头都短了。

小洒锦望着乔麦的背影，独自苦笑。

乔麦嘴唇发白，双腿颤抖，端酒碗的手也哆哆嗦嗦："谢天谢地，上天给了我一个好儿子苇秆儿，送给我一个好女儿。可是，老天又无情地夺走了他的命，哥哥也走了，你们都是我的希望。过去，我为了儿子和哥哥，尝试着接受他这个恶魔，接受他的残暴、他的无耻。可是，恶人是没有底线的。"她把这一碗酒，仰脸喝了。

二巴掌端来刚出锅的鱼丸子："乔麦，我看你不对劲啊，有啥事吗？别喝多了。"

小洒锦心疼乔麦，陪着落泪。

乔麦似乎感觉不到二巴掌、小洒锦的存在，吃了两个鱼丸，哭肿的眼睛泪水模糊。

二巴掌说："乔麦啊，你可想开啊，你有啥事跟我说说。我要是帮不了，还有老三决心呢，还有大伙啊！"

乔麦一直没有接二巴掌的话茬。

乔麦眼前一黑，吹了一个响亮的鸭哨，忘记结账，晃悠悠地走了。

白色的是水，不是鸭子。

乔麦眼前出现幻象，过于专注都会产生幻象。她朝着鸭子扑了过去，被倒地的芦苇绊倒了。她强撑着爬起来，弯腰的时候吐了。

乔麦醉态百出，掩面倒地。

花花跑过来，趴在乔麦身上摇着。

王决心背着手走过来了，俯身一看，大吃一惊："乔麦？"

乔麦似乎睡着了，花花一边拽娘，一边哭泣："娘喝酒了，醉了。"

王决心问："花花，你娘咋躺在这？"

乔麦醒酒了，抬了一下眼皮："王决心啊王决心，我跟腰里硬真的离了，谁说我没决心啊？"

王决心心中一惊："真的？还是醉话？"乔麦只顾嘿嘿傻笑："莫待无花空折枝！"王决心听不懂，看见地上吐了一摊，他弯腰背起了乔麦，匆匆地跑着，嘟囔着："你这是搭错了哪根神经啊？自己喝了这么多酒？"

乔麦扬着巴掌拍打着王决心的后背。

隔了两天，王决心在大乐书院孙小萍那里证实乔麦和腰里硬离了婚。

王决心暗暗佩服乔麦。

乔麦备有腰里硬和雁子出轨的证据，还有家暴打伤她的图片。乔麦和腰里硬协议离婚，花花跟乔麦，老房子归乔麦和花花。

乔麦和腰里硬悄悄离了婚，消息一经放出来，王决心有些诧异。他想不明白，乔麦是怎么对付那个无赖的。但是，他从乔麦身上看出两种不同气质，一是张家口人的勤劳韧性，二是追求幸福生活的英豪气概。

天气渐渐凉了。

淀里的芦苇缨子都白了，远看似雪。阴冷的天气造成那种湿冷。风在苇田深处翻起道道波澜。王决心穿着夹克，套上了羊绒背心，身体暖和。白洋淀割苇子的季节到了。大乐书院的孙小萍回福建老家办事了，王决心在书院看了一阵书，然后一人走了出来。他坐在老梨树下微微眯起双眼，沉思着。码头上的船、水和绿树扑入眼睛。他想乡亲们的出路在哪里，游客们登上码头的时刻，他眼睛亮了，牙齿咬得咯咯响："转型，搞生态旅游啊！"

他把自己的想法写成报告，递交了村委会。

王决心提出来现代旅游，他想着大家，王家寨没有山没有地，不养鱼、不养鸭了，只能搞旅游。

第二天上午，胡玉湖接纳了王决心的建议。

他组织召开了两委班子会，请了一些村民代表。会上，胡玉湖让王决心介绍了衡水湖生态旅游情况。然后，大家热烈地讨论。孙小萍、王德和王德志等人都作了发言。

胡玉湖推举王决心做董事长，王决心却拒绝了。王永泰不知儿子的真实想法。

胡玉湖来了激将法："你要是不干，让腰里硬当了！"

王决心说："他能给王家寨老百姓挣钱，他当我也没意见。反正我不能当董事长，我懂王家寨，但是，我不懂经营上的事。"

王决心变了，他怎么不跟姚家人顶牛了呢？他这葫芦里到底卖的是啥药啊？

胡玉湖蒙住了。

王决心几天都找不到乔麦，乔麦几天不在王家寨，她带着花花去了张家口。

半个月以后，乔麦回来了。

天黑了，下着瓢泼大雨。

乔麦抱着花花，打着雨伞来到家门口。雨伞不顶用了，凉凉的雨水从头往下流，流到嘴边时，她品尝到一种苦涩。她和花花这次从张家口回来，心情还算好，她帮爹打赢了大豆种子的官司。爹和几个农民得到了补偿，乔麦对大豆粮种有了深刻的理解。她们回来的时候还赶上大雨。乔麦放下花花，伸手抓着湿漉漉的铁锁，掏出钥匙去开，奇怪的是怎么也打不开。她隔着门缝探头瞅，怎么屋里亮着灯？

乔麦啪啪敲门，开门的是一个中年男子。

中年男人拿钥匙打开铁锁，淡淡地说了一句："你就是乔麦吗？这箱子里是你的东西。"

说着就将一个皮箱递给乔麦。

乔麦的心一阵狂跳。怎么回事？

中年男人说："这所房子，腰里硬先生已经卖给我了。"

乔麦一愣，颤抖着说："不可能，这是我的房子，新区不让买卖住房。"中年男人说："我们是私下里交易的。不信你可以看我们的手续。"乔麦呆愣那里，伞落在地上，衣服瞬间淋湿了，狼狈不堪。熟悉的铁门关上了。

乔麦披着湿漉漉的头发，鬼魂似的。她急忙拎着皮箱，领着花花，漫无目的地走着，她要找一个遮风挡雨的地方。路过王决心家门口的时候，屋里亮了灯，她犹豫了一下走过去了。其实，她还能回到白洋淀是为了一个人，就是王决心。

乔麦看见大乐书院的门紧紧地关着，只好躲在了书院边的旧戏台里避雨，她抱着花花，咔嚓一个响雷，照着她苍白的脸。

"娘，我冷——"

孙小萍听见戏台传出女孩儿的哭声，她走了过去，突然看见了避雨的乔麦和花花。"你们怎么在这儿？"乔麦像看见了亲人，搂住孙小萍脖子哭了。

"你啊，直接进来找我就行。"孙小萍抱怨说。

乔麦无力地说："我，我一时蒙了。"孙小萍抱着惊恐的花花，一手提着乔麦行李，往大乐书院走去。

乔麦提一个大箱子，踉踉跄跄地进了书院。她们到了孙小萍的房间。屋里有些凌乱。孙小萍从衣柜里翻出自己的衣服，给乔麦换上，还给花花洗了澡。

乔麦一把搂着孙小萍，哽咽了："小萍，我无家可归了，腰里硬把房子卖了。"

孙小萍吓出了一身冷汗，尽量安慰说："乔麦，不要怕，不要怕。你要敢于斗争！"

乔麦脸微微红了，脸色好转。

孙小萍愤愤地骂道："这个渣男，太过分了，太过分了，房产的事，你们离婚协议怎么写的？"

乔麦说："现在这套房子给我，口头的，没有过户。"

"你太善良了。"

乔麦冷静下来，并没有像以往那样边说边流泪，安静地坐了一会儿。静夜里，传来杨牧仁的咳嗽声，接着屋里发出奇异的声音，这种声音很久才停息。

雨又淅淅沥沥下起来。

孙小萍煮了鸡蛋给花花吃，花花吃了就睡了。

孙小萍望着乔麦的脸颊说："乔麦，我一直鼓励你离婚，这点你做到了。我还鼓励你创业，国家出台了优惠政策，鼓励大众创新、万众创业。你一直没有这个胆量，是时候了，你一定能成功。你自己到底怎么想的？"

乔麦以柔软温和的语气说："谁不想成功啊？可是，我没有资金，没有人脉，我一个女人家，还能干什么？"她叹息了一声，月光映照在乔麦苍白的脸上，慢慢有了泪痕，亮晶晶的。

孙小萍趁热打铁地说："你的情绪不对，人这一生，容易被环境蛊惑，最难看清的是自己。只有看清自己，方能提升自己，收获价值。乔麦，你的优点自己可能看不到，我看得清清楚楚。人啊，能够拯救你的永远是你自己。"

乔麦望着孙小萍，目光充满感激。

孙小萍说："女人分两种，一种小鸟依人，一种叱咤风云。我们俩都不是依靠男人的人，属于创业类型的，追求人生的意义。"

乔麦自卑地说："我怎么跟你比啊？你那么有文化，有水平。"

孙小萍轻轻摇头："你吃苦耐劳的韧劲，我比不了。创业难，再难也是人做的。只有创业，你才能打破现在的魔咒，你懂我的意思吗？"

乔麦点点头："我懂，我每天都在研究创业，最重要的是资源和经验。我哪有资源？老家穷家薄业，自身离婚，居无定所了，还带着花花。"

孙小萍抓住乔麦的手："不，投资是投人的，你的人品就是最大的资源。"

乔麦心底的旋律被拨动了。

孙小萍忽然转了话题，说："王决心最近找你了吗？婚姻上有想法吗？"乔麦摇头说："决心是好人，可是我拖家带口的配不上他，不能拖累他。"

孙小萍苦口婆心地说："我感觉他可是真的爱你，过了这个村就没这个店了，我担心你们苦等错过对方。"

乔麦愣了愣，说："谢谢你，小萍。"

孙小萍说："你可能想得多，担心他的家庭反对，担心腰里硬捣乱，你不能以别人的错误来惩罚自己。腰里硬病了，你不能以别人生病的方式证明自己健康，那是愚昧的，靠谁不如靠己，你说呢？"乔麦望了望窗外，天空闪耀着闪电的光芒。"女人可以疼，可以哭，但永远不要自卑，不要放弃！"孙小萍说着，抚摸了一下乔麦的黑发，"人不能蛮干，也不是斗气，要深思熟虑好了再做决定。"乔麦忽然站了起来，再次拥抱了孙小萍，她懂了，彻底地懂了。乔麦望着孙小萍说："我问你一个问题可以吗？你有爱人吗？"孙小萍快言快语地说："没有，其实，我不是大家想象的那样，我真想谈一次恋爱，真心地爱上一个人，这是多么幸福的事？可惜，这个白马王子至今没有出现。"她摇摇头，自嘲地笑了笑。

孙小萍和花花睡着了。

乔麦彻夜难眠，心情极度恐慌，又极度冲动，汹涌的泪水涌出眼眶。她一个人走出了书院。天黑着，却难得地放晴了，她像个孤魂，在村路上奔跑。身后好像有人在追她，扭头一看，也是一个黑影。她没有害怕，她扑向黑影，搂抱成一团摔跤。她把那个黑影按在地上反复摩擦，黑影像鬼一样，狰狞而沉重，她侧耳倾听，毫无声息。她无法肯定，也难以置信，那个逃掉的黑影就是另外一个乔麦。

乔麦神色镇定自若，对着茫茫淀水，震耳欲聋地大声喊道："我是乔麦，我要自立，我要自强！"喊了几遍，心如死灰、悲观绝望的心情没有了。她出神地望着眼前的景象，愁苦点亮心中的微光，实实在在地笑了。天亮之前，她倒在淀边潮湿的苇垛上睡着了。她醒来的时候，发现自己躺在孙小萍的床上，花花抱着她的脑袋，特别招人喜爱，像一个大人。

隔了两天，王决心去看乔麦和花花。

自从乔麦与腰里硬离婚，他很少到乔麦家里来了。寡妇门前是非多。她和花花去哪了？他想她可能是回老家了吧？看了看院里晾晒的衣服，应该没有走远。乔麦每天临睡觉，要把花花换下来的衣服放进洗衣机，拿洗衣液泡上，早上起来，一边做饭一边洗衣服。

王决心风风火火地回来了，却发现乔麦家的院落空无一人。他吃惊地问，才知道这个院子被腰里硬卖了。他找到村委会见到第一书记孙小萍。

王决心终于找到了乔麦。"我听孙小萍说，腰里硬把属于你的房子卖了。"

乔麦说："你是咋知道的？"

王决心腼腆地说："我过来看看花花。你忙啥呢？"

乔麦脸上有了自信："腰里硬把房子偷偷卖掉了，我和花花马上就要从这里搬走。对了，跟你说啊，我到博野谈了个项目。我流转了一百亩土地，种植树苗儿了。"

王决心笑了笑："行啊，蔫人出豹子。园林可是好项目啊，你别吃独食啊，也想着大伙点啊！"

乔麦有变化，她讲起话来大腔大调："你们不是操持生态旅游呢吗？转型园林绿化了。我是受山东微山湖的鲁老板的启发。他们养鸭也转型了。我们刚刚跟博野谈好。"

王决心愣了愣，问："为啥要去博野县啊？那里多远啊？"

"人家土壤好，树苗是那的支柱产业了。还有，树苗集中管理，专家也多。再说了，我问过胡支书了，咱王家寨是水村，有水没土地啊！"乔麦一边说一边跟花花玩耍。王决心说："乔麦，看到新闻了吗？双喜临门，一是有了方向，二是祝贺你啊，你的家乡要举办冬奥会了。到时候，你可以带着花花去看运动员滑冰啊。"

乔麦的眼神分外活跃，仿佛有了树叶的灵动："是啊，二〇二二年，我们崇礼这偏僻地方，将要跟北京一起办一个冬奥会了。可惜我哥乔木没这个福啊！"

王决心心情沉重，没有再说话。

花花一头扑进王决心的怀里与他玩耍着。花花摸着王决心的脑袋，嘻嘻笑了："多像猴子啊。"

王决心一瞪眼："我揍你，说我是猴子。也对，人都是猴子变的，不是吗？"

乔麦笑着说："下来，别把叔叔累坏了。"

淀水湛蓝，蓝得让人伤心。她仰了脸，看鸟掠过水面，消失在天空里。

第三十八章 规划会

先植绿，后建城。

这个理念，已经刻在了赵国栋心里。

他站在白沟引河的河岸上，脚下是淙淙流水声，水面浮动着苇叶和树枝。河风涌上来，吹得他眼睛发涩。他知道，从白洋淀吹来的风是鲜嫩的，岸边野花的芬芳飘来。河面是深蓝的，再远处有些发青，水面幻化出奇光异彩。

他忽然看见了一片白色小天鹅，像是落了一片雪。远看有雾，雾使河流、平原呈现着幽幽的平静。雾渐渐散开了，雾里有几声天鹅叫或是鸟叫。他放眼望去，平原悠远、旷达。他眼前出现幻象，跟海市蜃楼似的，仿佛看到了一个蓝绿交织的未来之城。

白沟引河是入淀河流。

河畔北侧的大王庄这块林带区域，属于容光县地界，从这里起步有天然优势，村庄稀少，交通方便。这个区域的中标企业就有六家，这是千年秀林的第一步，成败至关重要，关系着下一步的整体铺开，所以，新区生态公司非常谨慎，每个环节都高质量把关，还考察了大王庄地面的银杏林、白蜡林、国槐林和枣树林。

对于上马红豆杉林，他和褚忠良要做进一步考证。

新区一边规划，千年秀林已经热火朝天地开始建设了。白沟引河以东，德县组团以西，大清河以南，白洋淀以北，将连接容光县、德县、新水县，一个庞大的绿色林带将城市包裹起来，与白洋淀融为一体。把大地变成美丽的森林，蓝绿交织的生态之城就有了底气。

赵国栋长长地舒了一口气，这段时间的生活和工作，如同一部连续剧上演，像经历了过山车一样，忙碌、新奇、刺激……

那天早上六点半，赵国栋一睡醒，就赶紧起床。他突然脑袋疼得厉害，太阳穴嘣嘣地跳。这种节奏恐怕以后就是常态了。他到阳台，练了几下戳脚，这是白洋淀流行的民间武术，戳完了脚，脑袋就清爽起来。他住在办公室，昨天开了三个会，接待了几拨客人，夜里十点又临时加开了规划组的碰头会。

杨爱珍打来电话，问他周末为什么不回家。

赵国栋跟妻子说："你知道什么叫'五加二，白加黑'吧？我们就是这种节奏，如果不信，你过来陪我两天吧，看看我现在的工作状态，你会崇拜我的。"

"去你的'白加黑'吧，工作狂人，没有人崇拜你！"杨爱珍沮丧地哼了一声，说她也要上班去了。

天黑得早，好像黑过了半夜。赵国栋晚上回到家，望着镜子里的自己，皱纹多了，白发也多了。过去的事，感觉非常遥远。他本来从县里去了保定市，离开了白洋淀，当时在告别会上，对白洋淀的所有回忆让他感伤得不停流泪。两年时间，一切发生戏剧性变化，他又回来了，看来今生走不出白洋淀了。熟悉他的同志们感觉到，赵国栋走上新的岗位后，如履薄冰，就像变了个人，外表过于沉静，而这恰恰诠释了他内心的压力和紧张。

杨爱珍有些不理解，埋怨说："老赵，原来你操心着那么多事情，也没见你这么忙过。现在忙得连家都顾不上了……"她担忧地摇摇头："这样你的身体会吃不消的。"

赵国栋说："爱珍，小车不倒只管推嘛，你还是不了解，新区对于我们国家，我们省，我们的德县、容光、新水三县有多么重要！党把这么重要的岗位交给我，是组织的信任，挑肥拣瘦、患得患失、讨价还价，还是共产党人吗？"

杨爱珍扬起了眉毛，讥讽说："别跟你老婆唱高调，我不是心疼你嘛。"她把他的换洗衣服叠好，又给他沏了一杯茶："你以为我清闲？我有自己的工作，有三个老人需要照顾，你爹、我爹和我娘，谁有事不找我？"

赵国栋走过去，握住妻子的手，感动地说："爱珍，我知道你不容易，你也是在为我尽孝心。但是刚才我说的，也确实是客观情况。我们面对着一个全新的工作，过去的经验失效了，每天如履薄冰，战战兢兢啊！"

杨爱珍轻轻一笑："我知道了。那你也要照顾好自己。"

赵国栋喝着茶，和她说起新区的事情。杨爱珍认真地听着，陷入沉思。看来，一座新城的规划和建设已经开始，全新的生活说来就来了。

第二天上午九点，天空有些阴沉，好像憋着一场大雨。北风吹来了苇叶的芳香。

赵国栋端着茶杯来到新区管委会会议室，参加白洋淀新区的国际规划讨论会。关于新区规划，之前开了无数小会，终于汇聚成这个大会，准备工作事无巨细。这的确是一个不寻常的会，有来自北京、天津、上海、广东等地的中国专家，还有不少外国专家，会议配备了各语种翻译。

赵国栋刚刚落座，微笑着扫视一下与会人员。一位年轻设计专家就走过来，与他握手，自我介绍说："赵主任您好，我是杨方晨，来自美国纽约哈特设计中心，如今回到北京，徐克农老院长的学生。今年年初，我的团队就跟着徐老到了白洋淀考察。"

赵国栋礼貌地跟杨方晨握手，说："想起来了，我们没有见过面，听说了你们的壮举，冰天雪地里冒着生命的危险勘测到了白洋淀的宝贵数据。感谢你们的付出啊！"

杨方晨递过来一张名片，说："我是江苏南京人，在美国纽约工作四年，回国了，听我师傅徐克农院长说到您，希望有时间跟您交流。"

赵国栋微笑着说："白洋淀欢迎你们这些人才啊。"

徐克农正好拄着拐杖走进来了，老人满头白发，目光炯炯有神。杨方晨看得出来，老院长与赵国栋几轮接触后，已经是无话不谈的老朋友了。

会议由新区管委会李永军同志主持。他是从深圳调来的年轻干部，平时总是西装革履，皮鞋擦得锃亮。

李永军请赵国栋致欢迎辞。

规划在京津冀协同发展办公室主持下，已经讨论过多次，但此刻，赵国栋望着海内外的专家，心情依然有些激动。

赵国栋的声音洪亮："各位专家，同志们、朋友们，关于新区规划建设，党和国家高度重视，这里的重大意义、未来远景，我就不赘言了，首先代表副省长、白洋淀新区程远书记向大家表示热烈欢迎和深深的谢意。"他停下来，目光在会场扫视着。

会场上响起了热烈的掌声。

赵国栋嗓子有些哑，喝了一口水，继续说："新区官宣之前，我跟在座几位同志，都参加了选址的考察和调研。新区是千年大计、国家大事，体现的是大战略、大手笔、大格局。今天，程远同志把任务交给了我，也就等于把难题交给了我。我再将难题交给大家。"

人们的目光集中在赵国栋身上。

他继续从容不迫地说："选址过程是探索过程，我简单跟大家说一说。城市人口太多，发展空间有限，不能重回摊大饼式的发展老路，最好是在一张白纸上描绘最美的蓝图。"

人们听得津津有味。

"后来我们相继考察。自古建城，要么择高地，要么近水源。广袤的白洋淀一带成为最佳选择。选址之后，我们新的任务就是规划好这座城市。"

赵国栋抬手示意了一下。

李永军低头看了看主持词，缓缓地说："我们的规划，动用了三百多支国内外规划设计团队、三千多位顶级技术人员，还有院士，这个规划关注度之高、参与机构之多、涉及领域之广、聚集人才之众，可以说前所未有。在座的，就是其中的优秀代表。徐克农院长在新区成立之前，就开始了规划的前期准备，请徐老先讲吧。"

徐克农院长微笑着说："这么早就点我的将啊？"他把手中的笔

记本合上："那我就先说说。中国传统文化，关于城市规划都有'山川定位'立轴线思想。以北京为中心，东西两侧三十公里处，分别是通州区和潭柘寺。潭柘寺后面是太行山脉，定都峰是太行山中段的最高峰。"

北京专家许耀辉插话说："是的，先有潭柘寺，后有北京城。潭柘寺的历史比北京早了五百年哪。"他的声音不高，但很严肃。

徐克农点点头，说："对，我们就是依托这个轴线，瞄准了白洋淀。太行山脉以东有九条河流注入白洋淀，俗称九河下梢。这片三百多平方公里的水域难能可贵，可谓华北之肾。"

李永军让工作人员将会议室灯光调暗，打开宣传片，用投影仪把白洋淀风光播放了一遍。

人们睁大了眼睛，欣赏着白洋淀美丽的风光，投影的画面更具魅力。其中，也有德县、容光县和新水县的一些风物与古迹。十五分钟的短片结束，会议室灯唰地亮了起来。

赵国栋微微一笑："大家继续开会吧。"

徐克农坐着有些累了，换了换姿势，说："新区的规划，从去年五月就启动了。我们考察了廊坊，采样了德县的地热，测量了白洋淀一些数据，我可以负责任地跟大家说，这里地质结构没有问题。去年八月，我们在北京顺义召开了一次规划会议。在座的有些专家，包括相关规划团队都参加了。这道菜早晚要端到白洋淀，好吃不好吃总要吃的。国栋书记，顺义会议之后，你就带我们来到白洋淀，国栋书记本事大，劳苦功高啊。"

赵国栋幽默地一笑，说："我算个啥，这要算本事，天下有本事的人海了去了。大家都很辛苦，保密状态，我老婆找组织要人啦！"

会场出现短暂的轻松气氛。

赵国栋说："新区规划，是一次前所未有的挑战。不仅时间紧、标准高、任务重，更是为中国将来城市规划提供范式。新区总体规划、起步区和启动区，这三项是放在一个篮子里的，还有白洋淀生态环境治理、千年秀林的绿化带……"他脸上没有了焦灼，低头记录。

李永军副主任说："下面我们欢迎薛永新院士发言，他曾参与通州的规划设计。新区和通州作为首都的两翼，通州建设先行一步，我们也能从中得到启示。"

薛永新戴上老花镜，低头看了看笔记本，略作思考，说："北魏郦道元的《水经注》里说，今城内西北隅有蓟丘，因丘以名邑也，犹鲁之曲阜、齐之营丘矣。三千多年前，燕国的都城叫蓟城，是北京的前身。这段话说明的是蓟城的建城依据，也可以解释现在的问题。刚才赵主任讲到古人建城选址的原则，一是择高地，二是近水源。新区有白洋淀，白洋淀九条河入淀，通州是五条河交汇。都是近水源。还有，新区也一定要规划一个大规模的交通枢纽。北京到白洋淀的高铁，也应该提前设计建设。"

赵国栋点了点头："薛老说得对，我们提前做出高铁站的选址预案，交通要先行一步。"

薛永新的目光变得柔和起来："根据通州的经验，我还有另外一个提议。除了刚刚说到的千年秀林，还应该规划一个或几个大的公园，在居民安置区附近，设计一个大的公园。"

赵国栋用赞赏的眼光看了薛永新一眼，说："现代城市应该有大公园，还不止一个，不然与这座新城不匹配。老百姓的幸福感从哪里来？他们对城市生态环境要求越来越高，站在自家阳台上，就能看见绿色风光，是多么心旷神怡的事。"

薛永新回应道："既然赵主任有了共鸣，老朽斗胆给这个公园起个名字，新区郊野公园，或是城市田园公园。"

赵国栋说："名字都很好，再预备几个，大家选一选。"

这时，徐克农沉吟了一阵，说："我们认为，按世界标准来说，最好的规划应该是富有弹性的。"

杨方晨抬起头，问："弹性？是什么意思呢？"

徐克农轻咳了一下："这个弹性，我个人的理解，就是给未来再留点儿空间。"

赵国栋接过话头："这个问题，已经考虑到了。为了便于管理，除了保定三县之外，白洋淀周边沧州任丘的几个乡镇，高阳县邻近白洋淀的乡镇，都要划入新区的版图，报告已经呈送了。这些区域，包括北大门白沟，都是未来新区的腹地，为以后发展增加了弹性。"

徐克农频频点头："这就好，这就好！弹性的空间到底有多大？我们暂时还不好说，但是，有一点是肯定的。我国科技发展速度飞快，未来科技发展到什么程度，就随时把新技术植入新区，包括它自身的科技成果。"

李永军说："选址到这里，既要保护好白洋淀生态，还要沿白洋淀建设一座新城，城市的规划怎样做到世界眼光、国际标准呢？所以，我们请来了国内和世界各地的专家，共同探讨这座未来之城的规划设计。请大家多提宝贵建议。"

法国设计专家丹尼德说："如今科技发达，人们却陷入本质的孤独，伟大城市及其城市规划，是从一些基础设施的诞生，到形形色色人的出现，产生互动，打破原本的家族和群体的界限。以巴黎为例，就是一个人们依靠自己的努力能够创造前程的舞台。"他说话的时候，总是习惯用笔戳一下笔记本："我们可以想象，新区依淀而建，那将是多么美丽的城市。"

河北专家马良满脸困惑："但是，几百万人口集中在白洋淀周围，污染怎么解决？"

赵国栋说："这个话题很好，是规划躲不开的。"

马良继续发言："目前采集水样进行化验，白洋淀已经是一片污染水域，这里的水质数据显示，大多是Ⅳ类水、Ⅴ类水。不能让新城守着一片劣质水源，不仅要建新城，还要治理好这片污染水域。我们改革开放之初，牺牲了部分环境，后来醒悟，这样的教训应该汲取。"

赵国栋点点头，心中有点发热："我们在治理三县污染企业上，打了一场硬仗，清除了隐患。引黄济淀通水以来，白洋淀水质逐渐好转。如果守住这片净水，还有很多艰巨的工作。"

天津青年专家陈峰趁热打铁说："如今治理环境，有很多新的技术手段，我建议建城与治水同步进行，现在科技发达了，可以做到零排放。白洋淀历经水灾、干淀、污染，付出了沉痛的代价，终于迎来了这次千载难逢的好机遇。"

英国专家伯纳姆脸上热情洋溢："海洋的痛苦，海鸥无法安慰；白洋淀的痛苦，荷花无法安慰。没有两全其美的事情，不如先建城再治理。如果起步区的标志性建筑，不能抬头见水，将是非常遗憾的。"

徐克农说："这将面临着巨大的环保压力，就目前白洋淀水质来看，还是很困难的。"

赵国栋反驳说："临湖，还要零污染，甘蔗哪有两头甜的？两全其美谈何容易啊？白洋淀虽说一望无际，但不能想象成无边无涯，与大海相比，它还只是个内陆小湖，而且是湿地性质。白洋淀环境的质量，直接关乎未来新城的质量。"

徐克农坐在那里浮想联翩，皱了皱眉，说："我看啊，还是应该先治理环境，抓好生态，千年秀林先行一步，先植绿，后建城。还有，人口集中在淀边，后果不堪设想，想治理好、保护好这片水域，城市起步区、未来主城区必须远离白洋淀。"

马志远的声音绵软，女性味道十足。他略显忧虑地说："我提一个问题。跟深圳、上海浦东相比，这里有着明显的劣势。我国南北经济发展不均衡，资金和人才往南方流动，北方营商环境、人的思维方式都是相对滞后的，造成经济发展的内生动力不足。我担心的是，光靠外部输血，能够维持长久吗？"

赵国栋没有马上回答，他思忖片刻，说："其实，你这个问题，超出了我们今天的规划议题。但是，细想，有着深远的联系，很有必要再讨论。马先生是怀着一种深深的忧虑提出的问题，期望探索怎样解决它。我谈谈我的看法。"

马志远说："谢谢赵主任，这个问题，表面跟规划无关，其实也有内在关联。专家与地方领导互动很有必要，我们听听您的高见，将来设计起来心中也踏实，有方向。"

专家们很感兴趣，洗耳恭听。

赵国栋情不自禁地站了起来，眼睛里闪烁着光芒："大家都知道，我们是钢铁大省，白洋淀虽说没有钢铁产业，三县也有自己独特的产业，比如塑料包装、鞋业、服装等。这样的历史，曾经带给我们骄傲，也留下了很多的遗憾。在新常态下新旧动能转换，我们动作巨大。关掉许多污染、高耗能的企业，不折不扣地执行国家战略。"

窗外没有下雨，却滚动着雷声。

赵国栋停顿了一阵，继续说："说到营商环境，跟广州、深圳、南京、杭州等城市相比，我们应该承认自己的短板。人才流动性不强，引进人才，留住人才，是我们的困难。"

薛永新竖起了大拇指："赵书记这话讲得好，实事求是嘛，不能回避问题，河北离北京太近，河北人民对北京市做出的奉献和牺牲，有目共睹。大树底下不长草，人才不愿到河北来，你就是长了三头六臂也不行啊！"

徐克农快刀斩乱麻地说："别说将来，就说当前。白洋淀已经站在风口上了，我们还是到哪座山唱哪座山的歌。"

薛永新说："新区的设立，优质的教育、医疗都过来了，就有改变这一切的可能了。"

徐克农指着自己的太阳穴说："赵书记厉害，这里边的东西够用！"

赵国栋紧缩着眉头说："徐老过奖了，只要思想不滑坡，办法总比困难多。白洋淀新区成立，就是一个生动的杠杆，好的杠杆就能撬动地球啊！疏解非首都功能，大量央企总部、科研机构、医院和大学院校都将迁入，这种带动能不发生巨变吗？"

薛永新言语诚恳地说："这种优势会逐步显现出来的。其实，我感觉白洋淀新区还有一个潜在功能：平衡南方和北方经济落差。赵书记，您接着说。"

"过去，我们国家的发展模式是城市带动，未来就是城市、企业加乡村双重带动。新区是一张白纸，白纸上可以画最新最美的图画，这是我们独有的优势。"赵国栋说完，长长出了口气，这口气又深又长。

杨方晨几次要举手，没有被安排上，他的神色有些焦急和尴尬。

李永军观察了一阵会场，示意杨方晨发言。

杨方晨显得很兴奋："我想接着赵主任的话题，谈谈新旧动能转换靠什么——还是要靠技术创新。"

赵国栋微笑说："这方面的意见尤其重要。我们除了疏解非首都功能，还有一个重要功能，就是科技创新，这是一个令人振奋的功能，请杨方晨专家谈一谈。"

杨方晨仿佛看见了未来陌生而美丽的城市，心中无比向往，说话也充满了激情："我们的梦想充满智慧，未来新城一定是智慧城市。创造创新的条件，这方面的建筑首先要规划好，这是创新的物质平台。有了这个平台，就能吸引世界各地的创新人才落户，资金也会紧随而来。"

赵国栋感兴趣地说："方晨先生，有时间你和我详细聊一聊。"

杨方晨谦逊地点了点头："具体建筑，我会在考察结束之后，结合白洋淀的特征，再拿出设计方案。"

陈峰脸上掠过一丝不自然的笑，又提出一个问题："白洋淀的地势低洼，起步区将来万一发生水灾，保天津和北京这样的大城市，那么白洋淀……"

赵国栋想说什么，话到嘴边又咽下了，他望着徐克农："徐老，这方面您有什么破解方案吗？"

徐克农表情和蔼，干事却是执着、认真，他缓缓地说："还是要依靠先进技术，修建世界一流的地下管廊。这个地下管廊，规模要大，功能齐全，最好四层以上。其中主要设施在地下，包括无人驾驶车道。这个车道平时走车，如果发生洪水，又与泄洪水道一同工作。如果是特大洪水，开通所有通道，包括水暖线路廊道，一样具备排水功能，四层协力排出地下存水，能够做到万无一失。"

赵国栋望着陈峰，说："小陈，你听明白了吗？我们如今是基建大国，产业链齐全，没有做不到的，只有想不到的。"

陈峰犹疑地说："这也太绝对了吧？有些像科幻电影，有可能实现吗？"

徐克农坚定地说："我们已经站在风口浪尖上了，设计未来的新世界，看似奇幻，却是即将发生的。固有思维限制了我们的想象。依我们央企的基建能力，做到没有问题。地下管廊，每一段板都要配有芯片，配备 5G 通信基站。"

会场一片嘈杂之声。

两位老同志是好朋友，到一起就掐架。薛永新望着徐克农，讥讽说："老徐，我们这把年纪了，不能听见风就是雨，更不能信口开河。"

徐克农瞪大了眼睛："老薛，你个老东西，甭想改变我的看法。依我所见，你应该调查清楚再下结论。你不相信央企现有的建筑能力？这些现代材料，还有配套的机电安装设备，都是世界一流的。"

专家之间、专家与干部之间，发生了热烈的争论。激烈的争论之后，会场渐渐安静了。

徐克农面对着窗户，窗外，斜射的太阳晃得他睁不开眼睛，他闭了一下眼睛，向椅背靠去。

赵国栋微笑着，看着会场："我们不怕争论，真理越辩越明嘛。"

杨方晨热切地望着大家，说："未来，随着我国人工智能的发展，将会给老百姓的生活带来翻天覆地的改变。人工智能将会渗透到生活的各个领域，比如智慧城市、智能交通、智能驾驶、智能家居、智能机器人等，规划上，一定要体现出人工智能时代到来后的建筑空间。"

赵国栋说："你说说看，具体方案是什么？提前下结论未免太草率了吧？"

杨方晨眨巴着眼睛说："不是设想，就是结论。人工智能时代说来就来了，机器人所需的充电设施，还有人怎么跟机器人相处，在什么样的场合相处，这是从建筑上考虑的。怎样和谐相处？怎样互动激发工作的效率？"

赵国栋点点头，似乎有些疲倦。

大家说到城市拥堵的问题，在白洋淀新区规划中怎样破解？怎样医治大城市病？

薛永新外表冷硬，语气严肃："这个问题很严重，如果起初规划不好，以后你就是有三头六臂也不行，解决方案，大家集思广益，杜绝摊大饼，万万汲取北京拥堵的教训。"

赵国栋一脸的智慧和冷峻："是啊，我们要把复杂的问题简单化。"

窗外下起了滂沱大雨，像人的掌声。

徐克农喝了一口茶水，耐心地倾听大家的辩论，脸上是息事宁人的架势。

此时，赵国栋把目光集中到王永山身上："我们换个话题吧。永山先生，你这位大诗人也讲一讲吧。历史上正经有一个白洋淀诗歌群落，王永山先生是这个诗歌群落的优秀一员。今天邀请他来参加会议，我们请他从白洋淀文化传承角度说一说。"

王永山愣了愣，他脑子里空空的，站起来，行了个礼，缓缓坐下："各位专家好，本人叫王永山，笔名芦苇，是新水县白洋淀王家寨人。我不懂规划，今天不准备发言，听一听大家高见，是为了以后创作新诗搜集素材。"

李永军投来敬佩的目光："王老师，你还是讲一讲吧。文化非常重要，我从深圳来，感觉那里商业气息太重，缺少文化滋养。建设新城，文化也是非常重要的。"

王永山谦虚地一笑，语气加重了："既然李主任这样说，我就说两句。美丽的白洋淀涝也好，旱也罢，总之沉睡着，被遗忘太久了。这一方土地，迎来了新区成立，说明党和国家没有忘记我们。我们每天都在激动中。"

会场有了一些笑声。

"我不是唱高调啊，不是说假话。不信大家看看我的诗，就知道我是什么样的个性。"王永山望着大家，眼睛红了，"我们王家寨的王家是一个大家族，德孝之家，祖上出过状元，出过抗日英雄王学武，我的父亲母亲都是雁翎队队员。我认为，规划中应该注重燕赵文化的传承和乡愁的保留。白洋淀水中村和临淀村，以及德县和容光县，留下了特有的文化古迹、民风、习俗和宝贵的乡愁记忆，优秀的文化一定要留住。"

王永山的声音像是从灵魂里飘出。

赵国栋的脑子里咕隆一声，冒出了新的想法，充满赞许地说："同志们，我们的总设计中，已经有了千年秀林、郊野公园等规划，我们还要建设白洋淀文学主题公园。我们都要总结好、利用好。永山兄，这个文学公园，你可要提前做资料上的准备。"他不禁感慨，文化力量，看似柔弱，实则强大。

徐克农笑了笑，额头发亮，目光如炬，颇有兴致地说："沿着王永山诗人的话题，我再谈谈我对中国文化的理解，我们的国学，是儒释道相互交融，你中有我、我中有你。越往上走，我们文化的包容性越强，创新能力就越强大。所以说，新区未来引领人类科技创新，不是空话。"

赵国栋说："还有一个问题值得注意。乡村振兴开始了，我们在规划中充分体现城乡统筹规划。不能农业问题出现了，我们再头疼医头，脚痛医脚，那就被动了。没有轮到拆迁的村庄，未来还要发展旅游和现代农业。"

外国专家听着，也在深思。杨方晨接过了赵国栋的话题，说："赵书记刚刚提到的问题值得重视，农村的振兴，不是农村自己的事情，一定是综合考虑、城乡统筹！城市带动农村，这里一定是城乡统筹发展的一个典范！"

徐克农眼神里充满同情："我理解赵书记的心情，民以食为天，我们欠农民太多了，这次新区的规划是一个反哺农村的好机会。"

杨方晨心悦诚服地点点头。

徐克农递给赵国栋一张勘测分组名单。

赵国栋接过名单看了看，心急火燎地说："这二十二个小分队尽快分工，到达指定区域，由三县领导和干部配合，给规划组的专家做好服务。"

暴雨如注，房顶传出雨声，院里的梧桐树迎着风雨，索索战栗着。

会议还在继续，争论的气味越来越浓，似乎每个人都不知疲倦。这样枯燥的会议，容易打瞌睡，谁承想大家越开越精神，这种针对具体问题的对谈、插话，显然比每个人的单篇发言效果要好。

窗外的雨渐渐小了，绵密如丝。

望着绵绵细雨中的容光县城，赵国栋心情不再紧张，分明感到了一种新鲜的激情的诞生。他这个年纪的人都知道，生活让他们的血冷了，很难重新点燃激情再度沸腾。

可是，今天的规划会议，让他对明天产生了向往，达到了重新点燃激情的效果。

第三十九章　方城

杨方晨渐渐适应了白洋淀的生活。

设计规划城市，杨方晨并不陌生，远的不说，参与了北京通州新城的规划。但是，对于白洋淀新区的规划，他还是感觉到了从未有过的挑战和压力，瞬间丢掉了趾高气扬的姿态，变得谨小慎微。他给师傅徐克农发邮件说，白洋淀新区规划能够跟下来，所有的规划都不怕了。

师傅徐克农鼓励杨方晨："不要被概念束缚了手脚，你要尽情发挥自己的创造力。"

杨方晨每天繁重紧张的勘察之后，又渴望在一个浪漫的时间得到某种放松缓解。他在北京工作节奏是舒缓的，到了这里却是紧张的。以他的感觉，这个规划组织的重要在于聚集了世界各种顶级专家，而不在于这里边多了几张洋面孔，没有参照物，创新再创新。他全身心地投入，走进了主城区和起步区的规划。

白洋淀新区规划规建局负责这次规划，上次规划会的提议也在不断调整。在外界看来，他们没有什么变化，但是杨方晨知道其中的甘苦。二百多个国内外顶尖设计团队同台竞技，入围了十二个优秀方案，涵盖了来自美国、英国、德国、法国、意大利、西班牙、澳大利亚、日本、中国九个国家最优秀的设计机构。

杨方晨的宿舍凌乱不堪，自己连叠被子的时间都没有。卫生间扔着牙具、茶杯和毛巾。紧张的劳动给他带来了充实，同时也让他焦虑。

杨方晨笑着摇了摇头。

他心里是明亮的。主城区和起步区离开白洋淀，不能临湖而建，这个方案尘埃落定。以后的规划空间，下一步是主城区起步区的模式，他选中了一个五角形结构，这个结构复杂而有趣，而且考虑到了五星红旗。可是，这个方案落选了，让他有些内疚和沮丧，对他是一个不小的打击，有一种悲情色彩。他心里虚了，感觉有一种看不透无法把握的神秘力量，控制了他的思维。

这一刻，杨方晨给恋人梁荣打电话，梁荣说："别退缩，哪跌倒就从哪爬起来！"

杨方晨说："好吧，周末你从北京过来，我们到王家寨吃鱼。"

梁荣嘻嘻笑了："好啊，我好久没有看望王决心和王永泰大叔了。"

杨方晨的失败，在自己的预料之外。这不仅打击了他的自信，同时也伤害了他的自尊心。怎么跟师傅交代呢？他难受地低着头，唉声叹气。

陈小兰发现了他的情绪变化，却不知道怎么安慰他。陈小兰刚刚从南京大学规划专业毕业，她到白洋淀新区也是来寻梦的。第一次踏上这片土地，杨方晨曾经对陈小兰说："我是追梦人，我们都是追梦的。"陈小兰提起追梦，杨方晨眼睛亮了一下。

杨方晨情绪极为低落。问题出在哪里呢？

白洋淀新区主城区的规划，他拿出了一个方案，各个团队都不弱。

杨方晨还是想到了徐克农，徐克农把他的方案推荐给了中国城市规划设计学会的副秘书长张帆。

张帆认真地看着他的方案，不久他发现症结了。张帆认为他的规划过于奢华，所说的高规格国际标准是融进国际的元素，而不是高规格的豪华设计，那样，资金投入是巨大的，甚至会造成浪费。

张帆说："应该适应中国的国情。"

杨方晨从纽约回到白洋淀，有很多不适应的地方。刚刚回国，无法适应国内的生活。那一阵他活得很萎靡，尽管他是无辜的，别人却不这样看。他有些单纯，根本想不到有人嚼舌头放暗箭，想把他排挤到规划之外。这些阻力出现，与他在业内名望不高有关。他认识了师傅徐克农，被老人的严谨治学精神感染。徐克农说，一个人一生可能就是要干好一件事。他给自己宽心，既然知道探索之艰难，为什么要幻想偶然出现奇迹呢？失败的痛苦和沮丧让他决定重新调整，永远不要避重就轻，抱什么不劳而获的幻想。每一场拼搏，都是有效的。

杨方晨将这个设计稿撕碎了，心情恶劣到了极点。

他失神地望着地图，白洋淀新区主城区就落在了容光和新水的交界地带。这是一张白纸，怎样画最美的图画看起来简单，困难却大得无法想象。主要的困难有两个，怎样更科学，怎样突出城市特色，在这个方案中体现出传统和创新的关系。

赵国栋组织召开了一个会，大家可以凭着经验商议，碰撞出一些灵感。

会后，赵国栋把杨方晨留下聊天，服务员拉开会议室的窗幔，阳光进来了。

赵国栋还是有些睁不开眼睛。他说："方晨，我是来给你减压的。"

"谢谢赵书记。"杨方晨感激地说。

他有一个倔脾气，这点很像他的师傅徐克农。如果不是忍辱负重，团结协作，别人还真不好带。杨方晨见过的官员多了，但是他对赵国栋是服气的。最近设计上危机四伏，他一筹莫展，没有打开局面，他怎么面对徐克农老院长的栽培呢？

绝望笼罩着杨方晨，事事不如意，他尝到了孤独的滋味儿。杨方晨心里沉甸甸的，除了谦逊地点头，说不出其他的话。他在北京通州搞设计的时候没有这个感觉，一个人天马行空，所以只能以自己的想象来对抗人际关系造成的烦恼。

杨方晨的心境变化，赵国栋看在眼里。

赵国栋自然主动与他接触，试探着找些话题跟他聊一聊，给他鼓劲儿："方晨，你会成功的，现在要放平心态。"

杨方晨点点头，说："只要再给我机会，我一定拿出最好的方案来。"

赵国栋笑了："美国讲个人英雄，我们讲团队精神，团结就有力量。"

杨方晨心悦诚服地点点头。自从那年冬天他在白洋淀历险，对白洋淀的精魂有了深入骨髓的理解。

应该说，赵国栋对杨方晨还是看好的，除了有杨义成的叮嘱，他还是觉得这个年轻人有个性，也有创新的能力，只是他还没有找到能力发挥的突破口。

杨方晨闭上眼睛，长长短短地运气。

主城区基本是在容光县的大部分地界，规划主城区，不能把眼光仅限于局部。杨方晨站起来走到地图前，看整个白洋淀新区的辖区，包括德县、容光和新水三县的行政辖区，包括白洋淀水域、任丘的苟各庄等两个镇、七间房乡，以及高阳县的龙化乡，整整规划了一千七百七十平方公里。根据这个区域，然后再选定主城区和起步区。这是多么重要的时刻？

"我们重新开始吧！"杨方晨望着陈小兰、李辉等几个规划小组成员说。

陈小兰无奈地吐了一下舌头。

杨方晨疾步走到墙根，盯着白洋淀新区的地图，忽然脑子里闪过一道明晃晃的闪电，下一步的关键，应该找到起步区轴线交会点。陈小兰说："对了，几个小组都在找交会点。"

杨方晨急切地说："带上测绘仪器，我们马上去。"他突破有了希望，那种希望带来的幸福使他浑身战栗。

陈小兰和小李扛着测绘仪跟着杨方晨下楼。

刚刚到楼下，天空滚动着雷声。杨方晨似乎没有听见，他开车出发了。用测量设备拿到准确数据，方向有了，他就不再感到忧心焦虑了。

赵国栋平时爱说一句话：只管往前冲，出水才看两脚泥。他听了大家的专题汇报，看着一卷一卷的图纸，看着杨方晨布满血丝的眼睛，看着房间里一张张年轻的面孔，鼻子一酸，诚恳地说："你们这些年轻人，是在创造历史，但是，也真是不容易啊，你们规划的水平，从没有像今天这样发挥得淋漓尽致，很让我感动，你们还是有世界眼光的，但是要尊重历史，科学规划，守正创新，不要急于求成。"

赵国栋嘴上说不急，实际内心里比谁都急。

杨方晨知道，赵国栋的压力没人能替代。隔了一周时间，赵国栋又主持了起步区规划方案的小型会议，徐克农专家因身体问题回到北京，中国和国外的一些专家参加了会议，这次的议题有两个。第一，大家讨论这个起步区中心在哪里？第二，新城的结构骨架是什么？

杨方晨作了一个精彩的发言，看来他是做了细致的准备。上次的失败，他尝到了形单影只是什么滋味。他跟美国的好朋友杨岭岭通了电话，岭岭批评了他，岭岭觉得他四处碰壁，助他脱胎换骨成长。这次他做足了功课，谦虚地与徐克农老专家作了探讨，徐克农讲怎样继承传统，中西合璧，高位创新，怎样体现在规划里，徐老的建议深深地启发了他。

这是一个务实的会议，大家都热烈地发言，认为他说得有道理，甚至都举双手赞同他的想法，可后来他又把自己否定了，之前好像所有的元素都想到了，恰恰没有想到传统这一层，没有想到中国文化博大精深，为什么听到另一种方案时，自己的思绪和感觉一下子就变了呢？

杨方晨对起步区的结构骨架越来越清晰，但是两个方案形成了争论，形成了辩论对峙。

一些国外专家主张像巴黎、华盛顿等城市那样，搞斜交轴线体系，说白了是三角形架构，认为三角形架构是最稳固的，还有专家提到洛杉矶是伞状拼装结构，但是城市太大，不便于交往和生活，最后又回到了三角形架构。这些专家顾及三县，自有他们的考虑，德县、容光和新水县三县，取三角形结构恰好连接一起，而且北京、天津、白洋淀新区也是三角形。

这个方案，杨方晨是动过心思的，他胸中有点发热。他重新看了《白洋淀新区规划指南》，感觉这里没那么简单，三角形结构看似合理，却有失中国传统意蕴。他反复地叮嘱自己，要相信科学。他努力给自己找到一种依据，找到一个理由。

白洋淀新区规划确实复杂，各有各的角度，有不同的感觉和看法，但是有一个道理：如果真是这样，规划的是非标准是什么？出台的规划指南不就形同虚设吗？此刻，杨方晨深入研究了中华传统营城理念，天人合一、以器显礼、山川定位、中轴对称、方正形制，他更加坚持走方形架构。

杨方晨忽然有了一股无畏的豪气，胸有成竹地发言说："三角形结构看似合理，却有失中国传统。方正城市是中国理想城市，非常适合白洋淀新区。千年前的《周礼·考工记》这部书是我国最早的营城制度典籍。匠人营国方九里，是其重要纲领。它传承了崇方的思想，具有地方、四方和四时的象征意义，反映了天圆地方的宇宙观。"

薛永新目光中含着批评："为什么不能跳出传统思维，进行新的改革呢？"

杨方晨脑子里回旋着一种声音，就像《命运交响曲》，那几声敲打命运之门的重击。他大声说："我们今天可以改革。但是，我要回问这位先生，好的东西为什么不传承，非要标新立异呢？我们看啊，方城之内是什么，应该里外呼应。"

薛永新庄重沉稳，默然无语。

赵国栋没有表态，规划确实复杂，各有各的角度，有不同的感觉和看法，但是总有一个是最好的。如果杨方晨无法突破，他也不能强求。赵国栋对杨方晨说："如果不行，你也别强撑着，我们另请高明，你再接受新的任务。"

杨方晨轻轻地叹息，又像是低声呼唤。

一个黎明，杨方晨醒来，看见了一抹黛蓝的天空，方块形状的云彩。他的脑袋忽地打了个闪，他对徐克农说："师傅，此刻，我们再看看方城内部的组团结构啊！云计算中心建成，这里将是数字城市、智慧城市，一个人性化密路网方式组织人们新的生活。三公里见方的组团，特别适合人们之间的步行交往，去学校、医院、商店、公司都方便。十五分钟人的生活圈，便于骑车、步行等绿色出行，这是科学的。"

徐克农说："很好，规划虽然不是政治，但是，这里体现的是以人为本。"

杨方晨说："没有规矩就不成方圆，天是圆的，地是方的，没有规矩不成方圆啊！"

徐克农说："我们规划通州的时候，也是考虑了这个理论，对白洋淀依然适用。"

专家围绕三角、菱形和方形结构进行争论。

真理越辩越明，大家辩论来辩论去，杨方晨突然觉得眼前豁然一亮。他渴求崭新的观念，犹如横空的闪电和滚滚雷鸣，更加坚持主城区走方形结构，他那种叱咤风云顶天立地的气势神态又来了，兴奋得额头渗出了汗。

后来，专家集中讨论的最后结果，杨方晨的方城观点取胜了。

赵国栋把这个好消息告诉了杨方晨，杨方晨一时呆愣了。他的眼泪汹涌地流了下来。

陈小兰开心地笑了，银铃似的。

白洋淀新区起步区决定了，整体规划渐渐明朗。杨方晨的团队根据古代建城标准，提出了一个新想法。古代邯郸，作为赵国都城，布局具有鲜明的战国时代"两城制"特征，分为"赵王城"和"大北城"两个部分。白洋淀新区应该学习古人的建城智慧，解决城市拥堵，避免把时间浪费在途中。所以，搞组团分片结构，城市建立多个核心，这不仅是中国面孔、中国的名片，同时也是人类的福音，我们在探索中前进，等新区建成了，解决大城市的许多问题，就是响当当的中国经验。杨方晨的眼睛亮了："这是个好方案。深圳城市布局就是组团结构的实验，效果很好。"

最终，几个团队综合起来，规划出来"一淀、三带、九片和多廊"。

一淀是白洋淀，三带就是环淀的绿化带，九片就是在城市组团生态涵养区建九片森林斑块，多廊就是绿色生态廊道，护蓝、增绿和降尘，形成林城相融、林水相依的格局。方正形制，蓝绿环绕。这个大规划形成之后，杨方晨提出的一方城就坐实了。一方城坐落于起步区北部高地，里边要有五个组团，来体现城市规划中的中国智慧。外部怎么样布局，还离不开大山水的格局。在大山水的格局中，形成了北部镇城中苑，即利用地势低洼的地区，恢复历史上的古淀，结合海绵城市建设，营造湿地与城市和谐共融的绿色景观。

南淀及南部临淀地区，通过对新水县城和淀边村镇改造提升，严控林淀建设，利用白洋淀的生态资源和燕南长城遗址文化的资源，塑造沿岸的风景区。赵国栋召集专家再次开会，最后定下了白洋淀新区主城区的面积为二十平方公里到三十平方公里，这一部分重点承接北京非首都功能区域。这样就构成了一方城、两轴线、五组团、十景苑、百亩田、千年林、万顷波的空间影像。

冬天来临了，大雪纷飞。

杨方晨穿着皮衣走到白洋淀码头，迎着凛冽的寒风，手搭凉棚眺望白洋淀的雪景，窗外枯黄的树枝在风中摇曳，落下一片雪粉。芦苇和残荷覆盖着几片残雪。几只鸟张着嘴向空中接雪，红红的嘴巴挑着雪花。

他又想到那年冬天落水，仍然心惊肉跳。生命就是不断地失败不断地复原。他凭借艰苦劳动，已经在白洋淀站稳脚跟了。他与各路专家都熟悉了，跟当地领导建立了友谊，等于有了自己的人脉，他忽然萌生了一个想法，规划完成了也不回美国了，他成立规划公司，将规划变成一个产业。他得到现场再勘察一下，拿出他们小组对一方城和五组团的具体规划。如果建立公司，他可以留在白洋淀。

杨方晨想跟杨岭岭商量，忽然想到了杨义成，他不能冒失，应该征求一下杨义成的意见。

杨方晨将自己的想法跟徐克农说了。

他想让徐克农跟赵国栋打个招呼，如果自己建立的公司被列为创新公司，估计有二百万的补贴。徐克农说："小杨，这事还是不要惊动赵书记，规划设计行业，对于创新没有界定标准，会让他为难的。"杨方晨明白了徐老的用意，他想了想，说："您考虑得全面，那就自己闯吧。"

杨方晨在起步区里规划出一个云计算中心，这个任务让他压力很大。本来他是冲着金融岛规划去的，可是他对云计算中心更有感觉，三个团队投标，杨方晨的团队果然胜出。他获得了赵国栋的信任和赏识，但只是想借赵国栋的嘴，把他的成绩告诉他的恋人梁荣。

梁荣是北京女孩，他希望得到她的认可。

梁荣说："亲爱的，祝贺你！"

周末的时候，梁荣来到了白洋淀。杨方晨带着她到了赵国栋的办公室。管委会领导周末基本不休息。赵国栋让秘书给杨方晨和梁荣沏茶。

寒暄之后，三个人聊了起来。

杨方晨喝着茶水说："好香的茉莉花茶啊！"随后，他将在白洋淀新区注册规划公司的想法和盘托出。

赵国栋就微笑着说："方晨啊，徐克农老院长把你带到了白洋淀，我们成为忘年交了。我第一个赞成，看见你一心投入白洋淀，每一个进步我都高兴。"

杨方晨愣了愣，说："谢谢您的鼓励，整体您看可行吧？"

赵国栋说："可行，应该表扬你，全国那么多有志青年都来建设白洋淀新区。我们白洋淀新区人更应该建设自己的家乡。"

杨方晨望着梁荣说："你看我们规划组的陈小兰，大学毕业到了北京，都有了北京户口，这不说来就来了嘛！白洋淀新区是最年轻的城市，把青春献在白洋淀新区，我看值得！"

梁荣饱满的胸脯起伏着，讷讷说："以后我也要过来的，眼下家里离不开。"

"对喽，你们结了婚，年轻人不能分着啊！"赵国栋望着两张充满朝气的脸。

赵国栋笑了笑，转了话题："方晨啊，你太累了，也该放松放松，晚上我们去王家寨，我请你和小梁吃王家寨的炖鱼、鱼丸子。"

杨方晨说："好啊，叫上我们的救命恩人王决心、王永泰父子吧？"

赵国栋嘿嘿笑了，说："王决心没有问题，他爹年龄大了，不愿意出来了。我可以喊上村里的第一书记孙小萍，她是福建来的大学生，你们年轻人好好碰撞碰撞，我想你规划的时候，给王家寨规划出空间，上马一个适合他们的新产业。"

杨方晨笑道："您这么忙，还想着农民，让我钦佩。我在大的规划里，把王家寨留下了，乡愁的记忆嘛。渔民生活会发生深刻变化。"

赵国栋愣了愣，感叹说："我就是农民的儿子，无论我们城市多么现代，都不能丢了他们啊。王家寨是我的包点单位，你给规划规划。"

杨方晨点点头，说："王家寨应该考虑适合他们的新产业了。产业上您有什么想法吗？"

赵国栋说："我跟新水的贺军书记沟通一下，除了旅游，看还有什么新项目没有。"

杨方晨的心那样纯净，没有一丝阴影，他点点头，答应了。

第四十章　家宴

王德的玩具厂开了张，产品卖出去了。

王德想把玩具厂扩建升级，升级为服装厂，孙小萍犹豫了一下。王德带着孙小萍到淀边的厂房看了看，芦苇、蒲草遍地滋蔓，蒲草之间是倒塌的墙壁、破碎的砖石，中间长满了尖利的茅草。低矮的野枣枝的倒刺，紧紧抓着王德的裤脚不放，他让孙小萍别进来了。这些洒满阳光的树枝和树叶，风一吹，颤悠悠地沙沙响，闪烁着流动的光。

王德抱着脑门蹲下了，拿手遮挡着树叶，丈量着土地尺寸。这片废墟可以扩建车间。

孙小萍想马上知道这里的资金缺口多大。

王德拿计算器算账，缺口在五十万左右。他找郑继刚副县长划拨一些资金，进行厂房扩建和装修。郑继刚副县长看了他们的规划，答应再支持一些。

领导支持是有道理的，一人就业全家脱贫，老顺子几家贫困户已经脱贫了。

王德让家人对他刮目相看。

王德每天都在奔波中，晚上跟顾凤娇住在县城，白天乘船来到王家寨，如果玩具厂升级服装厂，他就可以多在县城搞销售了。企业升级报告到了胡玉湖手中，胡玉湖说："王德和小萍的建议很好，论证一下服装有污染吗？"

孙小萍跑了两趟县环保局。

环保局的人说："王家寨的地理位置特殊，小型玩具厂还可以，如果升级服装厂，就有环境污染的隐患了。"

郑继刚副县长跟环保局打了个招呼，环保局提出了环保标准。王德很快弄出了环保报告。

孙小萍粗算了一下，玩具升级服装，资金和销售都离不开王德的前妻杜梅。王德有些犹豫，资金问题确实躲不开杜梅，王德的股份在服装厂里。王德得去容光县城说服前妻杜梅。

王德无奈地带着孙小萍去了一趟容光县优派服装厂。孙小萍到了服装厂，杜梅带着孙小萍参观车间，孙小萍东瞧瞧，西看看，两只黑眼睛不够使唤了。企业升级的事提出来，杜梅皱了皱眉头，半天没有吭声，孙小萍呆呆地望着杜梅，观察着她的表情。

杜梅冷冷地说："孙书记，玩具厂效益不错，为啥升级服装呢？"

王德急切地说："提高收入啊，这样可以从三十人提高到二百人就业了。"

杜梅打了个喷嚏，瞪了他一眼："他呀，总是拿着鸡毛当令箭，不是资金的问题，而是如今服装市场不好！我建议啊，你们想给王家寨找支柱产业，应该另想出路。"

孙小萍愣了愣，忽然想明白了。

孙小萍要回王家寨了。临走，杜梅突然感觉自己对孙小萍态度冷淡，人家多好的人？自己是生王德的气，这样对待孙小萍有些不近人情。杜梅愧疚地说："孙书记，不好意思，虽然我跟王德分开了，也曾经是王家寨的媳妇。能够给王家寨做点事，是应该应分的。"

孙小萍点点头，跟着杜梅去了。

孙小萍看见了偌大的车间和厂房，内心格外激动，暗暗佩服杜梅的魄力。杜梅赠给孙小萍一件紫色套裙，孙小萍推托不要，她说自己是第一书记，村党支部有廉洁规定。她与杜梅加上了微信，然后回王家寨了。

王德想到容光北河照看望养父、养母和女儿。两人在容光县城分手，王德握着孙小萍的手说："孙书记，对不起，让你失望了。"

孙小萍很有城府地说:"杜总说得有道理,不投资也没关系,还交个朋友呢!我们执意上马服装,好像有些不妥,你大哥说的数字乡村项目,应该提上日程了。"

王德眼睛有了神采,说:"上马了宽带、摄像,但是,整个数字系统还要等白洋淀新区的云计算中心落成。"

孙小萍微微一笑:"好吧,这个项目很有意义,将来我们的网上直播,我那些东西也好卖了。你好久没有回来了,看看姑父姑姑和孩子吧。"

王德点点头,开车去了北河照村。

伍宝库端着茶水,欣赏他的种子,他见到王德就笑了,他发现王德黑了,瘦了,下巴的赘肉消失了,头发却长得黑葱葱的。伍宝库说:"王德,你跟顾凤娇啥时候结婚啊?"

王德摇头说:"男人事业为重,结婚不急。姑父,杜梅谈恋爱了吗?"

王永丽用沾着面粉的手戳着王德的脑门,叹息地说:"孩儿啊,杜梅没有变样,人多好,她对我们还是那么好。"

王德无奈地摇了摇头,强打精神。

第二天早上,王德过来串门,伍宝库要给王德修理修理头发。王德说:"谢谢姑父!"伍宝库喜欢王德,王德出轨顾凤娇,伍宝库也没有抨击他。

当年,王德娶了杜梅之后,他跟伍宝库姑父来往就多了,两个人竟然有着共同嗜好:喝酒,都爱惜自己的头发。伍宝库是满族人,他对头发珍爱到了极致。王德在乎自己的发型,他的头发已经长起来了,但是还有些别扭,发锈。伍宝库拿电推子给他理了理,最后抹了小磨油,这是祖传香油,抹上乌黑锃亮。

伍宝库说:"玩具厂开得咋样啊?"

王德对伍宝库说:"姑父,玩具厂的事,每月毛利三万,赢得了村里胡玉湖支书的表扬。下一步,我们准备投资建设数字乡村哪。"

王永丽脸色马上难看起来,说:"王德,别折腾了,啥数字乡村?留点钱给你闺女读书。"

王德倔强地说:"姑,王家寨可是您的娘家,爹可支持了,您不能拖我后退啊！"

伍宝库瞪了王永丽一眼："王德说得对，这是锻炼他最好的机会。"

王永丽说："好，只要你重新做人，比啥都好。"

王德垂下了脑袋，咕哝说："姑姑，重新做人言重了，可是，我还真是这么做的，但是，我感觉到世态炎凉了，人一旦有了污点，翻身挺难的，村里有人背地说我是陈世美。"

王永丽宠爱地说："好了好了，别往心里去，你一定会翻身的。"

伍宝库想了想，说："王德，你听好了，你看看孙悟空，当他是猴的时候，他只能跟一群猴玩耍，当他长了本事，他就能跟牛魔王称兄道弟啦。这就叫层次，如今叫平台。人往高处走，水往低处流，你得抓住你大哥、赵国栋书记的关系，往上走啊！"

王德回到了王家寨，带着顾凤娇看望王永泰和铃铛奶奶。

顾凤娇在新水县城开了饭店，经营着阜平太行山的特产，阜平大枣、苹果、蘑菇和硒鸽。这也算是老爹跟顾凤娇缓和关系的机会。

王永泰见到王德和顾凤娇，闷不吭声。

王永泰不愿意跟顾凤娇单独说话，把王德带到铃铛奶奶房间。铃铛奶奶眼睛不好使，耳朵挺灵，听见王德的声音，就躺在床上喊："王德啊，奶奶听见你的脚步，就知道二孙子来了。"

铃铛奶奶不愿跟顾凤娇说话，顾凤娇提到她的老家阜平，她就想起了抗日时期的神仙山、当年许大彪养伤的龙泉洞，就唠叨开了。

王永泰的心思不在这里，王德在村里扶贫，常常到家，顾凤娇第一次来，得有人陪，他让王决心把王永山和小洒锦叫来，陪着王德、顾凤娇吃顿饭。

王永山和小洒锦来了。

午饭是顾凤娇和小洒锦做的，满满登登的一桌。顾凤娇到了王家，几乎抬不起头来，与忧伤、愁闷和卑微纠缠不休，她想讨得王永泰的欢心。

酒喝到劲头上，王永泰让王永山跟王德多说几句，王永泰听着王永山的话有些乱，压根儿没在正题上，他站起身蹒跚蹒跚地走了。

王永山看见王永泰走出去了，轻声叮嘱王德："你爷爷那个样，你爹不容易，还要照顾奶奶。你跟凤娇好好过，别让他再生气了啊！有爹娘在，人生有来处，爹娘没了，人生便只有归途！"

王德含混着说："二叔，你看我这次还乡，算不算归途？"

王永山的电话响了，出去接电话就没有回来。王德和王决心推杯换盏地猛喝。

王德夸奖王决心照顾家，然后就搂着王决心脖子掉了几滴眼泪。

王决心沉默片刻，说："二哥，你回村建厂扶贫，合了爹的心意，咱俩都忙，还真没有空喝个痛快。你回来了，我也多了个帮手。"

王德竖起大拇指，说："三弟，别看你比我小，你脑袋瓜够用。腰里硬再欺负你，二哥也是个帮手！"

王决心撇嘴说："二哥，你这胆儿，还是别掺和吧。弄不好，我还得护着你。你跟凤娇啥时候办婚礼啊？老顺子他们几家不是都脱贫了吗？"

王德的脸红了一下，说："乡村振兴开始了，我心里还是没底，我到底能不能干点大事啊？将来我混得好了，凤娇才没有后顾之忧，我们就踏实过日子啦！"

王决心苦笑着："你快拉倒吧。唉，有个事情，得跟你说说，你给水牛介绍的黄阿妹，是个女骗子，拿走了水牛的两万块彩礼钱，人就没有影儿了。"

王德一愣："是吗？赶紧报案啊！"

王决心有些难过，愤愤地说："二哥，我想揍你。水牛是我好哥们，他娘死前治病把钱花光了，本来没有钱，还被这个狐狸精给骗了。"

"骗子满天飞啊，我找白洋淀不夜城的田老板，他给介绍的。"

王德喝得红头涨脸，双手交叉舞动，连连说："不好玩儿，不好玩儿。"

第二天上午，白洋淀晴了，蔚蓝的云朵翻滚，一直延伸到很远。顾凤娇在家里陪着铃铛奶奶说话，王德跟着王永泰上了老船，打点鲤鱼回来。王永泰说："趁着没有正式收船，咱打一点鱼吃。"放开了船绳，扭头对王德说："老二，跟爹上船打鱼去吧，再从地笼里掏出淀泥鳅，中午回来我给你炖杂鱼！"

王德咧了咧嘴，抬头望天说："爹，吃啥都好，我和孙小萍见了杜梅，玩具厂升级不可能了，还是求助我大哥，搞数字乡村吧。干成了，胡支书对我就会高看一眼了。"

王永泰懵懵懂懂地问："爹不懂，数字乡村是算账的还是数数的？"

王德扑哧笑了，他想说了爹也不懂。

中午无风，王家寨有些闷热。顾凤娇亲自下厨炒菜做饭，她要给王永泰、王永山露一下手艺。铃铛奶奶对顾凤娇一直不喜欢，眼不见心不烦，她就闷闷不乐地躲在自己屋里吃。

顾凤娇自讨没趣，扬了扬眉毛，躲出去做饭了。除了王家寨铁锅炖鱼，还炖了顾凤娇带来的太行山的蘑菇、山鸡和鸽子。

王决心有事，王永山又来陪喝。

王德小心翼翼，王永泰还是给顾凤娇脸子看。顾凤娇跟王永山聊得挺好。王永山一沾酒，就满腹经纶，和颜悦色地说："老二啊，你回来了，二叔高兴，念一首古诗给你。人都说我穷／其实我不穷／人都夸你富／其实你不富／富贵一黄粱／转眼化尘埃！"

王德嗔怨说："二叔，我不懂诗，喝酒吧！"

王永山赶紧连连举杯，说起了芦苇画。

王德煞有介事地说："芦苇画，我们可以印在玩具上。"

顾凤娇不喝酒，用饮料给大家敬酒，她先敬了铃铛奶奶。铃铛奶奶没听见，回到自己屋里去了。王永山给王德使了个眼色，王德和顾凤娇敬到王永泰这里，王永泰偃偃地没有抬头，顾凤娇竟然自己倒上了酒，流着眼泪说："爹，我知道您对我有看法。我理解，毕竟王德过去有家。但是，我要说的是，我们两人是真感情。您的担忧我理解，我向您保证，好好照顾王德，孝敬您、二叔和奶奶，恩恩爱爱，白头偕老！"

王德催促道："爹，凤娇敬您酒呢，您说话啊，您就给个面子吧！"

王永泰板着脸，暗中盯着顾凤娇的一举一动，成心跟顾凤娇闹别扭，阴着老脸嚼着饭菜，半天不端酒杯。

王德尴尬了，手里的酒杯有些抖："爹，凤娇给您敬酒呢。"

王永山目光发直地说："哥，孩子都站半天了，您支应一声，凤娇毕竟是到咱王家了。"

顾凤娇瞬间脸色煞白，扑通一声，跪在王永泰的脚下，哽咽说："爹，您对我有意见，我理解，您以后看我的行动吧，凤娇好好孝敬您和奶奶。凤娇说的是真心话！"

她含泪说着，仰脸干了一杯酒。

王德感动得鼻子酸酸的。

顾凤娇心中有一肚子气，她与王德没有结婚，到这里来属于客人。除了王德帮衬着她，家里没有一个帮手，还得照顾王永泰、铃铛奶奶两个老人，像个罪人似的接受审判。顾凤娇越想越悲凉，越想越委屈，刷碗洗筷的时候就想，这个家虽说没有婆婆，但是这位老爹性格古怪，人也够麻烦的，日后将是她的克星。她走神的时候没有看见王永泰低头进来，把刷碗的泔水泼在外面，铜盆沿儿滑溜溜的，铜盆子扣在王永泰的脑门上，汤汤水水流了一脸。

王永泰被淋成落汤鸡，哎哟了一声，一屁股跌坐在地，脑袋磕流血了。

王德和顾凤娇都蒙了，呆愣住了。

顾凤娇和王德回过神来，上去扶起了王永泰，王永泰略略挣了几下，拿手掌撸一把脸上水，捂着脑袋，泔水堵在他的嗓子眼里，呜呜噜噜地嚷："王德啊王德，你瞅瞅这个妖精，她就是故意的！老二，你要敢娶她，我们一家人就和你断绝关系！"

王德抓起了灶台上的抹布，擦着王永泰的脸，连连讨饶说："爹，我该死，我该死，您消消气，我带您到诊所赶紧包扎。"

王德强迫自己镇静，背着爹往诊所跑去。

顾凤娇跌跌撞撞地跑，无边的悲伤再次涌上心头，哭泣着走了。

第四十一章　天空长出翅膀

杨义成从白洋淀新区赶回深圳的时候，恒通公司已经是空壳了。这是杨义成人生的低谷，他想起落魄局面心里就隐隐作痛。他白天在恒通当董事长，夜晚要出去打工，维持公司的水电费用。

这一天，岭岭从美国纽约飞回深圳。

杨岭岭建议他应聘国盛。杨义成一怔，岭岭的思维总是很奇特，忧郁的眼神里有野性的光芒。她随口说了一句："有了天空，你就能长出翅膀！"

杨义成怦然心动了。

就行业来讲，他对靳一光的国盛敬佩，他败给国盛，没有一丝怨恨，反而产生浓厚兴趣，一次国盛招通信研究人员，他用了弟弟王决心的身份证报考，经过面试、笔试，他进入国盛的最后笔试，过了这一关，杨义成可以正式进入国盛的研发团队。

杨义成知道，国盛的研发厉害，管理非常严密，融合了国内国际顶级公司的经验，股权分配合理。国盛的人个个都是拼命三郎。杨义成觉得国盛神秘，通过业余研发团队，他要探个究竟。

那一天夜里，国盛让新招聘的笔试人员加夜班。

大隔断的会议室，有五个通信攻关的难题，让每一个人选两个。杨义成选了"科技转换成产品的途径"和"科研团队年轻化问题"这两个题。

半夜了，国盛大楼灯光依旧明亮。厨师长带着三个服务员给大家送夜宵。这个老头说是食堂厨师长，中等个头，四方脸，面带笑容，戴着白围巾，给大伙分发盒饭。

老厨师长说："大家辛苦了，歇一会儿，吃点夜宵。有鸡腿的，还有牛肉的，看看吃哪一种？"

厨师长走到每人身边，还细细观察一下。厨师长走到杨义成身边，低下头，和蔼地问："这位王决心先生，您吃点什么啊？"

杨义成愣了愣，叫他王决心他有些不适应，因为恒通跟国盛过招，他担心国盛的专家团队知道他的名字而节外生枝，才用老三的名字报的名。他略微抬了一下头："谢谢老师傅！吃鸡腿的。"

厨师长把一个盒饭轻轻放在桌上，问："您研究的哪个题目啊？"

杨义成把回答的第一页抽出来让厨师长看。厨师长怎么还关心课题啊？他活动了一下颈椎，看了看手表，赶紧埋头继续认真写着算着。

交卷出来，在门口，杨义成又遇到了厨师长。杨义成礼貌地和他打了招呼。

厨师长感叹说："你们这些科学人才，难得啊！这么晚了还考试。"

杨义成说："这都是你们靳一光老总的主意。你们国盛加夜班是不是常态啊？"

厨师长笑了笑，说："你见过靳总吗？"

杨义成摇头说："没有啊，这个靳一光，他从来没有在媒体露过面。他这个企业家真神秘，心思重，胸怀大，个性强悍，不露声色，制敌于无声无息之间。厉害！"

厨师长哈哈笑道："你这么看他？"

杨义成夸奖说："从今晚加班来看，这家伙抓管理是厉害。自力更生，自我加压，优化管理。特别是他这个薪酬激励法，把人才的潜力都激活了。牛啊！"

厨师长哈哈笑着说："靳总没有你说的那么牛吧？他很低调，朴实的小老头，你想见到他吗？"

杨义成眨巴眨巴眼睛，说："师傅，您能不能给我搭个桥儿，我特别想见一见靳总啊！"

厨师长依旧微笑："你为啥想见他啊？"

杨义成的眼睛亮起来："他的经营理念和行为方式，我非常欣赏，特别想跟他深入探讨芯片创新的问题。"

厨师长推着餐车走了。

第二天上午，国盛开大会，有人通知杨义成参加国盛的会议。他就知道自己被录取了。

会议开始了，靳一光董事长缓缓走上主席台。杨义成惊讶地瞪大了眼睛，嘴巴张了半天。昨晚的厨师长竟然是靳一光？啊？就是他啊，送夜宵的厨师长就是大名鼎鼎的国盛总裁靳一光。靳一光中等个头，宽肩、虎背，身架也是魁梧的，他换了一身蓝色西装，扎了红色领带，灰白的头发梳理得平整。靳一光坐在了主席台上，讲话不拖泥带水，声如洪钟。

散会的时候，靳一光笑容可掬，分别给每一位新人发名片。靳一光走到杨义成跟前，微笑着说："王决心同志，到我办公室来一下。"

杨义成有些慌张，双腿不停抖动，一脸真诚地歉意："谢谢靳总，对不起，我不叫王决心，我叫杨义成。王决心是我三弟的名字。"

靳一光哈哈笑着："你不用解释了，你是恒通的总经理杨义成。其实，我早就知道了。"

杨义成受宠若惊地跟着靳一光去了办公室。靳总的办公室宽敞、明亮、朴素。靳一光正式向杨义成提出对恒通公司的收购计划。

杨义成惊呆了："靳总，您不是开玩笑吧？国盛收购我们的射频芯片项目已经结束了，还有什么可收购的？大股东苏一朋撤资了，港资也跑了，已经是空壳了，我就是个人到您这里打工。"

靳一光沉静地望着杨义成："我就喜欢你这种性格，怎么是空壳呢？有你杨义成啊，就不是空壳儿。"

杨义成几乎不相信自己的耳朵。

靳一光微笑着说："我相信你是真诚的，我问你一个问题，你的香港合伙人都跑了，苏一朋拉你搞地产去挣快钱，你还押上所有的家底，继续坚持科技创新，是怎么想的？"

杨义成坐下来，喝了一杯咖啡，说："我是中国科技大学毕业的，专业是通信科技。房地产，互联网，挣钱容易，那是老板，但，不是企业家，企业家应有战略眼光，不仅仅是追着钱走，还要爱国家，有追求。所以，我愿意跟您干啦！"他的情绪稳定了，谈吐也干净利落了。

靳一光哈哈一笑，跟他握手："我们说定了，从对手变成一家人啦！在你最困难的时候，杨岭岭帮助你，这是你的福气，值得珍惜啊！"

杨义成更加吃惊了："靳总，您怎么什么都知道？"

靳一光叹息着说："研究对手，要研究精准、透彻。但有一点，你的情况我没有研究精细，你的老家是保定，到底是德县还是新水？不管哪一个县，如今都属于白洋淀新区了。"

杨义成说了自己和家人在白洋淀的传奇经历，有两个父亲、两个母亲，两地都是故乡。连被查的进了秦城监狱的副省长岳父都交代了。

靳一光微微一笑："不管你是德县还是新水县，你就是白洋淀新区人，你出自一个英雄的家庭。保定人、白洋淀新区人就是有一股子干劲，像荆轲！荆轲刺秦，有一股燕赵侠风！"

杨义成说："是啊，士为知己者死！靳总，以后您就是燕王，我就是荆轲，您指到哪里我打到哪里去！"他说话显示了原生的魄力。

靳一光仰脸哈哈大笑起来。

杨义成在他的笑声中，感觉靳一光是一个心思缜密、揣摩不透的人，即便喜上心头的时候，也不怒自威。靳一光说："国家成立白洋淀新区，这是一个大好事。你是白洋淀新区人，我们的5G技术，我们的云计算，会参与到白洋淀新区建设。如果我让你回到白洋淀，你愿意吗？"

杨义成郑重地说："靳总，我刚刚说了，您指哪里我就打到哪里。我出来也非常想念家里人。但是，自己从德县官场辞去副县长，当地震动很大。我这人特别爱较劲，跟自己较劲，我在拿出属于自己的科技成果之前，不想回去，无颜见江东父老啊。"

靳一光点点头，说："我明白了，我要把你派到残酷的战场上去锻炼！比如，美国、英国、加拿大、土耳其、巴西等等。"

杨义成微笑着说："都行，保证完成任务。比如美国，我的好同学杨岭岭在美国研发，我的儿子杨子恒在纽约读书。"

靳一光笑完了，忽然叮嘱说："记住，以后就叫我师傅，不要叫我靳总。"

杨义成愣了愣，不敢问为什么，他的脸上闪出狂热的神情，内心充满了力量。

杨义成到国盛的第一站，就被派到成都，适应两个月的业务，然后去白洋淀新区。

他听说，白洋淀的千年秀林工程即将开工。

第四十二章　受命

如果不是白洋淀新区成立，褚忠良想不到自己会与千年秀林结缘。

北京中天建央企总部会议室，人员到齐，大家面面相觑，气氛有些庄严。央企中天建董事长徐磊示意褚忠良坐下，褚忠良有些紧张，缓缓坐下了，内心做着种种猜测。

徐磊说："忠良同志，伤筋动骨一百天，你的身体恢复好了吗？"

褚忠良点点头，忍着一个喷嚏："谢谢董事长关心，已经好了。"他说着，胡思乱想起来，董事长可能派新活了。其实，他的腿还隐隐作痛，但是不能喊痛，喊痛的人会失去承担的心。

徐磊犀利的目光扫视了一遍褚忠良的双腿："真的好了？丢了拐杖就叫好了？我们都瞅着呢，你给我们走上两步。"

人们哄地笑了。

褚忠良拍了一下右腿，红了脸："好了，董事长真幽默。"

徐磊轻轻一笑，激动地说："好，同志们，忠良同志在巴基斯坦工地掩护工人骨折，从来没有一句怨言。好样的！现在我们回到正题。上级可是交给我们新的任务了，你来看。"

褚忠良有点吃不准了。

徐磊慢慢站了起来，走到投影仪前，彩色光柱流转过后，屋内的光柔和起来，一幅沉重的褐色幕帘缓缓地拉开，幕帘轨道发出的声音非常悦耳，像屋檐下的飞鸟将人们的心带到远方。滑轮唑唑的声音刚刚消失，一束光追到了屏幕上。一张绿色地图投影呈现在投影仪屏幕上，荷花、芦苇和水泊的美丽景观扑面而来，水天一色，人们心情开阔，屏幕的景物好像退远一些，好像能够闻到那里荷花的香气。有点浸润到心里去的意思。

大家都淡淡的，只有褚忠良上了心，他恍然大悟，一眼认出那是白洋淀。

他中等个头，微微发胖，看上去精力充沛。他穿着灰色西服，扎一根紫色领带，白衬衫很规矩地束在裤子里，干净整齐，人也显得干练。褚忠良曾经陪着父亲褚景国去白洋淀看望乳娘铃铛奶奶。父亲是八路军的孩子，抗日战争时期，得到过白洋淀乳娘铃铛的哺育，才活了下来。父亲褚景国常怀感恩之心回忆往事，白洋淀刻在父亲的记忆里，久久不能忘却。

徐磊站起来走到地图前，说："你知道了吧？国家在河北白洋淀成立了新区，举世瞩目，这是千年大计、国家大事。我们中天建不能缺席！"

善于经营的徐磊，一句开场白足以显示自己的政治姿态。

褚忠良紧张的神经舒缓下来，深长地嘘了口气，说："董事长，我听到新闻了，内心无比激动。"

徐磊的嗅觉总是敏锐的，始终保持着央企带头人的一份清醒，神色严峻地说："我还是那句话，中天建人人都是好样的。新时代属于我们每一个人，每一个人都是新时代的见证者、开拓者和建设者。中央号召我们央企参与新区建设，基本方案已经形成——先植绿，后建城。第一步建设千年秀林。总部通过研究讨论，决定派你去，怎么样？"

褚忠良激动得涨红了脸，半真半假地说："董事长，我是搞吊装专业的，专门打硬仗。您让我去植树，是不是考虑我的腿刚刚伤愈啊？植树没有问题，但是，我得首先证明，我褚忠良不是残疾人啊！"他说着，站立起来使劲踢了踢腿。

徐磊有些好笑，狠狠瞪了他一眼："你别得便宜卖乖啊，多少人抢掉帽子！建设一座千年之城，见证它的诞生，这是你的福气。难道你还是想回巴基斯坦工地吗？"

"董事长，我愿意去，刚刚开个玩笑。我们的总部是不是也可能搬到白洋淀去呢？"

"有可能，但是我们总部搬过去，这要听上级的指示，还有一段过程呢。但是，你要先行一步。你的任务不是建筑，而是种树。你有什么意见吗？有困难吗？"徐磊目光里充满期待。

褚忠良坚定地说："没有困难，只有信心。组织需要我到哪里，我就去哪里，决不给集团丢脸！"

屏幕的画面收回，工作人员忙来忙去。

徐磊投来了赞许的目光："我们讨论来讨论去，为什么选了你？你在巴基斯坦工地受伤，回国后没有一句怨言，好样的！这次你的工作改为植树，但是，又不是一般的植树，压力和困难不会少，除了常规的问题，新区速度和质量怎样平衡，对你、对你的工作是最大的考验。"

褚忠良说："明白。"

徐磊跟集团副总、人力资源处长交头接耳。

褚忠良皱了皱眉，说："董事长，资金是我们出，还是白洋淀新区管委会出呢？"

徐磊笑上脸来："你当上项目经理，就知道成本核算了？你的任务是管理、监督，资金不用你筹措！但是，困难一定会有的。"

"有困难，就克服掉，如果没有困难，需要我去干什么？"

"好，我知道你鬼得很，表面憨厚，心中账本比谁都清楚。回去准备一下吧，抓紧把手里的工作交接好，尽快到白洋淀新区管委会报到。你在那里的职务是白洋淀新区生态公司常务副总。"说着，徐磊向褚忠良投来信任的目光。

褚忠良点点头，心情不再沉重，他提出带鲁大林和路海生两个助手。

徐磊想了想，还是答应了。

褚忠良马上醒过神来，他知道这两位在中天建的分量，而且电焊工匠鲁大林还在巴基斯坦工地。徐磊这么痛快地答应，说明他并不官僚，还说明这次去白洋淀的工作极为重要。千年秀林尽管就是栽树，但这次栽树跟在承德塞罕坝植树大不一样，前所未有，模式创新。他自然不敢掉以轻心。

天黑之前，褚忠良转身走了。

褚忠良的家在北京东三环帝景花苑，这里是非常拥堵的区域。褚景国过去是北京某银行的副行长，已退休多年。家里的装修和家具很朴素。褚景国喜欢看话剧，他的房间里挂着北京人艺的《茶馆》剧照。

今天褚忠良的妻子薛冰特意早一点儿下班，因为她将褚景国肠镜、胃镜的结果带回来了。

薛冰五十三岁，身材保持得很好，脸上皮肤光洁，没有一点儿斑。她回家做饭前，先将房间收拾得干干净净。等褚景国醒了，薛冰将怎样用药，跟老人好好讲了一遍。

褚忠良回到家，咕咚咕咚喝了一杯水，听见厨房里薛冰哗啦哗啦炒菜的声音。

褚忠良走进厨房转了一圈，俯身在薛冰耳边说："老婆，我跟你说个事儿，好消息，我伤愈之后不用去巴基斯坦了，有了新的工作安排。"

薛冰愣了愣："忠良，什么工作？"

旁边的褚景国也看向他们。他更关注儿子下一步的去向。

褚景国耳朵背，还是都听见了。他坐在沙发上，平静地说："这次任务不是吊装工程，是去白洋淀，建设千年秀林。"

薛冰正端着一盘炒好的菜："是调到那里去吗？级别提升吗？"

褚忠良说："女人就是女人，那么短视。"

"你高大，个人英雄主义又抬头了。你这个人啊，光拉车不看路，领导哄你几句，你就乐得屁颠屁颠。"薛冰把盘子放在餐桌上，叮当直响，"我可不愿意你去。"

褚忠良说："没有指望你去。我先去，这是组织的安排。这已经够好的了，如果不是我在巴基斯坦工地抢险骨折，白洋淀的事还不一定轮到我呢，白洋淀离北京近，家里有事还是方便一些。"

"是啊，忠良说得对。"褚景国说。

褚景国站起来，走到阳台，拿起喷壶对着君子兰喷洒，能够闻到淡雅、清幽的香气。花浇好了，他站在阳台上望着央视挺拔的大楼，久久地凝望着。

褚忠良担心薛冰再唠叨，赶紧跟过来，褚景国终于说了一句："白洋淀好啊，我赞同你去。这次组织帮我在王家寨找到了铃铛娘，这也是咱们家跟白洋淀的缘分。咱家要是去那里，我第一个报名。反正我早退休了，可以到白洋淀伺候娘，尽点儿孝心。"

薛冰听见就笑了，讥讽道："你瞧爹，这一口一个娘，叫得那个亲啊。我都怀疑当年对爹有养育之恩的是不是铃铛奶奶，也许是别的乳娘。"

褚景国沉了脸，说："这不能怀疑，一定是的。还有白洋淀大乐书院的杨牧仁，当年铃铛娘的儿子雷雷死后，她喂养我和杨牧仁两个孩子。雁翎队纪念馆有记录的。"

褚忠良说："老婆，乳娘也是娘，应该感恩。"

薛冰说："我不是不感恩。你去建设千年秀林，晓薇在林业大学学的是原木栽培专业，你俩算是有共同语言，能奋斗到一块儿去了。"

褚忠良认真地说："薛冰，新区未来会是一线城市。门槛很高，不是谁想去就能够去的。"

褚景国眼睛里有了热度："我刚刚看了报纸，新区除了承接非首都功能外，还是咱们国家引领未来的科技创新之城，它的未来值得期待啊。"

褚忠良点了点头，说："爹，现在是工业互联网助推先进制造业，经济转型就得靠科技创新。那里的未来就是中国的硅谷，不知这比喻是不是合适？"

薛冰瞪了他一眼："我看你还满怀激情，像小青年似的。喊喊容易，真正拉家带口都搬去，有几个人愿意？你不想想，那里现在什么也没有，爹年纪这么大了……"

褚景国沉默了一阵，略微犹豫："是啊，人们在大城市待习惯了，真的离开，还真得拿出点精神来！"

褚忠良说："以后都会有的，不会比北京差。唉，我可是听说你们宣武医院在白洋淀建设分院了。"

"我在单位也听说啦，是北京市政府的援建项目。"薛冰端着鸡蛋碗，转身离开，背后褚忠良追问："你们专家少，怕是不让你退休，延聘到白洋淀去工作了。"

"我才不去呢。你们总部搬去吗？"

褚忠良嘿嘿一笑："徐磊董事长说了，我们总部和二级公司搬迁还需要时间呢。"

褚景国吃力地打开一瓶酒，保定山区的"枣杠子"酒。

薛冰有些忧伤地说："你这个人为什么进步慢？光拉车不抬头看路。你得跟组织谈，过去离北京那么远，家里的事儿都帮不上忙，爹现在身体不好，我也要退休了，你应该跟徐总说说，将你留在北京总部。"

褚忠良困惑地说："你想留在总部就能留在总部吗？"

屋里一阵安静。

此刻，电视的声音显得格外响亮。屏幕放出的光亮，好似一个梦境。

褚忠良瞭上一眼电视，往餐桌上摆着筷子，说："薛冰，你想过没有，我以父亲身体的原因向组织提出要求，理由充分吗？这合适吗？"

薛冰脸一拉，不悦地说："有什么不合适的？你以前吃亏都忘记了吗？集团那么多人，为什么偏偏总是你冲锋陷阵……"

饭菜都摆好了，褚忠良要与褚景国喝上两盅酒。这是爷俩多年的习惯。褚忠良右腿负伤，好久没有沾酒了。

薛冰给女儿打电话，女儿说她堵在复兴门桥下。她叹息一声，柔和地说："我的宝贝闺女在复兴门堵车呢。你们先吃吧，我等闺女吧。"

褚忠良端着酒盅，忧虑地说："北京就是拥堵嘛，新区规划就要解决这个问题。过几年，一些央企国企搬到白洋淀新区了，北京拥堵也会大大缓解的。"

薛冰眨眨眼，瘪了瘪嘴巴，说："陪爹好好喝酒，没几天就去白洋淀栽树啦。你们央企的人啊，整天东奔西跑的。"

褚忠良瞪了妻子一眼。

薛冰听见门响，知道女儿回来了，心情好了，就将恶劣情绪抑制住了。

吃完饭，褚景国走到阳台，打开窗子，没有望远，而是垂下目光，从容不迫地吸了几口烟，放松放松神经。褚忠良哈腰凑过来，陪父亲吸了一支烟。他不会吸烟，俗话说是碰烟，吸一口吐一口。拉门哗地拉上了，烟雾窝在阳台上回旋，慢慢弥散出去。

薛冰知道他们的话背着她，她插不上话，也没兴趣听。

褚忠良有些愧疚，自从母亲去世之后，褚景国很孤独，他常年在国外施工，回家的次数少而又少，以后到了白洋淀只要有空就回家陪父亲。

褚景国的目光意味深长，慢条斯理地说："忠良，你现在代表央企进驻新区，说明徐磊有眼光。别听你老婆的，这是一个锻炼自己、证明自己的好机会，机会来的时候一定要抓住。"

褚忠良点点头，说："爹说得对，人生不拼，永远没有赢的机会。董事长站位高、有水平，是一个明白人，我干好了，他不会不管我。不仅派我先去，而且我们集团还要参与下一步新区的工程建设。"

褚景国口吐烟圈，娓娓道来："组织上用你，是信任你，你要有担当，肯干事，干好事。有些人可能会看不惯，可能会犯红眼病，所以低调做事最重要。你到了那里，一定要干干净净，规规矩矩。人生要把握好进退留转。进的时候要谦虚谨慎，退的时候要宠辱不惊，留是坚守信念，转是组织决定。你要通过进退留转，历练人生。"

褚忠良批评道："爹，您这都是老黄历了。企业的生命在于质量，在于创新。循规蹈矩能够创新吗？不创新能有业绩吗？"

"嗬，教训你老子来啦？"

褚忠良赶紧收回话，目光蹦出惊喜："爹，还有啊，白洋淀新区和通州一样，是北京的两翼。你们金融系统有大动作吗？"

褚景国摇了摇头："你爹都退休了，有动作也不跟我商量啊！但是，我听说了，金融界的乡村振兴基金会已经成立了，对白洋淀新区也会有动作的。"

褚忠良立刻兴奋起来："白洋淀的机会来了，新区和乡村振兴双向政策落地，将来还了得啊？"

褚景国似乎醒过神来："你们去植树，肯定涉及融资。当地政府融资模式有了变化，不要碰那些风险投资，金融界的泡沫已经开始破裂。

这世界上许多戏剧，看懂了开头，却猜不中结尾，但是，所有戏剧都有落幕的时候。"

"爹，投资模式还没有定，我记住你的话了。你跟我去散心吧！"

褚景国忍不住叹息一声："你爹老了，跟不上形势，只能留在家里写《北京会馆》的书了。"

褚忠良说："也好，爹要保重身体。"

"是啊，写书也挺累人啊！"褚景国点头说。

他最近双手颤颤地抖，查不出什么病。研究北京的老会馆是他的业余爱好。宣武门、正阳门、崇文门外的街巷胡同中，过去有四五百家会馆夹杂在民居当中。这隐含着北京人生活中似乎见怪不怪的情趣，甚至是他留恋的地方。他退下来之后，了解人间百态的欲望特别强烈。

"爸，您研究一下潭柘寺。听说潭柘寺、通州和白洋淀，就在一个轴线上。"

褚景国微微一笑，说："你啊，潭柘寺跟会馆不搭啊，还是写会馆吧，书写不出来，去白洋淀心里就不踏实啊。"

"是啊，我们白洋淀集合。"褚忠良大声说。

褚景国做了个手势，不让他大声说话，担心薛冰听见。老人一连吸了三支烟。

三天以后，褚忠良、鲁大林和路海生出发到了白洋淀新区，先到白洋淀观光。

天空游动一片乌云，杂乱无章的云团，但没有影响他们的游览兴致。褚忠良看见水面映照着滚动着的乌云。不知是什么地方，芦苇丛中蹿出几只渔船，染上了一层黛色，其余的部分，仍然是一片明镜似的光亮。

船行驶到了南部水域，一群鸭子浮过来了。

天空拱出一道白云，在那里浮动。养鸭女撑着鸭排箭一样射过来，带出一串浪花。连续下雨，水位上涨了，那些草地、苇塘、灌木丛一起沉没在水中，透过水能清晰看见水底的绿叶儿，往深里走可以看到有一条苇塘。柳树树根泡在水里，似乎是天地之间的双重影像。风吹来鸟的叫声，但看不见鸟的翅膀。

鸭子嚷叫了一声，向远处缓缓游去。

鲁大林感叹说："褚总，这地方真是太美啦。"褚忠良说："这大淀跟大海比啊，还是小了点，可是，它对于我们北方，那是华北之肾，也是华北明珠啊。"

路海生手剥一只莲蓬，一粒一粒吃，发出低沉的嘘声："好，好地方！"

白洋淀上

②卷

作家出版社

目　录

第四十三章　央企

朱鹮鸟的腿病不见好转。

王决心焦急万分，他和国家鸟类管理中心通了电话，对方说等朱鹮养好伤他们再过来取。县里的动物医院没有办法，王决心突然想到了赵晓薇。他和赵晓薇通了电话，赵晓薇让他把受伤的朱鹮带来，到动物医院医治。

王决心开车带着朱鹮来到北京。

到了宠物医院，鸡鸣猫叫，好不热闹。专家给朱鹮的腿看了病，重新上药包扎，留下住院了。赵晓薇对王决心说："你跟朱鹮合影吧，朱鹮的伤好了，我就直接送到鸟类管理中心。"王决心满眼依恋地望着朱鹮，跟朱鹮合影留念。他放下朱鹮，说："晓薇，你送去的时候一定要办好手续啊，胡支书还要收藏证书呢！"

"明白！"赵晓薇点点头。

她要给王决心安排宾馆，王决心拒绝了。

王决心担心赵晓薇的对象武玉龙误会了，他说去中关村看看大哥杨义成。赵晓薇说："你要去看大舅，我带你去吧。"王决心笑道："好啊，你叫玉龙一起来吧？"

赵晓薇想了想，上了王决心的汽车。

王决心一边开车一边问："晓薇，你为啥不叫玉龙啊？"

赵晓薇倔倔地说："我们生气呢，他脑子有问题，让他好好反思。"

到了中关村天仪大厦，阳光灿烂，人头攒动。王决心停好了汽车，赵晓薇带他见到了杨义成。杨义成正跟客户谈业务，等了一会儿，杨义成疲惫地走出来。赵晓薇扑上去勾住杨义成的脖子，笑道："大舅，我可第一次看见你工作状态啊！我宣传你一下吧？"

王决心说："晓薇，家里人就别宣传了。"

杨义成微微一笑："你们两个怎么那么熟啊？"

王决心把他与赵晓薇一块营救朱鹮的事说了，然后补充说："哥，你不在家，我跟晓薇认识，因朱鹮鸟儿结缘。"

王决心悄悄凑到杨义成的耳边说："大哥，新区是先植绿，后建成。村里就业成了问题，我想带村里的年轻人，去建设千年秀林植树啊，你跟国栋书记说说呗！"

赵晓薇瞪了王决心一眼："别找我爹，说了也白说，他现在是只管公家事。因为这个，他跟我二舅都闹僵了。我把你推荐给褚忠良，中天建的干部，咱白洋淀新区生态建设公司常务副总。我爸让我采访他。"杨义成说："晓薇，你干得非常好，那是我的故乡啊，祝福你旗开得胜！"赵晓薇笑了一下，说："谢谢大舅鼓励，你是我的楷模呢。大舅，别跟我爹说啊，我带他去找褚总。"

王决心作揖致谢："谢谢晓薇，回去我给你做鱼丸吃啊！"

赵晓薇甩了甩头发，笑了一下。

杨义成接到了杨义伟的电话求助，要求他提供资金救援。王决心说："大哥，别管杨义伟的事，他不骑骏马骑瞎驴，净走歪道儿，你就费力不讨好啊！"他口气里带着调侃的意味。

赵晓薇咯咯笑了："小舅舅，你怎么这么多歇后语啊？"

杨义成望着赵晓薇说："你这个小舅舅啊，从小就嘎。咱白洋淀王家寨人啊，都爱说歇后语，决心将歇后语说成相声了。土气，土气，你别笑话啊？"赵晓薇微笑着说："不会，我爱听，白洋淀是我的家乡。王家寨厉害，我去过你们村大乐书院采访，杨牧仁和孙小萍我都采访过。"

"晚上大舅请客，你们等着我。"杨义成端着茶杯转身走了。

赵晓薇给褚忠良打了电话，放下电话，说："哎呀，真巧，褚忠良

440

老总回京了，还要做个补充采访。"

王决心说："我得认识认识，你带上我呗！"

赵晓薇略微迟疑了一下，想想，说："好吧。"

王决心给杨义成发了微信，跟着赵晓薇去了中天建总部大楼。褚忠良在中天建是项目经理，级别是处级，在白洋淀新区归赵国栋领导。褚忠良正在收拾资料，他从白洋淀回来是取资料的。他接到赵晓薇的电话，就在办公室等候着。两人一进来，褚忠良就从椅子上站立起来，热情地说："欢迎决心来我们集团参观。"

王决心没有见过褚忠良，今天细细端详，见他有些威严，心中有点紧张。

王决心谦逊地说："褚总好！"

"褚总，王决心是我的小舅舅，他想参与千年秀林植树。"

"欢迎，欢迎啊！"褚忠良带着他们到了一个房间，看看未来白洋淀新区的模型，"新区的规划刚刚开始，千年秀林的初步规划刚结束，做好雏形，还没有公开，以后就搬到容光县城去了，让你们先睹为快吧。"

王决心被模型吸引了："这么大的树林啊？"

"五十多万亩啊！"褚忠良对赵晓薇说，"晓薇啊，安排决心住下了吗？"

赵晓薇说："他住在他大哥那里，叔叔，你还不知道吧？他大哥杨义成供职于国盛，最近在北京中关村做准备，他也要回白洋淀铺设 5G 基站。"

褚忠良笑道："国盛厉害啊！"

王决心忍不住说："我大哥从深圳回京了，安顿一下就回白洋淀，负责铺设 5G 基站业务的，你们认识一下。在孙子辈上，我奶奶最喜欢的是他。学历高就是牛啊，我爹也最听他的话……"

褚忠良狐疑地问："你姓王，大哥怎么姓杨？"

王决心说："褚总，我们家的故事啊，两天两夜也说不完。我铃铛奶奶要出一本家族的书，叫《中国套盒》，村里大乐书院的杨牧仁院长正在采访整理。"

赵晓薇胸脯起伏，咯咯一笑："叔，回头我跟你细说。虽然不是一个姓，但都是亲爹亲娘！"

褚忠良猛地一拍脑门，惊喜地说："哎呀，我明白了，你是王家寨铃铛奶奶的三孙子，我陪同父亲去过你家，我们没有见面。"

赵晓薇听见他说"三孙子"，窃笑。

王决心说："您的父亲是褚景国行长？"

"对啦，对啦！"褚忠良把王决心带到另一个房间的模型区，"这套模型，我想带到白洋淀去。这是刚刚规划出来的千年秀林林带，我很快就要去那里了。"

王决心新奇地望着模型，又转脸敬佩地看着褚忠良，没有说话。

褚忠良抬手指了指："这位置，是刚刚建成的市民服务中心。容光县容东片区住房、新水和德县的住房，都等待整体规划出来。我们集团做的模型，还不是很标准。"

赵晓薇拿手机录音，说："褚总，补充采访开始了。"

褚忠良滔滔不绝地讲着，王决心静静地听着，越听越兴奋。他说："褚总，我奶奶说了，欢迎您和家人经常到白洋淀家里吃炖鱼，吃鱼丸子。"

褚忠良感慨地说："好啊，你回去替我、替我爹，向铃铛奶奶问好，祝福她老人家健康长寿！"

回中关村的路上，天色已晚，北京的晚高峰来了。

北京城灯火通明，汽车川流不息，犹如一条快速的河流在那里流淌，犹如浩荡东风，催促着密集的人群急急地流动，林立的霓虹灯和广告牌琳琅满目。

王决心的思绪还停留在中天建总部，不知为什么，他对央企有了敬意和向往，崇拜地说："晓薇，这个褚总真有大将风度，人比你爹随和。全国那么多大工程都归他调度，效率和速度无与伦比，要不外国人说中国是基建狂魔呢！"

赵晓薇笑得忍不住一阵咳嗽："小舅舅，我爹脾气你不知道，有时候凶，有时候也有柔情。告诉你一个秘密。我爹坚持原则，跟二舅杨义伟闹翻了。"

王决心说："你爹做得对，杨义伟本来就不行，引黄入淀工程，你爹将杨义伟的公司踢出去，大义灭亲，传为佳话。当时你知道吗？"

赵晓薇摇了摇头："具体的我真的不知道，因为这事，我妈没少从中斡旋。"

王决心说："晚上在我大哥那吃饭，说说杨义伟，别让他给杨义伟办事。"

赵晓薇忽然想起了什么，说："我爹跟我妈说了，新区是生态之城，马上建设千年秀林，不能让二舅瞎掺和。"

王决心欣喜地说："你爹是好官，我佩服，我一听到千年秀林这个名字，就觉得特别有诗意！"

赵晓薇说："是啊，千年秀林多有意义？我跟电视台申请，想去当志愿者，然后用镜头记录千年秀林。"

王决心笑道："太好了！以后我们见面的机会就多了。到时候，褚总这里还靠你美言呢。"

赵晓薇沉吟着说："你不是想当央企的工人吗？"

王决心收住了脚步，愁容满面："晓薇，我做梦都想，可是，我和村里的哥们啊，学历都太低了。人家刚才是客气，我们真要去了，褚总能要我们吗？"

赵晓薇嘿嘿笑了，说："我看他认可你了，小舅舅，别后退了。咱白洋淀有句土语：老汉疼婆娘，少汉讲名堂。你这少汉应该讲一讲名堂吧，难道打一辈子的鱼吗？千年秀林，比你打鱼、养鸟更有名堂，更有价值！"

王决心笑了："你说得好，鱼走水，鸟入林。"

赵晓薇问："你这是答应我了吗？我可就跟褚总正式说了啊。"

王决心说："你也把武玉龙动员过去。那是年轻人寻梦的好地方！"

赵晓薇迟疑了一下，说："他啊，还得看表现，还要再经受我的严格考验！"

王决心心中嘀咕着，他面临着选择。村里让他参选主任，还是去央企植树？鱼和熊掌难以兼得。他不想拒绝赵晓薇给他指明的道路。他低头想了想，然后大声说："我答应你！回去先跟我爹做工作，你等我的信儿。"

晚饭的时候，王决心和赵晓薇回到杨义成的住处。

王决心从汽车后备厢里拿出一个包裹，到了公司餐厅，他轻轻打开，掏出两个塑料膜包裹的大碗，说："这一碗是爹给你做的炖鲅鱼，这一碗是二巴掌做的鱼丸子。都是你最爱吃的！"杨义成凑近闻了闻，拿起筷子，狼吞虎咽地吃了几口，连连说："好吃，好吃！"

王决心看着他的样子，开心地笑着。小时候，杨义成从德县跑回来就偷吃爹的东西，挨过爹的揍。

王决心给赵晓薇夹鱼丸子，说："晓薇，你吃吧！"

赵晓薇埋头吃着，嘴里嚼着，一边看手机。

王决心胳膊麻了，使劲甩了两下："哥，今天感谢晓薇，让我开了眼界。我想去央企工作，建设咱新区。"

杨义成放下筷子，想了想，说："决心，你有理想是好事，我们可以穿针引线，但是，你要苦练基本功。一切靠你自己，你行，到哪里都行；你自己不行，到哪里都不行。"

王决心听着杨义成的话，强行灌了自己一杯酒，呛住了，呛得咳嗽。

杨义成说："晓薇，你的工作挺好，感情怎么样啊？别跟北京的大龄学习，端正恋爱观。"

王决心嗔怨地说："哥，别瞎操心了，人家有恋人武玉龙，国家发改委的干部。"

赵晓薇脸色红了："大舅，下次我们一起见面。"

杨义成扭头望着赵晓薇，欣慰地说："大舅希望你幸福，早日给你爹你妈生个外孙子，我姐得多开心？"他转脸望着王决心，嘲讽地说："决心，你的婚姻咋办？爹还让你等九朵莲花云呢？乔麦怎么样？"

王决心眼睛一亮："乔麦？哥，你说到乔麦，我这心里就不是滋味。"

"戳到你痛处了？"

"哥，她跟腰里硬离婚了，带着花花生活。我是真的心疼乔麦。她和腰里硬的生活不幸福，又失去了儿子苇秆儿……我们共同经历了那么多，虽然她是腰里硬的前妻，可我不在乎。"

杨义成欣慰地笑了："你啊你，你对乔麦动了真情了。如果真是这样，我也是赞成的。乔麦是个苦命人，也是个好女人，你俩在一起，会相互成就的。"

王家寨也有了新故事。白洋淀新区成立，乡村振兴政策陆续落地，村支书胡玉湖忙得脚后跟打着后脑勺儿。胡玉湖感觉体力不支了，他不再兼任村主任，村里要选一位年轻人当村主任，有三个候选人，孙小萍、王德志、王决心。

没有王德，也没有腰里硬。

这一天，赵晓薇带着武玉龙来到白洋淀，两人又和好了。年轻人的爱情就是猫一阵狗一阵。赵晓薇送给王决心一本书，是巴西作家保罗·柯艾略的小说《牧羊少年奇幻之旅》。王决心接过书，爱不释手。赵晓薇说："书里的故事讲的是，每个人要干一件新的事情，有两个相当匹配的理由，一是运气，二是天命。撒冷之王对牧羊少年说，第一次玩纸牌，多半会赢，这就是新手的运气。牧羊少年好奇地问，为什么？撒冷之王回答，因为生活希望你去实现自己的天命。但少年不知道什么是天命。"

王决心被吸引了，喃喃地说："是啊，什么是天命？"

赵晓薇转脸望着武玉龙。武玉龙有些紧张，知道赵晓薇考验他，表情庄重地说："天命就是你一直期望做的事情。完成自己的天命是人不可推辞的义务，整个宇宙都会合力帮助你实现愿望。你的愿望到底是什么？"

王决心的脸涨红了起来："从北京回来，这段时间我一直在思考，现在我明白了，我想让家乡更……生活更好，风景更美，人更大气！"

赵晓薇聚精会神地听着："小舅舅，命运不是运气，是选择，我不强迫你干什么，我尊重你的选择。"

王决心过去的日子浑浑噩噩，充满迷惘和抱怨，自从见到了孙小萍、马技术员和赵晓薇，他开始思索自己的人生道路，对生活有了新的理解，让他自我反省，对白洋淀有了新感觉，对世俗有了超越。

赵晓薇说："别的不说了，褚总说好了，他让你到千年秀林找路海生！"

"晓薇，不是我一人，还有几个人呢。"王决心的心怦怦地跳着，就要跳出喉咙来了，"难道这是真的吗？"

"到那儿你再说吧。"王决心回到家，他把放弃参选村主任的想法一说，家里即刻炸了锅。

王永泰双腿一软，差点儿栽倒，冲他吼道："我想揍你！决心啊，王家寨胡玉湖支书让你参选村主任，你二哥在村里扶贫，都没有这个资格啊，那就是在培养你接班，打着灯笼难找的好事，你咋还变卦了呢？"

"村里的事，不是有孙小萍张罗吗？小萍是多好的接班人啊？"王决心诚挚地说。

"你个傻东西，孙小萍再能干，也是外村人啊！"王永泰气得颤抖起来，"再说啦，如今干事一靠政策，二靠人脉，她有你这人脉吗？"

王决心倔倔地说："应该推一推我二哥王德，我这脾气当不了父母官。我就是想靠我的人脉走出去，当一名吃皇粮的工人，建设咱新区。爹，难道这不是前途吗？胡支书让我尊敬，他是村里的好领导，是我的好大伯。但是我想了很久，大哥、小萍和晓薇也鼓励我，她给我指明了人生道路——到千年秀林去，我的梦想在那里，我的人生价值也将在那里。"

王永泰瞪了他一眼："你能活一千年？"

"爹，村里的事我真干不了。如果光应个名儿，那是占着茅坑不拉屎，对不住乡亲的。您说呢？"

王永泰感叹道："在王家寨，我们王家是大家族，乾德大钟就是皇上赐给咱祖上状元的。你爷爷大抬杆，跟着雁翎队打日本鬼子。你奶奶当过村官，后来你爷爷还当了村支书，光宗耀祖哩！"

王决心扭头望着铃铛奶奶，撒娇说："奶奶，你管管我爹，我不干村主任行不？我不愿意走我爷爷的路，我要到千年秀林去种树。"

铃铛奶奶的眼睛渗出了黏稠的泪水，模糊了视线："决心，一提你爷爷，我心里就难受。当年你爷爷本来不愿意当村支书，是我给他打气鼓劲，这才勉强接了。但是后来慢慢地，他就端起了官架子，还是文化素质低，没有好好学习，不求进步。做了许多好事，也干了一些糊涂事。"

王决心望着王永泰，说："爹，我爷爷的教训得汲取，不能让我重复我爷爷的悲剧啊。"

王永泰心中激起了万丈波澜："你爷爷想让我接班，但我没文化，就是顶风噎浪的命，哪干得了这个？这才有了胡玉湖执政几十年啊！"他咳嗽了一阵，说："你说的千年秀林，不就是栽树吗？我得问问你大哥，栽树真的有前途吗？"

王决心倔强地说："爹，我去北京看了负责植树的央企总部，那地方好气派，可让我向往了，我想当一个种树的工人，难道这不是前途吗？"

王永泰说："娘，你说哪个轻哪个重？"

王决心真想塞住耳朵，静一下乱糟糟的心。

铃铛奶奶坐在蒲草垫儿上，吧嗒着长烟袋，没有吭声。王永泰的意见，她也认同。可是，王决心毕竟年龄不小了，总在村里晃悠着，很难找到称心如意的对象。刚刚听他说要去德县、容光县种树，植树造林是行善积德的事情，还是白洋淀新区的大工程。铃铛奶奶揾了一下眼睛："老三，别怪你爹生气，这么大的事，你可要想周全喽！"

王永泰黑着脸，声音嘶哑："小白河工程回来，有人给你打小报告。我求着胡玉湖暗暗帮你，你让我咋跟人家说？"

王决心吼道："爹，你为啥不帮我二哥？他需要这个职务挽回面子啊！他是过继来的，你还是偏心眼儿。"

王永泰狠狠踢了王决心一脚："畜生，这是两码事，难道我对你二哥不好吗？"

王决心的腿被爹踢疼了，咧了咧嘴。

王永泰气得呼哧乱喘："你二哥回来建厂有功劳，可是，他离婚的阴影没过，威信还不到。你不一样，就像引黄入淀，水到渠成了。还有，你走了，这个家谁来照顾？"他倔倔地说着，但内心对儿子是心疼的。

王决心望着铃铛奶奶，忽然幻化出母亲邢荷花的脸。母亲早逝，他没有记忆，但是，从爹、二叔和奶奶的描述中，他勾勒出了娘的基本形象，最近梦里总是见到娘。他的心头一热，几乎流下眼泪。

铃铛奶奶那么瘦弱，眼睛并一样陷在深处。奶奶没有文化，说不出什么深刻道理，但是言传身教，影响着王决心。他想起小时候的一件事，村里一户邻居常常找奶奶借盐，奶奶从来没有让人家空过手。那人前脚刚走，王决心就仰着脖子问："奶奶，他家为啥老借盐？借了也不还，以后不能再借他们啦！"奶奶训斥他："你不懂，人家不到穷得活不下去的地步，怎么会张嘴借盐呢？"

王决心接着问："为啥不管别人家借？我家也不富裕。"

铃铛奶奶和蔼地说："咱这淀里的日子，哪家不是东凑西借，苦苦巴巴的？"

王决心眨巴着眼睛，抽了抽鼻子。

铃铛奶奶慈祥地微笑着："傻孩子，也就奶奶心眼儿好，别人不会借给他。"

此时他似乎明白了什么。虽然他家也穷，但是自强的奶奶帮助过村里很多人，那些东西都是从牙缝儿里挤出来的。

天黑得早，淀里空空荡荡，淀水在暗夜里变蓝，蓝得让人伤心。鸟儿飘上夜空，融化在黑色里。这些折磨、狂热、犹豫使王决心彻夜难眠。

王永泰几次翻身，睡着了。

王决心听见爹的鼾声，他不想跟爹争吵了，更不想在村里听那些没盐没醋的淡话，新区建设的热潮来了，不能错过。他眯了一阵，夜梦极怪，一骨碌爬起来，独自沿着村子走了几圈，两眼迷迷瞪瞪。早春的风，带着一些凉意。他独自坐下来，听见淙淙流水声，看不见水，浮着一层苲草、芦苇和树枝，水声一淡，然后闻远处狗吠。村里人从表面上看，以为他是一个怀才不遇、自命不凡的家伙，他的孤独，只有他自己知道。

王决心没有离开故乡，夜里也是在完成一种精神的还乡。这个世界，每天都在变化着，有人创造了历史，有人被历史抛弃。有人说，人生到处都是康庄大道。王决心觉得，其实人生的路很窄很窄，就在那短暂的选择中，你走上这条路，就永远告别了那条路。

王决心高考落榜回村的时候，几天都不好意思出屋。那是他一生中最黑暗的时刻。

　　此刻，王决心坐在苇垛旁的石头上，双手抱着膝盖。头顶月暗星晦，风停在唇边，水哗哗响着。他生活在王家寨，他深爱着这个村庄。但是，他一个年轻人整天围着几个老人转，前途堪忧。他必须趁着年轻，珍惜时光，把失去的东西补回来。虽然外面的世界充满风险，但是也充满诱惑和挑战，这动机不是为了金钱和荣誉，而是出于他的本能。他忽然想起大哥说的一句话，人这一辈子能专心做一件事就不错了，但是这件事要有价值、有意义。也像赵晓薇说的，带着一种悲壮的激情在人生的道路上拼搏，实现自己的愿望。他的心中顿时充满一种莫大的兴奋——他要遵从自己内心的呼唤，做一个能够实现价值的人，做一个建设家乡的人，做一个创造历史的人！

　　苇垛一边有树，树枝摇曳。

　　他望着不断后退的夜色，久久发怔。他自从遇到孙小萍、马技术员和赵晓薇以后，觉着自己在变，他开始关心王家寨以外的世界，对于村里的事，不像爹那么关心了。是啊，千年秀林就是他创造新生活的最好舞台。不论结果如何，他总算在这个世界上拼了一场，有了这样的认识，就会珍惜生活，而不再玩世不恭。新区给了他激情，这激情像一团火，在他内心燃烧起来，同时也给他注入一种强大的内在力量。

　　天亮了，睡莲张开了。

　　莲花在风中微颤，与高挺的荷花相映成趣，轻摇莲蓬，发出一阵浅笑。村里最后一遍鸡叫，喊来天空一朵祥云。

　　王决心回到家，见到王永泰在后院收着干鱼刺。他嘴上不再争执，其实，只在一转念，他慢慢就会想通的。爹是勤劳的，他敬重爹。屋里的汗气太重了，渗入厚厚的泥土。

　　吃早饭的时候，王永泰沉默了一会儿，苍老的脸渐渐化开了："到了德县和容光，你要照顾好自己。"

　　王决心带着好兄弟水牛，就要离开王家寨了。

　　天阴阴的，没有下雨，乌云带来了潮湿的雨气。铃铛奶奶佝偻着腰，站在老梨树下送他，二叔王永山搀扶着老人。

王决心和水牛上了王永泰的船，扭头招手："再见奶奶，再见二叔。"

铃铛奶奶枯着一头白发，扶着千年老梨树，手搭凉棚远远地望着。

四舱船缓缓离开码头，"淀中翡翠"四个字渐渐模糊，铃铛奶奶的白发也模糊了。但是，他还能看见王家寨那一柱灰白的炊烟。炊烟从村舍缓缓飘散到空中，消失在云层，一股说不出来的温暖和甜蜜，刹那间涌上他的心头，他忍不住鼻子一酸，几乎要哭了。

王决心默默地在心里说："奶奶，多多保重，还有永远叫我动情依恋的这片水，我会常回来看你们的。"

尽管路途不远，没有走出白洋淀，回家也很方便，但这次意味着告别了王家寨，等于告别了过去的生活，开始了人生的新阶段。

王永泰没有说什么，默默地摇船。

王决心走到他跟前，接过双桨，说："爹，您坐着吸烟吧，我来摇船。等您转型搞旅游了，我拿自己挣的钱，给您换上一艘汽艇。"

王永泰笑道："你不让我操心我就念佛了。等你给我换船，黄花菜都凉了。你爹就是摇桨的命！"

此时，王决心又想起了乔麦。自己这个决定，还没有告诉她，也没有和她告别。对了，乔麦在博野县不是有苗木基地吗？千年秀林正好派上用场哩……

万般皆是命，半点不由人。王决心一边摇桨一边想着心事，心脏慢慢地被希望充盈着。

小船咿咿呀呀地响着，朝白洋淀码头驶去。

到了容光县城，王决心和水牛见到了赵晓薇。

报到地点是县城的大水办公区，新区生态建设有限公司，那里有负责千年秀林的生态事业部。好多人在排队登记。王决心让水牛在那里排队，自己找到赵晓薇。他把自己找乔麦的事说了。乔麦在博野搞苗木基地，干得红红火火，愿意给千年秀林提供原生树苗。

赵晓薇一笑："小舅，机会来了吧？"

赵晓薇转身走了，王决心去找路海生经理。

工作人员说:"你们等一等,路经理在开会,过一会儿就回来。"

大概一刻钟,路海生回来了。他看了看王决心和水牛等七个人的信件,让一位女同志带着他们去填表、领资料,让赵晓薇等一会儿。

王决心问:"路经理,为什么我们不能一起去填表?"

路海生转回身,微笑着说:"这位赵晓薇同志,跟你们不一样。你是我们事业部的人,她是从北京来的千年秀林的志愿者,填的表不一样。"

赵晓薇毛遂自荐地说:"我是北京电视台的记者,白洋淀人,我要用镜头记录千年秀林,我喜欢千年秀林,我还要当一名植树志愿者。"

路海生欣慰地说:"赵晓薇同志,我们欢迎你。你既是新闻记者,还要当一段时间志愿者,我们当然求之不得。只是,怕你——"

"怕什么?"

"怕我们的庙小,留不住你啊。"

赵晓薇笑了:"我有单位,不用留,我要用镜头记录千年秀林。"

"那就说定了。只要你留下当志愿者,记录千年秀林,我给你一个奖励,白沟引河片区植树仪式,让你和恋人亲手栽下千年秀林新片区的第一棵树。"

"好啊,我提一个条件行吗?"

"你说吧。"

赵晓薇把自己与武玉龙、王决心和乔麦的事说了。赵晓薇嘻嘻一笑:"让我和我的对象武玉龙、王决心和他的女朋友乔麦一起栽一棵树吧?"

路海生为难地说:"你们这个组合非常好,一对来自北京,一对来自白洋淀。好事成双,但是,我不能马上答应你,需要汇报一下。"

隔了两天,赵晓薇得到路海生的通知:两对恋人共同植树。王决心就愣了:"晓薇,谢谢你给我和乔麦的机会,怕是乔麦不答应啊!"

赵晓薇嘻嘻笑道:"大舅跟我说了,促成你和乔麦的婚姻,这是一个多好的机会!你找找乔麦,她给千年秀林供应树苗,多么有意义!"

王决心答应下来,听说乔麦在博野苗木基地。他和水牛去了,水牛在远处等候,他独自去工棚见乔麦。

乔麦租住的房子，通一条小街，曲里拐弯，虽然不能跟城里的胡同相比，水村特色还是十分明显的。院前的银杏树很粗，树冠能够遮风避雨。

王决心说："乔麦，我来了。"

乔麦将王决心领进了房间客厅里。

王决心发现乔麦瘦了，也比过去黑了，但还是那么俊俏。她手里领着花花，愣愣地看着王决心，默不作声，心里很舒畅。王决心掏出苇笛，放在嘴巴吹了两声。

乔麦仰脸看他，轻轻一笑。

没有了腰里硬在一旁较劲，王决心单独面对乔麦时，竟然有些慌乱，不知道说什么好。憋了好一会儿，他才说："乔麦，你好吗？"

乔麦微微一笑，自信地说："我挺好的。你看，那是我的苗木，过会儿带你看一看。"

王决心又说："我梦见你和花花了。"

乔麦脸上平静，内心却得到了温暖的抚慰。

王决心笑了下，绕开话题说："我离开王家寨了，已经到白沟引河片区栽树了，我咋没看见你的树苗？你的苗木基地，不是一直经营得很好吗？"

乔麦说："我的银杏树苗送到工地了，大荷花他们送去的。"

又静了一阵，王决心走过去拍拍花花的脸蛋，花花张开胳膊扑过来，王决心一把抱过她，亲了亲她的脸蛋。乔麦轻轻地笑了，这个时候王决心的心才平静了一些，他抬头对乔麦说："听说你要把花花带走，回张家口老家是吗？"

乔麦点了点头。

王决心说："我可不愿意让花花走，你也不能走。"

乔麦说她要开始新的生活，在这里，伤心的回忆太多了。

王决心舍不得乔麦，也舍不得花花，她们如果彻底离开了他，他是承受不住的。

王决心等待乔麦问他千年秀林的事，他还想好了怎样回答，可是，乔麦什么都没有问。

太阳钻进云层里去了，风卷起银杏树叶，响声很大。

乔麦难受地低着头，眼里闪烁着泪光。王决心不知道怎样安慰她，就生硬地说："乔麦，反正我舍不得你，舍不得花花，我这次过来，有事情跟你商量。欢迎你到千年秀林看一看，我们启动植树仪式，那里干得热火朝天，你树苗的机会多着呢。"

乔麦抬起头来，带着感动，眼圈微微红了。

"怎么样啊？我们一同植树吧！"王决心兴冲冲地说，"我把北京台的记者赵晓薇介绍给你，她是赵国栋书记的女儿。"

乔麦迟疑了一下，说："我不管销售，大荷花跟你去行吗？"

王决心像被泼了一盆冷水，失望地摇头，大荷花他都不认识。他很痛苦，知道乔麦对他还有误解，眼下他无法强行要求她做什么。

生活啊，为什么总是这么多的难题？世界已经改变，过往已成云烟，但是为什么我似乎还在原地，承受着痛苦，无法向前迈出一步？王决心不知道如何是好，是挽留乔麦吗？乔麦之所以要把花花带走，是因为她已经失去了儿子苇秆儿，感觉生活里再也不能失去花花，这是她生命的支柱。

王决心很内疚，他能帮她们做点儿什么呢？腰里硬彻底离开了乔麦，乔麦得以新生，但她未来的幸福会在哪里呢？显然，她还没有想好。

王决心把情况跟赵晓薇一说，赵晓薇亲自找到了乔麦，她竟然说动了乔麦。

二〇一八年四月十二日。植树节刚过去，天空是橙黄色的，几只鸟在空中飞来飞去。白洋淀迅猛地涨了水，刚刚冒芽的芦苇在冷风中摇曳。偶尔听到鸭子和鸲丁鸟的叫声。人们心中的热情驱赶着冀中平原春天的寒流。

路海生带着同志们雄赳赳、气昂昂地走着，王决心和赵晓薇扛着铁锹来了，铁锹上飘舞着红绸子。

领导的车队缓缓驶来。赵国栋、李永军、褚忠良等人应邀参加千年秀林白沟引河片区植树仪式。

路海生主持了植树仪式，他声音洪亮："我们新区未来的底色是蓝和绿，蓝绿交织。蓝色，就是白洋淀的水；绿色，就是我们的千年秀林！大清河片区植树已经胜利完成，下面我宣布，千年秀林白沟引河片区项目正式启动！"

杨三笙带着德县乐队来助阵，鼓乐鸣响着。

路海生示意音乐停歇一阵，然后说："我们进行下一个程序。春天来了，今天开发千年秀林的新片区，赵晓薇是北京电视台的记者，她为了记录千年秀林建设，当了一名志愿者。她与恋人武玉龙共同栽一棵银杏树，当地青年王决心和他恋人乔麦共栽一棵树。大家见证白沟引河片区的两棵爱情树。"

一个工作人员扛来了树苗，两米高的银杏树。王决心和赵晓薇郑重地接过树苗，洒了清水。

赵晓薇已经跟武玉龙并排站在一起，地上有收割的玉米叶子在风中跳动，像淀里的鱼儿戏耍。王决心拉着乔麦胳膊到身边，树坑已经挖好，乔麦手扶着银杏树苗，王决心培了第一锹土，他们郑重地栽上了这两棵树。银杏树苗没有树叶，褐色的树枝笔直地向天空伸展，根却深深扎了这片大地。尽管天冷，天空却是深邃清澈，云朵也好像与这热烈的气氛一道，缓缓飘在王决心的心头。他的眼前出现了幻景，成片的碧绿秀林扑面而来。

音乐再次响起，人们热烈地鼓掌，将植树的气氛推向了高潮。

李永军问身边的褚忠良："褚总，你们知道这位美丽的姑娘赵晓薇是谁吗？"

大家摇了摇头。

赵国栋面带微笑，远远地看着，自豪地说："我的女儿！"

"啊？太优秀了，挺像您的。那一位女士呢？"李永军又问。

赵国栋扭头对李永军说："这个王决心是王家寨的有志青年。那女士我不熟，据说是他的恋人。"

褚忠良感叹："这是栽了两棵爱情树啊！让我们大家祝福他们早日走进婚姻殿堂。"

热烈的掌声经久不息。

王决心手握铁锹，看了看脸红的乔麦，仰头望了望天空，有一种激情迸发出来，是啊，人的一生，能碰上几次这样具有重大意义的事情？他培了最后一锹黑土，对着小树心中默念："我的小树，亲爱的千年秀林，我在王家寨从前的故事就忘得干干净净吧。你是我和乔麦爱情的见证人，我们渔民新的生活，从今天开始了！"

此时，赵晓薇涨红了脸，心中充满对生活的诗情，洋溢着纯洁的幸福。她尽情地张开双臂，她和武玉龙同声高喊：

"从一棵树，到一片海！"

王决心学着赵晓薇的样子重复着又喊了一遍，口齿不清，声音沙哑。

乔麦的舌头好像不听使唤。

下雨了，雨水打湿了乔麦的头，丝丝凉意使乔麦的精神为之一振。地上翻盖的几片残雪化了，圆锥形的野花拱出了地皮，她想喊却喊不出来，眼含了泪，心彻底苏醒了。热血在她周身回旋，突然涌上心头，滚烫滚烫的。

第四十四章　秋天的树林

秋天气候宜人，绚丽的秋景美不胜收。

王决心他们跟随植树大军转换战场，来到容光县大王庄。这是白沟引河畔，砍了一片没有熟透的玉米，空出一片湿润的土地，搭建了两排蓝色工棚，工棚围了一个圆圈，像围着一圈的云彩。

王决心站在河岸上，雨水连绵，泥泞不堪。秋凉了，他半个月没有换工作服了，工作服脏了，但是，穿在身上暖融融的，衣领和衣襟上油光光的。河岸上的一棵老槐树下面，蹲着两只灰色的兔子，竖着耳朵看他。他一跺脚，兔子就钻进树棵子了。他笑了笑，看见水塘里有水鸟飞动，河上有小船往来穿梭，也有的船拐弯抹角地钻进苇塘深处，不知是抓鱼还是清污。他的脸涂满了泥和汗，自己都能闻到汗馊味了，他蹲在河边痛痛快快地洗起来。

"看你，这时候洗脸干啥？是不是约会？"水牛吆喝说。

"去你的，洗一洗提神！"

王决心甩了甩手上的水，手掌在裤子上一抹，就站立在河岸向原野眺望，一直望到晚霞完全消失。落日在河与淀相接的地平线后面懒洋洋地不肯沉下去，河边布满由青转黄的芦苇，起起伏伏，露水打湿了工棚的铁板，闪着暗淡的幽光。

王决心一弯腰，走进工棚里，方形的窗户透出稀疏的光亮。他把新摆的家具擦洗干净，抖了抖湿漉漉的手，看见胸前沾着枯黄的树叶。

王决心匆匆地解开衣扣，抖落树叶，发现衣领上有水珠，脖子凉凉的。他弯腰在干草上擦了擦手，水牛这才推开门，进了屋。

屋里灯光暗，明晃晃地照着水牛的脸，王决心下意识地问："下雨了吗？"

水牛说："是的，刚刚下的。"

王决心搓着手，蹲下来看笔记本，翻看了一下，说："赶紧吃饭，还得开会，布置植树的活儿。我可是跟赵晓薇打了保票，一定干好，多拿奖金啊！"

水牛内心分外高兴，有些紧张："三哥，我看了植树标准，动用了旋挖机，要求太高了，我们打鱼的能栽好树吗？"

王决心的脸映着淡淡的白光，挥了一下拳头："别害怕，人有多大胆，地有多大产。不管用什么设备，还得用人把树放好，我们多多读书，好好跟鲁大林师傅学，一定能干好！人家从前是央企电焊工，被评为大国工匠，看不出来吧？"

水牛眼睛有些酸，揉了揉："看不出来。"

天空越来越明净了，河岸有点亮了。

王决心羡慕地说："水牛，你百度上一搜就有他的资料，鲁师傅跟着褚总南征北战，他们刚刚从巴基斯坦瓜达尔港工地回来，现在可是秀林的技术总监，又是我们的师傅。加油吧！"

水牛走路时，把工棚的地面夯得微微颤动。

现在，王决心和他的工友们是怎样的一种感受呢？白洋淀打鱼人从来没有见过这样的场面，在这样的条件下完成这样的壮举。他们有时埋头挖坑，忙得顾不上抬头，冷气流里依然大汗淋漓。树坑挖好以后，鲁大林数着多少个，检查质量，王决心拿小本子记。虽然这不是强度最高的劳动，却是技术要求最严格的劳动，丁是丁卯是卯，不能含糊。

先不说千年秀林将来是什么样的规模，眼前的苗景兼用林就是十万亩，树苗来自承德塞罕坝、东北长白山和保定博野县等地。树苗要经过严格筛选和检验，有缘到千年秀林的每一棵树都要扫码存档。

刚来时，王决心粗浅地认为，不就是种树吗？后来，这种幼稚的想法改变了。

　　每年的植树节，他都跟着胡玉湖去植树。但在这里可开了眼，人间竟然能有这么大规模的种树场面，简直不可思议！这喧闹的场景，让他想到小白河引黄入淀工地，眼前比那时更加热闹。

　　就拿自己这个植树班的现场来说，就有一种排山倒海的气势，让人感动又赞叹。他看见一排一排的汽车、一片一片的树苗，树苗运来的时候，像一道道绿色河流缓缓流动，树苗堆在高处，像是打着旋儿，然后又朝下游流去。

　　王决心引以为豪的是，他还去了大清河林区参与补种林木。还有，他跟乔麦、赵晓薇和武玉龙春天植的树，都留在了那里，他每次路过，都要看看那棵树长得怎样了。有土地的地方都插上了红旗，红旗上印着千年秀林的字样和图案。绿色铺到了天边，树叶沙沙地响着，到处都是人影绰绰，机器轰鸣。在寒风面前，在热浪面前，人们嘴里哈着气，擦着汗水，没有一句怨言。白沟引河片区，将要栽上银杏、白蜡、国槐、千年柳等树苗，打造千年人工森林。

　　"好大的一片树林啊！"王决心感叹着。

　　他站在河岸向西望去，那是德县的县城，往北望去，就是容光县的县城。县城的厂房和高楼尽管模糊，但是能够看见上空袅袅地飘荡起烟尘。在这样的季节，以前，冬天来临，大王庄村里的农民跟王家寨不一样，可以坐在热炕头上唠嗑，有的围在一起打牌，有的干点儿副业，豆腐房做着豆腐。而今年全变了，植树节之前就忙碌起来，中标单位从村里招募了那么多工人，王决心他们在这里已经摆开了植树的战场，只要有土地的地方就有人影，他们挖树坑，平整土地，运送树苗。

　　他们正说着话，门开了，一个高高的、黑黑的、瘦瘦的汉子走进来，是鲁大林。

　　鲁大林瓮声瓮气地说："决心，你出来一下，我有话跟你说。"

　　王决心疑惑地问："鲁师傅，有话这儿说吧，什么事儿？"

　　鲁大林严肃地说："门外的狗是谁的？你们带来的，还是当地的流浪狗？"

王决心说："我的狗，叫淀子。"

鲁大林板了脸，说："送回家去，这是千年秀林工地铁的纪律。"

王决心辩解道："我这狗非常懂事。这荒郊野地的，有狗看工棚、看树苗，这不是好事吗？"

水牛嘿嘿地笑了："对啊，没错儿，这狗有档案，还通人性的。"

鲁大林颇为不解地说："什么人性，什么档案？这是纪律，懂吗？路总批评我几次了，我是你师傅，还嫌师傅的脸丢得不够啊？"

王决心心里火烧火燎的，六神无主。

鲁大林担忧地说："你要是不送走，别怪谁给杀了吃肉。"

王决心嘎劲儿上来了："谁敢吃，我就让谁咋吃咋吐出来。"

鲁大林黑了脸，要挥拳揍他。

王决心笑着躲闪着，嘴上打着哈哈，竟然把鲁大林逗乐了。他想起前几天在树林看见了腰里硬和姚云，他们正在卸树苗，满满一车国槐。

王决心吃了一惊，赶紧给鲁大林赔笑脸："师傅别生气，我逗你呢，其实，我爹还想念淀子了，我一定把淀子送回家。"

然后，王决心问起腰里硬送树苗的事。鲁大林怔了一下，皱眉说："姚力英和姚云这拨儿，我不是很熟。他们好像是中标的西湖生态公司请来的。"

王决心警觉地说："通过谁啊？"

鲁大林摇头："不知道。"

王决心一直回想着自己来秀林的心愿，他一定要让故乡的大地变成绿林，让鸟儿们多一个家，从白洋淀到树林自由飞翔。将来，他要带着儿孙到秀林里游玩、赏景、挖野菜、野餐。一种责任感油然而生，他不能让腰里硬破坏树林。

这时，工棚外传来剧烈的狗吠。三个人立刻就冲了出去。

路海生怒目圆睁，举着碗口粗的木棍，他和淀子对峙着，互不相让。

原来，路海生小时候被狗咬过，受到了惊吓和伤害，如今还残留着三角疤痕，所以见到狗就想打。今天他路过这里，见到了王决心的狗，淀子冲他汪汪叫了几声，路海生吓了一跳，恼怒地骂："这个畜生！"顺手捡起地上的木棍，狠狠地抽打淀子。

淀子可怜兮兮地躲避，眼睛眯了起来。

看见他们出来，路海生问鲁大林狗是谁的，没等鲁大林说话，王决心瞪着眼睛，耸了耸肩，说："我的狗，淀子！狗是护林的，你为什么打它？"

路海生放下木棍，说："王决心，我们生态公司有规定，不能养狗，让狗护林，人干什么用？再说，我们有无人机和远程监控，还用狗护林？你把狗送回家去！"

王决心想争辩，被鲁大林拦住了。

水牛蹲下身子，双手托着淀子的脑袋："淀子可老实了，对人非常友好。"

"闭嘴，不许狡辩！"路海生很强势。

水牛怯怯地不敢说话了。

"我偏不闭嘴！我的淀子又没有咬你。"

路海生火了，跨前两步："王决心，你是什么态度？"

鲁大林喝道："王决心，少说两句不行吗？"

王决心并不怕路海生威吓，听鲁师傅的，不吭声，弯腰蹲下来，把淀子揽在怀里，鲁大林劝道："决心，不能任性，跟路总道个歉，我相信你能处理好。"他说话时，脸皮有点下垂，眼角布满了亮亮的皱纹。

王决心瞅了路海生一眼，没有道歉。

路海生有呵斥人的习惯，但是，同是央企来的，不能当着白洋淀人内讧，他还是给鲁大林面子的，他步履矫健地走了。

第二天，王决心和水牛把淀子送回王家寨。

隔了一天，王决心他们回到工地继续工作。他跟着卡车运来一些粗粪，种树当底肥。刚刚卸了底肥，他就看到了颠颠跑的淀子。淀子竟然自己又跑回来了，见到王决心，淀子竟然像猴子一般灵巧，向上蹿了几蹿，他的双手接住了淀子的两个前爪。

王决心搂着淀子，落泪了。

鲁大林有些震撼："这个淀子神了，多远的路啊，能够自己找来？"

王决心说："我们王家寨是水村，淀子认路，自己还能凫水。"

鲁大林对淀子刮目相看，叮嘱王决心，管好淀子，别让路海生看见就行了。

王决心感激地望着鲁大林："谢谢师傅，淀子从来不咬人，几年前，我到白洋淀割苇子，一条毒蛇袭击我，让淀子发现，淀子提前咬死了毒蛇。前几年白洋淀污染，我们到沧州渤海打鱼，带上过它，可乖了。"

鲁大林笑不下去了，说："哎呀，明白了，淀子对你是救命之恩。"

这天是休息日，赵晓薇和武玉龙来看望王决心，顺便拍摄一些植绿的素材。

赵晓薇靓丽的倩影吸引了工友们羡慕的目光。

有人认识赵晓薇，发出一阵惊呼，悄悄地议论着："这就是王决心的女朋友吗？这家伙艳福不浅啊！"

王决心瞪了瞪眼睛，吼道："再瞎咧咧，我可就拧你们嘴巴啦！晓薇是我外甥女，她叫我小舅舅。她是北京电视台的大记者，她录制千年秀林的专题片。好好干，给你们都上电视。"

大家发出一片唏嘘。

王决心带赵晓薇来到白沟引河的河岸。鸟儿落满河的两岸，低头觅食。他手搭凉棚，眺望着天上的流云。天空流云堆集，浓云背后，有隐隐的一抹丹红。她的红衣裳在流云里燃烧了一样，恍惚中，怎么突然变成了乔麦？

乌云卷了一阵，就过去了。

天空不时交替出现暖烘烘的阳光。这是变幻莫测的天气。苇叶在王决心眼前低声喧闹，从喧闹声里就能判断出水鸟的分布，万物突露微笑。芦苇和蒲草簇拥的两岸，顺着河岸望去，一片红色、蓝色的旋挖机在挖树坑，推土机、钩机也隆隆地工作着，声音杂乱，却井然有序。他们走着走着，赵晓薇惊喜的一声喊："决心舅舅，你看！水里那白色的，是不是天鹅？"她声音圆鼓鼓的，像一粒粒大豆。

"是啊，白天鹅。"

赵晓薇被天鹅的美惊呆了，扛着机器拍摄着，眼睛充满神采。

但她拍着拍着，觉得不对劲，天鹅呆呆地浮在水面不动，估计是受伤了，又想起在白洋淀湿地救朱鹮时，认识王决心的情景。他们跑到河边，惊讶地发现，天鹅为什么是一只？

岸边推土机上的司机下来了，笑道："刚刚有一片白天鹅，上百只呢，我们机器一响，就呼啦啦地飞走了，特别壮观！"

赵晓薇看了白天鹅，转脸问："你们推土机是干什么的？"

司机赶紧上去，继续在河岸推土，探头说："大记者，别拍摄我们，我们不是植树的，治理白沟引河的。"

保定高碑店有一个白沟镇，当年因盛产劣质箱包而闻名，如今已经是新区外围高新产业聚集地。白沟河是拒马河下游，这条宽阔的河流因流经白沟镇，取名白沟引河，流经容光县、德县西入黄湾河，弯弯曲曲流到新水县进入四角河，流向白洋淀。改道后的大河先入烧车淀与九河合流，白沟引河从上游夹杂了大量泥沙入淀，泥沙在白洋淀入口淤积，是九河里最具威胁的泥沙堆积源，赵国栋跟褚忠良商量，这次借开发千年秀林的机会，把白沟引河治理好。

鸟掠过天空，发出凄楚的哀鸣。

这时，鲁大林沿着河岸走过来。他认识赵晓薇，她已经采访过他一次了。鲁大林微笑说："晓薇好啊，又见到你这大记者了，你一个女孩子，亲自扛着机子不累吗？"

赵晓薇说："这是轻型机器，不重。鲁师傅，我们的大国工匠，当了植树总监，您有失落感吗？"

鲁大林嘿嘿一笑："工匠是一个称号。不能吃一辈子，植树怎么了？照样光荣啊！"

王决心笑着说："鲁师傅到哪，哪里就发光。师傅，刚刚那司机说，河面有上百只白天鹅，这阵去哪儿了？你看见了吗？"

鲁大林说："是啊，看见了。还是生态环境好了，听老乡说以前河边只有鸪丁鸟，哪有这么多天鹅？"

赵晓薇问："鲁师傅，你看到过朱鹮吗？"

鲁大林摇头："没有，在这里没有，从前在陕西秦岭施工时见到过。

那可是珍贵的鸟！"

王决心说："师傅，我们王家寨有朱鹮，养了好多年啦。"

"朱鹮？国家禁止饲养的鸟啊？"鲁大林说。

"师傅，您别听见风就是雨。不让养？好多人偷偷养呢。"

赵晓薇得意地说："我还营救过朱鹮呢，现在这只朱鹮腿伤好了，到北京享福去喽。"

王决心说："有一天，我梦见朱鹮了，如果把它放在千年秀林多好！"

"做梦吧，私自放生犯法。"

鲁大林递给王决心一瓶矿泉水，说："王决心，你就吹吧，嘴唇都裂了，这么好的水都封不上你的嘴。说正经的，你们那边的树林进展怎么样了？"他望着河岸，自言自语说："这里规划的是国槐林吧？"

王决心仰了脸，咕咚咕咚喝水。

赵晓薇马上打开手机，查询了一番："不是，这是容光县地界，沿河岸奔德县方向，规划的是法国梧桐。"

鲁大林一拍脑门，说："还是晓薇说得对。西湖生态公司提供的梧桐树苗到了，决心，你们小组先栽法国梧桐。"

赵晓薇说："在两个区域之间，河右岸还有一个栾树带。"

王决心踌躇满志地说："过去我来过白沟引河，这河岸都是歪歪扭扭的柳树，槐树都少，没有新区，哪有这么多的树种？我们庄的老百姓还糊涂着呢，以为种树没有粮食吃，那就大错特错了，国家每年还给你发钱呢，有钱买粮吃，这叫旱涝保收。将来梧桐和栾树长起来，那是多美的风景啊！"

赵晓薇扭头朝河里望去，眼里含着泪。

小白天鹅卧在水面，听着人们唧唧说话。它半张着嘴，惊恐地望着雾气笼罩的河面，阳光在河面上跳跃不止。赵晓薇心里急，怎么才能让它靠岸呢？自由自在的天鹅是天下最美丽优雅的鸟，落下来就像白色的梨花。王决心想起了王家寨的千年老梨树。他朝天鹅吹口哨，但是天鹅还是不动。

他左右看了看，河里空荡荡的，没有一只船。他忽然想到了淀子，马上给水牛打电话，让他把淀子的铁链子解开，带淀子过来营救一只受伤的天鹅。

水牛在电话里说："三哥，你等一会儿，我们正卸树苗呢。"

三个人蹲下来，不错眼珠地望着那只天鹅。

水牛带着淀子来了，王决心指了指河中间漂浮的天鹅，淀子心领神会地蹿到水里，快速游到天鹅跟前。

天鹅见了淀子，害怕起来。

淀子一声不叫，友善地用嘴巴拱着天鹅，穿过一片蒲草，将它一点一点顶到了白沟引河岸边。赵晓薇一脚踩在河边软软的泥土上，一脚踩在伏倒的芦苇上，拽着天鹅，猛地抱了起来。她澎湃的心潮，难以平静下来。

鲁大林摸了摸淀子湿漉漉的脑袋："淀子，好样的！"

"这么好的狗，路总还瞅不上眼。"王决心说。

鲁大林风趣地说："路总是一朝被狗咬，十年怕狗叫。他属于有眼无珠，没有看到我们淀子的好儿。"

王决心嘿嘿一笑，忽然发现天鹅右翅膀受伤了，一下急得抓耳挠腮。

赵晓薇乌黑的长发垂了下来，她擦了擦天鹅身上的河水。小天鹅显得憨态可掬，身上散发着青草的气味。她亲吻了一下天鹅湿润的脑袋，心疼地说："这小家伙是奔千年秀林而来，为咱白洋淀助威来的，可是，它受伤掉队了，多么可怜啊！我们给它治好伤吧。"她说着，给受伤的天鹅擦着羽毛，袖子弄得湿淋淋的。

王决心煞费苦心地嘟囔："在哪里医治呢？"

赵晓薇问："这里有宠物医院吗？"

王决心说："有啊，县城有一家。"

赵晓薇停止了叹息，又抚摸着天鹅的羽毛说："我们赶紧去医院。"

尽管是休息日，王决心还是跟鲁大林请了假，带着赵晓薇回到工棚那里，开上汽车，出发了。

汽车上，赵晓薇对王决心说："决心舅，我想采访一下铃铛奶奶，我的专题片里需要加入一些当年雁翎队的故事。"

"好啊，我们把天鹅放下，就回王家寨。"

赵晓薇点点头，笑吟吟地说："小舅，我们台长说了，了解白洋淀，雁翎队不能缺席啊！"

王决心带着赵晓薇回到王家寨，铃铛奶奶刚刚吃饭，饭后一抹嘴，讲雁翎队了。

抗战的记忆，在铃铛的脑子里复活了。

雁翎队的前身是雁翎班。雁翎班成立的那天晚上，铃铛和大抬杆的家刚刚被烧毁。铃铛从废墟里扒出了锅碗瓢盆，在没有倒塌的祠堂做饭，暂时住在地窖。地窖里烟雾缭绕，那是房子大火倒灌的烟气，他们把洞口敞开，让烟气缓缓散出去。地窖里能够储藏蔬菜和粮食。洞里的墙壁虽说用砖头垒的，还有老梨树的树根钻进来，阴森恐怖。

夜深了，地窖里阴气更重。

铃铛和丈夫大抬杆睡在地窖蒲草上。大抬杆连连做着噩梦，夜里突然惊醒。大抬杆喃喃地说："爷爷，奶奶，你们的灵魂安息吧！淀上今天成立雁翎班，我和铃铛、水上飞都报名了，打鬼子！"

铃铛跪着没有说话，频频烧纸。风吹来，纸灰飘到空中，像朱鹮在头顶盘旋。大抬杆久久坐在坟头，望着天空的纸灰，铃铛叹息着说："那是一九三九年夏天，一天晚上，水上飞找大抬杆开会，我去圈头看望母亲。我到了圈头，街上有伪军敲锣。说日本鬼子龟本队长提出，献铜献铁，强迫白洋淀水区渔民交出猎枪和大抬杆等打猎武器。水上飞开会回来，说要抵制献铜献铁。他还透露了一些消息，八路军首长吕正操和孟庆山，率部建立了冀中抗日根据地，指示白洋淀成立雁翎班开展游击战。"

赵晓薇一边录像，一边做着笔录。

其实，王家寨人接到县委通知，立刻组织人开会，夜里成立雁翎班。水上飞硬拉大抬杆去大张庄开会。水上飞让铃铛也去，让她在船上站岗放哨。大抬杆划船，铃铛静静地坐在船头，水上飞却自己撑一根竹竿，踩一根木头跟着船走，一不留神他就蹿到前头，划出一道白带子，有时钻进芦苇荡里自由穿插，弄得芦苇起起伏伏。

夜里九点多，天已经黑了。

白洋淀的水反光，照得铃铛眼神迷离。铃铛划船在芦苇荡里等候他们，大抬杆和水上飞都开会去了。回到船上，大抬杆兴奋地说，白洋淀抗日雁翎班正式成立啦！

铃铛心中涌起一股激情。

白洋淀雁翎班首战是袭击日本鬼子巡逻船。

这个情报是铃铛和大抬杆鱼丸店提供的。时间、地点都有胜算，可是，抗日班的大抬杆枪出了问题。连连阴雨天，大抬杆枪枪膛里的火药受潮，打了哑火，眼睁睁看着鬼子的汽艇擦肩而过。县委徐书记非常焦急，让水上飞赶紧找大抬杆。

大抬杆心里有数，他让铃铛从柜子里找出来一把雁翎刀。这是他二叔王学武赠予的，刀身两面都有花纹，一面是流水纹，一面是羽毛纹。他把存好的几支雁翎找出来，用雁翎刀将一头削得光溜溜的。

大抬杆蹲在船板上，掏出削好的雁翎。

大抬杆枪在猎枪火眼上插上一支雁翎，果然奏效，枪不潮了。每杆猎枪都插了雁翎。

大抬杆刚刚回到家，铃铛开始做饭。忽然就听外面铜锣响，喤喤的声音传出很远。水上飞过来说，伪军队长秦凤生带领日本人收缴乾德铜铁，听说整个白洋淀都要收缴铜和铁。

铃铛嗫嚅着说："该死的狗东西，收铜铁是假，收缴大抬杆这样的武器是真。大抬杆和水上飞去找雁翎班报信去了。雁翎班要抢在鬼子之前，将各村的大抬杆猎枪集中上来，沉入湖底，但还是有一些零散的猎枪被收缴了。"

王决心的心瞬间像被扎破了，焦急地说："奶奶，这枪不就糟蹋了？"

"糟蹋了，也比送给鬼子汉奸强啊！"

一九四〇年夏天，县里三区的抗日队伍要转移，经新水县委批准，雁翎班从三小队里独立出来，成立了雁翎队。县委书记王毅夫给起名雁翎队。

从此，白洋淀就有了几支抗日队伍，三小队和雁翎队最最厉害。雁翎队添了一艘四舱船，开始只有三支手枪和四支"冀中造"长枪。第一任队长陈一荣、副队长邓海光、指导员任三林。四十多人，分了三个班。水上飞当了第一班班长。他们用大抬杆、火枪、渔叉等武器展开游击战。雁翎队的船在水面上行驶，往往呈现人字形，像大雁在空中飞翔一样。为了防止枪支受潮，他们头顶荷叶，练习水里单臂游泳。一手举枪，一手划水，双脚叽咕叽咕地踩水。

那一年的时光，铃铛、大抬杆继续开着鱼丸店，给雁翎队搜集了不少情报。

可是，天有不测风云。

冬天，白洋淀大雪。铃铛和大抬杆的鱼丸店却格外红火，白洋淀的鱼丸，是用淀里鱼肉做的，味道鲜美。吃鱼丸还是要搭配下宫面（也叫藕面）。莲藕面像莲藕一样是空心的，筋道，清香。日本小队长板田与伪军队长秦凤生喝酒，吃铜锅鱼丸子，板田队长喝多了一些，迈出酒馆跌了一跤，被人扶起来就断了气，死去的板田队长头朝上，他的脸向着天空，眼睛浑浊却闪烁光亮，嘴角还散发着鱼丸的香味。

铃铛被吓了一跳。

这下鱼丸店就惹了祸，日本人以为铃铛的鱼丸店放毒，查封了酒馆，抓了铃铛和大抬杆。铃铛和大抬杆被关押在郭里口的日本炮楼，日寇的隔离审讯开始了。铃铛的脸被惊吓和痛苦弄得扭曲了，嘴巴哆哆嗦嗦说着一句话："我没有投毒，我没有投毒！"

鬼子给大抬杆上了老虎凳。铃铛能听见他疼痛时的惨叫声。

铃铛被捆绑着双脚悬吊在房梁上吊打。

她踢蹬着双腿，绳索划破了脚脖子，血顺着双腿流淌下来，一阵刺疼和刺痒延伸开来，接着到了臀部，流到了嘴边，她闻到了一股腥味。铃铛说她盼望雁翎队来营救。

水上飞在想办法营救他们。

伪军队长秦凤生是水上飞的表弟，而且是王家寨大地主姚廷阶的姑爷，他是白洋淀赵庄子人，是水上飞二姨的大儿子，水上飞去找表弟秦凤生求情，说大抬杆胆子最小，哪敢下毒害皇军啊？秦凤生没有答应，但是也是心生疑惑，他也跟着吃了喝了，没有毒啊，碗筷和鱼丸都化验了，没有毒啊，他找日本人去说，被骂了回来。

秦凤生怀疑这是雁翎队所为，让水上飞盯着雁翎队情报，有事报告他。水上飞施了一计，说老爹过寿，请他过去捧场，秦凤生带着几个伪军去了王家寨给老人过寿，他喝高了，水上飞从他嘴里知道了大抬杆和铃铛的下落。水上飞给雁翎队队长陈一荣汇报了，陈一荣带着雁翎队去营救铃铛和大抬杆。

大抬杆伤愈以后，离开了鱼丸店，直接到大清河参加战斗了。

铃铛叹息一声，说："决心啊，你水上飞爷爷是你爷爷你奶奶的救命恩人。你对王德要好啊！"

王决心说："奶奶，放心，您和爹都宠着二哥，他有啥难事都找我给摆平！"

第四十五章　锻炼锻炼

那是黄昏，赵国栋迈着坚定的步伐走进办公室。他坐下以后，一遍遍地翻看着图纸，权衡着、思考着。他在给白洋淀生态公司选办公地点。几个方案里，他最后的目光盯在了容光县城的大水服装厂。他平静地对秘书说："就选在容光县城的大水服装厂吧，把厂房租过来，做千年秀林的总指挥部。"

秘书将他签字的资料拿走了。

赵国栋又重新看图纸，满意地点点头。他的思维缜密，而且具有前瞻性。这里除了办公，还要对中标公司进行管理，一些先进的设备就要到了，这里还要放置一些高科技的设备，用于远程遥控、数据检测和无人机遥控。

赵国栋给自己定了一个规则，政府该办的事办好，市场上的事交给市场解决。对于企业经营的具体事务，一律不介入。有几家投标公司找过他，他都回绝了。

褚忠良知道有了办公地点，突然给赵国栋打来了电话："赵书记，办公地点很好，我们这就搬过去。"然后，他说到千年秀林的土地流转遇到难题，影响了施工进度。

万事开头难。赵国栋感到事态严重，马上在新区管委会办公会上商量，赶紧说服动员，而且把干部派到各家各户。这是一场特殊战斗，开局不能有闪失。这道坎迈过去，千年秀林将是另一番天地。

散会了，褚忠良就到了赵国栋的办公室。

褚忠良刚刚坐下，一脸的激动："我们拉开这么大的架势建千年秀林，前所未有啊。绿色生态洪流不可阻挡。基本顺利，但是我们也是拼了，最近每天有几千人植树，使用了先进的旋挖机，机械化作业，大兵团作战，看了就让人热血沸腾啊！"

赵国栋嘿嘿地笑了："哪天我到现场也感受感受，央企就是央企，有一种大气魄嘛，你老褚急着找我肯定不是说这个的，有什么事？说吧！"

褚忠良面带难色，叹息着说："土地流转，国家出了很多优惠政策，老百姓有主动接受的，忙着签了合同，有不接受的，顽强地抵抗。我们公司和村里干部多次去做工作，连门都不让进，比如容光县的大王村。"

赵国栋说："土地流转是很复杂，有一个标准是农民自愿，不能强迫，这样就给我们大规模土地流转出了难题。你说说具体问题。"

"大王村有一个农民张福全，他想不通。中标公司不负责土地流转，只负责栽树，问题反映到当地政府和白洋淀新区生态公司。但是张福全这个人很怪，他不让动他的玉米地，所以这块林地卡了壳。这个人好像是退伍军人，刀枪不入！"

赵国栋一笑，说："这年头儿还有什么刀枪不入，这种词儿好像过时了。我倒要见识见识这刀枪不入的。"

褚忠良说："鲁大林跟我说，组长王决心这次都没辙了，看看管委会能不能想想办法！"

赵国栋想了想，笑道："王决心这个嘎小子，他应该是有办法的，怎么不行了呢？好吧，我另安排人吧。"

褚忠良走后，赵国栋把李永军副主任叫到办公室。

他把这个硬骨头吩咐给李永军，李永军迟疑了一下，还是勉强答应了。李永军去了大王庄一趟，碰了钉子，回来就鼻子不是鼻子不是脸了，他认为赵国栋是故意让他难堪，故意让他出丑。

李永军的话激怒了赵国栋。

赵国栋大发雷霆："永军同志，你要对你说的话负责任。我们整个管委会，那是一个团队，我们就是团结的团队，有分工，还有合作嘛，你再去一趟，要是不去，后果自负。"

李永军肿着脸回来了，神情沮丧。

赵国栋吓了一跳，以为有人打了他。后来从李永军嘴里得知是张福全关门磕了他的头。

李永军在楼道口，碰到了郝奇副主任。

郝奇因为治理白洋淀污水有了政绩，刚刚从新水县调到了新区管委会任副主任，副厅级别。郝奇说："永军主任，我分管土地流转，你去干了，谢谢你啊！"

李永军的理性安慰不了情绪，连连发牢骚："本来不归我分管，赵书记非让我去。这张福全啊，简直是个疯子，一点也不近人情啊！赵书记也是，跟老百姓打交道不是我强项，不知道赵书记怎么想的。"

郝奇微笑着："别急啊，看看额头，喷点云南白药。我这里有，过来我给你喷点。"

李永军就捂着额头进了郝奇的办公室。李永军的牢骚传到了赵国栋耳朵里。传话的人是郝奇副主任，郝奇尽量掩饰着对李永军的嘲笑。

赵国栋的脑袋轰然一震，有了某种警觉。

郝奇的提拔，赵国栋说了好话，白洋淀治水，郝奇还是非常努力的。甄爱社出事了，郝奇被纪委约谈了两次，他没有受到影响，逆势而上，可能又攀附了新的后台。郝奇当副主任，气势咄咄逼人，大有接任赵国栋的势头。赵国栋对他的升迁没有成见，建设白洋淀新区需要年轻干部，只是他觉着这人见风使舵，有些油滑，这次打李永军的小报告，证明了自己的判断，他把李永军当对手了。

事情越来越复杂了。

李永军竟然冲着赵国栋发难了，他恼火地说："赵书记，我分管的是科技，土地流转不归我分管，你为什么偏偏让我去拔这个钉子呢？你再掂量掂量，这背后是不是有人看我笑话呢？"

赵国栋有些生气："永军，你想多了，你担心郝奇副主任有意见，我派你去的，你跟他解释，有这个必要吗？你是不是把简单问题复杂化了啊？"

李永军强压着胸中的气愤，还是想不通。

赵国栋继续说："永军啊，你这样处理事情是完全行不通的，简直到了愚蠢的地步，你吃了苦头怎么能跟郝奇去说，我知道你是怕他误会，你插手了他分管的事务，他有怨气，但是他不敢说。你不想一想，你这样说他就原谅你吗？他会怎么对待？"

李永军显得六神无主了，脸颊淌着汗。

他渐渐明白，赵国栋是想培养自己。他对那个叫张福全的农民倍感气愤。他气愤，赵国栋没有气愤，静静观察李永军的表情。

李永军额头冒汗了，坐着不抬头。

李永军是上海人，在深圳龙岗区干过，在浦东新区也干过。省委组织部送他到白洋淀的时候，除了正式谈话，还叮嘱赵国栋，这位是博士，海归，中央对年轻干部培养寄予厚望，让赵国栋搞好传帮带，带他多多接触基层，了解北方农村百姓的风俗习惯。李永军从深圳刚来的时候，有时别出心裁地干一些不合常规的事情。单凭这一点，赵国栋认为他是不成熟的，或是不了解北方民情，所以给他安排这个任务，就是想让他经受足够的磨练。

"你是不是怵头？不愿意接受我的安排？"赵国栋给他倒了一杯水，"你刚到白洋淀，北方民情可能不熟悉，这个难题交给你，就是要锻炼你。"

李永军勉强笑着，谦卑地说："赵书记，您给我任务我感激，只是这个案例太特殊了，我的智慧不够，您教教我？"

赵国栋停顿了一下，说："永军主任，怎么个特殊法啊？怎么特殊他也是人啊。新区是未来之城，未来属于你们年轻人，我给你身上压担子，是信任，是培养，要是拈轻怕重、挑肥拣瘦、患得患失、讨价还价，我可是不高兴喽！你好好想一想，如果还想不通，我亲自去！"

李永军脸色凝重，感觉到事态的严峻。

赵国栋板起了脸，苦口婆心地说："永军，我不管你文化水平多高，有一点你不能忘记，你是党的干部，离不开跟老百姓打交道。千年秀林土地流转事件，涉及老百姓切身利益，人民群众哪方面感觉不幸福、不快乐、不满意，我们就朝着哪方面下工夫。人民群众不是空泛的概念，是形形色色的人。"

李永军似乎有所领悟，点了点头。

赵国栋在办公室踱步，一字一句地说："你去这家的时候，我派人了解了情况。户主张福全，他老伴去世得早，一儿一女是他拉扯大的，但是一次车祸，儿子没了，女儿残疾了，很自闭，从不见人。他以前指望着儿子养家。车祸后，父女俩没有生活来源，全靠养鸭子换点儿生活必需品。当地政府也有所照顾，但他家仍属特殊贫困家庭，我们既要搞建设，还要看看怎样帮助他们渡过难关并有长久保障。"

李永军惊讶了，站起身："赵书记，您真是厉害，怎么比我还了解张福全？"

赵国栋笑了："你以为把你撒出去，我就什么都不管了？我得对你负责啊！"

李永军愁云顿解，眼睛红了："谢谢您的指点，我再去！"

赵国栋望着李永军远去的身影，大声说："我让办公室徐忠主任跟你去！"

下着小雨，白沟引河两岸笼罩着灰色雨雾。

汽车到了大王庄，他们下了汽车，泥泞的小路踩上去咕叽咕叽响，把俩人的鞋子浸湿，他们谁也顾不上这些，打着伞来到张福全的家。

李永军敲门："张大哥在家吗？"屋里没有动静，他又敲了敲，声音提高了一些："屋里有人吗？"

屋里静极了，但有呼吸声。

李永军继续喊话，一会儿听到屋里人说话。张福全过来开门，一眼认出了李永军，猜到他们是来干啥的，手一挥，大声说："又是你们？你们走吧，我是不会同意的，我有个残疾的闺女，我们父女没有了生活的来源，谁养我们？"

李永军看着张福全紧皱的眉头，说："我们这次来，是想好好聊聊。"

张福全扭头把门关上："聊了多少回了？不聊！"

李永军上前一步再想敲门，门突然打开，他猛地摔了一跤，被摔得浑身是泥。

徐忠连忙搀起李永军，李永军尴尬极了，有点无地自容。他身上、手上、雨伞上混着泥，两人四目相对，无奈地摇摇头，深一脚浅一脚地消失在蒙蒙的烟雨中。

两个湿透的泥人站在赵国栋面前，频频摇头。

"怎么搞成这样，没事吧？"赵国栋赶紧递上两杯热水，"碰了钉子？别急，你们俩先回去洗个澡换换衣服，别着凉了。"

李永军坐在办公室胡思乱想。他想起了赵国栋说的一句话，只要思想不滑坡，办法总比困难多。忽然，张福全女儿的面容在眼前一晃，堡垒还是要从内部攻克，他马上联系了县残联的靳主任，给她说明了情况。

靳主任约李永军一起去张福全家。

赵国栋对李永军赞赏地点点头，他回身拿了两个兜子，说："这是你嫂子从德县老家带来的特产，咱今天给老张拿过去，有时间给他把孩子工作的事好好讲讲。"

"这不好吧？使不得，嫂子带给你的东西，我怎么能用在工作上呢？"李永军感动，连连推托说。

李永军的电话响了起来，是靳主任打来的，她已经到了管委会的办公楼下。

赵国栋说："走，我们一起去！"

靳主任带着一个清秀的高个子女孩孙小雨，李永军愣了愣，问这个孙小雨去干什么。靳主任跟他咬了一阵耳朵，李永军点点头，大家一起上车，赵国栋、李永军、徐忠等人一起来到张福全的家。

张福全和女儿刚刚吃完早饭，听到有人敲门，以为是邻居。吱一声，门打开，五个人站在门口，张福全呆愣了，支吾说："你们怎么又来了？不欢迎，走吧！"

李永军连忙说："等一等，张大哥，这是咱们县残联的靳主任，这是我们新区管委会的赵书记，我们不谈地的事，看看你女儿张鑫可以吗？"

张福全犹豫了一下，沉了脸说："你们这点花招我看穿了，没什么好看的，你们请回吧。"

赵国栋不禁抬头看张福全，研究他的心理。

赵国栋刚要说话，靳主任给孙小雨递眼色，孙小雨上前一步，勇敢地自我介绍说："叔叔好，我叫孙小雨，也是残疾人。"说着撸开袖子，一只手臂从胳膊肘下就没有了。

张福全吃了一惊，看着眼前这位清秀的女孩，虽然没有手臂，但女孩的眼里依然闪着光芒和自信。

张福全手足无措，心情分明很复杂。

孙小雨说："叔叔，我跟姐姐一样，也是车祸造成的，今年已经第五年了。这五年我就是用这只胳膊编织了这么多东西，您看看漂不漂亮？"她拿出了装在书包里的各种精美的工艺品："这些工艺品都出自很多像我一样的残疾人之手，销往很多城市，好多好多人喜欢。"

只见孙小雨在自己的臂上套上一个草编织的圆筒，用另一只手在圆筒的每个缝隙熟练地穿梭着彩色丝线，穿过的缝隙处留下的色彩像一道道彩虹。

张福全看着小姑娘自信的面孔，心里五味杂陈，不知不觉，眼泪下来了。他揩了一把眼睛，把挡在门口的身子一侧，沉吟着说："进来吧。"

几个人进屋后，张鑫下意识地拽了拽袖子，羞涩地遮住自己的胳膊。

靳主任连忙拉住张鑫的手，孙小雨亲热地说："张鑫你好，我叫孙小雨，很高兴认识你。"说着把手臂伸了出来，拍了拍张鑫那只残疾的手臂。

张鑫尴尬地望着这五个人，低头不语。

孙小雨打破尴尬的气氛，说："姐姐，你看我编的这个好看不？喜欢就送给你了。"

张鑫睁大眼睛，略带怀疑地问："你编的？"

孙小雨认真地点头说："姐姐你也可以的。"然后就坐到张鑫身边，重复着刚才的动作。

张鑫看得入神，很欣赏的模样。

孙小雨就把彩色丝线交给她："姐姐，你也试试。"说着就一步一步教起她来。

张鑫学着孙小雨的样子，一下一下地编起来，脸上时不时地露出微笑。

张福全看在眼里，疼在心上，深有同感地说："这个孩子心眼儿真好，小鑫，她好不好？"

"好。"张鑫开口说话了，尽管才一个字。

张福全背过身去，蹲在地上号啕大哭。

赵国栋、靳主任、李永军、徐忠看着两个女孩，眼里也充满了泪光。

两年的时光，张鑫终于肯走出黑暗的房间，她站在门口，阳光洒满她俊俏的脸庞。她仰起头眯着眼睛深深地呼了一口气，仿佛闻到的空气都是甜的。张鑫定睛看着天，脸红得像红萝卜。忽然，天空游出一朵荷花祥云，她眼泪汪汪地说："活着真好。"

靳主任望着张鑫的脸，和蔼地说："张鑫，随时欢迎你加入我们的队伍，成为我们的一员，愿你在这个岗位上闪烁自己的光和热，战胜自己，挥洒青春，我们等着你。"

张福全再也控制不住自己的情绪，老泪纵横："感谢你们，车祸对孩子和我的打击太大了，我以为孩子要废了呢，两年了没出过门，没笑过，也不和我说话。今天你们一来，小鑫笑了，我却哭了，我是高兴的啊。谢谢你们！"

赵国栋握着张福全的手说："老张，我们来晚了，请您原谅。"

张福全用感激的目光看着赵国栋，闷头闷脑地说："不晚不晚，你们来得好，我都这把年纪了，只要孩子好，我就好。"

李永军又问了情况，耐心地解释："老张啊，人都有为难着窄的时候，千年秀林建成了，就是我们大王庄永远的风景。你也可以到秀林工作，生活不是有奔头了吗？"

张福全终于同意流转九亩土地了。

李永军有一种成就感，还有一股暖流涌到心间。白洋淀的老百姓是通情达理的，就看我们是不是诚心诚意了。

过了一段时间，李永军和徐忠来看望张福全。

李永军说："张大哥，你觉得护林员的工作怎么样？这是一个全新的工作，如果有什么困难，就和我们说。"

徐忠说："你记住，党和政府永远是你最大的靠山。"

"那是，那是。"张福全心悦诚服地说。

张福全有了工作，就像吃了一颗定心丸，满脸的皱纹瞬间舒展开了，激动地说："没有说的了，残联给我女儿安排了工作，每月工资三千，孩子每天都可高兴了。我当护林员，每月工资四千，非常知足了，这比干啥不好？我每天瞅着树林，哮喘都好了，瞅也瞅不够啊！"

张福全戴着蓝色安全帽，开着护林专用车，每天在树林里巡逻，偶尔抬头，看见无人机在头顶盘旋。发工资了，他给女儿买了漂亮的衣裳，自己也穿上了整洁的衣裳。他从来没有像今天这样轻松愉快。

护林回到家里，张福全拿出儿子留下的帽子和衣裳，捧起来，贴胸抱着，紧紧抱着，久久抱着，老泪纵横："儿子，爸爸想你，你回来看看吧。爸爸有工作了，把债还上了，家里也富裕了，村里到处都是树林，叫千年秀林，回来看看吧！"

张鑫一耸肩，跟着哭泣起来。

有一天，他带着女儿张鑫来到千年秀林的枣林，他听说枣树死了一棵，就一咬牙，将自家院里的枣树捐了。

枣挂得密，树枝上已是红红一片了。挪树的那一天，出现怪异的一幕。张福全忽然看见枣树有一个大树瘤，酱瓜一样的颜色，两只黑黑的眼睛，嘴巴张着，翘着两颗虎牙，细瞅竟然像自己的脸。

第四十六章　淀上烟火

杨义成回到了白洋淀。

他的汽车疾驰在从北京到容光县的高速公路上，他无意将目光投向窗外，看见塔吊林立的工地。这里是世界上最大的工地。塔吊切割的蓝天，机器和人难以分辨。眯了眼细看，塔吊的顶端，有一片白云缠绕，白得像荷花，云雾难辨。他疑心白洋淀的荷花就是云彩变的。故乡让人踏实，人一旦有了不幸和痛心的事，第一时间就想回到故乡。杨义成就是这样的人，他收回了目光，给王决心打了电话，希望他陪同自己到德县，看看杨三笙一家人，然后再一起回王家寨。王决心一听跟杨义伟吃饭，立刻就拒绝了。

杨义成愣了愣，他马上想到王决心跟杨义伟的过节：小白河引水工程施工时，王决心看见杨义伟派手下人威胁马技术员，他蔑视杨义伟。还有一件事情，杨义伟听说乔麦离婚了，又看中了乔麦，请乔麦到他的公司。王决心一看就知道杨义伟动了歪心思，王决心火冒三丈，对杨义伟发出严厉警告。如果不是乔麦有定力，一般女人早上他的圈套了。

晚宴在美华大酒店举行。这里不是饭菜最好的，但是德县最为排场的，房间金碧辉煌，桌子上的盘子、碗和酒具都是黄色的。

王决心忙于千年秀林植树，身上还沾着泥土，低头拿湿巾胡乱擦了擦，他跟这高大上的环境很不协调，只好硬着头皮赴宴。他呆愣着不说话，黄金的盘子照得他睁不开眼睛。

杨爱珍代表赵国栋参加晚宴，她说赵国栋单独跟杨义成吃饭。杨义伟撇着嘴巴，他知道赵国栋故意躲避他，他在德县的大楼停工了，他急得抓耳挠腮，找了赵国栋几次都被拒绝了。

两头的家，杨义成都惦记着。

每次回来要先看望杨三笙和贺红梅，这是规矩，然后去新水王家寨看望老爹和铃铛奶奶。杨义成把自己最近的情况跟杨三笙做了个汇报。杨三笙夫妇身体挺好："你们好了，爹就放心了。"他缩成一团的脸就舒展开了。

杨义伟微笑跟王决心握手，没有一点尴尬，王决心冷淡地望着他，没有跟他握手，王决心对他的怨恨，杨义伟并不知道。杨义成从中打着圆场说："你们都是我兄弟，有什么误会，今天好好聊一聊。"

杨义伟笑着说："大哥，误会？决心我们没有误会啊！"

王决心苦笑一下，不知为啥，看见杨义伟，他就想起死去的好朋友马技术员。

杨义伟高高举着雪茄吸着，拖着长音说："大哥，你从官场下来，善于搞科研，但是，你不懂商场和管理，还是建议你扎根深圳搞地产，拿到土地就挣钱，我们可以合作嘛！"

杨义成说："不能啊，我还是想干通信科技，哪跌倒从哪爬起来！这不已经被国盛录用了嘛，还做了高管。"

杨义伟失望地说："宁当鸡头不当凤尾，国盛是很厉害，可是，那不是你的。你说白了还是个高级打工仔，你的价值如何体现？你要资金有资金，要人脉有人脉，就是不听我的话。你好自为之吧！"

杨三笙像黑天鹅似的伸着脖子，瞪了杨义伟一眼，说："义伟，没大没小的，咋跟你哥说话呢？你哥有你哥的想法，难道都听你的？你哥这阵正难，你要是认我这个爹，给你哥哥放下点钱。"

杨义成摆了摆手，说："爹，使不得，我困难时期过去了。您上次带给我的钱，我也要还您的，谢谢爹的惦念，义伟开公司也不容易，我没事儿啊！"

杨义伟跷着二郎腿，高傲地眯着眼睛："爹，您别闲吃萝卜淡操心了，大哥是烧不死的凤凰，人家国盛是大企业，全世界著名，他瞧不上我这小买卖！"

杨爱珍瞪了他一眼："义伟啊，你管好自己就行了，别让爹娘操心。我这样就挺对不住老人的啊！"

王决心插话说："大哥，人家是白洋淀的大老板，要多牛有多牛啊！"

杨义伟急眼了，说："老三，我听着你话里还是不服啊，是不是你把马技术员之死，还记在了我身上？那是特殊事故，马技术员跟你是啥关系？我们是啥关系？咋分不出远近啊？"

王决心瞪了眼睛："他是我啥人？我的好哥们，你误解马技术员挡了你的财路，所以记恨他，派人去收拾他。你头顶生疮脚底流脓，坏透了！"

杨义成大声喝道："决心，你说什么呢？来时不是说得好好的吗？都是自家兄弟，因外人闹别扭，值得吗？"

杨义伟身子像火一样热，气炸了："你血口喷人啊，你小子再提那个技术员，就给我滚出去！"

王决心黑了脸，说："你说啥呢，你以为我愿意吃你的饭啊？"

人们都惊讶了。

杨义伟瞪着王决心破口大骂："王决心，你还没完没了啦？就你这熊样，还想到央企当工人？做梦去吧！"

王决心浑身的热血奔涌，腾地站立起来，一拳朝杨义伟打过去，杨义伟的身体滚过了椅子，一头撞在酒柜一角，高大的身体跌倒在地毯上，额头红了，嘴角流血了。

王决心大骂："混蛋，无耻的东西，你以为有钱就可以胡作非为了？"

他骂完转身走了。

"王决心，闭上你的嘴！"杨义成大吼。

杨三笙老两口被吓呆了。

杨义成把地上的杨义伟搀扶起来，然后就追了出去。王决心气呼呼地走着，杨义成说："决心，又犯了驴脾气，你消消气，等一等，你给奶奶的大碗先捎回去！"

"奶奶病了，嘴里总是叨叨着这个大碗。爹又不好意思催你，因为毕竟是奶奶在你结婚时送给甄凤了。"王决心说了一句，默默地等待着。

"跟奶奶说，这只碗在甄凤手上，不知放在哪里了，等找到立马就送回来！"他歉疚地说。

"是不是大嫂不愿意给啊？"王决心冷冷地说。

王决心走了几步，杨义成又叫住了他："决心，跟你实说吧，奶奶的碗价值三千万。"

王决心一愣："啊，这么值钱？"

"是的，真品会回到奶奶身边的。眼下奶奶病了，这个碗是仿制品，但也值两千块，带好了，别磕了碰了，今天你先给奶奶带回去，让她高兴高兴，明天我过去看望他们。"

王决心缓缓打开大碗，抽了抽鼻子，说："嘿，仿制得还挺像，奶奶看见这碗，病一准就好了。大哥我没事，你去吃饭吧，没有马技术员和乔麦的事，我也不喜欢杨义伟，以后你少给我往他跟前拉，打起来你也操心。"

杨义成点点头："记住了，你呀，本性难移！"

王决心打了一辆出租车走了。

杨义成叹了口气。

下雾了，县城车流涌动，行人嘈杂，乱哄哄的，树木和楼房被一层薄薄的雾气覆盖着，空气里笼罩着湿气。这是家乡特有的味道。

杨义成回到饭店，养母贺红梅刚进酒店，一家人团团圆圆围坐起来。

杨义伟嘴角青紫，吃饭都疼。

杨义成望着杨义伟说："义伟，我批评了决心一顿。太不懂事啦，早知这样就不喊他过来了。"

杨义伟脑袋嗡嗡响着，独自生着闷气："他都给我整糊涂了，我没有伤害过决心。"

吃饭的时候，杨义伟头发凌乱，眼神失去光彩，坐立不安，电话频繁地响。他出去接电话了，回来也是心不在焉。

杨三笙跟杨义成说话，没人看杨义伟，贺红梅给杨义伟碗里夹菜，说："义伟，你那有啥事吗？"

杨义伟点点头："娘，我没事的。"然后就拿眼神瞟杨爱珍："姐夫还来不来啊？"

杨爱珍说："你姐夫太忙了，恐怕抽不出空来。"

杨义伟说："他哪是忙，再忙也该见一见义成啊？就是怕我求他办事，就是明哲保身呗。姐，我那德县的大楼如果解封卖了，我不会再与老家有瓜葛了。现在，我公司缺少流动资金了，你不管我，银行也受不了啊！"

杨义成跟杨三笙喝了酒，转脸问："义伟，你那真的遇到困难了？"

杨义伟哭丧着脸："我是那种哭穷的人吗？向来都是高开高走，如今市场变化太大，想烧香找不着庙门，看着爹的面子，你帮帮我吧！"

杨义成一愣："亏空多少？"

杨义伟晃了晃手掌，说："我需要五个亿的流动资金，要不集团就无法运转了。"

杨义成拧眉瞪眼，吓得吐了舌。

杨三笙瞪了他一眼，说："你一张嘴就上亿，你哥也是打工的，你把企业整那么大，自己想辙去。你爹你娘捡破烂挣的钱，积攒起来还不够你一瓶酒钱呢！"

杨义伟将茅台的酒瓶一蹾，气得咆哮："你们都不管我是吧？等我死了，有你们后悔的那天。"

他说完就气呼呼地走了。

第二天上午，杨义成去白洋淀王家寨看望铃铛奶奶和王永泰老爹。

到了家里，他看见王永泰、二叔王永山、小洒锦和王决心都陪着铃铛奶奶聊天。

铃铛奶奶软软地躺着，说话有气无力，看来病情严重，他看见奶奶一只枯瘦的手抓着白瓷大碗。

铃铛听见杨义成来了，缓缓睁开眼睛："大成子，大成子来了，奶奶对不起你和甄凤，这个大碗本来送给甄凤了，还给要回来了。告诉奶奶，你媳妇有意见吗？"

杨义成的胸腔一阵暖热，自己儿子都大了，还有个惦记自己的奶奶，这本身就是幸福。他附在奶奶耳边，摸着铃铛奶奶的手："奶奶，不说客气话，我是来看望您的，特意送大碗的。甄凤问候您好，祝福您健康长寿啊！"

铃铛奶奶菊花般的脸上微微有了笑意："我的大碗，我的大碗回家喽——"

杨义成听不清奶奶说什么。但是，他的内心是愧疚的，毕竟这是一个赝品。

王永泰憨憨一笑，说："你奶奶摸着大碗，高兴。今天精神就好多了。"然后又俯下身体，对着铃铛的耳朵喊："娘，听决心说，大碗很值钱的，您病好了，我就替您收起来，免得招贼。"

"钱？啥钱啊？"铃铛奶奶嚅动嘴巴。

王永泰感叹说："这耳朵还是坏了，娘，没有人要钱，人家甄凤就是大度，为了娘的身体又让老大把大碗送回来，孝敬啊！"

王决心望了王永泰一眼，警觉地说："爹，问问奶奶，当年许大彪还给她啥别的玩意没有啊？土匪专抢大户人家，抢过保定总督府呢。"

"决心，不能伤奶奶的心。"杨义成说。

杨义成跟王决心使眼色，要求他严格保密。如果跟奶奶实说，白瓷大碗让甄凤拿到香港拍卖了，卖出三千万，替甄爱社堵了窟窿，这一家人会大乱的。他后悔跟王决心交了底，好在王决心并不相信。

杨义成看见铃铛奶奶鼻尖亮了，说着说着又迷糊着了。

王永泰叹一声，佝偻着腰走出去喂大黑、二黑两只鱼鹰。鹰只顾吃肉，窗台下停着几只麻雀，蹦蹦跳跳，闲得无聊。

王永山有些疲劳，一颗心倒渐渐静了下来，靠着被窝打盹儿。他穿着文化衫，人瘦了。这两年他在白洋淀的一个岛上建起了艺术学校，教学生，还制作芦苇画。杨义成进来的时候，王永山已经打了个盹儿，他看见杨义成俯身靠近了他，急忙坐了起来："义成，我看见甄爱社判刑的消息了，十五年啊！甄凤是不是挺难过的啊？你到了国盛，要回白洋淀工作，她怎么办？"

"唉，早知道白洋淀建设新区，我就不去深圳了。这不是叫花子走五更，瞎忙活吗？"

"你说得不对，人生没有败走的路。没有深圳，你哪有可能走进国盛当了高管？"

"您的观点就是与众不同。"

杨义成懒懒地靠在椅子上，喝茶，呛了一口，咳嗽起来。

王永山愣了愣，问："这两年没看见甄凤发表诗歌啊？是不是她爹被查之后，没有写作的心情了？"

杨义成一时语塞，看了看王永山，说："甄凤啊，变化挺大的。有一个香港诗人，我误会了，和她争吵了一回，从此她不写诗了。"

王永山说："诗人不好当啊，她的诗也就是三流，不写了也罢，早醒悟了早幸福。"

杨义成琢磨着王永山的话。电话响了，他转身出去接了靳一光的电话。他看见芦苇荡里群鸟起飞，望见了王家寨此起彼伏的屋顶和炊烟。他接完电话，用手机拍摄了一张风景照。

杨义成走进屋里，王永山精神了，他拿手机展示一张张的芦苇画，都是他画的。

杨义成惊奇地问："二叔怎么成画家啦？"

王永山吸着一支烟，眯起眼睛说："你二婶小洒锦跟我打架，一生气把我推淀里去了，救上来就感冒发烧，烧了六天六夜，差点丢了性命，醒来的时候，你二叔就突然成了画家。"

杨义成笑了："我们王家净出神人啊！"

晚上黑得神秘。

喝酒之后，王永山将杨义成安排到王家寨新村的民宿。这是王家寨旅游公司刚刚开发的。下雨了，村庄笼罩在蒙蒙雨雾里，新村的民宿跟水洗了一样，雨后的淀面浮动着一层白气，白气散开，呈现一片叠加的水的波纹。窸窸窣窣的芦苇声都消失了，四下无比寂静，王永山陪着杨义成在房间喝茶，王永山望着窗外不断后退的夜色，心头就像沸水似的，咕嘟咕嘟滚开。他给杨义成道出了自己心底的秘密。

事出反常必有妖。

每个人心中都有伤痕，都有各自的秘密。八十年代初的一年秋天，王永山为什么突然跟老婆小洒锦分居？一个青年诗人为何去圈头村学武呢？其实，这也是杨义成和家人疑惑的。家里只有铃铛奶奶和王永泰知道。今天，王永山酒后吐真言，一口气讲出了自己的秘密。他是不幸的人，他的老婆小洒锦是村里邢家人，诗歌爱好者，追求王永山，两人谈恋爱了。结婚以后，三年没有孩子，王永山的问题，他是死精子。那一年，唐山大地震，王永山去抗震救灾，写了很多抗震诗歌，但是一九七六年秋天，小洒锦却意外怀孕了。不用说，小洒锦准是偷人了，他在芦苇荡里偷偷大哭了一场。他偷偷跟踪发现了这个男人，这男人就是村里的鱼霸咸鱼。他想狠狠揍咸鱼一顿，但是，他打不过他。王永山暗暗告诫自己："忍！"

其实，王永山还是没有忍住，揪住小洒锦在爹娘面前曝光。大抬杆是村支书，他叮嘱铃铛给压下了。小洒锦偷偷借种，觉得愧对王永山。她指着大巴掌、二巴掌说："永山，这俩孩子虽说腿是残的，五官还挺英俊，多像你啊？"王永山心底清楚，但不能说破，说破了对孩子不好。王永山照看着两个孩子，渐渐产生感情，大巴掌叫王春夏，二巴掌叫王秋冬。

王家寨有句老话：远嫖近赌。

如果咸鱼不再纠缠小洒锦，如果他们之间的媾和，不被咸鱼的老婆大鹅发现，日子也就顺了。大鹅怕丢人，偷偷教训了小洒锦。可是，咸鱼霸道，经常找小洒锦偷情，小洒锦教训了咸鱼。王永山没有跟小洒锦离婚，偷偷去圈头村学武术去了，一去就是三年。他学了拳脚，跟咸鱼打了一仗，把咸鱼打得骨折爬不起来了，跪在地上喊爷爷。小洒锦正是如狼似虎的年龄，守寡，怎能守得住啊？她不知道王永山打了咸鱼，她又去勾搭咸鱼，咸鱼却吓得像躲避瘟疫一样躲避她。

王永山喜欢艺术，但是，艺术不养人，王永山辞去了小学教师，下海经起商来。

父母在不远游，为照顾铃铛老娘，王永山没有离开白洋淀，最远到了保定，生意也是围着白洋淀转，叶落归根，回到故乡，照看老娘，还要带徒弟挣钱还债。

杨义成还是喜欢写诗的二叔，那时他非常有趣。他家的白猫跟邻居的黑猫掐架，二叔夜里喊醒了他，带他拿竹竿斗猫，帮助自己的白猫打倒黑猫，两人哈哈地笑。如今二叔变得麻木、疲惫、僵硬。

王永山叹息了一声说："诗可以养心，但不可以养家啊。"

他道出了民间文人的辛酸。

第二天上午，杨义成还有一点时间，王永山要求他到岛上去看看他的艺术学校。王永泰划船将杨义成送到岛上去。王永泰坐在船上吸烟，杨义成约他上去，他不想去。王永泰对老二的做法始终不认可，甚至有些担心。

王永山租了岛上的一片青砖房子。绕过雁翎队纪念馆，跨过一座小桥，看见一座青砖大院，一个大大的院落，里面有二十几间房子，有大有小，里边有许多人，有的画画，有的唱戏，有的练武，有的写作，有的在做芦苇画。门口挂着"白洋淀书院"的牌匾，著名诗人侯权题名。

杨义成频频点头，走到食堂，看见一个女人。女人四十多岁，矮小，精干，身边一个男孩拿着荷花莲藕围着灶台奔跑。王永山将一个中年女人领到跟前，说："这是河南开封的谭喜儿。她是从河南开封农村慕名而来，拜我为师的。谭喜儿写作，发表过诗。如今在这里做芦苇画了。"

青砖房里摆着的一张桌子上，晾晒着印有大手印的背心。王永山说："这都是徒弟们定制的，印有黑手印的，是男人背心，红手印的是女人背心。"

杨义成拿着背心，像领导视察："二叔，印上你的手印，会不会收钱啊？"

王永山毫不犹豫地说："当然，这是徒弟，或是粉丝，对我这师傅的尊重。黑手印五千一个，红手印三千一个。"

杨义成脸色有些疑惑。王永山解释说："我开始不愿意收费，可是徒弟们非要给。也是啊，这书院，还有房租、水电、食堂吃饭，哪不得用钱啊？"

杨义成说："二叔，这合理合法吗？"

王永山嘿嘿笑着说："我是文化人搞文化产业，哪有不合法之理啊？跟你说，我回乡办书院啊，是我们新水县文化局的引进项目。手续齐全啊！"

杨义成说："好啊，真没想到啊，二叔搞起了文化产业。"

王永山带杨义成参观芦苇画车间。

几个女工在车间劳作，金黄的芦苇经过切割、压平、雕刻、编织、烙烫多种工艺，做成的芦苇画本色天然、古朴典雅。

杨义成感叹说："太杂了，诗人的不幸。"

第四十七章　忠骨

小寒前后，气候多变。

西伯利亚寒流又从北向南席卷而来。凛冽的寒风，吹打着辽阔的冀中平原。这在一年中不是最寒冷的月份，但是，白洋淀的水汽增加了湿度，冷气流在这里打了个旋儿，不管不顾地弥漫过来，将人和树裹在寒冷里。

红色的旋挖机吭哧吭哧响，嗡嗡的喧噪声打乱了河岸透明的寂静。

冬天并不是一下子到来，刮了一个星期的北风，天气又转暖了，早上下了一层霜。王决心戴着安全帽，睫毛上挂了一层白霜。他指挥班组植树作业。渐渐地，他对这里的一草一木都有了感情。他进入角色很快，配合机器快速植树，栽苗、施肥和补水，节奏之快难以想象。打鱼人从来没有见过这样的场面，从来没有在这样的条件下完成过这样的壮举。他们配合着巨大的挖掘机工作，挖掘机完事了，他们又重新跳进挖好的基坑，不敢抬头，埋头清理着软土，这是他们有史以来参加过的强度最大的劳动。

机器的喧哗声传到了后排，这里归于安静。

王决心干得大汗淋漓，缩着脖子拿小本子埋头记着，歇着的时候，大家挤眼调笑，笑得津津有味。他紧张地忙活着，每天生态公司催促，中标央企也催促，忙得脚后跟打着后脑勺儿。但是，在这种天气植树，他对树的成活率深感忧虑。

头顶呼隆隆一阵响，王决心抬头看见一架直升机蜻蜓一样盘旋。

王决心手里的对讲机响了，鲁大林问王决心旋挖机进度怎么缓慢下来，中标的中天建的路海生非常焦急。

王决心疑惑：鲁大林师傅是怎么知道的？猛地一抬头，原来鲁大林在飞机上朝他探头。

"师傅，我们遇到难题了。"王决心喊。

"什么难题能够难倒你啊？"

他知道这两天难题卡在这一棵老柳树上，为了绕开老树，几乎围着周边干活。

王决心说："师傅，我马上处理好！"

王决心带着推土机火速赶到这棵歪脖子柳树下，老树下边立着一群人，噼噼啪啪放了一阵鞭炮，鞭炮一响，王决心惊诧了一下。水牛说："他们不让动这棵柳树，大王庄总是给我们出难题，怎么办啊？"

王决心很冷静："沉住气，特事特办。"

其实，这一家的土地已经流转，马上被挖掘，农民举行跟土地告别仪式，鞭炮响过，一家五口人纷纷跪在地上拜土地爷土地奶奶。

百里不同风，十里不同俗。初冬的田野，树叶落了一地，风吹走了树叶，有些地皮裸露出来。容光县的大王庄的土地已经移交给新区生态公司了，但是，几天忙乱，是想搞个仪式，祭拜土地神。仪式看来还挺繁琐，香火、水果和烧纸都摆好了。白发老汉掏出黄表纸，咕咕哝哝念叨着。

王决心和工人们心急如焚，但是，还要耐心等候。有人开始吸烟了。

家人都撤离了，白发老汉忽然蹲在地上抓土。这是视线的盲区，旋挖机司机启动了机器，一个民工吹着哨子，指挥着挖掘机横冲直撞朝歪脖老树挖去。

王决心看见这惊险的一幕，大声喊："停，没瞅见下面还有人啊！"

这个节骨眼上，也有人大喊："住手！"

司机急忙刹住了车。

白发老汉似乎沉浸在自己的故事里，转脸哑着嗓子喊："这老树应该留下来，老树有灵魂啊！"

王决心一愣，说："大爷，我们对这棵老树没有仇没有冤，只是求求你让开，别影响工程进度。你要是移走，我马上把树根挖出来，你拉走栽上。"

白发老汉嘟囔说："老树怕动根，移走怕是死了，放在这不行吗？"

王决心摇头说："大爷啊，那不行，这里规划的是千年秀林，这里是国槐林，柳树显然留不住。"

水牛将白发老汉搀扶着离开，老人叹息一声，蹲在了柳树下，哭丧着脸，抚摸着灰麻麻的树皮。

旋挖机的司机受了惊吓，无奈地叹息。

王决心看看西边，落日已经映照河面了。他只能鸣笛吓唬吓唬老汉，不然就僵住了。

王决心将司机替换下来，探出头来，说："大爷，这树要是移走，还能活。你到底要还是不要？"

白发老汉痛苦地闭上了眼睛："我们村拆迁了，没有土地了，自己租房住，将来住新楼，往哪移动啊？"

"既然这样，我们就不客气了！"

王决心挥手示意水牛，水牛将白发老汉拉开了。

王决心闭了眼，猛地一踩油门，推土机的大铲朝柳树根挖去，密密麻麻的根须带出一片黑土，老柳树咔嚓一声歪倒了。工人们弯腰把躺下的大树拉走了。

王决心继续启动旋挖机推着树根，竟然推出了一块坚硬的石头，咔嚓一响，石头冒了出来，人们惊讶地看，不知道什么东西，粗一看像一个墓碑。

王决心从推土机上跳下来，摸了摸石头，摸了摸倒下的歪脖柳树，他拿了锄头刨根儿，就抛出了这整块的碑石。石头被黑土包裹着，扒开土一看，石头已经很古老了。王决心和水牛把石头搬出来，土坑里竟然露出几片骨头，不知是人的还是动物的。

王决心一惊："啊？这里竟然有骨头啊？"

王决心抓起一根粗壮的骨头，吹掉上面的黑土，这是人大腿的骨头。王决心好生奇怪，问白发老汉："大爷，你家老树根里咋会有人的骨头？难道是这里出过命案？"

白发老汉惊讶地摇头："怪了，没有听说过。"

王决心不上去了，指挥司机继续挖。

哐当一声，铁铲又往深处掘进深挖，结果一块一块的人骨头白喇喇地裸露出来。挖掘机骤然停下来，王决心皱着眉头惊恐地望着坑里的骨头，却忽略了那块已经搬出来的石头。

白发老汉看中了那块石头，拿袄袖擦着石头。

王决心让水牛找来了一个塑料袋儿，捡这些人的骨头，老头忽然跪地哭喊："我的土地爷啊！别怪我李稻田啊，这是政府流转土地，建设树林了！"说着，鼻涕出来了。

王决心扭回头朝那块石头望去，石头去了黑土呈白色，汉白玉一样白，好像是一个古人的脸，古人穿着古长袍，眼球凸出来，身上雕刻着龙纹衣裳，嘴巴下边满是胡须。又涌上来一些人好奇地观看，上年纪的人都说这是土地公土地婆。

王决心心中一直疑惑：土地公土地婆身边为什么还有人的骨头呢？

王决心知道，王家寨村里也供着土地神。这棵柳树下的土地神旁竟然堆放着这么些破砖烂瓦以及人的骨头。王决心问白发老汉："大爷，您是本村人，这是您家的地，您知道这原先是啥地方吗？"

白发老汉想了想，嘟哝说："我爹说过，解放前这河岸曾经是个乱葬岗子，埋尸体的地方。"

搞不明白，觉得这是一个谜。王决心说："赶紧报案，还是让法医过来鉴定吧，是不是案件呢？我们得相信科学。"

王决心急忙给胡大队打了电话。不一会儿，容光县公安局的警车就开过来了。警察举着相机咔咔地拍照，法医蹲在树根下一点一点地捡骨头，说这是两个人的骨头，但是，没有人头，法医又往坑里翻了翻，发现了一把锈迹斑斑的青铜宝剑。

王决心一愣，怎么还有青铜宝剑？

王决心忽然想起奶奶说过，祖上二爷王学武当过新安县长，他和恋人被日寇杀害的时候，人头悬挂在新安城楼，下半身一直没有找到，家里祖坟下葬的仅仅是雁翎队抢回来的两个人头。王学武崇拜荆轲，喜欢青铜宝剑。他在县城茶楼刺杀伪县长，用的是一把青铜宝剑。

他的脑袋轰然一响，这会不会是王学武和石燕红的尸骨呢？

尸骨里没有发现头盖骨，更加证实了王决心的判断。他从小听铃铛奶奶讲王学武的故事。他跟警察说起了胡大队，警察说认识胡大队，他如今转行当了一名中医了。如果找铃铛奶奶核实的话就让胡大队带过去。

王决心把此事跟鲁大林师傅说了。

鲁大林让他带着警察去王家寨找铃铛奶奶核实。如果是真的，千年秀林开发还有了新的意义。

王家的门前又热闹了，王家的门敞开着，门道上挤满了人。孩子、老人还有抱婴儿的女人围观，哪家来了警察他们都愿意围观，咸鱼瞅着这个警察眼熟，一看是胡玉湖支书身后站着王决心和胡大队。

胡大队将白骨和宝剑递给铃铛奶奶。

铃铛奶奶刚刚醒来，还没有来得及摇铜铃，就迎来了这么多的人，铃铛奶奶望着那把生锈的青铜宝剑，抬手摸了摸，喃喃自语："学武二叔啊，终于找到你了。"然后颤抖着枯瘦的手，抓起一根骨头，落泪了。

杨牧仁也赶紧到场，见证这一悲壮的时刻。

胡玉湖激动地说："真是让人惊奇啊，千年秀林让英雄尸骨合并，意义重大啊！"

公安人员做了鉴定，尸骨就是抗日战争时期的，无疑就是王学武和石燕红的。王决心一阵激动，把这件事跟铃铛奶奶说了。

铃铛奶奶触景生情，想起了王学武的牺牲。她叹息了一声，说："说来话长了，那得回到一九四一年的金秋，王学武从延安回到白洋淀，当了新水县长，没有想到，县委书记王毅夫牺牲得是那样惨烈。如果不是给王毅夫报仇，王学武也不会牺牲啊！"

王决心怔了一下，问："王毅夫书记的大名我知道，他是县委书记，雁翎队的名字就是他给起的。"

铃铛说:"对喽,雁翎队纪念馆里有。王毅夫书记在阴家淀苇塘开会,瞬间就被日伪军包围了。天黑的时候,王毅夫组织突围。敌人的三艘汽艇在宋庄阴家淀聚集,包围了那条孤零零的木船。伪军队长秦凤生用他的破锣嗓子喊话:'缴械投降,优待俘虏。'王毅夫对勤务员低声说,咱们杀出去!枪声一响就昏天黑地。枪声过于密集,难以分辨谁在死亡。一块弹片从空中飞来,恰好削在勤务员的脖子上,顿时血流如注。他倒在船板上一动不动了。王毅夫没有子弹了,低头看见流血的肚子,肠子都露出来。他蔑视地望了一眼鬼子,用最后的力气拽自己的肠子,一点点拽了出来,血咕噜噜流淌下来。鬼子凑近了,能够看见他的肠子红白相间,一截一截的。船在颤抖。敌人惊呆了,端枪的手颤抖着,一步步连连后退。王毅夫憋足了最后的力气,凄厉地长吼一声,吱的一声,把自己的肚皮撕开了,血哗地涌流,他疲软了,每拽一下,他的脖子就痉挛一下,肠子拽到最后,堆了一摊,血也流尽的时候,他坚毅的眼神似乎看见了未来,轻蔑地一笑,慢慢闭上眼睛。"

王永泰说:"娘,当时您不在场吧?"

铃铛咳嗽一声,说:"我和你爹都不在场,王学武带我们赶到现场的时候,鬼子和伪军撤了,发现船上三具尸体,鲜血流到淀里去了。"

王决心仰脸,瞅见夜莺飞上了夜空,他认为是烈士的灵魂升天了,化作一粒星辰。

铃铛说:"为了给王毅夫书记报仇,王学武召开会议,对抗日和锄奸工作做了周密安排。雁翎队陈一荣队长把任务领下了,事情拖到了冬天,水上飞、田一鹤带领锄奸队终于找到了给王毅夫告密的女叛徒。她叫大筛子,是个寡妇,就是王毅夫的房东,防不胜防。这是我们的堡垒户,怎么会出了问题呢?她被雁翎队的人抓住了,问她为什么告密,大筛子临死才说,她跟伪军副队长邢大鹰是姘头。"

王决心插话说:"奶奶说过,邢大鹰是你弟弟。"

铃铛说:"邢大鹰堕落到这一地步,我没有料到。这个该千刀万剐的东西!我夜里听见响动,偷偷一瞅,是王学武半夜爬起来,他没有点亮油灯,在黑暗中摸出烟来吸着,望着窗外的星光,直到天亮。有一天夜里，大张庄附近，八路军的一个连来了白洋淀。这个连是路过，王学武想让祁连长与雁翎队联合打一个公路伏击战。王学武竟然会打仗，用上了自造的拉火雷、吊雷，还有用锅盖住的踏火雷，打死打伤鬼子十六人，歼灭张麻子的伪军四十人。王学武不给大伙喘息的时间，马上布置第二场伏击，这是一着险棋，兵家大忌。第二场伏击战在黄昏打响，诱敌深入，最后将敌人引到了王家寨的大清河航道，动用大抬杆猎枪，袭击了日寇的汽艇，歼敌百余人，缴获了大量弹药，竟然击毙日军队长中夏太郎。"

王永泰赞叹说："咱家族崇文，没有会打仗的，学武就是聪明啊！"

铃铛说："连环伏击胜利了，却留下了致命的隐患，日寇花重金悬赏王学武。我们都没有想到，齐县长竟然发现了王学武的行踪。与其说是齐县长发现了王学武，不如说是我那该死的弟弟邢大鹰发现了王学武。秋天传来了极坏消息，说王学武被日寇抓住了。"

王决心的心提到了喉咙口："奶奶，这次王学武还能像上次砸盐店那样逢凶化吉吗？"

铃铛说："你听我说啊，鬼子和伪军给王学武上刑，动用了老虎凳，鬼子用铁丝穿透王学武的两个手腕，然后又拧在一起，鲜血哗哗地淌。鬼子凑过来问，你的什么人？王学武知道党内出了叛徒，自己身份已经暴露，便凛然一笑，艰难地抬起流血的右腿，拿脚在地上写了两个血字，县长。日伪军猛吸一口凉气，被他的胆魄吓呆了。齐县长过来一看，果然是王学武。齐县长想说服王学武，说如果你交出雁翎队，皇军就会继续让你当县长，我就让位给贤弟。王学武痛斥了齐县长，齐县长马上想到了王学武的恋人石燕红，日本人没来的时候，因为王学武带领百姓砸盐店，他这才知道石燕红跟王学武是一对恋人。齐县长煞费苦心从西安请来了石燕红。石燕红只身来到了新水县城。这次石燕红从西安过来，多少有些效仿宋美龄，想独闯虎穴救恋人王学武。智者千虑必有一失。按常理，石燕红是见过世面的。可是她家境优越，不喜欢深入思考，为了爱情盲目冲动，中了齐县长的圈套。她不顾父亲阻拦，单刀赴会，真的有来无回了。齐县长替日寇卖命，他要通过石燕红说服王学武，彻底将雁翎队一窝端掉，各取所需。当年王学武在保定跟石燕红分手的时候，亲手将一把短柄的青铜宝剑送给她，作为纪念。石燕红从西安过来帮齐县长说服王学武，是一个幌子，她是来找王学武的，想跟着他投奔延安。唉，燕红是跟后娘长大的，童年缺爱的孩子，一辈子都在寻找爱。石燕红就是这样的女孩，太天真太浪漫。这天上午十点，日寇提前将王学武安排在莲花茶楼，重兵把守，齐县长带着石燕红轻轻走上了二楼，王学武看到了石燕红，两人说了好多话，齐县长进来的时候，王学武铁青着脸，面露凶光，他那股勇猛的杀气又顶上来了。王学武就是拿石燕红的宝剑送齐县长上路的，他把青铜宝剑刺进齐县长的胸膛。齐县长一声惨叫，惊动了鬼子。两个日本鬼子冲进来了，王学武躲在门后，劈手夺过鬼子手里的枪，打死了两个鬼子。楼下的日本兵，呼啦啦冲了上来。鬼子将王学武和石燕红捆绑起来，押送到日本宪兵部。"

王决心点点头，说："奶奶，后边的故事您别说了，他们被日寇杀了，脑袋被悬在城楼示众。"

铃铛说："你都知道了，就不说了，那叫惨烈。雁翎队夜袭新水城，水上飞带九个战士抢回了王学武和石燕红的人头。人头萎缩了，黑灰黑灰的，几乎看不出模样来了。我只记得石燕红头发、眉毛又黑又亮，她活着的时候，我一直没有机会与她见面。还有一个天大的遗憾，学武和燕红的下半身呢？那把刺杀齐县长的青铜宝剑呢？苍天有眼，多少年了，我孙子王决心给找到了！

"天亮的时候，水位上涨，大街小巷铺满了白色的荷花花瓣，我们头顶的云彩和淀边的芦苇，都在阳光下闪闪发光。薄雾笼罩在村庄上空，鸟们停止了喧闹，老梨树肃穆地矗立在那里。王学武和石燕红的人头装入棺材，王家寨人举办了一个最为隆重的葬礼。"

王决心说："胡玉湖和孙小萍书记商量好了，为了教育下一代。搞一个烈士尸骨合葬仪式。"

铃铛眼窝含了泪，点点头："应该，应该，到那天我也去。"

第四十八章　苦肉计

这天傍晚，杨义成从白洋淀去了北京，刚到京，他就中了杨义伟的苦肉计。

杨义伟发给了杨三笙一个视频，视频里哭泣着说他被人绑架了。杨义伟被吊打绑架的视频中，他脸上血糊糊的。他哭泣着说："爹啊，让大哥、姐夫救救我，不然我就没命了！"杨三笙和贺红梅吓坏了，连夜去闺女家找杨爱珍。让爱珍找赵国栋和杨义成，赶紧想想办法，毕竟是一家人。杨三笙一着急，重重地跌了一跤，右脚骨折了，送进了德县人民医院。

其实，杨义伟是在转嫁压力，一是冲着杨义成，因为他去了国盛大公司工作；二来，这压力也是施加给大姐杨爱珍的，逼赵国栋给他在德县的楼盘解封。

杨爱珍知道，赵国栋一点也指望不上，只好求助杨义成了。杨义成逗留北京办事，接到凶信，马上想到了大巴掌王春夏。大巴掌曾经给杨义伟的国义集团的地产做业务咨询师。他给大巴掌打了电话："我们找个地方聊聊，很急。"

大巴掌说："那就在北三环吉祥大厦吧，我在这里租了办公室。"

大巴掌爱吹牛，造成王家寨人瞧不起他。实际上，大巴掌还是有一些能力的，他转型当地产咨询师了，保定、廊坊、石家庄和北京的楼盘，都有他参与策划的影子。大巴掌不耐烦地说："大哥，不是跟你说大话，我参与的楼盘，都挣钱了。杨义伟这人太傲慢，自以为是。白洋淀新区的成立，他本来想大赚一把，可是，政府不让房产交易，对杨义伟来说就是灾难。"

杨义成说："这我知道，德县的两个住宅小区资金压住了。这是他始料不及的。"

大巴掌得意地说："这并不是压倒他的最后一根稻草，廊坊的国义产业园是他决策上的最大失误。"

杨义成焦急地说："我们不扯他经营的事了，我特别想知道他目前有没有仇人？"

大巴掌苦着刀条脸说："这种危险分子，仇人不会少的，我也不跟他混了。"

杨义成明知故问："为什么要分开呢？"

大巴掌怀有怨气，鼻孔里哼了声："说来说去，还是利益呗！去年夏天，我反对他开发廊坊产业园区。他的强项是住宅地产，他在保定和北京参股的楼房，基本都挣钱了。唉，我给他铺了多少关系啊？眼下都不管用了，他走上产业地产，资本无限扩张，能不翻车吗？"

杨义成惋惜地说："哎呀，因为我与他经营理念不同，平时很少过问他经营上的事。"

大巴掌问："义成哥，你到底从我这问他什么？从感情上讲，我们毕竟是同一个爷爷的本家人，理当效力。"

杨义成叹了一口气，说杨义伟威胁家里人。

大巴掌摘下眼镜擦了擦，微微有些沉重，深长地嘘了口气："你说杨义伟的资金链儿出现问题了，这没有错儿。二〇一四年，他在上交所上市成功，我是出了力的。他得到了股民的资金，就不知道怎么花了，听说他妻子和女儿都在加拿大，通过地下钱庄转移到加拿大不少，给那的大学还捐赠了很多资金，你上网就能查到。他在澳门新葡京赌场赌博，还输掉了两三个亿。"

杨义成嗓门粗重地说："这个狗东西，不是胡闹吗，不让人省心啊！"

大巴掌扬起了眉毛，大声说："他这人我了解，喜怒无常，诡计多端，谁敢动他？他多一半跟家里玩苦肉计呢！"

杨义成吃了一惊，停顿了一下："哦，竟然是这样？"

大巴掌吸着中华烟，缓缓地说："要说义伟，也算是仗义人，有情有义。"

"看他对谁仗义了。"

大巴掌说："冰冻三尺非一日之寒啊，北京周边严控房价，我都提醒他了，他这人太自负、傲慢，傲慢的人容易偏激、误判形势。"

杨义成心慌意乱，能听见自己的心跳。

大巴掌满腹牢骚："话撂这儿，义伟往后不好翻身了。当然，我只是纸上谈兵，真正操作起来，指不定什么样子呢。过去，甄爱社真心帮他，甄爱社被查，没有人真正帮他了。"

杨义成疑惑地说："他怎么能把甄爱社拿得铁铁的？"

"嗨，都是利益使然。甄爱社暗中帮助他拿下了小白河引黄入淀工程，他让牛经理干，我都知道。后来，赵国栋书记给废了合同，他恨你姐夫赵国栋，简直是恨之入骨。"大巴掌说着，脸上也有疑惑，"我也一直想不通，甄爱社怎么那么钟爱杨义伟啊？他送给他多少钱啊？令我惊诧的是，甄爱社被查，还没有牵连到他。"

杨义成强迫自己镇静，摇了摇头，说："别看甄爱社是我岳父，里边的事我一点不知道。他们走得多近，有什么瓜葛，我们真的不知道了。"

大巴掌笑吟吟地说："大哥，听说你到国盛了，祝贺啊，鹏程万里，有空我请你吃个饭吧。"

他的幽默感瞬间消失了，拿出手机，让杨义成看他手机里跟大领导的合影。

杨义成对此没有兴趣，匆匆下楼离开了。

他坐上汽车去找杨义伟，他上火，喉咙肿了，呜呜噜噜响。汽车堵住了，北京越来越拥堵，汽车的尾灯两处起伏的红线，晃人眼睛。短短的路，走了一个半小时。杨义成怒气冲冲闯入杨义伟的办公室，他一见到杨义伟，没有说话，挥舞着拳头，狠狠打在杨义伟的脸颊上，一拳又一拳。

杨义伟被打翻在地，滚了几下子，迅速爬了起来，摸了摸被打得火辣辣的脸，抬手嘭的一拳，打在杨义成的脸上。杨义成站稳了，又踢了他一脚："你可气死我了！"

　　听见剧烈的响动，公司值班人员一片惊呼，此时有保安冲了进来。

　　杨义成一动不动，静静地站着。

　　杨义伟趴在地上喘气，摆了摆手："滚！"

　　保安乖乖退出去了。

　　杨义伟脸上乌紫，嘴角流血。他挣扎着站立起来，坐在沙发上喘息着："大哥，你为什么打我？这是为什么啊？"

　　杨义成擦着自己嘴角的血说："你还有脸问我？爹、娘、姐和姐夫都急坏了。爹都骨折了，我真是不理解，你到底要干什么？"

　　杨义伟轻蔑地说："别人着急我信，赵国栋不可能替我着急。他要是真的着急，就不会毁了我的小白河工程，就不会阻挡我进入千年秀林招标，你有啥不理解啊？你眼下帮我融资三个亿，就把我们的国义集团救活了，危机就解除啦！"

　　杨义成抬手指点着他，说："苦肉计，这算啥，算你有本事吓唬老人吗？这是哪家的道理？国盛在成都的项目资金，我来负责不假，我掌握着重金，但是，那不是我杨义成的钱，我能挪动给你用吗？亏你还当了上市公司老总，你完了，我也跟着完蛋了！"

　　杨义伟揶揄着说："你揣着明白装糊涂，我不是让你挪用公款，我要见你们靳一光老总，我要与他进行实质性合作！"

　　杨义成苦口婆心地说："义伟啊，全国想见靳总的人多了，你自己不行，见了也没有用，无法沟通。你们的眼光、胸怀和水平不在一个平台上。我们就是搞通信，卖机器，研发新技术，不谈合资、不谈跨界、不谈上市。你能生产芯片吗？"

　　杨义伟大咧咧地说："你别把你们靳总说成神，都是做生意的人，谁家锅底没点黑啊？"

　　杨义成目光冰冷犀利地说："老二啊，我从官场离开，到了生意场上，感觉这里聪明人太多。你就属于聪明人！师傅最恨的就是你这种聪明人！习惯找套路，习惯拉关系，走捷径，搞利益输送，搞桌子下边的谈判。现在的党情国情，这样做是没有出路的！甄爱社被查，你还不吸取教训吗？"

杨义伟说："甄爱社副省长，人家对我是真好。如果他还在，我谁也不找你们。"

杨义成脸涨得通红："义伟，我们是兄弟手足，我们白洋淀有句土话，常在淀边走，哪有不湿鞋的？十次有一次被抓，公司牌子就倒了！哪家正规的大公司，愿意跟你合作？"

杨义伟冷静一些了，咬唇皱眉说："你说的大道理，小孩子都懂，糊弄谁呢？民营企业越来越难，要么傍上民营大公司，要么跟央企混改。不然，我们怎么活？这不是我一个人的痛苦，大家都这么苦熬，你想一想，你给我开个药方子！"

杨义成叹息了一声，说："药方当然有。但是，多大的热情，你永远别想叫醒一个装睡的人，多好的药，也治不好病入膏肓的人！"

两人不说话了，木然地呆坐着。

城市完全寂静下来，鸟巢蓝色的灯光熄灭了，高高的路灯的光亮照射进来。

杨义成说："我理解你的痛苦，我也痛苦，但是我的痛苦你未必理解。我在国盛的压力有多大，是常人无法理解的。"

杨义伟口若悬河地说："大哥，我理解你，你在深圳恒通破产时，爹和姐过去的时候，我一直惦念着。我渡过这道难关，也许有一天，你在国盛碰壁了，落魄了，我动用资金真正帮助你，你就会谅解我并感激我。我什么性格你知道，我是仗义疏财的人！不然不会有这么多的人脉。"

杨义成咬了咬牙，说："你还没有反思，还是没有准确评估自己。人脉？别提你的人脉了。你现在资金链出了问题，在你会所里吃吃喝喝的朋友呢？哪一个站出来给你注资？"

杨义伟振振有词地说："那些人啊，虚头巴脑的。再说了，别人那仨瓜俩枣的，救不了我。我要是央企就好了，我要是有权就好了，你看人家西方，老板可以当总统，你辞职的时候，我说什么来着，不能丢掉权力啊！"

杨义成有一种生活底牌被揭开的感觉。

杨义伟代表一种民营企业家夺权的心态，这在中国是极其可怕的。金钱解放了他们的欲望，却又使他们陷入了一种新的精神困境，这很残酷又很真实，想到这些就不寒而栗。杨义成严厉地说："义伟，你的这种想法是非常可怕的，像我们靳总似的，遵纪守法、埋头苦干，把心思放到企业经营上来！"

杨义伟说："就是，我要见靳总。他像胡雪岩一样，历史上肯定留一笔了。"

杨义成生气地说："这能在一起比较吗？"

杨义伟吓得吐了舌头，脸上肌肉颤抖。

杨义成喝了一口水，说："做企业，风险无处不在，每一个决策都冒着风险，每一步都可能面临万丈深渊。你知道我们靳总的魄力吗？他说只有棺材钉上时才能松一口气，这句话背后是怎样坚强的意志啊？你对照一下，看看你的企业进入守望的那一刻，你干什么去啦？你去澳门赌博了，在新葡京赌场竟然输掉了三个亿。就凭这个，我也该揍你！"

杨义伟吃了一惊："没有啊，赌是赌了，随便玩玩，没有输那么多。"

杨义成恼怒地瞪着他："到现在你还敢耍赖。澳门新葡京赌场还奖励了你一辆林肯加长豪车，你戴着大花红登台领奖，我没有赌过，但是，我们知道一个赌户不输掉两亿元，是没有这份待遇的。你说你丢人不丢人啊？爹要是知道了，非气死不可！"

杨义伟坐不住了，紧张、惊慌，额头冒汗："哥，你咋知道这么多？你在偷偷调查我吗？"

杨义成默默打量着神秘而空洞的大屋子，说："调查你？我没这个兴趣，我从大巴掌那来。事到如此，我们打开天窗说亮话吧，你让我帮你，我不了解你一下让我怎么帮？关键是你认识到错误没有？你这样胡闹，谁敢给你注资？"

杨义伟狡黠地眨着眼睛："新葡京赌场，林肯，我知道了，赌场领奖时邢月月砸我的场，我能不生气吗？"

杨义成大声说："月月是你的老婆，你不走正道还怕月月说你吗？

谁说的不重要，我问你这是不是真的？"

杨义伟口气软了，说："是真的，那是一时兴起，后来我不赌了。"

杨义成气得跺了跺脚，说："让我说你什么好啊？三个亿得买多少辆汽车啊？还有，这是什么恶劣行为啊？聪明人净干蠢事呢，多少老板都在澳门倾家荡产、家破人亡啊？"

杨义伟又沉默了，胸脯剧烈地起伏。

杨义成狠狠地白了他一眼："还有，你廊坊的产业园项目，定位是有问题的。京津冀协同发展，是个利好，但是，它是双刃剑。你从中套现，转移到加拿大，企业成了无底洞，资金链断裂，谁救得了你？"

杨义伟惊讶了："大哥，你怎么都知道？谁告诉你的？这人太狠毒了！"

一阵沉默，屋里奇静。

杨义成走到窗前，望着黑暗的夜色，胸腔仿佛被黑暗逐渐充满。他的胳膊麻木了，来来去去甩动两下，剩下就是暗暗地抖。怎么办啊？外面街道和广场灯火辉煌，但是，他的心却陷入了黑暗，陷入一种旁若无人的沉思中。

杨义伟给杨义成跪下了："哥，你快救救我吧！你帮帮我，我以后听你的！"

杨义成点点头，说："好吧，我答应你见靳总。你必须答应我两个条件，第一，以后不能再跟家里耍苦肉计啦！第二，有了注资伙伴，不能独断专行，不能随便套现，对自己企业负责。"

杨义伟满足地呵了一声，咧嘴笑了笑："谢谢大哥，我知道，我们马上去，我道歉，我检讨，我要多学习，我要脱胎换骨！"

杨义成绷了很久的脸展开了："谈到这儿了，我们今天晚上去德县看望老人！"

杨义伟点点头，低头跟着杨义成走了。

杨义成和杨义伟回到德县已经是夜里三点，县城还笼罩在黑暗中。县城的大雾迷离，到处黑咕隆咚的，汽车开得缓慢了。夜风不冷，有一股白洋淀苇叶的芳香。杨义成一路开车拉着杨义伟，杨义伟坐在后排，直接将臭烘烘的脚伸到前座靠背，杨义成忍受着他臭烘烘的脚气。

杨义成感恩杨三笙，从小忍受着杨义伟的各种欺辱。

他们直接开车去了医院。

到了德县县城，杨义成有些激动。

是啊，世事要变了！

德县、容光、新水三县人民的生活中迎来最耀眼的瞬间，历史的一页已经掀过去了。白洋淀新的生活即将来临，黎明之前的困惑、欣喜、躁动和迷惘是必然的。当然，人们还有对未来的希望。希望是美好的，白洋淀新区只会越变越好。新区像一艘大船，换上了发动机，换了年轻的船长，在转折性的弯道上重新起航了。

杨义成找到了苏一朋，苏一朋将德县杨义伟封控的地产抵押，然后他跟杨义伟公司合作了。

杨义伟满血复活了。

他脑袋聪明，尽管没有能够见到靳一光，却通过苏一朋认识了中天建的央企老总，他动了跟央企混改的念头。

第四十九章　烦恼人生

王德和顾凤娇婚礼之前，去了一趟太行山，傍晚，他们赶到了王家寨。

王德在码头上站了一会儿，久久未能合拢嘴巴。水包围的村庄，一般都有缠绵、柔软和多情的特征。他看见村庄上空的炊烟袅袅升起，又摇到村口去，像一条灰带子蜿蜒在淀中，有一股艾草的味道。船上都喜欢放一把艾草。村舍和船，蒙上了一层玫瑰色的晚霞，乌鸦低着头在广场觅食。

码头上归来的老船，长蛇一样排列着，发出沉闷的隆隆声，如果不细细分辨，以为是风吹乾德大钟的回音。王家寨有一种神秘的力量，控制了王德。此刻，王德的心情是复杂而低落的。他梳理着自己的思想片段，马上想到自己的婚姻，心中就像扎了一根鱼刺，这根刺扎得很深，只有在新的幸福里才能拔掉。

孙小萍见到顾凤娇就问她一个问题，王德一猜就说她用脸盆砸爹的额头的事。顾凤娇频频摇头，说："我不是故意的。"

孙小萍说："既然这样，你应该去给老人道歉。"

顾凤娇望着王德，点头说："大哥也叮嘱我们了，我们是来看老爹的。"

孙小萍忽然想起了什么，把顾凤娇叫出去说几句悄悄话。王德觉得蹊跷，偷偷躲在墙根偷听。

王德听见孙小萍厉声说："凤娇，问你两个问题，跟我说实话，你要是糊弄我，我以后不管你的事啦！"

顾凤娇低头不吭声，牙齿咬着一缕头发。

孙小萍悄声问："第一个问题，砸王德老爹的事是不是故意的？"顾凤娇委屈地说："小萍书记，你还不了解我吗？老人对我再有成见，他也是长辈，我孝敬老人去的，讨好老人去的，谁知秃噜手了，怪我成心真是冤。"

孙小萍说："好，我分析你不是故意的。第二个问题，王德与杜梅的婚姻破裂，你是不是第三者插足？"

顾凤娇语气缓慢了，有些口吃："孙书记，不是，不是的。杜梅跟您说什么啦？"

孙小萍瞪眼说："杜梅都跟我说了，你没有到优派服装之前，王德两口感情挺好，你到了就把王德迷住了。"

顾凤娇辩解说："他们性生活一直不和谐，不信，你可以问王德啊！性爱性爱，没性哪有爱啊？"

孙小萍生气了，喝道："你这是什么谬论？你承认自己是第三者了？"

顾凤娇把声音拉长了，委屈地说："孙书记，你别把话说得那么难听嘛。没有我顾凤娇，还有李凤娇，王德跟杜梅也会离婚的，我好冤枉啊！"说着，呜呜地哭了。

孙小萍气愤地嚷："你哭什么，王德在王家寨搞玩具厂，你只顾在城里开饭店挣钱，你想过杜梅的感受吗？"

王德犯了脾气，声音像古钟一样响亮："孙书记，你跟杜梅好，我没有意见。但是，你不能否定凤娇，她支持我回村的，你不能小看她人品。"顾凤娇说："是啊，我支持王德的工作。这样的话，我让他回县城跟我忙饭店得了。"孙小萍生气地说："谁也不能走，咱们有盆说盆，有碗说碗，你们回去反思一下，只有彻底明白了生活，弄懂生活和爱情的真谛，你们以后才能过得好、过得幸福。你们以为王家寨那些贫困户脱贫了，你们就幸福吗？"

晚上回到县城家里，顾凤娇一把抱住王德的脖子，亲了又亲："老公，当着孙小萍的面你替我说话，你是真爷们儿。我们结婚吧，我才不在乎你倒不倒插门呢，我也不在乎孙小萍说我啥，我就是爱你，人生有爱就够了！"

王德也抱紧了顾凤娇，一直把她抱到床上，将笨重的身体压了上去。不知为啥，王德只有在顾凤娇身体里才能释放性的快乐，达到淋漓尽致。别看凤娇钻山沟出来，土里土气，却有着非凡的魔力。

孙小萍将王德的扶贫办公室，转变为乡村振兴办公室。她在想一个问题：批评顾凤娇，会不会惹王德不高兴？她感觉杜梅还爱着王德，孙小萍想阻止他们结婚，撮合王德和杜梅破镜重圆。

王德和杜梅好了，王家寨玩具厂升级投资才有可能，她从旁观者角度分析，并不看好王德和顾凤娇。可是，拆散了王德和凤娇，顾凤娇怎么办？

这种矛盾的心情折磨着孙小萍。

王德跟顾凤娇在县城耳鬓厮磨了几天，就想着回家看父亲王永泰了。他想爹了，只是不敢见爹。王德上了码头，没有去村委会，直接回了家。王永泰额头缠着纱布，但是几乎好了，王德搀扶老爹去诊所拆了纱布。王德说他大哥骂了他，孙小萍书记批评了他，王永泰听了反倒心疼起王德来了，王德落魄到这份上，委实也不容易。王永泰揩着眼睛说："儿啊，这几天爹想了好多，你奶奶也说我。你都这么大了，自己的路自己走吧。你要是跟凤娇结了婚，她要是真心实意跟你过日子，她就是咱王家儿媳妇，我这当爹的没有火气了。"王德嘿嘿地笑了，竖起大拇指："爹，您真英明，您同意我们结婚了？"

王永泰嗯了一声。

王德得意地说："爹，我是王家寨的人，就该回村娶妻生子，到时候，还请您出面，把义成大哥叫回来，给我撑撑门面。"

王永泰想了想，说："请你大哥，是你的意思还是凤娇的意思？"

王德说："当然是我的意思啊！"

王永泰点了点头，说："看看老大的时间吧，他在莫斯科呢，除非他顺便回国办事。"王德笑了，说："爹，您说的，我跟凤娇结婚了！凤娇他爹特别在意那个倒插门协议，咋办？儿子签还是不签？"

王永泰说："签！当初让你坚持不签，是看看顾家反应。签了，又能咋样？你倒插了门，你爹你奶奶就不管啦？还不是一个样啊！"

王德一拍脑门："对呀，爹英明！"

王德心中有底了，晚上回县城跟顾凤娇说了。顾凤娇给王德熬好中药，药锅子咕咕冒泡，说是给王德补肾的。顾凤娇让他喝了药，王德与顾凤娇在床上滚了几滚，咧了咧嘴，说："吃了补药，好好干活。"

王德说："凤娇啊，告诉你个好消息。我爹心软了，原谅你了，他同意我们结婚啦！"

顾凤娇笑了，蹦蹦跳跳："真的啊？我爹那倒插门的协议签不签？"

王德想了想，说："我爹说了，签啊！这都是形式上的事，结了婚就是一家人。"

顾凤娇抱着王德的脑袋亲了又亲，两人又在床上滚了一阵。

王德在王家寨发现了一个问题：这里最缺的是污水处理池。建村污水主管道的条件已具备，还有厂家捐的管道，必须在雨季来临前，把每家下水连上那根宽阔的主下水道，贯通到新建的污水池里。

王德跟胡玉湖提出来，孙小萍有些吃惊。

孙小萍叫上了胡玉湖、王德志和王德，她和他们定好时间，请来施工老板王金贵开会。几方意见一致，施工放在夜里，王家寨都是狭窄的胡同，主泵房放在村民广场，要挖掘机挖开广场，如果白天施工，老百姓出入不方便，游客也无法进村，夜间施工，苦点累点，但是，不会打扰老百姓的生活。王金贵老板算了算，根据施工量看，紧张一些，一夜干完没有问题。

夜晚来临，夜幕又一次笼罩了白洋淀。

有灯光的夜晚，没有星星，没有月亮，天空漆黑无比，蚊虫像天幔，洋洋洒洒地飘动。静悄悄的王家寨，人和船都睡沉了，街上空无一人。

顾凤娇进村到了二巴掌的鱼丸店，晚上给工人们做饭。

孙小萍和王德白天丈量好了位置，挖掘机师傅说："今天太黑了，看不清怕活干不好。"王德说："凤娇，去把我的车开过来用车灯照着。"孙小萍又大声说："把管道铺好后一定要先回填细土，挖掘机回填，千万不要让石头和土压坏管道漏水！"大家回答："知道了，开始干吧！"

挖掘机开始施工，挖出来的多一半是大小不一的石头，不一会儿沟就挖出样来了，村里电工邸二虎回家路过看用汽车灯照着干活，急忙把路灯接上电，工地一下亮了起来。

邸二虎不打架了，王德找胡玉湖给他安排当了电工。

王德望着家家闪烁的灯火，心中无限感慨。变了，龙云台真的变了，只要怀着一颗持之以恒的心去干事，穷困这东西，都已经过去了，而且他从中获得了无限的激情。

夜半时分，一家家的灯灭了，他们还在施工。天黑了，蚊虫也下来了。王德的脖子被咬了一个个的红疙瘩。

后半夜，挖开的道路下，工人们埋好管道，挖掘机陆续回填好，干活的工头坐着石头靠着树干累得睡着了。王德打着哈欠，走到孙小萍身边："孙书记，您歇一会儿吧。"孙小萍坐在电线杆下边的石头上，背靠着千年老梨树说："你照顾好师傅们！"王德走向挖掘机，给师傅们递烟："师傅，抽颗烟休息一下吧？"师傅说："抽一支烟就行，不歇了，天快亮了。"王德嘿嘿地笑了。师傅对王德说："王主任，村里干活的都睡了，你帮我们干，你一会儿也没睡。"

王德拿手机看了看时间是凌晨四点半，顾凤娇提着水壶，给大家送茶水，王德让大家醒醒，分发香烟，抽一颗烟精神精神，活快干完了，再加把劲收尾打扫一下。夏天夜短，不知不觉，天亮了，鸡叫了，王永泰起得早，看见这一幕，心中涌过一股热流。他最先看见孙小萍和王德，他心疼地问王德："王德，你和孙书记一夜没睡？"王德说："爹，没睡，天亮前必须干完，说是怕惊动乡亲们！"王永泰感动地说："嗨，多辛苦啊！"

天彻底亮了，芦苇荡里喷出一线红色。老百姓陆续都出来干活了，人们笑起来，笑得泪花满脸。姚哈喇望着孙小萍和王德，喃喃地说："真不简单啊，我们党的好作风又回来了！胡玉湖这老东西咋没出来干啊？"

王德急眼了，大声说："哈喇叔，你怎么说话呢？胡支书让干的，他昨天出差了。"

秋分以后，白洋淀芦苇黄了梢，收获的季节到了。再经过寒露、霜降和立冬，王家寨就变成了另一个世界，渐渐热闹起来。

孙小萍听说王德答应倒插门了，协议上写顾大龙和王芳去世以后，顾邈遢由王德和凤娇照管，连这王德也都签了。顾大龙放心了，王德和顾凤娇就要办婚礼了！

顾凤娇的老爹顾大龙夫妇、弟弟顾邈遢都提前两天来到了白洋淀。

这场即将举办的婚礼，让孙小萍心中纠结、左右为难。实在憋不住的时候，孙小萍还是跟顾大龙说了实情，顾大龙十分气愤，狠狠骂了顾凤娇，太行山人不能干这种事情。既然木已成舟，只好彻底断了让杜梅与王德复婚的念头。孙小萍的愿望落空了，默默地很伤感。

王德和顾凤娇的婚房布置好了。

婚礼前一天，王家寨风轻云淡。伍宝库、王永丽、杜梅和王茜茜都来了。王德觉着自己跟杜梅离婚了，伍宝库和王永丽是他姑姑、姑父，杜梅应该越走越淡才对，谁知他们越来越黏糊了，还扬言要给伍宝库两口养老送终。杜梅来参加王德和顾凤娇的婚礼，王德吃了一惊。杜梅说她要看看王家寨的布娃娃玩具厂，如果行就抓紧升级。

王德转身要走，王永丽凑了过来，叮嘱说："我们坐船去了荷花大观园，杜梅在庙里给你烧香，她希望你幸福。人家杜梅能来参加你的婚礼，多大的胸怀啊？她至今还单身，一心扑在厂里，对我们和孩子非常好，你对杜梅态度要好，不然姑姑不饶你！"

王德一愣，心中热热的，点头说："姑姑，我懂，我懂。"

富人读书，穷人养猪。老顺子不打鱼了，家里开始养猪。王德从老顺子家买了一头猪，王家寨的风俗，新婚杀猪要新郎捅猪头第一刀，这叫鸿运当头。王德不想亲自杀猪，更不想看杀猪了，这是杀生啊，有些残忍。村里姚哈喇和腰里硬爱杀猪，王德不能让他们上手。噼里啪啦，鞭炮响了以后，屠夫一声吆喝，王德眼睛一闭，就把刀捅进猪的脖子，猪嗷嗷惨叫，血呼地喷了出来，像打开了一把红伞。老顺子用脸盆接猪血，看热闹。王德擦了一把脸上的血，就偷偷走了。

王德带着顾凤娇去给她娘家这桌敬酒。顾大龙笑呵呵地说："如今党的扶贫政策好，山里人都脱贫了，你们别惦记啊！生活富裕了，就不提倒插门的事了。"王德微笑着说:"你们来白洋淀一趟不容易。多住几天,我和凤娇陪你们玩一玩儿!"

顾大龙点头笑着说:"好,你们忙吧。"

王德拉顾凤娇去了杜梅这一桌敬酒。孙小萍、乔麦、雁子陪着杜梅这桌吃饭。王德问乔麦:"乔麦,我们老三呢?没看见他人影啊?"乔麦红了脸,说:"我没有看见他,你怎么找我要人啊?"王德说:"乔麦,对不起啊!"孙小萍扑哧笑了,说:"赵国栋书记在县城请你义成大哥,他跟着陪酒呢。"王德点了点头。王德转脸对着杜梅说:"杜总好,我和凤娇欢迎您的到来,您吃好喝好!"杜梅没有抬头,站了起来,举着酒杯说:"祝福你们花好月圆、白头偕老!"

孙小萍怕他们尴尬,陪着顾凤娇喝了一杯酒。

杜梅很平静地坐下来,但是眼光复杂。前几天杜梅看着王德的婚期一天天迫近,她讨厌这一天,恐惧这一天,但是,这一天还是无情地到来了。人生许多事,真是很难说清楚的。杜梅夜里痛哭了一场,从心里彻底把王德放下了。

顾凤娇竟然给杜梅鞠了一躬。

杜梅轻轻坐下了。王德的心也平静多了,他感觉杜梅像变了个人,她不会在婚礼上搞什么名堂。

下午,孙小萍带杜梅去看了看大乐书院,然后就转到了王德的扶贫玩具厂。三十多个农民做着玩具,其中就有老顺子的老伴,她坐着轮椅干活,跟杜梅夸奖了几句王德。孙小萍对大家说:"王总有功劳,真正的功臣是杜总。我们产品销售都是杜总帮忙的。"大家微笑着冲着杜梅鼓掌。

王德喝了不少,他将顾凤娇支走了,他还要在县城的酒店大堂等候大哥杨义成。

王德坐在宾馆大厅睡着了,杨义成和王决心叫醒了做梦的王德,杨义成他们给王德道喜。王德憨厚地笑着说:"大哥,三弟,王德感谢你们捧场啊!你们喝好了没有啊?要不我再陪你们去白洋淀不夜城喝点去?"杨义成微笑着说:"王德,你也喝了,我们也喝了不少。明天就是你的婚礼了,你也早点休息去吧。"

王德兴奋起来，说："哥，我想跟你说几句话。"

杨义成盯着王德的脸说："瞧你喝得大红脸，明天聊不行吗？"王德懒懒地摇着头说："不中，明天我是新郎官，恐怕没有时间啊。"决心苦笑着说："二哥，你这是唱哪出戏啊？这么晚了不陪新娘，缠着大哥没完啊！"王德瞪了王决心一眼，说："我是你二哥，咋这样说话？没你的事，你先睡觉去！"

王决心笑着，使劲拍了一下王德的脑袋："你是水仙不开花，装蒜啊，二哥的桃花运比谁的都旺！"

王德踢了王决心一脚："谁装蒜啊，我瞅你就是水仙不开花的主儿！桃花运旺咋的？气死你！"

王决心闪身躲了一下，消失了。

王德跟着杨义成进了宾馆的房间。王德烧水沏茶，给杨义成倒了一杯茶水，杨义成伸了一个懒腰："喝多了，喝多了。"王德笑笑，说："大哥，今晚听说你跟赵国栋书记喝酒啦？如今你是济公的扇子，神通广大啊！"

杨义成一边喝茶一边说："没那么简单，姐夫给我任务了，帮助王家寨上马数字设备，建设数字乡村。"王德神秘地问："这是好事啊，看来王家寨不会拆迁了，孙小萍整天喊留住乡愁啊！"杨义成想了想，说："王德，你难道不愿意王家寨留下吗？"王德有自己的看法："要说乡愁就是闲愁，交通不方便，老百姓生活成本增加。但是，要是没了，我心里还空。白洋淀旅游需要提升，王家寨是多好的旅游景点啊！"

杨义成沉吟了一下，说："王德啊，你越来越有头脑了。你在王家寨的玩具厂效益还可以吧？"

王德笑道："当然好啊，不然，爹也不答应我结婚啊，小厂效益不错，这次杜梅答应投资升级。今天杜梅和姑父、姑姑都来参加我们的婚礼了！"

杨义成哈哈笑了："老二，咱家数你牛啊！玩得好啊，顾凤娇情愿嫁给你，前妻杜梅还亲自来祝贺。"

王德举杯喝着水："大哥，你别拿我开涮了，谁比得上你啊，我这回盼着你来，是想让你帮我，我好好干，将来也在村里有点进步啊！"

杨义成一愣问："帮你什么啊？"

王德说："看来老三一心想去当工人了。村里胡玉湖支书老了，孙小萍第一书记是外来人，将来得有王家寨的年轻人接胡支书的班啊！"

杨义成哈哈笑了："老二行啊，野心不小啊！大哥支持你，不过你得好好干，职位是干出来的。先把自己的日子过好，稳住大后方，然后撸起袖子把老百姓的事情办好！"

王德点头说："一定，一定。"

杨义成垂头浏览了一下手机。

突然，王德的心像是被扎破了一样，目光发直，张几张嘴，使劲睁着眼睛："大哥，我今天特别难受啊，看见杜梅和孩子来了，我真的不想结婚了！"

杨义成瞪眼说："老二，别说傻话了。男子汉不能出尔反尔啊！"

"你不懂我的心！"王德一头扑进杨义成怀里，哭了一鼻子。

杨义成惊讶了一下，弄得手足无措，王德第一次在杨义成面前痛哭流涕。杨义成知道，王德跟杜梅还有感情，杜梅对他更是爱得深沉，甚至都能包容他出轨，杜梅维护女性的尊严，咬牙跟王德离了。从明天开始，王德就要与杜梅永远地告别了。不管是蜜还是苦酒，都是自己造成的，都要自己来品尝，生活的河流毕竟向前奔涌而去。

第二天上午，王家寨喜气洋洋。

村委会的会议厅，宽敞明亮，已经是一片热闹非凡的景象。这是婚礼的主会场，王永山依旧是主持人。三十张大圆桌上，摆满了王家寨的特产，瓜子、苹果、红枣、黑枣、花生，当然还有喜糖。说话声、笑声、音乐声响成一片。

王永泰、顾大龙、王芳恭候在会场入口，有客人进来，他们都握手。

王决心看见老爹站在门口，觉得不好，就对王德说："二哥，你让爹站着不合适吧？"

王德想了想，说："对呀，这是大操儿安排的，我没有想那么多。"王德和顾凤娇先拜了水上飞爷爷、铃铛奶奶，然后就派小洒锦照看两位老人，王德他们到了村委会。

王德和顾凤娇搀扶着王永泰到了主桌坐下。

王永泰穿着红衣裳，满面红光。

王决心看见了王德和凤娇搀扶王永泰，心中十分高兴。王德虽说是水上飞的孙子过继到王家的，但他一直拿王永泰当亲爹。他对伍宝库、王永丽夫妇也非常尊敬，毕竟他们是姑父和姑姑，他又带着顾凤娇看望了伍宝库和王永丽。伍宝库喜欢收藏粮种，王德就到处给姑父找种子。

王永泰不缺少见识，但是，从昨天到今天，听见县里、乡里和村里领导对王德的夸奖，再看看今天这排场，老人心里有说不出的骄傲和荣耀。

王决心忽然走过来，说："爹，您先坐着啊，县里、镇里领导跟大哥说说话，他们吃饭时就撤了。"

王永泰急眼了："来的都是客，咋让人走啊，多不礼貌啊？你二哥是好面子的人，他的脸往哪搁啊？"

王决心嘿嘿笑了："爹，你不懂，现在有'八项规定'，参加婚庆吃饭时只能是亲戚。"

王永泰明白了："是啊？别怪人家，别耽误人家领导的前程。"

王永泰身边清净了，王芳拽着顾凤娇凑过来。顾凤娇坐在王永泰身边，亲自给王永泰剥了一块喜糖，还伸手抹抹老人的额头的汗。

顾凤娇以一种胜利者的姿态，向自己的亲戚和乡亲们寒暄，不管怎么样，显然她是胜利者。顾凤娇并没有感到王德内心经历的矛盾和煎熬，她也不在乎有人在背后说三道四。

孙小萍发言的声音洪亮："今天，我代表村委会、大乐书院和乡亲们，向我们的扶贫模范、王家寨乡村振兴办公室主任王德祝贺，祝贺他和顾凤娇女士新婚之喜！"

杜梅默默地听着，有些晕眩。她站起来，说去一下卫生间，王茜茜追着她出来了。

孙小萍继续说："我们今天是一个婚礼，同时还是扶贫总结会。王家寨在美丽乡村建设中是走在前面的，因为王家寨不是省级贫困村，没有派第一书记，扶贫工作有些滞后，好在王德回到生他养他的故乡，投资兴建了玩具厂，让建档立卡贫困户彻底脱贫啦！我们下一步乡村振兴再出发！"

人们热烈鼓掌。

孙小萍神采飞扬地说："下面，我们请德高望重的胡玉湖支书讲话。"

胡玉湖微笑着站立起来，大声说："刚刚，我们村的第一书记孙小萍讲话了，我没有啥说的，先是给王德和顾凤娇两位新人祝贺，新婚大喜！这是一个不寻常的婚礼啊！没有想到，王德以前经常在容光县生活，办了服装厂，没有指望他回来。结果呢，他回来建厂给我们带来了惊喜啊！"

孩子们哎哎地叫唤，压住了胡玉湖的声音。

王永山给调了调话筒，递给胡玉湖。胡玉湖继续说："一方水土养一方人，我们靠打鱼、织席、养鸭，为了保护白洋淀水质，这些活不让干了，一方水土不能养活一方人的时候，人绝望了，年轻人都出去打工了，有的男孩被倒插门招走了，村里房子破旧。听说村庄被拆除，后来大乐书院来了孙小萍，她向上级反映，保住了我们王家寨，让我们看得见绿色，看得见水，看得见乡愁。白洋淀新区成立了，补水成功了，生态好了，乡村振兴开始了，我们在谋划新的产业，好日子就到了！"他说话的时候，声音颤抖，用手背揩了一下眼睛。

王永泰眼里转着泪花，他抬起油脂麻花的手揩着自己的眼窝。那一年，王德跟杜梅结婚，他就想起了王德的亲生爹娘。今天又是，他爹胡平是车祸死了，娘多少年就断了联系。

孙小萍有些哽咽，还想说话，说不出来了。

顾大龙一边抹眼泪，一边插嘴说："这是我们顾家的喜事，更是龙云台的福音啊！"

主持人王永山打破僵局，说婚礼拜亲仪式马上开始。

门口鞭炮一响，喜气越来越浓。

村委会大厅烟气腾腾，王永泰、顾大龙、王芳三位老人上台坐下。马上进行拜天地拜爹娘、夫妻对拜的仪式。

杜梅和王茜茜忽然不见了。

王德焦急地张望着，整个大厅都没有她们的身影。王永丽悄悄告诉王德："别急啊，我瞅见杜梅带着茜茜上淀边看荷花去了，你照顾客人吧，别操她们的心了——"

王德愣了愣，下意识地摸摸脑袋，给杜梅打手机，没有接通。

王永山带着王德和顾凤娇分别到各桌敬酒，喧哗，骚乱，有的小孩子鼓掌，有的青年人鼓掌和喊叫。王德头晕目眩，甚至不知自己身处何地。不知道什么时候，他和凤娇眨眼就到了杨义成、王决心和水牛这一桌。

吃饭的时候，杜梅和王茜茜回来了。

王茜茜怀抱着一捧荷花，蹦蹦跳跳，似乎没有多大心眼。

孙小萍负责陪杜梅，她把杜梅拉到一张桌前。

顾凤娇在嘈杂声中，一直在兴奋着，见到这桌的哥几个，她有些怵头，特别是她怕杨义成。不知道为什么，她怕杨义成。她把王德留在这一桌，自己偷偷溜了。

王德坐在这一桌，见到兄弟们高兴。他仿佛回到了遥远的在白洋淀童年，尽管大哥从小就跟王德、王决心分开了，但是，那份亲情越来越浓烈。王德继续给哥几个敬酒，笑着说："大哥，决心，你们还记得不？小时候，我们在白洋淀芦苇荡里掏鸟蛋。"王决心想了想，说："记得啊，好像是鹌鹑蛋吧？"杨义成纠正说："是鸟蛋，我们一起玩撞鸟蛋的游戏。"

王决心抓着脑袋，想了想，说："什么游戏规则来着？对，大哥发令，每个人拿着一个鸟蛋，分别一撞。谁的蛋碎了，谁就唱歌。"

王德说："是啊，当时谁的蛋撞碎了？"

杨义成说："好像是老三的鸟蛋碎了，罚他唱的歌！"

王德笑了："想起来了，老三唱的歌。"

王德说："老三是我们白洋淀的情歌王子，他唱歌那是响当当。"

王决心点点头："是啊，我的鸟蛋碎了，弄得我手里黏糊糊的。记得我唱的不是情歌，是雁翎队队歌。"

王德拍着巴掌说："现在都唱《传奇》和《两只蝴蝶》了，谁还唱雁翎队队歌啊？"

杨义成笑道："让老三再唱一遍。"王决心说："老掉牙的歌，都忘词了。"

王德感动地说："咱哥三个凑一块，太不容易，我提议啊，在我和凤娇大喜的日子，凤娇的爹从阜平带来了硒鸽蛋，老百姓承包鸽棚非常挣钱。我们再重新玩一把这个游戏，撞蛋，谁的蛋碎了，就罚谁当场唱歌。"

王德让顾凤娇把硒鸽蛋端来，几个人手拿洁白的硒鸽蛋，杨义成一喊："开始！"

咔嚓一声，三个人一撞，王德手中的蛋碎了，黄汁流到手掌上，他拿餐巾纸擦干净。

王决心嘿嘿笑道："二哥，你是新郎官，应该你唱白洋淀民歌。"

王德交叉摆着手，憨憨地说："老三先唱，老三先唱。"

王决心唱了一支白洋淀民歌《泪珠儿抛在烧车淀》。

王德嘿嘿地笑了，顾凤娇把他拉走了。

顾大龙、伍宝库、王永泰、老顺子在一桌喝喜酒。他们喝酒的时候，老顺子晃了过来，叉开两腿站在那里，敬了王永泰一杯："老哥，咱白洋淀有句土话：高垒墙，阔盖房，不如出了好儿郎。你家王德回乡干得好，我两个儿子、老伴都受益了。这是做梦娶媳妇，咸鱼翻了身啊！"

王永泰喝了酒，嘿嘿笑着说："老顺子，这回你不叫我水鬼子了吧？"

老顺子扭动着吱吱响的椅子，又喝了一杯。

第五十章　相亲

王决心去了千年秀林，家里空落落的。

铃铛已经一百零五岁了，闺女王永丽想尽尽孝心，免得留遗憾。王永丽回家是个好消息。铃铛的脸变得通红，高兴地摇起了铜铃，虽然没有节奏。她一阵糊涂一阵明白，嘟囔着说："对，永丽他们要来喽。"

王永泰不吭声了，闷闷地吸烟。

其实，尽管王德在村里干事，但也只是白天有空到家点个卯，每天晚上回到县城找顾凤娇。三个儿子中，王德是最让他失望的一个，他心里不接受顾凤娇。但因为是过继来的，他不好深管。王永丽作为婚姻介绍人，觉得坐了蜡，一直劝杜梅改嫁，没有想到杜梅性格这么偏执，她不嫁人了要认伍宝库和王永丽做干爹干娘。

阴天了，淀上没有一点暖意。

王永泰砸冰懵得了老寒腿，双腿疼痛难忍，每天也在吃药扎针灸。王永丽和伍宝库要搬过来，王家寨家里人口就多了，屋里锅灶就小了。刚刚跨出院门儿，弯腰想把门口的青砖搬进院里，他想垒个小点的锅灶，贴饼子炖杂鱼。

多年来，王永泰是以自己的勤劳、节俭和孝敬赢得了村人的敬重，平时除了打鱼，回家就爱鼓捣自己的小院儿，每天都要拾掇拾掇，如今让他尴尬的是连拾掇小院儿的资格都没有了。

他偷偷搬了三块青砖回来。

王永泰去搬砖的时候，听见有人说话，抬头看见说话的人是乔麦。

乔麦娘领着花花，乔麦跟她娘争执。乔麦娘沉了脸，埋怨着说："孩子，这王家寨有啥好？出来进去都坐船，多不方便啊？跟我回崇礼吧。"

乔麦倔倔地说："我不走，白洋淀的水养人。"

乔麦娘气得打嗝："你这孩子，咋说变卦就变卦呢？你爹的大棚该收小红薯了，你要是不回去，我可是自己回崇礼了。"她扭头倔强地朝码头走去。

王永泰吃惊，机敏的眉毛忽地抖动了一下，站在门口的台阶上说："乔麦啊，干啥去啊？"

乔麦回应说："大伯，没干啥，您和奶奶挺好吧？"

王永泰阴沉着脸说："挺好，乔麦，听说你和花花要回老家？我给你带点干鱼啊！"

乔麦微微一笑："谢谢大伯，我不回去了，以后常住王家寨了。"

王永泰一愣："为啥不走了？"

乔麦刚要回答，瞅见娘扭身子回来了。乔麦把花花交给娘，说："娘，你想通了吧？爹那边的大棚出租，爹也过来，这是白洋淀新区，回去你就后悔。"

乔麦娘领着花花回家去了。乔麦转过脸来，一双大眼睛闪着忧郁的光。

王永泰几乎不相信自己的耳朵，问："你说啥？不回去了？政府不让养鸭了，你在这干啥呢？"

花花在乔麦娘手里跌倒，哇地哭了。

乔麦弯腰抱起花花，直起腰来，向王永泰走近两步，拍打着花花身上的苇叶："大叔，我想好了，干点事就能活人！"

王永泰一愣，说："你别跟腰里硬那狗东西较劲，你还年轻，还得奔好日子呢。"

乔麦听出王永泰话里有话，沮丧地说："大叔，我这样的人，还能有啥好日子啊？"

王永泰脸上青了一阵："不，你心眼好，很有吃苦精神，一定会有好日子的，你不能长别人的志气，灭自己的威风。大伯是为你好嘛。"

乔麦的紧张加剧了恐惧，冷冷地说："谢谢您为我操心了，我可是等着了。"

王永泰被乔麦的话噎住了。

乔麦转身要走，其实两个人话不捅破，心里都明白，乔麦知道王永泰担心她与王决心走到一起。

王永泰回味着乔麦的话，隐隐有一种担忧。

王永泰又偷偷搬着几块青砖过来，忽然听见铃铛摇铜铃了，铃铛喊着吃鱼丸。

王永泰给小洒锦打了个电话，小洒锦端着一碗鱼丸过来，铃铛奶奶尝了一口，吧嗒着嘴骂："味道跑偏了，跑到保定去了。"

小洒锦愣了愣，解释说："娘，这不是成立白洋淀新区了吗？自从他哥哥从北京回来了一趟，说要出钱在县城给他建一个公司，二巴掌心就飞了，不好好做鱼丸啦。"

铃铛老泪纵横，嘴里嘟囔着："不对，二巴掌用的油不对，你细品品。对不起祖宗啊，你给我叫二巴掌过来！"

小洒锦吧嗒两口，感觉油有问题，赶紧给二巴掌打了电话，二巴掌慌慌张张一瘸一拐地来了，看似非常高兴。

小洒锦扇了二巴掌的后脑勺："赶紧给奶奶道歉。"二巴掌一愣："奶奶，我要转型了。"

铃铛抬手抹了一把老泪，嘴里嘟囔着："转你娘个篡儿，你是不是用了不好的油啦？你给砸了牌子，我可让别人干了，还是应该传女不传男啊！"

二巴掌似乎毫不在乎："奶奶的嘴真厉害，最近的鱼丸用了地沟油！"

"我打死你！"小洒锦举着笤帚就打二巴掌。

二巴掌踮着脚尖躲闪："市场低迷，这还不挣钱呢！让奶奶传女的吧，我死活转型了，不然真的不好找媳妇啊。"说完一瘸一拐地走了。

小洒锦扭着脸骂："这个不争气的玩意儿，最近相亲相疯了，不好好做鱼丸了。把祖宗的鱼丸子给干砸了，等决心回来，看你咋交代？"

二巴掌回头赌气说:"他管个屁,我要是回来做鱼丸,永远打光棍儿。"

铃铛奶奶气得哆哆嗦嗦,剧烈咳嗽。

二巴掌相亲的日子到了。

相亲那天上午,王永山和小洒锦都在场。王永泰带着王决心过来了。王永泰告诉王决心的时候,王决心还有些犹豫:"爹,二叔这样做,对女人不尊重吧?"王永泰说:"没啥不尊重的,不是强迫,是人家自愿来的。"王决心又说:"这是在蹭白洋淀新区的热度,起码对白洋淀新区不尊重。"王永泰一瞪眼,说:"决心,你咋说话呢?你再跟我犟嘴,就是对你爹的不尊重!"

王决心捂着嘴巴笑了。

王永泰让王永山给王决心也搞一个像样的相亲仪式。

王永山通过婚姻介绍所,找来了几个女孩。二巴掌西装革履,脖子上还扎了一条领带,他人瘦,穿上去有点撑不起来,显得有点滑稽。其实,二巴掌除了瘸腿,五官比他哥哥大巴掌好,方形的国字脸、高鼻梁、大眼睛,眼睛上头有两道黑黑的浓眉,挺有点男人气概。

二巴掌有一点自豪感,他终于可以选女人了。他感激白洋淀新区,如果不蹭新区的热度,光凭穷困的王家寨,哪有资格选女人啊?

王永山在院里操办,王决心在一旁帮忙。

王永山通过他的学生,从婚介所约来了九个女孩。等待女孩们到来的时候,还有一段闲暇时光。王决心忽然想跟王永山探讨一点爱情。他说:"二叔,你说这种相亲能有爱情吗?"

王永山苦笑说:"决心,这叫搞对象,找老婆。老婆与爱情兼得,是我们的理想,肉体和灵性的统一,是人的最高境界,你也学会思考了,是不是朱环让你受了刺激?"

王决心说:"朱环没有刺激我,只是收获了教训,婚姻是柴米油盐,而不是灵魂伴侣。你说,灵魂伴侣能过日子吗?"

王永山说:"决心,人能找个老婆过日子,终生不离不弃,已经是烧了高香了,寻找灵魂伴侣比登天还难啊!"王决心一愣,说:"这为啥?难道人世间没有灵魂伴侣吗?"王永山咬文嚼字地说:"灵魂伴侣不是别人，永远是你自己。"

王决心呆愣在那里，皱眉思索着。他想说话，但是声音被涩住了。

相亲的女孩们陆续来了。

女孩子抓阄排队等着二巴掌挑选，二巴掌一改以往的自卑，有了神采和精气。

女孩们大多来自白洋淀新区之外的农村，穿着土里土气，描眉画眼。二巴掌掩饰着自己的腿，他盘腿坐在椅子上，腰板拔得很直，眼睛色眯眯地扫来扫去。他总是在椅子上坐着，怀里像揣着兔子怦怦地跳。王决心觉得这样选亲，有点对女人不尊重，但是，又不能公开拒绝，他心里犹豫着，还是拿着一张纸，开始念名单了。王永泰和王决心留在院里，王永山和小洒锦进屋坐在了二巴掌身边。

王决心看着名单喊："张小兰，二十六岁，保定徐水大刘庄人。"

张小兰有些紧张，低着头走进去了，到了屋里羞涩地抬起了头。

二巴掌抬眼一看，晃了一下巴掌："过！"

张小兰沉了脸，沮丧地走了。

王决心念到第二个女孩名字："安秋香，二十四岁，沧州肃宁人。"

安秋香扭动着好看的腰肢走进来了。

二巴掌仔细端详着，犹豫了一下，还是说了个字："过！"

王决心强忍着不笑，后面又有六个女孩进屋。念到最后一个："秦冰冰，二十九岁，石家庄藁城人。"

二巴掌眼睛亮了，使劲一晃巴掌："拿下！"

王决心、王永山、小洒锦和王永泰都松了口气，惊讶地望去，看这个姑娘有什么特别之处。她穿着轻柔的花色长裙，高个头，圆盘脸，大眼睛，皮肤白白嫩嫩，像白色莲藕。秦冰冰似乎有话说，王永山示意王决心过去问一问。秦冰冰面带羞涩，轻轻说："让哥哥走两步，行吗？"她的声音是颤抖的，也是凄凉的。其实，今天来的女子们都巴望他走两步，想知道他到底瘸到什么程度。王决心说："秦姑娘让你从椅子上下来，走两步。"

王永山传递着话："春夏，人家小秦让你走两步瞅瞅！"

二巴掌迫不及待地下椅子，恨不得马上拥抱这个漂亮女孩。他双腿一麻，一头栽下椅子，摔了个嘴啃泥，脑门跌青了。秦冰冰霎时惊呆了，脑子一片空白。二巴掌的双腿，显然超出了她承受的底线。秦冰冰感到自己受到了侮辱，愤怒地吼道："妈呀，是瘫痪啊，你们这帮骗子！"头也不回地踮着脚跑了，美丽的裙子像蝴蝶在风中飘舞。二巴掌在地上爬了两步，双手拄地，伸着长长的脖子，急得满脸通红，声音嘶哑地喊："冰冰，冰冰，你听我说啊——"王决心急忙追了过去："冰冰，误会了，不是你看见的这样。"秦冰冰跑得更快了，飞箭一样。王永山连连跺着脚："二巴掌，你气死我了，你爹给你召集这些女孩容易吗？关键时刻掉链子！"二巴掌咧着嘴巴说："唉，腿坐麻了。"小洒锦埋怨说："你也是的，呆子不识走马灯，老早就坐上去了。"这给二巴掌内心造成不小的打击。二巴掌沮丧，流泪了："我不相亲了，再也不相亲了！"他的眼泪流得更汹涌了。小洒锦跪地，给二巴掌揉着脑门的紫包："儿子，咱不哭啊！"

王永山的鼻子一酸，给二巴掌打气说："孩子，别难过啊，过了这个村，还有下个店儿，天下好女子多的是，你要跟决心学，参与白洋淀新区建设，说不定搞个大学生呢。"

小洒锦说："实在不行，还得找个二茬儿的吧，别带孩子就行。"

二巴掌倔倔地说："娘，我爹说了，有钱不买淀边地，有钱不娶活汉妻。"

小洒锦说："你爹？你爹站着说话不腰疼。他不也搞的是二茬吗？谭喜儿还带了个儿子呢！"

王永山瞪了小洒锦一眼："你胡说啥呢？谭喜儿是我学生。"

小洒锦讥讽说："学生给你做饭，陪你睡觉。跟老婆有啥两样？瞅瞅你现在的样子，主持红白事是高手，哪还像一个诗人？"

王永山火了："小洒锦，说话注意分寸。"

小洒锦讥讽地说："二巴掌，别看你爹这把年纪，他可是复合型人才，不仅是诗人、画家，还是武术大师。别跟他磨叽了。人家艺术家都浪漫，让他浪漫去吧！总有他浪漫不动的那一天，还得回家养老。"

二巴掌撇嘴说："娘你总是护着他，有啥浪漫的啊？都啥岁数了？那叫鬼迷心窍！"

王永山黑了脸，抬了手："臭小子，我揍你！"

二巴掌躲躲闪闪地笑。

王永山板了脸，说："别嬉皮笑脸的，你小子不尊重你爹，我就不管你相亲的事了，让你打一辈子光棍！"

二巴掌伸着脖子喊："不管拉倒，我自己找对象。告诉你啊，生了孙子也不让你抱。"

小洒锦大声说："二巴掌，不能这么跟你爹说话。你爹是艺术家、大师，情感比常人丰富，我们一家得理解他、包容他。"

二巴掌说："是啊，没办法，我爹的女人缘旺啊！"

王永山听了二巴掌的话就想笑。

他望着小洒锦，心头一热，甚至有些温暖。不管她的话是不是虚情假意，听着舒坦、受用。

王永山悄悄对小洒锦说："你多想了，婚姻还是原装的好，我真的丢不下你，丢不下这个家啊！"

小洒锦争辩说："我说啥了吗？"

她眼里有了泪水，眼眶里噙着噙着，就扑簌簌滚落下来。

这个时候，王永山的电话响了。

王永泰急切地说："永山啊，不好了，娘的白瓷大碗摔地上，碎了。"

王永山惋惜说："哎呀，那是当年土匪许大彪给娘的，那是挺值钱的文物啊！"

王永泰说："娘哭了，赶紧过来劝劝吧！"

王永山过来了，一家人唉声叹气。

王决心回家了，他一听就扑哧笑了，他说大碗是赝品，王永泰和王永山惊讶地张大了嘴巴，心里一块石头落了地。

第五十一章　放荷灯

阴历七月十五，放荷灯。

傍晚，霓虹灯渐次亮起，淀水是一片透明的寂静。日益变凉的晴空，飘荡着芦苇和荷花散发的混合清香，有一种湿漉漉的忧伤情调。

淀水是深蓝的，再远处是青黑，荷灯一照，水面跳出一片密密麻麻的星星。如豆的光，虽然微弱，却是穿越时间、空间，像一束神光，照亮亲人的心，也让故人在夜色里回家看看。

白洋淀一年一度放荷灯。

大家踊跃来到淀边，准备参加放荷灯仪式。其实，在整个下午，大家都在做准备工作。他们翘首期盼着天空出现荷花云朵，那是预示风调雨顺、吉祥如意的奇妙景象。此时，天空中飘来一片绸缎一样起伏的云彩，慢慢地，荷花似的祥云出现了。

王家寨的渔民驾起小船，拉着荷灯，把一盏盏荷灯放到大淀伸出的水面上，宽阔的淀面上立刻灯火烁烁，像天上的银河飘落人间。

王决心把铃铛奶奶背出来了，铃铛像个小孩子似的摇着铜铃，她昏花的眼睛看见荷灯闪烁着幽幽的光泽。

"奶奶，你瞅这灯多美啊？"

铃铛奶奶说："那是死人的眼睛，睁开了，能不美吗？"

王永山反驳说："不是眼睛，是灵魂。今晚所有故人的灵魂都回家来了。"

王永泰、王永山、小洒锦在一旁跟着。王家的荷灯由大乐书院负责制作。放荷灯仪式，是为了祭奠祖先，祭奠王家寨牺牲的雁翎队队员的英灵。铃铛奶奶亲手给大抬杆放了一盏荷灯。她晃着白发，望着荷灯，白色的眉毛哆嗦着，微微地笑了。

这个夜晚，整个白洋淀都亮了。

无数只荷灯亮晶晶的，像无数眨眼的星星，在淀上轻轻漂荡着，漂荡着……

乔麦和父母带着花花来放荷灯。

她爹老乔和娘过来看看乔麦，替她接送花花。他们都住在乔麦的老院，这个被腰里硬卖掉的院子，孙小萍找到了乡里的流动法庭，利用法律的武器，重新抢回到乔麦名下。早上一睁眼，乔麦就开始做荷灯。过去叫河灯，灯花纸捻成灯芯，放在荷花瓣里，渐变成荷灯了，如果荷花瓣太嫩，就得拿玉米皮替代，玉米皮子脆巴，要刷上一点桐油，有的人家也用折叠纸船替代。乔麦用了真荷花，因为哥哥和儿子都是横死的，横死鬼需要灯光指引，找到轮回往生的路。她特意给哥哥乔木和儿子苇秆儿各做了一个荷灯，上面写着字，一个是："哥，我想你！"另一个是："儿子，娘爱你！"

一片片的荷灯亮了，渔民们一声不响地望着。有的人家噼里啪啦燃放了几挂鞭炮。

王决心闻到了火药味道，蓦地，他在远处看见了乔麦、花花和她爹娘。乔麦没有看见他，蹲在淀边，低着头点荷灯。

荷灯在水面上打了几个转儿，缓缓地漂向远方，直到融入雾里。

天色暗下来，淀中水却是亮的。苇秆儿的脸在水中显现了。这种情形哪里见过？也许是在梦里。也许在那数不尽的幻想里。

乔麦表面平静如水，无惊无惧，内心却肝肠寸断。一年多的岁月，让她失去两个亲人。她仿佛看见哥哥在朝她笑，苇秆儿在朝她调皮地眨眼，连忙朝他们爷儿俩招招手，轻轻地说道："哥，你在那边挺好的，是吧？你收着这个荷灯，我专门给你做的，咱爹娘跟我、花花都好，你现在不都看到了吗？你就放心吧哥……苇秆儿，你在那边乖着点儿啊，听大舅的话，等着娘，咱娘儿俩早晚会团聚的……"

荷灯笼罩着一层薄薄的水汽，留恋人间，在她脚下拐了几道弯，然后恋恋不舍地走了。

忽地一下，乔麦的双眼被泪水模糊，看不清哥哥了，也看不清儿子了。她隐约听见荷灯发出呜呜的低鸣。她连忙擦净泪水再看，他们走了，跟着荷灯漂向寂寥的远方。

王决心坐在河边默默地注视着乔麦，心里一剜一剜地疼。

忽然，不知谁家的一盏荷灯灭了。接着，一只失群的孤雁在淀面上来回翻飞，凄凉地鸣叫。

灯会散了，人们渐渐疏散，乔麦还是呆呆不动，她望着那盏被风吹灭的荷灯。她想那盏灯是个孤魂。故人在天上也要寻找幸福，荷灯灭了，她着急地在岸边来回走，那样子像只猫。她用竹竿将那灯座划过来，她要给重新点亮，可是，却怎么也够不着。淀水冲刷着堤岸，她的鞋子都湿了。

"人活着做了恶事，死后荷灯就不亮。"

铃铛奶奶的话，在夜风里飘过来。

乔麦犹豫了一下，点还是不点呢？这灯可能是点给恶人的，她就想到腰里硬，有点气恼，有点愤慨。腰里硬死后的荷灯会亮吗？

一股冷风吹来，灭了的灯座忽然不见了。只有一只萤火虫，她的眼睛追着萤火虫的光亮。苇茬鸟儿又叫了。

乔麦的身子被风吹透了，她也不觉得冷，但是，她身上的汗水，瞬间就没有了。

萤火虫的光亮也消失了。

乔麦转脸看见王决心背着铃铛奶奶往家走，他的身边跟着王永泰、王永山。乔麦尽量避开王家人，跟着爹娘走，可是，走着走着又重合了。

乔麦看见王永泰与王永山并肩走着，她隐约听见王永泰说："永山，过几天决心就去德县相亲，杨爱珍大姐给他介绍了好对象，让人家爹娘看看，差不多就把亲定了……"王永山高兴地说："哥，好事啊，决心的婚事总算叫你把心撂肚子里了。决心答应了吗？"

王永泰说："这次媒人硬，由不得他。"

乔麦愣住了，打了个寒噤，一个趔趄扑到一棵树上。她咬住嘴唇，顿时泪如雨下。乔麦想，王决心那天跟她说了两句情话，是不是跟她做最后的表白？王决心苦苦追求乔麦，乔麦总是躲避着，她心里高兴，表面总是推三阻四。她后悔没有说出自己的爱。她的表情引起娘的担忧，直到回到家，惊讶悲伤的神色还挂在她的脸上。她安顿好爹娘和花花，独自走到大淀岸边，抱住一棵柳树号啕大哭。

她在大淀上坐了整整一夜。

天亮了，爹娘到处找乔麦。

乔麦听见爹娘的喊声，起了身，惊飞了一群白色的水鸟，白色的鸟儿在哪里徘徊？

乔麦刚回到家不一会儿，腰里硬就进了院，嘴里骂骂咧咧的。腰里硬抡着腰带，抽得柿子树上的叶子乱飞，还飞起一脚踢烂了一只筐。

乔麦和娘听见院子里的动静，从屋里出来一看，立刻气得浑身发抖。乔麦质问道："你要再这么撒野，我就报警了！"

腰里硬梗着脖子，叉着腰，说道："你当你挺有理是吧？还报警。这是老子的房子，你赶紧滚回张家口崇礼去，否则，别怪老子对你不客气！"

乔麦一挺胸脯，忍无可忍地大叫道："这是我的家，法庭都宣判给我了，凭啥要赶我走？"

腰里硬说："法庭？老子啥时候怕过法庭？这房子是给儿子苇秆儿的，花花不是我的种，苇秆儿死了，你必须走！"

乔麦坚定地说："我就是不走！"

猛听一声怒吼："腰里硬，你给我住手！"

王决心走进了院子，给了腰里硬当头一棒，他大声喝道："腰里硬，乔麦已经不是你老婆了，你说话应该客气点。"

腰里硬强压着怒火："王决心，你狗拿耗子多管闲事，我不想跟你打，我现在也在千年秀林工地。你就别掺和我家的事了。"

王决心说："你们已经离婚，不是你家的事，乔麦和花花的事，我就要管到底！"

"你小子还是没改，敬酒不吃吃罚酒！"腰里硬昏头昏脑地说，抖了抖手里的皮带。

乔麦疯了似的大喊："腰里硬，你敢！你冲我来！"

花花也冲了过来，瞪着腰里硬。

王决心惊讶地看着乔麦，乔麦从来没有这样勇敢过，柔弱的女人竟然保护着他。

王决心推开乔麦："我不怕他，如今是法治社会，打人是犯法的。"

腰里硬说："你是乔麦啥人？滚开！"

王决心难以承受，一股血撞到头顶，一字一句地说："我要娶她当老婆！以后她就是我王决心的老婆了！"

乔麦顿时张大了嘴巴，呆若木鸡。

"啊，豪横啊，你他娘的露馅了吧？我早就知道你们狼狈为奸了，不然她就不会着急逼我离婚。"腰里硬脸色铁青，踢了一脚柿子树，骂骂咧咧地转身走了。

乔麦情不自禁地扑进王决心怀里，失声痛哭。

王决心顿觉一阵温暖，他拍着乔麦的手背说："亲爱的，没事了，没事了，来，咱们把院子收拾收拾。"

但是乔麦忽然从他怀里挣脱，冷冷地说："谢谢你，也祝贺你啊……"

王决心一愣："乔麦，祝贺我啥？"

乔麦的眼泪止不住地流，过了半天，惴惴不安地说道："我回来的路上，听永泰大伯说，你德县的杨爱珍大姐给你介绍了女人，就要定亲了。"

王决心惊讶地问："你听谁说的？我爹求我大哥，让爱珍大姐帮我介绍对象，爱珍大姐当真了，我拒绝见面。赵晓薇希望我们好，晓薇说了她娘。我爱的是你，怎么可能呢？我们在千年秀林栽下了银杏树，就是一辈子的缘啦。"

乔麦愣住了，泪水夺眶而出。

王决心从眼神到口气都透着爱意："乔麦，你怎么还是那么一根筋呢，自从我跟朱环分手，我才发现我们之间是个误会，其实，我心里就是想你。"

乔麦一脸严肃，生气地说："你根本不想我，你要想我早就找我了。"

王决心一愣："嗬，还真生我气啦？"

乔麦已经被生活折磨得无精打采，听见王决心的这句话，立刻捂住脸，呜呜地哭了。

这幸福的一刻，让她等得太久太久了。

王决心将她揽在怀里，紧紧拥抱着。他目睹了乔麦遭遇的不幸与苦难，让她精神疲惫，心灵充满伤痛。从那天起，他对生活的理解不再那么肤浅了，有了一种怜悯和激情，有了一种强烈的愿望，他要帮助不幸的乔麦和可怜的花花。

乔麦想卖了房子，用这笔钱给花花做手术。

王决心告诉乔麦，花花的亲姑姑顾彩铃就要到白洋淀新区工作了。顾彩铃通过专门培训，在深圳当了一名塔吊技术工人，工资开得不多，还总是惦记着花花，每月从工资里省出一点儿钱打给王决心。王决心知道乔麦对花花好，王决心在千年秀林发了工资，攒了两万块钱。今天他找乔麦就是送钱来的，加上顾彩铃给的共四万多，今天一并交给乔麦供养花花。

乔麦不收，王决心将钱放在花花的手上，乔麦的心情发生了微妙的变化，她强烈地体验到了从来没有体验过的温暖，心灵上所有的委屈和痛苦似乎都消失了。

王决心说："花花的姑姑顾彩铃来电话了，容东片区要开工了，她是塔吊工，要到白洋淀工作。她来了你就多了个帮手，是吧？"

乔麦苦笑，担忧地说："这是好事，但是，她不会带走花花吧？"

王决心以保证的口吻说："不会，她说了，花花是你乔麦的女儿，她是孩子的姑姑……咋会要走呢？"

乔麦的心扑腾扑腾跳着，像个听话的孩子。

王决心突然接到鲁大林的电话，要他赶紧回去商议树种重新规划的事情。

王决心对乔麦说："你别怕腰里硬这狗东西，再敢私闯你的家，就报警，别给他留着脸。"

乔麦点点头，眼神坚定了。

"乔麦，千年秀林见。"

王决心笑了笑走了。

王决心回到工地，水牛见了，又是沏茶又是洗苹果。王决心说："你瞎忙活啥，老实待会儿。"

水牛嘿嘿笑着说："乔麦嫂子咋没跟你来？"

王决心沮丧地叹了一口气："我说娶乔麦当老婆，但她没有答应。这次回家放荷灯，我当着腰里硬大胆表白，乔麦就是我的老婆了。"

水牛竖起大拇指："哥，牛，就是要这样。"

隔了一会儿，王决心又说："爱情啊，旁观者清，水牛你说，乔麦是不是不爱我呢？"

水牛一笑，挠着脑袋不知说啥好："……她当然爱你，没有你她就不会从张家口回来了，只是她担心你爹。"

王决心一想，自嘲地笑了，自己问了一个多么愚蠢的问题。

第二天早上，鲁大林告诉王决心，今天将有两千多人参加植树活动，场面宏大。王决心很是兴奋，攥着鲁大林的手说："好家伙，这么多人，这得多大场面！"

王决心亲自开着旋挖机挖坑。

中午的时候，王决心抓了一辆共享单车，骑车在整个千年秀林工地上转了一圈，感觉实在是太震撼了，几家中标公司的人都来了，在这里进行了一场狂热的混合战。这哪里是在植树，分明是在投入一种火一样的生活。从今往后，这里的每一棵树都和他有了联系，就像自己的亲人，一块儿过好每一天，一块儿经风雨冒严寒，一块儿年轻再一块儿变老，他越想越激动、幸福和自豪。但他也发现，两棵树分别向着太阳生长，中间弯弯曲曲、空空荡荡的，长着长着，到了高空就交汇到了一起。

这不正像他和乔麦的命运吗？

王决心疯狂而贪婪地干活，似乎只有这种高强度的劳动，才能让他潜入生活的深处。天黑的时候，经常有辅导员讲课，还有班组例会。一到晚上，如果鲁大林那边不开会，他就一头倒在工棚的床上，睡得像死去一样。有一段时间，这样的劳累使他精疲力尽，连续睡了几天才缓过劲来。有时候他又睡不着，乔麦的身影总是在他眼前晃来晃去，使他的困意消失得无影无踪。

终于有一天，赵晓薇带着武玉龙来了。

有了赵晓薇，王决心就有理由约来了乔麦，他们四人相见，重新回到了白沟引河的起点，那儿有他们栽下的银杏树。

赵晓薇笑着说："你看，咱俩栽的第一棵树，又高又绿了。"

风像鹰一样在头顶盘旋。

王决心没有看见头顶飞旋的雄鹰，只是默默凝视着那棵树，深深叹息了一声。他嘴里嚼着一根树枝，苦涩的汁液流淌下来，流得嘴角都是。乔麦轻轻走过去，抚摸着褐色的树干，树已经长高了，树干麻麻圪圪，树枝蓬松着四下张开，像鸟儿飞翔时张开的翅膀。

乔麦靠在树干上，微眯着眼睛，好像在畅想着什么。

王决心问："你……想啥呢？"

乔麦很激动，打量着王决心，动情地笑了笑："决心，你就会问这句话。听说你很有吃苦精神嘛，我也想知道，你在想啥呢？"

王决心环视四周绿绿的树林，深情地说："真快啊，树木都长起来了，我在想，我高中毕业没考上大学，想走出王家寨证明自己，后来留在了王家寨，我跟朱环谈恋爱又分手了，你跟腰里硬离婚了，说到底，我们之间有着天然的缘分。遇到你，我是幸运的，我认识了你，经历了这么多的事儿，好像有一双命运大手的安排，我们像这棵树一样成长了，你来到我身边，我看着天空都亮了，所有的树都绿了。"

乔麦咯咯笑了，歪着脑袋看着他："你这话说得有点儿诗情画意，我看你要成诗人了。"

王决心慢慢收起了笑容，表情严肃起来："乔麦，我要跟你……说一个事儿……"

乔麦一愣："什么事儿，你说。"

王决心迟疑了一下："我想请你爹娘、花花一家人吃一次饭好吗？"

乔麦沉吟了一下，答应了。

不远处，赵晓薇和武玉龙也在树下抒情。他们这对恋人，好像已经冰释前嫌了。

赵晓薇跟王决心说过，她跟武玉龙的感情危机与住房有关。两个人想在北京置办一套婚房。

武玉龙是北京通州张家湾人，到了国家发改委办公厅工作。两人工作都不错，就是为北京的一套房子发愁。买房出资上，武玉龙可能对赵晓薇家庭有更大的期待，可是，赵国栋真的拿不出上千万的钱，甚至几百万都没有。

赵晓薇知道赵国栋和杨爱珍的家底，可是武玉龙不信，他不信当过县委书记的爹，竟然拿不出买房的钱。他误解为，赵国栋和杨爱珍看不上他这个女婿。赵晓薇反复解释，武玉龙依然不信，两人就发生了激烈的争吵。

赵晓薇几天不理睬武玉龙，她感觉只要两人真心相爱，金钱不重要。

多亏杨爱珍见过武玉龙，其实，她还是挺喜欢这个小伙子的。如果因为房子搅黄了婚姻，她将对不起女儿，她被深深的自责和内疚折磨着。后来，还是杨爱珍出面，化解了武玉龙的误会。

让王决心没有想到的是，一周之后，乔麦竟然带着爹娘、花花来参观千年秀林了。王决心先领着他们参观了建设中的北京宣武医院新区分院、北京四中和史家胡同小学分校，旁边就是刚刚开工的金融岛、云计算中心。

"决心，我听说这是世界上最大的工地哩。"乔麦感叹说，又像是自言自语。

她很吃惊，变化这么快，她半个月没来，这里就已经天翻地覆了。天气变得炎热起来，被风吹散的云朵，懒洋洋地爬动，将林立的塔吊缠住，闪烁着五彩的斑点，五颜六色的安全帽，像鲜花一样撒遍灰色的大地。大雁在塔吊和脚手架之间自由穿梭，没有任何声响，可能是被隆隆的机器声淹没了。

乔麦抬手擦了擦脑门的汗，眼睛不够使了。

王决心站在史家胡同小学门前说："等着容东片区的安置房建成了，我们就可以在这里安家，花花就到这里读书。"

乔麦扬起了眉毛，眨着黑眼睛问："安置房是分给拆迁户的，王家寨也没有拆迁啊？"

王决心颇为得意地说:"我姑父姑姑的北河照村整体拆迁了,他们分了两套房,王德一套,让给我一套。"

乔麦转脸朝着安置房张望了很久,满脸露出难以掩饰的愁容。

流浪狗在乔麦裤腿嗅了嗅,低着脑袋,一步一步跟着运输钢筋的汽车走了。

王决心滔滔不绝地说:"这些建筑,都是北京市政府援建的。宣传栏里写着,建这座医院,是党和政府推动优质医疗卫生资源向新区发展的战略布局,目的就是努力促进新区公共服务水平提升,以优质、高效的医疗服务,营造良好人居环境,做到让患者满意,让政府放心……"

乔麦连连点头,扑哧笑了:"决心,你都快成宣传员了。"

老乔望着老伴感慨地说:"看他们的白洋淀医院建得多好啊,以后我们来白洋淀生活好不好?"

娘望着乔麦,又看看王决心,笑而不语。

参观完工地,王决心一瞅手机,十二点了。他带着乔麦爹娘、花花来到二巴掌的鱼丸店吃饭。

二巴掌现在在容光县城一个繁华地段开了一家鱼丸店,随着附近的建筑工人陆陆续续地多起来,搞规划的人、做建筑的人、植树的人,都喜欢吃这儿的鱼丸子,生意一天比一天火爆。

二巴掌一颠一颠地迎了过来,看着这阵容,似乎啥都明白了。他热情地跟乔麦爹娘打招呼:"大叔,我是二巴掌,是决心的弟弟,欢迎到我家的鱼丸店啊,吃啥随便点,算我的。"

王决心推了他一把,说:"有我在,还能轮得上你献殷勤?今天我请客!"他向乔麦爹娘介绍:"这是我的堂兄弟二巴掌,我二叔的儿子,他的鱼丸是我铃铛奶奶的真传。伯父伯母还没吃过,一会儿多吃几个,可好吃了,是吧乔麦?"

乔麦点点头,说:"嗯,的确不错。奶奶还想把手艺传给我呢。决心,我陪你喝一杯吧。我爹娘来了,我高兴,爹,咱俩一定得喝一杯。"

乔麦娘瞪着她:"女孩子,喝什么酒。"

王决心说："伯母，今天日子特殊，应该喝点。"

乔麦娘愣了愣："啥特殊日子？"

王决心犹豫了一会儿，终于下定决心，迎着她疑惑的目光，说道："伯母，我想娶乔麦……"

二巴掌拍手称快："终于等到这一天了。"

乔麦幸福地笑了，瞬间明白了王决心的用意。他提前咋呼，就是想生米做成熟饭。

二巴掌回家高兴地告诉了王永山和小洒锦。

王永泰听小洒锦说，王决心死活要娶乔麦进家门，立刻气恼地将满桌子刚刚开吃的饭菜全都划拉到地上，盘子碗和酒瓶稀里哗啦碎了一地，引来花猫跳来解馋。他抱着脑袋哭喊："造孽，造孽啊，姚家的女人怎么可以进我们王家的门啊？"

铃铛奶奶被惊醒了，王决心也惊呆了。

王永泰指着王决心的鼻子骂道："鳖羔子，混账东西，咋这么不长眼啊？你是成心想气死你爹，你小子就是一个大傻瓜，你二婶给你介绍了那么多的大姑娘，还有德县的爱珍大姐，给你介绍了漂亮的大姑娘，还有工作，而且还看上了你，就等你挑选了，是我们王家八辈子烧了高香，你可倒好，非要跟乔麦勾勾搭搭的，还要娶她回家，你说这不是傻瓜是啥？"

王决心跟王永泰争吵起来："爹你说的这是啥话？乔麦抛开腰里硬的阴影，如今两人彻底离婚了。人家乔麦哪点不好，叫你这么看不上眼？我看你是老糊涂了吧？"

王永泰骂了一声，砸过来一个笤帚疙瘩，王决心一躲。

王永山跑进来，劝说道："你爹也是为你好，这事儿啊，得慢慢来。"

"还慢慢来，上次等九朵祥云，等到个啥？我的婚姻还等到啥猴年马月啊？"王决心生气地一跺脚，走了。

王永山急忙将王永泰拉到铃铛奶奶屋里去了。

铃铛奶奶训斥王永泰："人家孩子都是宝贝，你咋成天骂决心是傻瓜？决心是咱家的宝贝，他嘎，但是不傻，说傻也是装傻，我瞅他一点儿也不傻，是你傻。我瞅着乔麦挺好，要模样有模样，要水平有水平，上得了厅堂，还下得了厨房！"

王永泰争辩道："娘，她好，我也承认。但是，咋好也是二茬的啊，放着黄花大闺女不娶，非要娶那个离过婚的带着孩子的乔麦，我能不生气吗？你说是他傻，还是我傻？"

王永山劝道："大哥，乔麦带孩子，可是王德求助决心的，不能怪人家乔麦，唉，萝卜白菜各有所爱，这爱情和婚姻的事，你就别掺和了。鞋紧鞋松，只有他自个儿知道。"

王永泰白了兄弟一眼，倔倔地说："哼，你也不让我省心。"

王永山揶揄地一笑："哥，你是不是也要骂我傻啊？"

王永泰瞪了他一眼："你们文化人，就是自以为是。你以为自己聪明吧？你瞅瞅王德、决心，婚姻都不让我省心，这些孩子，婚姻这个样子，八成都是你没有带好头。"

王永山倔强地说："哥，这就是你的不对了，怎么又冲我来了？我那是陈年旧账，积怨深厚，需要灵魂救赎。"

王永泰气哼哼地走了。

王永泰的话深深刺痛了王决心。他把婚姻大事打电话跟杨义成说了，杨义成当即表示支持他娶乔麦，又立刻给爹打电话："爹，老三想娶乔麦是对的，他跟别人不合适。他和赵晓薇来京，我们深入交谈才知道，他心里只有乔麦。"

王永泰的脸突然变得难看，说话夹枪带棒："可怜天下父母心啊，这个鳖羔子，一点也不孝敬啊！"

铃铛奶奶吧嗒着长烟袋，吐着烟圈说："永泰啊，孩子孝心不孝心不在这儿，俗话说强扭的瓜不甜。乔麦在你眼里有多少错，她在老三眼里就是个宝儿。捧着怕摔了，含着怕化了。乔麦在他心里头比谁都重，你硬要给他包办个婚姻，将来能过一块儿去吗？你不跟着操心发愁吗？"她的话里透着怜惜。

王永泰连连咳嗽，闷声不说话了。

铃铛奶奶吃着蒸发糕，吧嗒着嘴说："男女爱情啊，咋个说呢，万般皆是命，半点不由人。你回头想想，正月的大雪天，决心的婚礼，好像冥冥之中就是这样安排的——"

王永泰歪着脑袋琢磨娘的话。他大病了一场，他对祥云的祈盼，对儿子婚姻的所有的规划，都在这个季节里被撕得粉碎。

王决心天天想乔麦，终于忍不住去博野县看望她。博野县城南侧的苗木基地，乔麦的宿舍虽然简陋，培植的各种树苗却长得郁郁葱葱。

乔麦一看见王决心，立刻愣住了："决心，你是咋找到这里的？"

王决心嘿嘿笑道："你也太低估我的智商了吧，别说小小博野，就是在北京城，我也照样把你找到，你信不信？"

乔麦喃喃地说："看把你能的，吹牛。你有事吗？"

王决心说："我想你。"

"为啥想我？"

王决心真诚地说："亲爱的，不知道，我睡不着，就是想，想见到你，你想我吗？"

乔麦一头扑进王决心的怀里，就像蛇叶藤缠住了他油乎乎的脖子。

王决心受宠若惊，瞬间颤抖起来。

她满脸通红，看着王决心那双充满深情的眼睛，一股幸福感瞬间涌遍全身，泪珠子扑簌簌落下来。激情使她变成一块奶油，放进他的嘴里，在他的嘴里融化，在融化中感觉自己的存在，一种真正女人的存在。只有这种存在才让她感觉安全、踏实、实在，就像一粒种子被埋进墒情极好的土壤，被拥裹、被温润、被烘化，安然睡去，在梦中摇曳着一种风情。

忽然，王决心的脸变成了腰里硬的脸，正狰狞地恶狠狠地盯视着她。她脸色苍白，惊叫了一声，猛地将王决心推了一个大趔趄，带着哭腔说："你走吧，我不好，忘记我吧，如果有来世，我们再续前缘，我一定头婚嫁给你！"

王决心惊呆了，转念一想，是腰里硬对她的侮辱和伤害太严重了，让她至今心有余悸。

王决心马上明白过来，起身离开。

乔麦张开嘴想呼唤他，却没有喊出任何声音，只有眼泪流进嘴角，由嘴角流到舌尖。眼泪是咸涩的，咸涩的眼泪传递着一种冷酷的现实……

她的眼泪无法遏止。哭累了，坐起身，却发现王决心就站在床边看着她，两眼充满怜爱和心疼。过去的日子，她总是无缘无故地遭到毒打，她是天下少有的苦命人，怎么会有幸福呢？

原来是一场梦。

乔麦一头扑进王决心的怀里，再一次泪水奔涌。

一天快中午，王决心从国槐林区工地出来吃饭，朝白沟引河河岸走来。

到了路口，看见那个简易汽车修理厂停着一辆破旧的货车。由于炎热，行人稀少，汽车却是来来往往，笛声和机器的嘈杂声不绝于耳。

他忽然看见了一个熟悉的身影，一个戴着布帽的女人拉着一个孩子向行人挥手，那不是乔麦和花花吗？

乔麦挥着手分明是向路人求助。

王决心大声喊："乔麦，乔麦怎么了？"乔麦听见喊声，看见他，王决心跑过去，看见乔麦送树苗的汽车坏了。卸了树苗，汽车后斗是空的。

乔麦的车开到半道突然熄火了。

王决心上车一看油表回零没油了，他开玩笑地对着乔麦说："你啊，粗心大意。"

乔麦不好意思地红了脸。

一会儿的工夫，王决心喊来了水牛，他们提着多半桶汽油赶了过来。王决心大汗淋漓，衣服都湿透了。乔麦跟水牛打了招呼，王决心小心地拎着油桶来到乔麦车子的油箱边上，却怎么也打不开油箱盖，乔麦很是着急，小声对王决心说："真是抱歉，给你们添麻烦了。"

王决心龇牙一笑。油箱盖打不开，可能锈住了，没有扳手，王决心让乔麦上车把汽车推到不远处的简易修理部。乔麦一手提着油桶，一手拉着花花上了汽车。

乔麦把着方向盘，王决心和水牛在后面推车，车好不容易被推到了修理部，乔麦担心汽油曝晒，提着油桶下了车。乔麦把油箱的情况跟修车的小师傅说了。

小师傅看了看，汽车旧了，油箱盖被撞过，变形了，难怪打不开。

小师傅开始鼓捣油箱，嘱咐乔麦说："你们离汽油桶远一点啊！"

乔麦的电话响了起来，没有接通就没电了。她弯腰拿起手机充电器就插到墙壁的电源上，突然墙壁插座砰地打出一个火星，火星瞬间把乔麦眼前的汽油桶点燃了。

乔麦惊呆了，下意识地护住了花花。

火苗儿呼呼地蹿了起来，伴随着浓浓的黑烟。王决心喊了一声："闪开！"他一个箭步跨到乔麦身边，把她和花花推到了一旁。他迅速脱掉上衣把手缠上，提着燃烧的油桶往外边跑，跑到了门口用力将油桶狠狠扔了出去。

乔麦看见天空划过一道赤色火龙，然后就是一股黑烟。王决心摔了一跤，滚到了路边河沟里，乔麦慌了，大声呼喊着："决心，决心。"

王决心的身影瞬间消失了，乔麦放下花花，扑了过去。此时王决心从沟里爬了出来，满脸黑乎乎脏兮兮的，像是从煤堆里爬出来的黑炭人。

乔麦一把拽起他，慌张地问："决心，伤着哪没有啊？"王决心疼得咧咧嘴，胳膊露出嫩红伤痕。乔麦说："我们马上到诊所包扎啊！"乔麦扶着王决心回来，看见小师傅用灭火器灭了火，乔麦连连跟小师傅道歉。

车修好了，乔麦带着王决心到诊所做了包扎，然后又送他回到了千年秀林的工棚。水牛带着花花吃饭去了。工棚里空荡荡的。

乔麦打了一盆水，用湿毛巾擦着他黑乎乎的脸和脖子，王决心转过脸来笑了一下，乔麦的眼中有泪光在闪烁。

一切都平静下来了，乔麦心疼又自责地问："都怪我，疼吗？"

王决心咧嘴说："疼，好在伤口面积不大。"乔麦后怕地说："真是巧了，我做梦也没有想到你会出现。没有你，今天我和花花不知道还在不在。"

王决心轻轻地一笑："嘿嘿，我王决心就是上天派来保护你和花花的！"乔麦心头一热，说："都伤成这样了，还开玩笑。"她说着腼腆地低下头，继续给王决心擦拭着胳膊上的脏土。

王决心望着乔麦，心中闪着万千的思绪。

王决心猛地抓住乔麦的手，说："乔麦，如果你不嫌我丑，就嫁给我吧！"

乔麦深情地望着王决心，眼中含满泪水。今天的生死相救，也许就是他们彼此之间信任和爱的证明。但是，爱情这东西不需要证明，证明本身就是对爱情的亵渎，只有心知道。他们心与心的碰撞，四目相望，在无声中却表达着对彼此的珍惜和呼唤。

秋天，芦苇黄了梢儿。

乔麦和王决心定了亲，这个喜讯马上传遍了王家寨。有人为王决心高兴，有人却替他担忧。王决心一概不听，他心里既高兴又踏实。

王永泰病好了，想不通也得通了。

天难得放晴，阳光薄了不少，天鹅的羽毛一样，将王家寨映照得懒洋洋的。乔麦走进了王决心的家，她和王家人太熟悉了，迈进这个小院，她就一脚从地狱迈向了天堂。她进了家门没有一点儿生分，甜嘴甜舌地招呼了奶奶招呼爹，又招呼叔叔婶婶，亲亲热热，暖暖和和。乔麦体贴地坐在铃铛奶奶身边，两人原来就亲，她捏捏老人的肩，摸摸老人的胳膊，捶捶老人的背，还在她后背抓着痒痒，或者给她梳理稀疏的白发。

铃铛奶奶伸出青筋暴露的枯手，抚摸着乔麦的脸蛋儿，笑得合不拢嘴："乔麦呀，没想到奶奶能等到这一天，我咋看你这么顺眼呢？"

铃铛奶奶一高兴，就带着一股瑞气。

王永泰板着的脸有了笑意，他抛去了心魔。他将一束莲蓬递给乔麦，乔麦手剥莲蓬，一粒一粒地喂着铃铛奶奶。

乔麦本来就是招人喜爱的，其实，王永泰心里是愉快的，万事只求半称心吧。抛开腰里硬的因素，乔麦漂亮、体面、勤劳、聪明，真是打着灯笼也难找的女人。更让王永泰高兴的是，乔麦现在经济独立，还在博野干起了苗木公司，王决心起码没有经济负担。

盖房停工了，操持婚礼的钱王永泰还是有的。以前操办婚礼还得借钱，如今这些钱都有了，老大杨义成、老二王德也都送来了喜钱。日子还是王永泰"钦定"，但是，老人再也不迷信了，他不管天空有没有一朵祥云了。

结婚前一天的晚上，乔麦突然将王决心的手攥在手心，哀怨地说道："决心，你……咱俩要结婚了，你会后悔吗？"

"瞎说，这是哪儿的话？"

"我还是害怕。"

"有我王决心，你啥都甭怕！"

乔麦说："生命再苦，日子再难，因为有你，我始终充满希望。"

王决心使劲搂着她，劝慰说："我知道你还是有腰里硬的阴影，担心他捣乱，没有安全感，只要我王决心活着，就不离开你，好好保护你，答应我，好好活着，好好做事。我也是大龄青年了，终于明白了一个道理，有爱的生活才值得去过，才会幸福。"

乔麦感动了，温暖地说："为了你，我也要好好活着。只是……要不我们离开王家寨到千年秀林去结婚吧，那儿也有一个新的王家寨。那里特别美，还特别温暖……"她的声音很柔、很轻，仿佛她的灵魂升起来。她抱紧了王决心："要是天上有个王家寨多好啊，腰里硬就找不到我们了。我们从头再来，我愿意跟你去，你带我走吧，带我走吧……"

王决心轻轻抚摸着她的脸颊说："乔麦，我对不住你。明明我爱你，却不知道怎样表达。其实，在你离婚的时候，我每天都想着娶你回家。不管啥阻碍，都不是个理由，我把生命的希望都放在了幻想上，盼望着你找我。我突然发现，没有你的生活，我真的过不下去。朱环不属于我，别的女孩更不属于我。我今天才明白，王家祠堂、乾德大钟、老梨树和渔船都不是虚幻的，而生命中还有比它们更有价值的东西，那就是我们的爱情！"

乔麦眼睛亮了一下："别说了，我都懂。"泪水又从她漂亮的眼睛里涌了出来。

王决心眼睛湿润了，抬头望着满天的星星。一颗颗星斗像一粒粒珍珠，又似一把把碎金，撒落在碧玉盘上。此刻是那么宁静、安详，树叶在沙沙作响，多么美好的夜晚。

乔麦也仰着脸出神地看着星星，喃喃地说："小时候我老是想，把所有的星星都收集起来，把它们串成项链戴在我的脖子上，那得多漂亮啊！可我总是抓不到它们，它们和我玩捉迷藏，躲在云朵里怎么都不出来，无论如何都找不到它们的踪影……现在想想多可笑。决心，你可别跟我玩捉迷藏，叫我找不着你，听见没有？"

王决心心疼了一下，说："乔麦，我对不起你。这辈子，我和你结的是苦缘，可我保证不再叫你受苦了，你应该有自己的幸福，不去管有没有来生，明天开始，让我把你堂堂正正地娶回家，我们好好过日子！"

乔麦搂着王决心，幸福地哭了。

王决心低下头看着她："给我唱一段西河大鼓吧，我最爱听的《荷花孝》。"

乔麦轻轻唱起了西河大鼓《荷花孝》，夜风把歌声传出去老远老远。王决心也跟着哼唱起来，二人依偎在一起，动情地唱着。

婚礼这天，王决心和乔麦共同在千年秀林栽了一棵博野苗木基地培育的银杏树。然后是王家寨传统婚礼，婚船扎着红彩绸，从大张庄码头接上穿礼服的乔麦，到了王家寨码头，再由新郎王决心背到家里。

杨义成滞留深圳，他带领科研团队忙于 5G 高空无人机基站，实在赶不过来。甄凤代表他参加了婚礼。

赵晓薇和武玉龙代表赵国栋和杨爱珍过来，上了一份厚礼。王家的七大姑八大姨都来了。王永山继续当他的主持，王德、水牛忙前忙后，婚礼上有一个特殊人物出现了，花花的姑姑顾彩铃，她从深圳而来，她们的公司承包了白洋淀新区的工程。

王决心和乔麦热情地接待了顾彩铃。听说顾彩铃打工的企业安排她到新区开塔吊来了，并且已经进驻容东片区安置住宅的建筑工地，大家都十分高兴。

花花搂着姑姑，快活得像一只小燕子。

水牛一见到顾彩铃，傻傻地站着看着她，两眼都直了。王决心看到这一幕，走过去拍拍他的肩膀，小声说道："看上顾彩铃了？等着啊，哥帮你。"

水牛急了："哥，你可得快点儿啊！"

王决心笑着说："心急吃不了热豆腐，看你这点儿出息。"

"我是怕被别人给抢走了。"

"我看谁敢，撕不烂他！"

水牛继续燃放鞭炮，喜得鼻涕泡都出来了。顾彩铃听到水牛的笑声，看向他。水牛的脸腾地红了，浑身不自在起来。

王决心趁机对顾彩铃说："可真神了，我这个兄弟连我看他他都不怕，咋你一看他，他立刻就打哆嗦了呢？"

顾彩铃的脸也腾地红了。

晚上，洞房花烛夜。王决心跟乔麦并肩坐在一起，你看我，我看你，都有点不好意思。乔麦两只大眼睛转来转去好像不够使。乔麦是离过婚的女人，王决心跟朱环也结过婚了，两人应该都算二婚，只是王决心没有一天的婚姻生活。当今社会，二婚还能找到幸福也算是幸运的人了。

乔麦忽然想起王决心送给她的那个盒子，起身从皮箱里拿出盒子，说道："你不是让我新婚之夜再看吗，现在，你跟我一块看吧。"

王决心挤咕挤咕眼睛，嘿嘿坏笑。

乔麦捶了他一拳，慢慢打开盒子，里面竟然是一对木刻的红双鱼。

白洋淀有红双鱼的传说。红双鱼有一个身子、两个脑袋，其实就是一条鱼。红双鱼永远喝着白洋淀的水，永远鸣叫着一个声音，那是刻骨铭心、相亲相爱的声音。

"红双鱼就是我们两个，两个脑袋，身子长在了一起，谁也离不开谁！"乔麦的脑袋依偎在王决心的肩膀。

"永生永世不分离！"

"这是天意，我们顺应了天意。"

王决心说话时心中充满了纯洁的感情，他捧起乔麦的脸，深深地长吻，他能够听见乔麦的心跳。他跟乔麦来到了淀中，最后，他的身体整个将乔麦覆盖了，严丝合缝。月光映照得乔麦容光焕发，仿佛逆生长回到了女人的花季。男人是摇船的，女人竟然像一艘船。所有的水声自远而近，他们猛地抬头，看见一弯月牙儿。

月牙儿慢慢移到淀中去了。

第五十二章　爱莲说

白洋淀新区的规划出台了。

规划一发布，王永山率先看到了。白洋淀的生态保护和旅游重新定位了。所以，他在"文化苑"的岛上艺术学校就得停办了。县里教育和工商部门都来人了，送走了他们，王永山坐在办公室发呆。几枝枯荷插瓶，含一味禅意。他喜欢看荷花枯着，叶子的边角褐黄，花茎弯得像弓。他心中默念《爱莲说》，他应该像莲花一样，出淤泥而不染。

自己是何时被世俗击倒，随波逐流了啊？

王永山回到宿舍，看见桌上摆着他最爱吃的咸菜炖小鲫鱼。还有煮花生米、小米粥和两个馒头，都用芦苇篓子盖着。王永山掀开篓子，坐在那里吃饭，谭喜儿轻轻走过来了，她长得个头不高，身材却是有形有条，圆圆脸蛋，白亮白亮，王永山就是喜欢皮肤白的女人，恰恰谭喜儿的皮肤白皙。谭喜儿微笑的眼睛闪着热切的光："师傅，饭菜凉不凉？我再给您热一热？"王永山狼吞虎咽地吃着，点头说："不凉，挺好的，亮亮睡了吗？"谭喜儿说："我哄他睡了。二巴掌相亲有结果吗？"王永山叹息一声，说："一个也没成，现在女孩都很实际，王家寨没有拆迁，白洋淀新区的热度蹭不上了，人家最后还是挑人的。"谭喜儿叹息说："凭我女人的直觉，那些女孩有农村的，不会一个都看不上二巴掌，还是二巴掌自己有心上人了。"王永山愣了愣："他有啦？他有还让我给介绍？不会，不会。"谭喜儿说："老二应该成个家了。

他那鱼丸店也应该有个帮手！"

王永山深深一叹，说："操不完的心啊，其实啊，儿孙自有儿孙福，还是多管管我们自己的事吧！"说着就拿笔墨写字。

谭喜儿说："老师，别写了。"

"为什么啊？"

"饭要一口口地吃，路要一步步地走，不然身体吃不消啊！"

王永山坐下，喝了一杯茶。他搞这种网上直播，已经三年了。除了在文学、书法、绘画和武术四个班教课，还分别搞一些网上直播。网上客户买了他的字和芦苇画，钱打到微信上，然后谭喜儿负责快递出去，其实，谭喜儿就是从网上招来的粉丝。谭喜儿带着儿子亮亮投奔他而来，照顾他的生活，他又多了一份压力，亮亮就要上小学了，他得给孩子攒学费。他伸了伸懒腰，说："不写，不写我们吃啥啊？亮亮马上读书了，没有钱哪行啊？"他缓缓铺开宣纸，继续提笔写字拍卖。

谭喜儿支好了手机，开始网拍字画。

谭喜儿对着王永山，声音洪亮地说："昨天，老师写了一笔虎、一笔福，今天要写一笔雄、一笔龙。"王永山用足力气，写出了一笔雄，小字是"白洋淀新区雄风，德行天下"。谭喜儿对着手机画面说："大家看好不好，一笔走下来，浓淡相宜，气势不凡啊！这幅字的起步价是六百元，大家可以报价了。"

手机里的网友开始报价。

王永山提着大大的"雄"字，面对手机画面，抖了一抖，画最后在九百五成交。

王永山脑袋晕了，险些摔倒。

他倔强地推开谭喜儿，抓起台案上的一瓶酒，咕咚咕咚喝了两口，顿时来了灵感，开始画画。他的强项是油画，今天却泼墨画了一张莲花和蜻蜓。他让谭喜儿泡了一点朱砂，用朱砂的红色题写一幅小字《爱莲说》："水陆草木之花，可爱者甚蕃——"

谭喜儿最喜欢《爱莲说》，她都能背诵下来。

她教儿子亮亮背诵《爱莲说》，因为她知道王永山最喜欢《爱莲说》。她在手机前直播说："白洋淀的莲花和王永山老师的画，是多么和谐自然！予独爱莲之出淤泥而不染。王老师擅长油画，这次首次画了一幅国画，具有较高收藏价值。这幅的起卖价是两千元。现在开始了！果然买主识货，果然给了三千二百元。"

王永山喝了一阵茶，好像有满腹心事："谭喜儿，这张画不卖了。"

谭喜儿赶紧用手捂住手机，愣了："师傅，这价儿可是不低啊！"

王永山拉住谭喜儿的手，让他坐在身边："谭喜儿，你跟我王永山当徒弟这些年了，从没有要过一幅字一张画。我刚刚从你的眼神里，看出你喜欢这张画！师傅说得对吗？"

谭喜儿轻轻点头，莞尔一笑："谢谢师傅，师傅说到我心里去了。"

王永山说："这张画，师傅送给你了。"

谭喜儿突然有一种喜从天降的感觉，顿时流泪了。

王永山沉默了，陷入了新的焦虑之中。过去，他是白洋淀诗派的代表诗人，他这把年纪，诗人的激情淡去，经不住大的风浪了。

艺术学校面临停办的危机。

县工商局和文教局的人检查营业执照，明确告诉他，执照手续不全，不能办学校了。环保局的人也来了，说为了保护白洋淀水质，岛上不能居住学员了。白洋淀艺术学校就要关门了。这个新规定是在断他的财路啊！

王永山病倒了，发起了高烧。

谭喜儿精心照料，王永山渐渐退烧了，他的身体由仰躺变成侧卧，呼吸均匀，睡得正酣。

王永山记着杨义成的话，那天杨义成参观完学校，说了一句话，让他琢磨了好久。

杨义成说："二叔，这不是你的本意，你应该回归文学，你是白洋淀诗派的代表作家啊！"

他脑袋轰地一响："回归文学？"

杨义成的声音又响了："二叔，我没有资格强求你什么，我只是想问，这是你想要的生活吗？你对你的一生满意吗？诗人是精神的探索者，精神探索可能是痛苦和孤独的，但是，你的生命价值可能就在这种痛苦和孤独中。"

王永山闭上了眼睛长长地运气，热泪长流。他回味着这句简单而醍醐灌顶的话。其实，他真的累了，他一直为自己丢掉了文学感到痛心。

王永山回归文学的时候，也应该回到小洒锦身边了。这样，他跟大巴掌、二巴掌的矛盾也会随之化解了。这天上午，王永山身体好了，望着谭喜儿："谭喜儿啊，师傅跟你商量个事。"

谭喜儿激动得浑身颤抖了。

王永山说了请她照顾王永泰和铃铛奶奶的事。谭喜儿以为师傅不要她了，没想到让她照顾铃铛奶奶了，她分外欣喜。

王永山说："师傅想了好久，我还是舍不得丢下小洒锦和这个家，丢不下文学。尽管这个家并不完美。万事只求半称心吧！"

谭喜儿怔怔地望着王永山。

王永山闷闷不乐的脸上透出一层淡淡的阴影，说："你是好人，我娶不了你，你还年轻，和亮亮应该有更好的归宿。我们王家是德孝之家，我不能违背家训啊！我想了想啊，我们搞个拜师仪式，你成为我真正的徒弟，毕竟我们是从诗歌结缘。如果你不愿意离开我，我将在王家寨给你就近安排好。你好好想一想啊！"

谭喜儿毫不犹豫："我们不愿离开白洋淀，不愿离开师傅。"

"你应该有尊严地写诗，有尊严地生活。"王永山说。

谭喜儿一个激灵："尊严？我从来没有想过什么是尊严，我只是告诫自己，不论生活多难，我要善良，做一个好人。"

王永山抱着被子到另外一屋睡觉去了，天亮之后，回家跟娘和大哥王永泰商量谭喜儿的事。他进了王家寨的家门，铃铛和王永泰在家里唠嗑。铃铛爱喝荷叶茶，王永泰每天都给娘泡一壶荷叶茶，铃铛有滋有味地喝着。老太太长寿，是不是与喝白洋淀的荷叶茶有关呢？王永山一哈腰进了屋，直来直去地说了他要娶谭喜儿，然后搬到家里住，伺候老娘和大哥。

王永山的话一出口，屋里顿时冷了场。

铃铛轻轻放下手中的茶杯，嘴唇颤了颤，没有吭声。王永泰停下手里的烟，双手颤抖着，自胡大队出事以后，这个家庭已经承受不住任何打击。没想到弟弟王永山，到了这把年纪还敢走钢丝，他认为年龄差距太大，等弟弟到了七老八十，将谭喜儿儿子抚养大了，女人也就离他而去了，一种宿命的观点主宰着他的精神世界。

王永泰扔了嘴里的烟头，说："永山，我是想啊，大巴掌、二巴掌都大了，也都该成家了，小酒锦身体也挺好，你回到家庭，家庭就完整了，这是非常牢靠的事儿，你非得玩浪漫，难道你前些年经商赔钱的跟斗栽得还不疼啊？"

王永山的脸涨红了，摇头说："哥，你说对了，好马不吃回头草啊，哪有拉屎往回坐的？但是，我就是想吃回头草了，我是让谭喜儿过来，照顾你和娘，我就回家跟小酒锦过日子了。"

铃铛端着烟袋，没吭声。

王永泰说："嗨，你这文人爱出洋相，好大喜功，不管干啥事都高八度，话是这么说，你把人家娘俩放在我这，你就变成了两个家，人家笑话不？既然学校散伙了，就让人家走吧！"

王永山听了一个哆嗦，脸当下就白了。他在揣摩娘的心思，大哥的说法也不是没有道理，要断就不能拖泥带水，要断得干干净净。王永泰呆呆地坐着吸烟。王永山在铃铛耳边摇着铜铃，铃铛睁眼了，她听见王永山说的事了。

铃铛让王永山扶着她坐起来，她拿烟袋的枯手哆嗦了一阵。想来想去，她也没有什么好办法，她难过地看见王永山在她身边晃来晃去，不说一句话。王永山跟他哥哥不是一个性格，王永泰能够为孩子和老娘牺牲自己的幸福，而永山不一样，他跟王德很像，身边没有女人不行，不是个省油的灯。

王永泰和王永山又争吵起来。

其实，王永泰还是在跟王永山摆道理，他知道，哪句话说错了，弟弟这个文人就会跟他急。王永泰想了想，说："永山，表面是让人家伺候娘，给娘请专业保姆不就行了吗？请了保姆，我们还是德孝之家，不用想那么多，我照顾得了娘，不说别的，你经济上还有债务，你养活得了谭喜儿和亮亮吗？他们跟你背了债，往后咋活？你身体一天不如一天，干不动的时候，难道让娘俩替你还债吗？"

王永山蔫了下来，钱是他的软肋。生活如此无情，他不是经商的料，艺术学校累死累活，并不挣钱，只是瘦狗拉硬屎强撑着。

王永山有些孤傲地说："哥，我是有债。这些现实问题我都问谭喜儿一百遍了，人家就是崇拜我，爱我，我娶了她等于救人一命啊，不信，你问谭喜儿去。"

王永泰瞪圆了眼睛，说："哼，啥叫救人一命，我看你是害人一命。"

王永山说："哥，我是搞艺术的人，连胡支书都理解。"

王永泰说："我算明白了，你是打着搞艺术的旗号借机耍流氓啊！"

王永山火了，大声吼："哥，你再侮辱我，我不认你这哥啦！你就是鼠目寸光，井底之蛙！"

王永泰吼道："不听老人言，吃亏在眼前！"

铃铛将老烟袋磕得山响，他们两个还吵。

铃铛手里握着铜铃铛，哗哗一摇，王永泰和王永山安静了。铃铛在黑暗中瞪大眼睛："永泰啊，你俩别争了，娘想明白了，当断不断，必受其乱！永山和谭喜儿还是得断。"

王永泰说："娘是厉害啊！"

铃铛叨叨着说："谭喜儿这孩子不赖，她对永山是真心。可是，小洒锦这边呢，还有大巴掌和二巴掌，毕竟是一家人。永山，这样你心里能够承受得了吗？所以啊，娘想了个好办法，我们在家搞一个拜师仪式，谭喜儿就是永山的学生了。让娘俩在咱家住一阵，然后给娘俩带上点钱，让人家娘俩回老家安家。人家谭喜儿还有爹娘，也要尽孝心。"

王永泰叹息道："娘，永山能答应？"

王永山满脸皱纹绽开了："哥，娘的主意好啊！哥，其实，你理解错了，我是真想跟谭喜儿分开，回来跟小洒锦过日子。还有，义成让我一心一意搞创作，只是怕人家想不开，来个缓冲。"

王永泰嘴角露出笑意，闷闷地吸烟。

王永山说："我的学校在文化苑岛上退了房子，就想回家跟小洒锦住，谭喜儿和亮亮回您这住，决心那房子能不能给他们住一住？"

王永泰快人快语地说:"永山想明白了,谭喜儿娘俩住我这个院里,哪屋都行。"

铃铛插嘴说:"永泰啊,你当哥的这么做就对了。他们娘俩住厢房也挺好。跟谭喜儿商量商量,我看这样挺好的。"

王永山愁眉苦脸:"永丽和伍宝库村里拆迁,还想搬过来住呢。"

铃铛奶奶说:"谭喜儿来了,就不让永丽他们过来了,他们容光县城还有别墅呢。"

王永山掏出手机给王决心打了电话。

王决心听说二叔让谭喜儿过来照顾奶奶和爹,非常开心,他带着水牛从工地回来一趟。王决心的手机连着天上的无人机,飞机每天都在航拍扫描王家寨,看有没有动工程的。不让施工,王永山的心又凉了,事情僵住了。

厢房也盖不成。王决心提出先把自己房间腾出来,让给谭喜儿和亮亮。

铃铛奶奶喜欢人,她让王永泰张罗着布置房子。王永泰孝顺,只要娘高兴,他一般都是顺着来,他也有这样的感觉,谭喜儿住过来,王永山回归小洒锦那边的家庭,这应该是王家的好事。王永泰布置好新房,谭喜儿过来看了,非常满意。其实,谭喜儿和亮亮对这个大院不陌生,家里来客人的时候,王永山常常派谭喜儿过来做饭。

秋分一过,天凉了,铃铛老人过生日。

顺便,王永山和谭喜儿在王家寨举办了拜师仪式,还有王永山与小洒锦的合房仪式。三个仪式合一。对外只说是铃铛奶奶过生日。说简朴不是简单,家庭成员几乎都来了,大巴掌听说非常高兴,从北京赶回来了。

杨义成回家给奶奶过生日,迎接一个全新的二叔王永山回家。

伍宝库和王永丽来了,见面就掏出一个白面做的大寿桃,还有铃铛爱吃的发糕。王永山拉着伍宝库的手,下棋去了。

王永丽好像有心事,站在了杨义成身边没动,跟杨义成唠起了家常。

杨义成感动地点点头:"姑姑,我爹惦记你和姑父养老,我想啊,你们二老的养老归我。"

王永丽眼圈红了，说："谢谢义成。你爹还让决心、王德照顾我们，你就忙吧。义成啊，你劝劝杜梅，让她走一步吧。杜梅跟我们住邻居，照顾我们老的小的，多不容易啊？容光县城有个大款要娶她，她死活不动心啊！"

杨义成嘿嘿笑了，说："姑姑，我马上回白洋淀开展业务了，有啥事跟我说啊！"

王永丽点点头，说："我们没啥事，你照顾好自己，少喝酒，别熬夜。"

杨义成感动了，眼圈有点红。

他喜欢这个大家庭的温暖，这里是他永远的精神支柱。他想，人们有时生活在农村，有时到城市，形成了混合型精神气质。农村的家族亲情越来越淡，但是，他们王家却是逆袭而来，家族亲情越发浓郁，充满凝聚力，无论是哪一家有了问题，大伙都过来支援，有钱的出钱，有力的出力，这样的"德孝"大家庭其乐融融。也许是因为有一位百岁都不糊涂的铃铛奶奶吧？不仅有奶奶，还有老爹、二叔、姑姑等等，这些善良淳朴的亲人啊！

杨义成搀扶着王永丽到屋里，送到铃铛奶奶身边，他赶紧把王永山叫到父亲的房间，把事情聊透。王永山听说杨义成有事，就悔了手里的棋，跟着过来了。杨义成这次回来，一来给奶奶贺寿，二来祝贺二叔回归家庭。杨义成微笑着对王永山说："二叔，王春夏没有回来吧？"

王永山一愣："王春夏是谁啊？"

杨义成沉了脸："二叔，您儿子大巴掌啊！您这爹当的，连自己儿子名字都忘了啊？"

王永山充满怨气地说："对不起，大巴掌啊，这些年叫外号叫惯了。别跟我提他，一个白眼狼，坑蒙拐骗的！他可不如二巴掌孝敬，他不来更好，来了我倒堵心，整天让我和你二婶提心吊胆。"

杨义成苦笑着说："二叔，这就是你的不对了，连自己的大儿子都不知道叫啥，说明你心中没有他，没有尽到当爹的责任！二叔，我最近因为杨义伟的事情，接触过几次大巴掌。他以前有毛病，吹牛、虚伪，但是，他现在真的变了个人，在北京和深圳都有办公室，地产咨询还是干得挺好的。你这次回归家庭，他一定高兴，所以啊，你们父子的感情需要修补回来！"

王永山说："不说他了，你回来了，二叔打心眼里高兴。"

杨义成微笑着说："二叔，决心越来越忙，这个家我还真的不放心了，奶奶岁数大了，我爹年纪也大了，我给雇保姆吧，我爹还不答应。您年龄也不小了，这回你让你的学生谭喜儿过来伺候老人，我在外边就踏实多了。咱说好了，谭喜儿，她的工资我每月打给你啊！"

王永山摇头说："大成子，你别管二叔的事，你是这个家的顶梁柱啊！"

杨义成问："二叔，你怎么想到要回归家庭回归艺术啦？"

王永山说："义成啊，二叔直说吧。上次你到我的艺术学校，二叔本想在你面前争回点面子，想听到你的夸奖，没想到，你并不赞成。我心中就咯噔一下子凉了半截儿。你的话，总在我耳边回响。计划赶不上变化，白洋淀新区成立，规划正式出台了，文化苑岛上的学校也办不下去啦！这样我就顺坡下驴，搞我的创作了。"

杨义成说："二叔，凡事都有两个方面，关了你的学校，你眼下可能不开心，但是，对你的事业是一件好事。"

王永山微微一笑，一副没心没肺的憨样："你说得有道理。那天二巴掌相亲失败，我一上火就发烧了。烧得我晕晕乎乎的时候，我想起你的那句话，就突然想明白了。我把灵魂交给金钱，上缴了独立思考的权利。过去你二叔的路走偏了，走错了，灵魂进入了蒙昧浑浊的状态，追悔莫及啊。"

杨义成说："好多事情，你得自己觉醒，别人劝是不管用的。这次我感觉那个学校，你费尽心血，只是为了拼命挣钱，当然，还有维护你的面子。"

王永山说："知我者杨义成也，二叔是死要面子活受罪啊！"

杨义成欣慰地说："我等待您的大作。哎，您独创的芦苇画还是很棒的。"

王永山常常反省自己的历程、思想和心理转变过程，铃铛娘不会懂，王永泰不会懂，决心不会懂，但义成能够懂。他从思想独立的大诗人，因为家庭悲剧，到习武，到经商，到迷信，到迷失，到无脑，到依赖别人思考，到成为金钱的奴隶。这个时代有无数文人陷入这种困境，依然没有醒悟，陷入高傲自大、及时行乐的狂欢中。那是可悲的，是时代的悲剧，他见过不少跟他一样堕落的文人，他要写一篇忏悔录，狠狠剖析一下肮脏的灵魂和蜕变的人生！

杨义成热情洋溢地说："二叔跟他们不一样。你是一个思想者，在有思想的人说的每一句话都能和精神联系起来。二叔，你回来了，无论生活阅历还是艺术积累，都具备了冲击高峰的实力。你会践行自己的诗句，生活永远不会欺骗你，只是你误解了生活。我相信，你的血一度冷了，还会再度沸腾，你心中不灭的火种，将重新点燃生命的激情，为生活留下热望，为生命留下珍存啊！"

王永山激动了，竖起了大拇指："义成啊，别看你是科技奇才，但是，艺术感觉极好，二叔今天听大侄子一席话，大梦初醒啊！"

杨义成望了望窗外，看见村支书胡玉湖的身影了，说："二叔，客人都来了，不多说了，你就别端着大师的架子了，跟我说实话，你经商的时候，到底有多少外债啊？"

王永山一愣，低沉地说："你是我侄子，今天都说了吧，不是我欠她的钱，是她公司赔了钱，我们俩借朋友的钱。朋友到法院起诉了，把我的银行卡都封了。总共三百万，谭喜儿在网上直播帮我卖字画，加上出书稿费，已经还上了四十万。"

杨义成一脸严肃，说："那就是还差二百六十万，你就别管了。你的银行卡封了，就把卡号开户行发我，我给你打。我让大巴掌再给你出点，让他尽孝心。"

王永山忽然摇头说："不能啊，你挣得多，花销也大，无功不受禄，这么大的数字，二叔不能收啊！"

杨义成说："二叔，你还拿我当外人啊？我知道，你写字画画，还可以生存，但是，还上这么大的债，你得干多少年啊？无债一身轻，你都六十五岁了，没有时间浪费生命啦！"

王永山低了头，说："你的钱，二叔要，大巴掌的钱我不要，他那是坑蒙拐骗来的，花了他的钱，我就由失信人变成犯人啦！"

杨义成哈哈大笑了："二叔，没那么严重，你对他还是存有偏见。我不是没有这钱，而是希望大巴掌与你建立联系，恢复亲情。你尽管与二婶分开，还是尽了家庭的责任，是你和二婶抚养他们哥俩长大，他也应该孝敬老人啊！"

王永山紧紧抓着杨义成的手，眼泪唰唰地流下来："谢天谢地，谢天谢地，老天爷啊，压在二叔心里几年的大石头总算落地了，我代表一家人感激义成啊！"

杨义成说："二叔，一家人不说两家话。"

王永山揩了揩眼睛，听见王永泰喊他，急忙转身出去了。

尽管婚礼低调，从屋里到院里，还是排了满满六桌。王永山平时喜欢穿红色缎子唐装，给老寿星敬献寿桃，贺寿结束，马上就举办了王永山对谭喜儿的收徒仪式。杨义成、王决心和胡玉湖等人坐在一桌上，胡玉湖频频向杨义成敬酒。杨义成参观了王家寨的污水处理厂，还是满意的，对于下一步的合作充满期待。杨义成喝了一杯酒，说："我们村的污水处理，是比较超前的。玉湖支书、孙小萍书记和王德弟弟都有功劳。还有一个突破点，既能为白洋淀新区扬名，还能为王家寨带来巨大利益。"

胡玉湖感觉浑身是劲，想趁着自己威望高，把王家寨的工作搞得更加出色。胡玉湖顿时来了兴趣："义成，你说的是不是白洋淀旅游开发啊？"

杨义成摇了摇头，说："旅游自然要搞，但不会一夜暴富。暴富的风口在互联网，什么样的产品能够搭上互联网的快车呢？"

杨义成指了指另一桌的二巴掌："二巴掌开的鱼丸店啊！康熙皇帝题名的'银淀鱼丸'，多好的品牌啊！还有我铃铛奶奶，她已经给银淀鱼丸做了活广告，我已经跟京东、喜多多打了招呼，他们会马上跟进。"

胡玉湖兴奋了，高声喊："是啊，不让养鱼了。我们可以转型，民俗村望月岛有了民宿和炖鱼，但是，炖鱼哪都有，唯有鱼丸子是我们的一招鲜，我们要把鱼丸子打造成王家寨的品牌啊！"

杨义成满脸兴奋地说："依我看，既然商业包装，可以蹭白洋淀新区的热度，赶紧注册白洋淀新区鱼丸，不仅搭上网络的快车，还要在京津冀的城市群里搞连锁店。"

王永山凑过来了，说："我侄子义成不仅是科技奇才，还是商业策划奇才。胡支书啊，真是风水轮流转，我们王家出过状元，你们胡家出过大商人，如今我们王家也有能挣钱的人了，你服不服？"

胡玉湖说："我当然服啊！我就想啊，你为啥是大诗人、大画家？跟王家祖上出过状元有关啊！"

王永山微笑着说："义成、胡支书，这白洋淀新区鱼丸做大做强，我没有意见，可是有一点我得提醒你们啊，鱼丸技术可是我娘传给二巴掌的，又是我们二巴掌发扬光大的，这里边得有我们二巴掌的股份啊！"

胡玉湖说："那是，那是，丢了二巴掌，义成也不答应啊！"

王决心一直没有说话，他想象着自己结婚的场面，提到鱼丸子，他不免有些醋意："二巴掌有福啊，有福之人不用忙，没福之人忙断肠。当年奶奶教我做鱼丸，我都没当事儿啊！"

胡玉湖喝了酒，红着脸说："大巴掌，啥时候喝你的喜酒啊？"

大巴掌做了一个苦笑："我啊，我是不婚主义者。"

胡玉湖板着脸说："你的思想不对头啊，年轻人要结婚的，给你爹传宗接代呢。二巴掌呢，他啥时候结婚？"

王永山沮丧地说："相亲相了好几个啊，废物啊，一个也没成啊。"他然后拧身望着二巴掌说："咱白洋淀新区多大的震动啊！这班车你搭不上，以后你就打光棍儿吧！"

二巴掌转着那双小眼睛，胸有成竹地说："爹，你就放心吧，我不跟我哥学，你儿子已经有对象啦！"

王永山骂了一句："滚，跟你哥一个屌样儿，光知道吹牛！"

大巴掌端着酒杯开始串桌敬酒，他拿着手机，开始让人欣赏他跟领导以及社会名流的合影，引来人们羡慕的嘘声。二巴掌晃悠着走了，边走边得意地说："瞧不起我二巴掌啊，看我咋给你老东西一个惊喜，

554

咱王家叫双喜临门！"

王永山继续喝酒，他以为二巴掌随便吹牛，谁知道，这小子还真给整出了一个惊天动地的大事。

那是拜师仪式的第二天，王永山搬回家里了，家是常来的，真正搬过来睡觉，还是显得既熟悉又陌生。他跟小洒锦进入一场深谈，没想到小洒锦依然崇拜他。小洒锦依偎在王永山的胸前，说："几十年过去了，我们好好享受晚年生活吧。"

王永山说："这事怪我，我们应该团圆。"小洒锦说："我支持你写作，《地球与九朵荷花》那书，还不是我给你张罗的？"

王永山说："我的外债，义成答应给还上了。"

小洒锦哽咽着说："我就知道，你不回家还有一个原因，你自身有点外债，怕连累我和二巴掌。其实，大可不必，有困难，我们一家人扛过去。"

"好人啊，好人就是一束光，能驱散人心中的阴霾啊！"王永山搂住小洒锦，浑身颤抖了。

小洒锦扑哧笑了："你这个大诗人，到了家还不忘抒情？"

第五十三章　孽债

王永山的回归，给家庭带来了欢欣。

那一天晚上，王永山刚刚吃过饭，小洒锦急火火找王永山，说二巴掌跟咸鱼的闺女胡杏儿搞到一起去了，速度之快，简直超出想象。

咸鱼惊呆了，他和媳妇大鹅追到二巴掌的鱼丸店，抬手打了胡杏儿一巴掌。胡杏儿被打愣了。

这对于王永山和小洒锦无异于晴天霹雳，他们惊得张着嘴巴。小洒锦不安得满眼含泪了。

王永山垂着两条胳膊，痛苦地走来走去，边走边骂："真是怕啥来啥啊，造孽啊！老天爷啊，怎么办？咸鱼这狗东西，这辈子就是我的克星啊！"

小洒锦湿润了眼圈。

王永山怕惊动铃铛，叮嘱她沉住气，回去先劝二巴掌，但是，永远不能把这个秘密捅破。好在时间不长，还有把他们拆散的可能。

王永山的胸腔里一阵绞痛。他应该惩罚二巴掌，可是，怎么说？就公开他是咸鱼的儿子吗？这怎能说得出口啊？树怕伤皮，人怕伤心，咸鱼把王永山的心伤得太深了。如今咸鱼的女儿又来伤害他，这让他手足无措了。

这事还得先跟咸鱼商量。

第二天清早儿，王永山来到王家寨码头，咸鱼没有在船上，往那头望去，二巴掌的鱼丸店门口围着人，胡铁带着胡家人堵在二巴掌的鱼丸店门口。腰里硬在不远处好奇地张望，似乎不怕热闹。二巴掌和他娘小酒锦在里边说话，小酒锦劝说着二巴掌："不是说胡杏儿不好，我们都觉着你俩不合适。"二巴掌倔倔地说："有啥不合适啊？我都三十八了，碰着一个跟我过日子的容易吗？"小酒锦说："你爹给你联系城里的婚介所了，会碰上合适的。再说，杏儿在肃宁县结过婚，有钱不娶活汉妻嘛！"

咸鱼脸涨红，蹲在门口默默地吸烟。

王永山一溜小跑到了鱼丸店门口，一把抓住咸鱼的脖领，揪他到了老梨树的乾德老钟下，咸鱼作为王家寨的民间强人，他对事态发展却无能为力。

咸鱼跺着脚说："瘸了吧唧的二巴掌，他身上有什么魔力啊？赶紧散了吧。"

胡杏儿看似跟二巴掌爱得很坚贞，刀砍不断，雷打不散。

二巴掌也是这个意见，非胡杏儿不娶。

王永山气愤："胡杏儿在村里名声不好，她跟胡铁挖泥船的司机私奔过。你跟她不是丢王家人的脸吗？"

"那，我也比单身强啊！"

胡杏儿五官一般，鼻子有点塌，鼻孔外露，随了咸鱼，可是她身材窈窕，皮肤白嫩，一白遮百丑，但是没有生孩子，再出嫁就等于头婚。胡杏儿曾经嫁给沧州肃宁的一个司机，两人脾气不合，结婚两年就离婚了。她的户口迁到了肃宁县，白洋淀新区一成立，她还想把户口迁回来，可是已经冻结了，唯一的办法是找到白洋淀新区的男人。

胡杏儿软货硬卖，她勾搭上二巴掌了。

咸鱼脸上乌云密布，连连叹息："唉，没想到，没想到啊！"早些年，他当过鱼霸，强买强卖，在渔人码头的市场收保护费，打人是家常便饭。

那一年白洋淀干淀，好多渔民去北京新发地，家里的市场冷淡了，咸鱼也老了，这才金盆洗手，改邪归正，人变得精明了，买了一条槽子船搞起了旅游。

眼下，咸鱼知道事态会怎样发展，能拦住最好，大不了最后兜了底。此事对他来讲，最好从王永山这里讹点钱出来，闺女的生活也好有个着落。

咸鱼站在老梨树下，树枝上爬满了绿色的瓜蔓，一下一下搔着他的脖子，痒痒得难受，他揉了揉脖子，咧嘴说："永山，这事你知道，难道你怪我吗？我们胡杏儿这丫头疯，我管不住，我有啥办法啊？"

王永山恶狠狠地吼："呸，你个臭不要脸的，欠揍是不？你闺女望倒一片男人是她的本事，可是你揣着明白装糊涂，两人撕不开的时候，你以后咋收场啊？"

咸鱼咬了咬牙，说："永山啊，咱哥俩从小长大，根本没红过脸，还就是出了这事，我们哥俩翻脸了。这我理解，但是，你要知道，一个巴掌拍不响，当年小洒锦也有责任。既然这样了，那就好汉做事好汉当，心平气和地告诉孩子们，他们一听自然就散了！"

"后果谁能承担？"王永山挥了挥拳头。

咸鱼躲闪着趔趄了一下，脑袋砰地撞了大钟。

王永山吼道："咸鱼，你他娘的别扯那老皇历啦。把我惹急眼，我们老账新账一块算，你不嫌丢人，我他娘的也豁出去了，孩子们知道了承受不了，触电、上吊、跳湖，反正这仨孩子的命攥在你手里，轻重你自己掂量吧！"

咸鱼梗着脖子说："你这文化人都掂不出轻重，我这大老粗更掂不出轻重。反正你家比我有钱，二巴掌完了，大巴掌也完蛋了，你娘能挺得住？出了这些事，杨义成能饶了你？你回归家庭了，你跟小洒锦还能过安生日子吗？你好好想想吧！"

王永山铁青着脸说："你说，咋办吧？"

咸鱼眨着眼睛，赖赖地说："听胡支书说，你们家的银淀鱼丸被喜多多看上了，要去大城市开连锁店了，二巴掌注定发财，出点钱吧，我把胡杏儿再嫁出去。"

王永山沉了脸，说："我还有外债呢，哪有钱？"

咸鱼涎皮赖脸地说："你没有，杨义成有啊，二巴掌和他娘有啊！"

王永山恼着脸问："多少钱？"

咸鱼的眼睛像灯泡一样，唰地亮了，晃了晃手掌，伸出三根手指头说:"三十万。"

王永山哼了一声:"钱给了你,你不能再生事啦!那个秘密都死在肚子里,传出去我揍死你!"

王永山回家跟小洒锦和二巴掌商量,二巴掌坚决不离开胡杏儿,看二巴掌那劲头,即便他私下跟咸鱼成交,他们也不会分开。

二巴掌颠着走了,临走时放下一句狠话说:"爹,我死都要娶胡杏儿,我跟胡杏儿给你们生个大孙子!"

小洒锦瘫软在地,哭了。

王永山骂道:"哭啥,啥事都怪你,省几滴猫尿吧!"

小洒锦吸了一口冷气,不哭了。王永山跟她说了说与咸鱼的谈判结果,出三十万,小洒锦满口不答应。

王永山说:"为了不把事情闹大,为了三个孩子,只能用钱摆平啦!这钱我出吧!小洒锦,你跟我说句真心话,你这些年你不离婚,不改嫁,就是为了两个孩子?"

小洒锦沉默了一阵,说:"还有你啊,是我对不起你,我要替你好好照顾铃铛娘,我舍不得离开这个家啊!"

王永山心中一热,鼻子酸了。

他发出一声沉重的叹息。没有想到,小洒锦依旧坚韧地守候着这个家,将两个残疾孩子拉扯大,还替自己照顾铃铛老娘。小洒锦孤独地生活,孤独者因爱而孤独,孤独者的爱,是真正的爱,爱比被爱幸福啊。可是,他却把这个好女人忘记了、忽略了——

二巴掌的鱼丸店继续开张。小洒锦不放心,跟着儿子在厨房干活。

胡杏儿来了,她刚刚化了妆,描了眉,绣了唇,穿着长靴子、扭着细腰走来了,风姿绰约,步态跟当年的小洒锦一样风骚。

小洒锦把二巴掌叫到一旁劝说:"傻儿子,人家是来讹钱的。"

二巴掌恼了,骂胡杏儿:"滚,你口口声声说爱我,原来是施美人计诈钱啊?你们胡家没好人!"

胡杏儿给骂愣了。这不是二巴掌的风格啊,昨天,他俩还海誓山盟呢,只要她眨一下眼睛,二巴掌就被"电"得晕晕乎乎的。今天怎么变脸了?胡杏儿忍不住尖厉地哭起来,疯疯地跑了。

祸从口出，二巴掌这一句话，引来了胡家人的疯狂报复。

咸鱼姓胡，他是胡家人。谁都没有料到，这个偶然事件，竟然扯起了王家和胡家两个家族的历史仇怨，引发两个家族的冲突。王家寨历史上，户族、种族之间的冲突没有间断过。从表面看，姚家跟王家过不去，其实，胡家跟王家依旧有矛盾。后来水上飞和大抬杆好了，多少缓解了胡家和王家的仇怨。后来大抬杆当了支书，又压了胡家几年，力推胡玉湖当了支书，胡家跟王家相安无事了。

怎样给王家寨上产业，胡玉湖记住了杨义成的话，赶紧把银淀鱼丸注册，更名"白洋淀鱼丸"。

两三天的时间，注册的速度前所未有，他越想越激动。胡玉湖对女村长邢青云说："赶紧开个村委会吧，规划一下，写成一个报告传给杨义成，跟京东商城、喜多多签约。"

王德志急忙张罗去了。

村干部刚刚到齐，王德志急忙跑来了，跟胡玉湖嘀咕了几句。胡玉湖脸色变了，急忙走出会议室，眉头拧着一个疙瘩。胡铁露头说："大伯，我们胡家人就吃了个大亏，这次我们胡家得扳回这一局！"

胡玉湖冷了脸，说："毕竟是牵扯你妹妹的事，你小子不能出面啊！"

胡铁就明白胡玉湖的意思了。王家人在王家寨势力大，杨义成、王德和王决心都在，出出气要适可而止。

胡铁兴冲冲地走了。

胡玉湖放下电话，缓缓闭上眼睛，忐忑不安的心绪总是在他胸中郁积，挥之不去。

事情转变得十分迅速，胡杏儿哭着回家，对峙的性质就突然变了。咸鱼在家里跟胡杏儿说好了，就得往二巴掌身上赖，不能玩真的，就是讹钱。胡杏儿竟然对二巴掌动真情了。咸鱼急忙给胡铁打电话，说了说胡杏儿遭受的委屈，甚至歪曲了事实。胡铁就急眼了，骂："二巴掌，日你个奶奶！欺人太甚！欺负到我妹头上来了，你胆子不小啊？"

二巴掌不屑地说："你不就是仰仗着腰里硬吗？别忘了，我家还有王决心呢。"

鱼丸店被胡家人包围了，闹闹嚷嚷。

十分糟糕的是，全村人都拥到这里，眼看着要酿成公共事件。

王永山看见胡家人包围了二巴掌的鱼丸店，赶紧想新的对策，只能去村委会搬胡玉湖了。姚、王两家的冤仇，胡玉湖都靠孙小萍来和解，眼下胡家和王家出事，他解决得了吗？如果他出面还不管用，那就得找杨义成了。他跑着去村委会找胡玉湖，可是，王德志说胡玉湖支书不在，他偷偷躲了，是故意纵容胡家人报复王家人吗？唉，连支书都是这水平，王家寨还有什么希望？

胡家大个子先是围住二巴掌，说着说着就骂起来。胡家人动手了，二巴掌抱着脑袋，后背挨了几棍子，好在没有打在腿上。一锅鱼丸汤打翻了，热水溅到他的脚面上，他疼得直蹦。

小洒锦护着二巴掌，被人推了个跟斗。

胡铁没有出面，但谁都看得出他幕后操纵的迹象。

生活的悲剧，不能简单地归结为个人命运，常常是家庭和社会的各种矛盾造成的。此刻，王永山没有从根本上检讨自己的局限，而是想到王家和胡家的历史恩怨。这又是进入了一个误区啊！王永山一溜小跑回家，气喘吁吁地来到王永泰跟前，他把危机情况一说，王永泰竟然被此事吓了一跳，多皱的脸上透着一层淡淡的阴影。

王永山说："哥，到底咋办啊？"

铃铛耳朵背，还是听见了。

王永泰脸色发紫，像是憋的，只顾吸烟，鼻子里发出哼哼声。

铃铛让王永泰赶紧敲钟，王德和王决心不在，赶紧把老王家的人集合起来，不能吃了胡家的亏。王永泰还是不放心："娘，您让我敲钟叫王家人救驾？"铃铛瞪了昏花的眼睛，慢条斯理地说："我的意思是，永泰，我们不给老二撑腰，谁给撑腰？咸鱼不是个东西，当初我知道了，就应该出面摆平，耽误了这么多年。人啊，不能害人，但是，也不能让人骑着脖子拉屎，要让乡亲们知道，我铃铛还活着呢，这是王家寨，不是胡家寨！"

王永泰迟疑地说："娘，眼下我们是白洋淀新区了，闹出了事合适吗？"

铃铛牙齿缝里挤出声音："不管是啥，这是共产党的天下。走到哪儿都得讲理、讲王法！你挡不住的时候，背我过去，咸鱼怕我！"

王永泰以冒险般的心情说："娘，我去！"

王永山给娘鞠了躬，连连说："娘，您才是我们王家的主心骨啊！"

王永泰跑到村口的老梨树下，把乾德大钟敲响了。王家人听见钟声纷纷赶来，围得黑压压的。王永山有了信心，大声说："哥，娘说得对。这已经不是二巴掌和胡杏儿的事儿了，演化成胡家人欺负咱王家人，咱不能就这么熊啦！"

王永泰和王永山带人到了二巴掌的鱼丸店。胡家人是胡铁挑头，腰里硬背后撑腰，几个人围着二巴掌喊叫。二巴掌和小洒锦跟他们解释，说胡杏儿传话有问题。王永泰被胡家人拦住了，王永山毕竟会武术，他乘人混乱之机，施展拳脚，胡家人都被吓住了，有的跌倒，有的退缩，哭叫声响成一片。

村里打架的人和拉架的人混杂起来，基本辨认不清了。

铃铛奶奶被惊动了，让谭喜儿看看外面出了啥事，谭喜儿就出来了，看见王永山额头淌了血，吓得吸了一口气。胡玉湖从村委会走出来了，他要到关键时刻出现在现场，既显示他当支书的权威，又有能力平息骚乱。

胡玉湖到了现场，大喝一声："别闹了，这成何体统，我们王家寨是文明村，再闹我可不干了！"

人们突然冷静下来。

谭喜儿亲眼看见了这场乱局，回家告诉了铃铛奶奶，铃铛奶奶将王永山家庭的秘密说了，说得痛心疾首、潸然泪下，谭喜儿惊讶了，六神无主了。铃铛塞给了谭喜儿一万块钱。

谭喜儿一夜未眠，第二天早上，她没有吃早饭，带着亮亮悄悄走了。

第五十四章　挂旗

郑继刚副县长陪同赵国栋调研。

赵国栋到王家寨包村蹲点，别人以为他吃了偏饭。实际上，赵国栋一碗水端平，只是规范管理，提供线索。座谈会以后，赵国栋看望了铃铛奶奶，就匆匆离开了。赵国栋调研得出的结论是，自从孙小萍当了第一书记，人在变，事在变，王家寨从严治党的规定落了地，村里面貌大大改观，效率也有所提高，到处悬挂着基层党建的标语。

胡玉湖是在霞色融满大淀时，由王决心、王永泰、王德和腰里硬等众多村人簇拥着搬进二楼办公室的。他的办公室在二楼东侧，站在走廊里就能看见高高低低的村舍、码头和老船。大乐书院的建筑，却被井楼子遮住了。

王德知道胡玉湖喜欢荷花，就买了一个大瓷缸，将大淀里的泥土装进来，从荷花大观园移植几株荷花，周围呈圆形摆满花花绿绿的盆景。

有荷花陪伴，胡玉湖心里不空。

王家寨五千口子人，三百多条船，改革开放最初，村里又哗啦啦建起鞋厂、养殖场和苇帘厂几个村办企业。村里的经济在全乡举足轻重。这大多是改革开放初期，王决心的爷爷、老支书大抬杆创下的，如今企业都消失了。胡玉湖天天思谋着上马新的产业，新产业谈何容易啊？

王家寨不搬迁，这是政府反复考量过的。整个新水县，只有靠近容光的一些村庄定位为核心起步区，像王家寨这样的水村，划为生态涵养区域。

胡玉湖的办公室安顿好了。

郑继刚和何乡长过来调研。郑继刚巴结赵国栋，是想借他的力提拔成县长。赵国栋不为郑继刚的殷勤而动，公事公办的架势，实际上，赵国栋在观察他。

郑继刚叮嘱胡玉湖说："白洋淀新区走的是先植绿、后建城的新路子。千年秀林项目马上启动，涉及我们新水一小部分。起步区是在三县交界处，容光地方多一些。"

胡玉湖吸完了一根烟，扔了烟头。

郑继刚说："老胡，好多事防不胜防，一边保持稳定，还要保护环境，还不能让老百姓没有饭吃，这就是考验你的地方！你让孙小萍抓了党建，非常好，但是，你的脑瓜骨不能死板，统抓全盘，搞活经济，不是抓鱼、逮虾和养鸭，不是简单旅游，这得需要上上下下的周旋，保持一种平衡。"

胡玉湖心里惶惶不安："郑县长，何乡长，我胡玉湖吃苦受罪都不怕，就怕辜负了领导和村里老少爷们儿一片心哪！这么多年了，我支书和主任一肩挑，压力真是很大呀！自从赵国栋书记到村里蹲点，将孙小萍的关系调到新水县，给我们配备了第一书记，我就轻松多了。"

郑继刚煞费苦心地说："图轻松不行，你跟孙小萍商量，赶紧上马新的产业，哎，你们心里有啥大的计划没有？"

胡玉湖芒刺在背，沉吟半晌，摸出兜里的小本本，说："杨牧仁院长说了，不疯魔，不成活。我都成魔了，眼下我们做了很大的调整。老村既然还没有拆迁，就把敬老院弄好，把孤寡老人集中起来。二来，在大乐书院继续搞好德孝大讲堂，提高人们思想的境界。养鱼、养鸭，污染的养殖都关掉，还想搞一个污水处理厂，把那些小路铺成石渣路……"何乡长点点头，说："你想干的事，还真不少啊。几年前污染，你带领乡亲向污染做斗争，今天敢于担当，站好这一班岗！"胡玉湖闷闷地不再言语。胡玉湖是有压力的。这年头，老百姓并不缺吃少穿，也不太看重政治荣誉，唯一跟你较真的就是利益。

郑继刚说："你不要听见风就是雨，王家寨是淀中村，污水和垃圾处理，要抓紧啊！"

胡玉湖点了点头："马上着手规划、施工！"

郑继刚和何乡长说完要走，胡玉湖留郑继刚到大平台望月岛吃饭，郑继刚和何乡长拒绝了。如今，孙小萍书记监督胡玉湖，请客一律自掏腰包，即便个人请客，也不能沾酒，否则纪律处分。

胡玉湖送他们到了村口码头，望着领导上船，阳光照耀着老梨树，影子落在他的脸上，船缓缓驶离码头。

胡玉湖看见小洒锦从二巴掌的鱼丸店走出来。

胡玉湖的老伴张翠青办了一个小型的荷叶茶厂，胡玉湖就腰杆软了。王德给老婆的荷叶茶找好了销路，王家寨从此又多了一个扶贫项目。女工都是村里的贫困户，她的荷叶茶越来越有名声了，她的小作坊雇了几个人，生意火爆。

孙小萍对胡玉湖的打扮进行了包装。

胡玉湖穿上了一件崭新的夹克衫，左胸前小口袋上别了一支钢笔，腕上换了一块全自动金狮表。过去杂乱的头发，也改成了村人望而生畏的背头，梳理得极妥帖，看上去很像一位满腹经纶、沉稳可靠的干部。胡玉湖对这样的打扮，真有些不太适应。

只要王家寨还存在一天，他就应该在村人面前树立威严，走到哪儿都有人"支书、支书"地叫，他就努力适应着。可是，当王永泰叫他"胡支书"的时候，他刚舒展的心就搅起一阵愧疚来，浑身鼓鼓涌涌不自在，五脏六腑错了位。

一阵改革热潮过去，人们渐渐平静了。

日子平淡了一些，生活节奏变得紧张了。县上的各种会议和接待耗去胡玉湖好多精力，那种无可奈何的感觉一点点逝去。喜一程悲一程，糖葫芦似的酸酸涩涩的事，一个跟着一个来折腾。更让他挠头的是，新区和县里关系微妙了，上上下下、左左右右的人际关系，很快波及王家寨。复杂问题简单化，他让孙小萍和王德处理棘手事情，自己就轻松多了。

每日都有乡里、县里和新区领导的小轿车停在大码头，然后有人乘船到了王家寨，新闻记者和民俗专家渐渐多了起来。

胡玉湖常常躲闪，孙小萍劝他，这些人谁也不能怠慢，不知哪块云彩有雨，况且惹了谁都够村官受的。金钱、交易充斥了角角落落，像脏兮兮的污水明明暗暗地漫延，包围了蛤蟆滩。

胡玉湖心中的蛤蟆滩还能洁净多久？那块支撑他生命的金滩会不会沉落？胡玉湖困惑茫然，痛苦极了。

胡玉湖宛如一艘在淀里打转儿的老船，找不到回家拢岸的码头。这不，张翠青咒语般的预言就应验了。

不久前，孙小萍和王德带人将广场下水道埋好了。王家寨污水处理厂提升工程开工了。胡玉湖与杨义成曾经在深圳谈妥，合作的污水处理设备厂已经在保定白沟投产，第一批设备应用到王家寨的污水处理中。

苏一朋投资的"洁神"污水处理设备厂，将第一批设备应用到王家寨。于是，码头广场多了一处喷泉小景观，哗哗的清水冲高数米回落，喷泉下方是一片荷花池，里面既有沙石填料可过滤水质，又有苇叶、水葱、菖蒲、金鱼藻等水生植物用于吸附水中污染物，起到进一步净化水质的作用。经此湿地流出的再生水，达到污水排放标准，可直排入大淀，村民也可用这些水来浇花、洗澡和洗衣裳。治理的利器就藏在喷泉旁的"集装箱"内，每天能让二百吨污水瞬间变清。

可是，事情没有一帆风顺的。

安装设备那天，工程遇到了难题。水上工地的围埝搭好了，却没法抽水，抽水机械只有老河口的水闸有。

胡玉湖愁眉苦脸地僵住了。过去，胡玉湖每年要拿公款请老河口水闸的几个人吃喝一顿，并且送些贵重礼品，村里人意见很大。如今管得严格了，村里没有这笔经费了。胡玉湖向来精打细算，每隔半年就将村里账目丁丁卯卯地公布一次。现在，他积攒资金，要给村里老人做点实事。第一件事是保护白洋淀的水，王家寨的污水处理厂升级改造就停了，碰了一鼻子灰。

胡玉湖跑了一趟深圳，杨义成帮忙找了一家北京的合作单位。

胡玉湖把水闸的难处跟王决心说了。安装污水处理厂设备的时候，水闸要配合降低水位。胡玉湖的心目中，只有王决心能够解决这个难题，王德听了有些吃醋，自己就没有老三的本事吗？王德主抓项目，他催王决心好几次了，他比胡玉湖还着急。

王决心咧着嘴巴说他太忙了，只好跟鲁大林请假。

枣林水闸掌管着白洋淀水位。

王决心拍着胸脯向村人吹嘘："我绝不花公家的钱去巴结他们！真是活人惯的，哪个小庙的和尚都迷人？"

村人啧啧赞叹。

王决心去了，栽个透心凉。人走背运时，明明顺风顺水也会窝进臭泥滩。王决心回来跟胡玉湖一说，他的话传过去，闸长孙胖子哼一声。白洋淀所有村庄都当水神爷敬他，唯有王家寨人不理他。他就刁难王家寨，这个劲儿就杠上了。

王决心又急赤白脸地找孙胖子评理："你们为啥不给我们降水位啊？"

孙胖子鼻音重浊："机器坏啦！"王决心恼怒了："狗日的，我说机器没坏，是你小子良心坏啦！看来我这是老虎吃日头白张嘴了呗！"他总是火辣辣地搂不住火儿。

孙胖子坐在沙发上，脸上平静得像一个吃斋念佛的老僧，喃喃道："王决心别发火嘛，我也不知咋的，机器也是的，轮到你们村就玩不转啦。"

王决心听出孙胖子话里有话，撕破这一层："别给我玩花活儿，你就那点勾当，狗吃柳条屙笊篱，肚里那点儿！横竖一大老爷们，下贱不下贱？"

孙胖子笑着说："别管我下贱不下贱，县官不如现管，机器坏了没法给你们抽水！"

"黑心的玩意儿！看我撕不烂你！"王决心阴着脸骂了一句，拳头攥得嘎巴响。

孙胖子说："法治社会，打人的代价你承受得起吗？"

王决心的恶血撞头，霍地扑过去，老鹰抓鸡似的拽住孙胖子的宽脖领，厉声吼："狗日的，你立马给我村放水！"

孙胖子脸吓得纸白，四肢胡乱踢腾，嘴里喊着："快来人，收拾收拾这嘎东西！"啪的一声，进来两个虎虎实实的汉子七拧八拽将王决心拖出去，推推搡搡关进一间黑屋子里。

王决心泼了性子，舞着双拳骂："孙胖子，真不是个东西！"他像一只孤独的狼，用脑袋撞大门。

水牛偷偷潜入，将王决心救了出来。

水牛递给王决心面包和香肠，说："哥，你上当了，这事压根儿不是治保主任该管的事，还得胡支书亲自出马。"

王决心想想也是，把球又踢给胡玉湖。

"哥，你是死要面子活受罪哩！"

王决心在水闸那碰了壁，整天愁眉苦脸。看来，拿对付腰里硬那套办法行不通。他想到爹的叮嘱：你是千年秀林的工人了，还有了自己的家庭，遇事动脑子，万万不能动粗。

王决心知道大闸由水利局统管，归任丘那边统领，协调两地，还是应该官方出面。后来他又自我否定了，因为只要胡玉湖出面，不管成不成，就等于跟村里人宣告他失败了。

黄昏了，落日灿红。

王决心懵里懵懂地坐在码头，无聊地吹着苇笛。苦苦地想七猜八，将心中封严的坛坛罐罐摔碎，酸甜苦辣搅成一锅粥。人存在这世上，争来争去，到底图个啥呢？

他猛抬头望去，乔麦阴眉沉脸站在那里。乔麦最爱听他吹苇笛，准是笛声将她引来的。

乔麦冷冷地说："老公啊，你白活这么大了啊？办事靠动脑子，你白看读心术了？穷横能解决问题啦？你杀人又管蛋用？"

王决心不吭声了，两腿捯来捯去。

乔麦说："走，回家我们商量吧！"

王决心没精打采地回了家，乔麦问："先吃饭，还是说你的事？"

王决心一屁股坐在沙发上，怒气冲天："哼，吃气都吃个饱了！孙胖子这狗娘养的，整天嚷嚷支持白洋淀新区，村里提升污水处理厂工程，节骨眼儿上给我下绊子！"

乔麦问清事情的根根梢梢之后，忍俊不禁："你呀，气糊涂了，路子越走越窄。你这嚓嘴骡子只配卖个驴钱！"

王决心戚戚地看着她："老婆，你污蔑我？你说咋办吧，我是烧香也找不到庙门了。"

乔麦嗔怨道："你呀，遇事掂不出轻重，这屁大事告哪儿也没用，冤家宜解不宜结。弄点好烟好酒送过去，请孙胖子喝一回，别看现在反腐严了，人情还得走的。"

王决心瞪圆了眼："那狗东西没有人情，我的海口都吹出去了，传出去了，这脸还咋搁在世上？不如剜下来丢给狗吃！"

乔麦急得拍拍手："我的天神哩，甘蔗哪有两头甜的？面子能值几个钱？鲁师傅咋教导你的？丢卒保车，做人的谋略。人就是应该送礼，送多大的礼，成就多大的事。"

王决心心烦地摆摆手："别磨叨啦，你替我去办，花多少钱我掏。"

乔麦扑哧一声，笑岔了气："你个大傻帽儿，土鳖虫。"

王决心正色道："就这么定啦，过去没看出来，我娶的老婆竟然是一个投机分子！"

乔麦不再与他斗嘴，麻溜溜系上围裙，到厨房里鼓鼓捣捣地做饭。

饭熟了，王永泰回家了，正好铃铛奶奶的铜铃响了。乔麦吃完，回了自己房间，整理苗木账本。

王决心狼吞虎咽地把一碗面吸溜个精光，然后就皱着脸逗大黑玩。哪有心思玩？他还是坠进了心事之中。如果事情办不成，胡玉湖会怎样看他？王德、孙小萍怎样看他？村里老百姓会说啥？

石英钟嘀嘀嗒嗒，王决心迷迷糊糊睡着了，鼾声里像冰糖葫芦似的生出噩梦。夜里的白洋淀有一群水鬼敲敲打打，锣鼓响，群魔乱舞，乱糟糟的，一拨一拨不断弦儿。

王决心喊："来人，把那鬼东西赶走！娘的，王家寨人还没死绝呢！"

乔麦吓醒了，推了推他："做梦呢吧？"

王决心没有醒来，发出强劲的鼾声，忽高忽低，结结实实。

第二天上午，王决心脑袋一响，忽然想到了赵晓薇，他让赵晓薇到大张庄码头等他。他跟赵晓薇见面一说，赵晓薇很仗义："小舅，你干的事我都力挺！"他带着赵晓薇和水牛又去了水闸。

　　大雨滂沱，水天一色。

　　赵晓薇开着面包车来的，她扛着机器，躲在面包车里，一边录像一边观察外边的动静。

　　王决心站在水中，不打伞，也不穿雨衣，似乎就给孙胖子看。

　　水牛对着摄像镜头，喊："站在水里的就是我们王家寨治保主任王决心，他一心为公，求助水闸放水，为了啥？王家寨污水处理厂施工接管，水位不降，没法施工，他们就是不放水啊！"

　　水闸门卫探头喊："又是你小子，耍猴呢？滚一边去！"

　　孙胖子守着电脑打游戏，故意不瞅。

　　王决心在雨里暗示水牛，水牛哐哐地敲铜锣。铜锣一响，孙胖子坐不住了，赶紧打着伞探出头来，嚷道："又是你小子，要不是下雨，我还找保安给你逮起来，上回的苦你没吃够吧？"

　　王决心狠狠地吐了一口水，说："理儿在我们这，你执掌大闸，翻脸刁难人，有你哭的时候，你看看我身后这车干啥的？"

　　孙胖子伸长了脖子，看清了电视台的采访车。车的玻璃摇了下来，镜头正对着他录像。

　　孙胖子吓得缩回了脖子："王决心，你小子翅膀硬了，竟然把记者忽悠来了，你以为老子怕你？"王决心嘴里吐着雨水说："你还嘴硬，这回不开闸放水，你小子吃不了兜着走！"

　　水牛颠颠地凑了过去，悄悄地在孙胖子耳朵边嘀咕："记者不可怕，可怕的是这车里录像的美女，你知道她是谁吗？"

　　孙胖子一愣："谁啊？"

　　水牛说："她叫赵晓薇，北京电视台新闻记者。给你她的名片，你查一查赵晓薇是谁、她老爹是谁，你就腿软啦！"

　　孙胖子回到办公室，关了游戏，在百度上搜了一遍。她是北京电视台的新闻记者不假，但是没有她爹的资料。孙胖子又出来了。王决心吼："水牛，别跟他磨叽了，录像继续，他是不见棺材不落泪，就是见了棺材也不落泪。好，你放我们进去，到屋里说。如果不开门，就是妨碍记者公务。"

孙胖子眨眨眼，让门卫打开门。

王决心、水牛和赵晓薇来到水闸会议室。水牛掏出毛巾给王决心擦着脸，王决心隔着窗户，看见雨哗哗地下着，淀面上溅起了无数翻花的水泡，后院的树枝被冷风吹得乱响，远处还有一只狗叫了两声。

赵晓薇拿开裹着机器的雨衣，继续录像。

孙胖子话就软了一些："决心老弟，别让美女录了，有话好说。"

王决心抖了抖手里的酒，笑道："孙站长，我这是好酒国窖。你应该喝敬酒。我知道你心里有气，生我们胡支书的气，咱俩没仇没怨的吧？晚上请你喝点，交个朋友，说说你心里的委屈！"

孙胖子嘿嘿笑了："你小子仗义。"

王决心说："我们是大村，五千口子人啊，还在淀中，如果污染了白洋淀，对谁有好处？上头怪罪下来，你吃不了兜着走！"

孙胖子摆着手说："好了，好了，咱们慢慢聊，慢慢聊，实际上我就是等你这句话，胡玉湖这孙子，就是笑面虎啊，这辈子我都不理他。"

王决心与他越说越近乎。赵晓薇把机器擦了擦，轻轻收了："好，你们谈好了，我这录像撤了。"

王决心让赵晓薇中午一起吃饭，赵晓薇摇头说："小舅，今天有一所北京的大学分校在新区选址，我还有采访任务呢。"

王决心挥了挥手："你去吧，谢谢晓薇，这事别跟你爹说啊！"

赵晓薇微微一笑，消失在雨幕中。

孙胖子好奇地问："老弟，她爹到底是谁啊？我死也得死个明白啊！"

王决心大大方方地说："她爹是赵国栋。"

孙胖胖脸白了，吸了一口冷气。

天亮的时候，胡玉湖接到了王德的电话，说王决心借助赵晓薇的媒体，吓住了孙胖子，白洋淀水位降到了施工临界点。

污水处理厂工地可以抽水施工了。

"这个嘎小子！"胡玉湖苦着脸笑了。

他心里一阵掂量。他穿上衣服，哧溜下床。他得好好感谢王决心，清静下来，总觉得有些别扭，似乎尊严受损丢了面子。

污水处理厂的建成，让村民高看胡玉湖一眼。

王永泰不知道王决心暗暗帮了大忙，他更是佩服胡玉湖。胡玉湖的位子越来越稳固了，连阴阳怪气的姚哈喇背地里也不说风凉话了。

天外有天，淀外有淀。

胡玉湖惴惴地走在湿地小径上，村人依旧那么敬他："忙啊，胡支书！"他就应一声。他不阴不阳地笑一笑，让村人摸不着深浅。

胡玉湖忽然想到王永泰了，王永泰把老婆邢荷花陪嫁的四舱旧船拆了，一板一板地蹩蹩蹴蹴拆了，又一块块铺排到自己的大炕上，他躺在上面就像躺在邢荷花的怀里。他攒足了钱，自家又造了一艘新船。

当初，王永泰的新船挂旗的那天，派王决心到村委会请胡玉湖。王决心听王德志说，胡玉湖正接待县文旅局的领导，尽管胡玉湖眼角眉梢都是笑，仍旧掩盖不住王家寨的两个窟窿：人多污染，就业困难。这是眼下村里很棘手的难题。

胡玉湖开完了会，正在默默地吸烟。他望着烟灰缸里升腾的烟雾发呆。

王决心等人走光了，怯怯地喊："玉湖支书，我爹叫你呢。"

胡玉湖清了清嗓子，说："有事啊，决心？"

王决心平时说话都是大咧咧、瓮声瓮气的，此刻却低声说："我家造了艘新船，今儿个挂旗！"

胡玉湖一愣，心急火燎地说："你爹疯了吧，马上就都收船了，咋还造船啊？"

王决心拍拍脑门的汗水，说："我爹说啊，收船就交新船，老船留下，他要拆了睡在船板上。"

胡玉湖鼻子一酸："明白啦，你爹还是忘不了你娘啊，走！"

王家寨人往船上挂旗，有其独特风俗。

挂旗是很讲究的，无论新船落户还是旧船易主，都要有一个挂旗仪式。船主请来德高望重的人往桅杆上挂旗，然后再由众人一起缓缓竖起桅杆。这一时刻，要燃放鞭炮。

胡玉湖和王决心走到码头来了。远远地，胡玉湖看见王永泰的新船了。胡玉湖知道打鱼人有了新船的心情，便贺道："永泰啊，恭喜你哩，哪天我退了休，跟你搭伙到黄骅渤海打鱼，要我不？"王永泰蹶跶蹶跶地点头："哪有不要之理呀？咱俩是老东旧伙，我还怕你不尿我这壶哩！"然后就笑了。

大黑在他们头顶上飞，王决心和黄狗淀子也颠儿颠儿地跟在后面。

晚秋时节枣核天，早晚凉晌午热。

毒日头将码头的芦苇晒得发黑，像燃烧的灰烬。淀水与泥滩交接面上泛着一线飘飘荡荡的灰光，使泊在那里的船罩上一层晕光，若有若无含混不清。走得近一些时，胡玉湖看见了王永泰那艘黄黄的四舱船。他看出这是一艘新船，木头茬上重刷了一层灰漆和桐油，在日光下泛着白花花的光泽。被光反照的人脸像锅里卤过的虾一样呈着酱紫色。

登上老船，胡玉湖又嗅到了浓浓的桐油味，他爱闻这个味道，深深吸了一口，仿佛吸到了生活原本的气息。王永泰拿拳头砰砰地敲打着船板："红松料儿，满可以闯荡几年！"胡玉湖说："好船，好船，肯定经得住水泡浪颠，可是，旅游公司就要收了啊！"王永泰颤巍巍地从怀里抖出两面小三角旗，递给胡玉湖："收就收着新的，旧的呢，先不说了。"说着便让王决心放松木桅杆儿。王永泰递了红旗，胡玉湖接了旗有些受宠若惊，手掌上仿佛捧着红莲花。一条大桅躺下来，尽管也叫四舱船，实际上比原先的船大了好多。胡玉湖蹲下身，神情庄重地将一面红旗系在桅顶。王永泰响脆脆应着，恰好合了潮的韵律。黄狗淀子也随人抬头望旗，欢欢快快叫着……

王永泰请胡玉湖喝酒。

大淀岸边哗哗摆动的芦苇叶一片辉煌。苇茬鸟儿啾啾叫成一团，远远近近耀着一片跌宕起伏的晕光，光线穿过苇丛，斑斑点点泼在地上，像是一层漾着金光的古铜钱。胡玉湖望着高远的天空，听不见蛤蟆滩的鸟叫，屏了气细细听，渔歌欢快地飘来了。

太阳红红的，跳了跳，就很沉重地掉进淀里去了。

胡玉湖酒后回了家，昏昏沉沉地一头扎在床上没了声息。他头发涨，身发冷，像是病了。他晕晕乎乎发起烧来。张翠青回家摸他的脑门，不热。

王永泰夜里迷糊几回，做些奇奇怪怪的梦。

天亮的时候，胡玉湖清醒过来，接到了乡里让打狗的电话，就有一种深切的恐惧感袭来。

雨停的时候，胡玉湖独自走上蛤蟆滩，默默地蹲在淀边，如一块老石碑，一动不动，他恍惚间觉得滩活了，像硕大无朋的龟载他在大淀里游动。尽管他一直避着蛤蟆滩，滩并不冷淡他。他顿觉眼窝里有湿漉漉的东西一颗一颗渗出来。过了好久好久，他咕哝咕哝说了几句话，然后从兜里抖抖摸出一枚五分硬币，在手掌心里攥出了老汗。打狗的事不能推给孙小萍，只能他来执行。他默默地在心里说："假如这枚硬币抛下去，国徽朝上，我就豁出去打狗，就算合了镇龙寺的旨意；要是钱币的麦穗朝上，我就等等再说……"

啪地一响，银亮亮的钱币抛向空中，忽忽悠悠坠落，吧唧贴在泥滩上。他定睛一看是负有重大使命的"国徽"。

"太棒啦，我的天神哩，国家大事，不办好不行啊！"胡玉湖鱼打挺儿般弹起，压根儿不愿多想，急头横脑回到村委会，敲开村委会办公室的门，叫道："王德志，快把王决心给我叫过来！"

王德志一看就是要打狗了，就去王决心家里叫人了。

王决心一听打狗，心头就兴奋，可是，王永泰心疼淀子了："哎呀，这咋办啊？"

王德志说："咋办？打死吃肉吧！蒸狗肉丸子，你家不带头谁带头啊？"

"鳖羔子！想吃狗肉丸子，你咋吃的咋给我吐出来！"王决心朝远处吐了一口痰。

王德志吓了一跳，他扭头望着王永泰："叔，别扛着了，赶紧办证得了。"

王永泰倔倔地说："我就是不办，他胡玉湖真敢打我的狗？"

王决心颠儿颠儿去了，不一会儿叫来俩扛枪的小伙子。水牛愿意追随他，水牛恶狠狠地说："只要不让我打三哥家的黄狗淀子，谁家的狗我都敢崩！"说着举枪瞄了瞄。胡玉湖偷偷开了个小会，这狠招是专门对付那些不办证的养狗户，这叫敲山震虎。你们几拨镇唬镇唬就行了，别真开枪，造成突发事件，挨家逐门突击打狗，就是假打逼他们到县里办证。王决心说："明白了，不能抻着了，看来我家淀子必须要办证了。"

夜气浮来浮去，王家寨的村巷幽深窄小，极有层次地昏黑。夜的腥气和夜的寒气悠悠弥散，升入空中，随风朝村外的水面漫漫泛泛荡过去。

胡玉湖黑着脸凶凶地走家串户，有人沉默，有人大骂，有人哀叹。胡玉湖尽量不看村人的脸，害怕酝酿许久的勇气泯灭。可是，他怅怅的眼神不时向天望一下，他一定很痛苦，但他决不当着村人的面表现出来。

胡玉湖不知不觉到了王永泰的家门前。

王永泰打开门，温和的笑眼陡变。胡玉湖怔住了。王德志悄悄溜了，就剩他和王决心。恐慌使胡玉湖忍不住把眼睛闭起来。王决心却不管不顾地开了门。爹的老脸露头，他的双手有些哆嗦了。他害怕碰上爹的眼睛。

实际上，王永泰没有睡觉，他知道王决心和胡玉湖会来，只好守着黄狗淀子等候，黯然神伤地抚摸着淀子。王决心大咧咧道："上级有令，打狗！"他的脚跐住门槛，就有大黄狗淀子哧哧蹿过来，伸出长长的舌头。

王永泰"喝"了淀子一句，将胡玉湖往屋里让，胡玉湖不进屋，淀子认识王决心不认识胡玉湖，跳着脚向胡玉湖咬叫，黄黄的鬃毛在夜色中泛出金色光泽。

王永泰嘟囔了一句："胡支书，这狗非打不可吗？"胡玉湖只好顺着王永泰的腔调悠下去："老哥，对不起了，上级指示打没有登记的狗，我知道淀子在你老哥心中的位置，可也没办法，谁也破不了这个规矩。你明天办证还是不办证？"王永泰眼眶一抖，话里有了愤怒："啥规矩，还不是你胡玉湖一句话！"

夜色朦胧，月亮被天狗啃出豁边，这时村西传来阵阵枪声和狗叫，满世界都是闹响和骚动。

枪响了，看来水牛那一拨儿干上了。

王永泰直杵杵地站着，不知如何是好。胡玉湖咬了咬牙，鼓起蛤蟆眼，道："决心你来吧！"然后倒背着手，哆嗦着肩膀走了。

胡玉湖摇摇晃晃走到大街上，双腿沉沉，索性蹲下来。

王决心冲着淀子端起了猎枪。王永泰剧烈的咳嗽声和骂声："王决心你敢拿淀子开刀，你小子就没良心，不知道淀子救过你？"

王决心终于软了，说："爹，明天我办证吧。"

第五十五章　红豆

　　白洋淀生态公司规划了一片红豆杉树林。

　　乔麦喜欢红豆杉，她知道这种树有植物活化石之称。红豆杉林的规划投标竞争异常激烈。红豆杉属乔木，红褐色的树皮浅裂纹，枝条细密，斜向横生，雄球花有雄蕊，种子是紫红色，好似一粒一粒的相思豆。夏天开花，秋天成熟的时候就像一片红红的豆。博野苗木基地正在培育红豆杉。乔麦细细观察着树苗的变化，异常的情况发生了，莫干山的红豆杉树苗一点点地枯萎，叶子也失去了光泽。隔了几天，东北的红豆杉树苗也出现了问题，不是叶子枯萎，而是树皮渐渐干燥，由褐红色变成了浅黑色。适合白洋淀的红豆杉在哪里呢？

　　乔麦有种说不出来的苦恼，鲁大林提醒说："红豆杉林项目，领导很重视，还是要原生树苗。只要把握好质量，还是有希望中标的。"

　　"谢谢鲁师傅！"乔麦说。

　　乔麦为了这个项目，独自来到吉林。她仔细研究了吉林老爷岭的红豆杉，发现其耐寒，百病不生，但是对土壤的微酸环境要求高。

　　鲁大林技术把关，引进新技术，进行嫁接。

　　王决心一直在想，这事要不要请晓薇帮忙呢？他又否定了这个想法，她只能在新闻上帮助，如果找赵国栋显然不妥。

　　王决心进入两难境地，而且腰里硬知道他跟乔麦结婚，气不打一处来，也必然会进行各种报复。他握着手机，想着对策，忽然感到有温热的眼泪落在手背上。

鲁大林将红豆杉标本送到北京林业大学实验室，发现莫干山的红豆杉对水汽湿度要求高。考虑到这些因素后再次实验，这次解决了微酸土壤问题，湿度问题还要在嫁接中彻底解决。

乔麦又和大荷花到浙江莫干山寻找红豆杉原生树种。

突然有一天，两人在莫干山失踪了。

王决心非常焦急和惦念，他二话没说就带上水牛去莫干山寻找。

他们在莫干山水库边的民宿找到了受伤的乔麦和大荷花。这里的大山里开着许多家民宿，山林寂静，鸟语花香，有一种难得的安宁。乔麦见到王决心就踏实了，含着眼泪说："决心，鲁师傅说得对，红豆杉有二种，其中一种适合北方气候。我们找到了，可是那地方太危险，我和大荷花遇上山洪，滚到了山崖下，幸亏碰上好心人救了我们。我们醒来的时候，就在这里了。"她说着，将兜里的包裹缓缓打开，密密麻麻的红豆粒，特别耀眼。

王决心放下红豆粒，一把搂紧乔麦："你啊，吓死我了，人好好的就行。"

王决心给鲁大林打电话说明了情况，鲁大林感动地说："你们立功了，填补了秀林树种的一项空白。"

王决心背着乔麦从大山里走出来。

乔麦她们终于找到了适合北方气候的红豆杉原生树种，其中所历艰险都是值得的，她的担忧消除了。

腰里硬和姚云成立了白洋淀商贸公司。他们没有流转土地培育树苗，只做中间商，赚取苗木差价，这就违反了千年秀林的规定。千年秀林只用原生树苗。他们通过路海生联系上中标公司西湖生态，开始给秀林工地供应树苗。

这天晚上，王决心看见腰里硬请路海生吃饭，说他要跟乔麦竞争红豆杉片区项目。王决心就明白，腰里硬巴结不上路海生，肯定是郑继刚副县长从中斡旋了，赶紧回到工棚，给鲁大林打电话。

鲁大林来了，满脸欣喜，他没有想到乔麦能够找到这么好的红豆杉树种。说到西湖生态对树苗的招标，据他所知，有几家公司瞄准了红豆杉林项目。红豆杉项目的分标，就是非常复杂的竞争。王决心更加吃惊，有些忧虑，他赶紧找到乔麦。

王决心说："鲁师傅说，竞争厉害，腰里硬的公司也找到了红豆杉树苗，他偷偷到你的基地来过，看了你培育的红豆杉。这小子要干啥？"

乔麦一脸的茫然："他咋知道我们在培育红豆杉？"

王决心想了想，说："可能你身边有不可靠的人。"

乔麦马上想到了雁子。

几个月前，雁子找到乔麦，跟她说，自己要和腰里硬彻底决裂。

雁子淌着眼泪："乔麦，我过去对不住你。现在我知道了，我们俩同病相怜，都是腰里硬的受害者。"

乔麦心软了，不计前嫌地收留了她。

此时，乔麦越想越气愤，除了雁子，大荷花她们是不可能泄露公司机密的。

她质问雁子，腰里硬是怎么知道博野的苗木基地有红豆杉的。

雁子一听就落泪了，便把腰里硬收买她的事告诉了乔麦。

乔麦又愤怒又心痛："雁子，为什么呢？你既然离不开腰里硬，还是回去找他好了！还是一开始你就是骗我的……"

雁子一边哭一边道歉："对不起乔麦，是他逼我说的，还给了我钱。"

乔麦反问道："为了钱就出卖朋友吗？你忘了他带给咱们俩的痛苦吗？"

雁子一把抓住她的手，说："我跟他把账算清，就回来，你别抛弃我！"

雁子走了，乔麦心中不停打鼓，除了再次原谅，乔麦真没有别的办法。

投标会上，几家央企和民营公司参加竞标，最终西湖生态拿下了红豆杉林的单独项目。

很快，西湖生态与腰里硬的白洋淀商贸公司签约合作。乔麦的苗木基地落选了。

王决心脑袋蒙了，受到沉重一击，怎么会是这种结果？

鲁大林遗憾地摇头说："我真的不明白，乔麦的红豆杉嫁接得那么成功，怎么西湖生态没有和他们合作呢？"

王决心没有说话，胸脯剧烈起伏。事情微妙而复杂。他去找谁？路海生因为淀子的事已经尴尬，鲁大林师傅仅仅是技术总监，他还没有最后的决定权。

签约这天，场面热闹。县城宾馆会议厅里金碧辉煌，气氛热烈，会场门前铺了红色地毯。一排怀抱鲜花的礼宾小姐微笑着站在那里，迎接各路嘉宾。

腰里硬没有来，姚云出席了签约仪式。王决心走到会议厅门口，看见路海生朝他笑眯眯地走过来，吃惊地问道："决心，你怎么也来了？"

王决心说："路经理，你知道不？他们签约后，是不是交给我们小组施工呢？"

路海生说："我们只监管，具体还要看中标公司的意见。"

王决心又问："能不能透露一下，乔麦的苗木能够胜出吗？"

"这个无可奉告，请你理解。"

王决心怔怔地看着路海生，心里感到一阵阵发冷，想说的话又咽回了肚子里。

西湖生态的董事长马宏刚到了，他一脸的春风得意，见到路海生，连忙谦卑地握手，说道："路总辛苦了，感谢莅临指导！"

然后，他跟姚云打了个招呼，王决心注意到，这个简单的招呼，有些不自然。

红红的文件夹摆好了，像两团燃烧的火焰。

路海生侃侃而谈了一番，发表热情洋溢的讲话。大家鼓掌，频频点头。

签约仪式即将开始。现场气氛喜庆。人们紧密配合，忙而不乱。

王决心的心猛地缩紧了，意识到今天一签字，就意味着乔麦对于红豆杉林的所有努力都白费了。这还不算，姚云、腰里硬一定会损害红豆杉林的质量。本来红豆杉在北方栽培种植就是探索，没有工匠精神是无法胜任的。他们这种商人，纯粹以赚钱为目的，可想而知由此会产生什么样的可怕后果！

冲动瞬间点燃了王决心浑身的血液，他的大脑涨得几乎要炸开，紧跟着做出了一个狂热的决定：坚决阻止今天的签约！

他的手脚立刻不受控制了，脸涨得通红，三步并作两步冲到签约桌前，脸一板，厉声喝道："这个约不能签！"

姚云瞪圆了眼睛："王决心？你一个栽树的，有什么权利阻止？"

"王决心，请你离开！"路海生吼。

王决心一跃而起，猛地出手，一把掀翻了桌子。哗啦啦一阵响，签字笔、签约簿飞得高高的，落在远处，弄得地毯一疙瘩一块的。

现场一片哗然，人们目瞪口呆。

路海生的脸色铁青，他愤怒地吼道："王决心你太不像话了，你疯了吗？你知道这是扰乱公务吗？谁给你这么大的胆子？"

王决心大声回答道："用不着谁给我胆子，我自己就有熊心豹子胆，我的胆子是自己给的。这种合作，是不公平竞争，里面有不正常的交易，会损害秀林的质量和形象！"

姚云愣了愣，说："你有啥证据？你这是在扰乱公务！"

马宏刚看看路海生："我我……我们怎么办……"

路海生低沉地说："王决心你太过分了，你要为此付出代价，今天这事你自己向褚总去说吧！"

王决心望着人们远去，呆呆地愣在那里。

下午，路海生给鲁大林打了电话："王决心扰乱公务，掀了签约的桌子。"

鲁大林是说软话、办硬事的性格。他严肃地说："他有毛病，我正批评他呢。"

"批评？这样的人素质太差了，应该开除！"

鲁大林一愣："路经理，言重了吧？王决心是我们的骨干，他不是一个乱来的人，肯定是有原因的。褚总去北京开会，等他回来再决定不好吗？"

鲁大林把路海生的意见一说，王决心脑袋轰然一响。

王决心赌气说："不干就不干，老子吃这瘪子气吃够了。"

王决心走到白沟引河畔，搂着一棵自己栽的梧桐树，热烫的脸贴在冰凉的树干上，粗糙的手撸着光滑的树皮，然后缓缓蹲了下来。河水的细流发出耳语似的声音。他双腿无力，一屁股坐在地上，厚厚的尘土溅起一片烟。工地有人喊他，他也不回应，双手抱头，将脸深深地埋在膝间。

这时鲁大林走过来，递给他一包纸巾。

王决心没有接纸巾，不好意思地用手背揩了揩泪水，心中热烘烘的。鲁大林对于王决心的关怀，不仅由于他是师傅，他还如同一位好大哥。人活着，这种纯洁的感情多么重要。即使穷苦和坎坷，他都不惧怕，他越想心中越温暖。如果没有亲人和朋友惦念，人生将是多么的空虚和悲哀。

鲁大林不知怎样安慰他，只是说了一句："决心，你小子在这里哭鼻子呢？"

王决心脑袋一震，忽然想到了小白河引水工程的马技术员，这样的口气多么熟悉！

"师傅，你还没休息？"王决心望着鲁大林。

鲁大林站在他身旁一动不动，久久凝视着远处的河流和树林，缓缓地说："面对不公和丑恶现象，我们应该勇于出击，这是对的，但不一定用拳头，要多多读书，启用你的智慧。"

王决心默默地听着，急切地解释："师傅，他——"

"你别急，听我把话说完。"鲁大林眼神复杂，深不可测，轻声叹息，"决心啊，掀桌子算什么本事？你的毛病该改改啦，自省者自明，你要懂得自省，碰着难题，多多用你的脑子，而不是抡胳膊。"

王决心捡起一根树枝，在地面上划拉着。

鲁大林停顿了一下，声音越发严厉："你听见没有？我跟你说话呢，不服吗？你如果不听话，就永远别叫我师傅！"

"师傅，我？"王决心脸上的肌肉抽搐了一下，呆愣在那里，说不出完整的话。

鲁大林苦口婆心地说："你自己不是总说嘛，自己是渔民，要来个咸鱼翻身，机会来了，你自己逞一时之能，最后什么都抓不住！"

王决心胆怯了，忧心忡忡。

"好好想一想吧！"鲁大林拍了拍他的肩膀走了，留下咚咚的踩地声。

"师傅，我有责任，请求您严肃处理！"

王决心望着他的背影，长长地叹了口气。师傅以他的睿智、人生阅历和洞察力，委婉地告诫了自己，点醒了自己。小白河工程中的马技术员的话与鲁师傅的话如出一辙。

王决心对马技术员和鲁大林都很佩服，佩服得五体投地。可惜，马技术员离开了人间。好在鲁大林师傅还在，他不愧是大国工匠，他业务好，从电焊工匠转型到植树宗师，短短几个月就完成了，他发明了曲线指纹状种植方式，使树木抗逆性强，采用了异龄、复层、混交方式，增强了树种的多样性，而且，他是自己的人生导师。

天越来越暗，暑气消散了，顿时凉爽下来，四周没有人，他可以把精神集中到自己内心。

只有干好了，师傅满意，自己脸上才有光。这次掀桌子的教训在哪里？他做错了什么？仅仅是一个掀桌子，痛快了自己却害了自己，而且殃及了他人。伤害了自己的名誉，伤害了乔麦，这传出去，人们会对他敬而远之，不仅西湖生态，其他企业还怎么跟乔麦合作？他怎么面对乔麦？

王决心的心跳加快，胸口和额头同时发热了，深深的悔恨折磨着他。

你已经是一名千年秀林的员工，可以无所畏惧，但怎么能为所欲为？他抬起头，冲着波涛滚滚的大河喊："王决心，你要发誓，以后不能用拳头说话了！遇事动动你的脑子！"

有人拉住了他的胳膊。

王决心一回头，看见是乔麦，渐渐地，他的脸上重又有了血色，用牙齿咬住嘴唇。

乔麦一把抱紧了他，王决心伏在她的肩头，孩子一样地哭了："老婆，对不起，所有的希望都让我掀没了。"

乔麦没有责怪他，反倒安慰他："你没有错，我知道你是为我鸣不平，你是为秀林着想。平时我们不惹事，但事来了也不怕事。不就是回王家寨吗？乡亲们了解你，照样尊敬你；我呢，不就不往这里提供树苗吗？博野基地那么多树苗，发往全国各地。你给我振作起来，天塌不了。"

乔麦眉眼含嗔，王决心不哭了，咬着嘴唇："我以后再不用拳头说话了，你监督我！我的拳头专打恶人、恶事，可是，我对待战友和同事，应该有工人的样子。"

王决心积压在胸中的闷气慢慢消散，两人走回了工棚。

天已经完全黑下来。水牛一放手，淀子欢快地朝着他们跑来。

王决心抱起淀子，亲昵地抚摸淀子的脑袋，淀子吐着长长的舌头。

第二天上午，路海生还是不依不饶。为留住王决心，鲁大林跟路海生谈妥了条件，路海生让王决心在全体大会上做一个深刻的检查。

这天开工前，大晴天，云朵低低地垂着。路海生、西湖生态的董事长马宏刚和白洋淀商贸公司总经理姚云都到了，他们坐在了主席台上，个个神情严肃。鲁大林坐在了路海生旁边。

王决心望着黑压压的人群，咳嗽了一声，壮了壮胆儿。他突然看见了人群里冒出腰里硬和胡铁。这俩小子蹿头蹿脑地看热闹。

无数双眼睛盯着王决心。

王决心提前写了一个检查稿，他抖了抖，大步流星向主席台走去。忽然，乔麦冲了过来，夺过他手中的话筒，喊："我是王决心的老婆，这事因我而起，我替他来做检查！"

路海生惊讶了，哑口无言。

王决心瞪了一眼乔麦，夺回话筒："没你的事，谁的责任谁承担。"路海生朝鲁大林望去，说："怎么搞的？夫妻抢话筒有点唱双簧的味道啊！"

王决心夺过乔麦手里的话筒："老娘儿们别掺和，错是我犯下的，我来检讨。"

鲁大林将乔麦扶下台，坐着静听。

王决心故意把话筒声音调到最大，吱儿的一声，声音刺耳尖厉。

路海生吓得一个哆嗦，捂起了耳朵。

台上领导面面相觑。水牛知道这是王决心故意犯坏，他和植树工人哄地笑了。但是，气氛就松活了。王决心有一种如鲠在喉、不吐不快的郁闷，板着脸说："严肃点，有啥好笑的？我是植树一班班长。植树就植树，任务完成挺好，可是我脑子一热越了位，管起了中标公司的事儿来，实属不自量力。但是有的公司弄虚作假，不是原生树苗，愣是说成原生树苗，滥竽充数，大家说能容忍吗？"

水牛火烧火燎地喊："不能容忍！"

王决心回头望了望主席台，继续说："尊敬的路总反复教导我们，爱护千年秀林，就像爱护自己的生命，人人有责，当然，我狗拿耗子多管闲事了，以后绝不再犯。"

路海生脸色渐渐阴沉，抬手指了一下王决心："选树苗的问题不用你管，那是鲁大林总监的事，继续解剖你自己的问题。"

王决心咽了口唾沫，说："路总你说对了，鲁师傅是技术总监，出了事要追责的，我替鲁师傅把关，把劣质树苗挡在门外，难道做错了吗？千年秀林毁在谁的手里，谁就是千古罪人啊！"

鲁大林瞪了一眼王决心，心情复杂。

王决心担心鲁大林与路海生之间发生矛盾，就缓缓地走向马宏刚总经理跟前，鞠了一躬："马总，那天对不起了，冒犯了，让您受惊了。西湖生态中标红豆杉林，可喜可贺。我没有意见，但是你们初来白洋淀，两眼一抹黑，把对白洋淀的感情投给了白洋淀商贸，确实是走了眼，他们不配与你们合作。他们也不配打白洋淀的牌子，肯定是办执照走了后门儿。"

姚云脸色一沉。路海生警告说："王决心，你的检讨跑题儿了，多说你自己。"

腰里硬再也忍不住了，他愤怒地冲上去，被胡铁拦腰抱住了。

王决心刚要张嘴，腰里硬打断他的话："王老三，闭上你的臭嘴，你为了你老婆公司的一己私利，竟然掀我们的桌子，这是啥素质？不开除不足以平民愤！"

乔麦出面澄清说："他说得不对，我没有求王决心。我们的原生树苗从来都是靠质量说话的。"

路海生脸上红一阵白一阵，心情恶劣到了极点。

王决心抽了抽鼻子，继续说："白洋淀商贸的事儿我就不提了，人做事得对得起良心，对得起千年秀林。"姚云一愣："白帽是什么意思？"

王决心说："白洋淀商贸公司的简称啊。"

大伙嘻嘻哈哈地笑起来了。

王决心大步走到鲁大林身边，说："我尊敬鲁师傅，不愧是大国工匠、电焊高手，工匠来植树，确实是难为师傅了，但是，植树也让人服气。"

路海生心生醋意，走上来抢王决心的话筒："好了，别说了，你的检讨完毕了。"

王决心想借着话题，继续戳穿腰里硬的阴谋，连连说："路总，让我再说两句呗。"

路海生赌气说："找你老婆说去。"

大家高声笑着，检讨的闹剧一时成为工地的新闻。有人在指手画脚地议论王决心。他假装没看见，他才不把那些闲言碎语当回事。

路海生不提王决心的事了，鲁大林回头叮嘱王决心，不让他心里背思想包袱，要将功补过，继续把这个阶段的树栽完。雨季来了，多多观察水情。

王决心说："放心吧！"

鲁大林走后，他想，师傅说的这个阶段是啥意思？

王决心走向工地的时候，看见植树工人排满白沟引河两岸，密密麻麻。现在，他的工作是用船运送树苗，派送到两岸的植树班组。

乔麦也是引人注目的人物了。她心里反反复复想着这件事的前因后果，西湖生态她是接触过的，还有过树苗合作，这次红豆杉项目放弃她转向白洋淀商贸公司，究竟是为什么呢？

她让雁子搜集腰里硬、姚云和西湖生态交往的情况，发现路海生最近和他们过从甚密。

北方的雨季到了。天闷热得厉害，憋着一场大雨。大雨之前小雨如线，河岸泥泞，不便走汽车，白沟引河两岸同时栽树，树苗要用船运送。

大水没有退，漫漫泛泛地涌动，发出揉纸般的声音。鸟们似乎还没有感觉，纷纷在水面踏水，两只欲飞的天鹅落在水面上。一只天鹅用长长的脖颈勾缠着另一只天鹅的脖子，共同抵抗风雨。

王决心和水牛他们扛着树苗，一天也没有几句话。

本来是把树苗运送到对岸去，可是船到了河心，哗哗一阵颤抖，船头横了过来。

有几捆树苗被冲走了，如果不及时找回来，就会随着水流进白洋淀。树苗在这里是个宝，漂到白洋淀就是污染了。

王决心对水牛说："怎么办？"

周围的雾有些浓重，可以听见鸟的叫声。船往哪里走？天光已经很暗了，雾中是很难分清方向的。

王决心这个打鱼的汉子，对此已经束手无策，所有人都涌起一股黯然的情绪。

鲁大林在船板上来回踱步，焦急万分。

王决心犹豫了一下，跟水牛说："下水！"

路海生坐在中舱的横木上，他站起来想看一看情况，水冲着河边的石头哗啦啦响。路海生双手扶着船帮，看见了天鹅，他站起来要拍照，这一瞬就出事了。大船突然翻了，是被漂到河里的大捆的树苗顶翻的，人开始慌了，像是在翻船的一刹那，路海生趔趄了几下，扑通一声落水了。

路海生不会游泳，脑袋一浮一沉。鲁大林师傅惊慌了："路总，危险，快点过来啊！"

路海生顺水挣扎着，淀子急眼了，嗖嗖地游进了河里。

淀子拿嘴死死咬住路海生的衣裳，一点点叼着，移动着，快到岸边的时候，又被冲走一回，路海生几乎绝望了，嘴里大口地灌进水来。

淀子重新冲入水中，继续叼着路海生的衣服移上了岸。他肩头的衣服被淀子咬烂了。

淀子露了一下头，瞬间就被河水冲走了。

路海生瘫软在河岸，脸色苍白，无力地喊："淀子，赶紧救淀子……"

天黑了，王决心拼命地将树苗拽上岸的时候，根本不知道淀子已经被冲走了。水牛哽咽着说:"淀子用尽最后的气力,救了路海生一命,路海生跟腰里硬好,淀子救他干啥?"

"水牛,不能那么说。"王决心伤心地说,"我们不是打鱼的农民了,我们是工人。"

他和水牛沿着河岸奔跑着,不见淀子身影。王决心拼命地呼喊着:"淀子!淀子!"

河流湍急,没有一丝淀子的声音。

他耳边出现幻觉,淀子好像在嗷嗷地叫着,可是却不知道在哪里叫。

河岸柳树棵里,发现了淀子的尸体,王决心身子软下去,疯狂地抱它起来,坐在岸边呜呜地哭起来。

他们将淀子埋在一棵银杏树下,无法培植一个坟头,在树枝上拴了红绳,算是标记。

路海生、鲁大林、水牛、乔麦和赵晓薇都来了,他们来送淀子,对淀子刮目相看。

路海生跟着流泪了,他对淀子心存感恩,对他曾经的伤害深深地忏悔,他朝着这棵树深深鞠了躬,流着眼泪,紧紧握住王决心的手,说:"谢谢淀子救了我,你要节哀。"他回忆起自己打淀子的情形,后悔不已。

王决心没有跟路海生说话,甚至没有抬眼看他,路海生被鲁大林师傅送走了。

王决心知道淀子爱听他唱的西河大鼓,他扯着嗓子唱了几句,唱着唱着,泪流满面,半天都没说出一句话来。

淀子的死,像是在王决心的心里扎了一刀。

埋葬了淀子,王决心的心里悲伤到了极点,他想到路海生的办公室痛痛快快地吵一架,然后就辞职不干了。

可是,路海生已经道歉了,不能跟他再吵了,但是,辞职不辞职还犹豫不定。

王决心开车来到容光县城的大水办公楼,他在楼下转悠了很久,还是沮丧地回来了。他心中充满委屈,眼窝泪流不止。他把腰里硬打败了，跟乔麦也组成了家庭，这么多欢欢乐乐的好事降临，谁知淀子走了，他毫无思想准备，真想找个地方大哭一场。他是植树班的班长，不能哭。他等人们走了，缓缓蹲在白沟引河河岸，双手捂住脸，呜呜地哭了："我的淀子，我的淀子，回去咋跟爹交代啊？"

他记得，淀子没有登记的时候，生龙活虎，有了户口就无声无息地没了，谁能理解他与淀子唇亡齿寒、相濡以沫的感情？他心中有个声音不停地问：这是为什么？怎么会是这样啊？自己怎么跟爹交代？

他中箭受伤般地走着，到小酒馆喝闷酒喝醉了。

乔麦送树苗看见了独自喝酒的王决心，观察着他，瞅见他喝了一瓶儿酒。王决心摇摇晃晃地朝宿舍走去，还没有走到宿舍，就一头栽倒在河岸上。

乔麦赶紧跑过去，搀扶着他上了汽车。

乔麦担心王决心回工棚耍酒疯，她把他拉到了博野基地的苗木基地。乔麦让大荷花等人将王决心搀到办公室，那里有一张单人床。王决心睡意全无，糊里糊涂，一抡胳膊，把乔麦办公桌上的花瓶、酒具和茶壶都摔碎了，自己倚着桌子哭了，哭得昏天黑地。

乔麦艰难地把他抱到了床上。后半夜，王决心渴了，乔麦递给他一杯水，他忽然认出了乔麦，不哭了，呆呆地盯着乔麦说："老婆，你是不是可怜我？"

乔麦摇了摇头。王决心布满血丝的眼睛充满醉意。

乔麦就坐在他的身边，陪了他一宿。

天渐渐亮了，他挣扎着站起来。乔麦说她已经看守了一夜，昨天他喝醉了。乔麦说："知道你心里的苦，思念淀子，我劝你还是放下，别这么难受。"

王决心痛苦地摇了摇头。他沉默了，乔麦说："你吃点东西，赶紧上班儿去，可不能跟路总吵架！"

王决心抓着乔麦的手，颤抖地说："我记住了。"

王决心怔怔地发呆，好像魂儿也跟着淀子走了。乔麦知道，有的人爱自己的宠物，宠物死亡或丢失，人会得抑郁症。

乔麦又来看王决心。

王决心看着乔麦，他承认乔麦是个好女人，她不仅聪明，还那么善良，她看问题也很准，击中了他心里的要害。

乔麦有些不满地说："你想逃走？不行，绝对不行！当初你对我说，投入千年秀林，一定要做出成绩来，将来进国企当工人，做工匠，可你现在自暴自弃，放弃自己的追求，就是逃兵！"她的话很尖刻，戳到了王决心的痛处。

王决心问："你认为我是那样的人吗？"

乔麦说："如果你认为自己不是那样的人，就应该勇敢地站起来，做出个样子来给别人看，也给自己看！"

王决心盯着乔麦的眼睛，从她的眼睛里看见了自己的影子。

王决心含含糊糊地说："乔麦，你说我行吗，真的行吗？"

乔麦坚定地说："你行，不能有丝毫怀疑，我相信你。当你提着油桶救我的时候，你就是英雄。我心目中最棒的男人，一个勇敢、自信、朝气蓬勃的好男人。"

王决心似乎酒醒了，看见乔麦的目光很温柔，如月亮。乔麦的眼睛一眨不眨，他们的眼睛都在帮忙，嘴巴不说话，眼睛都说透了。

褚忠良回到白洋淀，王决心没有想到，他竟然得到了褚忠良的表扬。王决心正在疑惑间，听说是乔麦找到了褚总，长谈了一个多钟头。乔麦把红豆杉林前前后后的事都说了一遍，她的张家口话"王决心，不赖呆！"竟然被褚忠良听懂了。

原来，是鲁大林拿着乔麦的红豆杉树苗和种植方案，来到褚忠良的办公室，他还说了乔麦去浙江莫干山寻找树种的历险，褚忠良为之感动。

鲁大林有些伤感地说："褚总，我跟海生都是您的部下，到这里来，我们相处得也不错。但是这件事，他……在西湖生态选择合作方的时候，海生从中协调过，可是最终没有用原生冠苗。"

"这是为什么，为什么不跟我汇报？"

鲁大林说："褚总，因为气候和土壤的问题，有些原生树苗不合适。"

褚忠良板着脸说："这不是理由嘛，红豆杉林，是我们千年秀林的特色板块，非常重要。为了此事，领导通过赵国栋书记几次询问。我们为中标企业技术把关，也是对他们以后的营收负责。你和专家看看，分析两家是不是原生冠苗，哪家树苗更好。建设质量是我们的生命啊！"

鲁大林说："褚总，这里边海生介入比我深，我听您的，验收的时候严格把关！"

"你走吧。"

鲁大林心事重重地走了。

褚忠良马上给路海生打电话，要看西湖生态和白洋淀商贸公司签订的合同。

鲁大林组织专家，听取他们对红豆杉的意见，并对乔麦的树苗进行鉴定。专家说，这是原生树苗，千年秀林恰恰需要突破传统用苗标准，采用原生冠苗，取缔截干苗。专家也看出来，白洋淀商贸公司提供的就是截干苗。

褚忠良对路海生显然不满："我们提前定的规矩，截干苗不能替代原生冠苗，冒充不是造假吗？你看看，我到北京办事才几天，工地就乱成这个样子？太让我失望了！"

路海生额头冒汗了，身体颤抖。

"当初我怎么跟你说的，质量是我们的生命。没有质量，一切都免谈！"

路海生充满愧疚，哆哆嗦嗦地说："您的教诲，海生始终牢记在心，这次纯粹是个突发的个案。西湖生态跟白洋淀商贸之间有猫腻，当时，您回北京了，我……从前您也叮嘱过，我们不对中标公司的操作进行干涉。"

褚忠良沉了脸，怨气十足："不干涉，不插手，是为了防止腐败，可不是随波逐流、助纣为虐啊！你力挺姚云、腰里硬的公司是什么意思？"

路海生敷衍说："他们是郑继刚副县长介绍过来的。在新水县流转土地的时候，郑县长对我们支持很大。"

褚忠良点拨说："乔麦跟我说到了王家寨的事，王决心跟腰里硬的矛盾你了解吗？"

"不了解啊！"

"既然不了解，你瞎掺和什么？"

路海生的血一会儿冷一会儿热，说："我明白了，跟腰里硬划清界限。我跟王决心关系挺好的，他的狗——淀子在白沟引河救过我的命，我们已经冰释前嫌，成为朋友了。尽管乔麦是他妻子，我相信，他的行为绝对出于公心。"

褚忠良强压住火气，说："王决心啊，性格刚烈，做事欠考虑，有一些鲁莽，但是，效果是好的，我们一定要调动各种力量来监督，保证秀林的质量。"

他给路海生倒了一杯茶："千年秀林是一个伟大的工程，将会涉及企业和个人的切身利益，我们必须严格把关。"

路海生点点头："我明白，这里有些情况怪我，被表面现象迷惑了。"

褚忠良严肃地说："小路，我们的工作，表面看来风平浪静，但是暗流涌动，斗争无时不在，无处不有，对你们年轻干部，要求会更加严格。远离酒场，白洋淀商贸这样的公司不要接触，严格把握建设质量！"

路海生频频点头："褚总，我记住了。"

第二天上午，路海生主持了一个会议，找来了西湖生态和白洋淀商贸两家公司的代表。对西湖生态公司做出明确要求，重新评估红豆杉树苗的质量。鲁大林请来了塞罕坝的专家刘大星，隐掉公司名称，对红豆杉树苗进行鉴定。结果乔麦的树苗获胜。西湖生态终止与白洋淀商贸公司的合作。

腰里硬犹如五雷轰顶，他们失去了与西湖生态的合作，等于被踢出了千年秀林。

绝望的腰里硬要狠狠报复王决心和乔麦，再也没有偷偷摸摸的必要了，他要跟他们同归于尽。他到了乔麦博野树苗基地的住处，乔麦正蹲在灶膛添劈柴炖鱼。她的眼睛盯着燃烧的火，没有看到他，当他走到乔麦身后举起了刀子，被突然扭过脸来的花花看见了。

花花喊他一声："爸爸。"

花花这一声喊，让王决心和乔麦吃了一惊。王决心坐在那里看书，模糊的灯影里，出现了腰里硬狰狞的面孔。看见刀光一闪，乔麦吓得瘫坐在地上。

腰里硬面对孩子那双天真无邪的眼睛，提刀的手抖了、软了，他尚未完全泯灭的良心，驱使他放弃了报复的念头，手里的刀咣当一声掉到了地上。腰里硬弯腰抱起花花亲了亲，然后放下花花，头也不回地走了。

王决心追了出去："腰里硬，你要杀人啊？"

腰里硬眼睛喷火，从牙缝里挤出一句话："王决心，我没心思跟你抢皮带了，只想跟你拼命，这次是花花救了你们，下次你们就没有这么运气了！"

王决心毫无畏惧地说："你想玩命？前死容易后死难，老子不怕你！"

腰里硬头也不回地走进了夜幕里。

乔麦说："他动了刀子，你跟他学啊？"

王决心摇头说："如果你们被狗咬了，是不是要反咬狗一口呢？我发誓了，再也不动拳头了。白在大乐书院读书了？我们要用智慧对付他！"

乔麦没有恐惧，面色冷峻。

第五十六章　雄才计划

杨义成从北京飞到了美国纽约。

杨岭岭和杨子恒去了美国纽约一年多了，杨义成一直忙于白洋淀业务，没有空去看望他们。他想看看儿子杨子恒，也想看看杨岭岭的生活状态和科研环境。赵国栋跟杨义成透露，白洋淀新区启动了雄才计划，期盼杨岭岭回到新区成立研发工作室，成为海外归来第一人。

杨岭岭没有表态，五味杂陈。

杨义成尽管在国盛搞管理，但是，他依然对射频芯片进行深入的研究。杨岭岭到美国来发展，实际上有一个秘密，这个秘密连杨义成也没有摸清。

杨岭岭对杨义成的到来非常欢迎，在纽约唐人街的重庆火锅店宴请了杨义成。杨岭岭还专门从学校接来了杨子恒。杨岭岭的朋友杨方晨、美国人詹姆斯过来作陪。

杨方晨过去在美国纽约搞设计，这次回国到白洋淀参与新区的规划，得力于徐克农院长的力挺，紧张的规划让他找到归属感和成就感。这在美国是很难做到的。

杨方晨跟杨义成打了招呼："哈喽！"

杨义成跟杨方晨握了握手。杨方晨说："我在白洋淀收集王家寨数据的时候，掉进了冰窟里，还是您父亲和弟弟救了我和两个同志，真的谢谢了。"

杨义成微笑着说："你从美国毅然归国，给国家做事，值得赞赏，我爹他们救你是应该的。你领略了白洋淀的风光了吧？"杨方晨说："别说风光，整天忙啊，哪有空赏景啊？决心没有跟你说吗？"

杨义成摇头说："我弟弟那个人，做了好事从来不说。你那怎么样，白洋淀新区什么时候规划完？"

杨方晨说："国务院马上就发布白洋淀新区规划纲要，我们的兵团作战结束。下一步，我就在白洋淀成立规划设计公司了。杨总，岭岭，你们怎么看呢？"

杨岭岭说："方晨老弟，我是赞成的。"

杨方晨是岭岭的朋友，她总是拿他当小弟看。杨方晨回国搞规划设计，拜了徐克农为师，接触了国际顶级团队的专家，视野打开了。

"祝贺你啊，我们国盛派我回到白洋淀新区，与中国移动网络公司合作铺设 5G 基站，还有云计算技术合作。"杨义成说。

杨岭岭愣了愣，问："你们国盛为什么没有在白洋淀建设研发中心？"

杨义成说："靳总会考虑的，先是 5G 基站合作。这次我得常住白洋淀新区了。你这里怎么样？"

杨岭岭沉吟一阵，说："我真的不能回国，我的芯片课题处在攻坚阶段，暂时不考虑动地方。"

杨义成说："岭岭，这个可是烧钱的行当，你的团队在硅谷搞研发，经费怎么解决啊？"

杨岭岭说："没事，我自有办法。"

杨义成望着杨岭岭的脸，不再深问。当年，美国留学的马小刚回国搞芯片，设了个骗局，欺骗了国家三个亿的研发基金，杨岭岭毅然举报了。马小刚栽了。杨义成佩服杨岭岭，她像祖先杨继盛一样，刚正不阿，敢于亮剑。

杨岭岭真是个书呆子，太傻太傻了。

杨岭岭说："吃饭吧，不提那些话题了。"说着，她就给杨子恒碗里夹菜。

杨义成看见杨子恒跟岭岭亲如母子，心中温暖。

杨方晨很是好奇："杨总，既然你加盟了国盛，正需要岭岭女士的研究成果啊！"杨岭岭摇头说："我的技术还不是很成熟！"杨义成哈哈笑了："不怕，最后结果会是好的，我们靳总请你加入国盛的研发团队。高薪聘请。"

杨方晨一愣："岭岭，当初马小刚是假研发，你是真研发。我知道，你一心研究芯片，还是从举报马小刚开始的。对不对啊？"杨岭岭说："你们喝酒，不提过去的事了。我是杨继盛二十五代，是骨子里的东西！"

话题转移到了杨子恒身上。

杨子恒吃着插话说："爹，我数学最好。"

杨义成亲昵地抚摸着杨子恒的脑袋："儿子，好好学数学，打好基础，将来跟着岭岭干娘搞研发。"他知道这孩子手术之后真的好了，学习成绩直线上升。他读书的学校就在纽约曼哈顿，名叫法美纽约学院。一所私立高中学校，学生可以培养批判性思考、时间规划能力、沟通能力和社交能力。

杨子恒和岭岭到了美国，靳一光是知道的。

杨义成不明白，靳一光为什么对杨岭岭那么高看一眼？他为什么要安排自己到白洋淀新区呢？杨义成说："岭岭，说心里话，我被国盛看中，就因为我有白洋淀新区的背景，并不是我有什么高明之处。"

杨岭岭站立起来，敬了杨义成一杯酒："义成，你别谦虚了，我佩服你的魄力，祝你回到故乡旗开得胜。"

杨义成干了这杯酒，说："谢谢。"

国盛越是面临危机，越是需要科研人才。最近，杨岭岭发表了一篇关于射频芯片的论文，纽约一家科技公司——米科集团因为这篇论文试图收编杨岭岭。杨岭岭拒绝了。这篇论文也引起了靳一光的关注。杨义成对杨岭岭说："岭岭，我在美国对你说，既然我们是朋友，我不问你研究的具体情况，你记住，我师傅舍得投资，会给你一个全新的创新平台的。"杨岭岭淡淡地说："我知道的，在一九九三年，国盛在美国硅谷设立了芯片研究所。一九九九年，你们国盛在美国设立了达拉斯研究所。"

杨义成笑着说："对啊，你随时可以转移到我们国盛研发基地工作。

凭你对国盛的研究和了解，很快会干到软件经理位置。我师傅请你到国盛，你为什么拒绝呢？"

杨岭岭谦逊地说："你不知道内情，美国在制裁国盛，你难道不清楚吗？"杨义成说："我国盛就是要与其斗争，才需要你并肩作战，科学无国界，科学家是有祖国的。"杨岭岭摇头说："不，我跟你说过，你记住一点，我的研发没有美国专家参与，我的团队都是中国专家。只是借用其科研设备。我的世界跟常人不同。我不能去你们国盛。那样会给你们找麻烦的。"

杨义成惊讶地望着她，没有说话。

杨岭岭随着年龄增长，脾气越来越古怪了，这是为什么呢？

杨岭岭转身看着他说："义成，你为什么不说话？"

杨义成试探着说："岭岭，我们就不能赌一把吗？赌我们联手为国盛干一个惊人项目，突破芯片生产的光刻机技术？"

杨岭岭冷冷地说："我的生活本来就千疮百孔、冷酷无情，目前我的技术研发，还只能保密。因为我遇到了难题，很大的难题，很绝望，别让我悲观失望的情绪影响到你，你走吧，我坚信靳总会带领国盛活下来，迎来柳暗花明。"

杨义成说："我们不再提我师傅的话题了。现在，我们谈谈你举报马小刚的事，当时，我在德县政府办公室当主任，真的不太清楚，我最想听一听。"

提到这个事件，杨岭岭强忍着没让泪水掉下来。历史的瞬间闪现在眼前，好像刚刚发生的一样。

那一年，马小刚回国。他是为国家芯片创新而来。杨岭岭一直研究半导体，懂得芯片，但是，感觉研发芯片太难，岭岭看到马小刚踌躇满志的样子，感到命运是可以改变的，她隐约有了自豪。

马小刚说："姐，跟我们干吧，奇迹就在我们这一代诞生！"杨岭岭细听，才知道他是想在半导体芯片上发财。

中国科技界要自主研发高性能芯片汉晶一号，这种急切心理被海外精英利用，岭岭发现了弊端。

杨岭岭被分配到马小刚的团队，做个助手。

他们在短短两年就完成了芯片突破，这也太容易了吧？岭岭把这种担忧讲给了朋友。朋友也觉蹊跷，但岭岭的这种怀疑被热烈的欢庆场面冲淡了。岭岭没有防备，其实，马小刚约她来，就是想利用声名制高点，赢得她的芳心。

马小刚开着车，带她去上海外滩大酒店用餐。豪华的酒店门前，马小刚用豪车备好了一车红玫瑰，他向岭岭求婚。大大的钻戒都备好了，岭岭没有接玫瑰，更没有要他的钻戒。这让马小刚十分吃惊。送岭岭回酒店的路上，岭岭坐在车里，静静地说："你不懂我的经历，我生活在阴影里。如果你娶了我，你会后悔的！"马小刚吃惊地扭头："我爱你。你难道怀疑我对你的爱吗？"

杨岭岭摇摇头，说："没有怀疑。你这么优秀，应该有更好的生活。"

汽车在黄浦江畔一家酒吧停下。

马小刚与杨岭岭喝咖啡，岭岭有个请求：今天说的一切跟外人保密。马小刚点头答应严守秘密。岭岭向他袒露了自己的真实经历：她与杨义成美好的恋爱，黄教授的残暴，自己身上的伤疤，以及黄教授对她的威胁，她心灵的恐惧。马小刚听到这些惊呆了。

马小刚没有想到，这么美丽知性的女人，命运竟然这样坎坷。岭岭叹息着说："嫁给你，我无法面对你，更无法面对自己。我这一辈子，不大可能有自己的婚姻、有自己的孩子了。"

马小刚眼睛湿润了："岭岭，谢谢你跟我说了这些秘密。我要用我的爱，带你走出恐惧和阴影！"

岭岭冷冷地说："凭我的怪僻，凭我的个性，你能吗？我不愿意你跟我生活在恐惧中。"

马小刚有些心凉。杨岭岭和马小刚从咖啡店出来，马小刚依然黏黏糊糊地追求岭岭。岭岭轻轻一笑，问他能够让她开一会儿车吗。马小刚以为岭岭回心转意了，欣然答应，递过车钥匙。岭岭缓缓开了一阵车，表情平静，可是开着开着，她的汽车调头朝黄浦江冲去，马小刚惊呆了，面对死亡的威胁，他腿软了，几乎瘫倒在车上，车撞了桥边的护栏，车灯碎了，岭岭嘎地刹住车。马小刚脸色煞白，哆嗦着说：

"我服了，不，我输啦！"岭岭冷冷地说："我们都好自为之，后会有期。"汽车是马小刚的，岭岭拎着包下了汽车，头也没回地走了。

马小刚呆若木鸡，瑟瑟发抖。

马小刚怀疑杨岭岭有精神障碍。马小刚提到岭岭的精神障碍，认为是她娘的精神病遗传。

杨岭岭反感马小刚对自己精神的判断。因为岭岭的娘是患精神病死的，她对精神障碍非常敏感，认定自己没有精神疾病。她由此对马小刚极为反感。岭岭开始默默地研究芯片了。她知道研发芯片是极为困难的，程序太复杂了。但是，她要揭开马小刚的阴谋。实际情况是，马小刚从国外买回一个芯片，雇人将原来的标志用砂纸磨掉，在普通芯片里加上"汉晶"的标志。他利用"汉晶一号"以及随后数十个项目，骗取了国家三亿元的科研资金！

杨岭岭得到这一阴谋的证据，她是惊喜、愤怒、沮丧、绝望掺杂在一起的复杂心情。她恨马小刚无耻、堕落和贪婪。

杨岭岭几天无精打采，噩梦不断。她梦见了祖先杨继盛。她从来没有梦见过祖先，这是什么先兆呢？醒来的时候，出了一身冷汗。她悄悄回了一趟容光县北河照村，回到北京后，还拜了杨继盛的故宅。祖先就是在这里写就了弹劾权贵的檄文。她的身上流淌着祖先杨继盛的血。

杨岭岭给国家安全局写了一封举报信！

杨岭岭的举报信曝光后，舆论哗然，引起芯片行业地震。相关机构马上核查，结果就是赤裸裸的欺骗。马小刚携款潜逃到香港，想转而逃亡美国，在香港就被抓到了。

马小刚在香港被捕。他的资金被追回，当然挥霍掉的钱还是打了水漂。

杨义成待了三天，他就要回国，去白洋淀工作了。他送给杨岭岭一束鲜美的玫瑰花。

晴空万里，云彩一朵朵地飘着。杨岭岭站在纽约曼哈顿大桥，怀里抱着杨义成送给她的红玫瑰，眼睛失神地望着紫红花瓣纷纷飘落在河面上。夜晚来临，嘭的一声，河岸升空的礼花，是谁把光阴剪成了烟花，演绎那瞬间的繁华，却冷落了河岸孤寂的、一朵来自中国的腊梅。杨义成走了，她立刻空虚好多。他俩的关系有点意思，有些像梦。她与杨义成最美好的时光，不是现在，应该是读大学时的白洋淀，那是怎样的一场热恋啊！

杨岭岭喜欢读《红楼梦》，虽然自己无法与林黛玉相比，可是此时此刻，她又想起了黛玉葬花。当年自从她的生活有了杨义成，她是那么充满活力，他们有荆轲宝剑、美丽的木头红双鱼。自从她被黄教授强奸，美好生活的梦想彻底破灭了，整个世界一片昏暗。母亲蓝英的早逝，又给她灰暗的心情迎头一击。从石家庄到北京工作，一直没有好转，每天都是黛玉葬花般的心情。期待到美国能够好起来，可是，她很难从痛苦中解脱出来。美国聚集了世界一流的知识、理念和科研精华，她也没有怎样激动，一点也高兴不起来，甚至比在国内心情还差，她的思想仍然局限在狭小的世界里。

杨岭岭望着桥下的流水，忍不住又勾起往日的情思来。她仿佛依然能听见故乡白洋淀的歌声飘来。

傍晚的霞光好看，天还没有黑透，杨岭岭走出实验室，去一家超市买东西，刚刚把包裹放在汽车后备厢，黄教授突然出现了："你是不是叫杨岭岭啊？不够意思啊，到了美国怎么不打一声招呼？"

杨岭岭猛地抬头，看见一张熟悉而恐怖的脸。黄教授的出现破坏了杨岭岭的心情，她对着他惊慌地喊叫："滚开，滚开，臭流氓！"

黄教授立刻瞪圆了眼睛，愣在那里，涎皮赖脸地说："岭岭，我是你老师，这么跟老师说话不礼貌吧？"杨岭岭胸脯起伏，愤愤地说："我没有你这样的老师！"黄教授声音没有变化，低沉略带喑哑："我不会为难你的，你听我跟你说说话，好吗？一切都是历史了，我不会为难你的。"杨岭岭停住脚步，他穿着笔挺的西服，扎着领带，脸上波澜不惊，放着红光。"滚，我们没什么好聊的，狗嘴吐不出象牙，你毁了我一生！"

黄教授的残害使杨岭岭如鲠在喉，多年都因恐怖而忧郁。她灵敏的头脑中闪现着四个字：恬不知耻。天空染上了晚风的醉意，惺忪朦胧的黄昏盖住了那片乌云，街灯陆续亮起来，垂下的树枝散发着暖人的气息。杨岭岭忽然明白，她喜欢追问的问题可能因黄教授而来，为什么科技进步了，人的道德却在下降？

她本想甩开他，忽然想从他身上得到答案。黄教授真名叫黄战友，如今在美国华人科学家里有一号，他在《科学》杂志上又发表了关于芯片的论文。杨岭岭疑惑的是他这样一个科学家，谁会相信是一个强奸犯、渣男，他精神世界的构造是怎样的？一定是混乱不堪，糟糕透顶。

杨岭岭冷冷地问："黄战友，我知道你经常推出科研成果，我想跟你探讨一个问题。"

黄教授狡黠地一笑，说："好，我请你吃饭吧，你提什么问题，我洗耳恭听，认真解答。"

杨岭岭朝周围看了看，超市门口有一个肯德基店。杨岭岭带着黄教授到了肯德基店，慢慢坐下，黄教授点了两杯可口可乐。杨岭岭喝了一口可乐，冷冷地问："当初凭你的形象和地位，不愁找不到女人，为什么要强奸？你不知道会付出违法的代价吗？"

黄教授表面波澜不惊，内心暗流涌动，表面渴望高尚，内心却焦躁堕落。他望着杨岭岭说："这个问题尽管幼稚，还算一个问题。人活着就是吃苦的，我在找快乐的出口，寻找世外桃源，你说当初我教学挺枯燥的，今天的科研也一样，能给人带来快乐的事情少而又少。"杨岭岭冷冷地说："你寻找快乐和幸福，没有错误，人要讲究道德，要有自己的底线，不要苛求自己，但也不能放纵自己，更不能做违法的事。你只有违法才快乐吗？"

黄教授翻动着色色的眼睛，嘿嘿冷笑。

他装腔作势，满口仁义道德，一肚子的男盗女娼。杨岭岭说："卑鄙，你这叫人格分裂，当初我记得你给我们上课的时候不是这样的，你还给我们朗诵海子的诗。"

黄教授眯着眼睛朗诵道："那时，我是海子的崇拜者。从明天起，我要做一个幸福的人，喂马劈柴，周游世界。从明天起，关心粮食和蔬菜，我有一所房子，面朝大海，春暖花开。"

杨岭岭吼道："你做到了吗？简直是恬不知耻。"

黄教授听了，很平静地说："岭岭，这是海子的诗，面朝大海、春暖花开是海子的理想，那纯粹是骗人的，他自己也是因为受不了生活的欺骗自杀了。你说一个幸福的人怎么能平庸？一个幸福的人怎么能做到喂马、劈柴呢？不瞒你说啊，我有一个怪癖，到现在我依然喜欢骚扰女人，收集女人的内裤，你可能不理解，但是每人有每人的宿命，这问题涉及灵魂，一言难尽啊。"

杨岭岭脑子轰然一响。

黄教授并没有察觉岭岭的反感，肩头一耸一耸地说："人生毫无意义，科研只是为了挣钱，挣钱只是为了享乐。难道还有别的吗？"他抬头，尴尬地发现对面没人了。

杨岭岭已经悄悄离开座位走了。

第五十七章　粮食

乔麦回到博野苗圃基地，门没关好，公鸡和母鸡上了床，抖着羽毛，弄得床上都是鸡毛绒绒。她用笤帚疙瘩把母鸡轰走，草草收拾一遍，身上除了鸡粪的味道，还有树和青草的味道。夜里睡觉还是这个味道，乔麦憋出了笑声。

早上起床，乔麦刷了牙，仰着脖子咕噜咕噜漱口，猛地一吐，吐到了大荷花的脑袋上。大荷花惊讶地一叫，乔麦呵呵笑道："对不起，对不起。"她拿毛巾给大荷花擦头发。

大荷花眼睛有血丝，昨晚肯定是打麻将了。乔麦叮嘱说："女人打麻将别太熬夜，不好。"

大荷花嘻嘻地笑："不打牌干啥去？"

大荷花对乔麦好，乔麦有时给她宠坏了。大荷花竟然将麻将桌子带到苗圃基地。屋里叽叽呱呱，像一群没有头脑的鸭子。吃饭的时候，大荷花将一个白面馒头扔了，乔麦心疼地捡了回来，吹吹土，剥了皮，阴沉着脸就吃了。

大荷花一愣，脸红了。

没有几天，大荷花爱吃肉，又犯了同样的毛病，将多半个馒头扔在垃圾箱里。

乔麦狠狠瞪了她一眼，又去弯腰捡来。

乔麦将馒头放在水管下冲洗了一阵，剥了皮，刚要往嘴里放，大荷花疯狂地冲过来，一把夺过乔麦手里的饳面馒头，大口大口地嚼了。

大荷花默默吃着，心里想事，挂念着乔麦那一脸的泪。渐渐地，大荷花就不糟蹋粮食了。

大荷花瞅见乔麦板了脸，就有一种担忧。

千年秀林即将结束，乔麦如果仍然经营苗圃，就不好再搞原生树苗了。她面临着转型，大荷花就要下岗了。乔麦看出大荷花脸上的难处，她想不管干什么，都要带着这些同甘共苦的姐妹。

上午十点，天气依然燥热。大荷花刚刚打开空调，王决心带着孙小萍、王德来找乔麦。乔麦动情地抱了一下孙小萍，她一看这阵势，就知道有大事发生，让大荷花在博野酒店订好饭店。大荷花安排去了，大家都围着办公桌坐下来。乔麦切了一个西瓜端了上来。

孙小萍吃了一块瓜，说："乔麦，我们来了个突然袭击，你不会介意吧？"

乔麦奇怪地问："怎么会介意？孙书记啊，我都想你了。"

孙小萍�’了嘴巴，一笑："你有家啦，找到幸福了，才不会想我呢，你们先吃西瓜，我有话跟乔麦说。"

乔麦嘻嘻地笑了："小萍书记，没有你这样的，我是啥人你不是不知道。孙书记无事不登三宝殿，有事儿请指示吧。"

王决心咧嘴笑道："乔麦，今天有好事，小萍书记这么远跑来可不是跟你开玩笑的，你得往心里去啊！"

乔麦看着王决心："老公，既然你带过来的，你这一关，肯定是过了呗。我还有什么好说的？"

孙小萍笑笑："决心是工人，你是大老板，当家的还是老板！"说着咯咯笑起来。

乔麦有些紧张，张嘴没说出话来。

王德的目光满是慈祥，曼声说："弟妹啊，在义成大哥的帮助下，咱村儿就要变成数字乡村了，国家有补贴，技术一来，王家寨的信息管理就会大大提升。在这个情况下，我们要上马一个新产业，将湿地改造成万亩莲花园。"

乔麦愣着，脑子里冒出了一朵莲花。

"莲花园，玉湖支书、孙书记想请你出山。这是多大的面子啊？"

"我一点也不懂莲花，没有金刚钻，就别揽瓷器活啊！"

王决心补充了一句，颇为自豪："听见了吗？别谦虚，如今你是人物了。"

乔麦愣了愣，谦逊地说："哎哟，抬举我了，我有那么大本事吗，我能在莲花园里干啥？"

她不是莽撞的女人，重大行动之前总是精心准备。显然，她这次没有准备。

孙小萍板起脸低声说："干什么，你当老板啊！村里开发万亩莲花园，王家寨更美丽，不仅有利于旅游，我们的产业也壮大啦，莲藕、莲子、莲蓬和荷叶都可以卖钱，进行深加工，效益会更好。"

乔麦惊讶地说："白洋淀治水，水是清亮了，村里几乎停摆了，一直缺少新的产业，为啥早没有想到呢？"

孙小萍笑着说："你这么漂亮能干，就像莲花，莲花产业非你莫属。"

乔麦望着王决心，王决心愣了愣，说："我支持老婆弄莲花园。"

孙小萍停顿了一下，突然有些严肃："你是王家寨的媳妇，我是村里的第一书记，我们都为王家寨壮大集体经济出力。"

乔麦松了口气，说："当然是好事，千年秀林结束了，我正发愁转型呢，我把最后的苗木处理一下就回去。"

孙小萍充满热切地说："你回来，我们就开始搞这个新项目，因为这个项目不涉及污染，我已经跑完了手续，万亩莲花园改造，已经纳入了白洋淀新区整体规划，万事俱备，只欠东风了。东风就是你啊！"

乔麦谦逊地说："我哪有那么重要？莲花园，既漂亮又挣钱，何乐不为啊？"

王德说："在干这个项目之前，我们要去江西广昌县考察一下，那里的十万亩莲花园，效益非常好。我们把他的经验学过来，然后回来就挖泥塘、铲芦苇，湿地连成片，估计有一万亩，我们要打造万亩的莲花园。"

"万亩？"乔麦热血沸腾了，她心中想象着万亩荷花的景象。

麦子黄了，麦浪起起伏伏。

日头火爆爆地照着，像个蒸笼似的。喜鹊在麦子顶尖叫了两声，乔麦张望一眼喜鹊，天气越来越热，喜鹊也嫌热，呱呱鸣叫着钻到树影里去。乔麦闻到一股西瓜味。麦田的旁边有一个瓜棚，几个老人坐在那里吃瓜、吸烟。乔麦想给几个工人买点西瓜，她让司机停了车，带大荷花走过去买瓜："大爷，这是您的麦田吗？您贵姓？"老大爷憨厚地说："我姓孙，我的麦田。"

乔麦一边挑选着瓜，一边问："孙大爷，收了麦子种啥呀？"

孙大爷说："玉米和大豆。"

乔麦对大豆极为敏感："这大豆和玉米还能混合种啊？"

孙老汉嘿嘿笑着说："这是科学种植，混种产量高，多卖钱啊！"

乔麦抱起了西瓜："啥时候收麦子啊？"

孙老汉颇为得意地说："人家公司负责，收割机从南往北收，说过来就过来了。"

乔麦问："小麦收了，卖粮站多少钱一斤啊？"

孙老汉脸色黑了，固执地骂："闺女，快别提萍河粮站啦！提起我就来气啊！"

大荷花愣了愣，问："生啥气啊？"

旁边一个高个头农民说："国家标准不听，每斤只收一块三毛六，从前年起我们就不给这个粮站了，粮站收粮有猫腻，净坑农，我们交给了一个粮食商人。"

乔麦好奇地问："中间商多少钱呢？"

孙老汉说："人家这家公司有实力，天津海港有货轮，小麦出口欧洲，一块四毛二，全包了，地里的麦子已经号下了，收割他们负责。"

乔麦愣了愣，说："粮站的粮食给咱国家了，老板卖到国外了，萍河粮站价格低是吧？"

孙大爷长叹一声："差不了几毛钱，粮站那个宋站长人品低劣，品质往低里压，水分往高里打，年年捣鬼，所以我们才不给粮站啦。"

乔麦对粮食问题特别敏感，愣了愣，说："大爷，要小心，这家公司万一有个闪失，收割机捅不开，赶上大雨，麦子收不上来，损失能承受得起吗？"

一个老头插嘴说："我们中间有人，我们村的，能掐会算，曲良，外号神算盘，他过去是种粮大户。你们有粮食可以找他啊！"

乔麦问："你们与公司有协议吗？交定金了吗？"孙大爷摇了摇头："口头上都说好了，哪找协议去？"

乔麦买了三个西瓜，孙大爷又赠了一个。乔麦说："谢谢孙大爷。"大荷花抱着四个西瓜上车了。

乔麦回头望着孙老汉的麦地，心中有些担忧。她的感觉是对的，就在麦子熟了的几天里，粮站阴谋酝酿成熟。

过了一周，这天大雨滂沱，下起来像是捅漏了天。乔麦冒雨送树苗，破车漏风，浑身被雨淋透。路过北羊村的那片麦地，一个奇异的景象让乔麦惊呆了。

麦子扑倒一片，麦穗泡在泥水里。孙大爷穿着塑料雨衣，坐在地头哽咽着："老天爷，我的麦子啊！"乔麦急忙奔了过去，一瞅面熟，是北羊村卖瓜的孙老汉。

乔麦扑过去，扶起了孙老汉。大雨下个不停，孙老汉心疼地说："我的麦子算是烂在地里了。快别提那该死的公司，把人坑苦了，说话不算数，收割机一直没有来。"

乔麦心疼地说："孙大爷，别伤心了，晴了天赶紧把麦子收了，起码还有芽麦啊！"

孙老汉又蹲下来，掩面而泣。

孙老汉的遭遇唤醒了乔麦，她把孙大爷扶起来。可是不一会儿，孙老汉又气愤地骂了一句："无赖，这个中间人曲良，太坑人了，早晚遭到报应啊！"

"曲良是哪里人啊？"

孙老汉跺脚说："我们村的种粮大户，我后悔啊，不该听信他的鬼话啊！"他说着突然晕倒在地，身上沾满泥水。

乔麦吃力地抱他起来，赶紧让司机开车过来，把孙老汉送到了医院。

鸟掠过天空，凄楚地哀鸣。

孙老汉是心脏出了事，急救过来，开始输液，可能还要做造影。乔麦在医院里照顾，拿热毛巾擦掉他脸上的泥水。孙老汉的儿子来了，儿子听说老头犯了冠心病，急忙从保定赶回。乔麦跟孙老汉说："孙大爷，您好好养病，我马上找人给您收麦。还是给萍河粮站吧！"

　　孙老汉说："萍河粮站故意压价，将机会转给跟他们好的公司，背后一定有黑交易。"

　　乔麦气愤地说："太不像话了，太不负责任了，收粮哪能当儿戏，除非吃了熊心豹子胆。"

　　孙老汉咳嗽一声，说："他们就是豹子胆，听说那个宋站长有后台。"

　　乔麦说："多大的后台，也得讲王法吧？孙大爷，我们不要怕，你这点粮食，我让我手下工人赶紧收了。如果机器下不去，就人工割麦子。"

　　孙老汉感激地说："谢谢你乔总，可是已经被水泡了，还能成吗？"

　　乔麦说："泡了也得收，就是芽麦，芽麦卖出去也比烂在地里强啊。"乔麦落下泪来，既有对孙老汉的疼，也有对公司和粮站的怨恨。

　　孙老汉的儿子孙大广说："爹，我在保定城里搞装修，收入也可以，别种田了，土地流转出去，我把你接到保定住吧。"

　　孙老汉一听就急了："土地流转出去，你以为那么简单啊？能碰着好人吗？如果是你这个乔麦姐姐，我一百个答应。"

　　乔麦心里一动，感动地说："谢谢大爷对我的信任。我流转博野土地，培育树苗呢。"

　　孙老汉终于逮着了机会，劝慰说："别鼓捣树苗了，到我们萍河北羊村来种粮食，我们这里地肥，靠近萍河，涝能排，旱补水，接近高产农田，特别适合大豆、玉米套种。"

　　乔麦心想着莲花园，没有想到种粮，她一声不吭地听着，想到种粮的爹，多种忧思涌上心头，不禁鼻子一酸。

　　孙老汉跟乔麦诉苦说："我们村支书陈锁柱想流转，但是胡大军镇长总是阻拦，我们村有个叫曲良的农民，叫新农人，从南方打工回来流转过土地，但是赔了本。可能就是得罪了萍河粮站，那个宋站长，恶霸一样，一手遮天，串通一气，坑害百姓。"

乔麦一愣，说："这还了得，必须给大爷出气，我找他们粮站。"

孙老汉用一种怀疑的目光望着乔麦，含含糊糊地问："闺女，你是个好人，别说大话了，别说是你，就是县委书记来也得网开一面，我说的话你知道就行了，你可别惹火烧身。让我们陈支书和镇长知道了，我就没好日子过了。"

"孙大爷，您别怕。"乔麦安慰说。

乔麦气白了脸，嘟囔说："白洋淀新区竟有这样的事儿？别怕，我就不信这个邪！"

孙老汉固执地说："孩子，你说了也没用，打不着狐狸反惹一身骚，村里有多少人告状。管用了吗？告到公安局也不管用，只能睁一眼闭一眼。"

乔麦反驳说："老百姓里有您这想法的多，他们才越来越嚣张。"

外面又哗哗下起了雨。乔麦赶紧关窗子，雨中热风扑面而来，像伸进来一双温柔的手。乔麦又用毛巾擦孙老汉额头虚汗，然后对孙大广说："等雨一停，我们赶紧抢收你爹那点麦子，麦子收完了，打出来卖出去。"孙大广答应一声。但孙老汉还是悲观绝望："甭指望这茬麦子了，芽麦当猪饲料不值几个钱。"

雨停了。

乔麦安排完收麦子踢踢踏踏进了屋，孙老汉拉着乔麦的手说："闺女，谢谢你帮我收了麦子，麦芽严重不？"乔麦将兜里的芽麦掏出来，孙老汉戴上花镜瞅了瞅，叹息着："挺厉害的。"他将这几个来看他的农民介绍给乔麦，他们都是被公司坑骗的，家里堆着的都是芽麦。

乔麦望着他们，几乎无语。孙老汉哀求说："乔麦，这都是老实巴交的种田人，没有门路，你给张罗张罗，把这老哥几个的芽麦都给卖出去吧，我们把土地流转给你，你在我们这种粮食。你一定答应我啊！"

农民们眼巴巴望着乔麦。

乔麦迟疑了一下，说："我没有把握，帮你们试试，这跟流转土地是两码事。"

孙老汉连连作揖，说："谢谢乔总啦。"

乔麦转了一圈，到县粮食局拿到了夏粮收购文件，最后还想找萍河粮站。

孙老汉有些发怵："唉，最好别惹那孙子，你没有别的关系吗？绕开粮站不好吗？"

乔麦说："别怕，粮站不行了，我们再想别的法子。"

乔麦带着孙老汉、二楞等人去了萍河粮站。乔麦他们到了那里，粮站宋站长高高的个子，戴着一副眼镜，天性孤傲冷硬，并不买乔麦的账。三说两说，乔麦就跟宋站长杠上了。

乔麦赶紧软下来，赔笑说："宋站长，这几户农民种粮不容易，收了他们的芽麦吧。"

"不收，我们不收芽麦。"

乔麦将手里的文件一摔，大声说："省政府、粮食厅都有文件，夏粮收购，包括芽麦啊。你们不作为嘛！"她晃胳膊的时候，碰到了身后木头，后腰被顶得一愣。

宋站长万分惊讶，没好气地说："谁不作为？夏粮收过了，粮站的粮食都收满了。麦子一存就是五年，你不知道吗？"

孙老汉嚷道："不可能，我看你是骗人！"

宋站长板了脸，喝道："老孙头，你兴师问罪来了，醒过味儿来了，当初你干什么去了？我们到北羊村，找你们，你带头不干，非得卖给公司。机器过不来了吧？有事你找公司去呀！"

孙老汉瞪眼说："你是猪八戒倒打一耙啊，找公司，谁愿意找公司？这两年还不是你们粮站给逼的？"

宋站长理直气壮地说："没人逼你，你们成心跟我作对。结果怎么样，那家公司的收割机没来，大雨来了，这就是你们跟我作对的下场。"

乔麦皱皱眉头，忍无可忍地说："啥叫作对？这话说得难听，粮站是为人民服务的，你作为粮食局的下属单位，为国家收粮天经地义。这几家农民跟你无仇无冤，凭啥信不过你们？还不是因为你们跟公司勾结，坑害过他们吗？"

宋站长说："既然他们诬陷我坑他们，就别来找我。不陪了，滚！"

宋站长气哼哼地走了，走路像踩着鼓，咚咚地响。

乔麦喊道："你站住！"

宋站长站住了，恼怒地说："美女，你是干什么的？北羊村没有见过你啊？"乔麦说："我不在北羊村，我是白洋淀王家寨人，给千年秀林供应树苗。"宋站长笑了："你一个弄树苗的，跟他们掺和个啥劲啊？"乔麦晃了晃手机，说："我这人农民出身，就是见不得农民挨欺负！把他们的芽麦收了，不然后果自负！"

宋站长一愣："口气不小啊？我们局长都没有这么命令过我。"乔麦冷冷地说："据我所知，你粮库没有收满，不管你有什么理由，这个仓库必须打开！"

现场静极了，彼此能听到呼吸和心跳声。

麦子是有味道的，乔麦记忆好，嗅觉特别好，她没有闻到库里有麦子味道。

宋站长嘴巴咧出了窟窿："什么？你打开这个仓库的门？你知道吗？这不是纯仓库，这里头有大豆、小麦、玉米、高粱的种子，封控严密，不是随便都能进去的，漏风跑气，种子毁了，谁负责啊？"

乔麦指了指墙上的牌子："明明写着小麦三号仓库嘛。"

宋站长说："你胆子也太大了，种子库外溢透着风，种子变了质，谁来负责？只有粮食局种子公司才有权打开这个门。"

乔麦说："别说得神乎其神，我懂种子。打开吧，出了事我负责！"

宋站长轻蔑地一笑："开玩笑，你拿什么负责？拿你的几棵树苗负责？"

人越聚越多，闹闹哄哄。乔麦、宋站长把身子一横，堵在了那里。

乔麦大声说："事实胜于雄辩，大家都瞅瞅，粮站是怎么刁难人的。你就把种子公司的专家叫来。"

宋站长倔倔地说："人家没空，过几天你来。"

孙老汉大喊，"为啥不敢打开，这里肯定有猫腻，过几天你就捣鬼了。"

北羊村的陈锁柱支书来了，不到十五分钟，胡大军镇长也到了。胡大军低声说："锁柱，赶紧把你们村的几个刁民领回去，别把事闹大。

那个带头的女人是谁？"

"这个女人不是我们村的。"陈锁柱不知道乔麦的来头，打狗看主人，如果没有乔麦，他对付这几个农民，还是轻而易举的。

乔麦大喝一声："谁也不能走，今天这个大门不开，我们就不走！"

粮站女保管员愣了，抬头望向宋站长。

宋站长以命令的口气说："不开，我没有这个义务。"

胡大军镇长远远地观望。

陈锁柱黑着脸，挤过来大声喊："孙老蔫，你竟敢带头闹事？赶紧带二楞他们回去，回去看我咋收拾你！"

孙老汉吓得吸冷气，巴望着乔麦。

乔麦看见墙上戳着一个大锤，弯了腰，疯了似的抓过大锤，高高举起："大荷花，赶紧录像。你要是不开，我就砸啦！"

大荷花拿手机录像。

女保管员离乔麦最近，扑上来夺大锤，大锤当啷一声掉地上了，好在没有砸到脚。女保管员扯住乔麦的头发，俩人厮打成一团。女保管员拖住乔麦的头发一拽，乔麦没有倒，女保管员却倒地上了。

乔麦抄起大锤，朝大锁头砸去。咣当一声，锁掉了，门打开了，仓库里边空空的，飞出几只受惊的灰麻雀。

孙老汉探头说："哪有小麦，哪有种子啊？"

宋站长惊呆了，张着嘴巴。

乔麦喘着气，目光充满愤怒："宋站长，这是咋回事？就凭你这撒谎撅屁的劲儿，不配当站长，粮站交给你，老百姓能放心吗？"

宋站长后退了几步，怯怯地喊："你扰乱公务，该当何罪？"

乔麦抬头说："我这里有录像，赶紧给老百姓收芽麦。要不我就给你传到网上去，让全国农民评评理。"

宋站长溜了，让副手上来对付乔麦，答应收购芽麦。

第二天上午，孙老汉几户农民把芽麦送到粮站。孙老汉眉宇中间的疙瘩解开了。老人再次请求乔麦到北羊村种粮。乔麦沿着萍河转了转，这里的土地比白沟引河两岸还好。农民芽麦事件让她盯上了萍河，萍河两岸土地肥沃，农田提升有基础，适合发展现代农业。

乔麦心里七上八下的，如果转型粮种，就没有精力回乡经营万亩莲花园了。人生抉择的时刻到了。她的脑袋里冒出奇怪、大胆、疯狂的念头，要搞就搞大，搞成两万亩土地的现代农业园。这个想法让她热血沸腾。眼前黑影一闪，她情不自禁感觉到，跟随自己的那个黑影逃走了，一种神圣的感觉在向上升腾。

乔麦写了一个北羊村流转土地的规划。

北羊村陈锁柱支书仔细看了，他对乔麦的规划创意书满意，激动地说："好，村党支部一定支持。最近啊，到村里来流转土地的老板不少，都是几十亩地，或是上百亩，小打小闹，难有突破。政府提倡一村一品、一村一田，乔总的方案适合搞大规模的智慧农业。"

乔麦很吃惊，暗暗佩服陈锁柱。

孙老汉说他是一个糊里糊涂、见利忘义的昏官。乔麦觉得孙老汉带个人成见，她跟陈锁柱支书谈了谈细则，村集体可以参股。

乔麦草拟了计划书，让王决心看一看，她不回村了，得先跟老公谈一谈。

晚上，乔麦坐到王决心身边，王决心看了计划书停顿了一下，有些严肃。

乔麦心里不安，催促说："你说行还是不行啊？"

王决心以为乔麦拿出的计划是回王家寨搞万亩莲花园，结果，拿出了一个萍河北羊村流转两万亩土地的种子科研计划，第一笔投资就是五千万，他吓白了脸。

王决心火冒三丈，将计划书撕得粉碎。

乔麦去抢计划书，却扑了个空，险些摔倒。乔麦说："撕，你就撕，我继续打印！"

王决心说："你再打，我还撕！"

乔麦火了，嘶哑地喊："我就是要干，就是要干！"

王决心颤抖着说："老婆，你还是我老婆吗？都说好了，回村建万亩莲花园，集体投资。你的种子研发，投资那么大，利息多少钱？你想到过失败的后果吗？"乔麦眼睛含泪了，镇定地说："我没有疯，也不是心血来潮，我就是想干农民该干的事。"

王决心说："农民该干啥，你说说。原来你养鸭，我打鱼，就不是农民了吗？"

乔麦大声说："是啊，我要是经营莲花园也是农民。但是别忘记了，那是多种经营，真正的农民，主业是种粮食、打粮食。现在啥都不好干，没有创新就是死路一条，即便是搞莲花园，也要有创新产品。任何投资都是有风险的，风险大回报也大，别人能成功，我也能！"

王决心固执地说："你成功，我能不高兴吗？可是要是不成呢？你能搞科研吗？人得干自己能够得着的事。"

乔麦痛惜地摇头："我不懂，但是专家懂啊，我们可以建立团队嘛，如今干啥事都要讲团队精神。我不跟你吵了，没有意义。"

乔麦走出去了，他们陷入了冷战。

孙小萍给王决心打电话，让他带乔麦赶紧回村，商量万亩莲花园的事情。乔麦不敢回去，因为担心自己的变卦得罪了孙小萍，心里充满歉意。

王决心怨气十足地说："乔麦，你忘本了，不管你干什么，胡支书、孙小萍都是你的恩人，见他们一面总可以吧？你要不去，我就不管了，孙小萍他们会来找你的。"

乔麦叹息一声，冒了冷汗。

孙小萍热情如火，她眼里不揉沙子，干脆挑明了说："乔麦，你选择了去萍河，所以就不好意思见我了。我说啊，长痛不如短熬，你变了卦，就永远不想见我了吗？"

乔麦愣了愣，面带尴尬，她没法回答。

喳喳喳喳，喜鹊叫了几声。乔麦心里乱极了，她确实担心得罪了孙小萍。

大乐书院气氛紧张。

孙小萍突然变脸，仰脸一笑："乔麦，你误会我了，我孙小萍有这么小气吗？看来你也有为难的时候啊。我看见你给我发的微信了，我是最懂你的人。我不管别人什么意见，我是支持你的。"

王决心愣住了，眼睛放了光。

乔麦破涕为笑，马上拥抱了孙小萍，落泪了："好妹妹，你不恨我就行了。"

王决心低声对乔麦说:"别当真,小萍能不恨你吗?嘴上不说心里也别扭。"

孙小萍瞪一眼王决心:"你别挑拨我们的关系,我就是支持乔麦。她是心事重的人,这个转型,不容易,她心里面临着阵痛。"乔麦说:"嗨,最懂我的还是小萍。"她又落泪了。

孙小萍笑了:"不说了,不说了。"

乔麦落泪的样子很美。孙小萍望着乔麦,女人的美,不是男人眼中的那一点,恰恰是女人欣赏女人的那部分。乔麦的动与静、颦与笑,都是那么得体,柔弱中带着刚强。

过了一会儿,孙小萍终于说:"莲花固然美,但不如粮食重要。我同意乔麦的选择,她看清了人生的意义,选择了粮种,你创新意识觉醒,找到了奋斗的方向,我有什么不高兴?"

王决心说:"多大的风险啊?即便成功,受益的也是北羊村人,王家寨没有得到好处啊?"

孙小萍目光闪亮地说:"决心,账不能这么算,乔麦带那里的农民致富,她公司是从我们王家寨申报注册的,因为我们没有土地,她被迫到博野租地培育苗木,如今种粮也是,她的事业只能往外延伸,就叫外延农业。"

乔麦笑了:"小萍,你太有才了。"

孙小萍抬手更正说:"外延农业不是我发明的,人多地少的南方早就实行了,福建、广东早就有外延农业。我们农民到俄罗斯承包土地种粮,就是外延农业嘛!乔麦不管走到哪儿,根都扎在了王家寨。"

王决心眨巴着眼睛,似乎悟出什么来了。

乔麦似乎没有完全进入状态,说:"还不知能不能干好,我心里一直在打鼓。决心误会我这个变化是有心机,其实是误打误撞。麦收前我送树苗,买西瓜认识了北羊村的孙大爷,他人老实,因被粮站和不法公司欺压,麦子被大雨泡在地里,他人晕倒,我给送到医院。这就熟了,我帮助他们几户农民收麦子、卖芽麦,还跟萍河粮站斗智斗法了一番。我突然想起了我的爷爷、我的父亲、我的哥哥,他们的命运、他们的苦与乐都跟粮食有关。你们听我解释，我认识了燕山农大的教授，受到了很大启发，我不是想当种粮大王、种粮大户。我是想借助新区科技力量，搞智慧农业，搞种子研发。"

孙小萍投来赞赏的目光，点点头："乔麦，我懂了，你是想在种子上创新。我想起了电视剧《篱笆·女人和狗》，那是农民独立意识的觉醒；又看了《秋菊打官司》，那是农民法治意识的觉醒；电视剧《外来妹》，那是农民新思想的萌生。乔麦，我感觉你就是农民创新意识的觉醒，我说得对不对？"

王决心识趣，闭了嘴。

乔麦惊喜地拥抱了孙小萍："谢谢你，我不会总结，就是想给农民干点实事。"

喜鹊又叫了，乔麦引颈张望。

第五十八章　被雨淋湿的庄稼

"耙喽！"萍河河岸上响起一声长长的吆喝。

一群麻雀受到惊扰，呼啦一下飞向对岸的树上，惊落线线雨丝。王永泰愣了愣，没有听懂。农民用容光县当地口音喊的，听不出是呼唤还是赞叹。

今天是小暑节气，早晨下了一场小雨，地皮被淋湿了。闷热依然如故，地里玉米和大豆混种。玉米到了膝盖高，豆子还青着，有农民拔点豆子煮着吃，香喷喷的。王永泰拉了拉老顺子的胳膊，他们往河岸上走，那是一片玉米地，到了跟前看出里边还有大豆。嫩绿的玉米叶、豆秧上含着晶莹的雨珠。地头有一株柳树，王永泰转身碰着了，只是轻轻一碰，由于叶上挂满了雨水，水珠滴滴答答滑下来，掉进王永泰的脖子里，凉得一个哆嗦。

风起了，云团渐渐地消融，没能投下阴影，地里的土刮不动，扑到他的脸的是草和玉米叶子，眼前一片青绿。头顶有云雀啾啾地叫，扇动着翅膀，嘹亮地歌唱着。老顺子心情不再郁闷枯燥，抬头嚷了一声云雀，懵懵懂懂地走着。拐过了一道干沟，王永泰看到了一老一少在农田除草。这家地头上，扣着一个裂了缝生了锈的破铁锅。王永泰凑了过去，笑着问："老哥，除草呢？"说着递给老农一根香烟。

老农直起腰，接了烟吸着。年轻农民不吸烟，嚷着问："大爷，你们是哪里来的？"

王永泰说："我们俩是白洋淀王家寨的。"

老农吐着烟圈，笑道："你们是渔民，打鱼的挣钱啊！"

老顺子摇头叹息一声："如今保护水质，不让养鱼也不让打鱼啦。"

老农一愣，说："你们没种过地？过来干啥啊，想种地啦？"

王永泰说："打了一辈子鱼，哪会种地啊？就是想看看。"他这才知道，老农叫王老蔫，儿子叫王二楞。

王永泰接过了那个老汉手里的锄头，狠狠刨地，没等手掌磨热，上身就大汗淋淋。王永泰将锄头递给老顺子，让他在地头比划比划，老顺子拿锄头刨了几下，差点刨了豆秧子，赶紧将沉重的锄头还给王老蔫。这锄地跟撒网是两股劲儿，两眼一抹黑，摸不出个门道。看见有个妇女领着孩子跑过去，双眼望去，满地干活的人都是生面孔。

王永泰坐在一棵大树下歇歇腿，抓了一把湿土，痴迷地看着。老顺子跟农民扯闲篇，王永泰不慌不忙地抽着烟，夸奖说："老蔫儿啊，你这地料理得好，是个庄稼把式。吃苦流汗练出来的绝技，如果农民评比农匠，你就是大国农匠了。"

二楞不服，他跟爹拌嘴，埋怨说："本来这地，让姑父耕种，你非要拿回来自己种，赔钱又挨累啊！"

王老蔫瞪了二楞一眼："屁话，谁拉你回来啦，你是千年秀林没活了，自己缩回来的。"

二楞不言语了，笑容满面，像个好玩儿的木偶。

王永泰说："我家老三也在千年秀林植树呢。"

"他在哪个片区啊？"

"白沟引河那边儿。"

"我是大清河林区，比他们干得早。"

王永泰呵呵一笑："二楞娶媳妇了吗？"

二楞将脑袋摇成了拨浪鼓，继续跟王老蔫吵架拌嘴，没大没小地说："爹，当年你图一时舒坦，弄出个我来，我也得娶个媳妇儿，为王家传宗接代啊！"

王永泰插嘴说："二楞，不能这样跟你爹说话，要懂得孝敬，你今年多大了？"

王老蔫说："三十一岁了，属大龙。"王永泰叹息说："跟我三儿子一般大，该娶了，该娶了，熬光棍的日子不好受啊。"

王老蔫停下锄头，拿锄把儿顶着下巴说："这哪儿娶得起啊，现在种田真娶不起媳妇，能活命就不错了。"二楞说："人家不都娶了吗？你再不管我，我就到南方打工去了，不跟你弄地了。"

王老蔫赶紧岔开话题，他问王永泰："你们王家寨不产粮？"王永泰说："都是水和苇塘，不产粮，我们只打鱼，卖苇子。"

老顺子说："粮食不够吃，吃鱼吃得浑身都是腥味儿。"然后就嘿嘿笑了。

王老蔫感叹了一声："我们萍河就是入了白洋淀，我们也从河里打过鱼。如今彩礼高，男孩子想娶媳妇成家立业，就难上加难了。"王永泰问："二楞是不是条件高挑人啊？"王老蔫撇嘴说："咱这穷人家还敢挑人？咱不沾尖取巧，挑肥拣瘦，对付一个就行了。您老哥俩从王家寨拉呱一个？"

王永泰问："你们北羊村还要彩礼吗？"

王老蔫苦着脸说："不仅要彩礼，还越要越高了，县城买房子，还得有汽车。光靠种田哪行，这媳妇是真娶不起了。"

二楞说："娶不起也得娶啊，村里种地的人家，不都手拿把掐地攒钱娶媳妇了吗？"

王老蔫气得哆嗦，笨嘴巴跟不上话，气得晕头转向。王永泰笑道："孩子有志气，日子会好的。你们这粮食都产啥？"王老蔫说："这不刚收了麦子，秋粮就是这大豆和玉米了，混种，产量高一点。"王永泰热了，撸了撸袖子，问："听说你们的土地可以流转，不用干活干得钱。"王老蔫："我们这点土地流转过。但是，那家公司改变了土地用途，开了垂钓园，国家不让又收回来了。原来是让他姑父代种，我们爷俩打工都回来了，就自己种吧。"二楞望着爹说："得了得了，鹦鹉学舌你都学不好。"

他说了村里土地流转情况。

老顺子的手抚摸着玉米叶子说："这种地不挣钱吗？"王老蔫叹息了一声："挣啥钱啊，我给你算算账，浇水、施肥、除草、喷药，花工夫看守，一亩地弄好了也就挣三百块钱，这十亩地也就三千块钱，这点钱还不够买一个桌子腿儿的，咋娶媳妇？"

王永泰慢慢眨巴的眼睛，始终盯着王老蔫。他不想丢掉其中每一个细节。他从兜里又摸出烟盒，递给王老蔫让他抽一口。王老蔫吸烟，二楞嘴里还不住地唠叨："种地的活太受罪，还不挣钱，这不叫瞎折腾吗？"王老蔫反驳说："咱家祖祖辈辈不就是这么折腾吗？现在国家提倡种粮食，说近了，是为咱家；说大了，是为村集体；说远了，那是给儿孙奔日子。"王永泰点点头，不吭声了。

天气阴沉沉的，好像又要下雨了。天气迫使鸟们躲进树林，河岸的树郁郁葱葱，青丝从树枝上萎靡地耷拉下来，树上的知了开始嘶鸣了，跟王永泰的耳鸣合了节拍，他心烦意乱，又意趣盎然。

王永泰半天沉默不语了，他想到乔麦流转土地的事，种地不挣钱还胡折腾个啥？他东想西想，越发提心吊胆，心里乱糟糟的。他使劲儿拍了拍沾了泥土的黑裤子，好像要把烦恼和忧愁统统拍掉。老顺子脱贫以后，他看见村里渐渐好转，心里平顺了一些，可是自从听说乔麦大面积流转土地，他又陷入了深深的矛盾中。乔麦是个好媳妇，她咋干这么不靠谱的事啊？他这次来萍河就是打听打听种粮。他心里鼓鼓涌涌地问："老哥哥，你们村土地流转的事儿知道不？"二楞抢嘴说："大叔，我知道，我见过一个叫乔麦的女老板，是个富婆，有靠山，人漂亮，脑袋瓜活泛，做事干净利落，说话办事让人舒服。她在我们村流转土地，我同意流转，我爹不干啊。"

王永泰歪着脑袋问："老哥，你为啥不同意流转啊？"

王老蔫担忧地说："我们村有个叫曲良的流转过土地，赔钱了，如今还拖欠乡亲们土地款。得不着钱，把土地给糟蹋了，不靠谱。"

老顺子说："这个乔麦老板流转土地，村里干部支持吗？"

二楞笑嘻嘻地说："当然支持啊，陈支书把人家当神供着，政府提倡搞智慧农业，农民承包地三权分置了，给大伙吃了定心丸，村里家底清楚了，政策好了，国家贴补多了，有高效农田整改、种粮贴补和机械贴补。"

王老蔫黑了脸，说："你小子就是看见人家老板漂亮，漂亮的脸蛋儿能换大米吗？这些公司老板，越漂亮越不靠谱。还不是骗国家那点补贴款，等以后补贴少了，没有钱挣了，他们立马扔了土地撒丫子跑了。"

"是啊，还是小心为妙。"王永泰说。

王老莴有些疑惑，追问王永泰问这些干啥，王永泰担心露馅，带着老顺子离开了萍河。

快响午了，细雨不大，零零落落掉了一点。王永泰他们又去了容光县城。他们去了一趟县城的农贸市场，市场里人多，熙熙攘攘，挤来挤去。两个老头儿满头大汗，老顺子有点走不动了，不小心绊了脚，忍不住哎呀一声。

王永泰赶紧拽住老顺子，说："老东西，小心点，走丢了没人管你饭。"

老顺子耳朵背，没听见。王永泰拽着他的耳朵大声喊："你这老家伙，耳朵聋了，眼也花了，净添毛病了。"

他们到粮食市场，问了问米面的价格，问了大豆和豆油的价格，王永泰心里有数儿了，说比咱们王家寨的流动集市卖的价格便宜一些。

王永泰从大张庄乘船回到家里，小洒锦守护着铃铛老人。王永泰到了家，小洒锦就回家了。小洒锦走后，王永泰骂了一声："这鳖羔子，真不让我省心。"骂完了，就默默地做晚饭。

吃了晚饭，他腿脚累了，看电视打了盹儿，电视里头唱着评剧《花为媒》，咿咿呀呀的，也听不见了。过了一个钟头，铃铛摇响了铜铃，铃声叮当，在夜晚的小屋里回响。王永泰一激灵，从电视这边站起来，走进铃铛房间。他给老娘熬的中药碗洒了，药汁玷污了浅蓝色的枕巾。"唉，我还以为您喝了呢！"王永泰说着换枕巾。铃铛小声说："永泰，乔麦回来了没有啊？"王永泰恼着脸说："人家如今流转土地，大老板啦，哪有空回家啊？"铃铛又摇了摇铜铃。王永泰再给老母亲熬第二锅药，他将中药放在锅里，自己再也不敢睡觉，守着药锅，咕嘟咕嘟响，烟熏火燎的灶屋里，弥漫着烟气和中药味。

大黑呼呼地飞来了，还带了几只白鸽，白鸽在横梁上飞来飞去，咕咕地叫唤，像女人在说话，还带着甜美的鼻音。

王永泰给老娘喂了药，铃铛就不提乔麦了，铃铛又想起了自己年轻的时候，她毅然决然辞去村支书，专心伺候婆婆的故事在村里传为佳话。

王永泰不耐烦地说："娘，您甭说了，屋里就我一人。村里没人愿意听老辈人老掉牙的故事了。"铃铛固执地说："我要讲给乔麦听，我们老王家生儿育女，分支分叉，传到这代个个都是孝子。"王永泰就有娘身上的孝心，他也看到了乔麦的孝心。这几天家里冷冷清清，王决心没有来，乔麦也没过来，王永山和小洒锦也没有来，只有一个老人照顾着另一个更老的人。

晚风吹过，村庄送来了湿漉漉的芦草气息，还有水的味道。蛐蛐在鸣叫，高一声，低一声。王永泰知道，蛐蛐就藏在院里，层层叠叠的树叶腐烂着，也没人去收拾。王永泰拿扫帚一扫树叶，蛐蛐都蹦了，院里渐渐安静了。

王永泰喜欢老树根，有一天，他在东淀边发现一个烂树根，弯腰刨了树根。断的黑树根露在外面。他到处找人抬回家，这个时候碰到了划船买鱼回来的二巴掌。二巴掌不愿干这个脏活，调了船头就跑了。王永泰吃了晚饭，怕树根丢了，熟门熟路来到淀边，将粗大的树根泥土抖掉，扛回了家。扛树根的时候，老人出汗被风吹感冒了，鼻涕一把眼泪一把。他明显老了，过去，他洗衣做饭精力无限，灶台、窗台和桌面擦得干干净净，最近明显脏了。乔麦偶尔回来一回，帮着收拾干净。乔麦是最爱干净的人，回家一有空闲就擦抹清扫，做到一尘不染。窗台上摆着花盆，有吊兰、绣球和绿萝。花盆旁边摆着几个杯子，牙膏牙刷插在塑料杯子里，整整齐齐，阳光一照明晃晃的。他都看在眼里，王决心娶了乔麦是王家的福气。

王永泰不再因婚姻跟王决心怄气，而且对着乔麦也心存感激，王决心性子野，一般女人管不住，王决心竟然对乔麦服服帖帖。但是，自从乔麦到萍河北羊村流转土地，他的心又不安生了，又矛盾起来。他感冒之后给王决心打电话，他要跟他们夫妻好好说一说流转土地的事。

王永泰迷迷糊糊躺在床上，听见嗒嗒的皮鞋响，乔麦回来了，她说王决心过一会儿也回家来。他故意眯起眼。

乔麦进来提着一块猪肉和几根白藕说:"爹,家里有鱼吧?我买了肉做鱼肉丸子。"

王永泰没有吭声。

这时候,药锅在煤气灶上坐着,发出呜呜的低鸣,壶盖一掀一掀的,乔麦赶紧把药锅拿下来。乔麦又喊了两声爹。

王永泰吭了一声,点点头。

乔麦到了铃铛奶奶的房间,看奶奶没病,然后又到爹的房间,拿温度计给王永泰试了体温,发现在发烧。

乔麦焦急地问:"爹,感冒了,发烧,要不到诊所给您输点液?"

王永泰说:"吃药就中啊。"

乔麦坐在王永泰的身边,把药碗端了过来,让他把这碗药喝了。王永泰喝了中药,她从兜里掏出感冒药康泰克。

王永泰睁了一只眼,心头一热。

铃铛奶奶在那屋摇铃了,王永泰和乔麦赶紧到铃铛那屋去了。乔麦掰一截白藕递给铃铛,说:"奶奶,明天我给您和爹用这个藕做鱼丸。"铃铛摸摸冰凉的藕,嗫嚅说:"这藕水深在五米以上,咋挖出来的?"乔麦一愣:"奶奶你咋知道?"铃铛说:"我这鼻子能闻出来,我年轻时候也挖过深水藕。"乔麦说:"拿这藕做鱼丸子。"

铃铛叹息说:"这个二巴掌啊,他做的鱼丸子越来越差劲了。"

她爱吃乔麦做的鱼丸,吃了从心里到胃里,既舒服又温暖。

夜里,王决心才回来,没有说上两句话,倒头就睡,睡得昏天黑地。

第二天上午,乔麦分别给铃铛和王永泰熬药,伺候着喝了。乔麦开始做鱼丸子。邻居家熏艾草,烟气漫了过来,屋里弥漫着草药的苦味,还有刺鼻的艾草和烧酒味道。闻到艾草味道,王永泰就连连咳嗽。乔麦担心王永泰感冒加重,在院里的锅灶做鱼丸子。刀勺乱响,油烟滚滚。乔麦听见街道传来叽叽喳喳的说笑声,就把大门关上了。

王永泰躺在烟熏火燎的屋里,还是闻到了艾草味儿,又剧烈咳嗽起来。不一会儿,他闻到了鱼丸的香气。王决心去找孙小萍和王德了,王永泰看见乔麦端着鱼丸儿进来了，额上沁着汗珠。

王永泰担心感冒传染老娘，就分屋吃。

王决心回来了，本来是想拉上王德和孙小萍过来一起吃鱼丸子，可是他俩出差了。

乔麦让王决心给铃铛奶奶端去一碗鱼丸子。王决心端着热腾腾的鱼丸进了铃铛的房间。

王永泰捧着那碗鱼丸，手掌热乎乎的，他过去吃饭快，快嚼快咽。今天，他把一个鱼丸放进嘴里慢慢嚼着，轻轻咽着，眼里涌起了泪花。

铃铛奶奶一辈子就好这一口，王决心在她嘴里放了一个鱼丸，她慢慢嚼着，连着说两句："好香，好香。"

乔麦走进来，抿嘴一笑，说："这是鱼和猪肉做的，当然香啦。"

铃铛奶奶的嘴里没有牙，嚼不动也硬嚼，嘴角却淌出一股油来。乔麦扶着铃铛斜着身体坐稳，她吃了一点，开始给铃铛熬药。

王永泰心里乱乱的，想赶都赶不走。他让王决心到他的屋里，有话跟他说。王决心愣了愣，脸上露出了笑意。

王永泰却沉了脸，说："决心，爹有事问你。"

王决心说："爹，我已经从淀子死亡的悲伤里走出来了，希望您也别太难过了。"

王永泰说："我不是说淀子，我说乔麦。"

王决心一愣："乔麦咋啦？"

王永泰皱着眉头说："我说乔麦在萍河流转土地的事儿，你知道吗？"

王决心点点头，说："知道，千年秀林快建完了，苗木基地就撤了，她想流转土地种粮食。"

王永泰黑了脸，大声说："她这胆子真成豹子胆啦，流转那么多的土地，种粮又不挣钱，赔了咋办，我们砸锅卖铁也还不上饥荒。后悔就晚了。"

王决心嘿嘿一笑："爹，这事儿啊，开始我也想不通，还跟乔麦闹了一场，后来我想通了，我支持她，我也不跟你多解释了，说出大天十六点儿来你也不懂，将来你问问大哥就行了，现在正是搞智慧农业的好时机，智慧农业懂吗？"

王永泰黑着脸，倔倔地骂："嗨，你爹老了，没有你们有智慧，但是你爹明白人生这些理儿。老话说，慈不带兵，善不理财，乔麦太善良，她是当大老板的料吗？"

王决心说："她要干，就让她干吧，如今干事都有合伙人，天塌不下来。"

王永泰嘟囔说："人强命不强，乔麦是个好媳妇，但她有那个发大财的命吗？爹说这些道理是让你们明白，人再强也抗不过命，抗不过大市场，粮食的市场我和老顺子都调查过了，不挣钱。"

王决心愣了愣，快言快语地说："爹，一方水土长一方物，一方物养一方人。这不是农村深化改革了吗？过去拼的是胆儿，撑死胆大的饿死胆小的，如今啊不再拼胆儿了，拼的是知识、是科技，乔麦公司走的科技创新的路，有点像大哥的国盛集团。"

"吹牛！"

"我说有点像。"

嗒嗒皮鞋响，王永泰欠了欠身子，伸着脖子隔窗张望，不是乔麦，是小洒锦摇着身子进来了。

王永泰继续说："咱白洋淀土话，老不舍心，少不舍力啊，爹都土埋半截的人了，你们不爱听的话还想说。听爹的，不听老人言，吃亏在眼前。让乔麦撤回来，搞莲花园多好，守着家里又方便，在外头遭那个罪干啥？你劝劝她啊。"

王决心说："爹，我不能骗你，劝不了，开弓没有回头箭啊！"

他满不在乎爹的意见。窗台的鸟叫了。窗台欢快地喧闹起来，他为鸟的来临而欢喜，他滑稽地吹着自制的苇笛，跟小鸟们相互呼应。

王永泰已经怒不起来了，眼眶子抖了抖，两坨泪水涌出，热热地掉了下来。

第五十九章　莲花咒

雾起了，雾笼罩着芦苇和淀水。

风吹起层层波浪，王决心驾着小船穿浪前行，像在跳舞，他带着乔麦去莲花池挖藕。乔麦望着亮亮的水道发呆，苍白的脸上挂着泪痕。一个人的影子都看不见，芦苇厚厚的像绿色的围墙，那里的鸟叫得好听，鸟们撞来撞去，不时有羽毛飘落下来，蝴蝶翩翩朝他们飞来。不一会儿，乌云聚集起来，拖着恼人的、驼黄色的尾巴。雾中传来荷塘深处挖藕人的嘈杂声。

人在水里挖藕。说说笑笑。

王决心腾挪着身子，轻巧地划船，尽量将水音降到最弱。蚊虫在追着船舞动。不久，他听见轻微的抽泣声。

他问乔麦："你怎么又哭了？"

乔麦含泪笑了："我没哭，你的转变让我高兴。"

王决心说："对不起，我脾气不好，把你的规划书撕了，我不是怕你赔钱嘛！"

乔麦心里热乎乎的，欣慰地望着他："你遇事知道反思了，这就是你的进步啊！"

王决心不好接茬了，夫妻俩如果客气起来，是不正常的，夫妻就应该打情骂俏。

王决心跳到水里挖藕，乔麦也要下，王决心拦住她，挖出莲花根的泥巴，抹在乔麦的脸上。乔麦笑了，大声骂："你这嘎子！"

乔麦抓水洗脸，白嫩的双腿放在水中摇着，淀水并不是想象的那么凉，漫过膝盖，甚至还有一丝暖意。

"水不凉，我也下去挖藕吧。"乔麦说。

王决心不让乔麦动，挖藕很累人的。王决心让她在船上收藕。一根根的莲藕甩到船头。乔麦将藕洗干净，像一根根的白萝卜，她将其捆起来，堆在船头，船一摇摆，白藕就流动起来。

雾散了，头顶的天际上，抛出万道金光。

王决心他们带着藕去容光县找姑父伍宝库。

伍宝库最爱吃藕，他们来到伍宝库的家，伍宝库在阳光下晾晒粮种，大豆、玉米、小麦、高粱摆得整整齐齐。他们将大捆的新藕递给伍宝库，伍宝库高兴地摸了摸，嘿嘿地笑了。

他赶紧给王决心和乔麦沏了一壶大麦茶。

伍宝库听说了乔麦的来意，大为惊讶："乔麦，你好有眼力，我终于等到了这一天！原来我鼓动杜梅转型，搞种子研发，结果她不干。"

王永丽正好进屋，沉着脸说："没听你的就对啦，种粮赔钱，你玩玩儿就得了，死了这个心吧！"

乔麦苦笑了，抬起头望着姑姑："姑，不能这么说姑父，他是有情怀的人，我和决心这次来就是想请姑父出山搞种子。"

王永丽嘟囔说："啥情怀啊？为这点破种子，我们俩吵了一辈子啦！"

伍宝库一愣："你博野的树苗业务，不干了吗？"

王决心说："千年秀林两年就都建成了，她喜欢粮食，她爹在张家口就是种粮的。"

伍宝库眯起眼睛，沉思说："有意思，新区将来是创新城市，你们想种粮，有意思。"

王决心更正说："不是我们，我就当工人了，乔麦想弄种子。"

乔麦满怀希望地望着伍宝库，说："姑父，我不是一般种粮，智慧农业，我搞的是现代育种，属于科技创新，跟那些高科技是一模一样的，增加产量，保证质量。"

"好，有志气，希望你给国家种子库贡献新粮种啊！"

王决心眨眨眼睛，说："姑父，你看她行吗？开始我是反对的，我和王德都希望乔麦回王家寨湿地搞万亩莲花园。"

伍宝库眼睛亮了，说："行，决心哪，你得支持乔麦，咱们一家人不说虚话，种子就是农业的芯片哪！种子创新也是热门，但是投入大、见效慢，不能像树苗一样挣钱快，一定要有长远眼光。"

乔麦喝了一杯大麦茶，说："姑父，王家寨不种地，对粮食很陌生，你好好跟决心讲一讲，他就不会跟我顶牛了！"

伍宝库笑道："好，别走了，中午咱们吃西芹藕片儿，我们爷儿俩边喝边聊。"

王永丽又过来了："乔麦，刚才我听说，你想投资搞种子？你可想好了啊！"

乔麦说："是的姑姑，我爹我哥就喜欢种子，我爹还在种田，我哥为大豆种子的官司搭上了命，我先入手，不懂的地方再向姑父请教。前些天，我帮北羊村老百姓卖芽麦，认识了燕山农大的勾教授，他就是研究种子的。"

王永丽撇着嘴，侧面看特别像铃铛奶奶。她担忧地说："乔麦，王家寨又没有地，干粮食就回不去家了，你是决心的媳妇，不能总不回家啊？"

乔麦说："整个白洋淀新区，都是咱的家。"

伍宝库继续他的话题说："我们这么大国家，种子整不好，那是不行的。外国粮商老是在大豆上卡我们的脖子，他们垄断了大豆的种子，控制着价格，只要我们中国人长自己的志气，研究自己的大豆种子，比他的好，比他的产量高，钱就牛了！"

说到大豆，乔麦眼睛就亮。

伍宝库说："外国大豆价格能下来，主要是机械化作业，成本低。当年我们东北种大豆的老百姓都扛不住了，纷纷转种别的。"

乔麦说："听我爹也说过，外国人坑我们，听了非常气愤。"王决心问伍宝库："大豆为什么那么重要？你这里有多少大豆种子？"

伍宝库说："食用油离不开大豆。人们做饭，基本吃豆油，用花生油和猪油很少。"

王决心开始附和，渐渐听进去了："大豆，生活中这么金贵呀？"

伍宝库走到柜子跟前，将收藏的大豆种子翻出来一小兜，粒粒金黄，心里极不平衡地说："我们国家人口多，用油多，榨油企业也多，榨油企业要买便宜大豆。咱们国内大豆减产，我们自己种得少了，依赖外国的进口大豆，人家就会涨价，有一年从两千多一吨涨到了四千多一吨，老外挣了大钱，结果油价一涨，我们的老百姓吃亏。这些价格都控制在外国粮商的手里，他们放烟幕弹，说今年受气候影响，大豆产量低，其实产量一点都不低，他们骗了我们，我们老百姓的大豆就砸手里了，赔了钱，结果第二年不能种了，外国大豆猛进口，我们就恶性循环了，没有积极性啦。我们想提高产量，就得买他的种子，每年都要买。"

乔麦恨恨地说："外国资本家太坏了。"

王决心问伍宝库："姑父，我们去东北找找好的大豆种子？"

伍宝库想了想，说："不用到东北，咱们容光县是大豆主产区，我们的老种子不比东北的差。"他说着，捏一粒大豆放进嘴里嚼着，咂咂嘴巴。

乔麦站立起来，好奇地问："您是说就在咱县里找大豆种子？"

伍宝库兴致勃勃，像办展览会一样，不怕麻烦地解释说："专业人干专业事儿，你要聘请专家研究，你只是管理好人才。有时候吧，读书是一把双刃剑，读书使人智慧，看问题深化，但是容易复杂化，不好接受新事物。别看乔麦文化不高，特别能够接受新事物，咱家里人无人能比。"

乔麦脸红了："谢谢姑父夸奖，我铁定要干大豆、玉米种业了。"

伍宝库皱着眉头，缓缓转身，想了一会儿，说："听说农业创新企业，新区有二百万的补贴政策。新区德县的望马浒村我老姑，她手里有大豆，而且是咱们传统的老种子。"

乔麦摇着伍宝库的胳膊，撒娇地喊："姑父，我们找老姑奶奶去。"

第二天上午，伍宝库调了服装厂的汽车去了德县望马浒村。

这村庄是德县大平原的一个普通村庄。村口有一个石碑，写着"望马泮村"。果然，老姑奶奶还健在。普通的农家院，前院后院都挺大。王德看得出来，这家人祖祖辈辈勤俭持家。老姑奶奶头发花白，身板硬朗，都八十多岁了，说话弦儿还高，容光县的口音。

伍宝库喝了一口茶，瞅着乔麦说："老姑啊，这是乔麦，侄子媳妇，这位是侄子王决心。"

王决心带来了两条鲤鱼，送给老姑奶奶。老姑奶奶爱吃炖杂鱼。

伍宝库对老姑奶奶毕恭毕敬，看着老人一张菊花脸，想着当年飒爽英姿的铁姑娘，根治海河，大清河出义务工，老姑奶奶爱上了突击队长李双根，嫁到了德县。老姑奶奶最懂爱情，活得有情有义，可老姑爷爷，却没能陪她走完一生，八年前就死了。

老姑奶奶说："我老了，谁先走谁享福。"老人指着挂在墙上镜子里的照片说："虎头，你老姑爷爷，年轻时挺精神的吧？"

照片上老姑爷爷李双根站在大清河畔，戴着大红花，威风凛凛的样子。王决心讨好地说："姑奶奶，姑爷爷当年真英武！"

老姑奶奶愣了一阵，问伍宝库："宝库，永丽好吧？你带着决心和乔麦到德县，有啥事啊？"

伍宝库说："当年您和姑爷爷结婚，不是带来了大豆种子吗？这种子还有吗？"

"想起来了，大豆种子还是你爹给我的。"

伍宝库说："受我爹影响，我也收藏种子，就是大豆种子失传啦！"

老姑奶奶沉默了一阵，抬手指了指院里的树："你瞅啊，除了种子，还有两棵树。那一棵是柿子树，另一棵是皂角树。"

乔麦心怦怦乱跳，她给伍宝库递着眼色。

伍宝库嘻嘻地笑："老姑啊，您耳朵不好使了。我问种子，您说树。大豆种子还有吗？"

老姑奶奶点点头，眼圈就红了，掉了几滴眼泪。

"种子在哪放着？"

老姑奶奶指了指长条冰柜。

伍宝库笑了："这就对喽，种子得放在零下十五度的地方，湿度也有要求。"

乔麦胸有成竹了，心中记下了。

老姑爷爷李双根种下了一院子的大豆、玉米。种了一年又一年。有乡亲要种子，老姑爷爷知道大豆的价值，只给小麦、玉米，不给大豆种子。每年麦子一收，他在自家责任田里种大豆。他感觉经营大豆，就是经营爱情、经营幸福，再后来，村里推广高产的转基因种子，买外国公司的种子，还要买这个公司的农达草甘膦除草剂。李双根不答应，躲在家里生闷气。老姑奶奶对儿孙发话了："田野里责任田里的庄稼种外国种子，我的承包田我做主，种自家的大豆！哪怕少，也要种一点。"李双根就眉开眼笑了。李双根在责任田用了美国的种子，但是，他听说外国的除草剂有污染，就自己用锄头锄草。两年前，老姑爷爷患脑溢血死了。

本来，老姑奶奶想把种子让老姑爷爷带走。可是，眼下埋人都使用骨灰盒了，骨头都塞满了，哪里盛得下种子？就珍藏起来，算是对老姑爷爷的纪念。

老姑奶奶望了伍宝库一眼，又抹了抹眼睛。

老姑奶奶提出一个条件，还有半个月，就是老姑奶奶的八十八大寿。大寿的时候，请来德县的杨三笙古乐队，也算对老姑爷爷的安魂，过了大寿，再来取种子。

乔麦和王决心犹豫了一下，点点头。

王决心、乔麦、王德和伍宝库一起来的。李大成两口子陪伴老人等候。见客人们来了，乔麦过去搀着老姑奶奶在床沿坐好。王决心带来了几条白洋淀鲤鱼，到了老姑奶奶家，鱼还是欢蹦乱跳。乔麦还抱着一束荷花送给了老姑奶奶。

王决心先用鱼逗老人开心，两条大鱼在炕上打挺，王决心说："姑奶奶，您看这叫鸿运当头，连年有鱼！"围了一屋子的人看热闹，老姑奶奶菊花般的脸，绽开了，她被逗笑了，笑得前仰后合。

王德担心老姑奶奶笑岔气，让顾凤娇给老姑奶奶捶肩。王决心说："姑奶奶，我奶奶铃铛爱听西河大鼓，听说您也爱听？"老姑奶奶说："爱听，爱听。"王决心俯身说："您爱听哪一出，我们新水县西河大鼓传人乔麦来了，专门给您唱大鼓！"老姑奶奶眨了眨眼睛，她轻轻摇头，说不出哪个名字。王决心摇了摇手，乔麦拿着月牙板走来了，王决心娴熟地拿起大三弦伴奏。乔麦走的是猫步，一软一软的猫步。老姑奶奶眼睛好，望着乔麦嘻嘻一笑："这闺女真俊，跟画里的人似的。"乔麦款款走到鼓前停下，来了一个亮相，手势、站姿、眼神，潇洒地道。乔麦扬着白藕手腕，月牙板打起来叮当山响，唱了一段《荷花孝》：

> 风吹大淀万物生，
> 烟波相宜翠雅容。
> 荷花朵朵百鸟鸣，
> 村头是处碧波环，
> 春水护芳如荠青。
> 会心不远居然远，
> 我送老爹回家行。
> ……

人们发出一阵赞声，还有掌声。

唱河西大鼓的乔麦唱得起劲，听得老姑奶奶如醉如痴。老姑奶奶喜欢《荷花孝》和《关公击刀》，笑成了菊花。

第二天早上，阳光灿烂，风特别柔顺，笑声和歌声隐隐传来。

老姑奶奶面色严肃，看不出是怨是怒。老姑奶奶对儿子李大成说："大成，我把大豆种子给亲戚们吧，种子是从容光县老家带来的，该回家啦！"

老姑奶奶发了话，还是有权威的。

李大成两口子答应着。王决心听说李大成刚刚当了村支书，原来的孙延赤支书被选下去了。

答应归答应，这是老姑奶奶八十八岁大寿，王决心知道一些德县农村的风俗，请了杨三笙的音乐队给庆贺一番。

大寿庆典开始了，飘逸的音乐响起了。所有人的目光都集中到院里的音乐棚。王决心看见顾凤娇按照老姑奶奶的思路，摆好了一盘一盘的苹果、核桃、大枣、糕点和香烟。香炉上点燃了香火。

老姑奶奶喊："有没有《莲花咒》啊？"

杨三笙摇头说："决心，我没有这个曲谱，还是再找找《莲花咒》，让老人家满意。"

王决心点点头："别说粮种了，就是没有种子的事情，孝敬姑奶奶也是应该的。"

李大成催促说："决心的话我爱听，你们抓紧找《莲花咒》，我回家深入做我娘的思想工作，明天做大寿就演奏起来，多棒！"

杨三笙说话东一榔头西一棒的，但是，他的笙吹得好，有绝活。杨三笙说："我小时候，听师傅说过，没有见过，更没有演奏过，这可是一首益寿延年的大曲。"

伍宝库静静地听着，不说话。

王决心说："姑父，您看呢？"

伍宝库还是不吭声，眯着眼听。

王德眨了眨眼睛，将王决心拽到了一边，说："决心，杨三笙是不是老糊涂了，老是给我们出难题。他是咱大哥的养父，我们这边的亲戚，本来应该向我们啊。他自己肯定有私心，他是想巧使我们找到他想要的《莲花咒》。咱不管！"

王决心瞪着王德说："二哥，你说话小声点，没有胸怀，不看僧面看佛面。他是大哥的救命恩人。即便老人有点私心也可以理解。"

伍宝库喊："决心，王德，你俩嘀咕啥呢？过来谈正事儿。"

王决心拽着王德回到杨三笙的身边，问："表叔，如果演奏了《莲花咒》，老人糊涂了，再变卦了呢？"

李大成瞪圆了眼睛，伸着脑袋说："不会的。"

乔麦像抓住了救命稻草："那就找一找这《莲花咒》，曲目拿来，你们马上就能够演奏吗？"

杨三笙说："都是老乐手了，排练一个钟头就成，保证没问题。"

杨三笙领了音乐队的工钱，佝偻着腰走了。

杨三笙一走，乔麦望了伍宝库一眼，压低了声音说："姑父，《莲花咒》一定要找到，但是，我们想先看看豆种呢。"

伍宝库过去跟老姑奶奶嘀咕几句，转过身来说："现在人家不给看。"

王决心心中一阵纠结，这《莲花咒》去找还是不去找呢？即便去找能够找到吗？

乔麦说："决心，我就不信这个邪了，再努力一把。真正喜欢的人和事儿，都值得去坚持。姑父要是不坚持，能有这么多的种子吗？"

王德陷入泥沼不能自拔："愁死人了，这么麻烦，这个大曲《莲花咒》去哪儿找啊？"

王决心说："二哥，你又说丧气话吧？我在大乐书院看了雨果的书，雨果弥留之际给人间留下一句惊心动魄的话，他说了，人生便是白昼与黑夜的斗争。开弓没有回头箭，我们要在斗争中求胜利，我们这是黎明之前的黑暗！"

王德感叹地望着王决心那张坚毅的脸。他想，三弟王决心凭啥比自己厉害，还是他爱读书，在关键时刻竟能找到精神动力。听说决心在千年秀林干得很好，还认了一个央企的干部鲁大林当师傅。思维模式决定结果，王决心的思维里就是有决心，态度决定脑袋，看来铃铛奶奶给他起这个名是对的。

王决心心里是明亮的，说："二哥，你和姑父在德县等我，我和乔麦去问一下杨牧仁。"

伍宝库说："杨牧仁院长可能知道，他经常研究乐谱。"

王决心和乔麦回到了王家寨的大乐书院，杨牧仁听他说到《莲花咒》，他说这东西只能到保定莲池书院去找。保定莲池书院有一套镇院之宝《善本图录》，明万历十六年刻本，那里有大曲《莲花咒》，能不能拿出来，就看王决心的造化了。

王决心和乔麦决定去一趟保定莲池书院。乔麦的师傅聂大娥是河西大鼓传人，大娥认识保定市曲艺家协会主席马广乐。乔麦马上给大娥打了电话。

马广乐主席带他们到了保定的莲池书院。

书院门前新开了一些书店、纸店、字画店、古玩玉器店。铺面不大，显得古色古香。乔麦换了一件浅灰色的风衣，胸前挂着深绿的翡翠佛像。她一点也不像是鼓捣树苗的人。她喜欢翡翠玉石之类的东西。等人的空当，王决心陪同乔麦到古玩店看了看。

书院里有一些零零散散的游人。

王决心等人见到了莲池书院的迟宗瑞院长，刚见面没有直接说明来意。迟宗瑞带马广乐、王决心、乔麦参观古莲花池。

莲池书院楼台参差错落，玉石堆岸，杨柳垂丝。树木繁茂，杨树、柳树、槐树生发出清香嫩绿的树叶，玉兰树上的花蕾落了，叶片辉煌。麻雀、金丝燕不落在树杈上，而是沿着墙头嗡嗡地飞。往深里走，王决心他们看见两处院落呈凹字形，中央环抱着一片荷花池塘，这里有太湖石、江南细竹、紫色的荷花，如果在夜里，红灯笼会亮一片，灯火阑珊的气氛。

秋凉了，莲花池里莲花花瓣已经脱落，水面浮着枯黄的残荷，在深秋里别有一番风味。在荷叶上蹦跳的鸟，被他们的声音惊散。书院记录着不同年代的文化风景。王决心从没有到过这里，感觉哪都新鲜，乔麦心领神会，跟马主席商量《莲花咒》的事。

来到迟院长的办公室，迟院长沉吟片刻，说："莲池书院，过去叫直隶书院，后来因莲池而得名。固然《莲花咒》在莲池书院收藏，那是自然的事情。我们这里还有《铺潭咒》。其实，我们院收藏的古籍，法帖居多，有六家八种，直隶总督那彦成请人勒石而成。比如颜真卿的《千福碑》、怀素的《自叙帖》等。古音乐曲谱曲本收藏并不多。德县古乐曲谱与唐宋诗词和元明戏曲曲牌有关联，细细想来，它是中国古代音乐的'活化石'啊！"

马广乐喝了一口茶，慢条斯理地说："迟兄所言精妙。研究古乐虽说是音协的事，但是，在德县亚古城村，我还是参加了专家论证。亚古城村把德县古乐传承得最好。人们的生活都与古乐融为一体，实在是难得啊！"

王决心插嘴说："杨三笙就是亚古城村人。"

马主席语气舒缓地说："我在会上见过杨老先生。这个村庄历史上有过音乐胜景。土地肥沃，有音乐的滋润，人丁兴旺。遗憾的是老艺人大多去世了，曲谱和曲本大多消失了，杨三笙老人有眼光，他凭借老艺人口述，记录了八十多首古乐。《五圣佛》《落道歌》《泣颜回》《小烈马》等等已经被国家列为第二批非物质文化遗产了。决心他们找的《莲花咒》，杨三笙他们可能没有。"

乔麦莞尔一笑："是啊，给您添麻烦了，还请迟院长多多关照啊。"

迟宗瑞院长倒了茶，喝了一小口，叹息了一声，说："我虽然不是很懂，但对德县古乐有一些了解，这是古人智慧的结晶，那是一个引人羡慕、诱人探究的谜啊。可是，直接借阅或是复印都不可能了。上级有规定，我要是违规是要挨处罚的！"

王决心打了个冷战，后背凉凉的，传达到脚跟。

马主席一愣："迟兄，您不会连这点面子都不给我吧？复印也不行吗？我们交点费用，难道也不可以吗？"

迟院长一脸严肃，不说话。他的脸很长，法令纹很深。

大家放下茶杯，陷入尴尬的沉默。

迟院长想了想，还是摇头说："说句实话，马老弟来了，应该鼎力相助。现在真的不行了。以前还能通融，如今规定严格啊，违规必纠。可是，马主席是老朋友，我可以秘密开一个通道，你们进去看一看。"

马主席说："看？决心，杨三笙过来看一遍能够记住吗？"

王决心掏出手机，说："我打电话问问啊！"说着，就出去打电话去了。

乔麦自知自己记忆超强。她站立起来，又坐下了，她担心不懂这里的符号。

马主席和迟宗瑞院长的话题转到了保定的"一亩泉"。马主席说："迟兄，我这次来，还想从莲池书院查查一亩泉，曲协要做节目宣传宣传。"迟院长笑道："好事啊，关于一亩泉的资料可以复印。我们大保定，几乎忘记了一亩泉啊。我们一亩泉的资料很多，一亩泉，又称西塘泊。鸡水环清的源头，保定八景之一啊。一亩泉发源于易水岭之渝河，地下伏流而来。当年到处泉水喷射，溪流回潺。当年康熙、乾隆皇帝多次来游。皇帝和名人为一亩泉赋诗，其中我比较喜欢元代刘因赋《一亩泉》诗：此日西塘路，乘闲作胜游。深深柳成巷，脉脉稻分沟。白石长含雨，黄花不受秋。移居新有意，试就野人谋。"

王决心一点也不懂，但装出感兴趣的样子，洗耳恭听。

马主席轻轻鼓掌，说："好诗，好诗啊。"

迟院长说："古人关于一亩泉的好诗很多，我也写了两首。不敢拿出来献丑，马主席带乔麦女士来，是不是想把一亩泉编成西河大鼓啊？"

乔麦好奇地说："我在王家寨听说过一亩泉，但是，一点不知，刚刚听迟院长介绍，一亩泉原来历史这么悠久啊？"马主席微笑着说："当然。没有保定，就有一亩泉啊。"

乔麦微笑着点头。

饭桌上，乔麦唱了一段西河大鼓《杨家将》片段。

迟院长喝了一杯酒，兴致很浓地说："乔麦唱得好啊，这是木板大鼓创始人马三峰的传统剧目。西河大鼓来自木板大鼓，马三峰高阳人，在白洋淀端村唱大鼓。"

马主席敬酒说："莲池书院是我们保定文化的灵魂。我只是曲艺这一块了解得多一些。木板大鼓，也叫大鼓书、梅花调和弦子鼓。"

迟院长问："是啊，到底是什么年代，定名为西河大鼓的？"

乔麦插话说："迟院长，民国二十年，在天津正式更名为西河大鼓。"

乔麦看了一下马主席："老师，学生说得对吗？"

王决心悄悄跟乔麦商量，让乔麦来速记。

乔麦没有喝酒，说话也非常得体，王决心满意地点着头，给乔麦杯里倒饮料。

第二天醒来，王决心脸上有了喜悦，似乎也有怨气，喜的是给乔麦的事办成了。

乔麦确实有过目不忘的本事，她在家休整一天，等待莲池书院那惊心的瞬间。她梦里好像梦见《莲花咒》了。乔麦过去的世界非常小，那是一个家庭作坊的世界，小院里，只有鸭子和孩子。如今她走出了王家寨，事业的版图越来越大。其实，她知道自己的平静已经打破了。

上午，王决心和乔麦来到莲池书院。

迟院长还是谨小慎微。迟院长用探究的眼神盯着乔麦："乔麦女士，机会就这一次。希望你成功。"

王决心退了一步，说："乔麦，就看你的了。"

书院阅览室和书院馆藏室挨着，阅览室可以随便阅览，但是，馆藏室就非常严格，一般不允许进入。王决心只能在外等候。迟院长只能带乔麦一人进去，乔麦跟王决心挥了挥手，跟着迟院长走了一段石板路，破碎的石板浮着厚厚的青苔，头顶碰着一片绿色的藤萝，仿佛走进一个幽静怡人的圣地。

乔麦换了拖鞋，跟着迟院长进去了。

里面有一位女孩值班。此刻由女孩和迟院长共同见证。迟院长戴上白手套，拿出《善本图录》缓缓打开，翻过了《铺潭咒》，很快就到了《莲花咒》。乔麦不懂，但是，还是看得耳热心跳。暗黄的书卷一页页掀开，到了最后，图谱里有淡淡的莲花，莲花图案托着乐谱，密密的符号像一个个黑色的蝌蚪。

迟院长说："乔麦，这个就是。"

他递给乔麦一张纸和一支笔。乔麦的眼睛点亮了。她拿笔照猫画虎地画着，练一下符号的走笔。

乔麦有些紧张，仰脸看鸟儿飘上去，融化在天空。

她双手瑟瑟地抖了，眯眼望了望《莲花咒》，密密麻麻的字符，像黑夜里漫天的星星。乔麦难受地咽了口唾沫，忘记了劳累和忧愁，忽然有一种被融化的感觉。字符像一棵棵的树，也像一粒粒的种子，不管是悲是喜，她总算在这个世界拼了一场。有了这样的认识，她就更加珍重生活，生活也会给她注入一种强大的内在力量。她快速用笔画了画符号。也就一分钟的时间，她放下笔，就将《莲花咒》的曲谱看了两遍。大概就是二十分钟，乔麦跟着迟院长走出来了。

王决心和迟院长带乔麦到了莲池书院对面的莲池茶楼。

乔麦没有喝茶，靠着沙发，闭上眼睛，静心待了一阵。阳光映照进来，一只蝴蝶绕着她飞舞，她的脸映在光圈里，洁白、清丽而脱俗。她长长嘘了一口气，开始埋头在纸上写起音符来。她竟然写得很流畅，如有神助。

乔麦身上有难解的谜团，让人不敢不敬畏。王决心大气不敢出，望着乔麦脑门放光，所有的声音都逃了，只有好听的沙沙声，仿佛从她心中流出。

迟院长看了看，说她已经成功了。

早晨五点钟，天还没亮，杨三笙就拿到了古乐曲谱《莲花咒》，他激动得哆嗦起来："老天爷啊，我终于找到你了。"他召集了人马，带人赶到了望马浒村的老姑奶奶家。古音乐《莲花咒》奏响之前，院里挤满了观看的人，房间寂静无声，只有风摇晃树和黄草。古乐奏响了，人们烦躁的心即刻安静下来，心情一稳，连上火的眼睛都清凉多了。

王决心觉得这音乐有些特别，细品有婉约的味道，心中不免有些疑惑。

老姑奶奶闭眼倾听，似乎被这音乐融化了。

杨三笙的团队首次演出《莲花咒》，乐手们都很兴奋。演奏了一阵，杨三笙脸上泛着红光，他忽然感觉有黑影立在身边。杨三笙扭脸瞅，黑影不是鬼魂，是王决心站立在他身边。

渐渐地，王决心心中的凄惶消失了，他觉得《莲花咒》音乐好听，飘进灵魂里的音乐，像白洋淀的淙淙流水声，看不见水，眼前却有莲花摇曳，即便不用演奏，用嘴哼唱就是一首安魂大曲了。

乔麦看看王决心的脸，又转头看看杨三笙的脸，知道自己没有入境。

杨三笙吹笙的时候摇头晃脑，老姑奶奶却是一副陶醉的模样。老姑奶奶高兴，李大成就跟着高兴，他心想，《莲花咒》有那么神奇吗？

王决心放松地走出了院子，到了村口，面对平原站着，意识水一样流动。他屏住呼吸，向茫茫原野望去。

太阳出来了，稀薄而温暖。一只鸟飞过头顶。他望着那一片宽广、收过秋的平原，有些低矮的土坡和河岸形成波浪状的斜坡，朝着平原伸展开去。秋草的香气是起伏的，一波一波地涌来。杨三笙的音乐队又吹奏了一阵，乐声跟风声融为一体。

乔麦给他们结账，说给一半的钱，因为你们还得了《莲花咒》呢。

杨三笙带着人马一撤，院里立马清静了。

种子终于拿出来了，金黄金黄的。李大成捧着瓷罐，让老娘睁眼看一看粮食，老姑奶奶吸溜一下鼻子，死死闭着眼睛，不忍看，她不知是该痛苦还是该欢呼。老人忍住泪水，泪水还是模糊了她的视线：

"老头子，别怪罪我们，没多少时日，我就跟你做伴去了。"

老姑奶奶将种子递给乔麦，乔麦双手颤抖，觉得那是沉甸甸的黄金。

院里的风像死了一样，停止了喘息。空气突然间停滞了。王决心等待着风，但是一丝风也没来。

种子实验开始了。

乔麦把种子送到了燕山农大的勾教授那里。实验室里摆着几个玻璃器皿，里面泡着种子呢，两个碗是玉米，两个碗是谷子，两个碗是大豆，红瓶子里是中国老种子，蓝瓶子里是外国种子。

勾教授介绍说："我们的老种子是暗黄色的，谷粒不那么规整，外国种子的谷种是浅黄色，米粒圆润、规整，就像一个模子刻的。再看大豆，老种子大豆有点扁，是浅褐色；而外国种子大豆滴溜滚圆，是黄褐色的。老种子大豆水泡三天就发芽了，外国种子大豆却没发芽。"

王决心听着，觉得挺神奇。他疑惑的是种子怎么挣钱的？

过了半个月，实验室的大豆钻出了绿芽儿。

第六十章　拆迁

王决心收到伍宝库的信息，说望马浒村的老姑奶奶去世了。乔麦听说，鼻子一酸，流下眼泪。好在老姑奶奶听到了她最爱听的《莲花咒》。乔麦在燕山农大实验室孵化粮种，她赶不过来，让王决心替她为老姑奶奶送葬。

才两个月的时间，望马浒村就变了，传言成为现实。以后要修高铁，全村整体搬迁。跟随他们搬迁的还有附近三个村庄。

王决心看见村里挂满了标语：

> 拆旧家建新家，幸福千万家。
> 一把尺子量到底，四统四分管到底。
> 我们为新区建设添砖加瓦。
> ……

天空滚着雷声。举行葬礼时，最要紧的往往是天气。好人的葬礼，雨水不断，那是老天为逝者伤心落泪，说明老姑奶奶顺了天道。李大成又请来了杨三笙的古乐队，轮番吹奏着《莲花咒》。河水渐渐变蓝，蓝得让人伤心——

临终，老姑奶奶在搬迁的问题上表态，让人敬佩她的深明大义。

王决心抬头瞅，闪电许久没出现了，咔嚓一闪，照亮了村路。闪电过后下了暴雨，河水灌得满满的，流向白洋淀。河水爬上浅滩，清清地流，远远地，一弯，又一弯，小鱼在水里欢快地蹿着。

王决心又给老姑奶奶的遗像磕了头，马上要回千年秀林工地。

村书记李大成却想挽留王决心，他说："决心，咱从你姑父那儿说，也算亲戚了，有个事儿，你得帮帮我。"

王决心一愣："啥事儿？"

"我们这里建白洋淀高铁站，亚洲最大的，好几个村庄拆迁，我们村里搬迁的事，遇到麻烦了。"李大成哭丧着脸说。

王决心遵命说："那好吧，需要我做啥？"

李大成让他听听自己的难处。望马浒村附近几个村庄搬迁，将来集体入住雄东片区安置楼。新区管委会和县委都给他们开了动员会，分来了驻村工作组，挨家挨户做工作，但是村里暗流涌动，他被推到了风口浪尖。

冰冻三尺非一日之寒，老支书孙延赤和他爹孙麻子是村里两代支书，后来党员群众拥护李大成，他接了孙延赤的班。孙家人不服气，鼓捣李大成下台。李大成也听说过孙家的一些往事。

孙麻子一向霸道，他有两个儿子，大儿子孙延鹤，二儿子孙延赤。他已经去世多年，村里照样辅助他二儿子孙延赤当了支书。而且孙延赤的儿子孙大胆不好惹，他有自己的公司，养着一拨弟兄，疯狂敛财，村里许多人都怕他。

这天上午，孙大胆发动拆迁村民把李大成的家包围了，围了个水泄不通。孙大胆虎背熊腰，肚子挺挺的。孙延赤不露头，远远地望着。

李大成家属于最后拆迁的，他家门口四周全是人，吵吵嚷嚷，乱乱哄哄。

李大成的叔叔李志君早就想到会有这个结果。孙延赤当支书的时候，与王家寨的姚云搞了个农业园，明面上给了合理的经济补偿，可是，这活钱总是见不着，村民能依吗？望马浒村都没了，姚云的投入怎么算？

孙延赤把责任推到李大成身上，李大成只好把拆迁的活给了姚云、腰里硬的公司，用和稀泥的办法安抚姚云和腰里硬。村里还有人对搬迁补偿不满意，在孙延赤的鼓动之下，早晚得找他的茬儿。

李志君担心侄子李大成的安危，急三火四地赶过来。他倔强地昂着头，颧骨下面的肌肉在颤抖："坏人啊，我老嫂子刚走，他们就来这套。"

院门关得死死的。这时，李大成的老婆雪梅戴着孝就回来了。雪梅刚刚发送了婆婆，因为家里留宿外人，她就住到了娘家。

看到门口的几个人，雪梅的脸色难看，火烧火燎地喊："都走，都走！搬迁是国家的事，有事都到村委会说去，堵我们家门口干啥？"

有个人说："村委会都拆平了。"

雪梅是有些胆量的，指着墙上张贴的公告说："有啥疑问看看公告，这不都写得明明白白的嘛！"她的嗓门比男人还洪亮。

"雪梅啊，快劝劝你老公吧，国家有经济实力，跟上边说说涨点儿钱吧。"有个穿工作服的村民说。

雪梅高声说："我进去先问问他咋回事！"她走到院门口，使劲地拍打门板。

晨光将院子染得通红，风吹动树枝筛下阳光来，刺槐树叶落了一地。

王决心走过来开门，一股霉凉的泥土味道扑面而来。雪梅走进来，急切地问："大成呢？"

王决心指了指里屋，没说话。

李大成规规矩矩地跪在娘遗像前，声音有些颤抖地说："娘啊，您刚走，儿子就遇上麻烦了。几个老百姓受了孙延赤的挑唆，堵家门口了，您说我该咋办？"

老姑奶奶的照片慈祥地微笑。

雪梅坐在椅子上，望着老人遗像浮想联翩。她猛然想到，老娘活着的时候，没有人敢堵家门。

王决心将李大成搀扶起来，安慰说："老人走了，就让老人一路走好吧，灵魂安息，不能让老人再操你的心了。当支书的还能迷信？还能咋办，补偿款是有标准的，不能更改。他们几个上了孙延赤的当，咱们得想办法解决。"

李大成不好意思地说："好吧，让娘安息吧。"他拿出了安置文件，带着哭腔说："没有这么简单，孙延赤干事总是好大喜功，不管干啥都是高八度，他儿子胡作非为，村里就差拿他当爹供着了。"这时他的手机响了。

几个人都看着他，呆呆地站着。

李大成挂了电话，说："镇党委书记的电话，县委许亮书记陪同新区领导来村里考察拆迁。他们还不知道这里的事。"

王决心说："应该提前向领导汇报，让他们有心理准备。是脓包总会烂的，躲也躲不掉。危机里藏着机会，如果你自己没私心，领导来现场办公，问题就迎刃而解了。"

李志君耐心地恳求说："大成，决心说得对。"

王决心沉思了一阵，说："我先出去看看情况，摸摸底细。"说着，大步流星地走了出去。

李大成很快跟了出来。

孙大胆嚷嚷道："李大成，你说咋办吧？"

李大成没有理睬，他看着几个人的脸。在他的目光注视下，他们都有些怯怯的。

李老忠壮了壮胆子："给我们补偿！我们要合理的补偿！"

几个人的脸上说不清是啥表情，孙延赤从后面钻出来，指着李大成的鼻子，转身说道："乡亲们，不要听他蛊惑，反正咱们村也要没了，你们怕他啥？"

现场静静的，没有人敢反驳孙延赤。

李大成冷笑几声，说："孙延赤，你终于站出来了。别咋呼了，咱们村的老少爷们儿眼睛是雪亮的，他们最通情达理，他们知道这是国家大事，将来的生活会更好的。国家补贴比北京是少一点儿，但咱们地区都是一样的，是统一的标准。京津冀一体化，以后住房、医疗、教育都有很多实惠。大家不要逼我了，逼也没用，一把尺子量到底，我再说一遍，三县都是一个标准。我们要以大局为重，建设白洋淀新区每个人都有责任，难道还没看明白吗？"

孙延赤把嘴一撇，愤愤地说："老子过的桥比你走的路都多，你少在这损我，你也少给大伙戴高帽！"

李大成义正词严地说："现在拆的是签约的家庭，没有签约的没有动。孙延赤，你不是支书了，还让别人供着你啊？我可是警告你，别煽风点火，过一会儿镇里、县里、新区领导都到现场，谁要干扰公务必受处罚！"

王决心听着，想着从哪儿插嘴。

孙延赤颇为不解地说："咋呼啥，你不懂白洋淀，更不能领悟大伙的心意。你这点水平，没有能力解决拆迁的难题。"

李大成说："你还想夺权呗！"

有人愣了愣，转身要走。

孙延赤见状，急得大喊："大伙别怕，都别走啊，别走啊！"

风刮得一阵紧似一阵，呼呼山响，人被刮得打着趔趄。这时孙大胆悄悄凑了过来，跟李老忠咬了咬耳朵，李老忠频频点头，脸色一阵青一阵白，他悄悄走了。

李志君担忧地说："李老忠今天不对劲儿……"

王决心说："大成，领导到来之前，必须解决这个隐患。我们找他去！"

三人赶到李老忠家门前，李大成喊了半天，院里有响动，但没人开门。人们叽叽咕咕商量不定。李大成对王决心说："老忠叔可能被孙延赤欺骗了……"他说前两天的深夜，李老忠曾被不明身份的人偷袭，就是孙大胆给救了。他怕再有人偷袭，夜里不睡觉，坐上房顶观察，儿子李树和他轮流值班。这个老糊涂，愣把孙延赤当成了自己人了。

门开了，是小伙子李树。

几个人走进屋里，瞅见李老忠正斜躺着身子，听着收音机。

李老忠看见他们，讶然地问："这是干啥？我听新闻呢！"

李志君有些严厉："大成支书喊了你半天，你都不搭理。你是李家人，咋跟孙家人勾勾搭搭的？别被坏人利用了。"

李老忠憨憨一笑："这我知道。志君和大成对我们好，我明白，我明白。"

此时李大成的电话响了。德县的许亮书记陪同新区的赵国栋书记已经到了村口。

李大成挥着手说："干活吧，领导就是视察现场的，不能耽误进度。"

不远处，轰的一声响，起初以为刮风，细一瞅，李老忠家的一扇泥墙轰然倒塌，尘土翻卷。

铲车隆隆响了起来。泥墙被推倒的那一霎，李老忠呆愣了一阵，瞬间，他声嘶力竭地大吼："不能拆啊！"就一跃而起，不要命地飞扑上去，却被施工人员死死抱住。李老忠挣着身子，痛哭流涕："我的房子，我的房子啊！"

这时，赵国栋、许亮等人匆匆走了进来，许亮书记抬着手臂讲解。

听见喊叫，许亮脸色难看："李大成，怎么搞的，这么混乱？"

李大成心里顿时就乱了，赶紧迎上去："许书记，有点小情况，我们马上解决好。"

忽然，孙大胆冲过来，一脚踢开施工人员："干啥干啥？放开！"

施工人员松开了李老忠，揉着双腿："你竟敢打人？"

孙大胆咳嗽了一声："刚刚领导都说了，你们瞎拆啥，赶紧滚蛋！"

腰里硬突然现身了，王决心看见，大吃了一惊，这狗东西咋在这里？

腰里硬劈头盖脸地嚷："领导们来了，谁要是破坏拆迁，谁就是罪人。继续干活！"

机械继续拆着，机身被飞土淹没。

王决心听明白了，这些拆迁的工人是腰里硬的人，而孙延赤和孙大胆似乎与其对立。王决心凑了过去，狠狠地嚷道："腰里硬，好久不见，你又跑这丢人来了？赶紧停止，免得难以收场。"

腰里硬扭头望着王决心："×，马槽里咋露出驴脸来啦？我发现你就是我的丧门星，走哪儿你小子就跟到哪儿。"

"呸，跟你？"王决心说。

孙延赤似乎暗示给了李老忠什么。李老忠眼中的光亮一点点退去，闪露出绝望，他有气无力地说："我的房子，我的房子啊……"

李志君劝说道："老忠，领导都来了，别闹了，政府没有亏待你。你有什么话可以跟领导说，跟我们说。"

李老忠的嗓子嘶哑了，突然身子一软，晕了过去。孙大胆望着众人，喊道："出人命啦，出人命啦！"

赵国栋急忙走过来，李老忠脸色煞白，双目紧闭。

王决心说："赶紧掐他人中！"

赵国栋看见了他，愣了愣，问："决心？你怎么在这里？"

王决心说："赵书记好，我跟李大成有亲戚，他娘没了，我给送葬来了，碰巧赶上这事儿。"

李树扑扑跌跌地赶来，抱住李老忠，掐他的人中。李树喊着："爹，爹——"

终于，李老忠缓缓吐出一口气，慢慢地睁开了眼。但是，他的身体冰凉，鬼魂附体一般。他环顾众人，理直气壮地喊："告诉你们啊，赶紧停了，要拆，我就拼了老命……"

许亮蹲在李老忠跟前，呆呆地望着，问道："老人家，你有什么想法尽管说，各级领导都在，都给你做主。"

李老忠摇着头，嘟囔说："都他娘说的屁话，没有用……"

赵国栋慢悠悠地说："老乡，我们就是给老百姓办事的，有事情您就说。"

东边卷起一团烟，罩住了房子和垃圾，推土机隆隆开来。

眼瞅推倒一棵树，院里有一棵玉兰树，花谢了，树木依旧挺拔，树上有鸟惊慌地飞了起来。

李大成说："老忠叔、李树，你们爷儿俩在搬迁安置合同上都签过字了，工程不能停。你们现在是想干什么？补偿标准是统一的，我反复说过了。如果还有其他情况，就说出来，都好解决。"

李树流着眼泪，望着父亲："爹，你说话，到底为了啥呀？"

孙延赤略带责备地说："李树，你就不能帮帮你爹吗？"

李大成这才缓过神，顿时黑了脸："孙延赤，你还想挑拨是非吗？你这老支书的觉悟呢？"

孙延赤气极了，哼哧一声，说："我的觉悟比你高。老忠是你本家叔叔，你为什么这么逼他？"

李大成一阵沮丧，事前摸底，他是挨家挨户做过工作的，万万没有想到，危机竟然出现在自己本家李老忠身上，一时不知该如何处置。

他们争论的时候，不幸的事情发生了，谁也没有注意到李老忠，他悄悄地顺着梯子，已经爬上了房顶。

李老忠脸色灰暗，震耳欲聋地吼："你们不撤，我就死给你们看……"

所有人都吓了一跳，腰里硬也被李老忠弄蒙了，大声喊着："叔，你不要做傻事！有事好商量，好商量啊！"

李志君蒙了，吓得倒退了几步，额头直冒汗："老忠，老忠别干傻事……"

李大成满脸焦急："老忠叔，有难处你就说……是不是有人背地指使？"

李老忠嗓子像是肿了似的，嘶哑着说："你让他们撤走，撤还是不撤？"

李大成说："有话好说，你先下来！"

李树急哭了："爹，你快下来呀！爹——"这一声喊得人心碎。

这时，王决心躲开所有人的视线，顺着梯子悄悄地爬上房顶，猛地冲上去，一把抱住了李老忠。

王决心处理这个险情是那么迅雷不及掩耳。

赵国栋喊了一声："王决心干得好！"

李老忠还要跳，王决心死死地抱住他，不撒手。慢慢地，李老忠的身体软下来。停顿了一阵，大家搀扶着李老忠走下梯子，落地的一瞬间，他忽然失去平衡，崴了脚。李老忠抱着脚，疼得额头冒汗，嘴里咝咝吸气。

李老忠发出哇的一声长吼，晕了过去。

孙大胆望着房顶狂喊："出人命啦，出人命啦！"

这句话刺激了赵国栋，赵国栋急忙走过来，瞅见李老忠脸色煞白，口吐白沫。王决心一愣，赶紧说："怎么搞的，掐他人中啊！"

李大成扑上去，还没有来得及动手，李老忠就醒了。

赵国栋来到他面前，说："老忠，我背你去医院，我们好好聊聊。"

李老忠抬起头，疑惑地问："你是？"

许亮说:"这是我们新区的领导赵书记啊。"他说话的时候底气不足,有些困惑不解,没有想到自己的辖区出了这样的事。

李老忠蹙着眉头,闭上了眼。

李大成走过来要背,赵国栋已经蹲下了身子,斩钉截铁地说:"我要背老忠,赶紧去医院。"

李老忠阴沉着脸,倔倔地说:"别来这一套,我不用你背,你背我我也不搬。放下我,我自己走!"说着往前迈步,但扑地栽倒了。

赵国栋扶起他,亲热地说:"来吧老乡,我们边走边聊,说话方便。"

李老忠额头淌汗,身体抖着,不情愿地爬上了赵国栋的后背。

在场的人怔怔地看着。

满街的老乡满怀希望地望着。

赵国栋吃力地背着李老忠,缓缓地走着。李老忠从心底反感领导,疼得龇牙咧嘴,姿态多有不敬,喉咙发出一阵含混不清的声音:"你背我,我也不服。天下没有好人……"

李大成低声说:"老忠叔,怎么说话呢。"

赵国栋呵呵一笑,说:"别跟老忠急,他心里憋屈,一定是我们的工作没有做好。"

冷风袭来,赵国栋感觉身体一点点发热,尽管吃力,双腿颤抖,人也摇晃着,但他依然坚持。

李树呼哧带喘地追来了:"赵书记,还是我来背吧。"

赵国栋说:"不用,让你们受苦了,待会儿你好好安慰你父亲。"

如果不绕道,只能走那一片废墟。赵国栋背着李老忠走上了废墟,他的腿像灌了铅似的沉重,一边走一边劝说,见李老忠不回应,他也不吭了,唯恐一句话说得不合适引发李老忠新的愤怒。

李老忠沉着脸,他听不进赵国栋的话,一只手搂着赵国栋的肩膀,他的胸前热乎乎的。一只手带着不满和怨气在空中比画着。脚下的路满是碎石、黄土和烂木板,赵国栋突然身体一个趔趄,钻心的疼痛,肯定是踩到钉子了。

他感到一股热流涌出来,接着袜子湿了。

赵国栋背着李老忠,身体微微地倾斜着,尽量让受伤的脚少用力。

他低着头走路，看见千层底布鞋下有了血迹，没有人发现他受伤了。

这时有人说："李老忠，领导都累得东倒西歪的，就是你的不对了。"

人们指指点点地议论着，有的跟着赵国栋一起走，几个村干部几次上手，都被他制止了。

李老忠绷着脸，赵国栋的身体忽然失去了平衡，他每倾斜一下，就拧一下，免得李老忠滑落下去。忽然，扑通一声，单膝跪地，重重地摔在地上。他一只手撑住地面，另一只手紧紧地托住了李老忠。

村干部们连忙去搀扶，赵国栋嗓音低沉地说："别动，谁也别动，我自己起来。"他停顿了一下，使了使劲，但愣是没起来。

推土机停了，现场静静的。

赵国栋猛烈地咳嗽了两声，显然是想自己重新站立起来。许亮发现他的鞋上都是血迹，赶紧上来问："赵书记，你的脚怎么流了那么多血？我来背吧！"

赵国栋咬牙说："我说背他去医院，就要兑现承诺。"

李志君觉得意外，凑过来说："老忠啊，今天你都成啥了？让你儿子李树咋看你？让咱老李家人咋看你啊？"

李老忠本来要下来，李志君这么一说，他又赖皮一样不动了。

人们满怀希望地紧盯着，几乎看呆了。

赵国栋运了口气，侧过头对他说："老忠，你别动，今天我就要背着你把政策讲透了，你心甘情愿地接受了，我流再多的血都值得。"

许亮暗暗着急，又暗暗生气，他不敢过分表现出来，走得十分尴尬。

李老忠忽然心里一热，顿时有一种云开雾散的感觉，赵国栋与别的干部不一样，他显然不是做做样子，他有决心和真诚。李老忠点了点头，用手轻轻拍了拍赵国栋的肩膀，低头掩面而泣："赵书记，你是真拿咱老百姓当人，我不再犟了，听你的，放我下来吧。"

赵国栋没有松手，不放心地问道："老忠，真想通了？我们到医院说。你待稳了，我们再起一把啊！"

王决心看着这一幕，暗自用力，他的拳头攥得嘎巴响，恨自己有力使不上。

赵国栋再次运气，嘴里喊了一声，手一支，腿一挺，一点一点，出现几次反复，他都咬牙坚持着，终于艰难地站了起来。

周围响起了热烈的掌声。

"这样的干部，靠得住啊！"一个乡亲喊。

"这样的官，我们放心。"又一个老太太喊，"李老忠啊，你给我丢死人啦！"

李老忠脸颊的肌肉抽搐着，身体战栗了，他终于流了后悔的泪："赵书记，对不起，对不起，我还是让儿子背吧。"

赵国栋咬咬牙，说："走吧，就快到了。"因为脚疼，他走路有些歪斜。但是，他心中是快乐的，感到身上的血仿佛奔腾起来。

赵国栋背着李老忠走到汽车前，人们再次鼓掌。秘书和李大成将李老忠抬到车上。

赵国栋微笑着伸出手，李老忠也伸出手，两双手紧紧地握在一起。

李老忠苦笑笑，连声道谢。

赵国栋无言地挥了挥手，支撑不住，跌坐在石头上，使劲拽他的鞋，秘书看见他的鞋子渗出一片紫色的污血。

许亮说："赵书记，赶紧看看您的脚，别感染了。"

赵国栋深深地喘了口气。上车之前，他听到了鸟振翅远飞之声。

第六十一章　心扉

德县县城医院骨科，一行人到了急诊室，医生要先给赵国栋包扎，赵国栋说："不用，快给这位老乡看看，他可能骨折了。"

李老忠望了他一眼，心中热乎乎的。医生搀扶李老忠坐上轮椅，推着去拍片子。

又来了一个医生，给赵国栋的脚底消毒，打了一针破伤风，然后将伤口包扎起来。

等候的时候，赵国栋跟李树聊了聊。李树嘴巴笨，低着头不吭声，只是流泪不止。赵国栋再三追问，才挤牙膏似的，挤出这么一点。他在北京一家教育公司工作，恋人也在北京，两人在北京买不起房子，在廊坊燕郊买了七十平方米的房子。

医生推着李老忠回来了，说没有骨折，只是崴了脚，有一丝骨裂，已经处理好了，只能吃药静养。赵国栋让秘书交了医药费，让其他人都回避，他要单独跟李老忠谈谈。

李老忠望着赵国栋，感到亲近和温暖。他一直找领导，今天大领导好像从天而降，让他受宠若惊。他又左右张望一下，张嘴的时候，苦笑了一下，似乎还有一些顾虑。

赵国栋拍了拍他的肩膀："老忠啊老忠，堂堂男子汉，说到哪就是哪，你吞吞吐吐的让我着急。你连死都不怕，还有什么顾虑的？"

李老忠呆愣一阵，他在开说之前不断在心中揣摩着赵国栋。他抓住赵国栋的手，哽咽了："赵书记，丑媳妇总要见公婆，我说。您让我改变了对官员的看法，您年龄也不小了，今天亲自背我，扎伤了脚，说真心话，您不恨我吧？"

赵国栋憨憨地笑了："恨你什么？背你，我是心甘情愿的。"

李老忠的事不用费心去想，都在心中装着。他直截了当地说："您越是这样，越让我过意不去啊。但是，我心中感激您，如果不是您来，不知道会有什么后果。我都跟您说了吧，今天的事都是他们逼的。"

赵国栋脸色一沉，迫切地问："谁在逼迫你，因为什么逼你，不要怕，我给你做主。"

李老忠脚疼得吸了口气，嗫嚅地说："赵书记，我李老忠不敢跟人说，我信你，可是说真话了，逼我的有两头，一个是老支书孙延赤，一个是他的儿子孙大胆。"

秘书端来两杯水，李老忠喝了一口，颇为得意地说："我儿子李树大学毕业在北京一家公司找了一份工作，在燕郊买了个小房子，跟孙大胆借了钱，是……是高利贷……"

赵国栋打断他："孩子买房，为什么不在银行贷款？"

李老忠叹了一口气："呆子不识走马灯啊，当时时间比较急，银行手续复杂，抵押资产，咱农民有啥资产啊？我这老宅您也看见了，没法抵押。我养了两头猪，带毛的还不算。再说了，李树的贷款条件也不是很符合……"

赵国栋若有所思地点点头。

李老忠抿抿嘴唇："后来孩子工作变动，挣钱少了，有三个月利息没有还上，他们就整天上门逼债。后来孙延赤找到我，给我出了个主意，也算是交给我一个任务，在拆迁中闹事，把我的侄子李大成闹下来。这样，李树的债务就免了。"

赵国栋充满震惊，心中扑扑直跳，他想，孙延赤和孙大胆的行为，已经有黑社会性质了……

他们谈话的气氛，显出几分微妙的愉快。

李老忠满脸的皱纹舒展了一些，颇为后悔地说："唉，赵书记啊，老了老了，还跟耍猴似的丢了人。不是我想闹事啊，但为了儿子，我不得不……今天看见房子被推倒了，我更是一时激动……我知道，我是被坏人利用了，对不起你们。"

赵国栋的眼睛里也有了温热："老忠啊，你也太天真了，今天你就是摔死了，你儿子照样还高利贷，新区的困难是暂时的，你们属于德东片区，容光县的容东片区安置房马上弄好了，有时间带你去看看。你儿子要是着急结婚用房，我可以找一个同样面积的对换。到时候那里是你们的新家，日子多好啊？你要相信党和政府啊。将来的生活会越来越好的。有什么事，你就和大成反映，我们都会帮助你的。"

李老忠一阵剧烈的咳嗽："我也给大成惹了不少麻烦。唉，他是个厚道人，但是斗不过孙延赤爷儿俩，孙家在村里的势力太大了……当年村里有人上访，告孙延赤，孙大胆把人家腿打折了……"

赵国栋没有想到事情这么复杂，他紧紧握住李老忠的手，说："老忠，谢谢你和我说了这么多。"

门轻轻打开一道缝隙，秘书不放心，悄悄观察一下。

赵国栋看了一眼，扭回头，表情庄严地说："老忠啊，天塌不下来，我给你做主，放心吧。你答应我，以后不能干傻事，让儿子儿媳怎么看你？你不要怕，回去好好养伤，县委和村里都会保护你。我让有关部门先核实情况，孙延赤父子的黑恶势力必须受到应有的惩罚！"

李老忠感动地愣住，一时不知说什么好。

赵国栋喘了一口气："你得好好活着，两年后，你坐着高铁去北京，半个小时就到了。看看我们未来的白洋淀，日子多好啊！"他想了想："如果可能的话，让李树回来工作吧。现在工作机会这么多，在家乡，在家门口，还能照顾父亲。"

李老忠叹了口气，不安地满含眼泪："赵书记，我还有证据，孙大胆有好多罪状，尽管村庄拆迁了，也不能让他再祸害人了。"

赵国栋说："坏人一定会受到惩罚，我让许亮书记具体安排人找你。"

说着，赵国栋写了一个纸条，递给李老忠："这是我的电话，随时可以打。"

李老忠接过纸条，泪流满面："谢谢赵书记，看见您，我觉得我们老百姓……您放心，我不再干傻事了，您就是我家的恩人！"他挣着身子站起来，被赵国栋扶住了。

李老忠此刻的心情渐渐明朗起来，心底的阴霾正被驱散。

赵国栋吃力地从病房走出来，脚疼得厉害，他看见许亮等人正在门口等待。

他跟许亮做了简单交流。许亮说："赵书记放心，我让镇党委书记落实安排好。"

赵国栋表情严肃："我们马上开一个会，马上。让望马浒村的李大成也参加。"

许亮书记立刻安排去了。赵国栋拿起手机，又给新水县、容光的负责同志打了电话，让他们火速赶到德县开会，把拆迁中的潜在隐患彻底排除。

风刮了一天，傍晚才停。

赵国栋在医院窗前站了一阵，他望着落日沉下去，暮霭四起。

县城没有高层建筑，能看见此起彼伏的屋顶。街灯还没点亮，黄昏似乎跟清晨没有两样。看着这样的街景，赵国栋的眼前有些恍惚。

晚饭时间，一个临时决定的小型座谈会开始了。赵国栋在主席台端端正正地坐下，把手机调成静音，开始了拆迁方面的座谈。他感到会场气氛越来越压抑，讲得口干舌燥。

这时，杨爱珍打电话，赵国栋都没有听见。这次他到德县考察，也是顺便来参加一个特殊家宴的。

女儿赵晓薇带着男朋友武玉龙到家里跟老人见面。赵国栋答应回家见一见未来女婿，同时，还要见一见未来的亲家武宝亮。武宝亮父子是北京通州区张家湾柳村人。可是，今天的突发事件，让他把女儿的事完全忘记了。

赵国栋在会场的时候，家里已经准备了热腾腾的饭菜，他父亲赵树森、岳父杨三笙、岳母贺红梅都来了。这个聚会，对于女儿来说，多么重要。

武玉龙脸色越来越阴沉。

赵晓薇感到有些别扭，不停地看表，杨三笙为了缓解尴尬，捧起古笙吹了起来……

武宝亮的嘴角渐渐有了笑模样。

会场上强烈的灯光映照着赵国栋的脸，留下一片阴影。他强迫自己镇静，神情严肃地说："同志们，今天推迟晚饭时间，召开这么一个紧急会议。为什么开这个会，我想大家心里一定很清楚。"

人们把目光集中到他的身上，表情也跟着严肃起来，会议气氛越来越凝重。

赵国栋习惯地抬手，手在空中划着弧线："李主任、许书记、郝县长，我反复询问过你们高铁站和起步区的拆迁情况，大家回复我的是，很好。今天我们经历了惊心动魄的瞬间，难道真的没有问题吗？"

李永军脸色有些紧张："我是分管这部分工作的副主任，怪我工作做得不扎实，没有深入基层。下一步，我要把工作做细，杜绝此类事件的发生。"

许亮面有愧色："赵书记血压高，还亲自背李老忠到车上，自己的脚都受伤了，让我十分感动，也让我愧疚啊。"

李永军说："这一次，我真切地感受到了白洋淀的燕赵气概。"

赵国栋摆了摆手，说："到现在我还是一身冷汗。同志们，处理基层问题，不能搞教条主义生拉硬拽那一套，如果那样，就看不见繁华背后的污浊。表面风平浪静，暗中波涛汹涌。大家看到了，今天有一个小伙子叫王决心，关键时刻，他冲了上去，避免了一场灾难发生。我认识他，他是千年秀林的普通工人，他来望马浒村，是给亲戚送葬的。我问一问在座的同志们，在那样生死攸关的时刻，我们有没有胆量冲上去？"

有人啧啧赞叹："那小伙子真是勇敢，应该表彰。"

赵国栋说："我给大家透露一点儿他的信息，他是新水县白洋淀王家寨人，爷爷奶奶都是雁翎队队员，抗日烈士王学武是他的太爷王耀宗的二儿子。今天望马浒村的问题，我首先检讨。我们愧对中央、省委的信任，愧对老百姓对我们的期望。基层工作怎么做？我们应该跟老百姓交朋友，真情换真心。感谢李老忠跟我说了心里话，事情还需要调查核实，核实后，一定要处理好。尤其是孙延赤父子，形成了黑恶势力，必须调查清楚，一举打掉。今天的突发事件，给我们提了个醒，也敲了警钟。不能用老眼光对待新情况，不能用单一的眼光看待复杂情况。"

现场所有人都埋头记录着。

赵国栋说："李大成，你们村孙大胆，他是不是也有个拆迁队？"

李大成忍无可忍地说："是的，孙大胆也想揽这个活儿，但是他的公司有问题，而且一贯巧取豪夺，所以我们没有用。"

赵国栋说："这个坚持得好。但是，目前的问题……"

李大成说："怪我前期工作没有做好，情况摸得不透，没有深入调查。李老忠是我的本家叔叔，平时脾气很好，所以没有太在意他。没想到他生活中有这么大的困难，所以才会被孙延赤利用了。我应该检讨！加上这两天我的母亲去世，忽略了很多细节，实在对不起……我接受组织的批评！"

会议冷场了一阵。

然后大家分头做了汇报发言，汇报各自拆迁村庄的进展和问题。容光县的郝县长来了，容光的齐书记调到秦皇岛赴任了，书记还没有派来，郝县长暂时主持全面工作。他汇报了容光北河照村的杨继盛故居重新安置问题。

赵国栋从骨子里崇敬杨继盛，他加重语气说："郝县长，历史名人杨继盛是你们北河照村人，忠诚爱国，直言上谏，是后人学习的楷模，故居一定要做好安置。选址方面，可以在即将建设的郊野公园里一并考虑。"

郝县长认真做着记录，抬头说："回头我们召开一个座谈会，把他的后代传人都叫上。"

赵国栋说："杨继盛的后代也有很优秀、很出色的。杨岭岭是清华博士，如今在美国硅谷搞研究，是很有成就的芯片专家。你们要以家乡的名义与她沟通一下，纳入我们的雄才计划，为她创造科研条件，能不能让杨岭岭回白洋淀建一个实验室？"

现场一片感叹声。

657

郝县长眼睛亮了，兴奋地说："是吗？赵书记，您知道这么多情况？您给我们牵个线，我们抓紧沟通，建立联系。真是将门出虎子啊！"

赵国栋总结说："刚才大家提到的各村的问题，很好，明天包村干部全部到现场办公，落实好，把问题隐患解决在萌芽状态……"他的脚刺痛了一下，他喝了一口水："就补偿标准问题，不能跟北京攀比，只要我们一碗水端平，一把尺子量到底，耐心解释，一定能够处理好。各村都重新排查一遍，防患于未然。哪里出问题哪里负责，严肃处理，决不姑息！"

赵国栋动情地说："新区规划建设大幕已经拉开了，我们党员干部应该怎么做，是重大考验。如果不作为，就是对人民不负责。我们工作的好与坏，最后谁来检验，是人民群众啊！他们幸福不幸福、满意不满意，直接体现我们工作的质量和成败。老百姓是勤劳善良的，对我们党和政府有期待，对我们的新区有期待，随着建设发展，随着疏解非首都功能落地、央企总部的落地，不仅会拉动当地经济，还会带动河北、辐射全国的。新区是千年之城，模式和精神会影响人类未来一千年。这样一个标杆城市，以后在住房、医疗、教育、文化各方面给予提升，这是老百姓看得见的，他们的幸福指数就会大大提升……对不起大家了，让你们饿了肚子。散会！"

人们都走了，赵国栋留下了许亮。

他打开手机，一看有妻子的九个未接来电，脑袋轰然一响。

许亮说："赵书记，招待所备好了晚饭，我陪您吃一点儿吧。"

赵国栋晃了晃手机，无奈地说："你看看，你嫂子打了九个电话我都没接到。今天老亲家从通州来，我却碰上了这事。得赶紧回去安抚啊！"

许亮歉疚地说："我们工作没有做好，对不起……"

赵国栋摆摆手，说："没事，刚刚说的后续的事，你要落实好。"

许亮说："坚决完成任务，有进一步情况跟您汇报。"

秘书搀扶赵国栋走出会议室，已经夜里十点半了。车上，他把电话打给杨爱珍："抱歉啊，出现突发事件，刚刚散会。"

杨爱珍充满埋怨和担忧："你有事也得接个电话……亲家很不高兴，

回家再说吧，你闺女眼睛哭得跟铃铛似的，你跟她解释吧。"

"武宝亮爷儿俩还在家吗？"

"都几点了还在家？回宾馆了。老人也都各回各家了。"

赵国栋沮丧地说："好吧，回家再说吧。"

很快就到了楼下，他迈步下车，脚疼得哆嗦了一下。他站了一会儿，适应了脚下的压力后，才慢慢走动起来，秘书搀扶着他蹭到了楼上。

杨爱珍一看他的样子，脸上的乌云瞬间散了："老赵，你的脚这是咋啦？"

赵国栋艰难地在沙发上坐下，说："闺女呢？"

杨爱珍收拾着碗筷，扭头喊："晓薇送武宝亮爷儿俩回宾馆，也是刚刚回来。晓薇，快出来，别生你爸的气了，他成伤员了。"

赵晓薇躲在卧室，默默地垂泪。

赵国栋强撑着站起来，额头冒汗："今天是我的错，我去看看闺女，给她道歉。"

"看你疼得龇牙咧嘴的，别动了，我去喊她。"

杨爱珍去了赵晓薇的房间，将她拽了出来。赵晓薇依旧阴沉着脸，坐在沙发的另一头。

杨爱珍递给赵国栋一杯茶水，月亮映在水杯里，他喝了水，月亮就吞进肚里了。其实，月亮款款地、悄没声息地溜走了。

赵国栋歉疚地说："晓薇，爸爸先给你道歉。今天碰上了突发事件，明天晚上我们给补上，跟人家道歉，好好陪人家喝几杯。"

赵晓薇哼了一声，什么也没说。

杨爱珍说："亲家单位就给了两天假，明天就回去了。"

赵国栋惋惜地说："那太遗憾了。明天早上我跟亲家见一面，咱们陪他们爷儿俩吃个早饭。"

赵国栋把望马浒村的事讲了一遍，杨爱珍心疼得不得了，赵晓薇本来憋了一肚子气，此刻，她眼圈红了，扑到父亲的跟前，伸手摸着他的脚问："爸，我今天误会您了，脚伤得重吗？"

杨爱珍默默地抹眼泪，喃喃地说："多危险啊……"

赵国栋无力地往沙发上一靠："今天多亏了义成的三弟王决心，这小伙子真勇敢，身手矫健，不愧是王家人，跟义成有点儿像。"

　　赵晓薇蹲下来，给父亲脱了鞋，心疼地说："爸，您的脚可别感染了，勤换药。"

第六十二章　升级

王德跟顾凤娇分居了。

王德几天不回县城，夜里住在王家寨村委会办公室，顿顿儿回王永泰那里吃饭。夜间月亮晃晃地照着，不困的时候，他就望着月亮消失等待天亮。他发现王家寨深夜多了一种怪异的声音，从远处水面上传来长长的近乎哀吟的声音。像是鸟鸣，又像是蛤蟆的叫声，传到他的窗前，在玻璃前停留一阵，再慢慢散去。他真的害怕了，身体变得颤颤巍巍的，心像是被这个声音穿透一个黑洞。

孙小萍第一个发现王德不对劲了。

王德有王德的理由，他说杜梅的设备和资金过来了。王家寨玩具厂升级了，转为服装加工，王德要盯着机器安装和工人培训，玩具转型儿童服装，机器和工艺是有差别的。孙小萍说："王德，你别找理由，凤娇你俩是不是闹别扭了？"王德说："没有，挺好的，哪有刚结婚就闹别扭的？"孙小萍眉眼炸开："你别骗我，说实话。"

王德软了，终于交代了实情。

前一阵儿，女儿王茜茜病了，王德回容光县城多了，顾凤娇摆脸子，王德就偷偷地去，顾凤娇发现就多心了。

王德终于硬了一回，吼道："顾凤娇，我是啥人，如今跺跺脚，王家寨都要哆嗦两下。你再敢拿热水烫我，我就揍死你！"

顾凤娇挠挠鼻尖，不吭声了。

事情出在一场误会上。

王茜茜感冒了，王德过去照看，隔着墙头，姑父伍宝库喊王德，王德为了哄姑父高兴，就跟着他到处找种子。他瞒着顾凤娇，几天几夜不回家，后来她听老顺子的二儿子邸二虎说，王德住在北河照村家里了。二虎负责玩具厂销售，不好好干活，暗暗盯着王德。

顾凤娇误以为王德跟杜梅的感情死灰复燃了。

王德不知道顾凤娇的怀疑，更不知二虎偷偷监视他，王德回家就搂住她的脖子，顾凤娇却沉了脸，撇开王德的胳膊，冷冷地说："滚，我最讨厌撒谎撂屁的男人啦！"

王德愣住了："凤娇，你说啥呢？什么撒谎撂屁？"

"你个花心大萝卜，吃着碗里的，还惦记锅里的，讨厌！"

"顾凤娇，你怀疑我吗？"

"去找你的老婆吧！我不如她好，人家能够帮你拿钱在王家寨建厂。"

王德忍无可忍，抽了顾凤娇一巴掌。

顾凤娇抄起暖壶朝王德身上砸去。

王德惨叫了一声。

暖壶碎了，顾凤娇拿着开水烫王德，热腾腾的开水泼在他裤裆，生殖器烫伤了，住了几天医院，弄得王德性情低落，见到女人就晕。这深深伤害了王德的感情。

王德急忙治疗了几天，顾凤娇这扔暖壶烫人的毛病令人恐怖。孙小萍、王决心和乔麦到医院看望，审问顾凤娇，才知道这是一场误会。伍宝库赶紧过来证明此事，但是，王德身体痛苦，心里憋屈，他与顾凤娇两人有了深深隔阂。

顾凤娇给王德道歉，周到细致地伺候，王德冰凉的心仍然暖不过来。王德出了院，久久不挨顾凤娇的身子。顾凤娇跺着脚哭了："你个混蛋，我都跟你道歉了，你还不依不饶。我要青春损失费！"她嚷着，把房间的镜子砸碎了，狂躁的状态令人震惊。顾凤娇抱着被子走到另一个房间，从此她跟王德分居了。本来王德以为，他和顾凤娇的关系还可以维持。过去的日子，他有欲望，没责任，这是需要身体的男人喜欢的状态。可是，随着这一场斗争，这种状态彻底打破了，哪知道爱情这般脆弱？

那一天下午，王德到王家寨上班了，顾凤娇说去买蔬菜，王德想白洋淀不夜城的电线断了，顾凤娇的饭店停电，他提前回来安排电工修一修。他到酒店，最先看见了顾凤娇的那只土狗，土狗在吧台转来转去，望见了王德就使劲叫唤。这只土狗揭穿了顾凤娇的秘密。土狗带着王德来到后厨的房间，他推开门，眼前的一幕让王德惊呆了！

王德有苦难言。

顾凤娇跟邸二虎躺在那张单人铁床上，俩人裸着身体搂在了一起，床摇出吱吱的响声。这像是晴天霹雳，王德一下子惊呆了。

顾凤娇竟然出轨老顺子的儿子邸二虎，是故意做给王德看呢，还是早就勾搭在一起了？王德抬不起头来，顾凤娇却依然像野外的花，性情开朗，摇曳多姿。王德分析，顾凤娇想通过谈判获得更多的利益。

过了几天，顾凤娇找到了王德。

王德骂："臭婊子，无耻，你别再找我了。"

王德的一颗心变得铁石般坚硬，他对女人好像是看透了，对爱情看淡了，其实更加谨慎严格，有些真情真是很难求来的。王德不许自己的眼泪掉下来。

顾凤娇嫌贫爱富，看不上二虎，她还是想回头，温柔地说："老公，难道你一点也不原谅我吗？"

王德冷冷地说："绝不饶恕！你跟二虎说，饭店我要收回来。我们离婚，你们两个过吧！"

"我不嫁给二虎！"顾凤娇哭喊。

冷战了半个月，顾凤娇看来真没有指望了。

"我们的缘分真的没了，让我们最后再抱一抱吧，你看行吗？"顾凤娇站起来恳求说。

王德不知道自己是不是点头了，脑子里一片空白，他轻轻拥抱了她一下。

顾凤娇离开房间的一刹那，心里并没有什么解脱感，而是空空荡荡。她千方百计想挽留王德，但是没想到一手好牌打得稀烂。到头来，谁都有权利责骂自己，谁都指责她是小三。顾凤娇的委屈向谁去说，她一脸的迷惘，走到不夜城的水塘边，哇哇大哭了一场。

白天王德尽心配合安装数字设备，下班的时候，王德竟然有空到大乐书院看书了。这种状况，他无法跟伍宝库说，也不能跟王永泰和王决心说，只有一个人默默忍受。他现在认识到自己是一个悲剧人物。黑馍泡酸菜，各取心头爱。他掏心掏肺地对待女人，换来的不是一生的知己，而是一生的教训，真心真意地付出，却没有被善待，这让他陷入迷惘痛苦中。

王德面临着再一次离婚。

王德干脆在村委会办公室里住，即便没有了性生活，也能正常入眠，这在以前是无法想象的。人活着就是这么苦，命运总是不如人愿，当一个人被生活踢到命运的谷底，看一个人能不能自己扛过去？

王德压抑不住内心的痛苦，他决定傍晚找孙小萍倾倒一下心中的苦水，看看她能不能给他指出一条道路，因为他可以从孙小萍这里听到杜梅情感的每一丝波动。王德没有食欲，没有性欲，只有一肚子的苦水。

这个傍晚，荷花的香气阵阵袭来，书院充满温馨。王德失魂落魄地找到孙小萍。

王德没有想到，刚刚走到门口，就听见顾凤娇说话的声音，呆愣在那里不动了。天默地静，夜里的声音听得清清楚楚。

顾凤娇恶人先告状，抢在王德之前跟孙小萍诉苦："孙书记，你是女人，最能体会我的痛苦了。你知道女人最大的痛苦是啥，就拿王德我俩来说，你对他掏心掏肺，而他只会掏老二。"

孙小萍笑出了声，赶紧板了脸，说："凤娇，别这样说，你要端正态度，不能积存怨气，你们是真正的夫妻，一日夫妻百日恩嘛。"

顾凤娇说："哪有百日恩？百日恨吧，他就是花心，恐怕往后做不成夫妻了。"

孙小萍说："凤娇，我没否定你的成绩。人生谁没有犯错误的时候？人有了正常的人生空间之后，才有资格追求富裕。王德思想变化很大，他在努力改变自己的形象，帮助王家寨几个贫困户脱贫了，他拉杨义成国盛公司赞助的数字乡村，设备安装到了一半，故乡越变越好。你怎么没有看到他的优点呢？"

顾凤娇说："小萍书记，谢谢你的鼓励。既然这样，麻烦你跟他说说，我希望他且行且珍惜。"

她诚惶诚恐的表情，她说的话仿佛句句是真，说完转身出来了。

孙小萍还是不相信。她尽管有所察觉，听了还是有点失态。

王德在门口没动，两人肩膀撞了一下。顾凤娇很吃惊，瞪了他一眼，谁也没有说话。

王德恶声恶气地说："恶人先告状，你还要不要脸，光说我啦，你咋不说说你自己啊？"

顾凤娇恼着脸，刚要说话，孙小萍拽了拽王德，王德忐忑不安，嘴巴越来越结巴。

顾凤娇风风火火地走了，王德转脸瞅见邸二虎在门外等候她。王德看见邸二虎就来气，玩具厂让老顺子、邸大虎和邸二虎都脱贫了，他们却以这样的方式报答他。

顾凤娇走远了，孙小萍惊讶地问王德："到底发生了什么啊？"

王德目不斜视地望着孙小萍说："我女儿王茜茜病了，我过去看看，姑父伍宝库喊我弄种子，杜梅常去照顾，我回去就没有带顾凤娇，她就怀疑我。结果，我没事，她却跟邸二虎出轨啦！"

孙小萍长叹一声："唉，没有想到啊！你想怎么办？"

"能怎么办？离呗！"

"拿离婚当饭吃啊？"

"碰上这丧门星，我也是无奈啊！"

孙小萍怔怔地说："别急呢，看一看再说，她会讹你财产的。当初，我见到杜梅，感觉她还爱着你，爱你们的家，你跟顾凤娇结婚时就想劝你。"

王德抽了一下鼻子，说："你咋没阻拦？"

孙小萍沉吟了一阵，说："我犹豫了一下，现在后悔了，人生哪有后悔药啊？"

王德垂下脑袋，心里扑腾扑腾跳，他尽量让自己平静下来。孙小萍说："人啊，都是慢慢长大的。如果没有顾风娇，你大概也不会回村干事。"

王德点了点头，好像自己经历了人间沧桑，自己给自己打气，咬牙也要扛过去。王德学会反省自己了。都怪顾风娇吗？自己就没有责任了吗？狠狠地审视自己吧，他的心仿佛被婚变掏空了。如同白洋淀大清河的水，冲走了他心灵中的污垢。他知道那些低级的欲望，需要约束、克制和管理。自己追求美好，却掉进了糜烂生活的陷阱，一瞬间，他心里产生了一种涅槃的冲动，烧掉一个旧我，重塑一个新的王德。

他发现自己坚强了，成熟了。

下午两点，孙小萍召集全村支委开一个短会，会议刚刚散，孙小萍收拾东西，准备到大乐书院接受省电视台一个基层党建的采访。她坐下，刚刚说了几句，就听见窗外踢踏踢踏乱响，街道里有人大声嚷道："不好了，玩具厂起火啦！赶紧灭火啊！"

孙小萍安顿好电视台记者，咸鱼就呼哧乱喘地上来了。她听咸鱼说了情况，转身马上打电话给胡玉湖支书，胡玉湖说："看看起火点在哪里？"

孙小萍一怔，把电话递给咸鱼。

咸鱼结巴着说："玩具厂！"

孙小萍知道玩具厂离南淀苇塘不远，如果烧过去，会有连锁反应，波及王家寨周边所有芦苇。

王德听见街巷里的喊声嘶哑，要死要活的，好像天都塌了，他闯进来等待孙小萍拿主意。

咸鱼感叹道："唉，我家的芦苇也在这边，大家还得靠着芦苇过日子呢，赶紧救火。"

王德在门口等孙小萍，嘴里嘟囔说："这才真是火烧眉毛了，还接受啥采访啊，赶紧招呼人上山灭火吧！"

秋天干燥，白洋淀的芦苇容易着火。

胡玉湖和王德志赶到了村委会。

胡玉湖坐镇，大伙心里踏实，他救火非常有经验。王家寨历史上几次大火，基本都是胡玉湖带头扑灭的，他镇静地说："到底多少着火点？"

"几处都有浓烟，不好说。"咸鱼说。

芦苇荡灭火，胡玉湖发明了一个绝招，叫打火头。说白了就是以火攻火！在大火没有烧到的前方，烧出一个隔离带，这种打法，成本低，风险大，效果好，风越大效果越好，但是，打火点是有诀窍的，隔离带放火点要看风向、地势、点火时间，万一有疏漏，不仅不能让两边大火对冲，而且会烧到自己人，甚至把火情扩大。

胡玉湖望着王德说："玩具厂有工人上班吗？"

王德说："有啊，没都来，也十几个人哪。"

孙小萍坚定地说："王德，我们走，救人要紧。"

胡玉湖焦急地说："如果苇子着了，我带人打火头，大家注意安全，分头行动吧！"

胡玉湖把打火头的原理跟孙小萍一讲，她就明白了。

孙小萍是灭火总指挥，让王德跟她去玩具厂，胡玉湖带一拨人去芦苇荡打火头。

王德身子胖胖的，跑快了就气喘吁吁，到了玩具厂，双腿就软软的。他不知道这火缘何而起。

风飕飕地刮着，火呼呼地响着，风助推了火势的蔓延，大火映得人脸红彤彤的。王德抬了头，滚滚浓烟，啥都看不见，感觉天旋地转，天在哪，地在哪？

玩具厂浓烟滚滚，呼喊声嘈杂。已经跑出来七个工人，只有三个腿脚不便的老人困在里边。孙小萍察看完火势，重新调整了分工，咳嗽了几声，坚定地说："同志们，为了保卫玩具厂，这是王德的心血，也是我们的扶贫成果，我们与大火决一死战！先救人，再抢玩具。党员要冲在前面，我们走！"喊着，她带着人冲进黑烟滚滚的厂房里去了。

王德有了一种悲壮感："大伙注意脚下，玩具不重要，救人要紧。"他把风衣弄湿，捂着嘴冲进去了。

孙小萍背着老顺子的老婆，摇摇晃晃地冲出来了。

王德害怕了，五官扭得错位，感到火从脚底蔓延到胸前，到处都是呼呼燃烧的声音，浓烟滚滚，他的风衣烧着了。

　　最后抬出来的邸大爷被浓烟呛昏了。

　　孙小萍试了试老人的鼻息，说："三个老人赶紧送诊所救治。"

　　三个老人被抬走了。

　　玩具厂的火引燃了旁边的芦苇，苇秆儿噼里啪啦地响着。他们灭了一片芦苇的火。

　　孙小萍看这次火情极为严重，她想知道大火整体走向，却怎么也看不清。

　　"我有无人机啊！"

　　王德忽然想到自己的无人机，他平时爱玩无人机，就在玩具厂的办公室里，可是，房子烧黑了，不知无人机损坏没有。王德冲进浓烟里，从抽屉里翻出了黑色无人机。他抱着无人机出来的时候，突然崴了脚。王德操控着无人机，无人机像一只黑鱼鹰，飞到了王家寨的上空，借助无人机传来的画面，就全部看明白了。

　　王德顾不得脚腕疼，喊了一声："孙书记，你看，东大刀苇塘着火了。"

　　东大刀苇塘紧挨着玩具厂，孙小萍警觉了，到底是玩具厂引燃了芦苇，还是芦苇牵涉了玩具厂？

　　孙小萍说："胡支书他们去了南塘，从画面看，那边有浓烟，肯定是灭了火。走，我们都去东大刀苇塘灭火。"

　　孙小萍拦住王德，大喊："王德主任，你的脚崴了，就留在厂里收拾残局。我带人去灭苇塘的火点吧！"

　　有个村民说："对，你行动不便，非常危险，会死人的！"

　　王德心里打了颤，脸上严重失血，吼道："我王德是雁翎队英雄的后代，不怕死，今儿我这一罐血就摔这儿啦！"

　　孙小萍低头冲进芦苇荡的主火道，王德咬牙踮着脚还是跟了过来。

　　王德脚疼，行动迟缓，头发，眉毛烧着了，用手撸了几下，闻到一股焦煳味。他终于冲过了主火道，目测起火面积，终于找到了隔离带。

有人打火打偏了，孙小萍气炸了，呼天喊地嚷："向左打，向左打啊！"

王德就拼命地向左打火，打得昏天黑地。孙小萍指挥大家学习胡支书打火头。

呼的一声，隔离带的火点燃了。震耳欲聋的燃烧声越来越远。火光照亮了孙小萍黑乎乎的脸，清清的淀水，闪烁着琥珀色的光焰，像一只火鸟闪跳。王德紧跟着孙小萍，他的脸颊起了燎泡，火辣辣地疼。他们等着把隔离带烧出来，他们走在烧焦的苇塘里，那是火光的尽头，留下一片灰烬。

等待打火头，其实是很折磨人的。秋天的尾巴，夜气寒寒的，火灭了，温度就凉下来，王德出来的热汗不用擦就被风吹干了，冷得直打哆嗦。

王德志带人送来了吃的，顺便看看孙小萍她们，说胡支书那边行动顺利，基本扑灭了，两支队伍即将会合。

王德志走了，王德跟着孙小萍坐在泥岗上，啃了一点面包和灌肠，王德感觉脸有燎泡，抬手轻轻一擦脸，烧焦的眉毛就不见了。清冷的夜气，弥漫着浓重的烟火的气息，令人窒息。

王德一阵恶心，咳嗽了一阵，鼻涕和眼泪涌了出来。他身边的孙小萍无力地坐着，只是喝水没有吃面包。王德心疼地说："小萍书记，你吃点啊！"孙小萍喘息着说："我就是渴，不饿。"两人又说到顾凤娇，王德骂了一句："这烂货，她出轨了，还有脸跟你告状。"孙小萍苦笑着说："王德，我劝你一句，杜梅不容易，她对你还有感情，回去跟杜梅复婚得了。凤娇配不上你，杜梅是个好女人，是你一辈子的福气！"王德点点头，说："好的，我记住了。我们复婚的时候，你给我们证婚啊！"孙小萍微笑着。王德望着孙小萍，目光充满敬意，孙小萍的精神力量一直感染着他。她有没有恋人一直都保密。王德试探着问："小萍书记，我斗胆问一句，你的爱人是干什么的？"孙小萍坦荡地说："我没有恋人，只是有一个同学追求我，我没有答应。"

天说黑就黑了。孙小萍望了望天空，担忧地说："玩具厂火灭了，我们这边的芦苇火点也灭了，胡支书那边怎么样啊？"

孙小萍和王德提着水桶又冲上去了。

灭芦苇荡的火，先打出隔离带。半夜里，王永泰、老顺子、咸鱼等人上来了，扑打芦苇荡烈火的人越来越多。夜里风大，火点太散，一直干到天亮。

大火灭了，王德一屁股坐在地上，大口喘息着。

王德忽然发现孙小萍不见了，吃惊地问胡玉湖：“小萍书记呢？”

胡玉湖左看看、右看看，不见孙小萍的人影。胡玉湖有些纳闷地说：“刚刚她就在我后头提水，这是去哪了？”他伸着脖子喊孙小萍。

胡玉湖慌了：“快去找找！”

王德嗖地站起来嚷嚷道：“赶紧找孙小萍书记。”他这一喊，疲惫的人们纷纷站立起来。

人们到处寻找孙小萍。

王德在淀边苇塘的斜坡上找到了孙小萍。孙小萍浑身水淋淋的，衣服都烧黑了。她斜着身体，倒在地上，她的头发、眉毛也被火烧没了，喉咙哑着：“王德，刚刚我的衣服被大火烧着了，跳进淀里才灭了，没烧死差点淹死，乡亲们都没事吧？”

王德痛心地哭喊：“孙书记，你咋样，大家都没事。”他弯腰去搀扶她。

胡玉湖带着人跑过来了。

孙小萍眼里忽地涌出泪水，一滴一滴滑过脸颊。

王德因救火崴了脚，挂上了拐杖。大火的原因弄清了，竟然是邸二虎吸烟造成的。还有一种可能，二虎故意纵火。二虎担心警察抓他，顾凤娇带着他躲到太行山龙云台村。胡玉湖得知二虎搭上了顾凤娇，气愤地说，派警察将他抓回来。

王德心却软了：“不能抓，玩具厂给烧了，以此做条件谈离婚的事。”

这一天中午，天空打一阵响雷，要变天。雨点就落下来了，一场秋雨一场凉。王决心撑着雨伞过来看望王德，王德脚崴了，还跟顾凤娇闹了别扭，王永泰不放心，叮嘱王决心去看看王德。

王决心将炖鱼放下，瞅着王德头发想笑，冷冷地说：“邸二虎抓到没有啊？爹说老顺子要打折他的腿。通过那天发生的事，顾凤娇你俩咋样啊？"

王德养脚不能动，吃得肥头大耳，身体越来越胖了，上身的肉都松了下来，嘟囔说："邸二虎铁了心跟顾凤娇，别抓了，这是我跟顾凤娇谈离婚的条件。也好，你二哥我现在得了晕女症，见到女人就晕。"

王决心嘲笑道："这不挺好吗？免得你再拈花惹草、惹是生非了。"

王德说："爹让你来看我的？"

王决心掏出了一个铝饭盒，打开饭盒是两条炖鱼，说："二哥啊，你闻闻味，是不是爹的手艺？"

王德心中一股暖流澎湃，百感交集："是，我有感觉，是爹、奶奶他们想我了。"

王决心趁热打铁地说："你该彻底清醒了，当初给你激情的女人，可会哄你开心啦，还特别懂你的需求，花言巧语往你怀里钻。这个女人呢，大概率是目的不纯，图你钱财，毁掉你家庭，毁你人生。"

王德愣愣地听着，眼神迷离了。

王决心继续说："二哥，你感觉你跟杜梅相处很无趣，那是因为你们在踏实过日子，她忙着工厂照顾家人，而不是随便过家家，你要知道垃圾食品吃着香但不健康，柴米油盐堆出来的烟火气儿啊，才是最真实的家。你看我跟乔麦，就是这种日子啊！"

王德抓着王决心的手说："老三咋懂这么多？你和乔麦幸福吗？"

王决心笑了："我比你难，都经历过了，可是，我还是选择的乔麦。你知道幸福密码是啥吗？"

王德一愣问："是啥？"

王决心得意地说："找对了人，才是你的福气。你好好想想，杜梅是不是你找对的人呢？"

王德吭哧着说不出话。

王决心说："别胡思乱想了，跟我回家养伤吧，让爹好好照看你。"

王德想了想，说："爹多累啊，我不能麻烦爹，我是想回容光县家里去养伤，姑父也是个伴，你说呢？"

王决心心有余悸，嘱咐说："爹、大哥、奶奶都希望你跟杜梅复婚。

你好好想想，别把好事放凉了。"

王德沉默了一阵，近日来，他经常梦见杜梅，复婚这个念头不是没想过。此时，他诚惶诚恐地想，杜梅是眼里不揉沙子的人，还能接受他吗？人说距离产生美，这样看杜梅，原来的缺点都变得美好起来。杜梅赢得了王家、赢得了孙小萍书记的尊敬，她凭什么做得让大家都满意？他跟杜梅复婚倒是一个好的选项。

第六十三章　树的节日

银杏林挨着枣林，枣林挨着红豆杉林。

人们再也看不到空旷的原野，原来这里是金灿灿的玉米地。如今，成片森林郁郁葱葱。夏天，树林里的风吹得人脸颊发烫。茂密的树林下生长着野花，野花映着一层毛茸茸的光，仿佛吹口气就能飘浮起来。太阳火一般照射，地上一片绿色，反射回天空的却是一片黛蓝，简直蓝得发黑。树荫下也闷热得很，空气凝滞，连一根树梢都不动。

王决心站在树荫下抹了抹额头的汗，燥热的脸盼望风来，他望着整片整片的树林。树木不孤独，一棵挨一棵，就像天然的大氧吧。即便是热，也能让他陷入混沌的脑子得以清醒。

他嘴唇抽搐着，眯缝的眼睛却是泪水盈眶。

他觉得需要一个树的节日。

王决心跟乔麦说了自己的想法，请建设秀林的朋友来，庆祝千年秀林白沟引河片区完工。乔麦很赞同，这就是一个节日。这些天，王决心充满期待的同时，也常常黯然神伤。他望着流向大淀的河水，就想到了淀子。如果淀子活着，它会围着树林转悠，也会很快乐的。

早晨，鸡叫头遍。

王决心站在屋子里，喷着热烘烘的鼻息。乔麦这才清醒过来，伸了一个姿势优美的懒腰，赶紧起身，洗脸、梳头和化妆，她的波浪头蓬松着，像炸开了。

王决心带着乔麦到了那片银杏林。

林地湿润，长出了青草和野菜。谁家的公鸡叫了几声，摇着湿漉漉的尾巴走过来了。走到近前，看到公鸡的脑袋挂着亮晶晶的露水，忽然飞了起来，王决心护着乔麦的脸，乔麦躲在他的腋下，公鸡飞起来容易啄人的脸。

他的鼻子灵，他闻到一股味儿，那是树苗的清香。银杏林怎么会有国槐林的味道？乔麦感到惊讶，也有这种错觉。如果早有这片树林，东来西去的人就找到了好的去处。

乔麦摇着王决心的肩膀，说："我跟你商量个事儿。"

王决心抚摸着她的头发，乔麦说："博野的苗木基地该转型了，我到萍河做农业创新开发你也知道，过了这个树的节日，我就要正式签约了。"

王决心以不慌不忙的声调说："你跟我说这些是啥意思？秀林第一阶段虽然完工了，但是郊野公园和悦容公园还需要用苗木的。"

乔麦沉默了一会儿，说："博野那边的用地该到期了。我不想丢掉这些种苗木的姐妹，我想把大荷花她们这些姐妹带到萍河北羊村。"

王决心说："乔麦，不用跟我商量。我支持你，让她们边学边干。"

乔麦点点头，说："今天晚上，就让大荷花、雁子她们也来参加庆祝活动吧，让她们看看自己培育的苗木怎样长成参天大树。"

两人说笑着走进一片枣树林。

太阳升起来了。树林里人影幢幢。身穿黄色工作服的工人影子晃动，他们给树木浇水，有人哼着类似西河大鼓的调子。白洋淀流淌过来的水，深究来说就是黄河水。工人喊道："耙喽，别过来！"他的嗓音让王决心有些惊异。乔麦考验王决心，问他"耙喽"是啥意思。王决心不懂，乔麦咯咯笑着告诉他，容光县农民的土语，意思是浇地。

王决心觉得容光县的话有意思，跟浇水的老汉多说了几句，好不容易听懂几句他的话。王决心自豪地说："这树是我们栽的，好好维护。"

"嗯，不差样。"

"枣林长了大枣，你就有甜枣吃了。"

"公家的，不能动。"

王决心忍不住哈哈笑了。

老汉的舌头不大听使唤，呜呜噜噜的。

枣林的味道越来越浓。这片土地是阳光晒得最热的地方，一只狗闪着绿色的眼睛，从他们脚下蹿过去，头也不回。王决心怔怔望着狗的背影，他的脸上出现了愁云。乔麦知道他想淀子了。乔麦拉他转过身来，换了换脑子，就忘记了淀子。

他掏出兜里的苇笛，看了看，没有吹。他晚上可能要吹一下，给鲁大林师傅露一手。乔麦去抢他的苇笛，他说了句含糊不清的话，他的嘴巴碰到了乔麦温柔的手背。

他们朝着大枣树走去，他们夫妻之间很少有这样一段闲暇快乐时光。王决心抬手指了指，说："老婆，你看，那棵大枣树看见了吗？那是我们的护林员张福全家里的树。"

乔麦说："我知道，他主动献给千年秀林了。"

众多的小枣树中间，突然冒出一棵大枣树，有些鹤立鸡群的样子。他走到那棵枣树下，麻麻坷坷的树皮，有些已经脱落。王决心往手心吐了一口唾沫，弯腰夹腿，往上一跃，就揽住了树干，嗖嗖地爬了上去。

他发现一个鸟巢。

鸟巢做得很隐蔽，在绿叶中黑乎乎地卧着，树干高高地耸起，树下的人根本看不见，却齐整地暴露在蓝天里。他能够辨认出是金翅鸟，鸟的个头不大，羽色艳丽，叫声轻柔。金翅鸟似乎发现了鸟巢的危险，在静止不动的树梢下飞来飞去，叫声凄绝。王决心缩头躲着金翅鸟，冷不防了摇树枝，金翅鸟呼啦啦地冲上了云霄。

乔麦仰头望着他，说："下来，别动鸟巢。"

王决心在高处向她招手，树下，乔麦的脸上映着点点阳光，特别美。他出溜下来，扑打扑打身上的土。忽然发现这棵枣树的树干上长着一个海绵状的木瘤，俗称树疤瘌，圆圆的，有点肉乎，仔细看，特别像张福全的脸，大嘴巴，还龇着两颗虎牙。

王决心说："你看像不像张福全？"

乔麦细细端详："太像了，就像把他的脸印上去了，福全大哥知道吗？"

"不知道吧？"

乔麦用手掌遮住清晨的阳光，伸手擦去树叶上的尘土，树叶在晨光里闪闪发亮。

王决心亲了树疤瘌一口，调皮地说："亲爱的，你别吃醋啊。"

乔麦笑道："你就搂着树睡觉，别搂我了。"

王决心顽皮地说："你看你看，还是吃醋了吧？"

他们手拉手跑着。小鸟从大枣树飞到小枣树上，啁啾着，上下翻飞。

乔麦咯咯地笑着说："将来这些小枣树都长大了，跟红豆杉林似的，你说是啥样的风景啊？"她拽着王决心奔跑起来，树影闪过，像是进了原始大山。洒满阳光的树枝和树叶仿佛全都流动起来，他们的心中充满宁静和甜美。

地上的青草软软的，与清澈的天空辉映着，乔麦嘴角浮起幸福的微笑。这一切来得太不容易了。

他们奔跑着，这就是他们想要奔赴的生活吧。

两个人慢慢停下来，王决心学着鸟叫，说："我想王家寨的千年老梨树了。过去在淀上打鱼，觉得那就是一辈子。现在种树，没想到这么幸福。乔麦，你说啥是幸福？"

乔麦的脸微微泛红："对于我们女人来说，有爱就是幸福，有心爱的男人呵护就幸福！"她的声音坚定而响亮。

王决心的胸腔里传出擂鼓一样的声音，他的目光越投越远："树就是咱们的幸福。"

一只云雀在头顶嘹亮地歌唱起来，清脆而嘹亮。他们似乎被这样的时刻迷住了。

傍晚，庆祝开始前，树林里的鸟多了起来。

树木冒着轻微的热气，甜蜜的困倦让人懒得睁开眼睛。

王决心坐在草地上调试大三弦，乔麦静静地听着。

人们陆续向千年秀林聚拢。

鲁大林和水牛从车里钻出来，水牛说："三哥，我们刚才看见一只绿尾巴鸟，尾巴那个长。"

鲁大林说："过去可没有。"

王决心笑迎着他们："说明生态好了，鸟们可不傻。"

他们在一棵高高的银杏树下说话，树枝优美地舒展开来，树叶在轻轻晃动，知了热烈的叫声似乎也止息了。

"这个地方多好哇……"苍翠的树木摇曳，乔麦站在阴凉的草地上，乌黑的眼睛一眨一眨。

水牛告诉王决心和乔麦，附近村里陆陆续续出来很多人，他们不知道树林里有什么热闹。进来以后，感觉环境太美了，他们一撩一撩地摇着树枝，树叶落下来，魂儿好像瞬间被摄走。人们低头，发现长着野荠菜，弯腰摘着野菜。

渐渐地，林边停了一排排轿车、吉普车。车轱辘碾轧出深深浅浅的车辙，颠簸起伏。乔麦有些吃惊："咋还来了这么多城里人？"

王决心疑疑惑惑地嘟囔说："是啊，他们咋知道的？"

水牛笑嘻嘻地说："谁不喜欢好环境？这说明绿色的生活生根了。"

王决心靠着树干沉默了一阵，然后轻声地哼唱起来。

这时，乔麦看见武玉龙和赵晓薇牵着手走过来，亲密得让人嫉妒。赵晓薇的头发乌黑闪亮。

武玉龙微笑着说："决心，这个庆祝活动是谁的创意？应该颁发创意奖。"

乔麦拉过赵晓薇的手，说："晓薇，祝福你们。听说玉龙是北京人，还是高铁站的设计专家，你俩真般配，结婚别忘了叫我们啊！"

赵晓薇故意噘了嘴，说："我们一起植树，你们结婚都没叫我。"

"你是大公主，我们不一样。"

过了一会儿，王永山、二巴掌带着大黑来了。二巴掌不知是紧张还是兴奋，脚踮得厉害，惊叹地说："决心，你们种了这么多树啊？"

每一棵树上都有二维码标牌，塑料牌子贴着树干，像一面面方块窗口。王决心让他用手机扫描标牌上的二维码，说："你可以查到苗木名称、产地、生长信息。"

二巴掌举着手机，说："这是法国梧桐……这是栾树……这是……"

王决心对树的记忆力超好，兴致勃勃地说："几十万亩，每一棵树都是这样管理的。过一会儿活动开始，还有无人机拍照，你看看全景，更壮观。"

王永山盯着高高的银杏林，目光飘忽，由衷地赞叹："这么短的时间，种了这么多的树，简直是人间奇迹。我要为秀林写一首诗。"

王决心说："二叔，不是一首，你应该为秀林写出一本诗集。"

乔麦带着她的姐妹们走过来了。乔麦对大荷花说："这是我们提供的银杏树苗。"

大荷花看见了，点点头，说："是！"

她蹲下身，摸着树根，又惊喜地站起来，弹着叶片的灰尘。

王决心站到场地中央，咳嗽了一声，激动地说："大家好！我叫王决心，是白洋淀王家寨一个普通农民，有幸赶上了好时代，赶上了新区诞生。我记得两年前，我和北京的大学生赵晓薇共同栽下千年秀林的第一棵树。两年的时间真快啊，我昨天去看望那棵银杏，长高了，长壮了，我跟银杏合了影，把照片带回家，带给了我的父亲和我的百岁奶奶。今天上午，枣林的最后一棵枣树置换成功，千年秀林几十万亩林地种植完成了。"

王决心拉着鲁大林站起来："朋友们，明天我们所有人都要各奔东西了，我想给大家介绍一位秀林的建设者——我的师傅鲁大林。人家从前不是种树的，是央企的电焊工，褚总的得力干将。人行干啥都行。他不仅教我科学植树，而且是我的人生导师。他的责任感和工匠精神，让我们服气，让我敬佩！"

人们笑着鼓掌，投来敬佩的目光。

鲁大林想到植树的艰难，红了脸："能够到这里建设千年秀林，我很荣幸。我也很幸运，结识了王决心这样的好青年，还有这里的老百姓，通情达理，高风亮节。美好的记忆会让我终生难忘。"

绿树不仅是新区的底色，也是人类的底色，人类生存的奥秘在此袒露无遗。在王决心的人生中，不曾有过这样的记忆，不曾见过这样的景象。一种投入劳动、投入绿色，祈福未来的豪迈心情油然而生。

王决心抱着大三弦走到灯光里，人们热情地欢呼起来。树香在周围弥漫，跟花香、泥土的芬芳混合在一起，钻进他的鼻孔里，这仿佛就是他生命的味道。

王决心弹奏起《荷花孝》，犹如天籁，缥缥缈缈。

"回来吧，回来吧……"一个声音在召唤，仿佛在近旁，又似乎来自另一个世界。王决心好像一生下来就在森林里，一直守候着它，跟它为伴。河水映着王决心无尽的依恋。大三弦发出浑厚的声响，悠远而苍凉。他的手指像是在跳舞，弹出了一种绝响。

王永山即兴赋诗：

> 在黄昏，辽阔的树林有我的信任
> 在干涸的大地，有我对绿色的希冀
> 田野，湖泊，村庄
> 多年的梦醒了
> 苍鹰在空中搭起一道耀眼的彩虹
> 树的二维码，弹奏生命的长琴
> 一棵树，就是一个挺拔而饱满的灵魂
> 在绿色的大地飞升
> 拥抱夜空中那一片数不清的星星
> 来了，来了，未来的绿色之城——

王永山朗诵完毕，转身亮出一幅芦苇画《树图腾》，画上的树木都是烤干的芦苇贴上去的。芦苇的叶片在夜灯照耀下闪闪发光。

王家寨树少，但是，依然有众多关于树木的神话传说。比如广场上那棵千年老梨树就有许多故事，人们在树枝上系上祈福的红布条，老中医拿树皮熬中药……

芦苇画上是一棵变形的生命树，树枝上点缀着各种动物和各种果实。这种动物与植物的连接，形成了生命的共同体，赋予了人们无限想象的空间。

赵晓薇扛着摄像机颠过来，欣赏着芦苇画，赞叹道："这幅'树图腾'，是讴歌大自然的，真是传神啊。"说着，就冲着画面拍摄。

谁也没有在意，张福全也在舞蹈的人群里，他轻轻走过来，递给王决心一根枣木杠子："兄弟，带回你们王家寨，用这个敲乾德大钟吧。你们要离开白沟引河片区了，这是送给你的，留个念想。"

王决心大声说："谢谢你，老张，今天晚上你女儿张鑫来了吗？"

赵福全抬手指了一下银杏林，王决心看见张鑫了。张鑫微微笑着，静静地观看，也像在谛听，她听见了鸟虫在林间唧唧作声。

人们大声高喊："千年秀林，千年之城，国泰民安！"

他仿佛听见乾德大钟敲响了。

鸟们腾飞起来，此刻，好像整个地球只有这一种声音。树林将人心浇筑在这里。青铜的低吟，穿越千年而来，把人们唤醒。晚霞像染红的淀水一样流淌，天空飘起一朵朵荷花似的云彩。周围的一切都喧闹起来，好像这些树木也在翩翩起舞。

王决心的话语有些松散、零碎。他眼里却闪烁着金色的光晕，嘴角挂着微笑。他长长地喊："回来吧，回来吧！"

乔麦听见了，觉得根本不像王决心的声音。

王决心又说："乔麦，你感觉今天晚上高兴吗？你觉得幸福吗？"

"你干吗问我这个问题？"

"你说嘛，我就想知道。"

乔麦的脸颊热辣辣的，蒙上一层不安的红晕，含泪说："决心，我很幸福。这个世界如果没有你，我活不到今天，更想不到还有这样自由、富足、可爱的生活。"

王决心板着脸说："你不能这样说，我们是夫妻，一家人。"

乔麦说："决心，你别谦虚，你为我做得多，往后我好好做，好好照顾咱的家。"

王决心低头吻了一下她的乌发，那里有银杏的香气。

乔麦说："不知怎的，我特别想让你抱一抱我。"

王决心笑了："等回家的。"

还有一个声音在召唤，声音就在近旁，却像来自另一个世界。王决心的脑子一片空白，好像一生下来就在原始森林里，一直守候着它，跟它做着伴儿。白沟引河的河水映着王决心无尽的依恋。王决心喉咙冒火了，手指急促而笨拙，三弦发出浑厚的音响，单调而苍凉。王决心想停下来，可王决心欲罢不能，灵巧的手指像是在跳舞，弹出了一种绝响。

王决心听见"嘭"的一声，大弦儿断了。

王决心一把将三弦揽进怀里，紧紧地拥抱着。

水牛一声吆喝，最后的环节无序地进入狂欢阶段。老人们纷纷撤出，年轻人一只手牵住另一只手，围着大树小树转着，唱着，跳着。

王决心长长舒了一口气，气氛变得悠缓而欢快。散开的时候，人们久久不愿离去。水牛分别发给每人一根青涩的树枝。王决心喃喃地说："都回去吧，都带一根吧，它会保佑你们的。"

人们虔诚地接过树枝走了。

王决心听见大荷花喊道："哇，我们愿意把自己的一生都留在千年秀林里，这里有我们植的树。"

还有城里旅游的人喊："啊，秀林啊，晚会啊，太爽啦，让我们在树林里找到自己吧！"

乔麦手下那些植树的人跟着嚷叫，释放着一些压抑的东西。王决心冲乔麦喊了一声："乔麦，带着大伙儿跳舞吧！"

广场响起了迪斯科的音乐。

乔麦的一丝笑意被王决心捕捉到。王决心大胆地向她们走去。

乔麦应了一声，急出一脸汗："哎，姐妹们跳舞扭秧歌呀！"很快，王决心听见一片嚓嚓的声响。村里的大妈们跳起了广场舞。王决心走进人群分外活跃，仿佛她们的一举一动树神都能看见似的。

王决心感觉民间的歌舞起源于劳动。他轻轻放下三弦，情不自禁地扑到沸腾的人群里，拉着乔麦的手跳着银杏树舞蹈。他们跳得很好。乔麦很投入、自如，身体轻盈如蝶，舞起来如出水荷花在风中颤动。树木与人融为一体，分不清是人还是树。

王决心竟然被树感动，满眼泪水。

晚会就在这样的狂欢中结束了。

夜已经很黑了，天空闪烁着稀疏的星星，人们陆续散开。

"快让你的姐妹帮着收拾吧！"王决心说。

这话竟然将乔麦给打动了。乔麦大声说："姐妹们，你们都出汗了吧？"大荷花和众姐妹呼啦啦扑上去了。

王决心又提醒了一句："你们就去白沟引河洗个澡，我给你们站岗。"

乔麦说："好主意。"

天彻底黑了，联欢的大灯也关了，到处黑咕隆咚的。天气闷热，大家已经汗流浃背。王决心让乔麦她们干完了活，带着雁子等种树苗的姐妹们到白沟引河洗澡。河水平静，起风了，树林的嗡嗡声很响。尽管隔了很远，王决心还是能听见女人们一迭声的呼叫声、戏水声。王决心对乔麦的声音最敏感。他在岸上听见乔麦喊了："我抓到了一条鱼。"王决心蹲在远处的树棵里喊："真有你的，夜里洗澡还能抓到鱼？"乔麦说："姐妹们，我抓到了一条小鱼儿。"

王决心扑哧一声笑了。

大荷花在暗处娇滴滴地喊："我看看，麦穗儿大小，就是麦穗儿鱼。"然后，姐妹们传递着这条麦穗儿鱼。乔麦深情地说："小时候，我在张家口老家河里抓鱼，抓着不少这种小麦穗儿。它很小，据说永远长不大，在大河里，可能随时被大鱼吃掉。可是，它们不气馁，不畏惧，凭自己的劳动，顽强地活着。"

姐妹们听着呆愣了一阵，不说话了。

王决心心里很欣慰。

他沉默片刻，嚷嚷说："姑娘们，这白沟引河的水就是白洋淀的水，白洋淀的水是圣水，这圣水将洗涤净身体和灵魂。"

"决心，说话都洋气了。"

女人们笑着朝大河扑去。扑通，扑通，一个个的落水声传出很远。平原是那般开阔，把王决心的心送出很远。

王决心喝了啤酒，满身兴奋，在土地上空翻了一个跟斗，这点功夫，是多年前练就的。

王永山和二巴掌激动地走了。

人都散了，鸟们归了巢。王决心的心还扑腾扑腾地狂跳。夜里，他和乔麦回到租住的家，困乏至极，头一挨枕头，酣然入睡。

第六十四章　土地辩论会

这几天乔麦除了吃就是睡，昏昏沉沉，昼夜难辨。王决心发现乔麦的脑顶有隐隐的光，不知乔麦自己发现没有。早晨起来，王决心带乔麦去医院求治。到了医院，经过验血，医生告诉他们，乔麦发烧了。

这天早上，乔麦口干舌燥，浑身无力，挣扎着爬起来。北羊村土地流转合同已经签约，马上就要规划高产田了。她可以雄心勃勃地大干一场了。高产田改造基金，乡村振兴基金会已经解决了，打到了村委会的账号上。乔麦想，下一步高效农田提升工程还需要二百万。她跟各家各户沟通后，发现成本明显增高。好在乔麦赶上了好机遇。眼下农村的"三变"开始了。资源变资产，资金变股金，农民变股民。有的经营公司觉得这是农民与公司争利，缩回去了。乔麦不这么看，公司效益好了，就是要井里放糖，甜头大伙儿尝。王决心惦念乔麦叮嘱她好好歇着。乔麦眼皮嘭嘭地跳，人痴痴呆呆的。

王决心请了假，他要给乔麦做可口的饭菜。菜端上来了，乔麦却低头沉思，不吃不喝。王决心觉得乔麦有心事，问："老婆，你在想啥？"乔麦叹息了一声，摇了摇头。王决心说："嗨，你不说我也知道。"乔麦说："你知道个啥？"王决心说："还不是北羊村流转土地那点事儿。需要我帮你吗？"乔麦立刻目光黯淡，摇着头。王决心一愣，说："你生病了，是不是后悔了，不想弄那块地了？"乔麦眼睛里蒙上一层淡淡的哀愁："谁说不弄地了？要弄，还要弄好。"

王决心不解地看着她，没头没脑地问："你想当大老板，以后有了孩子谁管？"乔麦说："我爹我娘，我爹的土地流转了，他们人也过来了，把花花照顾得不是挺好吗？"王决心用手指点着乔麦的脑门："你爹你娘碰上你，算是倒了八辈子霉了，这把年龄应该享受天伦之乐啦，还替你受累。"

乔麦沉沉地一叹。

王决心看乔麦的脸色，吓得不敢劝了，独自吃着菜喝着酒。他给乔麦夹菜，让乔麦吃："你得吃，生病需要营养补充。"乔麦低下头，抚摸着自己的肚子。王决心夹到乔麦碗里的菜，乔麦一小口一小口地吃着。王决心说："乔麦，我不是反对你干事儿，种子研发我想通了，我不是担心你身体吗？"乔麦瞥了他一眼，轻轻一笑。王决心不再追问下去，他懂得土地和种子在乔麦心里的位置。但是，王决心还是有隐隐的担忧。如果失败了，他怕乔麦经不起这致命的打击。

夜幕降临了，柔和的风吹到房间里来。王决心将耳朵贴在乔麦肚皮上："听听有没有动静。"

乔麦一把搂紧他，两个人紧紧地拥抱在一起，在床上滚了几滚。王决心的手伸到了乔麦光滑的后背。那里原本有一个蜈蚣形的疤痕，是腰里硬打的。王决心跟乔麦做爱，情不自禁摸到疤痕时，乔麦的脸上总是闪过一丝阴影。乔麦非常在乎王决心的感受，偷偷去了美容院，反反复复好几遍，才将疤痕去除了。乔麦心中把腰里硬恨得咬牙切齿，但不说破。王决心没有说，手掌在她光溜溜的后背拍拍，乔麦就心领神会，抿嘴一笑，伸出白藕般的胳膊搂紧了他，露骨地对他表示了爱意。

天亮的时候，王决心上班走了。

乔麦做了无数的梦，梦里，土地丢了。她像个迷路荒野的孩子。梦里的月光是黄的，黄黄的粮食一粒一粒，撒满了一地。乔麦见状惊喜、诧异，满脑袋还是粮食。

乔麦梳洗完毕，精神好了一些。

王德过来找她，急切地说："平整高产田，北羊村卡了壳儿，村里有钉子户。"乔麦一愣，她听见过村人极不恭敬地嘲讽她。有人讥讽说："这个女子不简单，你想当大地主？"乔麦扑哧一笑，她是一根筋，不达目的誓不罢休。乔麦穿着宽大的紫色风衣。王德说："衣服真漂亮，准是决心给你买的。"乔麦甜蜜地点点头。王德说："三弟变了，会疼老婆了，恨不得把你顶在头上，别在裤腰上。"乔麦咯咯笑道："他看见我头沉，就带我去医院检查，还买了宽大的衣裳，让我备孕。"

王德轻轻地笑了，说："我现在明白了，爱一个人就要本能地对她好，不图回报，没有理由。"

乔麦一愣："二哥，你终于悟出来了，我这些年如果没有决心的帮衬，人早就没了。"

王德说："是啊，其实，你俩的缘早就结下了。"他说着，话题又回到了北羊村的土地流转上。王德说有几个农民还是不愿流转土地。

乔麦给陈锁柱支书打了电话，陈锁柱让她赶紧过去，开一个现场辩论会。

乔麦背着挎包出了门。

王德开车拉着乔麦去了北羊村。他们直接去了北羊村村委会。会议室的人并不多，陈锁柱、孙副镇长、曲良、孙老汉、二楞和刘凤桐等人坐在那里，人人都闷闷不乐，烟气腾腾。乔麦进来的时候，陈锁柱扬着巴掌说："乔董事长来了，咱们当面锣对面鼓，把问题掰扯清楚。"他转脸望着孙副镇长。

孙副镇长让陈锁柱先说。

乔麦静静地坐在孙副镇长旁边。她穿着黑色套装，庄重、优雅。上衣领口有一个小装饰，两只黑色的鸭子，像黑天鹅似的闪闪发光。

陈锁柱望了望大家，说："上级号召，一村一品，一村一田，土地连片，搞现代高效农田，搞智慧农业，大规模流转土地呢，一方面解决土地撂荒问题，还能解决一家一户的局限，降低粮食成本，提高质量和产量，这是大势所趋，但是流转土地期间遇到了很多的问题，是尖锐的，也是复杂的，一言难尽啊。所以大家今天敞开胸怀，把自己的苦衷道出来，我们好讨论解决。"

曲良目光里带着一丝不屑。他是村里的富户，五年前打工回乡创业。他是第一批流转土地的农民。他流转了村里六百亩土地，却以失败收场，不仅拖欠着乡亲们的流转费，还口口声声说赔了，自己弄得灰头土脸。但是，他自己家却住着二层小楼。

曲良举手说："陈支书，你说今天是内部会议，咱们家丑不外扬，畅所欲言。首先说，我对乔董事长没有意见。流转土地，打造高效农田，土地流转是自愿的，我这十二亩地不想流转，为什么有人还强迫我，我要告状啊。"

孙老汉说："你告状，没有人堵你的嘴，可你拖欠承包款，咋算？"

曲良脸色难看，瞟了一下孙老汉。

孙老汉垂着头，心里憋着委屈。陈支书说："你不流转有什么想法吗？理越辩越明，来点火药味也不怕，能说的和不能说的，可以畅所欲言，没有忌口的。乔董事长可是听着呢。"

曲良插嘴说："我不理解的是，老孙头还揪着我的辫子不放。今年的夏粮收麦子，天气是孩子脸说变就变，收了芽麦，不怪我啊，是那家公司变了卦，我有啥办法啊？你把这个账全记在我身上，不公平嘛！"

孙老汉倔倔地说："苍蝇不叮无缝儿的蛋，当初你把这家公司夸成花啦，你扪心自问，问问自己良心！"

曲良恼了，喊："良心，我当初说一番好心，你不仅不感激我，还翻旧账，把我推到火上烤。真是知人知面不知心。我过去流转土地是失败了，欠乡亲们钱，我会还上的。人啊，就是要哪跌倒从哪爬起来。如今，好政策来了，重新燃起了我创业的念头，所以，我不答应流转土地，难道错了吗？"

陈锁柱摇了摇头，说："几年前你流转了六百亩地，现在看来，六百亩只能小打小闹，能够规模经营吗？乔总可是要流转万亩，几乎包下咱村的全部土地，你看看人家的气魄。"

乔麦静静地坐着，这话题吸引着她。

曲良老老实实地说："一千亩，是我的底线，万亩咱确实弄不了。"

孙老汉气呼呼地说："曲良，别吹牛啦，都是乡里乡亲的，我大雨里看麦田，晕倒在地头，你管过我吗？还是乔董事长救了我，给我送到了医院。我与人家不沾亲不带故，多好的人哩！"说着止不住泪流满面。

乔麦谦逊地说："孙大爷,这事别老挂在嘴上,是我应该做的,不值一提。"

孙老汉半天没缓过来,嘟囔说："农民种地,就想打粮,都想干出点名堂,咱响鼓不用重锤,我祖祖辈辈都是种粮的好手,我情愿把土地流转给乔董事长,为啥?乔董事长人好,像我们这块土地,她能够经营种子,我不仅得了流转费,还能股份分红。"

曲良直愣愣地瞪孙老汉："你爱土地,乔总也爱土地,难道我曲良就不爱土地吗?如果我不爱土地,我能从城里回来流转土地吗?"

陈锁柱瞪着曲良："这是什么态度?跑题儿啦,爱土地不等于把持着不流转啊。"

乔麦抬头望了一眼陈锁柱。

她说："支书,让曲良把话说完,我感觉他还是有想法的。"

曲良望着乔麦,伤感地说："我干那阵儿,有点倒霉,种粮补贴都不顺。除了我自己的错,难道社会就没有责任吗?处处挤压我们农民,听说你是农民,没有权力的背景,人人欺负你。城市只接纳你的劳动,但是,不接受你的人格和尊严。本以为城市人变坏了,家乡是温暖的。可是,我回乡干事的时候,乡亲们怎么对我的?处处是利益当先,没有情义,这年头谁动感情谁他娘的吃亏!"

陈锁柱愤怒地吼:"曲良,说话要凭良心!"

曲良愣了愣,沉默半天,软了声说:"好,我不发牢骚了,发了也没用。如今新区来了,国家补贴政策好了,所以,我想留下土地自己干,有什么不对的吗?当年是我犯的错,是因为亏损,乡亲们对我有了看法,但是我要重新创业的时候,也不会再犯以前的错了。"

孙副镇长说:"曲良说得也有道理,他过去打工,农民打工不容易,他用打工的钱回来创业,首先这种精神是应该肯定的,但是,投资是有风险的,尤其是种粮食。曲良啊,我不明白,你这十亩地夹在中间想干什么?"

曲良说:"我搞城市农业。"

大家哄地笑了,很少听说城市农业。

曲良瞪大家一眼,说:"你看,说你们孤陋寡闻,你们不爱听。啥叫城市农业，就是在城市边上搞农产品供应，十年河东，十年河西，白洋淀新区来了，未来创新之城，城市农业必须跟上。"

"你一没资金，二没销路，凭啥跟进啊？"孙老汉争辩说。

乔麦说："只要有信心，黑土变成金。这也是未来农业的一个方向。"

陈锁柱望了孙老汉一眼，哼哧一声笑："老孙头啊，我刚想起来，你的土地流转给乔总了，你不是钉子户，今天你来干啥？谁喊的你啊？"

老孙头拍了拍胸脯，说："干啥？还用喊吗，乔总是我拉来的，我就怕你们欺负人家闺女。你们谁要敢欺负他，我跟你们玩命！"

一束阳光爬进来，正好照在乔麦的额头，她的额头闪闪发光。她的额头一阵酥痒，抬手轻轻揩了一下，目光又回到现场。

孙副镇长扑哧一声笑了："我来说两句，我们鼓励创业，无论是外来的乔总，还是本村的老曲。只要是愿意创业、愿意种粮的，我们都应该鼓励，让他们享受国家的优惠政策。当初你流转土地多少钱一亩？"

曲良说："六百元。"

孙副镇长说："现在涨到一千，千年秀林流转的土地也是一千。土地涨了，粮食价格没涨多少。粮食收购价太低，谷贱伤农啊，我听说乔总给粮站的锁都砸开了，仓库里边是空的，他们到底要干什么？好在他们把芽麦收了。"

曲良嘟囔道："萍河粮站坑农，他们宁可空着仓库，也不收咱粮食，镇长你得管啊！这事不解决，种粮能不亏吗？"

陈锁柱叹息一声，说："曲良，你别怨这怨那的，自认倒霉。我问你一句，这一万多亩的土地放在你手上，开发高产田，你敢租吗？租了以后你有什么想法吗？你刚才口口声声说搞城市农业，一万亩地你敢拿下来吗？"

曲良吸一口冷气，痛惜地摇了摇头："娘哎，别看我能掐会算的。我可没有乔总这么大的胆子，弄不好就掉窟窿里啦。说实话，我就想再流转几家儿，就这么大胆量。"

陈锁柱哈哈地笑了："你看你看，露馅了吧，就得亮明态度，听听你的真实想法。"

曲良咧了嘴说："你口口声声说，土地流转要自愿，你不能逼迫我啊！"陈锁柱说："自愿，没有错。但是，这里要具体问题具体分析。比如说村里的地都集中流转了，就差你这一块地，高效农田无法施工，直接耽误一村一田，咋办？村集体还有地就给你换一块，边边角角的。"

　　曲良插了一句："我不干，我要告状。"

　　陈锁柱生气地说："把告状挂在嘴边，长本事啦？你回去好好研究研究政策，告状你也告不赢。好了，你再琢磨琢磨。"他扭脸望着二楞："二楞，你说说，为啥不流转土地？"

　　二楞呆傻地吭哧着。他是村里的光棍儿，平时懒懒散散。村里执行增人不增地、减人也不减地政策。去年他娘死了，他爹打工回乡了。他家的八亩土地本是托付给姑姑家代种，他爹收回来自己种。听说乔麦要用他家的地，抵抗着，不答应。

　　二楞翻了翻眼皮，从肚里挖着词。

　　陈锁柱急眼了，骂道："你个懒蛋，有话快说，有屁快放，为啥不流转土地？你要是跟我胡搅蛮缠，别怪我对你不客气！"

　　二楞梗着脖子对陈锁柱说："你不客气，我还怕你吗，你敢给我开除地球啊？"

　　陈锁柱瞅见二楞就来气，伸手扒拉一下他的后脑勺："吃枪药啦？还他娘的挺横！"

　　二楞急眼了，回了陈支书一拳，打在陈锁柱胳膊上。陈锁柱骂得更凶了："兔崽子，你还敢动手打我？"

　　陈锁柱冲着桌下二楞的腿狠踢了一脚。

　　二楞被踢疼了，急赤白脸地跟陈锁柱厮打。几个回合，二楞吃亏了，就抱着脑袋喊："支书打人了，支书打人啦！"

　　这时孙副镇长和王德过来，赶紧把陈锁柱和二楞拉开。

　　乔麦说："二楞，支书骂你几句，他是为你好。挨点骂就挨点骂嘛，反正也骂不掉你一块肉。"

　　陈锁柱对二楞指指点点："二楞，你不缺胳膊不短腿，为啥不愿意种粮？"

二楞情绪舒缓了一些，终于说了实话："我愿意流转土地，我爹不干。我在千年秀林打工够生活，下班还可以去建筑工地干活，我娘死后，我爹是不走了，让他种田吧！还有，高效农田，那就给地整平了，我们就是长了火眼金睛，也认不出来了。"

乔麦觉着二楞挺滑稽，问："二楞，你爹愿意自己种地？种啥呢？"

二楞笑嘻嘻地说："春天种麦子，秋粮种玉米、大豆，现在有个间隔套种法。"

陈锁柱说："你小子还知道间隔套种法？"

二楞的担忧不是空穴来风。当年他家的土地流转给一家公司，他家的土地挨着萍河，这家公司开了垂钓园，二楞管那家公司要土地款，不但没给，还给二楞打伤了。后来，白洋淀新区成立，村委会出面收回了这家公司流转的土地。

唇枪舌剑，嘈杂得厉害。乔麦耳膜被震疼了。

王德插话说："这种事情，我们公司绝对不可能出现的。"

乔麦紧锁着眉头，脚尖在地上蹭来蹭去。

乔麦觉得曲良和二楞的问题具有普遍性，这是前车之鉴。她警告自己，万万不能走这些老路，教训应该记取。陈锁柱看了看大家，又看了看坐在一旁的刘凤桐："凤桐，你说说，你有啥想法？"

刘凤桐脸上青一阵白一阵，说："陈支书，说心里话，没有地种心里慌，没有地我干啥去？种粮赔钱，起码我有活干，我就见不得地荒着。"

陈锁柱苦口婆心地说："你这点值得赞扬，你们知道我最恨啥人吗？土地撂荒。土地撂荒吧，自己还心安理得，这叫没良心，这样人家的土地应该被集体没收。"

刘凤桐说："我就是想啊，如果乔董事长让我干点活，我就答应流转了。"

陈锁柱看了看大家，又看了看乔麦。

乔麦静听，没有表态。她担心放开这个口子，失业农民就都扑过来了，种业研发用不了多少农民。陈锁柱指指点点地说："你别做这个梦，人家乔总干的是现代农业、智慧农业，用的都是专家，还有机器人和无人机，你能干啥？只能看个门儿。看门儿还腿脚儿都不利索。"

刘凤桐沮丧，结巴地说："那我，我还是自己种吧，自己种吧。"

陈锁柱瞪了他一眼，说："吃苦受累的脑袋，你到工地搬砖头不行吗？"他看了一眼孙副镇长，又看了看乔麦："说句心里话，民以食为天，最大的问题在农村，风险来自粮食，这不是危言耸听。流转土地种粮食，我很佩服乔总，企业种粮也是承担风险的。今天大家提的问题，很有代表性，怎么解决，她心里应该有谱啦。下面我们隆重请乔麦董事长讲话。"

孙老汉带头鼓了掌，大家跟着鼓掌。

乔麦向前跨了几步，走到了桌子前，摆着手说："大家不要给我鼓掌，事儿还没干成呢，没有资格接受你们的掌声。我在北羊村流转土地，就把这里当家乡了。刚刚大家说了心里话，让你们为难了。其实，这事儿对我来讲，也是大闺女上轿头一遭。我是张家口人，祖辈都是农民，后来嫁到王家寨。我们的祖辈是靠种粮为生，种莜麦、土豆、大豆，我是地地道道农民的女儿。我在王家寨养鸭、织席，后来转为种树苗。种树苗轻车熟路，为什么我要种粮？不仅是种粮食，还要搞种业创新。刚刚陈支书说了，粮食多么重要。手中有粮，遇事不慌，老百姓需要粮食，国家需要粮食。农民不能看热闹，应该给国家打粮食。"

乔麦从兜里掏出了五斤、十斤的粮票，眼圈渐渐红了："我跟大家说，这是我爷爷乔老蔫留下的粮票。我爷爷当年是村里的粮库保管员，偷了村里的种子给穷人吃，救活了好几条奄奄一息的生命，但是他被公社抓走了，在学习班上犯了病，再也没有回来，我爹和我哥在自家责任田里种大豆，被假种子坑了，我哥哥为假种子的案件打官司，路遇车祸死了。这些悲剧本来就不该发生啊。"

大家都默不作声了。

王德没有听过乔麦的表白，这话震动了他，他听得入神，嘴巴微微张着。

乔麦眼睛湿了，她是个内向人，一旦说起来，就像打开泄洪的闸门。

她做出赴汤蹈火的样子，说："唉，如今我是吃一家人的饭，管百

691

家人的事。我总觉着，还是粮食分量重，不管我们多难，农民就是要种粮食，这是天经地义的。"乔麦停顿了一下，"实际上，我感激孙大爷，也挺佩服曲良大哥的，他是第一代外出打工的。为啥打工？种粮不挣钱，那点辛苦钱，还不够塞牙缝的。我估计他走的时候，可能会发誓，再也不想回农村了，离开土地就能跳出苦海。可是他打工十几年，辗转腾挪，融不进城市，又回不了乡村，进入了一个怪圈儿，困在两难魔咒里，这就是压在我们农民头上的千年魔咒，如何破这个千年魔咒？"

乔麦的话，似乎触动了曲良的神经。

曲良激动地说："千年之城，突破千年魔咒，说得好啊！我就讨厌某些人，对我们农民总是居高临下地训斥。那些虚伪的话，我当然不信！"

"曲大哥，你让我把话说完。"乔麦眼睛里散发着光芒，"我有我的想法，我从大豆、玉米和小麦种子上发力。过去，我们农民是靠天吃饭，天不下雨着急，天下大雨还急，因为受灾就闹粮荒，靠地打粮，种子不出苗，还有假种子、假农药、假化肥坑害我们农民，哪里是我们的出路？我们农民就是要自己找出路，自身奋起，搞高效农田，智慧农业，培育我们自己的种子，公司有效益，村集体经济会壮大，农民变股民，这不是一箭三雕的好事吗？"

曲良嗓门粗重，喊道："乔总的话我爱听，诚实，一看她就是个善良人。但是我经历过，我知道种粮这里边的猫腻，要警惕伸向农业的黑手。尽管有补贴，吃拿卡要的部门多了，都到手不容易。粮站逼我们，化肥农药抬价，太难挣钱了，上来就是亏，最后还是一个无底洞。"

乔麦说："你是一朝被蛇咬，十年怕井绳，我理解曲良的心情，但是你的思维还是停留在那个魔咒里，我们必须跳出来。历史给我们推上了一个新的舞台，我们不能错失良机。要想成功，首先要有危机感，现在粮食安全、地下水超采、土地沙化碱化，都在威胁我们，所以说我流转土地以后，首先投资高效农田，养护土地，敬畏土地。我们只有对土地好，土地才能对我们好，才能产优质粮食，同时我的公司还不至于为卖粮食发愁，我们卖的是种子，我们要建设全国一流的种业基地。当然了，免不了摔跟头碰壁，我和我的公司做足了准备，不碰得头破血流，人是长不大的，怎能炼出钢筋铁骨？"

二楞笑着鼓起掌来，大声说："乔总说得好，你不仅流转土地，还要养护土地，你要真的说到做到，我王二楞佩服你！"

孙老汉含着眼泪说："我没有看错人，乔麦董事长这一说，我更明白了，保证不让你后悔。像我们这些没有资源的农民，傻干是干不出名堂来的，只能蹲在街头晒太阳了，种田还是得靠乔总这样的新农人。"

陈锁柱和孙副镇长点点头。

他们分别做曲良、刘凤桐和二楞的工作。二楞急得团团转，叹息一声："那我就再赌一把。"

刘凤桐被陈锁柱说通了，最后钉子户还在曲良身上。曲良梗着脖子垂着头。陈锁柱不耐烦了："曲良，就剩下你啦。你回去再好好想想，你要再想不通，就把你家那土地换掉啦，别耽误高效农田改造。咱们村集体，还有一些流动地。"

曲良嘟囔说："我这地有古树和古井，有风水，到哪也不换！强迫我换，老子告状！"

他愤愤地拍一下桌子，倔倔地走了。

孙老汉朝着地上狠狠地呸了一口："这狗东西，啥人啊？他哪是想搞城市农业，他就是看着人家乔总流转土地，自己心理不平衡。"

乔麦跟陈锁柱交流几句，会议就散了。

王德和乔麦回到了家里，王决心听说还有曲良一家拿不下来，忽然想出面会会曲良。他到底是怎样的一个家伙？

王决心和乔麦开车再次来到了北羊村。

王决心停下汽车，看了看曲良那块土地，土地的香味丝丝缕缕钻进他的鼻孔，涌进肺腑，他深深地吸了一口，说："这个地块儿如果不拿下来，所有的机械都过不去，必须得找曲良，这个硬骨头我来啃。"乔麦担心地说："我们和气生财，你别像对付腰里硬那样来横的啊！"

"我知道。"王决心说。

这个时候，天阴沉着，王决心和乔麦来到了曲良家的小院。传说曲良住着别墅，其实，就是两层建筑，窗户和玻璃已经陈旧了，喷涂的墙皮灰蒙蒙、一疙瘩一块的。院子不是很大，光光的水泥地面，堆着一个花池，张扬的喇叭花开得风风火火。院里有一棵粗大的枣树，红枣挂住了，远看像一片红豆。鸡在围着枣树根咕咕地叫。

　　曲良的老婆弯腰在猪槽里洗了手，将王决心、乔麦和花花迎进了屋。曲良见乔麦来了，依然沉着脸。

　　王决心性格里是"自来熟"，几句玩笑就拉近了他们之间的距离。

　　王决心跟曲良握了握手，握手的时候攥住曲良的手，攥疼了："你就是曲良？你就是大名鼎鼎的曲总？我是乔总的爱人王决心。我是中天建的工人。"

　　曲良有些受宠若惊，板着的脸有了笑意："欢迎你们，欢迎你们。"然后就说："天不早了，午饭就在我家里吃吧。"

　　王决心说："好，你出菜，我出酒。"

　　王决心提着的兜里有茶，还有四瓶汾酒。他掏出一瓶酒，用牙咬开瓶盖："喝，酒逢知己千杯少啊！"曲良点点头，让老婆去院里摘了黄瓜、西红柿，回来就拍了黄瓜、糖拌西红柿，还端来煮饺子，饺子热气腾腾。曲良往两只白瓷大碗里倒酒，三只大碗倒满了酒。乔麦推开了酒，摇头说："曲良大哥，我不会喝酒。"曲良脸一沉："乔总，你是不是还看不起我？"乔麦说："你昨天发言，提醒得有道理。"曲良固执地说："不喝酒就是看不起我。"王决心脸色一沉，压低嗓门说："我老婆喝不了酒，她正备孕呢，你这朋友交定了，今天我跟你喝。"

　　曲良愣了愣，嘿嘿一笑，说："好，咱们饺子就酒，越喝越有啊。"

　　这时候，一条黑狗蹿了进来，舌头舔着桌上的饺子，曲良拿筷子狠狠地敲打了狗的头，对老婆说："赶紧用链子把狗拴起来。"曲良一瞪眼，狗就乖乖地退了。

　　酒过三巡，话题就回到了曲良的土地上。

　　曲良为难地说："土地上的事，我不是故意为难乔总，我欠老百姓的钱，还有粮站欠着我的钱啊，他们收了粮打白条子。"说着，从抽屉里翻出白条，连珠炮似的骂了一阵粮站。

乔麦抢过那个白条子一看，又是萍河粮站，她说："我给你找他们要钱。"

曲良说："还找那个宋站长吗？听说那个宋站长挨了处分调走了，现在来了新站长。"

乔麦大咧咧地说："共产党的天下，谁当站长，都得守规矩、讲道理，咱不能受气。"

曲良知道乔麦在粮站砸锁头，捅了马蜂窝了。宋站长是胡大军镇长的小舅子，看胡大军镇长怎么给乔总穿小鞋吧。乔麦毫无顾忌地说："胡镇长应该管好他那小舅子，欺负老百姓没有好下场！"

王决心喝了一杯，说："咱脚正不怕鞋歪，给咱穿小鞋儿，看错了人，我还想给他穿上小鞋哩。"说完哈哈地笑起来。

曲良蒙了，他不知道乔麦有多大后台。

王决心跟曲良喝到了勾肩搭背，越说话越投机。王决心说："你这块儿破地，变通一下好不好，你愿意种菜，我给你找块地种菜，有你吃的菜，但你这块地流转到我媳妇这儿，由农民变股民。"

曲良眼睛灵活地转动着，点点头。

王决心说："我看啊，你这地折合成股份，你爱面子，公司还可以给你挂个副总，你们一块儿干。"

曲良眼睛一亮，扭头看着乔麦。

乔麦郑重点了点头："别人不行，曲大哥行，当年回乡创业的劲头，我真的很佩服。"

曲良受宠若惊，紧紧抓着王决心的手，眼睛含着泪水，道歉说："是我的错，我不该跟乔总顶着干，可是我实在是憋着一口气，村里人瞧不起我，我没脸面，同样流转土地，乔总干成了，我没干成，我在村里真的混不下去了。你们给了我面子，我就没有后顾之忧了。农民变股民，让我茅塞顿开啊。"

王决心拍着曲良的肩膀说："老爷们吐口唾沫是个钉儿，你可不能反悔啊，特事特办，所谓的人生，就是一个闯关的过程，谁闯到最后谁就是爷！"

曲良听着受用，主动干了一碗酒。

王决心的突然走嘴，却是智慧流露，化解了危机，给乔麦提供了动力。

乔麦心里的一块石头落地，笑了。

王决心领着花花晃晃悠悠地走出了曲良的家。乔麦轻轻一笑，说："哎呀，这个曲良估计也是喝高了，喝了四大碗啊。"王决心涨红着脸说："我也高了，但是酒后有灵感啊。这家伙爱喝酒，给他的面子补齐了，就啥都好办啦！他也不说干城市农业了吧？"

乔麦嘻嘻一笑，将花花背到肩上。

第六十五章　空中基站

二〇一九年九月的一天，杨义成从深圳出发去白洋淀。

这天晚上，靳一光和公关部女经理谭香在深圳国盛总部给杨义成送行。

国盛大楼里灯火通明。

杨义成有些疑惑，一般情况下，他会叫上硬件经理、软件经理和国盛全球终端销售的副总裁潘大立。这样特殊的送行，别有深意。

其实，靳一光给杨义成备好了优秀的团队。谭香女士招聘了一些科技人才，都非庸碌之辈。谭香抓紧培训，就是给杨义成预备的。

靳一光微笑地望着杨义成："是骡子是马，该拉出去遛遛啦！引用曾国藩一句话，胜利则举杯相庆，败则拼死相救。"

杨义成愣了愣，反驳说："师傅，国盛有今天的声誉，在国内怎么可能败呢？只是怎样做得更好。您就这两句吗，您的具体指示呢？"

靳一光微微一笑："任命你为北京国盛总经理兼任白洋淀新区总经理，北京的队伍可以带到白洋淀新区，我没有具体要求，给你自主发挥的空间。"

杨义成感动地说："师傅，我明白了。"

杨义成认真研究了京津冀电信市场。国盛已经与中国移动和中国联通合作，在京津冀站稳了脚跟，必须在白洋淀新区立足，协助当地移动公司部署国盛5G基站，欧洲的著名企业罗迪斯和几家国内通信商在那里角逐。

靳一光举着红酒杯，潇洒地说："义成啊，你一直不想回故乡，想去开拓海外市场。最近从成都回来，怎么想通了呢？"

杨义成说："师傅，过去我为自己考虑多了，固执，或是幼稚，应该站在咱国盛角度思考问题，白洋淀新区是未来之城、科技创新之城，没有我们国盛，那怎么行啊？"

靳一光看了他一眼，仰脸笑了："好啊，你终于想明白了，你此行任务繁重，希望你带领我们团队，在白洋淀新区开拓新战场，立足白洋淀新区，辐射京津冀，白洋淀是你的故乡，建设国盛基地，用我们的技术助力白洋淀新区高质量建设，虽说没有开拓国外艰苦，但是，也不会轻松，还是我会上说的那句话，除了胜利，我们无路可走！"

杨义成点点头，郑重地说："实干兴邦，我们只能拼了。"

靳一光满意地点点头，吃了一口菜。

杨义成神情凝重地说："师傅，大话就不说了，白洋淀新区的国盛研发基地选址、5G基站，还有白洋淀新区的云计算，如果国盛被挡在了门外，我还怎么有脸回国盛，怎么面对师傅对我的栽培啊？"

杨义成喝了一满杯红酒。靳一光太忙了，喝了一杯红酒，吃了一点饭就走了。

"师傅……"杨义成望着靳一光蹒跚的背影，眼里闪烁着泪光。

他叹了口气，抬头望着窗外。

"杨总，你是不是有点慌啊？"谭香略带风趣地说。

杨义成用餐巾纸揩了一下眼睛，说："你是慌，我是心疼师傅。他今天很疲惫，这么大年纪了，还在一线拼搏。"

"是啊，他太累了。"谭香听了杨义成的话也感动了，她眼睛潮湿，但泪水瞬间蒸发，留下了微微的凉意。

杨义成慢慢转脸望着谭香，缓缓坐下来，望着谭香显得紧张局促，一时难以适应。

师傅是什么意思？考验他能不能过美人关吗？杨义成在恒通的时候，老婆不在深圳，也没有传出一丝男女绯闻。

谭香五官长得不算很漂亮，但是，有气质，有修养，给人不一般的感觉。深圳的空调温度低，她身穿灰色丝绒西装，丝绒材质细腻光滑，胸襟交叉的线条使她显得温婉动人。

谭香看着他的眼睛说："你师傅担心你压力大，在你出发前，叮嘱我把技术预备队亮相给你，他对你够好的！"

杨义成愣了愣，说："预备队？真是打仗啊？"

谭香咯咯笑着："你啊，吃惊的样子挺逗的。主要是 5G 和云计算技术方面的支持。"

"是这样啊，师傅对我好，怕我没信心！小谭，有师傅的运筹帷幄、指点江山，有你们的预备队的技术支持，我心中有底了，一定打好这一仗！"

谭香笑了，她笑的时候特别妩媚。

杨义成心情极好，高兴地说："谭香女士，你笑起来特别有魅力，国盛都是人才啊！以后多多帮助我提携我！师傅走了，我们改喝白酒吧？"

谭香说："对我来说，京津冀是陌生的，白洋淀新区更是一张白纸，你到那里离家人和朋友近，你师傅相信你能够处理好各种人际关系，平衡好公司和亲人的利益。"

她说着倒了一杯红酒。

杨义成的强势劲头上来了："谭总，你放心，我绝对不会徇私情的。谭总，你不喝白酒不行，你不喝就不说心里话，我想听听你的真话。"

谭香换了白酒国窖，喝了几杯，她抿嘴一笑，说："喝酒不喝酒，我对你都是真话，我警告你，你别有依赖心理啊，你师傅把我们预备队提前亮相给你，还有一层含义呢。"

杨义成笑了："你看你看，还是白酒管用吧？什么含义你直接说啊！"

谭香眨眨眼睛，勉强笑笑，说："你师傅在考验你，如果预备队不上，你以北京中关村我们国盛的现有人力，在白洋淀新区干得漂亮，我们就给其他地方预备了，你就更牛啦！"

杨义成心领神会地笑了，喝了满满一大杯："是啊，师傅英明！我还是没底啊！我们 5G 基站海外市场不是被老美压制了吗？"

谭香摁住杨义成的胳膊，严肃地说："俄罗斯进展好，但是巴西和土耳其有希望，而欧洲在观望。"

杨义成豪迈地说："以我的个性，渴望去海外征战。"

谭香用似乎超出了公关部经理的口气说："你在成都小试牛刀，手机和电脑销量翻番，5G基站进展迅速，靳总是很满意的。别看京津冀市场蛋糕不大，而且我们的5G跟中国移动互联网合作了，我估计云计算业务合作会非常重要。你师傅派你去，那是欣赏你、信任你。你少喝点吧，喝高了，我的话就白说了。"

杨义成红了脸，颇为得意地说："你放心，我有政府机关的训练，到了白洋淀新区，我不喝，因为酒会耽误大事的。"

谭香说："你说到官场，我也接触了一些官员。他们在官场上混，太过于注重仪表和口才，油头粉面，给人一种不踏实的感觉。而你没有，淳朴、真诚和实干。"

杨义成苦笑着："就是我笨呗。"

谭香说："你师傅阅人无数，是他的感觉。这一点不贬低你的帅气和聪明啊！"

杨义成嘿嘿地笑了："让美女贬低一番，也是福气啊。"

谭香点点头，脸色变得严峻："告诉你，杨义成，你师傅为什么没有具体说什么？其实啊，国盛的业务应该都装在你心中啦。"

杨义成点点头："你反复说这两个问题，管理上严格，技术上突破。小谭，你是师傅身边人，有一个问题，我一直不明白，能不能冒昧地跟你讨教？你可以回答，也可以不回答。"

谭香说："说吧。"

杨义成不解地问："靳总为什么让我叫他师傅？"

谭香低下头，嗫嚅道："我没有钻到他的心中去，说得不知道准不准，凭我的理解，可能是从管理层面来的。我们国盛三四万名外籍员工，大多是科学家，还比较好管理，毕竟大家是靠研发成果吃饭。而你，没有担负个人研发，一到国盛，就直接进入了管理高层。那里人际关系复杂，中国又习惯讲人情、论关系。以前，靳总引进了一个跳槽的人才，他来了，心高气傲，没有站稳，就被国盛内部人挤对，他辞职了。靳总常说，大家应该有海纳百川的胸怀，如果优秀人才进不来，进来的站不住，如何做世界最优秀的公司啊？让你叫他师傅，强化你与他的个人特殊关系，别人不敢轻易动你。"

杨义成恍然大悟，感动地说："哎呀，明白了，我好幸运啊，这是师傅给我吃了偏饭！"

谭香咯咯地掩面笑了。

杨义成说："我更要好好干，不能让师傅失望、让大家看笑话。我要是出了闪失，不仅丢了师傅的脸面，还会成为国际笑话啊！"

谭香说："是这样的，杨总，我们沟通得很好，你师傅派你去白洋淀新区，希望你凭着自己的人脉和魅力，打造属于你的兄弟连，一战成神！"

杨义成诚恳地说："我一定尽全力！"

谭香递给了杨义成一份文件："这是北京中关村那边我们现有人员的资料，徐汉林、孙梦成都是非常能干的。你回去看看。"

杨义成接过资料，敬了谭香酒，站立起来："谢谢小谭，多多照顾师傅身体，我们白洋淀新区见！"

深夜的深圳，夜生活才刚刚开始。杨义成要回家收拾东西，起身跟谭香告辞了。

第二天傍晚，北京晴空万里，晚霞红得像一块火烧云。北京的傍晚是平静的，也是美丽的。猩红色的晚霞在轻风中微微颤动，他的眼睛穿透了云影，望向油画一样的天际。流淌的云朵渐渐消散，像笼罩着一层薄雾。这样热烈的氛围里，飞机在北京大兴国际机场徐徐降落。

杨义成从飞机里走出来，因为机场刚刚开通不久，他还是第一次到大兴机场。他从天空俯瞰，机场航站楼造型如展翅的凤凰。这是世界最大单体航站楼。汽车驶出雄伟的新机场，他就想下次出发好好欣赏候机厅，听说那里有各种立体景观。

副总徐汉林到机场迎接了杨义成。

汽车在京开高速行驶，拐上了大广高速天就黑了，像黑凤凰似的天穹上，在可人的寂静中，黄色的星星在眨眼，宛如梦幻般的仙境。

出了容光县高速口，车渐渐多起来，看见河一样流淌的霓虹灯光亮，宽阔的街道笼罩着粉红色的气流，他的目光在街灯照耀下盘旋飞舞。汽车喇叭威风凛凛地响着。秋天的白洋淀新区工地是热闹的，夜晚的空气却是凉爽的。徐汉林汽车里的音乐是《发现新大陆》，杨义成顿时微笑起来。

"你也爱听这个音乐吗？"杨义成问。

徐汉林微笑着说："是啊，杨总，你喜欢吗？"

杨义成说："我们不谋而合啊，这音乐除了旋律美，还给人以力量。"

徐汉林说："我们搞技术的，是不是都喜欢音乐，而不爱听歌曲？"

"音乐，抚慰痛苦的灵魂，曾使我的心恢复宁静……"杨义成忘我地说着。

汽车到了容光县宾馆，这里是白洋淀新区国盛总部，这是一座仿古欧式建筑。徐汉林停好了汽车，将杨义成的行李提到电梯口。这个时候，副总孙梦成在电梯口等候着杨义成。孙梦成是提前从北京中关村过来迎接杨义成的。两个人握手寒暄。

杨义成住下之后，开了一个见面会议。

"鉴于高端芯片将面临困境，智能手机业务暂时延后。5G 基站已经与中国移动合作，主要任务是选址建设白洋淀新区国盛研发中心，另外就是怎样利用 5G 服务白洋淀新区建设，提供技术支持，还有就是为白洋淀新区开始建设的云计算中心提供技术合作。"

杨义成一口气笼统地说完了。

杨义成这次来到白洋淀新区，首先遇到的对手是欧洲老牌通信公司罗迪斯，他们负责京津冀业务的总经理是威尔逊。第一个回合，一番较量下来，杨义成就受阻了。

威尔逊说："你们国盛在中国还行，到美国和欧洲试一试，到处受挫，凭什么到白洋淀新区耀武扬威？"

杨义成强忍着怒气说："什么叫还行？我们国盛的技术有安全问题吗？美国故意打压我们，你们知道吗？中国是文明古国，我们中国人最讲诚信！我们建设研发中心，我们投资，让白洋淀新区人民享受国盛的科研成果！"

杨义成被激怒之后，乱了阵脚，最后是促成了罗迪斯与中国移动的部分合作。

杨义成手有些颤抖，内心沮丧而痛苦。

首战失利，大家总结失败教训。

靳一光心里明白，对方摸透了杨义成的脾气，最后还是毁在了他急躁的脾气上，他容易被人激怒。

杨义成准备争夺下一个项目。这期间，国盛的研发中心落地白洋淀新区，靳一光是看重办公条件的，这不是让员工享受，而是让客户对国盛充满信心。这栋破楼如果租下来，不是钱多少的问题，简直就是对国盛的羞辱。

国盛京津冀片区副总经理徐汉林说："杨总，这楼要还是不要？"

杨义成脑子灵活地转动，皱着眉头说："他奶奶的，拿下！"

杨义成这一拍板，引起深圳国盛内部的争议。潘大立副总裁找到了靳一光："杨总这是干什么？我们还有没有面子？这不仅仅是京津冀市场的失误，还会影响到欧洲研发中心。"

靳一光说："沉住气，因为基站投标的失败，我骂了杨义成，他吸取了教训，这次他在白洋淀新区在下一着狠棋。"

潘大立的话被噎回去了，静观其变。

杨义成知道潘大立向他发难了，他身边有潘大立的嫡系，时刻为他通风报信。

杨义成言语习惯与常人不一样，不能成为和大家一样的人，只能得到少数人的喜爱，但却遭到另一些人的嫌弃，把自己的事情弄到无法推进的地步。就拿眼前发生的这件事来说，猜测给他带来痛苦和无能为力的沮丧。

杨义成试探着问孙梦成："过去潘大立老总在北京的时候，你负责哪方面的工作？"

孙梦成说："我是办公室，徐汉林负责市场销售。"

杨义成想了想，说："你认为以前销售的失误在哪里呢？"

孙梦成说："我们5G基站设备、入网、承载网、核心网、终端，特别是我们自己基带的5G终端，技术硬，成本低，最厉害，问题是原来的市场是潘总和徐汉林打开的。"

"你的意思是？"杨义成问。

孙梦成说："杨总，你要建立属于你的队伍，打开属于你的客户。客户需要什么我们就研发什么。"

杨义成察觉到是徐汉林在捣鬼，点了点头。

杨义成防外边的对手，还要防备自己的人捣鬼。潘大立胸怀小，格局不大，他不愿意在自己打拼过的地方出现对手，尽管对国盛有利，但是，没有自己的利益重要，他的私心不言自明。

北京至白洋淀新区高铁沿途 5G 基站铺设，杨义成落后于罗迪斯公司的威尔逊。杨义成在羞辱中发现了一个潜在的对手。威尔逊又在关键时刻激怒了杨义成。人在愤怒和急躁中往往出错。罗迪斯在中国移动的份额很低，杨义成的失误让利给了对手。

靳一光把杨义成从白洋淀新区叫回深圳总部，鼻子不是鼻子脸不是脸地骂了他一顿："杨义成啊杨义成，你的老毛病又犯了，铺设基站的关键阶段，你跟威尔逊争长论短，表面看你很爱国，可是你丢了什么，你自己都知道吧？"杨义成瞪着眼睛不服气，胸脯剧烈起伏着："师傅，你没在现场，他在中国竟然敢污蔑我们中国人，是可忍孰不可忍啊！"

靳一光声音越来越高："打了败仗你不反思，还跟我犟嘴！"

杨义成低头不吭声了。他看见谭香进来了。她是什么时候从土耳其回来的？

靳一光眼睛喷火："全公司的人，只有你一个人称我师傅。师傅就是白白叫的吗？我让你制怒、制怒，我还要让书法家把这俩字写成书法挂在你的办公室吗？"

杨义成自觉理亏，低头不吭声。

靳一光继续说："总部有人对你说长道短，我不说什么。你在成都才仅仅半年，多大的业绩啊？那时候是一条龙，到了家乡怎么变成虫了？"

杨义成抬头望着靳一光，有些委屈："师傅，别人说什么不重要，请您再给我一次机会！"

靳一光来回踱步，久久不语。

谭香憋不住了，替杨义成打着圆场："靳总，杨总刚刚熟悉京津冀和白洋淀新区的业务，也算尽力了，出现这种情况，我也有责任，那就再给他一次机会吧！"

靳一光瞪了谭香一眼："你少说两句，你在替他打马虎眼吗？"

谭香被噎回去了。杨义成说："这与谭总无关，完全是我的责任。我从哪跌倒就在哪里爬起来吧！"

靳一光叹息着，情绪有些激动："你要知道，市场残酷，不要以为我们国盛在国内是老大，没有竞争对手，其实，潜在的对手除了罗迪斯，还有好多，一定守住质量和效率，白洋淀新区铺开5G市场和高端手机市场，同样很难啊！不难，我要你去干什么？我们国盛人就应该有一种精神。"

杨义成细细思量着靳一光说的话，似乎有所开悟。

靳一光说："做事之前不三思，感情用事，万万不可取，三思之后不行动，万事难成。知己知彼者，百战不殆！"

杨义成似乎有所开窍了，不眨眼睛地听着。

靳一光语速放快了："你身在京津冀，对白洋淀新区的状况感同身受。始终要有危机感、谦恭之心，吸取教训，取长补短，面对对手的挑衅，不能乱了自己的阵脚。稳住心态，搞好创新，唯有创新是我们国盛的法宝，你懂了吗？"

他说着，望了杨义成一眼，拍了拍杨义成的肩膀，轻轻走了。

杨义成一动不动，琢磨着靳一光的话，目光坚毅起来。

谭香走近了说："杨总，这次你感受到靳总的另一面了吧？靳总对你的痛骂和痛斥，实际上是另一种信任和激励。加油吧！"

杨义成后悔地说："两次了，我的性格弱点让对手发现了，他们激我进入敌人的圈套，我只是恨我自己，教训惨痛啊！"

谭香对杨义成说："好在这次是小项目，靳总是知人知己，真正算得上大智慧。你别看你师傅表面嘻嘻哈哈，不修边幅，你还把他当成食堂的老师傅。但是，他却是威严得很，严谨细致，心思很重，琢磨不透，骨子里有一种个性的强悍，他是一个隐蔽的狂人，做事不露声色，制敌于无声无息之间。"

杨义成说："我懂了，真是懂了。"

谭香说:"国盛公司做到这份上,已经超出普通经营范畴,是为国家科技创新而战,如果在美国打压下,我们的国盛倒了,我们国家的通信科技将倒退二十年,这个代价谁也承受不起啊!你知道靳总的压力了吧?"

杨义成点点头,惊讶地望着谭香:"你这么了解我师傅?"

谭香笑了笑,喝了一点酒:"看来你还没有关注我啊,我来国盛快十三年了,能不了解你师傅吗?那一年我二十八岁,正是国盛挺进香港的那一年。唉,人生就是一场疯狂的角逐,有胜利,也会有失败。靳总的意思是,你不能在一个地方再失败!"

杨义成哦了一声,问:"小谭,你到国盛够早的。那时候我还在德县当政府办公室主任。听说国盛第一次进入香港也遇到了挫折?"

谭香想了想,说:"靳总的方针是先近后远,他先把目标选定了香港。我们的产品在内地没有问题,可是,刚刚到香港还是水土不服啊!调试产品时,那是接二连三地出差啊!要说难,真是难啊!"

杨义成终于轻松下来,说:"仅仅是技术上的难题,好对付,深入钻研嘛。怕是人为刁难,让人生气啊!我这人的弱点就是容易上土鳖火啊!"

谭香沿着她的思路继续说:"当初,为了解决交换机的质量问题,我们攻坚小组就住在香港拼了。买了一些便宜的睡袋,在机房里打了简单地铺,吃着方便面,昼夜对产品轮番调试。就是凭着这种精神,感动了香港的和记公司!你知道和记公司多重要吗?如果和记公司不点头,我们国盛就无法获得香港地区的电信业务经营权!"

杨义成诚恳地点点头:"看来你是国盛的功臣啊!"

谭香谦逊地说:"功臣谈不上,算是亲历者吧!哪有天上掉馅饼的美事啊?所以说啊,京津冀的首战失利,也在你师傅的预料之中。你要鼓足勇气啊!"

杨义成回到白洋淀新区,跟赵国栋见面了。他起初回避赵国栋,是因为自己身份变了,担心给他带来麻烦。赵国栋还是有智慧有经验的,能够给他指出一条破局之路。

通信科技创新怎样在白洋淀新区落地?

赵国栋将李永军引见给了杨义成。

李永军表情庄重地说："听赵书记说，杨总是白洋淀王家寨人，欢迎回故乡建设新区啊！白洋淀有两个方向可以突破，一是白洋淀旅游，建立 5G 基站搞一种新旅游；二是云计算技术，我们不仅要把新区建成数字城市，还要将村庄建成数字乡村，这里有着很大的合作空间！"

杨义成说："好，就从白洋淀开始了。"

李永军副主任说："杨总，新区和新水县委支持你的工作，需要我们配合的，我们全力以赴！"

杨义成兴奋得一夜没有睡觉，激动万分，压力山大。他给靳一光打了电话："我的主攻方向回到白洋淀云计算了。"

靳一光说："白洋淀是你的故乡，做好白洋淀的事情，功德无量，安装和调试要打一个漂亮仗，争取拿个第一，能够做到吗？"

杨义成说："科学管理，极限施压。能！"

第二天上午，杨义成带领团队在白洋淀"荷花大观园"召开了会议，联合中国移动在白洋淀旅游区布置 5G 基站，极限施压，对国盛的同志们说："中标之后，我只给你们三个月的时间，九月底必须完成！"

徐汉林质疑说："杨总，这是不可能的。你可以问问我们的罗迪斯同行啊！别说三个月，就是半年也是快的。"

杨义成激愤地嚷道："别讲条件，白洋淀的 5G 基站并不很多，我只给你们两个月，还要保证质量，如果干上半年，还有什么效率？等于白干啦！"

"杨总，我们还配合联通在容光县布置基站，这里也是一项立体创新，没有那么简单。"徐汉林深深地叹息着，表情沮丧。徐汉林是上海人，会做饭，性格女性化，说话声音也是娘娘腔："杨总，我知道你生长在白洋淀，但也不能感情用事啊，你既是领导，也是专家，我们要尊重 5G 传输网络施工规律，我们可不能蛮干啊！"

杨义成严厉地说："这个时间节点，不仅是我们国盛的要求，也是省移动公司的要求。你销售手机还行，你不要参与白洋淀新区 5G 基站了，我撤销你的设备供应攻坚组组长，你负责手机销售吧。5G 基站技术小组组长马上换人！"

徐汉林一愣："我们就这么几个人啊，换人？除非你跟靳一光老总要人。"

杨义成拍着自己的胸脯："我，还有大家，白洋淀新区5G网络基站攻坚小组组长，我来干。出了问题我负责！"

人们纷纷惊呆了，不是开玩笑吧？老总来当小组长？

杨义成说："我杨义成亲自去第一线，要带着你们创新，昼夜施工。兵贵神速，我们就是要神速！我们价格比他们便宜，速度快，质量好！"

徐汉林说："杨总，这不是换汤不换药吗？你当组长，我当副组长。"

杨义成说："刚刚我不是说了吗，你管好手机市场拓展吧。副组长由孙梦成担任！"

徐汉林愣了，近乎恼怒："杨总，你要对你的决定负责！"

徐汉林气呼呼地走了。

孙梦成得到重用，心里高兴，但还是谦逊地说："杨总，不能惹怒徐总啊，他可是……"

"可是什么？"杨义成斩钉截铁地说，"我说你行就一定行！临危受命，论功行赏！我们要把国盛敢打敢拼的精神亮出来！我小时候，听水上飞爷爷讲抗美援朝故事。当年，三十八军一个师，忍受极度疲劳，这时他们接到三十八军军长梁兴初的命令，从德川连夜赶到三所里。常规行军两天的路程，一夜跑完，我水上飞爷爷说，边跑边睡觉，有的累死了，有的栽到沟里了，但是，部队继续前进。抢出了五分钟，没有这五分钟，没有这场战役的胜利，三十八军哪有这份荣誉？所以说，时间对于我们国盛多么重要！"

现场人们鸦雀无声。

"白洋淀的5G基站，数量不多，但是施工环境特殊，我们一定要把握两点：质量，速度！"

关键时刻，谭香打电话给杨义成："义成，听说你发力白洋淀了？事情铺展得顺利吗？你们挺得住吗？"

杨义成想到了谭香说的话，咬了咬牙，说："谢谢谭总，没有问题！"

谭香说："好样的，技术上需要预备队支持的话，我们随时派人去支援你！"

杨义成说："谢谢你，我明白，我不会再犯上次失利那样冲动的错误啦！谭香，白洋淀新旅游投资十个多亿，工程已经竣工，我们在白洋淀新旅游上搞'5G+VR'的模式创新，已经成功。下面就要实验5G高空无人机基站了，你如果参加，我们提前实验。"

"好啊，这是你杨义成的风格！"谭香答应了，带领团队到了白洋淀，乘船到了王家寨，毕竟王家寨的数字乡村设备是国盛集团赞助的。

村里铺设网线时，王德和孙小萍一直盯着。

靳一光很重视白洋淀新区，他见杨义成几天没有汇报，估计这边遇到了困难。靳一光让谭香带了两位专家过来了。谭香和两名专家刚刚到白洋淀新区，没有进宾馆，杨义成带他们到了容光县城，那里是新区起步区，国盛研发中心选址就定在这里。

杨义成说："我们的地势紧挨着金融岛，二〇二一年，进驻白洋淀新区的企业就是以前的总和，已经三千多家了。能拿到这样地块的，没有几家啊！"

谭香看了看，说："主城区，起步区，非常好，你的功劳啊，靳总说了吗，什么时候开工建设呢？"

"设计好了，马上动工。"杨义成说。

谭香细瞅着杨义成，他的形象让谭香吃了一惊。他整个人消瘦了，满脸的胡子没刮，脸像个黑人，头发翻翻叠叠地打了卷。

谭香一愣："杨总，你得注意形象啊！"

杨义成苦笑了一下，说："谭总，我这形象，对不起啊，整天在白洋淀风吹日晒，跟我爹打鱼人没什么两样了。昨天夜里加班研发5G高空无人机基站，技术难题即将突破。"

谭香心头一热，鼻子发酸："杨总，你们吃苦了，但是，靳总估计你遇到难题了，让我带援兵来了。"

杨义成悄悄凑近她说："感谢师傅和谭总在技术上来救场。"

谭香转脸望着杨义成，惊讶无比。

杨义成跟谭香讲，他指挥的白洋淀5G基站的铺设是第一场硬仗，初战告捷。国盛这次跟移动合作，在白洋淀使用了微波基站，方便水面作业提供 5G 组网。京津冀方面的权威评估非常成功。这样的规模，他们比罗迪斯的时间提前一半。国盛的优势还有价格低、质量高。现在集中研发 5G 高空无人机基站。谭香点了点头："我懂你的心，放心吧。我们打地铺，现场调试。"

两天两夜，谭香和杨义成都到了白洋淀的荷花大观园，现场打地铺，吃住都在工地，昼夜不停破解无人机 5G 高空基站的技术问题。

秋天的白洋淀，适宜旅游。

杨义成带谭香看了看白洋淀的美景，晚上在荷花大观园里的酒店宴请谭香和她带来的工程师，让她尝尝白洋淀的炖鱼和鱼丸，孙梦成、王决心和乔麦作陪。

这个晚宴，气氛十分融洽。杨义成将三弟王决心和乔麦介绍给谭香。

杨义成举杯敬酒说："我们在白洋淀新区，宴请从深圳来的谭总。祝贺她刚刚在土耳其拿下了国盛的 5G 订单，在西方国家突破，这有里程碑意义。"

谭香客观地说："小小的突破，我们还有遗憾，在和法国最大的系统集成商罗曼真谛签署 5G 合作协议时，就受到了阻碍。"

"西方世界，丛林法则嘛。"杨义成说。

谭香信心满满地说："新的技术对传统电讯构成巨大冲击，欧洲各国为求自保，如法炮制。法国的老牌运营商罗曼真谛难以适应新技术，恰恰我们的研发走到了前列，赢得了他们的信任。"

杨义成喝了酒，笑道："我听明白了，靳总给我们的预备队，用在欧洲就成了冲锋队，并且首战告捷！谭总不辞辛苦，到白洋淀新区传经送宝，欢迎谭总讲一讲我们的技术导入。"

谭香谦逊地说："靳总让我过来，助推一下杨总主导的 5G 高空无人机基站，如果成功将是世界第一。还有，我们的技术力量，能够做到电视节目、互联网的接入与电话语音，给观众三位一体的超值服务。目前我们国盛的云研发有了新突破，将成为云计算的领头羊！"

杨义成兴奋地把手机往桌上一拍："好啊，我接触了白洋淀新区分管科技的李永军副主任，白洋淀新区的云计算中心建设过半，其中后面需要我们超强技术跟进，谭总的到来，让我们有了底气，有了手中的王牌啊。"

谭香说："云计算的应用，会改变世界。"

杨义成的电话响了。是二弟王德打来的，他在王家寨铃铛奶奶家里，说奶奶身体不好，只要抚摸着白瓷大碗，身体就能很快恢复。杨义成放下电话，王决心问："哥，是二哥打来的吧？"

"还说奶奶的白瓷大碗的故事，我看他是借题发挥了。"杨义成没有好气地说。

乔麦一脸严肃地说："义成大哥，二哥没有瞎说，奶奶确实喊着要大碗呢。"

"那只赝品呢？"

"二叔不小心给摔了！"

谭香微笑着问："杨总，您奶奶多大了？"

杨义成颇为自豪地说："一百零六岁了，二〇一二年生人。"

谭香吃惊了："哇，老寿星啊？看来这白洋淀的水养人啊！"

杨义成说："我奶奶的白瓷大碗，愣是让我老婆给拍卖了，三千万成交。"他越说越气愤。

谭香深吸了一口气，故作镇定地说："杨总啊，你们是什么家庭啊？奶奶祖传的一只大碗就拍卖了三千万？您是皇族吗？"

杨义成摇了摇头："我祖上是打鱼的普通人家。"

徐汉林如数家珍地说："杨总说过，他家是在保定新水县和德县，是古音乐家庭！"

杨义成顿觉嗓子发紧，说不出话来。

谭香瞪了徐汉林一眼："这是什么家庭啊？你一人占了两县，我看你就是为白洋淀新区而生的。"

杨义成自嘲地说："只是我们两县都紧邻白洋淀，我的命比较特殊，生在新水县王家寨，长在德县亚古城村，都没有离开白洋淀。家父是普通渔民，抗日的时候，我爷爷王寿山是雁翎队队员，我奶奶当过八路军！我养父杨三笙是音乐世家吹笙的。所以啊，统称为革命音乐家庭啊！"

说着，他仰脸哈哈大笑起来。

谭香对杨义成家庭产生浓厚兴趣，说："杨总，我有一个请求，我第一次到白洋淀，我要看看你两边的家人，简直不可思议啊。"

杨义成说："我的家庭是个奇葩。我跟爱人甄凤是大学同学，她现在香港开了个传媒公司。"

谭香说："你刚刚说了养父会吹笙。你也一定会吹笙啦？有空给我们露一手吧？"

杨义成举着酒杯，自嘲地苦笑道："我当然也会吹笙，从小听古乐，耳边都磨出茧子啦。我还是更喜欢通信技术。我小时候，父亲教我吹过笙，如今都忘了，只会吹牛啦！"

谭香开心地笑了，独自喝了一大杯："不是吹牛，是吹笙，真是丰富和神奇。决心和乔麦，你哥不同意，你们什么时候带我去家里看看铃铛奶奶，看看你的父亲？"

王决心站立起来，给谭香敬酒，一看乔麦跟过来了："谭总，我们举双手欢迎，这是我媳妇乔麦，您两人加上微信多多联系。"

谭香微笑着喝酒，望着乔麦说："多漂亮的媳妇！现在干什么呢？"

乔麦说："过去养鸭，如今搞树苗，马上搞种业农业园区了，我们想搞高效农田种业研发，还盼着谭总技术支持啊！"

"好，有志气，我们一定支持！你流转土地的村庄，有没有上马数字设备？"

乔麦摇头："还没有，比王家寨落后了一步。"

谭香瞪了瞪王决心，开玩笑说："男人挣钱，女人在家。这么美的太太，你应该好好养着。"

王决心说："我就是个工人，养不起啊！"

乔麦回到座位，谭香走到杨义成身边，提议看望铃铛奶奶。

杨义成叹息一声，说："我不是不让谭总看奶奶，我眼下最棘手的是奶奶的白瓷大碗啊，我老婆愣给拍卖了，等我挣了钱，把大碗赎回来送给奶奶啊！"

谭香神色严峻地说："杨总，这不是钱的事，白瓷大碗的意义，对你家，对铃铛奶奶，价值可不一般啊，你发个话，我们都愿意出力帮你的。"

徐汉林和孙梦成纷纷表态："杨总，我们也算一份。"

杨义成一番激动，连连敬酒，有些伤感："谢谢你们的好意。我代表我奶奶谢谢你们！唉，从我小时候奶奶就最疼我，我对不起奶奶，我答应她要回大碗的。如果奶奶走了，没有赎回大碗，我心中的遗憾和伤痛将永远无法弥补。"

谭香鼓励他说："你是我们心中的硬汉，奶奶也是巾帼英雄，这点事不是个事啊！"

杨义成更加感动，赶紧给谭香敬酒："谢谢谭总，本来是给谭总接风的晚宴，怎么弄得悲悲戚戚的。怪我，怪我！不谈这个话题了，我自罚一杯酒！"说着，喝了一大杯。

谭香想了想，说："杨总，这只大瓷碗，是文物了。不能总叫大碗，未免有些庸俗。我刚刚听你说铃铛奶奶得到大碗的来历，我脑子里突然有个灵感，给大碗起个名字，叫舍得！"

杨义成笑着点点头："好，舍得，舍是得，得也是舍，小谭有智慧，有禅意。"

谭香说："你要把'舍得'拿回来，亲手交给你铃铛奶奶。德孝之家，这才是你的孝心。"

哪壶不开提哪壶，谭香的话题还是回到徐汉林身上。谭香带着徐汉林给杨义成敬酒："汉林，我带你一同给杨总敬酒，你要首先承认，在白洋淀铺设 5G 基站，你是有失误的。你跟杨总道个歉，杨总应该继续重用汉林。"

"杨总，对不起了。我年轻气盛，对水区工程评估有误，我还是想跟您干，打一场翻身仗。"

杨义成爽快地说："好，既然汉林这样说了，我也给你道歉，当时，我急于扭转局面，对你的事有些急躁。我对事不对人，只要我们为国盛尽心尽力，都是好样的！"

徐汉林将酒一饮而尽，气氛格外热烈。

孙梦成脸上有些尴尬。他是想取代徐汉林的，眼看就要成功了，却被谭香扳了回来。

饭后，天更黑了，水面的灯光亮了。

谭香非要去见铃铛老人，杨义成只好答应了，新王家寨大平台到老村，乘船仅有十五分钟的时间。他让王决心找胡玉湖叫了一艘船，将他、谭香和徐汉林送到王家寨码头。

船在码头停好，迎面过来的船闪过几点灯光，随即毫无痕迹地消失在芦苇荡。村头灯光闪烁。到了王永泰家里，秦中医给铃铛老人量血压服药，杨牧仁在一旁守候。鱼鹰大黑懒洋洋的不理人。王永泰端来了刚刚洗过的草莓和樱桃，让谭香和客人吃，谭香跟王永泰说过话，然后就用崇敬的目光望着铃铛奶奶。铃铛勉强睁眼看着谭香，变得和蔼可亲，谭香坐在老人身边说话，然后就欣赏墙壁上的老照片。

"奶奶年轻时是个大美人啊！"谭香微笑着说。

铃铛用微弱的声音说："你这闺女真俊。你们吃鱼丸子了吗？"

谭香没有听懂铃铛的话。

"我奶奶问你今天吃鱼丸子了没有？"王决心翻译说。

谭香附在铃铛耳边，大声说："吃了，好吃，听说这是奶奶家族的祖传手艺，应该在白洋淀新区好好推广啊！"

铃铛听见了，微微点着头，点着点着睡着了。

离开铃铛奶奶的家，大家来到码头。

谭香在船上欣赏着白洋淀的夜景，到了大码头，因为孙梦成要回公司加班，徐汉林来时是开着孙梦成的汽车，杨义成让徐汉林开着自己的汽车送谭香回了宾馆。

第二天上午，风和日丽。杨义成和谭香乘坐汽艇来到荷花大观园的时候，公司工作人员已经布置好设备，5G高空无人机基站的实验即将开始，这是世界上没有突破的技术。谁也没有想到，一场危机悄然逼近了。无人机嗡嗡起飞，瞬间飞旋着冲上蓝天，像一只雨后蜻蜓。杨义成、谭香和徐汉林等人仰脸望着起飞的无人机，技术人员开始测试数据。忽然，咔嚓一声，无人机发生事故。

操控人员惊讶了，飞机朝着人群砸了下来。

杨义成看见无人机朝谭香、徐汉林砸去了，他猛转身，撒开腿，飞扑过去，狠狠推开了徐汉林，飞机翅膀砸向谭香，杨义成直接朝谭香扑去了。杨义成的脖子、后脑和肩膀上，血流如注。谭香被瞬间栽倒的杨义成护在身下。

谭香晕了一下，拱着身体大喊了一声："杨总，杨总！"

杨义成的血滴到了谭香的身上、脸上，一股腥味。

飞机落地的地方冒着缕缕青烟。人们扑过来，搬开无人机，扶起谭香。落地的无人机发出嘀嘀的声响。谭香脸上沾了一层土灰，她看见血糊糊的杨义成昏迷过去了，趔趄着扑到杨义成身上喊："杨总，你醒醒！"

杨义成一动不动，脸上都是血。

现场工作人员临时给他包扎了一下，七手八脚地将他抬上汽艇，到了大码头，用救护车送进了新水县医院抢救。

赵国栋和许亮书记到了德县医院，让医生全力抢救杨义成，他们担忧消息泄露，封闭了现场，期待着杨义成的苏醒。

杨义成的昏迷给国盛造成很大打击，无论从哪方面讲都是不幸的事件。

靳一光心情沉重，急忙从深圳赶到白洋淀，看望刚刚手术的杨义成。杨义成伤势严重，脖子和臂膀的碎片已经取出，昏迷的杨义成被送进了重症监护室，人们在外边等待着他的苏醒。

靳一光和谭香共同守候着，谭香点燃了一支祈福的蜡烛，她眼中含着泪水为杨义成祈祷，祈祷他早日醒来。

第六十六章　苏醒

听到杨义成的噩耗，甄凤晕倒了。

甄凤醒来后，急忙收拾行李，给在美国的杨岭岭打了电话。杨岭岭听到甄凤的哽咽声，更高看她的人品。俗话说，夫妻本是同林鸟，大难来时各自飞，甄凤还是看重感情的。杨岭岭带杨子恒从纽约飞往北京，甄凤从香港飞往北京。

她们都赶到了新水县医院。

赵国栋出面协调，从北京的宣武医院和部队的三〇一医院请来了顶级专家，进行了手术，同时制定了严谨的救治方案。

但是，杨义成在重症监护室昏迷着，已经是第四天了。

这个突发事件使国盛集团暴露了两个秘密。第一个秘密：靳一光总裁竟然是谭香的亲生父亲，她的母亲叫谭凤琴，安徽合肥人，谭凤琴是靳一光的第一个夫人，谭香随的母亲姓氏。第二个秘密：徐汉林的父亲曾是国盛的一员老将。

谭香一改女强人的姿态，一头扑进靳一光的怀里，将脸贴在靳一光胸腔，失声痛哭起来。

靳一光没有看错杨义成，他不愧是雁翎队的后代，英雄不是喊在嘴上，关键时刻得冲得上去，燕赵大地的根性就是侠义。他这次来要到古秋风台看一看，这是当年荆轲刺秦出发的地方，如今被美国打压的国盛，需要荆轲的英雄气概。

杨义成性格侠义，但是有些急躁，最近在白洋淀新区工作中克服了自身的缺点，变得有勇有谋了。靳一光期待他的身体能够发生奇迹，家人需要他，国盛需要他。

谭香给靳一光沏了一杯咖啡，她知道父亲的习惯。咖啡不凉不热，加了糖，她拿小勺搅匀，递给靳一光，告诉靳一光，杨义成的妻子甄凤、朋友杨岭岭都到了。

靳一光点点头，轻声说："义成的感情生活，我都知道。他爱他的妻子甄凤，还有一个同学叫杨岭岭，是他的初恋、红颜知己。他能很好地处理复杂关系，证明了他的人品和智慧。"

靳一光对杨岭岭印象深刻，她举报马小刚假芯片事件，在业内早就小有名气。她从北京去了美国，但是，她只是利用那里的设备，没有依附任何一家美国公司，她不为金钱所动，这样的芯片科学家，非常难得。

谭香感叹说："杨岭岭虽说是弱女子，听义成说，她性格刚硬，也是一身侠义，只是藏在骨子里。等岭岭来了，你们谈一谈。现在我最担心杨义成的生命啊！爸，我们是不是将他送到北京的大医院啊？"

她说着，眼泪溢出眼眶，泪水在脸颊上流淌着。

靳一光叹息了一声，说："小香，这要听医生的，手术已经结束，再到北京意义不大，远途运送还有危险。"

静静的夜晚，空中阴云密布，月暗星浊，虚假的平静背后藏着风暴。

靳一光拍着谭香的脑袋，说："这次你在白洋淀新区遇险，让我好担心啊，爸爸想想就后怕啊！爸爸希望你成为合格的国盛接班人啊！"他的担忧到了极点。

谭香突然沉默了，低头摆弄着手机，她似乎陷入了某种情感，对接班没有兴趣。

靳一光心中震动了一下，有了异样的警觉。他想要继续跟女儿深谈。

不仅因为杨义成救了谭香，其实，谭香平时对杨义成也是崇拜的，她忘情地说："爸，义成跟我说：'我对师傅说过，我来自荆轲的故乡，我就是荆轲，他是燕王，为了师傅，为了国盛，我可以舍命去拼杀！'爸爸，他是个真男人，在生死面前兑现了他的承诺！"

靳一光喉咙发堵，鼻子发酸："杨义成是我们国盛的一员猛将，当年我在深圳打败恒通，其实，就是为了得到杨义成，看来我没有看错人。希望义成渡过这一关，以后还能担当大任的。他一直想去征战巴西，我考虑白洋淀新区多了一些，拒绝了他。等义成苏醒过来，我们父女的关系可以告诉他，但是，对于媒体和社会上要继续严格保密，踏踏实实地工作吧！"

谭香倔倔地说："爸，我不跟你说了。我有许多话要跟杨义成说，等他醒来，我就都说给他听。"

靳一光笑了笑，说："你呀，你啊！甄凤从香港来了，杨岭岭从美国来了，你看见她们就明白了。你是我靳一光的女儿，给我丢面子是小事，你应该有属于自己的幸福！"

谭香点点头，嚷嚷着："我要谈恋爱！"

谭香的举动让靳一光吃了一惊。女人要是在感情上发疯，是不需要理由的，人人都有疯的那一天。靳一光愣了，用审视的目光望着她："小香，你是不是受到刺激啦？如果这样，你立马跟我去深圳治疗。"

谭香摇摇头拉住靳一光的手，告诉父亲杨义成奶奶的白瓷大碗。靳一光显然听进去了，感慨不已。谭香严肃地说："爸，不，靳总，不说感情话题了。我这是一厢情愿，一切美好都藏在心底吧。我替义成有一个请求，不管义成能不能醒来，我都请求你帮助他一下，把大碗'舍得'给赎回来！义成如果醒了，让义成亲自交给他的铃铛奶奶。他要是不能醒来，这就变成了我替他完成的一个心愿！"

靳一光愣了愣，说："甄凤为什么要拍卖呢？这三千万干什么了？"

谭香说："据义成说，甄凤父亲甄爱社当过副省长，两年前被查了，她弟弟做生意赔钱，她父亲变卖了茅台酒，给她弟弟堵上了，但是，他受贿款里有两千万窟窿，为了减轻对父亲的处罚，她堵了窟窿。剩下的钱，甄凤在香港注册了一个传媒公司，她经营着。"

靳一光说："此事义成没有说，这个事我一定办到。另外，赶紧通知杨义成所有的家人。"

谭香一愣，说："所有的家人？"

"他的家人，基本都在白洋淀新区，安排好了。"谭香说。

靳一光首次到白洋淀，成为轰动性新闻。

他是来看望杨义成的，没有心情考察。白洋淀新区的领导程远、赵国栋、李永军邀请他参观、座谈。白洋淀新区的变化，还是让靳一光思考了很多深刻的问题。

但是，杨义成的昏迷让一切都蒙上了阴影。

靳一光本来要赶紧回深圳，让谭香留在白洋淀新区守护，可是，靳一光听说杨岭岭博士从美国回来了，明天就到白洋淀新区看望杨义成。

靳一光眼睛亮了，决定晚走一天，见一见这位神秘的女科学家。

杨岭岭的确有一种神秘感。

不仅因为她是名人杨继盛的后代，还有她在半导体领域的传奇经历。十五年前，杨岭岭实名举报假芯片专家马小刚，靳一光当时就已经注意到她的名字了，后来他还读了杨岭岭写的几篇射频芯片研究的论文。靳一光马上感觉到，国盛急需这样的人才，当他知道杨岭岭与杨义成的特殊关系，决定以高薪聘请她，可是，她却拒绝了，仅此一点，她在靳一光心中越发显得神秘了。

甄凤、杨子恒和杨岭岭终于到来了。

杨义成出事的那天夜里，杨岭岭做了一个噩梦，似乎有不祥预感，尽管如此，当她接到杨义成因科研事故昏迷的噩耗，还是特别吃惊，震惊之后是近似绝望的悲伤，泪水顷刻间糊满了眼睛。她从纽约出发前，关在屋里手抄了一遍《心经》，默默地为杨义成祈祷：义成，勇敢的人啊，快快醒来吧！

祈祷着，泪水从她美丽的眼睛里涌了出来。

大自然似乎配合着人间的喜怒哀乐，杨岭岭和杨子恒来到白洋淀新区，天气突然升温，暑气最烈的季节，杨义成仍在昏迷中。

杨岭岭和杨子恒默默地望着杨义成肿胀的脸，悲伤无比。

杨义成静静地躺着，什么都听不见，任凭甄凤和岭岭呼唤，没有一丝动静。他的脑袋已经面目全非，只有粗重的喘息声还那么熟悉。

赵国栋和靳一光见到了宣武医院的专家，听了会诊结果汇报，拟定了治疗方案。

靳一光见到杨岭岭了。简单的见面，彼此相互欣赏。杨岭岭也想和靳一光聊一聊。

医院附近的一家茶楼，经营着正宗的白洋淀荷叶茶。

靳一光喝了一杯茶，郑重地说："我要感谢你啊。义成跟我说过，你为了让他儿子杨子恒好好读书，在美国做了监护人，其实担负着一个陪读母亲的工作，可敬。没想到义成出了这种事。真是世事难料啊！"

杨岭岭谦逊地一笑，说："您过奖了。"

靳一光又夸奖了杨岭岭举报假芯片专家的事。杨岭岭镇静地说："当时，马小刚追求我，我发现马小刚的一些破绽，做了一个中国公民应该做的事情。有人举报是损人利己的，我举报马小刚并不是为了自己，没有嫉妒的成分，纯属伸张正义。"

靳一光说："是啊，我们大家可以想象，你当时的压力和痛苦。"

杨岭岭不以为意地说："您知道，我是杨继盛的后代，应该有铁肩担道义的家风。马小刚这个国家的罪人，耽误了国家芯片研发，多亏您的国盛的玻璃科技弥补了这个空白，我也是因为举报才进入了半导体行业。靳总，您是我内心尊重的企业家。因为我天生孤僻，朋友极少，整天躲在实验室，见识不够，我能问您一个问题吗？"

靳一光微微一笑，说："岭岭，以后我们也是朋友了。欢迎我们经常探讨问题！"

杨岭岭长出一口气，说："我从科技大学毕业，到清华搞了一阵研发，后来，去了美国纽约，带着几个朋友研发芯片，跟您的研发团队比，简直是小儿科。但是，我在那里接触了世界顶尖公司和业内人才，感觉人类科技水平是飞跃式发展的，可是，我想不通，为什么人的道德却在下降？"

靳一光沉默了一阵，似乎被杨岭岭的问题难住了，也可能是问题超出了他的思考范畴。

杨岭岭细致观察着靳一光表情的变化，靳一光的沉默让敏感的岭岭有些不安。靳一光喝了一杯茶，微笑着说："岭岭，你提的问题非常好。也许这更应该是哲学家或思想家回答的问题。我想，这要从人性上找到原因。人都是趋利避害的，人性的丑恶不一定是体现在语言和行为上的，人性的丑恶需要用心理学来分析判断，眼睛是心灵之窗，话虽如此，也没有人能只通过眼睛完全看穿别人的念头。人从来就不是清白的，人的弱点是贪婪和霸道。正视人的弱点，比挖掘人的光荣更重要。这就是我在国盛常常说到的重视灰色地带。这灰色地带的人性展现最真实。"

杨岭岭静静地恭听，大眼睛忽闪着。

靳一光发现岭岭眼睛底下有一颗不大的泪痣，他继续说："人性有漏洞、有缺陷，需要人自我完善。我作为一个通信行业的企业家，说得也许不准确。但是，我不能回避你的问题。道德，英文称 ethics，属于哲学范畴。人们常常说伦理道德，道德要锄强扶弱，需要遵守各种道德规范。企业竞争，追求狼性，狼群勇猛、团结、富有凝聚力，我为什么看重义成呢，他身上有凶猛而难缠的战斗气质！没有这种气质，我们国盛很难走向世界。我们目前的困境你也知道，媒体都吵翻了天，对手怎么打压，我们自己步伐不能乱，要一往无前。"

杨岭岭说："您欣赏义成，我感觉到了您身上的英雄气。"

靳一光滔滔不绝地说："岭岭，我不是英雄，我手下的科学家才是真英雄。英雄也不是不爱财，因为都要过好的生活嘛。但是，我始终认为，人是需要一点精神的，仅仅靠物质刺激，是建立不起强大人才队伍的！你说对不对？"

杨岭岭说："是啊，我赞成您的观点。"

靳一光爽朗地说："打仗的时候，铁血将军带出来的队伍是嗷嗷叫的虎狼之师，土匪座山雕带出的队伍只是草寇，你说是吗？"

杨岭岭点点头，轻轻笑了笑。

杨岭岭欣赏靳一光的话，坦率直白，直抵要害。她郑重地点头，说不出其他的话。

靳一光忽然问："岭岭，如果义成苏醒了，你对他有什么要求吗？是否需要我派他到美国或加拿大便于协助你？"

"我没有要求，这得问他的爱人甄凤。"杨岭岭坚定地摇头说，"义成到纽约找过我，说白洋淀新区有一个雄才计划，引进科研人才。还说到，国盛即将在这里建设研发中心，请我参加研发中心，我没有答应他，可能让他失望了。"

靳一光望着杨岭岭："好，谢谢你对我们国盛的支持。我对你自身的芯片研究很感兴趣，能够说说你研发高端芯片的方向吗？这涉及科研秘密，你可以回答，也可以不回答。"

杨岭岭轻轻点头："您说。"

靳一光说："我读过你发表在《科学》杂志的论文。感觉你非常敬业，对双射频芯片研发有自己的想法。这个想法了不得啊！我这人对待人才从不吝啬，我不明白，你宁愿在美国研发，我派义成专门去美国邀请你，为什么不来我们国盛发展呢？"

杨岭岭摇着头，凄凉地一笑："说了不怕您笑话，项目没有最后成功，我还是感觉底气不足啊！我只是研究芯片的爱好者，您高看我了，离真正科学家很远很远，我还是一个性格怪僻、偏执、不合群的人，您对义成这么信任，我怕自己的任性，给你们之间造成误会。"

靳一光摇头，笑着说："这你就多虑了，而且这不是你的心里话嘛。你内心有秘密，你不愿意说，按照行规，我不便多问。但是，我有一点提醒你，美国的公司科研条件好，设备、理念都是一流的。我们应该向人家学习，但是，有一个隐患，我作为朋友不能不提醒你，一旦你做出了惊人的成果，他们控制会很严的。如果想拿出来，有极大人身风险。这个你考虑过吗？"

杨岭岭眼神惊跳了一下，说："谢谢靳总的提醒，这些我没有想那么多，回去我好好想想。"

靳一光觉得杨岭岭有才情、有个性，有一天会惊爆半导体科技界。

门开了，谭香匆匆来了。

王决心、乔麦、王永泰、王德、王永山和小洒锦都来了。不久，杨义伟、杨爱珍搀扶着杨三笙、贺红梅也来了，这两家人到来后，病房几乎站不下，只能轮流看望。

杨义成依旧昏迷着，对家人没有一点反应。

王德走进病房跪地就哭:"大哥啊!"王永山拉起了他:"你大哥在抢救,别进屋就哭,多不吉利啊!路上咋说都没记住。"王德站立起来,垂着头掩面而泣。王永泰很冷静,没有说话,没有流泪。王永泰听见噩耗,身体颤抖。他让杨牧仁照顾铃铛,而且跟铃铛保密。铃铛这次病得越来越重了,嘴里喊着义成的大碗,说不定什么时间就会撒手而去。

王决心和乔麦搀扶着王永泰。大巴掌说明天从北京过来,跟二巴掌一起过来看望。王永泰望着昏迷的杨义成,缓缓从包裹里掏出一个铝饭盒。饭盒轻轻打开,里边是一条炖熟的鱼,周围暗红的鱼汤已经凝固,香味还是溢了出来。

王决心轻轻地说:"大哥,你醒醒啊,这是爹给你炖的你最爱吃的麦鲮鱼啊!爹说,你醒了就吃了,如果你走了,也是咱王家的光荣,就让我烧香给你供上到那边吃!"杨义成没有一点动静。

王决心说得甄凤、杨岭岭、谭香和孙梦成等人都难过了,有的偷偷抹眼泪。

王永泰缓缓坐下,摸着杨义成苍白的手,不忍看他浮肿的脸,久久不说话,没有掉一滴眼泪。杨三笙受不了也跟着出来了,两个爹深情拥抱了一下,都蹲在了地上。杨牧仁照看铃铛,小洒锦和二巴掌也过来了,小洒锦哽咽着哭了:"义成要是活不过来咋办啊?他还那么年轻啊。"

杨三笙揩了眼泪,抓着王永泰的手说:"永泰啊,咱们的义成是顶风噎浪的命,邪命长着呢,他一定会醒来的!"王永泰紧紧握住杨三笙的手,抖了两抖。屋里一场肃静。

王决心和乔麦来了,缓缓走到杨义成跟前,忽然站在杨义成床头,哭不出来,也嚷不出来,悲伤到了极点。

王永泰、王永山、王德、谭香、杨岭岭、杨义伟、杨三笙和伍宝库等人默默站着。

谭香眼睛红着说:"杨总如果不是救我,躺在这里的就是我和汉林了。"

王永山说:"谭总,我侄子义成从小就有燕赵侠风。我们的老三王决心身上也有。"

谭香点点头，说："唉，总听说自古燕赵多慷慨悲歌之士，这次我算是领教了。等杨义成醒来，我们与他一起对着明月喝酒、唱歌，一醉方休啊！"

天晴了，黄昏了，落日余晖正好透过窗户照在杨义成渐渐消肿的脸上。

他的脸渐渐有了红润。

杨义成昏迷的时候，他的电话不断，没有人敢接，只好弄成了静音，屏幕一闪一闪的。

亲人们像是热锅上的蚂蚁来回走动，恨不得把昏迷的杨义成从病床上扶起来。

杨义伟就是这么想的，因为他有求于大哥。他这次来白洋淀新区是有想法的。商人思维方式很明确，他是奔靳一光总裁来的，他想借这个机会，他的庞大地产需要转型，想与靳总谈一谈合作。大哥像是一堵墙，挡在他和靳一光之间，大哥昏迷了，他独自与靳一光谈，也是顺理成章的事。

遗憾的是，靳一光飞回了深圳。

杨三笙捧着笙，倔倔地骂："你哥都这样了，公司事重要还是你哥的命重要？多大了还掂不出轻重。"

杨义伟说："我估计大哥是脑死亡了，我在这也救不了他啊！"

杨三笙气愤地说："你胡说八道，你哥一定会醒来的，你走吧，他一天不醒来我就一天陪着他。"

杨义成面戴氧气罩，心脏监护器监测着各项生命体征，医院下了病危通知书。

王决心下班过来，看见甄凤手中的病危通知，险些栽倒在地。杨义成仍然处于昏迷中，音乐再美也是听不见的。杨义成躺在病床上，他做了一个奇怪的梦。他身体太沉重了，身体插着无数的管子，织成密密麻麻的蛛网，他拼命地将管子一根一根拔掉，感觉从没有过的轻松。这是什么景色？仿佛看到了一片荒芜的沙漠。

他梦见杨三笙老爹，老人吹笙的时候却迎来婴儿的第一声啼哭。

监测器数据显示，杨义成情况很糟糕。

杨义成感到自己身体轻飘飘地站立起来，脚下突然出现两条路，一条是通往王家寨老房子的小径，老房子里住着去世的人，有他娘和爷爷大抬杆，这时他看见娘和爷爷走出大门，瞬间就来到了身边，娘邢荷花激动地流着眼泪说："义成，我的儿啊，你来了，娘想你啊！"杨义成拥抱着爷爷："娘，你和爷爷一点没变，你们还好吗？"娘和爷爷点点头，说："我们很好，我们很好，我和爷爷来接你，咱们回家。"杨义成想跟着娘走，脚却怎么也不听使唤。

那声音是杨三笙的古笙吗？

另一条路的十字路口，站着铃铛奶奶、王永泰、杨三笙、王决心、甄凤、杨岭岭、王德、杨子恒等人。杨义成看着亲人们悲伤着流泪，他想上前安慰，可脚像被粘在地上不能移动，看着一边是娘和爷爷盼望的团聚，一边是亲人不舍的哀嚎，这哀嚎震颤着杨义成的身体，他感到自己的身体像被电击了一样剧烈地震颤着。妻子甄凤叫自己的名字，杨义成也叫妻子甄凤，叫着儿子子恒和王决心的名字，但他们却好像什么也听不到。

杨义成心急如焚，一个箭步迈到了甄凤的面前，他突然想到了娘，回头找娘，看见娘和爷爷冲着他万般不舍地挥挥手，娘和爷爷慢慢消失了。深度昏迷的人能够看见自己的灵魂，灵魂是一团粉红的物体，一点点离开肉体飞升，又一点点回到身体。他的身体飘浮起来，灵魂又回到体内了。

这一刹那间，天空一片晴朗，他蓦地扭回头，看见了一个女人飘逸的身影，款款向他走来，她是甄凤吗？是岭岭吗？她伴随着故乡的音乐而来，甄凤声嘶力竭地呼喊着："义成，快回来吧！"

杨义成被阴间和人间两边的亲人拉扯着。人间的亲人们都用笑声迎接他的到来，他又满血复活了。杨义成被这样一喊，蓦地睁开了眼睛。

杨义成睁眼的那天，昏迷整整二十天了。

杨义成听清了，那是甄凤、岭岭和杨子恒的声音。杨义成大声回应着："甄凤，岭岭，子恒！"飞升的灵魂又回到他的体内了。

一刹那间，隐隐约约，他听见了杨三笙吹笙的音乐，那是老爹为他吹《莲花咒》。

杨义成照常输液，突然身体哆嗦了一下，打了一个长长的哈欠。

惊人的喜讯，昏迷二十天的杨义成苏醒了！

王决心给王永泰打了电话，王永泰半天没有回音，从喉咙里挤出抽泣声。铃铛奶奶、王决心和乔麦拥抱在一起。

两行泪水从王决心的眼眶里涌了出来。

谭香双手颤抖，打电话告诉了靳一光。

靳一光在深圳的办公室，手拿电话哽咽了："苍天有眼，太好了，太好了！"

杨义成与杨三笙和王德拉了拉手，嘿嘿地笑了。王德憨憨地笑了："大哥，你终于醒了，我是王德啊！"杨义成摇头说："我不认识你啊！"王德找出陈旧的铝饭盒，里边的红烧麦鲮鱼已经风干了："大哥，你不认识我可以，这个你认识吗？"杨义成愣了愣，比划着双手，没有说出来。王德说："这是爹给你做的，你最爱吃的白洋淀红烧麦鲮鱼。"杨义成双手捧着饭盒，眼神变幻着，慢慢就流泪了。看来他心里明白几分，嘴上还说不出来。

香港的骚乱严重了，甄凤公司的报纸面临威胁，传媒公司来电话让她回去处理，甄凤带杨子恒先回了香港。

又过了一周。在杨岭岭和乔麦的百般照料下，杨义成渐渐恢复了记忆，他一眼认出杨岭岭的时候，情不自禁地哭了："岭岭啊，我以为自己活不过来了。像是做了一场噩梦，这么长的梦啊！"

杨岭岭说："人生啊，好梦总是短的，噩梦总是长的。"

杨义成愣了愣，谭香、孙梦成进来了。

杨义成问到徐汉林的伤，孙梦成告诉他，徐汉林回上海养伤了，伤不是很重，却留下了难以治疗的后遗症，小便失禁。

谭香流泪了，她爱上了杨义成，但是，杨义成是有家庭的男人，他对杨岭岭也好，对谭香也罢，相处上自有分寸，他不是那种处处留情的男人。他刚刚知道谭香是靳一光的女儿特别惊讶。

杨岭岭想离开白洋淀新区了。

杨义成说："晚走两天吧，岭岭，后天是你的生日了，我要给你过生日！"

杨岭岭感到温暖甜蜜，轻轻地笑了，说："没错儿，还记得我的生日，你脑子彻底恢复了。如果你再说什么乱码的错话，我可不拿你当病人了。"

杨义成嘿嘿地笑道："岭岭，我不是病人了，我彻底回来了，我这条命是你和大家呼唤回来的。"

杨岭岭在白洋淀新区过生日，显然意义重大。赵国栋得知，让雄才计划办公室专门送来了生日蛋糕和鲜花。

赵国栋希望杨岭岭回白洋淀设立实验室。她的科研成果放在白洋淀新区，还有政府的资金奖励。

第二天下午，杨义成送杨岭岭去首都国际机场，她要回美国了。杨子恒在香港待几天也要从香港回美国去读书。

她走之前，杨义成说："我想带你去一个地方。"杨岭岭问："什么地方？"杨义成带着杨岭岭到白洋淀新码头。

新码头由鞋王申万胜和北京文旅集团投资，码头被修缮一新。

"这里的变化，简直不可思议。"杨岭岭感叹道。

杨岭岭的眼睛几乎不够用了，疲倦之气一扫而光。杨义成得意地说："新码头经过一年多的彻底修缮，刚刚揭开了神秘的面纱。"

码头的背景是一弯长堤，仿照两千年前的燕国长城，大堤上是翠堤春晓步行街，绿色的芦苇与灰白色的码头辉映成趣。大码头坐西朝东，凹形内湖避风港，共有六十多个泊位，整整齐齐并排靠停着画舫船、快艇和木船。杨岭岭记得过去的码头，船位零零散散，码头上是低矮简陋的房舍。

新码头单体建筑造型奇特，山水园林，呈现"一池三山"格局。有白洋淀生态科技馆、旅游中心、商务中心和简餐中心，四座褐色的城堡老龟似的卧在大堤上。明眼人一眼就能够看出来，这是利用北大堤地势落差，塑造了九河入淀、围埝景观和淀泊风光微缩的白洋淀体验区。

杨岭岭看了看，赞叹说："义成，真是大变样了，看来国际标准不是随便说说的。"

淀里的微风吹来，杨岭岭下意识地将贴在胸前的裙领提了提，遮住半截雪白的乳沟。

杨义成微笑说："谭香他们不知道码头的过去，你是知道的，又从美国来，最有发言权。"

杨岭岭望着游客陆续登上了画舫船。游客从画舫船下来，意犹未尽。他们说笑着走进了大码头。向西飘去的白云，抖动了一下渐渐消失了。云雀悦耳的歌声听得越来越清晰，甚至连热乎乎的芦苇摆动的沙沙声都能听见。

白洋淀的气味，将世界的缝隙填满。

杨岭岭的心由激动变得平静多了，肩膀偶尔抖动了一下，杨义成望着她问："你看好不好呢？"杨岭岭吐出一口气，吐出了压抑很久的恐惧和苦恼。她用赞许的目光看着杨义成说："你就在这码头布置 5G 基站啦？"杨义成点头："是啊，这里和荷花大观园，安装的是 5G+VR 旅游景观基站。游客戴上 5G 网络的 VR 眼镜，沉浸式体验到所有风景。"

两人一前一后，往淀水的方向而去，阴天的时候没有阳光，但是云彩向西移去。杨岭岭的样子越发逗人怜爱，她夸奖说："你出手就是巅峰，下一步怎么办呢？"

杨义成摇头，激动地说："巅峰还在后面，我被无人机砸晕后，技术上已经突破了。我喜欢干有挑战的事。这个技术应对地震、抗洪等一些灾害救援，还能帮助白洋淀新区的云计算技术升级。"

杨岭岭微笑了："厉害，你真敢想啊。"

她微微一笑，微风吹拂着杨岭岭一绺黑发，吹干了脸颊的汗迹。

杨义成和杨岭岭在木制栈道上走了一阵儿，突然听见空中滚动的雷声，有一股乌云从头顶飘过，暴风雨到来之前，几只鱼鹰惊慌着斜飞过去。雷声在西天又轰鸣了几声。

杨岭岭抬头看见了游客中心，一座像苇垛似的建筑，远看这个建筑像扣过来的大船，金黄的芦苇秆盖顶，钢丝捆绑的苇秆牢牢地架在了屋顶上，层层叠叠的，整座建筑像一座欧洲的古城堡。他们随游客走进去，却是别有一番天地，茶座、咖啡厅、洽谈室、儿童乐园，应有尽有，堡顶是一个扣过来的大船，荷塘苇海的风貌。

杨岭岭看了一阵，目光转向码头。

自己马上就要离开故乡了，故乡的码头对自己意味着什么呢？

杨义成心怀感激地说："人生啊，弄懂生活，想得开，什么事都不纠结了，码头就是港湾，我希望你有一个幸福的港湾。"

杨岭岭一愣，茫然地望着他："你是指？"

杨义成诚实，深沉地说："当然，我说的幸福，包括婚姻，又不单指婚姻。"

杨岭岭望着杨义成，略有嗔怨地说："我早就料到你会说这些，你对我的生活担心吗？担心我不会幸福吗？"

杨义成的眼睛炯炯放光，但还是竭力平静下来，说："岭岭，你这么反问我，是不是误解我了？"

杨岭岭控制住自己的激动，摇摇头。

杨义成换了话题："我们乘一会儿船吗？还是在码头坐一会儿？"

杨岭岭脸色难看，倔强地说："不坐了，我们出发吧。"

杨义成的目光犀利，看出她受到了刺激。杨义成和杨岭岭走出游客中心，和颜悦色地说："岭岭，时间还来得及，坐一会儿吧。再见面指不定什么时候了。"

杨岭岭在淀边长椅上坐了下来，水鸟在不停地鸣叫，湿润、温暖的风把盛开的荷花的芬芳吹到了码头来，她呼吸着荷花的芳香。

杨义成伸手摘下她肩头的树叶，感慨地说："岭岭，人生苦短，这世界说复杂也复杂，三言两语说不清楚，说简单也简单，几句话都能概括，爱恨情仇，生老病死，我们要弄懂生活，真的不容易的。"

杨岭岭瞥了他一眼，强颜欢笑："你应该说是幸运的，有几个人昏迷二十天能够活回来？我可是警告你，你要好好活着，你走了丢下我，我跟谁去说话，有你在，我还有回国的可能。"

杨义成明知故问地说："得到岭岭博士认可，我很荣幸，年龄越大，能够说话的人越少啊。"他又摸了摸后脑勺，阴天就疼。

杨岭岭以为他故意逗她，讥讽说："我们别在这里出洋相了。"

"不是洋相，我的脑袋可能留下后遗症了。"

杨岭岭心中一凛，心疼地摸了摸他的伤疤。

炎热迫使游客打着伞，鸟们躲进树林。树林也焕然一新，嫩叶闪着金属般强烈的光，成群的鸟落满银杏林里的草地上，传来沁人心脾的艾草的气息。

杨义成打破伤感的沉默，苦笑说："其实，我探索生活，又害怕弄懂了生活，当一切豁然开朗，心再无障碍，轻松快乐的时候，我将失去动力，你说不是吗？"

杨岭岭沉默无语，思考着他的话。

杨义成长长叹了口气，说："岭岭，这次实验事故，我等于死了一回，死去的人看见了常人看不到的东西，感觉世事漫流如水，醒来却一梦浮生。"

杨岭岭从容地说："你的这句话，我喜欢。浮生，也是生，也是再生。我们彼此祝福吧！"

杨岭岭想起一首普希金的诗作《她的一切都和谐完美》，杨义成说："你给我朗读几句。我喜欢。"杨义成深情地望着杨岭岭，说："岭岭，你喜欢普希金，我以后也补上这一课。"杨岭岭笑着说："应该，你是一只鸟，烧不死的鸟就是凤凰！"杨义成说："谢谢你，别说我，还是说普希金的诗吧！"杨岭岭来了兴致，望着白洋淀即兴朗诵几句：

> 她的一切都和谐优美
> 一切都超出尘世的热情
> 在她庄严的美丽中
> 含着羞怯和文静
> 她环顾四周的仕女
> 既没有敌手
> 也没有伴侣
> 我们那些苍白的丽人
> 已在她的光辉下失色

杨义成眯着眼，细细品味着，讥讽地说："岭岭，甄凤不写诗了，你却喜欢诗歌了，有意思。普希金好像写的你啊！"

杨岭岭笑道："别开玩笑了。"

杨义成深长地嘘了口气："岭岭，我很佩服你的定力，人生最大的悲哀是看不到希望，过去的白洋淀人只管打鱼吃鱼，精神麻木，不知道明天的方向，如今都被希望照亮了。其实，物质也是精神，我这次履职白洋淀新区，感觉我爹、我弟他们都变了，他们从平庸混沌的状态走出来啦！"

"是啊，希望是生活中最美好的东西。不说了，硅谷的实验室等着我，还是让我带着希望出发吧！"她低头看了看手表说。

中午时分，杨义成开着奔驰汽车穿过白洋淀新区的千年秀林，直奔首都机场而去。

杨岭岭走后，杨义成开始进行云计算技术规划，准备投标。

无人机空中5G基站成功，谭香团队的技术发挥了作用，其主要研发人员大多是从他的恒通公司招来的。谭香到了深圳，忽然打来了电话，说靳一光老总在深圳等他。

杨义成二话没说，马上飞深圳。

在大学读书的时候，他特别向往成功人士飞来飞去的生活。可是，身处这样的生活当中，每天在希望和绝望中撕扯，身心疲惫。

傍晚时分，杨义成走进了国盛深圳总部靳总办公室，杨义成在楼道里听见靳一光愤怒地嚷嚷，不知道师傅在骂谁，他收住了脚步。

靳一光火烧火燎地喊："我们国盛视用户为上帝，派你们到巴西不是观光的，是开发5G市场的，是给人家服务的。你们就这样服务吗？人家明显看不到我们的诚意嘛！"

一个男人的声音："靳总，我错了。以后好好改正！"

靳一光又说："我们争取服务权利，不是乞求来的，是一场场战斗打出来的。请问你们，我们国盛哪一天不在战斗？哪一天不面临死亡的威胁？不想打仗的就走人，国盛的男人就应该像杨义成这样去拼，去打，去死，像他一样再死而复生，明白吗？"

那个男人的声音："明白，我们向杨总学习。"

杨义成陡然收住了脚步。

靳一光的声音："你们先回去吧，西方国家，巴西 5G 基站开局不错，到了攻坚克难的阶段了，好好想一想，这一仗到底怎么打？"

男人说："政府在摇摆，我们只能往好处努力。"

两个男人沮丧地走出靳一光办公室。杨义成并不认识他们，错开肩膀，秘书带他轻轻走进了靳一光办公室。

靳一光看见杨义成，紧紧拥抱了他："义成啊，好样的，师傅要给你接风洗尘。"

杨义成感觉靳一光身上的热量传导给他，让他战栗不已："师傅，我做得不好，请求您批评！"

靳一光松开了他，让他坐下喝咖啡。靳一光动情地说："这次不会批评你，白洋淀的业务尤其突出，高空基站实验上，你的团队挑战极限，终于成功了。你用生命诠释了国盛精神。你说干了傻事，我不这样看。我在国盛的大会上说，最聪明的人干最傻的事，最傻的人往往去做最聪明的事。"

杨义成点点头，说："我过来是听您骂的，您这么一说，我似乎轻松了一些。"

靳一光眼圈湿润了，说："师傅代表国盛感谢你，这是于公；替谭香感谢你，这是于私。对不起，在你昏迷的时候，我只陪了你两天，可惜师傅没有时间陪伴你醒来啊，深圳的事情太多了。"

杨义成感动地说："师傅过奖了，谭香很优秀，她非常勇敢。"

靳一光说："谭香的事情一直保密，请你原谅。她原来一直跟随她母亲在安徽合肥生活，现在应该出来锻炼锻炼啦！"他笑了，起身打开书柜，缓缓拿出一件东西，说："这东西你认识吗？"

杨义成看见大碗，眼睛一亮。

靳一光缓缓打开木盒，白瓷大碗露了出来。他一阵激动："啊？大碗？您这是啥情况？"

靳一光欣赏着说："你铃铛奶奶的大碗啊，你看看是不是甄凤拍卖的那一只啊？"

杨义成双手捧起了大碗，手指触摸到碗底的那个"盈"字了，心潮翻涌，双手颤抖，眼泪夺眶而出："是啊，是啊，您怎么知道？"

靳一光说:"从你的表情看,应该是这只碗了。对了,谭香叮嘱我,不能叫碗,她给起了名字叫——"

杨义成说:"叫'舍得'!"

靳一光笑了:"对,'舍得',谭香说了,她在你家乡见到你可爱的奶奶了,我觉得挺好,人生有舍就有得啊!"

杨义成收好"舍得",不敢怠慢,把自己的来意说了:"'舍得'的事儿,谭香什么都没说,这可是我苏醒后的意外惊喜啊。"

靳一光哈哈笑了:"你啊,刚刚恢复身体,我一直担心你留下后遗症,我看没有多大影响。你一边休息一边工作,把京津冀市场做大做强。你回去把这大碗交给你奶奶!"

杨义成眼睛含了泪,双手颤抖着收好了白瓷大碗,心中内疚转化成感激。

"这只碗啊,是许大彪赠给奶奶的。"杨义成想到了铃铛奶奶讲平津战役的故事。

那一场战役大获全胜,立功的许大彪却自杀了。许大彪是个有争议的人物,他的尸体埋在了天津杨柳青,怎样让许大彪的尸体跟他的儿子雷雷合葬,铃铛奶奶伤透了脑筋。

第六十七章　融资

王决心站在窗前，闻到了雾的味道。

白洋淀雾是有味道的。早晨，浓雾笼罩了白沟引河岸郁郁葱葱的林木，一缕云雾低低地压下来，把整个县城、工地和乡村裹在厚重闷热的云层里。村舍和楼房转瞬间消融在一片轻烟之中。

王决心心情不好，请假从容光县工地回到了王家寨。几天前，因为乔麦的麦耘公司流转土地的事，两人发生激烈的争吵。争吵后，王决心独自回到了王家寨，自从鱼鹰二黑病死了，王决心一直闷闷不乐，他在窗前打着口哨，大黑没有回来。这畜生躲到哪里去了？

王决心走到了铃铛奶奶房间，这几天铃铛奶奶又病了，低烧，出了一身的麻疹，痒得难受。王决心给奶奶买来了消炎止痒的药。王决心伸手给奶奶挠了一阵，铃铛的脸上舒展地笑了："还是我们老三好，哥几个你最孝敬。"

王决心嘿嘿地笑着，躺在奶奶的腿上，孩子似的摇着铜铃。

昨天晚上，王决心下班为乔麦的公司陪酒。吉林来的种业公司老板张元超来到白洋淀新区，考察未来的智慧农业小镇。

容光县的郝县长推荐了乔麦的种子研发基地，新水县的郑继刚副县长升任容光县委常委、常务副县长。郝县长带着郑继刚副县长到北羊村调研，郑继刚见到了乔麦。乔麦觉得又多了一位老领导的支持，心里被温馨填满。

可是，土地流转的事像经历了过山车，忽上忽下，悬而未决。只要土地尘埃落定，张元超老板就会将种业基金引过来。

乔麦将王决心、王德、伍宝库都叫过来陪张元超老板喝酒。

乔麦告诉王决心，张元超老板是奔萍河的两个宝贝来的，一是乔麦的麦耘公司，二是伍宝库手里的老种子。乔麦他们的大豆、小麦和玉米，已经占有市场优势。因为北羊村的芽麦事件，乔麦认识了燕山农大的勾教授。勾教授的团队非常卖力，要在大豆种子创新上重新发力。这几个项目，乔麦已经申请了专利，张元超老板要跟乔麦合作生产。

乔麦喝了一些酒，脸微微涨红："下一步，白洋淀新区的云计算中心马上落成，我们利用数字技术、人工智能技术，在萍河北羊村流转土地，开发大豆、玉米。小麦、棉花几种种子，几个品种都已经进入登记制度，燕山农大的勾教授当技术顾问。"

张元超喝了一杯酒，说："好啊，我看见乔麦老总，就看见了种子的未来。我请教一个问题。你们守着白洋淀新区，这里是世界最大的工地，你们公司为什么不批发水泥钢材，那挣钱多快呢？种子行业投入高，见效缓慢。"

乔麦微笑着说："我过去在白洋淀水村王家寨养鸭子，白洋淀新区成立后，保护白洋淀水质，我们就转型植树了。我对种子的认识，还得感谢我爹、我的哥哥，他们被大豆种子伤害。种子问题，还要感谢桌上这三位。这位长者是我爱人的姑父，他多年坚持收藏老种子。"

张元超充满敬意，起身说："了不起，我们大家敬宝库先生一杯。"

伍宝库感动地说："谢谢乔麦，欢迎张总，我父亲也是农业专家，说好种子就能长好庄稼。没有想到，如今中国人的种子被外国公司控制了。我这老头没啥精力了，只是喜欢，没有能力转化生产，还是乔麦有魄力，搞了种子研发，白洋淀新区是创新之城，农业创新也是创新啊！"

张元超连喝三杯，笑道："佩服，佩服，说得好，农业不仅要创新，种子还是农业的芯片，多么重要啊！我们公司最近有个成果，小麦草中的叶绿素与血红蛋白结构相似，因此，小麦草可以促进血液循环，消化以及排出身体中的毒素。"

乔麦举杯说："祝贺张总的成果啊！"

王决心笑了笑，说："我呢，跟大家生活远点，成为一名工人了，我文化不高，说句不雅观的话，我便秘好几年了，吃啥药都不好啊。"

乔麦用脚踢了几下王决心。

张元超从椅子上的皮包里掏出几瓶小麦汁，说："这当然管用啊！小麦草疗法就是以小麦草汁当药，通过口服和直接灌肠来治疗疾病的。"

王德扑哧一声笑了。

吃完饭的时候，张元超老板说，他有一个患"自闭症"的儿子亮亮。

张元超说他那自闭症的儿子喜欢鱼鹰。

王决心脸色白了，嘴唇颤抖。他是想把大黑要走？

乔麦一愣，望了一眼王决心，王决心尴尬地一笑，说："让孩子到我们王家寨玩玩，水里游个泳，看看鸟儿，啥病都好了。"

张元超一把攥住王决心的手："王先生料事如神啊！这孩子喜欢玩水，喜欢看鸟，你是咋看出来的？"

王决心摸了摸脑袋，说："我学过一点读心术，这孩子耳朵有拴马桩，有这个的都喜欢水和鸟类。"乔麦帮腔附和着："是啊，王家寨有个湿地，湿地有鸟林，鸟儿多了，带孩子过来看看。"

张元超脸涨红，开心地笑着。

王决心抓住了乔麦的胳膊："别喝了，都高了。"

乔麦瞪了王决心一眼，又干了一杯："你好好栽树，你凭啥管我？"

张元超喷着酒气说："乔董事长，我想说啊，一个企业家，做到一定份儿上，就要有自己的信念，不能迷信，要有自己的眼光！"

王决心有些变脸，伍宝库跟王德递眼色，王德拉着王决心出了雅间："你们喝，我带决心透透气，抽根烟。"

王决心被王德拽出来了。

王决心想乔麦此时一定丑态百出了。人一经商就变，还是原来的乔麦吗？

王永泰上班开旅游船去了，王决心惦记着大黑。雾在悄悄散去，一缕一缕，飞到碧蓝的天空上去了。

王决心在王家寨休班，乔麦昨晚喝得多，时间晚了，就住在了容光县城的办公室。乔麦早晨酒醒，听王德说昨天王决心可能生气了，赶紧乘船来到王家寨，她敲门，王决心故意不开。乔麦叫来了二婶小洒锦，他把门打开了。

乔麦和小洒锦一块进来了。

小洒锦进屋就数落王决心："老三，急得乔麦直哭，为啥不见乔麦？这么好的媳妇让人领跑了，你别后悔啊！"

王决心呆坐在沙发上不言语。

乔麦慌乱的身影使王决心脑子里闪现出了桃红色的遐想。她身上没了鸭毛味了，却是一身的香水味。乔麦道歉说："决心，张元超老总对咱们公司很重要，喝多了点，我说话没个轻重，你别往心里去。"

王决心沉着脸说："两口子不说客气话，你说你昨天疯狂到了这种程度，还是你吗？生意刚刚开始，往后还能干吗？"

乔麦呆愣站着，不知如何是好。

小洒锦从来没有见过王决心这么生气，非常惊讶，就劝王决心说："老三，不就一句话吗？你没在商场，不懂里边规矩，和气生财嘛！"

王决心感到有太多的和气生财、和气长寿，大家为了利益就同流合污。王决心说："我王决心是个栽树的，马上去地下管廊工地，不懂经商，但我懂一个理，小胜靠智，大胜靠德。"

乔麦说："你说得都对。"

王决心说："那是谈判场合，是宠女人的地方吗？"小洒锦说："不论谁宠谁，你们说得都对，不过你想啊，乔麦是董事长，她比你更看重脸面啊。"

王决心苦笑一声，脸上的肌肉抽搐了几下，说："她要脸面，我王决心就不要脸啦？"

小洒锦笑，伸手揪着王决心的耳朵："你大老爷们，这张脸跟腰里硬斗争，已经千锤百炼啦！乔麦最好，你就得给我宠着。"

王决心疼得咧嘴，鼻子酸酸的，泪水就要冲出来。

乔麦为了让王决心高兴，念手机上的谜语让他猜。

王决心沉着脸说："我不猜！"

乔麦电话响了，她出去接电话。

小洒锦生气了："你们男人啊，就像王德，饱暖就思淫欲。你也是那样的人吗？"

王决心把脑袋摇成了拨浪鼓："二婶，我跟二哥不一样，再说了，王德二哥也变了。"

小洒锦淡淡地说："是啊，王德像变了个人。"她转脸望着王决心："别说大话，谁不吃饭，不仅是肚子的需要，还是一种精神需要。我们农民就是提供饭菜的。"

王决心艰涩地笑了笑，嗓子紧巴。

乔麦接电话回来，王决心有了笑模样，乔麦继续念手机上的笑话。

王决心笑了笑，肚子鼓涌起来。王决心急忙跑到卫生间，往马桶上一蹲，马上想到了张元超的小麦草汁儿，咕咚咕咚喝了。

乔麦到处找屋里的大黑。

王决心高兴地喊："乔麦，老张的这小麦草汁儿挺灵啊？"

乔麦笑着说："以后你就喝咱自己公司的豆汁吧！咱公司供着你，你别生气了，我明面当老板，等公司将顺了，你就从工地回公司当董事长，我给你打下手。"

王决心扑哧笑了，连连摆手说："老婆，我可是干不了，我脾气不好，好久没见腰里硬了，憋着气呢。"

乔麦笑了，说："你啊，没有腰里硬跟你斗，你就不活了？"

王决心倔倔地说："这小子只要不死，不会放过我们的，别让我见他，我王决心跟他没完！"

王决心刚要说话，窗子呼啦一响，大黑飞回来了，落在爹的床头。

王决心说："这畜生逛够了，我以为你回不来啦！"

乔麦静静地望着大黑，她心中也不舍得。

王决心过来跟大黑玩，用手掌抚摸着大黑的脑袋，听见门外乔麦跟张元超通电话的声音。乔麦咯咯笑着说："张总，我正劝我老公呢，你可以带亮亮到王家寨玩玩。村里有鸟，家里还有大黑鱼鹰子。"

王决心苦笑起来，大黑的事，他真的当不了爹的家。乔麦一看王决心高兴了，就让张元超过来了。

张元超看了看鱼鹰大黑，大黑不停叫着，拿手机视频让亮亮看大黑的表演。

可是，怕啥就偏偏来啥。张元超的自闭症儿子亮亮竟然喜欢上大黑了，嚷嚷着要大黑。

乔麦惊讶了，心跳到喉咙口。

她为难地想，跟决心说吗？如果说了，王永泰老爹会接受吗？这不是给决心出难题吗？王决心有些生气了。二黑有病走了，这大黑在爹心中的分量有多重要？

乔麦微笑着说："决心，我知道爹跟大黑的感情，那是个老伙伴儿。可是，没有办法啊，我们的麦耘公司需要人家张总的支持啊！"

"感谢张总，换个方式不好吗？我到别处买个鱼鹰不就结了？"王决心说。

乔麦摇头说："怕是不好吧？等于我们欺骗人家了。我心头过不了这关！人家在大吉林有钱有势，啥都不缺，缺的就是给孩子找个乐子啊！"

王决心叹息说："这叫卤水点豆腐，一物降一物。"

乔麦一脸焦急地问："咋办啊？张总明天就走了，我的种业公司还指望人家的资金呢。"

王决心沉着脸说："爹一辈子多苦？我们挖走了大黑，就是彻底掏走了他心上的肉。如果爹有个闪失，大哥、二哥都饶不了我！"

乔麦的心里乱得不能再乱。

王决心暴跳起来，愤慨地嚷："乔麦，我理解你，但是，我们跟爹就不该提这个问题。大黑是爹的念想，能给一个孩子取乐吗？"

乔麦愣了。

王决心打了个嗯哨，大黑飞身一跃轻轻落到王决心的胳膊上。他扑扑跌跌地往外走，快到门口的时候，乔麦一把抱住王决心，哀求说："决心，你疯了吗？你不能这样！你知道吗？为了这个事情，我经历了怎样痛苦的思索吗？我也是整整一宿没睡啊！我不顾爹的感受吗？

不心疼大黑吗？你错啦！"

王决心惊愕地站住了，浑身颤抖。

乔麦几乎是哭了："决心，老公，我们同时走两条路，等于无路可走。我们到了紧要关口，我们得靠张元超帮助打开东北种子市场，我们的融资方案都要看种子销售业绩，也要仰仗人家的帮助哩！现在机遇来了，机遇可遇不可求啊！"

王决心愣了愣，终于把语气缓和下来："人啊，无欲则刚，我算是明白了，离开张元超这个张屠夫，我们只能吃带毛猪啦！"

乔麦紧紧抱着王决心哽咽说："我不知道做种子公司这么难。可是，我们上了这船，咱俩和王德一家也是拴在一根绳上的蚂蚱。我们萍河的两万亩种子基地，土地流转已经签约了，银行的贷款五千万都弄好了。这么大的数目，如果有个闪失，我们就死路一条了。"

"啊，五千万贷款？多少利息啊？"

乔麦说："眼瞅着就变成聚宝盆啦，让咱爹让一步，都牺牲一点吧！失去的东西，我们会以别的形式补偿给爹的。我跟王德商量了，董事会也会通过的，我们给爹一笔钱。"

王决心故作清高地说："爹是看重钱的人吗？他要大黑！"

乔麦说："别这样，我们用钱的地方多着呢！"

王决心心中一动，过去的乔麦不会是这样的口才啊？她什么时候变成这样了？

第六十八章　智斗

王决心从小院回到屋里，屋里黑咕隆咚。他内心一直矛盾、煎熬和纠结着。他怕乔麦多心，尽量把口气放得委婉一些："乔麦啊，我们的感情你知道，我爱你，你就是从我身上割肉，我王决心不眨一个眼。二黑病死了，又从爹手里要大黑，我看够呛，我们等着爹回家商量吧。"

乔麦抓住王决心的胳膊："决心，我们是德孝之家，爹要是难过，我心里会不安的！我们再想想别的办法。"

王决心挣开她的手，说："甘蔗哪有两头甜的？先问你啥叫快乐？我要说的是，公司多大算大，挣多少钱才够？你们在商场上厮杀的人，眼里都是金钱，你能快乐吗？"

乔麦猛然震颤了一下。在王决心的眼里，自己成了利欲熏心的商人了。

傍晚，王永泰下班回家了。

交出了自己的新船，老船也拆成木板了。王永泰在白洋淀旅游公司打杂，偶尔替工开一下画舫船。王决心工作顺利，还有了家，自己有了这份新工作，世间的事悄然变化着，往好的方向演变，王永泰眉心的那颗疙瘩渐渐化开了。

乔麦和王决心做好了一桌的饭。王决心和乔麦把大黑的事说了，王永泰吧嗒着烟袋，好久不说话。乔麦有些慌张，自从二黑病死了，淀子在白沟引河淹死了，仅有的大黑，便是爹唯一的念想，老人好久不提家里的动物了。

王永泰郑重地说:"好了,决心,乔麦,别提快乐不快乐的事了。大黑不能离开王家寨,你朋友的孩子要来看,到咱家住着都行。"

乔麦傻了眼,噙着眼泪走了。

王决心望着乔麦的背影,心中十分难过。王决心知道张元超老板对乔麦的大豆种子业务有多重要!他之所以没有跟乔麦走,是想跟爹再争取一回。王决心说:"爹,把大黑卖个高价不行吗?钱归你,这还就帮了乔麦的业务啦!"

王永泰倔倔地说:"你傻吧,卖了,你受得了,你爹受不了,死了这个心吧!"

夜气凉凉的,黄昏的大淀又闷又燥,雾浓得伸手就能抓出一把水来。王决心身上的汗毛孔让湿漉漉的热雾堵个严实,汗都憋着,一身的黏。为了讨爹欢心,他去大淀里捞金鱼藻,爹喜欢吃。

"王决心回家吧,一人在这儿荡啥野魂?"咸鱼喊了一声。

王决心大大咧咧往家赶,恨一声:"滚吧,快钻娘儿们热被窝去吧!"

他发狠地喊,紧锁眉头,急煎煎地往家赶,淀也一层一层黯然。

忽然,他两腿打颤没了章程。他要等人们走了,天黑了,到井楼子底下好好冲洗冲洗,如果感冒了就顺坡下驴,给王永泰来个苦肉计。

天黑实了,淀上溜着小风儿,卷走热气,扯来丝丝寒凉。王决心打了个寒噤,贼似的瞟了村头的井楼子一眼,水声稀了。他站起身伸了懒腰,手提一只木桶,将里头的金鱼藻洗了洗,他洗冷水澡了。井楼子旁边的电线杆上挑着一个灯泡儿,照亮秋夜一大片地方。他稀里哗啦脱了衣裤,仅剩一条灰不溜秋的裤衩子,露出一身发达的肌肉,将木桶灌满水,举至头顶,稀汤薄水地洒下来。

王决心一个透心凉。

"哇——"王决心咧开大嘴可嗓子叫了一声。他的叫声沉闷、悠长。他每洒一桶,就叫一声,胸脯子和脖子上鼓起的肉疙瘩一起一伏。他冷得哆嗦成一团,左腿抽起筋儿来了。搓了一阵儿,不那么冷了,浑身就坦坦然然了。他搓得很仔细,头、胸、背、腋窝、屁股、大腿和脚丫子都洗了个遍。

井楼西边电线杆上的灯被人扯亮了。

王决心赶紧穿上衣服，假模假式地笑。回到家里，王永泰带着大黑回了家，乔麦没有去北羊村的种子基地，她刚刚去看望娘和花花。乔麦提着一兜水果和罐头笑盈盈地来到铃铛奶奶床前，要给奶奶喂罐头。

王决心说："给我吃点吧，我发烧了。"

乔麦摸王决心的脑门，烫烫的。

王永泰带着大黑进来了，听说王决心发烧了，过来问："试试多少度？"

王决心冷着脸蛋子倔倔地不看她。

乔麦伏在他头上，很动情地湿了眼眶，颤声道："决心，我知道你咋病啦！你是为了跟爹要大黑，故意洗冷水澡弄感冒的。"

王永泰沉沉地叹息一声。

乔麦背着王决心去村里诊所输液去了。王决心趴在乔麦的背上，哼哼地说："爹，那有金鱼藻，就是鱼草，您最爱吃的。儿子怕是回不来了。大黑啊，永别了！"

他说着跟大黑摆摆手告别。

王永泰一怔，以他的经验判断，王决心这次病得不轻。

王决心故意一脸愁苦地呻吟："爹，谢谢你，我怕是不行了，千年秀林我也上不了班了，乔麦公司黄了，咋给你生孙子啊？大黑对我们已经没有用了。"

王永泰心中一沉，听出来王决心话里有话，板了脸，说："瞧你这点出息。"

王永泰掂了掂金鱼藻，眼眶湿了，追了出去，喊："决心，爹答应给你大黑啊！"

王决心在乔麦的后背上偷偷笑了。

王决心看病回来，看着乔麦眉开眼笑，乔麦就知道没啥大病。他就想带病跟乔麦干那事。乔麦得到了大黑，愿意犒劳他。

夜深了，爹睡了，奶奶不摇铜铃了，他就没轻没重地爬到乔麦身上去。干完那事儿，王决心病重了，吃不住劲儿，浑身鼓鼓涌涌睡不安稳，乍冷乍热地病倒了。

天亮的时候，乔麦的心揪得紧紧的，问："决心，你咋样？还烧吗？"王决心说："准是得伤寒病啦！"乔麦说："我去给你熬可乐姜汤喝。"王决心拦下她："不用，吃片药就能挺过去！昨天医生不是给药了吗？"他伸出胳膊往床头橱里摸药，蓦地抓出一瓶避孕药，他黑下脸问："乔麦，你吃这个做啥？我爹盼孙子，眼都该盼瞎啦！"

乔麦慌口慌心地说："决心，我这不是公司忒忙吗？生怕怀上，我，我错了。"

王决心说："过去是少生孩子多养猪，如今啊，国家提倡二胎三胎的，你就给我生吧。"

"生多了，你养得起吗？"

王决心咕咚咕咚喝水吃药，如腾云驾雾。

乔麦调皮地说："你呀，本来感冒还不老实，折腾重了吧？我们公司生产的就是大豆，让大荷花给你熬点豆汁喝！"

她说着把大黑装进了一个笼子，带着大黑去了容光县城。

王决心捂了半天的汗，脑袋轻松了，起身去德县工地了。

大黑送走的当天傍晚就病了，卧在苇帘上不飞了，眼瞅着就要断气。张元超老板沉了脸，脸色比大黑还黑。

乔麦叹了一声，只好将大黑送回了王家寨。

黄昏的光是富有灾难性的，夕阳映照着不动的大黑，它不沾任何食物了。

王永泰梦一样惊呆了，心灰透底。他拿刀细心切着鱼片，然后将鱼片硬往大黑的嘴里塞着。大黑吃力地摇摇头，身体颤抖，脖子缩了回去，将鱼片都吐了出来。

王永泰绝望地拍打着大黑的羽毛，拍得噗噗响："大黑啊，你看看我，我是你主子啊，你吃点哩！"

大黑躺着不动，慢慢睁开眼睛，眼里没有一点光彩，眼珠黄黄的。这是就快死了的迹象。

王永泰落泪了，整天坐在大黑的身边，抚摸着它的光滑的羽毛，跟它说着话。

王永泰脸上挂着泪痕说："老天爷啊！这是为啥？"大黑在他的抚摸中突然一软。

那一天上午，大黑的脑袋扑哧一声耷拉下来。王永泰一屁股坐在地上，紧紧地将大黑搂在怀里，喉咙里挤出一阵短促的呜咽。

王永泰绝望地抱了大黑一阵，忽然听见铃铛叮当叮当地摇铜铃了，大黑忽然动了动。王永泰放下大黑赶紧给铃铛递一个香蕉。

王决心和乔麦进来了，王决心说："赶紧带大黑去动物医院。"

乔麦拿了菜刀，急忙给大黑切鱼片，切破了手指，鲜血流了出来。

王决心问："乔麦，你手破了。"

乔麦的手指依旧滴血，她拿着含血的鱼丝放到大黑的嘴边，大黑闻到了人血味道，蓦然睁开眼睛，张嘴吃着鱼片。

乔麦惊呼了一声："爹，大黑吃鱼片了。"

王永泰扑扑跌跌地跑出来，看见大黑睁开眼睛吃着鱼片。乔麦的手指在滴血，血滴到鱼片上，大黑吃得更欢了。

王永泰一拍脑袋："这畜生，喜欢吃人血鱼片啊！"

王永泰让王决心赶紧给乔麦的手指包扎，他瞅着带血的鱼片吃完了，大黑还要吃，这畜生饿坏了，王永泰用刀划开自己的胳膊，红红的血即刻喷涌而出，他哆嗦着将血滴到鱼片上，举着鱼片喂着大黑，大黑望了王永泰一眼，叽叽地吃了起来。

王永泰老泪纵横："我的大黑啊——"

王决心眼里也含了泪。他悄悄出去了，他去了老顺子家，老顺子带着他，到一家养鱼鹰的人家，精心挑选，买来一只黑鱼鹰，跟大黑一模一样。

王决心提着"大黑"出现在门口，乔麦和王永泰惊呆了，异口同声地喊了一声："大黑？"

"你个嘎东西，还真有办法。"

乔麦抿嘴一笑，提着赝品大黑走了。

第六十九章　风波

那天，王决心知道了乔麦公司转型的一个秘密。王决心吓了一跳。

王决心从千年秀林工地到容光县萍河北羊村，十五公里的路程。乔麦转移到这里办公了。她的办公室就设在村委会院里，可以办公，也可以住。王决心种了树就过来看乔麦，偶尔住一夜。

北羊村的高音喇叭一遍一遍地播放流转土地、建设高产农田方案。

这是陈锁柱特意安排的。目前，流转土地遇到了难题，谣言都起来了，陈锁柱还这么招呼，这不是害乔麦吗？王决心不知道这家伙葫芦里又要卖啥药了。王决心听王德一说，就啥都明白了，陈锁柱想跟乔麦要股份，不然，他就引进新的公司了。据说，几家有实力的公司都盯上这块肥肉了。

王决心替乔麦担心了。

王决心让王德拿出土地流转的文件。王决心说："二哥，千年秀林的土地，也是从老百姓手里流转过来的，每年每亩地一千元的补偿。乔麦给的一千二，还多给了二百呢。"

"国人爱起哄，土地成了热门，眼瞅着价格炒起来了。"王德生气地说。

王决心想了想，说："流转土地，没有错误，问题出在老板身上，有人不是为了粮食安全，完全是想骗取国家补贴。"

王德点点头，赞许地说："老三，你还真有眼力。那几家竞争公司有这种想法。我们戳穿他们！"

王决心一愣，说："唉，戳穿别人，我们自身屁股也要擦干净啊！这……"

王德歪着脑袋，急了眼："你别吞吞吐吐的，有话就说，咱们又不是外人。"

王决心担忧地说："乔麦融资有了问题，弄不好就会被划为非法集资。她要是出了事，我可咋办啊？"

王德感叹道："老三，不瞒你说啊，我和姑父为了种子开发，也到处找土地，找了几家都会出现融资问题。姑父给吓回去了。"

王决心惊讶地张着嘴巴，半天没说话。

王德继续说："我问过新区规划局了，乔麦的地块没有选错，白洋淀新区建设用地多，留给种粮的土地本来就不多了。萍河北边的北羊村、南羊村和大羊村都是留给智慧农业小镇的，全部是农业用地。你老实说，这些你一点不知道？"

王决心摇头说："二哥，我在工地干活，整天累得东倒西歪，乔麦如果不是非要转型种业，我才没心思打听这个。你三弟明人从不做暗事。"

王德嘟囔说："我信你的话，乔麦叫我过来，也想给北羊村上马数字设备，人家国盛是想树一个样板，就选了王家寨，管得了一个村，也管不了那么多啊！"

王决心瞪眼说："乔麦到这里流转土地了，大哥他不能不管啊！"

王德说："我跟大哥说了，你让爹再说说。我出来帮乔麦，胡支书还不高兴呢，王家寨那边的数字建设刚刚到了半截，她做这么大面积的种子有必要吗？"

王决心愣了，说："你刚刚说了个新词，叫啥公权力，她找了上边的大官啦？乔麦认识谁啊？她有事还不得找我啊？"

王德想了想，说："我听胡玉湖支书说，腰里硬他们公司也要搞现代农业，看来这狗东西跟乔麦竞争来了。你说是不是她找郑继刚县长了？"

王决心恼怒地说："郑继刚是新水县的副县长，管不着容光县的事。你别听腰里硬瞎说，腰里硬在千年秀林栽了跟斗，出不来这口气，还想在土地流转上捣乱，让他血本无归！"

"腰里硬玩的就是空手套白狼，哪有血本啊？这事啊，回家你问一问乔麦。"

王德电话响了，匆匆走了。

王决心回到了千年秀林工地，工地已经转到萍河片区了。他离乔麦这里越来越近了。感觉植树的模式变了，他拜了鲁大林为师傅，鲁大林是电焊工匠，竟然成为植树标兵，他心中敬佩不已。能人干什么都是高手。

王决心为了乔麦，做了一番农业的研究。国家对农业投入渐渐加大，农业科技公司像雨后春笋般多起来。乔麦的方向没错，他没有理由不支持，可是，这些政策传到基层来，村官和民营资本一勾结，七拧八歪，就啥都走样了。农民土地流转过程中向企业、种田大户、缺田户集中时，就出现过村委会替农民谈判签订合同、协议的现象。民营资本理直气壮地进入乡村，骗取国家种粮补贴，不好好种粮，最后伤害了党和政府的形象，也坑害了百姓。如果腰里硬公司流转土地干农业，准是奔着国家补贴来的。

这一天，乔麦来送最后一批白蜡树苗，王决心追着乔麦说了土地流转的事。

乔麦神秘地说："你说的我都研究了，这两万亩地，规模够大，肯定有竞争。北羊村迟迟不签合同，说明他们还有干扰。我还需要杜梅的资金呢，但是，现在不能跟王德说，更不能跟杜梅说。"

王决心一愣，说："为啥啊？都是一家人还藏藏掖掖的？"

乔麦神秘地说："决心，你要不问我，我不跟你说。我走了一着险棋，成功以后再告诉你。"

王决心有些担忧地问："你这个险棋是啥？难道你连我也不相信吗？"

乔麦摇头说："好好当你的工人，你等着我的好消息吧。"

"人人都在走马灯似的瞎忙活，哪有好消息啊？"

王决心望着乔麦的身影消失了。

王德处理完王家寨的事，又来找他，王决心不想再谈乔麦的话题了："我们这些工人，傻吃憨睡的，上边咋吆喝就咋干。王德，你跟杜梅怎么样了？"

王德咳嗽了一声，伤感地说："老三，你先别转移话题，王家寨好多了，产业还是不落地，就拿万亩莲花园来说吧，干起来难度太大，胡玉湖支书和孙小萍最后还是退缩了，我对他们很失望。"

王决心一愣："天下也有孙小萍办不妥的事情？"

王德说："她是人，不是神。有些地方，她还弄不过乔麦弟妹。"

王决心说："乔麦一心搞种子，她的撤出，可能让孙小萍失去了信心。"

王德生气地说："乔麦不干，不是还有我王德吗？她就是不敢放权给我。"

王决心说："你的婚姻影响事业，让人感觉不靠谱。"

王德一怔，说："他们咋就看不见我的变化呢？老三，你说我变了没有？"

王决心说："变是应该的，我们谁也无法回到从前了，只有撸起袖子加油干吧！"

王德想了想，说："姑父叮嘱我，多把精力放在乔麦这边的种子上。我过来帮乔麦，你不会有意见吧？"

"你是我二哥，我有啥意见？如果乔麦资金紧张，你和二嫂可不能看笑话啊！"

"是啊，一家人啊，别看杜梅一身傲气，她看好乔麦！"

王决心笑了。

王德面对着阳光，刺痛了他的眼睛，他转了转身子，说："萍河北羊村的老百姓依然贫困，种粮食的人多苦啊！看见这些，我心里有说不出的痛！弄不好要了命啊！"

王决心吓了一个哆嗦："二哥，你说啥？谁要你的命啦？这从哪说起啊？"

王德痛苦地叹息一声："我还是说乔麦啊。"王决心感觉王德心里藏着隐秘，恼了脸色："乔麦不是你弟媳吗？赶紧说。"

王德诡秘地说："乔麦她简直昏了头，竟敢用乡亲们流转过来的土地证儿抵押贷款！这可是土地流转中的大忌！"

王决心像挨了当头一棒，眼冒金星。

王德刚走，王决心拿着雨伞出来了。

雨唰唰地下着，整个村庄笼罩在水雾中。王决心打着雨伞到了曲良家里。

王决心试探曲良："刚才你去过乔麦的临时办公室啦？"曲良有些慌张："没有，没有哇！"王决心一想他家土地没有被乔麦流转，就没再追问下去。

王决心走到了街上，恍恍惚惚。风刮起一股尘土，像是叽叽呱呱说话，又像是呻吟。土粒儿砸在王决心的脸上，贼疼。

王决心感到了一股力量。这股力量太神秘了，它操纵着农民的命运，又从不肯露面儿。他终于想明白了，这股力量就是贪婪的资本。就像王德说的，公权力没有错儿，可是资本疯狂，常常让公权力灰头土脸的，监督也就形同虚设，资本想从土地上牟取暴利。

王决心跟鲁大林师傅谈了乔麦的想法。

鲁大林说："乔麦转型很好，我们也要转战地下管廊了。土地流转是大势所趋，我们国家实行严格土地管理制度，将土地分为农用地、建设用地和未利用地。很多人就想将农用地挪用，国家是有红线的。上有政策下有对策，有人钻政策的缝隙，利用集体的土地，抵押出去，获取国家优惠贷款，一旦有个闪失，害了国家坑了农民，这种巧取豪夺就在眼前发生了！"

"看来您也知道这里的秘密。"王决心说。

鲁大林说："这已经不是什么秘密，你让乔麦引以为戒啊！"

王决心吸了一口冷气，这事已经发生了，他脸上显现出对乔麦的担忧。

夕阳斜照的傍晚，王决心惝惝地回到乔麦的办公室，水牛过来了，他来跟王决心喝酒。

乔麦推门进来了。

水牛见了乔麦就不说话了，他干了一大杯酒，抓着一个馒头跑了。王决心看着乔麦恶声恶气地嚷："人啊，可以穷，不能丢了骨气，不能做昧良心的事。"

乔麦惊讶地问："决心，你是不喝多了？"

王决心不理睬她，喝闷酒。乔麦自讨没趣，乖乖地坐下来。王决心沉着脸。乔麦沉不住气了，说："决心，二哥都跟你说啦？"王决心还是没吭声。

乔麦叹息了一声，轻轻地走了。

王决心没有像往常那样把乔麦喊回来。他感觉有什么东西隐隐逼近了。这叫自作自受，让乔麦自己先经受心灵煎熬吧！不受煎熬，她怎么能蜕变成现代科技农民？

事情防不胜防，腰里硬到村里放风来了，很快被对手曲良听见了。曲良和二楞把风放出去了，整个村庄就像炸了窝似的。他们缩着头向村巷里跑去。

乡亲们就黑着脸找上门来了，纷纷索要自家的土地证。流转了土地的村民，知道了这些，提心吊胆，担心承担经营亏空。

乔麦不露面，她越不露面，人们火气越大。

有人嚷："这畜生坑人哩！"

还有人喊："应该把她千刀万剐！"

"表面看着漂亮，像个观音，闹半天是一个美女蛇啊？"

王决心心虚，但是，还得软货硬卖。他耐心解释："这事儿到这地步，也甭遮着掩着啦！这个事情，乔麦跟我说过，她不会让大家担风险的。现在看来，已经不是个问题，种子研发的前景多好啊，能亏了你们的钱吗？再说，乔麦搞起来种子研发，效益里有村集体的，你们富了，公司好了，村集体经济也起来了。这叫一石三鸟！"

人们就七嘴八舌地嚷开了。有人喊："王决心你说，既然没风险，公开透明不就结了，为啥藏藏掖掖的？"

王决心说："没有秘密，咱们到街上说吧！"

有人大叫："乔麦给了你多少股份？你这么替他卖命？"

王决心猛拍胸脯说："乔麦没给我股份，我是她老公。都想想，你们小麦被大雨压住，成了芽麦，乔麦一分没拿，愣是给乡亲们卖出了好价钱，她对你们咋样？"

曲良挤过来了，愤怒地喊："她对孙老汉好，是有想法的，为了这点土地！土地赚取了补贴，过几年经营不好了，就将土地扔给我们！"

"曲良，你别拿小人之心度君子之腹。"孙老汉被儿子搀扶着来了，"人家乔总是好人，她帮我、救我的时候，还想回村搞万亩莲花园，咱村流转土地，是我们几个提议的。"

曲良哑口了，有些慌张。

孙老汉继续说："人家为了给我们卖粮，一个女子，竟然跟萍河粮站的杠上了，站长撒谎，她举起大锤就砸开了锁头，为此还遭到人家的报复，有人开车撞伤了她。她是拿命在帮我们，我们见过公司坑害百姓的，但是，绝不是乔总。"

"老孙头，你被人家洗脑了吧？"

王决心看见二楞冲过来了，他的赖劲儿很像腰里硬。二楞说："我撤回合同，咱们农民啊，有多少地种多少粮，有多少粮做多少饭！她让我们背了债，咋让我们安生？"

人们扛着铁锨、锄头，举着镰刀过来了。不知是谁踩了王决心的脚，他也不知道疼了。他皱了皱眉，尽量稳住狂跳的心，他要替乔麦独当一面。

僵持的时候，王决心听见汽笛声，坏了，乔麦开着汽车回来了。

王决心吼了一声："乔麦，你别过来！"

人们举着家伙冲着乔麦扑过去。

王决心挨了一砖头，眼前一黑，啥也看不见，直觉告诉王决心，乔麦被愤怒的农民挤到了墙根儿。王决心爬起来，疯了一样，抢过二楞手里的拦马杆，冲进人群，将拦马杆一横："狗日的，给我住手，我是她当家的，看你们谁敢过来？看你们谁敢碰乔麦？除非你们从我身上踩过去！"

王决心这一声吼，给他们镇住了。

孙老汉一个趔趄，声音颤抖了："乔麦是好意，流转了我们的土地，她是想培育好粮种。但是，拿流转土地的合同抵押贷款，她是有错的，我跟她交流了，她一定纠正，这不是死罪！只是经营的方式，你们打死她，就能过上好生活吗？你们想过吗？"

乔麦哽咽了："乡亲们，我真是没有想那么多。对不起了，我乔麦敢做敢当，我会马上到银行纠正的，保证大家的利益不受损害。如果一旦有了损失，我会加倍补偿的！"

这个时候，北羊村陈锁柱支书带人过来了，他的身后跟着萍河镇的胡大军镇长。

陈锁柱喊道："都散了，都散了，一个个都是穷命脑袋，有你们这样对待投资商的吗？这里有误会，不能信谣传谣。你们打人砸车这成何体统，有事儿找村里啊，村里给你们做主啊！胡镇长给你们做主！"

胡大军说："乡亲们，土地流转涉及大家切身利益，镇里也在摸索经验，请大家放心，一定会完善起来的。"

人们转身散去，没有走光。

乔麦悄悄对王决心说，这个胡大军镇长是粮站站长的姐夫，郑继刚县长的朋友。王决心脑袋嗡地一响，那就是腰里硬的人。

王决心打了一个趔趄。接着，人们就听见"噗"的一声，王决心生气，将身边的柳条大筐砸向了乔麦。

"乔麦，你气死我了，乡亲们饶了你，可我也不饶你！这是我替乡亲们打你的！"

大筐狠狠地砸在乔麦的身上，衣服划破了，她没有躲。

乔麦脸色铁青，躲都不躲："决心，你打得好，再砸啊，我心里会好受一些！"

王决心又砸了她一个筐子，他又要砸第二个，孙老汉挺身挡住了。

腰里硬忽然出现了，他黑着脸冲过来了，嘴角掠过一丝笑意，吼道："王决心，你敢打乔麦？别看他是你老婆，我腰里硬也不答应！"

乔麦闭着眼睛，一动不动。

王决心怒目圆睁，没有动手。

腰里硬没有了抢皮带的理由，他继续说："别看我们离了，谁也不能给乔麦一点委屈，你赶紧给乔麦道歉！"

"滚！"乔麦骂了腰里硬一句。

腰里硬涎皮赖脸地笑："乔麦，别跟自己过不去，回王家寨搞莲花园多好！"

乔麦吼道："腰里硬，你滚，我们的事不用你掺和。"

腰里硬说："既然你把我的好心当成驴肝肺，我就明说了吧。由于你自己把一手好牌打烂了，这两万亩土地，指不定是谁的了。"

王决心吼道："腰里硬，我就知道你过来捣鬼，银行的事也是你小子捅的，无耻！"

腰里硬说："王决心，你听着，出来混，迟早要还的。你在千年秀林亏欠我的，在这里都得还回来！"

胡大军转身走了，陈锁柱走过来了，才算给王决心和腰里硬解了围。

腰里硬迈着鸭子步，追上了胡大军镇长。

乔麦"咚"的一声倒下了："冤家啊！"

陈锁柱和乡亲们都惊呆了。

王决心搀扶起来乔麦。村里人对王决心刮目相看。孙老汉说："决心这小子有骨气，是一条好汉，乔麦跟了你，没有走眼。"

"咔"的一个响雷，下雨了。雨点子砸在地上，像玻璃球似的，叮叮当当的。

王决心背着乔麦回了村委会。孙老汉撑着一把伞，替乔麦遮风挡雨。

王决心早上撒尿的时候，听见外面刮风，这风声很特别，四处尖厉地呼啸，让王决心惊心不已。风声吓人，恐怖的气流一阵阵袭来。

王决心忽然湿了眼，悲怆地说："天塌地陷了吗？天塌地陷了吗？"

乔麦也睡不着了，萍河土地上出现了一个深深的天坑。萍河水位猛然下降。王决心和乔麦跟随村民涌向天坑，恐怖的气息弥漫了萍河两岸。专家考证的结果是，以前萍河常年干旱，天坑是白洋淀补水以后高水位造成的。乔麦还是疑惑，既然是水位高低造成的土地陷落，为啥夜里有那么大的响声啊？

乔麦吓得双腿直抖，总想找个人絮叨絮叨。

胡大军镇长没有出面，但是，他对乔麦是怀有仇恨的，毕竟他的小舅子因乔麦的一锤被停职调查了。大家已经撕破了脸，乔麦在萍河的事业就没有回旋余地了。

王决心知道，乔麦面临一个重大考验，萍河土地不会流转到她的公司了。

张元超老板给王决心出了一个主意，让乔麦离开北羊村，到吉林发展种业，那里是大豆的天堂。

白洋淀新区是未来中国的"硅谷"，将来是以尖端科技为主，世界的创新高地，等所有创新项目都起来了，种子行业还是这里的宠儿吗？乔麦左思右想，不知如何是好。

张元超说："乔麦，你行，跟我到东北搞种业吧，吉林的土地欢迎你！"

乔麦受宠若惊，心头热热的。

可是，她眼下脑子一片空白，忧虑和恐惧压迫着她，她半天不出声。她沉默了，沉默是一种态度，也是无声的语言。利用沉默表明态度，既是自我保护也是隐忍。

王决心唉声叹气，不知道该怎样安慰他。

乔麦哽咽地说："今天，我看见萍河土地上的天坑啦！给我砸醒了，过去，我只能从网上看到别处有天坑，离我们还很遥远。可是，天坑就在眼前了！我还能说啥呢？自己的第一桶金，是从养鸭得来的，第二桶金是从博野苗圃得来的。乡村振兴，政府提倡土地流转，我没有想到土地流转这么难，自己作下了孽，自己吃苦果。这迷乱的思想又高度集中在资本上。自己都觉得自己不争气，自己都觉得资本拖着自己在堕落。"

乔麦的心像被人狠捣了一拳。"不，我不能走，我不能当逃兵，得哪儿跌倒从哪儿站起来！"

王决心心中一颤，一把搂紧乔麦说："老婆，有一种欺骗是善意的谎言，我替你高兴，你总算明白啦！"

乔麦扑在王决心的怀里哽咽了："是啊，人的每一天都在闯关，走过这一步，咋这么难，真的做成了假，假的也当了真，怎么像是走了上千年的路啊？"

饱经苦难的乔麦，因为得到王决心的爱而感激命运之神的恩赐。

乔麦沉重地说："决心，对于这件事，我有过担忧，也有过侥幸，但我没想到，会让腰里硬发现了。听说姚云在银行里有朋友。但是，我不抱怨，我知道，应该有这一劫，这叫报应！我无可逃避，我会承担一切后果的！乡亲们的愤怒、你的愤怒，我都理解，我情愿接受惩罚！但是，你要听我解释一下！"

王决心酝酿了一阵，终于愤怒地吼道："那天我护着你，你以为是心疼你吗，你不听我解释，把我糊弄惨啦！"

乔麦伤情地说："决心，你可以骂我打我，但你不能不听我说！刚才，二哥也骂了我，我不怪他，他这样做，我心里反而很高兴，二哥终于成长啦！"

王决心恼怒地说："今天，二哥觉醒了，你呢？我多么希望你像二哥那样，把腰杆挺直了啊！你为啥还干这类损事儿啊？"

乔麦使劲拍了拍王决心的肩膀："我的傻老公啊，隔行如隔山，你跟鲁师傅干是好汉，你干农业种子创新不行。种子回款慢、融资难，这是常规做法啊！"

王决心狠狠地嚷："啥常规做法？你没有看见老百姓跟你拼命？我只记着，你当年在博野弄树苗的时候，答应过我，宁可赔钱也不做恶事！我真是个呆子，竟然轻信了你！还成了你的帮凶！"

乔麦哭着哀求说："老公，你听我说，我不会让你失望的。"

王决心说："二哥将你底子揭了，是在救你！"乔麦哽咽了："是啊，这感情我懂，资本是强大的，同时又是丑陋的！其实，说到这事儿，我的心软了，我真的很后悔。我不该瞒着你，不该骂二哥，我今天一早儿就给他打电话道歉了！你猜，二哥说了一句啥话？他说杜梅理解了你。我立刻就哭了，我无颜面对杜梅啊！老公，我的心撕成了好几瓣儿，哪一瓣儿都在流血。两天来，我经受了怎样的煎熬啊？你知道，两万亩地刚刚流转的时候，领导是支持我创新的，只有你和二哥骂我。我是跟乡亲们说了谎话，连你都被我蒙在鼓里，冠冕堂皇的话都是装饰，我是来挣钱的！但是，我挣钱不是为我自己，是壮大他们的集体经济。"

王决心颤抖着嘴唇说："乔麦，你竟然这样想？说明你也在蜕变啊！"

乔麦说："现在看来，人在变，我在变，我多么想让自己蜕变得好一些啊！挣脱土地，挣脱资本，难啊！甚至连腰里硬、姚云都在嘲笑我，腰里硬有啥资格嘲笑我？"

王决心说："离开王家寨，他们就是小丑，已经不值一提了。"

"是啊，不说这个狗东西了，还是说自己吧，今天看来，你骂得对！可是，你哪里知道我的真实想法？我们看电视，国际上，特别是非洲，种子都让西方控制了，这不仅仅是种子问题，这是粮食安全问题。我国是人口大国，饭碗不端在中国人手上，那是多么危险，我乔麦虽然是小人物，但是，为了国家粮食，为了中国人的尊严，我得拼了命啊！"

王决心显然很激动，乔麦的话击中了他的心。

乔麦继续说："你会感觉我说大话空话。其实，我就是这么想的，你和二哥把我骂醒了，你的一筐，也把我给打醒啦！我们拿土地做抵押，看似是惯常做法，但是，这会伤害乡亲们的心，腰里硬给揭露出来，我虽然恨他，但是，我承认自己的错误。看看，这几年，资本、农药、粮商、粮站，给孙大爷这样的农民害成啥样了？我鄙视这些人，而我却稀里糊涂成了他们中的一员。这是要忏悔反省的。"

王决心说："我们王家寨，虽说没有土地，但是，我们赖以生存的是白洋淀的水，这土地在我眼里就是淀水啊！"

乔麦苍白的脸上，有了亮晶晶的泪点："我懂，从张家口故乡的土地，看到萍河两岸的土地，这是祖宗留给我们的土地，都糟蹋成啥样子啦？等到哪一天，土地不产粮了，下了种也不管用，整片土地陷落，变成一片废墟。那时候，人才会真正知道自己的过错。知道自己错了也已经晚啦！土地说塌就塌了，看来土地已经到了极限啦！这是警钟哩，母亲已经断了乳汁，已经承载不动她的儿女啦！这两天，我一直自问，我养鸭、种树已经有生活能力了，可是，我想过没有，我为土地付出了啥？对土地的不敬，对乡亲们的欺骗，就是对母亲的掠夺、对祖先的掠夺，也是对子孙后代的掠夺啊！"

乔麦谨慎起来，唯恐出语冒失挨骂。

"不能欺骗百姓，不能再糟蹋土地了，不能没有好的种子！将来，我们到哪里去？城市，那是我们的根儿吗？国外？那是我们的家吗？我们还是要回到白洋淀，回到萍河可以触摸和依靠的土地，陪伴我们的儿女，歇一歇老迈的身体，养一养破碎的心，安度晚年，直到化为尘土或是一棵芦苇。决心，你知道的，老天在惩罚我，让我背着种子满天飞，永远不能解脱！唉，好在难关渡过去了，我们的麦耘企业没垮，我要取回乡亲们的土地证，追补乡亲们的经济损失！从今往后，我要利用科技在白洋淀新区的土地上，育出我们自己的种子！"她哭得伤心至极，浑身瘫软。

王决心呆傻了，乔麦的话，他深信不疑，没有想到她会说这么多的话。

王决心的心一颤一颤的，缓缓说："老婆，别说了，别说了，这是我们俩结婚以来，你话说得最多的一次。我听懂了你的忏悔，我心里不是滋味。但是，我高兴，我没有看错人。若失本心，即当忏悔；忏悔之法，是为清凉。"

乔麦愣了愣问："啥是本心啊？"

王决心想了想，说："我认为本心，就是赤子之心吧。鲁大林师傅说，我们在企业，同样需要赤子之心。"

乔麦点点头，说："是啊，说得好，赤子之心，决心，人如果掉进钱眼里，还有啥办法补救吗？"

王决心毫不犹豫地说："有，刚才不说了吗？若失本心，即当忏悔，即刻行动吧。"

乔麦试探着问："决心，我刚刚忏悔了，你看，是不是彻底呢？"

过了好半天，王决心长长一叹："既然说到这份儿上，我就不怪你了，我是相信你人品的，因为我爱你，现在，我只问你一句话，如实回答我王决心，如果当初你没有想到用土地抵押贷款，还会来搞土地流转吗？"

乔麦坚定地说："我也会来的，这个只是操作上的一个失误。"

王决心点头说："还是我老婆，实话实说，如果今天呢？"

乔麦毫不犹豫地说："有一种说法，穷人不穷，富人能富吗？我们都是穷人，穷人的生活总是充满风险，未来完全不好预料。乡亲们对我不薄，人心换人心，八两换半斤。等我富了，一定带着大家共同富裕！"

王决心满意地点点头，说："这句是真话！"

他捧起乔麦泪迹斑斑的脸，吻了又吻。他听见了乔麦攥拳头的声响。

乔麦叹息了一声，她跟王决心怎样表白都没有用，她处在危险的边缘，不但对别人危险，自己也像走钢丝一样危险。

她心中五味杂陈，提心吊胆。

第七十章　围猎

冬天封了淀，扯来了一片大雪。

风卷起的雪花从灰色的天幕中飘落下来。白洋淀一下雪，萍河和白沟引河也跟着飘雪，毕竟筋脉相连。白洋淀人喜雪，雪天里坐冰床赶大集、砸冰懵和拉冬网捕鱼。

吃了立冬饺子，日照时间越来越短。天刚刚擦黑儿，冷风飕飕地吹着。乔麦站在院里柿子树下，雪粉从枝丫上撒下来，灌了一脖领。

乔麦在北羊村流转土地，因用土地证抵押贷款受阻，事情扑朔迷离起来。她沮丧地回到王家寨，看望爹娘和花花。乔麦带来了北羊村的大白菜，给爹娘和王永泰两家分白菜，她的两只手冻得青紫。

天气阴冷，寒气逼人。

铃铛奶奶入冬之后身体软，坐不起来了。乔麦赶紧盘坐在炕头上，给铃铛奶奶捏腿，铃铛躺着拿火盆烤手。王决心哆哆嗦嗦地拿着报纸进屋来，扑打着肩头上的雪，将报纸抖得哗哗直响："乔麦，土地流转又有新政策了，你看。"

乔麦接过报纸一看，眼睛就亮了。报纸上说鼓励农资企业，联村流转土地，强村带动弱村，给现代农业铺平道路，显然跟乔麦贴心。她在北羊村流转土地，因为用土地证抵押贷款，让腰里硬插了一杠子，土地流转的事就卡了壳。

王决心和王永泰说了说腰里硬到北羊村流转土地的事。

"这鳖羔子！"王永泰蹲在那里骂了一句，腰里硬到北羊村捣乱去了，总是跟着乔麦较劲。这事情来得太突然，他几乎没有预料到，又问："谁是他的后台呢？"

乔麦说："可能是郑继刚副县长，他高升了，调到容光县当了常务副县长。"

"要不呢，他们狗扯羊皮！"王永泰说。

王决心喃喃地说："爹，没那么悲观，出水才看两脚泥。他那样的，吃啥啥没够，干啥啥不行，流转土地也是搬起石头砸自己的脚！"

乔麦陷入沉思，没有吭声。

王永泰急眼了："决心，不能跟腰里硬打架啊，你小子听见我的话了吗？"

王决心被爹骂得咧了嘴："爹，我不搭理他。"

"乔麦、决心回来了？"胡玉湖喊了一句。他听说乔麦、王决心回王家寨了，就带着孙小萍过来看望。

王永泰跟胡玉湖告状，说郑继刚给腰里硬撑腰，腰里硬到了北羊村要撬走乔麦流转的土地。

胡玉湖愣了愣，骂："冤家路窄啊，你看这个狗东西，跑到容光县丢人去了，回头我骂他。"

乔麦似乎很平静："支书，王家寨事情千头万绪，您别操心北羊村的事了，我有办法跟腰里硬斗。"

越说意想不到的事，胡玉湖就越上心。胡玉湖说："腰里硬和姚云走到哪，都是咱王家寨人。我说话还不管用啦？"

王决心说："他疯了，不管用。"

胡玉湖似乎没有生气，他天天想着给王家寨上项目的事，万亩莲花园已经完成规划。

乔麦摇摇头，说："支书，对不起，我眼下顾不上咱莲花园了，小萍操心吧。还有个事情跟您商量，我缺人手，想把王德调到我的公司。"

胡玉湖想了想，说："小萍跟我说了，你搞粮食种业，我一点也不反对。永泰知道，咱是纯粹的水村，做梦都想打粮食啊，王德的事啊，我跟他说，玩具厂照常运转就行。"他说着，转脸看了看孙小萍。

孙小萍点点头，说："我跟王主任说吧。"

胡玉湖焦急地说："老百姓吃饭最要紧，乔麦、决心，你们是咱王家寨的骄傲，出门在外还得想着咱村啊！"

乔麦说："谢谢支书，谢谢小萍书记，等我成功了，反过来回报咱王家寨。"

王决心说："会的，会的。"

乔麦回到了北羊村。天气和困境让人焦灼不安。北羊村的街道比王家寨宽绰，土了吧唧，冷冷清清。笔直的街巷里飘着一股年味。又靠近年关了。陈锁柱就过来看望。他说村里每天都有要账的，还有农民告状的，还有要困难补助的。陈锁柱倾诉委屈的时候，乔麦就催促他赶紧推动土地流转，不然她就到别的村去了。

陈锁柱附和着说："乔总，你不能走。县里开会时郑继刚县长说了，加快土地流转，打造现代农业。上级提倡联村流转土地，便于高产农田的集中改造。让老百姓富裕起来，是我们党支部最大的任务。"

乔麦一愣，说："陈支书，你是咋想的？"

陈锁柱叹息着说："我想啊，北羊村、南羊村和大羊村，三个村庄哪个最强？"

乔麦笑道："当然是北羊村啊，你这里是龙头啊！"

陈锁柱嘿嘿笑了："乔总好眼力！"

乔麦深深感觉到，陈锁柱没有啥文化，却很在乎权力。陈锁柱担心将土地流转出去自己大权旁落。从这件事开始，乔麦对陈锁柱有了看法。尽管乔麦有错，陈锁柱支书也不是没有责任。这家伙比胡玉湖霸气足，他干了那么多年的村支书，政治定力和洞察力都练出来了。在乔麦流转土地上，他开始是积极的，后来郑继刚副县长说了话，他就两难了。现在看来，他的天平往腰里硬、姚云那边倾斜了。还有那个胡大军镇长，因为他小舅子，对乔麦也生了敌意。

风拍打着门扇，乔麦的话被噎住了。

村里乱糟糟的不得安生。雪没有化掉，新的雪没有下来，村里感冒的人渐渐多了，北羊村满街筒子都是咳嗽声。

乔麦咳嗽得半夜睡不着，睡着了也要咳醒。她让王决心去王家寨秦中医诊所开药。

秦中医有一个祖传药方"荷花清肺"，这药有古代名医张仲景的传承。但是，前一阵子，听说秦中医的儿子秦耗子到安国倒卖假中药材，牌子有些砸。秦中医惦念乔麦，将中药给熬好，让王决心带到北羊村。

王决心告诉乔麦，腰里硬得了偏头疼，去保定、北京大医院看了几遍都没有治好，回来找到秦中医，秦中医在他头上脖子上扎了几根银针，他的病就好了，腰里硬为了答谢还摆了一桌。

乔麦知道腰里硬爱摆谱，最近卖沙子挣了钱，非要请秦中医给他当保健医生，秦中医拒绝了，但是，腰里硬吹嘘说帮助秦中医在北羊村开药铺。如果成真，乔麦就可以在北羊村抓药了。

冷节气并没冻掉乔麦的热情。她躺着想事情。大荷花像个陀螺似的在乔麦身边跑来跑去。

乔麦不知躺了多久。她想出了一个围猎腰里硬的大网计划。她有两个方案，一个方案，抓住南羊村、大羊村，最后围困北羊村的陈锁柱就范。还有一个方案，以退为进，诱敌深入，然后逼郑继刚倒戈，彻底瓦解腰里硬的计划。

陈锁柱每天到乔麦这里刺探情报。

乔麦想到燕山农大勾教授的话，拍着胸脯说："我不怕说，谁人背后不说人，谁人人后不被说？巾帼不让须眉，真的研究了种业，就看谁高了。"

陈锁柱点点头，眯着眼睛吸烟。

北羊村又下雪了。狂风在萍河掀起阵阵雪粉，鱼鹰子冲上了夜空，伸直了翅膀在房顶盘旋。一群乌鸦跟着鱼鹰起哄。

这个时候，村委会门前有丁零当啷的响声。

乔麦抬头看见村民曲良进了院子，脸冻得通红。他的屁股后面牵着一只羊，羊脖子上拴着一个铜铃。曲良是乔麦流转土地的钉子户。曲良知道陈锁柱爱喝羊奶，过来巴结他。曲良焦急地说："陈支书，又出事啦！"

"出啥事啦？"

曲良说："有几户农民，把乔总的麦耘公司给告啦。"

乔麦的心悬了起来，动了一动。

陈锁柱有些发蒙，埋怨道："他们穷疯了吧？不是都说了吗，抵押贷款的事没有成为事实，告状是不成立的。"

乔麦想了想，目光变得犀利，准是腰里硬在背后捣鬼。

陈锁柱烦躁地摆手说："曲良，想告状的都有谁，你把名单报给我。你没有掺和吧？"

曲良摇头："你又扯远了，我没有掺和。"

乔麦沉吟半晌，脑子灵活地运转。

北羊村表面平静，但是，腰里硬和乔麦的斗争暗流涌动。争夺土地是一场残酷的战争，是金钱之战和权力之战。掌控巨额财富的人蠢蠢欲动，贪婪的目光都瞄到土地上来了。

曲良将这只羊放下走了。

陈锁柱双手伸到羊绒里焐手，然后喜颠颠地牵着奶羊回家了。

奶羊慌乱地叫着，这声音能把悲戚与眷恋发挥到极致。羊的叫声让乔麦想到村里的许多事。

大荷花看见了，气愤地说："乔总，你瞅瞅，送礼送到村委会来了，支书又搞特权呢。"

乔麦苦笑了一下，没吭声。

她还是出现了苦恼和困惑。她惊奇地发现，土地流转上的分歧，也让县里、镇里和村里干部分成两拨，县里郑继刚跟腰里硬是一伙。容光县的郝县长是一派，乔麦开会认识了郝县长，郝县长对她的种业研发寄予希望，但是，他并不知道里边的复杂关系。镇里的胡大军镇长和陈锁柱支书是骑墙派，怀着复杂的心情观望。

郝县长是改革派，但是，在容光县根基浅。郑继刚刚到就有了取代他的野心。一个凭借乔麦流转土地事件围剿郝县长的陷阱挖好了。

陈锁柱虽然是村支书，挂着虚名，眼瞅着就被腰里硬架空了。

腰里硬对陈锁柱指手画脚，让陈锁柱极不舒服。

陈锁柱尽管缺乏霹雳手段，还是有着政治把握力和洞察力，整治得曲良等农民服服帖帖。怎样对付腰里硬，他开始动了脑筋。

陈锁柱觉得乔麦不能走，他听说了乔麦跟腰里硬的特殊关系，认定乔麦就是他制衡腰里硬的最大砝码。

二楞带头到村委会告状，还有几个农民跟着起哄。

陈锁柱觉得事态严重了，让乔麦做一个澄清说明。腰里硬静静观察动静。

如果北羊村跟不上城市化这一浪潮，治理不好北羊村，陈锁柱就是北羊村的罪人。再让乡亲们闹下去，党和政府的威信受损，民心就丢了，一切都无法挽回了。

乔麦对陈锁柱说："支书，把我交给村里的定金退还吧，我不流转土地了。"

陈锁柱愣了，说："咋着，你真要走？"

"我不蹚这浑水了。"

"你去哪儿？"

"不知道。"

"你拍拍屁股走了，我们咋办？"

乔麦冷冷地说："你是支书，还用问我吗？你不是招商招来了姚总吗？"

陈锁柱摇头叹息："他行吗？要不你们合作流转土地呢？"

乔麦说："我不跟这种人合作。"

陈锁柱拖延说："你再等等，我跟镇里、县里请示一下，尽快答复你。"

乔麦苦涩地笑了："我只等三天。"

她冷硬的口气弄得陈锁柱整夜失眠。

冬天的鸟喜欢聚窝，屋檐下的鸟儿叫声软软的，发音含混。乔麦眼前出现了腰里硬，他没有抢皮带，却龇牙一笑。她对自己说，乔麦啊乔麦，你在异地他乡跟这个冤家的生死较量开始了，不能有一点慈悲之心，一定要将他和姚云彻底打趴。

陈锁柱去了一趟县里，找到了郑继刚副县长。

郑继刚副县长想了想，说："陈支书，看看乔麦是不是真的想走？如果是虚晃一枪，我们的娄子就捅大了！"

"你是说乔总的爱人王决心吗？"

"哪里？她幕后有大官。"

陈锁柱一愣："比您还大吗？"

郑继刚叹息着说："我这个芝麻官，在人家赵国栋书记那里屁都不是。"

"赵国栋书记？啥关系，没有听她说过啊？"

陈锁柱张了几次嘴，才问出他的一句话。

郑继刚把自己对土地流转的看法说了一遍，然后低声说："锁柱，下面就看你怎么唱了，处理此事要慎之又慎。总而言之，乔麦这娘儿们不好惹！记住了吧？"

"腰里硬呢？"

郑继刚瞪了瞪他，抽抽鼻子："你懂的！还用问我吗？"

"唉，我成维持会长了。"陈锁柱的脸色渐渐严肃起来。

第七十一章　粮食

赵国栋勃然大怒，还有一个重要原因，他能忍受那些建筑企业的疏漏，却不能容忍白洋淀新区干部的不作为。

年前年后，新区的粮食危机无声无息地爆发了。家里有粮，遇事不慌，可是现在三县库里没粮，新区的工地粮食供应岌岌可危，朝不保夕。能不叫人胆战心惊吗？粮食危机的爆发，让赵国栋冒了一身冷汗。原本容光县城有十八万人口，又是产粮大县，工地突然开工，来了二十多万工人，粮站供应卡了壳。粮食管理跟不上，又赶上各地刚刚清理了五年的陈粮，粮食供应出现短缺。其实，这个事情半年前就露出了苗头，粮食供应陷入空前的困境，处于水深火热之中，县里有些分管干部，不断内耗，甚至利用此事向对方发难，从而达到自己打压对手的目的，竟然心安理得。

赵国栋气愤地说："这样的官员，怎么能够担当大任？"

他没有点名批评个人，但是明眼人知道说的是谁。赵国栋平时忙于新区规划建设，忽略了粮食的供应，他准备借此契机，彻底整顿粮食产业链的秩序。他听说，容光县粮食局还是省里的先进典型。

这天上午十点，郑继刚来到赵国栋的办公室。郑继刚报告说："赵书记，容光县的粮食供应出问题了，我是您从新水带过来的兵，粮食问题您发话。"

赵国栋说："时间紧迫，你尽快跑一趟省粮食局，沟通协调，工地缺粮了，能不能动用粮食风险基金收购粮食？"

郑继刚又说了几句郝县长的坏话。

尽管是他无意中流露出来的，赵国栋还是一愣，这不是他的风格啊？班子之间出现了裂痕。郑继刚一向随和，怎么刚刚到任就跟县长杠上了？赵国栋来了兴致，又听了一阵儿郑继刚告郝县长的状。他偏听偏信，竟然把板子打在郝县长身上。组织部门考核郝县长的时候，赵国栋竟然说了几句泄劲的话。

郝县长听说了，他不服，过来找赵国栋辩解。

赵国栋感到郝县长有戳心的要害——他处理突发事件的能力差。新区的工地几乎全部集中在容光县，刚刚发生的交通拥堵，运送沙石的汽车横冲直撞，造成重大交通事故。老百姓对郝县长的处置严重不满。

郝县长焦虑地说："赵书记，交通问题，我已经刮骨疗毒般展开行动了。您放心，眼下，我要配合您破解粮食危机。"

赵国栋点点头，说："好，出了问题，不能打击一大片，不能伤了基层同志们的积极性，那样你就会被架空，造成下面人当面一套背后一套。容光你牵头，压力大，出成绩也快，我希望你在粮食问题上，经受住严峻的考验！"

郝县长拍着胸脯说："赵书记，交通问题，您的批评我心服口服，您看我这次的行动吧。"

赵国栋说："好，手中有粮，遇事不慌，过去的粮食充足，麻痹了我们。赶上大部分粮站清理陈粮，外地粮食也都紧张，这是对我们共同的考验。"

郝县长皱着眉头说："我们除了应急，除了粮站储粮，还要有前瞻的眼光，藏粮于地。萍河流域土地肥沃，流转土地，建设高效农田，为规模化经营智慧农业铺平道路。"

赵国栋眼睛一亮，顿时来了兴趣："好一个藏粮于地，你说说看。"

郝县长说："按照新区总体规划，我们的萍河两岸定为智慧农业小镇。小镇建设应该集中土地建设高效农田，走粮食生产产业化、智能化的道路。可是，有人就是阻拦。"

赵国栋一愣，问："乡村振兴，这是大趋势，谁敢明目张胆反对吗？"

郝县长说了郑继刚副县长带腰里硬团队进驻北羊村流转土地的事，生气地说："赵书记，听说郑副县长是您过去的老部下，他这样做，您知道吗？"

赵国栋沉默了一阵，他瞬间明白了，郑继刚因帮助腰里硬的公司而跟郝县长发生了矛盾，甚至是冲突。他忽然又想，郝奇副主任是不是在幕后操作？

"您不能坐视不管啊。"

赵国栋点点头，说："郝县长，我这人六亲不认是出了名的。谁要是搞不正之风，我就是谁的克星，流转土地复杂，还是要慎重。"

郝县长心服口服。

赵国栋看出了矛盾的端倪，知道真相并不难，就看你敢不敢蹚这个雷区。

郝县长见机行事，又透露了一个秘密，乔麦带着她的公司想在北羊村、南羊村和大羊村流转土地，这是两万多亩土地规模，建设高效农田，搞种业研发。

赵国栋没有吃惊，他知道乔麦成立农业科技公司，杨义成跟他说过，赵国栋没有反对。他了解乔麦和王决心的人品，知道他们能够干成大事。

乔麦跟腰里硬是死对头，她得到了郝县长的支持，腰里硬自然会从中作梗。郝县长感到担子沉重，等待赵国栋的态度，赵国栋没有表态。

赵国栋说："土地流转的事，我们放缓一步，先行解决白洋淀新区的粮荒。"

郝县长急切地说："让粮站赶紧到老百姓家里收粮，白洋淀水村没有粮食，种田的村落还是不少的，发动群众嘛！"

赵国栋反驳说："用老百姓手里的余粮支援新区建设？亏你想得出。上次引黄入淀，我提议出了一些义务工，到今天还有人骂我呢！我们得承认，不是那个年代了。我的家是德县望马浒村，有名的大豆、玉米产区，我了解到，老百姓如今不存粮了，他们家里吃的，对于我们是杯水车薪。从北京周边调粮也不现实，新发地市场仅存的粮食供应大北京，我们再困难也不能跟北京、天津夺粮啊。"

郝县长感觉事态严重，谨慎地说："是啊，麻烦大了，我仅知道缺粮，但是没有想到这么严重。"

赵国栋说："这个问题，说小就小说大就大，问题一旦爆发，党和政府还有什么威信可言？央企、国企和民企的工人，如果因粮食短缺而停工，这打的不是你郝县长的脸，也不是我赵国栋的脸，而是党和政府的脸！"

郝县长红着脸，怔怔地望着赵国栋。

赵国栋向来工作沉稳，遇到火上房的问题，有自己的雷霆手段。眼下，他的嘴急出了燎泡："这个问题，你们给新区管委会打过报告没有？"

郝县长毫不犹豫地说："报告打过来了，迟迟没有动静，我才赶过来找您。"

赵国栋果断地说："你去安排吧。所有粮库不管陈粮还是新粮，一律只进不出，三县农贸市场，米面加工厂到底有多少存货？我马上跟北京的中储粮联系，看看他们的调粮速度。"

郝县长急匆匆走了。

赵国栋看了一下手表，给褚忠良打了一个电话，让他赶紧跟施工的企业沟通，了解现有粮食能够维持几天。褚忠良答应马上到现场检查。

赵国栋带着李永军赶紧到容光县的农贸市场和粮站调研。他们在容光县城的农贸市场发现，路边排着一些运粮汽车，工人搬运粮食，嘈杂而繁忙。

赵国栋让司机停了车，走过去。

汽车停得杂乱无章，人越聚越多，黑压压的一片。工商人员和警察在那里维持秩序。

赵国栋看见一个骑三轮的白发老汉。老人买了五袋米面。赵国栋耐心地问："大爷，你一个人买这么多粮食做什么？"

白发老汉大声说："县城一下子拥来二十多万建筑工人，粮食不够吃啦，不买就买不到了，你们赶紧下手吧！最后一点粮食，不买就后悔了。"

赵国栋说："老乡，不用紧张，政府会调拨粮食的。"

白发老汉翻着眼睛说："政府会管，不管怕要出大事，可是一时半会儿调不来粮食。就是能够调来，再买也是高价的了，一抬价，我们就买不起了。"

赵国栋愕然一惊，转脸对李永军说："永军主任，你看有多复杂了吧？粮食紧张，容易给粮商可乘之机，哄抬粮价，粮食容易形成马太效应，越少越抢，人们的恐慌心理在作怪。"

李永军有些恐惧地说："是啊，这种局面我可是第一次碰到。"

赵国栋和李永军到了萍河粮站，他们突然发现有三个大库是空的。

陆站长无奈地说："原来的宋站长挨处分，已经调走了，他走前就消化陈粮，我接手的时候三个大库就是空的。"

"粮食呢？"

"陈粮清仓，卖给了当地粮商。"

陆站长说："夏粮收购的时候，萍河粮站就欺上瞒下，我听说，一个叫乔麦的女老板，给农民卖芽麦，砸锁打开大库。"

赵国栋一愣，又是乔麦。

他心里七上八下地说："乔麦？我认识她。"

陆站长说了说粮站拒收芽麦过程。

赵国栋气愤地说："粮食收购，公平正义，不然会伤害群众种粮积极性的。"

赵国栋回到了办公室，天色已晚，人们陆续下班了。赵国栋对办公室唐主任说："马上下通知，召集三县主管粮食副县长、粮食局负责人到管委会来开会。"

唐主任匆匆安排去了。

赵国栋和李永军坐下来，商量会议议程。赵国栋自言自语地说："郝县长说，粮食问题两个月前就有先兆啦，我们管委会收到相关请示没有？"

李永军皱眉想着，忽然悄悄去自己办公室了。

赵国栋走到窗前，思维快速地运转。天黑了，霓虹灯闪闪烁烁，不再绚丽，五光十色一片迷茫。一阵清风吹来，让他清醒了许多。

赵国栋对李永军发着牢骚："大事不汇报，小事天天报，粮食问题是多大的事情啊！"

电话响了。郝县长打来电话，他得到了消息，容光县当地陈粮，有小麦、玉米和大米，由白洋淀当地的一家粮商运往天津港，要发往非洲，已经运走了一艘货轮，还有两艘在天津海港装船。

赵国栋吃了一惊："胆大包天，哪家企业？粮食赶紧给我追回来！"

郝县长说："好，我马上落实。赵书记，我问了一下，时间紧迫，两天之内工地就断粮了。"

赵国栋脑袋轰地一震，急得团团转，又把李永军喊过来。李永军手里拿着一份请示过来，自责地说："赵书记，都怪我大意，容光县的郝县长打来了一份请示，说到了粮食紧张的问题，我没有这个概念，糊里糊涂压在办公桌上了。"

赵国栋接过请示，深深地叹了口气："永军啊，让我说你什么好？这会耽误大事的啊！"

李永军歉疚地说："我工作失误，请求组织处分。我赶紧借粮买粮，弥补过失。"

赵国栋摇头说："这么大规模用粮，仅有两天时间，还有加工过程，一切都来不及了。"

李永军额头冒汗："那怎么办？"

赵国栋想了想，说："我们有三县，还有一些固定的库存储备，过去叫战备粮。但是，不知道是不是空库？如果有粮，只能开仓放粮，然后跟中储粮协商，尽快补上亏空。"

李永军惊讶地说："这是违规的啊，谁敢承担这责任？"

赵国栋说："我来承担吧！"

李永军急切地说："这不合适，我是分管副主任，我也一起签字担责。"

赵国栋叹息一声："工地断粮被媒体炒作，后果严重，我们谁也担不起这责任的。老百姓还在疯抢粮食，新区工地断粮，绝不是偶然现象，最近全国粮食都紧张。金融危机、人才危机、产业链危机，其实最大的危机是粮食危机。就拿我们去的萍河粮站来说，举一反三，库存空了，出现粮荒，各地处理陈粮的事同时发生，在这个节骨眼儿上，是万万不可以的。"

李永军点了点头："赵书记，我刚刚知道其中利害关系啦！"

赵国栋继续叮嘱说："目前，万幸的是新区粮食的恐慌，没有波及工地，如果偌大的工地因为缺粮停工，那将是一个可怕的政治事件，不敢往下想啊，现在必须当机立断，追回外流粮食，赶紧从外调集粮食。这些都需要时间，眼下只有挪用战备储备粮，以解燃眉之急啊！"

晚上下雪了。但是，粮食会议如期举行。

赵国栋在会议上明确指出，普查所有粮站，看看库存的粮食基数到底是多少，凡是虚报粮储私自卖粮的，一律审查处理。另外，把白洋淀的几家民营粮商，统统召集起来，让他们给白洋淀发粮。会议显露一些分歧，针锋相对的意味越来越浓。有人认为动用战略储备粮，强行开仓，违背上级规定。

赵国栋说："别啰嗦了，这些危险我都知道，这个事情我负责，你们就听指挥吧！"

李永军来到赵国栋办公室，仍然惊魂未定，感觉自己惹了祸，摇头叹息。

赵国栋望着他说："永军，别吞吞吐吐，把你的想法说出来，你打算如何处理？"

李永军说："我冷静冷静，截留天津海港轮船的粮食，那会惹怒企业的。陈粮市场放开，是国家允许的，企业不履行合同，他们闹事咋办？"

赵国栋果断地说："运走的就不管了，没有运走的必须扣下，非常时期，必须保白洋淀。永军，事情一旦爆发，产生多米诺骨牌效应，再收场就来不及了。"

李永军迟疑了一下，说："好吧，运走的粮食截回，还用开仓吗？"

赵国栋说："开仓！"

李永军钦佩赵国栋的魄力，但是也隐隐地担忧："如果开仓，这么大的事，应该跟程远省长请示一下吧？"

赵国栋皱了皱眉："我想想再说。"

他心里很清楚，船上的粮食对于所缺粮食来说杯水车薪，必须开仓顶上十五天，外边的粮食才可能运来，有些人在看他和李永军的热闹，希望他们一脚踏空，踏入万劫不复的深渊。他时时刻刻都保持着敏感和警觉。这个问题，如果把球踢给程远副省长，程远怎么表态？让他来签字吗？这是不妥的，程远担负着新区建设大任，赵国栋想到自己应该替程远分忧，但有可能再背个警告处分。

这使他陷入了两难境地。

还有一层原因，程远知道以后一定追究李永军的责任。拿到常委会上来，开仓放粮问题会扯皮的，两天的黄金期稍纵即逝。危机爆发的时候，大家后悔都来不及了。

赵国栋决定自己承担下来，把李永军这个技术干部保住。

郝县长打来了电话，告诉赵国栋三县陈粮换季，有些粮站把粮食存粮卖出去了，新的秋粮还没有补进来，有的粮站暗箱操作，谋取利益。赵国栋以前听说粮食系统腐败严重，今天还真正感受到了，他勃然大怒，气愤地拍了桌子："无耻，胆大包天，分明是厚颜无耻的勾当！"

他愤怒之后，还得面对眼前的现实问题。想来想去，只有动用储备粮开仓放粮。这个责任到底是谁来担、谁来签这个字，一下子把赵国栋推到了风口浪尖上。

赵国栋回到了家，杨爱珍去照顾杨三笙。

岳父杨三笙病了，她去给熬中药，赵国栋在厨房里做饭，白菜炖粉条。正在这个时候，女儿赵晓薇哼着歌回来了，赵晓薇走进了厨房，夺过赵国栋手里的勺子。赵国栋笑了笑："晓薇，你在剥夺我做家务的权利吗？"

赵晓薇说："没有，我妈说了，等你退休了好好罚你做家务。眼下不行，我知道你累，经常走神，那次连煤气都忘记关了。如果不是我妈及时发现，这房子就烧没了。"

赵国栋苦笑一下，从厨房里出来："我不能在一个地方总犯错，放心吧，每次厨房动火，我都不离开厨房。"

他看见屋地脏乎乎的，拿了个吸尘器，呼啦呼啦地吸着，一边吸尘，他一边思考粮食问题。

饭都做熟了，赵晓薇端着菜上桌，赵国栋解下围裙，摆好吸尘器。

赵国栋正襟危坐，望着女儿说："晓薇，给你妈妈打个电话，看她回来吃还是在姥爷那儿吃？"

赵晓薇给母亲拨通了微信："我爸亲自下厨，你回来吃吗？"

杨爱珍说："你们吃吧，姥爷身体不好，我多陪陪姥爷。"

赵国栋和女儿吃饭，他望着赵晓薇朝气蓬勃的脸，她戴的发卡闪着光。他说："晓薇啊，千年秀林的专题片后期做好了吗？"

赵晓薇抿嘴笑了："正做呢，爸，你真想问我的不是这个问题吧？"

赵国栋吃着粉条，说："你个鬼丫头，人精一个，爸爸想跟你谈一个事儿。"

赵晓薇突然警觉起来，望着赵国栋。

赵国栋说："爸爸妈妈都这把年纪了，我们都快退休了，希望尽早看见你和玉龙成亲，我们要给你们举办一个家庭婚礼。"

赵晓薇微微一笑，吃了一口菜，说："爸，你们心意我懂，可是我还没有准备好啊。"

赵国栋一愣，说："你俩感情很好，房子也装修好了，还有什么准备的呢？"

赵晓薇说："我心里啊，我心里没有准备好。"

赵国栋黑了脸："胡闹，没有房子跟我们怄气，房子有了，又找借口，别惹火了你爹啊！"

赵晓薇说："房子那是贷款买的，我们的压力太大啊！"

赵国栋说："你就知足吧，北京房子多贵啊？"

赵晓薇无话，吃了一会儿，说："爸，武玉龙不提，我怎么提结婚的事？你闺女有那么贱吗？"

赵国栋笑道："你这个孩子，自尊心还挺强。"

赵晓薇无话可说，只能眨巴眼睛。

赵国栋沉默了一会儿，吃了一口鸡蛋蘑菇："玉龙是个内向的孩子，他是搞技术的，理工男，你性格开朗，你主动一点怕什么啊？"

赵晓薇生气地说："我才不呢，上赶着不是买卖。"

赵国栋笑了："我的傻闺女，婚姻是做买卖呢？好了好了，我和你娘找玉龙谈一谈吧，爸爸希望尽快看到你们的婚礼，我和你妈带外孙子，享受天伦之乐啊。"

赵晓薇任性地说："爸，我可没有准备当妈妈，我还没有疯够呢！"

赵国栋叹息了一声，说："其实啊，爸爸也不想让你走，你们在北京，我和你妈在白洋淀，我们想你了怎么办？可是男大当婚、女大当嫁嘛，你说是不是啊？"

他心中一阵依依不舍的难过。女儿是爹的贴心棉袄，哪个姑娘出嫁，当爹的不是喜中带泪？他走到阳台，天气冷，星星都冻住了，他自己揉搓着脖子上的泥。

杨爱珍回来了，嘲讽说："老赵，又自己搓泥呢？注意形象啊，你就是当多大的官，也是个农民。"

赵国栋嘿嘿一笑，说："我本来就是农民嘛，你不是农民吗？新区诞生了现代城市，我可管理不了啊，我很快也就退休了，找一块地种点粮食和蔬菜。"

杨爱珍就笑了，开始收拾桌上的碗筷。

本来都想好了，夜里，关灯以后，赵国栋却难以入眠了。他要好好想一想，敢作敢为的他，却感到从未有过的慌乱。明天真的要签字了，手会像是灌了铅般沉重。

今天晚上他必须做出抉择。杨爱珍喉咙里传出轻微的鼾声。赵国栋穿着睡衣又起来了。他到了阳台上，看见窗外飘雪了。

他想到爹对他的期待，老人希望他官越大越好。社会上流传着一种说法：做生意做到上市，做官要做到副省。这个才是境界，否则都是半成品。赵国栋自知没有腐败，从目前的业绩看，当上省人大、省政协的副省岗位还真有呼声。如果挨了处分，只能两年后才提拔，那就彻底错过了。引黄入淀时的处分刚刚过去，警报解除，不能再有新的处分了。躲开处分的唯一办法，就是把粮食危机报上去，大不了他和李永军挨程远副省长的骂，那就绝对没有处分了。黑漆漆的长夜，你能告诉他应该怎样选择吗？

粮食危机上交吧。

他回到床前，以这样的决定安然入眠，自己忽然一阵轻松。精神松弛下来，他能够睡一会儿了。但是，眼皮还没有合上，又蓦然睁开了。他发现一个问题：如果一切顺利，会议讨论开仓，但万一粮荒波及工地的消息传开，媒体就会蜂拥炒作起来。还有一种可能，会议决定打报告给省委、省政府，请示开仓放粮。领导传阅文件，即便是急件，至少也要一周。白洋淀上工人的肚子咕咕叫唤了，他们不会等待的。断粮至少三天，工地炸窝了怎么办？他的道理瞬间崩塌了，心中涌起一股深深的内疚。事情闹大，他和李永军、容光县的郝县长等人也会被连锁处理。处理还是其次，政府信誉和国家声誉的损伤，几乎是成倍地翻滚。他不敢想了，他抬头挺胸望着雪景。雪光太刺眼，他的眼睛坚持不了多久便低下了脑袋。他越想越害怕，生怕推想变成现实。

他自问："你也有害怕的时候？"

不，不是害怕，这不是赵国栋真实的心理。而是他没有了退路，也许签字后结果不好，但是，按时发粮到了工地。他崇拜闻一多，舍生取义，倒下了自己，诞生了真理。那么赵国栋就不可以损失了自己，保全了新区的大业吗？这样做也许被人敬仰，也许被人耻笑。冲上去吧，自己承担吧，如果不是这样，自己都会谴责自己的。他想通了之后，热切地望着窗外飞雪，他想起了一句古诗："雅琴飞白雪，高论横青云。"他默念着，满脸都是向往的表情。

于是，一个新的自我，在担当和激情中诞生了。

想着想着，天亮了。

第二天上午，赵国栋签字，开仓放粮。新区的公安惊动了天津海关，把天津港轮船上的粮食也运回来了。李永军争抢着签字，赵国栋把他两人签字的文件撕了，让秘书又打印了一份，他郑重地签了三个字：赵国栋。

粮食危机解除了。

赵国栋忽然想到乔麦流转土地的事，他把郝县长叫到了办公室。

赵国栋开始思考智慧农业方向。一家一户的生产模式，明显阻碍了大农业的产业化。

赵国栋对郝县长说："新区建设现代都市，但是，我们不能忽略农业，新区三县不能没有智慧农业。你说到萍河三村土地流转，农村的土地供应不能盲目，我们要选有眼光的公司，把我们的现代农业做好。龙头企业的作用非常重要，农民要看到利益，国家要见到粮食。这次粮食危机，更让我们懂得手中有粮、遇事才不慌的道理。"

郝县长摘下眼镜擦拭着，满脸露出掩饰不住的兴奋："赵书记，您是我最佩服的有眼光有魄力的好领导，我还有个疑问，农业创新的路到底怎么走？我要把您的思想深入思考，抓出几个好典型来。"

赵国栋笑了笑，苦口婆心地说："我们新区啊，最大的优势是科技创新。云计算中心马上落成，数字乡村建设已经开始，国盛的国盛云和5G基站已经铺到了我们的地下管廊和田间地头，我们利用好这些技术，用智能传感器、智能机器人和无人机，会给智慧农业插上腾飞的翅膀。所以，现在抓紧建设高效农田，加快大面积流转土地，高效农田不怕旱，也不怕涝，彻底摆脱靠天吃饭。所以萍河流域的智慧农业一定要冲上去。"

郝县长点了点头，茅塞顿开。

赵国栋说："政府补贴力度加大了，龙头企业会纷纷瞄准大农业，这里的红利已经显现，竞争会非常激烈的。有人为了骗取补贴款，欺上瞒下，弄虚作假，我们不能不管。政府就要严格把关，打击坑农害农的资本，把好的企业拉进来，将集体经济壮大，不管有多大的困难，一定要迈过这道坎儿啊！"

郝县长频频点头，他一眼盯上了乔麦。

他感觉她的公司符合赵国栋的要求。他常常想：农民种粮太苦，能不能提高粮价，先稳定农民这一头？也算是对农民的补偿。这是他的心血来潮吗？郝县长又到几个粮站调查，他属于私访。到了萍河粮站，尾随着几辆装粮食的汽车。他不想打草惊蛇，看着后边的车辆远远地盯着，等汽车把粮食装完，他马上截住了汽车，断喝道："站住！你们是哪家公司的？"

牛经理下来了，他大咧咧地说："我姓牛，我们的后台老板是大名鼎鼎的杨义伟，你不会不知道吧，是赵国栋书记的小舅子。"

郝县长一愣，把杨义伟的情况报给了赵国栋。冤家路窄，怎么又有杨义伟呢？赵国栋非常气愤，拍了桌子："这个杨义伟，怎么哪都有他呢？扣船！"

杨义伟听说了，心中有一种愤懑和屈辱。

他找到赵国栋："姐夫，你想把事做绝吗？一点儿不给我活路？"

赵国栋苦口婆心地说："跟你说过，你的生意离开白洋淀。怎么就一点不听呢？"

杨义伟一意孤行，破釜沉舟，只能跟赵国栋摊牌了。他过去仰仗甄爱社，见到赵国栋总是真一句假一句嘻嘻哈哈，今天却满脸杀气。他的一句噎人的话，将赵国栋顶到了南墙。杨义伟瞪着眼睛说："我最后叫你一声姐夫，我没有让你打招呼，也没有打你的旗号，我做我的生意，不管我经营什么，你都阻拦，你非要逼得我跟你鱼死网破吗？"

赵国栋愤怒地说："跟你鱼死网破？我不是怕你，我嫌丢人，你这是什么生意？新区工地缺粮，你竟然往外国卖粮，良心呢？"

杨义伟说："我的下属牛总干的，他还从泰国买回大米供应白洋淀呢，这次往非洲卖的是陈粮，粮站求我们的，五年的陈粮，是国家允许出仓的，你凭啥拿我兴师问罪？"

赵国栋说："这是陈粮不假，但是你不知道新区的情况吗？你是揣着明白装糊涂吗？过去，容光县城十八万人，粮食供应还好说，如今二十多万的建筑大军过来了，粮食供应紧缺，粮站的库存亏空，工人和容光县的老百姓都要张嘴吃饭，你想过没有，后果有多严重？"

杨义伟倔强地说："小白河工程你给我灭了，千年秀林招标你给我挡在门外，粮食你又黑我，天下有你这样当姐夫的吗？"

赵国栋反驳说："活路千万条，金光大道你不走，你知道人生最糟糕的是什么吗？明知道有路可走，你非要撞南墙，自寻死路。"

杨义伟气愤地说："我不听你讲大道理，这些年我听够了，听你一句痛快话，我天津港的粮船到底放还是不放？"

赵国栋反驳说："绝不能放，粮食全部运回白洋淀，你运走了粮食，釜底抽薪，这是什么罪？你有几个脑袋？"

杨义伟瞪圆了眼睛："你又吓唬我，你甭管我几个脑袋，我做粮食生意没有违法，你没有权力截船，难道你是海盗吗？必须给我放行！"

赵国栋说："不可能！必须卡住！"

杨义伟急得团团乱转，浑身淌汗，喘上一口气说："姐夫，你都是五十七岁的人了，你有天大的政绩、通天的本领，也就这样了。如果上级认可你，顶多给你弄个人大、政协的差事，混两年退休。官场我不陌生吧，那么多英雄豪杰就毁在了年龄上，你还盼着什么？得饶人处且饶人，再说我是你的亲小舅子。"

赵国栋说："天底下有你这样的小舅子吗？惹是生非，挑衅、威逼、对抗，看看你都做了什么？"

杨义伟说："你怎么老是盯着我的缺点？你咋就没看到我的另一面呢？我给白洋淀人行善的事儿你咋不提？我豪爽，侠义，乐于助人，我捐的钱你怎么没看见？"

赵国栋高声说："作为一个企业，担当社会责任是应该的，你把粮食运回来，也是社会责任，当然，我们会按照标准价格收购。"

杨义伟凑近了赵国栋："我提一个建议，我在粮食上让步了，你必须答应我公司进入地下管廊工程。地下管廊的几个标段还不是你一句话？"

赵国栋黑了脸："你在跟我做交易吗？"

杨义伟心中一冷，微弱得近乎渺茫的烛光突然间蹿了一下，他大着胆子说："不是交易，是交换，也可以说这是互惠互利。"

赵国栋硬硬地撑他："我从来不跟商人做交易，凭你我的关系，互惠互利，我就是贪赃枉法！"

杨义伟狠狠地说："姐夫，别唱高调啦，你已经毁了我几次好棋，给我公司造成了巨大损失。我不管棋局如何，我必须下到底！"

赵国栋说："你是地产商，发展到多种经营啦，哪儿都想插一杠子，说明你乱了方寸，赌徒的心态，这种心态非常危险！"

杨义伟吼道："我就是赌，不赌永远没有赢的可能！我只求你，地下管廊放我一回！"

赵国栋说："共产党人是为人民服务的，不是为你服务的。既然我说服不了你，就是没有任何转圜余地，你给我滚得远远的，再让我发现你插手新区的生意，别怪我对你下狠手！"

杨义伟咬牙切齿地说："你截了我的运粮货轮，非洲朋友逼我赔偿呢，我姐看上你算她倒了霉，那咱们就走着瞧吧！"

他咬着牙噘着嘴走了。

开仓放粮的事，有人向省纪委举报，是不是杨义伟举报，还没有定论，也有人反映到了程远副省长这里。程远眼神复杂，颇为费解。他感觉到了压力，赵国栋背着他走了这一步险棋，违规开仓，还得罪了自己的小舅子。他颇为费解，这到底是为了什么？

程远望着赵国栋，严肃地说："国栋，你变了。"

赵国栋一愣："程省长，我是变了，但您放心，我不会变得没有党性、没有原则。"

程远板了脸说："你还狡辩，过去，你向来跟我直来直去，我们肝胆相照！当年，你为了引黄河水，竟敢开着汽艇去劫甄爱社的画舫船，打乱了甄爱社的所有计划，险些被撤职，令人佩服。今天，你竟然背地里瞒着我承担这么大的责任？"

赵国栋一愣，内心感到了不安，也深感愧疚，只有自己明白，他经历了怎样的煎熬。

他满脸愁容，艰难地说："程省长，对不起了，当时是十万火急，我整夜没有睡觉，必须做最坏的打算，寻找破解之策。我知道这是违规的事情，处分下来，我一人背着吧。如果我提前告诉您，您怎么处理？您放到常委会上怎么决策？没有别的路，只有开仓动用储备粮。还有，李永军副主任分管此事，报到您这里，您会怪罪他的，他又怎么办？所以我都担下来吧！不是我老赵有多高尚，而是一个共产党干部应该有的担当！"

程远紧紧握住赵国栋的手，激动地摇着："国栋书记，谢谢你，我程远幸运啊，碰上你这么个好搭档、好老兄。我们都是为了工作，如果出了问题，我们共同承担嘛！"

赵国栋摇摇头，真挚地说："我老赵多么羡慕你的年龄啊，这么年轻都副省级了。你年轻有为，胸怀天下，将来还要为国家担当大任的，不能因这些小事儿翻了船。永军是博士、科技干部，我们更要保护他。程省长，我不是说我有多么高尚，也不想在你面前买好儿，做官都想八面玲珑、平步青云，我老赵也想啊。但是，我是常务副书记，党性和原则还是有的，危机来临的时候，就是应该押上身家性命冲上去！"

程远眼里泪花闪闪，他的幽默感瞬间消失了。

第七十二章　拉锯战

乔麦吃了饭刷了碗。天慢慢黑了下来，屋檐的灯笼蒙上了雾幔，半明半暗，摇摇晃晃。大荷花起身要回一趟博野。

大荷花刚走，王决心就到了北羊村，他还没有吃饭，乔麦说给王决心做饭。王决心看见桌上有两盘吃剩的菜，摇头说："别做了，这就够了。"他抓起了桌上的一个热馒头啃着。

陈锁柱披着羊皮大衣来到了村委会，嘴里飘着羊奶味。他招呼乔麦到会议室说说话，他突然对乔麦点头哈腰、客客气气。

乔麦有些纳闷，陈锁柱的态度变了？乔麦来到会议室，看着陈锁柱的脸，闻到了他身上散发的羊奶味。朦胧的灯影里，乔麦跟陈锁柱继续讨论土地流转问题。

陈锁柱说："腰里硬的白洋淀商贸公司，也交了三百万的土地预订金。"

乔麦愣了愣说："他哪里来的那么多钱？"

陈锁柱说："他说是给工地搅拌站提供沙子，挣了钱。一会儿姚总来了，你可以问她。"

王决心啃着馒头进来了，他听说腰里硬倒卖沙子挣钱了，简直气炸了肺。

乔麦说："老公，你今天别说话，就是听，过会儿腰里硬来了，他说啥你都别管，人家有那个遗传，有经商的脑袋瓜。"

陈锁柱赞叹说："乔总就是有气质、有风度，你不成功谁成功啊？"

王决心喝了一口茶水，问："陈支书，我家乔总准备让利给村集体。腰里硬如果流转成了，他会给村集体股份吗？"

"不瞒您说，姚总没有这个说法。"陈锁柱说。

王决心倔倔地说："这就不对了，让一部分人先富起来，还有一句话，你别忘了，先富的人要带动后富，让老百姓共同富裕。他不答应，你满可以将他顶回去啊！"

陈锁柱笑道："哪敢，来的都是客，都是我们的上帝啊！"

王决心说："这种上帝，宁可不要！"

陈锁柱摆了摆手，说："我不跟你抬杠了，带动后富是以后的事。先让农民看见点钱吧！"

王决心说："如果腰里硬的公司骗取了国家的种粮补贴，过两年经营不下去了，把土地扔给乡亲们，咋办你想过没有？"

陈锁柱被王决心的话噎住了，慢慢掏出香烟，他不吸，放在嘴里咀嚼。

腰里硬、姚云走进来了。

腰里硬横着身子蹭了进来，看见王决心一愣："喔，马槽里多出个驴脸来？"王决心沉稳多了，横了他一眼，没吭声。农民代表纷纷进屋，乔麦担心王决心跟腰里硬干仗，她望了王决心一眼，王决心心领神会，悄悄走了。

进了腊月二十三，小年。乡镇和村里都蜂出巢似的放假操持过年了，北羊村不行。乔麦去了一趟村里的苇帘厂，苇箔机呱嗒呱嗒响着。刚刚出了厂门口，陈锁柱追过来通知乔麦说，郝县长马上要来北羊村调研，看看土地流转的情况。

这天一早就变天了。

冷风小了许多。河面和湿地长着没有收割完的芦苇和残荷，蔫头耷脑地冻在了冰面上。萍河裸露的苇塿与纵横交错的水道撑起一条彩色的冰河，两岸枯黄的柳树俏立在风雪中。

王决心举着冰枪在萍河砸冰憷。

他捉了两条鱼回来，身上带着冷气，土了吧唧的窄巷有了他的鞋印，上面残留着雪。看来河里雪还没有化掉。他提着两条长长的鲤鱼走来了。

乔麦知道鲤鱼不爱冬眠，沿着冰层透气，尽管冰冻得厚实，他用木槌将鱼头砸蒙，再拿冰枪破冰取出鲤鱼。

王决心问："乔麦，你站这干啥啊？"

乔麦努了努嘴，说："等郝县长视察呢。"

乔麦想这是北羊村政治和经济最为复杂的时期。村里集体经济亏空，亟须抓到有实力的公司。乔麦常常观察分析这里的秘密。她承认自己的公司不是大公司，但是，她的经营理念好，不会坑农害农。

郝县长的汽车直接从村东开过来，落了一层薄雪，土灰色的，车都不像辆车了。陈锁柱、胡大军镇长、乔麦和腰里硬等人都在会议室等郝县长。

郝县长对乔麦的方案感兴趣。郑继刚副县长没有表态，腰里硬心中没底，他虚假地点着头，眼神飘飘忽忽，说话东拉西扯。

郝县长瞟了陈锁柱一眼，问："陈支书，有人说你的胃病挺严重，每天都要喝羊奶？"

陈锁柱一愣，说："是啊，县长。怪了，我一喝热乎的羊奶胃就好了，比吃中药都管用。"

郝县长笑了笑，说："你自家养羊了吗？"

陈锁柱更加惊讶了，说："养了两只。"

曲良在一边站着，没有吭声。

陈锁柱怀疑是乔麦跟郝县长告状。别人也没有看见曲良送他一只羊啊？

郝县长转脸问曲良说："你是种粮大户，有人说你们陈支书老了，观念落后了。干事总是虎头蛇尾，是不是这样啊？"曲良摇了摇头："造谣呢，陈支书给农业合作社都建立了党小组，还经常上党课哩。"

郝县长望着陈锁柱说："看来你的群众基础很好啊！"

陈锁柱的脸一阵白一阵红，装作没听见，但内心犯嘀咕，是不是自己平时说胡大军镇长的坏话，传到郝县长的耳朵里去了？

郝县长扭头问胡大军镇长："你对北羊村的工作怎么看啊？"

胡大军淡淡地说："还可以吧，还可以吧。"

郝县长纠正说："怎么含含糊糊的，不能说可以，是成功，是突破！一下子引来了乔麦和姚总两个公司，说明他有能力嘛！"

陈锁柱得意地点头，心里受用。

郝县长说："过去，萍河这几个村，盲目上马了一些工业项目，污染了萍河，背了包袱，忽略了种粮。要说土地质量，这里是最好的，农民不种粮食，就像钢厂工人不产钢，都去玩虚拟经济了，国家不就乱套了吗？我们以后必须聚焦主业！"他说到这里又问腰里硬："姚总，你说说，我的思路对不对啊？"

腰里硬也变乖了，点头哈腰说："好，还是郝县长站得高看得远啊。"

乔麦越瞅腰里硬越来气，她看出腰里硬并不超脱，紧着抓挠，他最怕郝县长这里出问题。

郝县长说："三村联动，三阳开泰，搞智慧农业，最初这个方案是谁提出来的？"

乔麦望着陈锁柱，陈锁柱犹豫地笑着，抽出一根香烟，说："吸烟，吸烟。"

大荷花说："这是我们乔总提出来的。"

腰里硬瞪了大荷花一眼："鬼婆子，你还上了台面啊，出去。"

大荷花被腰里硬推出去了。

乔麦冷眼旁观，不动声色。

腰里硬走到郝县长跟前，哈腰说："县长，我相信郝县长的眼力。这是我腰里硬提出来的，是不是啊郑县长？"

郑继刚扭头望了一眼乔麦，不置可否。

郝县长把秘书叫到跟前说："回去通知县委的政研室，到北羊村搞一个材料，年后在这儿开一个土地流转、村村联动的现场会！"然后郝县长又看了看萍河沿岸的高效农田。

乔麦早已过了领导夸几句就激动的年龄。乔麦猜想郝县长心里有数，但是，不知是真有数还是假有数，他对她大面积流转土地怎样看？

乔麦回到家里，盘算了盘算，得出了结论：善良的人总是灰溜溜地败下阵来。

她如果想翻身，就只能把北羊村的秘密兜出去。怎么个兜法？她要把腰里硬、陈锁柱和郑继刚的秘密兜给郝县长，不，郝县长也许被腰里硬拉过去了。看来最后破题的人，只能是赵国栋了，赵国栋出面主持公道才是正路。

这样的事找赵国栋合适吗？乔麦又犹豫了，犹豫之后马上就否定了，涉及经营上的事情，不能惊动赵国栋。如果啥事都麻烦赵国栋，人家会跟她疏远的。攀附权贵，要有自知之明。

乔麦忽然想，腰里硬小人得志，挺不了多久，必有露馅的时刻，时间在她这一面。乔麦性格里最不缺的就是张家口人的耐力。

陈锁柱和那两个村支书，被腰里硬蒙住了。腰里硬以大老板自居，试图绑架三个村的村委会，没有人治他，他和姚云真敢给三村搞乱了。

人都散了，乔麦连续问陈锁柱几个尖锐的问题："村村联动土地流转，你仅仅靠腰里硬吗？他能够把三个村庄的两万亩土地流转起来吗？不说腰里硬有没有钱，就是有充足的资金，资本掌握在这种人手中，最后对三个村农民的伤害你承受得了后果吗？"

陈锁柱哑口无言，额头冒汗。

第二天上午，北羊村、南羊村、大羊村召开了三个村庄的土地流转协调会议。

会议由孙副镇长主持。这是年前的最后一个会。这是北羊村、南羊村和大羊村土地流转产业联动试点会。腰里硬和姚云一起过来了。乔麦以参与土地流转的企业家身份参加了会议，她跟腰里硬肩挨肩坐着。她的脸庞依然动人，笑起来眼角多了鱼尾纹。

腰里硬特意打扮了一番，蓝色西服，猩红的领带，三接头皮鞋明光锃亮，身上散发出一股香水味道。他一屁股重重坐在椅子上，瞟了一眼乔麦，慢悠悠地抽起了雪茄。

胡大军镇长做了开场讲话："同志们，郝县长非常重视，眼下看，村村联动是乡村振兴的一个亮点。今天我参加三村土地流转会，就是全县现场会的一个预演，大家齐努力，开出正气，开出成果。强村带动弱村，最后都变成了强村，让现代智慧农业之花，在我们萍河盛开。"

北羊村最大，陈锁柱先做典型发言。

乔麦感到稀奇的是，陈锁柱掌控了那两个村，他以强村带头人的名义，试图通过这个会，将腰里硬、姚云抬上神坛。乔麦的麦耘公司明显被冷落了。乡亲们被愚弄了，农民将白洋淀商贸公司当成了大公司，将腰里硬当成了大企业家。让腰里硬和姚云带领农民致富，简直是痴人说梦。

陈锁柱讲了北羊村党支部的想法，朱支书和段支书讲了他们两村的基本情况。土地流转的事，他们都满口答应。他们盼着土地流转，盼着新型股份制，着急挣大钱。

乔麦说了她们公司的想法。

没有人鼓掌，个个都像霜打的茄子一样。

陈锁柱脸色阴沉，因为如果这股份制真正实施起来，三村产业联动，他这个支书就没啥权威了。

会议冷了场，腰里硬让姚云说，姚云不吭声，她确实搞不懂种粮的事。腰里硬咳嗽了一声，瓮声瓮气地说：“我代表白洋淀商贸公司说几句。”他口若悬河，说起来就没完没了。

乔麦吃惊腰里硬今天的口才极好，如果她是农民，她也照样激动。不知谁挑头说了哪句话得罪了腰里硬。腰里硬咳嗽了一声，说：“大家都不发言，那我先提一个方案，这方案啊，我们白洋淀商贸公司跟新区领导酝酿好久了，那叫豪横！党支部加公司加农民，捆绑在一起，农民变股民，除了得到土地的底金，还得到股份。大家看看咋样？有不同意见可以反驳嘛！希望我们三个村精诚合作，开创智慧农业新篇章。土地流转的股份制，咋样？豪横吧？”

会场响起了长久的掌声。

乔麦吓出了一个愣怔。

腰里硬说到流转土地，吹牛说他要让大豆亩产超过七百斤。乔麦想站起来跟他理论一番。陈锁柱瞪了乔麦一眼，乔麦只好忍住了。

腰里硬说不好，他让姚云又从粮食市场角度进行分析，又讲了讲啥叫股份制。

人们惊得打寒噤。

乔麦的规划又让腰里硬偷走了。腰里硬唯一不懂的是种业研发。照葫芦画瓢，看来这狗还不懂得创新。三个村庄联动，是腰里硬心里酝酿已久的事。乔麦顿时就明白了，大概是陈锁柱透露的秘密，他担心乔麦流转土地后，他在北羊村失去权力和威信。

陈锁柱嘿嘿一笑，笑得有些阴冷。

大家都冷了场。南羊村的朱支书和大羊村的段支书，几乎被蒙在鼓里，不时地瞅乔麦。

腰里硬说："咋样啊？这么好的事，这么激动人心的改革，大家咋冷场了？"

人们懵懵懂懂，睁着眼睛观望。余后又是冷场，谁也不拿反对意见。

腰里硬从椅子上一蹿，掐灭手中的香烟，挥舞着巴掌拍了板："今天的会，非常成功，期待着三阳开泰啦！"

孙副镇长说："今天会议到这，马上行动起来，开始土地流转，建设高效农田，村看村，户看户，群众看干部，三个村的干部要带头啊。"

腰里硬按捺不住地兴奋："散会！"

陈锁柱一愣，他还有话说，腰里硬却一锤定音散会了。

人们默默地站起来，踢踢踏踏往外走。

乔麦目瞪口呆，原来说好的，乔麦跟腰里硬的两家公司打擂，胜出的经营三村土地，另一家撤出。从来没有开过这么憋屈的会，虽说没有明确腰里硬一家独占，但是，明显的迹象是他们主导了。胡大军镇长、孙副镇长和三个村支书，竟然被腰里硬牵着鼻子走了。

乔麦心里暗暗骂："这些人啊，变得没有信义了！"

腰里硬张狂地望着大家。

姚云摆出胜利者的神态，冲乔麦哼了一声。

乔麦没有搭理姚云，望了望陈锁柱。陈锁柱却一言不发，那张老脸皱成了一团。

乔麦沉重地叹了口气。

乔麦不知道王决心啥时候进来的。王决心呼地站了起来，大声说：

"慢着，姚董事长，你这也太霸道了吧？"腰里硬愣了愣，他也没把王决心放在眼里。腰里硬讥讽地说："怎么，你这大工匠也想参加三阳开泰的乡村振兴？"

王决心大声吼道："你不要强词夺理了，人的心眼得放正了，不能背地里欺负老实人！"

腰里硬看到王决心眼里的凶光："咋着？你还想像千年秀林那样，掀桌子来了？"

王决心摇头说："别看我跟鲁大林师傅保证了，我就戴上了金箍圈。你要是欺负善良人，我照样对你不客气！"

乔麦拉了拉王决心的胳膊，制止他的争吵。

王决心继续说："刚刚我在后面听见了，你小子是变了，变赛道了，学会忽悠人了，啥年代了还忽悠农民？"

腰里硬面目凶恶地说："你血口喷人，强词夺理，谁忽悠人啦？我心底无私，为集体，为百姓！"

王决心说："你说的比唱的好听。你想将三村土地独吞？有那么大胃口吗？"

腰里硬怪声怪气地说："啥意思，你这话居心何在？听你王决心的口气，还是不服气啊。这都啥年代了，政府提倡民营企业投入农业，你是企业，我也是企业，甭把话说得那么冠冕堂皇，说到底，还不是挣钱，承担社会责任吗？我们是平等的。"

王决心摇着头说："你误解了，想多了，咱两家仇怨已经化解了，我从来没有拿你当地主后代看。旧社会，你爷爷欺压老百姓，那都批斗过了，解放了，人民当家做主了。我是说，北羊、南羊和大羊三个村，农民都不富裕，土地就是他们的命，你拿了他们的地，再拿了国家补贴，肥了自己，把窟窿甩给集体，坑害了农民，我不答应！"

腰里硬仰脸笑了起来，笑得瘆人。

他望了一眼乔麦，冷笑着说："乔麦，说好的，你不给我面子，也得给陈支书面子吧，闹半天你啥都说了，女人就是女人啊！"

乔麦忍着一肚子气，眼神犀利。

"乔麦，咱白洋淀土地多的是，我们走，躲开这块臭狗屎！"王决心说。

乔麦孤零零地站着，目光如火。

"决心，你还是拿老眼光看我，我腰里硬变了，也不抢皮带了。我不会干坑害老百姓的事。今天大家欣赏我，认可我们公司，我腰里硬没有堵你们各位的嘴吧？"腰里硬转脸望了一眼陈锁柱，"陈支书，你说是不是？"

陈锁柱支吾着，模棱两可。

王决心扭头望着陈锁柱吼："陈支书，你给我听着，党领导一切，你领导着北羊村成啥样子了？引狼入室，这不是组织瘫痪是啥？"

陈锁柱被王决心骂愣了，觉着没面子，冲着王决心嚷："滚一边去，听你这口气像县长啊，这里有你啥事？"

腰里硬说："决心，你老婆都没有说啥，你瞎嚷嚷啥？你干好了工地的活，乔麦我们在商言商，如果你老婆有啥好办法，我们也可以在这里合作嘛，只有种粮挣了钱才叫真本事呢！"

王决心说："做梦吧，鬼才跟你合作呢！"

乔麦脑袋糊涂了，好长时间不知所措。目前的情况，好像乔麦跟腰里硬达成了默契要合作，这样会引起王决心不必要的误会。她走到陈锁柱跟前，冷冷地说："陈支书，不管你咋想，这个大规划是我的创意。我跟谁都不合作！"说完，她拧着身子走了。

王决心瞪了腰里硬一眼，追着走了。

陈锁柱没有言语，脸红一阵白一阵。

腰里硬冷笑了："陈支书啊，看见了吧？他们比我豪横啊！"

乔麦回到村委会办公室，王决心和大荷花跟了过来。

乔麦没有说话，呆呆地流泪，鼓鼓的胸脯起伏着。她恨自己，也算是身经百战了还流啥眼泪？可能由于是失败的屈辱，这屈辱像一把雁翎刀，插在了她心上，血一点点渗了出来。

抛开对腰里硬的成见，乔麦要想一想，怎样让萍河流域三个村起死回生？今天的局面让她震惊和失望。乔麦生陈锁柱支书的气，还生南羊村朱支书和大羊村段支书的气。

这个时候，南羊村和大羊村的两位支书来了。朱支书和段支书知道乔麦生气了，过来安慰。本来他们是力挺乔麦来的，哪知道胡镇长倒向腰里硬，所有人顺了腰里硬的心。俩支书进屋就当着乔麦的面骂陈锁柱和腰里硬。段支书骂："这个陈锁柱啊，变成老滑头了，腰里硬也不是个东西。说好的，三个村是产业联盟，今天你看腰里硬那架势，他要帮着陈锁柱把我们两个村兼并，陈锁柱当三个村的总书记，可笑不可笑？我们两个村是比北羊村小，但也没到吹灯拔蜡关门歇业的地步啊！"

乔麦冷眼静听，不动声色。

王决心说："谢谢二位支书，啥叫强村带弱村？我看你们两个村一点也不比北羊村弱。陈锁柱耳根子软，这事由你们南羊村挑头。如果北羊村不服，就不带他们玩了。"

朱支书连连点头，诚恳地说："我们村真的不弱！土地也是一万多亩啊！"

乔麦觉得王决心替自己出气，又恨自己性格内向，关键时刻生闷气。她无力地摆着手，说："我眼下生的不是腰里硬的气，而是生你俩支书的气，说得好好的，他们搭台，我们唱戏，那你为啥不在会上说？你一说我就跟上去了！"

段支书噗噗地吸着纸烟，说："马后炮，说啥都晚了。"

朱支书他们两人满脸尴尬。王决心留两位支书喝点，这种复杂的局面，让两人心里没底，寒暄几句匆匆走了。

陈锁柱请胡大军镇长、孙副镇长吃饭。他也请了朱支书和段支书。朱支书他们纷纷拒绝了，这两人都是郝县长介绍的，他们也担心乔麦跟郝县长告状，土地问题更加复杂化了。

饭桌上，胡大军对陈锁柱冷冷地说："陈锁柱，两家公司整不明白，那俩支书也整不明白，你这领头雁还咋当？郝县长来了，郑副县长来了，我咋汇报这事？"

陈锁柱哭丧着脸说："唉，腰里硬在那儿猛白话，人家乔总城府深啊，就那么看着，啥话都不说。那两个支书也都没放个响屁，让我挑头去伤人？本来我不是乔总的人，郝县长瞅着我不顺眼，再顶撞他一回，非把我撸了不可。"

陈锁柱拿着香烟，闷闷地嚼着。

胡大军气呼呼地骂："陈锁柱，你明哲保身自己怕伤人，就不怕集体受损失？"

陈锁柱说："镇长，你让我咋表态？我听郝县长的，还是听郑县长的？"

胡大军摇头叹息道："难啊，乔麦的后台是郝县长，腰里硬是郑副县长的靠山。眼下还真不能小葱拌豆腐，一清二白！"

陈锁柱说："还不光这么简单，我听郑副县长说啊，乔总后头有新区赵国栋书记撑腰呢！这事水深，大鱼还没出水呢！"

胡大军咧着嘴说："妈呀，我刚明白了，要不这娘儿们敢动大锤砸萍河粮站的锁头呢！"

陈锁柱说："镇长，还是再等等吧，好事咱得办好，不能办砸了。"

听说都是村里农民告的。陈锁柱被郑继刚副县长和胡大军镇长狠狠骂了一顿，让他不要再糊里糊涂地拖下去了，赶紧做最后的决断。这一天，孙老汉、曲良、二楞等农民都来了。他们沉默不语。陈锁柱气得哭笑不得，骂："你们啊，真是歪锅对歪灶，歪嘴和尚对歪庙，让我说你们啥好呢？天天盼着有个好公司带领你们致富，姚总的好公司来了，你们却胳膊肘往外拐！"

孙老汉说："支书你口误，不是姚总，是乔总。"

陈锁柱一挥手，没好气地骂："都滚吧，受穷的脑袋，不值得为你们操心啦！"

孙老汉不知道他气从何来，叹息了一声。

乔麦干脆转出来到萍河河岸看土地。她走几步路就气喘，手心频频出汗。

天黑的时候，乔麦坐在了村口的石碾上，望着落日发呆。落日在瞬间变成了金色。落日掉进了土地里，一点也看不见了。炊烟升腾起来，河风从她肩头轻轻吹过，她扭头看见村里一片灯火，仙境一样，她与灯光遥遥相望。

这是北羊村冬日里最安宁的一段时光。乔麦的脑子发涨，心中惴惴不安。天黑了，厚厚的云层像山峦一样隆起，这个寂静的夜晚依然黯淡无光。村庄的夜晚出现黄光。乔麦不怕寒冷，却害怕黄色，那是恐怖的光焰。乔麦只仰脸呆呆地看那一束黄光。起风的时候，残雪飘走露出黑乎乎的土地，黄光就渐渐变淡了，变成鱼肚白。

乔麦朝村委会走去，她感觉整个村庄像死一样沉默了。

三村联动产业一体化改革，向何方走？

北羊村却仍然像坟墓一样寂静。

北羊村为啥还不动？阻力出在哪里？她想起这些就手脚冰凉，困惑中的北羊村啊，好像在等待着什么。

尽管白洋淀新区工地引来全球关注，但是，村村联动，打造高效农田，成为容光县人们热议的话题。

快过年了。买年货的人们，像走马灯似的来来往往。乔麦已经嗅到浓浓的年味了，到家里却看不出过年的意思。王永泰已经把年夜饭都备好了。王永泰做了全鱼宴，八凉八热，吃鱼不见鱼。

乔麦微微一笑，对花花说："爷爷的手艺高，娘就等吃现成的了。娘给你们做银淀鱼丸子啊！

王永泰笑了笑，指点着他的八凉八热。凉拌鱼丝、芝麻鱼条、香辣鱼肝、酥炸鱼块、爆炒鲇鱼、酥鱼片、红烧鱼段、清蒸元鱼等等。

乔麦动了个心眼，在春节期间让胡玉湖跟陈锁柱支书见面。正月初六，陈锁柱带着曲良来到了王家寨。王决心让乔麦到家里拿酒，有人送给了他一箱枣杠子老酒。乔麦看见陈锁柱、胡玉湖、王决心、孙小萍、王德一起喝酒吃饭。胡玉湖当着人批评腰里硬，两人密谈了一阵，陈锁柱啥都明白了。

回到北羊村，陈锁柱瞬间想到了孙老汉，眼下能够影响他决策的竟然是这个他看不上眼的孙老汉。孙老汉跟陈锁柱说出了一个方案。孙老汉走了，乔麦看见陈锁柱一人坐在会议室，她静默片刻，压低声音问："支书，怎么样了？"陈锁柱一动不动，双手抱着头，把脑袋深深地埋在双膝之中，蒙在他眼睛上的一层东西突然被撕开了。

乔麦心一沉，又喊了陈锁柱一声："陈支书！"

陈锁柱没吭声，心事重重地走了。

乔麦听大荷花说，郑继刚县长和胡大军镇长又来了一次村里，陈锁柱和腰里硬接待的。乔麦心里又没底了。她的脑子里响着孙小萍的声音：人生就得拼，如果自己不拼就没有一点赢的机会。她决定找一次郝县长，做最后一次努力。

早晨上班的时候，又飘雪了。乔麦冒着大雪在县政府门口截住了郝县长的汽车。

乔麦大胆地说："郝县长，我知道你对我有意见，但是我还是要说。"

郝县长先是一愣，马上想到赵国栋的叮嘱，脸上带出笑来："有意见？这是你的激将法吧？"

乔麦苦笑了一下，说："我知道您是支持我的，但是，我看出县长对我还有顾虑，还要跟您说几句。"

郝县长点点头："我是替你捏着一把汗，主要是规模太大，资金和管理能不能跟上，弄不好，我推了一个虚假典型，没法跟老百姓和上级交代，快说吧，我还有会。"

乔麦说："我不会让您坐蜡的。"

"我知道，你自己有决心，想法和规划都是超前的，都没有问题。"郝县长说。

"那您顾虑啥呢？"

"你能不能跟别的公司联合开发呢？比如白洋淀商贸公司。"

"不能，腰里硬是我前夫，尿不到一个壶里。"

"只能二选一？"

"他只是种粮，我比他多两手。"

"哪两手？你说说看。"

乔麦鼓足了勇气，信誓旦旦地说："他只是种粮，我请国家顶级专家搞种业研发。还有，他只为公司挣钱，我搞的是三个村的新型经济联合体。对于土地，不能过于贪婪，如果有多余的幻想，就会受到市场惩罚和良心的谴责！"

"嗯，我明白了。"

"我说到做到！"

郝县长摆了一下手，上车走了。

正月十六，土地流转正式招标。

北羊村、南羊村和大羊村三村庄土地流转一锤定音，而且组成新型集体经济联合体。郝县长担心郑继刚弄乱了，亲力亲为。他参加了招标会，并将招标会变成了现场会。乔麦无比激动地向领导说明了她搞种业创新的志愿，领导非常赞同。现场会以后，北羊村、南羊村和大羊村行动起来，三村农田连片了，真正构成了"三羊开泰"。

乔麦的麦耘公司获胜了。

腰里硬呆傻了，冷笑一声走出会场。

陈锁柱是个嘴里藏不住话的人，竟然在土地流转招标的事上保密这么好，这家伙表面听腰里硬的，关键时刻还是挺有主见，简直让乔麦刮目相看。

乔麦瞪了瞪陈锁柱，说："你让我吃惊啊，你这心里不是挺有根吗？"

陈锁柱憨憨地笑："乔总啊，不保密不行啊，腰里硬和郑继刚副县长能量不小哇。无风不起浪，他们这里无风也起三尺浪。只要腰里硬出面捣乱，招标会就开不成了。"

乔麦情不自禁竖起了大拇指："姜还是老的辣，你这叫智慧！"

陈锁柱沉着脸，心中还是矛盾的。土地流转结束，是不是他权力的终结？

乔麦有点得意忘形。

王决心愣起眼不明白，不是说腰里硬公司中标了吗？陈锁柱宣布了乔麦的公司获胜。

王决心呆愣了，他在工地震坏了耳朵，现在耳朵背。

乔麦大声跟王决心嚷："腰里硬滚蛋了，我们胜利了！"

王决心哈哈地笑了。他总算碰着一件高兴的事。回头一算，这事拉锯有半年多了。没有动用赵国栋这个撒手锏，乔麦自己竟然弄成了。

谜底揭开的时候，有人欢喜有人愁。

吉林老板张元超看到了乔麦的合同，找到"富康种业基金"，乔麦的麦耘农业科技公司得到亿元首轮融资。王决心、乔麦、王德、伍宝库和杜梅搞了一个庆祝晚宴，胡玉湖、孙小萍、杨牧仁都来到容光县城，参加庆祝晚宴，庆贺三个村庄土地流转正式签约。乔麦激动，举杯给大家敬酒说："我这也太幸运了，多亏朋友帮忙。"

杨牧仁说："这个世界没有突如其来的幸运，只有因果循环的福报。"

伍宝库感叹说："乔麦善良，善良人从不吃亏，这是天道。"

乔麦点点头，说："苦，是我的常态。压力变动力，我预备吃更大的苦啊！"

腰里硬的心情却恰恰相反，他火气很大，趾高气扬的姿态也没有了。过去，他一心扑在北羊村，狐假虎威，生活在虚幻的真实中。其实，腰里硬这个庞然大物是泥塑的，简直不堪一击。这天晚上，陈锁柱给腰里硬送行，腰里硬喝高了酒，将一桌子饭菜掀了，扯着嗓子喊："这他娘的还有公理吗？老子是北羊村的功臣，土地是我的。你们凭啥让给乔麦啊？陈锁柱啊，你他娘的是稀泥软蛋哩，老子不服，× 你个姥姥啊！"骂完就吐酒栽倒在地。

腰里硬身坯子大，将陈锁柱也带倒了。

人们将他们送进了医院。腰里硬脑袋磕破了，进行了包扎。腰里硬醒来就是揪心的疼痛。

腰里硬和姚云灰溜溜离开了北羊村。

他想，世界之大，到了容光县为啥王家跟姚家的恩恩怨怨总是纠缠不清啊？这里边肯定有玄妙的东西。

陈锁柱摔成骨裂，养了一个多月，今天拄着拐杖出来了。乔麦在街道拐角看见了陈锁柱。说了说高效农田工程，乔麦就离开了。她看见村里有一家结婚的，门口彩灯闪烁，请来了音乐会的乐手，吹起喜庆的曲子，给北羊村的春天添了好多喜气。

乔麦回头看见远处萍河的灯光了，在雾夜里画着十分优美的弧形。

二〇二一年的春天来得快，天空风向一转，萍河岸边的柳枝和芦苇就开始变青。河边的野花热热闹闹地盛开了。

北羊村运输苇帘的船队从萍河上白洋淀，再走大清河水道到天津。同时，北羊村、南羊村和大羊村的高效农田整治工程开工了。

第七十三章　转场

褚忠良的父亲褚景国突然重病住院，褚忠良赶紧回京看望。

褚景国躺在病床上，阳光将他的脸映照得更加黄白。褚忠良吃惊的是，父亲怎么突然间又黄又瘦，薛冰抹着眼泪说："爹是胃癌晚期。"褚忠良像是五雷轰顶，眼泪纵横。薛冰叮嘱说："瞒着爹呢，过几天安排微创手术。"褚忠良赶紧揩掉眼里的泪水，坐在褚景国的病床前，微笑着，让褚景国看他的手机："爹，这是千年秀林图片。"

褚景国捧着手机欣赏着："好啊，都建好了？"

褚忠良点点头："等您手术之后，我和薛冰带您过去，可以乘坐直升机参观。"

褚景国说："好，好，还要看看我铃铛娘。"

褚忠良的电话响了。

是赵国栋打来的，他喊褚忠良马上回白洋淀，有急事相商。褚忠良爽快地答应了，他说父亲病了，陪一天就回去。他仅仅陪了父亲褚景国一天，从宣武医院直接去了北京西站乘坐高铁。出了高铁站，路海生在车站出口等候，路海生亲自驾车送褚忠良去新区市民中心管委会大楼。

汽车缓缓行进，路过白沟引河的时候，路海生脸上堆着一丝笑意："褚总，您看，我们的大手笔！"他说话时脸爱往上翘，看了一眼银杏林。

褚忠良扭头望着一闪一闪的树林，心情顿时就激动起来。忙碌地工作，除了陪同领导，他自己竟然没有单独到树林里走过。

"褚总，您见到徐磊董事长了吗？千年秀林竣工了，集团是不是给我们奖励奖励啊？"褚忠良说："我爹病了，还没有来得及见董事长，赵书记就喊我马上回来。"路海生说："我爱人可是说了，植树荒废了我的业务，让我回总部搞吊装科研呢。您跟董事长建议建议吧？"

褚忠良说："我说了不算，看看赵书记有什么想法？然后我再跟董事长说你和鲁大林的安排！"

他轻轻说着，脑子飞速旋转着：赵国栋所说的急事是什么？

"大林说了，他还想回巴基斯坦瓜达尔港工地，三号工地的焊接可能要开始了。"

"他自己说的？"

"我俩喝酒时，他亲口说的。"

褚忠良没有再说话，汽车到了白洋淀新区管委会楼下，他提包下车，推开赵国栋的办公室门。赵国栋还在开会，秘书给他沏了茶，让他等候。

快中午了，赵国栋和程远副省长端着茶杯从会场出来。赵国栋微笑着说："忠良啊，老人身体恢复得怎么样啊？"

"就要有个微创手术，我爱人在宣武医院，还请了护工，她照顾着也方便。"

赵国栋自责地说："哎呀，是我的不对了，老人病了，你应该多陪老人几天啊！"

赵国栋开门见山地说："容东片区安置房和白洋淀新区云计算中心建设进度出了问题。这两个工程极为重要，一个关乎民生，一个是白洋淀新区的智慧大脑。上级既让确保质量，又明确了交工的时间。"然后他说了自己的基本想法。

褚忠良说："赵书记，您是什么意思呢？需要我们中天建做什么只管说。"

赵国栋说出保质量抢时间的想法。

"这是你的预测，一厢情愿，现实中很难兑现。"褚忠良叹息着摇头，"还有，尽管容东片区几百栋楼房主体完工，但是，两个月内让四万人回迁搬进容东片区的新居，这个时间我们毫无把握。房子主体已经完工，但是还要装修和调试呢，我们央企盖过无数的房子，但是，地上地下，同时开工这么大面积，还是大闺女上轿头一回。"

赵国栋身体向后靠了靠，哈哈笑着说："头一次，人有多大胆，地有多大产嘛，我们为什么不能创造一个奇迹出来？白洋淀新区对我们国家来说还是头一次呢，起初，有人嘲讽，有人唱衰，说白洋淀新区不搞土地拍卖，没有建设资金。我们靠多渠道的市场融资方式，不也是头一次吗？"

褚忠良笑了笑："是啊，千年秀林这种提前垫资，开始我心里打鼓，结果中标企业干得很好。"

赵国栋说："我省经济上是有些困难，但是，建设白洋淀新区，那是毫不含糊。千年秀林接近尾声的时候，三百多个重大建设项目开工，现在走到今天，难道还有人怀疑吗？"

褚忠良说："赵书记，您刚才说的事情，我回去考虑一下。"

赵国栋快刀斩乱麻地说："考虑什么？就这么定了，你带来的路海生和鲁大林一起留下。"

褚忠良迟疑了一下，说："我们中天建的徐磊董事长那里……"

赵国栋说："我和组织上说，我要把你的关系调过来。你不会打退堂鼓吧？"

褚忠良先是一惊，接着笑了："我听组织安排，您可以打听，我褚忠良干工作任劳任怨。只是我想啊，您交给我的工作，压力山大啊，我们不能把美好的愿望，押在难以实现的进度上。我要确保工程质量万无一失，而不是靠想象中的口号去树立形象。施工部门基本全是央企，央企有自己的规矩和准则。"

赵国栋说："你的负责精神我很感动，但是，我们既要质量，还要速度。我要你动用当前科技的力量，打破这个所谓规矩，你们的规矩是老皇历了，看看还有没有其他办法？"

赵国栋望着褚忠良的眼睛，说："褚总啊，刚刚我急躁了，你别介意啊，假如让你建设这个社区，你有什么更好的办法，最短的时间高质量交活？"

褚忠良自豪地说："我们中天建强项是吊装，也搞建筑，也有地产项目。巴基斯坦的瓜达尔港口，难道不是建筑吗？不是吹牛，建设高标准的房子，小菜一碟。"

赵国栋轻轻笑了："你说这个我不抬杠。我们新区建筑比较特殊，质量要求高，速度要快，我想你们要多多利用新技术。"

褚忠良担忧地说："我跟中铁建的老总很熟，他们有一个反映，管委会的郝奇副主任，指挥能力和观念有问题，他分工管基建，让他主抓容东片区地下管廊、安置房和云计算中心建设……算了，背地里说领导不好。"

他欲言又止。

赵国栋即刻来了兴趣："你说啊，这不算背地里议论领导，这是对工程负责，你是说郝奇能力上有问题吗？"

褚忠良想了一阵，说："我分管千年秀林，只是听施工央企发牢骚。我发现他有一个弱点，就是不接受新的科技。我是真担心，怕他解决不了质量问题，影响了白洋淀新区速度。那时我们后悔都晚了！"

赵国栋说："这是我们谁都承受不了的。我们没有退路了。前进可能是死，后撤必然是死。既然都是个死，不如拼死一搏，说不定会有奇迹发生。你说不是吗？"

褚忠良仰脸笑了："恕我直言，不要靠什么奇迹，奇迹是偶然的，奇迹后头就是陷阱。我们还是要按科学规律办事。"

赵国栋说："褚总，你回去拿一个科学的施工方案出来，包括你想使用的新科技。就算是帮我了！"

褚忠良愣了："你是什么意思啊？不让我在千年秀林植树啦？"

赵国栋脸上的表情异常坚毅，恳求说："你就别走了，正式调到我们白洋淀集团吧。"

褚忠良苦笑着说："听说千年秀林完工，我们总部和家里人还等候我回京呢！"

赵国栋风趣地说："忠良啊，你这样德才兼备的企业管理者，白洋淀新区怎么可能轻易撒手啊？你放心，我们再调整分工，或是激励他们，狠狠地抽上他们一鞭子！"

褚忠良说："白洋淀新区需要我，我就过来跟中铁建、中冶集团打交道，不过在我工作档案过来之前，要绝对保密啊，央企的过来管理央企，人家中铁建会不服气的。"

"我能做到，我们求贤若渴啊！"赵国栋说。

褚忠良喝了一口茶水，说："地方政府最不愁的是人，最发愁的是怕领导不满意。领导重视的事情，下面不惜一切代价也要办成。而我所在的央企归国资委管辖，跟你们地方也有不同。各有各的难啊，我们发愁的不是资金，是缺乏两种人，一种是高端人才，一种是工人。"

赵国栋一语道破天机："普通工人，我可以到白洋淀各村召集成千上万，你们缺少的不是一般工人，而是技术工人。我有个建议啊，选一选我们白洋淀的好青年，让鲁大林工匠好好带一带嘛！我们的农民进了央企或国企，农民看到了实惠，就会切身感受到为什么要城乡统筹发展啦！"

"这个可以考虑。实战中带工匠，鲁大林有他的绝招啊！比如你们的王决心，植树中被评为先进班长，鲁大林看人下菜碟，肯定带王决心学手艺了。"

赵国栋微笑了："鲁大林在植树的时候就显露了工匠精神，这样的人才不能放走！"

褚忠良说："地下管廊要开建了吗？"

"当然开始啊，你要统筹起来。"

褚忠良说："那我就明白了，我们徐磊董事长问过我啊，管廊招标的时候，我们中天建不能缺席啊！"

"那是啊，就是扣个麻雀还得给几粒粮食哪，我强留你们三员大将，地下管廊中天建当然是首选啊，赶紧报标书吧！"

褚忠良嘿嘿笑了："您真幽默。我们集团二十多万人，也要养家糊口，地下工程和大型吊装，可是我们的强项啊！"

两人的话题，越扯越远。

赵国栋说到了白洋淀云计算中心建设。云计算中心建设过半，出现一些问题，需要褚忠良精细把关。他告诉他，李永军副主任分管云计算中心，过会儿在食堂吃饭，让他们两人接个头。

赵国栋深沉地说："忠良啊，国盛的高管杨义成，他们跟中国移动联手开始铺设 5G 基站啦。我听杨义成说，国盛科研团队厉害，除了 5G，他们还发力云计算技术，已经在国际上领先了。我想啊，利用国盛的新技术提升工程进度，打一个翻身仗！"

"您的想法可行，我还没有见过杨义成，听您女儿晓薇说，他是王决心的亲大哥，是他吧？"褚忠良抿嘴浅笑道。

赵国栋欣慰地点点头："是啊，对啦，晓薇你们熟悉，你们应该尽快见面。我们在云计算技术上还要求助于国盛云。"

赵国栋跟褚忠良告别了，就回到了家里。

院里的霓虹灯渐次亮起。家里的灯光比屋外弱化了一些。还没有开饭，杨爱珍递给赵国栋一份材料，有一个坏消息，让赵国栋吃了一惊。昔日的鞋业大王申万胜的事情突然浮出水面。申万胜的旅游集团人在白洋淀各村收船，跟村民发生肢体冲突，还有人举报他的公司在民间非法集资。

赵国栋说："这份材料怎么会到你的手里呢？"

"义伟给我的。他说跟申万胜是好朋友，没有恶意。"杨爱珍一边炒菜一边说。

赵国栋故作镇静地说："我知道了。"

他走到了阳台上，呆呆地望着小区大院。楼下人影憧憧，有些喧闹。

楼下一家养着鹦鹉，鹦鹉阴森地叫了两声："不许动，不许动！"

赵国栋关上了窗子，鹦鹉的叫声就消失了。他坐在沙发上，心烦意乱。

他慢慢扭回头，生怕自己做出不公的判断。

杨爱珍说："你不能再犯傻了，杨义伟的事你都推掉了，申万胜的事不能再管了，民营企业沾不得，你就是出于公心，人家照样怀疑你。"

饭熟了，赵国栋没有食欲，咳嗽起来，一面咳嗽一面呼吸急促。

"吃饭吧，自己的身体当紧。"

"爱珍，你先吃。"

杨爱珍不再唠叨，死心塌地地等着他。

赵国栋没有吭声，心里有说不出的沮丧和愤怒。他在屋里心情沉重地踱步，充满犹豫，充满矛盾。白洋淀的旅游是新区的脸面，那是多大的一块蛋糕？最近，他太忙了，把这一情况推给了新水县，疏于过问和督导。不幸的事情发生了，这个球马上就踢过来了，怎么办？怎么办？如果是真实的，他有责任，应该受到惩罚。

当地民营企业家，他比较看好的就是申万胜和邢天下。他为他们鸣锣开道，只求奉献，不图任何回报。这样有担当的民营企业，怎么会出现这样的问题？傻子和疯子也不会这么干的，他们这样干，怎么面对他赵国栋？人心惟危，不可揣测。他看见白洋淀旅游码头建设得非常优美。国内专家夸赞，国际友人也是流连忘返。

这一炮打得够响。

如今的人有逆反心理，越是成功，越是发达，得到的越是猜疑、责难和讨伐。难道是诬告？但愿这是一场误会。他总是抱着一个美好的愿望，处于困局中的民营企业，在经营上遇到了瓶颈，政府应该给他们机会，让他们在白洋淀新区建设中成长壮大。

难道他错了吗？

第七十四章　绿萝

杨义成赶回了深圳国盛总部。

深圳国盛集团靳一光办公室，灯光明亮，被照得如同白昼，闪烁的灯光给人一种飘忽不定的感觉。强烈的灯光刺花了眼睛，让杨义成产生了幻觉，有些心绪缭乱。

杨义成找靳一光有一个重要事情要谈，白洋淀新区的云计算中心遇到技术问题。见靳一光的人要排队，几乎是国盛集团铁定的一套礼仪。

靳一光最近很疲劳，后背时有疼痛，想用喝咖啡提神，晚上尽量打强光阅读这些资料和报表。他似乎有些隐隐不安。

杨义成依托白洋淀新区，布局京津冀市场，所向披靡，酣畅淋漓，战果卓著。杨义成参与白洋淀新区的云计算招标，进入紧锣密鼓阶段，高空 5G 无人机基站研发同步进行。

杨义成想找谭香聊聊，猛然想到谭香在土耳其开拓 5G 市场。她开拓市场的团队，把狼性文化发挥到了极致。但是，她嘴里不敢说，这个方法有违靳一光的理念，国盛要活下去，别人也要活。谭香到土耳其孔子学院讲了课，题目是《天下归仁》。

杨义成极其佩服谭香，说一套做一套。白洋淀新区的云计算投标，将有一场激烈的厮杀。他的脑子飞速旋转着，走进了靳一光的办公室。

"师傅，您好吗？"

"义成来了，请坐。"

房间里除了绿植，宽大的窗户上挂着一个鸟笼，立着一只巴西红嘴鸟，它的叫声怪怪的，简直不像鸟的声音。杨义成在鸟声里汇报了白洋淀新区5G基站铺设情况。

靳一光哈哈笑了，笑声洪亮爽朗。

他眯缝着眼睛说："业绩可期，但是，你忘记了一点，我们国盛追求的是和谐共荣。"他忽然皱了一下眉头："我们的5G，在国内已经是一百三十多万个基站了。这么高的基站数量，在世界上也是少见的。所以，在国内我们不能跟同行打得头破血流。"

"师傅，您的意思是以逸待劳，休整一下吗？"杨义成惊异地问。

靳一光把眉毛向上一挑："你拿我的话当耳旁风了吧？刚刚我们聊的是5G基站，这回再说云计算，表面看这是两股道上跑的车，实际上殊途同归！"

杨义成脸涨得通红："我明白了，5G基站和云计算是同时推进，只是加重云计算。"

靳一光点点头，说："是啊，我们的5G基站，在西方国家严重受阻，但是，在国内还是坚挺的。白洋淀新区地面和地下管廊已经铺得很顺利。为了配合国家'一带一路'倡议，我们的5G基站已经进军非洲。我们与赞比亚WTH合作，建立5G基站试点。"

杨义成爽快地说："师傅，好啊，您是想派我去非洲吗？"

靳一光一愣："为什么，你说说看。"

杨义成说："西方以安全为借口，压制我们的5G业务，理由纯属无稽之谈。但是，我们没有办法，我一直想从巴西搞一个突破。"

靳一光眯着眼睛，欣慰地说："有骨气，但是，你现在的任务是国盛云助力数字白洋淀。巴西我已经派人去了，如果巴西有困难，说不定你就要冲上去。"

杨义成皱了皱眉，说："不过，我替他们担忧啊，您要知道巴西是美国的盟友，您想破局5G基站，首先要打破西方对我们安全性的误解！"

靳一光缓缓地说："唉，有人就拿着大喇叭，开始在全球范围内宣传国盛产品有安全风险，大家都应该抵制国盛。西方国家纷纷行动，但5G技术可是关乎国家未来基础建设的大事，一旦落后就要出大问题，所以他们就成立一个专门的检验机构，对国盛设备进行全方位的检查。"

杨义成说："师傅，我早就下定了决心，最危险的地方我应该上去！"

靳一光用欣赏的目光望着他："好，好，我想着你这个民间荆轲啊！"

杨义成大咧咧地说："师傅，所谓安全性问题，是一个伪命题，纯属污蔑，我们应该从内部攻克堡垒。政府反对，但是，西方的几家大的电信商却对我们十分青睐。"

靳一光微笑着摇头："你啊，不愧出自英雄世家，我欣赏你的英雄气，将军从枪林弹雨里诞生，将军一定是英雄。我开会时为何强调前线意识，就是鼓励员工勇于到前线去锤炼自己。"

杨义成闪着炯炯有神的眼睛："师傅，我没有想当英雄，就是想带着弟兄们投入战斗。团队精神很重要，我一人有三头六臂也不行啊！"

靳一光摇头说："你明白这一点就好。个人英雄是悲剧英雄，要不得。白洋淀新区的建设如火如荼，你像钉子一样钉在那儿，听说云计算中心就要竣工了，白洋淀新区云计算业务很重要，一定要攻克，拿下属于我们国盛的标杆。"

"师傅，我这次过来，就是谈这个。云计算中心建设是没有问题，但是，其中智慧大脑要融入一个新技术，这个技术跟建筑有连接。看看我们科研团队能不能补上去。不然就影响建设进度和质量了！"

靳一光说："我明天开技术会议，专门解决你的问题。谭香负责的那个后备团队也要参加。"

杨义成微笑着说："那真是太好了。"

潘大立经理推开门，看见靳一光正在跟杨义成谈话，又将门悄悄关上退了出去。

靳一光让杨义成品尝一种最好的大红袍茶，然后就将话题转移到了杨岭岭身上。

"师傅，解决了云计算招标，我最近想去美国见岭岭一面，师傅爱惜人才，她在日夜进行着芯片的研究，这对于我们十分重要。据我所知，已经有外部、国内一些人盯上了她的成果，我们该行动了。"杨义成一脸严肃有些神秘。

靳一光表情严峻起来："好，我同意。岭岭热爱家乡，如果她答应回白洋淀搞研发，我们也是欢迎的。你容易接触她的研究核心，涉及经费一把解决。免得岭岭为难，让岭岭知道，我们国盛不是去摘桃子的，希望她回来！"

杨义成点点头，说："白洋淀新区有一个吸引人才的雄才计划，赵国栋委托我，希望她成为第一个回国的科学家。我们国盛的白洋淀新区研发基地揭牌，她要是回来的话，就把实验室放在我们国盛，我们两家合一，一箭双雕了。"

靳一光开玩笑说："好，这个想法好。你这小子魅力太大，你的白洋淀都不知道谁是老大了。我靳一光说话都不好使了。"

杨义成说："他们不敢，我心中的老大永远是师傅。"

靳一光愣了愣："徐汉林的身体能吃得消吗？听说他那次实验受伤，小便失禁一直没有好。"

杨义成笑着说："还是没有好，我派人给他开中药吃，慢慢治吧。大不了多跑几趟厕所，我给他配上了尿不湿。他以前听潘大立的，处处跟我顶牛，如今与我配合默契了。"

靳一光说："土耳其就让谭香去吧。"

杨义成摇头说："那太艰苦，您女儿得富养。换个别人吧！再说，您女儿在国外有危险的。"

靳一光笑了："最艰苦的地方，要派自己最亲近的人。你要是心疼她，先啃下白洋淀云计算的这块硬骨头，回来师傅给你庆功！"

杨义成信心满满地说："好，我这人天性喜欢挑战。师傅，还是那句话，胜利则举杯相庆！"

靳一光说："好，别背包袱，如果暂时不能突破，你要盯紧杨岭岭的高端芯片的研究成果。"

杨义成说："我感觉，岭岭这里应该出手了，有一次她说走了嘴，当年她被强奸要自杀的时候，是海鸥集团的贾大兴总裁救了她。当时，贾大兴是我们的导师，我由此推断，岭岭的难言之隐可能在这里，岭岭出于感恩，有可能将技术卖给贾大兴，我们就会非常被动了。"

"是这样？我明白了。"靳一光吃惊地睁大眼睛，心情越来越沉重，"既然找到岭岭摇摆的原因，你知道从哪里破局吗？"

杨义成说："白洋淀新区的赵国栋书记说，新区启动了雄才计划。岭岭是爱家乡的，我从这里入手，请她回国。"

"记住，我们不仅要岭岭的这一次成果，更需要她这个人才，希望她回国加入我们国盛旗下的玻璃科技，我今年又给玻璃科技追加了七十亿的研发资金。生产厂家已经有了光刻机，批量生产指日可待啊。"

杨义成有些兴奋："师傅，我算了算，二〇二二年春天，世界移动通信大会上，我们应该有所作为。"

"去吧，你回家看看家人。"靳一光说。

杨义成扑哧笑了，说："家人不就是甄凤吗，听说她把我丈母娘从石家庄接来了。"

靳一光没有听见，转身让办公室安排明天的技术会议。

杨义成走出了靳一光办公室，回到了深圳的家里。夏天的夜晚，闷热而静逸。绵绵的细雨下了一天，傍晚已经停了，空气中饱含着水分，浸润着路旁的树木。楼前的花坛，浓郁的花香混合着绿叶的清新，慢慢地飘散，薄云在空中流动，隐隐地现出朦胧的月亮和星星，羽毛丰满的鸟在阳台叽叽叫着，甄凤躺在房间听见窗外鸟的叫声了，她静静地望着星星，根本睡不着，她的母亲已经发出了均匀的鼾声。甄凤被痛苦煎熬着睡不着觉。最近她的脾气有些怪，说话有火药味。

杨义成回到家，岳母已经睡了，甄凤起床开了门。

"你吃饭了吗？"甄凤始终阴沉着脸。

杨义成把行李在客厅放好，甄凤向他走来，她依然成熟艳丽，沾着汗水的头发随意披散在肩头。杨义成的眼里充满了柔情："老婆，我发现你这次情绪不对头啊，有什么事儿说一说，看看我能不能帮你。我还从白洋淀新区给你带来了白洋淀的芦苇画呢。"说着，他要打开行李拿东西。甄凤看也不看他，呆呆地坐在沙发上。

花架上的绿萝青翠欲滴。

绿萝很少需要浇水，从某种意义上说，人也许是比植物更加脆弱的东西。

杨义成继续说："甄凤，我跟你商量个事儿，我们突破了高空 5G 基站，马上转到云计算了，技术难度很大。趁着新业务没有铺开，最近我要去一趟美国纽约，看一看子恒。"

甄凤抬了头，目光冰冷："杨义成，你是借着看子恒名义去见杨岭岭吧？"

杨义成一愣，露出惊讶和不解："你说什么呢？当然也要见岭岭的啊，她是我们的好朋友、子恒的干娘。这有错吗？"

甄凤的声音越来越凌厉："你总是正确，你飞来飞去的，这个家就像宾馆，来了就走了，什么事情也不跟我商量，你考虑过我的感受吗？"

杨义成一愣，说："什么感受？你是我老婆啊！"

甄凤阴阳怪气地说："你就是让我难堪，你就是自私，这个家一切围着你转，你在乎过我的感受吗？为了你高兴，我连诗都不写了，你还要我怎么样？"

杨义成说："诗歌是你自己放弃的，我没有权利剥夺你的创作自由。"

甄凤流泪了，似有满腹委屈："我爹出事以后，我发现你对我的态度就变了，我在你杨义成眼里算什么？我就是一个为你付出为你牺牲的家庭妇女了，你在国盛干什么？出来还是回去，都是先决定了才通知我，你还拿我当你老婆吗？不用猜，这事儿你事先肯定跟岭岭商量好了，然后回家通知我罢了。"

杨义成听见甄凤因愤怒而变得焦虑的呼吸声，心急火燎地解释说："你看你，你的情绪出乎我的预料。我刚刚跟师傅商量妥当，哪里跟她说过，你现在就可以微信她，看看她怎么说！"

甄凤心里一阵冰凉，浑身颤抖："杨义成，你要心里老想着她，咱们就离了，你们也就名正言顺了，你师傅不也正好需要她吗？看来我是多余的人。"

杨义成气愤地站起来，简直无语了："你怎么说话呢？你太不懂我啦！"

甄凤红着眼睛说:"我是有自尊的人,你的心走了,我不纠缠,成全你们!既然已经不爱了,再争取也是徒劳的。"

杨义成苦口婆心地说:"甄凤,你应该知道我杨义成是什么人,知道我跟杨岭岭到底是什么关系。我的兴趣和精神在哪儿你清楚,剩下的我就是守护好你,守护好我们的家人,今天你说了这样的话,让我非常遗憾,非常吃惊,非常失望,你要是不道歉,我成全你!"

说完,他气呼呼地回到卧室,嘭地关上门。

架吵完了,两人的余音在洁白空荡的客厅里回旋。甄凤呆坐在沙发上开始嘤嘤地哭泣。女人的眼泪是无坚不摧的武器,它是超越千百条道理之上的,有理没理都可以靠眼泪赢得胜利。杨义成心疼甄凤,在房间里换好睡衣,又走出来了。

"老婆,你不消气,我还真睡不着。你难道还不了解我?男人混得不好,要奋斗,混得好了,更应该感恩糟糠之妻的陪伴。"

甄凤心头一热。

杨义成叹息着,他还能说什么呢?他不能再跟她争吵了。刚刚甄凤的话,深深刺痛了他,他浑身一热,像一个高烧病人。男人就是要担当,要换位思考。她追随他到深圳和香港,其实内心是孤独的。女人在流泪的时候就是把自己摆在一个弱者的地位,何况她还是他的女人,男人是不能这样逼女人的。

杨义成的眼睛呆呆地凝视着一点。

甄凤揸着眼睛,杨义成坐在她身边,一把搂住了她:"对不起,刚刚吵架都不是我们的本意。你知道,我是从来不服软的人,唯独在你这里,因为你是我老婆。我的命运奇特,差点在白洋淀新区丢了命,大灾过后必有后福。"他的服软让甄凤得到一些安慰,她给他倒了一杯水,重新坐在杨义成的身旁。

杨义成说:"老婆,你从媒体看到了。西方以我们设备安全为借口,排除我们的5G建设,遏制高端芯片,我们每天都在战斗。现在这么晚了,我师傅还在办公室工作呢!"

甄凤哽咽地说:"你在白洋淀受伤,真让我担心,如果总是这样,我们宁可不去挣这个钱,我们一起把传媒公司干起来。你说的是真心话，我愿意陪你去美国看望岭岭和子恒。"说着，她伸手摸他脑后的伤疤："你这伤疤好深，还疼吗？"

杨义成诚恳地说："老婆，没有十全十美的人生，只是别人的苦，你不知道罢了。我跟老二王德不一样，我是真诚面对生活的人，我哪句没有真心话？师傅这么大年纪了，还在冲锋陷阵，我有什么资格懈怠？我知道，我亏欠你、老人和孩子太多了。等我们老了，回归平凡，享受安逸的生活。你不能说离婚这俩字了！"

"嗯。"甄凤心中热腾腾的，眼圈红了。

杨义成说："怪我，怪我。甄凤，我再次强调关系的定位，岭岭是我们两人共同的朋友，是子恒的干妈。我们的婚姻，我非常珍惜，婚姻不是单方面付出爱，需要我们两个人牵手共同面对风雨。"

甄凤脑袋倚靠在杨义成的怀里喃喃地说："义成，你注意安全，我最近公司离不开人，只要你心中有我、有这个家，我就是幸福的。"眼泪流到她火辣辣的脸颊上，又从脸颊滴到了睡衣上。

杨义成伸手揩了一下她的眼睛。

第七十五章　地上地下

王决心转移到地下管廊，不知不觉，眨眼就过去两个月了。这期间，他跟鲁大林学电焊，虽然辛苦，但他首次体验焊星飞溅的快乐。这是一种新奇和刺激感觉。这比植树刺激多了，重复又重复，枯燥的滋味儿又顶了上来，枯燥而疲劳。鲁大林师傅告诉他，要想当电焊的工匠，就要一项一项地练，一招一式地学，容不得半点马虎。

王决心深入到内心，精神高度集中，手、眼、头、腰和脚同时并用，步调一致，一个眼神，一声呼吸，都那么谨慎，焊花像打树花似的炸开了，灿烂、绚丽而丰富。他闻到了一股独有的味道，这味道感觉是炖肉、炖鱼和铁屑的混合气味。这味道好像来自王家寨，除了水音儿，还有爹的叮嘱声："儿子，好好学，电焊大比武，你要获胜啦，进了央企，爹给你摆庆功宴！"王决心点点头。这些年来，爹对他始终是担忧的，隐隐有期盼，每每想到爹，他就信心倍增。

王决心手握焊枪，盯着水管焊接。

鲁大林手把手地教他，使用"正月牙"形焊接法，握焊枪的手一抖，焊星飞溅，灼伤了右手。他记得小时候就爱看焊花，被焊花灼伤过眼睛。他眼睛疼痛，大汗淋漓，说话声音变调儿，棱角分明的喉结滑动起来。没想到焊工这么难。

"太难啦！"王决心喊。

他的话传到了鲁大林的耳朵里，鲁大林变得严厉起来，吼道："谁喊难哪？更难的事儿还在后头呢，加油，苦干实干，拼命干。"王决心瞅了瞅师傅，扣紧遮光板，埋头继续焊接。两个月里，几个农民吃不了这个苦，偷偷跑了。他们只能挖土方，水牛也加入挖土方的行列。王决心也挺不住了，累得斜腰拉胯，电焊时磨磨蹭蹭。

王决心回了家就沮丧地说："乔麦，我怕是挺不住了。"

乔麦瞪眼，讥讽说："挺不住，就跟我种粮去。"

王决心说："那样，我还是想当工人，工人刺激。"

乔麦说："为啥那么愿意当工人呢？虚荣。"王决心说："我不是虚荣，工人能够富国。"

乔麦使劲儿拍着他的胸脯说："农民能够救国，没有粮食你吃啥？"

王决心叹息了一声。

乔麦说："当工人，就要当工匠。工匠是啥，就是坚持，重复劳动，不停地做，专注地做。"

王决心瞪着乔麦说："你站着说话不腰疼，有多难，你去试试。"

乔麦沉了脸，揪住了他的耳朵，他龇牙咧嘴地讨饶。乔麦笑道："老公，你啥也别想，坚持住，好多人败就败在了最后一公里，教训还少吗？纵有秋风起，人生不言弃。"

王决心脸上露出孩子般的神情："嗬，你还会掬词啦。"

王决心嘴上硬，脑袋摇成拨浪鼓，到了鲁大林身边，乖顺得像猫。鲁大林提出了强化训练，王决心回到家里，进行点线训练。在墙壁上圈个圆点，手稳稳顶住，然后再画一条线，手要横着拉平竖着拉直。王决心每天训练，毫不含糊。鲁大林定下的事情，谁也不能更改。只要鲁师傅在场，没人敢搞藏奸耍滑的把戏。

企业发钱了。

钱对王决心也是很重要的。八千块钱的工资，他已经很知足了。每当拿到当工人挣到的钱，跟打鱼挣来的钱不一样。央企实验使用数字货币，瞅着手机上的这一组数字，有一种热腾腾的喜气。在他看来，电焊工不仅仅是谋生、活命的手段，还有他的价值体现，手艺让他瞬间跟水牛分开了，水牛他们在工地挖坑，只能拿三千块钱。他感到，本来农民是没有差别的，在经历不同境遇和发展后，人们渐渐产生了巨大的差别。当然，没有小瞧水牛的意思。他每月给爹一点钱，大头交给乔麦过日子，自己留一点小钱跟水牛吃吃喝喝。他给鲁大林师傅买了两条烟，师傅是老烟民。

鲁师傅拒绝收他的香烟，让他买一些电焊方面的书，他说每月固定买五百元的书。

王决心在家中练习，手指就是焊枪，定定地抵在墙壁上。

王决心告诉家人，他这两个月是冲关阶段，家里有事尽量少打扰他。他在沉重的劳动中找到了个人的乐趣，乐趣就是底气，底气还在，变成了一种锐气。他比春天的时候，人瘦了一圈，下巴的赘肉也没了，累得像是散了架。他睁眼就想起生活的意义，这种生活到底有什么意义？他没文化，乔麦也没有文化，乔麦的爱让他琢磨这个问题。

王决心挣扎着爬起来，又走向了工地。

这天临时调整，焊接比赛提前了，据说是路海生的特意安排。王决心只有披挂上阵了。焊工有男有女，女工发出银铃般的笑声。鲁大林挥了挥手："大家安静了，比赛即将开始，希望大家稳定发挥，创造新成绩。"然后，他又叮嘱了几句注意事项。现场异常地安静，王决心手拿着焊枪哆嗦了一下，心神不定。紧张过度，他的心气软了，电焊火花又灼伤了手臂。比赛结果让王决心大失所望，他失败了。这次有李来顺等三个焊工入选。王决心的心乱了，陷入了一种从没有过的绝望。

鲁大林失望地叹息了一声。

王决心的失误超出他的预料。王决心的心里除了委屈遗憾，还有被往胸口捅了一刀的自哀自怜。他无力站立起来，双手抱着汗水淋湿的脑袋。忽然，他瞅见自己的脚旁立着一只灰色的鸟，鸟不怕他，它的叫声怪怪的，简直不像鸟的声音。

天黑了，他没精打采地回到家里。桌上摆着热腾腾的饭菜，欢乐祥和的气氛扑面而来，他心里一热。乔麦浑身燥热，想冲个澡。她马上想到了王决心，她知道王决心每天从工地回来都喜欢痛痛快快洗个热水澡。

乔麦说："决心，我帮你洗澡吧。"

王决心坐在沙发上，不睁眼，晃了晃手："算了吧，手好了再说，还是别沾水。"

乔麦拉着他的另一条胳膊说："洗洗，脚都有味儿了，来吧，我给你洗，再给你搓搓后背。"乔麦将卫生间的水调好，替王决心脱了衣裳，扶着他进了卫生间。乔麦用塑料袋将王决心受伤的手缠好，温乎乎的水流下来，他长嘘了一口气，享受地闭上眼睛。

乔麦递给王决心洗发液和肥皂。王决心用左手打了肥皂，抬起胳膊撸了一把脑袋，洗发液的白沫子流了一身。

乔麦把他的右胳膊高高地举起来，给他揉搓着泥片，脏物顺着水流冲了下来。乔麦累得冒汗，在他的对面站稳，看见了他结实的胸膛。乔麦的背心湿透，干脆脱光了，光溜溜地站在王决心的对面，开始弯腰托他的后背。王决心忽然感觉到一种温暖，其实，乔麦也累了一天了，不能让她太累，就说："行了行了，挺好的了。"

乔麦说："别马马虎虎的，这阵儿你压力过大，还要电焊比赛，洗澡能减压。"她用蓝色的浴巾给他擦着身子。

王决心缓缓地走了出来，乔麦也想冲洗一下。乔麦没有劲了，祖露的白嫩的身体，浑身发软，坐在水淋淋的木凳上歇了一会儿。她听见了滴答滴答的水声，赶紧站起来将涮墩布的塑料桶放在了水龙头下面。这地方漏水，王决心修了几次都没有效果，不能浪费，只能接着涮墩布拖地用。

乔麦洗完了澡，围着浴巾走出来，眼前的王决心让她一愣。王决心没有休息，大杯大杯地喝着茶。乔麦夺过他手里的茶杯，说："晚上不能喝茶，喝多了，对肾的压力大，起夜影响睡眠。"她流露出一脸的智慧和疼爱。

王决心大咧咧地说："别听他们胡说，听见虫子叫就不种地了？"然后他捧起乔麦的脑袋，给了一个深吻。

乔麦笑了一下。

王决心感觉女人洗过澡的身体，像雨后湛蓝的天空一样通透。乔麦叮嘱说："早点睡，明天你还要上班呢！"

"你先睡，我再琢磨琢磨电焊。"王决心说着，拿药膏抹着烫伤。

乔麦说:"我还真困了。祝你明天电焊比赛成功。"她说着躺下了,不像是跟他说话,而是自言自语。

王决心看见乔麦躺下的风韵很美,他喜欢搂着乔麦睡觉。乔麦却不习惯这样,被男人搂着睡不着,可能是腰里硬给她留下的心理障碍。王决心体谅她,慢慢地也就习惯了。乔麦忽然有一天想搂他,王决心却不适应了。

今天夜里,王决心难以入睡,其实比赛结束了,他被淘汰了。

王决心刚到家的时候,定定地看着乔麦,犹豫了一阵儿,还是没有说。他张不开口,怎么跟乔麦说呢?几家欢喜几家愁,入职的三名工人举杯相庆,而他属于愁断肠的那一类,一种无形的压力扑面而来。他长久想着自己的职业,进入央企是他的理想,进央企当一名工人怎么就这么难?

难,难于突破,王决心沮丧地想,一下子又想远了。当年他联系开汽艇,考上了水上执法大队,被姚家人挤掉了,再后来到了千年秀林,本以为企业能留下他,结果还是悬而未决。他的命运,就是芸芸众生的复制。比赛的失败在他的心里结了疙瘩,他疑神疑鬼,难道是路海生给他使了绊子?抑或是因为自己的技术不行?他不服,觉得自己不拼绝对没有赢的机会,在这个世界上,谁不想着赢?洒脱随性,那是生活中的奢侈品。普通人没有权势,没有权力和财力,只能自己去拼。

王决心忽然想到了走捷径,他凑了五万块钱,他要找大哥替他说情。大哥如果找了赵国栋,赵国栋如果替他说话,走进央企的大门应该是小菜一碟。就是去不了中天建,成为新区基础建设公司的一名工人,这也是国企。

这天傍晚,王决心找到了杨义成。说了想法,还拿出了五万块现金。

杨义成浑身的每一根神经都绷紧了,安慰说:"别灰心,是金子总会发光,你要苦练内功!"

王决心火气十足:"屁话,骗人的鬼话,你站着说话不腰疼,你问问鲁师傅,我的内功还不够好吗?挤占我指标的就是人家找了关系!"

杨义成颤抖着说："你竟敢这么跟我说话？"

王决心软了声说："大哥，这是我最后的机会，帮帮我吧！"

杨义成愤怒了，狠狠地骂："荒唐，亏你想得出，你脑袋进水了吗？我能拿钱找姐夫吗？他敢接吗？他会怎么看你和我？"

"你就是个书呆子，太爱惜自己的羽毛了，你难道不是靠甄爱社迅速提拔的吗？"王决心大声嚷叫，鼻子酸酸的。

杨义成突然举起了拳头想揍他，气得胸痛难忍，拳头悬在空中，最后还是放下了，他将五万块钱摔在王决心的胸脯上，钱滚落在地上。

王决心迟疑了一下，眼睛憋出泪。

他还是弯腰捡了起来，委屈地说："我这钱每一分都是干净的，我的血汗钱。"

杨义成尖声、一字一句地吼："不是钱的问题，是你的脑子出了问题。你要好好地反思，好好学技术，不能走歪门邪道！你听见没有？"

杨义成粗暴的、带有侮辱性的动作，让王决心陷入委屈和绝望。王决心久久不能平静，怨恨像焊花在胸中沸腾。杨义成却冷静下来，他帮王决心分析形势，送给他八个字：知人者智，自知者明。这是老子的名言。杨义成反应过度，搞得王决心一头雾水。王决心辨不清对手是谁，糊里糊涂，自己不知道该朝哪里走了。他暗暗说："我就是白洋淀的一条鱼，摆脱不了被人吃的最终命运。"他梦里又回到了船上打鱼，甚至想一直打下去，直到生命的终点。

可是，出来的人回不去了。

电焊手艺做不到精湛，他心里的疙瘩留在这里，每天都在这里受刑。他劝自己别失态，苦练内功，不能像个煤气罐那样说爆炸就爆炸，这才是他真正的难题。大哥骂他幼稚愚蠢，他真的幼稚愚蠢吗？社会上的人不都这么做，做了还沾沾自喜吗？

王决心不成熟，从小白河工程的马技术员牺牲，大乐书院的孙小萍的教诲，再到鲁大林师傅的言传身教，他们的言行都影响着他，今天还有大哥的话，打醒了他。王决心每一次遭受打击，他们的身影都在眼前出现。他如果自暴自弃，不仅给鲁师傅丢脸，还会让师傅进退两难。他不能给师傅添乱，他要凭借实力成为工匠。

鲁师傅上班的时候拍了拍他的脑袋。王决心的心头一暖，眼里流出两行热泪。他好久没有落泪了。

回家吃了晚饭，王决心读书的愿望变得如此强烈，他的话不多，又怕冷落了乔麦，他也让乔麦读书。他斜着身子读书，模样有些滑稽。眼睛几乎贴在书上了，边看边勾画，乔麦惊讶地发现，他的粗糙的手腕渗着电焊烫伤的斑斑血迹，蓝色汗衫有一片小洞口，焊星穿透了工作服才能伤到汗衫。

乔麦鼻子一酸，眼泪就唰唰流下来。

隔了半个月，新的比赛又马上开始了，王决心每天不停地准备，魔怔了一样，小心翼翼地焊接着他的微型水管。

王决心的双手抖了一下，疲乏地站了起来，四肢和脑袋越来越痛，面目模糊不清。

鲁大林的脸凝重起来，盯住他手里的焊枪："不是用力，而是用心发气。"

王决心点点头，他知道师傅给他吃了偏饭。他暗暗在心中运气，动了真气，铆足了劲，双脚站得稳稳的。

焊花儿飞溅，像盛开的花儿，又像撒开的旋网，张着圆形的大嘴，带着吞噬万物的霸气，将一片钢管罩住。电焊跟撒鱼网有异曲同工之妙。焊花把他和别人分割成两个世界。

王决心忽然有了自信，对自己的超常发挥啧啧地赞叹。王决心拼尽了最后的气力。

他终于胜了！

鲁大林师傅远远地给他竖起了大拇指。

王决心挣扎着站起来，双腿发颤，他猛地转过身，天旋地转，两行热乎乎的泪水涌了出来。他紧紧地拥抱了鲁大林师傅："谢谢师傅。"鲁师傅坚定地拍了拍他的后背："好样的！"然后就走了。

王决心离开焊接车间，突然感到天旋地转，双腿发软，双脚轻飘飘的，浑身的血像被抽干了一样，赶紧扶住了水泥预制板。

人们都走光了，接班的人还没到来。四周一片寂静。

王决心的手哆嗦着，缓缓地从基坑那边绕过来，一屁股坐在油桶上，大声喘息着。他摸着脑门，热热的。为了这两场比赛，他心中积下了火，可能是发烧了。他赶紧给水牛打了电话。

水牛来了，他强撑着站起来，险些栽倒。水牛背着王决心走出了工地，去了医院。

天黑回到家里，乔麦把饭做好了，让水牛一块吃，水牛还是说走嘴了，乔麦才知道王决心病了。水牛走后，乔麦还给他熬了姜汤。他从乔麦手里接过姜汤，把发烧输液的事忘在了脑后，泪花在眼里打转："老婆，我赢了。今天电焊比赛，我拿了第一。"

乔麦笑了："我就说嘛，我老公是最棒的！"

乔麦用手摸摸他滚烫的脑门。

乔麦强忍着没让泪水冲出眼眶。她扶着他去睡一觉，使劲拍打了他的后背，仿佛要把他的劳累和烦恼拍打掉。王决心酣睡的气息，越发有力地响着。乔麦明白这是患病而劳累过度的人才有的声息。

第二天醒来，乔麦不在，床边却放着好多的药和做熟的早饭。他的身体无比轻松。

王决心成功了，王永泰兑现他的承诺，在家里宴请鲁大林师傅，给王决心贺喜。

王永泰让乔麦、二巴掌下厨炖鱼做鱼丸子。

王永泰眉头的那颗疙瘩展开了，内心的矛盾也渐渐化解。过去听胡支书说城乡统筹，他不理解统筹是啥，看到千年秀林，看到新区塔吊林立的工地，对他的心直接产生了深深的冲击。王家寨的变化，方方面面都拿捏得那么好，旅游也让老百姓得到了效益，如果没有新城的繁华，冷冷清清的白洋淀哪有这么多游客？王德的玩具在白洋淀大码头卖得最多。最让他动情的是，王决心比赛拿了第一，进了央企当了工人，百里挑一，让他脸上有光。

王永泰得意地骂："鳖羔子，老三终于当官了。"

"爹，我不是官，是一名工人。"

"央企声名在外，这是你的荣耀，也是咱老王家的造化。"

"爹，您的造化。"

王永泰和王决心一来一回说着，王家寨人斗嘴很有意思。鲁大林解释说："当今的企业都不好干，央企的优势明显，也是举步维艰，面临着改革和创新，如果不创新，也会亏损的，国家也承受不住啊！"

王永泰又疑惑起来。他不仅慎重，而且多了警惕，试探地问："鲁师傅，你的意思是，你们这个单位不是铁饭碗啦？不是吃皇粮啦？"

鲁师傅笑了："大伯，别担心，您儿子是响当当的铁饭碗。"

王永泰点点头，还是东想西想。

王决心搔了搔自己的后脑勺，张罗着开席喝酒。他转身看见爹阴沉着脸，赶紧劝说："爹，别想那么多了，啥铁饭碗、金饭碗，有了手艺就是咱的饭碗，谢谢师傅，师傅是大国工匠，我们敬他一杯。"

鲁大林谦逊地一笑，喝了杯酒说："决心，你爹多好，你还得继续努力啊。"王永泰斟满了酒，忍不住说了一句："鲁师傅，自从决心跟了你，我踏实了不少，这孩子让你操心了，他真的变了。"鲁大林呵呵一笑："决心以后会比我厉害，关键时候能冲得上去。"

乔麦过来给鲁大林师傅敬酒。

她也喝了一点酒，睁大的眼睛很美："鲁师傅，决心有个性、不合群，唯独崇拜鲁师傅，士为知己者死。鲁师傅，他就听您的，平时您多说说他。"

鲁大林谦逊地笑了："决心的成长我是看得见的，不用多说。"

王永泰说："跟啥人学啥人啊，决心离开了王家寨，我一直不放心，在村里担心跟腰里硬干仗，外边担心跟外人打架。他遇到了鲁师傅，家里娶了乔麦，我的心就踏实下来，是他的命好啊！"

鲁大林摆摆手，说："客气了客气了，决心本来就是好青年嘛。我们来到白洋淀，人生地不熟的，决心也帮了我不少忙。"

"就是，师傅的话我爱听！"

王永泰嘘了口气，训得王决心抬不起头来。其实，王决心是故意装成怯生生的样子。

王永泰漫不经心地拖着鼻音说："决心，别糊弄你师傅，也别糊弄你爹，我们都不是傻瓜，不能半瓶醋乱晃荡，你得干出名堂来。"

王决心拍着胸脯说："爹，登上这个台阶不容易，您放心，我会给您惊喜的。"

"我不放心！你别王婆卖瓜自卖自夸了。"王永泰劈头盖脸地嚷。

王决心瞪了爹一眼，没有回嘴。

王永泰将一碗酒喝个精光，老脸容光焕发。

王决心想，如果大哥在场，喝酒就更好了，他评价会有高度，遗憾总是有的，但自己总算得到了家人的认可。

散场时，鲁大林看了看铃铛奶奶，然后就登船走了。王决心悟出了一个道理，看清自己比看清别人难，爹就是一面镜子。从爹的表情里照见了自己究竟走向哪里。这次，他以央企工人的身份回村，不再茫然，走路也踏实有力，有一种说不清道不明的东西，让他的内心充满力量。

王决心的成功惹人嫉妒，工地上除了水牛，其余的人开始孤立他，甚至鄙视他，嫉妒他跟师傅的感情。王决心少了嘎气，多了憨气。想着想着，他的眼睛像点的漆，黑溜溜的发光。

王决心本来将电焊技术用在地下管廊焊接，焊接还没有开始，工地都在等待一项吊装技术。这个技术中天建和燕山重工研发十多年了，有了突破，用到新区工地上又卡壳了。

鲁大林参加了中天建和燕山重工的研发，他想锻炼王决心，将王决心也带进了研发中心。

王决心刚在电焊上找到感觉，又走马灯似的转场了。新的环境让他迷糊，同时也失去判断力。其实，他不愿转场，犹犹豫豫，显然拿不准后果。而且，路海生还反对王决心进研发中心："大林，你脑子进水了吧？怎么把王决心带进研发中心了？他做焊工已经抬举他了，那点文化能行吗？"

鲁大林耐心解释说："决心虽然文化低，人聪明，电焊拿了第一，说不定还能给整出个好点子来，人无完人，我们要用其长处研发。研发吊装难道就不需要电焊工吗？"

"老鲁啊，你又犯了幼稚病，不能给同行留下笑柄，更不能给研发留下隐患。"

鲁大林口是心非地嘟囔："见招拆招，你路总是掌舵人，你就忙大事。"

路海生显然被鲁大林掸回去了。

王决心听说之后，没有跟路总动怒，他说得不是没有道理。他默默地检讨着自己，人不敬我，是我无才，我不敬人，是我无知。

有一天，水牛跟王决心说，他看见陆海生跟杨义伟在一起吃饭了。

王决心一愣："是吗？这俩家伙勾搭一块去了。"

他蓦地警觉起来，来回想，一个是老板，一位是央企项目经理，少不了有业务合作。

王决心回到实验室，心里嘀咕，分析杨义伟跟路海生的事，他俩肯定没有好事。他准备跟鲁大林说，没有张嘴，看见路海生穿着白衣大褂从实验室走了出来。

路海生把一份材料递给鲁大林："老鲁，这份研发规划我看过了，大吨位管廊吊装是世界性难题，具体写得不透，你们再研究一下，核实一些内容，什么时间安装、安装和试验写透彻。段工程师回京了，您辛苦一下，好不好？"

鲁大林毕恭毕敬地听着。

王决心听说路海生的前列腺炎犯了，竟然支使鲁大林给他买药。他自己从不动手，什么活都是派下边干，官不大，谱不小，而且他的讲稿左改右改，不到发言那天就改个没完，鲁大林性子好，包容他，笑呵呵地听着。

路海生以命令的口气说："这件报告褚总看过，我就直接报集团徐磊董事长，我们要申请科研经费了。"

鲁大林说："其实，研发已经走到尾声了，不能前功尽弃。研发经费是个大问题，快点拨下来。"

路海生答应了一声，转身走了。

鲁大林拿着材料看了几眼，满脸愁容，暗暗叫苦："真是愁死个人啊！"

"师傅，您给他宠坏了。"王决心说。

他在暗处忍不住了，露出脸来。他看不惯路海生傲慢的样子。鲁师傅是善良人，善良人换来的总是别人的指责、忽视、欺辱和贪得无厌。

"决心，你刚刚都看见了？"

王决心倔倔地说："我才不稀罕看他的嘴脸呢，我是担心你受气。"

鲁大林没有接话，他琢磨研发的事。

王决心告诉鲁大林路海生跟大老板杨义伟勾搭的事情。

鲁大林一愣，杨义伟老板他没有见过，但他听说他参与了地下管廊的预支模板工程的投资。他近来着急上火，嘴上起了燎泡。他们在研发经费上遇到了难题，向各方融资。

王决心一愣："央企还没有这个钱？"

鲁大林不好意思地笑了："咱们的中天建地下管廊中标成功，这才是我们的主业。建设千年秀林，只是替白洋淀新区的生态公司干活，但是，这次管廊吊装科研，就是我们央企自己出经费了。"

王决心说："师傅，需要我干啥？"

鲁大林发着牢骚："不用，你听我说。别看咱们财大气粗，用钱的地方多，科研经费非常紧张。我们这个中天雄风吊装项目研究了十多年了，花费了大量经费，不见效果，大家压力都很大。"

王决心咳着，脸憋成了枣红色："研发这么重要，不能让路总管啊，他越是难越不能这样压您，属于心术不正，难成大事，褚总为啥不亲自抓呢？"

鲁大林皱着眉说："褚总信任路总呗，褚总现在更忙了。"

王决心说："我对路总憋了不是一天两天了，他再这么跟你说话，我就气不过，我要找他辩论。"

无论他怎样愤怒，都抵挡不住鲁大林宽厚柔和的目光。鲁大林伸手抓了抓脑袋，苦笑了一下："这里的事儿你别掺和，你多琢磨琢磨机械吊装失去平衡，焊接能够起什么作用？"

王决心点点头，记在手机上。

他依然走不出路海生的话题："太不像话，我觉得路总挺怪的，爱耍一些小伎俩，蹬鼻子上脸。他貌似憨厚，实际野心挺大的。"

鲁大林沉了脸，说："住嘴，不能随便议论领导，别为我得罪路总，做好你的工匠，眼下就是你大展身手的好机会。"

王决心恳求说："师傅，我就是孙悟空，看见妖魔鬼怪不打，心里头受不了。您带我到这儿来，我该憋疯了，快点给我任务吧。"

鲁大林念念有词："别急，心急吃不了热豆腐，焊接是安装管廊的最后一道程序，新区的超大型地下管廊，在国内不多见，如果他们突破不了，这次吊装就是一个大的问题。如果使用老办法，成本高，危险，工期几倍地延长啊！"

王决心疑惑地问："师傅，天剑雄风项目如果突破能解决吗？"

鲁大林愣住了，一时间沉默了。

阳光洒下来，映照在鲁大林的脸上，面目恍恍惚惚的。他叹息着说："唉，这项技术一直被西方控制封锁，如果我们不突破，中天建将损失巨大，企业的发展将受到阻碍。研究这个项目，我们是跟燕山重工合作的，搞研发真的不容易，骨子里还真得有点英雄气概，没有点拼劲是干不成事的，加油吧，我相信奇迹会在白洋淀出现！"

王决心很受鼓舞，但是，他在心里说：现在的工作不合我意。

他胡思乱想了一番，他没有搞科研的天赋，却能当一名出色的服务者，所以，他不苦恼，但是，他分明感觉到了师傅的苦恼，这是师傅天大的苦恼，连师傅都有苦恼，他算什么？所以他不把苦恼说出来。

第七十六章　吊装

土槽挖好了。

王决心从实验室回到地下管廊现场，实地勘察一番。天气依旧酷热不堪。他看着深深的土槽，七层楼那么深，像是给马路的内脏动大手术，他吸着满坡的土香，瞪大了惊喜的眼睛。巨大的土槽，像深渊似的张着口子，蜿蜒在田野。黄昏，云彩被晚风拉成一条一条，薄云遮挡着晚霞。土槽里没有颜色，土坷垃压住了成片的野地，也盖住了劲草和野花。

地下管廊悄然抵达了某种深度，建成以后，像一个大隧道，在颠簸中起起伏伏，有一种荡气回肠的意味。王决心搜肠刮肚也弄不明白，这么大的物件，怎能一次性吊装？鲁大林师傅将地下管廊的常识资料发到王决心手机上。管廊里边侧壁装有 5G 基站，保持着灵性的动感，指挥着无人驾驶汽车穿行，任何一个人都会感动。

物流配送的物流廊道，采用双层结构。

舱室从两舱扩到五舱。三舱加物流通道结构，东侧是物流通道，西侧是能源舱、水信舱、电力舱等不同功能的管线舱，断面尺寸从八米到十七米。上层预留了物流通道和无人驾驶汽车专用道，下层是水、电、气、暖网。这些市政配套设施建成之后，白洋淀新城将彻底告别拉链马路和空中线路蛛网。

"好神奇！"王决心感叹。

鲁大林扬起眉毛，咕哝起来："你这才知道为什么难了吧？这是国内最好的地下管廊，也可能是世界最好的。建成了，你有多牛？"

王决心的心里十分自豪。

自从千年秀林完工，鲁大林原计划回北京总部，进行中天建的"中天雄风"研发。央企陆续进驻白洋淀，褚忠良工作突然转场，鲁大林、路海生都跟着他进驻了真正属于他们的行业。

褚忠良从白洋淀新区生态公司转移到了白洋淀新区基础建设公司。路海生和鲁大林依然是他的左膀右臂。

乔麦过来看望王决心，王决心将地下管廊说得神乎其神。乔麦嘲笑说："地下管廊，用脚想也能想得出来，那不就是埋在地底下的管子嘛。你可真逗！脑袋一准是叫门给挤了，智商咋变低了呢？"

王决心反唇相讥道："你才脑袋叫门给挤了呢，我还不知道地下管廊就是埋在地底下？我说的是地下管廊长啥样，多大，多壮观，你知道吗？"

乔麦笑了，拿手指戳了一下他的后肩："行啊老公，电焊整上去了，还研究管廊了，不赖呆啊！"

王决心心情特别愉快："告诉你，养兵千日，用兵一时。师傅教我电焊技术，马上实战操作了。"

乔麦点点头："技术就是饭碗。"

王决心在实验室看见地下管廊的模型，这是中天雄风计划，是企业的科研项目，将在安装上完成新的技术突破。他真的没有思想准备。任何一个人都有清醒的目标和明确目的，人一旦被生活的洪流裹挟，有时候前行念头儿就变得浑浊不清。

王决心蹲在焊机旁，仔仔细细打量着焊机，轻轻抚摸着它，忽然想起什么，抬头问道："师傅，听说咱的电焊队是领导请到工地上来的？"

鲁大林点点头："有这事儿。"

王决心啧啧了两声："可真够豪横的啊！"

鲁大林严肃地说："为了环保，管廊的水泥浇筑都是在车间完成，运输到现场吊装，吊装得严丝合缝，对焊接技术要求特别高，你小子要有思想准备啊！"

王决心点点头，说："是挺光荣的。师傅，听说你干焊接二十几年了，经你手焊接过的设备不计其数，好多人都喊你是'焊工王'、大国工匠！"

鲁大林摆摆手，说："别瞎叫啊，啥工匠、啥焊工王啊，不敢当，就是焊工师傅。这次不是焊接比赛，是直接干活了。"

"我等的就是这一天。"王决心嘿嘿笑了。

风刮来的土，刮到嘴里，王决心吐着唾沫。他不说话了，看着师傅现场焊接。他拿着面罩看着焊条跟焊枪摆动的幅度，琢磨手移动的速度。他给师傅递烟递水，师傅们休息的时候，他就赶紧拿着焊钳找一块废钢板，戴上面罩、夹焊条、引弧。

鲁大林擦着汗水说："你进了央企，电焊拿了第一，仍然要勤学苦练。只要功夫深，铁杵磨成针。你好好看我搜集来的各类焊接方面的书籍，结合自个儿遇到的问题，下功夫钻研，找解决问题的办法。遇到问题再请教，再学习，还愁提高不了技术水平？"

王决心好奇地问："师傅，那你遇见过不好过的坎儿没有啊？"

鲁大林哈哈笑了，说："傻小子，咋能啥事都那么顺顺利利的呢？远了不说，就说前年冬天吧，我们在沈阳施工，零下三十几度的气温啊，再加上室外作业，焊接的难度大了去了，干不上一会儿大家就手脚冻僵了，幸亏我穿了一件厚棉裤。弟兄们实在冷得不行就出去跑儿圈，终于圆满完成了安装任务。"

"师傅，这可比我干植树过瘾啊！"王决心感叹着说。

鲁大林说："不能这么说，各有各的瘾。"

施工单位中铁六局的项目经理李康来找鲁大林，说："鲁师傅，实在不好意思，挖土方来了新的大型挖掘机，还上了机器人，人要减员了。"

鲁大林一怔："减员？我推荐的水牛怎么样？"

李康说："我跟你说的就是他，用不了啊！"

鲁大林说："咱都是央企的人，他是临时工，你费费心，让他干点别的吧！"

李康摇着头："他没有啥技术，还是还给你吧！"

王决心一怔，着急地说："师傅，您知道的，水牛是我形影不离的好哥们儿，这次把他从千年秀林带过来，就是叫他跟我在地下管廊一块干的。师傅，您再给说说情吧。"

鲁大林皱着眉头，叹了口气，说："帮你求求情，倒是可以。但我不能收水牛为徒啊，你是一个例外，谁叫我喜欢你呢！"

王决心连忙说："行啊，水牛有口饭吃就行。"

鲁大林去找褚忠良说了水牛的事。褚忠良想了想，让水牛到搅拌站运沙子去了。

王决心龇牙一笑："谢谢师傅，哪天让水牛请您吃鱼丸子。"

王决心戴着蓝色安全帽子，穿着黄色工作服，干得汗流浃背。

有一天上午，腰里硬竟然出现在地下管廊，他贼眉鼠眼地东张西望。王决心吃了一惊，他刚刚从北羊村撤出来，怎么盯上地下管廊了？他根本就不是来安心干活的，是刺探工地用料的，就是看工地啥原料急缺了。听说搅拌站缺少沙子了，他就立马通报给了姚云。简直像一个卧底。

王决心暗中盯着他，悄悄对鲁大林说："师傅，你看腰里硬，他能够进来肯定找人了。我估摸着，路海生跟腰里硬没有断绝关系，咱要提高警惕。"

鲁大林瞪了眼，轻描淡写地说："甭管他，翻不了天，你听我的，好好学技术。技术是安身立命之本。等北京的研发队伍过来，我们还要两头跑呢。"

王决心一愣："两头跑？哪两头？"

"实验室和工地啊！"

王决心抓着后脑勺，嘿嘿笑了。

水牛到了工地搅拌站，安排了粗活，每天到太行山运沙子。他没有留在王决心的身边，心里不是滋味。王决心对水牛说："晚上，咱哥俩喝两杯。"

水牛明白王决心的心意，沮丧地说道："叫上顾彩铃一块吃吧，行吗三哥？"

王决心看看水牛，捶了他一拳："你小子重色轻友，有了爱情，就没空搭理你哥了！"

　　水牛抽了抽鼻子，说："好嘛，你别得便宜卖乖，如今是央企的正式工人了，还参与了研发，我们挖土的杂工哪高攀得起啊？我还是想念咱们千年秀林植树的日子，天天住在一起。"

　　王决心说："兄弟，我们永远不分开。"

　　下午下班后，天气闷热。王决心和水牛冲了热水澡，搭了一辆到容东片区建筑工地的通勤车去找顾彩铃了。

　　王决心和水牛来到了塔吊林立的工地，一片片塔吊和脚手架映入眼帘。

　　天空中，人的影子像飞鸟，顾彩铃戴着花头巾，看见了王决心和水牛，蚂蚁一般。

　　顾彩铃所属单位是中铁建的二级公司。她是从深圳工地转移过来的，成熟的塔吊工，具备一个塔吊工需要具备的全部素养：眼明、手快、胆大、心细。众所周知，塔吊司机是建筑行业领域非常吃香的职业。一般具有这个证书的人，很少会被无故辞退，因此具备塔吊证以后，职业寿命非常长，无论人工智能发展多快，塔吊还是需要人来操作的。

　　环顾偌大的施工场地，工程机械紧张地作业，吊装运输机、挖掘机、推土机的轰鸣声震耳欲聋，重型卡车来回穿梭荡起滚滚烟尘。隆隆的机器声仿佛是发自内心的沉重轰鸣。

　　王决心站在工地一角，一群工人正在浇筑混凝土，身后是一个正在建地基的车间，眼前是一座已经建好的灰色楼房，一边是工人们居住的地方，楼下挂着花花绿绿晾洗的衣服。

　　水牛把两手拢在嘴巴上，大声叫喊："顾彩铃——顾彩铃——"

　　机声隆隆，人声嘈杂，顾彩铃不可能听得见，却引来了一个工地监管人员，对他们说："这是工地，危险，快出去，出去。"

　　王决心只好对水牛歪了下脑袋，朝工地大门口走去。他俩没等多久，天色就暗了下来。

　　水牛最先看见了顾彩铃。他朝她招着手，喊着她的名字。顾彩铃这次也看见了他们，朝他们摆手。她身后的背景是一片塔吊，有橙黄色的，有红色的，有蓝色的，杂色交织在一起，好像一座彩色的森林。塔吊之间互相谦让又互相亲近，像一只只巨鹤在天空中勾画着一道优美的弧线。

顾彩铃头戴蓝色安全帽，一起一落，无数的钢筋像芦苇一样伸展，仿佛将她的脸割成无数的道道。王决心和水牛正要走过去，迎面走来了路海生经理，他带领几个工作人员正在检查施工质量。

王决心的淀子曾经救过他的命，因此，路海生见到王决心非常客气。路海生热情地招呼着："决心，你怎么没上工啊？"

王决心一笑："路总，您忙呢？我们找塔吊女工顾彩铃来了。"

路海生说："这样啊，那得等到她七点换岗。"

王决心说："那就等她到七点。"

水牛抬头问了一句："路总，塔吊那么高，顾彩铃她们上去下去的多不方便啊？"

王决心担心地说："是啊，这要赶上闹肚子咋整啊，上茅房赶不上趟啊。"

路海生笑了："放心吧，她们上去一天才下来呢，吃喝拉撒的全都在上面，都戴着尿不湿呢。"

王决心和水牛都吃了一惊。

王决心说："拉屎尿尿都在塔吊上？哎呀，她可真能吃苦啊，可那得多味儿啊？"

他说着捶打着水牛的脑袋嘎嘎笑。

黄昏的晚霞毒辣，蒸腾着干燥的热气，工地罕见地闷热。傍晚起风了，感觉还是热风。路海生跟王决心摆摆手，说着话离开了。

路海生刚走，顾彩铃就下来了，她已经换好了衣裳，见到决心、水牛挺高兴的。

王决心问她想吃啥，顾彩铃爽快地说："就到二巴掌的鱼丸店吃去吧，我想吃鱼丸子了。"

"去哪一个啊？他在容光县城央企一条街也开了一家。"

顾彩铃嘻嘻一笑，说："王家寨太远，当然是县城这个啊。"

他们去了容光县城的银淀鱼丸酒店。

鱼丸店选在县城最热闹地段，悬挂着康熙皇帝题词的"银淀鱼丸"牌匾。慕名前来吃鱼丸的人很多。食客什么身份的都有，有外地人，也有容光县人，有工人，有农民，有政府公务员，有央企老总。鱼丸子有煮的，有炸的，有蒸的，各有各的风味，老少皆能满足，名声越来越大。

王决心他们仨人还没走进店里，就听到了里面乱糟糟的人们的说笑声和碗盘碰撞的叮当声响，还看见了窗户上攒动的人头。

王决心转脸看着顾彩铃，意思是还进去吗。彩铃笑笑，自豪地说了一句："再热闹也比不过我们工地啊。"甩甩头发迈进了店门。

二巴掌一见王决心仨人进来，赶紧放下手里的活儿迎了过来。

王决心环顾着四周，说："这也没空桌啊……"二巴掌一甩大巴掌说："跟我来。"领着他们仨走进后厨，拐进左边一个通道。王决心说："嗨，我还没吃呢，不想上厕所。"

二巴掌说："别扯啦。"

他领着他们进了贵宾间。王决心朝里面探了探头，一张圆桌，几把椅子，墙壁上挂着空调，下面挂着鱼跃龙门的芦苇画。窗台上摆放着一盆盆景，是绿绿的文竹。

顾彩铃望了望，说："这个房间挺好，安安静静的。"

水牛问："秋冬哥，我咋头一次进来呀？"

二巴掌说："原来是库房，前天收拾出来的，不对外，专门给亲朋好友预备的。"

二巴掌一笑，张罗饭菜去了。

水牛眨眨眼睛，问顾彩铃："你们为啥一上了塔吊就是一整天才下来啊？"顾彩铃轻轻地说："塔吊有液压顶升装置，缓缓上升，可慢了，一节一节升上去，就像搭积木，一层一层叠堆，我们要是下来那得耽搁多长时间啊，不抓紧时间多干点，任务啥时候完成啊？"王决心认真地听着："唉，真辛苦，干啥都不容易啊！"水牛歪着脑袋问："戴着尿不湿，多难受啊？"王决心嘿嘿笑道："你看，水牛心疼你了。水牛你要是真心疼，给彩铃带着厕所上塔吊。"顾彩铃脸红了："你俩真会说笑，开塔吊的就这样，早就习惯了。"水牛问："你们一整天是咋工作的啊？"顾彩铃说："没啥可说的，枯燥得很哪。"王决心让水牛给顾彩铃倒水。

水牛拿起茶壶倒水。

王决心眼珠一转，坏笑一下，故意碰了一下他的胳膊。水牛的茶壶嘴便对着顾彩铃滋了她一手茶水，彩铃哎呀一声，瞪着水牛说："干啥呀水牛？"

水牛立刻指着王决心说："是三哥使的坏儿。"

王决心板脸吼："水牛，不够哥们儿，出卖朋友！"

顾彩铃扑哧一下笑出了声。

水牛看看王决心，再看看彩铃，挠着后脑勺嘿嘿嘿地乐了。

顾彩铃止住笑，擦擦脸上的水，平静地说道："我真没啥好说的，你俩非要听听，那我就随便说几嘴。我们哪，每天早上都是五点钟起床准备上班，晚上七点钟下班以后做第二天的准备工作，差不多得十一点睡觉。每天要到达塔吊的驾驶室，四十多米高……"

水牛惊叹道："哇，这么高啊？你没有恐高症吧？"

顾彩铃笑笑："有恐高症就吃不了这碗饭了。我们开塔吊的工作舱，三面都是透明的玻璃，完全没有遮挡，高空，阳光显得格外刺眼。带饭上去的，一整天，我们都是一个人，享受孤独。有时候忙，饭都顾不上吃。塔吊也会出点小毛病，那就得自己拿上工具在高空上修理。当然，也有高兴的时候，就像大雁张开了翅膀，在天空飞行。"

王决心竖起了大拇指，说道："我真佩服你这个丫头！这要是一般的女的，光是让她爬那么高就都吓得脚软，喊爹喊娘了。你可真是……草帽子烂边儿——顶好！"

顾彩铃笑："你这都是啥词儿啊？其实，生活就是这样，有苦有乐的，我们得学会苦中作乐，对吧？不管遇见啥事咱都得往开心里想，笑着面对，你俩说我说得对吧？"

水牛歪着脑袋听着。

顾彩铃不好意思地低下了头。

王决心好奇地问："花花她姑，你是太行山龙云台人，怎么到了中铁建？"

顾彩铃说："我们是国家级贫困县，县里有个技术学校，顾凤娇和我是同学，她学的烹饪，我学的塔吊专业。国家机关事务管理局在我们县帮扶，他们给协调的中铁建，我经过考试当了工人。"

王决心点点头："我知道一个口号，一人就业，全家脱贫。"

顾彩铃眼里含着泪花。

王决心后悔说走了嘴，知道顾彩铃哥哥嫂子车祸去世，爹娘也都没了。不然，花花也不会被送出来找人代养。

二巴掌端着饭菜进来了："慢慢吃啊，还要点啥招呼我一声啊。"

王决心说："二巴掌，这是彩铃，塔吊女工。"

"向您致敬，欢迎到鱼丸店。"二巴掌点头哈腰，瞟了瞟顾彩铃的脸。

王决心笑了："彩铃，这是老板二巴掌，我二叔的孩子，想吃了就来啊！"

二巴掌出去了。

水牛盛了一碗鱼丸放到王决心面前，王决心把碗推给了顾彩铃，说道："彩铃，你先尝尝，我家祖传的手艺。我知道，你是一个喜欢动物的女孩。听乔麦说，有一回你在食堂门口看到一条流浪狗，肚子瘪瘪的，饿了好几天了。你就把自个儿的饭菜送给小狗吃，还给它洗了澡。"

顾彩铃点点头，笑了："应该的啊。"

水牛说："说明你心地善良啊！"

王决心说："彩铃，我们是因花花结缘。水牛是我的好兄弟，他崇拜你，把你当仙女了！"

顾彩铃瞥了水牛一眼，笑了。王决心笑，说："彩铃，你说你一个年轻姑娘，背井离乡地来到容光县，没有男朋友，自个儿照顾自个儿，工作又累又危险，往后水牛就是你的大哥。"

顾彩铃微笑着说："水牛心眼好。在你和乔麦的婚礼上一见，我们就常联系了。他总是微笑。如果你对生活笑，生活也会对你笑！"

王决心看看水牛，对彩铃说道："彩铃你知道吧，水牛也是一个跟你一样的人……"

顾彩铃深情地望着水牛。

王决心接过话头说道："他从不自暴自弃，埋头苦干，攒钱，想娶一个好女人，踏踏实实过日子，可惜被一个女人骗了，他没有怨天尤人，继续努力干活挣钱，为白洋淀新区建设出力流汗，无怨无悔……"

"哥，这些我都知道。"顾彩铃说。

水牛连忙夹起鱼丸搁进顾彩铃的碗里。

王决心嘿嘿地笑着，没有想到，水牛跟顾彩铃的爱情升温得这么快。他放心了。

这天下午，北京研发小组的同志到了。

鲁大林带王决心去了实验室。

鲁大林师傅和王决心是地下管廊研发小组成员。

王决心头一次看见管廊模型。细部，他看不懂。他知道，地下管廊是贯穿白洋淀新区的智慧生命线。他跟着师傅穿过风淋室，飕飕的风吹掉他们身上的灰尘，他们进入一间洁净的实验室。

大大小小的黑色仪器，在夜里闪闪发光。

满是镜头和密密麻麻的线路，降温散热的管线镜片折射出色彩的光芒。一间玻璃房与实验室相连，计算机设备嗡嗡地响着。

鲁大林说："先做青蛙，再做飞鸟，这是一个重要问题，像青蛙一样专注，像飞鸟一样开阔。"

王决心被刚刚到来的实验设备迷住了。

鲁大林望着显微镜，神往地说道："我们从微观突破，大吨位吊装，在世界上还是难题。你能看到吊装的奇观。一想到这些，再累心里也是愉快的啊！"

鲁大林看完了，让王决心细心瞅瞅，王决心的心里一阵阵激动。

夜晚来临，工地上灯火闪耀。

王决心转到了夜班，头顶上的灯光明亮亮的，巨大的地下迷宫，仿佛通着外面的世界。地下地上连接起来，对应着神秘的苍穹。

王决心看见了真实的水泥浇筑的管廊。

灰色的墙壁保持着光滑的灵性，动感十足，任何一台机器走过都是令人震撼的。机器工作的每一个姿势，都突显了劳动者的美感。金属碰撞的声音，霸气地回响。地下管廊从规划、设计到施工全过程数字化，攻克的是长节段、大吨位整体预制装配管廊项目，要解决的是接缝多、造价高、漏水隐患，机械化安装是世界首创。

这天上午，天空飘着细雨。

中天建的总工程师到了，燕山重工的工程师也到了。整个研发团队共有十七人。鲁大林是技术总监，两个团队的衔接人。

实验即将开始。

天黑得晚，会议开到七点半，大家才到食堂吃饭，眨眼就黑咕隆咚了。王决心在黑暗中，等候鲁大林的调遣。大吨位预件吊装是高科技，马虎不得，这个课题虽然威胁不到中天建的生死存亡，但是，绝对是一个核心技术。

测速计的指针疯狂跳动。

王决心两只眼睛不够使，一时顾不得胆怯，弯腰捡起来，两眼一抹黑。

水泥管廊制件还是裂缝了，裂痕严重，说明技术还是不成熟。鲁大林、肖寒和王决心很沮丧。

鲁大林师傅又打了个哑炮。他的气势锐减，精神委顿，嘟囔说："理论是成功的，但是，哪个环节在捉弄我们？"

王决心想，到底是什么原因呢？

第七十七章　师傅越来越纠结

　　鲁大林走后，王决心后悔了，他不该冲师傅说丧气话。鲁大林的沮丧，不是因为王决心的话，而是发自内心的绝望和郁闷。王决心分明听到师傅胸腔里的怒火，看到他的脸扭曲得变了形。"中天雄风"计划试验的失败，让中天建陷入进退两难的困境，前进吧，技术不成熟，后退吧，经济代价太大，回到小吨位吊装，工程进度缓慢。鲁大林心里乱糟糟的，泪水在他饱经忧患的脸上流淌。

　　鲁大林离开了实验室。

　　王决心的心像被掏了个洞，空落落的。日常生活里，他跟师傅产生了相依相靠的深情，师傅难过，他就难过，师傅高兴，他就高兴。王决心望着师傅蹒跚的背影渐渐消失。回转身，王决心走到路灯笼罩下的工地，脚手架上的工人们正在换岗。塔吊工人走下来，伸着懒腰，像霜打的茄子一样，蔫蔫的。王决心看见工地灯光呈橘红色，像雨后的晚霞。

　　这天傍晚，鲁大林去基础建设公司开会。出来时，天越来越黑，滚动着雷声，浓云在夜空里压了下来，下了雷阵雨。王决心拿着雨伞等候着师傅。远远地，他看见鲁大林追着褚忠良在说话。

　　褚忠良说："大林，停下研发，是集团的决定。我让海生他们安排启用小吨位吊装管廊。"路海生给褚忠良打着伞，他反驳："褚总，你想过没有，小吨位的进度，恐怕新区管委会不答应啊。"褚忠良内心矛盾，无奈地叹息一声："我只能跟赵国栋书记解释，挨骂啦。"路海生说："德国哈特集团的大吨位吊装设备和技术，我们为什么不用啊？"褚忠良说："董事长说，成本太高了。"他说着上了汽车，嘭地关了车门。

"褚总，我还没有说完哪。"鲁大林又追了几步，看着汽车驶出了挡雨板。鲁大林身体暴露在大雨中，他又嘶喊一声："褚总，不能这么草率啊！"褚忠良又停下汽车，从车窗探出头，没有好气地吼："大林，你怎么变得这么磨叽了呢？还是面对现实吧，这是我跟董事长沟通的结果。"

鲁大林一愣，雨下大了，稀里哗啦的。

褚忠良的汽车缓缓驶出雨搭，鲁大林忽然急眼了，像被戳痛的公牛，疯狂跑进雨中，追着褚忠良的汽车，脚下一滑，摔了一跤。

"师傅！"王决心急忙冲上去扶起鲁大林。

鲁大林爬起来，甩开王决心，浑身湿着，跑到褚忠良的车旁，撕心裂肺地说："褚总，中天雄风的实验不能停，哪怕是一边吊装一边研发，大吨位实验机会不多，我们不能错过啊！"褚忠良说："大林，我跟你说，中天雄风计划，研发经费已经用完了，董事会也主张停止。"鲁大林动情说："到了最后的阶段了，眼看就要成功了，我们不能用小吨位、更换德国设备啊！"王决心看着鲁大林，心如刀绞。

褚忠良严肃地说："大林，你辛辛苦苦，我不愿批评你们，给了你多长时间？你们的研发有进展吗？不但没进展，还惹了国际官司。董事长十分恼火，难道你让管廊停工吗？本来这次研发，就是见缝插针，白洋淀新区等不起啊！"鲁大林颤抖着说："褚总，我跟我的克杰师傅说了，他认为可行。"

"唉，你把克杰同志都惊动啦？你看你们，实验没有成功，还在海外惹了官司。"褚忠良叹息一声，摇上车窗。汽车没有开。

鲁大林声音颤抖："褚总，有人泄露情报，哈特公司起诉我们纯粹是他们惯用的鬼把戏，拖延时间，逼我们就范。这种案例多了，我们不能上当！"

褚忠良缓缓摇下半截车窗，雨珠儿飞溅。

路海生打着伞追了过来："老鲁，你不要影响褚总的判断。你带着那些二把刀，技术突破不了，选择跟德国哈特公司合作，是最为明智的选择。"

鲁大林瞪了路海生一眼，说："谁是二把刀？我们的技术人员都是集团工程师。"

褚忠良一愣："老鲁，说到官司，你们的研发秘密，哈特集团怎么都掌握？"

鲁大林说："他们发现了我们的秘密，我们有内鬼。"

褚忠良安慰说："我们打开天窗说亮话吧，你们研发团队有问题，你要冷静，我们在等集团董事会的决定。"

鲁大林急切地说："原来我们看不见希望，肖寒来了，我们肯定能突破大吨位吊装，再给我们一个月的时间，可以吗？"

褚忠良沉默了一会儿，说："我们都冷静冷静。回去吧，别淋感冒了。"

鲁大林冷静不下来，反驳说："技术不错，不突破，我们中天建永远得不到同行尊重，永远被人卡脖子！"他喊着，眼里含着泪水。

"别说了，后边就看你们的执行力啦！"褚忠良的汽车开走了。

鲁大林怔怔地站在雨中，目光是无奈和焦灼的。王决心给师傅打着伞，自己淋湿了。

王决心打定了主意，支持师傅的研发。他挪了挪伞。鲁大林好像不知道他的存在，默默地走了，王决心陪着他走进了他的办公室。

鲁大林发烧了，吃了感冒药，发汗。王决心一直在宿舍陪着他。鲁大林整夜未眠，他嘴里愤怒地蹦出一句话："敌人可怕，汉奸可恨！"他愤怒，愤怒地站起又愤怒地坐下。他的身体哆嗦，打了摆子。王决心知道师傅为人平和，很少骂人，看来他真的生气了，气在他肚里翻卷。王决心给师傅端来一杯热茶，师傅仰脸喝了。

王决心小声说："师傅，您消消火气。"

鲁大林阴沉着脸，他在给什么人打电话，对方没有接，他咕哝一句："头发长，见识短。"

王决心听出这是咒女人的话。他越听越糊涂，心里异常憋闷。这是骂他老婆吗？他跟鲁师傅感情厚，但是从来没有打听过他的家庭。他非常看重这份感情，师徒情感是另一种幸福，这种感觉装不出来，可遇不可求。王决心只想一生守候着师傅，他就知足了。

喝水的时候，鲁师傅跟他透露了一个秘密。他也有自己的师傅，他的师傅叫赵克杰，是中天建集团的总工，他的焊工手艺是师傅教的，后来赵师傅搞大型吊装研发，也带上了他，鲁大林这才接触研发。看来，鲁师傅是想让王决心重复他的道路，以电焊工冲击大国工匠，然后参与技术研发。

有一天，王决心跟鲁大林到北京看望赵克杰。赵克杰工伤提前退休，如今瘫痪在床，他是在首都机场施工时，被德国哈特集团吊装设备砸伤的，吊钩脱落砸了他，他的腰残了。鲁大林替师傅申冤，却让董事长给骂了一顿。赵克杰躺在床上气得吐了血。董事长却说："维权起诉都没有用，我们得求人家，没有实力的维权毫无意义，人家说黑就黑，说白就白。人家断供设备，我们就无法承接大工程，无法投标。"赵克杰忍了，鲁大林也忍了，中天建还有这么多人要吃饭。赵克杰心里憋着火，但是，赵克杰坐着轮椅，带女徒弟肖寒偷偷研发。这让鲁大林心里极为敬重，也多了一份心事。就像王决心一样，类似的情形重演了。难道真的有轮回吗？王决心知道，这两次吊装实验失败，鲁大林承担了责任，鲁大林只有打碎了牙往肚里咽。

赵克杰拉着鲁大林的手，哆嗦着说："师傅教你学会了焊接，师傅又想带你搞研发，师傅失败了，看来创新真不容易啊！"

鲁大林说："如果容易，就不叫创新了。企业要想不受气，就得有钱搞研发，我们得承认跟国外的差距，这胯下之辱，忍就忍啦，我们卧薪尝胆、忍辱负重这些年，就是要突破这个技术！"

阳光从窗户上照进来，洒在赵克杰黄肿的脸上，光线恍恍惚惚。

赵克杰流着泪说："青出于蓝胜于蓝，师傅就指望着你和肖寒啦！啥时候宣布啊？"

鲁大林替师傅擦去眼角上的泪水，有些气愤："白洋淀新区地下管廊，是我们最后冲刺的实验场，我们想一举超过德国哈特集团！"赵克杰专注、期盼的眼神望着鲁大林。

鲁大林一声长叹，似乎有诉不尽的苦。鲁大林将王决心介绍给赵师傅，他应该叫师爷了。

赵师傅夸奖王决心的名字好："这个项目研发，像你的名字一样决心必胜，绝不放弃。"鲁大林把想法跟赵师傅一股脑儿地说出来。鲁大林倦容消失，恢复了元气，顿时有拨开云雾的感觉。

回到白洋淀新区，鲁大林坐在办公室，他忽然对王决心说："我们不能听褚忠良的，不能听之任之，我跟徐磊董事长要肖寒过来，她是我师妹。你去给路海生送一份报告。"

王决心拿了打印的报告走了，他去另一栋楼里找路海生经理。王决心走到路海生的办公室。办公室门虚掩着，空无一人。电脑开着，屏幕闪闪发光。

王决心敲了敲门，门掩着，没人应，没人开门，他自己悄悄溜了进去。既然电脑开着，估计人没有走远。桌子上有一份哈特集团的报告。王决心警觉起来，左右看看，没人，他拿手机拍了下来。

路海生从卫生间回来的时候，看见一个人的身影一晃，就不见了。他没有看出王决心来，但是，他看见办公桌上送来了鲁大林的报告，马上给鲁大林拨了电话。鲁大林说让王决心送去的，路海生马上警觉起来，探头看王决心的背影。没有看到王决心的影子。路海生扒着窗户，探着脖子往楼下瞅。王决心耍了个心眼，没有出楼洞子。这个位置是路海生的视线盲区。

王决心看了看手机上拍到的两份资料，一个是杨义伟给他的邮件，另一个是德国哈特集团的合作文件。王决心一惊，回到鲁大林办公室，把拍到的东西跟鲁大林做了汇报。

鲁大林看着文件，愤怒地涨红了脸，路海生就是那个内鬼。德国哈特集团就是残害他师傅赵克杰的凶手。

"路海生这小子变了，该死的，如果他干犯法的事，还不把褚总气死？"鲁大林骂。

王决心听懂了，师傅认定路海生勾结德国哈特集团。他想，也许是天意，老天让他拿到了路海生的秘密。平时谨慎的路海生，也有大意马虎的时候。证据有了，又能怎么样呢？鲁师傅太善良，他不会使用霹雳手段。

他跟鲁大林的交情招来了别人的嫉妒，有人说他是靠鲁大林的关系才进了中天建的，人们诋毁他的软肋是他的学历。学历确确实实是他的短板。但他不同意就这样被下了最后的评价，人生最终是靠能力。过去他是渔民，在底层挣扎，但是劳动中也尝尽了辛苦，过去的一切渐渐淡了，自己投入了新的生活。职业的不同并不证明一个人的价值，价值是看社会是不是需要你。王决心愿意跟着鲁大林师傅干，痛快淋漓。

王决心、鲁大林将王决心拍的材料进行了研究，鲁大林忽然额头冒汗了，难道路海生真的有问题？他暂时回避了路海生，他迈过褚忠良，越级与总部徐磊董事长通话。徐磊董事长竟然答应，中天建女工程师肖寒来白洋淀，限期两个月，交出成果。而且说到研发经费，集团一时还拨不下来，让鲁大林找褚忠良自行解决。鲁大林像从梦中惊醒，估量了一下，如果肖寒来了，他心里就有底了，没有经费自己筹，天无绝人之路。

王决心眨着眼睛，露出了笑容："师傅，只要总部同意研发就好。钱的事别急，别急，我们共同想办法。"鲁大林说："我在北京东四环内有一套房子，一百二十平方米，可以押上。"王决心将鲁师傅送到高铁站，目送着他蹒跚的身影消失在人群中。

暮色降临，车站灯火通明。火车班次少，客流稀少，没有人能够想象到新车站会这般冷清。王决心一个人在银杏树下走动，从暗影里走向汽车，在资金上他能不能帮上师傅呢？

王决心回了容光县城的家。他跟乔麦说了说抵押铃铛奶奶大碗的事。乔麦一愣："大碗，值多少钱？"王决心说："估价三千万。"乔麦吸了口凉气。他们在容光县租了房，乔麦的资金基本都压在种子研发项目上了。王决心一声不吭，收拾厨房里的垃圾。他扔出之后，又回到了房间。乔麦的饭做熟了，三个炒菜，干的是米饭。王决心不拿筷子，感慨地说："鲁师傅愁坏了，自己回京抵押房子去了。"

乔麦一愣："中天建是央企，他们没有研发经费？"

王决心说："我们家大业大，用钱地方多，资金也紧张，吊装研发跟你们大豆种子研发一模一样，多数是陪绑，成功者寥寥。"

乔麦从王决心的口气里，感到了创新的艰难。王决心深入浅出地说："你们的大豆、玉米种业不也在研发吗？事情不同，其难度和风险没啥两样。"

决心马上有一些新鲜的看法和理解，这让乔麦对他刮目相看。她笑了，说："决心，研发创新，价值就在新上。比如大哥他们芯片研发，所有创新都是烧钱的事。"

王决心点点头，拐弯抹角说到正题："老婆，我跟你商量个事呗。"

乔麦说："说啊，我们夫妻有啥客气的？"

王决心郑重其事地说："本来啊，靠大碗融资，我是为你萍河农业准备的，后来你有了乡村振兴基金，有了吉林同行的融资。这事就搁下了。但是，鲁师傅这里需要这笔钱。"

乔麦爽快地说："我没有意见。你能够给师傅解决多少资金？"

王决心说："我问过甄凤大嫂了，香港有这项业务，大碗抵押，可以贷出一千五百万。"

乔麦眼睛放光："好，你的鲁师傅是你的恩人，人就要知恩图报，应该支持你师傅。"

乔麦想了想，说："你呀，还是那么愣，我觉得用奶奶的大碗合适吗？当初你帮我，我就给追回来啦！"

王决心一惊："王德跟你说的？你找谁追回来的？"乔麦说："王德我们开汽艇追上了那个文物贩子海涛，要回了你们的协议。我问你，你卖碗的事奶奶知道吗？义成大哥知道吗？"王决心叹息了一声，说："奶奶可高兴了，愿意帮我。但是咱大哥得瞒着，不然我会挨骂的。"

乔麦说："你干正事，大哥会包容你的。"

王决心点点头："都有手续，央企不会赖账。"

乔麦轻轻摇头说："这个我不怀疑，鲁师傅是最可靠的人。"

王决心露了露袖子，亮出肌肉疙瘩说："嗨，还不知师傅要不要我们的钱呢！"

乔麦手心攥出了汗，说："我陪你一起去找鲁师傅。老公，我有一个担心，就是这只碗抵押到银行，能换来钱吗？"王决心说："能，大嫂轻车熟路。只有这样，我们才能尽快拿到钱，不能卖。奶奶还要碗呢！"

乔麦扑哧笑了："当年啊，奶奶跟许大彪怎么也不会想到，今天这个碗会帮多少人和事？"

鲁大林从北京回来了，房产不能动，他的前妻不答应，说房子留给儿子。

王决心这才知道，师傅离婚了，房产一直没有分割。但是，王决心说："师傅，资金解决了，一千五百万，启动实验够不够？"

鲁大林惊呆了："你哪来这么多的钱？"

王决心说："您别害怕，绝对是正道来的钱，晚上我老婆跟您说吧。"

鲁大林眼眶酸酸的，落泪了。

鲁大林从中天建总部要来了女工程师肖寒。

这位女专家四十多岁，她眉眼俊秀，身材丰腴婀娜，待人接物潇洒、热情，只是性格强硬，说话有点冲。据说，她是褚忠良向集团要过来的，她曾经在乌克兰留学，是吊装方面的专家。

王决心觉得肖寒有些怪，但是充满期待。

可是，半个月之后，研发基地出事了。新水县公安和容光县工商联合办案。他们把实验室查封了，还贴上了封条。

肖寒、鲁大林和王决心惊呆了。王决心一把撕下封条，吼道："卖碗的事，我负责，科研不能停！"

公安和工商人员重新贴好封条。

王决心再去撕，却被推上警车带走了。

第七十八章　危情

乔麦唉声叹气地望着房顶。

王决心被警察抓走两天了。案件在调查中，乔麦想找找人还是顶用的，大碗是从深圳口岸出去的，深圳警方来了函，案件依然留在白洋淀。本来不显眼的白瓷大碗，却轰动了王家寨。莫名而起的谣言传开了，这只碗越传越神，竟然有人污蔑铃铛奶奶，说她年轻时靠着美貌傍上了伪县长，跟伪县长睡觉得了这只大碗。

王永泰狠狠啐了一口唾沫，骂道："鳖羔子，谁给我娘造谣，撕烂他的嘴！"

孙小萍书记出面给铃铛老人辟谣。

好在铃铛听不见，老人也不知道王决心出事。但是，明眼人纷纷过来慰问，老顺子最后一个离开，气氛猛地紧张了。

乔麦将老顺子送到门口，转身回来望着王永泰："爹，您和奶奶保重身体，我相信决心构不成犯罪！"

王永泰说："出头椽子先烂，我儿子进了央企，有人得了红眼病，背后捅刀。我想准是腰里硬干的，这个鳖羔子！"

乔麦忍着一肚子气，尽量以平和的语气说："唉，呆子不识走马灯，找不着证据，最后吃亏的还是决心。您去找玉湖支书商量商量，我去找腰里硬，看看到底是不是他加害决心！"

王永泰闭上眼，沉重地叹了口气。

他强撑着到村委会，想跟胡玉湖说说，看看村委会能不能出面保王决心出来。

乔麦简单收拾一下，又给铃铛奶奶梳了头。小洒锦过来看护奶奶，她才背着挎包离开了王家大院。

王决心出事，受打击最大的是鲁大林，还有王家的人。王永泰老人唉声叹气，鼓动乔麦想办法，还给杨义成打了电话。杨义成说他出差，回来就着手解救三弟。胡玉湖、孙小萍竭力解释，腰里硬还是给嚷嚷得满城风雨。乔麦从来不曾像现在这样深刻地意识到，她挺身而出的重要性。只有她挺住了，营救王决心才有可能。如果王决心不能洗清冤屈，中天雄风项目就会被牵连，真的不是小事。王决心会被央企开除，如果判了刑就毁了一辈子，她不敢往下想了。

乔麦闯到腰里硬的公司质问道："大碗的事，是你告的？"

腰里硬一愣，说："碗？啥碗啊？"

乔麦说："装，你就装，别揣着明白装糊涂了。"

腰里硬胸脯一挺，大声说："我恨王决心，从来都是明刀明枪，从来不耍袖口里捏指头的勾当，谁要是状告王决心谁就不是人！"

乔麦说："我信你一回。你知道谁还跟我们决心过不去吗？"

"豪横啊！"腰里硬嘴一咧。

乔麦气哼哼地出来了。

晴天了，雨停了，地上还残存着积水，饥饿的麻雀在草丛里觅食。风贼大，刮掉的苇叶砸得她总想闭眼睛，闭上眼睛就是大碗，大碗变得模糊而恐怖。

乔麦知道王决心抵押大碗的事，但是不知详细流程，这里的情况甄凤知道一些。

王决心是背着杨义成、背着王永泰偷偷干的，甄凤竟然没说。王决心是想帮着鲁师傅尽快弄到资金。后来，王决心通过甄凤将白瓷大碗抵押在香港汇丰银行，贷出来一千五百万，乔麦和王决心一起把这钱借给鲁师傅，公司打了借条。这是极少人知道的秘密，估计是路海生和杨义伟给捅出来的，他恨王决心，也怪王决心自己，明明知道身边有小人，偏偏给小人以把柄。王决心把杨义伟跟路海生合作的秘密捅给了肖寒，肖寒冒冒失失地找到赵国栋。赵国栋出手断了杨义伟在地下管廊的财路。

杨义伟栽了，赔了夫人又折兵。

乔麦知道，杨义伟是有仇必报的奸商。王决心伤害到了他和路海生，他的反击开始了，他跟胡大队一捏咕，捏成了王决心倒卖文物案。胡大队还带人去封研发中心的门，这在白洋淀新区引起轩然大波。

乔麦看着王永泰悲戚的脸，又是一阵心酸。

她真心惦念王决心，忽然想起一个主意，在王永泰耳边嘀咕了一阵儿。王永泰认为有道理，解铃还须系铃人，得先找到文物贩子，文物贩子说这事得找新水县公安局刑侦队的胡大队长。乔麦知道胡大队长跟杨义伟的关系。如果找赵国栋和杨义成出面，一层层压下来，胡大队心里会有抵触，节外生枝使案件复杂化。

解铃还须系铃人。乔麦觉得只能装糊涂，搬动杨义伟去找胡大队。

杨义伟有点幸灾乐祸。有钱能使鬼推磨，你王决心有事不还得跟我低头吗？乔麦听杨义伟说，胡大队老爹胡友三过生日，乔麦去参加寿宴，想让胡大队通融通融。

乔麦和王永泰无奈地去了端村。

胡大队的家就在端村，胡大队的爹胡友三眼观六路耳听八方，住着豪华的小楼，坐在轮椅上竟然比先前胖了，脖颈上鼓起肥乎乎的一坨肉，一双牛眼很有威势地瞪着，看着让人发怵。胡友三跟老婆生了两个儿子，老大种田，老二就是胡大队。改革开放初期，胡友三经营皮货，家里有财力供胡大队上了警校。他家在淀边盖了两层洋楼，登到楼顶能看见一汪碧水，水边泊着木船和汽艇。

胡家的楼房让乔麦吃了一惊。

胡家洋楼的外墙镶嵌了白色瓷砖，里面装修得很豪华。客厅是一水儿的红木镶玉家具，墙壁上贴着温馨的壁纸，房顶上吊着水晶一样耀眼的枝形顶灯，冰箱、彩电、健身器，一应俱全。胡友三脖子上挂着一个崭新的助听器，他听不清别人说话的时候，就把那个助听器塞进耳朵里。

胡大队格外孝敬，他给爹的八十大寿操持得红红火火。王永泰给胡友三端来了一盆鱼丸子。胡友三吃着说："好吃，绝技啊！"乔麦给老爹买了助听器，老爹望着乔麦刚要说话，左边耳朵的塞子掉了下来，乔麦弯腰重新塞进去，亲热地喊着："老爷子，你这房间比总统套房都好！"胡友三没听明白，胡乱地点了点头。

　　胡友三的生日宴，办得高兴，乔麦和王永泰就逮着机会说事。胡友三听说了王决心被抓的事情，停顿了一下，突然有些严肃："老二，你得帮啊，王家寨跟端村亲戚连亲戚，再说这是铃铛的孙子。"乔麦连忙说："谢谢大爷，祝福您健康长寿，您是明白人。"胡友三淡淡地说："铃铛女人不简单哪，活得通透，还做一手好鱼丸子。"

　　王永泰心中焦急，仍微笑着点头。

　　乔麦把王决心案件细细一说，胡友三听明白了，他满口答应，赶紧将胡大队叫到跟前。

　　胡大队听了爹的话，说办就办。

　　杨义伟盯着乔麦，得意地笑着，他说晚上在荷花大观园宴请胡大队和乔麦。胡大队、杨义伟等几个人开始搓麻将，就等晚上的饭点。

　　没有邀请王永泰。王永泰还看不出杨义伟这点花花肠子？他深深地叹息了一声。

　　乔麦陷入了两难境地。

　　这个时候，乔麦悄悄跟王永泰商量。王永泰说："要不让你二叔陪着你去？"

　　乔麦摇摇头，说："有别人去，杨义伟肯定不高兴，我们就白求胡大爷了。"

　　王永泰皱着眉头，眼眶抖了抖，咕哝着说："你这孩子啊，有时候脑袋瓜灵得不行不行的，有时候比木头还木头。你没瞅见杨义伟这个狗东西对你那个样啊？你要是吃了亏，决心回来我咋跟他交代啊？"

　　乔麦咬了咬牙，说："爹，你别惦记我。问题就出在杨义伟身上，不入虎穴焉得虎子？"

　　天渐渐黑了，冷风越来越硬。杨义伟看了一下表，示意胡大队要走。

　　杨义伟微笑着走到王永泰面前，说："永泰表叔，为了决心，我们就去了。乔麦这有我照顾，你就一百个放心。"

乔麦的脸如一张白纸，素素洁洁。她看了看王永泰，转脸冲着胡大队，爽爽快快地说："我去！只要为了决心，我们好好商量商量。"

"好，乔麦女中豪杰啊！"胡大队点了点头。

杨义伟哈哈笑了："瞧瞧，乔麦厉害，王家寨的媳妇就是大气！"

王永泰把胡大队、杨义伟和乔麦送出来，上了冰面的吉普车。大淀冻实了，冬天能够跑车。

王永泰上了淀边的船，偷偷看了一眼乔麦。他知道，眼下能够救儿子的只有乔麦了。

王永泰跟着去了码头，看着他们的汽艇渐渐融入大淀，自己划着船回了王家寨。

进了家门，王永泰脸色阴郁而苍老，有些站立不住，急忙扶住门框。

铃铛睡着了，打着轻微的呼噜。

王永泰闷头儿回到自己房间，望着镜子里的自己，狠狠地打了一拳。镜子哗的一声碎了，亮亮的碎片撒了一地，他的拳头也掉下一滴一滴的血来。他心里骂道："王永泰啊，你还是个人吗？你还是个人吗？为了救儿子，你竟然将儿媳推到虎口。"

听见响声，大黑斜着飞来了。

王永泰没有瞅大黑，心中胡思乱想，他的右手指头淌着血。过了好半天，王永泰才拿卫生纸擦血。他来到铃铛的房间，铃铛欠了欠身子，问："这么晚了，你闹腾啥？做啥亏心事啦？"

王永泰慢慢坐下，跟娘说了说乔麦救王决心的情况，说着说着老脸就挂不住了。

铃铛埋怨说："你啊，儿子出点事就不知道出哪门了，你咋这么糊涂，这不是把乔麦往虎口里送吗？"

"娘，乔麦主动要去的。"

"凶多吉少，乔麦是个好媳妇，她敢去就不简单啊！"铃铛叹息了一声，心情凄凉。

王永泰对乔麦越来越喜欢了。

乔麦、杨义伟和胡大队乘汽艇到了荷花大观园。天黑了，景点关门歇业了。他们下了船，走过天鹅湖，听见天鹅游水的声音。

乔麦跟着来到二层小楼的办公室。杨义伟说这是他新租的办公室，办公室兼宿舍。门前有两个女服务员，毕恭毕敬地站着。

乔麦看见办公桌上摆着几碟菜。

胡大队笑嘻嘻地让她坐在皮椅上，又从办公桌里掏出洋酒，再把扣在菜上的白碗揭开。乔麦看见一碟碟的菜都显露出来，红烧鲮鱼、清炖甲鱼、麻辣河虾、醋熘大肠、煮花生米，还有什么小鸡炖粉条之类。

乔麦很镇定，不动声色地说："我吃过饭了，谢谢义伟老板和胡大队的好意，我们谈谈王决心的事吧，你说他是不是被冤枉的啊？"

杨义伟神秘地一笑，说："乔麦，别急，胡大队是我哥们，我们边喝边谈不是更好吗？"

乔麦略露羞涩，说她不会喝酒。

胡大队沉了脸，说："不会吧？乔麦如今可不是村里的养鸭女了，如今是叱咤风云的女老板了，麦耘科技，大名鼎鼎啊，喝酒喝酒！"

"我不喝酒。"

"不喝酒？我们不是白准备了？不给我面子，也得给胡大队面子吧？"杨义伟说着，晃了晃手里的酒瓶子。

乔麦难为情地说："决心出了事，我哪有喝酒的心情啊？胡大队，你说我们家决心是好意，帮助鲁大林师傅，帮助央企的科研项目，好心没碰上好人，到底是谁举报的啊？"

胡大队深藏不露地说："内部人，知情人。"

"举报王决心的人，不一定是冲着决心，因为涉及中天雄风项目研发。"杨义伟一边往醒酒器里倒酒一边说。

胡大队说："坏人早晚会受到惩罚，我们不会冤枉好人的，喝酒，喝酒。乔麦，你知道这是啥酒吗？你知道它多少钱一瓶吗？"

乔麦看了看，摇头说："不知道。"

杨义伟嘴角挂着一丝笑，说："这是人头马，好几千块一瓶呢！只有你才有资格喝这么贵的酒啊！"

乔麦笑了笑，说："义伟老板，胡大队，那就满上一盅，我们边喝边谈。"

杨义伟顺水推舟地说："乔麦豪气，有情有义，这是王决心的福气！"

乔麦看了看窗外，还是黑咕隆咚。吃了一阵，黑着的云缝里泻下一抹羞怯的月光，洒在摆满酒菜的办公桌上，也将她的脸映得惨白。

胡大队的电话响了，他出去接电话。

杨义伟兴致很浓，频频与乔麦碰杯，喝了一大口酒，喷着酒气说："乔麦，先不提你丈夫的事，我问你到底有啥打算啊？需要资金吗？"

乔麦愣了愣，摇头说："不需要啊。"

杨义伟摇头说："这不是你的心里话，你流转土地，搞种业能不需要钱？工地上，鲁大林师傅搞研发，能不需要钱？不需要钱，决心搞啥文物走私啊？"

乔麦瞪了他一眼："你说的不对，决心没有走私文物，他是被冤枉的。"

杨义伟嘿嘿地一笑，眨巴着眼睛说："冤枉？不是还得找证据吗？胡大队虽说官不大，但是，他决定决心的命运啊！在白洋淀的地盘儿上，巴结他的姑娘海了去啦！"

胡大队走进来，端起酒杯说："义伟，不够哥们，你喜欢的女人，不等于我喜欢。"

说着，他跟乔麦喝了一杯。

杨义伟瞟着乔麦，弯眉大眼，眼里闪着迷人的光芒，越瞅越喜欢。他风趣地说："胡大队，你太了解我了，追我的女人不少，那些臭鱼烂虾的，跟我们的乔麦能比吗？拿一万个我也不换啊！"

乔麦板着脸说："义伟，别胡扯海扯了，我们还是说正题吧。"

胡大队说："喝酒就是正题，酒喝好了，义伟高兴了，事情就妥妥的啦！"

乔麦吃了一惊，感觉杨义伟有阴谋。其实，就杨义伟的人品来看是色魔一个，她有心理准备。

杨义伟跷着二郎腿说："你既然跟我们来了，就要暗箱操作，这还用满大街嚷嚷去呀？"

乔麦瞟了杨义伟一眼，说："好吧，我们先办正事儿，你跟胡大队心中有个谱没有，怎么将决心的冤屈洗清啊！"

胡大队眯着眼睛说："你看你急的，我爹都发话了，能不帮忙吗？

着啥急呀？"

杨义伟说："乔麦，咱们喝喝酒，打打麻将，明天早上，你走的时候，胡大队一高兴，绞尽脑汁就能想出解救方案来啦！"说着他就抓过乔麦的手，要给她看手相。

乔麦像触电一样，把手抽了回来。

胡大队电话又响了，偷偷溜走了。

杨义伟的幽默瞬间消失，更加肆无忌惮，喝酒的时候，动手动脚。他一把抓住乔麦的手，乔麦抽开自己白藕似的手，眼神里透着傲气："义伟，别忘了，我们可是亲戚，我可一直挺尊敬你，自从见到你，我就觉得你是一个值得信赖的大哥，你不能这么破坏自己的形象啊！我们还是说决心的事儿吧。"

"急啥？心急吃不了热豆腐。"杨义伟吭吭哧哧，前言不搭后语。

乔麦强迫自己镇静："决心是我丈夫，还是杨义成的弟弟，义成大哥你们从小一起长大，情同手足。义成大哥常常夸奖你为人豪爽，当初决心跟朱环办婚礼，我看见你送的汽车了，你让胡大队抬抬手，还决心一个公道，那不是亲上加亲吗？"

杨义伟猛拍胸脯："别磨叽了，这事我包了。"

乔麦的酒精上了头，眼神有点迷离，感觉人都是怪物，面孔只是招牌。她劝自己要保持耐心，不然就会前功尽弃。

杨义伟说："乔麦，这个事情我有办法。今晚就看你的表现了。"

乔麦端起酒杯说："我们就往下进行！"

杨义伟一听"往下进行"，身子就软了，急忙掏出笔来在纸上写了几笔："胡大队说了，这事只给我面子，只要我签字，这事就截住了，跟决心毫无关系。"

"就凭这个，胡大队能放人吗？"乔麦说着，凑在灯下看了看，纸条上写着白瓷大碗是杨义伟卖给文物贩子的。她疑惑着，这个纸条有用吗？有用没用，还得靠他说服胡大队。

乔麦举了酒杯微笑着说："义伟，这样做，说明你够意思。可是法律是严肃的，弄虚作假，如果公安追究你咋办？"

杨义伟得意地说："胡大队？给他仨胆子也不敢追究我啊！再说了，

他可以做举报人的工作，只要举报人变了卦，我一承担，一了百了。"

"你真是我的好大哥！"乔麦敬了杨义伟酒，自己说着一仰脖喝了。

杨义伟浑身一阵燥热，急忙跟着喝酒。

乔麦的特点，酒越喝脸越白，像牙齿那么白。她拿着纸条转身要走，杨义伟行动利落，堵在门口，顿时黑了脸，说："乔麦，你这也忒着急了吧？如果你不给面子，我的字签了，也会反悔。王决心照样还是出不来。"

乔麦愣了愣，说："我先回去，家里人着急呢。"

"你这人怎么还是一根筋呢？你既然那么爱王决心，为了他更应该好好表现一回。"

乔麦清了清喉咙，冷冷地说："你说说，天下有这样的亲戚吗？"

杨义伟扑上去紧紧抱住她的脸亲吻着。

乔麦奋力挣脱着，手臂在空中划着弧线，胳膊被他的衣扣划伤了，感到一丝疼痛。杨义伟喝得晃晃悠悠，身体一斜，重重地压过来了。

乔麦忍无可忍，使劲推了他一下，杨义伟倒退了几步，差点跌倒。

乔麦尖叫一声："滚，你个臭流氓，你就不怕杨义成大哥知道了收拾你吗？"

杨义伟赖赖地说："你骂我啥，我都爱听。你还别拿大哥吓唬我，他知道又怎么样？没有我爹救他，世界上还有他这一号吗？"

乔麦撩了撩披散的头发，转变了思路："你别挨我，我就陪你喝酒。"

乔麦将屋门关上，缓缓坐在他身旁，略带责备地说："义伟，你咋惹得月月不高兴了？跑到加拿大就不回来了？"

"快别提她了，不回家更清净。"

乔麦心情紧张，脑子快速运转。王决心是她的爱人，他在看守所吃苦，不能让他再戴上绿帽子。

杨义伟看见乔麦真喝酒，也就放松了警惕。杨义伟喝酒时东拉西扯，乔麦无奈地附和着，寻找逃跑的时机。风大了，越来越冷，一弯新月在空中哆嗦。不知道喝到什么时候，乔麦喝多了，杨义伟也喝高了，脑袋像公鸡似的伸过来。

"你别这样！"乔麦浑身一紧，恐惧笼罩了全身。

杨义伟动手动脚的时候，乔麦眼睛骨碌碌转动，如果让杨义伟得手，自己还怎么活？她盘算着，不断调整着主意。只有一点是毫不动摇的，死也不能失身。这一刻，她竟然想出了个妙招，如果床头没有那根绳子，她也就没有办法了，如果杨义伟没有喝高，她没有机会下手。乔麦跟杨义伟撕扯了一阵，杨义伟酒后肌无力，糊里糊涂地被制服了，他的胳膊被乔麦拿绳子死死捆在了椅子上。

王永泰听说他们去了荷花大观园，就划着船直接奔那去了。荷花大观园大门关得贼严，乔麦惊慌失措地冲出来，看见王永泰还在门口等候。

王永泰喊："孩子，吓坏我了，你没有吃亏吧？"

乔麦轻轻摇头："没有，杨义伟喝高了。"

乔麦满身飘着酒气，上了王永泰的四舱船。船一颠一颠，悠得乔麦想吐，憋着憋着就憋不住了，抓着船沿吐出酒和食物。

王永泰叹息了一声："唉！"

第二天，乔麦拿着杨义伟写的信，去了胡大队的办公室。胡大队误以为杨义伟得手了，就给杨义伟打电话，杨义伟没接，可能还睡着。胡大队悄声给乔麦出主意，香港的汇丰银行补了一个证明，证明这碗没有出卖，而是贷款的抵押物。乔麦到了香港，人生地不熟，找到了甄凤。乔麦担心杨义成知道，只让甄凤介绍关系，而不用她出面。甄凤不知道出了什么事，就提供了关系，乔麦直接去找这个人开了证明。

乔麦拿着证明找到胡大队，王决心终于被放出来了。

王永泰对乔麦刮目相看了。这个柔弱的女子，刚硬起来竟是那样厉害，有当年铃铛娘的架势。

王永泰去码头迎接乔麦。乔麦走在街上，分辨不出投向她的各种目光是啥意思。

乔麦不愿去猜测，因为她并没有做什么见不得人的事情。恰恰相反，她觉得王家人应该感谢她，她冒着被凌辱的危险把王决心救了出来。

王永泰尴尬地苦笑，那种负疚感让他沉重得喘不上气来，他轻轻说："乔麦，谢谢你了。决心没事就好，爹不放心他，也不放心你啊。

那天你跟着杨义伟走了，我回家跟奶奶一说，你奶奶当场就骂了我。孩子，你没有吃亏就好。"

乔麦冷冷地说："爹，其实你知道我有啥风险。只是，你想救儿子，因为义成的关系，还不想得罪杨义伟。"

王永泰讷讷地说："我不是怕惊动义成吗？义成要是知道了，哥俩又得掐架。"

乔麦心中不好受，叮嘱说："没有不透风的墙，这事还是要跟义成大哥说，杨义伟该揍！"

王永山顺水推舟地说："决心出了大事，义成出面也是应该的。乔麦说得好，她是明白人。大哥啊，杨义伟再有钱，他还能翻了天？大哥太缺少斗争的魄力了。"

王永泰颠颠倒倒地说："你懂个啥？这里的事情很复杂，很复杂啊！"

王永山谨慎起来，唯恐出语冒失。

王永泰多了个心眼，决心不让杨义成知道，还有一层难言的秘密。王决心动这个大碗，特别瞒着杨义成。义成孝敬，他如果知道决心偷偷卖了大碗，会跟王决心火冒三丈的。

傍晚时分，杨义成跟王决心一起回家了。乔麦和王永泰给王决心瞒着，担心哥俩打架。没想到，杨义成说："老三真是胆大包天，竟敢随便动用奶奶的大碗，好在他弄的资金，用到了正地方！"

乔麦一笑说："看来大哥知道了。"

杨义成恨恨地说："白洋淀这屁大的地方，能够瞒得住我吗？杨义伟背后给老三捅刀，我回头收拾他这个兔崽子！"

乔麦说："该死的东西！"

王决心说："该死的还有路海生。"

王永泰瞪着王决心："决心，傻人傻福气，多亏了你媳妇，虎口拔牙救了你！"

王决心说："我老婆是谁啊？爹，还是你儿子有眼力，对吧？"

王永泰脸红脖子粗，瞟了乔麦一眼，叼着烟袋，披着衣裳走了。

第七十九章　不夜城

吃过晚饭，天黑了，月亮缓缓升起来，连月光都是灼热的，热得人酷热难当。赵国栋应酬完了，回了一趟宿舍，他习惯性地冲了一个冷水澡，凉水哗哗地从头顶浇下来，浑身就格外清爽。即使是冬天，他也坚持冷水洗澡。

今天晚上没有会，难得的时光。他想到白洋淀不夜城看看。白洋淀不夜城在新水县城的北部，可以徒步走一走。晚宴确实是喝了一点酒，他自己的酒。中天建的肖寒工程师来了，褚忠良带肖总拜访他，他对央企的科技人员十分敬重。

赵国栋走在灯火通明的大街上。晚上，赵国栋跟贺军书记打听了一下申万胜的事情。

贺军告诉他，申万胜收船的事情已经平息，非法集资的罪名并不成立。他投资白洋淀旅游，还上马了白洋淀不夜城。不夜城的摊位提前预售，交房工期推延，购买方有人挑唆集体告状。如今开业了，矛盾随风飘散了。

弯月在夜空里移动，一群飞蛾在灯影里打旋儿，赵国栋走进熙熙攘攘的人群里，一股热浪传遍全身。不夜城离白洋淀不远，它介于新水县城和白洋淀水面之间，霓虹灯闪闪烁烁。里边除了饮食摊位，还有儿童乐园、咖啡厅、茶室、网吧、洗浴中心、卡拉 OK 等，应有尽有。小吃店分两类，一类底商饭店，一类流动售货车。售货车挑着亮晃晃的灯，照亮大片地方。夜市生意红火，那些红红绿绿的大人小孩，享受着夜市的繁华热闹。不夜城的西侧是一座旧砖窑，烧砖取土留下深深的大坑，坑里蓄了水，申万胜已经着手打造一个小型的湖泊，取名爱琴岛。

黑夜不黑，如同白昼。

赵国栋闭了闭眼睛，来自白洋淀的风在这里形成了风口。三个县城的提升规划已经出台。他发现不夜城有南方城市的味道了。县域经济，县城是龙头，对这些县城的人和事，他需要思考的是，新区该担起什么样的责任？

灯光明亮的夜晚，让人悠闲自在。忽然，赵国栋看见了灯影里的肖寒。晚上刚刚与肖寒吃了饭，她怎么站在了灯影里？

肖寒远远地喊："赵书记，你好。"赵国栋跟肖寒打着招呼："肖总工程师，你好啊，你感觉不夜城怎么样啊？"肖寒说："很丰富，人气旺。"肖寒没有用司机，自己开着宝马车来的。赵国栋愣了愣："你是在专门等我，还是你逛不夜城碰着了？"肖寒诚挚地说："赵书记，我初来乍到哪有心情逛啊？晚饭您说到不夜城，我是等您的。"

"有急事吗？"

"有，我感觉您能帮上我，好多饭桌上不好说的话，想私下里跟您聊聊，您现在方便吗？"

"你是央企的大专家，到我们白洋淀来，就是客人，我就是给你们做服务的。这样吧，我们边走边聊，还是到附近的咖啡厅聊一聊？"

"因为涉及研发机密，到咖啡厅谈吧。"

赵国栋带着肖寒进了春雨咖啡厅。俩人要好了咖啡，开始进入正题。肖寒微笑着说："赵书记，我看出您在白洋淀的威望，有句话想跟您说，但不知该不该说。"赵国栋幽默地说道："只要你不跟我要经费，什么都可以说。"肖寒笑了，犹豫了一下，说："哪能啊，我们是央企，我哪能跟您要经费？要经费也得找我们的徐磊老总要啊！褚总跟您说的吊装研发项目，原是鲁大林负责，地下管廊安装在即，现在让我过来解决技术难题。"

赵国栋说："好，褚总跟我说，地下管廊要实现吊装的技术突破，弄成一个标高。我们地方应该支持你们。"

肖寒抿了一口咖啡，笑了笑："赵书记，这是您休息的时间，打扰您真不好意思。"赵国栋憨憨一笑："不客气，说吧，我们连轴转都习惯了。"肖寒快人快语："我这人啊，善于把简单问题复杂化，这是我们搞科研人的通病。但我今天长话短说，我听说了一个人，我对这个人很感兴趣。"赵国栋愣了愣，说："谁啊？"

"白洋淀国义集团的董事长杨义伟。"

赵国栋敏感的神经绷紧了："他？找他有什么事吗？他是一个地产商，是我的小舅子，跟你的研发能够扯上关系吗？"肖寒沉着脸说："有关系，关系很大。他与我们央企的路海生私下来往密切，而且阻碍了研发。"

赵国栋说："你找对人了，在白洋淀只有我能够治他。他以什么方式阻碍研发呢？"

肖寒说："我在集团里是搞技术的，不愿意搅进复杂的人际关系里，可是这个魔咒不破，直接影响到对管廊吊装的技术研发，鲁师傅他们在这里实验，几次失败，对我们集团打击很大，这次鲁师傅请我来，也是得到董事长的认可的，但是，杨义伟引进了德国哈特集团，进驻了白洋淀。企业正常合作，无可厚非。但是，他杨义伟还投资了管廊预制，预制部分如果偷工减料，我们研发永远别想突破。事情迫在眉睫，需要您帮忙。"

赵国栋叹了口气，说："肖寒，尽管你没有说透，但我听明白了。我不让他参与新区业务，他就是不听，他与路海生想拉哈特集团入局，从中牟利。你是怎么知道我跟杨义伟的关系的？"

肖寒说："一个朋友告诉我的，说您是杨义伟的姐夫，但是，您从来不袒护他，所以我才敢来找您。"

赵国栋叹息了一声："这个臭小子，手伸得够长的，怎么又摸到了地下管廊？我实话跟你说，他经营的事儿我从来不管，而且一旦发现，我会毫不客气地斩断他的黑手。"

肖寒说："企业合法挣钱，没有问题。关键是他阻碍研发啦。"

赵国栋愣了愣："他是怎么跟你们中天建搭上钩的？"

"这个，我不清楚。"

赵国栋提出这个问题的时候，脑袋轰地一响。他的爱人杨爱珍参加过中天建一个副总的宴会，说是要参加央企混改。是不是那个副总给路海生牵的线儿？赵国栋说："我明白了，不管他通过谁，我都想知道他是不是通过路海生勾结哈特集团，迫使你们放弃研发，购买他们的设备。"肖寒严峻地说："赵书记，您推算准确。"赵国栋说："路海生和杨义伟之间有什么不法行为的证据吗？"

肖寒摇了摇头："我不知道。凭我直觉，上次吊装失败跟杨义伟有关。我是搞技术的，我必须把他们这个障碍搬掉，完成大吨位实地吊装成功。"赵国栋显然很气愤，陷入沉默。哪里的业务都想干，说明杨义伟的公司已经走到穷途末路了。

肖寒叹了口气："我跟鲁大林是一个师傅，感觉到鲁大林有些话不敢说，我必须捅破这层窗户纸。"赵国栋说："如果找到杨义伟的证据，告诉我，我回去先跟他谈。"肖寒想了想，问："您认识王决心吗？"赵国栋点点头，说："当然认识，这个小伙子勤劳、聪明、能干，值得信赖。"肖寒说："我们谈得很好。"赵国栋感到了一股凉风，汗不用擦就干了。即将分手的时候，赵国栋对肖寒说："我虽然不是你们中天建的人，但是研发这个事情，关系到我们地下管廊的进度和质量，应该支持，我一定给你们扫除杨义伟这个障碍。有事儿我们多沟通好不好？"肖寒谢过赵国栋，然后开车走了。

夜里十点钟，赵国栋回到家，他跟杨玉珍说了说杨义伟的事，杨爱珍并不吃惊，因为中天建接头，杨爱珍参与吃饭了，但是至于杨义伟干了什么事儿，她真的不知道。

肖寒这一招够灵验，如果单靠她想计谋，她只能引蛇出洞，但引诱杨义伟没有那么容易。而她直接找赵国栋也是冒险的，这是对她和赵国栋的双重考验。

这天上午，赵国栋紧锣密鼓地开会，散会后处理了一些杂事，他让秘书将所有中标的地下管料公司打印出来，逐一排查，没有找到杨义伟的国义集团。他沉思了一会儿，给褚忠良打电话。

褚忠良急匆匆赶到赵国栋的办公室。褚忠良说："赵书记，你这个问题我没有异议，但是我不能正面回答你。"赵国栋皱了眉，一愣："老褚，我们俩是肝胆相照的好朋友，你有什么顾虑呢？"褚忠良擦了一下手背，说："既然您提出来了，看来问题很重要，还很尖锐。"赵国栋轻轻地一笑，说："你就别卖关子啦，何必吞吞吐吐的，这不是你老褚的做事风格啊！"

褚忠良叹息了一声，不知怎样接话。

"你从千年秀林干到地下管廊，干出了央企的威风。所以，我对你还是了解的。你不会有问题，但是路海生就难说了。他如果有问题，我也没有权力处理他，就靠你褚忠良啦！"

褚忠良说："我会查出来的，过去我是一手托两家，处境比较尴尬，现在，我的工作关系已经办到新区了。如果发现问题，我还是不留情面的。"

赵国栋笑了笑，严肃地说："我问你一句话，忠良同志，路海生跟杨义伟他们搅和在一起，是不是你搭桥引线啊？"褚忠良摇头说："没有，集团混改，是我们集团的一位副总撮合的。杨义伟参与管廊预制主体的投资，您一点都不知道？"赵国栋说："我第一次听说。"

褚忠良的目光转向办公桌："具体情况，我还是不太清楚，杨义伟与路海生，关系走到了哪一步，回去我赶快落实。"

赵国栋缓和了一下神情，说："抓紧落实，你们的肖寒工程师找到了我。她认为阻碍了研发，这个事情必须重视起来。"

褚忠良有点不怒自威："肖寒？她直接找您啦？"

赵国栋点点头，说："你不要怪她，肖寒工程师好像摸到了一些情况。她怀疑研发失败，与路海生和杨义伟有关，是他们主张吸引德国哈特公司进入，阻碍了吊装的研发。一位女同志，勇气可嘉！"

褚忠良的脸微微涨红了："我明白其中的利害，肖寒压力很大，她的团队研究大吨位吊装，已经十来年了，董事长希望他们在这里完成最后的突破。"

赵国栋语气冷峻，掷地有声："不管杨义伟通过谁进来的，是不是合规合法，他的资金必须撤出！"褚忠良愣了愣："您这样下结论，对杨义伟是不是不公平啊？"

赵国栋说："公平？我跟他不讲这个。我不懂技术创新，但懂一个道理，我们得给肖寒他们做好服务，让他们顺利完成研发，创新不容易，就像千军万马过独木桥。"褚忠良忍不住说："是的，赵书记还一点也不外行。"赵国栋用异样的目光打量着褚忠良："还有一个问题，你带来的路海生，一定要好好跟他谈谈，别跟杨义伟这样的民营老板勾勾搭搭，更不能有幕后交易。"

褚忠良说："放心，赵书记，我做一个深入调查。"赵国栋皱皱眉头，说："这个路海生，看着挺精明的，怎么犯糊涂呢？听肖寒说，他跟鲁大林的研发团队一直疙疙瘩瘩，如果不行，你赶紧换人。"褚忠良额头冒汗了，惊讶地说："赵书记，这个你都知道，小路的人品和能力我还是了解的。就是他跟社会来往有点儿复杂。"赵国栋说："不管那么多了，我们需要地下管廊建设，你们施工急需这项技术，如果达不到技术突破，我们损失巨大啊！"

褚忠良脸色也严峻起来。

"路海生对研发是什么态度，直接关系最后的成败。如果领导态度不坚定，研发团队肯定会打败仗。"褚忠良说，"路海生看着研发无法突破，可能考虑工程进度，主张引用德国哈特公司的技术和设备。"赵国栋一愣，问："哈特大吨位吊装管廊，一节多少钱？"褚忠良说："两万美金一节。"

"两万美金，这么贵啊？"

赵国栋脸上透出一股淡淡的阴影。他说："研发也好，吊装也罢，我有一个观点，买办思想要不得，我们的地下管廊，对于中天建是一个千载难逢的好机会，是个大平台，你们一定要利用好它。造不如买，买不如租，这种买办思想要不得。西方人的卡脖子技术，人家能白给我们吗？还得靠我们自力更生啊。"

褚忠良遗憾地说："鲁大林的攻坚团队资金不足。海外资本蠢蠢欲动，杨义伟的个体资金也眼馋。所以，我们必须断臂求生，绝地逢生！"赵国栋明白了一切。褚忠良说："我明白您的意思啦，我与总部尽快沟通，我与肖寒也谈一谈，把这块硬骨头啃下来。其实我们在杭州的工地、巴基斯坦的工地，大吨位吊装都在等这项技术。"赵国栋笑了：

"丑媳妇总要见公婆嘛，是骡子是马，是鸡是凤凰，得拉出来遛遛吧。"

赵国栋回到家，他想与杨爱珍一起找杨义伟，后来转念想，不能带爱珍，此次来，他藏有一点私心。如果好说好商量，他适当放杨义伟一马，保持斗而不破。所以，他自己单独来到了杨义伟的办公室。杨义伟的办公室就在白洋淀德县。白洋淀的一个临湖别墅区，他住在这里，也在这里办公。

赵国栋主动上门，杨义伟心里暗暗吃惊，有点畏惧。杨义伟在跟新水县刑侦队长胡大队喝酒，看到赵国栋来了，胡大队站了起来。杨义伟微笑着说："姐夫，您来得正好，这茅台可是十五年的啊，喝点。"赵国栋摇头说："就是五十年的，我也不喝，血压高，戒酒了，喝茉莉花茶了。"

杨义伟回头对保姆说："赶紧上茶。"又问："您吃饭了吗？"赵国栋说吃了饭了。胡大队乖乖撤了。杨义伟送走胡大队，转脸对赵国栋说："姐夫，您是稀客。帮我个忙，正想找您。"赵国栋好奇地问："你这么能耐，还用我帮忙吗？中天建你都能指挥得动？"

杨义伟苦笑着说："我哪里指挥得动人家，人家央企搞混改，把我拉进来啦。"

赵国栋好奇地说："你可够本事的，哪都能够插一脚。"

杨义伟说："企业家的嗅觉嘛！不麻烦您，要是甄副省长还在，我谁也不用你们。我跟中天建的副总是铁哥们，他的小老弟路海生负责地下管廊业务，我投资地下管廊水泥制件，没有掺和任何管理。"

赵国栋神态有些放松："义伟，我主动找你，是想在不违规的情况下，放你这一回。你正大光明挣钱，我有什么不高兴的？"杨义伟得意地说："这才是您当姐夫的该有的姿态呢！"赵国栋说："你自己联系的中天建，参与这里的研发也好，预制管廊也好，参加投资，如果不给建设造成伤害，我不会出面的，但是有人反映到我这里，说你和路海生串通一气，阻止了他们的研发。"

杨义伟气愤地说："哪个人恶人先告状？纯属胡说八道，我怎么能阻止研发？我要告诉您，有些气我可以忍，有些气就不能忍，大吨位吊装的技术，他们无法突破，这太难了。我们与哈特公司合作，双方共赢，也是为了确保工程质量，有什么不好呢？"

赵国栋声音颤抖："强词夺理，买办思想，你知道中天建和燕山重工两家工程师的甘苦吗？你知道鲁师傅、肖寒和王决心他们日夜苦战吗？"

杨义伟一愣："我明白了，准是王决心跟你告状，他跟路海生不对眼。"赵国栋说："王决心没有见我，比他更高的人盯上你了。不然，新区领导怎么会管中天建的事儿？"杨义伟声音大了："今天，我算是彻底认清你了。假如你想不通，还就别想了。假如说这也算麻烦的话，不光是我的，也是你的。细想想，你说是不是这个理儿？我百思不得其解，我们之间怎么会闹到这个地步？"赵国栋一愣："你是在责怪我吗？你想想，我哪一次管你不在理上？"杨义伟眼睛闪着绿光："屁，你为了保官，都在断我财路。"

赵国栋怒火中烧，嚷道："少跟我耍横，我不吃这套，我就是不允许你参与我手下的任何工程！你跟央企混改，让央企与我对接！"

杨义伟反驳说："就是这么做的，今天是你主动找我的。你处处挡我的生意，让我没有活路，你想想，我没了活路，你会好吗？"

赵国栋大声说："不要威胁我，小白河工程、千年秀林和粮食问题，都是你的贪婪惹的祸水。你的经营严重影响了新区工程质量和大局，你懂吗？"杨义伟倔强地说："不错，你有权力，可以阻止我那几个项目的经营，但是中天建这一笔你不能动，因为我没有通过你。"赵国栋坚定地说："这个事情，是你们企业之间的事，希望你合法经营，可是，人家反映到我这里，你肯定有了问题。你好自为之，哪里做错了，及时纠正止损。我作为管理者，失信于民是为官者大忌。"杨义伟眼睛通红："今天是你找上门来的，请问，我逼你了吗？"赵国栋冷冷地说："你参与他们混改，那是你的自由，但是你不要拉哈特集团进场牟利，更不能阻挡企业研发，技术突破是个大问题，那是一个雷区，请你不要蹚这个雷区。"

杨义伟的眼神瞬间清爽了许多，阴阳怪气地说："混改也是人家说了算。这么大的决策，我没有能力左右，我算老几啊？怎么又让你知道了？我可警告你，谁也不能阻挡我参与地下管廊，这是我最后的机会，否则我让他付出代价！"

赵国栋起身走了，心里乱糟糟的静不下来。

第八十章　博弈

雨后的空气新鲜而湿润，带着一种特殊的味道，这种味道不但没有让他昏昏欲睡，反而刺激得他彻夜难眠，仿佛生活所有的磨难，都在这夜深人静的时候来折磨他。这是典型文化人的毛病。

王决心所谓"文物走私案件"，平冤昭雪，平息下来。但是，最终还是波及了鲁大林，有人在总部对鲁大林说三道四。鲁大林厚道，不争辩，独自揽下了责任，给集团总部写下了检讨书。

王决心是好心，想帮助鲁师傅研发，却帮了倒忙，弄得自己也灰头土脸。其实，王决心这笔钱放在公司研发上，起到了关键作用，得以让肖寒的研发重新启动。

这一次鲁大林发誓，不获全胜绝不收兵，他对此信心满满，稳操胜券。鲁大林踌躇满志的时候，肖寒豁然开朗，默默地着手组织新的吊装实验。

鲁大林突然接到了总部的命令，让他马上去巴基斯坦港口工地完成高难度焊接。

同时，集团总部希望鲁大林把大吨位吊装技术带到那里去，港口地下工程也面临大吨位吊装。

鲁大林师傅工作的变动，让王决心心里很别扭，有些失落难过。鲁大林心里很矛盾，放心不下白洋淀地下管廊研发，同时也不放心巴基斯坦工地。王决心嘟囔说："师傅，你跟总部说别去啦！"

鲁大林一愣:"那怎么行啊?徐董事长直接调我过去,一定是那边遇到坎儿啦!"

　　王决心一忍再忍,还是没有忍住:"有啥坎儿啊,就是路海生那小人给集团打小报告啦!回头看我咋收拾他!"

　　鲁大林单刀直入地说:"又犯倔脾气啦,肖寒研发问题不大,我走了,就是不放心你。"

　　王决心一愣:"不放心我,您就带着我跟您一起去。"

　　鲁大林以悲怆的语调说:"我走后,你有事多找肖寒,好好练焊接技术,技术是你安身立命之本。好汉不吃眼前亏,我不许你动不动就不管不顾地跟路海生发飙,做胆大包天的事。"

　　王决心嘿嘿一笑:"放心吧师傅。"

　　鲁大林沉了脸,紧锁眉头:"不许嬉皮笑脸,我叮嘱你的,要记在心里。帮助肖寒研发,无论路海生做什么,自然有人处理他。不跟路海生正面冲突,这会耽误你前程的!"

　　王决心从来没有见过师傅这么严厉,从来没有见过师傅如此令人畏惧,他讷讷地说:"师傅,我听您的,不跟路海生计较。"

　　鲁大林说:"你给我发誓!"

　　王决心一愣:"师傅,我发啥誓啊?"

　　鲁大林语重心长地说:"你从千年秀林一路走来,吃了多少苦,我看见你变化了、成长了,可是人的复杂,你还是不知道。如果改变不了环境,就学会改变自己。人啊,要能屈能伸,学会韬光养晦。"

　　王决心犯了倔劲:"师傅,只要他们不攻击你,我都可以忍。打我骂我都无所谓。"鲁大林瞪了他一眼,说:"不管他们怎么说我,你都别吭声。我堂堂正正做事,有什么怕说的?你上有老下有小,有幸福家庭,有了孩子,还有百岁的奶奶。我还是那句话,你得担起责任,家的责任,单位的责任。遇事全盘考虑,想不通的跟我打电话。你要是不听我的,我跟你断绝师徒关系!"

　　王决心大喊一声:"师傅,我记下啦!"

　　鲁大林一脸严峻。

　　王决心扑通跪下了,声泪俱下:"我发誓!我王决心是师傅一手培养的，师傅就是再生爹娘，我好好的。您要是不相信，我就……"

他哆嗦着，揩了眼泪。

鲁大林见他流泪了，有点发蒙，心也碎了，他微微一笑，扶起了王决心："好了好了，我信。师傅有时候拿你当孩子，你感觉到了吧？师傅从来没有对人发火，唯独对你。我跟你认错了。"

王决心破涕为笑，笔直地站着。他知道师傅说话冲了点，心是火热的。

鲁大林开始把话题转到央企工作。他郑重地说："决心啊，师傅舍不得离开你啊。但是，我们央企的人，天生就是走南闯北的，走遍大江南北、国内国外，可以说是五湖四海啊，将来你也是一样，我们都是吃技术饭的，有一点你要记住，央企的工匠，不仅属于企业，还属于祖国、属于人类，我们要让国际友人看看我们中国的大基建，往大里说，给国家争光，往小里说，光宗耀祖。我走以后，你看看我师傅赵克杰，躺在病榻上多少年，无怨无悔，依旧心系中天建，这就是我们的楷模啊！"

王决心点点头，眼睛又红了，涨红了脸。

鲁大林走了，王决心和乔麦给他送行："师傅，我们在白洋淀等你。"

乔麦舍不得鲁大林，说："师傅，你一走，决心在工地就难啦！"她一边说一边掉眼泪。鲁大林沉着脸说："我说回来就回来了，别哭丧个脸。再说，决心完全能够独当一面啦！"

王决心的心里空荡荡的。他认为鲁大林承担了他的过错，他为此事耿耿于怀。

这一天，王决心想回到电焊工地，到肖寒那里探个究竟。王决心在肖寒的办公室门外，听见里边肖寒正在跟路海生说话。他愣住了。

路海生的声音洪亮："我说三点，大吨位管廊吊装，是世界难题，研发团队好多二把刀，比如王决心，开始我就反对他进组。"王决心一惊，听话题涉及了自己，警觉起来。肖寒冷冷地说："路海生，你有意见可以提，反对没有资格。德国哈特公司设备，我们进口多少年了，没有再进口的必要了。"路海生气愤地说："我是为中天建好，你们的实验还能突破吗？我提几个问题可以吗？第一，鲁大林师傅是最了解中天雄风计划的人。这个计划马上付诸实施了。董事长为什么又让他去巴基斯坦工地？"

肖寒冷冷地说："人事问题，你可以问董事长，可能是巴基斯坦工地需要他过去。"

路海生说："我问第二个问题，王决心过去是打鱼的。一夜之间成了千年秀林的班长，又一夜之间，成了电焊工匠，他跟老鲁学了手艺不假，但是也没有达到这个程度吧？"肖寒没有吭声。路海生说："工地上反应很大，不能让他瞎掺和了，大林走了，他必须搞他的电焊去。"

肖寒一愣："你恨他？还有第三个问题吗？"

路海生愣了愣："恨不恨是我们之间的事。第三个问题，我跟国义集团杨义伟总裁没有任何经济瓜葛，我凭什么要背这个黑锅？"肖寒说："没有人让你离开，你的问题，我不感兴趣。不能说你理解得完全不对，可我没有心情去想这些。我这次过来，跟董事长立了军令状的，突破大吨位管廊吊装。"王决心听着更加气愤，路海生就是个小人，他对人情世故吃得太透了，甚至钻了牛角尖。

肖寒说："鲁师傅交代，王决心不能走，新手从新的视角处理问题，反而可能出现新的突破，你这点道理都不懂吗？"

路海生被噎住了。

肖寒的确是非同寻常之辈，似乎有千里眼顺风耳。她这么快就掌握了路海生的详实资料，对他暗中操作的过程了如指掌。肖寒如果一脚踢开哈特集团，也就等于踢开了杨义伟。王决心异常畅快，更加佩服肖寒的魄力。她大大咧咧，但对于细节十分在意。肖寒在鲁大林走以后，对王决心格外关照，她没有故意冷落他，也没有摆谱，而是把他当成一个小弟弟。肖寒觉得，王决心有拼命三郎劲头，是真刀真枪干出来的，还有他那点儿超人的嘎劲儿，聪明而幽默。肖寒有一种紧迫感，中天建集团现在半死不活，说不上好，说不上坏，这与大环境有关，董事长如热锅上的蚂蚁，核心技术一定要突破。这次吊装的总指挥是路海生，王决心还是盼着肖寒来当总监。如果肖寒被路海生压制，又将重现鲁大林的尴尬。

王决心收集了一些路海生的证据，为的是敲打敲打他，并不是想上纲上线，而是让肖寒掌控研发大局。但是王决心万万没有料到，路海生因为肖寒没有与他同流合污，更加痛恨肖寒。

路海生变得疑神疑鬼，对王决心更加怀疑。

王决心感觉自己被架在火焰上烤，每一分钟都备受煎熬。这一天，王决心听见了时紧时慢的脚步声，那是路海生的脚步声。他紧张起来，心悬吊起来，不知马上落下来的是炸弹还是祥云。

路海生突然对他改变了态度，弄得王决心云里雾里，不知所措。路海生说他感激王决心的狗救了他的命，同时也承认自己做的事有点过分，对不住王决心。王决心感觉他的回心转意没有那么简单，更像是诱饵，他的后背出了冷汗。

路海生心态放松下来，暗自舒了一口气，说：“决心老弟，其实，我挺喜欢你的性格的，你对腰里硬有看法，跟他的斗争看着就很解气，我只是跟你说，鲁师傅看中你没错。鲁师傅和我的交情很深。尽管鲁师傅后来对我有怨气，但是他还是认可我这个人的。下面我要说的是，鲁师傅走了，你不能有奶便是娘投奔肖寒啊。女人是靠不住的，你还得听我的，听我的就等于听鲁师傅的。难道鲁师傅一走，你就破罐子破摔吗？”

王决心瞪了他一眼：“我啥时候破罐子破摔啦？鲁师傅在我心目中永远是最优秀的。”

王决心越说越激动，涨得满脸通红。

路海生屏息敛气，无言以对。他说：“王决心，你是重情重义的好汉，但是，误解我的意思啦！把话说得严重了，为了中天建，希望我们携手共进。”路海生说完还不走，道歉说：“原来啊，我对你有误解，想让你离开研发小组，后来感觉鲁师傅做对了，这里需要你。我刚才说到了肖寒，你听明白了吗？”王决心大声说：“鲁师傅说肖寒好，那就是好，不准你诋毁她！你要是到处散播不团结的话，别怪我对你不客气！”路海生一愣，感觉套近乎失败了，灰溜溜地走了。

王决心有了警觉，路海生无事生非，是让王决心跟肖寒捣乱，造成下次研发的失误，然后挤走肖寒，为他和杨义伟引进德国设备铺平道路。

"你看错人了，你走吧！"王决心没有答应，他心里只有鲁大林。

这天上午，王决心听说中天建的徐磊董事长来到白洋淀新区，在管委会与赵国栋书记座谈，除了地下管廊安装，还有一些别的项目合作。会议室设在白洋淀新区管委会二楼的小会议厅。参加会议的人员都是领导，有徐磊、赵国栋、褚忠良、路海生和燕山重工的代表，唯独没有请肖寒。

王决心觉得不大对头，心里激烈地斗争着，看来路海生的一通游说，说服了领导冷落了肖寒。如果师傅鲁大林还在，估计也会被排挤在外的。路海生越走越远了，看来中天建的邪气不散。怎么办？他心里激烈地纠结着，如果自己冲上去说句公道话，会招来祸端，造成被动或是报复，他跟鲁师傅发誓了，要韬光养晦。但是，如果自己看出危险而装糊涂，那他还是王决心吗？

"不能傻等啦！"王决心咕哝说。

他不知道从哪来的一股力量，一种久违的冲动。他给肖寒打了个电话，肖寒说她正在整理资料，没有听说徐磊董事长来白洋淀。

王决心更加恼火，心灰意冷。他决定闯会场，打破这个僵局。这是他们最后的机会了。如果路海生购买了德国设备，就得使用人家的技术，那师傅之前的所有研发就都付诸东流了。

会议室不大，装修精致。猩红的地毯上，只有茶几，没有会议用的桌子。挨着墙壁的是一圈儿红木家具，家具后面悬挂着名人字画。红木椅背是雕花儿的。窗户上挂着洁白的纱帘儿，屋里边开着灯，茶几上铺着白白的桌布。王决心直接推门进来，大家有些惊讶。

路海生脸色一沉："王决心，你干什么来了？领导在开会，出去出去！"

赵国栋看见了王决心，说："决心，你来了？你是找我吗？"王决心跟赵国栋点头："赵书记，您忙，我听说我们董事长来了，拜访拜访。"路海生提高了声音："大家正在开会。没看见董事长忙着吗？"王决心板了脸说："我也想开会，但是我没资格，但是我想说两句话，可以吗？"褚忠良有些吃惊，板了脸说："决心，你怎么来了？坐下吧。"

王决心战战兢兢地站着，有些拘束。

大家的目光齐刷刷地落在了王决心身上。

王决心这个身份敢闯会议室，里边肯定有内容。王决心的眼睛闪着锐利的光芒，愣愣地站了几分钟，给大家鞠了一躬。

褚忠良无奈地解释说："董事长，他叫王决心，鲁大林的徒弟，优秀的焊工，过去跟着大林在千年秀林植树，后来把他带到了吊装研发小组。小伙子干得不错，看来他今天有想法。"

"褚总，他一个电焊工，有什么想法？还不是无理取闹？"路海生投来冷冰冰、令人难堪的目光。

徐磊瞪了路海生一眼："让人家把话说完，就是搅局，我也要看看我们底下的工人是怎么个搅法。小伙子，你的性格，我喜欢。你说吧。不过啊，你要对你说的每一句话负责任。"

王决心诚挚地点点头："谢谢董事长，各位领导，大家好，我的话我负责。我通过鲁大林师傅传帮带，考入中天建当焊工，我心目中景仰这个大企业，在千年秀林植树，在地下管廊工作，都给我带来愉快和温暖，也给了我力量。我是个小工人，手里没任何筹码，也没有任何不服服帖帖的理由。如果你们想听听底层工人的呼声，我就说两句。我是白洋淀王家寨人，渔民的儿子。白洋淀新区大建设，让我进了中天建，我感恩不尽，不藏奸，不耍滑，就是说话嘎了点。有人说我的性格像小兵张嘎。"

大家都哄然一笑。会议气氛有所缓和。

王决心又把轻松的气氛拉紧了。他说："各位领导，真的对不起了，你们那么忙，还要听我说两句。我就开门见山地说吧，鲁大林师傅被总部派去巴基斯坦工地，如果鲁师傅在，我绝不会闯会场的。鲁师傅、肖寒工程师，他们最懂这项研发。我爱中天建，爱是责任，责任也是爱。我既然进了中天建，就愿意在这个单位里做点贡献，舍不得离开，不管受到多少不公、多少压制，我还是要做最好的自己。人啊，就是活一口气，心里痛快，干啥都行。我一个电焊工，是鲁师傅带进来的，今天我没有资格在这里说话。说坏了嘴，除了屈辱和惩罚，啥都得不到。但是我还是要说，我就是这倒霉的性格。"

路海生扬了扬胳膊，说："王决心，你无法自圆其说，还是那句话，吊装行业生产研发门槛越来越矮了，技术含量越来越低了，已进入二把刀时代，就是因为有你这样的人混进来，这不是一个笑话吗？行业恶性竞争进入饱和期，有的企业为了拿项目，不择手段，而我们的研发人员素质这样低，能成功吗？"

褚忠良瞪了路海生一眼："海生，都是一家人，你是领导，要让底下人表达心声嘛。"

路海生惊恐地望着褚忠良说："唉，老鲁真的糊涂啊，他拍拍屁股走了，给我们留下这个腻歪。王决心不仅对我，对客户也是咄咄逼人。"

王决心继续说："路总，你是领导，我有权逼你？是我逼你还是杨义伟逼你？还是洋人逼你？"

路海生恼羞成怒："杨义伟老板跟今天的话题没有关系！"

王决心激动地说："难道真的没有关系吗？路总，我们之间没矛盾，在千年秀林的时候，我的狗淀子还救了你一命。我要说的是，你跟民营企业老板勾勾搭搭，造成假树苗进来，我掀了桌子。我恨的是腰里硬，你却对我怀恨在心。肖寒工程师来了，实际上，鲁大林师傅带领团队研发，我是看在眼里、疼在心上，鲁师傅的师傅赵克杰，我在北京也见到了，他就是研发时被德国设备砸残的，躺在病榻上，他还期待着我们今天突破，老人强撑着身体不闭眼，图个啥？他就等待我们研发的好消息呢！"

褚忠良打断王决心的话："决心，我听着研发的问题，不是你应该关心的。你的意图是什么？"

王决心说："对不起，我太激动了。"

"褚总，让他把话说完。"赵国栋说。

王决心激愤地说："领导，我就直说了，我们这里有人与当地白洋淀的民营企业家勾勾搭搭，阻碍吊装的研发，我有证据的。里头有没有腐败，我一概不知，但是，研发上不去，就得使德国的设备，这不是等死吗？这不是最大的腐败吗？我师傅说，要想让中天建变得强大，成为行业的领跑者，必须搞研发，这是我一个普通工人的心声。"

徐磊眼睛亮了："王决心讲得好，这小伙子有个性。这个人是谁啊？"

王决心说："董事长，回头我告诉您。鲁师傅走时让我发誓，一切都要忍，装聋作哑，可是咱企业受不了，亏的是咱自家的企业啊！"

徐磊琢磨了一下，说："如果真出现这样的问题，是我失职啊！"

"董事长，我没有责怪您的意思。上次研发失败的时候，我的师傅鲁大林非常绝望。研发资金没有了，他的心情我了解，他回到北京要把房产抵押上，筹措经费，结果他的前妻不答应。我和老婆心疼师傅，用奶奶的一只大碗抵押，从香港汇丰银行贷了一千五百万，有人告我的状，说我走私文物。警察封了我们的研发实验室，还抓了我。但是我没有走私，那是抵押，为什么要这么做？这里我没有想牟利，就想让我的师傅高兴，让我们中天建尽快突破这项技术。可是有些人呢，伪装得很好，暗地里阻止我们的研发，里面肯定有利益和交易。"

他说着，瞥了一下路海生神色沮丧的脸。

赵国栋惊讶地说："决心，你说的情况我略知一二，后边的事你有证据吗？"

王决心说："我有，不然不就是诬陷吗？"

徐磊董事长表示很震惊："哎呀，是这样？我只知道没有研发经费，但没想到发生了这么多的事。回头我们严查，调整研发布局。鲁大林带王决心的行为让我震惊，也很感动，说明我们中天建有希望！"

路海生的脸色一阵白一阵青，眼里闪烁着变幻不定的慌张。

王决心望了一眼路海生，激动地说："哪里有压迫，哪里就有反抗。鲁大林师傅是老实人，他不会反抗，从来都是逆来顺受，结果怎么样啊？还不是被人欺负，派到了巴基斯坦工地。"

徐磊严肃地说："哎，你停一下，鲁师傅是我们总部派去的，纯属工作调度，那里高端焊接需要他。"

王决心说："是的，鲁师傅没有怨言。我不是指的您，师傅走后，我想回到属于我的工地，焊接也好，挖土方也好，我任劳任怨。可是，我心里忘不掉研发了，实验室的内鬼不除，研发搞不成。我想起了雷锋的座右铭，对待同志像春天般温暖，对待敌人要像严冬一样无情。

可是我们的有些人，专门对自己人冷酷无情，对敌人春天般温暖，为啥？那是巨大的利益驱使啊。"

褚忠良苦笑说："决心，有那么严重吗？"

路海生拍了桌子，放肆地吼："王决心，我提醒你，不要在这里耍你村里那一套，你跟村里的腰里硬是仇人，你把对他的仇恨发泄在我身上，有你这样的人吗？"

王决心冷冷地一笑，坚定地说："我有自知之明，不需要你提醒。我师傅说，从理论上说，肖寒团队的技术已经研发成功了，需要现场调整。实际上，我们就差那么一哆嗦，就这一哆嗦，有的人就想卡住，帮着外国人卡我们脖子，从中得利，这不是卖国求荣吗？对这种人，我就当敌人。我的建议就是，下一步研发，路海生应该回避，肖寒工程师挑大梁。领导比我站得高，这不是我应该管的。可是领导被蒙蔽，小人当道，看不清楚，我就提个醒。不能再这样干扰下去了，不能再等下去了，外国佬看我们的热闹，外国佬还在挣我们的钱，国家损失多大？"

王决心停顿了一下，说："打扰领导开会了，扫了大家的兴，搅了大家的局，愿意接受任何处置。基于这一点，我王决心给各位领导道歉了。"

路海生听着听着，冒了火，鼻孔里冷笑一声："你血口喷人，无中生有，什么用心，你什么用意？"

王决心没有搭理他，又给领导鞠了一躬。他转身走到门口。

"小伙子，你等一等。"徐磊说。

王决心站住了，望着徐磊，眼神里充满期待。

徐磊眼睛里闪了亮光："这个王决心讲得很好，他刚刚说到研发经费，还真提醒了我。研发经费每次都不够用，这种下拨方式应该改革，就像我们国企混改，吸收各方资金，激发创新活力，如果集团研发，光靠企业内部输血，那不可能有效率！"

赵国栋点头说："董事长，管好一个大企业，不是容易的事情啊！"

徐磊深长地呼了口气，鼓励说："决心同志，能有勇气站出来，有斗争精神。他的电焊手艺来自鲁大林，这个斗争精神比鲁大林强，有意思。鲁大林来白洋淀，带出个好徒弟。我们中天建人才济济，细想啊，我们需要什么样的人才？知识分子、研发人才、勤劳肯干的大国工匠，我们都有，但是，敢于说真话、敢于提出问题、把问题提到点子上的人，太少了。只有敢于提问题，我们才能有的放矢地解决问题。今天王决心的提议值得鼓励，研发这块儿肖寒挂帅。"

王决心听见了徐磊董事长的话，退出了会议室，不管结局咋样，他心里异常畅快，抬头看着天，阴霾天，太阳被捂着。

三天后，路海生提出吊装实战预案，被徐磊董事长否决，引进德国设备没有签约，路海生被调回了北京总部。

肖寒成功上位，当了大吨位吊装现场技术总监，实验就好协调了。

白洋淀上

❸卷

作家出版社

目　录

第八十一章　实验课

肖寒有了主动权，她还请来了京轮地下管廊设计院的白院长。

白院长是一个满头银发、身材精瘦，但精气神很好的老头。他一到白洋淀就进了实验室，潜心论证，认定问题出在了整体吊装一步到位上，受力不均匀，造成钢筋骨架严重变形。

白院长对肖寒说："你们赶紧联系国盛专家，检查管廊墙壁5G基站，必须做到万无一失。"

肖寒笑了笑："决心大哥杨义成，是国盛的高管，负责白洋淀新区的5G基站业务。"

王决心说："我马上联系大哥。"

白院长微微一笑，说："好啊，5G会让我们地下管廊如虎添翼的。"

白院长埋头评估肖寒她们的管廊安装的创新方案。管廊构件先在工厂预制，机器化现场吊装好拼装，点焊焊接量不大，要求更加严格精准。

肖寒和王决心研制定型模具，开始研发整体钢筋龙骨架吊具。王决心从小就爱玩"变形金刚"，他在肖寒愁眉不展的时候，突发奇想提出了一个建议，建设"变形金刚模板"。

肖寒一听眼睛立刻就亮了，攥住他的手摇晃着说："哎呀决心，你小子不光嘎，还挺内秀的哪，这主意好啊！"

肖寒受到启发，研发出了"自行走整体式液压钢模板"。这是技术的关键。

实验的时候，管廊模具安装能屈能伸，能长能短。

燕山重工送来了专用运廊车。这辆车长二十七米，二纵列二十轴线，六轴驱动，百多个车轮子。

预制管廊之间，用止水带挤压连接，专用密封黏胶对接防止漏水。挤压衔接地方不用点焊了。

王决心知道肖寒的心思，但还是不得不问："肖总，点焊咱还练不练啊？"

肖寒语气坚定地说："这儿不用，我们别处用！你记住，不管是忙小家、忙大家、忙国家，咱都得忙出个道道儿来，要不，那不是白忙活了吗？"

"是啊，肖总。"

"准备实验吧。"

实验像一条链子，环环相扣。设计、实验、休息，再实验，混合往前滚动着。由于经常加班熬夜，王决心总是处于一种十分紧张的状态中，感觉自己血管里流淌的不是血，而是沉重的水银，他感觉这里比千年秀林紧张多了。

"兄弟们，再加把劲干啊！"肖寒天天这样催促研发人员。王决心看肖寒着急，他比她还着急。如果鲁大林师傅在，估计也是这样的状态吧？

王决心终于等到模板实验的那一天了。因为变形金刚的模板有王决心的一个点子，他想想就激动。他带着他们小组的工人在管廊两侧把路基铺平，整整干了一天，收工已经是夜幕降临时分了。大家在工地上随便吃了盒饭，等待着实验工作的开始。

八点整，实验开始了。

火红的加长的运输车拖着灰色的预制管廊缓缓移来，管廊工地灯光如昼，各个班组各就各位，现场气氛异常凝重。

肖寒神情肃穆，眼睛通红。熬夜的人，眼睛总是布满血丝。

王决心的眼里满是紧张和焦虑，心想：模板啊模板，你可别出事啊，快快成功吧！越往好处想，他的头就越疼。下班的时候，王决心将模板的设计图，卷巴卷巴夹在腋下，回去琢磨。他虽然不是科学家，但是他感觉动脑子比动拳头更难。愁闷的日子艰难地熬着，实验室的日子一天天无影无踪地流逝了。任何事情，即使是重大事件，在他脑子里都没有留下什么痕迹，现在实验开始了。

"王老三，你咋摇身一变成科学家了呢？这不是猪要上树鱼要长毛吗？"腰里硬说着风凉话。他总能随便溜达进来。

王决心梗着脖子喊："老子就是科学家了，咋的，气死你！"

腰里硬说："就你小子肚里那点墨水，屎壳郎上房顶——抓挠呗，我看你就是给鲁师傅打开水吧？"

王决心撇撇嘴，说："腰里硬，你小子别跟我在这儿扯淡，你到这儿就是刺探商业情报来了，我说得没错吧？"

腰里硬说："你别小看老子，我是来给地下管廊做贡献的，你别他娘的栽赃陷害！"

肖寒大喊："决心，实验马上开始了，赶快就位——"

王决心答应一声，将腰里硬赶走了。

项目经理吹了一声哨子，喊道："都准备好了没有啊？"

陆续有声音传来："一号位准备完毕。"

"二号位准备完毕。"

肖寒喊道："实验开始——"

她吹了一声哨子，起重机械隆隆响了，开始工作。钢丝吊绳稳稳地缠住水泥预制管廊；另一部起重机抓起另一块预制管廊，两块预制管廊缓缓地相互靠近、靠近，终于实现了零距离接触开始对接。全场的人都心情紧张地盯着两块预制管廊，眼睛都不敢眨动一下。

肖寒大声喊道："对接严丝合缝，实验成功啦——"

现场立刻爆发出一片欢呼声。

肖寒与王决心对拍了一下巴掌："决心哪，咱们成功啦！"她发出银铃般的笑声。

王决心眼皮儿神经似的跳动，眼睛斜着看她。肖寒从来没有这么激动过。王决心说："肖总，我可以告诉鲁师傅了吗？遗憾的是，我们的焊接这次没有用上啊！"

肖寒叹息一声，说："缝隙有黏合带，不用焊接。看来，科技创新要淘汰咱们的焊接了！"

王决心不禁一愣。

肖寒停顿了一下，转身对着研发人员、工友们说道："弟兄们，面对研发，我们没有别的选择，要么成功，要么失败，中间的路是没有的。这一次实验，我们终于成功了，几代人的心血，我们摘了桃子。现在，我要说的是，王决心是电焊工，他不是我们的技术人员，却参与了我们的科研，还出了一个很好的点子，灵动模板上使用变形金刚的原理，所以才有了安装的灵活多变，我们感谢他啊！"

王决心脸红脖子粗地摆手。

肖寒说："吃水不忘打井人，今天欢呼的一刻，我想到了决心的师傅鲁大林，他远在巴基斯坦，发来了贺电。他是这个项目的大功臣！"

王决心眼圈红了，说："肖总说得好啊！今晚，不能忘记我师傅。"

肖寒说："下一步，我们就用我们庞大的加长车进行安装了，大规模的安装就要开始了，争取这项安装取得世界性的突破！"

夜深了，星光璀璨。王决心的手掌都拍疼了。

第八十二章　国旗

杨义成半夜醒来，感到胸口隐隐地痛。

他翻了翻身继续睡，翻身的时候，那种痛陡然鲜明起来。他撑起了身体，房间的灯还亮着，这才想到，可能是受伤的后遗症。他昏迷那么多天，也算是死过一回的人了。

真是福无双至，祸不单行。甄凤深夜来电话，杨子恒在香港出事了。

杨义成惊慌不定，赶紧去香港看杨子恒。杨义成苏醒过来后，甄凤和杨子恒离开白洋淀去了香港，杨义成就隐隐有些担忧。

香港处于一个特殊时期，公众集会和游行，已经到高潮。甄凤在暑假里将儿子叫了回来。暴力示威者在沙田区已经动用了凶器，袭击警察。

"香港不安定，每天都有冲突，你们暂时离开香港，到老家白洋淀新区躲一躲吧。"杨义成说。

"好吧，子恒也想念故乡老人了。"甄凤说。

她和杨子恒的机票都已买好了，可是甄凤的公司有一笔账要结。前两天还有一位老人被暴打致死，甄凤叮嘱杨子恒别轻易出门。杨子恒的电脑突然坏了，他要拿到门店修理。赶上游行示威的人密密麻麻，个个戴着眼镜和帽子，打着横幅标语，有的拿着国旗。

杨子恒路过尖沙咀天星码头，示威队伍里窜出一个年轻人，跑到五根旗杆跟前，降下中国国旗，用激进的方式把国旗扔进了码头的大海里，很多人跟着起哄叫好。

杨子恒看着国旗这样被人践踏，吃了一惊，大为愤怒，一个猛子扎到了海里，把五星红旗捞了起来。他上来的时候，将红红的国旗顶在头顶，他的举动吸引了很多人前来围观，杨子恒身体湿透，抖着湿漉漉的国旗，有鼓掌的，有怒骂的，有一个装了汽油的酒瓶子冲杨子恒砸了过来。

杨子恒一闪身躲过去，他愤怒了，挥舞着小拳头，恨不能一个拳头打过去。有个穿红背心的中年妇女喊："孩子，赶紧跑，他们会伤害你的。"杨子恒不知道把国旗给谁，犹豫的时候，几个人呼啦一下子把杨子恒围住，二话不说上去就打，瞬间将杨子恒打倒在地上，几个人拳打脚踢，杨子恒怀里紧紧抱着国旗一动不动。那个穿红背心的中年妇女扑过来："孩子，你是好样的，把国旗给我。"杨子恒就将国旗递给了她。甄凤知道子恒去修电脑不放心，随后就赶了过去，看到子恒被群殴，就扑了过去。人们一阵拳脚。甄凤没能将杨子恒拉起来，又被人们打倒了。有人喊："滚回内地去！"甄凤没有想到，会巧遇香港的黎明光董事长，黎明光指挥游行人员前行，突然看见甄凤被群殴，马上冲过去喊："甄凤？你怎么来了？"甄凤抬头看见了黎明光："你说说他们啊，你们不能这样对待我儿子。"黎明光挥舞着胳膊喊："别打了，别打了。"他喊着就扑了过去，拽开了殴打甄凤的人。示威者一看他们的头目认识甄凤，呼喊着口号散开了。黎明光从兜里掏出纸巾，递给甄凤说："给孩子擦一擦，赶紧回家吧！"甄凤鄙夷地瞪了瞪黎明光，没有接纸，拽着杨子恒走了。黎明光继续指挥着示威者往前走。

甄凤望着黎明光的背影，心中五味杂陈，甚至有些憎恶。她抚摸着杨子恒的头，心疼地说："额头和眼角流血了，快跟妈上医院。"

杨子恒眼角出血了，眼睛都肿了。

甄凤的腰也被踢伤了，移动了一下脚步，险些摔倒，腿好像不是自己的。他们开车到了医院急诊科，拍了片子，杨子恒经医生诊断为眼内出血，眼角膜也受了伤，很危险。

杨子恒鼻子一酸，没有哭。

杨义成说："儿子，跟爹说说，你到底是怎么想的？"

杨子恒说："爷爷说过，咱王家是英雄世家，我们当晚辈的，不能给王家丢脸，国旗就是国家的象征，我是中国人，必须保护国旗！"

杨义成心头一热，使劲拍了拍他的肩膀："子恒，好样的，不愧是我杨义成的儿子，爸爸妈妈都为你自豪！"

杨子恒偏着头，细眯着眼睛说："爸爸，我记住了。第二天，妈妈替我到旗杆下升国旗去了，还有好多人给敬礼呢！"

"对，恶徒是少数，他们用心险恶。国家会惩治这些恶人的，你回美国读书，多加小心。子恒，我给你拍视频，发给你岭岭妈妈，她听我说了，她为你的举动骄傲！"杨义成抚摸着儿子的脑袋说。

杨子恒说："爸爸，我捞国旗的瞬间有人拍了，还发在了抖音上，我把这个转给岭岭妈妈，可以吗？"

"好，你好好养伤。我转给她。"杨义成说着用手机转发视频。

杨义成给杨岭岭发完视频，和甄凤离开了杨子恒的病房。杨义成对甄凤说："当妈的想儿子，正常，关键是时机不对。要么你们跟我回家，要么送子恒回美国岭岭那儿，这时候香港多么危险啊！"甄凤说："我们还是跟你回白洋淀新区吧。"杨义成笑了，说："我们给奶奶送那个大瓷碗。"

甄凤一愣："瓷碗？我卖的那一只吗？"

杨义成说："是啊，师傅给赎回来了。多亏了师傅，不然我这心里永远不安生。"甄凤问："多少钱赎的？高于三千万吧？"杨义成摇摇头，说："不知道，这钱是谭香出的。"

甄凤感动了："你看师傅和谭香这爷俩对你多好。"

杨义成在香港等了两天，看见凤凰卫视新闻，示威者开始包围机场，他当机立断："我们先回深圳，然后从深圳再飞北京。"

甄凤马上给杨子恒办理了出院手续。

杨子恒眼睛感染了，甄凤陪同他在深圳住院医治，杨义成独自一人回白洋淀了。

第八十三章　种豆

萍河，安静而平和。

这条大河，发源于保定定兴县，经徐水、容光县的黑龙口，汇入新水县的藻杂淀，属于九条入淀的河流之一。萍河有千年的历史，八十年代曾经断流，那时白洋淀干淀了。萍河在干涸中，常年干涸的土灰色的两岸令人厌烦。后来，引黄入淀，黄河水来了，哺育了白洋淀，也哺育了萍河，河的两岸又恢复了青绿，水天相连，烟波浩渺。

河流里漂浮的小船，也捉鱼捞虾，小船在这里游荡，偶尔也下淀捕鱼。入淀的地方，像麻袋收了口，河床渐渐变窄了。河床水最深不过三四米，远远地能看见两岸的柳树。河岸少花，却有着树的硬气。这样的光景，就像萍河水涨落一样，躁动、起伏而令人心烦。日子在忙乱、操劳和期待中滑过去了，土地发出了声响，乔麦能听到泥土耳语般低声的呼唤。

这天夜里，萍河下了一场暴雨。萍河水位嗖嗖地涨了。天亮就晴了，火辣辣的太阳照耀着萍河。

种瓜得瓜，种豆得豆。

河岸的黑土地肥沃，大多是黏壤土和沙壤土，最适宜生长大豆。清明时节雨纷纷，这个时节，也是萍河农民种豆的好日子。

乔麦流转的高效农田落成，在农田播种大豆。乔麦用了伍宝库的豆种、黑龙江的豆种、老家张家口的豆种和外国豆种，分别做了标记，以便收割的时候做一个比较。同时，她还留出了春玉米的地盘，高效农田已经将两万亩土地基本打通了，北羊村二楞家的土地，机器基本可以自由驰骋。

终于可以种豆了，乔麦的心里盼望着，燃起一蓬火来。高效农田施工的时候，乔麦就找来了新区的设计专家杨方晨，杨方晨知道新区的整体规划，他给划好了种业研发的三千亩地，有玉米和大豆套种的土地，还有大面积的大豆种植。

曲良家流转土地，他是答应的，只是没有签合同，该播种了，曲良又出了难题变了卦。

这天早上，天不亮，乔麦就被羊咩咩的叫声惊醒了。陈锁柱支书的两只羊拉到了村委会，村会计替他喂养，办公的时候喝着方便。奶羊嗷嗷地叫唤，乔麦睡不好觉，往两只耳朵眼里塞了棉花，然后，她就有了一个幻觉，萍河发了水。

第二天早晨，天刚蒙蒙亮，天一亮，乔麦就听见街上有人喊："老井冒水啦！"

乔麦的脑袋一响，随着众人去看老井。跑在街上的人，都心急火燎。

这口老井就在曲良家的承包田西南角。他家承包田有一棵老槐树，树下有一口老井，井沿儿围了一圈儿惊慌失措的人。井口蹿出一人高的水柱，颜色黑不黑灰不灰的。阴森的水汽夹杂着硫黄味一阵阵漫过来，冒着泡，打着疙瘩，朝着地里流去。

乔麦的心悬在了嗓子眼儿，瞪着恐怖的眼睛。

曲良娘不住地摇头："应验了，还是应验了，动土要有灾。"

农民的目光落在乔麦身上，乔麦一愣。

大荷花辩解说："大娘，可不能这么说，这跟我们平整土地没有一毛关系啊！"

曲良恐惧的眼神恍恍惚惚："我娘说得对，多少年了，老井就是废井。北羊村自古有个征兆，老井冒水，那是龙王爷在催命呢。"

乔麦反驳说："曲良大哥，你不能迷信啊！老井没有用了，我们这次整修农田，就是将塑钢管道铺过来，搞现代灌溉。"

曲良跺了脚，嚷道："我不信，你的话我不信了，我的地不流转了！"

"你，你个大男人，咋出尔反尔啊？"乔麦心中一颤，又望着曲良家的土地。

他家的土地地势优越，可是卡脖子的地块，好多种地车辆都经他家的地。

这几天乔麦播种大豆。

王决心正好歇班，就和水牛过来帮忙。雨后，土地有些软，黑土地上散发着一股泥土的香味。王决心带着播种大豆的机械，哼哼哧哧开过来，土地高低不平，蹭过来的。卡住了，五里地外，还有孙老汉等农民等候播种。他望了望广袤的田野，心中焦急。

车堵在曲良家地头，越说越僵。

曲良死活不让过，只能绕道走，但是，那会绕很远的路程，还不知那边有没有路。从老百姓家门口绕过去，就更难了。曲良家的承包田满地泥浆，几只羊低着脑袋在地上刨食，吃草，咩咩的叫声传出很远。

曲良家族的几个人，都坐着木凳守在地头。

乔麦吃惊地说："老公，地里的老井一冒水，他又变卦了，迷信。"

王决心一愣，想了想，说："冒水是借口，他还是有别的想法。"

"啥想法？"

"钱啊！"

"不会吧？"

"有钱能使鬼推磨啊！只要钱能解决的事，应该还算是容易的事。掏吧，不能错过播种啊！"

乔麦担忧地说："他鬼着呢，狮子大开口也不中，钱打给村委会了，你出面商量商量看！"

曲良居然掏出一个布袋子，跟来往的汽车伸手要钱。

王决心哪里知道，不远处的腰里硬偷偷观察着，腰里硬和姚云土地流转失败，他们不甘心，夜里就跟曲良耍了阴谋，给曲良出馊主意。

过车的空地变成了羊圈。一只只山羊嗷嗷叫唤。如果过车，曲良就将羊轰到另一个栅栏。乔麦发现他将自己送给陈锁柱的奶羊也凑过来了，正好堵住了绕道的这条田坡路，王决心想从这儿过，就得给钱，而且价钱翻了两倍。过车就是五千块钱。这纯属农民的智慧，农民的狡诈。

第一辆车轧死了一只羊。蓦地，冲突就因为死羊升级了。

曲良愤怒了，他不让播种机通过了，事情就僵在那里了。王决心没办法，自己掏腰包给了曲良五百块钱，让三辆播种机通过，曲良说啥都不让过。

"留下买路钱！"腰里硬喊道。

王决心看到了腰里硬，脑袋都炸了。腰里硬不是走了吗，怎么又悄悄杀了回马枪？

腰里硬和胡铁来了，啥钱都敢挣。

王决心知道腰里硬流转土地不成，地下管廊也没有拿到业务。王决心听鲁大林说，沙子可是工地的软黄金，可见其价值。腰里硬给工地提供了沙子，挣到钱了。

工地建筑用沙，要褚忠良拍板。腰里硬活该倒霉，他拉沙子碰上了赵国栋，赵国栋堵住了他的业务。白洋淀集团基础建设公司去掉了中间商，直接到太行山买沙子，保证了质量，还降低了成本。

腰里硬来者不善，横眉立目，要吃人。

"腰里硬，你小子干啥来了？"王决心毫不示弱地凑上前去说。

腰里硬阴阳怪气地说："我过来瞅瞅播种大豆，大豆可是金豆子，挣钱啊！"王决心说："你不是往搅拌站拉沙子吗？还想种大豆挣钱？"

腰里硬抚摸着腰里的皮带说："王老三，我们公司是商贸公司，业务广泛，气死你！你甭给我唱高调，我心里一笔一笔记着你和乔麦的账。挡我财路，没有好下场！"

王决心说："种田没有你们的份了，你过来干啥？"

腰里硬也变得狡猾了，软硬兼施，先礼后兵。他将王决心拽到了曲良跟前："老曲是我哥们，你们先谈谈价格，麦耘科技公司有钱！"

王决心跟曲良心平气和地谈判。

乔麦担心他俩打起来，就派水牛过去暗中盯梢。

曲良摆出死猪不怕开水烫的架势，死死要钱。腰里硬对王决心说："我知道，我说啥你都不听，这辈子我们算是死杠上了，你讨厌我，不讨厌钱吧？"

王决心说："钱？那看咋来的钱。"

腰里硬撇着嘴巴说："别唱高调了，我瞅见乔麦就在车上，就算你有鲁大林帮你，央企上班能挣几个钱？到头来还是穷光蛋！"

王决心看了看表："腰里硬，没空跟你闲扯，那边的农民等着播种大豆呢，要不工地就停工了。"

腰里硬说："好，我们打开天窗说亮话，钱数说好，播种机就过去，不然爱从哪儿绕从哪儿绕。"

王决心说："腰里硬，你我不是一个道上跑的车，昧良心钱，饿死都不挣！"

腰里硬抱怨了几句，渐渐失望了。

乔麦站立起来，对着曲良喊："老曲，你想好了吗？赶紧放行，惊动了你们村领导、县领导，大家都难堪啊！"

"是啊，这是我们公司的高效农田，郝县长催问播种进度，耽误了农时，谁也负不了责任！"王德说。

曲良扭头看腰里硬的脸色，就知道谈判破裂，他气哼哼地瞪了乔麦一眼。

乔麦黑了脸，从汽车里出来。

她看见地上的老井旁聚集了一些族人，拿着棍棒和农具，虎视眈眈。乔麦有些紧张。水牛、大荷花和王德也没了主意。

乔麦不知道腰里硬跟曲良是啥关系。有一点是肯定的，曲良流转土地变卦，一定是腰里硬挑唆的，甚至有利益捆绑。流转土地时，曲良跟腰里硬打得火热。曲良为啥听腰里硬的话呢？难道是腰里硬出钱买通了他？

腰里硬往前跨了一步，肩膀几乎撞到了乔麦的肩膀。曲良瞪着眼珠："你这里三辆车，拿五万我就放行，少一点都别想！"

乔麦吓了一跳。大荷花急了眼，吼："曲良，成心捣乱，你收棺材本儿哪？"

王决心想揍腰里硬，望了望乔麦，他就忍住了。他答应鲁大林师傅，以后再也不动粗了。眼下他没有什么智慧化解危机，是福不是祸，是祸躲不过。

一个老头喊道："花钱买平安，五万不多，这不是一天的钱，你们自己说，这么多的车来来回回多少趟了？"

王决心辩解说："粮食刚刚播种，还没有收秋，哪有钱啊？没钱不等于不解决问题，有事靠政府出面调停，今天让车过去，我留下跟你们谈判。"

他说着观察腰里硬的表情。

"腰里硬，不能因为挣钱，因为你恨谁就仗着自己的力气动手打人，我已经不打了，你也应该丢掉皮带，放弃打架的陋习。如果动手就乱套了，利益得不着，还弄得鸡飞蛋打。你说对不对啊？"

腰里硬说："你说得都对，你小子没有白跟鲁师傅混，进步了，说话头头是道，不过你别看我，这事得看曲良老兄答应不答应。"

曲良愣住了，一时不知说什么好。

醉老头是曲良的二叔，他脚下一滑，摔倒在地，滚了一身的泥。

"打人啦，打人啦！"腰里硬瞅准了这个机会，诬陷是王决心打的，现场的人群情激昂起来。

胡铁也不是吃软饭的，身边的打手一拥而上，水牛、王德和大荷花等几个更不示弱，两拨人乱打成一团。

显然，腰里硬和这些农民有备而来，每人手里都有棍子，王决心他们拳头明显吃亏，几分钟下来，水牛被打得满脸是血，三个司机身边的几个工人也顶不住了，抱着头，毫无还手之力，腰里硬明显占了上风，他得意洋洋的嘴里骂着："你小子不是我的对手，看我怎么收拾你。"说着一棍子打在王决心的头上，王决心一阵眩晕。

乔麦在混乱中被撞了几个趔趄，抢过水牛手里的棍子，跌跌撞撞扑了过来，举着棍子喊："你们谁敢动？"

王决心和腰里硬都惊呆了。

天气闷热，乔麦的前胸后背已被汗湿透。乔麦威风凛凛地说："我看得明明白白，这位大爷自己跌倒的。咋变成了我们打的？"

曲良指着王决心说："他打的，他先动的手。"

"数字村庄，遥感器都有数据，回去调监控就啥都明了。"乔麦说。

听乔麦说有数据，有录像，醉老头自己乖乖爬起来，扬着胳膊喊："算了，算了吧。"

曲良叹息了一声。

乔麦有个预备的药箱，她让大荷花拿过来，她给王决心擦头上的血迹并包扎好，然后又给水牛包扎，包着包着，身子软软地倒了下去，决心见状大喊："二哥，不好！快去医院！"和王德急忙抬着乔麦上了播种机往医院里跑。

时间一个小时一个小时地过去了，王决心后悔带着怀孕的乔麦出来，这要是有个三长两短，爹该咋埋怨他，爹等着抱孙子呢。王决心和水牛谁也不敢说话，在乔麦的病房门口等候。这时医生出来了，问谁是病人的家属。王决心猛地抓住医生的手，急切地说："我是，怎么样？"医生使劲地把手抽了出来，说："孩子保住了，大人也醒过来了，你可以进去，但不能让病人激动。"

腰里硬觉得没趣，带着胡铁悄悄撤了。

王决心一笑，走到乔麦面前，看着乔麦苍白而美丽的脸庞，柔情地说："老婆，你厉害，今天让我吓了一跳，我爱你，今生来世。"

乔麦幸福地点点头，回应着："决心，为了你，我啥都敢做。"

王决心脸颊颤动起来，说："答应我，照顾好自己。"

乔麦没让王决心掺和，将曲良拉过去，嘀咕了几句，还是腰里硬火上浇油，还有，她和王决心到曲良家里和解的时候，曲良提过一个条件，萍河粮站欠着他的收粮钱，乔麦答应给要回来。

"怪我，我忘记了。"

曲良拍着胸脯说："乔总，我这人说话算话，这三十万的债，还有村集体的一半，你如果给我们要回来，我答应流转土地给你。"

乔麦说："我答应你！"

"还有，我以土地入股，你公司让不让我当副总啊？"

"我说话算话。"

曲良挥了挥手，说："放喽！"

王决心和水牛带着大豆播种机从曲良家的承包田里轧过去了。

播种大豆接近尾声，乔麦着手给曲良要债。即便不用他家土地，乔麦也愿意帮助农民。这天下午三点，乔麦、大荷花、王德和曲良组成了要债团队，队伍出发前，曲良无奈地发蒙，六神无主，摇头叹息说："唉，这钱说前任欠下的，有五六年了，不知道新站长还管不管！"

王德抱怨说："新官不理旧账！"

乔麦加重了语气说："账是粮站欠下的，不理就躲过去了？躲过初一，躲不过十五，有枣没枣的我们得打两竿子啊！"

曲良惊讶了，深深地鞠躬说："乔总，看见你我就有信心。"可是，曲良给乔麦出了一个难题。不是一个难题，是两个难题。拖欠王家寨苇帘厂款的有曲阳的天马巨石加工厂，第二是个村里的塑料厂。曲良一说去曲阳，乔麦的脑袋就轰然一响，想到铃铛的前夫许大彪，这是许大彪的家乡啊。

去曲阳要账的团队很快组建起来了。

夏日暴雨将临，云彩就像压在脑瓜顶。

大荷花是乔麦的助理，步步紧跟。一路上，大荷花唱了几句西河大鼓，她的嗓音又尖又甜，乔麦听着却显得孤独凄凉。乔麦听见西河大鼓就想到自己的师傅。乔麦看这看那心情挺好。因为春耕好久没出村了，溜达溜达倒也挺好。曲良与大荷花说笑不止，说说笑笑汽车就开进了萍河镇上。乔麦他们直接去了萍河粮站。公司一把手陆站长不在。他们就调头去了县政府招待所住下了。大荷花和乔麦躲在房间里歇着，曲良带着王德逛街去了。

曲良他们回到招待所，天色已晚。

曲良去服务台打了电话，陆站长媳妇说他好久不回家住了。他就猜想陆站长的家庭该解体了。

乔麦的脑子灵活地转了转。最初，她想带着曲良找郝县长，郝县长力挺了乔麦。乔麦这个人就不怕见大官，后来想了想，要债的事情，不能给县长添麻烦的。乔麦想直接应战萍河粮站。这个粮站坑农，她曾经闹过，宋站长挨了处分，调走了，她摸到了陆站长的底细。

陆站长从县城粮食局调来萍河的，最近正躲债呢，前任宋站长留下了许多债务。

陆站长晚上不回家，住单位，回单位也是后半夜偷偷进院。乔麦听了就说："咱们后半夜去堵这家伙。"大荷花想到乔麦最近太累，犯了心绞痛。她说："乔总，我跟你去。你的身体顶得住吗？"乔麦瞪眼凶她："顶不住也得顶，不能食言啊！可着一头儿苦吧，哪有刀切豆腐两面光的事儿呢？"

曲良带着乔麦她们到萍河粮站，已经是夜晚了。要债是很难的事，他的确没别的好招了，就让王德在房间等。

乔麦他们到了萍河粮站门口，曲良问门卫得知陆站长还没回来呢。大荷花和曲良揽着乔麦坐在门口的马路牙子上。

后半夜天气凉了，乔麦连连打喷嚏。洒水车从路灯下开过去，路上就湿了一片。潮冷的气流灌得乔麦一阵咳嗽，嘶哑而憋屈。乔麦自叹说："大豆种上了，我真的好开心。身体，倒像花一样娇气了。"然后就咯咯笑了。

弯月悬在夜空里，像一道慈眉。

曲良和大荷花肩挨肩坐着，乔麦看见他们老往一处靠，霜打的秧子似的，就知道两个人也困了。乔麦怕他们冻着，就将自己外衣递过去。曲良担心乔麦着凉，就扶乔麦去了汽车里待一阵。

夜里一点多钟，灯火阑珊。

一辆小轿车驶来，停在萍河粮站门口，下来一位腆着大肚子的男人，轿车很快开走了。乔麦让大荷花上去问问是不是陆站长，大荷花颠儿颠儿跑过去，笑着跟男人搭话："请问，您是陆站长吗？"那男人显然醉了酒，晃晃悠悠地打着酒嗝儿。男人见了大荷花眼睛亮了一下，点头说："宝贝儿，你可来啦。"就伸胳膊紧紧搂住大荷花的胸脯。

大荷花吓得没了章程，连连挣脱。

曲良惊了脸奔过来，他很气愤，醒了血性，晃晃地冲了过去，朝那男人的胖脑袋打了一拳，没有打着头，拳头落在他的肩膀上。曲良横头悍脸地骂："你是谁啊，臭流氓！"那个醉酒男人挨了拳头，扭头骂道："你们是干什么的？还敢打人？"

乔麦吓得咂舌头，说："真败兴，遇着这么个狗东西！"

那男人喝高了，说话舌头长，走路晃晃悠悠。那人松开大荷花，却与曲良厮打在一起。

这时门口保安人员出来了，那男人凶势顿长，一挥手说："无法无天了，给他们都关起来，统统关在地下室！"他就被人搀到楼上去了。

曲良、乔麦和大荷花跟保安人员解释半天，不顶用，还是被推向了地下室。

乔麦问了保安一句："那个狗东西是不是陆站长啊？"保安人员说是。

乔麦浑身就软了，心叹要账的事怕是大风里点灯——没啥指望了。

曲良生气地说："宁可账不要了，咱也跟他没完，告他耍流氓，告他非法拘禁罪！"

大荷花委屈的泪水已经充满眼眶。

乔麦将大荷花搂进怀里，说："好妹妹，莫哭啦，你受委屈了，咱不怕他们。这是共产党的天下，还没王法啦？"说着，乔麦美丽的大眼睛也淌了眼泪。

曲良看着乔麦和大荷花难受，劝了几句。

乔麦瞄了一眼曲良，阴阳怪气地说："大荷花，振作起来，咱都是当娘的人了，我们不是怕，屈点也不算啥，就是怕这欠款要不回去了，对不住曲良，对不住陈支书，对不住乡亲们哩。"

乔麦越说曲良越不落忍，他扭头冲外边值班的人吼："狗杂种，你的祸惹大了，赶紧放我出去！"他吼得喉结都颤了。

乔麦等人依然被关在地下室，地下室湿润润、潮乎乎的。她身后有半个窗户，头发被吹乱了，乱蓬蓬的，浑身又僵又木，疲劳至极。

大荷花气愤，嚷了嚷："救人啊，救人啊！"

地下室有回音，回音消失，又都是静静的。

乔麦却一字一句地说："别嚷了，舍不得孩子套不住狼，舍不得肉疼治不好疮。我们就待着，他不给钱，就告他非法拘禁！"

她说着脑袋就蒙了，又稀里糊涂地坐着麻袋包睡着了。

"乔总，好主意！"

曲良低了头，一时说不出话来。

这个不寻常的夜晚，路灯还亮着，萤火虫似的，月亮都被乌云盖住，空中雾蒙蒙的。粮站里静悄悄的，乔麦望了一眼夜空，虽然委屈，但是心情陡然好转，而且接着就来了好事。

傍天亮儿，乔麦听见院里有了响动。

陆站长终于醒了酒，恍惚想起昨夜有啥事，就下楼来问保安。保安如实一说，他反倒将保安骂个狗血喷头："谁让你们随便扣人的？这可是犯法的呀！"保安人员哆嗦说："这是昨天夜里，你的命令啊。"恰巧王德找来了，跟陆站长嚷嚷着辩论，骂陆站长老和尚打伞——无法无天了。陆站长额头冒汗了，赶紧亲自去地下室，将乔麦、曲良和大荷花接到办公室，又倒茶又递烟，满脸赔笑。陆站长从外貌上看出他们这三人都不是普通老百姓，越发地恐慌了。

大荷花偏偏得理不饶人，口口声声要上告。

陆站长歪着脑袋问："你们晚上在门口干啥？"

曲良说："你甭管干啥，我们总没犯法吧，你还侮辱大荷花，该当何罪？"

乔麦一直默不作声，按她宁折不弯的性子，会没完没了地跟陆站长嚷。她眼下想要账的事，如果给了钱，屈屈身子不丢人。

乔麦站起身，没鼻子没脸地骂大荷花："大荷花，给你脸啦？既然陆站长认错儿啦，你们还犟啥？呆子不识走马灯，谁还用不着谁？"

陆站长见大荷花和曲良被骂蔫了，心里还有点过意不去，就看着乔麦点头："乔总，您通情达理，理解万岁，理解万岁！俺昨夜里接待保定的一家粮商，从白洋淀开喝，回到萍河镇上又吃烧烤，喝了两席，醉啦醉啦。"

乔麦阴沉着脸说："陆站长，这是啥时候，你是公家人，尽管你不吃公款，吃喝也犯错的。你酒后还非法拘禁我们，那就是犯法了！"

大荷花气愤地说："你酒后乱性，还调戏我呢，你该当何罪？"

"我知罪，我知罪。"陆站长频频点头，"对不起了，下次一定规规矩矩的。"

乔麦冷冷地说："不赖呆，我一看陆站长不是糊涂官。其实，我们是找你来把这救命钱拿回，好回去种地了。"

陆站长瞪圆了眼问:"宋站长调走了,你们找我要谁的账啊?"

曲良急忙从文件夹里拿出账目单子。

他说:"这是两笔欠账,一是欠种粮大户我的,二是拖欠北羊村集体的,总共三十万。"曲良一口气滴水不漏地讲了欠账过程,说到辛酸处,还伸手揩了揩眼睛。

陆站长说:"这个小宋啊,怎能干这种事啊?还粮改模范单位,纯属弄虚作假!"

大荷花说:"我们乔麦董事长,也不是一般人物,人家在新区的关系横着呢。但是啊,人家谁也不找,就是想跟陆站长交个朋友!"

陆站长感动得眼皮儿发湿,抓住乔麦的手说:"啥都别说了,自家人,冲着美丽的乔总,这账我也要还。你们夜里辛苦了,真是不好意思!"

乔麦赶紧掏出药瓶,吃了十粒复方丹参滴丸,笑中透着威严:"陆站长啊,你别看我精精神神,其实是个老心脏病,一生气血压就蹿上了。"

陆站长吓白了脸:"那您更要休息好了。"

乔麦说:"陆站长是明白人,工作有方,你还有好前程啊。"

陆站长为难地说:"过奖了,站长就是个小芝麻官,乔总啊,公司这阵确实没钱,俺就是东拆西借,先给你们凑足三十万,咋样?"

乔麦望了曲良一眼,说了不少奉承的话。曲良和大荷花眼睛亮了。

陆站长叹息说:"这是以前的账,现官不理旧账,这是常规。还有,我们粮站欠你们村的款是有原因的,当时收粮,陈锁柱支书为啥不敢找俺?他理亏着呢。他不按合同办事。他托领导,又送礼,又施美人计的,我陆海川,堂堂正正,不吃他那套!"

"我是当事人曲良,那年啊,粮站把省里下拨的收粮款都用完了,当时资金紧张,打了白条子,我们相信了粮站,出于高风亮节。"

乔麦擤了一把鼻涕,附和说:"陈支书有啥毛病,曲良老实厚道,原因就不提了,我们今天砸锅说锅,砸碗说碗!"

陆站长气愤地咽了口唾沫,又说:"那就看乔总面子了,其实,这么做本没道理,良心就是道理!容我两天,我得拆借啊,后天下午来公司办款！"

乔麦千谢万谢地说："陆站长，真是不打不成交哇！我们在宾馆等两天，你可不能变卦啊！"

陆站长的目光总瞟乔麦，一个劲儿夸奖美女，还留乔麦他们吃午饭。

乔麦故意摇头说："不麻烦站长了，我们的土地上，正在播种大豆，春种是大事啊。"

说完就和王德、曲良和大荷花回到招待所，假在床上就睡着了。

乔麦看出陆站长搪塞推托，不好对付。说好的送钱，陆站长拖着不来。曲良沮丧地说："陆站长还是滑头，说话不算数啊！"

乔麦突然心生一计，拉着曲良的手，冷笑一声，说："你给陆站长打电话，就说我死了。尸体要抬到他们粮站去！"

大荷花一愣，说："你是董事长，撒这个谎那多不吉利啊！要装死还是我来死吧！"

乔麦冷硬地说："就这么定了！"

大荷花说："这是粮站啊，你是董事长，往后还要跟人家打交道呢。"

王德去寿衣店买来了一套女士寿衣，黑色缎面的，闪闪发光。大荷花闯过去，自己麻溜地穿上了，往宾馆床上一躺，眼一闭，像模像样。乔麦心中一酸，哽咽说："大荷花啊，你可是咱麦耘集团的好员工啊！"大荷花没有好气地瞪眼："别磨叽了，就是刀山火海也得闯了，乔总月底多发点奖金就行了！"

乔麦和王德笑了，赶紧一阵忙活。

曲良给陆站长打了电话，大荷花化了妆，穿上了寿衣，脸上涂着白粉子，惨白。乔麦然后悄悄到大荷花耳边，轻轻说："你可要装好了，他来了，别出气啊。"

大荷花装成没有呼吸的样子，屏住呼吸。

陆站长进屋当下就慌了，伏在床头哭了两嗓子，让曲良跟着他回去拿欠款。

大荷花起身卸妆，笑了。太阳的最后一道光辉在地平线上消失了。

曲良拿钱回来，大荷花都清洗干净了。

曲良给乔麦一个鞠躬，说："乔总谢谢您，您真是文武双全，女中豪杰，不是一般人啊，吐口唾沫就是个钉儿，我曲良服了，我跟定您了，我家的土地回去咱就签约！"

乔麦没吭声，对着镜子描眉化妆。她心里好笑，种大豆种出这么多怪事来。

第八十四章　疏通

容光县城的交通瘫痪了。

假如没有新修的环城快速路分流，那么此时的容光县城比北京还要拥堵。容光县过去是个小县城，县城三万人，全县仅有十八万人口，白洋淀新区起步区建设以来，这里猛地涌来了来自全国的建设者，少则二十万，多则三十万。这些人涌进容光县城，让小小的县城顿时喧闹起来了。人们好像被噩梦惊醒了似的，陌生、惶惑、恐惧、欣喜交织在一起，一下子打乱了原有的平静，生活物资保障成了困难。仍然沿用老街道，有的路段开挖地下管廊，车辆绕行，出现掣肘，似乎也在情理之中。

市场需求，瞬息万变，寻常人难以掌控其中的变化，央企队伍云集白洋淀新区。

赵国栋觉得央企确实厉害，他们经过大规模工程的历练，经验丰富，最善于大兵团作战，最善于打攻坚战。当然，有些央企中标之后，也有一些外包、劳务派遣，但是，管理监督在央企，工程质量是完全有保障的。

"堵车太厉害了！"赵国栋说道。

天色已晚，街道拥堵厉害，商店灯火通明，汽车川流不息，犹如一条快速的河流在那里流淌。大货车、轿车、摩托车、自行车混杂一起，各种声响此起彼伏。

往常，赵国栋回德县的家，都要从白洋淀大道驶到新水县城北环路，然后绕道去天德县城。

他的汽车出了容光县城，穿过容光县高速出口那片空地，又闯入了繁忙的白洋淀大道。如今，白洋淀大道成为主干道，汽车艰难挪行，转一个轮子都很艰难。

人头攒动，车流涌动。

整个容光县城在下班高峰时的交通堵塞，类似北京的晚高峰状态。

赵国栋的汽车专门在晚高峰插进来，验拥堵情况，看一看交管各部门工作的效率。半个小时以前，新区市民中心的交通管理中心主任还与他汇报工作。他在汇报中发现了问题，没有通知他们。如果走漏风声，交管中心许大强主任就会偷偷通知警方，让他们像接待中央领导那样，做好各种周密的迎宾准备。譬如安排一批交警有效地控制起各个主要交通要口，陆续截住一些车，这样的检测是不真实的。所以，他今天与分管交通的姜副主任来了个突然袭击。

摸清底细，出台一个可行的方案，缓解非常时期的交通，只能是缓解，不可能根治。连新区的老百姓心里都明白，在新建的地下管廊没有启用以前，不能怪罪哪个领导，要承认这里的特殊性，但过多强调其特殊，就会放任自流。

赵国栋发现交警值班人员稀稀拉拉，气愤地说："说了多少遍了，晚高峰值班民警太少了，应该加强交警疏导。"

光影迷乱地交织成一团，五彩缤纷。

赵国栋扭脸看见两辆大汽车停下了，周围乱哄哄地围了不少人。他和姜副主任走过去，突然看见前面的汽车是拉沙子的，俩司机围着一个人在激烈地吵着架。堵住的汽车越来越多，交通一下子更加拥堵了。

赵国栋惊讶了，被围攻的人竟然是王家寨的腰里硬，他认识腰里硬。

有人冲腰里硬叫喊："你雇我们车说好了半个月结一回账，可这都快俩月了还赖账。我们油都加不起了，你看着办吧！"

腰里硬梗着脖子喊："基础公司没有给我结账，我有啥好法子啊，你们就忍忍吧。"一个刀脸小伙子一把抓住腰里硬的脖领，喝道："我们手里没钱了，你叫我们咋忍啊？你他妈的坟头跟前烧报纸——糊弄鬼哪啊？"腰里硬铁青着脸吼："你他娘的少跟老子豪横，赶紧给老子撒手，再不撒开休怪老子抽你啊！"一帮司机撸胳膊挽袖子要揍腰里硬。腰里硬黑着脸，抽出腰里的腰带就要开抽。

赵国栋喊了一声："别闹了，散开，散开！"

大家循声看着赵国栋，怔怔地站着不动。

腰里硬认出了赵国栋，笑着颠了过去："赵书记，你来得正好，可得给我做主啊，搅拌站到现在也不给我结账，我给司机师傅们结不了账。你是新区大官，快救救我吧！这活没法干了！"他胸脯起伏地喘着粗气。

赵国栋点点头："你的车是……"

"我们白洋淀商贸公司给地下管廊搅拌站提供沙子！"

赵国栋沉了脸说："姚力英，搅拌站一点没给你结账吗？"

腰里硬说："你是大领导，哪敢跟你撒谎啊，真的一分钱没结啊。"

赵国栋说："你的事情我记住了，你解决好乡亲们的欠款，把货车挪开。"

警察过来了，指挥车辆劈开一道缝隙，拥堵逐渐缓解。

腰里硬挥手，上车走了。

赵国栋看着腰里硬远去的背影，心里嘀咕：德县望马浒村拆迁的时候，听说他带人拆迁，还听说他的公司在千年秀林提供劣质树苗，被王决心掀了桌子，萍河土地流转跟乔麦竞争，刚刚败下阵来。他这种人与杨义伟类似，素质不够，疯狂敛财，越是这样，财越是不来。腰里硬从萍河北羊村撤出来，搞起了沙子，他一个普通农民哪来这么大的能量呢？

他想腰里硬一定有后台，背后光有一个姚云还不够，应该还有官场的保护伞。

赵国栋回到办公室，椅子还没坐稳就让姜副主任通知各部门，召开了一个紧急交通会议。

遗憾的是交管中心主任许大强不在，电话也不接，他非常气愤，对交通乱象提出严厉批评。

散会了，交管中心的许大强主任晃晃悠悠地来了，满脸红彤彤的，带着一股子酒味。

许大强埋怨赵国栋："我说赵书记啊，今天晚上我们不是通话了吗？没有你这么干的，突击检查也不能背着我啊！"

赵国栋冷着脸说道："不背着你，我能知道真实情况吗？"

许大强支吾着说道："你会上不是说了吗？市场的事交市场解决，政府只干好自己的事。你说这么多人云集容光县，马路不光少而且还不够宽，能不堵车吗？"

赵国栋瞪视着他说道："你还强词夺理是吧？我问你，你的党性跑哪儿去了？你的觉悟呢？你说，交通问题是市场问题吗？看你喝成什么样子啦？会带来什么样的不良影响想过没有啊？"

许大强自知理亏，耷拉着脑袋，有点醒酒。赵国栋说："听着，从明天起，你停止工作。"

许大强一听怔住了，恼怒地说："撤我职？没有开大会，你没有这个权力。"

赵国栋拍了桌子："好办，可以开会嘛，你这种思想本身就有问题。我们交通要为建设保驾护航。你这点政治站位都没有，这就是严重的失职。你走吧，好好反省反省。"

许大强沮丧地走了。

赵国栋到食堂吃了点饭，打电话约褚忠良过来一趟。褚忠良很快来到了赵国栋办公室，一见赵国栋阴沉着脸，心里有些忐忑不安。让褚忠良感到忧虑的是，问题不知出在哪里，他试探着问赵国栋："赵书记，有事儿您请讲。"

赵国栋慢悠悠地说："我考察了一下容光县的堵车情况，碰见了王家寨的腰里硬。这个白洋淀商贸公司简直是无孔不入啊，德县高铁站拆迁、千年秀林和北羊村土地流转，都有他们的影子。如今，给地下管廊搅拌站供沙子，调查一下他们供货的质量。另外，查一查他们是什么背景？"

"我明白！"褚忠良说。

褚忠良非常尊敬赵国栋，对赵国栋的人品极为信任，甚至是敬畏。在千年秀林，他让路海生远离腰里硬，总是觉得这个公司不正规，便说："赵书记，您放心，我一定认真调查清楚，尽快向您汇报。如果发现我的手下有问题，绝不姑息！"

赵国栋给褚忠良倒上茶水，缓缓地说："我们以白洋淀商贸为切入点，整一个质量大排查，不管是央企、国企还是民企，进入我们白洋淀新区的各种建筑材料必须要严格把关！"

褚忠良点点头，说："你放心，我回去就马上彻查。不管是组装物件，还是公司使用的混凝土、钢筋、沙石和防水材料，都是一家央企负责检测的。那是一家专业机构，做事还是挺认真的。"

赵国栋愣了愣，说："人情无孔不入啊，有人的地方就有回旋余地啊！出了问题，我们白洋淀集团不好交代，建设单位也是受不了啊。"

褚忠良说："是啊，是啊。"

下午的时候，赵国栋电话响了。门卫说有德县人来找他。赵国栋一愣："德县哪个村的？"门卫说："望马浒村的农民李老忠和他儿子李树。"赵国栋马上想到高铁站拆迁户李老忠，他说："我认识啊，让他们进来吧！"过了一刻钟，李老忠和李树来到赵国栋的办公室，手里提着一只白条鸡一盒金骏眉茶叶。

李老忠嘿嘿地一笑："赵书记，您走后，县里许亮书记带队调研，拆迁也拆顺了，那个腰里硬给赶走了，孙延赤的儿子孙大胆，打残了人，还放高利贷，这次打黑给抓了，还判了刑。村里老百姓都感谢赵书记为民除害，英明啊！"

赵国栋说："许书记跟我汇报了。别看村庄拆没了，人心不能散，你们村明年集体搬雄东片区安置房，日子就越来越好啊！"

李老忠眨眨眼，难为情地说："那是，那是。赵书记啊，上次拆迁您背着我，还扎坏了脚，让我过意不去啊！"

赵国栋喝了茶水，问："老忠啊，有事吗？"

李老忠抬手指了指坐在沙发上的李树，支支吾吾地说："真是不好意思，还是李树的事，您知道，他在北京当北漂，在燕郊买了小房，借了孙大胆的高利贷。他和女朋友在北京上班就不方便了，国家砍教育辅导班，儿子都没工作了。我听了您的话，让他们把燕郊的小房子卖了，还上了高利贷，两人就回咱白洋淀新区了。儿媳会写财经稿件，如今到容光县一家网站工作了，儿子李树单纯，缺少社会经验。他是学财会的，我想求赵书记给孩子找个工作啊！"

他说着递给赵国栋一份李树的资料。

赵国栋哗啦啦翻看着资料，说："北京生活成本多高啊，回来建设白洋淀新区多好！财会，本科学历。我给推荐一下啊！"说着就给褚忠良打了电话。

李老忠细心听着，心悬到了喉咙口。

赵国栋放下电话，望着李树说："你先到基础公司报到，试用期两个月，好好干啊！"

李老忠感动地流下了眼泪："您是恩人啊，我们李家的大恩人啊！"

"雄东片区安置房盖好了，现在装修，明年你们就能搬新家，孩子不用交房租了，都有了工作，你就享福吧。"赵国栋微笑着说。

李老忠频频作揖说："谢谢赵书记啊。您是大忙人，我们走了。"说着，一股暖流热辣辣的，让他的鼻子酸酸的。他和儿子一步一回头地走了。

隔了三天，褚忠良又来到了赵国栋的办公室，向他汇报了一个极为神秘的情况："姚云和腰里硬的白洋淀商贸公司，不光向地下管廊和容东片区工地提供了沙石料，还提供了钢筋。我询问了中标企业，这里有人打过招呼的，但是检测结果质量还可以。打招呼的人呢，是省国资委的一位退休领导，还有容光县的常务副县长郑继刚。"

赵国栋脑袋像铜钟一样嗡地响。

郑继刚在容光县当常务副县长，他甩不开腰里硬，绝对不是什么好兆头。这种情况该怎么处理呢？他对褚忠良说："我还是那句话，如果质量合格，市场解决；如果有腐败问题，纪委去解决。"

褚忠良说："您是想让纪委介入吗？"

赵国栋皱眉想了想，又问了一句："整个新区建设，监督机制是很好的。我们再看一看，腰里硬他们提供的材料还可以，就是说能用，不是最好的，对吗？"

褚忠良点点头，说："我还要跟你汇报一个情况。项目经理路海生是我带来的，建设千年秀林的时候，他就跟白洋淀商贸公司有联系，但是，没有发现腐败行为。他对我说，容光县的郑继刚副县长跟腰里硬之间保持了多年不错的关系。"

赵国栋心情有些沉重地说道："忠良啊，你们央企培养一个管理干部不容易，我们培养一个干部也不容易，谁的孩子谁抱走，我们敲打他们一下，防微杜渐吧。你明白我的意思吧？"

褚忠良点点头，心里更加敬佩赵国栋了。

这一天，郑继刚副县长带着东西到了赵国栋在德县的家。杨爱珍开了门，看见郑继刚提着一些水果等东西，回头看了一眼赵国栋，说："继刚来啦。"

赵国栋微笑着说道："继刚啊，快进来，坐。"

郑继刚朝赵国栋弯下腰说："赵书记，打扰了。"缓缓坐下接着说："您找我？我正好想跟赵书记汇报一下思想和工作哪。"

赵国栋说："谈不上汇报，我们交流交流。你到容光当了常务副县长，工作累不累？"

郑继刚微微一笑，说："谢谢赵书记的抬爱，累倒累，但离新区的起步区更近了。工作上只能干好，我有一个事跟您检讨。"

"有什么可检讨的？"

郑继刚说："乔麦到北羊村等三个村搞土地流转，我开始跟郝县长有点分歧。觉得乔麦步子迈得过大，偏离乡村振兴轨道。后来我才知道，人家乔麦有胸怀，公司股权划得好，她的公司跟三个村集体经济捆绑，农民转股民，不仅壮大集体经济，还与农民共同致富。乡村，欢迎这样的资本啊！"

赵国栋说："你想通了就好，你们应该抓好这个典型，智慧农业到底怎么走，闯出一条我们白洋淀独有的路子来！"

郑继刚点头说："是啊，过去乔麦养鸭我就认识她，没有想到，她有这大的能量，她们的高效农田，我去看了，基本做到旱涝保收，还注入了新科技，智慧农业有了雏形！"

赵国栋说："乔麦没有跟我说过，还是郝县长有眼光，发现了这个好典型。村村联动，建设高效农田，加强种业创新，应该提倡的。"

"应该，应该，政府补贴款，一分不差地拨付企业了。"

赵国栋喝了一口茶，说："继刚啊，你还年轻，前程万里，一定要严格要求自己。我想跟你谈的不是这些问题，我就开门见山了！"

"您说，您说。"郑继刚点头。

赵国栋叹息了一声，说："我对你没有成见，党的干部做事要光明磊落。只要心里装着新区、装着人民，就经得起任何风吹雨打！"

郑继刚脸上尴尬地一笑，说："赵书记，我一直敬仰您、追随您。我过去却一屁股坐在了郝奇那边儿，确实是我不成熟。实践证明，您是对的。"

赵国栋脸色一沉，说："你看你，我不是说过不提过去的事儿了吗？你要放下包袱，我找你谈是要谈现在的事情。"

郑继刚认真地点着头说："您不让我说，我还是想说。当时是郝奇对我许愿说，让我多多看望甄副省长。不管咋说，郝奇主任是好意。"

赵国栋咳嗽了一声，说："你再这样说，我就不高兴了。我们要给新区质量把好关，要多做有益的工作。容光县这个地方很特殊，我们对你是有很高的期待的。"

郑继刚脸红了："感谢您的教诲，回去我好好反思啊！"

赵国栋严肃地说："你呀，还年轻，前程无量。你这个岗位很重要，跟央企、跟社会打交道的机会很多，利益诱惑也多，时时刻刻保持敬畏之心，就不会偏离轨道。"

郑继刚赔笑，脸上笼罩了阴影。

屋里的灯光很亮，照耀着郑继刚的脸，似乎要把他的五脏六腑照穿。他后悔自己上了腰里硬和姚云的贼船，眼下还不能说，领导也许听见了风声，暗示他跟这些人一刀两断。

郑继刚又喝了两杯茶，悻悻地走了。

赵国栋站起身走到窗前，望着满天的璀璨星斗。云彩遮住了月亮，县城笼罩在一片黑暗里。他回转身，欣赏着墙壁上悬挂的一幅书法。这是康熙年间一位知县的名句："得一官不荣，失一官不辱，勿说一官无用，地方全靠一官；吃百姓之饭，穿百姓之衣，莫道百姓可欺，自己也是百姓。”书法虽然不是名家手笔，但他喜欢这词句。

忽然传来杨爱珍与女儿赵晓薇的说话声。

杨爱珍责怪地说：“你就是不懂妈妈的心，你们有感情，怎么说分手就分手呢？”赵晓薇没说话，可以听到她呼哧呼哧的喘息声。又是杨爱珍的声音：“你爸爸天天忙得不亦乐乎，你看这人都追到家里来了，他哪顾得上你呢？当妈的不给你做主，谁管你的事儿啊？”

赵晓薇的声音：“妈，既然你们拿不出给我买房的钱，我的事儿你就不用管了，黄了就黄了，这世界好男人有的是，凭你女儿的颜值才华，找一个有车有房的男人难吗？”

杨爱珍说：“怎么不难，别看北京那么大，找一个称心的人难啊！北京大龄剩女太多了，我跟你说，武玉龙误解我了，严格说，他误解了我们家。你们得多沟通，化解误会。”

赵晓薇倔脾气又上来了，说：“他是男人，他不主动，等着我跟他说软话？没门儿！妈，我不让你和爸为难，我想辞职，离开电视台，当网红带货。”

“傻孩子，万万不能辞职。”

赵国栋听说女儿要辞职，赶紧敲开女儿房间的门，对晓薇说：“你不是把千年秀林项目做得挺好吗？还得到台里表扬，怎么突然冒出这种幼稚的想法呢？”

杨爱珍赶紧对赵国栋说：“咱晓薇不光要辞职，她还跟武玉龙分手啦！”

赵国栋胸口猛地一阵刺痛，他揉着胸脯看着女儿，说道：“为什么啊？上次我去通州，跟他和他父亲谈得挺好的啊，晓薇你是不是太任性了？”

赵晓薇噘着嘴巴说：“爸，武玉龙说我们家瞧不起他，说我们家有钱，买房子就是不出钱，他非常不理解。你说，凭我的工资在北京按部就班地工作，恐怕一辈子也买不上房啊！”赵国栋说：“你们不懂，房子以后会越来越不值钱的，你们可以回白洋淀新区买房生活发展事业嘛，这样，我们一家人也就可以天天见面了。”

赵晓薇说:"你们不用着急,更不用伤心,我不想结婚了!"

赵国栋一怔,与杨爱珍互视一眼,转脸看着女儿:"你说什么?你不想结婚了?为什么?"

赵晓薇神采飞扬地说:"现代社会,女性不再依赖男性生活了。婚姻已不是必需品,婚姻不再是幸福的港湾,甚至是痛苦的开始。我这不没结婚就开始痛苦了吗?"

赵国栋吃惊地望着女儿。

杨爱珍急忙说:"晓薇,没有婚姻哪行,你老了怎么办?想孤独一生吗?"

赵国栋说:"是啊,我说的是,你不能背上思想包袱,要用真情赢得爱情,赢得你自己的幸福。如果大家都没有家庭,毕竟是不正常的嘛!"

赵晓薇不以为然地耸耸肩膀:"我不想和你俩聊了,没意思!"说完,低着头摆弄着手机不搭理父母了。

赵国栋痛惜地摇摇头。他和杨爱珍离开了赵晓薇的房间回到客厅,俩人面面相觑,默默无语,心情越来越沉重。

灯光刺花了杨爱珍的眼睛,她忍不住抬手揉了起来,沉默了会儿,她叹了一口气,说:"老赵,哪天我们找武玉龙谈谈吧,晓薇说,玉龙就在白洋淀新区。"

赵国栋一愣,问:"怎么,他在白洋淀?"

杨爱珍说:"他已经从发改委办公厅调到央企了,在白洋淀高铁站当了设计师。他负责搞一项科研,设计一个叫开花柱的项目。"

赵国栋笑了:"好,有才,你安排一下吧,我们见见武玉龙。"

"怎么见好呢?"杨爱珍说,"王决心跟玉龙常常见面。我找王决心吧!"

赵国栋回房间休息了。杨爱珍给王决心打了电话。

这个时候,王决心正跟武玉龙、王德和水牛他们在二巴掌的鱼丸店吃饭。鲁大林从国外回来后,他们经常来吃鱼丸子。

王决心尽管在实验室搞研发,业余时间仍然练电焊,每天练得很晚,王决心学习上了瘾。王决心担心冷落了武玉龙,话题离开了电焊。

武玉龙爱吃鱼丸子。

二巴掌让服务员端来一盆鱼丸子，冒着热腾腾的蒸汽。还有熘三样、红烧肘子和清蒸白洋淀龙虾，香味扑鼻。

王决心喊："来来来，动筷子，吃好。"

大家抄起筷子开始吃喝起来。武玉龙端起酒杯朝王决心说："王师傅，我敬你。"王决心头也没抬地举起酒杯喝了一口。武玉龙看了一眼王决心。王决心装作啥也没看见，拿起酒杯对武玉龙说："来，玉龙，二哥，我们一起整一杯。"

大家跟着王决心喝酒。

王决心又举杯："玉龙，我敬你这杯。"

武玉龙仰脸，一饮而尽。然后，王决心叫出了武玉龙，跟他说了说赵国栋和杨爱珍要和他见面的事。

武玉龙脸红了，吞吞吐吐："老人看我，那不合适吧？"他脸上浮出尴尬。

王决心说："不管你见人家，还是人家见你，你看着办啊！如果不方便，我张罗着，你就见晓薇得了。"他嘿嘿地笑了。

"好，我回去想想。"武玉龙也笑了。

第二天上午，王决心接到了武玉龙电话。武玉龙想明白了，他在高铁站等候赵国栋夫妇。临近中午的时候，赵国栋、杨爱珍和王决心到了高铁站。

揭幕的时候，赵国栋参加开通剪彩仪式，可是他没有细看，他们的汽车停在了车站智能停车场。椭圆形的巨大荷叶是玻璃做成的，黎明前的寂静和蓝色雾气相映成趣，玻璃荷叶上含着几滴露珠，恰似清泉的源头，是城市组团之心。

屋顶的太阳能光板与光谷构造有机结合，层层叠叠，波光粼粼，年均发电量五百八十万千瓦，供应车站照明。

鸟飞过蓝色的玻璃幕，时时刻刻都想落下来，但是鸟们以为是水不敢落脚。渐渐隆起的骨架，形成了三重梯度，错落有致，下面就是通透明亮的候车大厅了。新奇的空间体验，进站和出站的天桥从光谷中穿过。整座车站配备了智能大脑管理系统，引起了国内外震惊。

"好大啊，咱家晓薇回家乘坐高铁非常方便。这么近还没有来过。"杨爱珍惊讶地说。

赵国栋自豪地说："媒体上称，这是亚洲最大的高铁站。其实，也是世界最大的，相当于六十六个足球场大啊！"

王决心东瞅瞅，西望望，好奇地说："我还是首次进来，真大。"

赵国栋边走边说："我那次扎了脚，就是高铁站村庄拆迁。眨眼就建成了，真有速度啊！京港台高铁、京雄城际、雄石城际和津雄城际在这里交会，距离北京大兴国际机场仅仅七十公里。它还实现了我们白洋淀新区与华中、华南、西北、西南、东北的快速连接，马上融入国家铁路网啦！"

白洋淀新区高铁站人流涌动。

白色的复兴号火车徐徐进站，声音轻柔、低沉地沙沙响着，没有一点刺激，因为使用了隔音板的缘故。但是，车头冲来的气势就像刮起了浩荡的东风。

武玉龙戴着安全帽、穿着蓝色工作服工作，见赵国栋他们到来，脸红过一阵又变得煞白，他说："叔叔好，阿姨好。"

赵国栋温和地说："听说是你设计了开花柱？你给我们介绍介绍吧！"

武玉龙谦逊地说："哪里，是我们团队设计的。"

赵国栋扯到了开花柱的话题，解除了武玉龙的尴尬。他带着赵国栋和杨爱珍参观水泥浇筑的开花柱。通廊采用了清水混凝土浇筑的开花柱，与地面候车厅相互协调呼应。开花柱横竖都是弧度，曲线优美、艺术、绿色、温馨。

杨爱珍踏着细碎的脚步走着，边走边夸奖说："真厉害，祝贺你，玉龙！"

"没有什么了不起的，这是我的日常工作。"武玉龙说，"不过，我们搞了上百次实验才成功的。"

赵国栋跟王决心说话，故意让出了杨爱珍与武玉龙说话的时间。杨爱珍悄悄跟武玉龙说："玉龙，到家跟前也不跟阿姨说一声，这就是你不对了。"武玉龙迟疑了一下，说："阿姨，是我不对，晓薇她常回来吗？她好吧？"

杨爱珍深情地说："玉龙，你跟阿姨说实话，你们两人挺好的，怎么说分开就分开呢？我喜欢你，我和老赵是不答应的。你到底怎么想的？"

武玉龙竟然一时受宠若惊："晓薇我们两人，已经到了谈婚论嫁了，分开也没有原则问题，其实，我也很想她。只是我们因买房的事产生了分歧！等着我通州的老家拆迁了，房子的问题就会解决的。"

杨爱珍叹息着说："真是的，晓薇有个性，你别跟她一般见识。我发现她也放不下你，所以来找你的。"

武玉龙低下了头，说："谢谢阿姨的理解。其实，我也有不对的地方。我们分开一段时间，彼此都冷静下来，却觉得对方的好。"

"房子的事，阿姨帮你们想办法解决。如果压力大，你们留在白洋淀新区工作，就不愁房子了。我这个当娘的没那么多闲事，租房我也没意见。我叫晓薇回来，你们两人重归于好吧！"

武玉龙点点头，眼圈红了。

王决心即刻心领神会，他安排赵晓薇和武玉龙见面。地点在容光县城二巴掌的鱼丸店。

两人相见，紧紧拥抱在一起。当着王决心的面，他们都无所顾忌，看来，赵晓薇真的想他了，抹了抹眼泪。武玉龙握了一下赵晓薇的手，一捏，似乎传递着一种悔意。房子的腻歪，就在这一捏中过去了。赵晓薇到白洋淀高铁站采访过，写了武玉龙的事迹，只是她还生他的气，没有跟他见面。

王决心知道赵晓薇跟武玉龙闹别扭，叮嘱了武玉龙："你们俩聊一会儿，我去二巴掌办公室，中午一起吃啊！"他就悄悄躲了。

武玉龙看见赵晓薇眼睛亮了。

第八十五章　大雨之夜

晚上，赵国栋提前下班，到家冲了冷水澡，到厨房做菜，爆炒鸡胗、红烧肘子。他做饭一板一眼，似乎有些陶醉的样子。

这是赵晓薇最爱吃的菜，他在厨房里蒸炸烹炒的时候，赵晓薇和武玉龙进了家。他们把雨伞放在门口，换了衣服。赵国栋探了探头，知道外面下雨了。武玉龙把生日蛋糕放好，进厨房要帮忙。赵国栋摆手说："晓薇的生日，今天的菜我包了。"赵晓薇笑了笑，突然惊叫了一声："爸还会做西菜比萨饼？"赵国栋笑了笑，说："当然，我在新加坡学习，学会了做比萨。"赵晓薇脱着衣服，想起那年，她买来了比萨，奶酪太黏，赵国栋吃了一口，说没做熟就吐了，她告诉赵国栋，这是西方人爱吃的奶酪。

赵国栋将一碗红烧肉端上了桌。他今天做了女儿最爱吃的三个菜，爆炒鸡胗、红烧肉和比萨饼。赵晓薇说："爸，我不吃红烧肉了，血脂高，胖人。"赵国栋说："今天吃，过了生日再说。"赵晓薇嘻嘻一笑，伸手拿了鸡胗子就吃，咕哝说："爸，这个味儿比我妈做的好，好吃多啦！"

赵国栋嘿嘿一笑："鬼丫头，背地说人坏话可不好啊。"杨爱珍进来了，伸着脖子喊："谁说我坏话啊？看我不收拾她！"她脱了鞋挂了包，然后看到赵国栋做的菜，嚷道："国栋，今天露了一手。"赵国栋说："说我平时不关心你们，我这不是将功赎罪吗？老婆回来了，今天我们全家人给晓薇过生日，也欢迎玉龙到家一聚。"

一道白亮亮的闪电，划过暗夜。雷声阵阵。

"要下大雨啦！"杨爱珍说。

她到厨房看了看，满当当的热菜，开心地笑了。

武玉龙刚刚在高铁站受到表彰，春风得意，他说："祝福亲爱的晓薇生日快乐！她的专题片《千年秀林》，获得了莲花杯一等奖。"

赵晓薇轻轻地一笑："不值一提，不值一提啊。"

生日蛋糕摆好，蜡烛点燃，闪闪发光。赵国栋提议全家人举杯相庆。

时间是二〇二一年七月二十三日。

夜里一点，赵国栋的电话响了，他心里咯噔一下，感觉满屋的灯光在颤动。他接了电话，是新水县委书记贺军打来的，说白洋淀大沽高程数据到了十米，超过警戒线。

"是吗？密切监视，我马上过去！"赵国栋说。他一骨碌爬起来，麻溜儿穿上了衣服。

赵晓薇的屋里还亮着灯，武玉龙的房间黑了。赵国栋敲了赵晓薇的门："赶紧睡觉，不许熬夜！"赵晓薇还继续玩，屋里传出她的喊声，赵国栋生气地说："我还管不了你啦？"赵晓薇好奇地问："爸，你为什么还不睡？"赵国栋说："别跟我比，我是被电话叫醒的，今晚有大暴雨，新水县防汛的同志们还在岗位上，我过去看一看。如果发生郑州那样的水灾，白洋淀南大堤有风险。出了事儿，那些村庄和千年秀林就难保啦！"赵晓薇好奇地打开门说："爸，你要是去现场，我也要去，带着机器去记录庄严的一刻。"

赵国栋和善的眼睛蒙着雾，说："你白天可以去。夜里还是危险，这么晚了，睡吧。"

大雨滂沱，雨线斜斜地砸着车玻璃。雨刷刮擦着玻璃上的积水，路面有些模糊。车轮轧出泥水线，积水溅到空中。街道寂静，迷蒙的灯光如雾，汽车穿行而过。

滚滚雷声不绝于耳。自然的风暴比人类的风暴更加凶猛、无情。几天前的郑州大水，举国震惊，水灾让白洋淀新区进入一级防汛。

几天前，省委书记、省长到白洋淀新区现场办公调研，专门强调防汛。领导刚刚离开不久，赵国栋主持了新区的防汛会议。

白洋淀周边被新安北堤、四门堤、障水埝、淀南新堤和千里堤环绕。地势从西北向东南倾斜，淀底大沽高程六米，淀底抬升过快，致使汛期水量流速大，就有崩堤的险情发生。大沽高程水位七米到八米时，渔民视为正常水位，园田、苇田袒露水面，沟壕轮廓清晰。大沽高程数据迅速逼到了九米，情况就万分危急。

赵国栋去了白洋淀南大堤。

那里邻近任丘，有一个枣林水闸，水位超高的时候，马上泄水，白洋淀的水经小白河排干渠淙淙流向渤海。淀南堤历史上时有隐患，土质沙性大，抗水强度弱，一直是防汛的重点。相比之下，北堤则坚固，是古长城遗址。容光县起步区地势低洼，与白洋淀北堤的水位相差六米，如果北堤出现闪失，淹没的会是容光县的工地，白洋淀新区起步区会被淹没汪洋中。所以这次防汛要南北夹击，都不能削弱。

新水县委办公大楼灯火通明。贺军等人没有睡，更换着数据展开讨论。

会议室的气氛凝固了，人们的目光纷纷集中在赵国栋身上。气象局的孙长河主任与裴局长发生了争吵。

裴局长的意见很明确："你说有大灾，你的报告不能代表局里的意见。"裴局长恼怒地说，"孙长河啊孙长河，千年秀林刚刚结束，新区大规模基建热火朝天，如果发出水灾预警，扰乱军心，制造紧张气氛，你担得起责任吗？"孙长河倔强地说："我也不想这样，水火无情，我们要对工地负责，更要对人民的生命负责。"赵国栋进来了，贺军等人的目光期待赵书记定夺。

赵国栋坐下，没有吭声，板着脸，毫无表情。他跟大家招了招手："大家辛苦了，今年水情比较特殊，绝不能掉以轻心。"

孙长河喝了一口水，紧锣密鼓地说："白洋淀的水患，已不是新鲜事。郑州水灾已经给我们敲响了警钟。我对北方的天气、极端天气研究了一番，综合分析得出结论，这几天，白洋淀也有大水灾。"

他的话让四座皆惊。

孙长河的意见与裴局长大相径庭，赵国栋听了，堕入五里雾中，十分纠结矛盾。他不满地质问："这么肯定，为什么不早报告数据？"贺军脸色尴尬紧张。裴局长站起来说："贺书记是很着急，因为我不赞同。我觉得孙长河制造紧张气氛，个人出风头。"赵国栋板着脸说："你继续说下去，我们探讨灾情，不要打棍子扣帽子，以理服人。"

贺军脸色难看，瞪了瞪裴局长："裴局长，孙主任，你们是一家人，现在要团结一心，你们先拿出统一的意见，大数据这么先进，拿出科学分析的报告出来。"孙长河沮丧地说："这里是刚刚打印的数据，实际上，我几天前就报给裴局长了。"赵国栋瞪圆了眼："好吧，不争论啦，死马当活马医。同志们，水火无情，灾情不等人，贺书记，我建议啊，我们分头行动，我到枣林庄大闸看看，县里派人到南大堤巡视一遍，我跟褚忠良董事长沟通了，让他们连夜定制了好多沙袋，有备无患。气象的问题，裴局长和孙长河你们再搞出一个专家论证。"

雨越下越大，雨点遮盖了一切。

赵国栋来回在地上踱步，隐隐有一种不祥的预感，双腿很沉，越走越沉。白洋淀摆开了迷魂阵，随时有危险发生。

赵国栋带人奔赴枣林庄水闸。

夜里两点半，赵国栋他们到了大闸。枣林庄大闸功能是补水和泄洪。眼下处于停滞状态，没有一个闸门泄水。水闸的院里，赵国栋一扭头，突然发现了赵晓薇和武玉龙。他们偷偷追来了。赵国栋叮嘱说："你们还真来了，不是说好不让你们来吗？"赵晓薇轻轻一笑："我妈睡了，我俩偷偷出来了。放心，我们会保护好自己的。"

赵国栋转身对大闸值班人员说："都火烧眉毛了，还不泄水？"工作人员解释说："我们没有接到上级命令，不能启动放水。白洋淀存点水不容易，没有上级命令，怎能外泄？"赵国栋说："这不怪你，灾情就是命令，你们一共二十五个泄洪闸道，先启动十个，其余的待命。"他在记录上签了字。

不到十分钟，十个闸开始放水，水声哗哗，震耳欲聋。

赵国栋隔着窗口，望着黑咕隆咚的水面，脑袋一沉。他用手托住下巴，眯上一会儿。他血压升高了。赵晓薇走进来说："爸，你先眯上一会儿。"赵国栋望着她说："你们还没回去？"赵晓薇兴奋地说："我要录制救灾全过程。今天夜里，我能多录一点就多录一点。将来白洋淀新城建成了，这是多好的资料！"赵国栋说："晓薇，你舅舅启动了5G 高空无人机基站，如果有动作，你可以录上。"赵晓薇点了点头。

过了一个小时，赵国栋忽然想到杨义成，他的 5G 无人机高空基站已经投入使用，等于安装了高空电子眼，这个技术特别适用于救灾。

赵国栋给杨义成打通了电话。

杨义成在休息，被电话惊醒了。他马上启动无人机巡航，把白洋淀和周围大堤反复巡查。赵国栋说："好，辛苦啦，情况紧急，随时保持联系。"

赵国栋回到会议室继续开会。赵国栋盯着气象局的裴局长，目光如锥："老裴，我不是不相信你，也不是不相信孙长河同志，这可不是儿戏，如果因为我们犹豫和懈怠，导致决策失误，后果不堪设想。"他的声音越发地高，也有些颤抖。

孙长河焦急地摸着额头，噌噌淌汗："赵书记，别论证了，谨慎冷静是对的，但是稍微一疏忽，救援机会稍纵即逝。"裴局长瞪着孙长河说："孙长河，你个书呆子，没完啦？不要误导领导的决策！"孙长河说："你是我领导，我当面顶撞你，我有什么好处？不要误解我的好意。我是知识分子，也是党员。"

赵国栋说："引黄济淀的时候，我了解小白河排干渠，黄河水要从这里入淀，同时，我们白洋淀的水还可以借助小白河排干渠排到大海。"

杨义成指挥着两架无人机在黑夜中出发了。鱼鹰一样的黑色无人机，神秘地消失在夜光里。他心里一番感慨，同时也在替赵国栋焦急，心里默默祈祷白洋淀平安。

会议暂时停歇了一阵，已经是三点钟，赵国栋在椅子上没有动，周身一股冷意。裴局长感叹："南大堤防汛每年都是重点。如果出现问题，崔庄的旧粮站还有备粮沙袋儿，我每年都备用了一些沙袋。"

哗哗地下着大雨。灯突然黑了，停电了。

赵国栋的秘书送来了雨衣。贺军大喊："赶紧检查电线，恢复通电！"

人们找电工抢修去了。没有电，泄水闸骤然停止工作。

赵国栋心头一紧，怎么停电了？雷电一闪，大雨在黑暗里像滑落的星星。贺军叹了声："唉，越渴越给盐吃，现在还有别的办法提闸放水吗？"孙所长说："唯一的办法就是人工提闸，磨盘绞绳，摇起大闸放水。"赵国栋看了看表，说："赶紧提闸！"人们得把一盘一盘的绞丝缠到机械上，才能摇起大闸。人手不够，大家累得东倒西歪，气喘吁吁，只提了三个闸。赵国栋急了："电工抓紧抢修，赶紧恢复通电，大闸全部打开。"

赵国栋冲进了夜幕里，拿手电照着给电工修理电线。

这个时候，杨义成的电话打给赵国栋，他们无人机反馈信息，说南大堤崔庄的村东二百米，堤坝有裂缝、管涌，堤下有流水。

赵国栋心里轰地一响，吼道："走，我们都去崔庄。"

一行人跟着赵国栋驱车前往崔庄。村支书带人等候在那里。他们摸上了大堤，一边观察，一边细心搜索着大堤。堤上的杂物横七竖八，有树枝和芦苇垛。

"这里有豁口！"崔庄村支书喊了一声。他们循着水声跑去，发现了豁口，他们提着马灯，看见豁口有水光一闪一闪。大堤随时有崩塌的危险，必须及时制止。

赵国栋皱了皱眉，说："冲上去！"

村支书让人摆好了两条长桌子。桌子上摆着白花花的大碗，碗里倒好了烧酒。村支书说："有酒量的喝白酒，没酒量的喝热水，暖暖身子。"赵国栋握住村支书的手说："谢谢你，为了赢得时间，需要我们大家跳下去，党员跟我上！放沙袋的人准备好！"

赵国栋没有来得及给褚忠良打电话，褚忠良却带着路海生、王决心等人赶来了。

褚忠良说："赵书记，辛苦啦！"

"你怎么知道我在这里啊？"

"决心的大哥，杨义成告诉我们的。"褚忠良向赵国栋敬了个礼，"赵书记，我们央企小分队跟您报到，听您指挥，沙袋已经带来了。"

赵国栋握住褚忠良的手说："谢谢你们，你们来得太及时啦！"

轰的一声，大堤又塌了一块。赵国栋激奋地说："同志们，灾情就是命令，刚刚扔了沙袋，存不住。我们要用传统方法搭人墙，堵住它，然后把沙袋堆下去。"

贺军说："赵书记，您年龄大了，高血压。您在上边坐镇指挥，我们来。"

赵晓薇和武玉龙过来了，武玉龙脱衣裳准备跟着跳进水中。赵晓薇的镜头对准了自己的爸爸。

赵国栋说："大家别争论啦，跳吧！"

赵国栋喝了一碗白酒，咬咬牙，跳下去了。褚忠良等人扑通扑通往豁口里跳。

人们纷纷配合扔沙袋，袋子还是太少，眨眼之间就被冲走了。赵国栋在水里，感觉有一股逼人的寒气，凶猛的水流将他的身体一掀一掀。他想起了抗日战争的时候，雁翎队就是搭人墙保大堤的。

赵国栋他们手挽着手，挺着胸膛，抵挡着冰冷的大水。闪电映照着一张张坚毅的脸。

赵国栋心头一阵感动。他右边是褚忠良，胳膊挽着胳膊，肩挽着臂，组成了人墙，浪头不高，一波一波的，大堤的两侧，人们在那里扑通扑通砸着沙袋。干了一个小时，豁口终于被堵住了。

赵国栋被拉上岸，开始更换衣服。

贺军过来汇报说："赵书记，大闸那边来电话了，电路修好了，打开了所有泄洪闸门。"

第八十六章　牺牲

白洋淀鱼多，船也多。

王永泰一家就有两艘四舱船。

二〇二一年七月二十四日。白洋淀大水，鸟儿惊得乱飞，船也乘机而动。鸟们飞得累了，落在芦苇、湿地和船头上，密密麻麻的，此起彼伏地鸣叫。鸟儿叫得清脆，唧唧啾啾，不掺杂别的声响，整个儿世界变得清雅有趣，仿佛世界上除了鸟鸣，没有别的声音了。

王永泰的四舱船头舱是工具箱，一应捕鱼用具齐全，顺手可取。二舱是鱼舱，也叫活舱，船舷侧帮有铁箅子隔的窟窿，平时塞上塞子，捕上鱼放进里面并拔出塞子，水流入舱内跟淀里的水就连起来了。船走到哪儿，鱼舱里的水就自然换到哪儿，鱼舱里的鱼永远都会是活鱼、鲜鱼。

六舱船里有一种叫"拨子"船，也有像四舱里的活舱。上府下卫送鲜鱼离不开它。三舱是人的起居室。尾舱就是仓库，水上生活用的衣物被褥、锅盆碗灶、粮油米面、洗漱用品都在这儿。

打鱼人选择合适的水域下渔网，坐着吸烟，等待收鱼。这时候，一般是傍晚，落日将落未落，船头生火做饭，炊烟渔火就在芦苇青纱掩映的水面袅袅升腾，既有情趣，又充满了诗意。吃过晚饭，三舱铺平船板，支好篷，就可以安眠舟中摇梦水上了。

水天之间方露鱼肚白，渔人醒过来，收网，幸福满满地撑船沐浴在霞光里，早市上就有了新鲜的活鱼，在铁桶里欢实地游动。

王永泰记得，也有在沟壕河道下网的，叫地笼子。地笼子是个网兜，收口的地方是敞开的，鱼、泥鳅和龙虾撞进来，就渐渐沉到网底，再也跑不掉了。

王永泰的渔船被收购了，还有三天就要交船，他跟自己的船做最后的告别。白洋淀新码头施工了，渐渐展露新颜。白洋淀旅游公司由鞋业大王申万胜与北京一家文旅公司联合投资，公司财大气粗，收购了淀里渔家的木船和铁壳船，每艘船二十万，取而代之的是豪华的画舫船。

他摇着带有桐油味道的船，船桨揉来揉去，像是跟谁练柔道，逛荡至黄昏，拱进了荷花岛的蛤蟆滩。

看见蛤蟆滩，便有一股暖流传遍王永泰的全身，划船逐渐进入自如的状态，如入无人之境。他拿出手艺人的功夫，一丝不苟，呼吸均匀，似乎把人间的烦恼全抛在脑后了。

微微摇曳的芦苇，在他的脸上和手上轻轻地摩擦，在河面投下移动的阴影，芦苇荡的鸟儿叫得清幽，仿佛除了鸟鸣，不再有其他的声音了。

"我到这里干啥？"王永泰一阵恍惚。

他望着水浸的淀滩，星星闪动着不可捉摸的光芒，恬静、浩渺、苍阔。

王永泰渐渐沉醉，瓮一样蹲在船头。他的头发凌乱，鸟窝似的顶在脑袋上。

不一会儿，他霍地站起身，弹去手里的大橹，跳进淀水里，连连蹦了几蹦，忘情地扑倒在滑腻腻的沙滩上，闭上眼喘息。他在白洋淀打鱼这么多年，浪里的日子好像还没有过够。但是，这几天就要彻底结束了。王家寨人以后出行，就没有往日自由了，出出进进也要乘坐摆渡船。他今天要把船划个够。

他记着晚上回家，几个孩子都回来了，凑到一起非给他过七十二岁生日。他现在想到淀里看一看，跟老顺子坐一会儿。

"水鬼子，晾膘儿还是挺尸啊？小心被淀鬼拉了去！"

老顺子的沙哑嗓，像揉搓苇叶。

王永泰的船隐蔽在芦苇中，微微摇曳的芦苇，在他的脸上和手上轻轻地摩擦着，投下斑斑驳驳的阴影。好不容易从芦苇荡里拱出来，船上荡出王永泰的一阵憨笑。

自从上次王永泰砸冰槽子救了勘测专家，老顺子心里就十分敬佩他，水鬼子不是白叫的。

老顺子的船荡在芦苇荡底下，拽着地笼子，捞出鱼、泥鳅和田螺。他瞟了王永泰一眼："水鬼子，你这几天忙啥呢，咋有空儿找我来啦？"

王永泰叹了一声："舍不得我的船啊！"

老顺子嘿嘿笑了："我儿子大虎开旅游公司的画舫船呢。咱俩这四舱船，跟人家的船比，啥都不是。我这儿有酒，喝两口吗？"

王永泰瞪他一眼："我不跟你喝。"

老顺子放下手里的地笼子。他们愈斗嘴心愈近，王永泰躺在热嘟嘟的蛤蟆滩上，半痴半醉地问："老顺子，还记得龙船节吗？"

"唉，岂止记得，王家寨老人哪个不念它？"老顺子说着，甩给王永泰一支香烟。

王永泰抬手接个稳稳当当，点燃，吧嗒着。

龙船节，因镇龙寺而来，是王家寨独有的、渔人心中的盛典，在渔人的生命里泊定。有史为证，《白洋淀志》记载："光绪九年，大淀冲围，围一圈苇塘。是夜淀寂，淀上突来蛟蜃之气，吞云吐雾，时有形无声，时有声无形。有形无声为蜃楼，有声无形为淀市也。"

有人亲眼看见天空有龙飞舞。

那一次白洋淀吞天吐地的水，在村南头拱出一片圆溜溜的泥滩，取名荷花岛，如今大乐书院就在岛上。轰鸣声里，遥远的淀面上荡来熙熙攘攘的人声，红色的灯火在那里来来往往，慢慢地幻化出蛇躯、鹿角、马鬃、鬣尾、狗爪、鲤须、鱼鳞形状怪异的游蛇，腾云驾雾，行雷布雨。渔人终于认出是龙，为王家寨送来了福佑万事的金滩。任凭淀水啃噬，蛤蟆滩荷花岛依旧舒展自如，活脱脱地有了生命。每年当淀风掠过，滩上便有浊气徐徐降落，清气款款升起。

热风吹过，天气又闷闷的，憋着一场大雨。

王永泰望着水浸的淀滩，把烟头从嘴里喷出，哧一声，如灭一颗流星。

龙船节一代一代传下来，慢慢繁衍成了风俗，渔人每每从这古老的仪式中点燃心火，抵挡日月艰难。

王永泰从小就膜拜这个仪式，像砸冰懵子一样，后来龙船节就渐渐没落了。

老顺子怅怅地望着灰不溜秋的蛤蟆滩，往日的情景涌上心头，他很沉地叹口气："水鬼子，别提龙船节啦，可是没那景儿啦！看你这劲儿，难道想再把龙船节鼓捣起来？"

"对呀，有机会搞一回多好！"王永泰眼睛放光了。

乌云遮蔽了云彩，半拉子云朵游出来，很像绽放的莲花祥云，映到水里，像一条昏头涨脑的鲫鱼。风歇着，水平平缓缓地涌，不时溅起白花花的水泡儿。老顺子泊定船，扛上一篓鲜鱼虾，急煎煎地朝老河口岸上的小铺子走去。王永泰静静地跟着，猛抬头，瞅见滩上的芦苇枝上，缠绕着一片喇叭花，一朵又一朵，热闹极了。

下午的时光，人难得清闲，都想到滩上歇一歇。可是，那悠远的声音在他们身后的苇塘荡起。水缓缓爬了半个滩，遍滩青光流溢。紫莹莹的雾，大团大团向烧车淀那边移去。

王永泰和老顺子仿佛还在睡梦中恍惚，空气里满是苇香、花香和鱼腥，鼻子立刻酸酸的，眼泪快呛出来了。

过了一会儿，浓云渐渐散开，像空中闪跳着一个莲蓬，亮得刺眼。忽然，有一条长长的亮光一闪，形状像一条龙，一条淀上飞龙，龙飘飘摇摇，扭来扭去，最后变成一朵好看的荷花。

王永泰和老顺子惊呆了。

王永泰恭恭敬敬地说："老天爷啊，自从镇龙寺被烧了，还从来没有见过这道景儿！"

老顺子惊诧地喊："水鬼子，你听你娘说过没有，龙王动怒，是大旱，龙王变成荷花，怕是有水灾发生。"

王永泰白了脸，猛地吸了一口凉气："妈呀，太美了，美过了头，就是灾啊！"

老顺子慨叹："小心点吧，天气预报说，这两天有特大暴雨。"

听见滚滚惊雷，王永泰就回家了。

晚上，家人要给他过七十二岁的生日。他见杨义成回来了，也就勉强答应了。大儿子来一趟不容易。王永泰非常想念他。王德、王决心和乔麦从容光县过来，日子变化得太快了，一切都在变化，唯一不变的就是变。这一刻，王永泰忽然想到淀里看看。胡玉湖支书眼下没空，他特别想跟老顺子坐一会儿。老顺子在淀边搭起两间黑泥屋，有时搭伙出远淀，有时摇着自家四舱船优哉游哉地捞世界。赚项不多，却也活得滋润活泛。整日拽个酒葫芦比比画画，笑破天的铜锣嗓响个没完，在苍凉的淀天之间荡得很远很远。神仙过的日子啊，可是马上就要结束了。

王永泰黑了脸相，那是心事灼黑的。

王永泰的心事就是在等待王决心的儿子，他的大孙子的诞生。杨义成有个儿子，王德有女儿，隔辈人都喜欢，但是，王决心与乔麦的这个儿子来得太不容易啊。他不怕那两个儿子吃醋，逢人便说："医院扫描了，乔麦肚里是个大孙子，生下来，我得第一个抱抱。"乔麦微笑着回答："我先不抱，就让爹先抱。"

王永泰心中涌起一股暖流。一片片银珠玉玑似的水花，扑扑咬咬。苇叶、金藻、淀带以及浅滩上泡肿的烂虾、死鱼、蜉蝣经过日头一天的暴晒，冒着腾腾臭气，又一股一股冲他的脑浆子。他似乎就爱嗅这种潮乎乎的沤腐味儿。

"水鬼子，晾膘儿还是挺尸啊？啥时候了还泡不够？小心被淀鬼拉了去！"一艘小船缓缓拱来，船上荡出老顺子一阵憨笑。

王永泰听出来是老顺子，便骂："老顺子吧？你小子嘴里没好话，瞎咋呼啥？荡你的野魂去吧！"

老顺子不回嘴，憨憨地笑。

他想这个王永泰威风不减当年，他在水里钻来钻去，淀阎王偏偏不留他。王永泰帮他在蛤蟆滩搭了泥铺子。胡玉湖通知他得拆了。白洋淀新区的新旅游有一个全盘的规划，村里发布收船公告，老百姓跟旅游公司吵架，他没有参加，谁也抗不住这潮流。老顺子的船荡在芦苇荡底下，拽着地笼子，捞出鱼、泥鳅和田螺。他瞟了王永泰一眼："水鬼子，咋有空找我来啦？"

王永泰叹了一声："唉，我憋闷啊，待在家里我娘睁眼不顺心，就拿拐杖抽我啊！"

老顺子笑了："你都该有重孙子了，还能被娘揍，这就是幸福。娘在家就在，娘没了家就没了。你娘活这么大岁数，简直是奇迹，这是你小子的福啊！"

王永泰眼睛红了，点点头："是啊，娘在炕上躺着，我心里就踏实。可能是老天爷可怜我没媳妇，赏赐个长寿的老娘陪着我，不过，应该说有媳妇家就在，你小子媳妇没了，家不在了吧？"

老顺子说："是啊，说好了，她送我走，结果说话不算数，自己逃了。嘿嘿！"

王永泰嘿嘿地笑了："你儿子儿媳对你孝敬吗？你儿子呢？是不是也被支书带上守候大堤了。还是你个老家伙活得自在啊！"

春天破冰声极响，撕裂耳鼓，炸碎头颅，仿佛是遥远的淀龙又将野蛮的洪荒年代一股脑推回来，把一切都碾碎，再重塑。这时节，蛤蟆滩拥拥塞塞地挤满渔人，远远瞧见，远处淀面岛上挂着一条跃跃欲飞的篾扎纸糊的彩龙。一声令下，滩上锣鼓便鲜亮亮炸响，一艘一艘披红戴花的老帆船朝大淀钻去。淀妈子几乎是眨眼间散去，人们便格外清晰地瞧见天空飘来了荷花状的云朵。龙船节一代一代传下来，慢慢形成风俗，苦难、艰辛和一生颠簸的渔人每每从这古老壮烈的礼仪中点燃心火，顶日月艰难。

王永泰从小就膜拜这个礼仪，像砸冰槽一样，可惜，"文革"中毁了镇龙寺，龙船节就渐渐没落了。后来又分船单干了，王永泰操持几次也没成，人心散如滩上沙子，再也拢不回了。

王永泰每次出船都抓上一把蛤蟆滩的黑泥，远远望那滩地，便是一个糊糊涂涂的窟窿固定在酸酸的眼眶里。

老顺子怅怅地望着黑不溜秋的淀滩，往日的情情景景涌上脑海，很沉地叹口气，道："水鬼子，龙船节，没那景儿啦！如今都是各做各的梦，各赚各的钱，谁还愿犯那折腾？"

王永泰迷迷瞪瞪地盯着老顺子："钱，这鸟钱啥玩意儿都替代啦？难道这世上真的没有比钱更他娘较劲儿的东西啦？要钱，连尊严都不要了吗？"

"别看你家儿子多，怄那气也白搭！"

"不是怄气，龙船节不该断！"

"这年头儿再搞龙船节没啥劲啦！"

王永泰顿时黑了脸，倔倔道："没劲？搂娘儿们钻舱子来劲儿！鱼花子、鱼贩子就是没出息，趁多少钱也是贼人！祖宗传下的礼仪不是哄孩子玩的！渔人的魂儿都装里啦！"

老顺子缩缩脖儿笑道："看你这劲儿，还真想再把龙船节鼓捣起来哟？"

"对呀，白洋淀新区成立了，明年五周年搞一回多好？"王永泰眼睛放光了。

乌云遮蔽了满天的星斗，总叫人感到憋闷。半拉子月亮游出云朵，映到水里就像一条昏头涨脑的娃娃鱼。风歇着，淀流平平缓缓地涌，不时溅起白花花的水泡儿。老顺子的泥草铺子离蛤蟆滩不远。铺子墙壁是黑泥筑的，顶棚压一溜干透了骨的苇草，隔雨结实，古朴美观。如今胡玉湖没空来了，王永泰和老顺子老哥俩儿坐在小屋门口，一边下棋，一边有滋有味地喝酒。累乏了，呼噜震天入梦去，醒来又喝酒。灌得醉醺醺了，两人扑到蛤蟆滩上晾膘摔跤。

进了小泥铺，老顺子放下龙虾篓，抱一捆干爽的芦苇点燃了灶膛。锅水滚开，汩汩作响。王永泰光着后脊走进草屋，呵呵笑："老哥，你有啥好酒哇？"老顺子忙忙活活往锅里撒面条，看也不看王永泰。过了一会儿，老顺子扑嗒一声扔下脏兮兮的蛇皮袋子："地笼子里的泥鳅、小鲤鱼、田螺煮了下酒。"说着，咂吧着嘴坐在木墩上抽烟。王永泰迟疑了一下，说："老哥，吃我捞的龙虾下酒，要不让二巴掌送点鱼丸来？嘿嘿嘿……"老顺子怪怪异异扭歪了脸相："你这老小子，今天吃我的。鱼丸子好吃，下次你请我。"王永泰笑着捞出热腾腾的泥鳅。王永泰往锅里叽噜噜倒龙虾，龙虾红红的，美味就荡起来。他紧着吸溜鼻子，就嫩劲儿将虾捞起，盛在蓝边大淀碗里，说："来，喝酒，人生不求多富有，只愿淀水变成酒，闲来坐在老船上，一个浪来喝一口。"

老顺子给王永泰满上酒，剥着虾说："水鬼子啊，你也能作诗了？对了，你家有永山大诗人啊！我在蛤蟆滩跟你敲定的龙船节的事儿，喝了酒别忘记啊！"王永泰赔着脸笑："操，不就是龙船节的事嘛！我跟胡玉湖说。"老顺子酒盅僵在嘴边，舌尖在酒盅的豁口处一卷一卷，叫道："记着就好。"仰脖灌了一盅。

王永泰也喝了一杯，咂咂嘴："好酒，好酒！人这辈子，就是热闹一场，撒手而去啊！"老顺子笑着说："你这人说话不吉利，还得享福呢，咋老说去去的啊？你不能比我先走！"王永泰道："我王永泰比你身板硬朗，肯定送你先走。儿孙自有儿孙福，我今生今世无他求，就想活出个人样来。"老顺子不错眼珠地盯着王永泰，沉吟着说："我担心一条儿，咱哥俩儿张张罗罗，拢住渔人，可别在铃铛老太太那撞一鼻子灰呀！"王永泰想了想，说："我娘，不会吧？她不会管的，备不住高兴呢！"老顺子轻轻地摆手："我不是别的意思，你装糊涂还是打哑谜？我是说龙船，龙一折腾容易闹水灾。水灾过去，容易走老人，走年龄最大的老人。今年先别提吧，老太太会不高兴。咱们不是催你娘的命嘛……"王永泰扭脸喷着酒气凶老顺子："这尿大点事，我娘心眼宽，老人不忌讳，我是琢磨那几桌宴席，那几桌席我掏钱啦！"老顺子红头涨脑地点头："那好，我为老弟效犬马之劳！"王永泰的酒盅与老顺子的酒盅火辣辣一碰，两人一饮而尽。喝到火候儿，如腾云驾雾。王永泰酒足饭饱，顿觉老胳膊老腿蓄满旺盛精力，浑身燥热。他迷迷瞪瞪瞧见老顺子脸颊上大汗小汗淌，便道："老哥，咱去蛤蟆滩吹吹风，凉快凉快？"老顺子随着站起身，说："操，蛤蟆滩比个娘儿们还勾魂儿？"王永泰说："照那么说吧！"说着就与老顺子仄仄歪歪走出泥屋。

老顺子弯着老腰走，像鸡崽打鸣似的抻着脖子打一个悠长的响嗝。

王永泰说："你没吃面汤还鸡巴打嗝？"

老顺子扭头喊："你别跟我横，你这身子骨还敢比试比试吗？"

王永泰说："操，不敢是小姨子养的！"

两人一句压一句，就到蛤蟆滩了。

淀水缓缓爬了半个滩，青光流溢。紫莹莹的雾，大团大团向烧车淀那边移去。王永泰和老顺子两个老汉相继甩了上衣，站成马步，摆出柔道运动员的架势。老顺子故意弄出畏葸样，分散王永泰的注意力，就梗脖子低头扑了过去。王永泰赤脚钻进沙窝里，不料被老顺子撞个趔趄，立马扭身，莽里莽撞地就势拧倒了老顺子。老顺子的后脊率先触滩，腾地弹起，哼哧着立定。"比我多一手儿！"王永泰如疯牛一般，拿短粗有力的大腿别倒了老顺子，他的身子也就势压在老顺子身上，两个汉子骨碌碌虎愣愣在滩上滚。上上下下，滚来滚去，滚出咯咯的笑声，也难定输赢。

绵软的泥滩，接触到皮肤，摩擦得痒丝丝的，舒服，心里也豁亮，谁输谁赢反而不那么重要了。不知怎么，两人滚到淀水里，粘上满身熔锡般的黑泥和沙粒。末了是老顺子气力不足，被王永泰占了上风。王永泰像个怪物一样晃悠悠站在水里，望着蛤蟆滩透明洁净，身子也觉得无比高大起来，连口鼻呼出的气息也染上了鲜嫩金鱼藻的绿意生机。煞是过瘾，煞是畅快。他痛快淋漓地吼了一嗓子："嘞哟嘿……嘞哟嘿……"

蛤蟆滩颤了，活了。

俄顷，两人奔跑着扑向深淀。当两个黑不溜秋的脑袋从水里扎出来，头顶上便是一轮皓月了。

王永泰好像被老顺子的情绪所感染，叹息道："唉，原先我觉得这蛤蟆滩不长芦苇，秃了吧唧没啥意思。今儿个领悟了，这儿才是咱这路汉子真正的家哩！"说着眼睛里汪了泪水。

老顺子使劲拍了拍他的肩膀："别委屈，娘的，要笑笑个天破，要闹闹个地裂！蝇营狗苟的人在这地儿站不住……"

王永泰爬起来，扑扑跌跌往滩上奔，疯魔了一样笑着。老顺子紧紧追着他。不远处，闪跳着一蓬篝火，亮得刺眼。忽然，有一条长长的亮光一闪，形状像一条龙，一条淀上飞龙。

王永泰和老顺子惊呆了！

"我和王永泰在蛤蟆滩瞧见淀上飞龙啦！"老顺子逢人便说。说得有鼻子有眼儿的。人们纷纷到老梨树下敲钟，找到王永泰问个究竟。王永泰闭口不答，也许是淀市蜃楼吧？老顺子却把事情说得真真切切的。王家寨私下里把这事传得沸沸扬扬，直到话头一夜被村人嚼得烂熟，传到胡玉湖那里，再传到铃铛老人那里，铃铛不睁眼睛地念叨着："嗯，水来了，水来了，水来了。"

百岁老人的咒语往往很灵验。

王永泰和王永山听见铃铛说水来了，吓了一跳。水来了是啥意思？

二〇二一年夏天，暴雨逼近了。王永泰的生日说来就来了。

王永泰听了铃铛的话，自觉到老梨树跟前的古井看看，听到里边有声音，哐哐地响。他有一种不祥的预感，他给王决心打了电话，如果发大水了，生日宴会就取消。

王决心说："爹，您想多了，生日宴会照常啊！"

王永泰犹豫了一下，还是忙碌起来，做着各种准备。乔麦在家里保胎，杨义成和甄凤下午三点到北京，开车过来到王家寨也得六点左右。王德和伍宝库过来，小洒锦订了生日蛋糕，二巴掌负责做好鱼丸子。王决心从工地请假过来，赶上晚饭应该没有问题。生日宴会，自然缺不了乔麦的爹娘和花花。基本都是家里人，如果有外人就是胡玉湖和水牛，胡玉湖说他在防汛第一线撤不下来。

王永泰把汛情说了一遍。

大清河在咆哮，风将雨线撕成了无数碎片。下午老顺子过来找王永泰。王永泰说："水来了，不放心，我们赶紧瞅瞅去。"老顺子问："你个水鬼子，这么大的白洋淀，你往哪儿瞅？"

傍晚的时候，王永泰拎着鱼，微驼的身体蹒跚着，头也不抬。突然听身后有一声断喝："站住，不许动，缴枪不杀。"王永泰一听就是王决心的声音，火冒三丈："你个鳖羔子！"王决心憨憨笑着："爹，别生气，祝您生日快乐。"王永泰扑哧笑了。王决心发现他换了新衣裳，看来真有点过生日的气氛。王永泰说："这是你二叔给我的，让我穿上红色唐装，说这个颜色吉利。"他的喘息轻松了一些。王永泰瞪了他一眼说："决心，乔麦肚里的孩子是不是大孙子？"王决心说："孙子，板上钉钉的事，今天晚上蜡烛一点，到时候您许个愿，大孙子就来了。"

王永泰嘿嘿笑了。

房间屋顶挂了一串小彩灯，闪闪烁烁，显得气氛喜庆。杨义成提前到了家，亲自下厨，给老爹做一条红烧深海鲽鱼。王决心感觉杨义成做不好，他和乔麦亲自动手做鱼。乔麦给老人做了一条炖鱼，端上这条鱼的时候，直接放到了老人旁边。这个时候，王德已经把面做的寿桃和生日蛋糕摆好了，点燃蜡烛让老爷许个愿，屋里电灯拉灭了，蜡烛星星点点地亮了起来，照亮了屋里大片地方。

屋里的灯关了，大家齐声唱生日歌。

王永泰许愿，他说祝福老娘健康长寿。铃铛奶奶没有听清，她嚅动着嘴巴，痴迷地望着彩灯，眼睛睁一下闭一下。吃了几口竟然在桌上安然入睡，小洒锦扶她回屋了。

各种凉菜摆得满满当当。一条红烧鲤鱼端上来了。杨义成说："爹吃了一辈子鱼刺儿，这回好好儿让爹吃一条整鱼，祝福爹身体健康，生活年年有余。"

王永泰说："都吃，都吃。"

杨义成端着鱼上桌，说："爹，这是一条深海鱼，我红烧的，您一定吃啊。"

王永泰憨憨地笑："你们吃，都吃，爹爱吃馒头。"

王决心将香喷喷的鲤鱼端到王永泰跟前，说："爹，您这辈子竟瞅着我们吃鱼了，这条整鱼，今天您都得吃了。"

王德闪烁着眼睛逗着："是啊，几十年了，爹都舍不得吃一口鱼，今天您过生日一定吃一条鱼，我们一口都不吃，要看着您吃。"

王永泰要给他们夹鱼，几个孩子同时捂住自己的碗。王永泰夹着鱼肉的筷子悬在半空愣住了。

乔麦给王永泰碗里夹了鱼肉："爹，您吃啊！"

王永泰无奈只能自己吃了，湿漉漉的东西从眼窝滑下。他想起儿子们小时候，他把鱼分成几份，然后转身吃鱼刺了。有一次还卡了喉咙，发烧输液。王永泰吃着鱼肉，连连说："好吃，好吃。"有一块鱼肉掉下来，他就从桌子上捡起，放进嘴里吃了。王决心说："爹，您给我们哥三个，每个人评价个字。"王永泰眨巴着眼睛说："你大哥硬，你二哥傻，你王决心是嘎。"

大家鼓掌笑，都说总结得精辟。

乔麦歪着脑袋问："爹，嘎是啥意思啊？"

王永泰憨憨地笑道："明知故问，看老三不就明白了吗？"

王决心抚摸着乔麦的肚子，一锤定音："我嘎就嘎了，我儿子生下来肯定不嘎！"

乔麦自豪地笑着。

第二天鸡叫头遍，空中炸了响雷，王永泰心惊肉跳地坐起来，望了望天。他对白洋淀了如指掌，到了淀里一看，果然像王德志说的，白洋淀周边被新安北堤、四门堤、障水埝、淀南新堤和千里堤环绕。地势从西北向东南倾斜。今年不同往年，他感觉白洋淀北大堤会岌岌可危。

老顺子跟着王永泰的船走了。

雾气越来越重，那里横七竖八地蹿着白光，雾瘴瘴的淀面，飕飕地钻着白毛风。一会儿淀面变得夜景似的灰暗，起起伏伏的白光，牵着浪头子滚进幽深的天地。"雾气冲天压滩涂，左脚拔来右脚污。淀水源头蹿白风，灾祸末头有死路。"王永泰念叨着老人常说的话，眼前的雾气不是好兆头。

四舱船抖了一抖。

王永泰耳朵里灌满喤喤的声音。老顺子的影子就在他眼前晃来晃去，犹如一团朦胧的白影，一点摸不着边沿儿。不长时间，砰砰的声音就荡进舱来。王永泰猛抬头，看见老顺子来了，身披黑色雨衣，像个老水怪。

王永泰笑道："嗬，老家伙！"

嘟地一阵响，王永泰的新船钻入了大淀。

走了一阵子，雨势渐大，绵绵密密的雨点子砸来，抽打着船盖，暴烈，急促，淀水的声音越来越重浊。王永泰不错眼珠儿地盯着凶险的淀面，眼神跳了一下，眼前有一团黑疙瘩，驳驳杂杂，闪闪幽幽，很深很鬼的样子。

王永泰看见了一艘画舫船，旅游公司的画舫船比他的船离北大堤近。老顺子的大儿子邸大虎驾驶的画舫船距离他们越来越远了。

水光一照，他眼前的画舫船不是褐色，而是青色，黛青色。细瞅，画舫船拖着一个尾巴，那是芦苇、金鱼藻、眼子菜、苦草、水葫芦卷成的杂物，黏稠，晃亮，挟裹着一股迫人的寒力。

老顺子厉厉地吼："大虎，拉绳子——"

大虎脆脆地应一声，绳子就像弓弦一样拉直，弹得嘣嘣山响。浪头滚滚而来，浪头不高，黛青色的杂物却是吞天吞地撞来，麻绳像纤丝一样脆，轻轻一撞，断了。

画舫船移动的速度很缓。

王永泰的小船却被杂物溅起的浪头掀翻了，大浪一拍，弹起来，即刻散了架。人像一条鲤鱼那么软弱无力。他没想到他的新船败得这么快，这么惨。

他觉得无数苇条子狠狠地抽打他，疼得他咧嘴，身上肿起肉棱子。他抓着老顺子，使劲朝画舫船方向推，大虎发现了他们，吼道："快点游过来。"

这样一来，游客看见王永泰的船翻了，要出人命，不再嚷叫，纷纷说："赶紧救人吧！"

老顺子迷迷瞪瞪抓住一块木板，靠近了王永泰。王永泰鼻孔发堵，挖出一团金鱼藻，他踩着水探头寻找老顺子，满眼胀痛，听见大黑贴着水皮儿嘶鸣。

他拼命扒拉着身旁的芦苇、藻丝和荷叶，急急往画舫船方向游移。

大虎朝王永泰方向狠狠甩出锚头。锚头溅起一团水花，王永泰抓住锚头，死死拖拽着。

他的身上裹得厚厚的，圆圆的，远看就像一团新生的杂物。老顺子顿觉喉咙发紧，嘴唇颤抖不已，脸色白了，喘息着，闭着眼，大喊："水鬼子，快点游过来。"

王永泰应了一声。

如果在平常日子，站在高高的画舫船上，张望着船舱外面，展现出的是一片洁白无垠的淀面。船穿过拱形的木桥，水就更加清澈，天上荷花状的云朵映在水面。

可是现在，整个大淀在悲泣地翻涌。

王永泰颤颤抖抖地摇晃着，愣神儿的时候，大虎驾驶着棕色的画舫船就过来了。王永泰起初跟老顺子要画舫船，是想备用的，船大，抵御风浪能力就强。王永泰还想试试大虎的勇气，他在关键时刻能不能冲得上去。大虎摇着水涝涝的脑袋，咧咧嘴巴，跟紧了王永泰。大虎拽他们，游客都过来帮忙，一点点将这两个老头拽到画舫船上。

老顺子望一眼北大堤，水花翻卷，声音恐怖。

他急赤白脸地对儿子邸大虎吼："你回去，别听水鬼子的，这画舫船出了事咱可赔不起。"

大虎说："爹，你们的船太小，我得护着你们！"老顺子喊："我们是老水鬼子了，没事，不用你护着。"王永泰踢了老顺子一脚："你个老东西，还不如儿子明事理，瞎鸡巴指挥！你算不过账来，画舫船比我的四舱船值钱，跟大堤比呢，跟那些命比呢，哪个值钱？"

老顺子咧了嘴，瞪眼骂："你有事说事，踢我干啥？站着说话不腰疼，敢情不是你负责，船出了事追究大虎的，我家承受得起吗？"

王永泰回望了一眼，画舫船想要掉头，已来不及了，水流越来越紧。

大船没有掉头，船上几个旅客嚷嚷道："赶紧送我们上码头吧，今天天气不好，别翻了船。"

王永泰说："大虎，让游客忍一忍吧，看看北堤没事再回来，让游客感受白洋淀大水有多厉害！"

老顺子更急眼了："妈呀，船上还有游客呢，赶紧回去！"戴着救生圈的游客喊："这不是玩命吗？拉我们回码头，你不回去我们投诉你！"

大虎咧着嘴巴说："不是我的事，水流太急，天气不允许啊！"

王永泰严厉地说："放屁，开过去！"

"决堤，怕是要决堤啦！"王永泰嘟哝了两句。

老顺子说："别瞎说，北大堤是燕长城遗址，铁打的一样，从来没有决过堤。"

大虎犹豫不定。王永泰知道大虎跟他摆迷魂阵呢。他听到了接连不断的轰鸣声，淀水的撞击声很远的地方都能听到。

王永泰说："大虎，赶紧开船。"

大虎胆怯地说："大伯，我还没有接到老总的命令啊！"王永泰说："啥命令，灾情就是命令。"王永泰看见白洋淀的流水堵塞，大水在新安北堤堆积着，湿漉漉的黑暗笼罩着村庄，淀水开始杂乱无章，后来变得也有节奏了。

王永泰又望了一眼北大堤，堤上晃着黑黑的人影，人们扛着沙袋。虽然看不清，他预感不妙。其实，淀水相互冲撞着，拥挤着，通过大坝上的一个小孔撞开了一道缝隙，淀水已经向里面渗透，瞬间灾难就来了。今年灾情奇特，昨天，他就听说南大堤出事了，好在堵住了。他从背沙袋的人走动频率分析，北大堤裂了豁口，淀水涌向下游的农田和村舍。如果大堤溃败，就没有了千年秀林，就没有了工地，没有了白洋淀。他越想越紧张。

对面有一艘画舫船颠过来了。

大虎截住了那条大船，说："永泰大伯，您上那个船行吗？"王永泰对老顺子说："你们赶紧带游客过去。把大船交给我！"大虎摇头说："不行啊，我们是有编号的，没有申万胜董事长的命令，不能擅自决定。"王永泰吼道："鳖羔子，啥申董事长？火烧眉毛了，快去，要不来不及了。"

这一瞬间，王决心出现了。

他猴子似的跳了过来："胆小鬼，保护北大堤啊，火烧眉毛了，还他娘的谈钱？"

王永泰一愣："决心？你咋来了？"王决心没有搭腔，给了大虎一拳头："胆小鬼，带人上那个船吧。"老顺子说："如果大船出事，我儿子兜不住。"王永泰这才明白，眼下船都避险去了，对面的船是王决心带过来的，他快人快语地说："老顺子，出了事，算我的。你们快滚下去！"

老顺子点了头："那，那好吧。"

王决心已经将一块木板铺好，大虎、老顺子带着几名游客踩着木板，慌慌张张地上了另一艘画舫船。

王永泰说："老顺子，晚上到我家喝酒啊！"

老顺子扭头喊："水鬼子，老胳膊老腿不中用了，让决心开。你小心啊！"

王永泰以前开过一阵画舫船，王决心没有开过。来不及多嘴了，王决心刚刚一摸舵盘，画舫船就哐啷啷一阵痉挛，他手抖了。

王永泰推开了王决心的胳膊，他眼睛里荆轲利剑一样，神奇地一闪。王永泰这么一闪，显示出自信、坚定和宽广的气魄。眼下说啥都是废话，只有堵住大堤。

王永泰开着画舫船朝北大堤冲去。

王决心刚刚明白了爹的用意，狂喊着："爹，卡右侧啊。"他浑身汗毛倒竖。

王永泰吼道："决心，扶稳了啊，那爹就冲了。"

王永泰听见王决心一声喊："爹，小心啊！"

王永泰驾着画舫船接近了大堤豁口。他相信自己的判断，他内心里有个神秘的声音，从灵魂深处里提醒着他：沙袋都冲走了，开大船冲上去吧！

王永泰的生死注定要为白洋淀，这是他的宿命。这个声音汇聚着，由朦胧而清晰，缓慢地浮了上来。白洋淀人知道，王永泰驾船有三绝：活，野，狠。王家寨的小伙子们都愿拜他为师，理明了，什么都是通的。王永泰驾驶画舫船，圈子腿拱出两张弓，腿架着身架子，轰的一声，将大船卡在了豁口上，船碎了一角，却是稳稳地卡住了。

堤上欢声雷动，水堵住了。

胡玉湖现场指挥，频频往缝隙里扔沙袋，沙袋就严丝合缝把流水堵住了。

胡玉湖喊："永泰，快爬上来。"

王永泰没有声音了。船体一震，王决心突然栽到水里去了。

胡玉湖心尖一颤。

王永泰脑袋震晕了，面色苍白，嘴角流着血。

王决心看见那里颤出一圈儿一圈儿的晕光。王决心急促地喊："爹，爹！"

他喊着，声音滑进看不清爽的地方去了，随着淀水翻卷，人一沉一浮。

王永泰胸腔震裂了，人不行了。没有一点声息。

王决心心里想着爹，开始往上浮，嗡嗡的声音搅得他透不上气来。毛扎扎的脑壳儿就像炸碎的酒罐子，肩膀碰着了画舫船，胛骨咔嚓一声。他喝了满口的水，还是露头钻了出来。

画舫船嗡地散了架，稀里哗啦。回流的水将一些碎片卷回来，王决心爬上船，水牛跳了下来，两人将血淋淋的王永泰拽了上去。

王永泰的脑袋血糊糊，人没了气息。

王永泰苍白的脸上挂着微笑，没有睁眼，也没有一句话，血糊糊的脑袋一歪，闭上了眼睛。

胡玉湖等人瞬间围了上来，呼喊着。人们摘下了帽子，三鞠躬。

王决心撕心裂肺地大吼："爹，您不能走，您还没有抱一抱大孙子呢。"

王决心没有眼泪，一股暖流洪水般决堤而出，过度悲伤让他失去悲痛的感觉。

第八十七章　最后的银鱼

晚熟的爱情，像一朵野花。

乔麦和王决心就属于晚熟的爱。人生晚来的爱情，成熟、稳定而淳厚。乔麦缓缓走到码头，看看王永泰在不在码头。旅游公司收船前夕，白洋淀渔船多，拢了滩避雨，码头的船乱得不能再乱。

王永泰有两艘"四舱"。过去，腰里硬家也有两艘船。乔麦一般不用，她只用鸭排。但是，她到船里去过，人在这儿生活无忧。打鱼人在船头生火做饭，炊烟渔火就在芦苇青纱里冉冉升起来。

乔麦没有看到王永泰的船，淀水猛涨。

她下意识地捂了捂肚子，独自回家了，走到窗口张望，雨还是没有停。大雨整整下了一天，敲打着房顶和雨搭，天空气压很低，闷热无比，傍晚的时候天才渐渐凉了下来。她想到后院拔点菜，积存的雨水没有蒸发，菜园子一片泥泞，不时刮过阵风，送来一阵凉爽。

淀里涨满了水，竟然哗哗回流到菜地，菜地像海绵似的吸足了水分。乔麦望了望大淀，天快黑了，王永泰还没有回家，就惦念起王永泰和王决心。想到她和王决心的孩子就要出生了，心底涌起梦想已久的幸福。从上午到下午，她就不厌其烦地观望天色，唯恐天气不放晴，担心水位急速上涨。

忽然，乔麦脚底一滑，出溜一下跌倒了。在门口，小洒锦听见了乔麦的呼喊，急忙出来。

小洒锦给王永山和二巴掌打电话，二巴掌赶紧把自家的三轮车骑了过来。

小洒锦从家拿了被子放在车上，扶着乔麦赶紧上了车，将乔麦送到了王家寨诊所，乔麦躺在那里，感觉肚子剧烈疼痛。

小洒锦在一旁小心翼翼伺候，王永山给王永泰打电话，一直没有人接。

乔麦突然一个惊叫，肚子疼痛，下身也是一热。她吓坏了，心想还有一个月才到预产期，这是羊水破了，又一阵疼痛过来，又一股热流涌了出来，低头一看，鲜血顺着腿流到了诊所床上。

小洒锦赶紧喊秦医生。

秦医生接生有经验，乔麦捂着肚子，紧张地喘着粗气，血水夹杂着羊水一直在流。

乔麦疼得眼泪都快流出来了，念叨着："决心，你快接电话，快接电话呀。"

二巴掌说："这个老三，不知干啥？地下管廊没有信号吧？"

王永山嘟囔说："今天真是反常了，你永泰大伯也不接电话。"

小洒锦安慰着乔麦说："乔麦，你就别管他们了，先把孩子生下来。"秦医生和助理马上给乔麦监测胎心，测量血压，检查开指情况，备皮，离预产期差一个月，又是高龄产妇，羊水早破。秦医生说："乔麦太紧张了，缺氧状态，赶紧吸氧，吸氧。"助理弄来了氧气瓶子。乔麦阵痛间隔时间越来越短，一次次的宫缩汹涌而来，不断地向她的下肢扩散，腰酸胀疼，断了一样，像是有一只无形的手在撕裂和捶打着她的腹部和子宫。

乔麦痛苦不堪，嘴里喊着："啊，啊，疼。"秦医生认真操作着，说："糟糕，羊水早破会给孩子造成缺氧。"乔麦情不自禁地抓着小洒锦的手说："姊，你可要救救我的孩子，我已经失去了一个孩子，不能再失去他。"

小洒锦轻声说："乔麦，没事，你现在需要放松，你越是紧张，孩子越会缺氧，一定要放松。"

秦医生给乔麦打了催产针，安抚乔麦的情绪。

小洒锦抚摸她的肚子说:"宝宝着急了,想要早点来和妈妈见面,咱们要齐心协力,争取快速把孩子生下来。"

秦医生抬了头,说:"永山,我们两手准备,如果难产就手术。你能够做主吗?"

王永山点点头,哆哆嗦嗦签了字。

乔麦含着眼泪,声音微弱地说:"秦医生,我不想手术,孩子如果有危险,就保孩子吧。"

话刚一出口,小洒锦严厉地说:"闭嘴,大人孩子都不允许出事,保持体力,现在要争分夺秒,你要高度配合。"

王永山、二巴掌和小洒锦急得团团转。

按照王家祖上规矩,家族女人难产,一律敲响乾德大钟来助产。谁来敲钟呢?王决心在工地劳动,王永泰也不在场。

小洒锦说:"永山,你代表决心敲钟吧?"

王永山迟疑了一下,摇头说:"不妥不妥,祖上规矩,敲钟人应该是孩子爹、孩子爷爷。"

小洒锦说:"你看你,磨叽不磨叽,错失良机你会后悔的。"

王永山和二巴掌颠到广场的老梨树下,他们高举榆木轮流敲钟。钟声哐哐地响彻天空。

王家寨的人有点生殖崇拜了,谁家生孩子,神钟响了,人们就跟着助阵。婴孩儿的第一声啼哭,让他们激动万分。产妇难产的时候,古钟的威力就赫然显现了。后来,凡有产妇难产,只要神钟助威,总能遇难成祥,便敬乾德大钟为神钟。

王永山记得,大巴掌和二巴掌双胞胎,就是王家的神钟给敲下来的!

乔麦一阵儿疼痛一阵儿恍惚,她喊得五脏六腑都错了位,没有哪个时候比这会儿让她更想念王决心了。她呼喊着王决心的名字,只要闭上眼睛,王决心那刚毅的国字脸便在眼前晃动,她甚至闻见了他身上酸涩的气息,她多么希望王决心此刻守候着她,抱着自己温润光滑的身体。

乔麦死过去了,他不在;活过来了,他还不在。她一度绝望了,浓烈的伤感包围着她，她在疼痛的时候想，如果她死了，他会悲伤吗？如果她走了，孩子活下来他能带好吗？

秦医生翻开乔麦赤裸裸的身子，在她滚烫的身下铺了一层厚布。

小洒锦俯在她身边，举着她白玉般的双腿说："乔麦啊，永山和二巴掌给你击钟助产来啦！这乾德大钟是咱王家祖传的，特别灵验啊，你听，你快听啊！"

乔麦艰难地睁开眼，隐隐听见嗡嗡的钟声。

钟声像春雷滚过来，此声间歇，彼声响起，相互重叠，滚得远远的。乔麦沉浸在这古老而又悲壮的钟声里，脑子里竟是一片空白，似乎看见了就要穿过的淀水和苇田，浑身的筋骨和血液凝成一股气，这口气终于长长地吐了出来……

哇的一声，小家伙哭着滚出来了。

小洒锦忍不住眼里含了泪花："我的老天爷啊，是个大胖小子，决心有儿子啦，王家添丁进口了，真是神钟啊，神钟啊！"

他长得焦黑，脑门暴着青筋，特别是一只手常常攥着小拳头。

王决心处理完王永泰的尸体，接到了王永山的电话。他被晴天霹雳击中了，半天没有说出话来。过了一阵，他让水牛料理王永泰的尸体，他快速到码头找了一艘执法大队的汽艇，朝着王家寨疾驰而去。

路程不远，很快上了王家寨码头，王决心飞跑到诊所，冲着手术室的门大喊："乔麦，我是决心，我要你和孩子都平安！"王决心的声音似乎响彻了整个诊所，这一喊，乔麦听到了。

"决心，决心来了？"乔麦无力地说。

她全部的惦念、委屈和焦虑似乎在胸腔形成一股力量，爆发式地喷发而出，使出洪荒之力大叫了一声，胎盘一下就出来了，产妇安全了。孩子哇的一声啼哭，稚嫩而清脆。

王决心猛地扑过去，抓着乔麦的手，哽咽道："乔麦，我来了，对不起，我来晚了。"

乔麦吃力地睁了眼，微微笑了。

王决心转身走到王永山跟前，眼睛泛起了泪光，拉着王永山和小洒锦出了诊所，一把抱住了王永山，哽咽说："我爹他，走了。"

王永山一个趔趄，热泪长流："我的大哥啊，一来一走，这是为什么啊？"

第二天上午，雨被悲伤扯住了。天渐渐地放亮，沉睡了一夜的王家寨苏醒过来。

慰问的领导走后，王决心将乔麦和孩子接回了自家小院。乔麦娘来伺候月子，这就瞒不住了，乔麦听说王永泰牺牲了，一头扎在王决心宽厚的怀里，眼泪汹涌而下。

王决心安慰说："别哭了，别哭了。"

乔麦大哭之后的黑眼睛疲倦地眯着，连夜不眠，弄得她那漂亮的脸蛋憔悴不堪。

二叔王永山给儿子起名叫王大雄。王决心抱着儿子亲了亲。

胡玉湖组织人在王家祠堂一侧搭建一座灵棚。人们自愿就来了，七手八脚将灵棚搭建起来。水村瞬间变成悲戚的村庄，院里的柿子树干被气流扯动摇晃。水还没有退去，淀水静静涌动，鸽子亮出白色翅膀在灵棚顶盘旋，发出悲戚的鸽哨，空气中流动的悲伤渐渐平息了。

王决心从朱老忠家里买来骨灰盒，朱老忠郑重地说："永泰是护堤英雄，我十分敬佩，赠送一个最好的骨灰盒。"

"谢谢老忠叔！"王决心说。

孙小萍、杨牧仁在大乐书院做荷灯。杨牧仁端着簸箕将荷灯送过来。王永山、小洒锦和二巴掌摇船到淀里摆荷灯。

天色已晚，淀水渐渐沉下。

水牛划着船，王决心抱着王永泰的骨灰，晚风潮润润的，王决心血管里的血液快速流淌，犹如浩荡的洪水。再看白洋淀，笼罩在一片一片忧伤的晕光里，沉静在一片薄纱似的寂静中。他默默望着蜿蜒起伏的荷灯。

他的嘴唇动了动。一群野蚊子扑过来，叮咬着他的手和脖子，又疼又痒，他一动不动。只要有一点声响，即便不大的声响，也能让他心动，忽然，他抬头看见大黑轻轻飞来，落在王永泰的骨灰盒上。他望着大黑，心腔一酸。

大黑一叫，云雀和水鸟都叫了，划破了黄昏的寂静，淀水肃静，忽明忽暗起起伏伏的氛围中，让他悲伤的眼睛无法正视。闪闪跳跳的荷灯，似乎带了某种灵性，给他悲凉的心以温暖。

王家寨码头，黑压压站满了人。

今天是王永泰的七十二岁生日。那天凑时间提前过了。

杨义成和甄凤赶来，刚刚经历了生日，接着参加老人的葬礼。

杨义成背着铃铛老人在老梨树下等候，王永山在一旁扶着，王德、胡玉湖、杨牧仁、甄凤、老顺子和乡亲们自发迎接王永泰。

王决心一露头，铃铛就摇起了手中的铜铃，悄声说："孩子，天黑看不见路，你就顺着荷灯的亮回家吧，娘等着你哩。"

王决心将骨灰盒抱到铃铛跟前，铃铛伸出枯瘦的手摸了摸骨灰盒，亲吻了一下。

小洒锦先哭了一声。她这一声哭喊，立刻引起连锁反应，一个传两个，两个传四个，哭声一片。随着哭声的长短变化，淀水有节奏地颤着。甄凤的脸贴在杨义成的胸前，杨义成慢慢地抬起胳膊，搂住甄凤的腰，呼应着她哭泣的节奏。

胡玉湖的脸上掠过一片悲伤，泪如雨下。

王德志敲响了乾德大钟，哐，哐，钟声响得远远的。

告别仪式提前一天搞了，因为汛情，胡玉湖还要带人固守大堤防汛。仪式的规模不大，胡玉湖、孙小萍和王德志都过来了。哀乐一响，王决心的心脏就收紧，他从来都害怕哀乐声，感觉天要塌了。

在王永泰骨灰入葬之前，王决心一夜没有合眼，天亮时睡了会儿，他在睡梦中哭泣的时候，乔麦也跟着流了眼泪。前一天夜里，王决心、王德和水牛将爹炕上拆卸的老船板，一块一块拼装起来。早晨起来，一艘古朴的四舱船钉好了。这艘船是娘嫁给爹时的嫁妆。爹最喜欢的，即便换了新船，他还要将木板卸下来铺在床上，让爹感觉娘一直没有走。

他刷了一遍桐油，他要带着爹最后游览一遍白洋淀。他的这个建议，得到家庭会议的通过。

杨义成跟赵国栋通了一个电话，赵国栋也因为救护南大堤负伤，还在医院治疗。赵国栋表示了对王永泰老人的敬意和哀悼。

他放下手机，回到爹的房间，王决心抱着父亲的骨灰盒往外走。

杨义成说："决心，你站住，我有话跟你说。"

王决心精心地摆好骨灰盒，默默注视着杨义成，半天无语。杨义成要跟王决心好好聊一聊，这个突发事件让他意外也极度悲伤。

二叔王永山操持王永泰和邢荷花合坟的事，有些事情还是要杨义成出面解决。杨义成对王决心说："决心，你要带爹的骨灰在白洋淀转一圈，想法很好，爹就是白洋淀精魂，爹是英雄，你别说那么悲悲戚戚的话，让爹高兴啊！"王决心点点头。杨义成说："葬礼花钱的事儿，你别操心了，有哥哥嫂子呢，长兄如父嘛！"王决心头一热，喊了一声："哥，钱我们哥仨出，这钱不能替。"

杨义成缓缓走到父亲的骨灰盒前，深深地鞠了躬："爹，儿子来晚了，您一路走好！"

王决心抬了头，看见杨义成眼里含着泪花。

杨义成说："决心，我跟二叔和胡支书商量爹立碑的大小，要立一个汉白玉的好石碑。既然王家寨没有拆迁，这个立碑的仪式就要搞得简朴、庄严，立一个大一点儿的石碑，立碑人的署名，你和乔麦在前边，因为你和爹相处时间最长，大家也没的说。我毕竟过继出去了。"王决心说："你是大哥，还是大哥大嫂在前边。"杨义成说："这条船呢，是娘的嫁妆，你又给爹拼起来，然后带着这条船陪着爹转白洋淀，这是老三的孝心。回来的时候，我建议这条船就给爹娘烧掉，也算一同下葬了。"王决心说："哥，我记住了。"

杨义成鼻子一酸，伤感地说："唉，这个木板烧掉了，也就算了了爹的一桩心愿。爹一直躺在木板上睡觉，实际上就是跟娘多说说话。"他哽咽了，说不下去了，擦着眼泪。王决心说："你别说了，我都明白，奶奶没有意见吧？"杨义成说："奶奶没有意见，咱娘走得早，我们哥儿几个对娘印象都不太深，唯独我当时大一点儿，记着娘的模样。这次你带爹的骨灰一定要到采蒲台过一下，毕竟是娘的家。"

"哥，我计划在里边啦。"王决心说。

王决心在父亲死后一直没有大哭过，只是默默地流泪。王决心揩了揩眼睛，说："白洋淀十年九涝，娘也是因为大水走的，愿以后白洋淀去掉水患，平平安安。"杨义成满怀信心地说："新区建成了，白洋淀围堤加固好，地下管廊启用了，数字化管理智慧城市，海绵城市，就不会有涝啦。"

杨义成想跟王决心说点心里话，表现出来他这个当大哥的关怀。

王决心感情的闸门在悲痛中爆发了，他扑在杨义成的怀里，号啕大哭。

杨义成颤抖双手，安慰说："别哭了，别哭了，决心，爹是咱们家的英雄，这次他的死是光荣的。"王决心梗着脖子说："我不要他光荣，我要爹活着。"

杨义成拍着他的后背说："傻弟弟，说这些话都没用了，谁不想爹活着？有一个事儿我要叮嘱你。刚才跟赵国栋书记通了电话，听说你要追究这个北大堤决堤的原因，赵国栋已经追究了。县里还要处理一些人，赵国栋主持这么大摊子不容易，工作千头万绪，他已经追查了北大堤的失守问题，还是因为对燕长城的保护忽略了大堤加固。我跟你说啊，你就不要再追究了，追究半天，爹也不能死而复生，弄得赵国栋书记非常被动。他这个官当得多辛苦，不容易啊，他连夜到枣林庄大闸放水，带领党员干部驻守南大堤，拿生命堵住了豁口，保护了沿岸百姓生命财产，保住了你们的劳动成果千年秀林。你凭良心说，是不是好官？"

"是，是好官。但是，这跟爹的死是两码事。"王决心嘟囔说。

杨义成又叮嘱说："爹这次只能当无名英雄了，过度的宣传，容易造成舆论歧义，现在新区管委会建设任务繁重，汲取教训也就够了，你记住了吗？听见了没有？"

王决心哼了一声，无奈地点点头。

杨义成说："你都是央企的建筑工人啦，应该有大局观。"

太阳升起来了，院里的花草树木闪着银色朝露。王决心抱着骨灰盒出发了。

大家将王决心拼起来的船抬到码头水中，船悠了半天，稳定了，船头摆上一盘香火、鱼、苹果、酒和老烟袋。

白洋淀被雾笼罩着，沉寂了一夜的王家寨，此时变得热闹起来。王决心依稀能见天空有一朵祥云，虽说不像莲花，但是云彩的形状说明这一点。风抚摸着高低起伏的芦苇，芦苇无言地在风中哭泣。云雀开始飞来飞去，青蛙发出呱呱的叫声。淀边贴岸的老船被雾气笼罩，像雾中的一片孤岛，王决心操控着船在水面上试了试，热热地喊了声："爹，儿子带您游一遍白洋淀，爹坐好了，儿子可是开船了。"他发动了机器，四舱船缓缓驶离王家寨码头。

"老三，注意安全。"杨义成喊了一声。

王德喊了一句："老三，早点回来啊！"

人们的喊声溅落在水中，像低沉的唏嘘声，在水面幻化出奇光异彩。

王决心没有说话，扭头朝岸上人摆了摆手。人们表情肃穆，窃窃私语。

大黑在空中盘旋着，黑色翅膀一动不动，忽然，它向天空的云朵冲去，竟然飞出人们的视野，只有被霞光映照得发白的水面上，印着大黑展翅的投影。王决心打了个呼哨，大黑来了一个俯冲，斜掠着翅膀飞下来，轻轻落在骨灰盒上。他气得敲打了一下大黑的头，大黑赶紧将脚挪到竹竿上，竹竿被大黑踩得微微颤动。

船徐徐离开了，船后溅起细密的水珠，像扬起了柳絮般的烟尘。

王决心感到阳光里有晨露的清香和芦苇的气味。他呼吸着略带腥香味的清新空气，替爹欣赏着两岸的景物，好久，一句话也不说。船走到淀中还能听到村里传出公鸡的叫声。

一条小鱼破水而出，翻了个身，脑袋又朝下扎进淀水里。淀水在太阳光里闪着银光，照得王决心的双眼有点疼了。

他闭了一阵眼，轻轻地说："爹，咱淀上日子，男打鱼，女织席。您打了一辈子鱼，当然也织过席。生活嘛，就是有苦有甜，一半惊喜，一半遗憾。哪有都遂心的？您盼了多久的大孙子来了，您却没抱一抱就撒手走了。"

没有回音，大黑咕咕叫了两声。

王决心说："爹，这水路您熟，我们这是走了多远啦？"

船被晒得嘎巴裂响。不管走了多少路，爹心里总是明白船离王家寨自己所住的房子有多远。爹很坦然，船到哪儿都是家，都有熟人，而王决心的心却有一种漂泊流浪之感。

第一站是圈头村。

这村是铃铛奶奶的娘家，等于是爹的姥家，远远看见码头上邢天下和邢大脑袋在码头上站着等候，邢天下要迎接骨灰盒，王决心望着骨灰盒说："爹，您就不动了，您尽情地看好喽！"

邢天下心领神会，一挥手，圈头的狮子会武术表演开始了。王决心知道爹爱看武术表演："爹，你看见了吧？"

酷热的中午，王决心的船懒洋洋地前行。

王决心哆嗦了一下，这时他的神经脆弱到了极点。他的船钻进芦苇荡里，采摘几朵荷花。他想到了娘的名字邢荷花。他对娘几乎没有一点印象。"每人心中都有一朵荷花，无论它意味着什么，都值得我们去珍爱。"

四舱船孤独地行驶着。过了一会儿，大黑离开船飞到了头顶。王决心不再划船，将船桨夹在腋下，卡得腋窝疼了。他慢慢跟爹诉说："爹，我知道我们哥几个，你最看不上我。骂我也最多，最后还是爹救了我。"

船箭一样，眨眼射到了端村。

王决心这时抬起头来，又看见大黑在天空盘旋，他竟然不知这畜生什么时候离开船的。大黑缓缓地张开了翅膀，然后头朝着远处冲去。琥珀色的云彩被大黑的翅膀划开一道裂缝，云朵翻滚飘移，再也看不见淀边的地平线，只能看见一排排的垂柳，雾气渐渐散了。

王决心咬了咬牙关，不时抬头张望，起初还能看见端村树梢和屋顶，慢慢就淡了，一种奇妙的银光在天空闪了一下。蜿蜒曲折的船道，被绿色的芦苇隔开。

王决心记得，他小时候跟爹打鱼，常常到端村歇脚，跟村里的老水怪混得很熟。

老水怪端来一盆醋熘鱼片，默哀恭候。

老水怪登上了船，弯腰将鱼片摆放在船头，盆里还冒着*丝丝*热气。

老水怪动情地说："永泰啊，你一路走好啊，你这辈子为了孩子，打了一辈子鱼，净偷偷吃鱼刺了，这是我老婆亲手做的醋熘鱼片，你别总是让着别人了，自己吃饱了啊。"

王决心拱手谢过，鼻子发酸，张嘴说不出话。

王决心对这件事感到悔恨，令他后悔的这件事并没有瞒过爹的眼睛。爹是个大智若愚的人。

"爹，当年我没有考上大学，还怪您来着，说净让我伺候奶奶，耽误了学习。我说完，您揍了我一顿。后来我气不打一处来，给您的渔网捅了俩窟窿。"王决心这时善良愚蠢地微笑。但是，他想到爹默默补网的情景，他的身体感到刺痛，以其惯有的火暴脾气，怒气冲冲地骂了自己一连串刻薄尖酸的话。他后悔了，不该这样对待爹，不到夜晚难以在梦中忘忧消愁，就这样糊糊涂涂地过一天吧。

自从黄河水入淀，白洋淀的水就清亮了，能够当镜子照自己的脸。王决心抓着粗糙的船舷，弯腰洗了一把脸，竟然在水中发现了爹，他吓了一跳，那不是爹的脸吗？脸方方正正的，眉毛和头发是白的，皱纹就像白洋淀的水路。

"我们小的时候，王家寨有啥业余生活？早晨听鸟叫，中午听猪叫，晚上听狗叫，爹您还多了一个听鱼鹰大黑、二黑叫唤。就在这种大合唱里，您把我拉扯大了。大哥和二哥没用您拉扯，您和奶奶没少操心啊！"王决心淡淡地唠叨着。

一条鲤鱼蹦到船上来，蹦来蹦去。后来蹦不动了，大张着嘴巴吸气。王决心的脸黝黑粗糙，他困倦了，躺在船头睡了一觉。他一觉醒来不知身在何处。

桐油、鱼和酒精的气息越发浓重，简直闷得难耐，早就使王决心醺醺然了。到了下午一点，王决心的船快到采蒲台了。

"爹，前面就是采蒲台了，我的姥家。"王决心说，"小时候，您带我到这里玩过。"

杨三笙的古乐队已经等候了。杨三笙病了，瘦弱无比，仿佛一阵风都能吹倒。他听杨义成说，今天王决心带王永泰的骨灰转白洋淀，猜想一定到采蒲台，这是他妈邢荷花的故乡。杨三笙无法乘船了，坐汽车到了采蒲台，为王永泰送上最后一程。

王决心认出了杨三笙，还听出他们吹的是安魂的《莲花咒》，他的样子吓了他一跳："三笙表叔好，我哥说您最近身体不好，您咋来了？"

"我跟你爹是好哥们，还有共同的儿子义成，说啥我也得送送他。"杨三笙伤感地说。

他的声音沙哑，有气无力。

正巧，王决心二舅的儿子邢虎子结婚。人们就簇拥着邢虎子和新娘来到码头，堤上高高低低的房舍冒起白烟，弥散出热热的鱼饭香。淀风吹来吹去，水面有一片灰亮的微光，微光罩住灰青色蜗牛似的老船。船底荡着十分细小的汩汩声。灰青色老船披红戴花，那就是邢虎子的喜船。

邢虎子被一群人簇拥着站在船下，不错眼珠地望着青光流溢的河堤。锣鼓队、鞭炮手和陪新娘的女人也都瞄着河堤上邢老六的手势。

采蒲台延续着白洋淀的古老婚礼风俗。

最先映入王决心眼帘的是一片红盖头，新鲜的红色像在燃烧。两个童男童女扶着蒙了盖头的新娘缓缓朝喜船走来。邢老六的大掌一摇，锣鼓声和鞭炮声就在滩上炸响了。邢虎子咧着瓢儿似的大嘴笑了。他风光成熊了。邢老六比比画画将新娘她们引到六舱老船，举行添箱谢娘仪式。邢老六知道邢虎子对每一个环节都很当回事儿，也就十分细心。陪嫁的大箱子抬来了。邢老六喊："添箱喽——"于是，就有新亲往箱里添东西。有个老太太轻轻拍手唱："妞啦，你总要生日头寄生天，你转换门风学好伊。妞啦，投着伊亲娘十只指头一板生，俺肚里格脂油一块生，投着伊刁爷伊吃闷烟末孵灶沿，又勿有啥三声四句出人前。妞啦……"她唱得嘴角泛白沫了。王决心听得懂这些词，他低头对王永泰的骨灰盒说："爹，二舅家的邢虎子结婚，你看见了吧？"王决心看见新娘很忸怩地摇一下身子，就夜莺般地唱起老太太教的"谢娘歌"："好娘啦，你养俺小小女妞啥用头，养俺小小女妞黄杨梭子勿替娘，伊亲娘小海里厢横抱三年哪肯长……"

孝敬的人啊，来来去去唱。船沿着村庄转了一圈又回来了。

邢虎子手攥红绸布拉着新娘上船。喜船哐哐喷着黑烟子，沿泥岬岛绕了一圈儿。乌云遮来，日头很快弹出了淀面。邢老六指挥着紧溜下船去新房。采蒲台新娘出喜船时忌见日头忌着地，怕惹怒天神地神。娘家人背着新娘朝村里走，后边哩哩啦啦一溜儿迎亲长队。王决心说："爹，怕您冷清，杨三笙带队给您演奏古乐呢，听见了吧？我听奶奶说您和我娘结婚，咱家穷，娘还带来了这船做嫁妆。"

到村口，遭遇一辆披红戴花的婚车。

邢虎子愤愤骂了一句："狗日的，丧气！"邢老六立马悟出什么。王决心知道王家寨风俗里有出嫁者忌遇出嫁者一条，这叫"喜冲喜"，会损及新娘的寿命，此时双方应以"换花"禳除。邢老六喝一声派人截了那辆喜车。邢虎子摘下新娘胸前的红花，扑扑摇摇地奔过去，将花往车窗一塞，换了花！

邢虎子抓过花就扭身回来，庄重地给新娘戴上，他心里就熨帖了许多。

一方世界一方天，各有其民俗。

王家寨、圈头和采蒲台保留的风俗差不多。邢虎子的婚礼诸事井井然，完全合了邢虎子的心意。拜天地后喝着"合欢酒"的时候，邢虎子老爹说王决心带着大姑父的骨灰盒，路过这里，见还是不见？邢虎子征求新娘意见。邢虎子老爹说："你大姑父，说前天救北大堤牺牲的，英雄啊！"

邢虎子想了想，说："骨灰盒别见了，让王决心表兄上来喝酒吧。"酒席中的六荤六素十二道菜没有鸭和葱。因为"鸭"与"押"同义，怕以后蹲大狱；吃葱怕吃掉好运。

吃喜酒时还忌空盘相叠，以免重婚，红烧鱼条条鱼骨完好。邢虎子都查了一遍，喜不自禁，再也不忧以外的事了。王决心被叫上来了，看见新娘和邢虎子对他格外热情，点烟敬酒。

古乐停了一阵，杨三笙憨态可掬地笑着。

王决心跟杨三笙挥手告别，眼眶子亮起来。

"爹，够折腾的了，您累不累呢？"王决心说着，船就缓缓离开了采蒲台码头。

"爹，您儿子过去干了好多傻事，还是得感谢白洋淀新区建设，让我遇到了好师傅鲁大林，他让儿子明白好多道理，人生在世谁不苦啊，穷不怪父，孝不比兄，苦不责妻，气不凶子。一生靠劳动吃饭，爱国爱家，像您一样，关键时刻冲得上去！"

大黑扑棱着翅膀替爹有了回应。

王永泰是快乐的，没有人敢来扰乱。

他好像听见爹的笑声了。他又摇船去了枣林庄水闸，这是爹歇脚的地方。这一转悠，他自己竟然摆脱了悲伤。

傍晚回来的时候，王决心看见落日像火球一样摇摇西坠。他定定地看那火球，想从模模糊糊的火红里看出点什么。他想，只有这个时候，太阳才是最红的吧？

太阳还在发威，晒得老船暖烘烘的，可是，黄昏也是富有灾难性的。船拐过了烧车淀，进入狭窄的水道。

水的颜色越来越深，王决心听见苇枝上的黄鹂、啾啾鸟叫唤。很快，他听见隆隆的马达声，大黑躁动不安，呼啦啦飞起来探个究竟。

一艘拉地笼的汽艇从河道钻出来，他完全没有意识到即将到来的风险，汽艇卷起的大浪呛翻了他的小船。他急忙去抱住爹的骨灰盒。

骨灰盒摔了一下，翻船的瞬间就滚进水里。

王决心急了，大喊一声："爹！"

他糊里糊涂地掉进水里，两只手不停地抓挠，可是什么也抓不住。他在水中看见白色的骨灰很快散开了，一片一片散开，泛起银光。这时候，不知哪来的鱼群卷了进来。他眼看着一块块的骨灰霎时间变成了一条条小银鱼。

小银鱼翻卷着，向四周快速地散开。

王决心一时间感觉自己是在梦中，他憋着气，满脸涨红地哭了："爹啊，你快回来！"他的哭喊，仅限水里，却是响彻了整个白洋淀。

汽艇跑了，渔船停下来，他的船已经被人翻了过来。王决心抱住骨灰盒，挣扎着浮上来，露出水面爬上了他的船，他才看见破碎的骨灰盒里，没有一点爹的骨灰了，那个装骨灰的蓝布袋也不翼而飞。他像是遭到五雷轰顶，惊呆了。

王决心放好骨灰盒，重新钻进大淀里，到了淀底的泥里寻找，没有骨灰，银鱼回头望了望他，消失得无影无踪。这是白洋淀夏天最后的银鱼。

他只好浮了上来。他哆嗦着划船，抱着空空的骨灰盒，拖着沉重的双腿走回家中。直到见了亲人，水中隐隐的声音似乎依然追随。

杨义成、王永山和王德都站在家门口，焦急地张望着。王决心心如刀绞，他按捺不住悲伤，他抱着骨灰盒，扑通一下，跪在大家面前，声泪俱下："哥，二叔，你们打我吧，骂我吧！"

家人和村人都围上来了。

杨义成惊讶地问："老三，出了什么事？"

王决心放下骨灰盒，狠狠抽自己嘴巴："我没用，真废物，船被汽艇掀翻了，爹的骨灰盒落水啦，我跳进淀里，拼命地捞，却啥也没捞起来，我把爹的骨灰给弄没了，我该死！"

他的头嘣嘣磕地，额头冒了血。

"你啊你啊！这是大不孝啊。"杨义成大吃一惊，愤怒地举起拳头，对着王决心的胸脯就是一拳。

王决心身体歪倒在地上，怀里抱着破碎的骨灰盒蜷曲着身体失声痛哭。

杨义成还要打，被王德拉住了。

王德哀求说："大哥，饶了老三吧，他又不是故意的。"

杨义成双手捂住脸，默默地哭泣着："爹啊，您就这样走了？我们怎么和祖宗交代？怎么和娘交代啊？"

王决心哭着说："爹的骨灰撒到水里时，出现了好多小银鱼，小银鱼带着爹的骨灰游走了。"

杨义成猛然想起什么，一把拉起王决心说："决心，对不起，这事不能怪你，哥不该打你。"

"哥，你打得对，这样我才好受一点。"王决心倔倔地站立起来。

杨义成接过骨灰盒，忽然将骨灰盒举过头顶，转过脸，对着淀水双膝跪地，撕心裂肺地喊："爹，您一路走好哇！您生在白洋淀，长在白洋淀，船是您的床，大淀就是您的家。爹，您回家了，如愿了，永生永世守候着白洋淀吧。"

王永山和王德都跟着跪下喊："哥（爹），您回家了，一路走好啊！"

王决心回到屋，看了一眼乔麦和儿子。

杨义成抱着湿了的骨灰盒，仔细地擦干净，擦着，嘴里念叨着什么，眼泪滴在骨灰盒上。

王决心换了衣裳，往炕上一躺，饭也吃不下，不说话。人们出出进进，洗洗涮涮，他的眼睛却闭得死死的。

乔麦抱着孩子亲他，他也无动于衷。

杨义成擦完了骨灰盒，叹息了一声，坐在王决心的身边，轻轻地说："决心，你今天非常辛苦，没人怪你，哥哥向你道歉，起来吃饭吧！"他的声音轻轻的。

王永山安慰说："不以形求，全以神遇，一切都是最好的安排。"

王决心闭着眼睛，嘟囔说："都怪我大意，已经听见汽艇的声音了，应该掉头或是收船，完全来得及，可是，唉！"

杨义成继续安慰说："你就别自责了，该自责的是我，大哥应该陪你去。爹最爱白洋淀，他想永远留在白洋淀，爹就不打招呼先走了。好在他的生日过了，对我们也算是个安慰。这事就过去了，你跟我说一说一路上，你和爹都遇到了哪家亲戚啊？"

王决心喘不上气来，哑哑地说了一遍沿途人们温暖的送别。那些珍贵的画面历历在目，他胸间的郁烦瞬间化掉。

杨义成点点头，说："好，这不挺好吗？亲戚就是亲戚，打断骨头连着筋。"

王决心咕哝说："我吃鱼吃多了，以后我死了，骨灰也撒在白洋淀，好好陪着爹。"

杨义成抚摸着他的脑袋，瞪着双眼说："别瞎说，你陪爹的时间最长，感情最深，我们都理解，但是你这个熊样子，爹会不高兴的。"

王决心抽抽搭搭，一面流泪，一面说："哥，在采蒲台我遇到杨三笙表叔了，他的古乐队在码头办了个音乐会，吹奏了《莲花咒》，可是他病了，人瘦了一圈，眼窝塌了，好让人心疼啊！"

杨义成一愣："病了？我有两个月没回去看他了。"

王决心催促说："你快去看看他吧。"

杨义成眼睛红了："咱爹突然一走，让我明白了一个道理，什么事都可以拖，就是孝敬老人不能拖，我总想啊，咱爹身体好好的，等我不忙了，好好陪陪爹。谁知道爹连这个机会都不给我。"他转身又抹了一把眼泪。

第二天葬礼，响晴的天气，不是贼热，暖洋洋、潮濡濡的。王决心早早起来，他将爹的老烟袋、帽子、小收音机放在骨灰盒里。别看爹是男人，身上有一种母性，最喜欢做饭，他把爹用的那个铁勺子放了进去，然后将骨灰盒用胶水粘好。

葬礼宁静而悲伤。

村人自发地来了，黑乎乎一片，乡亲们鞠了躬，又默默地走了。祭奠的时候，四舱船烧掉了，浓浓的黑色烟柱凝着不动，像一个高耸入云的烟筒，像是浮动在梦里的景象。

大黑没有像往常那样拉开翅膀，它夹着乌黑的翅膀在坟头盘旋，不肯落下来，那声音像布谷鸟的叫声一样悲伤。

第八十八章　光芒

　　王决心回到工地，在工棚里一躺，脑海里就会立刻浮现爹的影像。爹在梦里坐在船上，一边织网一边紧盯着水面，发现了鱼窝子马上下网，抛网是老爹的绝活。王决心醒了，睁开两眼，他发现自己的枕巾浸湿了一片。他含悲忍泪地想了很多，心里一剜一剜地疼了。

　　水牛一掀帘子进来了，看见王决心一副伤感的样子，怔怔地站在他跟前。

　　王决心抹了把泪水看了下水牛，霍地站起身，瓮声瓮气地说了句："走，跟我出去转转。"

　　两个人出了工棚，沿着铺设的地下管道朝工地大步走着。四处空空旷旷的，繁茂的树木落了一层土，枝枝叶叶泛着单调的色泽。

　　水牛眼圈湿乎乎的，伸出胳膊搂住王决心的肩头，说道："三哥，我知道你的心思，人死不能复活，哥你就想开点啊……"

　　王决心缓缓地点点头，说道："我爹打了一辈子河田，起早贪黑，风里雨里，任劳任怨，不叫苦，不喊累，不抱屈，就像一只勤劳的蜜蜂……工匠精神，咱们眼下正在铺设的地下管廊，没有点工匠精神能干好吗？不能啊！"

　　水牛使劲点点头，说："三哥你说得真好！"

　　人生喜中有悲，悲中有喜，悲喜交织。

　　二〇二一年八月二十八日，骄阳似火，容光县的大地像着了火一样灼热。

这样一个溽热的日子，王决心和他的工友们迎来了一项十分重要的工程安装实验。

这项实验是中天建集团和燕山重工联合的科研项目"中天雄风"管廊吊装计划。

这天一大早，工地上便沸腾起来了，工人们顶着酷暑紧张而有序地默默忙碌着。王决心看见长长的预制浇筑框架，水泥板方方正正，像一排灰色整齐的楼房。他只记得，在王家寨的时候，看到的最长的物体就是家里的那条大木船了，而眼前这架浇筑板要比木船大多了，像一栋楼、一座山。

中天建、燕山重工和施工单位专家都来了。

肖寒总监脸色严峻。如果鲁大林师傅不去巴基斯坦工地，他应该跟肖寒并肩站在一起。

白洋淀新区的分管领导也来了。

大巴掌和来自全国各地的新闻媒体的记者们也都来了。赵晓薇也来了，他们认识王决心。赵晓薇在远处给了王决心一个胜利的手势。大巴掌却一颠一颠凑过来，说道："怎么样啊决心，没问题吧？"

王决心喊了两个字："拿下！"

大巴掌拍着巴掌微笑。

他是第一次采访，中天建使用"长节段、大吨位、整体预制装配式综合管廊"安装管廊。

总工程师肖寒介绍说："目前这个项目创新运用了五十多项专利技术，实现了多个技术突破。预制管廊最大吨位达到了四百零二吨，这可是世界上最大吨位的预制管廊吊装工程啊！"记者们惊叹不已。

大巴掌默默记录着。

肖寒的声音清脆："这次安装我们借鉴了国内和国际上的先进经验，运用了 BIM 技术，建立了项目智能中控中心，以共舱理念，管线集约，运维共享。"

大巴掌问："什么是运维啊？"

肖寒微笑着回答说："就是共同运行和维护。新区市民中心的管廊，早已运营，那里到处都是黑科技，已经安排机器人昼夜检查维护。"

王决心和他的工友们激动不已，同时也紧张不安。他想念鲁大林师傅了。这样激动人心的时刻，师傅却不在。师傅在巴基斯坦可好？他还担心今天的实验出现纰漏，越是担心，内心的不安就越强烈，以至于有些站立不稳了。

乔麦的面容突然浮现在王决心的眼前。他听说乔麦和王德去阜平山区给杜梅采中药去了，他想：这个乔麦，家里公司这么忙，还有不到周岁的儿子，干吗要亲自去阜平大山里采药材去啊？他越想心里越烦躁，忍不住踢了一下脚下的水泥板。

咣的一声，脚尖生疼，疼得他直咧嘴。

忽然，王决心听到笛子的声音。

这是肖寒吹的笛音。王决心静下心来，把他指挥的小组布置到预制管廊衔接处，开始自动喷淋降温，在浇筑之前，他要先测一测实验地面的温度，温度不能过高，也不能过低，要符合夏天的浇筑标准。

火红的太阳，高悬在头顶。太阳喷射着炽热的光芒，烤得大地上的植物昏昏沉沉，整个工地像要融化了，红色的钢架机器在缓缓移动着，红红火火，增添了这里的火热。

王决心朝他的工友大声喊道："伙计们，站好了啊，等着领导一声号令啊！"

大家齐声喊："好，遵命！"

王决心用手掌横在眉毛上面遮挡住阳光，怀着跃跃欲试的心情急切地等待着。大家的安全帽都被晒透了，头顶上像燃起了火苗，但没有人叫一声苦。

肖寒拿着充电喇叭发出号令："全体注意啦啊——各就各位，实验，现在开始！"

工地上出现了短暂的宁静，机器的声音也停止了。人员各就各位，一声长长的哨响，预制管廊吊装开始了。红色的装载机发出震耳欲聋的轰鸣声向这里移动而来，王决心盯视着它移动的方向越来越近，猛地出下拳。

这个时候，小四川朝他喊："王班长，温度测好了没有哟？温度测好了没有哟？"

王决心朝他说："好啦，二十一度——"其实，温控中心已经显示数据，人与自动显示吻合，更加准确。

小四川大声喊道："注意地面保湿哟——"

项目经理身影移开了，浇筑班的小四川晃了一下三角旗子，吹响了笛子。小四川又喊："管廊的底板、保温层温度测试好没有哟？"

王决心扶着安全帽，喊："测试完毕，洒水后温度二十三度——"

小四川拿圆珠笔记上了。

王决心知道，混凝土浇筑夏天的温度施工标准是二十度。肖寒叮嘱他喊："注意接口，不能有杂物。还有，接口要平——"

王决心答应："肖总，知道了，放心吧——"

热风呼呼地吹来，腰里硬浑身出满了燥汗。腰里硬的商贸公司弄了一阵沙子，挣钱了。他闹不清谁在幕后使坏，沙子被限制了。他求助路海生，路海生故意躲避他，让他越来越憋屈。

管廊安装结束，回填土方任务繁重。

工地管理很严，腰里硬庆幸自己能走进来，赶上清理预制管廊吊装，他还是想从工地刺探材料需求。他捻着大腰带上的虎头铜扣，咬了咬牙，自语道："王老三，你他娘的当个破班长有啥豪横的呀！老子不当是不当，要当就当你的领导，专门管你，管死你！"他转过身，看着安装机红色机身有节奏地上下翻滚着，泛着一片酱红的光泽，像燃烧的火焰令人顿觉庄严肃穆。

腰里硬不禁脱口喊了一句："豪横！"

王决心目不转睛地盯视着隆隆作响的安装机，等待肖寒的指令。机器接口处飘荡着雪白的塑料隔膜，像一道瀑布，倾泻而下，蔚为壮观。

一阵隆隆巨响过后，重达二百吨的四米管廊准确定位于新区起步区 NA8 路段地下管廊终点处。

肖寒喊："吊装开始！"

吊装机开始工作。

吊装机的那一声巨响，让王决心的心快到嗓子眼了，两只眼睛紧紧盯着浇筑机，手中抓着横木往前跳了两步，抓紧了粗大的绳索。

突然，他发现吊装机机身明显向左倾斜了，立刻惊出了一身冷汗，这还了得，对正在作业的工人构成了多大的威胁啊！

肖寒也看到了，大喊一声："决心，大力，你们几个夹紧螺栓！"

大家不顾自身安危紧张地为吊装机松螺栓，王决心由于着急手指磕破流了血，他顾不上了，快速地操作着扳手。

大巴掌脸吓白了，连连后退。赵晓薇却蹲在一旁，用镜头记录下了这紧张抢险一幕。

螺栓一松，影响主体的倾斜状态，重新安装钢板吊钳，固定好了吊钳的球面夹头。螺栓紧好了，王决心抬头，只见接口处跳出来的塑料隔膜，竟然是厚厚的一层碎片，雪片一样在空中四下飞舞着。

肖寒沉了脸，说："塑料，哪个班组这么大意？那会漏水的。"

"肖总，我瞅瞅！"

肖寒点点头，王决心爬到水泥制件上去了，本来是处理衔接旧塑料。但到了上面，却有了新的发现，他吃了一惊。爬的过程中，底下有人发现，就喊他："王决心，下来，危险！"

王决心回头看了一眼："这里有倾斜。"他犹豫了一下，还是爬进了预制管廊，扯掉了那些塑料。

忽然，吊装的管廊扭曲着吱吱作响。没有人能看见他的脸和身体，倾斜的时候，他的一条腿被卡住了。吊装每挪一下，他的脖子就弯曲一下，弯到不能再弯，下巴抵到胸脯了，拱起的膝盖顶到了他的下颌。吊装的启动，丢失了空间，坠落着的汗珠从他的额头上滚落。他扭动了一下身子，身体动了动，还是无法伸开打弯儿的膝盖，浑身颤抖，牙齿咬得咯咯响。

肖寒喊："决心，情况怎么样？"

王决心身子一抖，像子宫里的婴儿一样，蜷曲成一团。他在观察着水泥构件儿的平衡度，他找到原因了，吊线太短。这个时候，他把水泥构件儿的平衡度拍了下来。他忽然明白，以前吊装的失败就是理论成立，而现实要求吊线加长，而没有人亲眼看到。找事故原因的时候，鲁大林对拉绳提出过质疑，但是底气不足。今天，他对师傅的预感找到了印证。

他冒死也要拿到这个证明，如果他不上来，今天可能面临着现场又是裂缝，又是一个失败。他有些后怕，拼命大吼："肖总监，预制件要出现裂痕，右侧吊线马上加长！"

肖寒听见了，回应道："王决心，加多少？"

王决心吼道："三米左右。"

肖寒对着对讲机喊："加长右吊线三米。"

王决心看水泥制件渐渐倾斜，实际上得到了某种平衡。鲁师傅的理论是成功的，但是，实战上就缺这一项数据。他想，有时候大数据计算不是万能的。突然咔嚓一响，他脑袋又回到蜷曲空间，面临着死亡。碗口粗的拉杆扭曲了，挤压他右腿，流血了。管廊下，有滴滴的血流下。

肖寒抬头，看见管廊下一滴一滴渗下血来。

她惊恐地吼道："王决心怎么样？你受伤了？还加吗？"

王决心咬咬牙，狠了狠心，说："别管我，加到三米。"

肖寒没有说话，她看不见王决心。她跟燕山重工的专家嘀咕两句，要数字屏幕。

死亡向王决心张开了大嘴。王决心身体疼痛，五官扭得难看，几乎错位，大喊："就要成功啦！"他像师傅那样勇敢，以一种好的死法，获取技术突破，即便死了，也是人生的价值，他的勇敢震惊了在场所有人。

肖寒在数字监视屏幕看到了负伤的王决心，还看到他的腿流血了。她看到了吊装水泥预件的最后合拢，严丝合缝。

肖寒激动了，含泪说："王决心，好样的，这不是技术问题，而是向死而生的勇敢！"

安装稳定之后，人们扑上去，七手八脚抬下了王决心。

一场可能发生的事故，化险为夷。这是激动人心的时刻。尽管王决心的勇敢献身，还不属于核心技术范畴，但是，问题解决不掉，还要不断实验下去，这轮管廊安装只能依靠德国哈特公司，给国家造成的损失将是巨大的。

现场响起热烈的掌声和欢呼声。

肖寒的一声哨响，最后一节重达二百吨的四米管廊经过紧张有序的运、提、转、落，准确地定位于白洋淀新区起步区 NA8 路地下综合管廊的终点处，标志着白洋淀新区首个"长节段、大吨位、整体式预制拼装综合管廊示范工程"成功实现了技术突破，成为中天建和燕山重工的一道王牌。

顿时，锣鼓喧天，欢声阵阵。

整个工地成了一片欢腾的海洋。王决心躺在担架上，微笑了，重重地松了一口气，赶紧掏出手机，给鲁大林师傅发了一条信息："亲爱的鲁师傅，吊装成功！"

褚忠良慰问了王决心，转身对肖寒说："祝贺肖寒，这次安装创造了世界第一，充分验证了中天建四十多项专利的成功啊！"

王决心两眼流出了热泪。

因为王决心关键时刻临危不惧两次抢险成功，集团给他记了一大功。

工友们纷纷恭喜王决心。

腰里硬不知什么时候混进来了。他是通过路海生经理进来的，刺探商机。有医护人员到现场给王决心包扎。腰里硬凑过来，不甘心地问王决心："王老三，我就不明白了，你就是个普通的打鱼人，哪来的工人手艺呢？是不是瞎猫碰死耗子啊？"

王决心"呸"了他一下，说道："我就是瞎碰，你小子碰一个试试。你这就是吃不到葡萄嫌酸，败坏我的名声。你不知道我有鲁大林师傅啊？现在还有肖总啊！"

腰里硬不吭声了，还是不服气。

肖寒表扬一通王决心。王决心钻进水泥预制件里扯掉塑料，还不是什么大事，但是，他发现吊绳短三米，这是人不到现场无法发现的。

几天后，王决心腿好了。

晚上在食堂吃饭的时候，技术员小四川请王决心和水牛跟朋友们一起吃饭，庆祝安装的成功。他们在食堂里打饭，聚集在一个餐桌旁，欢声笑语。小四川举起啤酒杯敬了王决心一杯："谢谢哥哥鼎力支持啊！"

王决心笑着说道："小老弟，我们以后就是好朋友啦，你是大学生、技术员，多教教我们啊。"

小四川说："过去，你们有鲁大林师傅，如今博得肖总监的青睐，哪还用得着我呀？"

王决心说："师傅是师傅，肖总是肖总，你是你，我们是好哥们儿！"说着喝了一杯啤酒。

小四川手机响了，他起身出去接电话。一会儿，小四川回来了，眼睛红红的，一副很伤感的样子，跟刚才比判若两人。

王决心一愣："兄弟，出啥事啦？"小四川两眼涌出泪水，哽咽着说："我爹今天早上去世了。我不能在他身边尽孝啦……"

王决心和工友们都沉默不语。

王决心默默地端起一碗酒缓缓地把酒倒到地上，对小四川说道："愿你爹一路走好，老人家天堂安息！"

"爹啊！"小四川哇地哭了出来。

月亮清亮亮的，照耀着工地一片洁白。一阵风吹来，把纸钱燃烧冒出来的袅袅青烟送入高高的夜空……

第八十九章　产业风波

转型的艰难，首先体现在草根阶层。

夜晚降临，乾德大钟又不知被谁敲响了，使王家寨的日子变得奇特而神秘。孙小萍听见钟声，以为出了什么事，从大乐书院跑了出来。村里打工的青年王旋在疯狂地敲钟。

胡玉湖在看热闹。他刚刚听说，村里一个叫王大明的孤寡老头病死在了家里，邻居发现他死去的时候，尸体都腐烂了。太残酷，无法想象。他得了心血管病，没有钱看病，静静地等死。这个五保户，没有老伴儿没有儿女。敲钟的王旋是他的侄子。王大明的老船被旅游公司收了，他就吃这点儿收船费，不能打鱼，坐吃山空。

孙小萍听说了，心情很沉重。

胡玉湖多皱的脸上，生了锈似的，网着很多的愁，叹息说："唉，上马新产业迫在眉睫啦！"

"这事不能藏着掖着，直奔主题，怎样来个大动作，一劳永逸地解决王家寨老百姓的生计问题！"孙小萍说。

胡玉湖犹犹豫豫，声音不高："一劳永逸？这世界天天在变，压根儿就没有一劳永逸的事。"

孙小萍低头走着，一声不吭。

白洋淀新区三县县城的规划刚刚出台，窝在大淀深处的王家寨，作为乡愁纪念物留下来了，可以大胆营建产业了。王家寨这艘大船驶向何方？

孙小萍去县里跑了两趟，跟县委书记汇报，请他到王家寨调研。这天傍晚，她忽然接到镇里电话，说明天县委书记贺军到王家寨调研，做好人员安排。贺军到王家寨的调研题目：村庄怎样提升改造，怎样规划新产业？

胡玉湖听说贺军是孙小萍请来的，气就不打一处来。最近，王德常常跟胡玉湖递话，传了孙小萍说他的坏话。现在又听说孙小萍出马，请来了贺军书记，心里五味杂陈，对孙小萍发生微妙的变化。县委书记来村里，毕竟不是坏事。

孙小萍感觉机会来了，组织了音乐队、锣鼓队在码头迎接，燃放了鞭炮。王家寨的人们纷纷涌到码头，热情的期盼是空前的，平时不爱出屋的老头老太太也涌到码头。

贺军登上码头，看到欢迎场面很尴尬。

老百姓敲锣打鼓前来欢迎，贺军挥手致意，转脸对胡玉湖沉了脸，低声说："胡支书，不要这个，不要这个，这不是形式主义吗？"

县委办公室主任说："赶紧停了，这要传到网上去，会给贺书记找麻烦的！"

胡玉湖愣了愣，瞥了一眼孙小萍："小萍书记心意嘛，就停，停止！新区的三个县城规划出台了，王家寨正式保住了，可以大胆地提升改造啦！"

贺军的声音带有威慑力："是啊，胡支书！我跟你说啊，我们愧对乡亲们，王家寨必须要大变样，等我们有了好项目再庆祝吧！"

气氛变得僵硬起来。

贺军刚要说话，孙小萍赶紧把过错揽过来："贺书记，您别怪老支书，这是我的主意。接到镇里的电话，一时激动，下次一定改正！"

胡玉湖让王德志赶紧收了欢迎仪式。

贺军斩钉截铁地说："小萍书记，胡支书，我这次调研，探讨白洋淀水村的产业振兴之路！"

"上马一个好产业挺难啊！"胡玉湖感叹说。

孙小萍心情沉重，她一向呼风唤雨，在上马万亩莲花园的项目上受挫了。原因还在莲子卖不上一个好价钱。

新水县城规划落地，贺军书记有了新思路。看来老办法已经不适应新形势了。胡玉湖想，怎样才能找到适应新生活的突破口呢？孙小萍都没有破局，胡玉湖面临着越来越大的压力，他的观念转变了不少。他开始抓党建，两年过去了，党的活动多了，思想观念上仍赶不上县委的节奏，依然是传统思想和方法，竟然在领导面前接二连三地弄巧成拙。

贺军书记主持召开了一个座谈会，村两委成员、党员代表和群众代表参加了座谈会。在座谈会上，大家踊跃发言。

贺军跟老百姓唠起了家常。谈到王家寨老百姓的生计，贺军皱起了眉头。

他这次带人调研，就想一劳永逸地解决王家寨的产业问题。胡玉湖做了发言，孙小萍做了一个发言，王德也有一个发言。如今，王德扶贫有功，打火救人，火灾之后，他又扩建了玩具厂，所以火线入党，还进了村委。三人的发言里，孙小萍的思路似乎更让贺军赏识。贺军没有表态，也没有做最后总结，只留给了胡玉湖等人一句话："今天调研很成功，后边的任务非常重。大家苦苦等待了三年，期盼了三年，县委非常关心王家寨，你们村比较特殊，首先应该壮大集体经济，做到产业振兴，如果王家寨没有产业支撑，谈何振兴啊？所以说，这是一篇大文章，要做就做到最好！"

胡玉湖心急地问："您心目中的好产业是什么呢？"

贺军想了想，说："我也说不好，有一点毋庸置疑，必须是环保、生态的。"

他又将球踢给了村里。

胡玉湖琢磨着贺书记最后一句话。他彻夜未眠，这惊天动地的大事指的是什么呢？孙小萍汇报说到了万亩莲花园，虽然是生态农业，因为莲子效益低，无法大面积推广。

贺军书记为什么没有明说？没有考虑成熟还是时机未到？胡玉湖百思不得其解。

胡玉湖感觉到在座谈会上贺军书记与孙小萍的思路有某种契合。

胡玉湖来到了大乐书院，他走进书院的时候，杨牧仁正在屋里整理写铃铛老人的书，他没有惊动杨牧仁，直接和孙小萍坐在了阅览室。

大乐书院扩建，藏书房和阅览室焕然一新，阅览室与藏书房分开了，宽敞明亮。

胡玉湖看见孙小萍整理书籍，他想跟孙小萍深入探讨一番。

孙小萍放下手里的书，带胡玉湖到了阅览室。

胡玉湖刚刚坐下，孙小萍掩嘴笑了起来，她先是分析了一下形势。新水县城的整改方案定下来了，必然也波及了王家寨，王家寨作为白洋淀唯一纯水村，被定为留住乡愁的地方，是就地提升，怎么留怎么拆，真要好好规划。

孙小萍想了想，说："贺军书记是想一劳永逸地解决这几千口人的致富问题。"

胡玉湖点了点头，皱着眉头想，王家寨古老和现代混合并存、交错掺杂。

孙小萍给他出了一些主意："胡支书，我感觉还是在生态产业上做文章。"

"看来，这是生意上的事了。"胡玉湖自言自语地说，"小萍啊，在全县里，我是年龄最大的村支书了，身体也不好，这个项目抓起来，就退下来，你们青年人干吧！"

孙小萍说："您客气了，王家寨不能没有您掌舵啊。"

胡玉湖说："小萍，这是自然规律。"

他背着手走了，慢慢走向被芦苇遮得幽深的蛤蟆滩。

胡玉湖回到家，突然想起了王决心。他有时就想起来王决心，如果王决心不走，是最理想的接班人。他打通了王决心的电话："决心啊，你明天下班赶紧来一趟，有大事商量。"

王决心刚刚从地下管廊下班。

他每天忙忙碌碌，累得脚后跟打后脑勺儿，很少静下来思考村里的事情。他听说胡玉湖叫他，就爽快地答应了。

第二天傍晚，王决心来到王家寨。

他看到大乐书院，又瞅瞅他家的老宅，就想起了爹，心中不免一阵悲伤，同时又涌起一股暖流，繁重的劳动常常把他的家乡情感压在心底。今天想来，这种情感越积越浓烈，说不定哪个时候就像火山一样喷发出来。

王决心来到胡玉湖的办公室。

"决心来了？欢迎我们的大工匠！"胡玉湖微笑着说。

胡玉湖很疲惫，脸色愁苦，双鬓斑白，满脸的皱纹越来越深了，话越来越少。王决心听王德说，胡玉湖脑血栓了，住了两个月医院。

王决心觉察到了，胡玉湖真心想退休了。胡玉湖似乎从平庸的工作中得到了某种解脱，过去太顾及面子，如今他悟出来了，说到底，面子和尊严是靠力量支撑的，而不是以善恶评价的。他似乎在人生的最后阶段，瞬间积攒了喷发的力量，要最后给王家寨干一件大事。

胡玉湖让王决心出主意。

王决心皱了皱眉头，摇了摇头，说："叔啊，您可难住我了。我过去就是一个打鱼的，现在就是一个央企电焊工，眼界和实力都不够啊！这事儿还得找我大哥，他见多识广！"

胡玉湖眼前豁然一亮，拍了拍大腿，好像把沉睡的身体拍醒了，连连说："是啊，赶紧给你哥打电话，让他过来出个好主意。"

孙小萍说："还有乔麦，她是思维厉害。过去她在王家寨一直被压抑着，自从走出去，她的眼光、魄力和胆识无人能比！"

王决心说："别抬举她了，她一心搞种业、种粮食，身上已经没有咱王家寨的味儿喽！"

孙小萍眼睛亮亮地说："你别吃醋啊！别看你是工匠，以后乔麦发达了，你就沦落成一个吃软饭儿的男人了。"

王决心嘿嘿一笑："吃软饭咋了，她是我老婆，我软饭硬吃。我腰里不硬，属鸭子的，嘴巴硬！"

在场的人都被逗笑了。孙小萍也抛出一串快意的笑声。

杨义成回电话，说他出差在杭州马上回来。

乔麦来到了王家寨的时候，天已黑透。胡玉湖、孙小萍、王永山、王决心和王德等人都在大乐书院等乔麦。乔麦刚刚生了孩子，身体微微显胖。乔麦被孙小萍带着参观了藏书房，她对书院的变化非常欣慰。

大家凑在了一个桌上，饭菜也熟了，看来是边吃饭边讨论问题。吃饭的时候，所有人的目光都转向了乔麦。乔麦以茶代酒敬胡玉湖。

胡玉湖脸上笼罩着阴云，他跟乔麦说了王家寨产业的事，让她看看有没有好办法。

乔麦还真动了心思，都没有吃出饭的滋味来。王永泰去世，孩子刚出生不久，北羊村那里一堆乱事，让她茫然无措。她眨巴着眼睛，苦笑了一下，说："说实话，我在北羊村干事，还真想过王家寨的产业。常常拿这两个村做比较。"

孙小萍兴奋了："你干事是大手笔，快说说啊！"

乔麦为难地说："这事挺难的，我也不是哪吒，没有三头六臂。让我拿意见，还真的没有。"

胡玉湖脸色苍白，失望地叹了一声。

王决心心里有一股怨气。他目光转向了乔麦："老婆，别说没用的套话了，你瞅瞅玉湖支书，他被村里的事愁的，脑血栓了一回，心脏加了支架。无论从哪个方面，你都得帮啊！你不帮我都不饶你！"

乔麦脸一沉，喝道："住嘴，你瞎掺和啥？"

胡玉湖忍不住了，提高了声音："乔麦啊，别怪决心，决心在替我说话。本来呀，我病了一场，想退休看孙子了，但是你叔马上就退，除了污水处理厂，没有干成一件大事，脸上无光啊！留给叔的时间不多了，实在是没有好法子，你有魄力，又有融资能力，你就帮帮王家寨吧。"

乔麦愣了愣，红了眼圈，说："叔，我真不知道您病了。您对我有恩，小萍对我有恩，王家寨是我的娘家，村里致富，我和决心责无旁贷。"

王永山仿佛置身事外，如洞若观火、明察秋毫的菩萨，微笑着望着大家。

王决心转脸说："二叔，让乔麦先想想，您有眼光，是最有发言权的人啊！"

王永山懵懵懂懂，他还没有从失去大哥的悲伤中彻底走出来。他没有锐气了，不知道用怎样的形式来帮胡玉湖。他望了望胡玉湖和孙小萍，说："我也经过商，艺术学校也关门了，没有挣到钱，倒是得了不少教训。如果村里需要，我愿意捐赠芦苇画技术。"

胡玉湖微笑说："永山要为村集体贡献芦苇画技术，也是值得表扬的嘛。这个项目小萍考虑考虑。但是，这个不是大产业啊！"

王永山谦逊地一笑，说："我们文人，萤火虫的屁股，就这么点亮儿。我看应该让小萍书记说一说，小萍观点非常新颖，她把大乐书院搞活了，也给王家寨带来了新气象，她的观点有现代理念。"

孙小萍胸脯起伏着，脸上带着祈祷的神情。

乔麦庄重沉稳，默然无语。

王决心眼睛一亮，说："小萍，你说下去，你说下去，就要呼之欲出啦。"

孙小萍脸红了，说："这个惊天动地的大事，不能天马行空地说，需要资本支持。具体是什么，我真的说不好，还是请乔麦董事长发表高论吧。"

乔麦放下手中的筷子，从思考中反应过来，没有马上回答。

王决心又急了："老婆，急死我了，你倒是说话呀，我就看你搞了三羊开泰，像是变了个人，对咱王家寨的事儿一点儿也不关心了。"

孙小萍手指竖在嘴上："嘘，别打扰，乔麦在想呢。"

乔麦狠狠瞪了他一眼，申辩道："我刚刚给你生了儿子，身体还木着，脑子还僵着，我又不是诸葛亮，能掐会算。"

王决心满腔的怨气，朝杨义成的身上发泄："我大哥也是，咋又出差了，关键时刻掉链子！他要是在场，我就不逼你了。大哥比我们学历高，见的世面多，他应该有办法。"

乔麦叹息了一声，闭上了双眼。

她很同情胡玉湖的处境。胡玉湖年龄大了，急需一项青史留名的政绩。姚哈喇等村民一直攻击胡玉湖，其实，还有一层原因，胡玉湖是王决心的爷爷大抬杆扶上台的，姚家人一直误解他。许多事，胡玉湖替王家人背了黑锅。杨义成非常敬重胡玉湖，他真的应该好好地帮他一把。

乔麦背着手站了起来，在地上来回走着。

乔麦的脑子像她记忆数字一样，飞速旋转起来，她记得年初去北京，赵晓薇带着她参观了通州的环球影城，影城带动了三万人就业。她的头顶一下子亮了，这个想法是那么强烈，简直无法抗拒，大声说："王家寨不能打鱼了，不能养鱼了，不能养鸭了，开发生态旅游啊。"

王决心说："嘿，这个还用你想啊？"

乔麦心里突然有一种箭在弦上的感觉，激动地说："老公，别捣乱。你听我把话说完啊，我们王家寨搞一个大型实景演出，打出旅游名片，打造国家级的旅游景区，让王家寨形成一个强磁场，把到白洋淀新区旅游的人吸引过来。我从通州的环球影城那里得到启发，环球影城十多万人就业什么样的局面？我看过二叔制作的一幅芦苇画，题目叫《淀上升明月》。"

王永山眼睛一亮："乔麦，有这么一幅。名字是我的一首诗歌。"

"二叔，多有诗意！我们王家寨要打造一场'淀上升明月'的实景演出，天天演，不仅吸引当地人来看，更要吸引北京人、天津人、石家庄人等各地人。因为是室外，利用原有设备，冬天滑雪！拉动就业，还带动智慧民宿。"乔麦沉稳地说。

"好！"王决心闭着眼睛，使劲鼓掌。王德情不自禁地跟着鼓掌。

孙小萍伸出双手，紧紧拥抱了乔麦。

"好主意啊，太有才啦！"胡玉湖感慨地说，眼睛里旋转着两团热乎乎的泪水。

乔麦打开了话匣子，继续唠叨着说："我们王家寨已经是数字乡村了，我们的荷花岛上，种上九种荷花，组成智慧民宿。大哥的公司已经在村里安装了5G基站，搞体验式的生态智慧旅游，让旅游者留下来，让现代旅游在咱村生根。王家寨的土特产就会销出去了，小萍她们用网络带火了王家寨土特产，芦苇画、双黄鸭蛋、鸡头米、鱼丸子和荷叶茶也都销出去不少，线上线下有机结合，实景演出继续带我们的农产品。"

王永山感动得嗓子发紧，憔悴的脸容光焕发，显得年轻了许多。

王决心有些吃惊，没想到乔麦心肠变硬了，思路宏大了。

"就这么干啦！"胡玉湖一拍桌子，"贺军书记要的就是这样的项目。这可是惊天动地的大事儿，乔麦啊，小萍啊，别光激动，这得投资多少钱呢？"

乔麦想了想，说："看客流量，看看村里能够承受的规模，我心里的规模，应该在一个亿左右。我们首先规划好，小萍书记，你找白洋淀旅游公司要一些旅游方面的大数据。我们依据客流量具体评估。只要是好项目，筑巢引凤，资金自然会跟来的。我在萍河搞的智慧农业，首轮融资就是三个亿。"

王永山感慨地说："唉，这才几年的光景，乔麦已经不是原来的乔麦了。"

孙小萍心悦诚服地点头，抬头望月。

月亮像玉石，悄没声息地溜走了。

乔麦谦虚地说："大家别夸奖我，我是软弱自卑的人，如果还算有点能力，都是我老公给了我力量，小萍书记给我开发了智力。还有胡支书、二叔、二哥对我的厚爱。我觉得，演出的主场应该在码头广场，利用我们村天然优势，座位、灯光可以延伸到淀上，水陆交融，效果会更好。"

王德微笑着说："说得我热血沸腾啊！我最近跟着乔麦在萍河搞智慧农业，相当成功。"

乔麦语惊四座，饭桌上的气氛一下子就火爆了，相互敬酒，气氛到达了顶点。

王决心心情复杂，既自豪，又尴尬。

孙小萍逗着王决心说："决心，有危机感了吧？你往后真得吃软饭了，硬吃吧！"

王决心的手使劲儿转着桌上的菜，桌子摩擦得嘎嘎直响："老婆说得对，项目好，不愁投资。如果有困难，我找义成大哥帮忙。"

乔麦终于笑了："人家是大工匠，在家里硬气着呢！"

孙小萍说："这个大型实景演出，应该请国内的一流导演来做，白洋淀的亮点都融进来，就王家寨而言，西河大鼓、银淀鱼丸和芦苇画都成了省级非遗项目，可以在这个演出里正式亮相啦。"

孙小萍将旅游的大数据资料递给乔麦。乔麦一看数据非常满意，不能不承认，白洋淀新区的开发带动了白洋淀的旅游。

王家寨的实景演出将纳入白洋淀的旅游，必将成为一个亮点。

这个议题也得到了贺军书记高度赞扬，对胡玉湖刮目相看。

紧锣密鼓，寻找投资和规划设计同步进行。

胡玉湖明白，投资旅游是赚钱的，同时也是最烧钱的。找投资是一场硬仗。胡玉湖首先想到了投资白洋淀的老板申万胜，他投了白洋淀旅游，产生了效益，他跟申万胜还有点交情，旅游公司到王家寨收船，村里又发冲突，胡玉湖从中斡旋调停。申万胜对胡玉湖还是很尊敬的。申万胜听了胡玉湖的话，看了项目规划书大加赞赏，毕竟跟他的旅游是共荣的。但是，一提到投资，他还是婉言拒绝了。

他不想将资金放在一个篮子里。

还有，白洋淀的旅游限流方案打乱了他的财富扩张计划，新码头的建设，耗尽了他的流动资金，他还破天荒地从银行贷了五千万，所以运营压力很大。

申万胜苦口婆心地说："老胡，从我们之间的交情上说，我应该挺你的'淀上升明月'，弄好了，对我的整体旅游也有好处。但是，我还是劝你，还是别搞吧，大型实景演出在室外，北方季节有因素，冬天和初春，那是空档啊！"

胡玉湖两眼直愣愣地说："你是说项目压根儿就不行吗？"

申万胜改口说："不是不行，你们村有了好景点，我的旅游船还多了一个去处不是？新区仍在建设中，客流量不高，我是担心几年收不回投资。"

胡玉湖愣怔了一阵，像被泼了一盆冷水。

胡玉湖回到王家寨，反复琢磨，这个大动作是不是失算失策呢？申万胜是他的老朋友，他的话让他瞠目结舌、胆战心寒，他开始重新审视项目，旅游项目还要考虑北方季节因素。

孙小萍做的市场评估是合理的，她对胡玉湖的犹豫感到不解，她悄悄跟杨义成说了。杨义成再次过来给胡玉湖打气。胡玉湖又跑了一趟银行，银行还是没有结果。

胡玉湖和孙小萍愁眉苦脸的时候，王决心和乔麦来了。王决心对胡玉湖说："资金难不倒我们，这事还得找我大哥，找找关系，把资金引过来。"

乔麦说："别灰心，我们农业科技公司当时融资多困难？后来不也融到了吗？旅游项目收回投资比我们农业快得多，你说是吧？"

胡玉湖叹息一声，说："决心，乔麦，你们的心我懂。只是时间不等人啊！"

王决心想了想，说："挣钱的事，谁不愿意啊？让我哥找找杨义伟呢？"

王决心就到了杨义成的办公室，急赤白脸地对杨义成说了，杨义成欣赏乔麦的创意。

杨义成真的犯了难。王德愿意投，但是王德拿不出一个亿的流动资金来，因为他们服装厂资金投在乔麦那里了。杨义成万般无奈之下，只有找到老同学苏一朋了。

苏一朋在澳大利亚悉尼度假，听说有事，就急着回来了。

孙小萍找到规划专家杨方晨，请他规划全村住房提升改造方案。北京青藤文化传媒公司设计了"淀上升明月"的演出方案。一套方案拆迁十户人家，结合文化广场投资三千万的规模，一套方案投资六千万，需要拆迁十八户人家，最好的方案是拆迁四十多户人家，保持一个大的实景演出规模，码头一侧再加上一个儿童游乐场。

苏一朋赶到白洋淀新区，杨义成带着苏一朋看了杨方晨的规划，苏一朋有了兴趣，马上要见胡玉湖支书。贺军书记接待了杨义成和苏一朋。

饭后，领导走了，苏一朋参观大乐书院，他风趣地对胡玉湖说："王家寨啊王家寨，义成老同学的故乡，他常常挂在嘴边，百听不如一看，果然名不虚传。淀中翡翠，淀上升明月啊，这个主题好，会火爆的，火爆了之后，挣大钱了，村里可别跟我打架呀？"

胡玉湖知道他在开玩笑。他对苏一朋说："苏总您是富人、大企业家，我们是小村里的穷人，穷人跟富人打架，错的一方永远是穷人。"

苏一朋一愣："哎，您真幽默，为什么呢？"

胡玉湖严肃地说："因为我们是穷人啊。"

苏一朋哈哈地笑了："穷不是错，富也不是优势，国家好政策来了，城乡统筹发展，城市反哺乡村，我们就要跟上步伐。雁翎队保家卫国，我喜欢这片红色水域，王家寨人的精神是富有的，我们实景演出要加上这些内容。"

杨义成感动地说："一朋老弟，你最近觉悟提高了啊！"

孙小萍轻轻一笑，说："苏总和杨总说得都很好，我们有幸合作这个项目。"

苏一朋眼里散发着炫人的光芒，风趣地说："尽管富人向善之路很难走，但终究还是要迈开第一步的，如果没有善和爱，有再多的钱和名誉都将失去意义。是不是，老同学？"

杨义成笑了，他对苏一朋的支持心存感激。

孙小萍对富人说的虚伪话，当然要分析。她嘴唇发干，目光飘忽，提醒说："我不看你怎么说，利益面前，更看你怎么做。"

苏一朋眉毛扬了扬，点头说："是啊，小萍书记厉害啊，王家寨有你这第一书记，我们不敢造次，不敢懈怠啊！"

他仰脸大笑。

第九十章　阴谋

大黄风刮了一天。

傍晚时停了，天空仍然是天昏地暗。黄昏慢慢降临了，紫色的晚霞把王家寨染得红彤彤的，倒影映在碧绿的萍河河面上。几只鸟从树上飞下来，在河岸疯疯癫癫地啄食。

村里大喇叭喊了一阵，停下了。乔麦从高效农田回到屋里，跟大荷花一起做饭，饭做好了，她们等王决心从工地回来吃饭。

王决心疲惫地开车回来，吃完了饭，他有一堆心事，心烦意乱的。这时候，北羊村的王老蔫等几个人进了村委会，闹闹嚷嚷，骂糊涂街。狗夹着尾巴，不停地转圈。乔麦听出像骂村支书陈锁柱。王决心一愣，说："老婆，这骂街的不关你的事儿吧？"乔麦摇头说："不关我的事儿，土地款早拨付村里了。但是，可能因为数字乡村上设备，大家摊点钱，王老蔫有意见。他是二楞的老爹，种地好把式，就是跟泼妇似的爱骂街。"王决心说："二哥说，数字乡村，咱王家寨就没有让乡亲掏一分钱。"乔麦说："那敢情儿，大哥的面子大，国盛集团赞助项目。"然后她就伸着脑袋，听王老蔫的话外音。

啪啪跺了脚，王老蔫等人走了。

乔麦回味他们糊涂街的指向。乔麦叹息了一声，说："老公，吃完有事儿跟你商量。"王决心鼓嘴巴，发出吧唧吧唧的声音："咋了，你这里出啥事啦？"乔麦说："不是北羊村的事，今天二巴掌来了，他告诉我王家寨出事了。村里的'淀上升明月'实景演出，搁浅了！"王决心一愣："为啥啊？"乔麦皱眉头："大哥找的那个投资商苏一朋，跟村里闹翻了，严格说是跟孙小萍闹了意见。"王决心神情紧张起来，问："意见从何而来啊？"乔麦说："孙小萍书记不满意他们的合同，有霸王条款，具体我不清楚。"王决心说："你劝劝小萍，如今经济转型，各行都疲软，投资不好找，王家寨的产业不能再耽搁了。"乔麦说："二巴掌还说，王德和腰里硬也搅和到里边去了，乱套啦。"王决心觉得蹊跷，这阵儿乔麦管理秋粮食，王德始终没露面，原来是掺和王家寨的事呢。大荷花出去遛弯了。乔麦焦急地说："我们赶紧回去一趟，帮帮小萍。"王决心瞪眼说："不是帮，你应该劝一劝她。"

王决心累得腰酸腿疼，斜腰拉胯地躺着："我管廊吊装任务重，我劝什么劝，老爷们儿别掺和女人的事儿，你回去劝劝吧。"

乔麦噘起嘴巴："你怎么说话呢，啥叫女人的事儿？明摆着，涉及胡支书、王德和小萍。你想躲啊？"王决心瞪了她一眼："我当好我的工人得了，村里的浑水别蹚了，你弄好你的种业，就行了。"乔麦说："小萍是我的闺蜜、你的朋友，她受了委屈，我们不管合适吗？"王决心说："你是啥意思，必须回去一趟呗？"乔麦说必须回去。王决心赌气说："我可累死了，要回你回去！"乔麦摇头说："我回去就我回去，你这个没良心的。"王决心伸了一个懒腰，瞅了瞅乔麦："还愣着干啥？回去赶紧走，我看你翅膀硬了。"

乔麦的脸皮呱嗒撂了下来："我就不信了，我还真走了。"说着，她收拾挎包，扭头就要走。

乔麦到了门口，赶上大荷花回来。

大荷花拉住了乔麦："干啥去啊？"

王决心咕哝说："还跟我置气，让她走！"乔麦愣在了门口，王决心摇头唠叨："管八家的事儿，能管得了吗？"乔麦愣了会儿，板着脸掉回头，扔了小包，推着王决心的肩膀："我不管，我不管啦，你心里放得下？我看你是想偷偷去找孙小萍。"王决心哭笑不得，乔麦使劲推搡着王决心的胸脯，王决心连连退缩，一屁股跌倒在沙发上，腿磕到了麻筋儿。王决心抱着右脚，龇牙咧嘴嚷："臭娘儿们，疼死我啦，疼死我啦。"乔麦和大荷花呵呵地笑了。

第二天上午，乔麦和王决心回到了王家寨。

到了大乐书院门口，看见门口一层黑黑的纸灰，风一吹，飘飘摇摇飞起来，飞到天空去了。

杨牧仁挥着扫帚，刺啦刺啦扫那些纸灰。王决心很是纳闷，谁把大乐书院当寺庙了，有人在这里烧纸，还泼了大粪。粪便的味道特别刺鼻。

乔麦和王决心慢慢走进了书院。

孙小萍看见乔麦，委屈地扑到她怀里，搂了半天不说话。她们来到了阅览室。阅览室空无一人。孙小萍向他俩诉说着心中的委屈。孙小萍看见乔麦白嫩的腿上爬着一只蚯蚓，说："你的腿。"乔麦呀地叫了声，王决心拿掉蚯蚓。孙小萍说："亲爱的，你们走了以后，苏一朋不是谈好要签约吗？这个'淀上升明月'的投资太大了，看见利益，好多人都搅进来了，打了一场糊涂仗。你看不见，门口好多人在这里烧纸灰、泼大粪。"王决心气愤地说："看见了，把书院当寺庙了，谁干的？我饶不了他。"孙小萍说："这哪是烧纸，纯粹是逼我走啊！"

乔麦一愣："怎么发生了这样的事？"孙小萍气得脸发白，拿手机的手哆嗦："唉，王德是好人，不知为啥，他被腰里硬拉过去了，胡铁带着老百姓闹事，围攻我，说我弄跑了投资。"乔麦心中一紧："小萍，让你受委屈了，我听二巴掌说的。别怕，我们想听听，你反对苏总协议的理由。"孙小萍拿出了合作协议的底稿，让乔麦看。

乔麦吸了一口凉气："这哪里是霸王条款，这是陷阱。"孙小萍焦灼地说："乱倒不怕，我没有签字，主动权在我们这边，现在最要命的是，你二哥和胡支书也跟我唱了对台戏，起了内讧，这活儿都没法干了。"

王决心愣了愣："小萍，我问一个问题。你知道苏一朋是我大哥的同学，他出面拉进来的，你为啥要把他赶走呢？"

乔麦瞪了王决心一眼："用词不当，小萍哪是赶走，小萍能不愿意事成吗？"

孙小萍站起来，在屋里踱着步，还是和盘托出："政策来了，资本都想搭这班车。资本进来是正常的，但有些资本是恶意的、疯狂的，农民成了待宰的羔羊。可是，胡支书要退休，急于抓政绩圆满收官。你二哥王德想接胡支书的班。大家对这个事儿各怀鬼胎。我不做黑脸，就真的完了。"

乔麦听得入神，嘴巴微微张着，叹息一声："我明白了，真是步步惊心。"孙小萍说："我是这么想的，合同里有一个条款，我不满意，那是霸王条款，表面看苏一朋是帮我们，其实，他后边想在王家寨搞地产。其中有一条，就是全村老百姓迁出，然后腾出土地搞水上别墅，如果我们不答应这个条件，他公司的损失由我们来赔偿，这不把整个王家寨给卖了吗？"

乔麦担忧地说："这个苏老板，怎么这样啊？你坚持得对，义成大哥会支持你的。胡支书、王德咋就没有看出来啊？"

王决心赞赏地说："小萍坚持得对，她是替王家寨老百姓说话。"

乔麦沉默一会儿，说："通过开发萍河三村，我有个体会，资本逐利没错，但是，一定是要壮大集体经济，带领乡亲们致富，如果资本只想着自己疯狂地挣钱，老百姓不傻，最后会酿成苦果。"

孙小萍说："乔麦有大智慧，我赞成。咱村里的项目，如果乔麦投资就好了。"王决心摇头说："鱼和熊掌不可兼得，她那边已经投资够大啦！"乔麦说："我们学习国盛经验，建立了好的制度，用制度管人管事。"

王决心想了想，说："这个苏一朋，我还是了解一些的，他是个奸商，靠不住的，当年他鼓动我大哥辞职，去深圳干恒通通信公司，公司爬坡的时候，他撤股了，逼得我大哥差点儿跳楼。后来是杨义伟缺资金，我大哥把他们捏在了一起。苏一朋无利不起早，杨义伟必须拿德县的楼盘做抵押，现在楼盘解封了，义伟赔了，他把楼收走了，卖给央企大赚一笔。大哥让他来王家寨，也是提心吊胆的，多亏小萍站出来坚持原则，否则，我们肯定会上他的当。不知道我哥为啥还跟这种奸商来往？"

书院静悄悄的，墙根底下，花开得很艳。

孙小萍急红了眼睛，拉着乔麦的手说："唉，多亏有你俩理解我，不然我就跳进黄河也洗不清啦！胡支书对我有恩，我又不能跟他多说，现在胡支书生我的气，都不愿意跟我说话了。发生在他眼皮底下的事件，起码他是知道的，我是知恩图报的人，如果胡支书伤了心，真心想要我走，我就跟他解释清楚，去西藏的高原书院了。其实，我还是喜欢书院。"

乔麦眼睛红了，紧紧抓着孙小萍的手。她没有想到，自己一个创意，出现这样尴尬的结局。

王决心眼睛闭一下又睁开，说："小萍，你不能走，你来了，封闭的王家寨才有了希望，你要走了，如果王德接了班，这个村就完了。别看他是我二哥，我心里有数。"

孙小萍低下了头，忏悔说："这个事情，也怪我不懂人情世故的，太冒失了，处理得有些草率。我想跟胡支书道歉，又不知怎么说。"乔麦说："你做得对，不能道歉，一道歉这事就完了，由我和决心跟他说。"

王决心插了一句："苏一朋这边，他还想继续投资吗？"孙小萍呆呆地说："不好说，你们跟大哥说说，我对事不对人。如果苏一朋妥协，还欢迎他继续投资。"

乔麦说："解铃还须解铃人，必须大哥出面谈。谈不拢，就放手。只要思想不滑坡，办法总比困难多。"

孙小萍哭笑不得，说："乔麦，你是党员吗？我看回来当支书最合适。"乔麦笑了，缓缓说："他们推荐我进民盟呢，我还是好好搞粮种吧！我让决心在央企，好好靠拢党组织。"

王决心说："大林师傅让我写申请啦，期待党的考验！"孙小萍笑道："好样的，决心是成功人士。"

王决心也有虚荣心，嘴巴咧到后脑勺。

乔麦望着孙小萍问："我看啊，村庄就是江湖啊！北羊村的陈锁柱也是那样，不好对付。我们想把他们五脏六腑都摸透，没有那么容易。都是干了几十年的老支书，不是吃白饭的。"

孙小萍好奇地问："他跟胡支书比呢？"乔麦说："有的地方很像，胡支书比陈支书更亲民。"孙小萍说："胡支书是好人，这个事情上，他内心有纠结。嘴巴说的跟做的不一致。你文化没有我高，但是，你的情商比我高。"乔麦咯咯笑道："别谦虚，你是龙中凤啦，我们分析分析进入农村的资本。"

孙小萍皱着眉，思考了一会儿，说："你就是资本的持有人啦。城市工业化产生的制度成本，会青睐农村的，这些成本要转嫁城市产能过剩危机，城市产业资本得以实现，不转嫁农村，城市资本往哪里去？所以，我们承接最好的资本。苏一朋搞地产，挣快钱惯了，整天想巧取豪夺。按他的思路走，王家寨的乡愁破坏了，是万万不可以的。"

她说着，一阵激愤又激动。乔麦心里感到一阵迷茫，自己要引以为戒。

一阵风吹来，凉丝丝的。

王决心浑身凉爽一些，说："我去找二哥和胡支书，二哥气死我了，真是糨糊脑子，怎么能跟腰里硬搅在一块？"他转身想往外走。

乔麦叮嘱说："你跟二哥好好谈，一定要推心置腹地谈。别几句话就吵。听见了吗？"

王决心答应了一声，低头走着。

乔麦想让孙小萍换换思维，就说："小萍，你孤军奋战，辛苦啦！我们去划船转转？"孙小萍整理着手里的文件。

孙小萍和乔麦往外走着，听见门口传来激愤的吵闹声。王决心折了回来。大乐书院门口闹闹嚷嚷，远远近近围来了一堆人。似乎是胡铁带头，他还带了胡家几个年轻人，村里的一些老农也搅和进来。

村委会那头特别清冷，书院这边却被推上风口浪尖。他们显然是冲着孙小萍来的。

"我们要见孙小萍！"

"她凭啥赶走外商？"

"她安的啥心？"

"外来人就是他娘的靠不住！"

王决心拦住乡亲们。他舞动着胳膊喊道："乡亲们，有话好说，靠发牢骚、骂人、打人，有个屁用啊？你们这是要干什么？"

胡铁举着渔叉吼道："王决心，你别狗拿耗子多管闲事。让开！"

咸鱼涨红了脸："是啊，决心，最毒不过妇人心，你哥从北京给引来的外商，她不同意。胡支书都气病了，我们不出面，王家寨就毁在她手上啦！村里不让打鱼，打工的都回来啦，大伙靠啥生活啊？"姚哈喇也嚷道："开始，她干了几件好事，我们都让她蒙骗啦，她终于露出了狐狸尾巴。"老顺子叫道："决心，你离开村里时间太长了，你爹走了，你爹活着也会急眼的。"

王决心尴尬地一笑，说："顺子叔，你们误会小萍书记啦，应该相信她的人品。她是比窦娥还冤啊！"

"你跟孙小萍是一伙的。"胡铁喊道。

乔麦从后面挤出来，义正词严地说："乡亲们，真的不怪小萍，这里的事太复杂了，根源在那家公司。他们的条件是害咱王家寨的。都回去吧，你们以后会明白的。"

"我们不明白！"

王决心一阵惊诧，浑身淌汗了。

胡铁说："我们就是找孙小萍要说法，要公道。让孙小萍站出来说话，她这不是砸老百姓的饭碗吗？找这么大个投资商容易吗？"

王决心说："你们还不依不饶啦？"

乔麦解释说："我跟你说，如果不是小萍阻拦，后果非常可怕，咱往后看，人家翻脸起诉我们，咱村就亏大了。'淀上升明月'项目一定要上，天下老板多着呢，为啥一棵树上吊死啊？"

此刻，腰里硬和王德躲在村委会的小楼里，拿望远镜朝这边望着。

胡铁横着膀子，硬硬地往里闯。

"我来了，有话跟我说。"孙小萍从人群中挤过来，说。

人们呼啦啦扑上来。

王决心手疾眼快，快速阻拦。胡铁接了腰里硬指令，不管不顾地动了手，噼里啪啦地冲着王决心打过来。

王决心的脑门挨了一棍子，顿时流了血。

乔麦扭头一瞅，惊讶地扑过来，气愤地抄起一根木棍子，撕心裂肺地对众人喊："都给我住手，都住手！看你们敢欺负人？"

人们被乔麦的举动吓愣了。

姚哈喇感慨地说："乔麦平时安静，老实得像个猫儿，今天变得老厉害啦！"

乔麦脸色铁青，举着棍子，站在那里，想把别人吓退。

胡铁的手机响了，他接了个电话，从人群里又挤过来，然后说："好，这个事儿，就是乔麦的创意，王决心幕后推动，现在他们仨穿一条裤子，说明里边有猫腻，我们老百姓答应不答应？"

"不答应！不答应！"

没等人们反应过来，胡铁等人就动手了。现场乱乱哄哄，一番嘈杂，一片混乱。孙小萍的胳膊挨了一棍子，钻心地疼。王决心护着孙小萍，等乔麦缓过味儿来，即刻扑向王决心，乔麦死死闭着眼睛，伸手一抓，忽然后颈上挨了一棍子，顿时流血了。

乔麦霎时昏迷了。

老顺子面容失色，大喊："别打啦，出人命啦，乔麦昏迷了！"

人们住了手。

王决心背着乔麦就往诊所跑去。孙小萍在后边惊慌失措地扶着。

到了诊所，秦中医掐了乔麦的人中，乔麦呼出一口长气，醒了。医生用听诊器听她的心脏，把把脉，点点头："没有大问题。"他开始处理乔麦后颈的伤口。王决心身上青一块紫一块的。

孙小萍抓着乔麦的双手，她从来没有见过乔麦这么勇敢、这么坚定。

乔麦醒来的时候，王决心告诉她，胡铁和两三个农民被镇派出所警察给抓走了。

大乐书院恢复平静，没有再引发骚动。但是，围着书院的农民，依然没有撤离的迹象。孙小萍不放心书院，她赶紧回去了，她一到，闹事的老百姓又将她团团围住。孙小萍失望又心酸。她让步吗？又怎么让？事情不能老这么僵着。

小事演化成大的事件了。她来了冲动，赶紧给贺军书记打了电话，惊动了县委，事情就滚雪球一样闹大了。

下午两点，王决心背着乔麦从诊所回到了家里。

小洒锦扶着铃铛奶奶在院里晒太阳。阳光懒洋洋地洒满了院子，树枝摇碎了阳光，光点落在地上，就像印着无数的眼睛，闪闪发亮。风在树尖上掠过，响着低低的哨音。几只灰色的麻雀在窗台上跳来跳去。

胡玉湖听说乔麦被胡铁他们打了，心中异常惦念，赶紧来看望乔麦。一种抑郁的思绪蒙住他的眼睛。在他心中，乔麦比孙小萍更重。

"唉，这事整的！"胡玉湖叹息一声，不知怎样开口。他估计乔麦跟孙小萍聊过了，表情有些尴尬。

乔麦故意闭着眼睛，不吭声。

王决心直来直去地说："叔，短短的几个月，咋闹成了这个样子啊？"胡玉湖脸色发青，浑身颤抖说："唉，老朽对不起你们啊，过去，你叔啥事都能掌控，唯独此事我失算啦！我为自己悲哀，群众的眼睛都围着她转，我也替这些势利小人悲哀啊！"

乔麦终于睁开眼，说："叔，您说的她，指的是小萍书记吗？"胡玉湖沮丧地说："不是她还有谁啊？她自从认识了赵国栋书记，翅膀硬了，眼里没有我这个老头子了。"乔麦说："叔，您想错了，小萍可不是那样的人，她不是跟您作对，是对苏总的合同条款有看法！她是为了我们村好。"胡玉湖转了话题说："你爹走了，你爹活着也不会答应的。你别看我整天笑呵呵的，孙小萍心里想啥，我能猜个八九不离十，她是想接我的班儿。"

乔麦轻轻地说："支书，您是小萍的伯乐，您发现了她、挽留了她。小萍接您的班多合适。"

胡玉湖沉了脸，叹息了一声："以前，小萍真的不错。这回让我非常失望。她竟然说我思想保守、僵化。县委贺书记赏识她，她翅膀硬了，目中无人啦！我多么想尽快促成这个投资，把产业推上去。她横插一脚，惹恼了苏一朋董事长。我看她才是保守僵化呢！"

王决心和乔麦惊讶了，他们看出胡支书跟孙小萍的关系出现裂痕。

胡玉湖继续唠叨说："我不跟她一般见识。可是，我这心里扎了根刺，难受，纠结，种地要深耕，养儿要亲生。她毕竟是外来人，如果让小萍接了班，我对她不放心，出了岔头，我对王家寨的父老乡亲没法交代，难道咱村真没人了吗？"

王决心一愣："您想让我二哥王德接班吗？"

胡玉湖摇了摇头："王德也是好样的，扶贫建厂，大火救人，火线入了党，但是，他这婚姻闹得满城风雨，人还不成熟，有待锻炼。"

乔麦苦涩地一笑，摇了摇头："那您说谁合适啊？"

胡玉湖微笑着说："远在天边，近在眼前。要是决心不进央企，决心是最合适的人选。我不能耽误决心的前途。余下最好的人选就是乔麦！"

乔麦瞪圆了眼睛，一愣："叔，您别开玩笑，我连党员都不是。"胡玉湖说："乔麦办事能力强，既有菩萨心肠，又有雷霆手段，接地气，北羊村群众围着你转，你赶紧入党，回来接王家寨的班，我就踏实了。"乔麦轻轻一笑，摇了摇头："叔，谢谢您的抬举，我没有这个能力啊！我说，咱村就得孙小萍书记这样的大学生来干！"胡玉湖呆呆地望着乔麦。王决心摇头说："胡支书，刚解放，我奶奶当过支书，我爷爷还当过支书，乔麦只想在种子上打个翻身仗，治理村庄，她还是心里没底。"胡玉湖眼睛红了："只有乔麦，我才放心啊！"王决心瞪着眼说："叔，我反对，您高看我老婆，我心里美。但是，您对小萍的看法我不敢苟同。您误会了，小萍是个人才，您难道不懂她的心吗？"胡玉湖摇头说："我有点怨气，没有多大矛盾，只是心里不是个滋味儿。"

王决心想了想，问："叔，苏一朋还有戏吗？难道就这么黄了吗？听小萍说，其中他有个霸王条款对我们十分不利，小萍是为了咱村的利益才跟他们闹翻的。"

胡玉湖愣了愣："唉，这太复杂了。"

乔麦睁大好看的黑眼睛："叔，我在萍河种粮特别忙，王德也不帮我了，三天两头往王家寨跑，闹半天，王德是在王家寨有野心啊。听说他被腰里硬利用，想把小萍书记挤走，这个想法荒唐、可怕。您不能袖手旁观。"

胡玉湖一怔："这样啊？我不知道。"

乔麦耐心地说："您不知道，就调查一下。如果他们得逞，对王家寨好还是不好？"

王决心阴眉沉脸地说："回头我找他，哪有这样的人，小萍是他的入党介绍人，啥事都帮他。这样我都怀疑他的人品啦！老书记，小萍比乔麦文化高、人品正，这是上天赐给咱王家寨的拔尖人才，你得好好呵护。"

乔麦脸色苍白，吃了一些药，说："支书哇，您把这个'淀上升明月'干起来，小萍接了班，是王家寨的福气。您心里可得有个谱儿，不能犹豫啦。"

胡玉湖沉吟片刻，说："叔明白了，还是依靠小萍吧。但是，村里是巨变的前夜，利益关系复杂，你们俩还得多操心啊。"

王决心风趣地说："您放心，我这孙悟空专打白骨精！"

胡玉湖嘿嘿笑了："我到大乐书院看看小萍，还有老百姓赖着不走，别再为难她啦。"说着，扑扑趷趷往外走了。

王决心送胡玉湖回了屋，坐在那里发呆。

乔麦担忧地说："这事王德也很关键，他要是完全听了腰里硬的，就是胡支书和小萍的阻力。"

王决心给王德打电话，王德不接。王决心恼怒地骂："这个王德，真像猪八戒啦，没有脑子，没有主见，听谁的也不能听腰里硬的。"

乔麦皱眉头说："顾凤娇出轨，对二哥打击挺大的，心理容易扭曲。他想跟杜梅复婚，担心杜梅瞧不起他，所以就想尽快接班混个地位，让杜梅和家人高看他。"

王决心苦笑着说："唉，人就怕看不清自己啊！"

乔麦感慨地说："人看清自己有多难啊！你瞅胡支书，这么大年纪还纠结呢。"

王决心说："是啊，人越老可能越在乎啊！"

乔麦说："你直接跟二哥说，村里没有让他接班的意思。跟腰里硬再掺和下去，会身败名裂、鸡飞蛋打的。我们得把二哥拉出来。二哥身边不能没有女人，我找杜梅谈一谈，让他俩尽快复婚吧。"

王决心果断地说："好，我们分头行动，你跟杜梅谈，我找二哥谈。"

第九十一章　恶资本

马上就中午了。

中午的太阳在头顶悬着，疯狂地蒸晒着村庄和大淀。天空是银白色的，风拉出了一条一条银白色的带子，像银鱼群一样蜿蜒起伏。村里的空气暖洋洋的，到了中午就有一种微微的倦怠。街上行人，被暑热和困倦折磨得无精打采。

王德把大雁洗好，拔了雁翎，燎了毛，泡在大铁盆里。他把炉里的灰拨开，煨上锅，把白水倒进锅里。将木炭投入灶里，木炭燃烧起来，吱吱地响。他撅着屁股吹火，火燃之后，往外灶里加了些煤块，炉火旺了，映红了他憨憨的脸相。王德这几天像打了鸡血，躁动不安。他回村干了玩具厂，协助大哥上马数字乡村设备。今天要谋划的一件政治大事，他要给家人一个惊喜。

今天中午，他宴请北京的大老板苏一朋。苏一朋上次就答应，挤走孙小萍，他就投资王家寨"淀上升明月"项目，推荐王德接胡玉湖的班。近日来，王德经历了人生的两件大事，跟顾凤娇离婚，这桩闪婚扯来扯去，终于弄清了。爷爷水上飞去世了，他和王决心体体面面地发送了老人。送走了爷爷的那一天，王决心太忙，没有说上几句话。他一个人呆呆地坐在墓地，看着太阳落了淀。

他在爷爷的墓地坐了一会儿，又来到王永泰的墓地，然后踌躇满志地说："爹，我一定好好干，干出个名堂来，接胡支书的班，给你们争光！”说到接班，他耳边回响着腰里硬的话："王家寨接班人非你莫属。"王德一听，既陌生又惊喜。顾凤娇出轨之后，对他刺激很大，他渐渐认识到，生活是很冷酷的，更是悲怆的，活着就要折腾，不折腾出个人模狗样来，就永远没有尊严。男人不应该陷进儿女情长，男人应该掌握权力。这种浅显的思考，从不自觉状态中走出来。王德开始对胡玉湖小恩小惠，对孙小萍言听计从，在腰里硬这里密谋上位的手段。他自以为做得滴水不漏，其实，都被孙小萍看穿了。

想着想着，他的眼睛就迷离了。

二巴掌一颠一蹿地进屋来，打断了王德的回忆，跟在二巴掌后面的是刘香。刘香是做荷叶茶的，村东头卖苇席的刘四海的女儿。刘香长期给二巴掌鱼丸店送荷叶茶。刘香跟王德打了招呼。

二巴掌问王德："二哥，大雁炖上了吗？"

王德说："水刚开，咱俩一块炖。"

刘香望了望锅，嘻嘻地一笑："王主任，用我帮忙吗？"

二巴掌瞪了刘香一眼："去你的，今天是宴请大老板，你上不了台面儿。"

刘香不气不恼，瞪着二巴掌说："我不吃饭，就是干活。"

二巴掌说："去去，你是想巴结大老板卖茶吧？走吧，回头跟你结账！"

"哼！"刘香走了。

王德望着刘香的倩影说："二巴掌，我看刘香对你有意思，干脆娶了当媳妇。"

二巴掌无奈地说："人品不赖，模样还行，就是忒矮，影响下一代啊！"

王德笑了，说："你就别挑了，就你这腿脚，还能挑个啥？"

二巴掌眨眨眼，叹息了一声。

大雁的长毛短毛都已燎净，还有一只拾掇好的大鹅炖在锅里，炉火正旺，咕嘟咕嘟响。

到了十二点了，大雁终于炖烂，腰里硬带着苏一朋和一位女士进来了。

苏一朋西装革履，脸色白净，眼睛不大，眉毛挺浓，温文尔雅，说话一口京腔，他身后跟着一位高个子女秘书。王德一看女秘书确实有姿色。

腰里硬晃荡着大腰板凑到锅前，抽着鼻子闻了闻："二巴掌，今天红烧大雁腿，炖大鹅，鱼丸子，好香好香。"他把脸转向苏一朋："苏总，大雁不是随便吃的，您是贵客，王德下了功夫的，亲自抓大雁，亲手下厨房。"

苏一朋愣了愣："吃野生大雁违法啊！"

"养殖的，养殖的。"王德说。

二巴掌领着苏一朋和秘书进了雅间。这是二巴掌鱼丸店唯一的雅间。他们坐下来，二巴掌给泡好了荷叶茶："苏总，您尝尝我们白洋淀的荷叶茶，这茶醒脑、开胃。"王德赔笑说："一会儿您多吃点大雁，喝点荷叶茶润肺、刮油。今天有大鹅还有炖鲤鱼，再加上鱼丸子，一定吃好喝好。"

小洒锦到来，王德腾出手来，进了雅间。

门关好之后，苏一朋笑了笑，说："听说老百姓对孙小萍意见很大嘛，前几天，胡铁他们带人围攻了孙小萍，做得好。孙小萍一个外来女孩，一意孤行，不听胡支书的，完全是另有所图。她在给王家寨下一盘大棋呀！"

王德惊了一下，凑过去问："苏总，好眼力，她这个就是阴谋，而不是阳谋？对吧？"

腰里硬阴阳怪气地说："人哪，好了还想更好，强了还想更强，没有知足的。天下熙熙，皆为利来；天下攘攘，皆为利往。透过现象看本质，口头为了咱王家寨，其实都想从这里得到好处。"

苏一朋望着腰里硬说："太便宜孙小萍啦，当了村官还想钱，那不是名利双收吗？天下哪有免费的午餐？必须把她挤走！"

王德喝了酒，酒桌摆好，然后笑嘻嘻地望着苏一朋。苏一朋说："王德，你哥你嫂子，我们都是同学，没的说。乡村振兴，这一波迎来了好机遇。我打听了乡村振兴局的朋友，你们水村承包的苇田，国家跟土地上种粮食一样，有贴补的，所以说，我们这个旅游项目，国家还有贴补。这样的话，我们既拿到了国家的补助，还带动了老百姓致富，两全其美啊！王家寨富裕了，我对老同学杨义成也算是有个交代。"

腰里硬粗门大嗓地说："苏总有情有义，你看我们白洋淀商贸公司以什么样的方式参与进来呢？"

苏一朋说："我们原来说好了嘛，你协助着王德把事情办好。这么大的工程，建筑这一项交给你了。"

腰里硬哈哈笑了，有些晕眩。

大家说着话，杯里倒好了酒。

门帘一挑，二巴掌领着王决心进来了。王决心的到来让王德、腰里硬大吃一惊，没有给苏一朋介绍王决心。王决心自我介绍说："咋啦？不认识我啊？那我自己介绍吧，我叫王决心，王德的三弟，他请客我可以蹭饭吃吧？二哥，愣着干啥？看看我坐在哪儿啊？"

王德脸色尴尬："三弟，三弟，你坐你坐，我给你介绍，这是大哥的同学、北京京鹏集团的苏一朋董事长。"

王决心嘿嘿一笑，跟苏一朋握了手。王决心一坐，先给苏一朋敬酒。

腰里硬耷拉着脸，很恼怒。腰里硬瞪了二巴掌一眼，他估计是二巴掌走漏了风声，引来了王决心。王决心闻着大雁、大鹅和鱼丸子的味道，肚里的馋虫被勾出来了，又吃又喝。

腰里硬生闷气，双腿发飘，但是碍于情面，还是敬了王决心一杯酒。

王决心喝了酒，阴阳怪气地说："姚董事长，听说你和姚云回村干了，你有什么好项目要上马啊？"

腰里硬的神经绷紧了，冷冷地说："王决心，我们老是碰上，前几次就那样了，这次在王家寨，你要是还跟我过不去，别怪我对你不客气！"

王决心龇牙说："没有人跟你作对，是你小子乱搅和，你要是光明正大发财，我还佩服你呢。"

苏一朋说："决心的话在理儿啊！"

腰里硬点头哈腰，担忧地说："苏总，我们之间闹惯了，您别介意。"王决心一直没有瞅王德，王德心里发毛，主动敬了王决心一杯："老三，弟妹出了一个好创意，大哥请苏总来投资，我们得服务好不是？"王决心点点头，没吭声。

王德又说："老三，咱们哥俩联合敬苏总和他的秘书一杯，咋样啊？"

苏一朋笑了笑，喝了。他身边的秘书很冷淡，喝着饮料，不说一句话。

苏一朋又回敬了一杯，笑呵呵地说："决心，我可是听说，这个'淀上升明月'实景演出，是你老婆乔麦的主意。太厉害了，经典中的经典啊，定能财源滚滚。王家寨就是有人才，但是，我不知道你跟孙小萍书记关系怎么样？"

王决心说："很好，小萍书记是我的偶像，我老婆的闺蜜。她有文化，有魄力。"

苏一朋停顿了一下，叹息说："我跟你探讨一下，她仗义执言，值得欣赏，但是，她不把胡玉湖支书放在眼里，刁难我们企业，这是什么性质的问题？明显是高傲自大，自以为是嘛！"腰里硬说："就是，她管大乐书院的时候，还是很乖的。当了第一书记，就不是她啦！"

王决心说："我们见到小萍书记啦，她都说啦，你们京朋集团，客大欺店啊，霸王条款，她绝对不接受，人家提出来不对吗？"

苏一朋冷笑说："看来你被孙小萍洗脑了。福建人就是比北方人厉害，这够用！"他指了指脑袋。

王决心吃了一口大雁，朝着苏一朋笑了笑："苏总，既然你说到了这个话题，我就谈谈我的看法，我的性格直来直去，说得不对的地方，你多多批评。你到王家寨投资也好，观光也好，我们举双手欢迎。但是，你一定要找对人，应该对接胡支书和孙小萍书记啊！"

苏一朋脸色难看："孙小萍还值得信赖吗？"

王决心说："我听说了，小萍书记跟你掰扯合同，让您生了气，是因为你的条款里有一条，王家寨后续的开发，由你们公司来负责。你没有写清是怎么样的开发，以及这个项目背后的项目是什么。如果我们违约，你们公司要求赔偿。"

苏一朋惊诧地望着王决心："看来你不是旁观者，原因是这样的！"

王决心摆了摆手："你让我说完，以后，你要迁出所有的村民。这个事情也太大了，我们村当作乡愁典范保留下来，老百姓习惯了水上生活。再穷，再苦，他们不愿意走，资本应该尊重老百姓的意愿，你考虑过没有？"

苏一朋一愣："决心，听你的口气，你也不愿意开发王家寨啊？"

王决心大声说："你误解我了，开发大型演出，是给留下的老百姓找致富产业，我举双手赞成。"

腰里硬黑了脸，说："苏总，他不请自来，就是来搅局的。他是站在孙小萍一边的，别跟他费唾沫。"

苏一朋辩解说："你也误解我了，估计你哥不会误解我。我今天来，见到了姚总和你二哥王德主任，就是想把这个'淀上升明月'干好，资金都备好了。后续的事儿，就那么一说，但是孙小萍她较真儿了，我这个人就是这个脾气，对我真诚的人，我掏心掏肺，跟我斤斤计较、斗争到底的人，就是针锋相对。如果她妥协，我们继续干；如果还是那个态度，我撤资！"

腰里硬说："对呀，如今谁有钱谁是爷！"

王决心冷笑："投资是合作、共赢，你撤资吓唬谁啊？苏总是生意人，懂得地方规矩，老板投资挣钱，天经地义，扶贫是另外一回事，这个'淀上升明月'，月亮得升起来，村集体和老百姓得见到实惠。你口口声声说自己宽宏大量，可是，你连一个女孩子都容不下，还怎能振兴王家寨？"

苏一朋一愣，说："你不是离开村子了吗？你就是还当治保主任，你和孙小萍也代表不了王家寨。"

王决心说："是的，我已经入央企了，我代表不了王家寨，但是，还有胡支书和村两委啊，难道就这俩货能够代表吗？"

王德忽然火了："老三，你咋对客人说话呢？光凭人家是大哥的同学，就该客客气气。"

王决心瞪了瞪王德："二哥，你别说话，回头我跟你掰扯！我再说一点，今天桌上人都听好了，村民也好，企业家也罢，到了王家寨就不能存私心，不能玩猫腻，不能强取豪夺。如果谁要伤害我们老百姓的利益，我王决心绝不答应！"

腰里硬愤怒地喊："王决心，你是狗拿耗子多管闲事，好好在地下管廊搞你的电焊去，回村瞎掺和啥？昨天脑袋挨了一棒子，你老婆受伤差点送命，还不长记性？你这是何苦呢？"

王决心说："腰里硬，我跟乔麦发过誓，不再动手打架，这才吃了亏。但是，法治社会，打人者和幕后操纵者，都要付出代价的！"

苏一朋和秘书站起来要走，这顿饭不欢而散。王德和腰里硬送苏一朋上了船。

王决心让王德回来继续谈话。他担心王德不回来，让二巴掌在后边盯梢。

王德送走了苏一朋，乖乖地回来了。王决心盯着王德的眼睛说："二哥，这两天你躲着我，电话也不接，是不是心里有鬼？"王德积着一肚子怨气，嚷道："我有啥鬼？我还不是为村里老百姓好，今天你这横插一杠子，惹得苏总不高兴了，撤了资，回头大哥骂你！你该当何罪？"王决心挥了拳头，吼："你个糊涂蛋，自己被人利用啦，还执迷不悟呢，爹要是活着非揍你不可！"

二巴掌颠儿颠儿地进来了，劝说："二哥，老三，消消气，都是自家哥们，有话好好说。"他嬉皮笑脸拿了雪茄。

王德皱着眉头说："洋烟儿太冲，我抽不了。"

王决心从来不抽烟，这次却破戒了。

他抽了一根雪茄，阴阳怪气地说："好，抽一根提提神儿。"王德望着王决心说："老三，听你的口气不对，你今天闯我的饭局，我就看出来了，你对我有意见。"王决心说："我问你，围攻大乐书院和孙小萍的事件，你掺和了没有？"王德眼神躲躲闪闪："没，没有，我没有掺和。"王决心挥手给了他肩膀一拳："少给我来这套，你给我说实话。不然我们把胡支书、杜梅、姑姑、姑父都叫来。"

王德骨架一塌，人软了。他终于说了自己想取代孙小萍的野心。他认为只有气走了孙小萍，他才能接胡玉湖的班。

王决心砰地拍了桌子，桌子上的茶水一蹿，洒了。他吼道："我看你疯了，想当官想疯了，不让你当官还不成了神经病！？"

王德翻了翻眼皮，哆嗦着说："我不是为自己，为了咱王家脸面。你帮帮我吧！"王决心愤愤地说："我还帮你？我想揍你。二哥，你和腰里硬相互利用，这点阴谋，都看出来了。你错了，我是你三弟，难道我愿意你憋屈，不愿意你好吗？你拍拍良心说，我啥事没帮过你？"

王德呆呆地望着他："这回，二哥最需要你的帮助。"

王决心大声说："那就看是啥事儿了，这件事儿绝对不行，你别狡辩了，你那点儿鬼心思我早看透了，自作聪明，你会伤了众人，最后搬起石头砸自己的脚。"

王德多喝了几杯，死抓着王决心的手摇着："三弟，我没有家了，杜梅也瞧不起我，接了班不就有了地位吗？你看在爹的面子上帮帮我，最后一次，我好想进步啊！你怎么胳膊肘往外扭？"他说着，一脸的苦涩。

王决心的心里一阵绞痛，说："人性是自私的，允许你有想法，但是，你不该对孙小萍下手，孙小萍不是你的敌人，是你的恩人。她对你多好，你建玩具厂，她帮助你跑手续；你跟凤娇结婚，她给你操持婚礼；凤娇出轨，她安慰你；她跟乔麦、杜梅相处得那么好，到哪儿找这样的好人？你还恩将仇报，你的良心呢？你这样做，我都怀疑你的人品啦！"

王德抱着脑袋申辩说："老三，你听我说，一码是一码，我该感恩的一定感恩，你二哥不是坏人。我已经是村支委了，能够独立思考一些问题了。王家寨的大船，就得咱王家人来掌舵！"

王决心惊讶地说："咱奶奶、爷爷都当过支书，你想搞世袭制啊？"

王德愤愤不平地说："我们是红根儿，我们不掌舵，谁掌舵？江山是咱们的先人打下来的，我爷、你爷、咱的奶奶打下来的江山，咱不能让外来人坐享其成，明白吗？"

王决心呆愣片刻，大声说："二哥，你的脑子让驴踢啦？中毒太深，我不跟你多说了，回头让乔麦再跟你讲。让二叔给咱们开个会，评评理，你怎么还不长点心啊？另外，即便小萍不在了，支书也到不了你的手里。"

王德愣了愣，眼里闪着恐惧的光："老三，你怎么知道，你听谁说的啊？"

王决心想到胡支书的话，但是不能暴露，他支吾说："别问了，权威人士。我也认为你撑不起来，你赶紧给我醒悟，别在这儿丢人啦。"

说到这份上，王德心里凉凉的，身体瘫软在地，呼吸困难。

腰里硬送走了苏一朋，又折了回来，拉王决心跟王德他们对付孙小萍。王德阴眉沉脸地琢磨王决心的话。

王决心望着腰里硬，用洪亮的口音："你要拉我入伙？想得美，我才不干缺德事呢，你们休想把我拉下水给你垫背。"

王德说："老三，你别太固执了。"

腰里硬瓮声瓮气地说："就是嘛，这可是大是大非的问题，你二哥说得对，你不冲我，冲着你二哥也得站在我们这头啊？"

王决心吼道："让我跟你们欺负孙小萍？那我王决心还是人吗？"

腰里硬咧着嘴巴说："话到你嘴里咋那么难听呢？啥叫欺负，这是阳谋。胡支书都气坏了，错在孙小萍。国家乡村振兴的好政策，是面对大家伙的。这个机会都让她搅了，说明她心里有鬼！"

王决心摇头说："小萍心里最纯净了，说她有鬼，打死我也不信。"

腰里硬皱眉说："女大学生，一抓一大把。你们就是没有见过世面，她刚到大乐书院，你们就将她神化啦，人都是自私的，说的比唱的好听，你老婆乔麦独吞北羊村等三个村的土地，当了新农人，还不是为自己发财吗？北羊村我已经让步了，王家寨的事你难道还挡我吗？"

王决心重新打量了一眼腰里硬："我不是挡你，路是你自己走的，兔子不吃窝边草，你却利用我二哥，勾结苏一朋，在旅游项目上另外加码，玩花样儿，目的不纯，人家小萍拦得对。"

腰里硬浑身颤抖，铁青着脸说："王决心，我看是你勾结孙小萍书记，搅黄此事，另起炉灶。你前面在千年秀林和北羊村断我两次财路，如今再下手，我能答应吗？"

王决心说："老百姓的眼睛是雪亮的。就当你有爱心，大伙儿都瞅着呢！"

"你拆我的台，就是为了乔麦的公司，你们夫妻唱双簧，把人都欺骗啦。"

王决心没好气地说："别提乔麦，就冲我来。"

腰里硬梗着脖子吼："对，我二叔和你爹代表两个家族化解了过去的仇怨，但是，咱俩人还没有完。你大哥推荐了苏一朋老总，他进村来，我们配合工作有错吗？资金进来，就是彻底改造王家寨面貌，我跟人家说合作，你让我的钱打水漂，我能答应吗？老百姓能答应吗？你记住，赢了我不算本事，你给王家寨老百姓赚来利益，我才服你王老三！"

王决心轻蔑地一笑："我和乔麦怎么做，老百姓会看得见。可是，你走得太远了，到现在还不知道自己错在哪儿。那叫多行不义必自毙。我不跟你争啦，自己琢磨吧。"

他气哼哼地转身就要走。

腰里硬勉强挽留说："你别走啊，我错在哪儿？"

王决心直来直去地说："你弄虚作假，挣黑心钱，心里安生吗？"

腰里硬瞪圆了眼："你血口喷人，老子挣的每一分钱都是干净的，老子运沙子就挣钱了，挣得光明正大。王家寨是你的家，也是我的家，你想一手遮天？"

王决心嘿嘿一笑："还不知道错，这个道理你想不明白，白在外边混了。"

腰里硬嘟囔说："人不能老是倒霉，谁都有可能咸鱼翻身，你一点也没进步，还是对我有成见，解不开那个死疙瘩。"

王决心觉得他的架势极为可笑，有点可怜，好在腰里硬不敢放肆，好似困兽犹斗。

王德听着王决心和腰里硬争吵，慢慢悟出点什么来，王决心和腰里硬还是水火难容。

王德回了家，杜梅竟然接纳了他。他哪里知道，乔麦偷偷找杜梅做了劝说工作。

这天傍晚，天边悬着黑云。秋天的大雨，水流湍急，虽然听到了隐隐的雷声，却不曾见大雨有停的意思。

王决心的车刚刚驶过萍河大桥，接到了王德的电话。

王德显然恢复了精神，声音兴奋："老三，你告诉弟妹，明天晚上，我跟杜梅搞一个复婚仪式。姑父、姑姑、二叔、二婶都过来，我和杜梅希望你和乔麦出席晚宴啊。"

王决心一阵轻松，笑了："好啊，杜梅终于答应了，祝贺你，二哥。"

第二天傍晚，王决心和乔麦来到容光县城杜梅的别墅，这个家庭聚会，不同寻常。王德的归来使他们这个家庭其乐融融。尽管乔麦在王家寨负伤，肚子、胳膊和腿还火辣辣地疼，但是她愿意与王德和杜梅分享美好和幸福。

杜梅和保姆两人下厨房，做了满桌的好菜。

杜梅让大家先喝咖啡，屋里弥漫着咖啡的香气，热腾腾的温暖景象。

喝酒了，伍宝库举杯说："今晚这个场面，是我们久久期盼的，这叫破镜重圆。"

王德一愣："姑父，您用词不当吧，不叫破镜重圆，叫花好月圆。"

王永丽瞪着伍宝库说："你个老东西，赶紧给孩子道歉，人家已经进步了，就别提过去的不愉快的破事了。"

王德嘿嘿一笑："姑父是长辈，不用道歉。毕竟是我犯了错。"

王决心和乔麦都笑了。

伍宝库感慨地说："王德这孩子变了，懂事了，今晚的家庭聚会，是他跟杜梅的复婚仪式。复婚不丢人，听铃铛娘说，当年许大彪牺牲以后，她跟大抬杆老爹复了婚，后边的日子过得多好！今晚活动应该由我们家的诗人永山主持。"

王永山摆手说："到了容光县，还是妹夫主持吧，毕竟您和永丽是他们的介绍人啊！"

伍宝库点点头，说："好吧，我就代表吧。王德与杜梅本来就是恩爱夫妻，当中出了一点小坎坷，但是，一切不愉快都过去了，拨云见日，今天复婚了。我和永丽啊，既是长辈，又是媒人，甭提多高兴了！在王德离家的日子，人家杜梅对我们不离不弃，照顾孩子，孝敬她爹，还孝敬我们老两口。杜梅不容易啊，希望王德好好忏悔，将功补过，跟杜梅恩恩爱爱，白头偕老——"

王德嗯了一声，低了头。

王永丽瞪着他说："宝库，别啰唆了，杜梅好，王德也不赖！我感觉到了，王德心里还是放不下杜梅，他心中永远装着这个家呢！"

乔麦补充说："这次变故让二哥有幸回到故乡，办了玩具厂，得了扶贫先进工作者，入了党，进了村委，赶紧祝福吧，喝酒，喝酒。"

杜梅静静坐着，美丽的眼睛里涌满了泪水。

王永山微笑着说："宝库说得对，祝福他们恩恩爱爱，白头偕老，幸福安康！"

大家鼓掌喝酒了。

王决心兴奋地叫了起来："我和乔麦敬酒啊，刚刚姑父说了，我二哥呢，心眼好，勤劳肯干，就是耳根软，辨别是非能力差点。终于回归家庭了，这叫浪子回头金不换！"

王德瞪着王决心："老三，谁是浪子啊？"

王决心说："二哥，我是工人，文化不高，用词不当，过会儿罚酒。"

王德跟王决心眨眼，说："哎，老三，村里的事我想通了，别提了，给二哥留点面子！"

王决心瞅了乔麦一眼，嘿嘿一笑："你在顾凤娇那里鬼迷心窍的时候，可不就是浪子吗？当然，后来你成为扶贫模范，也是事实。我没少跟你操心，你操办玩具厂，我砸在老顺子家的老房子里，差点丢了我的命。我和乔麦祝福二哥二嫂幸福！"

乔麦笑着跟王决心给大家敬酒。

王德扭脸对杜梅说："老婆，你咋不敬酒，咋不说话啊？该我们敬酒了。"

杜梅漂亮的脸庞流露出一种善良凄惨的微笑："你的心回家就好，孙小萍说你改变了。"她抹着眼睛里的泪水："对不起，我今天太高兴了、太快乐了，所以忘记了一切。"

王德憨厚地笑了："我和杜梅给大家敬酒，由于我的问题，使这个家蒙上了阴影，伤害了杜梅。好在烟消云散，我表个态啊，好好爱杜梅，爱我们大家庭。今天，谁高兴都不如杜梅高兴让我欣慰。老婆，对不起，我先自罚两杯。"

"罚他！"杜梅脸上闪烁着喜悦、幸福的光芒。她从来没有像今天这样温柔甜蜜。

王永山对王德说:"老二啊,这是多好的条件,咋就出了岔头,你爹至死都想不明白。我们不指望你发大财、当大官,就盼着你把玩心收回来,好好跟杜梅经营服装厂,过上幸福日子。"

王德眼圈红着:"二叔,我不说大话,您看着我行动。我再不让你们操心了。吃一堑,长一智,傻骆驼还仨心眼呢,我王德不会再受骗上当了。"

伍宝库含泪说:"太好了,太好了。"

大家开始喝酒了,浓郁的酒精味,有些呛鼻。王德双手作揖,干了一碗酒,喝得有点晕眩,扑通一声跪在木板地上,声泪俱下地说:"爹,儿子跟杜梅好了,我回家了。当初是儿子鬼迷心窍,走错了路,让您操心了,您在天有灵,受儿一拜!"

他将酒洒在地上,连磕三个响头。

王德站起来,又给伍宝库和王永丽跪下了,哽咽说:"姑父,姑姑,请受我一拜。没有您二老,就没有我的家庭。我离家的日子,多亏你们安慰我老婆,让她感受到家的温暖。你们就像杜梅我俩的爹娘。爹生前嘱咐过我,您二老无儿无女,让我给二老养老送终!"

伍宝库和王永丽感动了,眼含泪花。王德起身,他与杜梅紧紧拥抱,瞬间便被回归的爱情淹没。

"爹,娘!"王茜茜扑过来。

王永山和小洒锦受不了这煽情,提前走了。

王决心和乔麦是最后离开的。客人陆续走了,别墅里一片寂静,王德躺在一楼沙发上睡着了,响着雷鸣般的鼾声。

别墅一片寂静。夜空飞来几片月光,眼光闪闪的月光,洒进房间。

杜梅担心惊动王德,小心翼翼地给他盖好被子。

第九十二章　疏解

二〇二一年夏天，水大。

白洋淀的水，疯了，汪洋一片。大清河和几条入淀河流日夜咆哮，就像塔吊的液压机器的声响，河水哗哗响着向白洋淀流去，在入淀口处，打着旋儿，激荡起高高的浪花，渐渐到淀里变成层层波浪，滋润着淀边芦苇，勃勃地催出新生的嫩绿。

淀里的水清凌凌的，水面上很少见到原始木船，几乎被庄重气派的褐色的画舫船取代了。

千年秀林的绿色长廊纷纷翻起了绿色波浪。郊野公园、展馆、房舍和山石朦朦胧胧地露出了真实面目，门口的草坪上安装一块太行山的巨石，雕刻上了"郊野公园"的绿字。

花草郁郁葱葱，散发着浓郁而醉人的香气。塔吊像一只大鸟的翅膀，在湛蓝的天空中呼扇着，回荡着优美的余音。

塔吊和脚手架下面，是一片安全帽的世界，红的、黄的、蓝的和绿的，就像一片花海。黑色的无人机在塔吊的上空久久徘徊，闪着金刚石般漆黑的光泽。无人机照上了拆过的民宅，工人们清理着废墟，然后拿带孔的绿网罩住。

容东片区的楼房拔地而起。

楼房已经进入装修阶段，工人们干得热火朝天，露出平凡的自信和受到喝彩后的得意，给工地带来了热火朝天的氛围。电线杆上的鸟们聚精会神地倾听着，深深地吐着气。不知不觉，夜晚来临了，工人们开始换班，天空没有月亮的时候，工地上的大灯就是月亮，数不清的灯就是星星在黑夜中竞相闪烁，黎明到来了，晨星悄悄地朝银河的方向流去了。

傍晚时分，天幕上挂着一片淡紫色的晚霞。

程远和赵国栋从北京开会回来。赵国栋的汽车路过工地，他冲着窗外深情地望着。工地的餐厅散发着饭菜的香味。他知道，现在需要马不停蹄着手布置承接央企落地问题。国家发改委、国资委联合召开了疏解非首都功能协调会议。

白洋淀新区一边建设，一边承接非首都功能。大批央企总部、医院和大专院校说来就来了。

白洋淀已经进入了新区建设与疏解非首都功能同步推进阶段。

程远副省长让赵国栋带队去北京通州搞一次参观学习。通俗的说法，北京通州和白洋淀新区是北京首都的两翼，北京市的副中心转移到了通州区，他们疏解非首都功能先行一步，政策细化，服务上也有经验，应该过去取经。要做好一站式的优质服务，确保央企、医院、学校安稳落地。

这天下午，赵国栋带领负责疏解北京非首都功能的三十人去北京通州区参观访问。

通州方面的接待非常热情、诚恳。

还没有开始参观，赵国栋就得到一条好消息。通州的负责同志告诉赵国栋，国家开发银行马上推出"疏解非首都功能贷款"，简称"非疏贷"，服务对象包括白洋淀新区。

赵国栋没有睡懒觉的习惯，第二天黎明的时候，他和秘书到运河散步去了。

太阳从运河的树林里喷薄而出，金光四溅，一群鸽子亮出白色的翅膀扑面而来，在楼顶发出悠远的鸽哨。矗立的高楼已经承接了北京的"星光天地"，威风凛凛，雄视八方。

上午九点半，他们参观了通州的运河商务区。这里是北京的副中心CBD商业区，高楼已经渐渐矗立起来了，高楼的倒影投射到运河上，闪闪烁烁。参观之后，双方开了一个座谈会，下午集体参观环球影城和创新产业园。

赵国栋回到了房间。距离午饭还有一点时间，他想给女儿赵晓薇打个电话，见一见武玉龙和他爹。毕竟，女婿武玉龙的家就在通州区张家湾。电话通了，赵晓薇告诉他，武玉龙在白洋淀高铁站施工。还有一个好消息，她和武玉龙在北京东四环外买了一套房子，房子正在装修，等装好了，她和武玉龙亲自邀请他和杨爱珍来参观。

赵国栋愣了愣，他们的误会刚刚解除，这么快就买好了房子？

门铃响了，赵国栋打开门，郝奇副主任要跟赵国栋汇报工作。

郝奇坐在沙发上，自己沏了茶。既然郝奇来汇报工作，他只有洗耳恭听。刚刚会上发言的时候，赵国栋对郝奇有些不满，三家央企总部落户白洋淀新区，他几乎都揽到自己头上。他心情沉重，替郝奇担忧。当着自己领导的面邀功，犯了官场大忌。

他从郝奇的神态判断，他这次可能谈个人的事，也许与自己的官场传闻有关。

省委组织部考察了赵国栋，传说他要当省人大副主任。对于提拔的事，他欣喜，也忐忑，谨慎地做着两手准备，既防一万也防止万一，不能提拔就等待退休。从正厅级到副省级，看似水到渠成，实则竞争激烈，各地市一把手都是竞争力量。无论是提拔还是退休，他都有责任向组织推荐一个合格的接班人。让专业的人干专业的事，他推举李永军就是基于这样的考虑。

郝奇愣了愣，望着赵国栋说："赵书记，我知道您过去对我有成见，过去我紧跟甄爱社副省长，在新水县关闭鞋厂问题上，还跟您闹过矛盾，我一直觉得歉疚，这种教训应该汲取啊。后来组织上让我当了新区副主任，您宽宏大量，力挺力荐，让我心存感激。"

赵国栋轻轻摇头，说："不要感谢我，你在引黄入淀和关闭污染企业上，做了很多工作嘛。"

郝奇望着赵国栋说："其实，我心里有数，人在圈子里走到最后都是孤家寡人，越往上走可信赖的人越少。我尽管接不了常务，但是，省里这么多岗位，我还是请您多多帮助。"

赵国栋叹息一声，说："你今天能够跟我说这些心里话，是对我的信任。你想进步，没有错，我们在一起搭班子，对白洋淀新区建设是要负责的，大家都很拼，你也是尽职尽责的。后面，还要看你的工作业绩。"

郝奇叹了一声，说："您让我敬佩服气的就在这里。您是跟组织的好干部，话又说回来，并不是跟组织的人都有您的好运气，官场有个熟人的圈子，圈子还是有作用的，关键是要跟对圈子里的关键人物。"

赵国栋喝了一口茶水，思考着说："圈子文化是有害的，圈子里的人有共同利益。但是，你要记住，圈子在分化，涉及利益越近的人反而疏远了，一旦出手，杀伤力很强。"

郝奇沉了脸，说："冷眼看官场的是是非非，不提您也明白，您这么玩命干，心里就没苦，没有怨言？只是您不说罢了，不说是高手。"

赵国栋仰脸笑了笑："我们吃的就是这碗官饭，干好工作是分内的事，怎么会有怨言？这是组织对我的信任，更是人民的期待。"

"我知道，组织部推荐后备干部，您推荐了李永军副主任。永军同志是个科技干部，我也很欣赏。可是，如果他真的接了您，我有一个担忧啊。"郝奇试探地望着赵国栋的脸色。

赵国栋一愣问："你担忧什么呢？"

郝奇眼神里闪过一束忧虑的光："好干部嘛，还要再检验。其实，目前看他比我们懂技术，特别是他分管的云上白洋淀新区，云计算、智能化方面有他的优势。只是，我觉得他还是有上海人的毛病，事无巨细，畏手畏脚，缺少您这样的将才！"

"别夸我啊，既然你认为永军同志是好干部，好干部就要用在刀刃上。无论说提拔重用，还是临危受命，总要有他的用武之地！"

郝奇摇摇头，欲言又止。

赵国栋打了一个寒战，缓缓地说："作为党的干部，关键时刻不糊涂，敢啃硬骨头。现在啊，官场里有一个不好的倾向，宁可不做，不可犯错，工作中总是平衡得失，意志动摇，那会打败仗的！"

郝奇说："赵书记，您看我是不是有您这个劲头呢？"

赵国栋没有接郝奇的话茬。他明白干部里有两种人，一种跟组织，一种跟人。郝奇属于喜欢跟人的那一类，比如他紧跟甄爱社就差点栽了跟头。如今还不汲取教训，又来搞攀附那一套。两年前，郝奇做了管委会副主任，已经超出了他的预期。

他皱了皱眉，说："郝奇同志，今天到通州学习，你有什么想法吗？特别是对疏解承接方面的想法。我最想听的是你的方案。"

郝奇想了想，说："好，好啊，北京做事就是大手笔啊，我们非首都功能任务繁重，您应该知道，咱白洋淀新区承接任务比通州厉害，一家央企总部落地，办手续、选址、人员安置，实在太难、太辛苦了。风险太大了，我整天睡不好觉啊！"

赵国栋的嗓子紧了，用手摸摸喉咙，说："说这种话的人我见多了，不难、不辛苦，还要我们这些基层干部干什么？程书记让我们到通州，是来取经的、鼓劲的，你的情绪不大对头啊！"

郝奇抽了抽鼻子，笑着说："赵书记，我干得还可以吧？领导看看是不是该关怀一下了？新区腾飞啦，我也得进步啊！"

赵国栋冷冷地说："你总是想到自己。想想白洋淀新区的工作好不好呢？新区建设中，就面临着运营和管理这座城市了，白洋淀新区的未来不用我多说了吧？"

郝奇毫不遮掩地说："我们两人有点分歧，我特别希望聆听您的教诲。"

赵国栋一脸温和："有分歧不可怕，只要我们出于公心。我们有批评与自我批评机制，都可以开诚布公地谈嘛！"

郝奇吸了一支烟，说："既然您这样说，我可就提了，我有个想法。如果我当不成常务，我想调整一下分工。我分管科技创新，看看我的能力。疏解非首都功能应该交给段丽娜副主任。她是北京来的挂职干部，对北京比较熟悉。"

赵国栋沉了脸，慢慢站立起来，严肃地说："郝奇同志，我们是老同事了，今天我听了你的话，不吃惊，是你的风格，但是，我很不高兴，白洋淀新区建设到了紧要关口，领导干部如此不重视自己的工作，还挑肥拣瘦，成何体统？"

郝奇算计着他将话说到哪一步，赵国栋会做出哪种反应，全在他的预判中。他说："赵书记，听说您就要高升了，祝贺祝贺！我的事还是请您再考虑考虑，我太想进步了！"

赵国栋冷静地说："领导干部变动，我们起一定的作用，更主要的是看你的政绩。还是那句老话，我对事不对人，如果你畏惧了，我回去跟程副省长汇报，调整分工。新区承接北京非首都功能，不仅是工作，还是政治，如果有一点闪失，你我都没法交代！你回去好好想一想。"

"好吧。"郝奇点点头，悻悻地走了。

赵国栋颓然地坐在沙发上，脑袋沉沉的，像灌了铅似的沉重。他跟郝奇的矛盾过去多少年了，如今在人事调整上再次爆发。赵国栋一声感叹，人的禀性难改，但是，赵国栋回到白洋淀还要跟他谈，让他放下压在心中的包袱。

回白洋淀的路上，褚忠良给赵国栋打来了电话，他说他交代的事情查出来了，杨义伟的公司参与地下管廊，他是以央企"混改"方式进入的。而且，杨义伟跟中天建的裴文选副总吃饭，杨爱珍竟然出席了。

赵国栋的脑袋轰地一响。

赵国栋回家了，杨爱珍操持给老爹杨三笙过生日，这是家里最欢愉的时刻。

杨义伟出国了，杨义成参加了生日晚宴。

赵国栋沉着脸走进来了。他的样子让杨三笙和贺红梅有些不解，直眨眼睛。杨三笙犯了冠心病，几次住院，身体极为虚弱。

开饭前，赵国栋将杨爱珍单独叫到一个屋里谈了此事，这个谈话是单独进行的，如此一来，这谈话显得异常地重要和神秘。杨爱珍承认跟央企裴副总吃饭，但是，她不知道杨义伟参与地下管廊业务。杨爱珍回忆说，吃饭的时候有路海生。

赵国栋和杨爱珍像没事儿人一样来到了酒桌上，杨义成、杨三笙、赵树森和贺红梅端坐在桌前，杨爱珍将生日蛋糕摆好了。

蛋糕是面做的大寿桃，寿桃一旁雕刻着火龙果做的玫瑰花，花瓣逼真。点燃蜡烛，唱完生日歌，吉祥的气氛推向了高潮。赵国栋举起酒杯说："今天我们一家人给老爹庆祝生日，祝福爹健康长寿。"

杨三笙微笑点头，然后一脸悲戚："谢谢大家，但是我有个提议，义成爹王永泰今年走了，我想他啊，这第一杯酒，我们敬给他吧。"杨义成眼睛红了。赵国栋说："是啊，老人用生命保护了白洋淀北大堤，可敬的老人啊！"人们纷纷将酒洒在地上。杨义成给杨三笙鞠了一躬，说："我替王家寨我们王家人谢谢爹啦。"杨三笙看着杨义成笑了，笑得意味深长。

赵树森站立起来，悲叹地点了点头："看不出来，永泰老弟平时看是个蔫人，蔫人出豹子，关键时候竟然是一条好汉！"

大家喝了一阵酒，杨三笙腿脚不方便，欠了欠身，又坐下了。

杨义成喝得脸色涨红了，说："爹，我给您弄了一个好轮椅，智能的，您以后坐着喝酒吹笙。"杨三笙呵呵地笑了："义成孝敬，以后啊，我坐着轮椅吹笙了。"赵国栋说："人老从腿上老，该坐轮椅就得坐。我给爹带上一箱酒吧，荷花人参药酒，喝点通经络！"杨爱珍一直苦着脸，也不拿正眼看赵国栋。贺红梅不知赵国栋跟她谈了什么，一直不高兴。

杨爱珍眼神瞬间发生了用语言难以描述的变化，讥讽说："尊老，还得爱幼，那才是真男人。我给大家通报个好消息，我家晓薇跟武玉龙就要结婚了。"

大家都笑了，有人鼓掌。

杨义成脸上充满喜悦："好事，杨家的喜事，我当舅舅的上个大礼。义伟知道了吗？"

杨爱珍得意地说："知道了，这个舅舅都上了大礼了。"

赵国栋瞪了她一眼，失望至极。

杨爱珍把刚刚的谈话都抛到脑后了，还在沾沾自喜。赵国栋强忍着怒火："爱珍，还是那句话，做什么事得分人，有人成全你，有人会害了你，义成的礼我敢要，义伟的大礼就免了吧！"

杨爱珍黑着脸说："这是我们家事，不用老赵家人掺和。"

赵国栋恼怒地说："够了，你光荣啊？"

杨爱珍说："我光荣什么，你这大领导光荣。"

赵国栋狠狠地拍了桌子，语气冷硬："我光荣什么？光荣与可笑，只有一步之遥，你背着我干的好事，那是下地狱的事情！"

杨爱珍提高了声音："有那么严重吗？我只是陪着吃了一顿饭，你这人也太绝情了吧？你心中还有没有这个家，有没有咱的孩子？"

赵国栋气得颤抖，脸色发白："一顿饭？说得轻巧，那是商人的套路！"

杨爱珍脸色苍白，似乎一下子被激怒了，伤心地吼道："赵国栋，我是不是一直配合你，照顾老，照顾小，让你踏实干事？你凭良心说，我们跟你沾了什么光？别以为你当了官，有了权力就翻脸不认人了。你转眼就退休了，就是一个破老头！"

赵国栋把酒杯狠狠拍在桌上，啪地一响，玻璃碎片炸裂："你糊涂，气死我了，好糊涂啊！房子你给我退给杨义伟！"

他说完气呼呼地转身走了出去。

杨爱珍眼睛含泪，委屈地哭了。

杨三笙悲叹地摇了摇头，自言自语道："哎呀，刚刚气氛挺好，这是出了什么事儿了？"

杨义成急忙追了出去，他在楼道口连声喊："姐夫，姐夫，你等一下，你听我说。"

赵国栋听见杨爱珍在屋里的哭声，身体一颤。

杨爱珍哭声惨烈，三个老人张口结舌。

杨义成愣了愣，说："姐夫，你做得不对，今天是爹的生日，你跟大姐有事回去说呀，这场合发火不对吧？爹身体这么弱，万一心里憋屈病重了，我可不饶你啊！"

赵树森拄着拐杖，吃力地追了出来："国栋啊，你都是多大的人了，咋还这么冲动，爱珍是多好的媳妇啊！夫妻有什么误会，好好谈嘛，何必大动肝火？"

赵国栋叹息了一声，说："唉，爹，今天的事儿是个挺大的事儿，爱珍糊涂啊。"然后他简单说了原委。

杨义成说："姐夫坚持得对。晓薇在北京买房子的事，你和大姐怎么不跟我说，大家凑一凑，房子的首付就有了。"

杨三笙晃悠着走出来，上气不接下气地说："国栋，今天爹得说说你，爱珍跟你这么多年，她不是拖累你的人吧？她不容易啊！她是你老婆，晓薇是你亲闺女，晓薇和玉龙结婚，多好的喜事啊！"

赵国栋歉疚地说："爹，对不起，我让您受惊了。义伟那是有条件的，要项目，更可气的是，爱珍背着我跟央企的领导吃饭，这可是要出大事的。"

杨三笙哆嗦着说："我明白了，明白了，义伟这兔崽子！"

杨义成叹息了一声，说："义伟是商人，他就是白送姐夫房子，都不能要的。"

杨三笙一脸疲倦："不能因为房子，耽误孩子的幸福，姥爷赞助点。"

赵国栋感动地说："爹，义成理解我，这么说吧，我爱这个家，首先说我爱老婆、爱女儿，如果这个家庭有了危险，需要男人上，第一个冲上去的是我赵国栋，死也应该冲上去，自个的命我说了算。可是爱珍背着我给义伟拉项目，那是搞腐败，表面不说，也是打着我的旗号。这可不是小事。我跟义伟说过多少遍了，我现在的权力帮义伟做生意，那是易如反掌，但是这个权力不能用啊，用了就是犯法，您能眼睁睁看着我去犯法吗？"

赵树森用苍老的嗓音说："三笙，你得说说你宝贝儿子杨义伟，我们赵家有传承的家风，国栋为官不能腐败，心有所戒，行有所止，守住底线，不踩红线！"

杨三笙心悦诚服地说："当然对，当然对，我平时就是这么叮嘱孩子的，爱珍一时糊涂啦，回头我得批评她。"

杨义成说："姐夫，我支持你。义伟的事啊不靠谱，晓薇婚房的事，我跟大姐说。我们家庭这样的条件，大家凑一凑就行了。"

他说着转身回屋了。

杨义成安抚杨爱珍说："姐，你别哭了，姐夫做得对。你对孩子的感情，大家都理解。但是，我们有我们的渠道，晓薇的北京婚房，我挑头集资，你弟弟出资一百万，让孩子在北京有个安稳的家。"

杨三笙说："我出资三十万。"

赵树森流泪了："我老头手头没钱，但是我也给孩子凑六万。"

杨爱珍扑到杨义成的怀里，哽咽说："义成，谢谢你，姐没有白疼你啊。"

赵国栋进屋来，心中五味杂陈，红着眼圈，连连给大家作揖。

第九十三章　恋淀

　　闪来的黎明，挂着晨星。乔麦醒来之后，就到村委会找孙小萍。孙小萍不在村委会，乔麦就走出来等她。那片蛤蟆滩，地上杂草猛长，苇塘、湿地和老船被露水打湿了。芦苇的穗子几乎顶到乔麦的腋窝儿。

　　太阳迟缓地升上来，晨星就不见了。

　　蓝色的雾霭跳动着，太阳被树影摇碎了，斑斑驳驳地洒了一地。这几天，乔麦显得憔悴，她心里惦念着"淀上升明月"的投资，她也知道孙小萍在为此而煎熬。她对这个项目真的走心了，估算了一下，投资在七千万，干成了，担点风险也是值得的。她在萍河种粮食，实际上，王家寨的这个旅游项目，就是村民的粮食产业。前几天乔麦抽空去见杨义成大哥，说了自己的想法。杨义成好像也知道这个事的来龙去脉。他没有抨击苏一朋，也没有选边站队。

　　杨义成理解孙小萍，对这个项目，杨义成是看好的。只要项目好，融资是不愁的。杨义成看了乔麦拿来的合作意向书。杨义成的眼光厉害，他说一只羊是放，两只羊也是放，鸡蛋不能放在一个篮子里。他让乔麦拿下项目，将来麦耘集团多了个旅游产业，在北京交易所上市，胜算会越来越大。

　　乔麦眼睛一亮，豁然开朗。

　　乔麦不知不觉走进了一弯水域。这里有一个黑色的围堤，围堤上有枯草，浸满了水。她在那里停了一会儿，这是她当年放鸭排的地方，怎么有鸭子嘎嘎地叫出了声？哪里来的鸭子？她定睛一看，是绿头鸭，野生的小鸭。这是她的伤心地。因为有草籽和虫子可吃，大雁喜欢这片葱绿的水域。里头除了荷花，还长着报春花、喇叭花和金银花。这里的野花太艳了，风吹花动，能够闻到花的香气。野草在劲风的吹拂下钻出了草地，她感到浑身的血液都被这馥郁的香气熏透了。

乔麦出神地盯着大雁，大雁满脸恐惧地望着她。她向大雁举了举手，示意她是友好的朋友。乔麦记得铃铛奶奶说过，当年大抬杆、爷爷的雁翎队一个拿手的活，就是用大雁的羽毛通受潮的大抬杆猎枪。雁翎救了大抬杆，大抬杆猎枪回头又打大雁，这是生死的循环。什么逻辑？

乔麦顺着这个逻辑又想到了资本。资本投进乡村来，投进来就要赚，掏老百姓兜里的钱，资本盈利了，滚雪球一样越滚越大。当然，也有资本越来越萎缩。她现在也成了资本的持有者，应该以什么样的面孔出现？她有些心慌。

呼啦一声，大雁飞走了，又落了一片草白鹭。乔麦站在泥岗上，目送着孤零零的大雁消失在碧蓝色的天空里。

乔麦镇定了许多，她昨天夜里梦见了明月，白白的月亮穿过黑暗的云层，升到空中去。一道阴影切开了金色的月光，撕开了一条裂痕。她又梦到了裂痕，裂痕黑洞洞的，她突然掉进去了。

醒来的时候，乔麦叹了口气，将脑袋埋进热烘烘的枕头里。

今天早晨，乔麦被一阵嘹亮的大雁叫声惊醒。新的黎明开始了，明亮的光芒笼罩在她的身上。此情此景，乔麦的心还在纠结，不知是高兴还是悲伤。她有苦难转化的能力。她是幸运的，从家庭来说，她找到了幸福。世间好多人来自苦难，又回到苦难，有几个人能找到自己的幸福？实际上，她已经知足了。

乔麦的身心融化在大淀里，大淀能明鉴善恶。经过洗礼的人，恶也会变善的。

笑声从芦苇荡传来，是姑娘们的笑声。

雾腾腾的水道上，有汽艇颠过，蛇一样钻来钻去，乔麦看见了乳白色的水光，推断起了未来。乔麦被木头绊了个趔趄，然后探头去望，那里有几个戴头巾的姑娘在湿地上挖藕。她想起跟王决心挖藕的时光……

乔麦要找孙小萍，是因为打电话她突然不接。她最近感觉到了孙小萍情绪低落，她的身体一沉一凉，打了个哆嗦。忽然感觉孙小萍要离开王家寨了，她的心是那样难过。那天，她找到了胡玉湖支书。

胡支书还是龇牙瞪眼地训斥她："知道吗？你不要掺和这个事了，孙小萍太让我失望了。"乔麦猛地呆住了。此刻，孙小萍进来了。胡支书看着孙小萍，冷冷地说："要不你就坚持，我在前面等着你，等你回头，像过去那样。"孙小萍一愣，她怎么能回头？向苏一朋的资本妥协吗？

孙小萍内心也是纠结的、矛盾的，出于对胡支书的尊敬，她不能顶撞他。但是，从这个事情上看，她又不可能与他为伍。班子出现裂痕，她的心里特别乱，想出去散散心，找个安静的地方仔细地思考思考，王家寨到底怎么办？

在乔麦看来，孙小萍尽管年轻，但是关心党的政策，热爱百姓，对政策已经吃透了、看准了。伤害群众利益的事不能一哄而上，这种谨慎难道不对吗？

如今的王家寨，年轻人陆陆续续回来不少，找不到挣钱的门路，年轻人还会走。孙小萍忧心忡忡，她喜欢这些年轻人，她要行动起来。而胡玉湖从一个极端走向了另一个极端。恰恰是在老支书的心病上，因为他想抓住退休前的最后机会，促成一件大事。

乔麦是站在孙小萍这一边的。孙小萍给乔麦发了微信，她说，如果改变不了现状，就只有改变自己。如果不能改变自己，那就三十六计走为上策，摆脱这种束缚和痛苦。

孙小萍这个想法，让乔麦极其担忧。如果没有孙小萍，她和王决心都不会有今天。她伤痕累累的心上又被划开了一条深刻的裂痕。

问题无法回避，孙小萍怎么办？

乔麦记起了这样的一句话。老爹叮嘱过她，人要对自己狠一点儿，不对自己狠，很难做成事。但遇到难题，要想去克服，就没有过不去的坎儿，错了不要紧，要学会成长。这样一想，乔麦对这个项目就更加坚定了。

乔麦来到大乐书院找孙小萍。书院空空无人。杨牧仁说："小萍带着箱子出差了。"乔麦心里轰地一响，错位了。孙小萍这个时候出差，是不是要逃了？杨牧仁说："她说可能去西藏。"乔麦一下子明白了，那里有她的男朋友，还有一个高原书院。难道她要去高原书院吗？乔麦的心扑扑跳着，心想，必须留住孙小萍。

乔麦继续打电话，依旧没通，孙小萍发来一段信息，她已经到了白洋淀高铁站。乔麦发信息说："小萍，我有急事跟你商量，'淀上升明月'的资金找到了，你不能走！"

乔麦坐船匆匆赶到码头，上了大张庄码头，她直接开车去了白洋淀高铁站。

火车启动前，乔麦将孙小萍拽了回来，两个人手拉着手，紧紧拥抱，好像分开了很久。乔麦含着眼泪说："你不要骗我，你为什么骗我？你是属于王家寨的，属于白洋淀的。"孙小萍眼睛红了，手足无措。乔麦拉着她的行李箱："走，跟我回王家寨，这个资金我投啦！"

孙小萍笑了。

乔麦的这个决定，打破了孙小萍尴尬的现状。孙小萍如果不走，这个项目流产的所有罪过，将全都砸在孙小萍的身上。小萍年轻的肩膀可能承担不住了。

孙小萍激动地说："乔麦，我没看错你，我们俩携手干。"

乔麦忘情地说："我见了义成大哥，大哥是支持我的。大哥没有站在苏一朋一边，他还要说服胡支书。正义不会缺席的。"

孙小萍跟着乔麦到了北羊村。

乔麦在公司召开项目推进会，她要把这个"淀上升明月"的项目拿到公司董事会来讨论。公司董事一听，这个旅游资源是稀缺资源。孙小萍列席了这个重要的会议。

谁也没有想到，王德打了横炮。

王德有他的理由，乔麦大豆产品延伸产业链。大羊村有个榨油厂，停产了。公司决定盘活过来，生产豆粉和豆油。

曲良咳嗽一声说："王总说得对。依公司现有财力，应该保大豆产业链。"

大荷花说："一心不得二用，我们还是可着一头干吧。"

大家还是给"淀上升明月"实景演出否了。

孙小萍的角色尴尬，脸色难看，一言不发。乔麦辜负了孙小萍，心里歉疚。

孙小萍说："乔麦，大家说得有道理，我理解。我们王家寨再另找投资。有你这片心，我孙小萍回王家寨，继续干下去。"

乔麦有一种难以克制的冲动。她定的制度，第一次限制了自己。

乔麦觉得王德否定王家寨项目，还有因为王决心批评他的怨气。乔麦对王德说："豆制品加工厂，交给你了，抓紧上马！"

这一天，王德收购豆油厂碰到难题了，想保住豆油一项，放弃豆粉业务。

乔麦神色严肃地说："我们爬喜马拉雅山，可以从南坡爬，也可从北坡爬。但一旦我们决定从南坡爬，就不要再犹豫了。下面就是看你的执行力了。"

王德叹息说："值得做，一定要做到底，如今做任何事都是难上加难，正因为难，我们更要克服困难做好业务嘛。"

乔麦笑了，目光闪亮。

乔麦在公司制定了严格的制度，就像靳一光的公司一样管理。

有一天，乔麦公司召开中层干部会议，王德接了个电话，忘记了时间。他回会场的时间迟到了五分钟。

王德刚一推门，乔麦严厉地说："王总，请留步，按照公司规章的规定，罚站三分钟，请您站着。"

王德尴尬地站着，觉得荒唐可笑。

第九十四章　翻身记

太阳垂下去了。

黄昏慢慢降临，晚霞洒满淀边小院。这个院临湖，能够听见船划出的水声，还能听见船工的吆喝声。腰里硬躺在院里的藤椅上，叼着雪茄吸着，他在等胡铁，因为胡铁去打孙小萍，被拘留了半个月，他今天晚上给胡铁接风洗尘。

妹妹姚丽蓉在室外厨房炒菜。

院里的葡萄架下吊着一串串的绿葡萄，葡萄跟丝瓜混在一起，吊着长条丝瓜，还有一朵朵的小黄花，青黄交织起来，被红透的晚霞浸染，葡萄就像红宝石般耀眼。两只母鸡不知好歹，颠颠地跑过来，啄着厨房地上的粮食和饭渣。腰里硬抄起扫帚疙瘩，将这些鸡轰下去，鸡仓皇地逃走了。姚丽蓉吓了一跳，她做了凉拌藕芽、鸭蛋拼盘儿、熘鱼片儿、麻辣河虾和地三鲜。腰里硬最爱吃麻辣河虾，河虾皮儿薄肉嫩。

姚丽蓉坐在腰里硬身边说："哥，乔木的死亡补偿金，我都花完了，我没钱了，给我点钱吧。"腰里硬从微信里给她发了一个二百块钱的红包。姚丽蓉瞪着眼说："这么点，哄孩子呢？"腰里硬愣了愣："嘿，你还要多少啊？"姚丽蓉噘嘴不吭声，默默掉眼泪。她身体丰满，弯眉大眼，眼睛里有迷人的光芒。回村以后，她活得孤独，村里有个养鸽子的光棍追她，她没有答应。她心里有多大痛苦，也就有多大希望，找个婆家过好日子。她穿着红背心，像蔓延的火焰。

腰里硬细细看了看妹妹，朝她发了脾气："赶紧嫁人吧！"

姚丽蓉首次发了脾气："狠心贼，我为你换亲，耽误了青春，你都不管我！"

腰里硬受到刺激，有点不好接受。姚丽蓉急了："哥，你看我嫂子乔麦干得多好，为啥离开你就好啊？你也不从自身找找原因，把日子过得屈胳膊拳腿的，我都看不起你了。"

腰里硬瞪起了牛眼，嚷道："有你这么跟你哥说话的吗？气死我了，你哥压力更大，我在谋划一件大事儿，让你彻底翻身。"姚丽蓉的活儿，就是在院里养了一群白鸽子，卖鸽子挣点钱。

腰里硬看着妹妹，想起了自己的苦难。他一定要抓住这次机会，争取来一个咸鱼翻身。姚丽蓉又说："哥，我跟你说了一船的话，你当耳旁风了，眼下是啥年月还瞎玩，你得走正道，人间正道是沧桑，你好了，我就好了。"

胡铁打着口哨进来了。前后脚地，雁子也来了。姚丽蓉安排大家坐好，开始吃饭。胡铁说："这么多好菜，准是丽蓉做的。"腰里硬高傲地说："当然是我们丽蓉做的。丽蓉长得越来越好看啦，胡铁，给我妹妹再张罗一个对象！"姚丽蓉痛惜地摇头说："我可不让他给张罗了，张家口换亲，可把我折腾苦了，你撺我走，还让我吃二茬苦啊？"腰里硬摆了摆手："好好好，赶紧上菜，不让胡铁张罗啦，你自己搞个对象回来。"他说着，跟胡铁开始喝起来。

姚丽蓉跟雁子没有喝，两人默默吃菜。

腰里硬喝了一杯酒，说："奶奶的，这年头撑死胆大的，饿死胆小的。乔麦那个骚娘儿们，在萍河流转了两万亩土地，发大财了。我们在王家寨，一定要把这个旅游项目搞好。"

腰里硬调整了一下坐姿，陷入了回忆。

他祖上是地主，他爹姚富生，改革开放初期也是村里首富。到他这代，混得越来越差了。他觉得必须得翻身，想着想着，两眼冒出亮光。腰里硬也变了，变得知道谋划事情了。他有一种铁一样的意志，意志是一种精神的能量，会转化成物质的力量。

他两眼油光光闪亮，吼道："奶奶的，没有做不到的，只有想不到的，老子拼一回，豪横一把。"雁子插话问："干啥呢？"腰里硬说："旅游啊，'淀上升明月'是个聚宝盆，我们有了旅游，还在外边求爷爷告奶奶做啥？"胡铁喝了一杯酒，龇牙一笑："大哥，我们跟苏一朋谈，多让利给他，他别出面，我们来主导。"

腰里硬痛惜地摇了摇头，说："别提那个苏一朋啦，他就是个奸商，我们玩不过他，在他们富人眼里，没有感情，只讲利益，只讲价值互换，我们没有利用价值，他自然不投。"胡铁打着哈欠，说："我们再想想办法。"腰里硬说："我们留在村里死磕这个项目，资金巨大，收获也是巨大。老子就不信干不成件大事。有了资金，咱们得找郑县长让他跟胡玉湖招呼招呼。"

胡铁说："只能搬郑副县长啦！"

腰里硬眼睛一亮，说："得先找资金，我刚刚想起了鞋业大王申万胜，他如今转型旅游呢，拿他的资金，借鸡下蛋，让他投投咱们的项目。"

姚丽蓉一边刷碗，一边流眼泪："你们每天都活在幻想里，这么大投资，上哪儿找钱？"

腰里硬瞪了她一眼："你少说两句，干你的活。"

他喝着酒，品着菜，喝得半醉半醒。

胡铁和雁子走了，腰里硬一边抠着脚，一边打盹，他在藤椅上呼呼酣睡了。腰里硬的一颗心，像铁疙瘩一样沉稳。醒了，一个生财的门路启动了，他想了几个方案。第一，打通胡玉湖、孙小萍这两个人，靠谁来摆平？还得靠郑继刚。尽管郑继刚副县长调走了，官官相护，他在新水县的地盘还有余威，他说句话，胡玉湖还是买账的。还有，郑继刚还有其他的利用价值。郑继刚的老婆是个能人，她有个群，一堆县级干部家属和老板的太太，搞民间集资，以高利息吸收民间资金。

腰里硬卖沙子挣到的钱，可以铺路。他去找申万胜的时候，备好了名牌手表，租了一辆奔驰汽车，打扮了一番，显得阔绰许多。

申万胜吃了一惊。

看来腰里硬有钱了，要做大生意了。

腰里硬将王家寨的"淀上升明月"的项目说了，申万胜想了想，说："这个项目我晓得，你们胡支书找过我，我没有投，还泼了冷水。你们俩来了，我就改变了，我可以投资，但是，现在我手中没钱啊！"

腰里硬含着自信的微笑，恳求说："哥，胡支书对谁都一样。我不是外人吧？当年我们哥俩去沈阳给你要债，人家拿刀架到我的脖子上，我腰里硬没眨眼。喝大酒，我从此得了胃病。钱给你拿回来了，我们是啥交情啊，投一点吧！"

申万胜叹息了一声，说："这样吧，有一个办法，可以试试。我手里存着一块石头，切割试试，如果成了，就卖出去算我给'淀上升明月'的投资了。"

腰里硬心里打颤："石头，翡翠？我不懂，有多大的胜算？"

申万胜说："我也不懂，送礼用的。结果没有送出去，多少钱，我也不好说！"

说着话，外面下雨了。申万胜扭脸看看窗外的瓢泼大雨，说："雨停了，就到外面看石头。"

腰里硬没精打采地说："豪横啊，你家别墅这么大，翡翠咋扔在外头，估计没啥指望吧？"

申万胜看见了角落里的那一堆石头，里头有一块翡翠原石。因为拿不准，翡翠原石跟杂石混着，差点堆了假山。

尽管希望渺茫，腰里硬还是想试一试，万一成了呢？他天生有赌性。

雨小了，腰里硬急不可耐了。申万胜穿着拖鞋跑到院子里找到了石头，石头纹丝不动。扒开别的石头，终于摸到了翡翠原石，外皮呈灰色，斑斑点点，看不出一点绿来。估计小偷都不会拿。腰里硬鼓腮运气，使劲搬了搬，估计至少三十公斤。

申万胜水淋淋地回到房间，浑身湿透了。

申万胜找了一辆汽车，腰里硬和胡铁押车，急火火地去了河南郑州黄河翡翠市场。

巨刀切割下去，石粉水飞溅。

响声刺耳，腰里硬双手捂着大耳朵，眼睛死盯石头，紧张得发抖。胡铁紧张地眨巴着双眼。腰里硬双手比画着，心里祈祷，心提到了喉咙口。

忽然，老板尖叫一声："我的娘呀！"

人呼呼地上前围观，堵在那里张望，有人挤过来，争先恐后地摸石头，好像摸一把就沾一手绿，七嘴八舌，赞叹，喝彩。开石老板对着腰里硬嚷道："老板，恭喜你，这回发大啦，发大啦。"

腰里硬呆呆地望着翡翠石头，嘿嘿地笑了。胡铁也跟着开眼了，笑着说："这么绿啊？"腰里硬抱着切开的翡翠，满眼绿色，晃他的眼睛。

老板说："无棉，无纹，无裂，这太罕见了。"

腰里硬不懂，他只关心这块石头卖多少钱，让申万胜赶紧投资"淀上升明月"。

胡铁吓得刚醒，对腰里硬说："大哥，我们定价？咱们当得了申总家吗？赶紧给申总打电话。"

"让我想一想。"腰里硬心中纠结，是独吞还是实说？

腰里硬一想，申万胜这个人精，他派来的司机盯得紧，如果动了歪心思，他注定会黄雀在后。于是腰里硬哆嗦着给申万胜报了喜，然后问他价格。

申万胜也不懂，玩翡翠纯属跟着朋友起哄。他好像有点不耐烦，他说你让买主给个价，再抬抬就行了。大老板过来仔细看着这个石头，来来往往，结果这块石头以六千万成交。

腰里硬给申万胜发了视频，申万胜的电话打回来了，高兴地说："祝贺啊，回来打赏！"

腰里硬答应一声，放了电话。

申万胜故意装冷静，放下电话，兴奋得差点晕了过去，惊呼："我的天哩！"

他回忆着这块石头的来头。几年前，他在云南丽江旅游，忽然想到，甄爱社副省长过寿，他想买一块石头做生日贺礼。当时赌石头的货主唐老板开了一块同样的石头，没戏，吐血了，申万胜就担心这块石头是假的，如果送过去没有绿，惹领导不高兴。石头就扔在院里了，因为甄爱社酷爱茅台酒，所以，只送了六箱茅台酒。甄爱社被查，他因此侥幸逃脱。如果，如果给了石头，说不定就出事了——

腰里硬和胡铁兴冲冲地回到白洋淀。

申万胜快人快语地说："两个方案，由你们选。如果说答谢，你们拿走一千万；如果算我投资，留下一千万，我投资五千万，投资将来除了回本，我还要拿红利。"

腰里硬说："投资，挣钱吧！"

双方签署了协议。

腰里硬账上有了五千万，马上讲起了排场，花钱请客如流水。找女孩花了几天，比较来比较去，他还是想雁子。他让雁子过来。雁子一看腰里硬阔绰起来，一头扑在腰里硬的怀里，哭着，使劲用脑袋蹭着他的胸脯，像一只小鸟在他的掌心拍打着翅膀。

腰里硬抚摸着雁子的头："亲爱的，你以为我这辈子就不会翻身了吧？这叫风水轮流转，时势造英雄。三十年河东，三十年河西，我腰里硬转运了。"他仰天长啸。

雁子身体软了，摸着腰里硬肚皮说："哥，你真豪横。"

腰里硬说："我这人有钱，就敢给心爱的人花。"然后，他带着雁子在北京消费了一通。

男人只要有钱，雁子从来不动气。她嫌贫爱富，腰里硬也理解，拿金钱考验女人是不道德的。自从雁子离开了他，腰里硬觉得自己空落落的，手痒痒了，拿着皮带只能抽墙壁。腰里硬说："雁子，你别总听王决心说我坏话，狗嘴吐不出象牙。你哥我是个重情重义的人。追我的人多了，我一个也不选，还是想你，我对泥鳅兄弟是发过誓的。"

雁子美丽的眼睛里流下了眼泪。

腰里硬说："别委屈了，我把王家寨最大的项目拿下来，稳操胜券。"

雁子有些担忧，连珠炮似的说："哥，你有了大钱，会不会不要我了？是不是？"

腰里硬说："我发誓！"

这天傍晚，腰里硬带着大包小包的东西，进了胡玉湖支书的家。胡玉湖惊讶了，他看着腰里硬的穿戴变了，变成人物了，以前他嘻嘻哈哈，如今变得矜持了。胡玉湖微笑着说："腰里硬，最近发财了吗？"腰里硬坐在那里，胸有成竹地说："叔，发财了。"胡玉湖睡眠不好，眼睛布满血丝："腰里硬，你有什么事情？"腰里硬轻飘飘地一笑："叔，我想干'淀上升明月'，干电商。"他嘻嘻一笑，从兜里拿出了一块精致的礼物，说："小小礼物，不成敬意。"张翠青接过一看，一块品牌手表。胡玉湖毫不犹豫地说："这么贵的礼物，不能收，你拿走。"腰里硬与胡玉湖推托着。腰里硬连连说："叔，你不能拿老眼光看我，我挣钱了，必须留下，这是我对叔的一片心意。"胡玉湖说："吃的留下，这表你拿走！"腰里硬煞费苦心地说："就村里的产业，外人靠不住，我来有好处，淀上升明月，半年迈大步！用不了半年，我都能干起来。"胡玉湖一愣："你真想干事儿，我倒是高兴。就是怕村委通不过啊！"

腰里硬尴尬一愣："叔，过去我有错，形象在村里根基不稳。您得替我说话，替我撑腰，谁的钱都不是大风刮来的，我投进去是真金白银啊！"胡玉湖哈哈笑了，语重心长地说："有气魄，这点儿随了你爹。"腰里硬说："你咋不说随我爷？"

"你爷是地主，你太爷爷更是大地主！"

腰里硬板起脸说："你和王决心就是老观念，阶级斗争的观点，'地富反坏'不都平反了吗？我是咱村土生土长的进步青年啊！"胡玉湖说："你想干事儿可以，但是你要懂得，政策和策略是党的生命，你这个事情，要符合政策。要知道现在的形势，一是生态产业，二是抓集体经济。所以，你要懂得怎样跟老百姓共同致富。"腰里硬诚恳地说："叔，这我都能做到，没有问题，我不会学苏一朋搞霸王条款。我一切听您的。"胡玉湖微笑着说："好吧，你准备竞标材料吧。"

腰里硬说："好的。"胡玉湖叮嘱说："得民心者得天下，我一个人说了不算，要让乡亲们高兴。"

腰里硬明白怎么做了。他和胡铁转身要走。胡玉湖让他老婆追着送了出来。

腰里硬心里犯嘀咕，难道胡玉湖依旧瞧不起自己？他无法证实这猜测，他苦恼。

夜空很深。村里人睡得早，暑热和困倦折磨得人无精打采，浑身灰尘、汗流满面的渔民都睡了。腰里硬站在码头，看了一阵风车。风车不动，地面热烘烘地烤人，天空亮出几颗星星，二巴掌的鱼丸店播放着歌曲。

胡铁说："哥，想啥呢？"

腰里硬没吭声，过了一会儿，他忽然想了个主意，现在农村产业是个大事，但是，农村养老也是重中之重。他忽然有个想法，给村里七十五岁以上的老人，统统发福利，每家每户送油、米、面和鸡蛋，然后给他们集中过生日。将来项目挣大钱了，建一个王家寨养老院。

隔了几天，腰里硬的慈善活动开始了。他穿着红夹克，瞬间变成一颗火球。他们公司请来了大巴掌，大巴掌给请了省报、市报的新闻记者以及网络新媒体。启动仪式在大乐书院举办，胡玉湖和孙小萍发言。然后，腰里硬、胡铁挨家挨户送东西。记者跟随拍照。

腰里硬走进了老顺子家。老顺子不在，有一只花猫，瞪着绿莹莹的眼睛，盯着腰里硬和众人。这是老顺子家的猫。腰里硬喊了一声："顺子叔，在家吗？"花猫躲在暗处听动静，嗖地钻了。他看见老顺子老伴躺在大炕上。

"谁呀？"

"是我，腰里硬。"

"你有事吗？"

"给您和叔送点米面。"

老顺子的老伴儿瘫痪，躺了好久了。腰里硬把东西放下，就像领导视察一样，握着老顺子老伴的手，拿捏着腔调说："大婶，好好养病啊。"

老顺子的老伴说："谢谢，谢谢力英，你们坐下吧。"

屋里乱乱哄哄，很窄，很味。

胡铁插了一句："顺子叔啥时候回来啊？"

"到驿站取二虎寄的快件去了。就回来！"

腰里硬强忍着，憋着不出气。忍着坐着，老顺子就回来了。

胡铁交了货，老顺子接了。腰里硬站在当中，摆好姿势，急着咔咔地拍照。

腰里硬握着老顺子的手说："叔，这是我们白洋淀商贸公司孝敬你的。"

老顺子感动了。

几只鸡蹦了进来，东啄一下，西啄一下，咕咕叫唤。腰里硬没了耐心，看了看表，要走。老顺子感动地说："好，谢谢，力英也成才了。"然后，老顺子说了几句夸腰里硬的话，被媒体录上了。

腰里硬嘴巴不说，心里受用。

大家陆陆续续出来，进了下一家。

腰里硬这一手，在村里赢得了民心，媒体一番轰炸，引起了县里领导的注意。腰里硬趁热打铁，在他的家里召集姚云、胡铁开了一个短暂的公司会议。腰里硬让姚云马上起草一个项目报告。

同时，向上级打一个申请补贴报告。整个项目，估计总投资在七千万左右，现在已经有了五千万，还差两千万。两千万的资金怎么筹？

姚云对此持反对意见。她没想到，兜兜转转，腰里硬一头扎回村里来了。她不想让商贸公司经营旅游，这是错误的选择。腰里硬有些懊恼。他们在经营上产生了分歧。姚云今天身体不好，哮喘，不断地咳嗽，薄嘴唇颤抖，脸没有血色。腰里硬说："你别咳嗽了，弄得我心烦。"姚云生气地说："治了，吃药不管用。我提反对意见，你就心烦啦？"腰里硬说："现在统一思想，开弓没有回头箭，定下就要坚决执行。"姚云摇头说："一心不得二用。我们以前失败的原因，就是东抓一把，西抓一把。我们刚刚在沙土经营上有了经验，也挣到了钱，应该把这个事做大做强。"胡铁辩解说："这是我哥运筹帷幄。能够融进申万胜的资金，就是借鸡下蛋，成功了一半。人家乔麦种树苗，然后经营粮食，不也是在变来变去吗？越变越好，谁不想变啊？"

姚云瞪了他一眼。腰里硬也瞪了他一眼："兔崽子，别拿那娘儿们举例，我都不愿意提她。"胡铁缩缩头，不吭声了。腰里硬声音提高八度说："在我们村，旅游项目的投资，就像投资粮食一个样，政府有补贴，是国家提倡的生态产业。"姚云撇嘴说："农业投资大、回报慢、回报少，城市才是投资的热点。还有，这个'淀上升明月'项目，可是乔麦的创意，你用着不别扭？"

腰里硬说："再说骂你啊！"

姚云生气地说："骂个屁，这都不重要，谁的创意都无所谓，看你挣不挣钱，谁挣到钱谁他妈就是爷！"

腰里硬说："姚云，那就别前怕狼后怕虎啦！我们合伙干！"

姚云说："我们账上只有三百多万，资金缺口咋办？"

腰里硬说："我们已经有了五千万，其余的缺口马上集资。"

胡铁摇了摇头，说："不能在我们村里集资，本来威信不高，另外集资就露馅儿了。"

姚云咳了咳，抬头问："那去哪个村集资？"

腰里硬的声音越来越怪异："鼠目寸光，村里老百姓哪有钱？我们得到县城去，找老板太太、官太太，她们手里有钱，她们存银行，利息低，存在我们这里吃利息。"

胡铁嘿嘿地笑了："我哥厉害，豪横，还是这儿好使。"他指了脑袋，打了个嗝。

姚云说："那是啊，他老爷子牛逼过，当年就是王家寨的首富。"

几天过去，郑继刚还是出面了。他觉得腰里硬是个腻歪，但是找到贺军书记，然后跟胡玉湖沟通了一下，还是认可了腰里硬的计划，在村委会也通过了。

腰里硬的心扑通扑通，就要跳出喉咙，心中骂道：真他娘的豪横！

孙小萍很困惑，但也很无奈。同时，她对腰里硬团队有担忧，也有希望。郑继刚叮嘱腰里硬说："人生逆袭，有三点，你要注意，第一要冷静，第二要借力，第三要专注，希望你抓住这次机会，脱胎换骨，脱颖而出。"

腰里硬在村里大会上，突然想起了郑继刚副县长的话，头脑极为冷静，少表态，少吹牛，村里所有的人都看着你，说什么都没用，说什么都会出问题，只有埋头实干。

腰里硬望着大家，眼睛发亮，满脸生动，浑身充满激情。

第九十五章　大暑

大暑的节气来了。

冷是三九，热在三伏，白洋淀的二伏天儿，热得王决心有点喘不过气来。"大暑热，船上歇；大暑凉，水满塘。"今年比往年热，潮湿多雨。王家寨有过大暑节的风俗，往淀上送大暑船、晒伏姜、吃仙草和斗蛐蛐。乔麦给王决心煮了伏姜汤。热还倒不怕，他心里的一股恶气喘不上来，喝了热辣辣的伏姜汤，王决心大汗淋漓。

他心里有一个事情反复纠结。

腰里硬竟然投资了王家寨的"淀上升明月"，而且，他在村里干得红红火火。王决心想不明白，这狗东西哪来的钱？村里赶走了苏一朋，为啥让腰里硬来干？腰里硬究竟施了啥魔法？

树上的知了不停地嘶鸣着，歇了一阵又叫起来。他听着心里乱糟糟的。他心里恼火，家里的乔麦也跟他怄气，他想不明白，乔麦是怎么想的，竟然在村民代表大会上投了腰里硬的票。

王决心一直没得空跟乔麦交流，两天没有搭理乔麦。他脸色不好，耷拉着脸，乔麦故意没话找话唠嗑，她问："怎么了？有啥事吗？"

王决心不吭声。

乔麦又问："你的耳朵聋啦？你老婆跟你说话呢。"

王决心阴阳怪气地说："这世道，我看不明白了，还有啥话可说？"

乔麦一愣："有啥看不明白的？你那点儿心思我还看不明白？"王决心

问:"啥心思啊?"乔麦严肃地说:"还不就是腰里硬给村里投资的事?"王决心叹息了一声:"老婆,胡玉湖和孙小萍,他们为啥不阻止呢?"

乔麦瞪了眼睛:"你去问他们,我不知道。"

王决心提高了嗓音,赌气说:"还有你,我没想到,你竟然站队在腰里硬那边,我不理解。我对他还是持怀疑态度。"

乔麦喝了一碗伏姜汤,说:"你都是央企工人了,还跟腰里硬一般见识啊?给他个机会吧,你活得好,也得让人家活。我听小萍说,最近腰里硬在村里到处给老人发东西,过生日,献爱心,他可能真心要为村里干点事儿。"

王决心梗着脖子,挠了挠自己的后脑勺:"这狗东西,品德不行,狗改不了吃屎。这小子会伪装,你们都看不出来吗?"

乔麦用毛巾擦着汗,说:"即便这样,也得让他亮相,让大伙瞅瞅,我们心里大度点,他腰里硬安定了,他境界提高了,我们生活也安定了。如果他老跟你较劲,对我们有啥好处?"王决心眨着眼睛,不吭声。乔麦说:"在千年秀林,他败了;北羊村土地流转,他也败了;这次是他最后的机会,让我们再给他闹下来,对谁都不好。你别多想,在我心中,我老公的地位谁也无法替代,我对你的心永远不会变的。"

王决心总算是笑了,一把搂住乔麦,与她脸贴脸。乔麦摇着他的胳膊,哄着:"决心,我的好老公,不生气了啊,好好干你的事,你要实在想不通,就跟小萍谈一谈。小萍对这个事情,有自己的看法,她没有出手,说明她成熟了,会全面考量问题了。"

王决心一把攥住了乔麦的手,说:"老婆,你们公司那么大投入,拿出六千万,能不能你把项目接过来,把腰里硬顶下去?"乔麦摇头叹息:"我这里年底才能回款,资金紧张。我前面说的你都忘啦?断人财路等于杀人父母,我们跟腰里硬不能再结仇了,你懂吗?"

王决心呆呆地想,一边想一边狠狠地咬牙。

他拍了拍胸脯,说:"老婆,我的话搁这儿,腰里硬早晚还会栽的。"乔麦紫红嘴唇一抖:"你看你,该成怨妇啦!去,今天歇班过大暑,你找小萍聊聊,找水牛斗蛐蛐去。"王决心捏了捏下巴,说:"好吧,我表示谨慎的欢迎,如果他真心对老百姓好,我当然高兴,只能说谨慎的欢迎，但愿他好自为之。"说完，又喝了一碗伏姜汤。

王决心回房间，在电脑前鼓捣一阵。他开了微博，微博上的粉丝每天都在涨。他的微博叫"焊花工匠"。有的时候一天涨几百人，他故意以一些不着调的言辞获得大家喝彩和点赞。可能是他的嘎劲赢得年轻人的欢心。个别时候，他嘚瑟过头了，自己也感到吃惊，常常和粉丝互撕，更多的时候还是被粉丝围攻，他觉得这样做才能排解他心中的郁闷。

王决心想回一趟王家寨，到了淀上，心情就舒朗开阔了。空气湿漉漉的，满眼都是绿色，鸟在树上鸣叫，又跳到芦苇茬里不见了。在船上，王决心给孙小萍打电话，请她推荐一本书，天天看电焊、吊装的书，想换换口味。孙小萍在电话里笑，她让他到大乐书院见面。

工地上爱读书的人越来越少，王决心却始终没忘了阅读，还启发了乔麦读书。这让孙小萍看在了眼里，这个家庭的读书风气，让孙小萍欣赏。

孙小萍在电话里说，她给王决心推荐一本新书《铁皮鼓》，读了会让他更勇敢、心胸更开阔。

王决心下船上了码头，远远地，他看见腰里硬正在村头跟几个妇女放肆地说笑。村妇对腰里硬投来了羡慕敬佩的目光。

胡铁在一旁吹着口哨。腰里硬叉着腰，唾沫星子飞溅："这回你们就偷着乐吧。等项目搞起来，游客就多了，那是几百人的就业，年底分红，你们就等着发财吧。"村里一个叫大凤的妇女，屁股一扭一扭，结实壮硕，又不免有点轻佻。她跟腰里硬打情骂俏："力英老板，我算一个，我要报名。"腰里硬说："让你豪横一把。"就嘿嘿笑了。他看着雁子走过来了，立马就不吭声了，然后仰脸哈哈地笑着。

忽然，水牛露了头，他提着小苇篓，王决心听见里边蛐蛐唧唧的叫声。水牛龇牙说："哥，在大乐书院斗蛐蛐？"王决心说："过会儿再说，我听腰里硬在那儿跟村里老娘儿们白话呢。"水牛说："咱们过去看看不？"王决心说："别搭理这畜生，胡说八道呢。"水牛和王决心绕道儿转过去，朝着大乐书院走去。到了苇沟坎子，王决心停住了，朝远处望了望，他把视线转向了大淀对岸，远处是朦朦胧胧的烧车淀。

树林叶子晒得低垂，黄绿绿的，淀边上，芦苇开始成熟，芦穗疲倦地弯下腰几乎垂到了水面上。

有烟火飘过来，谁家烧大暑纸船，红纸扎的龙头隐没在紫色烟霭中，树林和芦苇就看不清楚了。书院的墙根懒洋洋地蹲着谁家的狗和猫。淀里没有风，在阳光的烘烤下，哪里的景象都热乎乎的。四周长满了艾草、芦苇和蒲草，菖蒲的鹅毛细细地飞着。太阳晒烫了黑乎乎的池塘，池塘旁边的污泥也散发着难闻的气息。

几个老乡过去了，他们跟王决心点点头。

这时候，王决心看见姚云像母鹅一样走过来，哼哧哼哧的。姚云抬头一看，说："哎，这不是决心、水牛吗？我们的大工匠咋有空回村儿了？"王决心一愣，笑说："听说你们公司要做大买卖啦？牛啊！"姚云打了个喷嚏，弯下腰系了鞋带："唉，腰里硬非要干，哪如卖沙子挣钱啊？我保留态度，你咋看？"王决心冷冷地说："项目是好项目，就看谁干啦。如果你们想造福村里百姓、走正道我没意见，如果他腰里硬穿上新鞋，往屎上踩，祸害乡亲们，那我可绝不答应！"姚云咳嗽了两声，她哮喘犯了，口齿不清，声音沙哑："这你就放心，我们在外边耍归耍，在家里肯定老老实实。你没见着腰里硬？他人都变了，老给乡亲做好事，我们要做到公司和乡亲们双赢，公司挣到钱，也能带动乡亲们就业致富。力英就在广场上呢，我们聊一聊，喝点伏姜汤。"

王决心摇了摇头："谢谢，我在家喝了，我也不是村干部，有什么好聊的，你转告腰里硬，他要是欺骗乡亲，别怪我王决心翻脸不认人！"

姚云尴尬地一笑："决心，哪会呢，法治社会，到哪儿都不能骗。跟你说，基础设施建好了，这个演出我们就外包出去，有小萍书记把关，你就瞧好吧。"说完，她哼哼哧哧地走了。

孙小萍发信息说，过会儿就到书院。王决心和水牛坐下来等孙小萍。就是湿热，周围的景色还是令人赏心悦目。看水塘的荷花，弥漫着令人窒息的香气，遮盖了土腥味儿，白鹭在那里飞来飞去，瞅着过路的行人，唯有麻雀们不觉愁苦，张开羽毛叽叽喳喳地蹦来蹦去。

王决心擦着汗，望了望水牛。水牛说："哥，我们斗蛐蛐吧？"王决心眼睛亮了："好啊！"水牛的小眼睛滴溜溜转着，薄薄的嘴唇翕动着说："哥，听说肖寒工程师要带你去琼州海峡，干一个海底吊装的大活儿，你去还是不去？"王决心说："别瞎嚷嚷，还没有定呢，你好好弄你的沙子吧。"然后水牛眨巴着眼，兴致勃勃地从篓子里掏蛐蛐。

两只蛐蛐，蹦蹦跳跳，对顶起来。

水牛说："哥，我不愿意你走，你走了，我咋办呢？"王决心说："造谣，谁说我走了？白洋淀新区没有建成，我哪儿也不去。"

蛐蛐掐了一阵，王决心那只败了，掉了腿。

水牛兴高采烈地拍巴掌："我赢了。"孙小萍来了，王决心拍了拍屁股，带着水牛去了大乐书院。

阳光滚动着稀疏的黄色光波，透过窗子射进阅览室来，桌椅和书籍上闪着淡淡的光斑。孙小萍拿着一本红皮的《铁皮鼓》递给王决心，说："这本书你好好看一看，这是获得大奖的名著。"

王决心接过了书，翻了翻，然后放在桌上。孙小萍笑嘻嘻地说："决心，听乔麦说，你最近好像有心事。"王决心抬头，阴沉而断然地说："我心里有一件事纠结，能高兴起来吗？你看腰里硬得意的样子，叫人受不了，小萍，对这事我不知道你到底是怎么想的。"孙小萍皱着眉头，清了清嗓子，说："我就知道你会回来问我的。乔麦你俩讨论这个问题了吗？"

王决心叹息了一声："别提乔麦了，她毕竟是腰里硬前妻。跟她有什么可讨论的？她的态度很让我吃惊，她竟然站在了腰里硬那一边。"

孙小萍沉思说："你误会她了，不是她站在那边，乔麦本来想投资，但是她公司的资金确实不足。她有这个心，没有那个力。"

王决心疑惑不解："小萍，先下手为强，腰里硬空手套白狼，他就有资金啦？"

孙小萍说："腰里硬卖沙子，可能挣钱了，他的资金到位五千万啦，他反复表态，我们感觉，他没有苏一朋的霸王条款，还是要给他这个机会吧。"王决心愤怒地说："我知道你也很无奈，其实，是胡支书着急。小萍，上次苏一朋投资把你逼到了墙角，胡支书你俩出了裂痕，腰里硬杀上来了，这个项目会弥补这个裂痕的，这一点，我理解。那就走一步看一步吧。"

孙小萍思考说："那都不重要，呼唤社会资本进入农村，唤醒沉睡的资源，项目往三产转型是合理的。"王决心说："这是一场新的变革啊。不管咋变，人是关键。"孙小萍顺着话题说："说对了，我们有了产业，就能吸引大学生回来，这叫人才反流，旅游也是，我们从卖环境，到卖景观，到卖创意，到卖文化。我们得跟上时代步伐。"王决心望着孙小萍，目光由迷离变得坚定。

水牛出去接电话去了，屋里就剩下了孙小萍和王决心。王决心有些拘束起来。孙小萍却很自然，大大方方地说："腰里硬投资这个项目，乔麦的创意也是应该占股份的。现在还不好接受。我感觉还是有些担心，合同的每个环节，我们要抠细攥紧，不能给他留任何缝隙，否则他就是第二个苏一朋。"

王决心眼睛亮了，脸上有了笑意："对喽，你这个观点我赞成，对他这种人就不能放松警惕，你得好好监督。"

孙小萍说："乡村真正的变革开始了，资本大批流入，斗争会很惨烈。"王决心说："小萍书记，邪不压正，你要查查，这么大的资金从哪里来的？是不是坑蒙拐骗来的？还有，能不能做到底，做成了，会不会与民争利？"孙小萍点点头："对他们的资金来源审核过了，据说他们的公司给新区工地提供沙子挣的。"王决心说："挣了这么多？我有疑问。"水牛笑嘻嘻进来了。他顺手翻了翻《铁皮鼓》，说："哥，你真看这个铁屁股啊？"

王决心笑了，拍了一下他的脑勺："你小子，什么铁屁股，还是你媳妇的屁股呢。这是《铁皮鼓》。"水牛重新抱上书，哗哗地翻着。孙小萍被逗笑了。王决心打量一下孙小萍，她虽然个头不高，但身材挺拔。她穿着蓝汗衫，白皙的额头稍微有点亮，淡黄色的头发卷了起来，显得很干练。王决心纳闷儿，一个普通的女人，看熟了就顺眼了，而且还越看越漂亮。

孙小萍眨巴着眼睛，呼吸时粗时细，她走到书架前整理书籍。王决心扫了她一眼，水牛情不自禁地念着这本书上的话：

我守护着一件宝贝。我守护它经过了糟糕的、仅仅由日历上的日子组成的漫长岁月，时而藏起来，时而取出来，在我乘着货运列车旅行期间，我把它珍藏在胸口。当我睡觉时，奥斯卡枕着他的宝贝：一本照相簿。

王决心听得津津有味，他想到了铃铛奶奶的发旧相簿。

水牛把书遮盖在脸上，嘿嘿地笑了。王决心把书夺了过来："给我，别弄坏了名著，我看完借给你看。"水牛把书给了王决心。

雁子一跳一跳地进来了，手里拿着一沓打印材料："决心哥好，孙书记，这是'淀上升明月'的演出方案。"孙小萍接过方案看了看，又递给了王决心。

王决心一看演出内容：第一场蓝色白洋淀；第二场红色白洋淀；第三场黄色白洋淀；第四场绿色白洋淀。王决心愣了一下，又递给了孙小萍。孙小萍看那个黄色，板脸说："这个黄色不妥，容易产生歧义，应该叫金色白洋淀，象征着金色的秋天。"雁子点了点头。王决心咕哝说："雁子，腰里硬人就色，他喜欢黄色。"他说着，吐了下舌头。

雁子瞪了他一眼："去你的，你嘴里没好话。"

王决心继续往下看，铁青着脸站了起来，唰唰将打印纸撕碎了，往地下一扔，骂："这狗东西，现原形了吧？红色白洋淀这一块，明显美化他的老太爷、大地主姚廷阶，姚廷阶霸占村里苇塘不说，还勾结日本汉奸，残害百姓，追杀雁翎队。现在这样写绝对不行。连我奶奶、我爷爷和水上飞都不提。他啥意思啊？想翻天？"孙小萍摇头说："是啊，红色部分重新写，然后让专家定稿。"雁子噘了嘴，又回了头，跟孙小萍招手。孙小萍担心她跟腰里硬添油加醋，急忙追了出去。

傍晚了，西天晚霞红了。

王决心坐在那里，开始一页一页地看书，水牛也不知道转到哪里去了，阅览室非常安静。王决心被名著《铁皮鼓》里的人物奥斯卡吸引了。

呼啦啦，有鸟儿从窗户这儿飞过去，王决心没有动，他不再分心，埋头看书，笑出了声。这个小侏儒奥斯卡，鸡胸驼背，发育不良，还具有喊碎玻璃的特异功能，让他觉得荒诞又有趣儿。特别是他身上有一种正气，能够揭露种种的丑恶现象。他就佩服这样的人，面对生活中的丑恶，就得学习奥斯卡。

王决心绷紧了神经，他一颗晶莹的心被书中的奥斯卡唤醒，他激动地一页一页地翻着，心里记下了好多感人肺腑的话。

第九十六章　云计算

杨义成又遇到了危机，他被人算计了。

生活就是暗流涌动，起起伏伏，生命在不断地受伤，又不断复原。

新区云计算中心大楼主体工程封顶，云计算中心将进入机电管线安装。尽管没有外部装修，但站在高处看，云计算中心已经与悦容公园融为一体。天空湛蓝的云彩与绿地交相辉映。

超级云计算技术服务招标悄悄地进行，国内掌握着超级云计算技术的青云科技、霸道科技，外国的罗迪斯公司和国盛云四家公司参与投标白洋淀新区云计算技术服务和设备安装。

新区管委会对这次招标极为重视，这将是白洋淀新区未来孪生城市的大脑。

白洋淀新区有三个，地下白洋淀新区、地上白洋淀新区和云上白洋淀新区。

云上白洋淀新区，将是一个巨大的创新，成为新区的一张亮丽的名片。

白洋淀新区集团下属的白洋淀新区云网科技公司主持了这场招标。

国盛总部有技术，但掌握云计算技术的人才稀缺，杨义成让徐汉林招兵买马，如果中标就留在这里参与设备安装和技术操作。他们从北京招收了三个工作人员，都是大学毕业生，蒋亚林、杨晶和何川。蒋亚林曾经在罗迪斯公司干过，有着丰富的经验。杨义成与三个人见面的时候，大家的目光都集中在杨义成的脸上。

国盛云技术，让他心里有根。

杨义成测试了蒋亚林几个问题，蒋亚林回答得很好，脸涨红了。

国盛的 5G 技术响当当，大家对国盛云技术不了解。其实超算云技术也是国际领先的。杨义成在白洋淀新区搞一场国盛云的技术发布会，徐汉林跟蒋亚林负责操办。除了媒体，还要请来掌握云计算的同行，他们竟然请来了欧洲罗迪斯通信公司中国区总裁威尔逊，杨义成一愣："小徐，谁请来的威尔逊先生？"

徐汉林告诉杨义成，蒋亚林在北京曾经在威尔逊公司工作过，他们熟悉。

杨义成看了蒋亚林的应聘资料，他是南京大学数字化专业毕业，英语非常好。

杨义成有些疑惑，蒋亚林为什么离开罗迪斯？徐汉林竟然还知道蒋亚林的一些秘密：蒋亚林在公司爱上了一个女孩，这女孩被威尔逊的儿子威尔皮卡抢走了。他恨威尔皮卡。杨义成对徐汉林真的动怒了："当初招人为什么不慎重？他在我们对手的公司干过，本身不可靠。"

徐汉林低了头，愧疚地说："这事是后来才知道的。您担心他泄露我们的商业机密吗？"

杨义成陷入了两难境地：立马开除蒋亚林，有失国盛风度；留下他在身边，确实留有后患。如果他私通威尔逊，泄露商业机密，对国盛的打击将是毁灭性的，后果不堪设想。

杨义成不想再与蒋亚林见面，可偏偏在楼下又见了，见到蒋亚林感觉还不错。他为刚刚的决定反悔了，把蒋亚林留住。

有一天，杨义成再次跟蒋亚林谈话，希望他忠诚于国盛，杜绝与罗迪斯公司的人往来，即便有往来也要严守公司机密。蒋亚林满口答应。

徐汉林在北京安排一次酒会。请国家电信局的领导、通信公司同行，当然也请来了罗迪斯的中国区总裁威尔逊。

这次晚宴设在北京的昆仑饭店。人越聚越多，既然是酒会，只喝红酒和啤酒。今天的红酒是法国一家代理商赞助的，威尔逊手下还带来了德国啤酒，他带来了几个中层经理，借着这一活动炫耀自己公司的实力。白洋淀新区 5G 基站招标，杨义成与威尔逊这个老狐狸交过手了。

威尔逊喜怒无常，让人捉摸不透。

徐汉林主持晚会，威尔逊率先发言，然后是同行老总的简短发言。最后隆重推出了国盛京津冀分公司总经理杨义成讲话。

杨义成穿着一身西装，扎着蓝色的领带。他本来没想演讲，看见这么多外国同行，越说越激动："首先，我代表国盛的靳一光老总，欢迎大家参加我们的晚宴。实际上，我们国盛的运作，是按市场规律正常运营的，企业关注内在管理，也放眼市场，我们国盛基本法明确了我们的核心价值观，在电子信息领域，实现顾客的梦想。顾客第一，顾客是上帝。"

他的话题把大家说愣了。

"我们再说安全问题，大家知道，英国一家通信运营商，对国盛的信息安全问题进行了秘密调查，英国方面给出的结论，没有任何问题。西方遏制中国的科技创新。只能是杀敌一千，自损八百！"

女翻译语言流畅地翻译着。

杨义成稳稳地站着，举着酒杯说："哎呀，我是向大家学习的，今天有点卖弄了，对不起了，喝酒！"

杨义成说得有条有理，丝丝入扣，不由人不听。他被自己的声音迷惑了，不知不觉深入其中，音域忽然变得宽广，具有激活脑干和情感作用。可惜，那个女翻译将这种声音优势抵消不少。

杨义成的演讲赢得了热烈掌声。

威尔逊尽管久经历练，还是惊讶得差点失态，毫不掩饰脸上的笑意和好奇心，与杨义成拥抱了一下："我的朋友，我们西方同行，很难得听到你充满激情和正义的声音。"

杨义成谦逊地说："献丑了，您是大师，站位比我高。我只是作为国盛的一位高管，发表一点浅见。"

威尔逊微笑着说："很好，很好，强将手下无弱兵啊！国盛的靳总带出了一个好队伍！"

徐汉林给杨义成竖起了大拇指。杨义成冲着威尔逊眨眨眼睛，他俩都情不自禁地笑了。

陆续传出国盛 5G 在西方依然没有破局。

杨义成知道，这个僵局并不会因为他的一场演讲而改变。他显得那么矛盾和痛苦，那么不知所措。但是，他的演讲轰动了京城。他没有想到威尔逊请了媒体，更没有发现自己的演讲才能。

徐汉林难以掩饰兴奋："杨总，你的演讲直逼灵魂，刀刀见血。我们听着热血沸腾。"

杨义成扬起了眉毛，说："唉，我是替师傅着急啊，在白洋淀新区昏迷二十天，你是最了解我的。我早已过了生死关，死亡早晚会来，看你以什么样的心态面对。"

徐汉林微笑着："这样推理的话，我的命还是杨总救下的呢。咱不提这不愉快的事了，还是要说您演讲时语言的艺术。"

杨义成苦笑道："这哪里是语言的艺术？纯属我一个理想主义者泣血的呐喊！"

徐汉林依然兴奋地说："杨总，真是激动人心，我今天重新认识您、崇拜您了。"

杨义成摆了摆手，说："那都没用，我们的上帝是客户。威尔逊既是对手，也是大客户，要沟通好啊！"

徐汉林点点头，埋头工作了。

回到白洋淀新区容光的办公室的时候，杨义成坐在椅子上心烦意乱，拿起了笔放下，放下又拿起。国盛的 5G 基站经历了西方种种不公平的待遇，而且这些不公正、不公平造成的屈辱使他难以忍受。晚宴上，他推出了国盛云计算技术，连国内媒体人都万分惊讶。西方人依然非常傲慢，他们对中国人的创新抱有怀疑。

暮色降临，晚风颤动着，从他身旁刮过，杨义成把犀利的目光投向那片美丽深邃的树林。鸟呼呼地飞进了树林。鸟儿喜欢树林，树林却不一定喜欢鸟儿。他忽然一阵晕眩，目光迅速撤离了树林，心中是那么矛盾和痛苦，不知所措。为什么呢？仅仅因为白洋淀将开始的云计算投标吗？

徐汉林叹息了一声，说："杨总，您要想开一点，事情慢慢地来。我们明天准备吧。"

徐汉林不停地走动，觉得杨义成心烦意乱，他不想说话，早说了却被认为是婆婆妈妈的废话，现在怎么劝都劝不到杨义成的心里去。

白洋淀新区云计算中心和四个平台招标工作马上开始。

杨义成做些细致的工作，因为国盛云在云硬盘、视频云、虚拟云和云速建站均有领先技术。受杨义成的邀请，谭香还派来了国盛公司商业与网络咨询专家佟立新。

佟立新就国盛云技术与白洋淀新区智慧快捷生态作了主题演讲，杨义成对这次投标做了充足的准备，可以说胜券在握。

可是，暗流汹涌，吉凶难测。

杨义成没有想到的是，就在投标的前两天，一个可怕的谣言肆意流传，说国盛的杨义成是赵国栋的小舅子，投标结果将毫无悬念地落在国盛云。这传到了杨义成耳朵里，也传到了赵国栋那里。这可不是什么好兆头，肯定有人在背后做文章，杨义成气得险些背过气去，甚至骂娘了。

赵国栋跟李永军商量，是不是再等一等。李永军知道工程进度，如果等下去，管线安装就耽误了工期。赵国栋劝杨义成放弃这次投标，杨义成拒绝了，因为他没有退路，只能往前冲。

可是，外国公司罗迪斯胜出。

国盛落败了。

杨义成惊呆了，他从来没有想到国盛云会在白洋淀新区落选。症结在哪里呢？他质问李永军副主任，李永军作为分管领导，只能沉默。杨义成马上去赵国栋办公室，正如他所料，问题出在了赵国栋这里。赵国栋承认施加影响，剔除了国盛。罗迪斯胜出，威尔逊成为最大的胜利者。

赵国栋竟然默认了。

杨义成的心突然塌了，塌出黑不见底的坑。他气得浑身颤抖，吼道："姐夫，我没有私下求过你开绿灯吧？明显这是你犯糊涂。国盛技术过硬，举贤不避亲，你却灭了国盛，对工作就好吗？"

赵国栋强压着怒火，对杨义成继续说道："你说我打了招呼灭了国盛。不是灭，这也是工作。如果你们中标，你想过后果吗？"

杨义成继续申辩说："众所周知，我们国盛技术一流，你为了保官儿、求平稳，在白洋淀新区启用罗迪斯技术，是有隐患的，给白洋淀新区造成了损失，你会被追责的。你表面跟我撇清了关系，实际上制造了新的不公平！"

赵国栋气白了脸，嘴唇颤抖："这里的复杂性你不知道，涉及各方利益，如果挤出罗迪斯，这与我们一贯遵循的自由市场选择不符。怎么连你也糊涂呢？"

杨义成气呼呼地说："明摆着，我怎么不知道，我没想到你是这样自私的人。"

赵国栋气得浑身发抖，说不出话来，只想过去踹他几脚。没等杨义成说完，赵国栋拍着桌子，大声吼道："我不听你解释，你给我出去！"

杨义成愤恨地说："我多么希望你不是我姐夫啊！"他说完头也不回地走了。

赵国栋愣在那里，却满眼含泪。

杨义成的一句话，像尖刀一般戳在他的胸口，揪心地疼痛，在这个家庭里，他最欣赏看重的是杨义成，两个人从来没有红过脸。

杨义成没有想到，今天因云计算中心技术中标的事情，闹得家人反目、情断义绝，这是他无法预料的，也使他陷入无法自拔的痛苦中。

赵国栋并不是小肚鸡肠的人，更不是无情无义，他确实有难言之隐。这个事情开始的谣言，不是空穴来风，而是有人做好的局，或是挖好了一个坑、布了一个陷阱。

杨义成第一次跟赵国栋顶嘴吵闹。

他冷静下来，理解了赵国栋的难处。他刚刚听说，最近有人集中攻击赵国栋。具体事件，涉及了动用权力为新区工地动用战备粮，还有乔麦萍河流转土地的事情。这些事情都有谁人知晓，到底谁在背后捅刀？白洋淀新区，就像盘根错节的大树，上面花繁叶茂，地面之下盘根错节。

赵国栋再次被推到了风口浪尖，如果不是他与自己的特殊关系，他会替国盛说话的。明明杨义成是对的，可他必须得避嫌。

"赵国栋坚持原则，一刀杀了国盛云！"徐汉林冷嘲热讽。

杨义成无言以对，不知如何是好。

徐汉林的话很难听，其实也不是没有一点道理。杨义成心中显得局促不安，他不知道应该怎么跟师傅靳一光说明这些原因，解释又有什么用呢？师傅靳一光已经知道了结果，老人十分气愤，失望至极。杨义成给靳一光打电话，师傅那边断然没有接。

傍晚的时候，杨义成来到赵国栋家。

赵国栋不在，大姐杨爱珍在厨房做饭。杨爱珍发现杨义成眼睛布满血丝，情绪低落。她吃惊地问："义成，你怎么不高兴？出了什么事？"杨义成一愣："姐夫没有说什么吗？"

杨爱珍也一愣，更加惴惴不安："没有说啊，怎么啦？"

杨义成心中确实有事，局促不安。在杨爱珍的再三追问下，他说了白洋淀新区云计算招标的全过程。杨爱珍沉着脸，埋怨说："国栋怎么能这样呢？"

杨义成沮丧地说："事已至此，你也别怪姐夫了，他肯定有难言之隐，否则我俩不会闹到这个程度。我俩在办公室吵了起来，我今天过来是想向姐夫道歉的。"

杨爱珍板着脸说："不用跟他道歉，大姐相信你，这事儿就是他的错！"

人在情绪沸腾的时候，是听不进别人意见的。

杨义成垂头丧气。

杨爱珍看着杨义成的可怜相，忍不住鼻子一酸，她怎么劝他呢？突然，门开了，赵国栋站在门外。

"姐夫？"杨义成猛地抬头愣住了。

赵国栋看见杨义成显得尴尬，然后说："义成，坐下一起吃饭吧。"杨义成摇头说："姐夫，昨天我太冲动了，对不起。"赵国栋走进了房间，说："我们在家里不谈工作，只管喝酒。"

杨义成摇摇头，说："我不喝了，我因为这个事情可能要离开白洋淀新区了，但是我们该做的都做了，不后悔。"

赵国栋迟疑了一下，说："义成，不用给我道歉，你是经过大风大浪的人，怎么被这点事打垮啦？要说道歉，姐夫应该给你道歉！你继续把你的工作做好就是了，坐下吃饭吧。"

杨义成说还有事，没有吃饭就走了。

杨爱珍跟赵国栋发了火："老赵，义成不是义伟，你怎么跟他发火啊？"

赵国栋嘴巴痉挛了一下，不理不睬。

杨爱珍继续唠叨说："你举贤不避亲也好，大义灭亲也好，人家国盛实力在那儿，这事公平公正，没有腐败，你有什么怕的啊？"

赵国栋跟杨义成和国盛之间，没有任何利益牵连。但是，这个阶段，新区很复杂，如果一些敏感问题在这个阶段爆发，对赵国栋非常不利。赵国栋再优秀，也会趋利避害的。而且这个事件，幕后紧盯的人太多，出了闪失，后果是他无法承受的。

杨爱珍见他不说话，坐在那里抹眼泪，喃喃地说："你和义成的关系多么清明，如果把这种人际关系说成是腐败，岂不是太残酷和褊狭了？"

赵国栋逐渐适应了新常态工作法，对官场生态不是不懂，他给国盛做主，但上边没有人给他做主，权力要在监督下运行。赵国栋越来越清晰地认识到，他必须躲过这个风口浪尖。如果这个乱子发酵，越闹越大，说不定局面就会不可收拾。

云计算，算来算去，杨义成把自己算计了。

杨义成整个身体好像悬在半空，走路像踩在棉花上，睡觉像是躺在云彩里。杨义成刚刚上了汽车，王决心打电话，说了一堆气话，杨义成心情不好就给撑回去了。

王决心吼道："你吃枪药啦？"

杨义成马上摁了手机，他没有精力生弟弟的气了，他摊上了急火攻心的事、求助无门的难事儿。在旁人眼里，这不就是经营上的事情吗？

胜败乃兵家常事，可是，杨义成知道，在国盛不同寻常，丝毫不夸张地说，这个坎儿怕是迈不过去了，他们国盛云技术迈不过去，在白洋淀新区败给西方的罗迪斯公司。这个项目的落选，让杨义成在国盛集团可以说是威风扫地了。

杨义成气得跺脚，添了个跺脚的毛病。

第九十七章　还乡

杨义成来到了白洋淀码头。

他望着清澈的淀水静坐。寂静的夏夜里，听见了潺潺水声，听见了鸟儿的鸣叫，鸟在夜里傻气而固执，啾啾地叫，叫得他心烦意乱。他在水边站了很久很久，几乎整夜没睡，心中顿生一种悲凉和惆怅。

天亮了，熹微的晨光是橘红的。

他想到了杨岭岭，那边正好天黑，他马上给美国纽约的杨岭岭打了电话。

"你在白洋淀新区还顺利吗？"杨岭岭问。

杨义成没有说出自己的困境，听语气，岭岭那边遇到了难题，果然被他猜对了。海鸥集团创始人贾大兴来了美国。她陷入了两难境地。

杨义成的脑袋轰然一响，岭岭的两难需要他过去。这个时刻她需要他。

杨义成跟国盛总部请假的时候，被国盛公司停职了，徐汉林接任了他的职务。他惊呆了，他想说的话，说不出口，脑子一片空白。他不禁扪心自问：我究竟做错了什么，受到国盛总部这样残酷的惩罚？他没有睡意，也不想吃饭，在狭窄的走廊里走来走去，神经都有些错乱了。他越想越生气，气得要发疯，痛恨谁呢？痛恨自己？

杨义成给师傅靳一光打电话已经不通了，谭香说师傅已经犯病住院了，病情严重。

杨义成震惊地张大了嘴巴："天哪，怎么会是这种局面？"

杨义成火速赶往深圳。

可是，公司没有人告诉他靳一光在哪里。

杨义成听徐汉林说，靳一光总裁突发心脏病住进医院。杨义成非常愧疚，异常惦念师傅，他获取信息的渠道只有谭香。

谭香此时忙于巴西的5G基站业务。谭香说父亲身体情况非常不好，她急于上飞机飞回深圳。杨义成对谭香诉苦说："我杨义成到国盛的时间短，不敢说对国盛有什么大的功劳，苦劳总是有的吧，还没有调查清楚就免我的职，我想不通，我要亲自问师傅！"

谭香担忧地说："靳总的电话已经不通了，历史上少有。"

杨义成继续申辩说："谭香，我对国盛对师傅忠心耿耿，应该看得见吧，如果我对国盛三心二意，我不会主动到白洋淀新区来啃硬骨头。"

谭香无奈地叹息了一声，说："谁也不愿发生这样的事，这我都知道。"

杨义成又问了谭香一句："你觉得这事非常严重吗？"

谭香在电话里语气沉重："非常严重，你是聪明人，怎么干糊涂事呢？你点燃了公司内部的一个火药桶，具体的等我回深圳再说吧。"

杨义成异常惊异，他在白洋淀新区云计算业务投标失利，虽说捅了一个娄子，怎么叫点燃公司的火药桶呢？谭香要登机了，挂了电话。

事出蹊跷，不是天赐就是阴谋。

靳一光是身经百战的企业家，白洋淀新区云计算中心这点业务，对于国盛来说九牛一毛，师傅不会因为这个业务的失利而气愤住院。

这里一定另有原因。

第二天中午，杨义成从深圳飞向美国纽约，心里像塞着一团乱麻。他并不知道岭岭的研发陷入到两难，目前困扰杨岭岭的最大难题是高端芯片的研究。

"义成，我快撑不住了！"杨岭岭无力地说，她喉咙发堵，眼角发酸。

杨义成沉稳地说："越是最黑暗的时刻，越是接近曙光。白洋淀新区商务中心的实验室已经装修好了。"

"是吗？谢谢义成。"

杨义成激动地说："别谢我，赵国栋书记他们安排的。你等着我，我接你回国吧，白洋淀的碧水养人，它会给予你最大的灵感！"

一个月之后，杨岭岭回到了白洋淀。

在海外飘零的她终于回到故乡了。人生兜兜转转，向死而生，故乡就是世界。

高铁缓缓驶入白洋淀站。

已是华灯初上，熟悉的是气息，环境都变了，一切是那么陌生。时光转瞬即逝，在她心里留下悲伤的回忆。她有了一种沧桑感。她一想到故乡，真的不愿回去，心灵上的创伤还在流血。为什么要重温昔日的伤痛？娘已经去世多年，爹也老了，自己回故乡还能不能找到温暖和幸福？

杨岭岭乘坐高铁回到白洋淀。这是荣归故里，说到荣归，这不是现实，她的堆叠芯片研发还没有成功，转场还能突破吗？

天气酷热，但是，不影响杨岭岭对白洋淀站的兴趣。她不怕劳累，里里外外都看了一遍。最后来到千年轮跟前，千年轮缓缓转动。镜子前面，照出了她的八张笑脸。

千年轮映着千年秀林，富有寓意。

"啊，简直令人惊叹啊！"杨岭岭欣喜地说。

杨岭岭寻找着杨义成和甄凤的身影，想到一会儿就能见到他们，岭岭就按捺不住喜悦，她拖着行李箱，脚下像踩着清脆的音符，有节奏地走着。杨义成、甄凤在接站口寻找着杨岭岭。甄凤手捧红色的荷花，眼睛不停地在人群中寻找，远处一个身穿白色汗衫的女人走在涌动的人潮中。

甄凤一眼就认出了岭岭。她高举着荷花晃动着，大声喊："岭岭，我们在这儿！"

杨岭岭听到了甄凤的声音，抬眼望去，杨义成、甄凤高举着双手示意。

杨岭岭加快脚步出了站口，她把行李丢在身后，冲到杨义成和甄凤面前，开心地说："亲人们，我终于回来了！"

杨岭岭接过了甄凤的花，兴奋地说："来，来一个大大的拥抱吧！"

杨义成和甄凤俩人对视了一眼。

甄凤风趣地说："老公，你上！"

杨义成停顿了一下，看着甄凤说："好，你批准的，听老婆的。"

杨义成拥抱了杨岭岭，杨岭岭脸涨得绯红。杨义成说："欢迎岭岭回家，热烈欢迎啊！"

甄凤开心地笑着说："这一天我们等得太久太久了。"

杨岭岭松开杨义成，转过身把甄凤紧紧抱住，脸颊贴着甄凤的脸，双眼含了泪。

杨岭岭在白洋淀新区商务中心大楼安营扎寨，获得了九百平方米的标准实验室。

隔了半个月，她的两个助理也从纽约回来了。这个团队在白洋淀开始研发。

杨义成走进了杨岭岭商务中心的实验室。

这是新区"雄才计划"设立的第一个创新研发实验室。实验室的空间很大，材料清洁，房间里装有遥感设备。她有三个助手，都在埋头工作。杨义成自己单独研究芯片还有欠缺，但是他对 PC 高端芯片还是钻研过的，中国落后于国际主流芯片，具体在物理设计水平和芯片架构上，还有 5G 叠加芯片方向，如今杨岭岭研究的方向可能走偏了。

杨义成的一席话，如同泼了一盆冷水。

杨岭岭虽然心里忐忑，却端坐了静听，尽量表现出轻松淡定和波澜不惊的样子。

杨义成分析了研发现状，说："岭岭啊，你的孤冷美丽是一把双刃剑，这有利于专注科研、力出一孔，可你也有相应的弱点，是在封闭自己、孤立着自己，让科研走进了孤芳自赏的死胡同。"

贾大兴听说杨岭岭回到白洋淀，马上从北京到白洋淀看望杨岭岭。

杨义伟已经加盟了海鸥集团。杨义伟也到了，杨岭岭没有心思约请杨义成了。杨义成故意躲了，没有参加欢迎晚宴，他不想跟贾大兴和杨义伟见面。如果闹得不愉快，会伤及师生情面，也让杨岭岭陷入尴尬的境地。还有，如果靳一光从病榻中醒来，传到靳一光那里，师傅会怎么想呢？会误解他与贾大兴同流合污，如果杨岭岭的研究成果堆叠芯片给了贾大兴，那他就跳进黄河也洗不清了。杨义成讨厌贾大兴和海鸥集团的经营模式。

贾大兴走了以后，杨岭岭说出了贾大兴的想法。他要收购岭岭的高端芯片成果。

杨义成听了勃然大怒。

他的脑子里闪过了一个清晰的念头，贾大兴已经很深地渗透进了杨岭岭的科研内部。就贾大兴而言，他也是著名企业家和科学家、杨义成的大学老师，他没有权利指责老师，但是他听说他们创新公司在深圳上市叫停了。他们创新投入不够，明显带有一种欺骗行为。

杨义成义正词严地说："岭岭，你别吞吞吐吐，我们俩不是外人，把你的看法说出来，我们进行交流。"

杨岭岭心跳到喉咙口，说："你也不必小题大做，对贾老师我确实存着感恩情怀。至于海鸥集团做了什么，我确实不关心，也真的不知道。"

杨义成冷静下来，说："按理说，贾大兴也是我的老师，他还跟我弟弟合作了，我不应该背地里说三道四。可是，他们团队德不行，打着创新的牌圈老百姓的钱，过度看重钱的科学家难当大任。现在你面临着抉择，你不知道怎么行呢？"

杨岭岭没有看见过杨义成发这么大的脾气。

她有点儿战战兢兢，不好理解。杨岭岭轻轻地说："义成，我在美国的科研相对比较独立，助手都是中国人，没有加入哪个大公司，没有那么大的压力，只是玩玩，你师傅要我的成果，我没有答应，就是想给自己留条退路。"她尽量为自己开脱而找回尊严。

杨义成眼冒金星，愤怒地吼道："杨岭岭啊杨岭岭，你这么一位严谨的人，我不相信你说的是真话，科学是严肃的事情，怎么能说玩玩呢？你在美国不会，回国更不会玩玩，你骗得了别人，骗不了自己的内心，你会为自己的固执付出代价。这么多个日日夜夜的苦熬，你仅仅是玩玩吗？"

杨岭岭被杨义成的话击倒了。

他的话犹如醍醐灌顶，她没有想到杨义成会这样地冷硬直接，不留情面。

杨岭岭的额头冒汗了，躲避着杨义成的目光，她喃喃地说："你认为还有办法补救吗？我该怎么办呢？"

杨义成说："你了解我，我从来没有跟你发过火，今天我真的愤怒了。我不是以国盛高管的身份跟你发火，而是以同学和挚友身份向你发出警告。你的研究在高端出岔了，你的研究应该马上停下来，调整方向，重新再出发，如果这样干下去，前途渺茫，为什么？我找到了其中的原因，是不实用。"

杨岭岭满脸的怨气，说："你用得着这么激动吗？我也没有答应给贾总啊。"

杨义成急得直跺脚："岭岭啊，我不是说他，我们是好朋友，我要对你负责。用创新眼光看，你的价值在哪儿？如果没有创新，一切免谈，那你会自取其辱、遗憾终生的。"

"那，那……"

杨岭岭迷茫的泪水混合着口红和睫毛膏儿流下来，白净的脸上笼罩着痛苦的阴影。

杨义成颤抖着双腿，几乎站立不住，坐下来慢条斯理地说："岭岭，我知道你遇到了难题，遇到无法逾越的障碍。我去美国，从来不进你的实验室，是怕你担心，我会左右你的研发方向。我替师傅靳一光工作，但是绝不会收买你、控制你，不管你这个成果给谁，都是给了祖国。国家缺芯，我们都有责任为国家去争这口气。"

"这一点，我们没有异议，不然我就不会回到白洋淀了。"

杨义成思考了一下，说："国家的光刻机突破在即，你要协同作战，我感觉你只能从射频芯片往堆叠芯片上突破，这是国家最为需要的，需要就是价值！"

杨岭岭咳嗽着说："你别说了，我明白了，我会认真考虑你的话。"

杨义成久久没有说话，走到岭岭身边，抚摸着她的肩膀说："你要知道，在这个世界上，不会有人这么对你说话的。希望你在故乡白洋淀，真的凤凰涅槃，你的成果已接近巅峰，如果这一关挺不过去，就会前功尽弃。太晚了，你休息吧。"

杨义成倔倔地走了。

杨岭岭没有起身送他，情绪异常低落。她深吸了一口气，强迫自己冷静下来，趴在写字台上哭了。

第二天醒来，杨义成发现杨岭岭一夜没睡。这是她回国以后，首次彻夜未眠。她静静地坐着，一绺长发盖住了她的脸，露出白净的额头，她心里焦灼，嘴上起了一层干皮。安静也是岭岭的风采，可是她被痛苦和疲倦折磨得已经不成样子，她喃喃地说："我错在哪儿了，错在哪儿了？"

合理怀疑是发现真理的基础。

杨岭岭要发掘藏在自己内心的秘密，然后转化到科研中。短暂的喜悦之后，她感到从没有过的分裂，以及分裂后的整合。

杨义成在楼下望着岭岭，他知道杨岭岭一夜未眠，因为岭岭不关灯，他就呆呆地守候。

第二天早上，杨义成又过来了。他的国盛职务没有恢复，看来很清闲。

杨义成心疼地说："岭岭，睡一会儿吧。"

杨岭岭像天鹅一样沉静。

她眼睛亮了："我不休息，我想明白了。"杨义成给她沏了一杯咖啡："岭岭，我批评你、改变你，不是因为你错了，而是你要改变方向，因为市场需要。你是不是觉得我是一个实用主义者？"

杨岭岭轻轻摇头："我以前研究量子芯片冲击的方向，想弯道超车，冲向世界顶峰，如今改道是因为国家需要。"杨义成说："你终于想明白了。拥抱变化，创造变化。我相信你短期内就会突破的。下一步，我们要跟中科院合作继续研究量子芯片。"

杨岭岭忽然说："我想听《来自新大陆》第二乐章。"

杨义成打开了她工作室的音乐。这是他们俩人的一种默契，这种音乐给他们一种高峰体验，是人在自我实现的创造中激荡人心的时刻。

杨义成知道，这种审美体验多在艺术审美领域，审美体验越丰富、越深刻，心灵感受的震撼越强烈，会在审美愉悦中产生巨大的灵感。

杨岭岭走进了洁净而神秘的实验室。

杨义成微微一笑："岭岭，我不打扰你了，祝你胜利！"

杨岭岭回了一下头，灿烂一笑。

她在白洋淀抛弃了一切苦恼，拿理想当工具，倒推逆施，认真实践每一个预设的细节，重复，重复，再重复，灵光闪现，弄假成真了。

杨义成以一位国盛员工的身份，操办云计算中心四个平台的技术投标。

威尔逊又来投标了。这次，杨义成能够战胜他吗？忽然，杨义成接到了白洋淀新区管委会李永军副主任的电话。白洋淀新区开始了云中心四个平台招标，让他赶紧送来投标书。

杨义成忽然明白了，云计算中心的四个平台包括块数据平台、物联网平台、视频一张网平台、数字白洋淀新区 CIM 平台，现在的工地上，块数据平台已经搭建完工。

技术设备需要马上跟进了。

杨义成知道，这四个平台的技术和设备总量要超过云计算中心的投资规模。他终于明白了赵国栋的用意，他对跟赵国栋发火有了歉意。他到赵国栋家去了一趟，赵国栋没有在家，杨爱珍望着杨义成说："义成啊，你们公司有奸细，上次投标前，所有机密都让威尔逊知道了。"

杨义成脑袋轰地一响，恍然明白了。

这个奸细是蒋亚林。

看来他最初的预判是对的，都怪他见面后心慈手软了。蒋亚林是徐汉林的朋友，他跟徐汉林密谋整掉杨义成，让徐汉林取而代之。看来威尔逊方面的情报威胁到了赵国栋，赵国栋避免了这个正面相撞。杨义成竟然误解了赵国栋，见面的时候要跟他当面道歉。

杨爱珍提醒他，徐汉林接替了杨义成的京津冀公司经理职务，这个项目干还是不干？杨义成毫不犹豫地说："不管我在不在岗位，我都要为国盛做事。我马上安排投标。"

杨爱珍叹息了一声望着他，他人都瘦了一圈，给他炖了人参鸽子汤补一补。

杨义成救过徐汉林的命，他要找到蒋亚林证实自己的判断，重新认识人性。谜团解开了，这次完全是内讧造成云计算中心投标失利，国盛集团总部有人借题发挥，致使小人得志。杨义成眼睛亮了，走路时两条腿有了劲头。

杨义成住在了德县县城家中。

他陷入了焦虑和绝望中，他是不服输的人，他要行动，只有行动才是打败焦虑的最好办法，只有行动才能使自己变得强大起来。

解铃还须系铃人，他必须找到蒋亚林，只有蒋亚林才能弄清徐汉林的阴谋。徐汉林的背后还有主使潘大立经理。

蒋亚林突然回京了，这就加重了杨义成对他的怀疑。

杨义成带着胡大队去北京找到了蒋亚林。胡大队转行当了中医，依然是审案的高手，蒋亚林半个小时就招供了。果然是徐汉林一手策划的阴谋。徐汉林是他点将要过来的嫡系，怎么关键时刻捅他一刀？他在白洋淀新区救过他的命啊。真是人心难测，世事如霜。他一下子惊呆了，他低估了徐汉林，高估了自己在他心中的位置。

徐汉林背地里一定有人指使，这是一场酝酿已久的阴谋。明枪易躲，暗箭难防。他嘴上经常表忠心，平时称兄道弟，救命之恩不提也罢，竟然背地里捅刀，恩将仇报，这些都是为什么？杨义成想到自己辞职副县长到深圳打拼，感觉在商场上，人的善良和悲悯，都将会被恶人利用，反过来伤及自身。他猛然想起徐汉林就是潘大立的嫡系，潘大立一直嫉恨杨义成，他自以为是国盛的功臣，是国盛的接班人，但是，他担心靳一光选定杨义成接班。

杨义成进而推断，白洋淀新区云计算中心投标失利，这种栽赃陷害，为的是搞掉自己。其实，徐汉林也是冒着巨大风险的，一定是潘大立给了徐汉林利益或是什么承诺。

人只有在巨大利益面前才会出卖良知。

生活的狂涛巨浪，随时将普通人淹没，杨义成不是会被随便淹没的人，这个时刻他得战胜阴谋，反败为胜。杨义成回到了容光的公司总部，徐汉林见到杨义成笑脸相迎，杨义成将他推到了办公室，沉着脸关上门，气愤地将徐汉林推到墙角，抓起徐汉林衣领："我的遭遇，是你做了手脚？"他想狠狠给他一拳，忍住了。

徐汉林没有挨打，鼻子流血了。

杨义成说："我不打你，你自己明白，蒋亚林给威尔逊暗送情报，是不是你策划的？你是国盛的人，为了自己的私利，竟然出卖公司利益，吃里爬外，竟然陷害我？你不知道我救过你的命吗？"

徐汉林哆嗦成一团，双腿软了，嘟囔说："我没有啊，您是我的救命恩人。"

杨义成眼睛里冒火，冷冷地说："别装了，我见到蒋亚林了，他的录音在我这里。告诉你，总有水落石出那一天，看你小子付出怎样的代价。"

徐汉林没有软弱，喊道："杨总，蒋亚林跟我讲条件，他被除名了，他的话不能听。"

"我瞎了眼，看错了你。"杨义成冲上去要揍他，被公司员工拉开了。

徐汉林急火攻心，尿就跟得紧，急忙跑向厕所。

杨义成在白洋淀新区等了几天，他让徐汉林安排投标的事情。他想马上到深圳，看看师傅靳一光。靳一光住院之后，鉴于国内国际影响，关于他住院的消息封锁得很严。通过谭香说话的语气，杨义成感到，国盛表面风平浪静，其实，国盛内部一定是风起云涌。总部那边模糊不清，说明阴谋被解开的这一天还没有到来。

谭香跟徐汉林父亲的关系，导致杨义成不能跟她实际明说。一切都要等见到师傅靳一光再说。他急于要见到靳一光和谭香，可是，目前这两个人都不能见。

这个时候，杨岭岭的电话打过来了。

杨岭岭打电话来，约他快速到达纽约，她的堆叠芯片科研项目有了突破。

杨义成声音昂扬地说："岭岭，祝贺你！"

杨岭岭说："你过来吗？"杨义成说："我下一步联系天芯国际，实现堆叠芯片量产有把握吗？"杨岭岭说："应该行。"杨义成没有把自身遭遇和绝望告诉她，在岭岭科研冲刺的关键时刻，他不能扰乱她，但是，杨义成的情绪还是被敏感的杨岭岭察觉了，她焦急地说："义成，你那里出了什么事吗？你不能瞒着我啊。"

杨义成说了白洋淀新区云计算中心技术招标的暗流涌动，杨岭岭半天没有说出话来。

过了一阵，杨岭岭吸了口冷气，说："冰火两重天，怎么会是这样？事出反常必有妖，靳总不应该这么对待你的。"

杨义成失望地说："深圳集团总部说靳总在养病，生死未卜。他不见我，也不接我电话。"

杨岭岭心情沉重地说："过来吧，我成功了，国盛开除你了，我杨岭岭收留你。车到山前必有路，贾大兴老师提出要见我们。"

"我不去了，这边招标。"杨义成说。

国盛云在白洋淀新区云计算"四平台"招标中，成功击败对手中了标。

第九十八章　倒台

水上的木桥，一弯又一弯。

荷花开了，铺天盖地的香气缓缓蒸腾上来，桥上路过的人似乎有些微醺，陶醉地吸上几口。桥下水面有一片青苔，青苔闪耀着翡翠般的新绿。野鸟在蒲草和芦苇之间蹦蹦跳跳，啾啾地鸣叫，远看像一幅油画，朦胧而幽深。太阳光照到桥面上，被几棵槐树筛出了细碎的斑点，有一道阴影叠印到荷花、苇草和青苔共生的水塘上。

"太豪横啦！"

腰里硬呆呆望着小桥，心中一个计划酝酿成熟。"淀上升明月"实景演出舞台，他要修改了，从文化广场搬到木桥这里来。他要拆掉木桥，造一艘大船，舞台就是船形的，可以升降，背景放一个大屏幕，空间大了，可以多出五十人的观众席位。这样的话，原定的王决心那十五家房子不用拆了，拆这些老宅，王决心会跟他闹，更主要的是，他可以省下三百五十万的拆迁费用。

他为自己的玄想妙得沾沾自喜。

当然了，这里会有难度，小木桥和水塘，是王家寨的景点、人们的念想，而且还是一条泄洪的黄金水道。如果因上马这个项目堵死了，有破坏生态的嫌疑。他必须跟胡玉湖、孙小萍打个招呼，但是，他又担心孙小萍生事，决定先斩后奏。他让胡铁的施工队焊接了钢架，钢架铺满木板，几个木匠昼夜加班，做好一艘大船，将小木桥和荷花园盖得严严实实。如果领导答应，皆大欢喜；如果不答应，将大船移到原定的位置。

为了开工庆典，腰里硬督促木匠昼夜加班，咔咔几下，把大船造成了。

这个大型的开工盛典，他筹划安排了。腰里硬亲自去请郑继刚副县长。郑继刚老婆大琴给腰里硬放了一千万的高利贷，他只能回避。他和胡玉湖找到了镇上刘书记，刘书记出面请了县委书记贺军。两位领导在胡玉湖的陪同下看了看，表了态，看来此事谁也挡不住了。腰里硬想，这叫运气来了，神鬼都挡不住。

这天上午，胡玉湖和孙小萍过来查看。胡玉湖猛抬头，笑了："好看，好看，这大船很有气魄嘛。"腰里硬既得意又忐忑，他瞟了一眼孙小萍。

孙小萍的眼睛不够用，东瞅西看，没有吭声。腰里硬的嘴巴哆嗦，高兴得不会说话了。他说："谢谢胡支书，谢谢孙书记。"孙小萍是清醒的，马上看穿了腰里硬的鬼把戏，嚷道："木桥，木桥呢？还有桥下的荷花水道。"

腰里硬瞪了孙小萍一眼，疲倦地眨巴了几下凶狠的眼睛："孙书记，忘记跟你汇报了，木桥太老了，还有荷花水道，没有大用处，我们对原有规划进行了微调，舞台移到这里来了。"

孙小萍板了脸说："不对吧，哪是微调，这是伤筋动骨的变化。小桥、荷花、水道明明是村里的景点儿嘛！跟大乐书院一样，属于文化记忆。"

胡玉湖愣了愣，马上醒过味儿来："对呀，腰里硬，不能把木桥拆了啊！"

腰里硬脸色难看，呼哧呼哧喘气。

孙小萍说："还有，大水来了，这是一条泄水通道，你要是破坏了生态，这是踩红线，懂吗？"腰里硬梗着脖子："你别老给我上纲上线，咋踩着红线啦？生态是个筐，啥都往里装！是不是？胡支书？"胡玉湖笑了笑，含含糊糊地点头，东看看，西瞅瞅，他心里觉着腰里硬有能耐。孙小萍跟在胡玉湖的后面，噘了嘴巴。

孙小萍咯吱咯吱踩着木桥走了。

腰里硬下了木桥，追上了胡玉湖。他拉了拉胡玉湖的胳膊，说："支书，你说这好看吗？将来演出结束，观众还要上船参与放和平鸽子，多有意思。"胡玉湖没有回头，背着双手往前走。他说看看那几家拆迁户。

腰里硬一惊一乍，大咧咧地说："看他们干啥，这一改舞台，这笔钱就省啦！还是那句话，两全其美，既省了钱，又扩大了舞台。"胡玉湖妥协了，自言自语说："也是一个选项哩。"他叹了口气："你看小萍书记能通过吗？"腰里硬说："这个孙小萍啊，又横插一杠子，真是个母老虎！"胡玉湖瞪了他一眼："闭上你的臭嘴，哪能瞎议论孙书记？"腰里硬缩头缩脑，不吭声了。胡玉湖说："你什么时候搞开工仪式？"腰里硬顺杆爬，说："为了抢工期，马上就搞开工仪式啊，轰轰烈烈，炒作成品牌。"胡玉湖点点头："对，尽快开工。别吹牛啊！"腰里硬说："这个变动，请大师看过，这个水道漏财，我们不堵上，永远别想发财。"胡玉湖摇头说："别信歪信邪的。"

腰里硬解释说："我们把大船刷好红油漆，红红火火，省钱又省力。"胡玉湖生气地说："别跟我磨叽这个了，你先开工，舞台选址以后回头再说。开庆典的时候，我们把贺军书记请过来，你听听他啥想法。听什么算卦的？听党话，跟党走！"腰里硬无奈地叹息。胡玉湖回头看着他的脸说："还有，你得多跟小萍书记沟通，不然后边事儿不好做。"腰里硬说："叔，你的胆儿太小，都成兔子胆儿了。您是老支书，还怕她？"

胡玉湖没有吭声。

这天晚上腰里硬睡得早，睡不沉，醒来看见窗帘上炽热的白光。看看表还是黑夜，伸手不见五指。他忽然有一种恐惧，这次恐惧来自哪里？他也说不清，咳嗽了两声，清醒过来。昨天晚上，他和胡铁去大乐书院给孙小萍送礼，还是那块浪琴牌高档手表。孙小萍死活不接，又推给了他。孙小萍的意思是，他把项目做好了，就算支持她的工作了。

腰里硬收回了礼物，心里对小萍充满了怨恨，越没能耐越爱翘尾巴，他的眼睛又闪了一道凶光。他想到孙小萍根基太深，挤走她很难，还不如找个借口灭了她，怎么个灭法？他半夜叫来了胡铁，胡铁一听要灭孙小萍，双腿打颤，连连后退："哥，使不得，使不得啊，那要掉脑袋啊，那儿有阳关道，为啥偏走独木桥啊？"腰里硬拍了他一掌："你狗日的，就是个兔子胆儿，拿手摸摸你裤裆尿了没有？"胡铁没尿裤裆。腰里硬不信，伸手去抓，还是没有，胡铁连滚带爬地跑了。腰里硬骂道："没用的吃货！"他忽然感觉自己的裤裆尿了，一种莫名的恐惧袭上了心头，脑袋越来越沉重。他否定了这个过激的想法。他听说成大事的人，第一要学会忍，该出手时再出手。

王家寨"淀上升明月"开工大典进入倒计时了。

开工典礼那天，天气好，人们脸上带笑。场面十分隆重，人头攒动，熙熙攘攘。县委书记贺军来了，镇里的刘书记来了，还有宣传部和旅游局的领导。媒体的记者自然少不了。最风光的当数腰里硬，他穿着黑色中山装，左肩别着红色的玫瑰，写着主宾。他走路像鸭子似的甩着腿，像扫过村路的一股旋风。申万胜老板走来了，腰里硬迎上去与他拥抱。申万胜朝他一笑，拍了拍他的肩膀。

腰里硬一龇牙："没让老兄失望吧？"

申万胜微笑一下，说："开局不赖，好好干。"申万胜知道腰里硬性子油滑，但是还是念旧情，幕后相帮。郑继刚副县长没有来，因为他的辖区在容光县，他没到现场，但是郑继刚派夫人大琴来了，代表郑继刚向腰里硬祝贺。另外，大琴还有一领导夫人群。她偷偷放了高利贷，她看好此项目，一切都是秘密进行的。

腰里硬看见乔麦和孙小萍走过来，他迅速瞟了一眼乔麦，又微微一笑。乔麦看见他在笑，故意躲开他的目光。腰里硬请来了秧歌队、旱船队和音乐会，锣鼓喧天，音乐缠绵。这些都是重复的内容，人们依然津津乐道。村里来了二十多个小学生，他们除了献花，还要表演歌舞《月亮代表我的心》。王决心没有来，工地忙，而且他看着腰里硬心里别扭，就推辞了。

人们纷纷聚集到小木桥这边，大船覆盖了美丽的木桥。人们看不见木桥了，金光闪闪的大船矗立在那里，大船有了立体的模样，刷了红漆，没有刷完，侧面还露着白茬。舞台上铺了红地毯，人们惊奇地看着大船，啧啧地赞叹着。

腰里硬在人群里晃来晃去，跟领导握手，又跟老百姓套近乎，慷慨激昂，侃侃而谈。人们看他的目光变了，由过去的轻视到现在的尊敬和佩服。仪式由孙小萍主持。贺军书记激动地讲话："乡亲们，朋友们，我们王家寨终于迎来了一个好项目，这个项目就是大型实景演出'淀上升明月'。这是城乡统筹发展、城乡融通的成果。这个项目，今天正式开工，可喜可贺。它不仅仅属于王家寨，属于全县，也属于白洋淀。祝福旗开得胜，越办越红火！"台下爆出一阵掌声和喝彩声。

腰里硬隆重登场了。

他神神气气走上台，接过话筒，刚要张嘴发言。

"慢着！"胡铁喊了一句。

他挥了挥手，老顺子和咸鱼抬着一个牌匾，哼哧哼哧上来了。

木匾上刻着"造福一方"。小字是"献给白洋淀商贸公司"。

孙小萍有些吃惊，眼睛里漫起一片混沌。老顺子佝偻着腰上了台，说："力英董事长热爱家乡，投资这个产业，感动天地，乡亲们自发做了这个牌匾，送给姚力英先生。"腰里硬抖抖地接过牌匾，眼睛红了，深深鞠了一躬："谢谢乡亲们厚爱，谢谢各级领导大力支持。乡亲们的心意，力英领了，鞭策我，激励我，好好工作，让明月升得高高的，让乡亲们腰包鼓鼓的。"他说着，瞟了乔麦一眼。

乔麦没有听，她跟郑继刚的老婆大琴交头接耳，说着悄悄话。

腰里硬脸上沉了沉，继续说："这个匾啊，是豪横了点。革命尚未成功，同志仍须努力。刚迈开第一步，我姚力英一个人富了不叫富，乡亲们富了才叫富！王家寨老百姓都富裕了，你们再给我送匾。为了表示我的决心，今天我要砸了这个匾！王家寨不富，我死不瞑目！"

说着，他顺手接过胡铁递来的一把大铁锤，咔嚓一声，牌匾砸碎了。

掌声响了，热烈，潮水一般。

孙小萍一愣，瞬间冷静下来，她请胡玉湖讲话。胡玉湖沉默片刻，眼里含泪："刚才这一幕，我和乡亲们一样，非常感动。人都在变啊，力英过去爹不稀罕娘不爱的，变了个人，他说的，他不给自己树碑立传，他一心要为老百姓做实事，带领乡亲们致富，我们欢迎！"

底下响起了噼里啪啦的掌声。

胡玉湖继续说："我们村委会，希望发了财的、有文化的年轻人回流，建设好我们的王家寨。"他望了一眼乔麦，说："我们今天这个创意，要感谢一个人，她就是麦耘集团的董事长乔麦女士，她是我们王家寨人的媳妇，这个项目就是她的创意。她在萍河流转土地搞粮种，非常成功。如今，她被评为乡村规划师啦，请她来说两句吧。"

乔麦没有发言的准备。她穿着一身蓝色套装，显得得体清雅。她的头发绾成发髻，盘在脑后。她的裙子在微风中轻轻摆动着，黑眼睛放出了光彩。乔麦谦逊地说："今天不是我的主场，我只是贡献了这么个点子，不值一提。祝贺白洋淀商贸公司投资了这个项目，希望项目做好。"

记者喊了一声："乔麦女士，你是怎么想出这个金点子来的？"

乔麦轻轻一笑："我去北京通州办事儿，看人家环球影城红火，受到启发。实景演出，南方红火，我们还是新课题。当时，我也拿不准，让我的群里能人提建议，朋友们提了五十多条建议，我就从中选的这一条，就是'淀上升明月'，这是大家的智慧。"

乔麦退回到指定位置。孙小萍说："下面演出开始。"王家寨小学的老师带着学生们登台了，他们给腰里硬献花，然后表演歌舞《月亮代表我的心》。十个小女孩穿得花枝招展，蹦蹦跳跳，一蹲一起，舞动手里的花；男孩子穿着军装，齐步走。

突然，咔嚓一声爆响，舞台塌了。

金光闪闪的大船瞬间歪斜，木头露出碎茬，扬起了一片烟尘。人们大乱，寻找逃生的方向。警察担心踩踏，大喊："别踩踏，让领导先走！"人们纷纷往外撤着，乱成一锅粥。腰里硬脸吓白了，惊恐地喊："贺书记，您从这边走！"贺军不走，喊了一声："快，让孩子们先走。"他弯腰指挥儿童撤离。一个女孩子吓哭了，扔了花，瘫坐在地。乔麦抱起这个孩子，往外冲，边冲边喊："孩子们，跟我来。"一群孩子追着她。

咔嚓，又塌了一块。

乔麦耳朵震麻了，耳朵哐哐地响，什么感觉都没有。

腰里硬吓得慌了神，一时手足无措。

他的眼睛蒙蒙眬眬，谁也看不清。只听见大人呼叫，孩子们呜呜呜呜哭。腰里硬顾不上孩子，他带着领导从另一台阶跑下去了。

孙小萍刚刚将胡玉湖扶到岸边，她到处找乔麦，扭头看见乔麦还困在破船上救助孩子。她冲到乔麦跟前，从乔麦手里接过那个儿童。

乔麦扭头看见后边还有七个孩子，趴在船板上哭喊。她滚了几下，又回去了。突然，扑通一声，有一个男孩子落水了，孙小萍就扑进荷塘里救落水的孩子。

乔麦扭脸一看，身后还有六个孩子，乱嚷乱叫，有的站着，有的跌坐船板，都有落水危险。乔麦忽然来了主意，身子趴在船上，恰好填补了那道一米多长的裂缝，喊："孩子们，从我身上跑过去。"女孩犹豫了一下，还是踏着乔麦后腰过去了。

船下的人看见这一幕惊呆了。老顺子瞅到他孙女了，泪流满面，泣不成声："乔麦，你吃得消吗？"

乔麦咬牙挺着，憋足了气，身子还是颤悠，双手死扣着木头，手指流血了。她张了张嘴想大喊，喉咙好像被堵住，喊不出来。

孙小萍从水中救出了那个孩子，她望着乔麦吼："快过去，快过去。乔麦，你没事儿吧？"几个孩子胆战心惊，畏畏缩缩，还是歪斜着从乔麦身上踏过去了。有人的脚踢到了乔麦的脑袋。

大船还在倾斜，乔麦的身体抖了一下。

她想爬上岸，但还有孩子，不敢动。刹那间，她的头晕了，腰身一软，咬着牙，薄薄的嘴唇绷成一条刚毅的直线。她挺到最后一个孩子跑过去。她像抽干血一样，一点力气都没有了，眼睛一黑，身体顺着船板滑入荷塘里。

孙小萍绕了个圈，咚咚地跑过去，跳进了黑洞洞的塘里，水塘不深，她站立起来，蒲草和芦苇倒伏一片，她吃力地将乔麦抱了起来，到了岸边，王德志过来搭手抱，抱不动，人们七手八脚拖她上了岸。

孙小萍白着脸，大口喘息。

人们将水淋淋的乔麦放在草坪上。乔麦躺在阴凉的草地上，身体哆嗦，抽搐了几下，一动不动了。孙小萍过去趴在乔麦脸上，嘴对嘴做人工呼吸。王德志过来大喊："诊所近，赶紧送诊所。"

　　王德志背起了乔麦，急煎煎就往秦医生诊所跑。他这一背，衣服也洇个透。

　　孙小萍紧跟在后面，双手扶着乔麦，急匆匆去了秦医生诊所。

　　腰里硬追了过来："乔麦咋样啊？"

　　秦医生拿着听诊器一听，脸就白了，摇头说："不行，我这治不了，这是氧气袋，你们赶紧用汽艇送县医院急救。"

　　腰里硬焦急地说："好，有汽艇。赶紧坐贺书记的汽艇吧。"

　　孙小萍、王德志和腰里硬等人将乔麦送上了汽艇。腰里硬站在岸上喊："不惜任何代价抢救乔麦，我送完领导就去医院！"

　　汽艇蹿在水面上，划出白白的浪花。

第九十九章　接盘

乔麦被送到了县医院急救室抢救。

昏迷的乔麦脸色苍白，她在急救室抢救了一个半钟头，乔麦度过了生命危险期，心率恢复正常。孙小萍和医生推着她离开急救室，到了病房，她依然昏迷在病床上，不省人事。

腰里硬没有时间想后果，他送走了领导，赶到县医院。他望着乔麦的样子，鼻子一酸："乔麦啊，你快点醒来吧。"孙小萍推开了腰里硬："闪开，王决心该到啦。"胡玉湖赶来了，看着乔麦抽了抽鼻子，眼泪唰地流了下来，哽咽说："唉，想不到的灾儿啊。"

王决心终于从工地赶来了。

他风风火火直奔乔麦的病床，任何人难过，也抵不过王决心难过。他听到噩耗，从管廊工地赶来的时候，心里悲伤，后悔没有参加今天的活动。他摸着乔麦苍白的手，眼泪唰唰地流了下来。

过了一会儿，王决心站了起来，看见胡玉湖、孙小萍、王德志和腰里硬在病房口站着。

王决心疯狂地冲过去大喊："腰里硬，你个狗东西！"

王德志将疯狂的王决心死死抱住了。

腰里硬吓得双腿哆嗦，说不出话来，钻出病房，哼哧哼哧地跑了。

王决心恨恨地说："乔麦要是有个三长两短，我饶不了你个兔崽子！"

孙小萍说："决心，你冷静，事有事在。先等乔麦醒来。"

王决心摸了摸乔麦的脉搏，望着一滴一滴的液体输进了乔麦的身体里。他缓缓地走到了胡玉湖跟前，满眼都是责备的目光。

胡玉湖唉声叹气，愁在脸上，疼在心里，他说："决心啊，你有啥话说，就都说出来！"

王决心感到一种说不出的气恼，想把憋在心里的话嚷出去。可是，乔麦没有醒来，他说不出也嚷不出去。

王决心看见胡玉湖身体打晃，要晕倒，急忙让孙小萍带老支书休息。胡玉湖倔倔地说："乔麦不醒，我哪儿也不去！"

孙小萍搀扶胡玉湖到了休息室。晚饭后就让他回家了。

王决心望着夜空中的圆月，喉咙一热，他默默转身，坐在病床前守护着乔麦。

他呜呜地哭了。

听见响动，王决心擦去眼睛里的泪水。水牛和顾彩铃抱着鲜花提着水果来了。他让水牛找来了一堆苇叶儿。他挑了几片苇叶儿，叠叠扎扎，弄出了一个苇笛，他对着乔麦的脸，轻轻地吹起来。夜里，月亮缓缓升起来。乔麦长长嘘了口气，翻了个身，苏醒了。

"老婆，你醒了。"王决心喜出望外，紧紧攥着乔麦的手，格外高兴。

乔麦抓着王决心的手说："老公，这是哪儿？我听见你的笛声了。"

王决心说："这是县医院，亲爱的，你昏迷了，吓死我了，你终于醒了。"

乔麦笑了笑，木然地回想。

王决心说："腰里硬工程开工庆典上，船塌了，你救了好多孩子，掉进水里了。"

乔麦喃喃地说："想起来了。几点啦？"

王决心拉开窗帘："夜里一点。老婆，你看月亮多圆啊！"

乔麦睁大了乌黑的眼睛，望着夜空，一个圆圆的大月亮，挑在夜空。

她微微一笑，眼角爬出两行泪水。如果她死了，决心、花花和大雄谁管啊？

孙小萍也一直守护着乔麦，听说乔麦醒了，急忙从病房外走进来。孙小萍拉着乔麦的手，高兴地掉下了眼泪："乔麦，你好勇敢。那七个孩子，没有你相救，后果不堪设想。"

大家都默不作声了。

乔麦的脸渐渐红了，羞涩地说："应该的，就是本能反应。多么可爱的孩子，看见他们，我就想起苇秆儿。"她闭着眼睛又睡着了。

孙小萍给胡玉湖支书打了电话。胡玉湖哽咽地说："哎呀，我就等你的电话呢，苍天有眼啊！"

腰里硬探了一下头，闪身进来了。

他也一直在守候。他不敢看王决心，一时满脸通红。屋里每个人的目光都集中在腰里硬身上。目光里有愤怒，也有含蓄，谁都不表态，纯粹是一种自然反应。

王决心板着脸，愤怒的神色。

腰里硬尴尬地点了一下头，又缩出去了。

孙小萍闪身出来了，看见腰里硬和雁子站在那里。雁子提着一兜东西，递给孙小萍："这是力英给乔麦买的补品，麻烦您给她。"

孙小萍接了过来："我替乔麦谢谢你们。她醒了，又睡了。从片子上看，乔麦后脊有点骨裂，脑颅挫伤。"

腰里硬忏悔地说："孙书记，对不起，怪我粗心大意，没有对施工队严格审查，急着开工典礼。教训啊！"

孙小萍说："工程质量多么重要啊！多亏乔麦，那几个孩子如果落水，有死有伤。那就彻底完了。"

"那是，乔麦可敬。"

"停工整顿啊！"

腰里硬点头哈腰："停工整顿，那是应该的。我撤了他们，还要重罚他们！"

孙小萍一愣："他们是谁啊？胡铁是你的人，他带的施工队，不就是你的工程队吗？"

腰里硬被噎住了。

"胡铁这兔崽子，回去我连他都撤职，决不姑息！"腰里硬黑着脸说。

孙小萍火烧火燎地说："唉，你保护现场。还不知贺书记啥意见呢，可能下来联合调查组呢！"

腰里硬哀求说："你跟胡支书跟贺书记美言美言，真是个意外。"

孙小萍严厉地说："意外？这暴露了你们公司管理上有严重问题。还有，你胆子也太大了，独自更换舞台，这是谁的责任？"

"我检讨，我检讨。"腰里硬退了几步，惴惴地走了。

王决心听着孙小萍训斥腰里硬，非常解气。他本想冲出来，跟腰里硬撑上一顿，他看见腰里硬缩头缩脑的样子，就忍了。

孙小萍转身看见王决心出了病房："决心，你明天上班吧，我照看乔麦！"

王决心说："小萍，你休息，我没事。我刚才听见了，你说得对，对这种人就要敢于斗争！"

孙小萍说："苏一朋那事，我坚定不移。这次让腰里硬得了逞，我抵挡过，最后还是心软了。"

"腰里硬太会伪装，欺骗了你和胡支书，也靠小恩小惠，欺骗了乡亲们。"

张翠青扶着胡玉湖支书上楼来了。

王决心心头一热："支书，这么晚啦，您和婶还来了。谢谢！"

胡玉湖眼圈红着："应该谢的是乔麦啊！我没有把你和乔麦看错，生死关头看人品，乔麦拿身体搭成桥梁，舍己救人。还有小萍，跳进苇塘救乔麦。"

王决心说："支书，我知道，您为王家寨老百姓致富着急，但是，我们得看对人。"

胡玉湖说："我看走眼了，以为腰里硬变好了呢。"

王决心快人快语："狗改不了吃屎。我有一肚子话要跟您说，因这事我还跟乔麦生过气，她也是希望给腰里硬个机会。乔麦心软，差点丢了命。"

胡玉湖感叹说："别误解了乔麦，她心地善良、有胸怀。"

孙小萍说："有的人坏事干好了，有的人好事干坏了。第一要素，还是人。德不配位，必有余殃。"

胡玉湖叹息了一声："唉，这个傲慢的东西，不作死他就难受，他到我家，拿来东西，我都退回去啦，后来又哭又跪的。我也是琢磨着，他扑腾来扑腾去的，找到这么多资金也不容易，给他个机会吧，结果还是给我闹成这个样子。"

王决心疑惑地说："听说他账上真有几千万，他哪里弄来的钱啊？他这种人自以为是，耍小聪明，实际上是贪婪，自己给自己挖坑。"

孙小萍望着胡玉湖说："是啊，别抱幻想了，长痛不如短痛，赶紧止损，腰里硬说一套做一套，胆大包天，他挣不了钱，他就是挣了钱也不会给咱集体和老百姓分享的。今天你看他那个送匾，都是他一手导演的，能导演这场把戏的人，多么虚伪，多么可怕！"

胡玉湖的脸白了，声音打颤："唉，他演的这场戏啊，跟真的似的，竟然感动了我。这个狗东西，但是，他是干到一半儿上了，怎么办呢？谁来接盘？如果有人接盘，他狮子大开口怎么办，这么好的项目不就这么黄了吗？"

孙小萍说："不能听他的。他狮子大开口，就给他打回去。我们请专业部门整个审计评估！"

胡玉湖说："好在他还没有正式开工，只造了一个大船。这个破船，偷工减料，赶工期，他的私心暴露无遗。他是想先斩后奏，把这个桥设计成舞台，那十几家就不用搬迁了，可以省出三百多万拆迁费，贪心啊！"

王决心愤愤地说："涉及老百姓利益，能抠这里的钱吗？"

胡玉湖想了想，说："我们找到接盘的人，就可以跟他谈退出啦！决心，你在央企当了工人，实际上乔麦的公司都是乔麦在干。你劝劝乔麦，能不能让她的公司接过去呢？我退休就放心啦，小萍也踏实。"

王决心点点头，说："叔，这个项目，是乔麦的创意，最终还是得她来干，乔麦骨子里有那股子拼劲儿，能成大事儿。"

"是啊，几个月前，苏一朋资金跑了，我们就是这么想的。"孙小萍说。

王决心目光冷峻："谢谢你们对乔麦的信任。来，我们一起跟她说吧。接过来，不能让腰里硬再胡屎折腾啦。"

他们说笑着走进了病房。

淀上一片烟，起雾了。

天蒙蒙亮，麻雀叽叽喳喳叫，一只白鹭擦着院子掠过，麻雀就噤了声。太阳缓缓升上来，雾就淡了。乔麦家的小院被雾染上一层湿润的露珠，院里的黄土散发着苦涩的香气。乔麦早上起来，闻到了豆腐的味道。听说她昏迷了，娘从张家口过来了，家里有了娘，其乐融融。乔麦看见娘拿着大豆做豆腐，老人把西屋当豆腐坊了。

乔麦抱着儿子大雄，隔着篱笆栅栏，远远地见一群人，她眼尖，一眼认出了孙小萍，孙小萍后边还有老顺子等七八个大人。

乔麦吃了一惊，她跟孙小萍说好的，这几天在家养伤。脑颅恢复得快，筋还疼，还有点脑震荡，需要吃药静养。孙小萍带来了一堆人，怎么让她静得了？乔麦装没有看见，抱着大雄缩回头。

孙小萍在门口，隔着铁门喊："乔麦，在家吗？"

乔麦抱着大雄，胳膊酸得抬不起来。娘从她怀里接过儿子，她懒洋洋迎出去。

乔麦打开门吓了一跳。孙小萍的身后有老顺子，依次站着几个妇女。有人抱着花，有人提着油，有人提着鸡蛋，有人拎着米面，还有人提着两条鲤鱼，鲤鱼甩着尾巴。乔麦心里一热，将大家迎进来。孙小萍说："这是你救的七个孩子的家长，他们要去医院看你，我给拦下了。你到了家，他们非要过来看你，拦都拦不住。"乔麦感动地说："谢谢你们看我。"乔麦娘摆好一堆小板凳，老顺子和大家坐在小院儿的丝瓜棚下。

乔麦娘抱来个绿皮西瓜。乔麦拿刀切开，一块一块递给大家，让大家吃。大家不好意思吃，笑嘻嘻地千恩万谢。

乔麦喉咙口一热，勉强笑笑："顺子叔，乡亲们，当时我离这几个孩子最近，应该做的。孩子没事就好。你们的心意我领了，我身体没大事，别惦记啦！"

她看着大家吃着西瓜，说说笑笑聊了一会儿。大嫂问乔麦头盖骨还疼不疼？乔麦说："脑袋不疼，后脊的筋好得慢。都忙吧，甭惦记了。"

大伙说说笑笑走了。

"等一下。"乔麦从厨房弄出几袋子热豆腐，给每家带上一份。

老顺子拎着豆腐，喉咙热热的："大伙看你来了，还给我们带东西。"乔麦咯咯笑着："我娘自己做的，尝尝。"

老顺子扭头也要走。乔麦叫住了他。老顺子愣了愣，扭回头问："乔麦，你还有事？"

老顺子慢慢坐下。乔麦和孙小萍往老人身边凑了凑。

乔麦问老顺子："叔，那天庆典，腰里硬拿大锤砸了您送的牌匾，送匾的事议程上没有，这是他一手安排的，还是您的本意？"老顺子不断地抿鼻子，叹息一声："这个家伙，我这老脸丢尽了。腰里硬死要面子活受罪，这匾是胡铁做的，咸鱼找我，让我俩送匾，还叮嘱我夸他两句。"乔麦冷冷一笑："我一看就是腰里硬自导自演，他想赢得民心，在领导面前抬高自己，真够累的。"孙小萍说："这是天意，舞台位置早就规划好了，他非要打木桥的鬼主意，我警告他，这是破坏生态。生态宜居，这可不是口头说说的，需要大家维护，结果他还是搞砸了。"老顺子感叹说："小萍啊，乔麦这个点子好，不能这么黄了。腰里硬他干不了，乔麦你就干，大伙儿都信得过你！"乔麦说："叔，胡支书找我说了，我也答应了他，但是我这两天正发愁呢。"孙小萍悄声问："是不是种子那边儿投多了，资金倒不开，为钱发愁啊？"乔麦点点头："这个项目绝对好，就是我公司资金压住了，到年底才能回款。胡支书急于开工，没有钱咋接盘啊？"

老顺子勾着腰走了。

孙小萍拉着乔麦的手，说："如果光是钱的事，我帮你跑跑政府补贴，多亏政府补贴还没有下来，不然都被腰里硬霸占了。你还有别的想法吗？"乔麦眼睛亮了一下，说："我分析了全国的实景演出，南方效益好，我们北方亏就亏在冬天。我们这个项目，还可以搞两个版本。春夏秋景，室外演出，冬天我们也利用好滑冰、滑雪，吸引游客。我的老家就是张家口崇礼，那里明年就搞冬奥会了，我们把滑雪、溜冰引过来，也是个不错的选项。"

孙小萍心中一喜，涌出一股暖流："你可真行，有商业脑瓜。那样投资会加大吗？"

乔麦摇了摇头，说："我粗略估算了，加一个冬天的项目，总投资不变，七千万应该够了。"

一院子阳光，将树影摇碎了。

孙小萍抱了抱乔麦，咯咯笑起来："好啦，亲爱的，有事儿你就找我，过几天我们开个会。"乔麦说："我明天去萍河那边处理点事就回来。"孙小萍心里野火熊熊燃烧，笑出眼泪的样子很美。

乔麦目送着她离开了小院，一个人坐在丝瓜架下发呆。麻雀围着她蹦蹦跳跳，竟跳到桌面上来了。乔麦想着这个项目，这个项目创意在她，又鬼使神差回到她的身上，好像是毋庸置疑的归宿。乔麦真的有了冲动，她带着复杂的心情，想这个项目，淀上生活的每一个细节都显得那么珍贵。

过了两天，孙小萍又来找乔麦，她跟乔麦说了一个重要消息。白洋淀商贸公司的腰里硬、胡铁跟姚云闹掰了，他们起了内讧。腰里硬跟胡铁混，姚云撤出公司股份。当初姚云就不同意上马这个项目，结果弄砸了，姚云吵吵闹闹的，腰里硬也没办法，公司就这么分开了。腰里硬他们出现了裂缝，乔麦感觉机会来了。

乔麦想从姚云这里打开一个缺口，不然腰里硬不死心，项目无法交接。她想，打蛇打七寸，她应该尽快摸清腰里硬的资金来源。

乔麦和孙小萍来到了姚云家里。姚云打开门一看是她俩，脸色一沉，砰地就把门关上了。

孙小萍喊："姚云，你开门啊，我们来跟你商量一点事儿，对你有利。"

姚云在院里冷冷地说："甭骗我，你们是调查塌船事故的吧？找腰里硬去，我跟他分开了。"

孙小萍喊："事故有县里管，我们有别的事。"

姚云咳嗽两声，声音沙哑："你们走吧，我不见你们，我说漏了嘴，腰里硬跟我玩命。我不掺和啦，我明天就回县城继续拉沙子了。"

乔麦和孙小萍吃了闭门羹。

乔麦脑袋灵活地转了转，想了一个办法，能让姚云开门。她认识姚云的儿子姚志广。这孩子从燕山传媒大学毕业了，一直在村里游逛。听说"淀上升明月"的台词脚本就是他写的。姚云离婚的时候，儿子才五岁，随了她的姓氏，是她一手带大的，是她的命根子。攻克姚云，得从她儿子入手。

乔麦将姚云的儿子姚志广叫到了大乐书院。

乔麦看见姚志广染成了灰头发，穿着红色汗衫，像一颗火球。乔麦喜欢姚志广，他待人真诚，性格开朗，跟姚云不同。

孙小萍跟姚志广谈了谈，乔麦听着。

姚志广望着大乐书院的书，高兴地说："我喜欢王家寨，因为有大乐书院，还因为它是纯水乡，这个就是我们的特色。我学的是舞台设计专业，还没有工作。'淀上升明月'项目，我很感兴趣。"

乔麦问："你母亲是咋想的？"

姚志广满脸愁容，说："我母亲希望我留在北京，但是留在北京太难了。"

乔麦说："我们的'淀上升明月'演出，你听说了吗？原来是你力英舅舅和你母亲合作在做，现在有了点变化，但是我们不管谁做，还是请你回乡参与。大学生回乡创业是一个好时机。"

姚志广眼睛亮了，说："是啊，节目创意就是我弄的。这个项目我感觉很好，结果我母亲反对，咱们得说服她，让她喜欢这个项目。"乔麦想了想，说："孩子，不要影响你娘的选择，这里的事你不要管，你带我去见你娘，我们跟她说。"

姚志广点点头，带着乔麦和孙小萍回家了。

门开了，姚云看见乔麦和孙小萍，沉着脸，没有说话。乔麦和孙小萍硬着头皮进来了。姚云没有想到，这两个女人竟然说服了她儿子。

姚志广将姚云拉到屋里，嘀咕了半天。姚云望着儿子心头热了。出来的时候，她就变脸了，话匣子打开了。

姚云哭哭啼啼抹眼泪，控诉腰里硬。

屋里闷热，她摇着大蒲扇，呼呼往怀里扇风，她那肥硕的胸脯，随着蒲扇的摇动一颤一颤。姚云擦去了眼泪，说："我不看好这个项目，不是说这个项目本身不行，我觉得，我们没这么高的文化，倒卖沙子已经上道了，这个挣钱挺容易。可是，腰里硬非要干这个，这与他图虚荣有关，想在村里翻身。你看着，急急忙忙开了工，出了多大的事儿？我说撤走资金，他还不答应，他不走，我走了。"孙小萍怔怔地看着姚云："你的选择是对的，他干不了，素质不够。你知道腰里硬资金来源吗？"姚云说："他的这笔资金来自两方，我们卖沙子挣的钱，他投了一百万，然后，鞋业大王申万胜投资了五千万，郑继刚副县长的爱人大琴投了两千万，这样他有了资金，所以就不知道自己姓啥了，狂妄自大，他如果搞下去，这点钱都会赔光的。"乔麦一愣："大不了不赚，怎么会赔钱呢？"姚云掰着手指说："基础建筑投资，将来还有演出团队几百人工资。票卖不出，不就是赔吗？最要命的是季节，十月中旬，天冷了，就无法外景演出啦。"她们明白了，孙小萍她俩站起来要走。

乔麦摸着姚志广的脑袋，亲昵地说："志广，你可是我看着长大的。你学传媒的，欢迎你回来参加我们的项目。"姚志广说："好的。"

孙小萍和乔麦出来的时候，乔麦欣慰。一是发现了腰里硬的资金来源，可以想出制服他的办法，另外还得了一个大学生回流的机会。这是两全其美的好事。

转天下午，天气阴眉沉脸的。乔麦和孙小萍坐船上了大码头，下雨了，微风微雨。

她们驱车去了三台镇申万胜家的别墅。申万胜家一堆老板在打麻将，闹闹嚷嚷。看见孙小萍和乔麦进来，一个个神情严肃，不像是玩牌，倒像是开会。孙小萍跟他们开了几句玩笑，逗着大家笑了。申万胜将乔麦她们领进客厅，他有些疲倦，没有谈话的兴致。

孙小萍开了口，听到腰里硬的项目，申万胜眼睛渐渐闪出火热来："开工那天我在啊，小萍书记，乔总，你们无事不登三宝殿，腰里硬的项目为什么想到找我啊？"

乔麦插话说："申总是著名的鞋王，我们白洋淀旅游集团的大老板，我们王家寨的'淀上升明月'演出，还得仰仗您啊。"申万胜叹息了一声："当初，你们玉湖支书找过我，确实没有这么多资金，所以没有参与。"孙小萍瞪着眼："申总，你还跟我们撒谎，听说你给投了这个数。"她竖起了五个手指。

申万胜脸色一变，愣了，面露窘态，手足无措地问："你怎么知道，这可是天大的秘密啊！"乔麦反唇相讥说："申总，你就别给我们卖关子了，姚云都跟我们说了，腰里硬的现状，他无法再继续下去。村里请我接盘，但是腰里硬不愿意退出，你的资金能不能先撤出来？"申万胜一愣："我就感觉他干不成了，我为什么要撤？"申万胜说。孙小萍说："如果您不撤，腰里硬还抱有幻想，他死缠乱打。乔麦无法接盘，这个项目就搅黄了！"

申万胜似有所悟，点点头："我明白了，要说投资他们，我也是被动的。我不看好他这个人，但是，他和胡铁替我要债，卖过命，有点交情。我的资金确实全压在白洋淀旅游上了。我家里有一块翡翠石头，他们去郑州市场给卖了，卖翡翠的钱，投了他们这个项目。"孙小萍点点头，说："申总，咱们打开天窗说亮话，实际上，'淀上升明月'这个项目，跟您白洋淀旅游是互补的，如果这个项目火了，白洋淀旅游也被带起来了，白洋淀旅游好了，这个项目也火了。如果乔麦的麦耘集团接盘。您是不是应该把这五千万投到乔麦这里呢？"

乔麦一愣："小萍，乱弹琴，这我没想过。"

申万胜迟疑了一下，摇了摇头，说："乔总，我信得过。那天她舍身救孩子，让我由衷敬佩，还听说，乔总在容光县萍河流转了两万亩土地，搞种业研发，女中豪杰，这气魄令我刮目相看。如果乔总不嫌弃，我愿意合作。只是一点，我担心的就是腰里硬，他会不高兴的。我不好出面说，还得你们做工作。"乔麦辩解说："谢谢申总信任，溢美之词不敢当。我跟腰里硬关系特殊，也是不好直说，申总再想想办法。毕竟是您跟他的合作。"申万胜想了想，颇有意味地点点头："我考虑考虑。"

塌船事件，给腰里硬打击挺大。

他瘦了，瘦狗拉硬屎强挺着。他独自一人划船去了烧车淀，六神无主地转了转，回来魂儿就丢了。烧车淀常有丢魂儿的事，魂儿一丢，就有一股邪气上了身。腰里硬听说乔麦接盘，还暗地行动了，他认为这是乘人之危，落井下石。黑夜里，他敲开了乔麦家的门。他叼着一根雪茄，站在门口吞云吐雾。

乔麦打开门一愣："是你？"

腰里硬眼睛变成两个黑洞，令人恐惧的黑洞。腰里硬说："怎么，不欢迎吗？听说你要接盘'淀上升明月'？"乔麦点点头："不是我要接，是村委会请我接。"腰里硬吐着烟圈说："如果我还想干，你还接吗？"

"你还嫌这脸丢得不够吗？"

"那是你这么看，你一意孤行，会付出代价的，你不害怕吗？"

"别吓唬女人，女人都胆儿小。"

"胆儿小还干？"

"胆儿小的人专干胆儿大的事儿。"

腰里硬眼里闪着凶光："好，你想把路走绝就由你。但你要记住，你在萍河那边的假种子事件，屁股没擦干净，有人送你进监狱，你还接吗？"

"你在威胁我吗？"

腰里硬说："不是威胁，是好言相劝。你已经知道了，郑继刚的老婆在我这里入股了，人家对我的事儿能坐视不管吗？"

乔麦冷冷地说："我明白了，郑继刚要对我下毒手。"

腰里硬哼了一声，走了。他痛苦的身影消失在黑暗里。

乔麦呆呆站着，心里乱糟糟的，夜里做了噩梦。

第二天上午，乔麦去大乐书院把腰里硬摊牌的事说了。孙小萍眼睛直了，乔麦特别重点说了郑继刚副县长的愤怒。孙小萍一愣，脸色白了："乔麦，你怕了吗？"乔麦坚定地说："我乔麦不是吓大的，我能忍，天下没有忍不了的事儿。但是，时机到了我就不忍了，没事不惹事，有事不怕事，该出手时敢出手！"她眼睛里透出一股狠气。

孙小萍扑哧笑了，说："我领教了，你敢砸粮站的库房大锁，就敢跟权贵亮剑。"乔麦激动地说："我乔麦为了挽留你，为了乡亲致富，豁出去了，出水才看两脚泥！"

孙小萍愣了愣，说："郑继刚糊涂啊，怎么看不清腰里硬呢？"

乔麦说："腰里硬肯定软硬兼施，威胁他呗。"孙小萍说："容光县的事儿怎么办？"乔麦叹息了一声，柔声说："我们俩都是女人，心太软，还是让决心去办，他最恨贪官。"

孙小萍长长地嘘了口气，望了望天空，脸色严峻。

投资搞定了，正式签约。

乔麦的麦耘集团、王家寨村委会正式签约，合作"淀上升明月"实景演出和滑雪场。腰里硬尽管嘴硬，还是难以抵挡申万胜和郑继刚老婆大琴的双向撤资。腰里硬又成穷光蛋了，还欠了债。申万胜对乔麦的滑雪创意极为欣赏，他的资金悄悄注入了麦耘集团，缓解了乔麦的资金压力。乔麦公司调动了三千万资金。

孙小萍重新跑好了相关手续，享受了白洋淀新区保姆式服务。乔麦和孙小萍请来了乡村规划师，对王家寨进行了整体规划。

王家寨第一批拆迁方案出台了。

村民敏感的神经绷紧了。村民没有想到，心慈面善的乔麦会来这么一手，舞台挪出木桥，回到广场，其中王决心的老宅就在观众看台一方。舞台一半陆地，一半淀水，这样造型神奇。人们热烈地议论着。

拆迁是一个敏感话题，规划里涉及王家老宅。

胡玉湖不担心王决心，因为他支持乔麦干，两口子被窝里就商量好了。

王决心脸上像挂了霜，含着冷意，感叹说："叔啊，说实话啊，我舍不得老宅，从心里说，我倒愿意腰里硬的方案，把舞台挪到木桥，可是，又来回想，木桥、荷塘和水道，不能破坏啊，那是咱村的风水，谁破坏了谁是罪人！我能让我老婆背这个黑锅吗？"

"叔懂你的心。"

"我盼着王家寨彻底大变样儿。今天，我王决心带头拆房子！"

胡玉湖忍不住感慨万端，这小子敢说敢干，到央企干，有胸怀，人大气了。

胡玉湖抚着胸口，长长地舒了口气。他在王家寨掌权几十年，前前后后玩平衡，既在乎上边看法，又百般讨好老百姓，结果弄得谁都不满意，他后悔自己把精力投入无价值的耗损中，留下了窝囊与酸楚，现在看来，这些毫无意义。如果人生可以重来，他愿意像王决心那样敢说敢干。

他表情严肃地说："决心，我没看错你，你是我最欣赏的好孩子！"

王决心谦逊地说："叔，您过奖了。我每天在工地上劳动，苦也好，累也罢，我觉得自己没有虚度，没有给王家寨丢脸，我不管到哪儿，王家寨永远都是我的家！"

胡玉湖苦笑着摇头："决心啊，你叔本能地体验到，在这个村当村官不在于长度，而看你在任的时候干了几件让老百姓记住的大事儿、好事儿啊！"

王决心豁然开朗，说："您不能这么说，过去您干得很好，只是您太委曲求全了，我看您要退了，放开膀子干一回，火一把。"

胡玉湖摸一摸额头，摸到了横着的深深的皱纹，眼含热泪说："你叔身体不行了，心脏架了支架，真的干不动了，留给我的时间不多了，干完这一把，项目成功了，我退下来，总算对得起你爷爷、奶奶对我的栽培啊！"

"叔，你竟然有这个心结啊？"

"是啊，在我心上压了很久了。"

"看来，我爹错怪你了。"

"唉，都过去了。未来属于你们青年人！"

"叔，小萍接班没问题吧？"

"唉，只要她不出事，还能有谁啊？"

王决心心中一惊，鼻子酸酸的。出事？小萍能出啥事啊？

腰里硬听说之后，死乞白赖地找胡玉湖要工程。胡玉湖严厉地说："你比我清楚，工程由投资方负责，我手里没有工程。"腰里硬又质问胡玉湖："为什么拆迁范围有王决心的房子，而没有我的房子？"胡玉湖恼了脸，拍着桌子骂："那是规划的事，原先就是这么规划的，你非要盖到木桥荷花水道，你不珍惜，就怪不得别人了！"

腰里硬黑了脸吼："没有活干，我的外债咋弄？我算看透了，你就是个势利眼，胳膊肘往王家那边扭，一碗水从来没有端平过。还不是瞅着人家有钱有势吗？"

胡玉湖身子抖了抖，反驳说："你小子还有脸质问我，我没给你机会吗？你干不好，应该检讨的是你自己，拉不出屎来怪茅房吗？"

腰里硬碰上胡玉湖眼神，窘态毕露，尴尬地站着。他想，看来人都在变，胡玉湖也不是过去的胡玉湖了。

胡玉湖威严地说："过去给你们脸了，现在少跟我来这一套，给我滚出去！"

"哼，真豪横啊！"

腰里硬嘟囔着，吓得塌了腰，垂头走了。

这次王家寨十八户动迁比别的村特殊，有的情绪激动，有的忧心忡忡，有的说三道四，纷纷围在村委会门前看热闹。姚哈喇在胡玉湖这儿也碰了一鼻子的灰，悻悻地离开了。不管怎样，胡玉湖终于扬眉吐气了一回，他呼出一口长气，脸上渐渐有了红润。

拆迁的这一天，王家打头炮。

王家的老宅和王家祠堂要同时拆迁，王家人都被王永山召集在了一起，跟老宅和祠堂做最后的诀别。

王决心望着院里的柿子树，心情沉重而伤感。拆老宅，他从心理到生理都不舒服，但这是乔麦出的创意，腰里硬出事以后，她又接了盘。村人听说了，对乔麦啧啧赞叹，对王家人刮目相看。

王永泰离世了，王永山是长者。王永山带头跟王家祠堂告别磕头时，他心里对死去的爹有深深的愧疚。他心中没有得到解脱，而是更加沉重了，头脑里却显得空空荡荡。王永山、王决心、王德、二巴掌对王家祠堂行了叩拜礼。

胡玉湖一声令下，王决心高高地举起了铁榔头，狠狠地一抛。

呼地腾起一股白烟。

乔麦背过脸去，王决心泪如雨下，仿佛他心里的根被拔掉了。

推土机就隆隆地开了过来。

王决心看见乔麦抱着大雄，大雄抱着王永泰的照片，王决心一头扑上去，一家三口人紧紧地抱在一起放声大哭。王永山听见哭声，也是眼含热泪，他想劝说几句，又感到确实无法安慰，因为他的心此时也疼痛难忍。

有了资金的投入，半个月的时间，拆迁就结束了，"淀上升明月"大型实景演出工程施工。

隔了几个月，"淀上升明月"大型实景演出开始了。每天吸引八百多游客观看，部分玩家还在智慧民宿住下来。

村里有七百人在这里就业。"一村一品"，实景演出竟成为王家寨的一品了。

第一百章　陌生的家

杜梅好久不回家了，说出差了。

王德有些疑虑，优派服装厂已经外迁到太行山，厂房租给白洋淀集团基础建设公司了。每年租金二百三十万。王家寨玩具厂只是销售，龙云台是服装业务，她已经没有别的企业可经营了。王德跟女儿王茜茜问话，她好像也不知道娘的行踪。他总觉得不对头，再三催问，伍宝库终于说出了一个惊天秘密：杜梅患癌症了，肺癌晚期。

杜梅得了癌症，王德脑袋轰然一炸。

他眼里的泪水夺眶而出。这对王德的打击实在是太大了，他一脸的悲戚，难以相信这是真的。他多次打电话要见杜梅，被杜梅拒绝了，后来杜梅干脆就不接电话了，王德鼻子一发酸，眼泪差点掉了下来。

王德赶紧给乔麦拨通了电话，乔麦也吃了一惊，她说她和杜梅最近没有见面，但是经常通话。王德对伍宝库说："反正，我就是想陪着她。姑父，你帮帮我啊，替我向她转达一下我这个想法，行吗？"伍宝库说："转达倒是可以，恐怕她不会同意。"王德说："她要是不同意，我准备到医院陪陪她，这总可以吧。你替我……求求她吧，拜托了，姑父……"果然，杜梅听了伍宝库转达之后，当即回绝了。伍宝库说："你还恨他哪，是吧？"杜梅说："我们都复婚了，还恨啥？"伍宝库跟王德说："我就说她不会叫你来的，头发都掉光了，你看了一准难受！"王德听了这句话立刻难受起来。他的眼前一次次浮现出杜梅苍白憔悴的容貌，露出头皮的脑袋，心里就跟刀割一样。

王德直奔医院，恨不得一下子就飞到杜梅身边。

"杜梅啊，你为啥不见我啊？我是你老公，照顾你不是应该的吗？"王德嘟囔说。

杜梅宁可让服装厂的女工伺候，也不让王德照顾，他想不通到底为什么？

王德走到医院，地板悠悠颤动。

杜梅目光呆滞地瞪着远方，经过几次化疗之后，她的头发变得很稀少了，虽然戴着帽子，但也遮不住耳边和后脖子下面露着的头皮，杜梅是一个爱漂亮的人，面对眼前的镜子，看到现在的自己，面带蜡色，眼窝深陷，清瘦得有点脱相。她慢慢低下头："我不愿意你看见我的样子。"王德忽然明白了，她希望以美的形象呈现在王德面前。王德眼泪汪汪地说："老婆，在我心里，你永远都是最美的。"

黑暗中有音乐响起，王德默默地走了。

聪明来自愚蠢，勇敢来自恐惧，王德每次丢了头发都源于恐惧。他突然在一家理发店停下，进去快速理发。头发楂纷纷掉落，他理发从来没有这么激动，这种情感爆发，不但不让他受委屈，反而痛快淋漓地冲刷着他心中的悔恨。

王德连忙赶到了医院。

王德想，这时候我一定要陪在杜梅的身边，到了医院刚看到杜梅进了化疗室，王德叫了一声："杜梅！"杜梅没有听见，化疗室静静的，药水的气息慢慢飘散。王德趁医生不注意进了化疗室，尽管光线很暗，杜梅的轮廓清晰可见。杜梅躺在床上，帽子滑到一边，身体非常虚弱，医生忙着没有发现王德进来，杜梅发现一个人站在她面前，眼睛含着泪水默默地看着她，杜梅太熟悉这双眼睛了，轻轻叫道："王德，是你？"王德一把抓住杜梅的手，说："是我，杜梅。"杜梅回过神来连忙抓住帽子戴上，她怕王德看见她没头发难看的样子，王德一只手抓住杜梅的手，另一只手慢慢地摘下自己的帽子，光秃秃的一根头发都没有，王德喃喃地说："我跟你一样了。"杜梅睁大眼睛，嘴半张着，一时间没说出话来。杜梅打开化疗室的灯，惊讶地说："王德，你头发呢？这一辈子你最爱的就是你的头发，谁动你的头发你都会玩命的，你怎么都给剃了呢？"王德攥着杜梅的手说："杜梅，你可让我好找啊，为了见你，我刚刚剃掉了。你看看，我们都一样了。"

杜梅喉咙发堵，鼻子发酸。

王德说："我喜欢光头，老婆，振作起来，我想陪着你化疗，你怕丑，我比你还丑，等着你头发长出来了，我再留起来好吗？你一定会好的。"

杜梅一阵感动："让我摸摸你的头。"她的手在王德的光头上抚摸着，扑进王德的怀抱，泪水喷涌而出。

王德心中一阵震颤，重新搂紧了杜梅。

这一刻杜梅想，在疾病和死亡面前，一切美貌和金钱都黯然失色，唯有真情可以温暖人心。杜梅哽咽说："你坐一会儿就赶紧出去，化疗会伤害好细胞的。"过了一阵，杜梅伸手推他出去了。王德被推出来，粗壮的腰酸疼起来。

杜梅化疗结束了，身体明显好转，算不上精神抖擞，却也浑身上下整洁利落，深藏风韵。仿佛是天性，王德的心里事都挂在脸上。要想活得舒服，最好别弄懂生活。而此时的王德恰恰弄懂了生活，所以才有了旁人没有的痛苦和煎熬。他搀扶着杜梅微笑着，笑容里藏着酸楚。

杜梅和王德回到了容光县城的别墅，杜梅到佛龛处跪拜、上香，祈祷佛祖加持保佑自己身体康复。杜梅轻轻站起来，走到餐桌前慢慢坐下，说："王德，我们说说话吧。"

屋里灯火通明，气氛凝重。

时间撕开了杜梅的心灵秘密，她眼里的目光变得犀利，说："我堂堂服装厂老总，竟然败给了打工的顾凤娇，我不服啊！无论从形象、文化、家境，她哪儿都不是我的对手。她怎么能够从我手中抢走你呢？既然我不好，就不能让她好，小三儿不能得到幸福。我的一个善举，其实是一个复仇计划。"

"我不善表达，但我还爱着你，深深地爱着你。可能因爱生恨吧，顾凤娇夺走了我的爱，你感受不到，可是女人能够感受到，孙小萍明白了。她站在了我这边，我有一个报复计划，拆散你们这段孽缘，我得病以后，原谅了顾凤娇，也原谅了自己！”她以一种随便的口气，彻底泄露出自己的秘密。

王德吃惊了，眼睛瞪圆了，简直不敢相信。他问：“你后边的复仇方案是啥呢？”

杜梅眼神里充满了柔情：“我看见那么多的穷人，都是好人，看见你真心扶贫，我感动了，心软了。我责怪自己，放过你们就是放过自己，我一切都想通了。”

王德叹息着说：“杜梅，是我们伤害了你。你是自己想通了，也就解脱了。当初，我对你投资并不指望，为啥找大哥帮忙？后来你做得让龙云台老百姓心服口服。”

杜梅嘴角浮现一丝恍惚的笑意：“扶贫、乡村振兴是国家的事，民营企业应该响应，尽我的一点微薄之力吧。”

王德微笑着说：“老婆，你已经是慈善家了，扶贫模范，美好形象已经塑造完成。一定得保密啊！”

杜梅感到自己内心有些分裂，眼神由犀利变得和善：“善良有时候是可以包装起来的，善良也要带点锋芒，以前我是真实的。今天我说给你也是真实的，如果我作为一个虚伪的人离你而去了，那将是对你的不尊重，我这是人性的真实流露。你可以想一想，一个女人怎么可能真心地希望破坏她生活的小三儿幸福呢？一切都是我故意安排的，这是我的心机，以善的名义表达了我的恶。唉，实施这些行动，我也是纠结痛苦的，与他人作对，同时也是跟自己在斗争。当然了，客观效果是让我欣慰。我在龙云台投资了服装厂，使那么多穷苦的人有了致富的产业，这是我欣慰的。”

杜梅表情的严肃，让王德有些不适应，看着屋里的情景，两个人面面相觑。王德给杜梅倒了一杯水：“老婆，你喝点润润嗓子，太烫了，凉一凉再喝。”他望着杜梅的眼睛说。

杜梅阴沉的脸色扫了一下王德的脸，眼睛里转着泪水，说：“王德，我说了这些话，你不会恨我吧，恨也无所谓了，恨与不恨，我必须讲给你，因为你是我最爱的人，我爱的人终于回来了。”

王德心情越来越沉重，说："我不是恨，只是很吃惊，因为是我和顾凤娇给你造成的伤害，伤害他人的人是要付出代价的，但是你的话让我对善良产生了恐惧，你的这个善行让我真的很恐惧了。"

　　杜梅微微发抖的手端起茶杯："人啊，不碰到坎坷不反思。这场大病让我走了一趟鬼门关，虽然出院了，但是我看见了死神在向我招手。是福不是祸，是祸躲不过，人之将死，其言也善。死亡让我悟出了好多道理，过去我只知道往前冲，觉得死亡是别人的事儿，离自己远着呢。可是这不对，自己说来就来了，什么好人一生平安，这都是安慰人的鬼话，我们夫妻今天把话说完，不留遗憾。王德啊，我懂了，人生从容是真，宽释是福，有敬无畏，乐而忘忧。这是境界，我与她、与自己真的和解了。"

　　王德心中一热，眼前飘来莲花。

　　夜深了，这是一个阴沉的夜，没有月亮，仅有几颗星星，投下了一圈暗影，窗外一片黑暗。一只苍蝇不住地嗡嗡叫着，王德用蝇拍打死了它。王德的目光从窗外收回来，说："天黑了，你累了，休息吧。"杜梅轻轻站起身，走到镜前，看了看自己的脸，吸了一口冷气，她不忍看镜子里的自己，恹恹转过身来。

　　王德搀扶着杜梅轻轻地躺在床上。

　　杜梅用她那苍白的手握着王德的手，从来也没像今天这样激动。她说了这么些，从来没有过地轻松。杜梅的泪珠洒在了王德的手臂上，心中的防线彻底垮了，她想扑在王德的怀中，但清醒和理智告诉她，她不能哭，她得挺住。望着床头的孤灯，太暗了，天是黑的，屋里的灯光也是这么阴暗。阴霾笼罩着她的心。王德把灯光点亮，尽量点亮一点，这时候，她苍白的脸渐渐有了笑意。

　　王德把脑袋埋在热烘烘的枕头里，拉着杜梅的手呼呼睡着了。

　　天亮的时候，杜梅还睡着，王德抽出手时感觉杜梅的手还紧紧地攥着，分明在微微颤抖。王德做好了吃的，放起了杜梅爱听的音乐《梁祝》，凄绝缠绵的音乐声响起来，杜梅的脸上微微一笑。吃饭的时候，杜梅说："王德，我昨晚牵着你的手入眠，从来没有过的幸福。天亮睁开眼睛，我又有新的想法，我不能死拽着你。我的一切都破灭了，不能搭上你，你还要有属于自己的生活，那样做，我太自私了。还是让我独自承担不幸吧，王德，我还是想让你离开我，找一个好女人再组成一个家，如果我把你捆得死死的，是种自私的表现。刚才这一念，我突然改变的。"

王德紧紧握着她的手说："不，你撵我也不走，心灵的创痛，需要温暖的手去抚平。我要陪着你，你是我的爱人，我不陪你谁陪你？这不是怜悯，说到爱，爱不是索取，爱就是付出和成全，我这个罪人也完成了救赎。你记住，能够获救，拯救你的，不但有我，还有我们这个美好的家庭，你想死哪那么容易？我让你快乐地活着，我让你振作起来，享受生活的幸福。"

杜梅说："生命长度与生命质量比，我还是要质量，有爱的日子就是质量。"

"你看奶奶，既有长度又有质量。哪天你跟奶奶好好聊一聊。"王德说。

杜梅叹了口气，低下头来，脸上露出古怪的表情："奶奶不是凡人，我哪能跟奶奶比啊？"

王德感叹杜梅情绪变幻无常，一阵高兴，一阵痛苦，他要想办法让她快乐起来。用他的爱，拯救她的生命，即使无法拯救也要最大限度地延长她的生命。

杜梅乌黑的眼睛惊慌地瞅着他，说："王德，你的好意我懂，每个人都想争取一个完美的人生，其实，你经历了生活的苦难和挫折，最后发现，遗憾才是生活底色。残酷和遗憾是生活的真相，你认清了真相还会快乐吗？"

王德威严地挺了挺肥壮的身躯，微笑着说："老婆，我就是认清了生活的真相以后，才快乐起来的。"

"你是真的快乐。"杜梅瞅着王德的眼睛说，"可我不行，我真的快乐不起来了。"

第一百零一章　黎明

普通的黎明，杨岭岭突破了。

她满脸的喜气，看见了一抹橘红色的早霞，霞光羞答答的，像一块红绸布。她靠在工作室的椅子上睡着了，助理怕打扰她休息，轻轻收拾散落在地上的纸片，忙得脚不沾地。她显得异常疲惫，但是，脸庞依然动人，只是眼角的鱼尾纹加深了。两个小时后，她醒来了，开始整理堆叠芯片的技术资料。她记住了杨义成的一句话，有些事，选择大于努力。杨岭岭科研的突破得益于她回到了故乡，得益于方向的调整，她轻松了许多，不再为科研伤神，另一件麻烦事接踵而来。

她的堆叠芯片成果到底是给贾大兴还是靳一光？她陷入了矛盾痛苦的抉择中，眼睛蒙上了一层雾。

此刻，杨岭岭的内心动摇了。

杨义成在国盛集团被免职了，还有跟国盛合作的必要吗？如果靳一光一病不起，谁来掌门国盛？

贾大兴毕竟是自己的恩师，还有救命之恩。她焦灼得嘴唇起了一层干皮，一缕长发盖住了她苍白的脸，露出了憔悴的面颊，她仿佛看见灯光里的一片阴影，桌上有一盏小圣母像点亮的灯光，忽明忽暗，一切简单而雅洁，她的心不由得哆嗦了一下，神经脆弱到了极点。

夜深了，天空闪烁着稀疏的晨星。

杨义成轻轻地走来了。他露出一副奇怪的笑脸。杨岭岭望着他一叹，显出那般矛盾和痛苦。杨义成说："你动摇了，犹豫了，可以理解。重要的是你能不能说服自己战胜自己？岭岭，你看看这个。"说着，他放下一份资料走了。

杨岭岭还是一副冷清的表情，看不透她到底想什么。

杨义成心中惦念着靳一光的身体。不管师傅最后怎么处理他，他都希望靳一光醒来，他都想跟师傅详细说明自己在白洋淀新区遭遇的一切。杨岭岭看见这份资料陷入沉思。杨义成的身影消失的时候，她详细研读杨义成留下的这份资料。

这是客观的也是残酷的，国盛和海鸥两个集团曾经在国内旗鼓相当。三十年过去了，再看国盛已经把海鸥远远抛在了身后，成为民族企业的顶梁柱，而海鸥呢，贾大兴带领的团队只能原地踏步，甚至聘用了许多外国高管，沦为买办资本。

国盛的强势崛起，深深刺痛了西方人脆弱而敏感的神经，所以受到了暴风雨般的制裁。杨义成这个资料后面附有一个财务表，海鸥集团投资金融，搞了套路贷，财务报表有明显问题，创新投入很低很低。

杨岭岭猛然醒悟了。

她由此对杨义成心生敬意。如今杨义成被国盛免职了，但是，他依然力挺国盛，因为国盛的"前锋计划"旨在尽快在中国建设一个完整的芯片产业链，彻底解决西方卡脖子的问题，而杨岭岭的堆叠芯片技术，将使这个项目如虎添翼。

这一天，谭香终于接杨义成电话了，她哽咽着说靳一光苏醒了。

杨义成热泪盈眶地说："太好了，谢天谢地！"

他跟谭香沟通了杨岭岭芯片科研的进展，这个时候，杨岭岭给杨义成打了电话，他一切都明白了，悬在喉咙口的心放下了。此刻，谭香在深圳焦急地等待杨义成的消息。杨义成看见杨岭岭透出的目光中、温柔的体态里蕴含着惊人的力量。

杨义成欣慰地笑了，开玩笑说："岭岭，你不会变卦吧？"

杨岭岭轻轻地笑了。

他知道岭岭有极强的原则，她从来不伪装，也不会伪装。杨岭岭说："你还不了解我，身为女人，活在这个世界上已经不容易，为什么要伪装自己去讨好别人呢？我做不到八面玲珑，我说到做到，你让国盛来人验收成果，签合同吧。"

杨义成激动地说："国盛信任不信任我，已经不重要了，重要的是你的成果给了国盛。"

杨岭岭心悦诚服地说："义成，有人口头喊爱国，你是真爱国。子恒也是随了你。"

大家一起吃饭，氛围融洽。

杨子恒回到了白洋淀。他穿着红色运动衣，活泼而帅气。杨子恒跟母亲通完电话，甄凤也从香港飞回北京，然后赶到白洋淀。

杨义成亲昵地拍了一下杨子的恒脑袋，问："儿子，你干娘的科研成果完成，跟国盛签约，你回国正是时候，今天庆祝一下。"

杨子恒拥抱了杨岭岭："干娘是最棒的，祝贺您！"

杨义成继续说："儿子，你干娘回国，你没有了监护人，你是不是害怕了，你是怎么想的呢？"

杨子恒嗓音高得像喊叫："爹，我已经咨询了，我想考清华，考不上就考咱白洋淀大学。我也要回国读书了。一定要考上的。"

杨岭岭笑了："儿子，你真的是这么想的吗？"

杨子恒说："我还有必要跟你们撒谎吗？"

杨义成心中一热，有些震颤了。杨子恒真的变了，杨子恒爱国，他是不怀疑的，在香港他跳海救国旗，就证明了一切。杨子恒说："美国很好，科技确实领先，但是，他们自身矛盾暴露无遗，我不再狂热崇拜，我们有自己的追求。"

杨义成非常欣慰地说："哦，中国的年轻人在美国读书，竟然有这样的认知，已经不错了。"

杨子恒打着手势说："美国的科技还是挺厉害的，美国依然是世界老大，只不过是他这个老大做得力不从心了，我们当然还要从这里学习好的东西。"

杨义成微笑着说："好啊，子恒也学会思考了，越来越理性、深入。"

杨岭岭欣慰地说："子恒的物理成绩超常，将来肯定是一名科学家。现在看啊，中国在美国留学的年轻人思想都有变化，他们不再崇拜，当然也不失望。"

杨子恒很礼貌地望着杨岭岭："我们这一代人，喜欢开放包容的世界，既要公正，又要效率，追求效率的黄金点。希望祖国每天都在进步，自信的民族才被人尊重。"

"子恒真的长大了。"杨岭岭的视线被泪水模糊了。

杨义成笑得合不拢嘴，自豪地说："子恒，这么说定了。你明年考上清华大学，我们给你庆功！"

杨子恒自信地说："爹，我会的。"

杨义成说："咱们白洋淀新区，有多所大学从北京搬过来，还建设了白洋淀大学，白洋淀大学教学有点像哈佛大学的管理模式。"

"爹，我还是想考清华大学。"杨子恒说。

生活竟是戏剧性地变化着。

尽管赵国栋没有出面，李永军还是找到了诬陷杨义成的人，他的冤屈终于被洗清了。

白洋淀新区云计算技术合作重新回到国盛云手中。

靳一光病愈，他听到谭香汇报，对杨义成十分满意。靳一光昏迷的时候，杨岭岭已回到白洋淀，她的堆叠芯片成果已经跟国盛签约，还有，白洋淀新区云计算技术合作的中标，足以见证杨义成的能力。病榻之上，靳一光也像完成了一次重生。

尽管他的身体问题很严重，但抢救得及时，他早就恢复了身体，只是，一直没有出院，就是故意让国盛总部的人尽情表演暴露，只有自己的人知道，进而进行大面积人事调整，终端销售总裁潘大立和徐汉林等人的行为，让靳一光十分失望。但是怎样调整，他一时还拿不定主意。

潘大立被调整了职务，派他到土耳其开发 5G 业务。潘大立的变动给徐汉林猛烈一击，徐汉林也就彻底软了，他主动找杨义成赔礼道歉。

靳一光将杨义成提拔为国盛副总。

杨义成宽宏大量，他跟靳一光提议，徐汉林还是个人才，教育一番可以派到土耳其开拓 5G 基站。杨义成的宽宏大量让靳一光刮目相看。杨义成知道靳一光与徐汉林父亲的交情。靳一光让他在白洋淀新区尽快安排国盛白洋淀研发中心大楼奠基仪式。

杨义成等待着靳一光康复，重新来到白洋淀。

甄凤在路上，杨义成他们三人即将在白洋淀重逢，这将是一个多么美好温馨的时刻。

杨岭岭做着迎接甄凤的准备。其实，在杨义成实验受伤的时候，他们三人在故乡团聚了。但是，这次的相逢，意义显然不一样了。

岭岭做了一个恐怖的梦，梦见实验室着火，实验室要爆炸。杨义成突然出现在她的面前，说："不好，岭岭快跑，实验室要爆炸！"话音未落，一声巨响，火光冲天，岭岭和杨义成被大火挡住了出去的路，屋里冒着黑烟，两人顿感呼吸困难。

杨义成脱下外套用水浇透，一下裹住岭岭的头和身体，大声喊着："岭岭把手给我！"岭岭被衣服裹住，眼前一片漆黑，她把手伸出去，杨义成紧紧地拉住岭岭的手，说："别怕，跟着我大步跑！"一双有力而温暖的大手拽着岭岭飞快地冲了出去，岭岭虽然看不见，但对杨义成充满了无限的信任，他俩一直跑，蒙在岭岭头上的衣服跑掉了。

杨岭岭趴在行进的船头，听见了水声。

她闻到了湿润的气息。转身看见了一片莲花园。盛开的荷花在微风中轻轻摇曳。此时此刻，整个世界仿佛只有她和杨义成，她能感受到彼此的心跳，感受到彼此的气息，杨义成停住脚步，松开岭岭的手，用手轻轻拂去飘散在岭岭脸上的碎发，一双深情的眼睛望着岭岭轻柔地说："我爱你，我的岭岭！"说着，他的嘴唇吻向了岭岭，岭岭在等这句话，等得好辛苦。岭岭喘息着，幸福的泪水喷涌而出，眼泪模糊了她的视线，她闭上眼睛想让这一时刻停留，停留。当岭岭睁开眼睛，甄凤出现在她眼前含笑地望着她，岭岭一惊，向后退了半步，自问："我在干什么？我要破坏他们平静的生活吗？不，不可以！不能踩红线！甄凤是我一辈子的闺蜜，杨义成是我一生的精神伴侣，两个人都不能失去。"岭岭喊着："我们永远是朋友！"声音在岭岭心中一直重复着，重复着，突然一个炸雷，打破了这个梦，岭岭被巨大的雷声震醒了。她睁开眼睛，凝望着夜空，内心无比平静和幸福，她觉得自己真正超越了世俗，友谊可以天长地久，她深深地吸了一口气。

天终于亮了。

阳台上落着麻雀，一跳一跳的，声音悦耳动听。

杨义成早晨起来有些咳嗽，他给甄凤和杨岭岭都发了微信，说要去白洋淀高铁站接甄凤。

杨义成在出发前过来看望杨岭岭。

杨岭岭就开车到了超市，两手拎着买来的东西。她买了很多菜和肉。

"快来接我啊，你看我都拿不动了。"杨岭岭埋怨说。

杨义成望着她发愣，从杨岭岭手里接过了东西，杨岭岭已经换成拖鞋走进了厨房，回头看到杨义成的样子，忍不住地问："怎么啦？甄凤回来了，你倒不认识我了？"

杨义成突然从背后抱住了杨岭岭："岭岭，我爱甄凤，但是我更爱你，我很痛苦，你说我怎么办啊？"他把头靠在杨岭岭的背上深情地说。

杨岭岭身体一颤，没有动。

她想到了昨夜的梦，猛地推开杨义成，杨义成一个趔趄，差点跌倒。

杨岭岭坚定地说："我不是说过了吗？你爱我，我幸福，哪个女人不想得到爱呢？但是，我们不能踩红线，甄凤是你老婆、我的好闺蜜。"

杨义成重新抱住了她，很紧很紧。

"怎么了义成，你可从来没有这么冲动过，过去吧，我们过一会儿去接甄凤啊！"

杨岭岭又决绝地推开了杨义成。

杨义成的泪水流了下来："岭岭，你倒是非常冷静，人爱一个人多苦啊。"

杨岭岭甩开了他的手："放开我，你要是这样，那我们连朋友也没法做了。我不是说了吗，都说男女没有真正的友谊，有的只有爱情和欲望，我们就是要打破魔咒、超越世俗。"

她瞬间变得严肃起来。

"岭岭，我做梦了，我们在梦中回到了从前，我牵着你的手走进婚姻殿堂。"杨义成说。

杨岭岭使劲挣脱了他。

"不，岭岭，你不要再掩饰自己了好不好。岭岭，过去我能控制，你回到了白洋淀，我感情的闸门又打开了。我的生活不能没有你，我痛苦得要死了。"

杨岭岭含泪了，身体一晃。

杨义成又上前抱住了她，任杨岭岭怎么推，他都没有放开。

杨岭岭积攒了全身的力气，狠狠抽了杨义成一个巴掌。

杨义成似乎被打醒了。

杨岭岭就浑身颤抖，沮丧地呆坐着，渐渐陷入绝望中。杨岭岭像是感觉到了什么，反驳说："杨义成，我知道你对我是真爱，可是那是历史了。你我今天如果多走一步，就是痛苦的深渊，你懂吗？"

杨义成依旧沉默着，窗台折射过来一束强光，他的眼睛一眨不眨盯着那束光。

他落泪了，双手抱住了脑袋："岭岭，对不起，我错了。我真的该死啊！"

杨岭岭感到自己心中隐隐地疼痛，人都是有感情的，但是，可以携手一起成长。

杨义成被打愣了，人也变了。

"岭岭，我听你的，下不为例啊！"

"好，一言为定！"

杨义成到洗手间哗哗地冲洗了脑袋。他一边用毛巾擦着头发，一边走出来。

杨岭岭等候心跳渐渐平息，喃喃地说："义成，我读过《巨人传》，里边一句话适合我们：人与人之间，最可痛心的事莫过于在你认为理应获得善意和友谊的地方，受到了烦恼和损害。"

杨义成诚恳地说："岭岭，我明白了，谢谢你救赎了我。"

他们下楼开车去迎接甄凤。

甄凤回家了，几个人玩了一周，甄凤就急着回香港了。

送走了甄凤，杨岭岭病了。

王家寨的秦中医诊断，杨岭岭不是肺气肿，也不是痨病，而是肺衰，如果严重，要手术插管治疗，还有生命危险。

杨岭岭回想起来，她在美国就有征兆了，日夜研发，积劳成疾。中西医结合治疗，西医不能攻克的难题也许中医就能攻克，白洋淀的"荷花清肺"对肺病疗效显著。

杨义成听说这肺衰病相当于肺癌，犹如晴天响起霹雳，震惊不已。

杨岭岭有个性，如果不是病重，她绝不会接父亲的电话，她就这么一位亲人了。

杨义成一边处理公司事务，一边照顾杨岭岭。他要让她心情愉悦。

乔麦和王决心经常过来，替杨义成照顾杨岭岭。

杨义成给杨岭岭说笑话，岭岭勉强笑了。厄运怎么就降落在岭岭头上呢？"荷花清肺"能够治好岭岭的肺衰吗？他祈祷着她快点好起来。

杨振业从容东片区安置区过来看望杨岭岭。老人知道杨岭岭恨他，恨他当年虐待她的母亲。杨振业忏悔万千，哽咽说："岭岭，爹以前做错了，你不要怪爹，爹重男轻女，但是，爹从来没有不爱你，只是爹没文化，粗鲁，爹以后改。"

杨岭岭抓着爹的手，心中热乎乎的，父女俩的隔阂就在这一次的磨难中消除了，她竟然有一种因祸得福的感觉。

有一天，杨岭岭昏迷了。

杨义成惊呆了，赵国栋出面，召集了北京宣武医院的高级医生，组织了一个专家会诊。诊断是周期性甲种肺病，接近肺衰的中晚期，北京医生和白洋淀医生联手救治，杨岭岭暂时脱离了生命危险。

杨岭岭脑子渐渐迷糊了。

她醒来时，突然想对杨义成交代遗嘱了："义成，我不行了，有一件重要的事你要帮我，你发誓。"杨义成攥着她的手说："我发誓，你说吧。"杨岭岭眼睛里蒙了一层雾，喃喃地说："我死了，我的骨灰与我的母亲蓝英埋在一起。我亏欠父母的太多了，我只能死后尽孝了。"

她还说了技术入股国盛后的股权分配，其中还有杨子恒一份。

杨义成胸腔一热，难过极了。

岭岭感觉自己身体能量耗尽了。杨义成伤感地点点头："我答应你，不过，你会好起来的！"

杨岭岭的病惊动了靳一光。

靳一光给杨义成打来电话，急切地叮嘱说："义成，要不惜一切代价，治好岭岭的病。"这是师傅病愈后，杨义成第一次听到师傅的声音。他激动地说："师傅，我明白，您身体好了吧？"靳一光说："我身体没事了，岭岭的身体最重要啊！甄凤到我这里来了，将协议放我这儿了。我们期待你们早日凯旋！"杨义成说："师傅，是我的失误让您病了，对不起啊！"靳一光轻轻笑了："明知山有虎，偏向虎山行，你受苦了，虽然你也受了委屈，但是，成果卓著，高空5G基站已经突破，师傅是奖罚分明，应该给你记头功。你的演讲录音，我听到了，令人振奋。"

杨义成焦急地等了整整一夜。第二天早晨杨岭岭才终于睁开了眼睛，看到身边的杨义成、王决心和乔麦，杨岭岭哭着问："你们都在，我是不是要死了？"

"别瞎说，你怎么会死呢，你既然醒过来了，马上就会好。"杨义成说。

杨岭岭冲大家微笑了一下，她的泪水一串串地流了下来。她柔弱的双肩承受不了如此毁灭性的打击，她需要的是心灵的辅助，这个大家都明白，所以趁这个机会，杨义成也表白说："岭岭，靳一光师傅来电话问候你，国盛需要你，你要好好活着。"

杨岭岭没有拒绝，点了点头。

杨义成和秦中医来到石家庄，找到石门药业的一位中医专家，专家在一本古书上曾经看到过一种荷花，名叫"大花蕾"，对肺衰有特殊疗效。

大花蕾极为罕见，长在湿地与湖水之间，习性特殊。这种大花蕾荷花与荷叶、莲子组合一起医治肺气肿和肺衰。

杨岭岭眨巴着忧郁绝望的眼睛，说："既然罕见，就别找了。"

杨义成誓不罢休地说:"无论多大困难,我都要想办法弄到这种大花蕾和莲子。"

"古书上说的,现在哪有啊?"

杨义成眼神里带着狂热的色彩,马上付诸行动,开始在全国寻找。安国县的中药批发市场去了,结果却是徒劳。他突然查到江西广昌水生植物园有这种荷花和莲子。

杨义成从北京乘飞机去了江西广昌。

"杨义成,你快回来,你不要乱跑了。你不要再为我这么拼了,我不想你有什么危险,我的病就听天由命吧。"杨岭岭醒来后打电话哀求着说。

"岭岭,我没事,现在你什么都不要管,只管好好地配合治疗,然后好好地等我回去,我在广昌水生植物园,你不要让我担心好吗?"杨义成哀求说。

杨义成已经到了江西广昌,将万亩水生植物园的照片发给了杨岭岭。

杨岭岭知道再担心也无济于事,不如静心等待,喃喃地说:"好,我听你的,你找不到大花蕾快点回来,你要有什么闪失,我怎么跟甄凤交代啊?"

"好,甄凤已经知道了,她也找呢。"杨义成这样答应着,心里有一种不找到大花蕾誓不回白洋淀的决心。他向岭岭露出一副奇怪的笑脸。

杨岭岭扑哧一声被逗笑了。

江西广昌郊外的万亩水生植物园,其中一个池塘生长着台湾莲花和东印度莲花。水生公园的风是温热的,以一种温和的姿态吹拂,几只蜻蜓围着荷花飞舞,阳光像尖锐的金片一样映照着碧绿的荷叶。杨义成感觉着东印度荷花跟白洋淀的荷花没什么两样。他找到公园管理员,打听到了卖荷花和莲子的商店。

杨义成跟公园管理员讲了杨岭岭的病,还说了中国中医。方家祖先从白洋淀挖了天女荷花,研究出了"荷花清肺"传承了下来,造福了后世百姓,还救济了当时一方的穷苦百姓。这个荷花如果真是传说中的那么神，将来也是肺病患者的福音。杨义成激动地说着，管理员被说动了，他从房间里拿出来一把小铲子递给了杨义成。

杨义成划船进入荷塘，竟然发现了大花蕾："真是太好了。"他弯腰小心地挖着。

杨振兴将大花蕾莲子放进"荷花清肺"的药单里。杨岭岭望着大花蕾，愣了许久，不说话，却在杨义成一勺一勺的输送下默默地咽下了那碗药汤。

"岭岭，你必须好起来，然后好好地活下去，这是我们大家的希望啊。"杨义成祈求着她。

杨岭岭听见了他的呼唤，心头为之一振，像睡莲一样睁开了眼睛。她看见杨义成目光中充满关切和柔情。

几天过去，杨岭岭奇迹般地好转了。

大花蕾和莲子杂糅一起，确实发生反应，对她肺部的病灶进行疗治。乔麦过来看望杨岭岭，杨岭岭赞叹说："大花蕾啊大花蕾，杨义成竟然在江西广昌找到了。"乔麦兴奋地说："哎呀，我知道那个地方，孙小萍书记想在王家寨搞万亩莲花园，就是从这里引进莲花品种。"

杨岭岭的病渐渐好了起来，但是如果想痊愈，还要坚持吃药调养。

傍晚的时候，夕阳洒进病房。

杨岭岭剧烈地咳嗽起来，胸腔里有一种撕心裂肺的痛。她咳嗽出眼泪来了，手心有一片血丝。

第一百零二章　误会

王德没有想到，顾凤娇这么快就结婚了。

顾凤娇跟老顺子的二儿子邸二虎结了婚，属于闪婚。二虎答应了倒插门，家安在了太行山龙云台村，凤娇家人养老就没有后顾之忧了。

王德更没有想到，容光县的企业配合白洋淀新区产业升级，杜梅偷偷将服装厂搬到了龙云台。

本来，王德在跟顾凤娇离婚时担心她和二虎跟他讹钱。钱都投在了王家寨玩具厂，手中哪里还有钱？王德愁眉不展的时候，竟然是杜梅帮他化解危机，杜梅在龙云台的服装厂分给了顾凤娇股份，让她当了副厂长。顾凤娇把龙云台的服装厂打理得井井有条，经济效益还不错。

顾凤娇的变化，让王德吃了一惊。

这个顾凤娇也真是挺有意思的，歪打正着，最后跟王家寨蹲过监狱的二虎成了夫妻，如果她心里对杜梅产生了歉疚，表明她真的醒悟了。王德心里一片释然。

一天下午，王德到龙云台替杜梅验收服装，顾凤娇从柜子里拿出一个麒麟袋子，说："王德，这是我在太行山上采的一些草药，里边有党参，老中医说对医治肺病有疗效。你带给杜梅董事长吧，但愿对治她的病能起作用！"

王德没有接药包，问："这得不少钱吧？"

顾凤娇笑笑摇了摇头。站在她旁边的丈夫邸二虎对王德说:"你就收下吧,这就算凤娇对杜梅表达的一点心意。"

王德瞪了二虎一眼:"二虎,你小子好好珍惜,对凤娇好点,好好孝敬老人,不然我和你爹都不答应。"

二虎频频点头:"二哥,你就放心吧。"

顾凤娇说:"二虎本质不坏,勤劳,相信他浪子回头金不换。"

王德没有想到顾凤娇和二虎过得很好,二虎承包了两个菌菇大棚,每年收入八万元。顾凤娇在服装厂拿工资,他经营大棚,两口子一唱一和,率先在村里实现了脱贫致富。

这世界真够奇妙的。杜梅也真够有度量的,竟然偷偷摸摸将服装厂转移到了龙云台。当时,政府让服装厂转移到涞源县,杜梅为什么选在顾凤娇的老家?他与杜梅真没有聊过。

杜梅得了肺癌之后,安心养病,远程遥控这个服装厂,龙云台的建档立卡贫困户大多脱了贫,顾凤娇功不可没。

顾凤娇让王德给杜梅带回了一袋草药。

杜梅收下了那些草药,心中暖暖的。王德知道,这场大病对于她来说来得既突然又残酷,杜梅见到顾凤娇的草药,心里一定会多想。这药给不给杜梅,他心中纠结着,倒不如就这样沉默着。

杜梅感觉这种草药挺灵,主动找王德要。王德就拿出来了,没想到杜梅一改冷若冰霜的姿态:"凤娇有心了,还真得谢谢她。"

王德一愣,说:"谢她?太行山的草药还不知能不能用呢。顾凤娇还寄来了药锅,咱白洋淀民间有忌讳,不能赠送别人药锅。"

杜梅点点头:"她不知道这禁忌,不知不怪。"

王德嘿嘿一笑,这说明杜梅不恨顾凤娇了。

秋日的一天,王德陪同杜梅到龙云台服装厂做指导,服装的销售还是靠着老客户。因为到山上后生产规模变小,销路很好。杜梅开始隐瞒厂子搬迁的情况,而且自己不露面,她曾经是有想法的。她想利用服装厂惩罚顾凤娇,后来形势变了,王德重新回归家庭,她得了重病,所有的关系都彻底改变了,她不恨顾凤娇了,也对服装厂非常用心,甚至超过了王家寨的玩具厂。顾凤娇正在车间生产线旁忙着,杜梅在王德陪同下走进车间直奔她而来。

顾凤娇惊讶地看着杜梅，说道："杜总，你……你怎么来了？身体好些了吧？"

杜梅的脸色红润了，笑着说道："你寄来的中药效果真的挺不错，你看我现在这个精神状态，是不是比前些日子好多了？"

王德说："杜总今天过来，想当面感谢你，再看看服装厂。"

顾凤娇对杜梅摇摇手，说道："杜总，车间里太吵，我们去办公室吧，我跟您汇报营销情况。"

杜梅点点头："好的。"

顾凤娇搀扶着杜梅去了办公室。

第二天早上，乔麦开着车走高速来到龙云台村，是杜梅约请她过来的。王德瞪大眼睛看乔麦，兴奋地对她说道："乔麦呀，告诉你，我又发现新种子了，高兴吧？"

乔麦高兴地点着头："当然当然，不赖呆啊！但是，你的任务是照顾好二嫂。"

伍宝库迷恋种子，传染给了王德，后来又传染给了乔麦。乔麦呼吸一下大山里的空气，缓解她的哮喘病。王德在山崖上发现了一种植物种子，兴奋得手舞足蹈的。现在乔麦来了，正好带她到山上瞅瞅。顾凤娇微笑着说："哎，三嫂，是找种子来的吧？"

乔麦笑笑，说："不，我陪着杜梅二嫂转转。再说，我还真没有到过太行山。"

顾凤娇说："我爹是老山民，让他带你们爬山，我给杜总的草药和党参，都是我爹爬山弄到的。"

乔麦瞬间来了兴趣："谢谢你爹，党参和山顶菊花都对肺好。我和决心商量好了，雇上几个人就在这崇山峻岭间给二嫂找党参和山菊花。"

王德挑起大拇指夸赞："乔总，太好了，你那儿的工作那么忙，还过来……好人哪……"

乔麦摇摇头，说："见外了，俗话说得好，砖连砖成墙，瓦连瓦成房，人帮人才能成事啊！我这个种业公司，没有二嫂的帮助，也干不起来啊！"

杜梅感动地擦着眼泪。

王德本来和杜梅、乔麦说好，由顾凤娇老爹带路，三人一块上山找党参和山菊花。快出发的时候，杜梅说山顶海拔高，她出气短。

杜梅打不起精神，她说不去了，她在龙云台服装厂等候。

一个大晴天，天不是很热，却是闷闷的。因为太阳还没升起来的时候就刮起了风，有四五级，树叶子哗啦啦地响，吹到人身上凉丝丝的。凤娇爹带着王德、乔麦蹒跚着上了山。

乔麦爬了一阵山，气喘吁吁。还是没有登山的锻炼，她直起了腰大口呼吸凉爽的空气，听着山音，犹如天籁。

王德觉着新奇，笑了笑。乔麦站在山脚下朝四处眺望，如入仙境。风是清新的，水是清澈的，路是蜿蜒的，因为有了漫山遍野的虫子花草蝴蝶，显得更像世外桃源了。王德捡起一根木棍递到乔麦手上，笑着说道："乔麦，我们跟着凤娇爹爬山吧。"

乔麦没有接木棍，打趣道："我可用不着这玩意儿。"

王德哈哈笑了，说："你现在这个架势，像领兵出征的穆桂英啊！"

凤娇爹也笑了。

乔麦也咯咯咯地笑了，她的笑声像山涧的清泉发出的声音。

两人边走边欣赏着四周的风景。群山起伏，高耸入云。山腰间盘旋的曲折小路，如缕缕飘带缠绕在绿水青山之中。幽深的峡谷之中，升腾着神鬼莫测的氤氲山气，宛如一幅神奇的轻纱帷幔，精致而婉约地绘成了一幅山水画。

乔麦不禁感叹道："这里多美呀，真想住在这里不走了！"

王德有恐高症，他望了一眼山涧，看不到底，颤声附和说："是啊，真是人间仙境啊。所以这里才会生长出党参和山顶菊花这样的宝贝嘛！"

乔麦说："二哥你说，当地政府守着这山山景景的，咋不开发旅游呢？"

王德说："开发民宿旅游呢。"

两个人边走边说着话，不知不觉上到了半山腰，忽然，凤娇爹走丢了。

王德伸着脖子喊，老头没有回应。

头顶响起一阵闷雷声。两人仰脸看天，刚才还是晴朗的蓝天，不知什么时候扯来一张灰黑色纱布，乌云翻卷着，气势汹汹地向北扑去。乔麦惊讶地说："黑云往南摆木船，黑云往北发大水。我们赶紧回去吧！"

王德有些紧张，说："咱们得赶紧找一个藏身的地方啊，虽说带了雨衣，可万一山洪暴发，咱们性命难保啊！"

乔麦环视着四周，说道："快走，看有没有山洞之类的藏身处。"

雨下起来了，雨点黄豆粒那么大，打在头上麻酥酥地疼。

雨越下越大，天空被撕开，憋了太多的雨水，劈头盖脸地砸了下来，整个山崖都成了水的世界。乔麦和王德互相搀扶着，顶风冒雨艰难地跌跌撞撞走在山路上，几次都险些被吹下山崖。

王德在雨中喊："乔麦，你怎么样啊？能坚持住吗？"乔麦喊："能。你呢？"王德喊："我也行啊。"

乔麦和王德在狂风暴雨中几次滑倒。最终，两个人全都筋疲力尽了，为了防止被山洪冲走，两人紧紧抱住了一棵大树，不松手。王德不断地为乔麦鼓劲："坚持住，千万别撒手啊麦子——"乔麦哆嗦着说："杜梅多亏没来，来了就坏了。"她说着，浑身酸软支撑不住了。

王德顾不上自己的安危了，跑过来扶住乔麦的后腰喊道："站稳了，别怕——"

乔麦感激地看看他，点点头，嘴唇动了动，说不出话来了。王德搀扶着乔麦找到了蜈蚣形状的山洞，说山洞不像洞，就是一个洼兜。他们勉强贴着洼兜避雨。

王德给凤娇爹打电话，没有接，又给顾凤娇打电话。

顾凤娇在电话里只听到王德喊了一声："你爹走丢了，我们迷路了。"信号就断了。

暴雨不知道什么时候停下来的。

乔麦和王德的身体失去了知觉，瘫软地依靠在一起，大脑还是清醒的，眼前都是瀑布似的水，耳朵也耳鸣了。乔麦的大脑里随即跳出这样一条信息：暴雨停了！

他们生存下来了，咋没有人影呢？莫非这人迹罕至的山岭不会有人能寻来了？

乔麦和王德都想到了再打手机求救，她发现自己的手机被雨水浸泡得不能用了。乔麦发出微弱的声音："看来，咱们只能等人找到这儿来了！"王德声音微弱："我饿了，好想吃我爹炖的大锅鱼啊……可爹已经……已经不在了。"说着，伤感地哭了起来。

乔麦受到他的情绪传染，怀念王永泰，也怀念起儿子苇秆儿和乔木，越想越伤心，有气无力地抽泣起来了。两个人谁也不安慰谁，都各自哭各自的。

天大亮了，太行山通透了。

乔麦和王德的眼睛被阳光刺得睁不开了。俩人又惊又喜，挣扎着站起来。乔麦只起来半截，就又瘫倒在了地上，只能勉强硬撑着扬几下胳膊，再扬几下，还想扬，扬不动了。营救的人呼叫着围拢了过去，乔麦只看清了跑在前头的二虎。

她眼前一黑，昏了过去。

王决心接到了王德的电话，乔麦他们找到了，心中一块石头落地。

乔麦已经被送进了当地医院。

腰里硬走过来了，蹲在王决心身边了一句话，让他立刻又气上心来。腰里硬说："乔麦当过我媳妇，我最了解她。王德是你二哥，你也最了解他。你说这两人会不会，啊，那个，是吧？"

"狗嘴吐不出象牙！"王决心瞪了腰里硬一眼，吼了一声，"滚一边去，王德是我二哥。"

腰里硬却不生气，赖赖地坏笑。

他掏出手机摆弄了几下，递到王决心面前，说道："自己看吧。这是在神仙山的北岭沟拍到的。"

王决心接过手机仔细一看，屏幕上是一张照片，乔麦和王德紧紧地依偎在一起。

"这个兔崽子！"王决心骂道。

他浑身的血液立刻全都涌上了脑袋，找药材用得着这么亲密吗？就算遇到暴雨，也用不着这么搂抱着避雨啊！

腰里硬冷笑一声，问道："怎么样，不是我喷粪吧？"

"这是你拍的？"

"不是。"

王决心问："那是谁拍的？"

腰里硬扬起了黑眉毛，说："这你就不用知道了。怎么样，这俩人够豪横的吧？"

王决心瞪了他一眼，吼了声："该干啥干啥去！"转身不再理睬他了。

腰里硬竟然哼着歌儿走了，有耻笑的意味。

王决心真的上火了，真想追上去狠狠地踹他几脚，腰里硬的人没影了，他就胡思乱想起来。王德好色，这小子有前科，不能完全相信。

乔麦接到了雁子打来的电话，告诉她："你和王德迷失在山上的事被王决心知道了。"

乔麦说："别提他，哼，到现在都不给我打个电话问候一声！"

雁子说："问候？他不骂你打你就算阿弥陀佛了。"

乔麦吃了一惊："凭啥打我呀？我去给杜梅找药材事先得到他的同意了呀。"

雁子说："还嘴硬，回来你就知道了。"

乔麦、王德和杜梅回到了白洋淀新区。王德到地下管廊去找王决心。可是，新区工地采取完全封闭式管理，外人进不去。乔麦再次给王决心打电话，通了，他不接。

王德也给王决心打电话，王决心接了，就说了一句话："王德，等我回家找你算账！"

王德一惊，再给他打，打了好几个就是不接了，发微信留言也不回。

王德的心狂跳起来，开始反思。王决心可能生气误会了，莫不是后来有坏人跟老三嚼舌头吧？

他估计王决心看到那张照片了。二虎在场，他最清楚他和乔麦是怎么回事，他可以作证，再说杜梅也可以当证人啊！

第一百零三章　安居

王决心搬进了容东片区安置房。

王决心和乔麦在小雪节气之前，操持搬了家。新家开始供暖，房间暖融融的，政府给装修好的房子，拎包入住。伍宝库家分了两套安置房，让给王决心和乔麦一套，王决心住在对面屋，彼此好有个照应。王德和杜梅家也分到了两套，王德一套，杜梅爹一套。

有了新房，王决心特别爱回家，第二天就是星期日了，王决心找经理说他想明天回家待一天，经理觉得挺新鲜的。吊装技术已经攻克，肖寒留下来技术指导安装，路海生回北京总部了，王决心平时只能跟带班经理打交道。

王决心参加一周的技术工人培训班，回到安置区的家。乔麦正给儿子大雄喂奶，听见门响问了一声："决心回来啦？"王决心说："回来了，家里都好吧？"

乔麦抱着大雄点点头："好啊，儿子，快瞅瞅你爹回来了！"

王决心伸手掐了一下大雄的小脸，依然不高兴。

王德愣了愣，问："老三，学习咋样？"

王决心斜着眼睛瞪王德一眼，没吭声。

他看见王德在跟乔麦说话。他观察了王德，乔麦喂孩子的时候，王德俩眼珠在胸脯那儿乱滑溜。他立马想起了他们在太行山上的照片，勾起了他的火气。当时他相信了乔麦，才没有跟王德追究，但是，他担心杜梅病着，王德肚里的花花肠子又翻腾出来。

王德脸色一沉，回对面屋的家了。

第二天上午，王决心歇班，想多睡上一会儿。他还在被窝里，王德来敲他家的门。乔麦轻轻地开了门。王德问："老三起来了吗？我想跟他谈谈。"他的倔劲上来了。乔麦"嘘"了一声，小声说道："别嚷嚷，你三弟还没睡醒哪，你俩谈啥啊？"王德满脸愁容地说："昨天我看他鼻子不是鼻子脸不是脸的，我一宿都没睡好觉。"

乔麦一愣："为啥啊？"

王德沮丧地说："不知道，得问他啊，过去我们哥俩小吵小闹，没有一丝裂痕，昨天开始这是咋啦？"

王决心穿着睡衣走出来，咕哝说："我起来了，乔麦上班去，我们俩好好谈。"

乔麦一愣："决心，你没病吧？你俩还有事瞒着我啊？"

王决心倔倔地说："你别管！"

乔麦满脸疑惑地说："我正好公司有事，你们哥俩谈。不过，决心，你不能动手动脚的。"

王决心说："你放心，我现在是啥身份？我不会死缠烂打动拳头的。"

乔麦背着挎包走了。

王决心担心伍宝库过来串门，将门关严了。

王德看他关了门，心里扑通扑通跳，脸上挂了笑，说："老三，别跟哥开玩笑了，到底是为啥啊？"

王决心掏出手机，让王德看手机上的照片，眼睛闪着焊花般的光焰："到底是咋回事？我一直忍着，这回我们搬到一块了，我必须弄明白。你要是做了对不起我的事，看我咋收拾你！"

他亮出这张照片，与其说是验证哥们感情，不如说是为了驱散心中疑云。

王德脸如白纸，身子打摆子似的抖："这是谁拍的，你是咋拿到的？"

"那你就别管了，说吧！"

王德将给杜梅采药时遭遇山洪的过程讲得滴水不漏，王决心长嘘了一口气，心中乱糟糟的，竟然一下子语塞了。

王德吓得大气不敢出，愣着眼睛问："老三，你还不信我吗？我可是冤死了，你跟乔麦弟妹核实吧，还不相信，我就回王家寨找奶奶找二叔评理！"

王决心恶狠狠地质问道："老二，又犯老毛病了是吧？狗改不了吃屎是吧？你以为跟杜梅复婚了拿自己不当外人了是吧？"

王德惊讶地看着王决心："你说的啥话啊？我是你二哥，你咋能这么对我出言不逊呢？"

王决心啪地一拍桌子，吼道："出言不逊？我还给你留着脸哪！"

他怒视着王德。

王德生气了："老三，我就不明白了，你咋就非往自个儿脑袋上扣屎盆子呢？你这么做对弟妹对我简直就是一种侮辱！"

王决心喊："废话少说，有胆子就跟我回王家寨，面对奶奶和二叔说明白！"

王德喊："走就走，我要是有事，就吊死在柿子树上！"

"吊死吧，免得跟你操心！"

兄弟俩回了王家寨。快到奶奶家的时候，两人才意识到空着两手哪，赶紧钻进超市各自买了一食品袋乱七八糟的东西，结账的时候王德抢先要一块结，王决心白了他一眼接着挑选别的物品去了。

王德只好结了自己的账出了超市。他前脚走，王决心后脚结了账。

王永山正在给铃铛剪指甲，听见院子里有脚步声，欠起身隔着玻璃窗向院子里看，看清是王德，就喊了声："老二回来啦。"

王德答应一声走进屋，叫了声"二叔"，放下食品袋，凑到奶奶跟前俯下身端详会儿老人，抬起头看着王永山说道："二叔，我看奶奶的脸色不错，你和二婶照顾得挺好啊，辛苦了啊！"

王永山笑笑，说："是你奶奶也是我妈，孝敬点不是应该的嘛。哎，就你自个儿回来的？老三电话里不是说你俩一块回来吗？"

门外传来脚步声，紧接着响起王决心的话音："二叔，我来啦。"他推门进屋，身后跟着小酒锦。外面突然下雨，王决心没带雨伞，浇得像落汤鸡。

王决心拿手撸了一把脸，走到二叔跟前。

王永山赶紧起身说道："老三，回来了？你奶奶不会说话了，但老人家心里明白。她知道你在工地上忙，她不怪罪你，相反倒是为你进了央企骄傲自豪！来，坐下歇会儿，二叔给你们哥俩沏茶喝。"

王决心白了王德一眼，问王永山："二叔，家里有绳子吗？"

王永山一愣问："要绳子干啥啊？"

王决心铁青着脸说："二哥要上吊。"

王永山和小洒锦同时一怔，面面相觑。王德瞪视着老三，质问道："老三，你是不是太过分了啊？凭啥编造说我要上吊啊？"王永山转脸看着王决心说："是啊老三，你这是闹啥哪？"王决心说："二叔，老二这小子……他调戏乔麦！"

王永山和小洒锦大吃一惊。王永山瞪视着王德，声音颤抖着说道："老二啊，这……这是真的？"王德说："二叔，这事你现在就可以给乔麦打电话，问问她是真还是假。"王决心说："二叔，你不用打电话，我是亲眼看见的。二叔，你说有他这样当哥哥的吗？是不是该死？老二你啥也别说了，我要是你早就上吊死了。走走走，去死吧去死吧，你想死谁也不拦着，我再给你脚底下搁个凳子，你脑袋往绳子套里一钻，你就可以以死谢罪啦！"

王德恨恨地瞪了瞪眼，伤心地说道："二叔二婶，你们都看见了吧，老三就是跟我过不去，接支书的班，他反对，这会儿又往我身上泼脏水。我拿我的脑袋发誓，我绝对没有调戏乔麦，绝对没有！二叔二婶，我爹不在了，你们二老可得给我做主啊！"

说完，他呜呜地哭开了。

忽然，腰里硬和雁子进来了，俩人脸上都挂着掩饰不住的笑容。大家都没想到他会来，全都吃惊地看着他和雁子。腰里硬说："王德，你小子太不够意思了，哪能给你兄弟戴绿帽子呢？这不是自个儿挖坑埋自个儿——找死吗？"

王决心朝腰里硬说道："这儿有你啥事啊？滚出去，滚滚滚……"

腰里硬捂着嘴，嘿嘿低笑。

王决心抄起茶几上的一个茶杯砸向了腰里硬，腰里硬躲避不及被击中左肩膀，茶杯摔碎在了地上。腰里硬喊道："王老三，我来帮着你说话，你咋还狗咬吕洞宾——不识好人心哪？"

雁子拉着他的胳膊说道："咱快走吧，管闲事落不是，何必哪！"

王永山厉声说："腰里硬，你们还是快走吧，还不够乱啊？别火上浇油了。"

腰里硬和雁子赖着不走。

突然，铃铛奶奶的铃铛响了，奶奶不能说话，心里却是明白的。小洒锦附在奶奶嘴边，回头抬脸说："奶奶的话，我听清了，老二没有犯错，腰里硬搞的鬼，老三赶紧给你二哥道歉！"

王决心确信就是铃铛奶奶的话。奶奶灵光突现，她在说话，她的嘴巴一张一合，想听她真真切切地再说一句话。铃铛奶奶真就又说了一句："老二已经改好了，他没对乔麦动歪心思，没有……"这句话说得清清亮亮的。

王德听得最清楚，流泪喊："奶奶英明啊！王决心，这回你相信了吧？"

他的声音很响，整个村庄都听见了凄厉的叫喊。

王决心低了头，不吭声了。

腰里硬脸上现出失望的表情，继续拱火道："老太太躺在床上知道个啥呀，我说王老三……"

王永山打断他的话说："你说啥呀说，非得看他们哥俩动刀子是吧？该干啥干啥去，雁子，快拉着你男人走吧。"

雁子抿嘴不吭声，看了看腰里硬。

腰里硬因为看见王决心两只眼睛里放光，赶紧顺着这个"台阶"走了。

腰里硬和雁子走了以后，王德觉得他也不宜久留了，便对王永山说道："二叔，要是没啥事，我就去玩具厂看看。好久没过来了。"

王永山咕哝说："吃了中午饭再走吧。"

小洒锦对王决心指指点点："老三你啊，王德的话不可信，乔麦你得信啊，那是多么好的人，给老二仨胆子也不敢！别生气了，我给你们炖鱼吃。"

王决心说："叫他走吧，我这心里还没缓过来呢！"

王德白了王决心一眼，委屈地走了。

王决心两只眼睛没着没落，只好帮着二婶收拾鱼。王永山坐在他身边捧着一本诗歌杂志看。王决心攥着一把剪刀在刮鱼鳞，发出咔嚓咔嚓的声音。满院子弥漫起一股浓浓的鱼腥味儿。

王决心突然想起什么，停下手里的活看着二叔问道："二叔，你真相信王德对乔麦没动歪心思？"

王永山抬起头来看着王决心说："你咋还小心眼上了呢？不信不立，不诚不行。相信自己，相信你二哥。"

王决心思忖了会儿，流着眼泪答应了二叔。

王永山和伍宝库通过一个电话。伍宝库在电话里说没有的事，纯属误会。

乔麦听王永山说王决心在王家寨打了王德，还让他在铃铛奶奶家院子里上吊，腰里硬在一旁看笑话，立刻感到胸口憋得难受。

乔麦流着眼泪奶孩子，泪滴到孩子脸上。

她不由得想起过去跟腰里硬的苦日子，又想到跟王决心结婚的幸福。她没想到，王决心竟然因为山中受困事件，而错怪了王德，嘴里骂道："这个该死的糊涂蛋！"

王永山给乔麦打来了电话，苦口婆心地劝乔麦说："你公爹走了，我这当二叔的不管谁管啊？听二叔的话，原谅决心吧，这说明他很在乎你、爱你，对吧？"

乔麦不想跟二叔谈这事了，岔开话题问道："最近忙吧，二叔？"王永山说："还行吧。我那个艺术学校彻底关闭了，芦苇画也停产了，我开始读书写作了。"

"祝贺二叔。"乔麦微笑着说。

乔麦和王德去阜平大山里为自己采药，而造成了王决心的误会，杜梅心里过意不去，惴惴不安。王德和乔麦的照片她看到了，她相信王德，更相信乔麦。那天属于特殊天气遭遇山洪，导致王德和乔麦抱团取暖。她决定去安慰一下乔麦。

这天一大早，乔麦还没起床，王永丽便过来了，她几乎天天早上这么早就过来，先做早饭，然后乔麦吃饭，她看孩子。乔麦刚吃完饭，杜梅抬手按响了门铃。乔麦装作没事人一样，强作欢颜地说道："二嫂啊，快请进……"

杜梅发现乔麦的眼睛还有些红肿，说道："想跟你说会儿话。"

乔麦说："嫂子你坐，吃早饭了吗？"

杜梅说："吃过了。"

乔麦又说："最近身体还好吧？我看你气色比前几天好多了。"

杜梅微笑着说道："好多了。这还不多亏你和王德采来的野党参，比药店的西洋参好，增强了我的免疫力，谢谢你啊！"

乔麦笑笑，说："一家人谢啥啊？"

杜梅说："乔麦呀，你是不是还在生决心的气啊？你别怪他，要怪就怪王德花心。决心不是不相信你，他是不相信他二哥啊！"乔麦说："不相信，有误会，可以坐下来好好说啊，对二哥动手，无论咋说也不对。"乔麦释然了，跟杜梅商量起如何做通王决心的思想工作，让他亲自给王德道歉。

王决心天天上工地，杜梅一直没能跟他沟通交流。直到国庆节前一天，这个机会终于来了。

这天傍晚时分，乔麦还在北羊村办公室，王决心打来了电话，说他到家了，准备亲自下厨做饭，问她想吃点啥。乔麦立刻想到了杜梅，说："做几个平常很少做的菜吧。"

王决心挂了电话，想了想，一个是猪骨头烩酸菜，另一个是地三鲜。他从楼下超市买来食材，系上围裙进了厨房开始忙活起来了。

天黑了，安置区的楼房华灯初放，霓虹闪烁。王决心刚做好两道菜，乔麦回来了。没一会儿，杜梅来了，拎着一个果篮。

王决心在厨房里忙活，俩女人坐在客厅里吃着水果聊着天。杜梅的手机微信提示音响了，她低着头鼓捣了会儿，继续和乔麦聊天。刚才，王德跟她微信问她乔麦家的情况，杜梅回复：老三在做饭，我和乔麦在聊天。

伍宝库到王德家串门。

王德把这个情况告诉了伍宝库和王永丽，然后叹了口气，说道：

"姑父，老三啥时候做过饭啊，这不是惩罚他嘛。老三也怪可怜的。"

伍宝库说："咋的，心疼老三了吧？"

王永丽说："你少给我心软，可怜他干啥，就该惩罚惩罚他，让他长长记性，免得以后对你再不尊重。"

伍宝库吸着烟说："对，王德啊，他不信任你、不尊重你，姑父不高兴，这个臭毛病必须改。"

王德点点头，坐在沙发上说："老三活该，我是得端着点。"

王决心给伍宝库打来电话，邀请他和姑姑，他说做了一桌子好菜，如果他们不来吃，剩下了就浪费了。伍宝库只好答应这就过去。王永丽说："你们去吧，我得看着孩子。"王德眨眼说："抱着去呗。"王永丽说："这件事我好像是局外人，去了怕你们都不方便吧？"

三家都在一层，非常方便。

伍宝库和王德进了王决心家才知道，菜竟然一个也没做好，王决心不想自己一个人忙活，耍心眼，诓来了伍宝库爷俩。他让王德给他打下手，把两盘凉菜先端到桌上，然后还有醋熘鱼片、鱼丸子和煮河虾，他让杜梅、乔麦和伍宝库先喝酒吃着，让王德帮他洗菜切菜。

王德白了一眼王决心，问道："你就用这种方式跟我和解吗？"

王决心眨巴眨巴眼睛："好吧，我接受你的道歉。"

王决心和王德握手言和了。

王决心和伍宝库喝酒，乔麦和杜梅说话，竟然谁都没顾上搭理王德。王德坐在椅子上看看这个，看看那个，尴尬的样子。他真的不高兴了，要知道今晚他才是主角啊，没有他王德的参与，今晚这场聚餐就不成立。他们竟然把他这个主角给冷落在了一旁，简直是岂有此理。想到这，他气呼呼地站起身说道："诸位，诸位，跑题了，跑题了，今晚可是批斗老三冤枉我的恶行，你们咋把我给忘在一边呢？"

杜梅笑着说道："哎呀，也真是的，怎么能把我老公冷落了呢？"

乔麦夹了一只大虾放进王德的碟子里："罪过，罪过！我们火力全开主要是一心想打败王决心，并非是冷落于你，还望二哥包涵。"

王德讪讪地笑笑，坐下来。

王决心递给伍宝库一张餐巾纸。王德呜呜地哭着说："老三，我上了腰里硬的当，挤对人家孙小萍，我正式跟你和乔麦道歉。我悔青肠子啊。还有，我对不起老婆。我们搬到一起了，我王德就好好陪着她、照顾她，她太不容易了……"

王决心说道："哎呀，今天我可真高兴啊，我二哥是个明白人。爹要是活着，知道你变了，他得多高兴啊！"

王德揩着红肿的眼睛说："我想咱爹，也想大哥啊！"

伍宝库歪着脑袋，斜了王德一眼："王德啊，不是姑父说你，一个故去，一个还活着，两个人不能一起想。"

王德点点头，眼圈红了。

他猛地抬头，月亮又圆又白，这么圆的月亮错过就可惜了。

第一百零四章　雪山之巅

站在风头上，冷风劲吹。

王决心得了迎风流泪的毛病，眼泪下来还来不及擦就冻上了，他抬手一揩。雪停歇了一会儿，黑色的云朵一直向南移去。太阳依旧不肯露面儿，雪白的冰面上模模糊糊。

只有走过去，王决心才能辨认出村头耸起的一座山，它是用雪堆成的大山。鸟儿的翅膀掠过雪山。王家寨人对雪不陌生，对雪山新奇。

这是乔麦策划的"淀上升明月"的实景演出，冬天项目滑雪和滑冰的现场。

孙小萍为迎接北京和张家口的冬奥会，组织了一场王家寨青年人滑雪滑冰比赛。村里会滑雪的人不多，但也要让大家见识见识一条条赛道的气势，果然很多村里村外的人都来看热闹，有的人还上赛道比画比画，滑冰场是天然的，做了简单的维护。滑冰场在雪山的最前边围了一个空场，扫了雪，洒了水，冰面像玻璃一样平整。小雪这天，下起了大雪，孙小萍叮嘱大家既要玩得畅快又要注意安全。

孙小萍还没有来，王决心爬上雪山看了看。挺壮观，高高的雪山，伸展了七条雪道，两侧做好了防护网。赛道分鲤鱼道、蘑菇道、秀林道、猫跳道、荷花道、芦苇道和大雁道。赛道起起伏伏地往远处延伸。雪山的一侧，建了临时的雪具店和特色小吃店，为游客提供方便。整个冬天喜欢滑雪滑冰的人们估计都会到这里聚集游玩。等春天来了，冰雪化了，简易房也就撤了。

有句古话，小雪收菜，莫把老天怪。王家寨人院里种上了大白菜。王决心知道，乔麦老家在霜降节气就把菜收光了。乔麦爹运了一车的菜，送到了王家寨，让乔麦给各家分一分。

"决心，看雪山哪？"

老顺子喊了一嗓子。他扛着冰枪去砸冰懵，王决心应了一声："顺子叔，砸冰懵去啊？"

老顺子嗯了声，夸奖这人工造雪的小山。王决心看着他背影，想起了他爹王永泰、爹的绝活。他笑一笑，老顺子说："砸冰懵去，过会儿你找我拿鱼。"王决心露出整齐的白牙："滑冰比赛完了啊！"

王决心的神情悠闲，心情却像这一片的雪野。老顺子说："听说这个雪山滑雪场就要开张了，跟乔麦说说，我可得谋个差使。"王决心说："当然，您的事我包了，马上就开张了，好多游客都报名了。"老顺子笑呵呵地走着，带着一股寒气。

王决心站在那里冻住了，像一棵树。

老顺子站在了冰床上，手拄着冰枪，一溜烟儿地跑走了。

一抹黄光落在了雪山的斜坡上，王决心感觉脊梁骨冷飕飕的，打了个喷嚏。

孙小萍终于来了。她穿着冰鞋滑冰出场，她微微低头，两只胳膊弯曲后扬起，像一只飞翔而来的大雁。她身后跟着村里的几个年轻人，有的滑冰，有的提着冰鞋走来。

孙小萍一笑，笑容里充满干净与青春。

王决心认出了孙小萍身后的姚志广。他是姚云的儿子，如今回村跟着孙小萍搞旅游。孙小萍穿的衣服有点单薄，她把乌黑的长发剪短了，干净利落，便于滑雪。她的脸庞在雪野里显得明亮，红色的夹克将她的脸映得微红，显得比平时更妩媚。她是福建人，南方人个头矮，皮肤比乔麦的细嫩，腰比顾彩铃的笔直，她抗冻，脸冻木了，手指头被冻得像一根根的胡萝卜。

"王决心，快过来！"孙小萍喊着。

"好咧！"

王决心应了一声。他从雪山上出溜下来，双脚触摸到驼黄色的苇垛上。苇垛盖着厚雪，摇得掉雪粉。

咸鱼从苇垛后边闪出来。他没有坐冰床，只是穿着棉鞋，咔哧咔哧走过来。他冲着王决心大喊："决心啊，今天好开心呀，往年到冬天都困住了，唯一的乐趣是砸冰懵，如今还可以滑雪滑冰，又能挣到钱。"王决心跟着咸鱼走，嘴里喷着哈气说："大叔，你到村里旅游公司上班了吧？"咸鱼点点头："渔船都收了，只能上班了。"王决心好奇地说："叔，一个月开多少钱啊？"咸鱼说："三千五。"王决心说："好日子刚开始，你在滑雪场干啥呢？"咸鱼抬手指了指雪山，说："人工造雪。"就咧嘴笑了笑。

王决心笑道："这工作好玩啊。"

咸鱼带王决心走向了天然造雪机。如果天然的雪不足，为了拉长滑雪期，白洋淀就是蓄水池，造雪机的管道伸进蓄水池，一片片雪花就从管子里喷出来，像飞舞着的白色的鸽子。

孙小萍望着王决心喊："决心，乔麦怎么还没到呀？"

王决心无奈地摊开手，摇摇头，说："人家是老板，忒忙啊。她在家里弄公司的账呢。"

孙小萍笑了，笑出遗憾的表情："是啊，乔麦是张家口崇礼人，最喜欢雪了，滑雪也棒，她来了该多好啊！我们玩吧。"

王决心一愣，说："啥叫玩啊，这叫比赛。"

咸鱼走进雪具房间，给大伙烧开水去了。

赵晓薇和武玉龙从大张庄坐着冰床来了。赵晓薇走下冰床，看着壮观的雪山，赞叹地说："乔麦干得漂亮，干得漂亮啊。"武玉龙扶着赵晓薇的胳膊，啧啧称赞。王决心、孙小萍跟他们握了手，两人一哈腰，融入滑雪的团队。

王决心望着这对情侣，长长地嘘了口气，心头暖暖的。他们春节就要结婚了。

紫雾笼罩了冰淀。滑冰场光溜溜的，而周围的冰面，还有残留的芦苇和枯荷，麻雀在上面蹦蹦跳跳，弹落几片雪粉。

王决心开始滑冰热身。没有乔麦的结伴而行，他滑雪时显得有点心不在焉，他和孙小萍并排滑行，边滑边说话。

孙小萍说："决心，大雪那天你能请假回村吗？"

"最近不好请假，我在工地上带班。"

"滑雪正式开张，乔麦剪彩，你不来别后悔啊！"孙小萍嘻嘻一笑。

王决心迟疑了一下，说："那，我跟领导说说啊！我们工人里有滑雪爱好者啊。"

这时候，有一对情侣手拉手进场。他们捂得严严实实，眼睛东张西望，躲躲闪闪，溜边蹭角的，总不大愿意到人群里来。但是，滑冰滑得神采飞扬。

王决心咕哝说："谁啊，王家寨还有这样的一对高手？"

眼尖的孙小萍一眼认出是老顺子的二儿子邸二虎，和他的老婆顾凤娇。

孙小萍喊了他们的名字，邸二虎轻轻滑了过来。

王决心一愣，问："二虎，你小子啥时候回来的？不认识我了？"

邸二虎说："哪敢啊，如今你是老板爷啊！"

王决心一瞪眼："啥老板爷，我是你哥。你在太行山跟凤娇过得咋样啊？"

"挺好，挺好的，都脱贫啦。"

王决心明白，邸二虎看见他就想起王德来，回村总是躲着王决心。顾凤娇也是躲避王决心，王决心瞪眼说："那不是凤娇吗？她咋不过来？"

邸二虎喊顾凤娇。顾凤娇答应了，她想溜都来不及，只好摇摇晃晃地滑了过来。

王决心漫不经心地说："凤娇，今天我们把话说开，当初，你们俩的事，我很生气，替我二哥鸣不平，可是，后来我也就想通了。"

顾凤娇一笑，笑出各种表情："王德哥现在都好吧？是我对不起他，对不起杜梅嫂子。"

王决心大咧咧说："王德伺候杜梅，挺好的。你们的事情都过去了，以后不提啦。我爹跟二虎爹，那是莫逆之交。你好好跟二虎过日子啊！"

顾凤娇点点头，拉住二虎的胳膊。

孙小萍滑了一圈过来，哧的一声，冰鞋一立，停下了，说："二虎，凤娇,你们两个滑得够棒的!我以为是专业队的呢。"

顾凤娇笑着说:"真的呀?谢谢孙书记夸奖。那我们摔的跟头就值了。"

二虎憨憨一笑,说:"我们在城里参加了学习班,教练可严格了,不过还是咬牙坚持下来了,这不是要迎冬奥会了吗?咱也不能落后啊。"

王决心挖苦说:"傻柱子还仨心眼呢,还知道进步啦,你们比我牛!"

武玉龙不会滑冰,跌跌撞撞的,深一脚浅一脚的,重重地摔了一跤。赵晓薇笑着将他扶了起来。

孙小萍耐心地一点点教他。武玉龙聪明,不一会儿就掌握了要领,滑起来熟练多了。

赵晓薇问:"孙书记,滑雪过瘾,啥时候开啊?"

"大雪,大雪节气开。"王决心抢了一句。

孙小萍说还要组织一场滑雪比赛。

邸二虎环顾四周,感叹地说:"王家寨变化真大呀。"

顾凤娇满眼羡慕。孙小萍喊:"大家注意啦,滑冰比赛马上开始。我们分一下队伍。大家的水平参差不齐,就平均分配。虽然总说友谊第一,比赛第二,可谁不想拿第一呀?"

王决心和孙小萍各带了一个团队。王决心将目光移到孙小萍的脸上,仔细瞧,然后说:"同志们,我带蓝队,孙书记带红队。考验我们的时候到了,大家相互配合很重要,现在不是东风压倒西风,就是西风压倒东风,人生难得一回搏,我们拼了!"说着,几个人互相击掌。

邸二虎挥舞拳头喊:"必胜,必胜!"

比赛开始了。

发令枪一响,两队人马冲进了冰面。孙小萍队喊着号子,大家节奏一致,明显比王决心的蓝队快一点。录音机播放着音乐,欢乐的乐曲在冰场上空回响着。他们服装的颜色组成了流光溢彩的环流,流动的曲线像诗,磨出的声响像音乐,显示着青春和力量。

二虎着急了,脚步有点乱,催着王决心:"队长,你快点滑啊。"

王决心加大摆臂,脚下用力蹬着。忽然,咔嚓一声,王决心脚下一歪,身体失去了平衡,狠狠地摔了出去。他咬牙爬起来,定定一看,一只冰刀断了。

"你们继续滑，蓝队加油！"王决心揉着腰喊道。人们滑远了，他气得拆下冰刀，往冰上使劲一磕，溅起的冰碴崩到他的脸上，打得脸生疼。

王决心知道冰鞋是乔麦买的。他沮丧地看着断了的冰刀，嘀咕着："这个败家娘儿们，买的假冒伪劣啊！"

比赛还在继续，孙小萍队的人也有人摔了出去。周围有不少老百姓看热闹，不时发出哄笑声。有的让小孩骑在自己脖子上，有的手里拿着冰糖葫芦看得津津有味。

王决心没了冰鞋，只能退出比赛，他看着大家开心的样子，想到了乔麦。他记得刚和乔麦谈恋爱时，有一次约好去滑冰，他很想拉着乔麦的手，乔麦害羞地躲闪开，旁边一个滑冰的人无意间撞了一下乔麦，乔麦跟跄着一下扑到王决心的怀里。乔麦的脸颊绯红，她站不稳，想推开王决心，可脚下不争气。王决心笑着说："看看，想拉你的手你不干，原来是着急拥抱我啊！"乔麦急了，伸出手就想打王决心，王决心趁机抓住乔麦的手，说："看你手这么凉，我必须给你暖暖。"说着把乔麦的手放进他的胸膛。乔麦脸红地低下了头。

王决心想到这，微微一笑，他想乔麦了，想回家。

邸二虎滑过来，说："决心，我爹喊你拿鱼去。"

王决心穿上自己的棉鞋，拎着冰鞋去找老顺子了。老顺子砸冰懵正欢，咸鱼笑呵呵地捡鱼。王决心站在冰窟窿旁边，望着无边无际的雪地，心情辽阔起来。

雪花又飘了。大淀上银光闪闪的鱼铺了一片。咸鱼不禁感慨："老顺子运气好，逮着鱼窝子啦。"

这是村里规划的砸冰懵专属区。

冰面拿苇帘子隔起来。老顺子端来一簸箕鱼，递给决心带回去，说："你丈母娘给我送来了大白菜，这鱼啊，拿回去给你丈母娘吧！"

王决心弯腰选了四条大鱼。咸鱼瞪了王决心一眼："你这个贪吃的东西，别撑破肚皮啊！"王决心说："我能吃，肚皮破不了，牛皮倒是一吹就破。"咸鱼不吭声了。人们知道王决心有所指，讥讽咸鱼儿子胡铁，这个爱吹牛的家伙。大家抛出一串快意的笑声。

砸冰慒弄出来无数的冰块，密密麻麻，让人无法下脚，弄不好踩到滑溜溜的冰块，人就会跌跤。老顺子将冰砸了一个圆圆的冰窟。他用网搅进冰水里，引诱着鱼，鱼冒头就一抄，捞起这么多欢蹦乱跳的鱼，活鱼蹦不了多久，就被冻死了。

冰床在雪地里飞快地滑行着，一闪一闪。砸冰慒的人越来越多。几个人一起砸，冰面上形成了冰震，嘎嘎的裂响震耳欲聋。慢慢地，像是打鱼板儿的声音。

王决心警惕地看了看四周，朝雪里吐了口唾沫，诡异地一笑，往里边看去，黑压压的人群，所有的人畅快地捞着鱼。

这个时候，孙小萍、赵晓薇她们也不滑冰了，跑来看热闹。孙小萍踩到冰块了，一屁股跌在了冰面上，哧溜一下滑了几米远。她铆足了劲儿爬了起来，腼腆地笑了。

水牛和顾彩铃滑着冰床来了。水牛不会滑冰，跑这里砸冰慒来了。他把冰枪让给王决心，王决心砰砰地砸着冰窟窿。

看见冻鱼，水牛双手合十，嘴里阿弥陀佛地念叨着。他用抄网抄了两条鱼上来，双手冻得通红。王决心说："水牛，快抓鱼啊。"水牛说："我不忍心抓活鱼。"顾彩铃说："水牛的心肠真好。"王决心瞪了水牛一眼，说："心肠好，这些年他没少吃鱼啊！"水牛憨厚地说："我不杀生，鱼死了我才吃，吃鱼聪明啊。"王决心开玩笑地说："没看出你聪明，倒是觉得你唱歌好听。来，唱一支白洋淀情歌。"水牛摇摇头不想唱。王决心说："你不唱也行，那彩铃就不嫁给你啦，我说了算，是不是，彩铃？"水牛的脸腾地涨红了，抬起眼睛深情地望着顾彩铃。两人对视，水牛开心地笑了。村里人都知道，水牛爹是白洋淀情歌王子，老人会唱五十多首白洋淀情歌。

"唱啊，彩铃还在，冰上唱情歌多有趣儿啊！"王决心催促道。

孙小萍说："水牛唱歌，我还没有听过。"

水牛一看王决心又发话了，清了清嗓子，唱起来：

哥哥的冰床雪上飞

妹妹躺在冰床上流泪

别哭别哭

天空的大雁伴你飞

哥哥为啥不走了

留在大淀把雪人堆

雁翎插在雪人耳朵上

雁翎羽化想与人轮回

哥哥啊

雪人哪有人的智慧

哥哥带我回家吧

家里暖炕有四条腿

……

水牛的声音响亮、嘶哑，但是有些凄凉。

人们像蒙了的鱼，一时呆住了。过了一会儿，冰面上响起了掌声和笑声。顾彩铃羞怯得脸红了。

暮色降临在寂静的雪淀上，人们渐渐离开雪场，砸冰懵的人也越来越少。大淀显得空旷寂静，风呼呼地吹着，时不时卷起一阵雪旋风。

王决心爬上了咸鱼的冰床。咸鱼两脚轻轻地一用劲，冰床就颠起来。邸二虎喊："咸鱼叔，你慢点，别把老板爷摔喽！"

王决心啐了二虎一口："你小子给我闭嘴，我不爱听啥你偏说啥，我是大工匠，难道比老板差吗？"

"好，不说不说啦！"

人们哄然大笑。

冰床融进了霜雾里，蛇一样穿行。王决心有点晕眩，飘然欲仙。到了王村里码头，王决心冻坏了，后背全是鸡皮疙瘩。他左手拎着断了的冰鞋，右手拎着四条鱼回到了家。

太冷了，冻得王决心脸发木。家里，乔麦和大荷花还在工作，王决心赶紧到屋里把湿冷的衣服换了下来。大荷花看见王决心回来了，扭头对乔麦说："乔总，天不早了，今天的账就对到这儿吧。"乔麦说：

"明天上午再接着来。你赶快回吧，让决心拿冰床送你。"大荷花摇头笑道："不用，我随便租个就行。"大荷花穿着白色羽绒服走了，像一只摇摇摆摆的大白鹅。

雪还在飘。

雪片铺到窗子上，结了一层白纱，王决心送大荷花到码头，他回到家。家里只有乔麦，乔麦担心孩子冻着，没让俩孩子过来，王永丽看着。

王决心做了饭，白菜炖鱼。

屋里打了电暖风，暖融融的。吃了饭，乔麦像天鹅一样沉静，问了问滑冰的情况，就去洗澡了。王决心内心有些冲动，进屋他就喊乔麦，屋里没人，他忽然听到哗哗的流水声。他嘴角微微上扬，轻手轻脚走过去，拧开了浴室的门，一股香气扑面而来。王决心静静地站在原地，看着乔麦凹凸有致的身体，丰满的乳房轻颤着，似乎在召唤着什么。热气腾腾的水汽把乔麦的脸颊熏得红彤彤的。乔麦侧着头，下巴轻轻扬起，露出美丽的脖颈，水顺着脖颈流了下来，微微翘起的臀部，像圆鼓鼓的苹果。

王决心看着，心里荡漾，他脱下衣服走了进去。

冷风飕飕，通过窗户钻进来。窗前挂着白色的冰凌，房檐流水冻的冰凌在风里琅琅作响，很像打鱼板儿。

王决心嘴里咝咝吸着冷气，钻进了乔麦的被窝。她把被窝早已焐热了。他给掖紧被角，乔麦侧身头枕在王决心的肩膀上，睁开黑眼睛望着王决心说："老公，说好了今天和你一起滑冰，可是豆粉厂对账，要得太急，对不起啊！"王决心亲了一下乔麦的嘴巴。她嘴角是冷的，脸上也是凉的，只有乳房是软的热的。乔麦的皮肤白得耀眼，照得他晕晕乎乎。王决心对着乔麦的耳朵轻轻地说："那就让我惩罚你一下吧！"

他说着把被子扯过了头顶。

乔麦没有拒绝，娇娇地说："决心，你怎么还那么坏。"她的声音颤软如莺。

王决心的眼神有些涣散，一把搂紧了她，她过去瘦精精，生了大雄，慢慢胖乎起来，他感觉，女人还是要不胖不瘦的好。他尽量做得温柔，可是，拱着拱着，拱得乔麦入了境，他激情的火焰就燃烧起来，完全不可遏制了。乔麦被他暖烘烘的身体烫热，身体不停地扭，双手一抓一抓的。

天上划过一颗流星，雪停了。

深夜，俩人睡得正香，王决心手机突然响了一下。他累了，没有在意。

太阳一出来，雪花在跳舞。黎明前，星辰落了，大地一片雪白。早晨的大淀显得空旷起来。小雪的雪存不住，屋顶滴答着雪水，冰玻璃闪着银光，屋檐下就留下一片漆黑的痕迹。闹铃响了三遍，王决心才醒来，他觉得自己的身体沉沉地睡在一个大暖炉里，不愿意起来。乔麦把早饭做好了。窗户上有一层薄薄的雪花，乔麦拿手一划，留下细细的痕迹，她伸个懒腰叫王决心起床。

王决心迎合着，他拿起手机，看到一条惊人的信息，顿时从床上跳了起来。他脸色霎时白了，心里一阵绞痛，双手哆哆嗦嗦，大声哭喊："师傅！"他的喊声撕心裂肺。

乔麦吓了一跳，心慌得像要从喉咙里跳出来："决心，出啥事了？"

王决心双手捂着脸，不停颤动。

过了好一阵，王决心告诉乔麦，鲁大林师傅在巴基斯坦工地遇到恐怖袭击，他救了两个巴基斯坦工人，自己却失去了双腿，已经截肢啦。乔麦的心碎了，心疼地说："真是没有想到，出了这样的事。鲁师傅是多好的人啊！"

王决心沉默寡言了，双手抱着头，悲痛藏在内心深处。他一半悲伤一半思念。师傅就是他的一面旗帜，技术精湛，又那么有感染力、号召力。他想成为师傅那样的人。

过了好久，王决心没有吃饭，呆呆地愣着。等他的心神镇定了，郑重地对乔麦说："老婆，我想报名去巴基斯坦，接过师傅的焊枪！"

乔麦望着王决心，眼睛泪光闪闪："决心，你做啥决定，我都支持你！"王决心望着乔麦，没有吭声。

屋里寂静极了，王决心一把搂过乔麦，听见两颗心在腔子里嗵嗵地跳。

第一百零五章　生活圈

有一阵子，乔麦感觉胃疼，该吃饭的时候疼，吃完了饭也是疼。但是她一直没告诉王决心，因为看到了他比自己还要忙。

王永丽偷偷告诉王决心："乔麦老闹胃疼，好几次我看见她疼得直冒汗。"

王决心一怔，问道："她没上医院看看去？"王永丽说："我催她去检查了，她老是点头说去，可我问她去了吗，她又老说抽空就去。"王决心急了，当即给乔麦打电话，说道："你现在赶紧从公司出来，十五分钟在容光医院门口等我。必须，快！"说完挂了电话。

乔麦已经去过容光医院了，医生怀疑她得了胃癌，让她到省城医院做一次深入检查，乔麦觉得如果真的得了重病，也没必要再治疗了，便悄悄收起了化验单，跟谁也没说，更不敢告诉王决心，怕他分神影响他的工作。夜深人静，暗自神伤。

她一次次哀叹：老天爷怎么就这么不公平，怎么就这么折磨人，怎么就这么残忍无情？难道是苦藤结不出甜果来？如果有一天自己走了，把花花和大雄丢给决心，叫这爷仨怎么生活下去啊？哪个女人敢走进这个家啊？她不敢往下想了。

刚才，乔麦正在办公室。王德跟她汇报工作，乔麦接了王决心的电话，对王德说："决心回来了，等着我哪，明天再谈吧。"

王德点点头，出去了。

她赶紧拨通了决心的电话，说道："我已经去过医院了，就是胃炎，开了药了，放心吧。"王决心说："真的？"乔麦说："看你，又不相信我了？"王决心说："相信。那你可以早点回家吗？"乔麦说："想我了吧？"王决心问："你不想我？"乔麦说："想，想得快要想不起来了。"王决心嘿嘿笑着说："我也是。"

乔麦到了家，却不见王决心。

不一会儿，王永丽抱着大雄进来了，告诉她王决心去学校接花花放学去了。

乔麦笑了笑："那很快，十五分钟生活圈，真不是吹的。"系上围裙准备做饭。

乔麦对姑姑说："决心回来了，我多做几个好菜，待会儿把我姑父也叫过来吃。"王永丽说："不用了，难得你们一家子团聚吃个团圆饭，我们老俩就不凑这个热闹添乱啦。"乔麦进厨房忙活去了。

王永丽哄着大雄在客厅里玩。门开了，王决心从小学校接花花放学回来了。花花背着书包，听力恢复得也不错。

王永丽把大雄交给王决心。

王决心抱着大雄亲了又亲，亲不够，一边亲一边喃喃地说道："儿子，快点长大吧，长大了好跟你爹建设白洋淀新区去啊！"花花说："爹，我也去跟你建设白洋淀新区。"

乔麦看着王决心跟两个孩子亲热，心里越发不是个滋味，万一自己也像杜梅一样，得了不治之症，就再也看不到这幸福的一幕了。

她想着想着，忍不住眼圈一热。忽然，菜刀切偏了，左手中指刺痛了一下，连忙扔下菜刀一把攥住中指咧着嘴倒吸凉气，殷红的血冒了出来，掉到了案板上。

王决心抱着大雄进来了，一看这情景连忙说道："别急，咱家有云南白药，倒上点立马止血。还有创可贴呢！"说完，把儿子交给花花让她看着，快步走进书房找出云南白药。

乔麦手指的血止住了。王决心拿纱布一边给乔麦裹着伤口一边说道："你那个诊断书呢？一会儿拿给我看看。"乔麦犯难了，怎么能叫他看那份诊断书呢？她不由得眼睛湿了："决心，跟你……说个事儿……"王决心说："啥事，说。"乔麦说："我如果有啥闪失了，你能带着两个孩子好好过下去吗？"

王决心瞪了她一眼，说："别瞎说，我们还要白头偕老呢。"乔麦的眼泪哗哗地流，小声抽泣起来了。王决心预感到不妙，赶紧扳住乔麦的肩膀问道："出啥事了，你快说，快说！"

乔麦哽咽着一字一句地说道："医院怀疑我得了不好的病……"

王决心的脑袋嗡的一下，五脏六腑都拧巴成了一团。没有眼泪，他默默地把乔麦揽进自己的怀里，嘴唇颤抖着，一句话也说不出来。

乔麦哭成了泪人。

王决心劝说："哭啥嘛，没出息，天塌了不是还有地接着吗？"他立刻使劲抹了把眼泪，说道："别哭了，杜梅得了病，你不会再得的。明天我带你上医院好好检查一下，大夫不是说了嘛，只是怀疑。"乔麦点点头，说："行，听你的。对了，告诉你个好消息，我们的大豆、玉米三个胚芽项目都验收合格了，接下来就等着投资试验了，咋样，是好消息吧？"

王决心攥紧乔麦的手说："还真是好消息，祝你们旗开得胜！燕山农大的专家勾一鹏教授请来了吗？"乔麦说："王德去了保定，已经谈妥了。这个专家专门研究种子。"王决心拍着手说："太好了，太好了。"

这时候，客厅传来大雄的哭声，王永丽抱着大雄走进来了。花花率先跑进来说："我也不知道小弟弟为啥哭。"乔麦看看大雄，说道："我知道，他饿了。"从王永丽怀里接过大雄，拿起奶瓶给孩子沏奶，大雄喝上奶就不哭了。

王永丽说家里有事就回去了。王决心坐在乔麦身边，看着儿子喝着奶，说道："今天啊，我们的地下管廊基坑全部挖完了，提前了十天，这可是我们中天建创造的速度啊！"

乔麦惊叹道："这么快？"

王决心兴奋地说："过去这类工程，一年干完就不错了，如今用了高科技啊，就像你们种地一样，种地跟5G相连，连挖坑都用机器人了。你说如今这时代变化多快啊！"

乔麦感叹说："我们种地也是的，激光机除草，机器人浇水，无人飞机撒药。处处都要有新科技。现在去市民服务中心办事，都是机器人引领着为大家服务哪。"

花花问："娘，机器人会说话吗？"

乔麦抚摸着花花的小脸蛋说道："当然会说话了。我问它你吃饭了吗？它说，吃过了。我又问，那你吃的什么呀？你猜它怎么说。"花花摇摇头，说："我猜不着，娘你快说呀。"乔麦说："它指着电源插座说，就是在那儿吃的，原来它把充电叫吃饭，花花你说逗乐不逗乐呀？"花花拍着小手乐了："真逗乐，机器人太逗乐了……"

第二天上午，王决心带着乔麦到保定医院复查了一下身体，做完了各项检查已经是中午了。王决心说："咱俩上饭店吃点去吧，我请客。"乔麦本来是没有心情吃饭的，但又怕影响到决心的情绪，笑笑说："今儿个呀可逮住你一回，非狠狠宰你一次不可！"王决心胸脯拍得山响，大声说道："随便你宰，反正今天我忘了带钱了。"乔麦一把抢过他的手机得意地说道："微信的钱一样是钱。"两个人有说有笑地进了附近的一家饭馆，点了一凉两热三个菜，王决心说："喝点啥？"乔麦说："喝点白酒吧。"王决心说："你又不是不知道我不能喝酒。"乔麦说："我想喝。"王决心说："那我可以陪你喝点儿。"

乔麦挑起大拇指，说："我老公，不赖呆！"

这顿饭，两个人都觉得是那么不同寻常，有了一种仪式感。王决心心里想的是，喝点酒也好，缓解缓解乔麦的紧张恐惧心情。

乔麦想的是，必须得喝点酒，万一自己是和决心最后一次享受二人世界呢！

她喝着喝着想哭，却不敢哭。王决心感觉到了乔麦有点异常，但不敢问她，怕她更加胡思乱想。两天后的下午，王决心很想亲自到医院取诊断报告，但因为工作太忙脱不开身，只好委托王永丽陪着乔麦一起去了医院。

乔麦已经有了接受最坏结果的思想准备，所以一再不让姑姑陪她去。

王永丽坚持要陪她去，说这是受王决心之托，不去哪行啊。乔麦心腔一热，男人真是拿她当宝儿。化验报告拿到手的时候，乔麦深深地做了几个呼吸，一颗忐忑不安的心瞬间安静了下来。

王永丽的心情却紧张得不行，浑身都在颤抖，不敢看报告上写着的结果。乔麦轻轻地打开报告单，急切地把内容全部看完，"萎缩性胃炎"几个字格外醒目。

一场虚惊。

乔麦悬着的一颗心，落回肚里。

王永丽得知误诊，搂着侄媳妇也哭开了，抽抽搭搭："老天爷睁眼了，不能所有的灾都落我们一家啊！"

腰里硬这几天看不到王决心，情绪就烦躁。有一天，他看见王决心下了班魂不守舍，他推断他家出了啥事，悄悄叫雁子打听打听。雁子没能打听来任何消息。腰里硬骂她真是个笨蛋。

他叫雁子盯紧了这事，随时注意搜集有关王决心和乔麦的信息，第一时间报告给他。他自己则有空就暗中盯着王决心。

不过，让腰里硬开心的事随后到来了。

这天早上，腰里硬正在一家早餐店吃豆腐脑，听到坐在自己对面的一个小伙子打电话说："不行啊亲爱的，这几天，我们公司的一个准备要上马的项目资金出大问题了，把我们乔总都急坏了，你说我哪好意思休年假陪你玩呢？"

腰里硬一听"乔总"，立刻认出这个小伙子是乔麦麦耘公司的一个职员。怎么着，他们公司的一个准备要上马的项目资金出大问题了？这么说，乔麦的那个大项目要泡汤了是吧？哈哈，这可真是天降大喜讯啊！乔麦转型的麦耘科技创新，终于遇到大坎儿啦！真是大快人心啊！

腰里硬开心地朝老板喊："再给我来两碗豆腐脑！"他唏里呼噜几口就干掉了。

第一百零六章　种子风波

一波未平一波又起。

一个月后的一天，一场更大的变故悄然到来了。就像晴天响起一声霹雳，乔麦的种子出事了！

有农民举报她的麦耘农业科技公司竟然卖了假种子。此事非同小可。

乔麦面对执法人员的质询蒙住了。她一遍遍地自言自语着："我乔麦敢用我的人格保证，我绝对没有贩卖假种子，绝对没有啊！"

可是，她自己又不能自圆其说。种子播种之后，始终没有出苗儿，这是残酷的现实。

工商部门到容光乔麦的公司进行执法检查，确定乔麦公司有种子经营证件，不是什么违法经营。通过综合大检查，确定公司也没有违规经营。最终，执法人员把目光集中到了种子身上。

乔麦让王德查阅公司的种子走向，王德相继查出种子已经卖到了沧州任丘、肃宁、衡水深州和保定满城等地。

乔麦跟勾教授沟通，渐渐明白了一些。种子萌发过程分为吸胀、萌动、发芽和幼苗形成这四个阶段。吸胀，是种子萌发的起始阶段，表现为种子吸水而膨胀直到一定的饱和程度。萌动为种子萌发的第二阶段，表现为种子体内各种重量变化作用，储藏物质进行转化，转移到生长点，使种胚的体积扩大，胚根尖端突破种皮外伸，这一现象称为种子萌动，也称为"露白"或"破胸"。发芽指的是种子萌动后，种胚继续生长，当胚根、胚芽伸出种皮并发育到一定程度时，就称为发芽。

工商局特意请来了农业技术人员，经过对乔麦公司种子的解剖化验，最终得出一个结论：种子问题，不是故意坑农，而是本身出现了技术问题。

乔麦被解除了违法经营的嫌疑，聚焦在种子技术上。但她的内心依然很痛苦，为自己给农民兄弟们带来的经济损失和精神伤害自责。愤怒的王决心揪住了农大教授勾一鹏的脖领，要狠狠揍他一顿。

乔麦拼命拉开了王决心，把他的手指都划出血来了。王决心吼道："这种坑害农民的教授，难道不该教训一顿吗？"

乔麦坚定地质问王决心："我相信勾教授不是有意的。我是老板，他受雇于我，此事件主要责任在我，你不应该这样对待他！"

王决心恶狠狠地叫喊道："农民兄弟遭受了这么大的损失，也让你的公司信誉扫地，难道他就没有一点责任吗？"

勾教授耷拉着脑袋，单腿跪在试验田里，不停地抠着田里的土，疑惑地说道："都怪我，都怪我，问题可能出在萌动阶段了，种胚细胞分裂，细胞太少，胚根没有顶破种皮啊！"乔麦听到勾一鹏的话了，蹲在他身边问道："当初我对你提到过细胞分裂问题，你不是说没有问题吗？"勾教授叹息着，自责地捶打着自己的脑袋。乔麦感到一阵天旋地转，身子摇晃了几下晕倒在了田里。王决心连忙抱起乔麦的身体一边摇晃着一边呼喊着她的名字。但乔麦两眼紧闭，一点反应也没有。

王决心使劲掐乔麦的人中，掐着掐着，乔麦苏醒了。

这个事件震动了整个白洋淀新区。

新闻媒体持续进行了关注和跟踪报道，基本上都是对乔麦形成负面影响的。只有大巴掌的报道是为乔麦鸣冤叫屈的。

这一事件以后，新区对科技创新类的公司审查更加严格了。这一事件也让乔麦陷入了异常的被动之中。岂止是被动，差一点要了她的命，执法部门裁定乔麦的公司依法赔偿九百万。将近一千万哪，对于乔麦来说，这就是一场灾难啊！

乔麦还差一点被抓起来。当警察要铐走乔麦的时候，乔麦赶忙给新水公安局胡大队打电话，说明了种子事件的内情。胡大队了解乔麦的人品，他联系了容光县公安局的同学说明情况。她赔偿及时，没有过度引起民愤，带走只是做个笔录。

警察带乔麦走后，法院的人依法在她的公司大门上贴上了封条。

腰里硬过来一看，得意地笑了："乔麦啊乔麦，你也有今天！倒霉的女人，走哪儿都好不了！"

麦耘科技公司门前，围满了人，闹闹嚷嚷，水泄不通。

乔麦的名字在这些受到伤害的质朴农民的嘴巴里传来传去，越传情绪越不好，到了最后竟然喊着"乔麦"这个名字叫骂开了。农民骂她的理由只有一个：卖假种子，骗农民的血汗钱！

乔麦心痛，她的爹和哥哥，就是被假种子所害，她痛恨那个经销商，自己咋也成了坑农的人啊？如果有地缝，她就愿意钻进去。真的是跳进黄河也洗不清了。

乔麦一时不知道该怎么收场了。她是一个隐忍性很强的女人，但这一次她蒙了，巨额赔款打不倒她，公司账上还有资金。"骗子"这两个字，足以叫她生不如死。她把荣誉看得比生命还重要，她必须把自己的"骗子"恶名洗清。

王决心人在工地，心里惦念着乔麦。

王决心下班回了一趟王家寨，在码头碰上了咸鱼的船，咸鱼龇着牙问："你们搬入了容东片区安置楼新居，楼房比咱平房好吧？"王决心低着脑袋不吭声。他不能透露一点不幸的消息，不然就让他儿子胡铁知道了，必然让腰里硬幸灾乐祸的。

电话响了，乔麦打来的，他不能接，他担心电话里说走了嘴。他今天回家害怕碰见乔麦。乔麦科研失败了，他怎么开口呢？他知道这个项目投入了他家和王德的全部积蓄，几乎是豪赌一把，关于金种子的科技，对于农业粮食安全多么重要啊！其实，这个项目他咨询了杨义成，大哥嘴上支持，是因为他对这一次实验怀有侥幸心理。其实，大家都捏着一把汗，担心出现意外的结果，可是乔麦还是给他发来了信息，失败的信息。这无可辩驳地说明，事情肯定是无法挽回了。

王决心到王家寨下了船，闷闷地往家走着，浑身还在痉挛地抖动。

果然，乔麦没有让王决心失望，更没有被王德看错。她从派出所做笔录回来，对农民的损失基本都赔偿了，她这几天都在找原因，她来到万亩育种基地，一言不发，默默地整理着那些散乱在地上的各类材料。她没有丝毫的颓废，有的只是坚毅的表情。她在王德眼里是那么镇定、自信，一如始终如一的她。这让王德对公司的未来充满了信心。他想起老三说的那句"可她咋说也是一个女人"，能够想象得到，乔麦回到家以后会是怎样一幅情景。

这几天，王决心下班就买菜做饭。

乔麦当然明白爱人的心了，她一颗受伤的心得到莫大的抚慰。每一次，她依偎在决心怀里的时候，总会像一个小女孩一样哭得稀里哗啦。这让王决心的一颗心有了温情，有了被依靠的骄傲。这些年，一次又一次的打击接踵而来，但这个女人都挺直了胸膛接住了，王决心感受到了她在成长，以及她身上具有一般女人所没有的坚韧。可是，这一次的巨额赔款真的是成了压垮乔麦的最后一根稻草。

这一次的打击实在是太大了。

生活就是这样不可思议，这样不近人情。乔麦不仅仅是经济损失，而且遭受了从未有过的精神重创。

傍晚时分，王决心和乔麦在楼下长椅上坐了一会儿，西沉的太阳缓缓地落下了。

太阳在楼与楼之间凝固起来。

街上停止了喧闹，他们默默地坐着，假山池里的荷花虽然枯萎，但是池塘里的鱼儿游来游去。家长们到学校接孩子，十五分钟就回到了容东片区，孩子们拿着玩具奔跑着，老人们舒心地望着欢声笑语的孩子。乔麦陷入了沉思，王决心默默地望着她，怎么乔麦的眼睛这样忧郁，而且眼里某种神秘的不可捉摸的东西时隐时现。

王决心和乔麦阴眉沉脸。夜里，谁也睡不着，王决心感到乔麦在黑暗中哆嗦了一下。他问她没事吧？乔麦说不出话，流不出泪水，只是傻了似的看着他，嘴唇颤动。她不想了，一想就奶疼，奶疼就没有奶水了。没奶水，大雄吃啥呢？

王决心叹息一声，如果爹活着会怎么看乔麦呢？当初，王永泰就判定她就是一个苦命人，不可能苦尽甜来。他突然想起一句老话：盐从哪儿咸，醋从哪儿酸，得寻根溯源。对呀，如果不是伍宝库这个老东西喜欢种子，如果不是他怂恿王德也痴迷种子，如果没有他支持乔麦转型干种子公司，能出今天这个大事吗？他心里埋怨起姑父来。

王决心说："哎呀，乔麦，你和王德太听信勾教授的话了。种子鉴定专家也是他请来的，坑人专家！"

"唉！"乔麦叹息着。

第二天早上，王决心没精打采地上班去了，地下管廊工地不能请假。黄昏时分，王决心下班回到家，发现乔麦不在家，敲开姑姑家门，王永丽告诉他花花在她家。他问姑姑王永丽："乔麦跟大雄呢？"王永丽说："乔麦抱着大雄下楼了。"

王决心急忙下楼去找乔麦母子。

天黑了下来，容光融进了浓浓的夜色之中。乔麦抱着大雄坐在小花园里的石凳上，望着浩瀚的夜空发呆，脸上糊着泪痕，默默无语。

王决心悄悄坐在她的身边，他知道乔麦还没有从这场灾难的打击中走出来。

乔麦抱着大雄，眼神失神。

王决心哆嗦着双手将乔麦怀里的孩子接了过来。乔麦的头依偎在王决心的怀里，脆弱得一塌糊涂，又一次孩子般地哭了。王决心沉重地叹息一声，像哄孩子一样抚摩着乔麦的头发，说道："老婆，哭没有用，我相信你一定能挺住，一定能寻找机会迈过这道坎儿，最后获得成功的！"

乔麦哽咽着说道："谢谢老公的理解。二哥二嫂的钱也都被我赔光了，杜梅拿啥治病啊？"

王决心说："有人在，办法总比困难多，我们一起想办法。"

乔麦忽然感觉到，有了王决心在身边她就有了力量。只要两人不分开，原来聚集的精神能量都会变得更加强大，这是互补的原因吧。因为他们都是正直、坦荡而热爱生活的人。

其实，王决心劝了乔麦，到现在他也不知道该咋办。他的脸痛苦地痉挛着。当初，乔麦告别苗木，转型创办麦耘科技公司的时候，王决心是持反对态度的，由于大哥看好、孙小萍看好，他就随波逐流了。

大雄突然哇地哭喊起来了，怎么哄也停不下来。

乔麦说："准是饿了。"

王决心说："那咱们回家吧。"他和乔麦相互依靠着回了家。

王决心系上围裙，进厨房做饭，乔麦让他先用微波炉给孩子提前蒸好的鸡蛋糕加了一下温，一边喂孩子吃着一边看着他说道："树苗那边还有一百二十万，可以回款，但是，这点钱也是杯水车薪啊！"

王决心说："能不能贷款重新再来呢？"

乔麦摇着头说："我可没这个胆量了。咳，到今天这一步，都怪我决策时思虑不周啊！"

两个人沉默了。

一个继续喂孩子，一个走进厨房做饭。这一个夜晚，两个人谁都没有再说一句话，但谁都感应到了对方的眼神。

夜深了，楼群渐渐安静了。

万家灯火，一跳一跳，又跳着熄灭了，还有零零星星的屋子在亮灯。街边的路灯还亮着，散发出微弱的光芒。路灯杆孤独地伫立着，在这座城市的灯火阑珊处，默默地守候着一份凄清落寞。

王决心没和乔麦睡在一张床上，独自躺在客厅里的沙发床上。因为乔麦没有把大雄放进婴儿床里，而是放在了大床上王决心的位置。王决心躺在沙发上读书方便，他佝着身子苦读起来。

杨义成接到王决心打来的电话。

王决心沮丧地说："大哥，乔麦公司的种子出事了，天要塌了，你要不帮我俩就只能等死了！"他大吃了一惊："你别急老三，慢慢跟我说。我听乔麦说，她的种子基地跟苗木不一样了，规模挺大的了。看来是种子技术上出了问题！"

王决心说："大哥你说得对，现在从战略层面上看，乔麦是正确的。技术上，她也不懂啊！"

杨义成分析说："你是工人，过去打鱼，没有种过地，你不懂这里的学问。种子从哪里实现创新？这样吧，选一个好日子，你带上乔麦来深圳走一趟，开阔开阔视野，参加国盛主持的一个企业培训班，好好听一听国内专家的授课。"

王决心苦笑着说道："哥，你最近离开白洋淀，一直在深圳吗？我倒想到你那儿看看，可这儿的地下管廊安装提速了，哪离得开？让二哥带乔麦去找你吧。"

杨义成说："放心吧，管理解决，人才找对，翻身也是很快的。"

上午十点，乔麦和王德乘坐的航班安全降落到了深圳宝安国际机场。

杨义成派人到机场接机。直到晚上八点钟，杨义成出现了。杨义成从国盛总部过来，杨义成穿着一件黑色夹克，露出里面的褐色汗衫。下身穿黑色长裤，干净笔直，脸上挂着浅浅的笑容。他大步朝乔麦和王德迎了过来，说道："抱歉抱歉，欢迎你们！没有得空去迎接你们。不会怪罪大哥吧？"乔麦握握大伯哥的手，摇摇头，说："大哥好，一家人何必客气哪。"王德跟大哥点点头，算是招呼了。

三个人走进杨义成的办公室。

乔麦和王德刚一迈进室内，房间太亮，睁不开眼了。乔麦喊了声："哎哟，这是进哪了啊？我咋啥也看不见了啊？"

王德努力半睁着眼连忙搀扶住乔麦说道："别害怕，我在这儿哪。"

杨义成说："只是一种视觉上的不习惯而已，一会儿就好了，现在可以睁开眼睛了。"

两人很听话地睁开眼睛，立刻恢复了正常的视力，刚才的炫目，来自整个房间里的陈设，两人不由得被房间里的环境惊得目瞪口呆。

第二天上午，杨义成领着乔麦和王德拜会了靳一光。

乔麦精心打扮了一番。有的女人不漂亮，却会打扮，显然增色；有的女人漂亮，却不会打扮。她就属于后者，所以平常注意观察。她喜欢白色裙子，蕾丝的款式，配套了连体裤，丝绸外套，显得知性优雅，白色映衬得她的皮肤更加白嫩，前凸后翘的曲线明显，透出青春活力。

靳一光露面时，乔麦的心狂跳了。乔麦只是在电视访谈里见过靳一光，没想到在现实中，在自己家的亲人这里见到了，异常激动。

靳一光一身休闲装，洒脱、得体。他的眼睛炯炯有神，闭眼时，仿佛能把周围的一切尽收眼底。乔麦想：这或许是他的眨眼习惯吧，不过，靳总表面亲和，却是气场强大。杨义成在白洋淀受伤昏迷的时候，靳一光过去，乔麦和王德没有见过。

乔麦局促地说了声："靳总，您好。"

靳一光连续眨着眼，报以微笑点头，也说了句："你好。"

他笑的幅度不小，凸出的肚子跟着颤悠。乔麦受到传染，笑起来了。

杨义成笑着转脸看王德。原本没有笑的王德心领神会地笑了，笑出了声。

杨义成对乔麦和王德说道："不用我介绍了吧，这位就是我们无比尊敬的靳一光先生，靳总！"

靳一光说道："两位好，想饮我的黑茶吗？"

乔麦一怔："黑茶？黑茶沏出来的茶水是黑色的吗？"靳一光说："对呀，是黑色的。不光是这，喝进肚子里，身体皮肤还得变黑的哦。"

乔麦惊讶地说："这可不赖呆，算了，还是不要喝了吧……"

靳一光大笑起来。

杨义成看着乔麦，摇摇头，也笑了。王德凑近乔麦告诉她："靳总说笑哪，黑茶喝下去就变黑，那吃猪肉岂不要变成猪了嘛！可能吗？"

乔麦这次没有笑，自语道："闹了半天，我又孤陋寡闻了！"

杨义成对乔麦说："乔麦啊，你们的情况我已经跟靳总说过了，你们俩多向靳总请教请教吧。"

靳一光摇摇手，说："互相学习，互相学习，多交流，多交流。"

乔麦转脸看着王德："二哥你先说吧。"

王德点点头，说："行，那就我先求教。靳总啊，您说，作为一个企业老板，应该怎样避免企业少出差错走弯路呢？"

乔麦说："靳总，我们种子公司遇到困难了，专程向您求教来了！"

她说话自然圆熟，得体而动听。

靳一光摆摆手，说："遇事要冷静，欢迎你们听一听专家的课。我们通信创新跟种业创新，本质都是一样的。"

乔麦与王德对视一眼，感叹道："这么多能力？这不成了神人了吗？"

杨义成说："你说对了，企业家就要让自己锻炼成一个神人。"

靳一光问乔麦和王德："你们搞种业公司之前，跟你们的大哥深聊过没有啊？"

乔麦和王德面面相觑，摇了摇头。

靳一光说："杨义成是你们的大哥，是一个在实践中摔打成长起来的企业高管，你们都在白洋淀，居然没有听他讲课？也就难怪你们的种子公司出那么大的事啊！"

王德和乔麦对视一眼："大哥他不给我们讲啊！"

"靳总，他们跟我太熟了，人家是崇拜您，知道您时间紧，就破例给他们吃点偏饭吧！"杨义成说。

靳一光笑了，说："他想偷懒，我让他给你们讲。明白我的意思了吧？他山之石，可以攻玉。你们缺少的正是向别人学习的意识啊！"

乔麦用力点点头，说道："靳总，我承认，我这些年光知道埋头苦干，真的没有深入学习。你说得对呀，当一个企业老板，不学习咋能领着大家往前走呢？"

靳一光眯了一下眼睛，说："对呀，公司好比一艘大船，你是老板，也是舵手，你的眼睛只看着正确的方向，让员工紧跟你的节奏和步伐。公司做大了，人心容易散，管理如果跟不上，良将也会变成庸才。谁掉队，就先淘汰谁。但是，光淘汰是不行的，所以，需要不断改革。改革的核心目标是让人才最大地发挥创造力，你说对不对啊？"

乔麦和王德笑了笑。

听君一席话，胜读十年书。乔麦茅塞顿开，浑身的血像奔马一样跑了起来。

杨义成从皮包里掏出两个小本，递给他俩一人一个本，说道："不是大哥说你们，你们来学习，连个本子都不拿，更甭说预备个录音笔了，这哪行啊？俗话说，好脑筋还不如烂笔头啊。"

乔麦脸色羞红了。她接过笔记本和笔，准备做记录。

靳一光继续说道："不用记录。吃一堑长一智嘛，你们公司育种出了点问题，并不可怕。创新项目嘛，竞争也挺激烈的。在小麦、大豆、水稻、玉米和棉花这五种主要农作物上创新。嗯……你们应该先注册一个'麦耘'大田原种，打响自己的'麦耘'品牌。创新可是农业科技的重要前提，你得避免产品的同质化，才能提高市场的竞争力。你的产品必须迅速转化到商品中，尽快回笼资金，实现产品的增值溢价……"

乔麦和王德听得入了迷。

杨义成笑笑，敲了敲桌面，他俩意识到了失态，赶紧做起笔记来。靳一光说："你们哪，先别急着回家，我可以带你们到几家好企业参观学习取取经。"乔麦说："那好啊靳老师，那就麻烦你了！"靳一光摆摆手，接着说道："你俩知道凤凰科技吧？"他俩一齐回答道："知道。"靳一光说："作为一个现代企业家，非常需要学习别人好的管理方法。现在许多企业面临着人才留不住、公司做不大、股东之间分配不合理等一些问题，我们是怎么做的呢？发明了一套激励法，股权激励。知道什么是股权激励吗？"

乔麦望着靳一光说："知道，老板员工钱都入公司的股，全都当股东。"

靳一光点点头，说："这是一种效果非常好的内部机制。对于你们小企业而言尤为重要。不做股权激励，人才就不会进来；不做股权激励，企业就做不大做不强……"

靳一光讲了讲国盛的股权分配，靳一光有极少的股份，却能掌控公司。乔麦双眸顿时晶亮："股权分配太重要了。"

靳一光仰起了脸，煞费苦心地说："所以说，分股权重要，这些理念和做法，我们也是从世界各地好公司学来的。但是，我要说的是，光靠股权激励，也不是万能的。企业要有文化，要有精神！我看你身上就有一股朝气，你们形成什么样的企业文化，就决定企业走多远。"

乔麦认真地记录着。

靳一光引导乔麦从惯常的思维中走出来，就是农产品的品牌打造。他说："就你们的种业来说，我感觉，应该利用现有科技，进行产品产业链对接。我们的技术，义成回去可以无私支援，还有利用 AI 技术，走好科技兴农、品牌强农之路。试想想，我们的国盛没有打出品牌，还怎么壮大啊？"

乔麦心悦诚服地点点头，感慨地说道："是啊，您说到我心里去了！"

王德点点头，说："这回来深圳算是来对了。让咱们脑洞大开，受益匪浅哪！谢谢靳总，谢谢您给我们上了这一堂课啊！"靳一光晃晃手，说道："不要感谢我，应该感谢你们的大哥哟，不是他约你们来的吗？"杨义成说："谁都不用谢，都是自家人，乔麦是我的弟媳妇。"

靳一光笑道："义成，你打了埋伏啊！"

乔麦和王德都笑了。下午，他们开始旁听国盛专家的授课。听了几天的课，乔麦和王德回到了白洋淀。乔麦的精神状态好了，眼睛放光。她脸上的笑容如春风一样，令人看了心中顿生温暖。

几天后，杨义成虽然没有支持资金，却给找了北京朋友。这天下午，乔麦在县招待所热情迎接了中国农科院的种子专家，进行事故原因调查。

第一百零七章　落魄的人

这天下午，腰里硬到了容光县城，无精打采地走进了郑继刚的办公室。

郑继刚副县长正在翻看文件，看见腰里硬一愣，眼皮都不抬。王家寨开工塌船事件，让郑继刚对腰里硬非常失望。不但没有给他争脸，还暴露了郑继刚老婆大琴投资入股的秘密，这在官场是极其危险的。郑继刚冷冰冰地说道："我还要开会，你走吧。"

郑副县长直接下了逐客令。

腰里硬心里一咯噔，呆呆地看他。

郑继刚似乎很平静，他拉开抽屉，从里边拿出一个厚厚的茶叶袋，往他手里一塞："拿去喝吧，不要随便送给别人啊。"

郑继刚拿着文件，起身就要走。

腰里硬嬉皮笑脸地说："郑县长，我就说两句话，我们的王家寨旅游项目完了，但是，我还得挣钱吃饭啊！我想东山再起，创办黑鸭子科技公司。审批的事，还盼你跟新区公共服务局的领导招呼招呼。"

郑继刚把烟头往烟缸里狠狠一摁，毅然决然地吼："招呼招呼，这些年我帮你招呼了多少事？你干成了哪一件？这次'淀上升明月'，我本指望你能够翻身，连我老婆的家底都填上啦，我对你还不够好吗？你非要私自挪动舞台，自己搞砸了！"

"这不是意外吗？再给我一个机会吧！"腰里硬眉毛哆嗦，脸涨得通红。

郑继刚气愤地拍了桌子："意外，怎么意外总是跟着你啊？跟你讲，即便你开工庆典不塌船，占用木桥荷花水道，也是违反生态的，保护生态是红线，别人告状，你要拆掉的。"

腰里硬嘟囔说："乔麦这个臭婊子，没想到是她抄了我的后路！"

"别怪乔麦，她的种子事件，农科院的专家鉴定了，属于研发失误，人家都赔偿了。你想想，乔麦为什么能够干成事呢？"说完，他拿着笔记本开会去了。

腰里硬长叹一声，悻悻地离开了。

他走出容光县政府办公大楼，上了汽车，一头趴在方向盘，闭上了双眼。过了一阵，抬头看到自己汽车前玻璃被砸碎了。刚刚碰了一鼻子灰，心情极度沮丧，气得七窍生烟，骂了一句脏话，下车狂躁地朝汽车轱辘踢了两脚，钻进汽车，猛踩油门，驶出了县政府大院。

腰里硬强打起精神回到了王家寨，迈着松松垮垮的步子进家。

从来不抽烟的他，竟然点燃一支烟吸着，一边吸一边不住地咳嗽，忽然感觉自己有了一种穷途末路之感，坐在床上暗自神伤。这是他最落魄的时候，身边一个人也没有了，乔麦离婚走了，儿子苇秆儿死了，花花跟着乔麦走了，姚云也跟他散伙了，郑继刚也对他冷淡了，众叛亲离，老子混成孤家寡人了。他越想越伤心，竟然抹开了眼泪。

腰里硬身后响起脚步声，还有人喊了他一声："哥！"他不用回头就知道妹妹姚丽蓉过来了，心头一暖，眼泪流得更多了。姚丽蓉站在哥哥面前，默默地看着他，掏出湿巾给他擦眼泪，轻声问道："出啥事了啊，哥？你咋回来了？"腰里硬攥住妹妹的手，沉默了会儿，声音有些嘶哑地说道："蓉子，哥现在啥也没有了，媳妇儿没了，兄弟没了，姚云也走了，郑继刚也不管我了，你说我活着还有啥意思啊……"

姚丽蓉惊讶不已："哥你别难受，你不还有我这个亲妹子吗？乔麦就是咱家的丧门星，你早就该把她赶出家门了！为这种人难受不值得！胡铁他就不念人，猴精猴精的，你跟他在一块早晚得叫他坑了！甭遗憾。工地咋不要你了？为啥呀？郑继刚不帮你说话了？"

腰里硬晃晃手，不耐烦地说："算了算了，别打扰我，就想安安静静地待一会儿。"

"你饿吧？我给你做点？"

"我渴。"

"豪横不起来了吧？我给你烧水做饭去。"

腰里硬呆呆地想心事。水咕嘟咕嘟地开了，姚丽蓉问："哥，你家茶叶放哪儿了？"腰里硬想起郑继刚给他的茉莉花茶，从口袋里拿出来纸袋递给了妹妹。姚丽蓉接过去了，突然"哎呀"叫喊了一声，他吓了一跳。姚丽蓉把茶叶袋子递到他眼前，颤抖着声音说道："你快看看，这里边是啥！"他往里一看，竟然是一沓一沓的人民币。

腰里硬的脑袋轰地一响，这是当年郑继刚当乡党委副书记的时候，为他的挖泥船揽活，他赚了钱，送给了郑继刚十万。他数一数里面的钱，十万元，一分也不差。腰里硬突然明白，郑继刚是铁了心要跟他划清界限。他的心沉下去了。

问题出在哪里了呢？

仅仅是开工仪式的塌船事件吗？郑继刚老婆的投资，已经退回去了。腰里硬给姚云打了个电话，想从她那儿探探口风。不管咋说，自己跟姚云是亲堂姐弟，打断骨头还连着筋。于是，他拨通了姚云的电话，姐、姐地喊，姚云的回应却冷若冰霜："别打了，别打了，我这儿有事，有空再聊吧。"

"咔嚓"，电话挂了。

腰里硬攥着手机呆愣了会儿，骂了一句："姚云，你他娘的六亲不认是吧？"

腰里硬暴跳如雷，高高举起手机就要摔。姚丽蓉急忙喊了一声："哥，别摔，那是咱自个儿的！"腰里硬放下胳膊，再次拨通了姚云的电话，姚云已经不接了。腰里硬对着电话咆哮着："你个臭娘儿们，有话说明白啊，是不是卖沙子卖疯了啊？沙子是我打开的门路，你不能独吞！"吼完，摔了手机，赖皮狗一样瘫倒在了沙发上，呼哧呼哧喘气。

窗外一声巨响，雨点砸了下来。

雷声大，雨却不大，淅淅沥沥的。腰里硬吸了一口凉气，一股凉

1130

意从脚底慢慢浮了上来。他侧卧在床上，头脑非常清醒，但清醒之后又跌入更大的迷惑。他想了两天，心里乱糟糟的咋想也想不清楚。

他想到了雁子，雁子的电话关机了。

姚丽蓉说："塌船事件以后，我好几天没见着雁子了。"腰里硬问："上哪儿了？"姚丽蓉说："反正没在村里。"他骂了一句："这个婊子，见钱眼开的骚货！"

当天晚上，腰里硬正和姚丽蓉吃饭，胡铁笑嘻嘻地来了。他将拎着的一只烧鸡放到餐桌上，神秘地说道："哥，我过来看你。"

腰里硬朝他"呸"了一下，抄起烧鸡，扔到了地上，吼道："鳖羔子，滚出去！"

"哥，还为那船的事恨我哪？造大船，是你天天催我进度，全怪我啊？"胡铁苦着脸说。他弯腰捡起烧鸡，拍拍上面的土，压低嗓音说道："哥你别生气，路海生不管我们了，郑继刚被调查了，姚云姐的生意估计悬乎了。"

"啊？你说啥？"腰里硬惊讶，"郑县长咋了？"

胡铁说："还没有公布呢，姚云姐说，他刚刚被纪委带走了。"

腰里硬身架塌了，半天没有说话。他忽然明白，郑继刚为啥把钱还给了他。那时他已经有了预感。郑继刚恨他是有道理的，塌船事件，暴露了他家的财产，可能有人借此告了状。沉默了一会儿，腰里硬瞪着眼睛说："唉，都比我豪横，都要重新洗牌了，王决心说得对呀，这世界靠谁也不如靠自己，看来咱还得靠劳动吃饭啊！"

腰里硬说着从家里走了出来。

他觉得走累了，想坐下歇一歇，回头看胡铁颠颠地跟着他。他扭脸就朝胡铁吼："你要再跟着我，别怪老子对你不客气！"一只手就按在了大腰带的铜扣上。胡铁知道他的脾气，只好止步了。

腰里硬又吼了一声："胡铁，别怪我没本事，以后自谋生路吧！"

胡铁叹息一声，失望地走远了。

腰里硬坐在那棵老梨树下的石磴上，默默地盘算他自己的事情。如今，他培育多年的关系废了，还有二百万块钱的债务缠身。要想东山再起，必须一切从头再来。他歪着脸，龇着黄牙，不停地捻着腰带的铜扣。他想到自己建一个科技公司，还能得到国家的补贴。这么想，他便有了莫名的兴奋。他啪地使劲拍了下自己的膝盖，自语道："她是红人，这事就找乔麦啊！"

腰里硬忽然看到了最后一根稻草。

他找乔麦帮忙也许是最后一招了。打听到乔麦的公司从北羊村搬到了容光县城芳香路，他开着自己的轿车一边缓慢行驶一边留神街道两旁的大小店铺门脸招牌。好在今天的车辆不多，也没有遭遇堵车。眼看着快要出了这条街了，一块"麦耘农业科技有限公司"的牌匾进入了他的视线。

腰里硬进来的时候，王德还没有到。乔麦在办公室，她看见了腰里硬一惊，当场给王德打了电话。

王德在北羊村，忙乎大豆加工厂销售的事情。萍河大豆粉和萍河豆油开始生产了。王德接到乔麦电话，明白了她的心思，就开车急着往公司赶。

乔麦发觉腰里硬明显瘦了，满脸横肉萎缩了，满身的硬气锐减，与以前判若两人。她惊讶地看了看他，让他坐下。腰里硬将一包东西放下，说："这是给花花和大雄买的。"

乔麦的目光里多了一份警惕："你找我有什么事吗？"

腰里硬往沙发上一靠，说："决心干啥呢？还在做地下工作者吗？"

乔麦冷冷地说："什么是地下工作者？还谍战呢，那是地下管廊。大小你也当了公司老总了，话都不会说啊？"

腰里硬俏皮地说："好男不上班，好女傍大款。这王决心脑袋里头是咋想的啊，非要在央企当个工人？"

乔麦立刻变了脸色："你嘴里就没有好听的话。什么叫好男不上班？我们决心是央企的产业工人，电焊的大工匠。这里的考核、认证非常严格。王家寨来了几十人，就考上他一个。"

腰里硬冷冷地一笑，讥讽说："甭管几个，不就是工人嘛，你现在比他厉害，在萍河弄种子，还在王家寨有旅游产业，真正的大老板，他就算当了班长，有啥前途可言啊？再说了，这也不是他的理想啊！"

乔麦冷眼看着他："前途，你说啥是前途？啥是理想？"

腰里硬翻着眼皮说道:"前途嘛,前途就是有钱就图,理想就是有利就想啊!我的理想跟你一样,挣钱!"

乔麦冷冷地说:"我们两个没有可比性。要说你啊,还是死鸭子嘴巴硬。光知道自己挣钱,人就没法进步。看你这一出一出的,咋就不汲取教训呢?不说他了,我没空跟你闲聊。"

腰里硬支支吾吾地说:"乔麦,不,乔总,你知道我的性格,从来不弯腰啊!你还不知道吧?白洋淀商贸公司被姚云拿走了,'淀上升明月'演出,你拿走了。我靠啥活命啊?我不仅没挣着钱,还惹了二百万的债啊!催债的快把我逼疯了……"

他诚惶诚恐地解释着。

屋里一阵安静。

乔麦长吁一口气,平静得像一潭止水。她静静地听着腰里硬说的话,没有惊讶,淡淡地说:"你找我就是告诉我这些吗?不是你夜里威胁我了?"

腰里硬咧着嘴巴,道歉说:"我知道,我错了,大人不把小人怪。我想独立出来单干,你们创办了农业科技公司,佩服,佩服。新区支持创办科技公司,我也想把黑鸭子科技公司申办下来,我的公司如果得到了政府扶持款。你可以提成,咋样?"

乔麦说:"创办科技公司好办,如何得到政府扶持资金,审批是非常严格的。不说科技成果,德行天下,就你这品德,谁敢相信你呢?"

腰里硬梗着脖子说道:"我就不信,你的项目没有走关系。把道德挂在嘴边的人,本身就是表演。你的关系闲着也是闲着,给我用用呗,也不让你公司吃亏啊!"

乔麦诧异地扫了腰里硬一眼,说:"你知道我们公司积累了多少种子吗?是我们姑父伍宝库花了几十年收集的。那是货真价实的老种子,没有底牌,大学院校能跟我们合作吗?没有技术支撑,能叫创新公司吗?种子行业,最忌讳产品同质化,需要颠覆性创新,实现产品的增值溢价。你开个皮包公司,糊弄国家的扶持资金,哪个领导敢给你签字?"她说着情绪就难以控制,胸脯剧烈地起伏着:"你怎么还不改变自己?你跟王决心有一个相同点,脾气大爱打架,最大的区别是,他靠自己，你总是依靠别人！"

腰里硬陷入窘境，揉了揉发疼的太阳穴，咬着嘴唇说道："我这人啊是毛病不小，过去挺对不住你的，毛病是得改改了。决心是好样的，好样的。"

王德进来了，一看是腰里硬，有些惊讶："力英来了？"然后转了身，对乔麦说："乔总，你们先聊，我到那屋等你。"

腰里硬微笑着向王德摆了摆手，他看懂了乔麦的心思：担心王决心知道了发生误会，叫来王德就是特意让他来为今天的会面作证的。腰里硬跟王德相处还是不错的。腰里硬说："二哥，最近没有回王家寨吧？玩具厂效益咋样？有空喝点啊！"王德不冷不热地说："玩具厂还挺好，哪天喝点儿。"说着，他躲到旁边那屋监视着。

腰里硬看着乔麦说："乔总，看在我们过去的面子上，帮帮我行吗？我咸鱼翻身了，你也就省心了，对吧？晚上我请客，能赏光吗？"

乔麦冷冷地说道："我跟你还有面子可言吗？有事就说，没事走人，晚上我已经约好了中科院的专家一起吃饭。"

腰里硬瞬间动怒了，抢了一下胳膊，把茶杯盖抢到地毯上了。同时，一只手按在了腰间大腰带上的老虎脑袋铜扣上。

乔麦平静地看着腰里硬，问道："要在我这儿动粗，是吗？"

腰里硬立刻意识到，自己目前的处境绝对不适合动粗，这样只能让自己更加尴尬和难堪，赶紧调整自己的情绪。只见他迅速弯下腰将茶杯盖捡起来放到桌上，对乔麦赔着笑脸说道："对不起啊，我不是故意的，不是故意的……我心里吃不准，今天来是向你打听的。我……实在是走投无路了，我是人，是人就得活……"

乔麦大声说："路是你自己走的，我帮不了你。就是帮了一时，也帮不了一世！"

腰里硬震惊了，瞠目结舌地看着乔麦。

屋里的气氛一度冷场。腰里硬过去对乔麦始终居高临下、打骂自如，今天，他突然觉得自己心底深处有个地方硬不起来了，说话不踏实了，也不那么理直气壮了。

乔麦的变化怎么这么大呢？真是时来运转，脱胎换骨了。两人的差距像个巨大的阴影，悄然横在那里。偶然的对视，迅速地躲开，不经意间又碰在了一起，仿佛躲避之后还想对接。可是，腰里硬从乔麦眼神里看到了她的坚定的拒绝，没有丝毫商量的余地，但他就是不死心。他耍赖式地咕哝了一句："反正，你应该帮我，这是我最后的机会了！"

乔麦说："为啥我就应该帮你呀？你先检讨检讨你自个儿，都干了些啥！'淀上升明月'项目给你了，是你自己作啊！偷工减料，酿成事故，孙小萍差点丢了性命，你对得起谁啊？"

"算我倒霉，王家寨的'淀上升明月'，不是又让给你了吗？"

"别说让，给你擦屁股！"

"你还得了便宜卖乖，你会大赚！"

"大赚？就是赚钱，我也不愿接你的盘！"

腰里硬不吭声，被噎住了。

乔麦白了他一眼，说道："我很忙，你走吧。"

腰里硬最后的希望破灭了，他仰脸长叹一声："天灭我也啊！"说完，满怀沮丧地起身告辞，走到门口，乔麦说："力英，我跟你说最后几句话，听不听是你自己的事。人啊，得走正道，包括善于学习，只有学习才能提升自己。想做一个合格的白洋淀新区人，唯一的办法就是学习，学习，再学习。"

"学习？"腰里硬奇怪地看着乔麦。

腰里硬边走边想：过去还真小看乔麦了，挺软弱个女人，原来都是装的，最毒不过妇人心啊，想不到这个娘儿们是个狠角色啊！

腰里硬甩着大脚走了。

房间里还残留着他的气味儿。乔麦刚才感受到了腰里硬的精神已经垮了，这对他来说可是致命的。在精神上摧毁一个人，比肉体上的折磨更残忍。乔麦怔怔地望着腰里硬刚才坐过的地方，似乎还能感受到他的温度。她的心里忽然泛起了一阵酸楚，但很快被另一种哀怨的情绪覆盖了。一切一切，今天的境遇就是对他最好的惩罚。这就是天意。

腰里硬走了，王德去医院给杜梅取药。

乔麦刚刚接完电话，王永丽抱着乔麦的儿子大雄来到公司。大荷花将大雄接了过来，大雄虎头虎脑，两只弯弯的笑眼。乔麦过去跟王永丽说："姑，你们来了？"说着摸了摸大雄的小脸蛋，就要抱过来。王永丽对乔麦说："乔麦，我们上楼的时候，看见腰里硬了，他来干啥？"大荷花说："他刚刚找乔麦办事，让乔麦骂走了。"

说着话，腰里硬重新又走了上来。

腰里硬刚刚打印了一份合同，递给乔麦说："你别烦我，你烦我，我也要来。还是那句话，你找赵国栋签个字，签了字，我就能获得政府的二百万扶持资金。我就能起死回生了！你们公司留点中介费。"

乔麦冷冷地看着腰里硬，恼怒地说："刚才我不是说了吗？你以为赵书记啥事都管啊？你申报，一切走流程，等各部门和专家的严格审核。"

腰里硬皮笑肉不笑地说："要走程序，我这里没门，那我就不找你走这个后门了，帮帮我，要债的把我的门都堵啦。"

乔麦往外推他，说："这个忙我真帮不了，你走吧，决心马上下班回来了。"腰里硬嘴角挂着森然的冷意："不做贼心不惊，不吃鱼嘴不腥，他来了我也不怕。"乔麦下了逐客令："走，你再不走，我报警啦！"

大荷花抱着大雄欢笑着进来。

大荷花看见一愣："啊，你怎么还在这儿？"

腰里硬露出无赖本性，恼羞成怒："我怎么不能来，我可是她的前夫，嘿嘿，我就喜欢孩子。"

腰里硬缓缓走到大雄跟前，上下打量着大雄说："这小兔崽子活得挺好啊！"

他说着上去掐住大雄的脸蛋，使劲扯了一下，大雄哇地哭了。

大荷花瞪眼说："腰里硬，你干啥？"

乔麦心疼地吼道："腰里硬，你还是人吗，孩子招你惹你啦？"

大荷花哄着大雄，躲闪着。

乔麦一把将大雄抱了过来哄着。腰里硬咬着后槽牙冲着乔麦说："哼，豪横啊，咱俩的儿子苇秆儿死了，你和王决心的儿子倒活得挺欢实，瞧，你们一家人多幸福啊，呵呵，我警告你乔麦，想要大雄好好的，这忙你帮也得帮，不帮也得帮！"

他眼里冒着凶光，横着身子往外走。

乔麦气得眼睛喷火："好吧，你等等，把合同给我，我现在就带你去见赵国栋，你亲自跟他说！"腰里硬一听马上回过头来，笑着迎合着说："唉，这才对嘛，识时务者为俊杰嘛！"

乔麦拿起汽车钥匙，说："开我车去，上车！"

腰里硬不慌不忙地下楼，得意在威胁乔麦成功的喜悦之中，想象着创新公司的扶持款。他跟着乔麦上了乔麦的汽车。乔麦怪模怪样，眼冒金星，汽车颤抖着启动了，转眼间出了县城，没有去市民服务中心，腰里硬有些奇怪，嚷着："哎，不对啊，赵书记在市民中心办公啊！你这是去哪儿？"

乔麦冷冷地说："你不是要见赵国栋书记吗？我带你去。"

汽车沿着公路拐上了萍河北岸小路。

河水静静地流淌，岸边柳树的树影斑驳，路边的野花散发着苦涩的清香。乔麦驾驶着汽车，脸上毫无表情，路边的美景并不能使她心情好转。汽车到了河岸的一个拐弯处，没有栏杆，也没有树木。

乔麦一闭眼睛，猛踩油门，汽车一个猛子扎进了河里。哗啦一声巨响，溅起一片水帘子。风挡玻璃一下子模糊起来，车晃晃悠悠往下沉，腰里硬受了惊，眼珠吓僵了，还没反应过来，乔麦已经把汽车冲进河里了。汽车开始停顿了一下，然后缓缓坠落，腰里硬连连骂道："你个臭婊子，你是找死啊？"他拼命地摇车窗又是砸玻璃，一边砸一边骂："乔麦，你他娘的就是个疯子，你想死你自己去死，拉我垫背干啥！"乔麦看着扭曲挣扎的腰里硬，有一种虐心的快感。想起多年被虐待，想到了自己不堪重负曾经的自杀，想到了苇秆儿的死，今天他又来威胁大雄，她要看着这个无恶不作的男人没有尊严地死在自己的面前，她知足地笑着。

忽然哗的一声炸响，乔麦下意识地捂住耳朵，回头一看，玻璃被砸得粉碎，闪现的是王决心的脸，河水瞬间涌进车里，河水阴凉，撩人魂魄。乔麦深呼一口气，王决心手伸进破碎的窗户反打开门锁，用尽力气拉开门，玻璃划破了王决心的手指，鲜血和河水混合在一起流动。

　　王决心用全力拉着乔麦的胳膊往外游，这时腰里硬看着车门被打开，从副驾驶位置连滚带爬，爬到了驾驶位置跟着游了出去。三人都游到了岸边，乔麦被水呛晕了，王决心拍着乔麦的后背，乔麦吐了一大口水，剧烈地咳嗽起来，腰里硬躺在岸边，吐口水，像一个落汤鸡。

　　腰里硬结结巴巴地说："乔麦，最毒不过妇人心，你这个疯子，我告你谋杀罪！"

　　王决心走过来抓住腰里硬，一拳打在他脸上，这一拳打得腰里硬鼻子流血了。腰里硬倒驴不倒架，凶狠的目光盯着王决心。

　　王决心说："腰里硬，今天便宜了你，你小子再敢威胁我家人，老子把你大卸八块！"

　　乔麦咳嗽一声，满嘴吐出脏水，缓过来一些。王决心搀扶着乔麦上了车，腰里硬看着他们远去的汽车拿起河边的石头扔了过去，石头滚了几滚落入河里。王决心撸了一把水涝涝的脑袋："嘿，也巧啦，你们从办公室一走，大荷花就给我打了电话，好在我追到你们了，不然我就见不着老婆了。你说这多危险啊，有你这么干的吗？跟这狗东西一起死，值吗？"

　　乔麦跌跌撞撞地走着，眼泪不停地流。

　　王决心抓住乔麦的手说："傻媳妇，以后可不能再干这种傻事了，我和大雄都不能没有你。"乔麦脸色苍白，木然地走着，进了汽车里，乔麦猛然扑在王决心的怀里哇地哭了。

　　这一刻，乔麦知道后怕了，感觉自己像个孩子。王决心想让她哭一阵，痛痛快快哭一场吧。

　　腰里硬沮丧地躺在河岸，眼神直直的，望着瘆人的河水，浑身一个哆嗦。

第一百零八章　种子发芽

乔麦特别后悔。

她不该让杨义成和杨岭岭亲自出马，她怎么也没有想到，杨义成在她的高效农田安装云计算设备时发生了危险。

其实，春天时候就露出端倪。

乔麦的种子基地，建设一个"麦耘眼"一站式种子供应平台。这两万亩土地需要三个 5G 基站，显然，国盛的这个技术会助力种业研发的突破。杨义成到萍河三个村庄考察了一遍，种业研发难题，不仅靠 5G 的基站，还要靠 AI 技术与云计算中心对接，采用云计算的数字技术，来破解种子的难题，打通智慧农业的"最后一公里"。

王决心想在乔麦这里赢得面子，想让大哥增两个 5G 基站，乔麦只花一个基站的钱，云计算设备太大，公司当然要投资了。

乔麦给了他一个长吻："我老公真智慧。"

王决心还是不懂 5G 基站能解决什么问题，他渐渐明白，万物互联，信息提供方便、快捷、高效的农业服务。除了发送文字图片，还能发视频，5G 消息一发，麦耘眼就能帮助没有经验的农户识别农作物的病虫害、土地管理、气候管理，对症下药，无人机就可以携带药物进行喷洒。

农业专家给客户视频讲座。

王决心跟杨义成说了，却是卡了壳。

王决心急了眼："大哥，这是乔麦跟王德联营的企业，你帮也得帮，不帮也得帮！"

杨义成脑袋轰然一响，噎得眨巴眼睛。过了一会儿，他说头疼，实际上他感觉弟弟过了头，有些生气。

乔麦感觉似针刺脸，说不清道不明。

王决心的心悬了起来，凭他的感觉，大哥一定遇到难处了。同时，他惦记着大哥的身体，赶紧叫秦中医过来给大哥会诊。会诊结束，王决心叮嘱大哥每天吃中药。乔麦看着大哥病成这样，心情沉重地叹了口气，感觉王决心有点儿为难大哥，再说大哥也是打工的，不能让大哥赠送基站，将来云计算技术上给予支持就够了。

王决心愣了愣，问："乔麦，一个5G基站多少钱？"

乔麦说："十万左右，咱们这两万多亩土地需要两三个基站，大概在三十万左右。"

王决心大咧咧地说："没问题，公司用钱地方多，这点钱大哥能想办法，近水楼台先得月嘛！"

乔麦有些为难："大哥是高级打工的，不能逼人家给咱赠送，你以为这是卖鱼哪？"

王决心梗着脖子不服气。

乔麦看望杨义成，放下了水果，叮嘱一下就匆匆忙忙地走了。

这天上午，王德得知两个5G基站安装成功，偷偷告诉了杨义成，杨义成的危机解除，就不再装病了。可是王决心气呼呼地找到了杨义成，他跟杨义成吵了起来。

杨义成听说乔麦以他的名义装了基站，对乔麦刮目相看，觉得这个弟妹有胸怀，能干大事儿，而恰恰王决心还没脱掉农民的陋习。

乔麦发现因为5G基站，哥几个有了隔阂，她在公司食堂请客，希望让杨义成跟哥两个喝酒冰释前嫌。

王决心噘着嘴巴不喝，乔麦对王决心说："大哥是愿意帮忙的，但是我们得想明白，大哥又不是董事长，免费装了基站，公司总部知道了，该怎么处罚他呢？你想过吗？"

王决心一想，说："好吧，我不逼他啦。"

王德劝王决心说："是啊，乔麦说得对，我们不能因小失大，我们没有到走投无路的时候，真是困难到那个份儿上，大哥也不会见死不救嘛！"

王决心依旧想不通，气愤地攥紧了拳头："这叫啥亲人，长兄如父，有他这样当兄长的吗？亲人就该相互帮助，有福同享，有难同当。他可好，装头疼去了，让我在乔麦面前多丢面子啊！"

乔麦瞪了他一眼，说："决心，糊涂虫，亲哥们儿还要明算账呢，大哥自有他的难处，你就别不依不饶的了，等大哥一会儿来了，咱都别提这个事儿了。"酒桌上的气氛又陷入了沉闷。

王德却颇为兴奋，打着圆场说："算了算了，大哥来了别提了，他也不容易啊！"

王决心瞪了王德一眼："你小子就爱当老好人，开始你不也是眼巴眼望的吗？"

杨义成走进来的时候，王决心还一直阴沉着脸。

王德和乔麦赶紧笑脸迎进杨义成。

杨义成最近工作太累，脸又黑又瘦，嘴角两边皱纹明显多了，肌肉明显松弛。杨义成拍了拍王决心的肩膀，问："怎么着了，我来了还拉着个脸，是不是恨我抠门，埋怨我啊？你觉着委屈呢？我还委屈呢，大哥是人不是神，你把大哥当大户了？"

乔麦打着圆场说："大哥，没有别的，大家都理解大哥。"杨义成继续说："我们打开天窗说亮话，他们想什么我知道，5G基站，大哥没有权力白送你。我只是国盛的一名高管。"

乔麦打着圆场说："大哥，我们不提这个了，不提这个了，现在我这两个基站将来还要维护，还要指望大哥，另外云计算服务器经营，还得仰仗大哥。"

杨义成用欣赏的眼光看着乔麦："瞧你们两个老爷们儿，比不上乔麦一个犄角，她的眼光看得很远，5G加智慧农业加AI功能，农民点击拍照识别，即可智能识别病虫害、土壤湿度，又能估算产量。这将带动现代种业的研发。"他的语气里有点慷慨激昂。

乔麦顿悟不少，一时语塞。

王决心抓着后脑勺苦笑了。

杨义成拿出一支烟，乔麦用打火机为杨义成点燃了一支烟，说："哎，大哥把话都说开了，谁也别怪大哥了，咱们家人好好工作，平平安安的。我们一起敬大哥酒吧。"乔麦带动哥两个敬杨义成酒。

乔麦打破尴尬提议举杯，王决心不动，大家顿时冷了场，谁也不说话。

过了一会儿，王德终于打破了沉默，拍着王决心的肩膀，说："老三，大哥说得有道理，咱不能因小失大，事出有因，将来出了事儿，你会后悔的。"

王决心依然梗着脖子，他想找回面子，摆出一副不达目的不罢休的架势。王决心说："大哥，5G基站你不给，我们也建起来了，以后维修费你不能收吧？这个忙得帮吧，听说基站里边最贵的是BBU，基带板、主控板，其中基带板就两万左右。如果基带板坏了，你该赠一个吧？"

杨义成哈哈地笑了："好，你还真懂！如果赠送，从大哥工资里扣。乔麦，我们研发云计算中的5G高空无人机基站，这个技术实验成功，一定会帮你解决技术上的难题。"

"谢谢大哥，我期待着。"乔麦的眼睛亮了。

杨义成仰脸干了一杯。他的手机响了，转身出去了。

王决心呆呆立在原地，头脑乱糟糟的。

月亮高挑在夜空游走，人似乎也在移动。

青鸟醒在夏夜里。关灯以后，乔麦难以入睡。几天前，王决心和乔麦带着孩子回了一趟王家寨。他们看了首场大型实景演出"淀上升明月"。"淀上升明月"的演出，分四场。第一场，蓝色白洋淀；第二场，红色白洋淀；第三场，金色白洋淀；第四场，绿色白洋淀。看了演出之后，王决心和乔麦吃了一惊，效果之好，超出了他们的预期。加上新添了裸体滑雪，乔麦的公司稳赚不赔了。

王家寨的"淀上升明月"天天演，冬天滑雪项目越来越火爆，名声传开了，瞬间吸引了北京、天津和石家庄的游客，效果超出想象，为老百姓解决了四百多人就业。旅游是三产，旅游也是就业。但是，还有老顺子、姚哈喇等老渔民无法安置。胡玉湖的意思是，能不能让乔麦在萍河安置他们种地。

乔麦抿了嘴，扑哧一声笑了。

"你笑啥？"胡玉湖被弄蒙了。

乔麦没有当场答复胡玉湖。可能胡玉湖根本不知道现代农业是什么模式，她这里是"5G＋现代智慧农业"模式，科技创新公司，北羊村的孙老汉这样的种粮能手都派不上用场，渔民能适应吗？

乔麦叹息了一声。

王决心翻了个身，说："老婆，你还在为王家寨的事儿发愁？"

乔麦叹息说："可不是嘛，玉湖支书张了嘴，不能不给面子。可是——"

王决心想了想，说："老婆，我的意思是，你让玉湖支书带乡亲们来你这里瞅瞅，参观参观，瞅瞅机器人是咋种地、拔草、浇水和施肥的？这些家伙一准吓回去了！"

乔麦苦笑了："你鬼点子真多，还真是个办法。"

这天早上，阳光拱出云层。风从萍河两岸掠过，带来了泥土的香气。空气中有郁郁的潮气，让人觉得身上黏糊糊的。胡玉湖、王德志、孙小萍带着咸鱼、老顺子等几个农民到种子基地参观。

乔麦的脸庞依然楚楚动人。

她最近嘴唇过敏，几天不抹口红了。孙小萍紧紧拥抱了乔麦，夸奖她越来越漂亮了。乔麦拉着孙小萍的手，她感觉小萍的手特别热乎。孙小萍是她最应该感激的人。孙小萍说："乔麦，当初放弃万亩莲花园项目，搞种业研发，现在看，你这路子走对了。"乔麦谦逊地说："没有小萍的力挺，我真的没有底气。"孙小萍撇嘴说："真会说话，谁挺你了，你的主意比我大。"两人说着，挽着胳膊笑。乔麦悄悄地问："小萍，跟姐说，你打算结婚没有啊？"孙小萍说："不瞒你啊，太遥远了，他还在西藏高原。"乔麦虔诚地说："不管他在高原，还是在洼地，姐鼓励你冲上去，轰轰烈烈地爱一回！"

"诗与远方！"孙小萍笑弯了腰。

村里人看见乔麦种地的场面，除了震惊，还有羡慕，还有深深的刺激。他们说了一些奉承的话，包括兴奋和痛苦在内的一切，暂时都是模糊的。

胡玉湖糊里糊涂走到萍河边，颤抖着声音说："乔麦，这都是你们麦耘公司的？"乔麦点点头："叔，是啊，您多多提意见啊！"

胡玉湖张着嘴巴，一时语塞。

咸鱼怪声怪气地叫："妈呀，没想到，真没想到，都是机器人种地了。"

胡玉湖用惊讶的目光看着机器人和无人机，好久不说话。过了一阵，他说："乔麦，首先祝贺你。看着你干得这么大、这么好，叔心里高兴。但是，我想中国这么多人口，以后就业咋办？"

乔麦一时语塞，没有回答。这问题太深奥了，也很实际。科技进步与人的就业发生冲突是必然的。如果让孙小萍解答这样的问题，比乔麦更内行。

胡玉湖眨了眨眼睛，说："但我有个想法，请你的机器人到咱王家寨的'淀上升明月'的演出上表演一把，一定会吸引孩子们的兴趣，游客会越来越多。"

乔麦耐心诚恳地说："好啊，机器人参加表演，机器人打鱼，孩子们会喜欢的。"孙小萍走过来问乔麦一个问题："乔麦姐，你怎么知道这大豆需要喷药了？药的配比怎么解决？"

乔麦将手机打开，让孙小萍看："小萍你看，这个红片就是摄像头拍到的大豆的叶子，这个叶子呈现灰红色的时候，就需要打药了，药的配比是机房的专家配好，随后发送给机器人，转到无人机上。"她摁了一下手机按键，两架无人机就起飞了。

灰色的无人机喷洒着白色烟雾。

大家都默不作声了，仰脸望着。

无人机像飞翔的大雁，翅膀一闪一闪。

胡玉湖悄悄把乔麦拉到一边，说到用人的事。乔麦满脸通红，不好意思地说："叔，你看我是那种虚头巴脑的人吗？按理说，您张嘴了，我咋难都应该办，可是，真的没地用人了，这里以种业研发为主，你看那些年轻人，至少是研究生学历啊！"她的话，说得如此不留余地，胡玉湖只好点头默认。

孙小萍说："支书，百闻不如一见，您别为难乔麦啊。"

胡玉湖停顿了一下，赶紧说："是啊，话不说不透，理不摆不明，乔麦已经帮了咱的旅游，理解理解。机器人降低成本，还好管理。"

他说着朝大豆地里走去，大豆绿芽顶出地皮，摇头晃脑，透着翠绿。他在那一片绿色中孤零零地站了一会儿，拖着两条沉重的腿走回来。

乔麦为了免除尴尬，让王德过来陪胡玉湖说话。胡玉湖现场发表一番感慨。他的话是以支书口气说的，其实，也代表了大家的想法。

胡玉湖说他想见王决心了。乔麦跟王决心通了话。今天王决心从地下管廊临时调转了工地，去了科技金融小镇干活。

王决心通了短话，他马上电焊了。

乔麦带着胡玉湖、孙小萍、咸鱼等人进了她们的电脑操控室。操控室宽敞明亮，每一个年轻人都穿着白大褂工作。胡玉湖他们换了鞋，穿上了白大褂，胡玉湖望着穿着白衣服的年轻人，心中第一次涌起无限的喜悦。乔麦带他们走到了麦耘一站式农业种子供应平台，正好赶上有吉林一个买种子的客户视频通话，乔麦与那个农民视频："张师傅，我们的大豆、玉米种子怎么样？"客户嘿嘿一笑，要求见专家。乔麦把视频切换到专家那里。专家在萍河的地头，在视频中继续给予指导。

胡玉湖看着乔麦与客户一来一往的对答，感觉是那样新奇。

王决心回来的时候，胡玉湖他们已经走了。

乔麦的智慧农业传到了王家寨，立马引起轰动，一家传一家。人养地，地养粮，粮养人。

隔了两天，乔麦迎来了姚哈喇。

乔麦正在陪客人，总有一些过路人驻足偷看，看着机器人在除草，看着无人机在空中喷药，人们脸上是羡慕的笑。乔麦万万没有想到，姚哈喇会自己找到这里来。

"乔麦，乔麦。"姚哈喇哑着嗓子喊。

姚哈喇见到乔麦的时候两眼放光，他看着机器人劳动，拿激光除草，唰唰地扫着，扫到哪儿，杂草就死了。除草机器人不是人的模样，方方正正的，行动起来非常灵巧、沉稳。这是他最感兴趣的事，无人机像飞翔的大雁，令他迷恋的大雁几乎让他掉下眼泪。

乔麦看着姚哈喇，声音里透着柔情："二叔，二婶身体好吧？"

姚哈喇频频点头，说："她都想你了，问你好呢。"

乔麦问他为什么没有跟胡玉湖来，他耳朵背没有听清，他有自己的私心，他一直跟胡玉湖合不来。

姚哈喇过高地估计了自己，淡淡地说："二叔求你个事，你不能不答应我啊！"

乔麦僵硬的表情更像是在拒绝，呆呆无语。

她胡玉湖的面子都没有给，怎么答应他呢？姚哈喇苦苦哀求说："乔麦，叔就是想你，哪怕当个门卫也好啊，你就可怜可怜叔，收了我吧，我能吃苦。"

"二叔，这万万不能。"乔麦还是拒绝了他。

"你别忘了，二叔对你可是救命之恩啊！"

"叔，这是两码事。"

乔麦死死咬着嘴，故意冷了脸。

她耐心陪着姚哈喇在田里转了转。姚哈喇竟然将大豆的绿芽当成土豆芽。这个时候，乔麦的手机响了，她递给姚哈喇三百块钱，说出去谈事情，如果晚了他就到河边的饭店吃一点。

乔麦匆匆走了。

姚哈喇攥着钱等待着乔麦。他一边等一边看机器人除草，眼有些晕，身子要飘起来，胡思乱想到一点多钟了，他都饿了，乔麦还是没有回来。他的眼泪旋转起来，想不通乔麦为什么这么冷淡他，为什么啊？

在王家寨，姚哈喇是对乔麦最好的人，乔麦怎么能忘恩负义呢？姚哈喇就这么静静地等待，甚至迷迷糊糊睡着了。

姚哈喇醒来，蹴蹴蹴蹴回去了。

乔麦送走了两拨客户，突然想起了待在田间的姚哈喇，急忙赶过来。可是姚哈喇已经不在了，地头的草丛踩倒了一片，丢下两个烟头。

她顺着草丛往河边看，依旧没有人，忽然她看见地上撕碎了的钱。

乔麦吃了一惊，这不是她给姚哈喇的三百块钱吗？他怎么给撕了？乔麦弯腰捡起地上撕碎了的钱，莫名其妙，甚至有些恐惧。

姚哈喇回到家里，见了老伴，眼睛跳荡着火星，口若悬河地说个没完。可是，说着说着，脸色就变白了，神情沮丧，口吐白沫，喃喃地说了句："人情淡如纸啊，人情薄如纸啊！"然后就嘴一歪，流了一线哈喇子，人痴呆了。

乔麦听到姚哈喇痴呆的消息，心碎了。

她赶紧到村里来看姚哈喇，可是姚哈喇已经认不出乔麦来了，摸着乔麦的手不停地哼哼。

乔麦心一凉，抱紧了姚哈喇，哭了。

屋里有了隐隐的灯光。二婶在一旁抹着眼泪，乔麦的心被深深地刺痛了。姚哈喇毕竟不是腰里硬，她不该冷落了二叔姚哈喇，他是一个多么善良的老人啊！在乔麦最困难的时刻，姚哈喇呵护着她，她唯独不忘生命中让她温暖的景象。可是，姚哈喇再也认不出乔麦来，乔麦喊什么他都没有反应。

乔麦回到家哭了好久。

月亮跳出来了，星星那么多，一粒一粒眨眼。月亮投下来的一片阴影正好落在乔麦脸上。她想，如果姚哈喇治不好病，她会痛苦一辈子的。其实人生在世，每个人都承受着不同的煎熬，乔麦在如此光鲜亮丽中，心上有一个血淋淋的被感情划破的伤口滴着血……

第一百零九章　民间论坛

　　春天换季，阴冷，潮湿，老人容易得病离世。那一天，院里越发幽静。铃铛老人突然精神了，望着窗外的野花，嘻嘻嘻嘻，笑个不停。这个时候，王永山和小洒锦出去了，王永泰走了，王决心在工地，她只能让杨牧仁背着她到外头瞅瞅。杨牧仁犹豫了一下，铃铛老人却急眼了。杨牧仁身体弱，但是，背着干枯的铃铛奶奶没有问题，她的人枯干了，轻得像一团棉花。他们往大乐书院走着。

　　"唉，这些人都来了。"铃铛长叹着说。

　　"哪些人啊？"

　　"大抬杆、水上飞都来接我了。"

　　铃铛在杨牧仁的背上絮絮叨叨。铃铛将亲人的名字嘟嘟囔囔地念叨了一遍，还说到了杨牧仁和褚景国，还说到对未来生活的热望。杨牧仁背她走到书院教室的讲台上，铃铛长嘘了一口气，忽然没有声音了。

　　杨牧仁感觉铃铛的胳膊轻轻滑落下来，后背越来越沉重。"娘啊，一路祥云！"杨牧仁知道老人走了，轻轻将她背到自己住室，将老人尸体放平，然后轻轻走到千年老梨树下。

　　小洒锦含泪给王决心和乔麦打电话。

　　王决心和乔麦今天参加地球与九朵荷花雕塑揭牌，他们在赶往王家寨的船上。杨牧仁挤进人群，悲伤地说："告诉大家一个噩耗，铃铛老人十分钟之前，不幸去世了。"

现场顿时鸦雀无声，一片肃静。

王决心爬上码头，狂喊一声："奶奶，一路走好啊！"

他哐哐地敲响了大钟。

乔麦、王永山、小洒锦等人从乾德大钟下飞跑到大乐书院，围拢在了奶奶旁边，跪下痛哭："奶奶啊！"

铃铛奶奶走了。

王家寨期待着一个新的讲故事的人。这个人是谁？王决心说不上来，杨牧仁觉得好像这个人不会再有名字了。

铃铛老人隆重的葬礼上，胡玉湖亲自致悼词。水上飞去年去世，也是胡玉湖致的悼词。

王家寨最后一位百岁老人走了。杨牧仁整理的铃铛老人自传口述《中国套盒》正式出版了，书是以套盒的形式装订而成。下葬的时候，与铃铛老人骨灰盒合葬的还有十本套盒书。

时光进入二〇二二年的早春。

白洋淀一个寂静的夜晚，干燥的风还有些寒冷。白洋淀的冰还没有完全融化，春天酝酿着一场可怕的倒春寒。王家寨的炊烟切碎了灯火，人们都在吃晚饭。杨义成出差回到了白洋淀，国盛跟中兴财光华会计师事务所合作，完成了项目造价评估和可研报告。报告等待批复，等待靳一光总裁的到来。杨义成有一些空闲时间，他想念王家寨的亲人了。

王永山、王决心、乔麦、杨牧仁、孙小萍、二巴掌、杨义成在大乐书院吃晚饭。

乔麦和王决心亲自下厨做饭，炖鱼、木樨肉、蒸猪蹄、蒸馒头。酒是杨义成带来的茅台酒。饭菜都摆好了，乔麦娘将大雄抱了过来。鸟儿惊飞着凌空而起，追着受惊的云朵在夜空中盘旋。

天已经黑严实了，周围是黑暗的，没有幻影，黑暗后面是黎明，因为黑夜连着白天，白天连着黑夜，这样往复循环，杨义成发现黑云里边的星星闪烁不定，一片一片的，星星的光亮在黑云中淹没了，在天上显得无限遥远，偌大的天体转动着。

杨义成喝了一杯酒，望了望天空。

乔麦怀里的大雄哭了，哭得伸胳膊撂腿，杨义成抱了一下大雄，大雄就不哭了，他亲了亲小脸蛋，大雄眼睛里充满纯真与善良，可是在成人世界里，不仅有苦难，还有悲伤。

黑夜中，鸟儿归巢了，因为书院离鸟林不远，他们听见了唧唧喳喳的鸟鸣，这是一个否定与怀疑的时刻，不是黑暗，不是光明，朦朦胧胧的光重叠在一起，由青灰色慢慢变得恍惚，整个天空变得一片模糊。星光闪烁的夜空，有些迷乱。

"唉，这世界迷乱得没法说啊！"

杨义成抬起了头，分不清是夜晚烘托了星星，还是星星点缀了夜晚，他分不清是在梦里还是梦外。

"喝酒，喝酒，义成啊，我发现你今天总在走神，科学家想什么呢？是在想俄乌冲突吗？"王永山喝了酒，举着酒杯说。

杨义成回敬了一杯酒，缓缓收回了目光。

杨牧仁叹息了一声，也望了望外边的星空，久久没有说话，好似神灵已经远去。今天因为杨义成的到来，杨牧仁没有抄写《佛经》，他虽然不喝酒，但是，吃菜喝水也要陪客。杨牧仁即将回正定临济寺了，他从此不再剃度，既然已经还俗，会以管理者身份住在那里。

杨牧仁把刚刚出版的带着墨香的《中国套盒》一书，郑重交给了杨义成、王永山和王决心，他语重心长地说："老朽总算完成了娘的心愿。铃铛娘的故事会广为流传的。"

杨义成一愣："牧仁，我奶奶的传记正式出版了，可喜可贺啊！"

杨牧仁拿出了朱家做的黑色套盒，说："我跟娘说好了，这个朱家做的木制套盒儿，我准备把它带到正定临济寺了，将书装进套盒供奉在佛龛，你们同意吗？"

杨义成和王永山郑重点头。王家人出一个代表，王永山推举了杨义成。

杨牧仁将书赠给杨义成，杨义成用颤抖的双手接过《中国套盒》一书，感动地说："谢谢，我代表奶奶和全家谢谢您，您非要回到临济寺吗？"

杨牧仁坚定地说："是啊，那里才是最终归宿。娘走了，书也出版了，我的使命已经完成了。"

杨义成想了想，说："我有个请求，我师傅靳一光过一阵要到王家寨来，希望您能在，您能不能再等一等呢？"

杨牧仁点点头，说："哦，那倒是可以，我可以等一等。临济寺重修古塔，我要回去了。"

王永山紧紧握着杨牧仁的手说："牧仁还俗这十年，给王家寨做了太多善事，功德无量啊！我敬你一杯，娘走了，这里永远是你的家。这书院我应该怎么办啊？"他给杨牧仁敬了酒。

杨牧仁吃素，以水代酒："我已跟玉湖支书说了，书院院长非你莫属啊！"

王永山摆手说："不行不行，永山只是个小诗人，我想找一个孤岛，潜心创作了。"

杨牧仁一怔，说："贤弟谦虚了，也好，期待你的新作啊！"

杨义成笑了，说："您判断准确啊，二叔会有高峰之作问世的。"

王永山眯着眼睛，透着难以掩饰的兴奋说："白洋淀新区今年是五年了，五岁的新区，城市已经有了雏形，已经不需要我再讴歌，诗歌对于这千年之城，已经远远不够了，需要我们提供新文化和思想。为此，永山彻夜难眠啊！"

杨义成望着王永山，有些诧异。

王永山将脸转向了孙小萍："牧仁兄，你老了，我也老了，我冒昧说一句。白洋淀新区是属于年轻人的城市，我看小萍书记干得不错，她可以兼任书院的院长啊！"

"不敢当，不敢当啊！"孙小萍瞬间脸红了，摇头说。

王决心说："我看二叔的提议好，小萍书记本身就干着书院的活，'淀上升明月'实景演出，也都是在书院策划操办的，院长就应该是她。"

杨牧仁点点头，说："永山和决心说得好。这叫尊重规律，规律是什么？就是道法自然，我同意啊，那就交给小萍了。"

"好，我也赞成。小萍，你赶紧表个态！"杨义成兴奋地说。

孙小萍红了脸，说："谢谢你们对我的夸奖，跟义成哥相比，我算什么啊，小萍要多多学习。义成哥是科学家，走南闯北，我有个想法，以后占用你的业余时间，在大乐书院开设一个民间论坛。"

杨义成双手托腮，接过孙小萍的话题说："小萍的提议有意思，我们书院应该开设一个民间论坛。世界在改变，这世界没有局外人。有良知的人都在思考，我们未来的生活会是什么样子的？"

杨牧仁说："天道轮回，结束即是开始，开始也是结束。"

杨义成坚定地说："我们东方文化，和而不同，天下归仁，应该是像我二叔那首诗一样，九朵荷花顶住一个地球，我们期待的是一个多极化繁荣的世界。"

王永山眯着眼睛说："那个繁荣，等不来的，得到更是不容易啊，我们说要有底线思维，时刻准备一场腥风血雨的斗争啊。"

王决心给乔麦递了个眼色，说："今天的话题太高深了，这里有科学家，有宗教人士，还有诗人，我们工人就别掺和了，回家睡觉得了，明天还得到新区工地干活呢。"

乔麦苦笑了一下，风趣地说："决心，我带着大雄回家睡觉，孩子困了，决心好好听听，你是工人阶级的代表啊！"

杨义成微笑着说："乔麦说得对，决心你留下，还要拿出你一个工人的看法来。"

王决心焦急地说："我老婆是新农人，她是农民的代表，粮食加旅游，这还了得啊？她更应该留下，替农民发言。"

乔麦笑道："你个傻老爷们，哪有盯着老婆的？我把大雄安顿好就回来。"

孙小萍静静地说："我感觉吧，决心哥和乔麦嫂子，一个工匠，一个新农人，他们身上就有一种担当，有一种民间智慧。"

王永山说："小萍好眼力啊！"

"你们谈吧，大雄困了。"乔麦一听夸奖她，赶紧跟他们打了个招呼，抱起大雄回家了。

王决心掩门坐下，呈现一副懒散相。

杨牧仁没有说话，仰望了一阵夜空。王永山有些遗憾地说："牧仁就要回正定了，还不好凑一起了，继续我们刚才的话题吧。"

王永山顺着这个话题继续说："咱们既然说到了这个话题，使我想到了文明的碰撞，只要世界上还有不公和霸权，就没有真正的自由平等，弱国无外交，我们个体生命也是一样。"

杨义成声调很慢，像是跟自己说话："由于工作关系，我跑了世界好多地方，世界的本质是追求公平和效率。世界性的两个难题，一是资源匮乏，二是找到效率的黄金点，看看哪种制度能让效率更高。"

孙小萍点头鼓掌："说得太好了！我们的制度已经凸显了优势嘛！"

杨牧仁也点点头，说："是啊，其实，各种宗教的入口虽说不同，最终都落在慈悲和大爱上。知行合一，才能行稳致远。"

杨义成受到启发，心头一热，动情地说："身心合一非常重要，人人有爱心，人人利他，世界就会繁荣大同。唉，就说铃铛奶奶吧，她传奇的一生，留给我们什么？就是两个字：大爱！"

屋里人安静地听着，唯有蟋蟀的叫声。

"奶奶嘴里常说，我走了，你们如果听见铜铃声，就是我来看你们。这不就是奶奶的大爱吗？二叔，您是诗人，灵魂的探索者，您说我说得对吗？"杨义成说。

王永山慨叹说："我今天听义成一讲，很振奋，也很客观，但是，说到我这诗人，自惭形秽啊。有时候，我就想智能时代诗歌还怎么写？"

他把杯里的酒喝完了。

王决心把桌上剩余的鱼刺、废纸和垃圾都收拾了，他端来了一个果盘——西红柿、黄瓜和樱桃放在了桌子上。他坐下来说："我有一个疑惑，我们地下管廊已经是机器人与人共同劳动了，机器人效率高，没有惰性和私心，它们横冲直撞地来了，我们工人就业怎么办？"

杨义成感叹一声，说："是啊，谁也无法阻挡，智能时代已经来了，机器人与人既合作又竞争，合作大于竞争，因为人是掌握机器人的。未来它与人类是一种共生关系。"

王决心情不自禁地点点头。

杨义成望着王永山说："二叔，诗人是有用的，您还是一个精神探索者。"

王永山眼里噙满了泪水："我离开这个世界的时候，会不会绝望？

其实啊，这些年来，我就像一个假人，在岁月里成长，找不到真实的根基，我想抓住什么，什么就溜走，我想抛弃什么，什么就来临啦。什么属于我，真的让我迷茫。"

他想到两个儿子大巴掌、二巴掌心中就堵得慌，连儿子都不是自己的。

王决心插话说："二叔您别这样说，好的坏的都是您的亲人，我要是跟您比，更是没法活了。别比较，人跟人一比，幸福感就没了。"

王永山望了望王决心，说："不是谦虚，我说的是真话。尽管我在白洋淀污染时写了《地球与九朵荷花》，为生态呼喊了一下，如今淀水变清了。义成，你说精神探索好像不准确，精神追问更合适，这方面义成走得比我远。"

杨义成摇了摇头，叹息着说："每人心中都有一份答案，没有标准答案。我们国盛人有自己的价值观，把打胜仗当成信仰，精神是不死的。"

王决心插了一句："大哥，你昏迷的时候，见过死亡那边的景象吗？你是怎样死而复活的？还是压根儿就没有死？"

杨义成沉重地说："我重新反省自己，认知社会，创新生活，人类怎样都过上幸福的日子？"

杨牧仁感动了，他没有想到杨义成会有这样的思考，他说："人是善恶混合体，善恶之间，从来没有停战，没有信仰，很难走上天下正道。"

杨义成继续说："是啊，是啊。"

王永山微微笑了，说："义成说得好，他说出了我一个诗人没有过的思考。"

杨义成皱着眉头说："想不通的时候，真的痛苦。唉，有人说我已经是高收入人群，痛苦不是矫情吗？可是，我没有说谎。"

杨牧仁反驳说："你想一想，难道人的痛苦不是一种激情吗？难道痛苦不比麻木更有意义吗？"

"意义？"杨义成愣了一下，说。

王决心激动地说："哥，你痛苦比我多。为啥呢？因为你有文化，高端人士，我读书少，痛苦就比你少，但是，我在千年秀林、地下管廊艰苦的劳动中还是感受到生命的快乐。"

杨义成脸上露出亲热的笑容。

王永山和王决心也在一旁点着头。

王永山脸上露出孩童般的纯真，说："诗人要逆流而上了，变成一条鱼，寻找那一缕清泉。"

杨义成微微一笑，说："二叔，我最近在看一部书，叫《瓦尔登湖》，岭岭推荐给我的。我看了这部书，受到震感，我们的白洋淀有九条河流入淀，对应着九朵荷花，我曾经洋洋自得，但读了这部书，我感觉自己还是浅薄，愧对故乡，愧对白洋淀啊！人家这部书就是好酒，酒味醇厚。它告诉你生活是什么，什么才是健康的生活，什么才是美丽的世界，大自然和生命是什么关系。"

杨牧仁嘘了一口气，说："互联网时代，浮躁的社会，多变的人心，内心如何强大，怎样胜出，我感觉靠外在征服远远不够，要向内转，见自己，见天地，见众生。"

王永山说："牧仁说得好，向内转，见心性，不是封闭和狭隘，而是怎样融合开阔。人生只分两段，觉醒前和觉醒后，我是觉醒了。"

杨义成心中忽然有了一种成就感。

忽然，书院外边传来一种声音，水声，还是芦苇起伏的摩擦声？这声音混合在一起，像是慈悲的声音，使人心境变得安宁祥和。

杨义成听着这种声音，有了一种启发。

杨牧仁和王决心互相看了一眼，王决心目不转睛地看着杨义成。

屋里出现短暂的宁静。夜空变得异常灿烂、明亮、旷远。渐渐地，夜空浮现出了九朵荷花的天象图，它在夜里出现比白天显得神秘，像幻境一样，月亮游在云朵里，时明时暗。月光沐浴在杨义成的脸上，一半黑一半白，九朵荷花竟然在夜里出现。

杨牧仁都万分惊讶："天哪，如此天象实属罕见。"

王决心喜欢研究天象，他也是疑惑不解，九朵荷花花瓣碎了，分散，聚拢，聚拢又分散，慢慢地凝结成一朵荷花，转眼之间，一朵荷花就慢慢消散了。

杨牧仁叹道："九九归一！"

杨义成激动地说："这画面太神奇了。"

王永山愣了愣，琢磨着这些话。他感觉到王决心坐在那里，有些尴尬，他问王决心："今天的问题，你听得懂吗？"

王决心点点头，说："喜欢。"

王永山不知道他说喜欢是听得懂还是不懂。王永山说："决心，你也是央企的大工匠了，给咱王家争光了。"

王决心望了一眼杨义成，眼睛红了："大哥、二叔、牧仁院长、小萍书记，我今天很受教育，在这个家庭，我文化最低，一直没有发言权的。我爹活着的时候，我说错了，他就拿脚踹我。你们刚才说到了悲悯情怀，'悲悯'这个词我懂，但是我们普通人，我们底层人，是等待你们悲悯的，如今我有了点进步，是不是就应该悲天悯人、真心关爱更底层的人？"

杨义成顺着这根筋把思维伸远了，缓缓说："决心，悲悯不是可怜，也不是简单的同情，我说的悲悯还是情怀。这让我想起鲁迅的作品，当年读阿Q，我竟然非常气愤，怎么能把人写成这样呢？自我安慰，虚假快乐，今天我们再看鲁迅作品，我忽然觉得鲁迅也是慈悲的，他含着莫大悲悯唤醒国人，让人快点醒来吧，让人丢掉愚昧，难道不是悲悯吗？不是温暖吗？"

王决心呆若木鸡，却深受启迪。

他有一个疑惑，他的心目中大哥已经很完美了，难道大哥还不高尚吗？

王永山被震撼了。

他心里释然又极其困惑。他想起了一句词，零落成泥碾作尘，只有香如故。

杨义成心中最柔软的东西被触动了，好半天也没有说出一句话来。他脸上有一层青色："二叔是我的启蒙老师，我终于没有辜负二叔。"

王永山浑身颤抖，说："义成，二叔没有这个资格再当你的启蒙老师了，启蒙时代结束了，与此同时，新的时代开启了。"

王决心攥紧了拳头，屏住呼吸说："今天太给劲啦，我也受益匪浅啊！"

王永山的话意味深长，王决心久久咀嚼。

王永山怦然心跳，大声说："义成，自从你替我还上那些外债，那一瞬间，我轻松了，但是精神却垮了，你站起来了，我跌倒了，写作总是不在状态。二叔要重新找回失去的自己。"

杨义成陷入了沉思："二叔谦虚了，我一直很敬重您的，我们这个家庭，您是最有文化的人，当时您的启蒙对我意义重大，我生在王家寨，长在德县杨家，我有两个家、两个好父亲，我永远不会忘记他们，他们身上的品德和能量，让我终身受用。"

一股凉风吹了进来，安静的夜晚，一切停止了喧嚣，那是一种思想激越的安静。屋里异常安静，连喘气的声音也没有。

杨义成好像听见了《来自新大陆》的音乐。他发现很多人喜欢这首音乐，白洋淀新区就是新大陆，即将诞生一座新城市。

这是未来，这是希望。

王永山望着孙小萍说："节物风光不相待，桑田碧海须臾改。小萍，以后书院的论坛由你主持，你说说感想啊！"

孙小萍也被感动了，喃喃地说："我很幸运，听了今天的民间论坛，很有启发。我要干好本职工作，让王家寨的乡亲们过上好日子。"

一束亮光在书院上空一闪，有鸟儿的身影划过。鸟儿飞过的时候，杨义成幻觉那是一只走失的朱鹮鸟儿。鸟的翅膀在黑暗里闪烁。

杨义成心头一震，仰望星空。

春天有刮不完的风，风啪啪地拍打着窗户，杨义成眼前好像有灵光一闪。

杨牧仁、王决心悄悄离开了，孙小萍也默默地跟着走了。

桌旁仅剩下杨义成和王永山。

此刻，月光如镜，冲散了笼罩一切的阴霾，星光朗朗，月色袅袅。夜色变得透明，铜铃的声响，让遥远的星星在微微地颤抖，铃声久久回到了村的上空，犹如一缕天籁般的铃声。

王永山哽咽着说："义成，你听。"

杨义成侧耳倾听着，忘情地嘶喊一声："奶奶，您活着的时候就说过，如果听见天上的铜铃声，就是您老人家来看我们！"

"娘！"王永山跪地喊着。

第一百一十章　悲歌

燕山农大勾教授的技术失误，让乔麦惊慌失措，绝望至极。最早见到勾教授的时候，她向他咨询芽麦，心里是那般崇拜。勾教授的技术确实损害了公司形象，造成了巨大的经济损失。

一朝被蛇咬，十年怕井绳。乔麦心惊肉跳，甚至对自己的能力产生怀疑。她的公司得到了白洋淀新区的政府资助，其中重要一条就是科技创新。新区的"雄才计划"里引进的人才，主要是在创新功能上，乔麦的公司麦耘科技最后的出路也在研发上。

所以说，创新人才最缺乏。

乔麦又去了一趟燕山农大，找到了裴校长。裴校长说退休的教师到农村不少，还有的去了南方，南方经济待遇高。

乔麦不甘心，她准备去北京农业大学。赵晓薇听到这个消息，给乔麦出了主意，让他们到中科院跑一跑，中科院种业人才济济。如果把顶级的人才请过来，事情就好办了。

乔麦心里没底，跟王决心商量。

王决心说："我是班门弄斧啊，在人才上不要畏手畏脚，要舍得花钱。"

乔麦苦笑说："种子专家紧缺，比芯片专家还缺。义成大哥和杨岭岭要是种子专家多好。"

王德说："世界上没有如果啊！"

乔麦扼腕叹息地说了一句："实在找不到，就得自己培养啦！"王德惊讶地问："自己培养，来得及吗？自己培养的人能够创新吗？"

王德愿意到海南三亚中科院农业基地参观。他也打听过了，众多专家不外流，还规定不让兼职。中科院领导听说他们是白洋淀新区的，还是网开一面，给他们提供了一条线索，就是中科院种业专家孙光华博士，是专门研究粮种的。遗憾的是，稍稍晚了半个月。半月以前他已经准备跟黑龙江一家农业公司签约了，这家公司让他专门做大豆种子科研。

乔麦听了一愣，焦灼万分。

乔麦陷入了人才荒里不能自拔，几天没有睡好。乔麦回到了容光，王决心看她愁眉苦脸的样子，怜爱着急。

王决心想起一个电影《天下无贼》里葛优的一句台词：二十一世纪什么最值钱？人才！

乔麦的人才危机牵动着王决心的心，爱人的一番怨气，归根结底是不能解决任何问题的，只会加重乔麦的压力，乔麦痛心的是王决心每天在工地上受累，到家还要跟着她操心，受尽折磨。自从乔麦开了公司，无论是卖树苗儿还是研发种子，他没有消停过，没有享过福，整天跟着着急上火、担惊受怕。

王决心还要照顾家里，还要照顾乔麦的情绪，处处安慰她。王决心的安慰，使乔麦心情好转，同时也增添了一份力量。她在公司是董事长，在家里就是女人。乔麦把头埋入王决心的胸膛里，听他猛烈的心跳，泪水常常沾在他的胸脯上。

乔麦在王决心的怀抱里感到踏实，还有一股是力量，她无法说清楚这种男人的体贴多么重要。幸福压倒了其余的一切。

王决心说："老婆，别放弃，应该再找一下这个孙光华博士。"

乔麦迷惘地问："你又想求助大哥吗？"

王决心摇头说："不能啥事儿都找大哥，再说他也不熟。"

乔麦明白了，点点头，说："我再试一次，只要有恒心，我们就有希望。"

王决心打断她的话："别往恒心上扯，要动脑子，用智慧，不管多么优秀的人才，都会看重利益。你把孙光华拉过来，不仅为了公司，还为白洋淀新区的'雄才计划'做了贡献，你要找组织去，请组织出面，你公司再用股权、定金跟上，多管齐下。"

乔麦激动地笑了："行啊，你一个工人竟有这样的眼光？"

王决心说："你去找李永军副主任，我听赵国栋主任说，他在白洋淀新区是分管'雄才计划'的领导。你得筑巢引凤，你得把你的工作做好，领导说话才有底气。"

乔麦觉得王决心变了，变得智慧了。

乔麦去了白洋淀新区管委会，她去了三次，终于有幸在李永军的办公室见了面。李永军听乔麦将她们落实"雄才计划"的方案说了一遍。他听明白了，核心是请来中科院的孙光华博士。乔麦的话句句都是经过深思熟虑的。

李永军的脸沉浸在阴影里，半天没有表态。

乔麦心中惶惶不安，继续说出他们种子失败的原因和种子创新的想法，她感觉孙光华博士潜力巨大。李永军有一种力量隐藏着，似乎要把什么表达出来。他思考了一番，站起来在地上走来走去。李永军说："孙光华博士，这个人才你们需要，新区也需要，现代农业需要现代人才。引来一个人，带来一群人，完善一个链条，壮大一个产业，值啊！"

乔麦听着领导的话，心中分外温暖。

李永军副主任说："乔麦，我让新区负责'雄才计划'的孙燕同志跟你去一趟，讲一下我们的优惠政策，但是，刚才你说到了人家已经与黑龙江的公司签约，我们想挖过来，可能性有多大？"

乔麦诚恳地说："他与那边草签，还没有过去工作。关键还在他本人，我感觉我们地理位置比黑龙江有优势，他的孩子老婆都在北京，这里边有回旋余地。"

李永军说："你就去吧。我们的智慧农业小镇也需要人才。"

乔麦心中考量着孙光华，他的技术创新没有办法辨别、打分，谁能保证他不是勾教授呢？

李永军看了看孙光华的资料，沉稳地说："现在我们的人才评价体系还不完善，将来我们要从创新、价值、能力、贡献上，出台一个评估机制。有了这把尺子，你招的人才才属于人才，心里才有希望。"

乔麦疑惑地望着李永军。

李永军副主任安排了孙燕。他让孙燕陪同乔麦来找孙光华博士，好不容易约上了孙光华博士，孙光华博士又拒绝了。

乔麦焦急万分。隔了三天，王决心想陪同乔麦去一趟北京。王决心和乔麦从白洋淀高铁站出发，乔麦一心想着聘请孙光华博士。

到了北京西站时已经是下午四点多，太阳就要下落。乔麦心里着急，生怕再次错过孙光华博士。两人顺着人群挤上扶梯，并排站在大行李箱中间。这时，一个大约五六岁的小姑娘从后面挤过来，蹦蹦跳跳地喊："妈妈，看，我把你落在后面啦！"隔着很远，她妈妈焦急地喊着："雨涵，注意安全，不要瞎跑。"话音刚落，小女孩的右脚下突然踩空，撞到前面的一个行李箱，行李箱一下子倒了，把女孩砸在下面。

乔麦吃了一惊，担心滚梯卷了女孩的长发，立刻护住了女孩的脑袋，乔麦重心不稳，身体一个趔趄摔倒了，摔倒的瞬间，她的一只手还拽着扶手，竭力支撑着想要站起来，但一手护着女孩，另一只手怎么也使不上劲儿。

乔麦和小女孩后背着地，头朝下，脚朝上，被上行的扶梯机械式地颠着往上走，身体惯性地一节一节往下滑，身体一颠一颠。

周围的几个箱子滚落，咯噔咯噔地响。不知是谁大喊："有人摔倒了，快按紧急制动！"

乔麦懵懵懂懂，护着孩子的头，张嘴喊不出来，王决心发现了，刚要动身，箱子压住他的腿，他也摔倒在扶梯上。小女孩的妈妈手足无措，女孩仰面朝天喊着妈妈，扶梯上一片混乱。

小女孩一声尖叫，她的一绺头发被搅在扶梯的缝隙里，撕扯着她的头皮，乔麦赶紧攥着女孩的头发，如果头发卷进扶梯，人就有更大的危险。其实，王决心想扶住乔麦，但为了保护前面同样摔倒的老人，他跟乔麦一样将人护在怀里，随着滚梯一起颠簸，他的手被齿轮卡出了血，他用尽力气站了起来，狂奔着按下了紧急制动按钮。

滚梯停了。

乔麦和女孩停止了下跌，她说："宝贝，千万别动。"然后扭头对着人群大声说："谁有剪刀，快点给我，孩子的头发被卡住了。"女孩的妈妈扑过来，捧着孩子的脑袋，泪如雨下，她这才看到孩子的头已经紧贴着滚梯的梯面了，如果再慢两秒，如果不是乔麦一直护着孩子的头，后果不堪设想。女孩哇地哭了。

工作人员来了，拿剪子剪断女孩绞在滚梯里卡住的头发，女孩被妈妈一把抱起，俩人哭成了一团。王决心把老人一直护在怀里，看到老人没事，松了一口气。王决心手和胳膊被卡破的地方还一直流着血，裤子也被扯破了几个大道子，赶紧走到乔麦身边，看见乔麦鼻子被蹭破了皮，王决心担心乔麦身上还有伤，围着乔麦转了一圈打量着。

乔麦惊魂未定。

她看见王决心的手和胳膊流着血，赶紧从包里拿出餐巾纸为王决心擦拭着，多亏王决心忍住剧痛起身按下紧急制动按钮，不然后果不敢想象。乔麦给他胳膊擦血，再拿餐巾纸裹上。王决心看见乔麦鼻子被蹭破了皮，露出红肉，他上下摸着乔麦，问她哪里疼。乔麦咬了咬牙，看了一下表："快走吧，时间来不及了。"王决心扶着乔麦就跑，打上出租车，直奔孙光华博士的办公室。到了中科院，他俩在门口登记之后，上气不接下气地跑进了孙光华博士的办公室。

一股寒气冲了进来。

孙光华博士被吓了一跳，警觉地问："你们是谁？"

乔麦的身子像火一样热。她认识孙光华博士，赔笑说："孙博士，我是白洋淀的乔麦。"

孙光华博士紧张的神情放松下来，让座，倒水。孙光华惊讶地说："你们是怎么受伤的？"王决心说了西站的救人历险。孙光华感动了，由衷地赞叹："你们夫妇是好人啊！赶紧包扎一下吧。"

乔麦摇头说："不用的，我来呢，还是那事。"王决心恳求说："您是大专家，到我们那儿看看，肯定不会让您失望的。"

孙光华被他们的真诚打动了，说他开个短会，然后开车去白洋淀萍河。王决心和乔麦先是一愣，后是相互一望，乔麦眼里充满了泪光，她看着孙光华博士一句话也说不出来，频频点头，激动的泪水滑过了她鼻子上的伤口。

孙光华被北羊村的高效农田吸引了，他抓了松软的泥土，闻了又闻。他的强项是大豆种子，这里土质最适合大豆。他说服了黑龙江那家签约公司。

孙光华答应了。

孙光华马上提出了他来白洋淀新区的条件，乔麦和管委会的孙燕商量了一下，基本都能满足。

乌云好像一下子消散了，人才问题真的破解了，乔麦感觉像在梦里，真的就这么好解决吗？乔麦的印象里，孙光华很慎重，他个头不高，眼里闪着睿智的光，话也不多，这与勾教授的性格形成了鲜明的对比。勾教授信誓旦旦的保证和许诺是值得怀疑的。

孙光华说："科技创新，容不得一点虚假，想躲也躲不了，想避也避不开。如果没有技术，市场冷面如铁，毫不留情，我先不能答应你，但是我可以到你的公司去看一看，考察一下，看适不适合我，这样也是对你负责。"

乔麦微微笑了，更加感觉孙光华博士靠谱。

这天上午，天空哗哗下起了雨，乔麦撑着雨伞陪着孙光华博士来到了萍河流域的土地大棚。大棚里的种子等待发芽，孙光华穿着白大褂，带着两个徒弟蹲在那里，研究土壤和种子。他的助理拿出了简单的仪器，提取什么数据。

乔麦一点也不懂，默默守候。

孙光华站立起来，走向另一个大棚，这一处大棚漏雨了，孙光华脑袋被淋湿了，但他依然一动不动，似乎全身心投入进去了。他蹲在那里研究种子。乔麦给他讲起德县取种的故事，他感到很新奇。他对古音乐《莲花咒》有了渴望，以后他真想欣赏这个招魂曲。乔麦被孙光华认真的工作精神感染，她在与孙光华的接触中，感觉他是值得信赖的。

孙光华带走了大豆、玉米和谷子。

他说回到北京仔细研究一下。乔麦担心他不回来了，就想把合同签了。孙光华说先不急于签合同，如果他有创新把握，心里有了底，能够完成这项创新，他再回来签协议。孙光华认真负责的态度使乔麦十分感动。

孙光华离开白洋淀新区的时候，乔麦的眼神里充满渴望，低声说了一句话："孙光华博士，请你不要拒绝我，我们真心地希望你归来。"说完她不禁长长叹了口气，眼睫毛里沾着泪痕。乔麦的一句话，让孙光华的心像是被针扎了一下。孙光华张了张嘴，无话可说了，点了点头。乔麦在等待的日子里是那般焦灼，她心里终究还是有些不痛快，孙光华那里成还是不成？如果不成该怎么办？她还真没有备选的方案，接下来发生的事情就全靠天地的恩赐了。

夜里，乔麦做梦了，一梦接一梦，乱七八糟的很恐怖。天快亮的时候，乔麦好不容易睡了，竟然梦到的是勾教授，勾教授在梦里跟她耍流氓，把她吓醒了，这个梦是好梦还是坏梦？乔麦简直被折磨得精神失常了。王决心不再安慰他，一个人的精神到高度紧张的时候，是听不进别人劝慰的。

乔麦一句话也不说，无论是温暖的还是悲伤的，心里始终没得解脱，空空荡荡。白天她一个人默默地走在田野里，等待着孙光华博士的回话。王德心疼地远远观望着她。一天，两天，三天过去了。

这天早晨，乔麦的手机忽然响了，孙光华博士打来了电话。他浑厚的声音说："可以了！"

就这三个字，可以了。

孙光华不像勾教授那样善于表达，但是，他的话发自肺腑。乔麦的心狂跳了起来，这种高兴那么强烈，简直无法抗拒，她紧紧地抱住地头的一棵柳树哭了。

乔麦的麦耘农业科技公司正式与中科院孙光华博士签订了协议，与在三亚的科研基地一样，中科院第二个科研基地落户白洋淀新区容光县了。这个高规格的研发基地，是一个新的突破。乔麦感到，今天破这个局，等白洋淀新区的公共服务水平提升了，商业环境改善了，会吸引来更多的人才，其他产业创新就有了好的条件。如果河北没有白洋淀新区，北京的人才，河北是接不住的。

孙光华找到了失误的症结。

乔麦终于懂得了，萌动阶段种胚细胞分裂，不仅要规范，还要促使种胚发芽。伍宝库、王德听着专家把脉，感慨地对乔麦说道："不得不服啊，我这土专家就是弄不过人家大专家啊！"

对于乔麦来说，这是异乎寻常的一天。

乔麦现在还没有想到，这一天对她一生、对中国大豆种业意味着什么。

孙光华走出实验室，在门口喊了一声乔麦。

乔麦答应着走过来。乔麦一般是不进实验室的，她担心自己指手画脚，会影响孙光华博士的科研，她有时候在会议室与孙光华的中科院专家小组讨论问题。通过交流，她明白了，大豆的种子结构，是由皮和胚构成的，种皮外皮有条胳，胳的一端叫珠孔，发芽的时候，胚根会从珠孔的位置顽强地钻出来。

乔麦换上了白大褂，跟着孙光华往实验室的深处走去。

孙光华在显微镜前停下了，用镊子夹起一粒大豆发芽的种子，激动地说："你看，这珠柄维管与胚接触的花痕，细看这个花痕，我在北京和三亚，都没有见过这么好的花痕，说明种子已经达到很高的质量。我敢保证说，超过了吉祥二十一，超过了香椿豆十号，也超过了黑龙江大豆，甚至也可以说超过了西方大豆的品质。"

乔麦激动得心狂跳了起来，瞬间涨红了脸。

"下一步，就看增产了。"孙光华说。

乔麦像个孩子似的拍着手，她已经很知足了，她的内心第一次泛起那种特别激动的情绪，她一时难以理清这情绪是多么珍贵。

增产的研究也取得了突破。乔麦给命名为"白洋淀新区一号大豆"。

乔麦公司新研发的大豆、玉米种子，尤其是"白洋淀新区一号大豆"在广州农作物种子展销会上一露面，立刻引起了各地商户的关注，可以说是轰动。

孙光华专家的权威介绍，使前来洽谈合作签订协议的络绎不绝，乔麦的麦耘公司开始盈利了。在这危难复杂紧张的时刻，乔麦力挽狂澜，有一种化腐朽为神奇的能力、化黑暗为光明的能力，这是周边的人没有预料到的。

这个创新成果，给塔吊林立建设中的新区，染上了创新的色彩。

重病中的杜梅祝贺乔麦的成功。杜梅作为在服装行业打拼多年的民营企业家，商业慧眼还是有的，她早就看到了乔麦具备的这种潜力。乔麦从容光萍河畔流转的这两万亩土地走向了种子培育的高峰，其根源就在"创新"二字。

乔麦从深圳学习归来，整个人都脱胎换骨了，她成为容光农业科技创新的首要人物。

王德想到了，勾一鹏有一天会主动提出辞职的，但他想千方百计地留下勾教授。王德跟杜梅一说，杜梅答应帮王德的这个忙，她把乔麦约出来在一家咖啡厅见面。乔麦先到的，坐了会儿，杜梅到了，点了两份咖啡，说起话来。

杜梅朝乔麦笑了笑。

乔麦也笑了笑，说："嫂子你是要和我说勾教授的事是吧？说吧。"

杜梅说："麦子啊，你知道，王德不好意思跟你谈这件事，只好委托我说了。我要说的是这个意思，种子实验失败的确是勾教授需要负主要责任，但我认为勾教授并不应该承担这件事的全部责任啊。"

乔麦看着杜梅说道："我承认，这跟决策者有关，我也有不可推卸的责任。"

杜梅微笑一下，说道："既然你也承认你也有责任，为什么还不留下勾教授呢？"

乔麦喝了口茶，说："我当时经验不足，急于出成果，阴沟里翻了船。我要负主要责任。但我对事不对人，勾教授在这次事件上，也是有问题的，就目前他的技术，对我们公司的用处已经不大了。"

杜梅沉了脸，说："王德他不同意接受勾教授辞职。因为，你们公司在种子上实现了翻盘，勾教授功不可没啊。"

乔麦态度十分坚决："嫂子，勾教授的问题，我们决定了就别变了，这是公司制度。勾教授这件事是不是应该先从打破人之常情开始呢？什么都讲情面，是不是就等于不讲原则呢？"

她的语气沉静果断。

杜梅惊讶地说道:"现在不是请来了孙光华博士吗?把勾教授放在他手下,多个专家多一份力量。"

乔麦思忖了会儿,说道:"一山难容二虎。你觉得有这个必要吗?我们都是善良人,也都重感情。我接受勾教授辞职。"

"那好吧。"杜梅无奈地说。

终于找到了与乔麦沟通的共同点,她俩谈得很是愉快而舒缓。谈着谈着,话题转到了企业管理上。杜梅感慨地说道:"咱俩都是干民营企业的,其中的痛苦滋味和心酸无奈只有咱们自己最清楚。我的服装厂创业的时候,一直是自家人管理,后来,企业走不动了,两大问题浮出水面,一是管理水平不高;二是创新努力不强。这里也涉及一个人才问题,我曾经从浙江宁波挖来了一个人才。当时我困惑纠结了一段时间,是挖人才好呢,还是自己培养人才好呢?王德主张挖人才。我却主张培养自己的人才。"

乔麦问:"后来怎么样了?"

杜梅叹息了一声,说:"唉,能够挖出来的人才,大部分创新意识不够,真正的好人才是挖不来的,必须是自己培养或者高薪引进。"

乔麦咯咯地笑了:"是啊,我们麦耘公司要改变落后的用人观念,这是我坚持的观点,核心技术人才一定得自己培养。"

杜梅喝了口咖啡,陷入沉思。她想到了自己,也想到了身边这些企业家。服装行业陷入了一种困境,出口少了,产品产能过剩,有的转移到边远的太行山穷困县了。

她想,有人说民营企业家不是在监狱,就是在通往监狱的路上。有的企业家破产了,有的跑路了,有的自杀了,有的被判刑入狱。究其原因,痛苦而困惑,是政策原因还是人性原因?

乔麦心绪难平,叹息一声,说:"我想来想去,觉得一切问题的根源就在于人。这次我和王德到了深圳,看到了国盛集团的管理,也听了大哥的介绍以及专家的讲座,确实是受益匪浅、脑洞大开。"

杜梅若有所思地点点头,她真切感觉到了,乔麦身上正在迸发一种新的力量,这让她兴奋而着迷。乔麦的格局可比过去高多了,这是她的变化,也是勾教授不愿意离开公司的重要原因啊。杜梅想,跟乔麦比，老一茬企业家已经落伍了。

乔麦问杜梅："想啥呢，嫂子？"

杜梅看看乔麦，说："你接着说，我听着哪。"

乔麦接着说："一个好的企业，面对复杂问题主动出击，想办法解决问题。这种主动性是企业执行生产经营过程中的重要特征。孙光华博士就不这样，他来往土地和实验室之间，很快便发现了问题。发现问题不是他的最终目的，他要揪住问题的'牛鼻子'积极主动地——解决掉。我们这次失败，毁在种子第二萌动阶段，我们必须得总结经验，吸取教训。"

杜梅琢磨着，欣慰地点头说："怎样能够判断你的判断是对的呢？"

乔麦执拗地说道："我们应该向大哥他们国盛集团学习，他们靳总说，不能在世界上战略领先的产品，我们不做。人家企业大，我们小，但道理是一样的。我们的企业不能仅限于新区，我们要把目光放在北方或者全中国，不是国家领先的产品我们不做。甚至我们将来做大的时候，要跟西方的大公司较量。这样做的时候，我们必须得有自己独特的一招鲜的创新品牌。"

杜梅眼睛亮了起来。

乔麦披散着乌黑的头发，布满疲倦的脸有些发红，她说："我们不可能大而全，大的就不强。该舍弃的一定要舍弃，不在得小利的地方浪费资源。真正要抓的战略目标一定有高投入，力出一孔，这是决定我们麦耘公司发展的关键元素。抓住了战略机会，花多少钱都是胜利，抓不住这个机会，不花钱也是死亡，节约是节约不出来创新产品的。"

杜梅微笑了，由衷地说道："乔麦，你可真行啊，给我上了一课。"

乔麦摆摆手喝着咖啡，话匣子打开，掏心掏肺，滔滔不绝。

杜梅的担忧被驱散，心情渐渐明朗起来："乔麦，你的胆量比我大。不，不能说是胆量，应该说是你的眼光看得远，你身上的潜力被彻底调动了起来，我看到了你们公司未来的希望。今天跟你谈得非常愉快！"

乔麦谦逊地一笑："你别夸我了，我可承受不起。我现在正走在学习路上，还是个小学生哪。"

杜梅欣慰地说道："论吃苦耐劳，咱们妯娌俩还真有一拼，但在观念更新上，你可比我强。我想好了，以后啊，我的公司也这样，无论决定什么事情，都要以公司利益为重。公司工作就是优化管理，谁对了就是对了，谁错了就是错了，不能考虑情面，就是王德也不行。"

乔麦高兴地说道："嫂子，你就好好养身体吧，我有问题时再向你请教。咱们王家寨有句土语，猪往前拱，鸡往后刨，鲤鱼会跳，鲇鱼认道。我就属鲇鱼的，认得这个道儿就干下去了。人就是要活一口气，心里痛快，吃多少苦我都不在乎！"

杜梅起身热烈拥抱住乔麦，说道："什么也不说了，你可真是……拿你的话说，真不赖呆啊！祝福你的麦耘！"

两天后的下午，勾教授走了。

乔麦给他搞了一个欢送宴会，还特意为他准备了一些土特产，说了一些很温情的话。经过这次种子的打击，大家彼此消除了误解，使这个团体更加亲密了。

王德成了公司的销售经理，兼任品牌打造。王德毫无怨言，过去爱好虚荣，现在变得踏实勤劳，他从自己的劳动中得到了尊严和快乐。原来，人生还有比女人比美食更美好的事，过去自己怎么就没有发现呢？

乔麦忙里忙外了一个月时间，把公司的核心创新团队正式组建起来了，孙光华组成的科研团队一共六个人，几乎都是农业大学种子专业高才生。

这是公司的核心。

消息传出去，人们议论纷纷，担忧这人能搞种子研究吗？乔麦听到了这个担心，心里一动，觉得不怕冷嘲热讽，解决问题还要靠这个核心团队。

乔麦在高效农田开始了大豆种子孵化。他们与吉林的一家公司签合同。乔麦更忙碌了，她成了焦点人物，有人说怪话，这个女子可不一般呢，还不是因为有漂亮的脸蛋儿，才把这事业搞得这般红火？也有人说人家老公厉害，是个大老板。

乔麦回家跟王决心说了。

王决心呵呵笑着说道："我的娘啊，我咋成了大老板啦，比我单位中天建集团领导还大呀？"

有一天，王德销售那里出了问题，他在电商平台笼络了很多客户。王德带着客户逛了一趟白洋淀，下午两点在公司销售部召开了订货会。没想到，销售部的人与客户对接的时候发生了语言冲撞，现场气氛立刻紧张起来了，有的客户气愤得拂袖而去。面对这个尴尬局面，王德并没有逃避，而是遵循公司的管理法，耐心向客户解释，介绍各种种子的功能，逐渐稳定住了客户的情绪。

最先报警的是土壤温度传感器。

地里正在安装土壤温度传感器、空气湿度传感器，乔麦手机突然出现了几道红杠杠，这是报警讯号。

乔麦就让孙光华他们去了基地。

地头安装了 5G 摄像头，可以随时查看基地里庄稼生长情况，检查设备是否正常运转。5G+ 物联网技术，采集汇总种子数据，通过区块链服务网络，实现数据上链。

乔麦打电话给王德，告诉他大豆和麦子先不签约，自己正准备和客户一起解决一个问题：什么样的土壤里才能发出好苗儿来。推介会讨论来讨论去，也没有什么结果，但每个客户都提交了自己的方案。

乔麦看了一遍，一共是九个，方案做得各有各的特点。客户们在会议室里焦急地等待着回音。为了避免问题拖延下去，王德电话催促乔麦，乔麦让他先稳住客户，自己在容光县北羊村与孙光华认真审核研发议案。

一些客户等不及了，迫不及待地要收回自己的方案告辞，王德赔着笑脸，向客户们承诺，等所有的问题都解决以后，一定跟客户签协议。

黑龙江的客户杜大江便嗖地站了起来，嚷嚷道："我们不等了，有你们这样对待客户的吗？"

还有的人跟着起哄："这耍猴呢？太拿村长不当干部了。"

王德紧张，额头冒汗。

他想，客户是上帝，如果把客户都气跑了，该咋跟乔麦交代啊？

情急之中，王德忽然急中生智，他给大家唱起一段西河大鼓。唱得不好听，人们跺脚吹口哨轰他下台，现场乱哄哄的。

快到五点钟了，乔麦还不见踪影。

王德急得跟热锅里的蚂蚁一样。若不是王德悄悄安排了好几个保安堵住了各个出口，这帮客户早就冲出去跑没影了。他不停地对客户们说着好话，不停地削苹果皮、扒香蕉皮、切西瓜，忙得满头大汗，浑身都湿透了。

天快黑下来了，乔麦终于走进了公司的会议室。她在汽车上把在场客户提供的表和数字全都看了，只是一遍，就让她一字不落地复述了一遍。

大家张大嘴巴，吃惊了。

王德颠着二郎腿，得意地说道："大家看到了吧，我们乔董事长这一下午就忙你们的事，如果不尊重大家，能把数字记住吗？"

黑龙江客户惊讶地问乔麦："你是怎么把我们这么多的数字全都记在脑子里的呢？"

其他客户也看着乔麦。

乔麦看了看大家，鞠了个躬，解释道："朋友们，我之所以来晚了，主要是发现了个问题，专家团队刚刚调整好了，我保证，大豆种子绝对没有问题。大豆是原种。我们的大豆新成果，叫白洋淀一号，发芽率高，绝对会增产增收。"

大家热烈地鼓掌。

乔麦最后总结说道："感谢大家的理解和支持。告诉大家一个好消息，我们白洋淀新区的智慧云计算中心，马上就要投入使用了。这让我们的科技创新事业如虎添翼，锦上添花！"

订货会结束了。

乔麦松了一口气。她采取拖延一些时间的策略，避免了一场损失。散会后，她又马不停蹄地驱车去了萍河种子基地。

站在大桥上看萍河流水，荡荡的水流从两岸的绿树脚下穿过，树和草萌生了绿意，树影映在水中跳跃着一片模糊的光和影子。

萍河水是迷人的。萍河在一旁灿烂发光。河坡上，青草已经顶破潮润的地皮。这河的源头是定兴的南幸村，流到容光的北阳庄与北瀑河交汇。清清的河水流到黑龙口萍河桥，拐个弯儿就入淀了。

乔麦的车速慢了下来，透过车窗，她看见万亩粮田和白色的塑料大棚。

走着走着，天空上又开始飘起了小雨丝，像牛毛那么细。"乡亲们，又下雨啦，快避避雨吧！"乔麦对农民们喊。

农民们纷纷跑进棚子里避雨。

下午的时候，雨不下了，天放晴了，太阳光逐渐强烈起来。乔麦用头巾把脸全部裹了起来，露着乌黑的眼睛，阳光刺伤了她的眼睛，老想流泪。从这条缝隙里望着孙光华博士戴着草帽儿穿行在土地田间，他带着两个徒弟沿着田间走着，时不时弯腰用东西捅着地皮。他们在自己的实验中随时发现问题，再随时予以解决。

孙光华蹲在田地里拿着东西捅地皮，翻细细的土疙瘩。

这个物件竟然是大雁的雁翎，没有想到他用着一根坚硬美丽的雁翎。这种羽毛可不一般，鸟的翅膀和尾巴长硬的羽毛，像一根金针，鸟接受大脑命令而飞行转向，从羽从令。

乔麦想，今天的研发团队，不就是当年的雁翎队吗？雁翎队用雁翎来捅大抬杆枪，防潮防雨，当火药桶堵塞的时候，拿雁翎来捅开，开火打敌人。孙光华竟然用这种大雁的羽毛捅开潮湿的地皮，发现种子根部的问题，苗儿的根部、茎部和叶儿有一种关联，他发现了一些不容疏忽的问题，好在及时纠正了。

乔麦隔着老远就喊："喂——光华，这么老低着头，你捡到什么宝贝了吗？"

孙光华挑开种子，等着她走到跟前了，说道："乔总，你看。"乔麦解开围巾，蹲在地上一看，褐色的种根上出现了一些白色斑点。

孙光华皱着眉扔掉了大雁雁翎，手捧着挖出来的根部说："我们自己的实验种子，可以通过调整胚根增加产量的。"

乔麦眼睛一亮，孙光华博士这种执着于科研的探索精神深深打动了她。他的新目标是大豆和玉米种子研发。

白洋淀新区创新规划会如期召开。

乔麦作为麦耘科技公司的董事长，参加了这个会议。她向与会者提了一个值得思考的问题："白洋淀新区产业发展的内生动力究竟在哪里呢？与深圳、上海等南方的一些经济发达的地方相比，我们的劣势和优势在哪里呢？"

赵国栋不由得一怔，乔麦竟然提出这样的问题。看来其中有她经历挫折的深刻体验，她不过是一个种子科技公司负责人，而且她还是一个普普通通的女人，竟然能思考出这样深刻的问题！这个问题引起了赵国栋浓厚的兴趣。

人们纷纷议论起这个问题来了。

赵国栋望着乔麦，微微一笑。

乔麦从容不迫地说："赵书记，我们麦耘公司是白洋淀新区政府扶持起来的创新公司，您又是新区政府进驻我们公司的代表，我非常感谢新区政府对我的关怀和厚爱，也决心干出一番业绩来回报政府和各界人士对我们的关爱和殷切期望！"

说到这，她的话锋一转，面带忧虑地继续说道："要创新就得有人才做支撑，做坚强的后盾，这些年的经商经历让我深刻体会到了，只有自己的事业是创新型的，才能吸引招纳进创新型人才。我们白洋淀新区的优势是什么呢？"

赵国栋一愣："你说说看！"

"人们一看，正在建设中的白洋淀新区，就是最大的优势。"乔麦说。

赵国栋赞许地说道："嗯，乔麦和孙光华博士主导的白洋淀新区一号大豆创新成果，值得庆贺。你这个观点我赞成，继续说下去。"

乔麦继续说道："新区正在建设中，我们的优势目前来看还是一张白纸，还看不出啥。但是，我们的优势就在于有一个光明的未来！根据育种的需要，我们从中科院聘请来了孙光华博士，让我们的麦耘科技公司吃了定心丸！"

赵国栋问："哪位是孙光华先生？"

年轻朴实的孙光华站起身，点头致意。

赵国栋很是惊讶地打量着孙光华："想不到你这么年轻啊！"

孙光华说："不年轻了，快四十了。人家国盛，四十五岁就要面临被淘汰了。"

赵国栋哈哈笑了，说："国盛是通信科技，5G 领先世界，你们农业科技可以年限放长一些嘛，科技就是你们的加速器。"

孙光华说："人在创造力这方面，有灵性的时间也就四十岁左右这几年，所以得只争朝夕啊！"

乔麦大气地说："我们虽然是小公司，位卑未敢忘忧国，我们的目标是世界目标。既然选择农业科技创新，那我们就一定要在这方面有所建树！"

赵国栋欣慰地说："创新不是喊喊口号就行的，里边的问题很复杂，特别是人才问题，你们一定要始终如一地摆在各项工作的首位。"

乔麦点点头，说："我们已有的人才被北京和南方吸走了，我就是想在这张白纸上做文章，利用北方肥沃的土地，创造出世界一流的种子，同时，吸引北京的人才落地。"

赵国栋表情轻松了许多，他说："是啊，创新离不开人才，我们白洋淀新区有一个'雄才计划'，吸收人才，条件优厚。我们成为北方的深圳，吸引人才就不再困难了。我们在创新投入上要加大力度，要让河北的白洋淀新区成为龙头。"

乔麦一边专心地听着一边做着笔记。

晚霞落地，橘黄的光芒渐渐暗淡了。会议一直持续到了天黑才散。

第一百一十一章　幸福的人

乔麦忙得充实。

她住在容东安置房里，幼儿园、学校和医院都有，政府真正兑现了"十五分钟生活圈"的承诺，方便了居民们的生活。一方城的规划设计得到具体验证，新环境，新事多，关于新区的话题集中落在"十五分钟生活圈"。

新区市民服务中心，办公区、商务中心、医院、学校集中起来，优先布局。乔麦在县城的办公室离住处很近，可以步行上班。

王决心也正式入编，成为中天建集团的产业工人，这是他人生的一个跨越。

这天傍晚，王决心给乔麦打了电话，说今晚地下管廊工程又要大吨位吊装，不能回家吃饭了，乔麦接完电话后，叮嘱他几句，就打开了电视机坐在沙发上看起电视来。

大雄和花花都被送到王家寨，乔麦的爹娘照看着孩子。

忽然，唰的一声，屋里黑咕隆咚。

客厅的灯嗞嗞地响了几下，灯一眨一眨的，前两天闹过一次，王决心说换灯泡还没来得及换呢。屋里黑得让人恐惧，乔麦拿手机灯光照亮，从抽屉里找到新灯泡，蹬着茶几，踮着脚尖去换。更换灯泡时间不长，可是，灾难就在瞬间发生了。乔麦脚一滑，一屁股摔在了茶几上，她的心就乱了，倒地的瞬间左手撑了一下，手掌被碎玻璃直接割断了动脉和筋，血像水龙头喷了出来。

乔麦也顾不上疼痛，急忙站了起来，另一只手下意识地捂着呼呼冒出来的鲜血，跑到对面伍宝库家，六神无主地大喊："王德快开门！"王德听到乔麦急切的叫声连忙开门，只见乔麦满身都是血，楼道里也都是血。王德惊呆了，急忙叫伍宝库和王永丽，伍宝库有经验，急忙拿起家里的毛巾紧紧勒住了乔麦的胳膊，勒得死死的。王德颤抖了，他赶紧拨打了急救电话，然后又给小区里的市民服务中心打了电话，杜梅吃力地跑了过来，看着乔麦流了那么多血，吓得直接晕了过去。

伍宝库、王永丽和王德忙作一团，伍宝库将杜梅搀扶了起来："杜梅，你醒醒！"

乔麦那头看杜梅："二嫂，我没事，快救二嫂。"

杜梅还是没醒，伍宝库搀扶着乔麦，王德背着杜梅上了电梯，刚刚到楼下，听到救护车的笛声，救护车到了，社区服务中心的工作人员和小区保安也赶了过来，连忙帮着把人抬上救护车。救护车鸣着响笛，风驰电掣，直奔社区医院。王德打开手机扫了健康码，两个病人到了急诊科，经过医生检查，乔麦手腕被玻璃把筋和大动脉切断了，医院紧急安排了手术。杜梅也在急诊室的另一个房间吸氧和输液。

王德和伍宝库一个在急诊室门口等着，一个在手术室门口等着，王德打王决心电话没接，发微信留言说：你媳妇被玻璃割伤正手术呢，看到后速来社区医院。王决心干完活看到手机留言，立马往医院赶。

王决心赶到医院，蹲在手术室门口说："这两天灯就不好用，我早就该把它换掉，都怪我。"

伍宝库在一边也埋怨着王决心，王决心跺着脚说："我真该死。"

手术做了三个多小时。

王决心一直处在恐惧和戒备状态。

天已黑严，远处亮出模糊的灯光，而这医院里却是灯火通明。他站立起来，这儿看看，那儿望望。到处都是白色，光与建筑融为一体，像一条美丽的河流，无声无息地流淌。这是一个全新的医院，一个不同的世界。北京四中和北京史家胡同小学，跟这个医院，都是北京援建白洋淀新区的项目。再过一年，花花就要到史家胡同小学读书了。

医院就在家门口，过去人们想到北京三甲医院看病，求人排队多难？新建的医院，建筑明亮，接收信号快，病人到了就直接进入流程，这在以前想都不敢想。

王德从杜梅病房出来，望着手术室的门，紧张得要命，心里怦怦跳着："老三，乔麦咋样？"王决心满脸疲惫地说："护士说差不多了。"过了半个小时，手术室的灯牌一灭，医生走了出来，问："谁是乔麦的家属？"

王决心上前说："我是。"

医生说："患者出血不少，已经输了血，没有生命危险，手术很成功。病人从哪儿过来？"王决心得意地说："就在容东片区安置房。"说这话的时候，他有一种自豪。医生笑了："明白了，你们都在十五分钟生活圈里，送来得及时啊，如果不及时接上，就会造成神经坏死，左手就残废了，还会因为流血过多造成休克。现在，这样的风险都没有了。"王决心的心可以用喜出望外来形容，掩面而泣："我的老天爷啊，有惊无险，谢天谢地。"王德微笑着说："是的医生，从我们叫救护车到医院只用了十一分钟，这在以前想都不敢想啊。"乔麦被护士推出手术室。她脸色苍白，一边哭一边问："杜梅怎么样了？"王德说："苏醒了，我赶紧告诉她，你没事了。"

乔麦点点头，她看到王决心，眼泪在眼眶里打转转："谢谢医生，北京援建的这个医院医术就是高，接好了我左手的每一根神经。决心，这要是发生在王家寨，估计我失血过多也许就见不到你了。"

王决心观察乔麦的表情，暗暗感谢医生。

王决心安慰乔麦说："杜梅早醒了，救助得及时，现在没事了，别担心了。"

乔麦脸上的恐惧没有了，心中涌出一股暖流，她被推到病房住院输液去了。

这个星期天，王决心和乔麦来看二叔、二婶，胡玉湖正好来看王永山的芦苇画。胡玉湖看见王决心和乔麦来了，亲热地拉着决心的手说："臭小子，回王家寨来了，也不知道告诉我一声，真是不想我啊！"王决心一本正经地说道："老支书你这话算说对了，你说我想你一个大老爷们干啥呀，要想我也想小媳妇、孩子，对吧麦子？"乔麦掸了他一拳："整天没个正形儿，皮皮溜溜的。大叔你揍他几巴掌。"胡玉湖说："我可不敢，你打中，我要真打了，你还不跟大叔急眼啊？"

乔麦一嘬嘴，说道："我算看透了，老支书还是向着你，舍不得打你，却来冤枉我，哼！"

王决心得意地说："那是，我是大叔看着长大的，你是半截来王家寨的，不冤枉你冤枉谁呀，对吧，老支书？"胡玉湖打了决心一巴掌，问乔麦："说正经的，麦子，听说你们公司现在干得挺好的，大叔真为你们高兴啊！"

乔麦把茶杯递到胡玉湖手上，说道："是不赖呆！您身子骨挺结实的吧？"

胡玉湖说："挺好挺好，挺结实的。"然后话题转到了腰里硬那里。

王决心头一伸一缩，鸡啄米一般，听到腰里硬的名字，就一阵恶心。

胡玉湖说："腰里硬在村里丢了实景演出项目，像无头苍蝇一样乱撞，还拖欠很多外债。"

乔麦转脸看着王永山说道："要不，咱就帮帮腰里硬？"王永山侧脸看胡玉湖，大家都看着王决心。王决心却不说话。

乔麦催促道："表个态呀，老支书跟二叔都等着哪。"

王决心倔倔地说："不帮，这狗东西太气人了，喂不熟的狼！"

乔麦心软，劝说道："我的意见，还是帮帮他吧，不为别的，就为你俩从小一块长大的。你现在都已经是央企的工人了，而他腰里硬是啥呀，无业游民，家没了，老婆孩子没了，工作没了，同伙没了，他还有啥？就剩他一个孤家寡人了，你俩根本就不在一个档次上了，你帮他就是让王家寨的老少爷们都来看一看，你王决心是啥样的胸怀啊！"

胡玉湖夸赞道："乔麦这几句话说得好啊，有水平，决心你往后还真得多听听你老婆的话，做人做事大气点儿！"

王永山即兴吟诵一首诗："英雄者，胸怀大志，腹有良谋，有包藏宇宙之机，吞吐天地之志者也。"

王决心看懂了乔麦善良的心，笑了笑，对乔麦说道："老婆啊，给我们爷几个整点酒菜儿，挺长时间我没敬老支书跟二叔酒了。"

乔麦答应一声出去了。

第一百一十二章　救赎

这天晚上，天黑得晚。王决心下班去了王家寨，他在大张庄码头等船。

王决心正胡思乱想着，凑巧碰上二巴掌提着鲤鱼等船，鲤鱼活蹦乱跳，散着鲜气。他们没有说上两句话，忽然从饭店涌出一些人来，闹闹嚷嚷，他们衣衫不整，有的人衣服敞着，裸露着胸脯，有的人提着剩饭，还有人提着没有喝完的酒瓶子，拦截着过往船只。

有个男子突然晕倒了，躺在地上吐酒。

他的同伙似乎都喝高了，黑灯瞎火的，没有看见摔倒了人，呼呼地上了船。王决心追过去喊那些人，船上机器声音响得没有人听见。

王决心和二巴掌赶紧朝那个躺倒的人跑去，扶他，他身子很重，费了大劲才扶起来。二巴掌惊叫道："是腰里硬，管还是不管？"

"当然管啊！"

王决心蹲下细看，果然是醉酒的腰里硬，他今天跟谁喝酒？王决心把腰里硬背到了船上，他和二巴掌开着自己的船去追那一条船。

王决心开船的时候，看见腰里硬蒙着脑袋哆嗦，他把自己的西服脱了下来，裹住他的大脑袋。腰里硬丢了一只鞋，王决心从船舱里拽出一双球鞋，给他的右脚穿上了鞋。

淀风一吹，腰里硬醒了，醒了还想吐。

王决心不想搭理腰里硬，就捅二巴掌，二巴掌赶紧赔笑："腰里硬，还冷吗？"腰里硬睁开牛眼说："不冷了，啊？你是二巴掌？谢谢你！"
二巴掌轻轻一笑："别谢我，真正救你的人在这儿呢。"腰里硬转动着脖子，咯咯地脆响，惊讶地说："啊，王决心？"王决心冷冷地说："跟谁喝的，喝这么多？"腰里硬沮丧地说："跟谁喝，还跟你汇报啊？看我笑话？一堆催债的！"

二巴掌生气地说："白眼狼，咋说话呢，今天是决心背你上了船，你吐了，还给你小子擦了。"

腰里硬垂下了头，说："谢谢啊！"不知他是感谢二巴掌，还是感谢王决心。

夜风凉了，腰里硬喷嚏连天。

王决心就把自己身上的黑夹克披在腰里硬身上："你不穿外衣，别冻感冒了。"腰里硬不穿，倔倔地说："我身板儿好，没问题。"

"你就瘦狗拉硬屎，强挺着吧！"王决心说着，重新穿上夹克。

船到了，王家寨的码头冷清，零零散散地泊着几艘老船，天色更黑了，码头黑着灯，王决心和二巴掌搀扶着腰里硬上了岸，腰里硬浑身无力，蹲在地上，一边吐酒一边打电话。

王决心一看手机，是雁子给腰里硬打来了电话，腰里硬骂道："臭婊子，你们喝美了，把我丢了，是王决心救了我。"他说着，心头热乎乎的。

雁子说："开船的时候，我还到处找你哪！"

"快来吧，我头疼啊！"

腰里硬放下手机就蹲下等候，又吐了几下。腰里硬看着王决心和二巴掌还守候着他，感动地说："二巴掌是好人啊！"

二巴掌说："要不是决心三弟，我才不管你呢，没良心的东西。我三弟是好人，记住了？"

腰里硬晃荡着身体，叹息说："他是好人？凭啥啊？唉，连老天都帮他，我这辈子算是完了。"

王决心不搭理腰里硬，他站在树下撒了尿，他撒尿的时候，听见腰里硬又哇地吐了。

王决心埋怨说："这是喝了多少酒啊？喜欢喝，又没量。"

腰里硬望着他说："我吐酒，你撒尿，你小子成心砢碜我啊？"他说着就晕头转向了。

王决心拉住腰里硬的胳膊焦急地喊："腰里硬，回家吧，雁子等着你呢。"

腰里硬可能是犯病了，迈了两步，又跌坐在地。自从"淀上升明月"项目转手乔麦，他的雄心就消磨殆尽了，身体也垮了，酒量大减。王决心和二巴掌将腰里硬送进了王家寨秦中医的诊所。秦中医给腰里硬输液时，雁子晃晃悠悠找到诊所来了。雁子瞅见腰里硬在输液，就给他妹妹姚丽蓉拨了电话，姚丽蓉也到了。

王决心让雁子她们陪护，自己悄悄撤了。人心都是肉长的，腰里硬让妹妹姚丽蓉给王决心送来了一篮子水果。

王决心心里一热。

吃完午饭后，王决心和乔麦去腰里硬家看他。腰里硬一看进来的是王决心和乔麦，不由得呆愣住了。他怎么也没想到，这俩人会来看他，而且手里还拎着一箱子牛奶。他怀疑自己看花眼了，使劲揉了揉，睁大了眼，确定就是王决心和乔麦，实在是丈二的和尚——摸不着头脑，嘴巴张着根本就合不上了。

"咋了，不认识我俩了？你啥意思啊？"王决心讥笑道。

腰里硬嘟囔道："你俩咋……来了？"

乔麦平静地看着腰里硬说道："胡支书让我们来看看你。"

腰里硬一个激灵，露出窘相。

王决心和乔麦这才注意到，他的衣裳破破烂烂，面无血色，宽腰也瘦了。乔麦没想到他如今竟然落魄到了这步田地。

王决心心里五味杂陈，有点隐隐地可怜他了，尽管都是他自己作的，活该，可就是觉得他可怜。他问腰里硬："雁子呢？"

腰里硬耷拉着脸，不说话。

王决心扒拉一下他，又问了一遍："雁子咋没在家啊？"

腰里硬两眼死死地盯着王决心，突然吼了一声："你们来看我的笑话，老子不用你们管，都给我出去，出去！"

然后，他用力推搡王决心和乔麦。

乔麦大声喝道："腰里硬，你属疯狗的咋的？我们好心来看你，你咋拿人家好心当驴肝肺啊？"

腰里硬吼道："你俩黄鼠狼给鸡拜年——没安好心！滚，滚出去——"

王决心瞪眼了。乔麦担心他跟腰里硬打起来，连忙拽住他的胳膊说道："这个无赖，不值得搭理，咱们走吧。"

"腰里硬，你自作自受吧！"王决心说。

腰里硬被王决心噎住了。过去遇到这种情况，两人除了骂，就是动手打。他瞪着王决心说道："咋不跟我打呀？尿了？"

王决心斜眼看着腰里硬，以问作答："腰里硬，你瞅瞅你自个儿，活成啥样了，找个地缝钻进去死了得了。"

腰里硬被骂愣了，两腮肌肉颤抖。

王决心说："听说郑继刚都不搭理你了，你身边还有人吗？有志不在声高，穷横个啥？我们是啥人你应该知道吧？我救你，乔麦给你二叔治病、找工作，你还怀疑我们的好意吗？"

腰里硬怔了一下，低头不吭声了。

乔麦瞥了一眼王决心，劝道："算了，别说他了，赶紧给他整点吃的。"

腰里硬一屁股坐在了沙发上，对乔麦说道："你咋知道？我已经两天没好好吃东西了，快饿死了。"

乔麦到了厨房，冰箱里空空荡荡。

乔麦说："我回家做好，马上给他端过来吧。"

乔麦匆匆忙忙走了。

王决心从自己兜里拿出橘子，剥了皮，递给腰里硬说："腰里硬，人啊，走哪步说哪步话，你就别强撑着了。这么待着也不是个事啊，想干点啥呀？"

腰里硬接过橘子吃了，抱着脑袋哀号："老天爷啊，你咋不长眼啊？人家都变了，都发达了，我他娘的还是穷光蛋啊！决心，我除了死，还能怎么办？"

王决心瞪了眼，耻笑说："别嚷了，我给你出个主意。天下哪有躺着掉馅饼的事啊？别乱跑了，郑继刚那个层面的人，你别热脸贴冷屁股了，你堂堂男子汉，靠劳动致富。"

腰里硬青着脸，有气无力地说："先别说富裕的事了，债主别天天追着我要债，就知足了。"

王决心和腰里硬说了一阵话。乔麦端着鱼丸子、熏鱼和馒头进来了。

腰里硬狼吞虎咽地吃着，显然不顾吃相。吃了几口噎住了，咽不下去，憋得直翻白眼。

王决心忽然想起了雁子，问腰里硬："你想咸鱼翻身，身边得有女人照顾。雁子呢？她最近干啥呢？是不是不搭理你了？"

腰里硬白了他一眼，说："这个女人太精鬼，有钱就找我，没钱就跑。"

王决心说："雁子对你挺好的，谁叫你不好好珍惜人家雁子哪？"

腰里硬脖子越抻越长，骂道："她就是一个臭婊子，不要脸的骚货！"

乔麦呆呆地坐着，撑了他一下，说道："你这嘴咋还不积点德呢？雁子对你多好啊，你怎么能这么骂人家呢？还有，你不能再打人家啦！"

腰里硬说："是我的错，她都不搭理我了。"

王决心说："她为啥不搭理你了，你自个儿心里没个数儿啊？"

腰里硬打着饱嗝，低头不吭声了。

王决心回到了工地，天黑透了。

这天清晨，是一个大雾天，世间万物全都变得神秘起来了。浓重的大雾弥漫在天地之间，好像从天上降下了一个极厚而又极宽大的窗帘。站在院子里的腰里硬的视线，被雾挡住了，只能看见眼前不到一米的景物。夜雾慢慢淡了，颜色变白，像是流动着的透明体，东方发白了。浮动着的轻纱一般的迷雾笼罩着王家寨村，所有的建筑和树木若有若无。

腰里硬绝对没有想到的是，他正在厨房里煮方便面，院门被人敲响了。他心里一惊，不敢吱声，蹑手蹑脚地朝外窥视，什么也看不着。心想：管他是谁哪，一概不理不睬。过了会儿，听到院子里响起扑通几声，还没看清是咋回事哪，窗户前突然出现了几个人的脑袋，吓了他一大跳，躲藏已经是来不及了，只好迎了出去，定睛一看，是三个小伙子。

天黑了，他看不清三人的模样。

腰里硬还是心尖一颤，猜想他们一准是来要账的，不然谁会在这大雾天，冒着被啥东西撞上的危险来王家寨呢？

腰里硬假装镇定地喊道："你们是哪来的？找谁呀？"话音刚落，那个高个猛地一拳打过来。

腰里硬猝不及防，咕咚一声趴在了地上。

姚哈喇病好了，他过来解围，大喝道："住手！你们怎么上来就打人呢？"

几个人停住了，不知道姚哈喇有什么本事。

姚哈喇走到腰里硬跟前，心疼地问道："摔坏哪儿没有啊？"

腰里硬大吼，一个鱼跃从地上蹿了起来，可是，还是被三个人打趴下了。

几个小子喊叫："欠债还钱天经地义，告你去！"

腰里硬朝浓雾喊："告去吧，随便！老子说过了，要钱没有，要命有一条，谁有本事就拿去！"

忽然，王决心来了。

王决心大声嚷道："腰里硬，你又跟谁犯浑哪？"

腰里硬一怔："王老三？你咋来了？"

王决心说："你让我给你找工作，你欠债不还当老赖，我咋跟工地领导张嘴呢？"

三个小子从雾里钻出来。

王决心说："哥们，是腰里硬的错，哪有欠钱不还的道理呢？他手里真的没钱了，你们叫他咋还你们呢？对吧？"

高个子问王决心："你咋证明他没钱了呢？我们又凭啥相信你呢？"

王决心拍着胸脯说道："凭我的人格，我担保他现在真的没有能力还你们钱了。你们哥几个不是了解我王决心是啥样人吗？请你们相信我，腰里硬哪天有能力还了，我保证他会还的。"

腰里硬点点头，说："能。"

王决心板着脸说："我现在给你们写张字据，腰里硬签上自个儿的名儿，我也签上，当个担保人。你们看咋样，行吧？"

三个小子面面相觑，点点头。

夏至到来了，天气渐渐热了。王家寨的孩子们像蜻蜓一样在大街上跑来跑去，快活无比。夏天的游客渐渐多了，"淀上升明月"实景演出异常火爆。孙小萍的经营能力得到发挥，演出结束，出口处，有一个王家寨土特产柜台，这里卖一些芦苇画、荷叶茶、莲藕、鸡头米、莲子和双黄鸭蛋等土特产。

乔麦在容东片区接花花下学。

她带着花花去了不远处的超市，准备接乔麦爹娘到容东片区住几天。下午五点多钟，进了超市，里面更是人山人海，热闹非凡，里面的货物也比平常丰富得多呢。顿时，母女俩被这气氛所感染，心间涌出一股暖流，她们买了夏天用的东西，熏蚊器、熏蚊水和风油精。

王决心下班回到家，就打了乔麦的电话，可一直没人接，嘀咕道："忙啥哪，咋不接电话呢？"就躺在沙发上歇息了会儿。这些日子，他一直很疲劳，工地上的活实在太紧张了。

不知过了多久，乔麦和花花抱着东西回来了。

王决心从花花怀里接过购物袋，看着乔麦说："好家伙，你俩把超市搬来了咋的？买这么多干啥呀？"

花花说："我妈说接姥爷姥姥过来住几天。"

王决心摸着花花的头，亲了乔麦的脸蛋一口："你真是老王家的好媳妇儿，莲花孝子！"

王德推门进来了，说道："嚯，买这么多东西？"

王决心说："你来得正好，叫上姑父在我们家吃啊，喝点儿。"

王德说："我正有此意。"

乔麦去王永丽家了。

花花也跟着去了。两个男人一边做着饭一边聊着天。王决心问王德说："公司种子卖得咋样啊？"

王德说："不错，孙光华博士就是厉害。我们过农民丰收节，你过去热闹热闹？"

王决心点点头。

第二天早上，王决心在去工地的路上，拨通了徐总的电话。徐总说："端午节过后，你就叫他来我这儿上班吧，当一个建筑工地的拉线工，每月四千六百元工资。"

王决心连声说："谢谢，过几天我当面谢你啊。"

徐总早就听说过腰里硬的为人，心里还有些不放心，在电话里问王决心："决心哪，听说这个腰里硬是你的死对头，能让我放心吧？"

王决心说："人在变嘛，我管着他，保证没问题。"

事后，王决心问腰里硬："你能让我放心吗？"腰里硬肯定地说："能，能，放心。"

王决心说："你使劲拉线，别偷懒。"

徐总让王决心和腰里硬参加容西片区的亮灯仪式。容西片区a1标段安置房项目装修基本结束。整体统一亮灯，这是一个富有历史意义的时刻。傍晚来临，工地上灯火辉煌。"匠造白洋淀新区、预见幸福"十一个大字闪闪发光。

赵国栋启动了亮灯按钮，即兴发言："容西片区老百姓摇号决定自己的新居，然后统一入住，统一在一个时间点亮家里的所有照明设备。想想看，这场面多壮观、多温馨啊？我告诉大家，入冬前，德县的德东片区也要举行亮灯仪式，那里涉及九个整体拆迁村，部分征迁村，一万多人同时入住啊！"

大家听了以后，脸上都充满欣喜和期待。

晚上六点五十分，暮色降临。

离统一亮灯时间还有十分钟，王决心带着腰里硬参加容西片区亮灯仪式，腰里硬不想来，说："看开灯有啥豪横的？"王决心说："看完了你就知道有多豪横了。"腰里硬站在楼下等着亮灯，却看见黑压压一大片人。他嘟囔说："这么多人看开灯，这不是有病吗？"

王决心说："有病，看了病就好了。"

七点整，集体统一亮灯的时间到了。赵国栋站在社区中心小广场上，举着大喇叭喊了一声："亮灯仪式现在开始——"

他的话音刚落，徐总就扣动了信号枪扳机，两颗红色信号弹呼啸着升入夜空，一瞬间，五幢楼的窗口全部亮起了灯光，灯火璀璨，照得楼房金碧辉煌，犹如银河落入人间，蔚为壮观。

人们欢呼雀跃起来。

赵晓薇打来电话，她在空中直升机上，正拿摄像机记录这一时刻。

腰里硬被这番景象感染了情绪，看着王决心感慨道："原来你们是这么活着的啊？过去，我误解了你，佩服，豪横！"

他对王决心千恩万谢。

王决心痛斥腰里硬的所作所为，害得乔麦差点没了命；痛斥他网箱养鱼祸害乡亲；痛斥他在千年秀林、地下管廊和萍河土地流转捣鬼捣乱。腰里硬声泪俱下，攥住王决心的胳膊说道："别说了，我知道我错了，我……一定改，一定改……"

王决心跟腰里硬握了手。

第二天早上，王决心带着腰里硬来到了容西片区建筑工地，嘱咐腰里硬道："好好干，糊弄别人就是糊弄自己，别总是投机取巧，总想着欺负人！"

腰里硬不再敷衍，认真地说："不说了，你看着我咋做！"

王决心嘿嘿笑了。

他亲自给腰里硬戴上蓝色安全帽。腰里硬跟王决心用手机拍了一张合影，发给了雁子，腰里硬抓着王决心的手，感动地说："我一定好好干，为新区做贡献，自己也进步。"

晚上下班后，腰里硬回到王家寨，他直接去了雁子家。他突然觉得自己需要雁子，雁子也需要他，既然如此，总能找到在一起的理由。他敲开了雁子的院门。雁子哀怨地看着他，两眼闪动着泪花，低声说道："你来干啥？"

腰里硬攥住她的手，喜形于色地说道："雁子，我有工作了，我有工作了……"

雁子眼睛一亮，但是，脸色旋即又暗了下去，用力挣脱开他的手说道："这跟我有啥关系啊？你……走吧……"

腰里硬再次攥住她的手说道："雁子，以前我错了，别生我的气了，咱俩和好吧，我一定痛改前非，跟你好好过日子！"

雁子愣了愣，说："不是我嫌弃你。你看人家王决心，进央企当了正式工人，还当了段长，乔麦也成了农业科技公司的大老板了，不光挣了钱，还当了省人大代表。可你呢？越混越差劲儿！"

腰里硬一听雁子夸奖王决心和乔麦，觉得她这是故意伤自己的自尊心，怒不可遏，抽出大腰带就要打雁子，腰带抢到半空突然停下了，他的脑袋轰然一响，他想起自己跟王决心发过誓言："以后不管发生了什么，绝不再打女人。"

他眼一黑，将皮带抛向了半空，吼叫道："我腰里硬发过誓，再不打女人了。我他娘的又犯错了，应该挨罚！"

说着，他拿着宽皮带，冲着空中扔去。然后，他冲进厨房抓起菜板上的一把菜刀，高高举起就要剁自己的手指。

雁子惊叫一声，扑过去夺下他手里的菜刀，紧紧抱着他的身体，哽咽着说："哥，别这样，吓人呼啦的。你改了就好，我信你，你已经丢了一个手指头，不能叫你再丢了！不然在工地咋干活啊？"

腰里硬一把抱紧了雁子："好媳妇儿！"

他呜呜呜地哭开了。

雁子捡起了地上的皮带，心软了，她抚摸着腰里硬的脑袋说："你说，为啥王决心和乔麦越活越好？"

腰里硬用烟熏、酒腌的粗嗓门说："咱心强命不强哩，我服了，真的服了，人家王家的德孝不是说说的，人家有事靠自己，我总是求助别人。其实，好的时代，政策这么好，只要守住做人的好德行，自己就能救自己！"

雁子的爱终于有了依托，哽咽着说："你终于懂了，过去没少说。你跟王决心斗了这些年，谁输谁赢不重要，重要的是过好自己的日子。过去你自己不懂，说了没有用，反而会激怒你。"

腰里硬说："这些天，生活给我刺激很大，你知道，我腰里硬也是个好强的人，没有德，好强却变成了强盗，赤裸裸的掠夺啊！我越想让女人看得起我，我能力不够，越是心理变态，家暴就是这么来的。一个打自己女人的男人，不配有家庭，不配活在这个世上。"

他说着抽了自己两个嘴巴。

雁子心疼他了，紧紧地抱住了他。

腰里硬忽然抬了脸，从牙齿缝里挤出了声音："道理我懂了，可是我还是不服王老三，他凭啥混得豪横？他凭啥啊？凭啥啊？"

乔麦听说了腰里硬和雁子和好的消息，心中好一番欣慰。她跟腰里硬的岁月又闪现出来。

这个时候，王决心接到了孙小萍支书的电话，说腰里硬主动提出，他带着姚家人和王决心和解。王决心说："两个家族早和解了，我俩拖到了今天。只要他变好了，我举双手欢迎啦！"

孙小萍说："那好，我叫上老支书，过两天咱们召开一次村民大会，办了这件事！"

三天后的上午，王德志敲响了老梨树下大钟，招来了全村老少爷们，王家人、姚家人和村里人陆陆续续地来了。过去，王决心和腰里硬谁也不理谁，都坐得离对方远远的。今天，王决心和腰里硬肩挨肩坐着，两个家族的人终于挨得只有一米距离了。

老支书胡玉湖也来了。

孙小萍对乡亲们大声说道："几年前，王家和姚家两个家族和解，是在大乐书院。那次，腰里硬故意缺席，留下了个尾巴。今天，我们大伙见证王决心和腰里硬两个男人，和为贵，和天下，今天是真正和解。这是不是好事啊？好了，两边家属先发言，我们开始吧。"

孙小萍让雁子率先发言。

雁子先站起身发言，责骂腰里硬自私自利，打骂女人。一边骂一边心疼，呜呜地哭了。

腰里硬点点头："我改，我改！"

孙小萍喊乔麦发言。乔麦却只说了一句话："过去的事了，算了，不说了，希望他能跟雁子好好过日子，做一个好人！"

腰里硬看到乔麦如此美丽、大度和善良，终于明白了王决心为什么那么喜欢乔麦。他深深地后悔，乔麦是个旺夫的女人。

腰里硬站立起来，朝着乔麦鞠躬，连连道歉，跪在了乔麦面前："乔麦，我对不起你啊！"

乔麦身体晃了晃，眼睛湿润了。

腰里硬又跪在了姚哈喇和二婶跟前，说道："二叔二婶，我给姚家丢人了，我以后一定痛改前非，重新做人！我再不给你们惹事了，做个好人，我和雁子孝敬二老啊！"

姚哈喇眼泪不断往下流。

他颤抖着声音说道："其实啊，你对我对你二婶一直都挺孝敬，是一个莲花孝子，可是，你就是不知道珍惜自己的女人哪！"

二婶唠叨说："乔麦是多好的女人啊，硬是叫你给打跑了！"

腰里硬哭诉："我是错了，爹娘活着的时候，我没有好好孝敬过。活着不孝死了孝，往后，每年我都会给爹娘去圆坟、烧纸。"

孙小萍快人快语："不提旧事了，你跟乔麦的事早翻篇了，再提，雁子该有意见了，你赶紧跟雁子表个态吧。"

胡玉湖感动了，郑重地说："今天我很感动，力英一直是我的心病，看来他真心悔改了。雁子，浪子回头金不换，你就好好跟力英过吧！"

雁子愣着，忽然说："胡支书，孙支书，他还拿皮带抽我咋办？"

腰里硬哽咽了，从腰里解下大腰带，说道："这条腰带是我罪孽的证据，我今天就交给村里，彻底销毁。我腰里硬腰里不硬了，不再打女人，好好过日子了。"

现场响起雷鸣般的掌声。

胡玉湖颤抖地接过大腰带，转手交给了孙小萍，孙小萍闻到腰带的馊味了。她皱着眉头，无奈地说："这条大皮带就由村委会处置吧，作为反面教材，教育后人！"

腰里硬哆嗦了一下，裤子要掉。

王决心将自己的皮裤带解下来，送给了腰里硬。腰里硬接过王决心的裤带，掂了掂，用力系上，龇牙一笑："有你给我撑腰，我更有决心啦！"

第一百一十三章　诀别

傍晚时分，落日熔金。

尽管有霞光照耀，还是下着小雨，人们撑着雨伞，站在容东片区安置房社区溜达，在路边犹犹豫豫站着，呆呆地望着街景。雨停了，地面上还残留着雨后的潮气。新楼群，玻璃像鱼鳞般闪亮，虽不高，却充满温馨、洁净与青春气息。每栋楼里，都有一片绿地和花坛，有鸟儿在那里觅食。安静了，楼下仍然有零零散散的居民遛弯，身上带回一股清爽的夜露的气息。

白洋淀水涨满，荷花盛开了，荷花的香气虽然飘不过来，千年秀林的氧气被风送过来，风也同时刮来了清凉。楼房是立体的，有无数的含氧微尘在空气中跳跃。这里有了地下管廊，没有电线杆了，乌鸦极其不适应，它们只能在路旁徘徊觅食。

"哧！"王德喊了一声。

乌鸦们呼呼起飞了。

看热闹的农民瞅着起飞的乌鸦笑了。当然，安置区里也有农民，似乎不适应这环境，整天不说一句话，总是那么愁眉苦脸的。

下雨的时候，王德去了一趟王家寨，紧追慢赶还是贪了黑。他在玩具厂办事，顺便带回了一幅芦苇画，芦苇做的冬雪加梅花，回到了容东片区的安置搂，就让杜梅看画。

杜梅更加消瘦了，无力地躺在床上，她看见画，脸上神采奕奕。

王德心中就热乎一下。王德愣了愣，问："他们人呢？"杜梅说："姑姑和姑父，被杨振业叫走，到小区广场跳广场舞去了。"

王德说他在王家寨吃过了，然后俯身在杜梅耳边悄悄说："杜梅，你感觉好点了吗？我带你去看他们跳广场舞吧？"

杜梅坐在窗台前，望了望王德，眼神发直，无力地说道："你去看吧，我不想动了。"说着，望了望楼下的人群。

那里人头攒动，欢声笑语，热腾腾的人间烟火气，传导到楼上来。只可惜杜梅没有能力享受这些了。她收回了目光，躺平了身体。

王德心里一沉，难过地低着头，他不知该怎样安慰她，看到老婆病情加重，他真的很是担忧，以至于脸色显得有些苍白。

杜梅问："王德，你哪不舒服吗？"

王德马上打起精神来，笑了笑："我没事儿，就是惦记你的身体哩！"杜梅长长呻吟一声："唉，别惦记了。过去我们穷，现在日子好了，营养跟上了，身体会好起来的！"

王德听见"穷"字就过敏了，嘴上啰唆着："人穷不如鬼，酒淡不如水！我们当护工的时候，那是多穷，可不愿意再回到那个日子啦！"

杜梅不高兴了，悻悻地道："眼下这不富裕了吗？连王家寨最穷的老顺子都脱贫了，你嘴里竟是穷啊、鬼啊，我看你是得了穷病啦！"

王德被逗笑了："这不是穷怕了吗？我得了糖尿病！"

乔麦端着党参莲子汤过来了，听见他俩拌嘴，不高兴地说："王德，杜梅病成这样，咋嘴上老挂着鬼呢？多不吉利啊！你就不能跟嫂子说点高兴的事儿？"

王德强装着笑脸说："好，说高兴的事。咱种子公司眼下净是高兴的事儿！又有西瓜、西红柿、马铃薯和葵花种子突破了。"

杜梅轻轻笑了，就把话题扯到农业科技上："是啊，当初乔麦从养鸭子转型树苗，又从树苗转型种子，看来真有战略眼光啊！"

乔麦微微一笑："还不是二嫂英明啊，没有二哥二嫂支持，我哪来最初的启动资金啊？二嫂的夸奖，我真的是受之有愧啊，现在好了，风险投资也追上来了，但我没要。光华说啊，去年年底，北京成立了股票交易所，正做报告，明年我们就可以在北京交易所上市了。"

杜梅说："好啊。我刚刚明白，我们不是一个普通科技公司，关乎国家粮食安全。这个孙光华干得可以吗？"

乔麦满意地点头说："他有技术，人品好。还有啊，给他占股多，积极性非常高。"

王德扶着杜梅吃了药，喝了一碗乔麦送来的莲子汤，杜梅缓缓躺下来，说："股权分配太重要了，你管理上没有问题。哎，乔麦，你跟我说真话，王德最近干得怎么样啊？"

乔麦满意地点点头："好着哪，销售解决了。得让家里人改变对二哥的看法了，什么好吃好色的，人家干得多棒，应该给他平反啊！"

王德想了想，说："我明白了一个道理。色即空，毫无价值，还不如吃在肚里呢。我离开了王家寨，躲开了权力的纷争，回萍河搞粮食，心里安静多了，真对农业有了兴趣，还弄懂了生活的真理！"

杜梅愣了愣："啥真理呀？"

王德一番感叹："都说人人平等，那纯粹是骗人的虚话，人分明存在着差别，根本无法超越，这是一道深深的鸿沟。所以，我不去巴结权贵了，也不贪恋美色，那是虚无缥缈的东西。"

杜梅讥讽说："这是你心里话？"

王德怒了："你这人就爱钻牛犄角，难道还不相信我的决心吗？"

杜梅笑了，笑得东倒西歪。

他们的话题又回到智慧农业。

乔麦扶了扶杜梅，坐下，轻轻说道："刚才说到土地问题，我还是挺佩服义成大哥的。他搞的是通信科技，却对中国农民非常了解。对了，他当过分管农业的副县长，他在深圳鼓励我，搞智慧农业，种子特别重要，跟芯片同等重要。我更关注的是科技，我跟孙光华博士聊过，土地形式咋变，种子质量和单位面积产量上不去，一切都是空谈。"

王德点点头，说："这是对的，农民挺重视科技种田的啦！"

乔麦说："鲁大林师傅说的，拿工匠精神做种子，这行业投资大、回收慢，如果做好做大做强，最后与美国的孟山都公司有一拼。"

王德津津乐道地说："大规模现代化作业，需要大规模集中土地，如果不集中土地，一家一户田地，科技也施展不开呀！"

乔麦喝了一杯茶水，说："我们张家口有句土话，光听拉拉蛄叫就不种地了？我想听一听，你是咋看的？"

王德皱着眉头说："在容光萍河三个村，我们已经出了头，有人犯了红眼病。有人说，我们在萍河地带的几个村庄流转了两万亩农民土地，他们害怕了，骂我们官商勾结，巧取豪夺，侵吞土地，想成为大地主。我了解乔麦啊，她不是一个简单的土老板，她是有理想的新农人。"

乔麦一愣："二哥，你给我起名新农人？有意思。你考虑得比我更深一步。"

杜梅冷眼窃笑："人类一思考，上帝就会笑。他一思考啊，我就笑。"

王德沉浸在自己的思路里，继续说："过去，我就是太傻了，害人之心不可有，防人之心不可无啊！"

乔麦拍了拍杜梅的手背，笑着说："嫂子啊，王家人个个不白给，你看我二哥，表面不哼不哈，心里有数啊！"

王德谦逊地一笑，说："是啊，必须学习和思考。乔麦从深圳回来就不一样了，咱公司的未来，一定要未雨绸缪，提前规划。白洋淀新区土地供应不够的话，我们公司还可以在邻近的高阳、徐水流转土地。我们做大做强了，有人犯红眼病，卡我们脖子怎么办？"

乔麦的神情变得严肃起来："你想得挺远啊，我还真没想这些。"

王德继续说："我思考了这个问题。我发现阻碍土地流转的问题很多，其中之一就是，土地的承包权和使用权不明确。有些农民为啥不愿意流转？其中土地权属不清，流转起来太麻烦。我建议在萍河镇建立一个土地流转服务中介机构。通过竞价，让乡亲们获得更多的流转收益。剩余劳力咋办？我想同时在全镇建立一个农民劳力市场。对每家的失业农民逐一登记，年龄啊，特长啊，都记录下来，由这个中介跟用工单位挂钩。农民土地流转起来，他们就放心啦！"

乔麦笑道："建议挺好，前有车后有辙，啥事真得有规矩。你好好写出来啊！"

乔麦和王德说着话，声音那么大，杜梅竟然睡着了。看来她的身体挺到了极限了，顶不住了。乔麦眼睛红了："二哥，你最近别上班了，公司有我呢。你最后多陪陪杜梅，好好赎罪。"

"陪老婆，是我的福分。"王德点点头，揩了一把眼泪，整个人有泡在烈酒里的感觉，心里有说不出来的踏实和宽慰。

第二天早上，王德说陪杜梅去新建的郊野公园，因为那里是他们原来的村庄。杜梅眼里有了深深感伤的热情，她一早就准备好了。

王德用轮椅推着杜梅出来。杜梅精神了一些，杜梅连续躺了两个月了，吃了大把的药，头发彻底掉光了，人也瘦得不成样子。杜梅担心熟人认出她来，就戴上帽子和大口罩，风一吹，脑袋瓜一点点清醒了。杜梅坚持不坐轮椅，步行游园。

轮椅只好放在车上。郊野公园去年落成。杜梅还是第一次来到郊野公园。公园属于白洋淀新区千年秀林的一部分，占地两万多亩。大型林地的生态屏障，水源涵养，休闲游憩。这是一个林为体、水为脉、文为魂的郊野公园。四个湖泊，犹如琥珀镶嵌在那里，三十里安定龙形水系，蜿蜒穿行在万亩秀林之间。十四片城市森林，隐含着各类建筑和特色小镇，借助理水、起丘、隐筑、圆境四个实施步骤，描绘了一张宏伟画卷。

杜梅似听非听，她不懂得怎样回答他。

王德陪同老婆逛公园，他心中格外激动和幸福。郊野公园，还可以一站式畅游。

这里有白洋淀新区展园，还有省内各地的园区。王德问她去哪个馆参观？杜梅不知该说什么了，她想了想，说："看白洋淀新区展园吧。"

王德搀扶了杜梅胳膊，一直走向白洋淀新区展园。新区展园像王家寨一样，坐落在东湖核心岛上，既有白洋淀荷塘苇海，又展现了白洋淀新区智能和数字科技成果。苇荡芦花纷纷扬扬，在太阳和蓝天间晃荡。鸟儿在树枝上叽叽喳喳叫喊着，路边的石滩小河，春天水盛，颇为浩渺。

杜梅心情好，但是，遇到凉风，就是一阵猛烈的咳嗽。

王德的思绪回来了，他连忙给杜梅捶背，边捶边问道："咋样啊？没事吧？"

杜梅坐下，摇摇头，说："想想我们俩创业啊，真是谁都指望不上。要说碰上贵人，也是白沟那个丢钱的老板，我们捡了钱给他，他帮我们建了服装厂。好多年没有联系了，那个老板叫啥来着？"

王德感觉惭愧，杜梅都记不住人家名字了，自己竟然还怀疑杜梅跟他好。杜梅说："有钱的当官的亲戚，都是七不沾八不靠，攀附那个高枝，想都别想，还是我们自己的劳动最可靠，咱这点家业就是咱俩拼出来的啊。"她说不下去了，不知道为什么，短短的一瞬间，想起了自己辛辛苦苦的创业，让她热泪盈眶，她赶紧擦擦眼睛，看着那些盛开的花朵，感觉立刻闻到了那馥郁的芳香。

王德听着杜梅的话，心里很是舒服。

杜梅摆着手说："王德，我们好好看郊野公园吧，将来白洋淀新区是个好地方。十年就建成了，将来是世界上的模板城市，想想就激动，可是，你老婆我等不到那时候了，所以啊，你要替我活着。"

她的语气里有鼓励也有哀伤。

王德翻着眼睛看她，喉咙里呜呜地响着："老婆，你说的这句话我不爱听，啥叫我替你活着？"

杜梅说得很动情，脸颊有些红润："就是嘛，我走了，你还要好好活着，你当然要替我活着。我爹，茜茜，这个家你得撑啊！"

王德听不下去了，蹲在地上，把泪痕纵横的脸捧在手里，脸和脖子上的肌肉揉皱了。

杜梅心里也弥漫着哀伤的情绪，她忽然觉得自己错了，王德想让自己高兴，自己却说一些伤感的话刺激他。杜梅拉了他一把："起来吧，我错了。其实啊，我最大的愿望就是今年能跟家里人再过一个年。大嫂从深圳回来，咱家就是团团圆圆的了。茜茜考上重点高中，我走了也就不遗憾了。"

王德瞬间抬起了头，喉咙一热："会团圆的，我们王家是德孝之家，好人好报。"

杜梅默默走着，一阵趔趄，王德一把扶住了杜梅，他们缓缓走着，杜梅眼睛灵活地转动着，回头望了望，气派的楼房就在身后。如果从高速桥洞里过来，走路也就十分钟。

杜梅脸上有了笑意，说："老天对我不薄，我该知足啊，有你陪伴着我。那一年，在王家寨参加你和顾凤娇的婚礼，以为你永远回不来了，如今，你不仅回来了，还变了个人。"

王德心中又是一阵忏悔，说："唉，别提过去了。一晃都几年过去了，简直是一场梦啊！我王德出轨的日子，你照顾家管理工厂，累出了这场大病，真的难为你了。杜梅，对不起，真的对不起你啊。如果人间真有后悔药，我王德花多少钱都买啊！"

杜梅说："我们看景儿吧。"

王德赶紧转了话题："郊野公园里就有乔麦提供的树种，银杏、国槐和梧桐。"

杜梅笑了："对，我们参观完展园，去看乔麦的苗圃基地培育的树。"从公园里走了一圈，见到乔麦提供的树种银杏树了。它高高的，粗粗壮壮的，树干一直伸展向天空。那浓绿色的扇形叶子面镶上了金黄色牙边，在明媚的阳光照射下，凸显出一种极为美观的视觉效应，一种天地与季节融合的美。

王德摘下一片银杏叶对杜梅说："你看这银杏叶的形状，多像一把把小扇子点缀在银杏树上啊！"

杜梅仰脸看着树上浓密的银杏叶，一阵阵微风吹来，银杏叶发出沙沙的声响，风铃般清脆。

起风了，银杏树梢向南倒去，光溜溜、笔直的树干挺拔而立，树叶扯动着不停摇晃，有的树叶落在花期将尽的郁金香上，发出沙沙的响声。

一些受惊的鸟悄然起飞了。

杜梅抚摸了一阵银杏树，笑了。

回到家里，王永丽做好了饭，从她的家里端了过来。王永丽想到杜梅的病情越来越重，忍不住泪水夺眶而出，怕被杜梅看见，连忙用衣袖擦掉了。

王德让杜梅在客厅坐一阵。

他想，就这么守候着家，只要杜梅有口气，这个家就在，这样也是幸福啊！

杜梅浑身无力，手、胳膊都抬不起来了。王德搀扶着让杜梅躺好，发现杜梅除了身体虚弱，额头明显肿了，肿得像贴上了一层发起来的面，不由得想起民间说，男怕"穿靴"，女怕"戴帽"，意思是人离死亡不远时，男的会肿脚，女的会肿脑袋的。现在看见杜梅"戴帽"，他心里一阵一阵地疼，但没敢表现出来。王永丽给杜梅做好了饭。

饭后，杜梅吃了药，说："白洋淀新区郊野公园真好啊，竟然看到乔麦种的树！"

王永丽问："杜梅，你说哪儿最好啊？"

杜梅说："我们的白洋淀新区展园好，有乔麦种植的银杏树。"

王永丽听说乔麦植树，微微笑了。

王德忽然有个想法，杜梅说她从小喜欢红灯笼，喜庆、暖心和吉祥。他要给杜梅做个灯笼。他找来了木板、铁钳、红绸布、蜡台和铁丝，鼓捣鼓捣，做一个东西。杜梅醒来的时候，看见王德在眼前鼓捣这个东西，看不出这是啥意思，追问他干啥他也不说。慢慢地，杜梅看见他手里的东西渐渐成形了，杜梅忽然发现是在做一个红灯笼。

杜梅又叨叨开了："你啊，跟个孩子似的，瞎鼓捣啥？快跟乔麦上班去！"

王德颤抖着声音说："老婆，你还记得那一年吗？我追求你的时候，爹领着我到了你家求亲。去你家的时候，是在一个晚上，我就打着灯笼去了你家。你爹说，这灯笼吉祥，象征着我一颗火热的心。结果你爹留我们吃饭，你娘给做了一桌好吃的。"

杜梅眯着眼睛回忆说："记得，记得。我说啥灯笼，歪瓜裂枣的，你说你亲自给我做的，我一听心里还热了一下。当时记得你忒能吃！那时候粮食不愁了，要是早些年，我爹冲你能吃就不会答应我嫁给你的。那时啊，我觉得你憨厚、可靠，就答应了你。"

王德嘿嘿笑着说："我奶奶总是唠叨，红灯笼避邪，我要重新点亮，祝福我老婆迈过这道坎儿，象征以后的日子红红火火。"

杜梅听懂了，心中一热，泪水在她憔悴的脸上淌着："是啊，是啊！你还挺有心啊——"

连续半个月，王德都在做灯笼。灯笼做好了，他想搞一个仪式，正式交给杜梅让她高兴。

王决心对王德做灯笼不解，甚至嘲笑。他竭力地劝说："二哥，乔麦让你好好照顾嫂子，你整天做啥灯笼，净整没用的。我让水牛去集市上给你买一个好灯笼！"王德摇头说："你懂个啥，买，咱家有钱了，买得起，这个灯笼不能买，必须我亲手做！它代表我的心哩！"王决心还是不理解，出了一下拳头，无奈地走了。王德终于把骨架拧好了，红色的绸布一裹，还真像模像样了。

王德把乔麦、王决心叫过来，参加挂灯笼仪式。王德扶着杜梅哆哆嗦嗦地坐起来，灯笼挂上门楣，灯笼点亮了，红彤彤的耀眼，杜梅拉着王德的手说："王德啊，这灯笼好看。我走了，你要对茜茜好，娶个老实贤惠的媳妇，这个灯笼啊，你就别挂了，留给你未来的媳妇吧。"

一句话，把大家说愣了。

王德抹了一把眼里的泪水，嗔怪说："净说瞎话，走啥走啊，你是我媳妇，你给我好好活着！"

乔麦说："我们大家都祝福杜梅，健康快乐。"

到了后半夜，杜梅像以往那样睡去，她翻了个身，发出轻轻的恍若隔世的叹息。王德听见了她的叹息，但是没有想到，第二天杜梅失踪了。他醒来，看见枕头旁放着一封信。

> 亲爱的老公，我走了。该说的都说了，感恩你对我最后的陪伴。你知道，我是生性高傲、干净爱俏的女人。余下的日子，我会很狼狈，我不想让我爱的人看见那种样子。所以，请你原谅我的不辞而别。
>
> 别惦念我，别为我悲伤，开始你新的生活吧。永别了！

最后落款是：爱你的杜梅！

杜梅走了，没有人知道她去了哪里。

王德大哭了一场。

乔麦开完了种子交易会，回来又读着杜梅的信，泪流满面。

王德低着头，流泪不止。王德很久走不出杜梅失踪的痛苦。是啊，王德是想用身体和辛劳伺候这份苦难和幸福！可是，杜梅不会给他这样的机会了。夜晚降临，王德彻夜难眠，看见了自己亲手做的灯笼，悬在门口，闪闪发亮。

第一百一十四章　危机

立夏过后，天气闷热。

省委组织部对赵国栋进行了一次考核。中央组织部考核小组也到达省会，对即将提拔的省领导进行考核。赵国栋提拔的呼声很高，传说他要提拔到省人大任副主任，大家认为实至名归，所以对这个安排还是满意的。

白洋淀新区内部的人事调整已经出台。郝奇和李永军两个候选人，经过考核，李永军副主任胜出，接替赵国栋的职务，任白洋淀新区管委会常务副主任、白洋淀新区集团董事长。

新区的新班子组成以后，标志着一个新的阶段开始了。白洋淀新区二〇二二年迈向新台阶。今年重点开工项目超过三百个，总投资加大，将是过去几年的总和。

赵国栋参加了一个整体开工仪式，他即将去省城赴任。关键时刻，却有问题浮出水面：杨义伟这颗炸弹还是引爆了。

纪委收到一封举报信，实名举报他好多问题，纪委随即介入调查。

赵国栋陷入了巨大的危机。

痛恨杨义伟吗？他已经恨不起来了。尽管他心中有数，但如果澄清，他得脱几层皮。杨义成替国盛在白洋淀新区做事，赵国栋给予了支持，怎么没有人举报？还是杨义伟的人品出了问题。信中举报他为杨义伟企业经营开绿灯，杨义伟赠送他女儿赵晓薇北京一套房产。举报者还说，赵国栋在德县当副县长和任保定常务副市长的时候，暗地里支持杨义伟的德县和保定的地产项目，让杨义伟拿到廉价土地，有权力寻租行为。这两项事情，纪委在做核实调查。

谁的孩子谁抱走，这个告状的人还是知道一些底细的，不管怎么想，出于什么目的，谁能挡得住哪块云彩下雨呢？赵国栋是见过世面的，没有那么小气，有人说赵国栋在白洋淀新区很辛苦，有威望，赢得了百姓的称赞。不可能每个人说好，起码大多数老百姓夸奖他。这就够了。他无怨无悔。

赵国栋停职期间，他为雄东片区安置房出现难题伤透了脑筋，他跟褚忠良的电话不断。因为赵国栋的岗位重要，是敏感人物，省委很重视，才有了这次程远副省长的紧急召见。每一次，程远副省长与赵国栋谈工作都直截了当，效率极高。谈话深入、坦诚、针对性极强。今天领导竟然什么都没说，寒暄、客气了几句，为什么？自己的原因，还是因为别的原因？赵国栋心中惴惴不安了。问题可能出在举报信上，自己的情况必须跟白洋淀新区一把手程远副省长讲清楚。因为，他对程远是崇敬和信任的。赵国栋追问了程远一些问题。

程远坚定地说："你老赵在白洋淀新区的工作，别人不说，我是高度认同的，并且赞赏，你要把家庭事情处理好。"赵国栋说："程省长放心，我家庭事比较乱，但是，我自认能够经受组织的调查。"

省纪委的调查结束，接下来就是对他的约谈。约谈的气氛是和谐的，但是，需要杨义伟本人见证。赵国栋说："他人在加拿大呢。"纪委同志说："疫情期间，我们去加拿大非常困难，最好让他回国，不然会影响您的。"赵国栋陷入两难境地，没想到有一天，自己还要有求于杨义伟了。

赵国栋的前景变得扑朔迷离起来。他的停职，在白洋淀上传开了。

他算是有定力的，心里还想着新区工作。如果在郝奇和李永军之间比较，李永军更为适合。李永军是博士科技干部，来白洋淀新区这四年多，成长迅速，对党忠诚，敢于担当。去年十月一日，郊野公园开园，有人担心疫情暴发，不主张开园，李永军到基层调研了解群众呼声，勇于担当，敢于签字开园，学习上海经验，一边开园一边严控疫情，把核酸检测放在郊野公园门口，他自己亲自到现场指挥，赢得了老百姓赞誉。赵国栋看在眼里，向程远和省委提出建议，推举李永军接替他的职务。

赵国栋对省委的安排非常满意。

但是，郝奇对这个职位觊觎很久，去通州考察时明目张胆地挑明，他会不会火上浇油？他想错了，恰恰是祸起萧墙，原来举报纯粹是杨义伟所为。赵国栋被停职接受审查期间，他在家里看书陪伴老父亲赵树森，每天等待纪委的约谈，期待组织上宣布他是清白的。

赵国栋陷入了矛盾和痛苦中。

杨爱珍心疼地望着赵国栋，杨义伟这个畜生，又成为他的绊脚石。可是，她想到去年，杨三笙生病时说出了一个惊天秘密：杨义伟是甄爱社的私生子。杨义伟是杨三笙和老伴贺红梅捡破烂捡到家抚养大的。杨爱珍惊呆了，当年她刚刚三岁，不知道义伟是生是捡的。现在，真相大白，她眼前一亮，既然公开了这个特殊关系，她和赵国栋就彻底明白甄爱社为什么力挺杨义伟了。

如果把这个秘密告诉纪委，杨义伟地产项目是甄爱社幕后扶持的，那不就可以洗清赵国栋了吗？当时，这个特殊秘密让赵国栋难以相信，杨爱珍还埋怨爹娘为何不早说。杨三笙说甄爱社有过交代，要替他严格保密。

解铃还须系铃人，如果洗清赵国栋，需要两个人的证明：一个是狱中的甄爱社，还有一个是杨义伟本人。杨爱珍马上给杨义成打电话，请求甄凤帮忙，说服她的父亲甄爱社，还要动员杨义伟走出来。

这是个棘手问题。

杨义成陷入短暂的沉思。他跟躲避的杨义伟沟通了，杨义伟的顾虑不在集团经营困境，他看见新闻了，国内央企正在大批收购大的民营地产项目，他担心的是自己会不会入狱。

杨义伟回国踏实一些了。公司启动了破产程序，各种手续需要他签字。

最近一个时期，赵国栋停职待命。

他觉得受到了侮辱，受了不应该有的委屈。他想张嘴骂娘。但是，气愤归气愤，闲暇时光，还是想明白了，要习惯在监督和调查的环境中工作，练就过硬的作风。他对国家双循环拉动内需很感兴趣，赵国栋搞基层调研，研究了拉动内需途径。

乡村就是一个巨大的循环市场，问题只是怎样激活罢了。

这是一个复杂问题。

企业经营成本加大，特别是房租成本，线上消费改变了商业逻辑，推出了大批的巨型寡头，造成了实体店的消亡。实体店的下滑和缺席，影响了提振内需。比如杨义伟公司破产，但是，他在保定、廊坊庞大的地产项目，将由中天建接盘，这样会消除行业的金融风险，缓解实体店的经营压力。

这场变局悄然发生，带来的效果还需要时间验证，经济发展的组合正在回归正位。

杨爱珍悄悄流泪："火烧眉毛了，还调研啥拉动内需，想想你自己的大事吧。"

赵国栋心里乱糟糟的。

第一百一十五章　兄弟相煎

杨义成的生活完全被打乱了。

因为杨义伟实名举报了赵国栋，赵国栋被停职了，纪委开始全面调查。杨家陷入了混乱、愤怒和绝望的状态。那刀就像戳在他的心窝，谁懂得他备受煎熬的心？杨三笙摔了一跤，住进了医院。几天来，他跟杨爱珍、赵国栋轮换陪床。他的身体像散架了，回到家里，说话的力气都没有了。甄凤问这问那，他囫囵吞枣地应着。

吃过晚饭，杨爱珍来到了杨义成的家。

杨义成扶着杨爱珍缓缓坐下，甄凤端来一杯茶，递给她，茶杯闪着冰冷的光泽。杨爱珍眼睛红肿，没有接茶杯。

杨爱珍一点也不渴。

她的胸有节奏地颤动，死死抓着杨义成的手，说："义成，我找不到义伟，打电话也不接，你赶紧去找找义伟吧。他不能这么绝情，你姐夫他就是这种人，脾气倔，得罪了好多人，我最了解他，在单位是个好官，在家里是个好丈夫。"

杨爱珍垂着脑袋，痛惜地摇头。显然，她无法应对眼前的乱局。杨义伟出手超出她的想象，人与人的感情，包括亲情，是经不住考验的。

甄凤搂着杨爱珍的腰，不知说什么好。

杨义成坐在杨爱珍的身旁，安慰说："我看了那几条，纯属诬告。

气死我了，那天我打了义伟一拳，但愿能打醒他。"

杨爱珍死死咬住嘴唇，哽咽说："这个没有人性的混蛋，你打不醒他，他眼里就是钱。想想爹娘对他的好，你我对他的好，真让人寒心。老赵还好，爹这一跤摔得好重，躺在医院里，怕是过不去这道坎儿了。"

甄凤安慰了杨爱珍几句："你得想开了，照顾好姐夫的身体。"

杨义成说："姐，我明天就去北京找这个混蛋。"

杨爱珍叹息着，转身走了。

夜里，甄凤翻来覆去睡不着了。

杨义成强打精神说："睡吧。"

鸡叫头遍，甄凤忽然打个愣怔，翻滚着身子坐起来，把被子和手机都掀到地上。她揉揉眼，柳眉倒竖，火火地下床，从箱子里翻出一样东西，继续回到床上，告诉了杨义成一个秘密。

杨义伟竟然是甄凤同父异母的亲弟弟。

杨义成浑身冒汗了，惊讶万分，哼哼哧哧地问："老婆，你说什么？亲弟弟？你没有说梦话吧？这从何说起啊？你为什么不早告诉我？"

甄凤脸色变得煞白，颤抖着说："我也是爹被查以后，才知道的。娘也一直蒙在鼓里。娘叮嘱我，这事就烂在肚子里。可是，义伟实名举报赵国栋，你这整天愁眉不展，我想出面跟义伟谈谈。"

"你想打亲情牌？谢天谢地，如果真是这样，你出面对义伟会有触动。"杨义成摘下眼镜擦拭着，脸上露出一丝喜色。

"义成，你来看。"

甄凤眼神复杂，深不可测。她从信袋里掏出了一张照片，这是一张黑白照片。上面是甄爱社和一个漂亮女人的合影，女人怀里抱着一个男孩。细细一看，这男孩特别像杨义伟。

杨义成惊讶了："甄凤，这个男孩就是杨义伟，这到底是怎么回事啊？"

甄凤讲出了一个惊天秘密："义成，你记得不，我娘曾经问过我们，外边传说我爹有个私生子，让我帮着查一查。我当时说那都是谣言，我娘说无风不起浪，但是，爹不说，娘一直没有找到证据。"

杨义成说："有这个事，我以为是望风捕影。难道……"

甄凤说道："这个私生子是杨义伟。"

杨义成被雷击了一样，久久说不出话来，嘴唇哆嗦起来："从义伟身上那股子邪恶看，不像杨家人，他身上有咱爹的基因。看来杨三笙和贺红梅仅生了杨爱珍一个孩子。这不公平啊，我是杨三笙老爹捡来的，义伟也是捡来的，为啥对他像亲生的那么好？为什么要保密？"

甄凤说："爹被中纪委调查后，纪委的办案人员拿着一张照片跟我娘核实一个问题，我爹在徐水县当政府办公室主任的时候，就有一个情妇叫丁桂芬。丁桂芬是政府办的打字员，年轻，漂亮。两人好了以后就有了孩子。"

杨义成摇头说："这太不可思议了，杨家人偏心眼，我在杨家长大，战战兢兢啊！而义伟呢，认为他是亲生的，理直气壮啊，他一直都欺负我，我始终对他忍让三分，赎罪，感恩，闹半天他也是捡来的，哪儿讲理去啊？"

"哎，你心里不平衡了吧？"

杨义成受到了刺激，又无话可说。他瞪着甄凤："你还有什么秘密，都一股脑说出来吧。"

甄凤苦笑着摇头。生活的突变使她的心灵产生了混乱，她颤抖着说："你就别放怨气了，想想怎么帮大姐和姐夫吧。"

杨义成说："谁来安慰我哇凉的心啊？"

甄凤此刻觉得杨义成像个孩子。

她长叹着说："那时候你家多穷啊，我爹净偷偷给杨家钱了。丁桂芬的哥哥丁庆武在德县人防办工作。爹跟丁桂芬有了孩子，爹想让她移民香港将孩子偷偷养大，可是，孩子一岁的时候，丁家人不干，丁父让她在德县工作的哥哥丁庆武把孩子扔远点。丁庆武就将孩子扔在了德县望马浒村，当时他留了个心眼，将来万一妹妹反悔找孩子，也好知道去处啊，他就躲在树林里偷看，眼看着捡破烂的杨三笙和贺红梅夫妇将孩子抱走了。之后丁桂芬就嫁人了，我爹很伤心，和她渐渐没了来往。知道我爹当了德县的书记，丁桂芬冒出来了，找到爹让给她哥丁庆武提官。我爹提出见那个儿子一面，丁桂芬找到她哥，丁庆武找到了杨三笙家。杨三笙说，孩子自己都不知道是捡的，就死活不让相见。丁桂芬拽着丁庆武直接找到了杨家，杨三笙约法三章必须严格保密，这才让丁桂芬抱走了孩子。我爹跟丁桂芬母子有个合影，他一直秘密珍藏着，这次纪委审查他的时候，在抽屉里发现了这张黑白照片，跟我娘一核实，真相大白于天下了。不过，我娘最后还是把这张照片留下了。"

杨义成端详着照片说："你为什么不早跟我说这件事呢？"

甄凤说："娘不让我跟你说，又不是啥光彩事，娘说不到万不得已不能说。如果不是杨家发生内讧出事了，我还不会跟你说的。"

杨义成说："人命关天，我们赶紧去找义伟吧。"

甄凤说："我马上订票。"

杨义成痛苦地皱着脸说："人啊，要想活得快乐，最好别弄懂生活。秘密永远别揭开，世界上的秘密都揭开了，那将是怎样的一种震撼啊？"

甄凤没有震撼，心里的弦儿却绷上了。

杨义成又去了医院，跟杨三笙求证此事，杨三笙躺在病榻上，深深一叹，他从杨三笙嘴里证实了这一点。看来这是板上钉钉的事了，杨义成担心杨义伟不承认，还把爹的声音录了下来。

杨义成和甄凤在北京见到了杨义伟。

杨义成让甄凤跟杨义伟单独谈谈。杨义伟举报赵国栋以后，被杨义成狠狠打了一拳，杨义成试图拿拳头打醒他，他没有醒悟，躲在北京的办公室。见到杨义成，杨义伟的眼神总是躲避着。

甄凤不让杨义成离开，她抬起手掌横在眼睛上遮挡强光，用低沉的声音讲了一遍内幕，还掏出了黑白照片。

杨义伟一时难以接受，恶血撞头，身体趔趄了一阵，吼了一声："撒谎，骗人！"

甄凤说："义伟，请你冷静。你好好想想，这个丁桂芬，你的丁阿姨，她是不是常来看你？"

杨义伟强迫自己镇静，冷冷地说："你们为了赵国栋，编了这么个故事感化我，我才不上你们的圈套呢！"

甄凤说："这怎么是圈套呢？无论有没有这个事件，甄爱社都是你的亲生父亲，丁阿姨就是你的亲生母亲啊！"

杨义成掏出手机说："义伟，开始我真的不信，你听听咱爹的说话录音吧。你必须明白，放下一切恩怨，收回你的举报，你不能干亲者痛仇者快的事情啊！"

杨义伟低头想着往事。

他猛然想起来，当年拿下保定金融街那块地，小白河引黄济淀工程，有人暗地里帮他。有人传说是赵国栋，有人说是甄凤，其实，杨义伟心中最清楚，赵国栋从来不会介入他的经营，杨义成也在阻拦甄凤与他的交往，这事一直令他蹊跷，原来一切源于甄爱社的亲情。杨义伟崇拜甄爱社，甄爱社敢说敢干，霸气十足，出类拔萃，是人中蛟龙。即便他出事被查，杨义伟也从内心崇拜他。他抱着头，含着眼泪说："原来是这样，原来是这样啊！"

他的心乱了，不知是悲是喜。

甄凤说："义伟，你赶紧醒悟吧。"

杨义伟惊呆了，张大了嘴巴："是啊，我一直在琢磨，甄爱社对我这么好，当时我认为我的运气好，碰上了对我好的领导。"

"这是父爱，父爱是无私的。"甄凤眼圈红着，"父亲已经被组织处理了，我们不评价他的对错，我们只是想说，赵国栋姐夫，他与父亲是两类人，也不是无情无义的人，他坚守自己的信仰，没有错。"

"别跟我提赵国栋，他就是个冷血！"杨义伟愤怒地喊，伤感地流了眼泪，"天哪，甄爱社竟然是我的亲爹？我经商一路走来，见过的领导多了。有的官员直接谈利益，不知道为啥，我从见到他的那一天起，就感觉他特别亲切，没有隔阂。他在德县帮助我的塑料厂转型地产，我送给他的钱，他全部退回来了。听说他被查，我心里特别难过，喝多了酒，还流了不少眼泪，原来是血缘之根、一脉之情啊！"

屋里出奇地安静。

杨义成说："甄凤是你亲姐姐，我是你哥，如今也是你姐夫了，她把话说到这份上了，我们不逼你，你好好想想吧。"

杨义伟点了点头，擦了擦眼睛。

秋天来了，邢月月和杨凤仪从加拿大回来。

杨义成、甄凤、王决心、乔麦、王德、杨义伟、邢月月、杨凤仪，在北京香山脚下的红枫宾馆，举行了一场温馨的认亲仪式。

杨义伟见到乔麦，有些尴尬。乔麦尽量表现得更加热情大度。

乔麦清瘦的脸庞，使她清秀的眼睛变得温柔，根本不像一个女老板。邢月月第一次见乔麦，就喜欢得有说不完的话。

甄凤将那张黑白照片送给了杨义伟，杨义伟接过照片，眼睛湿润了。这些天，他如坐针毡，干啥事的心情都没有了。他难为情地说："爹，娘，原来我跟大哥一样，也有两个爹娘啊！"

甄凤说："你还有两个姐姐，我和杨爱珍。"杨义伟说："是啊，姐姐。"姐弟两人紧紧拥抱在了一起。杨义成含泪说："既然都知道了，爹在秦城监狱服刑，等你方便的时候看看他。"

杨义伟说："爹是犯法了，但是，他永远是我爹。我得托关系，到监狱看看他。"

甄凤语重心长地说："我和家人希望你汲取爹的教训，当一个真正有良知的企业家，遵纪守法，对社会有担当。我们的孩子都长大了，他们也都看着你呢，你说是不是？"

杨义伟诚恳地点头说："姐，我有罪，内心伤痕累累，我会重新开始的。"

杨义成说："义伟，我只问你一件事，你状告姐夫的事，撤，还是不撤？"

杨义伟拿手指弹着桌面，诚恳地说："当然撤了，如果我不撤，这一家人还不把我吃了？但是，我得找个台阶下，不然纪委也不会饶了我啊！"

杨义伟有了这个表态，大家开始喝酒、吃饭。丰盛的菜肴摆得满满的。喝到兴头上，杨义伟有点醉醺醺的，大呼小叫，还哭了一鼻子。

饭后，他们去看香山枫叶。

还不到枫红漫天的季节，枫叶没有红，杨义伟的脸被枫树叶遮挡着，露出了一条窄缝。杨义成从杨义伟眼睛的缝隙里看出了恐怖，冷酷的恐怖。甄凤他们从池塘的那边走来，他们后面传来一阵阵欢声笑语，杨义成回头一看，枫叶散发着浓郁醉人的香气。这样和谐的环境，给予他一股暖意，应该人人相爱、和谐互助。

杨义伟追了上来，杨义成与杨义伟并肩走着，杨义成说："义伟，好兄弟，你想通了，我真的高兴。咱们俩这种身世，更应该感恩。"杨义伟说："咱们是一家人，大家庭啊，打断骨头连着筋。"

杨义成真诚地说："还有，我们都是白洋淀人，白洋淀人是什么样子的，你心中应该有数。"

杨义伟痛惜地说道："大哥，我欲望太高，金钱至上，祸害了别人，自己也走到了绝境。都是我惹的祸，严格地说是金钱惹的祸。"

杨义成点点头，说："这事还不算完，姐夫是好人，好人不能被冤屈。你得尽快到纪委，把事情说清楚。"

杨义伟点着头，心思却不在这里。

杨义成说："不管用什么办法，总之都要解决。需要我们做什么，你就说，一家人不说两家话。义伟，有话你就直说吧！"

杨义伟说："我要杨岭岭的芯片研究成果。当然，是重金收购。"

杨义成严肃地说："这不可能，我们情归情，义归义，国家归国家。"

杨义伟看看四周，低声说："哥，我们做个交易怎么样？我要你把岭岭的成果给我们，海鸥集团贾大兴老板是值得信赖的，这不比给靳一光好？岭岭的钱一分不少，我还给你一份暗股，至少五千万。因为贾大兴是岭岭的老师，靳一光也不会怀疑你，两全其美的事为啥不做呢？"

杨义成解释说："这个技术是有突破，它是做给我们国盛的产品。其实，这也不是靳总的，核心技术都是国家的。"

杨义伟脸色突然又变了，凄厉地吼道："杨义成，你别逼我，给我句痛快话，给，还是不给？"

风停止了喘息，空气瞬间凝固了。

杨义成脸色煞白，无话可说。这场面是杨义成没有预料到的。杨义伟的脸怎么说变就变啊？成果是岭岭团队研发的，他有什么权利转让给杨义伟？

沉默是一种态度，也是无声的抗争。

杨义成冷冷地说："义伟，你的话有点可笑。我没有这个权利，就是有，我也不能给你。我太了解贾大兴了，买办资本家，技术到了他手里，就等于到西方了，你我都会成为国家的罪人！"

杨义伟恨恨地说："少跟我说大话，在我这里只有企业，没有国家，只有效率，只有效益。你以为我是为自己挣钱吗？我手下那么多员工，拉家带口，我完蛋了，他们喝西北风啊？"

杨义成苦口婆心地说："义伟，跟你说了多少回了，你傍上贾大兴，这叫有病乱投医。他泥菩萨过河——自身难保，你只是他的一枚棋子，他能给你好处吗？"

"德县地产解封了，苏一朋都收走了。你再不帮我，我们国义集团就要破产了。"杨义伟鼻子一酸，"你太狠心了，难道你眼睁睁看着我们公司倒闭吗？"

杨义成毅然决然地说："企业倒闭也是正常的。今年有几十万家民营企业倒闭。"

杨义伟吼道："杨义成，见死不救，我再也不认你这大哥了！"

杨义成说："前几天，你说你明白了，其实，你还是那个糊涂蛋。在你眼里，除了赚钱就没有别的，难道钱比亲情还重要吗？"

杨义伟眼睛血红，烧出满眼的愤怒："亲情和钱都重要。哥，这是我公司的最后机会，今天酒足饭饱，也是你最后的机会！"

杨义成说："此话怎讲？威胁我吗？"

杨义伟冷酷地说："你明知故问，自己想去。我既然敢实名举报赵国栋，就是破釜沉舟了。"

杨义成没有一点恐惧，喝道："你撒泡尿照照自己，自己是啥德行？还停留在路径依赖上，不研究客户，整天盯着官场，一味地进攻，不懂防守，能不失败吗？你当老板，难道一家人都欠你的？昨天告了咱姐夫，今天要整死你哥，明天你咋办？你扪心自问，你自己的命运是怎么改变的？"

杨义伟咬牙切齿地说："我想过一百遍了，改变我的命运的，不是勤劳，不是知识，而是权力！"

杨义成吼道："权力，权力！什么年代了，还停留在这种危险的思维里。权力是双刃剑，别说头头脑脑，就是老百姓都变得聪明了，处事低调留有余地。"

杨义伟说："我还怎么低调？我已经低到头点地了。谁要我再低头，我就要谁的命！"

杨义成激愤地说："别吓唬人，既然你六亲不认，我也不怕你了，没有天生欠你的。你要知道，我的命是爹给的，你想要我的命，首先得问问咱爹杨三笙，他答应不答应？"

"爹？你别拿爹说事。"

"我问你，我不给你岭岭的技术，你就不撤举报信了吗？"

"当然，她不帮我，你不帮我，我凭什么撤？"

杨义成忍无可忍，想再给他一拳，杨义伟却早有防备，突然，杨义伟扑过去，死死卡住了杨义成的脖子。

他俩厮打成一团，在地上滚来滚去。

阳光出奇地耀眼，草坪上一片白色的鸽子呼啦啦腾空而起，瞬间挤满天空，翅膀上掉落下的白色羽毛，在天空形成了一股强劲的旋风，将枫林染得雪白。

杨义成的脑袋挨了重重一拳，突然倒地。白鸽飞走的地方，枫叶滚动。

杨义伟哼了一声，摇摇晃晃地走了。

杨义成感到一阵剧痛，挣扎着爬起来，拱了拱身子，还是没有站立起来，鼻子流下血来，他抓了两片枫叶，小心翼翼地擦了擦鼻子。

第一百一十六章　父亲的古笙

秋分那天，杨三笙突发心脏病去世了。

杨三笙的葬礼简朴而独特。悲伤笼罩着杨家小院。灵棚搭在二老捡的破烂上，架在两棵槐树之间，树叶还没有伸展就枯干，树干麻麻圪圪，跟垃圾一样黏腻。音乐队里的老东旧伙，蹲在垃圾山上围了一圈，中间摆放着杨三笙生前用过的笙。他们伸着脖子，沉重的大手捧着乐器，吹奏的音乐有些像哀乐，低回、飘荡，只是少了激昂的部分。

杨义成眼窝红了，闪烁着模糊的泪光。

他听出来了，乐师们演奏的是安魂的《莲花咒》。古乐声、哭泣声和风声杂糅到一起，响成了一片。他们一直吹到天亮，笙的轮廓消失在朦胧的晨曦中。

葬礼虽然简单，却也足以安慰亡灵。

杨三笙下葬以后，杨义伟心中被掏了一个洞，想想对老人的愧疚，如刀刮骨。

他深深地一叹，扭动着泪脸望着血红的落日，落日将他的脸膛映红。

杨义伟双腿突然感到一阵剧痛。这种痛感是前所未有的。猝不及防的疼痛过后，他的心境更加糟糕。为此他隐隐约约觉得这种疼痛昭示着他的一种艰难蜕变。

二〇二二年秋分过后的一天，杨义伟的国义集团正式倒闭了。

杨义成彻底不管他的事了，他竟然把救命稻草放在大巴掌身上。冰冻三尺非一日之寒，大巴掌拿了他的钱，没有帮忙，却加速了集团的倒闭。倒闭之后，杨义伟追着大巴掌要钱，大巴掌竟然不还，说要竞争省残联副主席，杨义伟一气之下举报了大巴掌的商业诈骗。

杨义伟还没有心情处理公司善后杂事，他留在了白洋淀别墅里，手里也有一只笙。这生锈的古笙，是爹早年送给他的，多少年他都忘记了。一连几天，他都做梦梦见爹了，他发生了人生的第一次崩溃，号啕大哭。

他捧着笙颤动起来。

古笙放在眼前，他对着古笙跟爹说话。爹走了，他只能跟古笙说话。这一切都是单独进行的，如此一来，就使这次倾诉显得异乎寻常地重要和神秘。杨义伟咳嗽了一声，开始了他神秘而动情的倾诉：

"爹啊，我是义伟，我举报了姐夫，给您气病了，是我把您气走了。您走了，我的公司也倒闭了。儿子不孝，朦朦胧胧的，都没有为您尽上床头孝。苦了我的大姐了。爹，我心里憋了一肚子话，要跟您说，您能够听见吗？"

古笙闪光，房间突然空阔了许多。

"其实，咱们家，您最喜欢的是义成大哥，娘喜欢我。因为我一直听不懂您吹的古笙，我曾经耻笑您和娘捡破烂，憎恨我的姐夫，恨他们对我不好，无情无义。人啊，只有遇到巨大坎坷，才能停下前进的脚步，换一个角度思考问题。爹啊，我是冷血动物，从来没有想过别人，包括在加拿大读书的女儿凤仪……我现在每时每刻都在想您……好了爹，不说这事了，免得您老也跟着难受。因为您和娘对我的溺爱，让我有了一个幸福的童年青年和中年。那时候，咱家穷，我爱吃桃酥，家里没钱买，您捡破烂捡到了半小袋桃酥，就偷偷拿回来给我吃。您看着我吃着桃酥，高兴地流眼泪了。"

杨义伟停了一下，内心积蓄着勇气。

"爹，有一个问题我刚刚知道，我不明白，义成是捡来的，我也是捡来的，为啥对我的身世保密做得这样好呢？我的身世，您给保密得最好，其实您是最爱我的，您和娘连爱珍大姐都给蒙骗了。这更加加深了我对大哥的内疚。我一直以为自己是您亲生的，有优越感，常常欺负大哥，大哥总是谦让我。在他困难的时候，我幸灾乐祸地旁观，认为只有他帮我，才是天经地义的。您揍大哥的时候，我是那么得意。您和娘百般宠我，给了我自信，从来没有打过我。可是，正是您的溺爱，让我变成现在的样子。棒打出孝子，您的严厉成就了大哥。大哥很优秀，他一直呵护我。虽然大哥不如我有钱，但是，我输了，他的格局比我高，我不如他呀！这种差异，造成了我们之间的特殊关系。他对我的付出，我当成理所当然。这次我胆怯了，我从来没有这样胆怯过，好像给我带来宠爱的家，将我彻底抛弃了。爹，我还侥幸地想，等我撤了对姐夫的举报，等您出院了，求您再给我说情回到这个家——"

古笙静静地卧着，一动不动，但是，古笙的银座灵光一闪，似乎听懂了他的话。

杨义伟的声音越来越动情了："爹呀，您走了，我真的成了孤儿了，我再也没有机会了，连对这个家赎罪的机会都没有了。"

他捂住脸，呜呜地哭了一阵。

"爹，我是罪人，我对姐夫的举报，气得您犯病，离开了这个世界。我多么想您再活过来。听听我的心里话。您听烦了吧？求求您，还得听我说，不说，我立马就会疯的。爹，我的欲望太大了，适当的欲望催生奋斗和快乐，疯狂的欲望，只能让人走向痛苦和毁灭。大哥、姐夫跟您的观点是一致的，都认为我的钱不是正道儿上来的。就因为这，我跟你们发生过无数的争吵，现在，我告诉您吧，我的生意是甄爱社偷偷帮助发达起来的。大哥骂我只知道依赖，只会进攻，不懂防守，我的公司才失败了。爹，这几天我想了好多，您让我最敬佩的是啥？是您的善良和骨气。您走了，我咋办？"

古笙不吹自鸣了，声音如流水。

杨义伟声音沙哑地说："我们穷，挨饿，爹，我为啥那么贪婪，是我们农民穷怕了。我经受过贫穷的煎熬，穷日子不好受啊，谁都看不起我。创业的时候，我曾经从天津塘沽买了一杆真枪，我打过人的耳朵。您还记得吗，您捡的破烂让村西的大疤瘌抢了，回家偷偷抹眼泪，我就是用这条枪打掉了他的耳朵。人性啊，就是他娘的欺软怕硬，大疤瘌也怕不要命的。我怕您担心，就没有说。枪丢了，我让胡大队给找了回来，我拿着这杆枪闯荡保定、北京。我有了钱，行贿，算计，还逼一个女会计跳了楼。我作恶多端啊！我痛恨自己，我不是人，爹，我现在醒悟晚不晚啊？"

古笙有了响动，渐渐地有了光芒。

杨义伟双手遮挡住那一缕光芒，继续忏悔着说："爹，我感到一种力量，看不见，说不清，可它制约着一切。爹，您可不能抛弃我，我是您的儿子啊！我没有坏到底，请给我一个重新成为人的机会吧！"

古笙静默不语，光芒渐渐转换，变成了一抹幽光。

杨义伟的心颤了，出了一身汗。

"爹，表面看我风光无限了，在北京有高楼有产业，在加拿大有别墅有地产，他们哪里知道，我每走一步都是血淋淋的啊。鸡下头蛋都带血，原始积累能不血腥吗？我的心在厮杀中、揪扯中，破碎了，迷失了。吃喝嫖赌中，吃喝就别说了，我赌过，我嫖过。为了生意，我贿赂过官员，也举报过官员，还举报了姐夫赵国栋。我吞并过别人的财产，别人也坑过我。一切都经历过了，我得出了可怕的结论，我对大哥说，改变我命运的，不是勤劳，也不是知识，而是权力。"

杨义伟眼里跳荡着火焰。

"我没有对眼前的成功沾沾自喜，但是，我对这个时代是有看法的，我对白洋淀新区是有看法的，首先说，这是一个好时代，没有党的好政策，就没有我们国义集团的今天。但是，我的看法不在这里。我们德县流传着一句名言，什么小胜靠智、大胜靠德，都是骗人的鬼话！这么操作下去，小胜就被人打趴下了，哪儿还有大胜可言啊？赚小钱的人有风险，赚大钱的人是没有风险的。傻子才会拿命去搏钱呢！"

杨义伟把声音放得很低，他一边说，一边唰唰地搓手掌："爹，我现在才明白，您和娘化装捡破烂，当初，是生活所迫，养活我、大哥和大姐。如今是精神需要。当然，国家扶贫呢，还有那么多的穷人，社会财富集中在少数人手里。我是受益者，当年也喊过我要带动后富，可是，真让我拿钱的时候，我心里像割肉一样疼。我给加拿大哥伦比亚大学捐款，我不是喜欢他们，完全是为了买女儿凤仪的前途。这叫拿钱买前途。我的股民愤怒了，说我拿着中国老百姓的血汗钱，讨好西方，简直无耻透顶。"

杨义伟大受挫伤，觉得自己好生愚蠢。

"其实，我哥早就骂我，中国不是西方，资本当道，人民说不，国家一定会整治这些垄断资本的。我没有良心，难道还没有一点常识吗？改革这么多年，我们的好多钱，都是靠的人口红利，大部分钱都让外资弄走了，我们得的是小头。有啥办法？教训深刻啊！"

他吸了吸鼻子，好像闻到了笙生锈的味道，继续自语说：

"时代变了，我们再像以前那样疯狂捞钱，挣快钱挣大钱的时代一去不复返了。这条路走不通啊！我在保定的地产、廊坊的地产，都陷入了危机。我失落无比。公司倒闭那天，我独自躺在楼顶，大睁着眼睛仰望天空，我的心情灰到了极点。我感觉我没了指望，更多是颓废和绝望，我们都是精神上的病人。我们的精神远不如大哥、您和姐夫充实。让我这种人告别苦难，那纯粹是瞎话。您是我爹，甄爱社也是我爹，两个爹造成了我的人格分裂。爹，你们虽然地位悬殊，但是您的人格远比他高大。"

他心存疑惑，一筹莫展，甚至陷入了绝望。

"我在廊坊的楼顶睡着了，月月没有找我，我将她的心伤透了，只有秘书到处喊我，给我打电话。我把电话弄成了静音，我不想醒来，可是，半夜里还是冻醒了，就想一个问题，这是因果报应啊，如果老天让我还活着就赎罪吧！谁来帮我？甄爱社出事了，再也没有人帮我了。只有自己救自己！爹，今天我也听到了您吹奏的笙音。爹，谢谢您将灵魂的音乐送给了隔世的我！"

杨义伟一把将古笙搂进怀里，紧紧地搂着，哭得一塌糊涂。他说累了，愣了愣，喝了一大杯水，望着闪光的笙，继续哽咽着说了下去：

"我心里很苦，我这一生，最失败的就是没有考上大学，你看着我读书，我就读不进去，你说知识能够改变命运，我当时听不懂。我有了钱，偷偷去澳门狂赌，输了几个亿。赌场奖励我一辆林肯轿车的时候，我披红戴花上台领奖，这个时候，我感觉自己是多么荣光啊！可是，邢月月冲到领奖台上来了，撕了我的红花，用脚将花踩得粉碎。我扇了她一个嘴巴，把我跟她的这点感情都扇没了。还有凤仪，接触太少，她长大了，跟我越来越远了。老婆和女儿，最美好的感情都丢了，这是金钱买不来的东西。我是个失败者，是个罪人，应该受到惩罚，我常常问自己，你到底还是不是人？不是人，到底是啥东西？！"

杨义伟放缓了语气：

"爹，我一直想赢大哥，大哥的精彩人生告诉我，他赢了。他脱胎换骨地蜕变，是为了飞得更高。而我的蜕变，变得更加邪恶。这不行啊，人是要变好的，而不是变坏！不然，我们还有啥希望？我必须经历新的蜕变。我感激所有的敌人，感激所有的亲人。爹，现在我躲在别墅的黑屋里，没有开灯，可是，您留给我的笙是亮的。突然亮了一盏灯。大姐说，您有一盏神灯，会发出神光。爹，您快快让它发光吧，只有神灯才会发出神光。有神灯的照耀，我一下子看清了自己，一下子有了力量。我要借神灯清洗肮脏的灵魂，追寻天堂般的幸福。我再不能走老路，也不能走他们的老路，我不服输，我要以我的方式回报社会啊！"

杨义伟的声音停顿了一下，喘息有些空寂："爹，我彻底明白了。离开故乡的人，抛弃家庭的人，永远都不会幸福。我们坐上了奔驰，住上了别墅，还是不满足、不幸福啊。为啥呀？我身上最重要的东西丢了！丢失的东西，我一定要找回来，我们不仅要好山好水，我还要留住白洋淀人的一副好德行！"

杨义伟滔滔不绝地说着，几乎达到忘我状态。

"爹，我彻底明白了，人生有两条路，一条是出路，一条是死路。如果有钱的人也烦恼的话，唯一的生路就是放弃财富，这是解脱烦恼的最彻底的出路。有人会误解我，我的根在哪儿？根在白洋淀。钱是啥？钱是流走的水。爹，您走了，我等于也死过了一回，死过的人啥都明白了。人生最重要的不是积累金钱，而是积累信誉、积累人心。金钱就像我们白洋淀的流水，流水在我这弯道里停了那么一会儿，就那么一会儿，它还会向下游流去的。我不伤感，本来这钱就不属于我。

爹，我的公司倒闭了，进入破产程序，但是，瘦死的骆驼比马大，我还能拿出一些资金捐助社会。"

杨义伟狠狠地咬住嘴唇，慢慢地，感到齿舌间有一股滚烫的血腥味。他的身体摇摆不止，仿佛随时都要瘫倒，分裂成一堆垃圾。

他喃喃地说：

"爹，我在捐助之前，要先做一件事，把您音乐队的老伙计们养起来，让他们天天在您的坟头演奏。您同意吗？"

杨义伟有一种难以阻挡的预感，他会得到新生的。

"有时我在想，咱白洋淀新区这块土地的根性是啥？想来想去，都无法定位。后来，我从您和大哥身上找到了答案，那就是信义，那就是好德行。咱是农民，农民不容易，乡亲们都还不富裕，我个人富了算啥？"

杨义伟的眼睛盈满了热泪，他没有心思去揩眼泪。他紧紧地抱住古筝睡着了。若不是屋外的鸟鸣，他怕是永远不会醒来。

第二天黎明，杨义伟醒了，他醒来的时候，怀里还抱着古筝，耳边还弥漫着苍凉的古筝发出的乐声。

恶行导致了善举。

杨义伟真的变了。他在不断地追问自己的内心，他是否听懂了爹的古筝？古筝的音乐穿透了烟尘，从远处飘来。爹的古筝音乐，他过去是听不懂的，如今他听懂了，他感觉人类听懂这些声音的时代就要来了。

杨义伟要追上共同富裕这班车，自觉参与共同富裕的第三次分配：慈善。

两天后，杨义伟通知会计，捐赠八千万的资金，在白洋淀新区设立"乡村振兴慈善基金会"，帮助穷困的农民解决就业问题。

一天，他被警察带走了。

杨义伟回头望了望白洋淀，长长地舒了一口气，感觉从来没有过地轻松。

第一百一十七章　超越

这天上午，杨义伟走进了省纪委工作组。

杨三笙的死，还有，甄凤到秦城监狱看望了甄爱社，她拿来了甄爱社给杨义伟的亲笔信。两个方面的因素，攻克了杨义伟最后的心理防线。

甄爱社的信是劝他向善，经过组织严格审查。他在狱中忏悔，听说是杨义成奶奶的白瓷大碗拍卖，替他堵上了资金的窟窿，他感动得落下眼泪。他给纪委写了一份材料，承认杨义伟是他的私生子，并证明自己暗中对杨义伟拿地的帮助。纪委将各种材料汇总，形成一个五千字的报告递交省委，省委与中组部沟通了情况。信的最后，都是对杨义伟谆谆教导，让他接受公司倒闭的现实，好好赎罪。

杨义伟读完了生父的亲笔信，流泪了。

他向纪委撤回了实名举报信。其中，赵国栋在引黄入淀工程、千年秀林工程、北羊村土地流转和数字乡村建设，都是清白的。唯一的问题，杨义伟证明他没有给他赵国栋的女儿赵晓薇在北京提供住宅。纪委找赵晓薇核实房产证，弄清楚确实属于她个人交首付购买，每月靠她的工资交月供。

甄凤动员父亲交代他暗中对杨义伟的帮助，一切都大白于天下了，赵国栋被洗清了，赵国栋是一个清正廉洁、敢于担当的好干部，扫除了提拔的障碍，国庆节后到省城报到，他升任省人大常委会副主任。

赵国栋走上了新的领导岗位，仍然心系白洋淀新区。他带领省人大代表来了，调研的第一站选在了白洋淀新区。他依旧帮助白洋淀新区筹措资金，市场的事情市场办，比如PPP模式，就是市场融资模式。还有国家开发银行的贷款。市场融资，这就是白洋淀新区区别于深圳、浦东新区最根本的地方。代表们听了赵国栋的解答，打消了疑虑。

赵国栋给省委写了一份调研报告，讲述了白洋淀新区如何处理好政府与市场的关系问题。

这是一个新课题。

该政府做的事一定要做好，不该政府做的事坚决不能插手。将白洋淀新区的营商环境打造成全国、世界一流的环境，创造白洋淀新区的创新模式，探索之路充满艰辛，但也充满希望。

赵国栋心中无数遍想象着未来。

赵国栋忙了一天，感觉身体非常疲惫，但他突然想见一个人，那就是褚忠良。

他听说褚忠良带头把全家都搬到白洋淀，他很钦佩，褚忠良不仅是建设者，还是疏解非首都功能的先行者。

傍晚，他要会一会这位老朋友。

这是一座临淀的青砖小院，环境优雅。四间主房庭院两侧各有一排厢房，厢房是用青砖砌成的小屋，屋后是一条普通的水沟。青砖路到淀边就是这座庄园的边缘，柳树下的蒲草和芦苇宛若一道屏障。庭院里十分优美，树丛里突然钻出两只银白色的鸭子。

褚忠良、薛冰在门口恭候赵国栋。

赵国栋望着褚忠良的新家，站在原地看了一阵。他到小院参观了一遍，连一个角落都不放过，他们沿着长长青砖路漫步。白色的鸭子转了一圈又钻到芦苇丛中去了。禁止养鸭了，他估计这是野鸭。院里有一侧柳林挡住了视线，另一侧的水面无限延伸，最后变成水天一色虚线了。有船驶过，给水面镶上了一道道浪花的白边。

"好地方啊，空气多新鲜啊！"赵国栋说。

褚忠良揣摩不出赵国栋此刻的真实心境，只得附和着说道："是啊，真……新鲜……"

夏天的芦苇长得高高的，成群的蚊虫漫天飞舞着，落在乘凉人的脸上和裸露的身体部位又黏又痒。淀边的空地眨眼工夫就飞来了数不清的觅食的鸟儿，叽叽喳喳的，蹦蹦跳跳的，飞上飞下的。那是一片绿的海，从这一边望到那一边，心胸顿时开阔无比。芦苇很像芽麦的颜色，环绕着一疙瘩一块的碧水，然后人们就能看见一座小院。房前有一块菜地，一条木板路弯弯曲曲摇到淀边。房顶已经刷了桐油，门窗粉刷了绿色油漆，房间重新糊裱了墙纸。

赵国栋到了屋里忽然发现，家里缺了老人褚景国，就问褚忠良："令堂大人没来？"褚忠良沉痛地对赵国栋说："家父因突发脑溢血，两个月前过世了！"赵国栋垂下头默哀了一会儿，说："一位金融家，一位好老人啊，请褚总节哀吧！"褚忠良说："谢谢。家父在儿时曾经吃过铃铛老人的奶，也叫乳娘，这份恩情他一生都铭记于心。他不止一次对我说要去王家寨看望铃铛奶奶，好好陪老人家说说话，就在去世前两天，还跟我说，没想到竟成了他的一个遗愿……但是，他的另一个遗愿得以实现了，遵照父亲的嘱咐，我们带来了他的骨灰，准备选择一个风水宝地让他入土为安，我们做儿女的将陪伴在他身边，和他一起感受白洋淀。"

赵国栋心情沉重，他随着褚忠良走到另一房间，墙壁上挂着老人的遗像。

赵国栋给褚景国老人行了三个礼，然后回到了客厅。薛冰已经给他沏好了茶，说道："赵主任，忠良说您是他在白洋淀新区遇见的一个真正知己，今天一见，我也有同感啊！"

赵国栋笑了，说："孟子说，人之相识，贵在相知，人之相知，贵在知心。我和褚总就是知心朋友啊！"

薛冰点点头，说："说实话，我是不愿意来这儿的，这里有什么好的？我这个年纪了，真的不想举家搬迁。但是老褚爷俩对这里有感情，他们非要来，我只好忍了，可是，来到白洋淀，我的看法渐渐变了。"

赵国栋一笑："你是不是喜欢上了白洋淀？"

褚忠良暗暗吐了口气，对赵国栋说："赵主任你不知道，我老婆开始想不通，差点跟我闹离婚哪。不过，她现在想通了，她们的宣武医院白洋淀新区分院就要投入使用了，她可以延迟退休，继续工作了。"

薛冰说："我爸爸薛永新，参加了新区的规划，他也要跟着我们。"

赵国栋往后靠着身子，微笑说："薛老我们很熟，欢迎他过来，我虽然现在已经离开这里，但是我依然可以代表白洋淀新区人民欢迎你们啊！"

褚忠良谦逊地笑笑，说："赵主任，来这里不孤独，疏解非首都功能开始了，一些老朋友陆续过来啦。白洋淀是好地方啊！"

褚忠良迈着轻盈的步子边走边说。

赵国栋的话题转到了鲁大林身上。褚忠良欣慰地说："大林同志，大国工匠，他给我们中天建争了脸，他在巴基斯坦致残，依然想留在白洋淀，可见白洋淀新区的魅力呀！"

赵国栋自豪地说："是吧？可敬可敬，我常常想一个问题，不在战争年代，我们的日常建设和生活，还能不能出来英雄？今天的英雄怎样界定？"

褚忠良忽然想起什么来，说："哎，赵书记，说得好，白洋淀新区不仅藏龙卧虎，还是英雄辈出之地啊。听说白洋淀新区集团董事长、管委会常务副主任李永军是您推上去的？"

赵国栋语重心长地说："这个我承认，我们党培养一个年轻干部多不容易啊，坚守理想信念，对党忠诚，绝不是口头说说的，是一辈子的必修课。像李永军这样经得住考验的年轻干部，就是要推上去。永军现在干得怎么样啊？"

褚忠良说："干得好，讲原则，又懂科技。他的行事作风，有您的影子。"

赵国栋哈哈笑了："你又给我戴高帽儿，我哪有人家的高学历啊，只是他基层工作经验不足，我愣给推了推，严格说是倒逼。"

褚忠良笑了："是啊，赵主任，为什么你我成为好朋友呢，道不同，不相为谋，还是我们能把得住自己，干干净净做人，风风火火做事。"

赵国栋赞叹说："我欣赏你这股拼劲啊！"

褚忠良说："是啊，告诉赵主任，路海生的事情查清了，他没有腐败，只是工作失误，集团给了他党内警告处分，他在巴基斯坦工地，鲁大林带着他，还立功了。如今也回到白洋淀了，跟王决心冰释前嫌，成了好搭档，施工和研发同步进行。"

赵国栋点点头，说："小路有点傲慢，年轻气盛，改了就是好同志嘛！纪律监督确保白洋淀新区质量，同时创造了一个廉洁的新区，这个机制应该推广。"

"是啊，是啊！"褚忠良点点头。

他起身要走了，褚忠良送出来。他们随便走了一阵，边走边聊。

褚忠良的声音越来越洪亮："最近，有一个好消息，咱白洋淀新区首单绿色碳中和债券，在上海证券交易所成功发行了。您注意到了吗？"

赵国栋眼睛一亮："是吗？讨论这事的时候我知道。值得庆贺，值得庆贺。"

褚忠良感叹着说："募集的大量资金，就可以把白洋淀新区的地热开发出来，变成温泉城了。"

赵国栋说："我家在德县，到那里的换热站调研。石化企业建成了百座清洁供暖热站，供热替代了标准煤炭，减少了大量二氧化碳排放，这种变化就了不得！"

褚忠良哈哈笑了。

初夏之夜，缓慢的氛围与褚忠良的工作频率并不协调，院里的树林的嫩绿早已换成了茂密的深绿，院里的假花被物业工人刚刚撤下来，真花含着蓓蕾，很快就在墙根开出各种艳丽的花朵。热风吹来吹去，让人感觉心旷神怡的。湖水、芦苇和柳树已经融进了朦胧的夜光中。

赵国栋挥了挥手，上车走了。

第一百一十八章　根

第二天上午，王家寨"地球荷花"雕塑揭牌仪式就要开始了。

王家寨的俗话说，桃三杏四。

桃树要长三年，杏树要长四年，才能结果。白洋淀新区硕果飘香。

雕塑的地址选在村码头老梨树的原址，实景演出舞台的右侧。千年老梨树自燃之后，留下了黑色的树根和灰烬。树根没有动，浇了水和树木养料。

树根一旁，留下了一个大坑，大坑里埋进了王家寨的宝贝。坑里边有王家寨镇龙寺的一块汉白玉莲花台座，有一块芦苇化石，有大抬杆猎枪，有王学武留下的青铜宝剑，有雁翎队用过的旧船，有西河大鼓的月牙铜板、王永山的诗集《地球与九朵荷花》，以及王家祠堂留下的一些古玩、古迹。这些东西封存在一个陶瓷大缸里，多少年以后，依然蕴含着根和魂的气魄。九朵荷花雕塑顶着一个又大又圆的地球。

揭牌仪式即将开始。仪式开始的时候，人们突然看见周围钻出了一片梨树的新的树丫，一缕缕的，一片一片的。全村人都来参加雕塑揭幕仪式，心情都格外兴奋。

鞭炮放过一阵儿，领导们就都从村委会过来了。赵国栋在李永军书记的陪同下到场了。

如今赵国栋已经是省人大副主任。胡玉湖与赵国栋握手，激动地说："欢迎赵主任啊，我们准备开始揭牌仪式吧。"

王决心和乔麦走过来和赵国栋握手问好，然后参加了秧歌表演。

王永山一挥手，秧歌表演开始，锣鼓喧天。

秧歌和旱船，打着鼓来了，炸响的小鞭炮如落雨的样子，从长竿尖端到脚面。

王家寨回来了很多年轻人，年轻姑娘们模样好，舞姿优美，腰肢灵活地一扭一扭，脚尖蜻蜓点水般乖巧弹跳，白藕般胳膊呈弧状，东一甩西一摆的。乔麦、王决心、王德和孙小萍都掺和进来了。

乔麦嘴巴像睡莲张开一些，唇纹明晰，如两瓣肥硕热烈的鱼唇，仿佛有无尽的魅力都沉埋在那里了。她扯去了人们的视线，惹一溜儿观众咂舌赞叹。

赵国栋笑着喊："乔麦扭得好啊。"

腰里硬却说："好啊，懒驴子上磨瞎绕腾。"

腰里硬的闲话，飘进王决心的耳朵里，王决心不气不恼，咧开瓢儿似的大嘴，嘎嘎笑，仄仄歪歪如舞醉棍。乔麦依旧喜盈盈的，目光压着旁人的目光。王决心摇来晃去，引起人们的注意，她觉得她与王决心是天造地设的一对。

音乐会的鼓乐改调了，换上一曲古老的《步步紧》。急雨似的梅花十六点儿，催得旱船女和艄公子，身贴身，脚插脚，快速叠碎步，前走走，后退退，左三步右三步，踢踢踏踏，洋洋洒洒，旱船伴着曲点舞，乐不尽花不尽，花会地地道道走向高潮。

乔麦身子拧着，步子也灵。

王决心瞪眼鼓腮，头四下晃，肚里凝一口真气，一步压一步追着舞得急，头上汗珠子一颗一颗甩落。

乔麦似舞似醉地踩着"梅花点"，惹一群人里三层外三层地围观。远远地，乔麦瞅见胡玉湖支书嘿嘿地笑了。

赵国栋扭脸对身边的一位官员说："这一对啊，就是王家寨人，乔麦女士在萍河流转土地，她们的麦耘集团，如今已经成为国家种业行业的龙头企业啦。男的是央企的电焊工匠王决心，他们是恩爱夫妻。"

官员嘴里发出很脆的咂吧声。

白晃晃的日头，嗖嗖地爬上头顶。赵国栋仰起脸凝视着挂在雕塑上的荷花孝牌匾和乾德大钟，心里难以平静，他深情地说："我们白洋淀新区规划发展建设已经五年了，谢谢王家寨的父老乡亲们对白洋淀新区的奉献和牺牲啊！白洋淀新区的建设有你、有我，也有他们，我看到了身边无数人的身影，他们是白洋淀新区建设的先行者、奋斗者、见证者，也是阵痛和牺牲的承担者。"

大家报以热烈的掌声。

胡玉湖大声说道："同志们，乡亲们，这大钟是我们王家寨的历史记忆啊。历史上国家有大事，我们都要敲钟。五年前，白洋淀新区成立的时候，我们又把大钟敲响。这大钟是我们尊敬的铃铛老人保护下来的。远的不说，雁翎队抗日、'大炼钢铁'、'文化大革命'，都差点毁了乾德大钟，铃铛老人以身相护。老人虽然离开了我们，但是，感觉她就活在我们身边啊！"

王永山感慨地说："对啊，这是我们王家寨的文脉啊！"

赵国栋感动地说："这乾德大钟就是我们白洋淀新区的文化记忆、文化自信的精魂，也是白洋淀新区建设的见证者。我们的工作千头万绪，但是最终连着老百姓冷暖，我们做得怎么样，还要看人民满意不满意啊？"

"值得期待。"王永山喊道。

乾德大钟发出了一阵悠长而洪亮的钟声，令人肃然起敬。这一刻，人们凝望着荷花顶上的地球。人们忽然明白，小小王家寨是白洋淀新区的一部分，未来的白洋淀新区带给人们的是重生。杨牧仁思考了很久。为什么大钟刚刚挂好，天空的荷花云朵就盛开了，是因为王家寨人渴望自己的灵魂重新铸到钟里去，让自己变成乾德大钟的一部分。这样一来，他的生和死都是为了一个目的：用最后的力量使白洋淀的精魂与人类永存。如果白洋淀是一条大船，如果地球是一个大船，大伙都挤在一条船上，大伙都是一个命，都要相互关爱，人们爱到极致的时候就能变成水。天下之大，实际上所有的船都在一个淀上，上船和下船的人都是一家人，一家人就应该彼此呵护彼此相爱——

天上飘来几朵祥云。

荷花状的云朵摇摇晃晃地飘来，九朵花瓣瞬间炸开了，慢慢聚拢，渐渐凝聚成一朵荷花，洁白而璀璨。那是远在云顶的一座圣殿，那儿是灵魂的安歇之处。可是，有时候云彩不再闪光，云朵幻化成一片美丽的雾气，地上的人什么都看不见。其实，地球在这个漆黑的宇宙间孤独长旅，步步喋血，却也是一幕一幕永无止境。

人们凝望着天空，目光忧伤而沉重。

这一刻，乾德大钟响了，人们仿佛听见世界上所有的钟声都敲响了。

听一听钟声吧，那是警告人类的钟声，也是祝福人类的钟声。

此时此刻，白洋淀号货轮从天津港起航了。

蔚蓝的天空，几朵祥云滚动着。

白洋淀新区云计算服务中心外形奇绝，与悦容公园融于一片苍茫的绿色中。技术经营有罗迪斯公司，四个平台技术和设备跟国盛集团成功合作，使用了国盛的"国盛云"技术，世界首例无人机5G基站在这里诞生了。

程远副省长邀请靳一光参观指导，靳一光参观了云计算服务中心和地下管廊5G基站。

靳一光看到了未来的"云上白洋淀"，因为国盛云参与了白洋淀新区云计算中心四个平台的技术合作，心中颇为自豪。他看到BIM建筑信息模型，新区每建成一栋大楼，数字平台CIM城市信息模型上都同步生成一个数字大楼，哪怕换一个路灯，数字都有显示。靳一光激动地说："看到崛起的白洋淀新区，我非常高兴，毫无疑问，这将是世界最先进的城市样板，城市计算、数据平台、区块链、5G通信的有机融合，早日实现万物互联。"

杨义成说："城乡统筹发展，带动了数字乡村建设，给农民带来了实实在在的利益。比如，我的故乡王家寨。"

靳一光说："我知道，王家寨的数字设备不是我们国盛赞助的吗？"

乔麦插话说："不仅是王家寨，还有我们的智慧农业三羊开泰呢！"

靳一光愣了："三羊开泰？"

乔麦笑了笑，说："我们公司在容光县萍河流转了两万亩土地，建设了农业科技小镇。乡村振兴政策，出台了村村联动产业模式，这两万亩土地横跨了三个村，北羊村、南羊村和大羊村，俗称三羊开泰。"

"啊，这么个三羊开泰。"

杨义成继续说："她们在智慧农业上迈出一大步，已经完成了大豆、玉米的种业创新，麦耘种业都成了白洋淀的大品牌了，乔麦都当了省人大代表啦！"

乔麦的脸红了，谦逊地说："大哥，没有国盛的科技支持，哪有我们的今天啊？"

活动结束了，杨义成邀请靳一光、谭香到他的故乡王家寨游览参观。

王决心、乔麦、甄凤和杨岭岭陪同靳一光、谭香来到了白洋淀，参观了荷花大观园和文化苑，到了王家寨已是傍晚。

胡玉湖、杨牧仁和王永山等人在码头迎候。淀是极阔的，润泽着无边的蓝，清澈、碧蓝的水面静得无一丝波纹，傍晚的王家寨浮动着清凛的潮气，月光在淀里铺开一条神路，神路上摆放着悠悠闪闪的荷灯。村民自发地给铃铛老人放荷灯。

靳一光望着一片星光闪耀的荷灯，连岛上的栅栏和篱笆都显得有了韵味。靳一光先是在"地球荷花"雕塑前驻足，连连说："小小村庄，关心人类的命运，有气魄，有气魄啊！"

杨义成转身说："师傅，这个雕塑的创意因我二叔的一本诗集而来。"说着，王永山递过来一本签名的诗集《地球与九朵荷花》，靳一光接过了诗集。灯光亮了，地球显得明亮璀璨，强大的光体在欢乐地、庄严地、飞快地向上升腾，带动着荷花绽开了花瓣。他们转身走了几步，雕塑就淹没在了紫色的云雾中。他们参观了大乐书院，杨牧仁将铃铛传记图书《中国套盒》赠给了靳一光。

靳一光十分欣赏地抚摸着装帧精美的书，好奇地问："牧仁先生，为什么叫《中国套盒》？"

杨牧仁以极为平静的音调说："事情是这样的，铃铛母亲喜欢摇铃铛，还喜欢玩套盒。我们这个村有一家姓朱的柳州移民，做一手好棺材，当年赠给了铃铛老人一套木制的中国套盒，也有人叫俄国玩偶。大套盒套着小套盒，环环相套。我突然发现，我铃铛娘就是那个最大的套盒，她经历的人和事，共生因果、相互影响，在旧有故事里面插入新的故事，事事相连，生生不息啊。"

靳一光的眼睛一亮："是吗？有意思。还请牧仁先生举个例子听一听。"

杨牧仁手中捧着套盒，继续说："铃铛青年的时候，父亲让她唱西河大鼓，她拒绝唱大鼓，而是选择继承祖业做鱼丸子。这个拒绝中，有一个历史故事，清康熙年间，铃铛的祖先红姑，因为唱西河大鼓在端村行宫被康熙皇上看中，康熙皇帝回宫忘记了对红姑的承诺，红姑一直在等待进宫中在圈头村孤独终老，与铃铛老人年岁相等，都活了一百零九岁，红姑的长寿基因还影响着铃铛奶奶的信念，她也要长寿呵护着儿孙，这也许就是宿命吧？别看老人这么大年纪了，跟白洋淀新区建设紧密相连啊！"

"我明白，铃铛老人的经历，就是一个最大的套盒。"靳一光点点头，转脸又问，"老人的故事怎么跟白洋淀新区建设连上套盒故事呢？"

杨牧仁静静地解释说："我本来是出家之人，为什么从正定的临济寺还俗？抗日战争时，铃铛娘是我和褚景国的乳娘，我决定还俗，尽孝来的。褚景国是北京的退休的银行行长，他为了孝敬铃铛娘，鼓动全家从北京搬到白洋淀新区，可惜他不幸过世了，儿子褚忠良和夫人薛冰落户白洋淀新区了。"

"可敬，可敬！"靳一光说。

杨义成忽然想起什么，插话说："师傅，您的人生故事，也将是科技创新的中国套盒啊。"

靳一光微笑着将书收藏起来："跟你奶奶比，师傅不算什么，我回去要好好拜读。"

王决心端着一副红木的中国套盒过来了。

杨牧仁接过木头套盒，转身递给靳一光："靳总，这副新套盒赠给我们尊贵的客人。"

靳一光用颤抖的手接过套盒，喜爱地抚摸着。杨牧仁抬手，缓缓打开套盒，里边是一本精致的传记图书《中国套盒》。

杨义成将白瓷大碗递给了靳一光，眼含热泪："师傅，这只大碗您还记得吧？杨牧仁先生将您赎回瓷碗的故事，写进了奶奶的书中。这只大碗是您花费三千万，从香港赎回来的。奶奶摸着这只碗，多活了一年啊。如今奶奶走了，这么贵重的东西还给您吧！"

靳一光接过大碗，端详了一阵，说："大碗有个名字，叫舍得，义成啊，你记得吧，我是在深圳亲手交给你的，师傅赠与你的东西，哪有收回之理？这是你们王家的传家宝，放进祠堂，就让它传承下去吧！"

他说着就将白瓷大碗递给了杨义成。

杨义成的声音颤抖了："这是我们的传家宝，谢谢师傅！"

靳一光十分欣慰，仰脸笑了说："我靳一光因为这只碗结缘，还能走进铃铛老人的历史故事，神奇，神奇啊！"

杨牧仁一脸严肃："面对靳总，牧仁要说，相信科学。但是，佛法无边，佛家的慈悲跟科学的大爱是一脉相承的。明天我要离开王家寨了。"

他的言谈举止，依旧保留着还俗前的状态，谨慎而虔诚。

靳一光愣了愣，问："为什么要离开啊？您去往哪里？"

杨牧仁表情安详地说："牧仁还俗十年，是为孝敬铃铛老娘，报恩而来，如今娘走了，《中国套盒》出版了，我的使命完成了，要马上回到临济寺皈依佛门。"

胡玉湖挽留说："牧仁啊，王家寨离不开你啊！大乐书院不能没有你啊！"

杨牧仁说："我的接班人，已经有了。孙小萍书记比我厉害，她既能当好村书记，又能主持书院，是最为合适的人选啊！"他挥手叫了一声孙小萍。

孙小萍轻盈地走过来，面向靳一光微微一笑，说："靳总好，欢迎您到大乐书院指导啊，我们藏书房里可是有您的书，您的传记，您的经营理念，两三本呢！"

靳一光欣慰地说："好，王家寨藏龙卧虎之地，我很想看看大乐书院。"

孙小萍说："靳总，晚上我们陪您欣赏大型实景演出'淀上升明月'。这个项目，是乔麦董事长跟我们村联合投资的。"

第一百一十九章　你是我兄弟

大晴天，冷不丁下了冰雹。

一连好几天，白洋淀新区热压低压交替袭来，气温变得凉一阵热一阵的，不少市民患了感冒。王决心早就向值班经理提了建议：食堂每天都向工地上的工人们送预防感冒的姜汤。这个法子还真管事，真没几个感冒的耽误出工。

冷暖空气交替不定，暴雨频发。

工人们顶风冒雨，坚持干活，汗一身泥一身的。自从乔麦和王德去了深圳，俩孩子交给了王永丽之后，王决心没有回家，不是不想孩子，工作实在紧张，天气跟着凑热闹，热的时候能热死个人；凉时冻得人打哆嗦。万一下起大暴雨没完没了，如果淹了工地，给国家造成财产损失，这个责任谁能负得起啊？

天气晴，干热干热，知了热得叫起来没完，烦死个人。树叶子、庄稼叶子被晒得打了卷，蔫得不能再蔫了。这么热的天气，工人们都要长裤子长衬衣整齐着装，因为他们干的活如果裸露身体部位很容易被烫伤碰伤划伤。

王决心被汗水湿透了，被衣服布料一摩擦可难受了。但他顾不上这个，全神贯注地拧着一个个螺丝，有时也有电焊业务。

忽然，天空中响起了一阵雷声。

王决心抬头看了看天空，看见一朵朵乌云，浓浓地聚集，即将吞噬那颗炽热的太阳。王决心自语道："糟了，要下雨，黑云这么多，还往北飘，这雨小不了啊！"水牛凑过来说："哥，今天有空吗？我想你了。"王决心一笑："水牛，管廊收尾了，哥太忙了，就要验收了，改天我们聚。"

水牛噘着嘴巴走了。

王决心赶紧朝工友们喊道："弟兄们注意了啊，赶紧再检查一下有可能漏雨的地方——"

大家赶紧忙着检查各自负责的区域。

空中的雷声震耳欲聋，大雨降临了，雨声瞬间充斥了整个天地。狂风卷着豆大的雨珠像无数条鞭子，狠命地撞击着世间万物，发出叮叮当当的声音。雨落在树梢上，像梳洗着柔软的长发；雨落在房屋上，腾起一团团烟雾，发出啪啪的响声；雨落在地面上，溅起朵朵水花，天地被盖住了。

王决心在大暴雨下起来之前，就已经检查完了本班负责区域的机械水泥制件的安全防水。

王决心不放心，顶风冒雨又转了一遍本班负责区域，确定没有任何事故苗头后正要返回工棚，忽然觉得肚子疼，绞着疼。水牛从搅拌站过来找王决心，王决心就对水牛说道："我今天值夜班，你先回去吧，我去解个手。"他一溜小跑着奔向公厕。

水牛望了望他，转身走了。

王决心跑到了门口没站稳，脚底一出溜，滑倒了，顺着斜坡一直滚到了沟底，脑袋撞到了一个硬东西上，疼得直咧嘴。

他揉着脑袋看是什么东西，原来是一只木箱子，踢了一脚，纹丝未动，不是空箱子，蹲下身想掀开盖子看看里面装些啥，掀不开，四处张望一下，看到一根木棍子，捡过来插进盖子缝隙里，用力撬了几下，咔嚓一声，盖子撬开了，他瞪大两眼往里一看，竟然是两只电钻。他赶紧盖上盖子抱起箱子扛在肩上艰难地爬上坡，直接送到了指挥部。

指挥部里空无一人，王决心放下箱子正要出去，齐师傅回来了，一脸的倦容。"决心，有事吗？"齐师傅问。齐师傅是中天建派来的。

王决心掀开木箱盖子指着那些电钻说道："师傅你看，我刚捡来的。"齐师傅过去一看："电钻？你捡来的？"王决心点点头，说："就在公厕那儿。"齐师傅沉默着。工人小葛进来了，齐师傅对他说道："通知各班组自查一下，看丢什么物资了没有。"王决心赶紧回到自己班自查，还好，什么也没丢。

在食堂吃午饭的时候，王决心听齐师傅说，那箱子电钻失主找到了，是小四川所在的那个班的。王决心说："会不会是有人偷盗被人撞见了，扔在那儿的呢？"齐师傅铁青着脸说道："我已经让保卫处着手调查这件事了，有数字监控，定能查个水落石出！"

两天后，水落石出。

前天黄昏，王家寨的无业游民秦耗子趁着库房人员忙着发货抱走了这只木箱，想从沟底逃出工区，不料被两个来解手的男青工撞见，慌忙扔下箱子跑了。

两个青工没看清人，数字监控上看像秦耗子。保卫处正准备派人找秦耗子，秦耗子跑了，连王家寨都不敢回了。

这天傍晚，秋老虎发威，天气出奇地闷热，容光县城上空响雷不断，像是要下暴雨了。闪电不是很响，如黑泥土里蹦出来的黏腻的声音。王决心好久不见水牛，晚上王决心请水牛吃饭。

王决心发现水牛瘦了一些，消瘦使他的脸庞变得有棱有角，眼睛有了荧光。

王决心要了五瓶啤酒，拍黄瓜、炖鲫鱼、花生米和羊肉串。王决心点完了菜，问："你最近忙啥呢？"

水牛叹息着说："咱没有技术，还能干啥？在一个小区干点杂活。"

地下管廊的土方挖完了，鲁师傅推荐水牛到了管委会的地下管廊当了护理工。可是，好景不长，机器人来了，水牛被顶替下岗了。他恨机器人，曾经拿铁丝将机器人缠住，机器人不断地嚷叫："什么情况？"水牛恨恨地踢了机器人一脚。机器人撞击了他，他的肚子疼了好几天。水牛受到打击，心里难过。他笑了笑，说："哥，我和彩铃和好了。告诉你一个好消息，我们要结婚了。"说着，满脸幸福和喜悦。

王决心点点头，说："这就好，听乔麦说，顾彩铃跟你要挺大一笔彩礼，你俩闹别扭了？"

水牛哑着嗓子，沉重地说："是啊，多亏乔麦嫂子，是她做通了彩铃的工作。哥，如今农民娶媳妇真难，县城要有房，彩礼越来越重了，多亏彩铃没爹娘，彩铃才想通了。"

王决心心情沉重地说："谁说不是呢？你赶紧结婚，免得夜长梦多。"

"哥，我记住了。"

"还有，你得学点技能，找个挣钱的工作，这么晃荡着，咋养这个家啊？"

水牛沮丧地沉了脸："哥，学啥啊？植树我会了，可是千年秀林干完了，我吃不了你的苦啊，只能瞎混了。"

王决心瞪了眼睛："再说瞎混，我揍你！"

水牛吓得吐舌，抓过啤酒瓶子，拿老虎牙啃开瓶盖，啤酒泡沫流了一手。他的嘴巴对着酒瓶，咕咚咕咚豪饮起来。

"瞧你这吃相！"王决心嘲笑说。

他没有学水牛，将啤酒倒进酒杯，拿酒杯喝起来，眉眼的喜气往外冒。

水牛干了一瓶酒，又开了一瓶，缓下了节奏："哥，我跟彩铃就要结婚了。我说真话，你没有发现我比以前勇敢多了吗？"

王决心一笑："祝贺你和彩铃，还真是的，以前你打架你往后缩，如今你挺猛的，你跟哥说说秘诀，为啥变了？"

水牛说："我在大乐书院，借阅了那本《荆轲传》，我读了好几遍。荆轲的精神让我敬佩，关公也让我敬佩，咱这方土地的根性就是侠义！"

王决心马上对水牛刮目相看了，夸奖说："行啊水牛，看来读书真能改变人啊！"

水牛得意地笑，瞪眼干了一杯："决心哥，你的勇敢是遗传的，祖上出了大英雄王学武，我们在千年秀林挖出了他和恋人的尸骨，我这辈子都忘不了，铃铛奶奶讲他故事的时候，我就心生敬佩啊！"

王决心满上一杯酒，说："好，你小子从来不跟我说这样的话，还真是惊着我了。兄弟你结婚，了却我一桩心愿。跟顾彩铃生个大儿子！"他说着猛干了一大杯，满脸涨得红红的。

羊肉串吃没了，王决心又点了一堆水牛爱吃的烤黄花鱼和烤鸡翅。

王决心嘿嘿地一笑："兄弟，前一阵跟着鲁师傅忙乎研发，一直没空聚。鲁师傅残疾了，我心情特别不好。"

水牛含了泪说："是啊，我也想鲁师傅。如果他不离开白洋淀，不去巴基斯坦就不会截肢了。"

"不能这样假设。鲁师傅说，央企的工人既属于家庭，又不属于家庭，永远要为国家征战四方，他在巴基斯坦的义举，为我们中天建、为国家赢得了不朽的荣誉。"王决心由衷地赞叹说。

水牛点点头："等他回国了，我们去看望他。"

王决心说："今晚我工地没有什么事，咱哥俩好好喝、慢慢聊。"

水牛盯着王决心的脸说："嘿，还是哥了解我，吃了这么多年的串，就是吃不够。"

王决心想了想，说："黄阿妹那个骗子，还是没有抓到啊！"

水牛呵呵地乐着说："哥，不提黄阿妹了，我想和哥住一个小区，我和我媳妇找你蹭饭去！"

王决心拿起酒杯，说："欢迎蹭饭，再次祝贺我弟和弟妹！"俩人咕咚咚地干了一杯。

酒足饭饱，王决心和水牛走出饭店。雷声阵阵，细雨绵绵。烤串的香气飘出，流得满街都是。

王决心晃了晃，叮嘱水牛："兄弟，我找代驾送你啊！"

说着话，王决心的电话响了起来，代驾说下雨，过来会晚一点。

天越来越黑了，雨没有停歇。路灯像一只只眼睛，眨了起来。

水牛和王决心想继续等候。

黑漆漆的马路上，走着两个打伞的人。忽然，一位老者跌倒在地。年轻男人呼喊声不断。

王决心怔了一下，打着伞跑了过去。他借着路灯的光亮，看见北京的规划专家杨方晨，正弯腰扶起跌落水中的老院长徐克农。王决心顾不得多想，说："方晨，我这里有车，刻不容缓，赶紧给老院长送医院。"他背着昏迷的徐克农上了自己的车。

王决心给代驾打电话，代驾说："天不好，我骑着的自行车出故障了。"

"来不及了，我们走！"王决心说。

水牛抢先了一步，一把推开了王决心，抢着冲进驾驶座位。

王决心被推了个趔趄，只好坐在水牛的身边。他很无奈，迟疑了一下，还是上了车。他坐在副驾驶位，眼睛瞪得灯泡似的，警觉地观察四周。

水牛心里也忐忑，担心警察出现。

水牛开了一阵车，施工损坏了路面，车颠颠簸簸。王决心扭头看见杨方晨给老院长做人工呼吸，拼命地挤压老人的胸脯。

忽然，王决心看到一辆警车从一个拐角路口开出来，王决心悄悄喊："水牛，警察，停车，你下来我来吧。"

水牛沉着、果敢，急切地说："哥，你千万别动，也别说话，我是一个无业游民，就是抓起来，过几天就放出来了，你不一样，你已经是央企的工匠了，抓住是要被开除的！"

"兄弟！"王决心的心腔一热，水牛真的长大了。

这时警车停住，走下来两位警察，警察威严地对着水牛说："同志您好，您违章停车，请出示一下证件，并配合测试一下。"

警察把测酒器伸到了水牛的嘴边。

王决心的心蹦到了喉咙口，不错眼珠地看着水牛的表情。水牛把测酒器含在嘴里，吹了吹，像个蛤蟆一鼓一鼓。王决心欲言又止，警察严肃地说："您属于饮酒驾车，请您配合跟我回派出所一趟。"

"警察同志，你听我说！"王决心下车，抓着警察的手喊。

杨方晨探头说："警察同志，病人犯了心脏病。"

王决心焦急地解释说："警察同志，对不起，喝酒开车不对，可是车里有病人，他是规划白洋淀新区的功臣，徐克农院长，我们应该先救人啊！"

水牛看着王决心，冲他挤挤眼睛："哥，你们救人当紧，我先去了，你别惦记我。"

水牛抬起手挥了挥，示意让他赶紧走。

王决心明白水牛的用意，他懊悔，眼睁睁看着水牛进了警车，他喊了一声:"水牛啊,我和方晨将老院长送到医院,安顿好我就去派出所找你,你注意听我电话啊!"

警车闪着警灯呼啸着远去了。

杨方晨没有喝酒,他开车去医院。王决心和杨方晨将徐克农老院长送进了急诊室。

王决心看了看表,已是十点整。

徐克农院长苏醒了。杨方晨笑了,紧紧握住王决心的手:"谢谢你,决心!你快去看看你的兄弟水牛吧,多不好意思,为了营救老院长造成了酒驾。"

王决心摇头,诚恳地说:"一家人,不客气,你帮助我爱人无偿设计高产田,我还没有说感激的话呢,老院长这里有事再叫我啊!"

王决心惦念着水牛,转身走了。

他刚刚出了医院的门,一辆警车呼啸而来,王决心认出了是刚才那辆警车。他回头看见急诊科门外站满了人,大家纷纷在门口焦急地等候。

王决心心里一惊。警车已到,医护人员争分夺秒地把一个人抬到了担架上。灯光下,王决心能清晰地看到地上滴下一摊血。

"水牛?"王决心惊讶地一吼。

他分明看见躺在担架上的人是水牛,他胸口不断涌出血。

王决心发疯地大喊:"水牛,发生了什么?水牛,我是决心啊,发生了什么?"他抓着水牛黏糊糊满是血迹的手,跟着一起跑。

水牛艰难睁开眼,认出了王决心,气息很弱地说:"哥,是你吗?"王决心焦急地说:"是我,我是你哥,水牛兄弟,你挺住啊,不管发生什么,你要给我挺住。"王决心跟着护士一起推着车。

到了手术室门口,护士拦下了王决心:"家属不能进手术室!"

王决心愣住了,朝着水牛摆手。

水牛举起满是鲜血的手抓了王决心胳膊一下,贴着耳朵说:"哥,我不会有事的,我不是胆小鬼,我抓住小偷了。"水牛说完,昏厥了过去。

王决心心如刀绞,泪如泉涌。手术室的门关上了。他用手拍打自己的脑袋,眼都不眨,紧紧地盯着。一个小时眨眼就过去了。对于王决心来说，这是怎样惊心动魄的时刻啊！在毫无觉察中提心吊胆地过去了。

王决心看着指示灯灭了，手术做完了，王决心深深喘了口气，医生走了出来，王决心焦急地问医生："手术顺利吗，病人没事吧？"

医生说："手术顺利，好在没有扎到心脏，但是，右胳膊可能会留下残疾。"

王决心跌坐在椅子上，呜呜地哭了。

门打开了，他揩掉眼里的泪水，踉跄着走进急诊室，两眼呆呆地望着水牛，他的脸苍白，像是睡着了，那么安静。

警察来了，警察胳膊也负伤了。

警察说盗匪秦耗子刚刚抓捕归案，另外三人在逃，正在发通缉令。

警察听说水牛抢救过来了，心里踏实一些。

王决心气愤地跳起来，猛虎一样扑过去，一把抓住警察的衣领，剧烈地摇晃着，怒吼："他是我兄弟，他仅仅是酒驾，怎么变成了这样啦？"

几个人按住了疯狂的王决心。

警察的胳膊也挨了一刀，包扎之后，警察含泪诉说了一切。水牛上了警车后，车开到工地处，遇到了偷钢材、电缆的团伙作案，警察上前阻止和小偷厮打了起来，小偷竟然是王家寨的秦中医的儿子秦耗子，秦耗子带着两个盗贼偷盗工地钢筋和电缆，他们没有想到会碰上查酒驾的警察。

秦耗子见势不妙拿起匕首，直接扎向警察的心脏，水牛上身一挡，还带着匕首追上秦耗子，血淋淋的水牛扭住了秦耗子。王决心听说秦耗子是凶手，恨不得扒了他的皮。

警察激动地说："水牛同志是英雄，他抓到了歹徒，还用身体保护了警察，酒驾的事，暂时就别提了，我们派一个警察照看他，我们跟领导请示后，还要给水牛送一面锦旗。"

王决心的心中也有一种自豪感。换个角度思考，他又那么敬佩水牛，胆小如鼠的水牛竟然蜕变成了英雄。

水牛从急救室转移到了病房。

顾彩铃刚刚下夜班，乔麦带着顾彩铃赶到了医院，王决心对乔麦说："如果不是水牛，躺在病床上的就是我啊！"乔麦听王决心说了整个过程，身体一晃，险些栽倒。王决心一把将她苗条的身体揽入怀中，乔麦的脸贴在王决心的胸前，呜呜地哭出声来。王决心难过地叹了口气，眼泪扑簌簌落下来。

水牛艰难地睁开眼睛，望着顾彩铃凄然苦笑："彩铃，你来了？"

顾彩铃被突发灾难击蒙了。

她扑在水牛床头，哽咽不止，嗓子哭哑了。

顾彩铃想起水牛对她的好，哭得伤心至极。她吊车也开不下去了，脸色苍白，蒙着一层灰暗。顾彩铃记得半年前水牛喝酒胃穿孔住院，水牛不仅花光家里的积蓄，还借了王决心的五千块钱。水牛出院对顾彩铃说："今天带你吃你最爱吃的鱼香肉丝。"顾彩铃摇头说："省省吧，等咱们日子缓过来再下馆子去，到时候，来一盘你爱吃的红烧肉。"水牛坚持带她去吃鱼香肉丝，拉着顾彩铃的手走出家门，一边走一边说："彩铃，你戴着尿不湿上岗，塔吊工人太辛苦了，我们再没钱，也要给你吃点爱吃的，今天过节嘛！"他们来到央企一条街的小餐馆。餐馆人不多不少，热热闹闹，服务员都回家过节了，老板亲自拿着菜单放到了他们面前。水牛不看菜单，对着老板说："要一盘鱼香肉丝，再来一碗米饭。"顾彩铃一愣，说："老板，再要一个红烧肉吧。"水牛低头不语，拿着手机来回翻着，顾彩铃说："嘿，和你说话呢，怎么不理我？"水牛抬起头有点不耐烦地说："彩铃，亲爱的，你自己吃吧，决心哥来信息说有急事找，我先过去啊！我也许在他那儿吃，别等我。"说完起身就走了。

顾彩铃还想说什么，水牛已经消失在门口，老板下了单，他对这两个人很好奇，这大过节的，两人要一个菜，还一个人没吃就走了，老板忙碌着点菜送客，邻桌的客人吃完饭，老板把他们送到门口。

老板一转身，吓了一跳，仔细一看，这不是刚刚走的水牛吗？再一看，他手里拿着一个冷馒头，嘴里嚼着，水牛怯怯站起身，不好意思地笑了一下："唉，我住院花光了家里的积蓄，工作没了，还欠了债，大过年的，让老婆吃个喜欢的菜。生活不易，不过一切会好起来的！"

老板看着水牛憨厚的样子，点了点头后进了饭店。几分钟后，老板又出来叫水牛进来，水牛不肯动，又拗不过他，就跟着进来，走到彩铃的桌前，红烧肉、松鼠鳜鱼、蛋炒西红柿，两碗热腾腾的米饭摆在桌上，水牛忍住了眼眶里的泪水。别看这是一件小事，却让顾彩铃对水牛心生爱意。

水牛昏睡，输液开始了。

王决心让乔麦回了家，他和顾彩铃守候着水牛。王决心送乔麦走出医院，望着乔麦融入夜幕的身影站了好久。

王决心转悠到医院大院里来了。

黑暗的大院，大树上有鸟儿盘旋。微弱的灯光是橘黄色的，黄得像火舌舔过一样。他沉默了一阵，难受地咽了一口唾沫。

他对着大树自言自语地说："水牛兄弟，你从小胆小，窝囊受气，腰里硬欺负你，你找我帮忙揍他。说心里话，我瞧不上稀泥软蛋，泥鳅落水我下水救人，你小子躲在岸上瞎嚷嚷，泥鳅死后我还揍了你。后来，我后悔了，知道你人心眼好，真的是胆小。你到大乐书院读书了，借了我的书《荆轲传》，你小子脱胎换骨了，胆大了，是个大男人了，没有辜负彩铃对你的那份真情。"

医院静静的，病房静静的。

王决心默默地说："兄弟，你爱听我奶奶讲王学武的故事，崇拜的就是英雄。今天我见证了一切，我重新思考，重新理解的英雄含义，当然不光是上战场拼杀，一个平民百姓在特殊时期也可以成为英雄，水牛兄弟，你就是这样的英雄！"

夜风吹来，王决心沉默了良久，心痛地闭上了眼睛，自言自语地说："我们是未来之城，不能没有英雄。我以为咱哥俩之间，当英雄的应该是我，没有想到，你小子抢了头功。我的那本卷了边的《荆轲传》，你没有白读。这本书就是医治软骨病的！"

风温和地抚摸着王决心的脸颊，隐隐约约可以嗅到白洋淀水的味道，浓郁的味道笼罩着他。

他深深呼吸了一下，继续说："水牛啊，你被地下管廊除名了，就一直自卑，自卑自己是普通人，啥叫普通，啥叫不普通，我万万没有想到，你却当了英雄，英雄的可贵之处，是看到了凶险，依然敢冲，那就是真英雄。今天我好后悔啊，我王决心是啥？跟兄弟比，我就是狗熊，你小子这不是在折磨我吗？平时你追随着我，关键时刻，你还用命保护了我。如果我开车，不遇上秦耗子，我也被开除了，这些灾难你都替我挡了，我不配当你的哥！你给你哥出了一个难题啊，你让我怎么面对兄弟，怎么面对自己的灵魂，怎么面对内心？"

他双手抱着膝盖，掩面痛哭。

深夜了，医院大院静静的，鸟发出一声清脆的叫声，凄凉婉转，夜鸟展翅飞向了天空。

一个月后的上午，水牛出院了。王决心和顾彩铃过来接水牛，水牛却不在病房，人去床空。王决心听说水牛的胳膊残了，不能回弯，手掌只能勾拢到胸前，但是，他没有沮丧，仰着脑袋走了。人去了哪里，谁都不知道。

水牛给顾彩铃发了最后一段信息：

> 亲爱的彩铃，感激你对我的爱，感激你在我住院期间对我的照顾，忘记我吧，不要挂念我。我的胳膊残疾了，不能给予你一个好的生活，但我不能拖累你，你是个好姑娘，希望你找到新的幸福。请原谅不辞而别的水牛。

水牛的手机号码换了。

第一百二十章　莲花园

二〇二二年的中元节。

苇子拔高了，芦穗压弯了枝儿，满淀的金黄。浩瀚的水面波光粼粼，一眼望不到边。不到一个月，稀稀疏疏的芦苇就会飘起洁白的芦花。芦苇一收，家家户户编织苇席、苇篓和苇箔。

去年村里上马了大型实景演出，村民顾不上收芦苇，苇子躲过了镰刀，冬天只能跟冰雪相伴了。芦苇泛着枯黄，仿佛心中庆幸，扭动腰肢，今年怕是躲不过镰刀的宰割了。

水乡人既过清明节，也过中元节。

中元节的前两天，秋雨淅淅沥沥地下起来，雨不大，银针一样，乱纷纷地闪着光。只要是祭奠祖先的事情，王家寨人都不落套儿。因此，大多在中元节的前一两天上坟烧纸。水大的年份，坟被淹了大半，亲人们则划船过去，在坟头上插上小白旗，风一吹，飘飘荡荡的。

这光景，王家寨人上坟的、烧纸的扎堆儿。

乔麦、王决心提着纸来到墓地。他俩领着花花、抱着大雄，路上，花花和大雄一脸沉静，不掐咕了，也不怎么说话，似乎知道上坟是件庄重的事儿。他们来给王永泰上坟，给苇秆儿上坟。在爹和娘的坟头，王决心愣了，已经有人祭拜过，一堆黑乎乎的纸灰旁，还摆放着水果和点心。这一定是那些受过爹帮助的人。可能是老顺子。

王决心和乔麦静静看了一会儿，就蹲下来，默默地烧纸。

乔麦拿过烧纸，先点燃了烧纸，嘴里默念了一阵，又加了纸。火苗舔着纸，越烧越旺，细雨落在火上，发出轻微的嗞嗞响声。

王决心知道，爹在王家寨生活这么多年了，有口碑，去年抗洪牺牲了，让更多的人念他的好、感他的恩，他是水乡人们心中的老英雄。想到这儿，王决心心痛，眼泪一个劲儿掉，落在了烧纸上，泪无声。来时，他和乔麦已商定，不要哭出声来，不要吓着孩子。两个孩子懂事儿地默默看着，花花还时不时地拿几张纸，丢在火苗上，说："爷爷，你有钱花了，想买啥就买啥。"

王决心给爹娘、爷爷奶奶烧完纸，又跟着乔麦来到这边苇秆儿的坟前。

王决心把纸点燃，默默烧着。

苇秆儿的意外离世，是乔麦心头一根拔不出的刺。乔麦流泪了，喃喃着："苇秆儿，我的孩子，娘来看你啦，你在那边可要好好的，多交真心朋友，别不舍得花，啥时缺钱花，娘就给你烧过去。"

中元节期间，老天爷不开脸，阴沉着，不光细雨绵绵，还刮了点风。人间的哀伤情绪，上天也是感同身受，老天爷最懂人间。细雨中，不大不小的风又一阵一阵地刮。白洋淀爱刮风，大多在夜里，是典型的"风收季"。王家寨有句谚语："秋天的风，刮到掌灯，封淀的风，刮到天明。"刚刚烧的纸，被秋雨淋了，风吹不起来。

中元节要在坟头压黄表纸，寓意天冷了，已故的亲人该穿得暖和点。王决心给坟头添了土，压了黄表纸。如下不雨，纸幡会被风吹得呼啦啦响，一只、两只，坟地里上百条纸幡响成一片，像是向地下的人致意。祭奠的流程做完了，王决心带着家人回家，路上遇到上坟的人，相互打着招呼。这时候，地下管廊工地的事儿，又塞满了他的脑子。

人就是这样，很少让脑子放空。

不管正事儿闲事儿，总是想。乔麦想着莲花的事儿。莲花是用来观赏的，也是用来致富的。种子是农业的"芯片"，一粒种子能成为大杠杆，撬动乡村振兴。乔麦想，想多了，就是梦了。

乔麦梦见了一棵硕大的莲，花蕾多，莲蓬大，颗粒也大，放在锅里，蒸煮易熟，久煮不散，香气浓，甘醇可口，这才是莲中珍品。

乔麦笑醒了，嘴里还散发着莲子的清香。她翻身起来，上网查资料。她弄不懂，还是要求助孙光华博士。

在大豆种子创新上，孙光华团队是有贡献的，他选择了德县的高蛋白大豆与山西抗旱耐瘠薄春大豆分别为母本和父本。他们期待两者优良特性的结合，能让培育出的大豆种子适应广，并有高蛋白、抗旱耐瘠等特点，通过种地、除草、施肥；收获、脱粒、晾晒……

他终于培育出了大豆新品种。

说着轻巧，乔麦在北羊村已经露了脸儿，脸上有了光。但是她心中丢不下王家寨。她的公司有了王家寨搞的"淀上升明月"实景演出和冬天滑雪，已经够忙活的了。忽然，她看到了莲子的价值，由自己的公司全权推进，让孙小萍在村里启动招商，她愿意给投资人提供莲子新品种。

乔麦给孙光华建了实验室，就在萍河北羊村，莲子的嫁接就放在了实验室。这个研发，她强孙光华所难，纯属搂草打兔子，顺便的事。

孙光华的莲子嫁接实验开始了。新莲子被命名为"莲花一号"，可是实验失败了。

日子一天天过，人们一日日忙。

时光暖了，莲花开了。正是乔麦期待的时刻，为了研发莲子，她几乎天天来看，这天，含苞欲放的莲花，终于怒放了。

她禁不住喜上眉梢，用手机拍了十几张照片，发到了孙光华博士的微信上。孙光华博士正在保定开会，要来莲花园，为"莲花一号"研发做最后一搏。

孙光华博士是种业专家，触类旁通，乔麦老板使死人不偿命，又强迫他研究莲花。每次来王家寨，他不喜欢坐快艇，晕得慌，每次来只坐古老的木船，慢悠悠看景，聊天。

快艇嗖嗖跑，一眼掠过，景色看不清；嗡嗡响，说话听不清，扫兴。

孙光华博士愿意坐小木船，愿意乔麦当船姑，路上和他唠嗑。

乔麦也愿意倾听，听博士说话，长见识。自从突破了大豆种子技术，孙光华博士每次来王家寨，她都亲自陪同，每次都喊来孙小萍。

孙小萍大学毕业，她和孙光华博士的知识点更接近。更重要的是，她和孙光华博士同姓，有着天生的亲近感。孙光华博士见到她，就成"一家子"。后来乔麦发现，在孙光华博士面前，你倾听就好，他不是人们眼中刻板印象的学者，工作状态，他很少说话，生活中，他却是个侃侃而谈的话痨，如果不做科学家，他可能是脱口秀大王。

苇海里，有水，碧波荡漾。

蓝天白云像老天爷画上去的，还未干，透着新鲜。浩瀚的芦苇荡临风摇曳，婀娜多姿。乔麦驾小船驶过，泛起层层涟漪，穿梭在芦苇荡里。

孙光华博士说："'苇是摇钱树，淀是聚宝盆'，这是白洋淀的一句俗话。芦苇浑身都是宝，苇絮可以填充枕头，苇穗可以用来做扫帚，鲜嫩的芦根可以用来熬汤、酿酒，老芦根可以用来入药。芦苇本身还含有大量的纤维，可以用来造纸织布。"

孙小萍扑哧一声笑道："孙博士说得对，对于白洋淀人来说，芦苇是我们生活的一部分，也是家庭的经济基础，更是我们编织美好生活的珍贵资源。"

孙光华博士忽地变了声音，用播音腔说道："女人坐在小院当中，手指上缠绞着苇眉子。苇眉子又细又长，在她怀里跳跃着……"

乔麦不由得赞叹："真好听！这是我读中学时的一篇课文，是孙犁先生的《荷花淀》，描写的白洋淀水乡妇女编苇席的情景。"

乔麦讲到了白洋淀的芦苇画，村里的民间艺术家王永山就是行家里手，响当当的特色民间艺术，芦苇经过分类、切割、雕刻、编织，一幅幅花草鱼虫、人物建筑、山水风景画栩栩如生，还是省级非物质文化遗产项目。

孙光华博士又接上了话茬儿。他讲芦苇能净化环境，从生态角度看，每公顷芦苇可吸收掉三十吨二氧化碳。芦苇的叶、茎、根都有通气组织，能净化污水，因为芦苇上净化空气，下净化水源，所以造福大自然，人享其利，物享其利。

近了，远远就看到了淀上荷莲竞放、姹紫嫣红的情景。

莲花园，白洋淀可以找到上万亩。

在园子的东南角，要从莲花园北边划进去。小船划进莲园，孙光华博士的眼睛有点不够用，被眼前的景色迷住了。他深情地朗诵诗句："风吹蒲绿逗鱼戏，日照荷红映鹭翔""接天莲叶无穷碧，映日荷花别样红"。

在他的朗诵声中，红的、粉的、白的花瓣都聚集在一起，好像一个五彩的圆盘，它们在水中翩翩起舞，好像宫女们在跳舞。荷花不但有外在的美，更有"出淤泥而不染"的内在美。

淀水伴着微风，俏皮地溜到莲叶上，在阳光的照耀下晶莹剔透。万亩莲花园把整个白洋淀景区装扮得宛如一幅浑然天成的水彩画。

来到"莲花一号"园区，看到的是莲花的洁白、自在、高雅。这里的莲花大，黄蕊丰。小船移到一朵莲花旁，孙光华博士掏出放大镜，仔细看着花蕊。乔麦和孙小萍看着孙光华博士，不敢说笑，有点紧张。

孙小萍听说他是中科院的博士，研发大豆种子成功，心里有了崇拜。孙光华看了一朵又一朵，然后直起身，慢条斯理地说："还要等莲花叶子谢去后，花心的黄蕊渐渐丰韵起来，才能变成圆锥形的绿色莲蓬，莲子成熟，才有莲子宝宝……"

乔麦有点急："哎呀，你就说莲子颗数多不多？"

孙光华博士说："一个莲蓬，一般莲子从十几粒到三十几粒不等，十几粒的占多数。大的则一般有二十多粒。这朵莲花看着花蕊强壮，不会少于三十五粒，可惜我们才二十多粒，研发还是失败了。"

乔麦叹息一声："唉，创新那么容易？"孙光华说："看来我们需要时间。"

小船载着三人回王家寨。路上，孙光华博士谈辞如云，说起了莲子，他竟然有一堆的话。他是江西广昌人，那里大量种植莲花，莲子中含有非常丰富的钙、磷、钾等物质。莲子有益心补肾、健脾止泻、固精安神的作用。人们常用莲子做成各种莲子汤、莲子粥，不但味美，而且有较高的营养价值。

提起莲子，勾起了乔麦的心事。

前几年，乔麦还在博野培植苗木，孙小萍就请她回村搞莲花园。

乔麦纠结了几天，还是想种粮，舍弃了莲子。如今她那边缓过来了，又激起了乔麦对莲花园的热情。

乔麦摇着橹，闪着思绪。

她说出了莲子的故事。她娘家是穷困村，娘因长期劳累而病倒了，娘吃点莜麦，缺少营养，身体虚弱，每次回家，看着面黄肌瘦的母亲，乔麦心里难过，回来赶忙找秦中医。秦中医说莲子汤营养价值高，身体虚弱的病人吃了，身体能得到康复。于是，乔麦划着鸭排跑到烧车淀不远处的深淀，瞄准了两棵莲子，一头扎了下去。

乔麦张家口老家有大河，她从小熟水性。

她夏天经常跑到河里洗澡，捉鱼。因为经常穿着一件花背心，人们就叫她"小彩鱼"。嫁到了白洋淀，她除了养鸭，就爱采莲蓬，剥出莲子，寄给哥哥，给妈妈熬了喝。为了给娘增加营养，她每天早起，划船到淀上，将新鲜的莲蓬采下来。到了莲子成熟季，好多人都来采莲，晚了，就采不到了，她只能"早起的鸟儿有食吃"，有时在淀上找啊找，好不容易，才找到一盘。

清早淀水很凉，时间一长，冷得发抖。每当她采了莲蓬，就高兴地往家跑，然后吃完饭再去放鸭。莲子寄去老家，熬莲子粥的任务就交给了爹和哥哥乔木。没多久，娘的面色红润了，病好了，身体也恢复了。乔麦说："莲藕养人，莲子更养人，王家寨湿地适合种植莲花，这也是我要建莲子园的初心。"

乔麦说出了自己的故事，孙光华博士和孙小萍都感受到了一份对莲子的眷念之情。

足有一分钟，谁也没有说话。

天忽地黑了，有雷声滚过。乔麦慌了，她只带了一件雨衣，是自己常备的。她赶忙拿出雨衣让孙光华博士穿，孙光华博士是个有风度之人，始终恪守女士优先的原则，他推托，让乔麦穿，让孙小萍穿。就在一件雨衣被推来推去之时，突然，一道闪电，天空被撕裂了，一片惨白，紧接着，又是一串轰隆隆闷雷。

霎时，铜钱大的雨点铺天盖地砸下来，骤然间，起风了，身边的苇海怒涛翻滚、咆哮奔腾。整个淀上，如烟、如雾、如尘，又如一面大瀑布，从天上直泻而下。雷声、雨声、风声搅和在一起，好像天就要塌下来似的。狂风卷着暴雨像无数条鞭子，狠命地抽打着乔麦、孙小萍和孙光华博士。

他们紧紧抱在一起。

孙光华博士的身体不住地颤抖，孙小萍哇地哭了。船舱的雨水很快满了，眼看就要沉下去，乔麦挣脱开他俩，用一只塑料桶往外舀水，可无济于事，舀出的水没有落下的雨水多，乔麦只能奋力舀着，就在这时，只听嗖的一声，船翻了……

三个人落在了水里。

孙光华博士不会水，他还没穿救生衣！因为天太热，他半路就把救生衣脱了，这是狂风暴雨中的白洋淀，一个水深七八米的白洋淀，孙光华博士危在旦夕。就在他扑腾之时，乔麦把自己的救生衣扔了过去。孙光华博士呛了水，晕了，没抓住。孙小萍也想脱掉救生衣。

乔麦大喊："别脱，你不要命了？"

乔麦至少十年没在白洋淀游泳了，危急时刻，她回归了"小彩鱼"本色，游过去就用一只胳膊撑住了孙光华博士的身体，孙光华博士昏了头，搂住乔麦的脖子就往水里压，这让乔麦险些窒息。关键时刻，乔麦使出吃奶的力气，狠狠打了孙光华博士两巴掌，顷刻间，孙光华博士醒多半了。孙小萍也不会游泳，好不容易打着"狗刨"过来，和乔麦一道，架起了孙光华博士。

三人等待游船经过。

上不了岸，只能通过来船救援。就在这时，有一艘摆渡船经过，停下救人。乔麦、孙小萍架着孙光华博士游到船边，船上的人立刻将孙光华博士接上船，驾驶员进行了紧急施救，他将孙光华博士放在自己屈膝的大腿上，头部向下同时按压背部，迫使吸入呼吸道和胃内的水流出，孙光华博士噗噗地吐了几口水，得救了。乔麦和孙小萍高兴地抱在一起。乔麦深深地后怕，孙光华博士没有研发出"莲花一号"，也不能有个三长两短，要不自己可怎么交代呀！

夏天里，老天爷就是翻毛转性的脾气。十来分钟的强风暴雨过后，风住了，天晴了。

回到王家寨，孙光华博士在大乐书院休养了两天，翻看了一些杂书。他年轻，身体很快恢复了，就打算回去，村民们一个劲儿挽留，孙光华博士只得住下，这两天，东家叫，西家请，乡亲们端上了最好的饭菜。一为孙光华博士压惊，二为鼓励他继续培育"莲花一号"。

孙光华博士酒量好，每次都把王家寨人干倒，自己哈哈大笑。

王家寨拉响了发展集体经济的汽笛。

村里举行了仪式，接收民间成果，壮大集体经济。镇党委刘书记也在台上坐着，好像不仅仅是为了这件事。乔麦的公司向王家寨村委会承诺继续研发"莲花一号"种植技术，这是地地道道的生态产业。如果成功，全部归村集体所有。

王永山来凑热闹，他要赠送芦苇画技术，一本厚厚的资料。胡玉湖说："您是专家，光捐书可不行啊，您得带着我们干啊！"当下，他就决定办个芦苇画厂，让王永山当厂长，王永山摇着头说："我不当厂长了，芦苇画啊，应该女人当厂长。"

他随后推荐了孙小萍。她是第一书记，兼任厂长还靠谱。会后，她想给芦苇画厂招村里的妇女当员工，红红火火干起来，她立下誓言，将来要把芦苇画打入国际市场。

接收仪式后，天空飘起祥云。

刘书记宣布了一件大事："我今天代表镇党委宣布一个决定，王家寨由孙小萍同志接任村支书，胡玉湖支书光荣退休。"

村民愣了片刻，响起哗哗的掌声。

刘书记高举双手，拍着巴掌："胡玉湖同志是全县十佳村支书，是王家寨的功臣。他的业绩，我们还要专门总结。他高风亮节，多次提出让贤给年轻人。我们大家欢迎胡玉湖同志讲话。"

胡玉湖有些激动，涨红了脸："各位父老乡亲，从今儿起，我就不再是你们的支书了。感谢过去几十年的支持。尽管我不是胡支书，但我还是你们胡大爷、胡叔叔、胡大哥、姓胡的侄小子。这个，一辈子变不了，这是血管里流淌的亲情啊，我觉得我没变，指望你们都认得我，别不理睬我呀！"

人群中发出一阵掌声。

胡玉湖清了清嗓子，说："当书记这些年，也为乡亲们办了一些事儿，但按组织要求，这都是我应该办的，而且还办得不够，心里愧得慌。当村干部要真干事，干成事就免不了会得罪人。过往我得罪过谁，我说一声抱歉，都别记恨我。'淀上升明月'很红火，我退下来，也就放心了，咱们王家寨，发展有后劲。我还是一名党员，只要不趴下，就为群众服好务，拿出一百个劲儿，让父老乡亲们满意！"

孙小萍上去跟胡玉湖紧紧握手。

"大家往后，多多支持小萍支书的工作！"胡玉湖大声补充了一句。

王德志、腰里硬、雁子边嘀咕，边想着和胡玉湖的过往，纷纷点头。

孙小萍接任书记，也在乡亲们的意料之中，这闺女是个热心人，对乡亲们有感情，把乡亲们当亲人，为村里做成不少事儿。大伙想着，孙小萍新官上任三把火，一准会说几句官样话。不想，孙小萍一开口，就让人们愣住了。她说："危难时刻，我是个弱者，是个胆小的人。就在前几天，乔麦划着小船，带着我去接孙光华博士，带他去看了'莲花一号'，返回的时候，突遭大暴雨，电闪雷鸣，我被吓哭了，就像个孩子。这时候的乔麦姐却临危不惧，从船舱往外舀水。想起来我非常惭愧，作为一名党员，我不如乔麦姐沉着、冷静和果敢。这两天，我一直在反思自己，共产党员在关键时刻要反应快、豁得出，必须做到。"

一名妇女说："做女人的谁不怕电闪雷鸣啊，这是天性。我五十多了，听到打雷，还往我爷们怀里扎呢！"

大伙被逗笑了。

孙小萍说："如果乡亲们信得过我，我一定不辱使命，跟乔麦的公司合作，继续研发莲花一号，团结带领大伙奔好日子！"

刘书记带头鼓掌，乡亲们听了，巴掌拍得更响了。人们都觉得孙小萍人是透亮的，对乡亲们能敞开心扉，有一说一。这些事，她如果不说，乡亲们谁会知道？况且还有镇党委刘书记在呢，领导会对她怎么看？孙小萍不管领导怎么想，她只想对乡亲们负责，自己这几斤几两，让乡亲们看得明明白白的。

孙小萍的褒奖，让乔麦有些羞愧。

乔麦熟悉水性，只能往前冲。她佩服孙小萍的知识和魄力，她敢于解剖自己，敢说敢干。"淀上升明月"实景演出，愣是给鼓捣起来了，而且越来越完善。人家就是比自己有觉悟，把王家寨交给她，乡亲们可以安心了。

经过认真谋划，王家寨决定发挥得天独厚的区位优势，主打"莲花经济"这块金字招牌。一朵小小的荷花，背后蕴藏的是巨大的经济潜力，他们就是开掘者。建了万亩莲花园，莲花盛开时可供游客观赏，花期过后结出的莲蓬、莲藕期待深加工，形成了集莲花观赏、莲叶食品、荷池垂钓、农家乐等为一体的休闲观光、特色食品加工与销售的产业链。莲花的花儿，可以做成莲花茶；莲花的茎和秆可以做成莲叶茶；莲花的叶子和茎秆还可以做成工艺品。

产业链延伸后，就有了莲子酒、莲花精油，还有了藕粉、莲子、莲藕罐头和莲花宴……这一切，一步步来，稳扎稳打，步步为营。孙小萍想，原定的万亩莲花园，先搞八百亩实验，效果好了，再层层递进。

腰里硬的二叔姚哈喇脑梗竟然好了，他出院后，行动不便，又赶上丈母娘病重。二婶只能顾一头，回去伺候老妈了，一去就大半年。腰里硬让雁子过来照看姚哈喇，雁子瞧不上姚哈喇，照看得潦潦草草。乔麦抽空就过去看望，帮老人洗洗衣服、打扫卫生，买点鸡蛋、米面和生活用品。乔麦闻到姚哈喇身上总有一股怪味儿，让王决心给姚哈喇洗澡，姚哈喇硬是不答应。

屋漏偏逢连阴雨，姚哈喇得了肺炎住进了医院，同病房老太太实在忍受不了，常常捂着鼻子。姚哈喇身上有一股怪味，细闻是烂酸菜味。人家死活要换病房。医生、护士都不愿靠近他，进了病房就不自觉地捂着鼻子，把窗户、门都打开，这样也散不尽臭味。

乔麦撩开姚哈喇胳膊，皮肤黑灰，粘着一层泥。乔麦看到这情景，心里很不是滋味，她耐心劝说姚哈喇，让王决心给洗个澡。姚哈喇脑袋摇成了拨浪鼓："决心，咋能够让你给我洗呢？不能开玩笑。"他倔倔地阻拦。

乔麦叹息一声，她要亲自擦了。她把脸盆打上热水，抹了香皂，拿着毛巾，一条胳膊一条腿擦，反反复复擦洗，一边唰唰擦，一边跟姚哈喇聊天。

姚哈喇浑身一阵痉挛，乖乖等着，扭了脸，潸然泪下："乔麦啊，你没有丢掉二叔，二叔沾你光了。"乔麦说："二叔，客气了。"她哄得姚哈喇乐呵呵的。姚哈喇配合着，一条裂了皮、漆黑黑的胳膊被乔麦擦得干干净净，慢慢显露皮肤的本色，脸盆里的泥汤，像从煤井里端出来的。水换了一遍又一遍，乔麦擦完了胳膊，擦腿和脚，皮肤渐渐干净了，馊腥味也跑了。医生愿意跟姚哈喇说话了，腰里硬和雁子过来看二叔，惊讶无比。姚哈喇很开心，一手拉着王决心，一手拉着乔麦，跑风漏气的嘴巴咧着，嚷嚷着回家。

姚哈喇病好出院了。

他胳膊腿硬朗了，脸上有了光泽，说话也有底气了。在家里，玩玩电脑小游戏、蝴蝶纸牌。院子唱两口老调，再出门围着王家寨走一圈儿。看着村里许多年轻人都到"淀上升明月"大型实景演出上班，姚哈喇心里痒痒，想去，又怕自己不够格。

这天上午，姚哈喇在街上正走着，遇见了对面走来的乔麦和孙小萍。

乔麦打招呼："二叔，别走了，回家吧！"

孙小萍说："二叔，您这身子骨，挺好的？回家吧！"

姚哈喇赌气地说："回家干啥？我这分毛不进，都快揭不开锅了，正想着去你们家蹭饭呢！"乔麦和孙小萍都笑了。乔麦说："回吧，我俩是找你蹭饭的，有啥吃啥，我们不挑。"

姚哈喇不知两人葫芦里卖的啥药，只得转回身往家走。心想：拎着大包小包，难道是来看望我的？

到了家，二人坐了，乔麦和孙小萍把买的水果、牛奶、点心放在柜子上。

乔麦望着姚哈喇说："二叔，我们是来看望您的。听说您出院，身体硬朗，我们高兴啊！"

姚哈喇激动了："好了好了，不用惦记。"他翻箱倒柜给乔麦找东西。

乔麦打破尴尬："二叔，找啥呢？"

"给你们沏茶啊！"姚哈喇说。

乔麦扑哧一声笑道："二叔，有茶就行啊，你哪有好茶呀？"

孙小萍欠起身，忙说："我来，我来。"

她拿过茶叶罐，倒点茶放在玻璃杯里，看得出，茶叶是碎末，倒了热水，泛起黑乎乎的残渣。

姚哈喇尴尬："没好茶，就这茶叶末子。"

乔麦端过杯，吹了吹，品了品，说："这杯茶有味道，一定要喝。"孙小萍端杯喝了半口，倏地一下，苦到了心里，却说："有味道，好喝。"姚哈喇说："好不好的，总归是茶味，能提神醒脑。喝了这茶，不糊涂，看着。"听着姚哈喇话里有话，乔麦不再卖关子。她说："二叔，今天孙支书来看你，除了问候，还有一件事儿告诉你。"

姚哈喇怔怔看着孙小萍。

孙小萍耐心地说："二叔，咱村的'淀上升明月'项目开始盈利了，用人就多了，村两委推荐您到那里就业，当个演员行不？"

姚哈喇忽地站了起来："谢谢书记惦念啊！给钱就行，我能够演啥啊？"

乔麦抿嘴笑了，说："二叔，记得有句话，身正影直心无愧，水宽八百自有船。您的身上有一股正气，演就演英雄。"

姚哈喇惭愧了："乔麦呀，我以为你扎根北羊村，不管咱王家寨了，不管我姚哈喇了，二叔错怪你了。"

姚哈喇眼睛潮湿了。

乔麦说："哪能啊，您从萍河回来，我就追过来了，看您病了，我心里自责。所以，我到医院看护您。走遍天下，您就是我的亲二叔。"

孙小萍两口就把一杯茶喝了，她说："二叔，我想向您要样东西。"

姚哈喇问："啥呀？"

孙小萍说："这茶。"

姚哈喇说："苦了吧唧的喝那干啥？改日二叔给你买点好的。"

孙小萍说："二叔喝得，我就喝不得？二叔说得对，这茶虽苦，但醒脑提神，当演员，就需要这个。"

姚哈喇咧着嘴巴说:"真有趣儿,乔麦,你二叔想在莲花园干点事。老了老了,还当一回演员。"

孙小萍叮嘱说:"乔麦惦记着你的工作,莲花园莲子刚刚实验成功,莲子产业谋划。你别演砸了,那样节目就没人看啦!"

姚哈喇合上茶叶罐,深深吸了两口气。

第一百二十一章　望乡岛

王决心忙得脚不沾地，他操持二巴掌的一场婚礼。

二巴掌的对象叫刘香，村里卖荷叶茶的。她的面容挺漂亮，就是矮点儿、胖点儿，苗条姑娘大都不是"天然"的，那是减肥的结果。刘香知道自己的缺陷，恨自己。认定女孩来到这个世界，是要保持一个好的身材，穿最美的衣服，还有比这更重要的吗？开始的时候，她对妈妈发出告诫："从明天开始我要减肥了，不要给我吃东西。"但看着桌上的饭菜，还是忍不住了。她深深地叹一口气：这是最后一次放纵自己，吃完就减肥。然而过了两到三天，她似乎已经忘记了自己说的话，该吃的吃，该喝的喝。在突然的某一天，看到别的女孩子穿的衣服凸显身材，又被深深地刺激到，继续开始减肥。看她狼吞虎咽，妈妈笑了："这就对了，不吃饱了，怎么减肥啊？"刘香当然知道妈妈心疼自己，但她不能放弃，女孩儿想美，就要对自己狠一点。她每天都要围着村庄跑一万步，累了，也要坚持。那天，想起自己跑了半个多月，只掉了四两肉，她哭了。她边跑边哭，边哭边喊："我要减肥，我要减肥……"

她终于栽倒在路上。

她跌倒的位置，是二巴掌饭店的门口，二巴掌隔窗见了，赶忙跑出去，二巴掌去扶刘香，因为瘸腿使不上劲；刘香重，欠不起身，反正扶不起来。二巴掌赶忙喊来员工，掌勺的和切菜的联手才把刘香扶起，搀着进了饭店。

刘香的膝盖和街道有了剐蹭，二巴掌找来双氧水，用棉签涂在伤口上，又贴上了创可贴，这让刘香心头暖暖的。

二巴掌认识刘香，开个茶店，主打白洋淀的荷叶茶，挺可爱的姑娘。他知道刘香每天跑步减肥，满头是汗，上衣也溻湿了。当着刘香的面，就夸刘香可爱，可爱的姑娘一定是胖乎乎的，更招人喜欢。

刘香笑嘻嘻地问："你喜欢我呀？"二巴掌愣住了，没想到姑娘会这样问，于是顺坡下驴："我喜欢啊！胖点的姑娘心地纯洁、善良，我就想娶这样一位姑娘。"

两人说着聊着，一来二去，好上了，没多久，结婚了。

这个早晨，朝霞染红白洋淀的水面，芦苇荡中的游船镶上一道光灿灿的金边。水面淡淡的晨雾，从远处飘来喜庆的《我们结婚了》的歌曲声，一队花船驶来，淡淡的晨雾涌上去，驱不散，就像一帮抢喜糖的小孩，前面是一顶新郎官的蓝色船轿，身着华彩传统服装、肩披大红花的新郎官二巴掌站在船头，不住地嘿嘿笑，就像有人胳肢他。后面一顶迎新娘的红色船轿，在碧水蓝天和芦苇丛中显得格外喜庆。轿顶用彩缎搭成，轿身都用红绸缎扎好，架在船舷上的轿杆，也用红绸缠绕，象征着喜庆吉祥的婚礼与红红火火的新婚日子。后面尾随而来的是站满送亲、迎亲宾朋的船只，红红火火地穿行在淀水苇丛之间。风和浩瀚的芦苇也跟着凑热闹，发出一阵阵哗啦哗啦的响声，像有节奏的鼓掌。有了万绿丛中的新婚船轿，白洋淀也有了灵魂，散发着神奇的美。

婚礼在二巴掌的鱼丸店举行。

孙小萍来了，她主持婚礼。

在二巴掌的呵护下，刘香每天在幸福汤里沐浴，也不减肥了，比过去又增肥一圈儿，一个珠圆玉润的新娘子站在了二巴掌身边，两人不禁暗送秋波，情意绵绵，宾客都夸二人是天生一对。大巴掌致辞，他从国际形势，再到国内形势，又到二弟结婚的重大意义，滔滔不绝。

王决心走到大巴掌身边，耳语道："该开席了，少说两句，少说两句。"

大巴掌抓紧了话筒，说："作为大哥，还有比我二弟结婚更幸福的事儿吗？我就说两句。"

大巴掌还有官场作风，说两句，其实说了上百句才算完，宾客们听得不耐烦，打哈欠。

王决心一咬牙，强行将大巴掌拽下来。

孙小萍最后宣布一条喜讯："白洋淀的银淀鱼丸，被北京喜多多网络平台上线了！"二巴掌喜上加喜，人们纷纷祝贺。

婚礼上，正热闹着，警察进来了。

人们以为警察是来喝喜酒的，心想二巴掌开店人脉广，广结交，更加为之刮目。不想警察不找位子，好像找人。王决心也诧异，他安排的喜桌，没有警察呀！赶忙过去跟警察客气，请人家落座喝两杯。警察板着脸，不理他，看了看大厅，又去了雅间。很快，二巴掌就被警察带了出来，直接穿过喜桌，出了门，向店外的警车走去。

人们都愣住了，刘香哇地哭了，一阵梨花带雨，楚楚可怜。

王决心追了上去，拦住了警察："警察同志，他是今天的新郎，我想弱弱问一句，抓他干啥？"

二巴掌哭丧着脸说："决心救我……"

王决心看一眼二巴掌，扬着胳膊。

警察对王决心说："你是谁？你想妨碍警察执行公务吗？"

另一警察拿出一张照片："王春夏涉嫌商业诈骗，我们要拘捕他！"

王决心一瞅，连连摆手，说："错了错了，他叫王秋冬，王春夏是他的哥哥，他俩是双胞胎兄弟。"

警察呆愣了，给二巴掌松了手铐，顿悟，转身向饭店扑了进去。

大巴掌颠儿颠儿地跑了。

大巴掌肠胃不好，吃坏了肚子，赶忙跑进了后院的厕所。就在这时，警察来了。他听着屋子里的吵闹声停了一下，感觉有事儿，赶紧系裤带，又听见了刘香的哭声，感觉不妙。

推开门，又一如厕的小伙子进来，对他说："快去看看吧，你兄弟被警察抓走了。"

大巴掌不说话，只顾从后门开溜。

顾不了那么多了，刚才在婚礼上表达的兄弟情谊，是说给别人听的。他知道，警察用不了多一会儿，就会把二巴掌放了，自己想逃也逃不了。

二巴掌往酒宴上走，他一只脚重，另一只脚如蜻蜓点水。

他坐在酒桌旁，惊魂未定。

王决心一个劲儿安慰大伙，说："没事，没事啊，刚才一段小插曲，是增加婚宴的喜庆气氛的。各位宾客喝酒！"自己先撒了一杯。二巴掌赶紧去央着哄着刘香，说误会误会，没事了没事了。为了哄老婆开心，二巴掌当场扮猪，在桌下拱来拱去，逗得新娘子拍着巴掌笑，雅间里陪新娘的女客也笑弯了腰。

婚礼办了，宾客散了。

二巴掌躲进厕所，哭得一塌糊涂。他不知大哥现在在哪儿，一定是在亡命天涯。

"大哥你受苦了，如果今天不是我的好日子，如果不是怕对不住刘香，我情愿替你去受罪呀！"二巴掌哭完，将泪擦干，又没事儿人一样了。

大巴掌逃到了保定的一个乡镇的旅馆。在这里，他再打算下一步的逃亡措施。由于初次，难免手忙脚乱。到了小旅馆，他就有大把时间搜索如何逃亡的词条。但肚子不争气，这两天腹泻仍没止住，正摆弄着手机，肚子咕的一声，大巴掌跳着脚往走廊的厕所跑，蹲了下去。正顺畅之时，只听咣的一声，门被踹开了！正在腹泻的大巴掌，举起了双手。

消息传到了王家寨，震动了。

人们就议论，王家寨的孩子往北京大地方讨生活，都没站住脚，回来了。就大巴掌混得有模有样、风生水起的，咵嚓一下，坍了。首都那地方，六朝古都，水太深，不好混。

这件事，受打击最大的是当娘的小酒锦，最为尴尬的是当爹的王永山。

王永山更加老相了，枯树根似的蹲着。

他这个大诗人，过去想钱想疯了，曾经拿艺术当挣钱工具。但是，他没有发财，饥荒还是杨义成替他还上的。残酷的现实，给他迎头一棒，他再也没有发财的野心了，也没有过大的欲望，他把发财当成一种罪恶。

王永山拿自己的感受，敲打过大巴掌，大巴掌一直不清醒，没有认清不义之财的罪恶。即便在大巴掌最风光的时候，他也没有觉得多么荣耀，始终如履薄冰、战战兢兢。

"罪孽，罪孽未清哟。"

王永山心里重复着这些话，迷迷糊糊睡着了。他醒来，望着小洒锦又沮丧地说："我们那个时代人，男男女女都有脊梁、有灵魂。现在的人都把灵魂卖给了金钱，又拿金钱买回了魔鬼。"他用袖子擦了擦鼻孔，长叹一声："钱，钱有什么用啊？大巴掌啊，爹对不住你啊！"

小洒锦静静地望着王永山，温柔地说："你过去不也是追钱吗？大巴掌就随了你，我不喜欢钱，就喜欢守候着鸟儿生活。"

王永山眼眶一抖，落下老泪。

王永山和小洒锦一起哭，相互劝慰，相互埋怨，小洒锦说："常言道，子不教父之过，你个糟老头子，整天穷写，不务正业，也没见你写出个人五人六来。儿子的事儿，你管过吗？"小洒锦往王永山的肺管上戳，王永山掸了过去："常言道，慈母底下多败儿。都是你把孩子宠坏了。你不就是个白洋淀织席编篓的吗？你不就是个王家寨媳妇吗？王家寨搁不下你啦？自己的儿子心里没数吗？由他这么折腾？"这么一说，小洒锦跳了："你个老东西，还有脸说我？你狗屁作家，写的东西一分钱不值，都是垃圾，垃圾！"吵架没好言，打架没好拳。平日里，王家寨有人称她"作家夫人"，小洒锦脸上放光啊，别提多光荣了。平日里，王永山写作，小洒锦像个下人在伺候主子，一会儿沏杯热茶端过来，一会儿拿根烟卷递上去。有时，王永山还嫌她打断自己的思路，不耐烦。眼下，小洒锦听了王永山的话，一肚子委屈，只是哭，咿咿呀呀的，有韵律，有腔调。

二巴掌不理解王永山写作。二巴掌说："这东西当吃当喝？"他认为爹写作付出的心血一钱不值。

"你个混球！"王永山气冲牛斗，抱起一大摞手稿丢到院子里，找来打火机就要点，打火机没气了，按了几下不滋火，王永山气得踢了稿子两脚，踢得稿纸翻飞。

小洒锦急忙在地上抢救文稿。她阻止老公祸害稿件，刘香则跑进屋里劝二巴掌，劝他跟爹服个软。

王决心赶到了。

二巴掌的喜事，让他好一阵忙乎，又缺觉，又喝酒，还惦记着大巴掌的事儿。几码事儿搅在一起，啥也顾不上了，先来他一场大觉。醒了，就往二叔家赶，得把大巴掌的事儿跟他们念叨念叨，别让二老着急。

过来一看，王永山这里成了一锅粥，这会儿，王永山依然吹胡子瞪眼，小洒锦还在哭声连连。劝了几句，王决心就按动手机，查找大巴掌被抓的详细底细。他知道一定与杨义伟的公司有关。找杨义伟，关机了。他知道办公室副主任老乔的电话，认识后，老乔总想来白洋淀钓鱼。老乔告诉他，杨义伟已被纪委传唤了。是他举报了王春夏，杨义伟至今都没回来。

这工夫，大巴掌的亲爹咸鱼过来了，不住安慰小洒锦，安慰王永山："做爹娘的，把孩子养大了，就是大功一件，对得起他们了。今后的路怎么走，靠他们选择。父母管得了吗？大巴掌的事儿由他去，脚上的泡，都是自己走的。本来是儿子的事儿，你俩打架，犯得上吗？"咸鱼平日里不怎么说话，关键时刻说了，句句都在理上。

老两口闹得有点大，村里人都来劝慰。

乔麦和王德也来了。王永山是一阵风，倔脾气，像倔驴，摩挲顺了就好了，拉着小洒锦的手，一个劲道歉。小洒锦的脸，也像一朵菊花绽放了。人们一见，都安心离开了。

第二天一早，两个老人去厕所，王永山一出门，眼前一黑，被门槛绊了一下，险些摔倒，小洒锦伸手去扶他，自己却栽倒了，她的后脑勺磕在石头上，晕倒了。

王永山慌了，赶忙叫来二巴掌和王决心，将昏迷的小洒锦送到了村诊所。

诊所秦医生查了，一张脸板得更紧了。

秦医生对王决心低声说："老太太不好，可能是去皮层状态，也叫持续性植物状态。"

王决心急了："到底啥病啊？"

秦医生说："就是植物人。"

"哎呀！"王永山热泪就蹦出了眼眶。

乔麦说："快送县医院。"

进了医院，确诊是植物人。

在走廊里，王永山哇的一声哭了出来："她是护着我，才跌倒的——"

乔麦劝道："二叔，想开点。"

他哭得撕心裂肺，昏天黑地："过去这些年，我不该跟她分居啊！"

小洒锦在医院没住几天，王永山就要小洒锦出院。治不好，就别拖着了，倒不如自己陪老伴走过最后的日子。他要带小洒锦去望乡岛，他在那里创作了诗歌代表作《望乡岛》，有了这首诗，那座小岛就有了自己的名字。当初，诗歌在《诗神》发表后，在全省诗歌界引起轰动。至今人们都能朗诵几句。王永山说过，一个诗人，多少年后，人们还能记住你两句诗，这辈子值了。回到家，王永山亲自给小洒锦梳洗打扮，干干净净出门，清清爽爽上岛。

王决心也换下脏衣服，刮了胡子，穿上西服，一副庄重模样。今天的事儿与爱情有关，二叔对二婶爱得动容、爱得深沉，深深撞击着他的心，他不能有丝毫懈怠。

为此，王决心精心准备了担架。

王德来了，他俩用担架将小洒锦抬到船上，又将王永山扶上船。王决心划着小船走，他们前往烧车淀东边的望乡岛。

白洋淀的总面积有三百六十六平方公里。有一百四十多个淀泊，被三千多条沟壕连接，淀淀相通，沟壕相连，形成巨大的水上迷宫。除了淀，这个岛叫望乡岛。白洋淀人不管岛叫岛，叫望乡园。望乡岛过去没名字，七八亩地，被水包围的土岗子。望乡岛的渊源，淀上人可能不知道，但这里却是诗人们朝圣之地，每年都有诗人登上这里，打卡留念。

渐渐地，人们知道了"望乡岛"这个名字，叫起来，比小岛好听。

今天，王永山来到望乡岛。

湛蓝的天空中，大朵大朵绵软的白云悠然飘着，厚厚的云团，层次清晰可见。清风吹在脸上，柔柔的，就像小孩的手在抚摸。几个人无心观赏风景，只是说着几句相同的话安慰王永山："老人家会好起来的。"要王永山多保重："您老可要保重身体啊！"王永山有文人的精气神，和年轻人说天、说地、说白洋淀、说苇荡……不时隔着被子轻轻拍着小洒锦的身体，就像哄睡一个婴儿。他不愿意他人的情绪落入悲伤里，使劲儿往别处带，一个善良的人，愿意与别人共享快乐，却把悲伤独留自己。

踏上望乡岛，青青的苇草与四周的水泊有机地结合在一起，宛如一幅清新的画卷。

这里还未开发，散发着原生态的气息。这里有一栋青砖房，房前有一棵高大的杨树，叶子哗啦啦响，树上的眼睛看着四面八方。到了房前，王永山掏出钥匙，熟练地将房门打开。

王决心愣了："这房子是二叔的？没听他说过啊！"

三间屋子，显然收拾过了。每一间屋子，有五六十平方米，里面有一张床、一张桌子、两把椅子，窗台上还养了花，土有点干。王决心等人更诧异了，也没心思问，王永山也不说。王决心知道二叔二婶要住在这里，他早就准备了一包东西，矿泉水、吃的、被褥和毛毯蚊香充电器，还有照明灯。他们将小洒锦放在床上平躺着。

王永山对王决心说："决心，你们都走吧。我陪你二婶。"王决心说："天还不太热，就是吃饭没口热乎的。这怎么行？遭罪呀！二叔，最多住两宿，后天一早，我就来接您和二婶。"

王永山说："这里除了没水没电，挺好的。我想和你二婶多住两天。"

他看着决心留下的东西，说："决心，你和乔麦别惦念，二巴掌会送吃的来。"

王决心知道，二叔心思变了。

除了二婶，除了这间破房子，除了门前那棵老杨树和这块望乡岛，他什么也不想留下。

王决心心里一热，下岛了。

望乡岛上，有一座临时建筑，如今拆除了，腾出一块空地。如果小洒锦还不醒来，他就想在这里打持久战了。空地上，可以种点菜，小疙瘩碎石越来越多，而且整块的大抵是几块砖粘结在一起，形成更大的硬块儿，捡起来也就更费劲。

王永山捡着石头，一点一点地积攒，吃力地移出来。他把一堆砖搬到地头，看看空地就有了一份惊喜。

下午三点，二巴掌和刘香来了。

他们给王永山带来了热乎乎的鱼丸和米饭，又给小洒锦准备了鸡蛋羹。

王永山研究过了，植物人不会主动咀嚼、吞咽，必须把营养食物用家用搅拌机搅碎成流质，然后用注射器通过鼻孔打入小洒锦的胃管。这样才能保证病人所需的各种营养、水分、维生素等等。二巴掌是反对把母亲倒腾到这个四不着边的荒岛上来的，因为植物人的鼻饲非常严格，一次不能喂过多。如果喂多了，容易引起反流误吸，导致吸入性肺炎，严重时会导致患者窒息身亡，因此植物人的喂养讲究科学。另外，在喂食物的时候，床头最好要抬高，抬高到六十度，每天所需要的营养、能量和各种物质要搭配合理。

王永山一位老人行吗？基于这样的想法，二巴掌才持反对意见。但是，固执的王永山找了王决心等人，而这些事，医生只对王永山做了交代。王决心他们一无所知。

爹说啥也不走，二巴掌和刘香只得收拾停当，下了岛。

他们去了两公里外的烧车淀，这里有旅馆美食，他们要住下来。王永山这儿若有事儿，打个电话，一会儿就到了。

这个夜晚，这座岛，是属于王永山和小洒锦的。小洒锦昏迷，今夜，望乡岛当然属于他。

小洒锦静静躺着，他拉着妻子的手，轻声说着话，收不住，不住说。

他说："老伴儿，今晚咱俩住在望乡岛了。当年我落难，你带着乡亲们在这里找到我，我只剩下一口气，你把我救活了，待我有恩啊！

现在想来，是我王永山对不起你啊！"

夜晚异常安静。

"开发商把这房子修了，让我歇脚儿，后来有了大巴掌、二巴掌，我常偷偷来，躲个清净，始终没告诉你，我混蛋啊——"

后来，他在妻子身边朗诵了《望乡岛》。他觉得妻子困了，不能打扰她入眠，就轻手轻脚出来，关好门。然后靠着大杨树，望着星空，一钩弯月，从苇海里升了起来，弯弯地挂在天空，披着一身的诗意，静静地洒落在望乡岛上，让王永山感觉到秋夜里的温情。那边的烧车淀，灯火点点。那是白洋淀的第二大淀，因宋代时期名将杨六郎在此火烧辽兵，一役而得名。

这里有一条通往雄关的小堤，堤两旁是丛生的芦苇，小堤窄小得只能容一辆单车通过，而今，到这里旅游的人们过着流光溢彩的夜生活。岛上，芦苇荡发出窸窸窣窣声，似有丝丝缕缕的清香拂面而来。

王永山不禁深深吸了一口气。他感觉，一切都是那么惬意、美好。

以前，他烦透了小洒锦。她跟咸鱼生了大巴掌、二巴掌两个孩子。

王永山远离了家庭。

他办了艺术学校，太忙了，就很少到岛上了。学校停办，他又有空了，时常一个人划着船来到望乡岛。走在这里，他看到老屋，看到老杨树，多少烦恼一扫而光。这里的一间老房子，是看淀人留下的。那时候，每个村都有看淀人，看着自己村苇荡的区域。房子要在高岗上建，否则水大就淹了。房子上有锁，一抠就开了，后来，看淀人这职业消失了，房子也破败了，无人问津。当年，他就是打开这扇门，踉踉跄跄闯进屋子，裤子上还淌着殷红的鲜血。他瘫倒在屋子里，又撑着身体爬上炕，上面铺着苇席，炕上有卷成一团的旧床单，他咬牙撕了，将大腿根勒紧。靠着窗子，有一张简易的办公桌，桌上有几张《保定日报》，一支圆珠笔。

王永山瘫坐在炕上喘着粗气。今天当他划着小船外出办事时，遭遇暴风骤雨，船倾覆的那一刻，船上常备的一把镰刀落在了他的大腿上，鲜血汩汩流……暴雨砸得他晕头转向，终于，他漂到了这座荒岛上。

这个时刻，他灵感迸发，以顽强的毅力，走到窗前，望着王家寨的方向，在烟雨蒙蒙里，他看到妻子小洒锦，划一叶兰舟而来，来救他，他躺在她温暖的臂弯里，渐渐复苏……

王永山从办公桌上拿起圆珠笔，在报纸上写下了诗歌《望乡岛》。

王永山被救后，每年都要到岛上看看。看看房子，房子仍在，越来越破旧，已经找不到他的主人。这天，几个有模有样的人上了岛，指指点点，一副主人姿态。

他听着，知道真的主人来了。就走过去，和一个光头搭话，当光头得知王永山就是《望乡岛》的作者时，激动了，马上喊几个人过来合影，向人介绍说："让我隆重介绍一下，这位就是诗歌《望乡岛》的作者，正是因为有了他的作品，这座荒岛才有了自己的名字。"

光头向王永山介绍他的随从，并和王永山合影留念。

光头是民营企业老总，姓邢。

他问王永山有什么要求，王永山说了自己和望乡岛的故事，提出能不能把房子留下，他要经常来看看。邢总眼睛红了，说："按照规划，房子肯定要拆，不过，项目暂时还启动不了，要在三年之后，您要舍不得，我们就给您修缮修缮，这两年您有个歇脚的地方。"房子很快修了，盖了新瓦，屋里做了装修，并摆上了家具。就是没电没水没暖气。王永山来了，有个遮风避雨的地方，已经很满足了。这件事，王永山没有告诉过别人，包括自己的妻子小洒锦。他就烦她唠唠叨叨。比起家庭，这里才是他的避风港啊！这三年多，他成了望乡岛的常客。再也没见开发商来过，邢总也断了联系。

小洒锦带着乡亲们，赶到小岛，把王永山送到了医院。他需要输血，而小洒锦是O型血，主动撸起了袖子献血。这些年，因为小洒锦唠唠叨叨，他烦透了，只想逃避，甚至想到了离婚。他早已忘了，他的血管里，流着爱人的血。再浓烈的爱，也会从一次次的伤害中消磨殆尽。

在这个夜晚，对着星空，对着望乡岛，王永山大声朗诵《望乡岛》：

阵阵雷声
隐约从天边滚到了淀上

风暴把孤独逼到了小岛

浪花的牙齿不停地咬着岸的辽阔

天空倾斜的黑暗吞着失重的背影

心站在失魂落魄的地方遥望

人生如梦，一场风暴让他彻底领悟

人世间最宝贵的是岁月里的静好无恙

风暴，自古就爱咆哮

仿佛要与天地决斗

惊醒了一首生命之诗

隔着淀的胸膛，透过夜幕

用眼泪濯洗一滴滴思念

浪拍沙滩的声音，诉说着什么

似乎听到了彼岸传来的呼唤

看到了天的尽头

淀的尽头

她划着一叶兰舟扑来，

撑起我福泰安康的帆影

王永山走在岛上，猫腰摘一朵鲜荷花，回到屋里放在小洒锦的床头。

王永山轻轻抱住了她的脑袋，脸贴着小洒锦冰冷的脸。之后，他歪在椅子上睡了。清早，永山独自来到了芦苇荡，环顾四野，两边的芦苇起起伏伏，波浪一般。

野蒿子长疯了，一蓬一蓬，一片苍茫。

在跟前的一片湿地中，数百只白鹭组成的鸟群栖息，时而伫立休息、"梳妆打扮"，时而觅食嬉戏，时而展翅飞翔，宛如一群翩翩起舞的白衣仙子，充满了诗情画意。

王永山喜欢鸟，爱听鸟儿的啾啾声。白洋淀的鸟他都熟悉。看到白鹭，他用手机拍着照片，他想等妻子醒了，让她好好看看。

白鹭，是白洋淀上的孤傲之鸟。

他读过晚唐诗人白居易的诗，他在《池上寓兴》中曾经写道："水浅鱼稀白鹭饥，劳心瞪目待鱼时。外容闲暇中心苦，似是而非谁得知。"这首诗把白鹭伫立水边，外表闲暇，内心却饥不可耐的情景惟妙惟肖地刻画出来。

白鹭，白洋淀人叫它"长脖子老等"，通体雪白，头有冠羽，背部蓑羽很长，做散毛状，以形体优美、性情孤傲著称，不与其他鸟类嬉戏。有人靠近它，它仍伫立不动，唐诗中多有描述，李白就曾写过《白鹭鸶》一诗："白鹭下秋水，孤飞如坠霜。心闲且未去，独立沙洲傍。"他还看见生活在苇丛中的苇莺，白洋淀人叫它"呱呱鸡"。

这名字完全是依了它的叫声来的。

声音悠长而响亮，可你看不见鸟的身影，那声音总是从密密的苇叶后传出来。

王永山读《诗经》，开卷便有"关关雎鸠，在河之洲"。说到"雎鸠"，有说是鱼鹰的，有说是苇莺的，王永山却认定就是这种"呱呱鸡"，那叫声很像"关关"之声。这鸟儿很聪明，能把三四根苇子用草缠在一起，在那交叉处用苇叶织一个窝，里边铺着一些软软的干草和细碎的羽毛。窝里，总能看到三两只麻溜溜的鸟蛋。你要是靠近鸟窝，便会有尖厉的"呱呱"叫声，威胁你，驱赶你。还有翠鸟，白洋淀人叫它"鱼狗子"，身上羽毛以翠绿为主，颏及喉部羽毛呈白色，眼褐，嘴黑，常常静立于树上，见有鱼虾，飞身扑下，速度极快。古诗中赞它："有意莲叶间，瞥然下高树。攫破得全鱼，一点翠光去。"

一片薄薄的云，飘过来，飘过去，丁点儿雨星没掉。王永山边拍照边感叹，如果此刻，妻子就站在他的身边多好啊！如果她醒了该多好，她见了一定高兴，他会说一堆好听的话给她听。

水里，有一对鸳鸯游过来。

王永山又摘了一朵荷花，回到屋里，放在小洒锦床头，然后就呆呆坐着。

到了夜晚，小洒锦还是昏迷不醒。隔着窗子，王永山看见月亮升起来了，不远处的水里也有月儿，比天上的月更明亮，他忽然想起了当年和小洒锦见面的夜晚，跟今天的环境一模一样。他的眼睛越来越不好，担心哪天瞎了写不了诗。

这时，他蓦地有了诗情。

他写下了新的诗作标题《未来》，他高兴地说："老婆，没有想到，你念念不忘我的《望乡岛》，今天我又有了感觉，要写它的续篇啦，那就是《未来》，我在白洋淀守候你，我的心在未来等你。我朗读给你，如果你喜欢，就醒来，实在不能醒来，就给个暗示，求求你了，你听着啊！"他唠叨地说着，抬手揩了揩湿润的眼睛。

他庄严地朗读出声音来：

　　这世界有多大
　　我在宇宙里寻找
　　城乡融合在一起
　　人海茫茫，却没有你
　　我一转身
　　你就消失得无影无踪
　　这世界有多小
　　我在望乡岛的花丛里寻找
　　每一个转身都是你
　　可是，你已经失去了望乡的模样
　　我的一生
　　虽经历了九条河流
　　却只愿在一条河里徜徉
　　那是爱的河流
　　暖心的大手抚摸着原野
　　我眼里的河流悄悄上升意味着什么
　　我倾听心灵的回响
　　你告诉我
　　这条河流通往未来的方向
　　……

第一百二十二章　大豆熟了

秋风醉了，万物皆安。

湛蓝的天空，云朵翻卷着，像棉絮一样的白云追逐着，像一群顽皮的孩子在戏耍。秋风驰骋过田野，一阵阵地打着滚儿，滚过的地方，玉米解开了扣子，忙着脱衣服；大豆由绿转黄，豆粒儿急得要蹦出来。

乔麦回到萍河三村，她放飞了无人机，拍摄了丰盈的大地。乔麦尝试了大豆和玉米带状复合种植法，大豆和玉米套种，通风好，光照足，效果极佳。她兴奋地说："乡亲们，这就是我们占地两万亩的乔麦农场。秋熟了，丰收了，我把庄稼成熟的视频发给你们。你们会知道，啥叫丰收！这里的玉米、大豆比我的心情还要迫切，它们都等不及了。收割机马上进场，让收割机来得更猛烈些吧！"

她把视频发到抖音、微信，立刻赢得了无数点赞。网友纷纷留言：期待收割，期待丰收。让镰刀飞舞起来……

她流转的土地，波及容光县萍河畔的北羊村、南羊村和大羊村三村，简称"三羊开泰"，吉祥。乔麦懂得，要把每寸土都捧在手心里，暖着它，护着它，在这片土地上，她在主打粮食生产的基础上，还进行种子研发。

孙光华团队研发的大豆新种子，规模种植后，每亩增产好多。种子好，"高效农田"上的智慧农业，旱涝保收。

乔麦获得了二百万元的国家粮食补贴，还有购买农机补贴。她花费一百二十万元购置了一台大型克拉斯 370 大豆收割机，国家每台贴补三十万元。去年又有了克拉斯 280 型玉米收割机。

天气晴好，开收。

两台机械同时上阵，农机在地里隆隆作响，在田野来回穿梭，将一株株玉米秆卷进"肚里"又吐出金黄的玉米棒，落在车厢里。

豆秸随机器粉碎，然后送进压缩场，压缩好卖给造纸厂。收割机走过，地里留下一层厚厚的玉米秸秆，像是为黑土地盖上一层棉被，烂在地里，这可是种地的好肥料啊！

乔麦身着衬衣正装，戴着浅色墨镜，美丽、干练、从容、自信。她站在田埂上指挥若定。天上的无人机还在飞翔，她还在做着直播。

她和大荷花来到了大豆生产区。收割机唰唰地向前推进，卷起高高的烟尘。不一会儿，新收的大豆便装满收割机的粮仓，只见收割机上伸出一根根"铁鼻子"，金黄的豆粒便流到运粮车上，那是它们生命的璀璨时刻。

乔麦指挥着大豆收割机进入了北羊村。一个白天都没有收割完。天一黑，机器回家，司机吃饭。她担心下雨，她想了个主意，换了司机，轮番收割。剩下的大豆成片站立在野地里。由于收割机的开进，围挡被打开了，这一切，很快被黑夜淹没。

乔麦跟司机交代之后，晚上让王德值班。天黑了，乔麦就回去了。

可是，夜里出事了！

有三轮车、三马车朝这边驶来，到了地头，三马车停下，下来三个人，每人手握一把镰刀冲进了地里。三轮车则直接开进地里，车厢里跳下三四个人，直接挥舞起镰刀。还有人偷玉米来了，王德却坐在收割机里打盹。

这伙人都在干什么？割豆秸。

夜色里，他们猫着腰，唰唰唰往前割着，有人把割下的豆秸抱起，放进车厢。他们不吭声，只顾挥舞着镰刀。这时候，又有灯光和机器声近了，人渐渐多了，都在割豆秸，装车。

忽然，有人"哎呀"了一声，镰刀砍到大脚趾。在这静静的夜晚，两个字传得很远。有人扑哧一笑，禁不住逗乐了，被砍脚的人出师不利，嘀嘀咕咕不知说着什么，抱起豆秸一跛一跛放到车上，开上三马车回家了。

更多的人涌进地里，他们再也无所顾忌，带着电筒赶来割豆子，好像进了个人的自留地。有人没带镰刀，就去了玉米地，掰了一袋子玉米，走了。经过大半夜的鏖战，留下了乱哄哄、一片狼藉的现场。

第二天早晨，"偷秋"的消息在北羊村等三村发酵了。乔麦无比震惊。公司副总曲良是北羊村人，他第一个跑到现场，拍了照片，发了微信："昨夜，令我们北羊人蒙羞，乔总哪里对不起你们了？每年给你们分红，过年送你们猪肉、大米、花生油……归根结底，土地也是你们自己的，你们不是自己偷自己吗？愚蠢、混账，我们报警，一定让你们付出代价！"

曲良的微信朋友圈，几乎都是村里人，几乎都有微信，他们慌了，赶紧把豆秸用稻草、塑料布遮盖起来，装作没事儿人一样。

早晨，收割正酣。北羊庄地片暂时躲开了盗割现场。曲良带着乔麦、副总王德去了地里。看到现场一片惨状，好多豆荚、豆粒被踩进了地里……王德骂了一句："这帮败家子！"乔麦则说："我种着乡亲们的土地，乡亲们的话就是圣旨！你坑我行，可不能糟蹋粮食啊！"乔麦蹲下身捡豆粒，边捡边落泪。曲良拍着视频，说："乔总，别破坏现场啊，咱得报警啊！"

被偷走了几百斤大豆，损失不大。

乔麦知道，如若报警，一查一个准儿。农场是建了围栏的，只因收割庄稼，才打开了几个门，而且随着数字乡村建设的推进，农场对土地进行了全程监控。还有，所有高效农田，都植入了黑科技的遥感器，高处还有监视器，就是杨义成国盛云计算的技术电子眼，还有 5G 基站。

数字乡村，人们却对新技术很陌生。电子眼找到偷秋的农民，可以说易如反掌。几百斤大豆，案值不高。乔麦陷入矛盾纠结中，报案，跟乡亲们就结仇了；不报，他们还会捣乱。后来，她看了视频，大多是五六十岁的老年人，拿他们怎么办？甚至还有些可怜，乔麦心里有杆秤，知道秤杆该向哪边倾斜。

她决定不把案件交给警察。

偷秋的人交给三个村的村委会。因为，村委会在公司占有百分之三十股份，批评教育、罚款。

曲良的微信起了作用。人们听到了乔麦的肺腑之言，看到了她的眼泪。她蹲下身捡豆粒的视频，更是震撼了百姓的心。偷秋的农民不由得心生羞愧，天一擦黑，就把偷走的豆秸运回了地里，有人还用棒子把豆荚打了，用口袋装了豆子，放在现场。

乔麦通过视频监控发现，送"赃物"的多是年轻人。老年人偷的玉米和豆秸，觉得丢了脸面，让自己的儿孙送回现场，为什么？自己没脸去呀！儿孙愿意去吗？当然不愿意，他们抱怨长辈给自己丢了人。乔麦想，晚辈对长辈的恨铁不成钢，能达到事半功倍的效果。

曲良觉得，这不光是钱的问题，性质相当恶劣。这哪是偷啊？分明是哄抢嘛！一定要抓人，以儆效尤。曲良是北羊村人，对偷偷摸摸行为深恶痛绝。八年前，他打工回村承包过土地，打算规模经营，结果秋收季节防范不严，被一群人钻了空子。玉米棒被擗，大豆被割，花生被拔……曲良夜里不回家，在田里蹲坑，半夜，偷秋的来了，那人正擗着棒子，他扑了上去，一看，却是自己的大伯。他长叹一声，擗了几个玉米，把大伯的筐装满，又拥到大伯的背上，让老人背走了。粮食交到粮站，还拖欠资金，土地流转让曲良寒了心，赔上一笔钱，退出了。

乔麦和曲良去了村部，找了党支部书记陈锁柱，村里发生的大事儿小事儿，都瞒不过村书记的眼睛，偷秋的事儿，谁是犯案人，他早就猜出个七七八八。眼下，正在创建文明村，公司万一报案，这就给全镇的创建工作抹了黑了，我村书记的脸往哪儿搁？

陈锁柱看了偷秋的视频。

他一拳砸在桌子上，茶杯盖儿嗍嗍直跳。他瓮声瓮气地说："这帮老不要脸的货！"继而笑脸转向乔麦："乔总，感谢你们麦耘集团没有报案，给老家伙们留了面子。"

乔麦说："我们怎样防微杜渐？"

曲良皱着眉，心疼地说："支书，这都是钱啊，你可不能放任不管。"

陈锁柱说："哪能呢？他们的土地款，都由村里分批发放，他们不交，我代扣！"

乔麦点点头，转身走了。

陈书记派人把作案的二十九个人喊了来，让他们坐在会议室看他们的龌龊视频。每个人只看了一眼，黑科技真厉害，黑灯瞎火的，每个人的脸都看得清清楚楚。

大家羞愧地低下了头。

陈锁柱站在他们前面，放大了嗓门："咋啦？干了这么光彩的事儿，咋不敢抬头啦？在庄下论，你们这群人，有我的三叔，有我的大哥，还有我的二大爷，胡子一大把了，你们白活呀！我问你们，谁家揭不开锅啦？谁家穿不上裤子啦？你们谁家不是小康生活？值得你们去干下三烂的营生？一张老脸，非要扔进粪堆里？非要丢进水坑里？人活一张脸，容不得你们想干啥就干啥！你们有儿有女，有的还有孙子孙女，他们还小，还年轻，你们得给他们留点脸面，你们不是为自己活的！话说回来，这辈子风风雨雨不容易，也该歇歇了。没事儿到千年秀林里走走步，锻炼身体；到村里的图书室看看书，净化心灵。远离那偷鸡摸狗的事儿！今儿个，若不是乔总可怜大家，曲良拦着，我就报警了。我问你们，往后还偷不偷啦？"

全场齐喊："不偷啦！"

陈锁柱煞费苦心地说："乔总跟我们合作是新模式，你们都是公司的股民了，你们除了得土地流转费，年底还分红！偷不是偷自己吗？"

人们懂了，鞠躬致谢，散会了。

曲良和陈锁柱两人目光一对视，扑哧笑了。

曲良说："支书，你站在我们乔总的立场上说话，就不怕得罪了乡亲？"

陈锁柱快人快语地说："对坏人，你还怕得罪呀！那你当干部做啥？在这些人面前，得镇得住。我扮坏人，让他们犯怵。等他们往好的方面转化了，我再把笑脸还给他们。"

乔麦没有将偷秋事件放在心上。她拿乡亲们当亲人，家丑不可外扬啊！趁着天气晴朗，乔麦带人抢庄稼。看了天气预报，近两天有连阴雨，乔麦慌了，对下属下令一个字："抢！"

她知道，连雨天，地湿泥泞，收割机会陷车。还有，粮食收获后，雨天储存会更加困难。看来，刚开镰时，自己有点轻敌了。这一天，连孙光华等科技人员都过来收秋。

秋雨挡不住，说来就来了。

乔麦负气地看着窗外的雨景，听着雨点啪嗒啪嗒打在枯萎的玉米秸上，心缩紧了。

大雨下了半天，太阳就露出了笑脸。乔麦的助理叫大荷花，农校毕业，会开各种拖拉机、收割机。克拉斯370大型收割机的机手病了，她自告奋勇，登上了收割机。在农校，人家大荷花是学霸，啥机械都能鼓捣。这会儿，收割机进了大豆地，嗡嗡嗡叫得欢，流水般的大豆撒进了车厢。乔麦见了，跷起大拇指，不住给大荷花点赞。大荷花也挥着手笑。

农场中间的萍河岸边，有一块农田是王老蔫家的责任田，没有土地流转。

乔麦和陈支书做过多次工作，老头死活不乐意，单单一块地，农场浇地、植保都跳不过去，这下王老蔫就沾光了，省了工，省了钱。老头偷着乐。曲良找他，要水钱、农药钱，王老蔫蔫儿坏，他倒打一耙："我这好好的农田，谁让你浇水啦？谁让你打药啦？我还没找你们赔补损失呢？你倒来找我？"曲良一肚子气，他和技术人员对设备进行了研究、改进，这回，喷水只喷到了地边，喷洒农药的无人机经过王老蔫地块的时候就停止，到了农场这边，又打开了喷头。王老蔫傻了眼，真的蔫儿了。

王老蔫当然不是为了沾光才拒绝土地流转的，他有自己的小算盘。老蔫儿是一个种粮高手。多年前，也上城打了工，他痴迷于农业，又回来了。他上了科技班，参加了小麦高产试验，从麦苗出土那天起，他就几乎天天从早到晚都蹲在田里。不管刮风下雨、天热天寒，他都仔细观察、记录，从没有间断过。一年冬天，突然下起了雪，王老蔫还蹲在地里观察冬小麦麦苗的分蘖情况。雪花模糊了视线，怎么也看不清楚，他索性趴在雪地上，一个品种一个品种地观察。双手冻得麻木青紫，连笔都拿不住了，他就把手放在嘴上哈哈热气，搓搓手指，再接着记。等他观察记录完，回到家里，浑身上下像个雪人，连眉毛都变成白的了……

还有玉米，天还没亮，王老蔫已经蹲在自家的玉米地里了。他抚弄着嫩绿的叶片，一滴亮晶晶的露水滑落到地里，嗞儿地渗进了玉米苗的根部。就像有酒倒进了酒杯，王老蔫没喝就醉了，播下去快一个月的夏玉米，叶绿根深，已经长了七八片叶了。他用手指去探探墒情，咧嘴笑了。

村里人都知道，王老蔫的庄稼长得好，粮食打得多。

乡亲们看了眼馋，都想跟他学。王老蔫不着急，他拟了一个方案，要连片承包土地。这片地有二百亩，土质肥沃。承包费一年一定。农民盘算一下，土地承包出去，钱攥在自己手里，可以外出打工，是件好事儿。乡亲们编了顺口溜："跟着王老蔫，种地定赚钱。"王老蔫承包了土地，购置了拖拉机等设备，小农场经营得有滋有味，村民也有了盼头。头一年，风调雨顺，粮食大丰收，王老蔫的粮食卖了个好价钱，还拿了政府补贴。他和儿子二楞乐得合不拢嘴，看着黑夜都是五彩斑斓的。但到第二年签协议时，承包费却降低了，人们不干了，王老蔫哭穷，说种粮只能赚个吃喝。百姓只得暗气暗恼。而这个时候，二楞不干了。二楞正直，他看不惯老爹雁过拔毛，出门打工了。等到来年，王老蔫的承包费又降了，乡亲们再也不干了，纷纷退出去了。

乔麦来了，土地流转工作，开启公司加集体加农户的模式，村民纷纷加入。

一夜间，王老蔫被孤立了。

乔麦劝他加入土地流转，他故意躲避，都让二楞出头，自己跟乔麦较劲。王老蔫想，自己干，照样拿高产。于是，他的责任田成了"孤岛"。

二楞从千年秀林大清河林区回了乡。当他听说乔麦回来了，要在"三羊"实施土地流转，眼亮了，心跳了。

二楞喜欢美女，觉得乔麦漂亮。

当然，他不敢有非分想法。他一年一年，耽误了，三十三岁了，依然无桃花运。对于土地流转，二楞支持乔麦。

回到家，二楞就做老爹的工作，王老蔫一听，就往房梁上拴绳子。流转后的土地连成一片，中间有一块"钉子户"，耕种、植保、收获非常不方便，徒增了作业成本。但你只能干瞪眼，没辙。

今年，王老蔫依然硬挺。

他传统精耕细作，镐刨播种，用镰刀收割。二楞只能陪着老爹，爹老了，他的脾气倔，八头牛也拉不回。这会儿，王老蔫挥汗如雨，闷头收割。

二楞也在埋头忙活，热汗涔涔。他们见乔麦和大荷花走来，二楞颠颠地凑了过来搭话："美女老板来了？看到没？你家机器跑得欢，我家收秋手拿镰，想想满眼都是泪，一夜回到解放前啊！"大荷花咯咯地笑："二楞，你还会作诗呢！"乔麦说："二楞可有才呢！"

二楞嘿嘿笑了。

乔麦望了望二楞家的庄稼，问："二楞，你家收成咋样？"二楞随意拿过一个玉米、一根豆秸，递给乔麦。

乔麦拿着豆荚儿揉了揉，数了数每一株的数量，三十七颗，乔麦又将自己流转土地上的豆秸拿来，数了数，豆粒是四十三颗。明显多了。

乔麦凑到王老蔫跟前，说："大叔，您歇歇，看看这两株豆秸，都是我们随意拿的。一株是你家的，一株是农场的，你不想听听结果吗？"

王老蔫没停，速度变慢了。

乔麦说："农场的豆粒儿比你家多。"

王老蔫依然割着，没停。乔麦说："知道为什么吗？"王老蔫的镰刀停了，转过脸看着乔麦："我们种的是新品种。"乔麦说："看您多辛苦啊，还是流转吧！"王老蔫还在原地愣着。

大荷花扔给他们一株豆秆："你自己数吧！"

乔麦和大荷花上了收割机，机器又嗡嗡嗡哼起了歌，在金黄色大地上尽情歌唱着。

傍晚了，霞光氤氲，弥漫大半个天空，让人应接不暇。杨义成带着杨岭岭来到了田野。

一辆轿车缓缓停在地头。

杨义成带着杨岭岭走近了收割机。杨义成对杨岭岭说："这是一村一田高效农田。现在是三村一田智慧农业小镇了，有两万多亩。"

"这就是乔麦公司的农田？"

"是啊，乔麦在收割机上呢。当时，我带技术员安装了5G基站，还有云计算的数字机监控设备，遥感器、测量仪等埋入了土地，这就等于埋下了定海神针啊！"

杨岭岭说："发展真快。"

乔麦看见杨义成他们了，从收割机上走下来。她的智慧农业在这里施展了拳脚，打出了一片天地。依托安装在田间的数字信息采集设备，农场可以实时了解田间墒情、苗情、温度、湿度等信息。今年夏天，热浪来袭，正值玉米开花授粉时期，对温度十分敏感，超过三十五摄氏度，不利于花粉发育，超过三十八摄氏度，穗不开花，无法散粉。

乔麦每天都要打开电脑，根据信息平台的提示及时进行补水。利用地里的肥水一体化自动喷灌设备，给玉米大豆复合种植地块进行喷水，有效保证了安全授粉。

乔麦尝到了智慧农业的甜头。他们自己的大豆种子"金豆八号"上了云上种业博物馆，卖光了，全国评比第二。

乔麦说："大哥，岭岭，欢迎你们啊！"

杨岭岭微笑着说："乔麦，真能干，哪里来的烟啊？"

乔麦说："王老蔫焚烧秸秆呢！"

王老蔫心情糟乱。收完秋就要种麦了，一地躺倒的秸秆咋办？往年有机器，把秸秆粉碎，埋进土里，那是为承包土地买的，今年只剩下自家几亩地，开机器又要检修、又要买油，值不当的。这会儿，天快黑了，他就想着怎么把秸秆解决掉。过去当柴烧掉，如今用上了燃气灶和沼气池，也不用烧柴了。还有时间问题，种麦耽误不得。

王老蔫抽着烟，看看四周没人，一蹲，打火机就响了，玉米秸瘪里啪啦地燃烧起来。他头也不敢回，慌慌地往地外走。走出不远，他回头一看，已经冒烟了，他又加快了脚步。

整个新区，属于秸秆禁烧区域。也就是说，万一被发现了，查处罚款。

王老蔫没想到的是，他走到半路就被截了回去。焚烧秸秆，往哪里跑？农场有监控室。即刻报告了火情，农场的小型消防车即刻赶到，灭了火。幸亏及时发现，火只烧了炕头大的地方。

执法的来了。王老蔫偷鸡不成蚀把米。但他是铁公鸡，不认罚款。二楞赶来，把罚款掏了。

杨义成和杨岭岭都看到了这个情况，引起了他们的诸多联想。

杨岭岭呼吸着田野的气息，说："我看见美国有这个技术，可以把秸秆压缩成固体燃料，碳中和技术，秸秆压缩成砖的形状，然后做燃烧物，变成能量。"

杨义成说："过去，大豆和玉米秸秆是烧柴，熬粥、蒸窝头、烧炕都离不开它。而今建设文明生态村，这些都取缔了。但它可不是一无是处，玉米秸除了做饲料，还可以用机器把玉米秸秆挤压成块，是一种新型的现代化清洁能源，无任何添加剂，又是生物发电的专用燃料，可以代替煤炭燃烧。豆秸可以造纸，还可以做菌菇用。我看大有可为。"

乔麦点点头，记在心里了。她认真地说："机器我们是每年添一点，明年我们就要上秸秆再利用的项目，延伸产业链条。"

杨义成和杨岭岭都赞许地点点头。

这个秋天，王老蔫再也扛不住了。

他回头算了账，乔麦的大豆亩产二百八十公斤，玉米亩产一千一百公斤。而王老蔫家的玉米和大豆产量低了好多，而且，主要是丢了年底的分红。

"唉，人家科技厉害！"王老蔫沮丧地说。

他感觉亏大了。一年到头累死累活，刨除种子、化肥和浇水费用，根本没赚到钱。跟土地流转的农户相比，人家悠悠闲闲，打着麻将，脸上自带光芒。那天，王老蔫在家喝着酒，对着二楞哭了："我为啥这么抠啊，还不是想着给你娶媳妇吗？没钱行吗？"二楞埋怨说："你糊涂，要不是你吝啬鬼、小算盘，我早就搞上对象了！好了，不用你操心了。"王老蔫愣愣地看着他。

孙老汉也是村里有名的庄稼把式，和王老蔫一家住隔壁。看王老蔫整日愁眉不展，知道他心里有苦说不出，就过来好言相劝："老蔫啊，人要顺应形势，千万别钻牛角尖啊！当初，我也有想法，想着，老辈们是互助组、农业社和人民公社过来的，都没过上好日子。咱们这辈人，还是从大包干中得到了实惠。但土地又集中了，那跟公社化有啥两样？后来我明白了，这是公司加农户加村集体模式，走的是共同富裕路线。"

王老蔫眨巴着眼睛，嘴唇颤抖。

孙老汉继续说："乔麦这人堂堂正正，值得信赖啊！"

"好吧！"王老蔫的嗓音哆嗦起来。

他几次得罪乔麦，包括前几天焚烧秸秆，王老蔫心有愧疚，不敢去找乔麦。这会儿，他渴望对自己的土地实施流转，让一切回归正常，让村民瞧得起。孙老汉带着二楞来到地里找乔麦。

乔麦骄傲地想，这是必然的。

庄稼收完了，乔麦正在指挥打理田野，一场种麦的战役即将打响。

白露早，寒露迟，秋分种麦正当时。冬小麦的机械播种开始了。

九月二十三日，丰收节到了！

秋高气爽，蓝天白云飘过，农民喜笑颜开庆丰收了。农民们没有不服气的。种地真的变天了。北羊村委会门口，坐着一堆老人，白发苍苍的一群，围着乔麦道喜。北羊村、南羊村和大羊村的村干部来了，农民代表也呼啦啦地来了。乔麦和乡亲们享受秋天丰收的喜悦。丰收节上，乔麦宣布了今年的产量。玉米使用了良玉九十九，棒大粒丰，亩产一千一百公斤，大豆亩产二百八十公斤，创了历史新高。

大豆种子，还是她们公司自己研发的，大豆种子突破，下面加大投入研发玉米良种，取名"容光九号"。

孙光华博士登场讲了几句："大豆种子成功了，下面就是研发甜玉米种子和小麦了，我们不会让乡亲们失望的！"

大家报以雷鸣般的掌声。

丰收节上，乔麦见到害羞的王老蔫，微笑着走过去和他拉话。王老蔫几乎成为村人的笑柄，他清清嗓子，郑重申请加入乔麦的科技公司，将自己的十一亩土地融入农场，跟乔麦签署了土地流转协议，他笑了。

乔麦禁不住鼓掌喝彩。

二楞兴致勃勃地来了，美滋滋地带来了他的女朋友九凤，也在一旁鼓掌。九凤是大荷花的妹妹。不像姐姐，人家长得苗条，看起来更像乔麦。乔麦也觉得农村娶媳妇是个难题，这位九凤不要彩礼，不要求县城买房，这让王老蔫热泪纵横。乔麦、大荷花过来和二楞、九凤站在一起合了影。

二楞意味深长地笑了。

王老蔫看得明白，智慧农业，已经不属于自己这辈人了。他蹒跚蹒跚来到自家地里，而今已经流转了。他躺下来，看着蓝天白云，接着嗞嗞上升的地气，闻着泥土的芳香，地被太阳晒热了，他睡着了，打着鼾声。

农机的轰鸣声把他惊醒，他起身，看见那边乔麦、二楞、九凤等人来了。他知道，乔麦他们是来整理土地的。

农机一卷就过去了。这种机械真神，走一遍，疙疙瘩瘩的土地，立马就平展了。

他这八亩土地，交给乔麦了，她们种上冬小麦，过些天将会钻出绿油油的麦苗。

"人吃土一辈子，土吃人一回，我这辈子就是土命人，终于逃出来了。"王老蔫嘟哝说。

机械掉头，又转了回来。王老蔫恐惧地望了一眼大机器，又望了望村庄。村庄冒出了袅袅轻烟。

寒气吹了过来，他咳嗽了两声，拿兜子捧着几捧松软的黑土，将土兜夹在腋下，像做贼似的颠跑，眼里甩着热乎乎的泪水。

丰收了，却带来了烦恼。新的难题又来袭击了乔麦。孙光华被种业龙头企业风达集团看上了，他要跟乔麦解约离开麦耘集团了。

乔麦知道，在世界上，种业龙头企业有拜尔、科逊等全球种业巨头，而中国没有。中国一直被种子所困，央企中粮集团收购了瑞士的丰达种业，以四百三十亿美元成交，谈判来来回回几个回合。风达种业填补了中国种子的"无人区"。风达种业总部在上海，研发中心在瑞士。乔麦听了很振奋，但是风达种业要挖走孙光华，她始料未及，难以割舍。她坐在萍河产业园区大屏幕前，呆呆地看着屏幕上的画面：画面里的孙光华博士和蔼可亲，在田间地头研发，容光焕发，洋溢着愉快的光芒。墒情、苗情和灾情的监测，与5G、物联网、遥感卫星、大数据聚合组成了这个平台，给乔麦的麦耘集团赢得了声誉。

孙光华离开，乔麦心中的一根柱子撤掉了，内心完全恐慌。因为只有她知道，从北京挖来孙光华是多么不容易。她的眼睛里充满了焦灼和忧伤。她问自己：放他走还是不放他走？刺心的疼痛使她一筹莫展，这个问题岂不是太残酷太无情了？

乔麦红光闪闪的脸颊失去了光彩，沉浸在复杂的失落情绪里。这是多么令人痛心的事啊！

乔麦不是在跟谁较量，没有对手，也没有敌人。她的睫毛垂下去了，她的眼泪流下来，眼泪似乎走了很远的路。乔麦发呆的时候，王决心悄悄进来了。

乔麦看了一眼王决心，他坐在那里心情却极好，望了一眼大屏幕，坐在椅子上昏昏欲睡。这个时候，村里农民把园区的办公室包围了，有人嚷叫，躁动不安，手足无措。

陈锁柱、王德、曲良和大荷花进了屋里。陈锁柱张嘴就问："乔总，你的心太软，人才也是生意，企业跟企业之间的竞争，争的就是人才，说什么也不能放孙光华博士走！"

乔麦望了陈锁柱一眼，没有说话。

现在该怎么办？不愿放他走，可是除了拱手相让，还能说什么？这是创新产业对他的一种牵制，也是一种考验。

乔麦望着陈锁柱支书说："那就算了。"

王德脸色大变，挥舞着胳膊喊："凭什么算了，你说算了就算了？"

曲良说："即便真让他走，也让风达公司出大价钱买走。"

大荷花声音饱满肥硕："人才是无价之宝、稀缺资源，出大价钱也不放。"

"是啊，乡亲们是我们公司股民，他们听说也急眼了。"陈锁柱暴跳如雷，几乎气炸了。

王决心被他们的争吵惊醒，不再昏睡，晃晃悠悠地走过来说："嚷什么嚷啊，什么留啊走的？"他这一问，乔麦把来龙去脉说了一遍，王决心也惊呆了。

乔麦苍白的脸上欲哭无泪。即便留孙光华，她也承认这是一个失望的挽留，恐惧使她一度虚弱。

农民在屋外嚷嚷着。乔麦一动不动。王决心走来走去，带着一股凉风，没有马上表态。他走到乔麦跟前说："老婆，这事儿你可得拿好了主意。"

乔麦从王决心眼睛里看到了力量。她终于站了起来，失望、哀伤一点点退去，涌上心头的是一股抑制不住的豪情。

人们望着乔麦，监控室变得鸦雀无声。

乔麦站立起来，含着自信的微笑说："同志们，咱们公司自从有了孙光华博士，我们才有了力量，有了创新的大豆品牌。可是，我们庙小，留不住他，我也是非常心痛。但是，我要说的是，我们搞种业，为了什么？仅仅挣钱吗？不是。还有我们的价值和意义。我们农民的生命不是固守，不是退缩，无论何时何地，遇到什么样的挫折，都不能失去奋斗的勇气！"

曲良晃了晃头，说："乔麦，你说得都对，可是你知道这损失有多大吗？他还享受了新区'雄才计划'的待遇了哪！"

乔麦略微思索一下，激动地说："我们公司是要挣钱的。挣到钱，让老百姓富裕，同时我们也是给国家粮食安全出了一份力，端自己的碗，没有种子怎么端得住？记得早些年，我们老百姓一直被种子所困，有一年，外国公司卖给我们的棉花和大豆，有了病虫害，还要买他们手里的农药，农药水土不服，棉花大豆就绝收了，好多农民都赔了钱，抱着猪头都找不着庙门儿。如今，我们国家要补这块短板儿啦，不能让国际巨头永远地猖狂下去了。风达种业填补我们种子的无人区，这是种业的国家队，是航母星级的领军企业，这是我们中国的。我们作为国内的种业小公司，能往里边奉献这个人才，应该值得骄傲！"

大家屏住呼吸，瞪着眼睛听着。

王决心天鹅似的伸长着脖子，眯起了眼睛。乔麦苦口婆心地说："这更说明我们白洋淀人要有远见、有胸怀，将来光华在这大公司干好了，他能忘记我们吗？再说了，我们既能挖来了孙光华，我们就可以找到李光华、赵光华。"

王决心大声说："好，讲得好啊。"他带头鼓掌，大家也纷纷鼓掌。

第一百二十三章　菽槐

第二天早上，空气有些微寒。乔麦醒来，想起了昨晚的事。因为接待农产品品牌评估师，喝了不少酒，耽误了深谈。她今天还想继续谈，打造萍河大豆、豆粉和豆油的品牌，不是一件容易的事。评估师说，好的品牌，背后应该有好故事。

乔麦寻找萍河大豆的好故事。

空气中弥散着豆粉的气味儿，昨天在村委会拍了短视频，萍河豆粉发布出去了。乔麦微微笑了一下，五味杂陈。乔麦早饭就沏了豆粉，她突然就想起一个广告台词："要长寿，多吃豆。"后来，她又觉得台词庸俗了些，看了看满桌上的材料，写满了豆浆、豆腐、豆乳、豆粉、腐竹和豆花。这些都是她的种业分化出来的副产品。

工厂的产业链条运转起来了。这些产品要综合打出统一的品牌，就是萍河大豆。品牌规划师的点子有些僵化，她一直在寻找萍河大豆独有的故事。不要以只为多卖豆产品来理解乔麦，如果只为多卖豆制品就不是乔麦了。

乔麦对品牌的理解比一般人要深一层。品牌也有基因，有性格，用户至上，空间围场，还要有企业文化的金色梦幻。此时此刻，不要说头脑，就是她的血液里、骨头里都浸满了豆粉的气味。

砰的一声响，有人放了两声大抬杆猎枪，跟着是噼里啪啦的鞭炮，震得屋里的玻璃直响，窗台上打盹的鸟儿，扑棱棱地起飞了。这是谁家的婚礼？忽然从婚礼现场挤出来一个中年妇女，妇女泼泼辣辣来到村委会，进门就嚷："乔总在吗？"

乔麦一愣，顺着窗户一看，是曲良的老婆。

"嫂子，您有事吗？"乔麦说。

"我有话说，我家曲良咋跟大荷花出差了啊？他们一起出差，你是啥意思啊？"

"工作需要啊。"

"别给他打马虎眼了，准是我们曲良提出来的，男女搭配干活不累嘛！"曲良老婆阴阳怪气地说。

乔麦咯咯笑了："嫂子，您想多啦！"

曲良老婆听说曲良跟大荷花去青岛出差，心里老往坏处想，鼻子不是鼻子脸不是脸的，怀疑曲良起了色心。曲良越来越忙，家里不见人影。曲良老婆说："曲良整天忙得不着家，家里的大事小情都是我担着，我没怨言，不缺吃不缺穿了，饥荒也还上啦，可他就饱暖思淫欲了。"

她说着就哭了，一双眼睛哭得跟铃铛似的。

乔麦赶紧把曲良老婆扶到屋里。曲良老婆坐下来喘气，她用衣袖擦着脸上的汗："乔总，我本来不想闹，可他越来越不像话了，他回来，你得狠狠批评他！"乔麦说："你可别乱扣帽子，他出差去青岛了，是我派去工作。"曲良老婆瞪着眼说："他去工作，为啥非要跟大荷花一起去？还跑这么老远？孤男寡女的，能不出事吗？"

乔麦呵呵地笑了，眨了眨眼睛，说："曲总不是那种人，再说王德也去了青岛。放心了吧？青岛的国际农业博览园开了国际客厅，要搞农产品交易，咱的大豆、豆粉、豆油都让曲总他们送去了。"曲良老婆说："哎呀，送那么远？"乔麦说："这不是要打造国际品牌吗？"曲良老婆点点头，泪光闪闪。乔麦好言相劝。曲良老婆哭着又说了一些家里的琐碎事。

乔麦给曲良老婆带上一桶豆油和几袋豆粉，曲良老婆接了，脸上放晴了："乔总，那我就不客气了。"乔麦说："要长寿，多吃豆，全是咱们自己的绿色食品。"曲良老婆说去参加人的婚礼，走了。

乔麦目送着她出了村委会。

村委会门口，孙老汉牵着一头黄牛走过，牛走得很慢，喷鼻子声音很响。乔麦想上去搭话，孙老汉却低着头走着，时不时跟牛说话，他没有土地了，用不着牛了，却舍不得杀掉吃肉。乔麦回过神来，回到办公室，王德开着汽车进了院子。

乔麦说："二哥，你来得真巧，早来一会儿，碰见曲良老婆就糟糕了。"

王德耸耸肩说："碰上曲良老婆怕个屁？"

乔麦恼火地说："你是不知道，曲良带大荷花去青岛办事儿，不知谁嘴巴浅，传到她耳朵里去了。多心啦！"

王德扑哧笑了："他俩不可能的事啊，这老娘儿们看得够紧的。"

乔麦说："我说你也去青岛了，别说漏了嘴。"

王德绷着脸，沮丧地说："我这儿冤不冤啊，还背了个黑锅。"乔麦厉声说："一个连黑锅都不愿背的人，对公司还有什么价值？这不是儿戏，是在给咱的产品打品牌！"

王德吞吞吐吐地说："好，我背我背，但是别传到大荷花她老头那儿就行了。"他说着，转身出去了。

过了一会儿，王德从汽车里抱出来一块匾额进来，匾额是旧货，蒙上了一层灰尘，挂钩耷拉着脑袋，叮啷啷地响。

乔麦咳嗽几声，问："这是啥？"

王德眉飞色舞地说："踏破铁鞋无觅处，得来全不费工夫。这可是宝贝啊，咱们打造品牌，没有它不行，找到萍河大豆的根儿了。"

乔麦一愣："根儿？大豆的根儿？我都糊涂啦。"

王德神秘地说："杜梅托梦给我，让我去大羊村古庙里找她。没有找到她，却找到了这个古匾，上有两个大字——菽槐。"

乔麦端详着大字："菽是啥意思啊？"

王德解释说："古代人管大豆叫菽，这可是宝贝，咱们打造大豆品牌，这回咱是找到根了。"

乔麦眼睛一亮："从哪儿找的？"

"大羊村古庙里找到的。你看古匾上有两个大字，菽槐。"

乔麦端详了一阵，问："这是啥意思啊？"王德得意地说："我查了一下古籍，古代管大豆叫菽，生于槐。你看落款是北宋，可见萍河这片土地，种大豆有上千年了。"

乔麦竖起的眉毛放下了，笑了两声。

下雨了，冰凉的雨水从灰色的天空落下来，噼里啪啦响着。整个萍河陷入一片烟雨之中，乔麦问王德："二哥，你怎么想到去找这个牌匾？"王德眼睛红了："你不是让找咱们大豆的故事吗？我怎么找也找不到。突然，我夜里做梦了，梦见了杜梅，她托梦给我，梦里的景象就是大羊村古庙。"

乔麦说："这么神奇啊？"

王德伤感地说："我就感觉她已经去世了，不然她咋托梦给我？"乔麦心里哆嗦了一下，发现王德这段时间没精打采，丢了魂一样。每天早上，他到郊野公园晨练。望一望那个树林，来来回回地走，实际是重温杜梅的影子。王德脸色苍白，眼里布满血丝，像被鬼魂缠上了似的。

王德看着牌匾，竖着脑袋，连声也不敢吭。乔麦有些心疼，王德的脸渐渐黄瘦下来，他一定是在想杜梅。乔麦一阵难过，安慰说："二哥啊，不管杜梅是活着还是走了，这是她的命，你找不到她，所以你还要想开一些，人要生老病死，谁也逃不掉。既然灾难让杜梅摊上了，你就得想开一些吧。"

王德悄悄抹了抹眼泪，闭上双眼。

乔麦对王德心情是矛盾的，她既希望他开心，又希望他痛苦，人没有痛苦就不会长大。他在痛苦和悲伤中长大了。

王德悲伤地说："既然杜梅托梦给我，她可能走了。昨晚和前天晚上，我都梦见杜梅了。杜梅说，萍河大豆找到根儿了。"

乔麦突然鼻子一酸，眼睛一亮。杜梅的暗示，肯定可以挖掘出跟品牌相关的动人故事。品牌不响，大豆的相关产品都没有光彩，所以我们必须打品牌。

王德开车拉着乔麦又去了大羊村。他们的大型粮食加工厂就设在了大羊村，延伸了大豆的产业链。这里生产的萍河豆种、豆粉和豆油，生产质量还是很好。

下了一阵雨，萍河涨了水，转瞬间就是秋凉了。乔麦在河边洗了洗手，上了岸来，脸对着太阳，树梢上闪着刺眼的光芒。王德说："别跌跤，骨头脆了，吃点大豆能补钙。"乔麦眼睛一亮，说这也是一个宣传亮点啊。乔麦忽然有了新的想法和创意。面对这个牌匾的"菽槐"两字，大有文章可做。她想请五十个书法家每人书写一幅"菽槐"。再请五十个作家，每人写一篇"萍河大豆"的美文。这个点子一出，王决心、孙光华、王德和曲良非常赞成。王德说："好主意，我们分工协作，各司其职。我来办作家这块，找我二叔。"

乔麦操办了一个品牌创建会。隔了两天，大荷花和曲良回来了，他们在那里并不顺利，青岛的国际展厅拒绝了他们。乔麦心里咯噔一下，赶紧召开董事会，在会上，乔麦语惊四座，咄咄逼人："没有品牌，我们就没有方向，我们的团队就是个整体，团结一致，拧成一股绳，打出萍河大豆的品牌，我下面做一下分工。"

陈锁柱支书来了。他抬头问："乔总，我有个疑问，工商注册我们为什么不叫白洋淀大豆呢？白洋淀豆粉、白洋淀豆油？"

"是啊，白洋淀的热度为什么不蹭啊？"

乔麦说："白洋淀当然名气大、响亮，但是我们套不上去了，一是白洋淀不产粮食，另外新区有规定，好多产品不能打白洋淀的牌子。"

陈锁柱点了点头："既然这样，就叫萍河大豆，注册这个商标，大家看有没有意见？"

曲良摇头叹息："我们青岛这一行，也不是一点收获没有，那边说萍河，取萍水相逢的萍，很有意味。萍河大豆还是不错的，他们那里的大豆的品种十三个，是全国名牌，我们硬挤进去是有难度，但是我们的产品他们放在那里，说要进行细化研究。"

乔麦想了想，说："同志们，我们到了打品牌的关键节点，昨天录制的短视频，已经产生了良好的效果，我收到好多的反馈。人走时运马走膘，有点困难，不可怕，啥叫时机？国家政策这么好，我们就要沾党的政策的光。所以说我们要乘胜追击，把萍河大豆品牌真正打响，打向国际市场！"

人们纷纷鼓掌。

作家们的文章出来了，书法家的字也写好了，乔麦选了一个故事

《相思豆》。乔麦带着牌匾跑了一趟青岛，她把产品又带了一份儿。

青岛农产品"国际客厅"的吕抒怀主任接待了她。见到吕抒怀主任，乔麦又拿了新产品，还讲述了作家们写的故事。作家们的想象力有点贫乏，凄美有余，而温暖不足。

乔麦回来了。

秋天的阳光洒满了萍河两岸。田野的深绿中，泛着一点点的微黄，秋天有秋天的味道，这一股香气是豆香还是秸秆的香气？大荷花笑嘻嘻地说："乔麦，你都忙忘了，今天是你生日。"乔麦说："哎呀，是我生日。"她脸上汗津津的，蹲在地里抚摸土地，弄了一手翠绿："好，今天晚上过生日。"大荷花笑嘻嘻地说："吃什么呢？"乔麦说："我们喝点红酒庆祝。告诉决心和王德吧。"

正说着话，王决心的电话就打来了。王决心说："今天是你的生日，亲爱的，晚上我过去庆祝。"

晚饭的时候，二巴掌送来了鱼丸子，王决心围上围裙炖鱼。大荷花烙起了烧饼，热腾腾的菜香，熏得人满脸红光。

大荷花去了一趟青岛，满嘴都是新名词，什么"五斗米""农掌柜"和"平安豆"等等。

乔麦忽然想起了王德说的故事，以他和杜梅的爱情故事为蓝本，讲一个"相思豆"爱情故事。

祖传耕种大豆的农民王金豆与村里美丽的姑娘爱琴相恋，婚姻受到家庭阻拦，爱琴无奈跟金豆分开了，她患上了相思病，离家出走病入膏肓，王金豆到处寻找爱琴，他梦见了爱琴就在白洋淀。爱琴暗示王金豆萍河大羊村古庙有个古代匾额，写着：菽槐。王金豆找到匾额，每天在萍河等爱琴，终于等来了回家的爱琴，爱琴喝萍河豆粉，身体渐渐好了，两人喜结良缘，相思大豆圆了梦。

乔麦喝了一碗萍河豆粉，有一点儿甜，有一点儿苦，有一点儿涩，具体什么样的滋味儿，她也说不清楚。她只是感觉萍河大豆品牌应该脱颖而出了。

乔麦的大豆品牌，在北京受阻，却在青岛的绿色农业"国际客厅"打开了局面。这个品牌，不仅面向国内，还向世界推广。青岛国际农业博览园的吕抒怀主任打来电话，带来了好消息。萍河大豆的豆粉、豆油，质量上乘，得到用户褒奖，还肯定了"相思豆"幕后故事。"萍河大豆"正式入驻"国际客厅"，说明萍河大豆已经从区域品牌向国际品牌迈进。没过几天，吕抒怀主任带人来白洋淀考察了。乔麦的心怦怦跳着，高兴得不敢往下想了。

秋日，临近中午的时候，天空瞬间被黑暗包裹得严丝合缝。

乔麦去一家素食饭店"膳食"，她要吃饭，吃饭也是工作。她和王德出来办事老想去吃。王德说："我们保密，听听客户的反应。"乔麦点了点头。因为这家饭店使用了他们的萍河大豆，豆子能够做成熏鱼、炖牛肉和肉肠，菜的颜色跟肉一样，可以以假乱真。她吃这家厨师做的软熘肥肠，绵软不腻，入嘴即化，回味悠长。这也是大豆做的，实在是太好吃了。如今的人，讲究养生，喜欢吃的人太多，人们摩肩接踵。

女服务员的眼神天真无邪，她望着乔麦："我们素食店的饭菜，感觉怎么样啊？"

乔麦说："很好，你们用的是哪种豆子？"

女服务员说："当然是大名鼎鼎的萍河大豆。"然后她就说到王金豆与爱琴的爱情故事。

乔麦问："你说爱琴重新找到金豆，是爱情的力量，还是大豆的力量？"

女服务员说："爱情！"

有人说："大豆！"

还有人说："兼而有之，这是菽槐的魅力！"

乔麦欣慰地笑了，相映成趣的是，"菽槐"两字的妙处。

王德像个哑巴，低着头不吭声。

第一百二十四章　画轴

这个秋天是令人陶醉的。

秋分这一天，白洋淀的芦苇熟了，空气里流荡着芦苇成熟的气息，甜丝丝、醉醺醺的。芦花纷纷扬扬地飘着，在金黄和碧蓝之间逛荡，久久不肯散去。

大雄快两岁了，他开口说话晚，刚刚学会叫妈妈，每天吱吱呀呀地喊娘不停，就是不会叫爹。王决心极为不悦。早上，乔麦抱着大雄喂完早饭，姑姑王永丽过来送花花上学。乔麦把大雄放在儿童椅上，忙着给王决心端来早饭，大雄抓到桌子上的豆腐脑，冷不丁抓一把，往嘴里塞。王决心一出卧室，看到大雄满脸沾的豆腐脑，嘿嘿笑了。大雄白皙的脸蛋儿成了花脸，他上前抱了起来，也不给儿子擦干净，使劲地亲，亲得他脸上满是豆腐脑。

乔麦出来一看，两个花脸，她扑哧笑了。大雄一直喊娘，伸手朝着乔麦扑。乔麦赶紧抱过儿子，用手拍了一下王决心的肩膀，说："看你没个正形，快洗脸去！"王决心不但不洗脸，还一个劲儿往乔麦的脸上贴，把乔麦的脸上也弄花了。王决心笑着说："看看，这才像一家人嘛！"乔麦瞪他一眼："讨厌，以后儿子可别随了你，那么嘎。怪不得大雄一直不会叫爹，这个爹太坏啦。"

清晨的一抹阳光，透过洁净的窗户洒满房间。王决心伸了一个懒腰，对大雄说："宝贝儿子，等你会叫爹了，我就给你录下来，这是世界上最好听的声音，爹就放在手机里，要是出差，我每天随时都可以听到。"说着，他高高举起了大雄。

王决心擦了脸，从家里出来，就要到办公室去了。今天事情很多，首先是肖寒工程师打来了电话，她要跟他见一面，说有要事与他相商。肖寒把见面地点选在了白洋淀大码头。他们在淀边的椅子上坐下来，看着淀水静静流淌，流出鸟的声音。肖寒喜欢这样的美景，她对王决心说："决心，我就要离开白洋淀了。"她的声音悠扬柔和，似乎带着点儿忧伤。王决心一愣："肖总，您要去哪里啊？"肖寒说："公司在琼州海峡中标了一个大工程，要进行海里吊装研发。"王决心说："祝贺您，这个项目难度大啊！"肖寒叹息说："琼州海峡海底公路。"

王决心叹息一声："肖总，我舍不得您走啊。"

肖寒强迫自己镇静，说："决心，我发现你很聪明，不仅电焊厉害，吊装也轻车熟路了。"

王决心说："您过奖了，我的这点进步，都是您和鲁大林师傅带出来的。"

肖寒说："本来啊，我想带你一起走，后来一想，白洋淀工地需要你，我没有向总部提出要求。"

王决心感动了一阵，抢话说："我也正要找您，就是想请您跟褚总说说，我想配合您进行下一阶段的地下管装招标，听说德国哈特集团进来了。"肖寒说："路海生巴结的那家吧？他们的技术确实厉害。"王决心说："您等招标结束后走吗？"肖寒摇了摇头，苦笑说："不行啊，总部让我明天动身了。"

王决心看见她的身影在水中微微地颤动，长长地出了一口郁闷的浊气。肖寒说："下一步的工作，你就挑头吧，如有问题再沟通。你要记住，提高操作水平，提高技能。"王决心点点头，说："褚总不会让我挑头的。"肖寒说："别自卑，我跟褚总谈了，准备让你当负责人。"王决心说："还派总监吗？"肖寒说："可能派总监，但没有说是谁。"王决心谈笑风生了。

肖寒跟王决心沿着大堤走了一段，肖寒跟王决心握手，上了汽车走了，留下一声叹息。王决心喊了声："肖总监，后会有期！"肖寒摇下车窗，摆了摆手。

褚忠良召开了一个简短的会议，准备德县地下管廊招标。这次工程量大增。大吨位吊装还在这里进行，冲击新的标高。

肖寒一走，谁来弥补这个技术空缺？王决心心里犯了嘀咕。这时，一个声音出现了，王决心扭头一看，路海生推着鲁大林师傅进来了。

"决心，决心。"鲁大林喊着，喉咙口一热。

王决心异常地惊喜，急忙扑了过去："师傅，我可见到您啦！"

王决心单腿跪地，眼睛流泪了。

鲁大林嘴唇抖动，说不出话来。鲁师傅双腿截肢之后，隔了三个月，他才从巴基斯坦回到北京。他们经常通微信，但是，鲁师傅一直躲着王决心不见，其实，他不愿见任何人。

王决心为此流了无数次的泪水。这次感谢褚忠良，褚忠良面子大，偷偷将鲁师傅从北京接来。褚忠良微笑说："会议还有一个小时，你们三位聊一聊，我去处理点事情。"他起身走了。

王决心看着鲁师傅瘦了，脸色蜡黄，但师傅的眼睛依然炯炯发光。

鲁大林说："海生、决心你们两个好好谈谈。"

路海生微笑说："决心，我们终于等来了这一天。"

"路总，你好。"王决心说。路海生跟王决心握了手，微笑着说："决心同志，我们的项目负责人，祝贺你的飞跃式的进步。"

王决心愣了愣。他皱着眉头苦苦地思索，路海生怎么变了？他离开的半年，都经历了什么？一个傲慢自私的人，怎么从里到外全变了？

鲁大林说："决心，你协助肖寒突破大吨位技术的时候，你知道海生去哪里了吗？"

王决心愣住，讷讷地说："路总不是回北京总部了吗？"

鲁大林感叹说："他去巴基斯坦找我了。海生在那里，摸爬滚打，任劳任怨，真正长大了。"

王决心吃了一惊："啊，原来是这样啊？师傅，听到您出事了，我也报名去找您。"

鲁大林微笑着说："这我都知道。我阻拦了，你虽然不是技术总监，但是，你在白洋淀，在地下管廊工地作用多大啊！"

路海生感叹道："那个生死存亡的三米，不是技术问题，拼的是舍生忘死的精神，佩服啊。"

王决心被路海生说得红了脸。他对鲁师傅说："师傅，那年冬天，我和乔麦听说了情况以后，特别痛心，我报了名去巴基斯坦。我要接过您手中的焊枪，继续施工，结果我报了名，董事长没有批准。原来是您不让我如愿啊！"

鲁大林说："你的心意我领了，肖寒在白洋淀地下管廊，没有你帮助她，怎么行啊？肖寒是个极为挑剔的人。她能够认可你，还用我说什么吗？她想带你去琼州海峡搞研发，我和褚总沟通，留下了你，希望你跟海生合作一把，在白洋淀工地，再冲击一个新的标高。"

"师傅，我听您的。过去我对路总有误解，多有冒犯，盼路总多多包涵。"

路海生内心隐隐作痛，咧着油光光的厚嘴唇说："决心，不是误解，我踩到红线啦，你做得对，如果不是你及时提醒，我说不好就被腰里硬和杨义伟给套牢啦！我应该谢谢你。"

王决心瞬间明白了。看来总部决定，接替肖寒的是路海生。鲁师傅和路海生这一夸他，他忽然感觉有些得意，非常自豪，仿佛自己像个大人物了，能够跟路总比肩搭档。他当年，就像一块生铁疙瘩，锉了又锉，逐渐成形了。如果在千年秀林的时候，他想都不敢想啊！人的变化，是一个问题，很复杂，一言难尽。他也是一路蜕变，终于从危险的思想怪圈里走了出来。

王决心微笑着说："路总，我也是在反思自己，对不起。我们都在成长啊，我真心为你高兴。只要我们团结一致，有师傅坐镇，我们联手下次投标，心里就踏实多了。这次我们跟吊装行业龙头老大哈特集团竞争，一定要打败他们！"

鲁大林师傅说："好，有志气，技术上应该不是问题了，海生赶紧熟悉肖寒留下的资料，精心准备，师傅在这里陪着你们，好不好？"

王决心激动地说："太好了，晚上我和乔麦给您接风洗尘，邀请路总参加。"

路海生望着王决心说："决心，我回到白洋淀，感觉真的大不一样了，不是多了工地，不是立起了多少楼房，而是我的内心。我也要跟你说，这次我们并肩作战，意义重大。"

王决心说："是啊，我们有骨气，我们有信心。"

路海生说："我过去年轻气盛，傲慢，随性，如今我都明白了，一切都是虚的。在央企干，像大林兄一样，凭的是实干，凭的是业绩。决心，你走得很稳，我祝贺你的成功。"

王决心愣了一下，他不敢相信这是路海生说的话。职场的竞争，生活的艰辛，研发的艰辛，一下子溢到了他的胸口。他内心的悲愤、纠结、郁闷，都一扫而光。鲁大林插话说："决心、海生，你们变了，我们每个人不都在变吗？我没有看错你们，你们俩会成为好朋友的。"

路海生皱着眉头，思索了一阵儿，然后扭头望着窗外。阳光明媚，把大地染得发白，一缕缕清气上升。他想，绕了一圈，终于回归业务了，他虽然学历高，但是，如今这里的业务他不如王决心熟，他得跟王决心好好学习。

路海生从包里拿出了一盒画轴，这是一幅《梅花》。路海生说："决心，这是我送给你的见面礼，也是咱们哥俩握手言和的见证。这幅《梅花》来自北京一个名画家。'不要人夸颜色好，只留清气满乾坤。'你的身上就有这个劲头，这是生命的形式，也是人的德行。所以说我要送给你。"

画轴哗地打开，一幅国画《梅花》。

王决心接过画轴，分外感动："谢谢路总，我珍藏。我要送你一幅我们白洋淀的芦苇画儿，就是洁白的荷花儿和鲤鱼，年年有余。"

鲁师傅欣赏着梅花图，眯着眼笑一笑："决心，还有一层意思，梅花香自苦寒来，决心为了练电焊，吃了不少苦。"王决心说："应该的，向师傅学，干一行爱一行。这回我要好好向路总学习，提高技术水平。水平提高了，既是对工友们的保护，也是对国家财产的保护。"

下午突然来个任务，地下管廊即将交付使用，还有几处需要焊接。王决心、齐师傅和小四川十几个人接受了任务。他们带着焊枪要去管廊。鲁大林说："决心，带上我吧，忙乎半天，我还没看见地下管廊的模样。"王决心说："欢迎师傅指导。"

王决心和鲁大林等人下了地下管廊。每个分包企业都来人做善后。王决心推着鲁师傅走，看见机器人到场了，还没有充电工作，调试人员跟机器人说话。鲁师傅看见错落有致的管廊，流光溢彩，雄浑壮观。鲁大林不错眼珠地看着，想象着艰苦的吊装，脸上有泪痕闪烁。他悲伤又欣喜，抚摸着管廊说："我们终于有了自己的管廊了，我们有了最好的安装技术了。"他在梦里曾经梦见过管廊。鲁大林的师傅赵克杰知道了，得到了安慰。他一心一意跟赵师傅学电焊，一心一意搞吊装，这个管廊就是大家的成果。男人活在世上，就是要征服世界的，生活以成败论英雄，必须做强者。王决心身上有他的影子。

王决心对鲁大林说："师傅，云计算中心的发射塔，塔顶有个难度焊接，就是我做的，小四川也上去了。"

鲁大林嘿嘿笑了："你不是收小四川为徒弟了吗？"王决心有些羞涩地说："人家水平很高，都是您的徒弟。"

鲁大林固执地说："不，他就是你徒弟。"

王决心推着鲁大林缓缓地走，管廊里灯火通明，干活的工人赶忙脱帽向鲁大林致意。鲁大林跟他们挥手。巨大的噪声震得耳朵发木，现场火热喧嚣，波光闪闪。走了一段，才到达了通气管子焊接的地方。值班工人将王决心他们领到了那里。鲁大林跟工人们打着招呼，这一时间，他们享受着快乐的时光。齐师傅和小四川打开焊枪，即将操作。王决心嗅了嗅鼻子，感觉味道不对，立时紧张起来："师傅，这是啥味儿？"鲁大林也警觉起来。他们越闻味道越大，因为天气渐凉，地下管廊也渐渐地冷了。

鲁大林打了个喷嚏，他的鼻子对气体不敏感，王决心敏感。齐师傅和小四川准备焊接的时候，王决心大喊一声："停，有情况。"他扑了过去。

突然唰的一下，地下管廊没电了，周边异常黑暗。

鲁大林也惊讶了，这种事故极少发生。

王决心喊了一声："师傅，我闻到了甲烷的味道。"鲁师傅一听王决心的提醒，嗅了嗅鼻子，也感觉出气体的味儿。按常规，管廊试用阶段容易漏气，常有氨气、甲烷、一氧化碳、二氧化碳等气体的味道。

王决心大喊一声："齐师傅，我们的便携气体报警器呢？"齐师傅说："带下来了，三个包裹呢。"王决心赶紧找气体报警器，黑咕隆咚的，根本摸不着报警器。

王决心脑袋一蒙，明白了，没有补充焊接就放气，这是大的失误。他想带人冲出去，及时止损。小四川等人茫然失措，小四川问王决心："师傅，你看怎么办？"鲁大林说："冷静下来，冷静下来，别动焊枪。"王决心打开手机照亮，凑到了鲁大林身边。鲁大林说："这种气体不能焊接，容易发生爆炸。决心，赶紧给路海生打电话，尽快关闭阀门。"

管廊里的毒气越来越浓。

王决心让他们几个人推着鲁师傅尽快撤出去。鲁大林摇头说："不行，我不能走，这里的阀门他们得关上，如果总阀门有失误，气体越放越大，一旦爆炸，威力巨大，上面的安置区会被炸飞的。"王决心脑袋开始晕眩，望着小四川："我处理漏气，你带师傅上去，我去寻找。"他说这话的时候，来电了，灯唰地亮了，管廊依旧看不清晰，像飘着厚厚的雾。

王决心问鲁师傅："师傅，哪个方向容易泄漏？"鲁师傅说："赶紧找到气体测试仪，测试仪会显示出来。"王决心急忙检查带下来的包裹，终于找到了绿色的气体测试仪。鲁大林雷公似的一脸怒容："决心，你必须听我的，人命关天，赶紧测试。"王决心埋头测试着。这个时候，突然一声巨响，有地方爆炸了。水泥板啪地拍了下来。王决心一滚，推开了鲁大林师傅，他的身体没有被砸到。但是，水泥板拍到了附近的水管，水管咕咕冒水。

王决心找到了砸断的水管。鲁师傅断断续续地说："决心，这点水不是问题，气体最可怕。"王决心举着气体测试仪，终于找到了漏气的地方。漏气口很大，他拿湿衣服缠上，拿铁丝扎紧。人们松了口气，又一块水泥板砸下来，砸在钢管上，火星飞溅，像夜萤的光亮。

王决心闪身而出，连连跄跄地追过来。他退了两步，扑倒了。他担心鲁大林受到危险。这个时候，鲁大林的安全帽掉了，小四川伏在了鲁大林的身上，反扭着胳膊向下摸着，终于摸到了安全帽，又给鲁大林戴上。王决心接到了路海生的电话，他说明了紧急情况，路海生马上关掉阀门，组织救援。

王决心猛烈地咳嗽着，他感觉气体越来越浓，有爆炸的危险。路海生他们到值班室，还有一段时间，即便阀门关了，气体还在，必须找到疏通口。

鲁大林极为清醒，水泥制件是他一手盯着浇筑的，他知道紧急通风口位置。他抬手指着，王决心就爬上去极速打开。

王决心感觉有硬东西挤了手，双手鲜血淋漓，他大口喘气，随时就要晕倒。他骂了一句，闹不清这是气管质量，还是人为事故。飞过来的东西将他们拍晕了。王决心醒来发现自己脸上流血了，他带着几十个人往外闯。

由于事故，地下管廊出口堵住了。褚忠良等人现场组织救援，水和气体阀门关闭了，工人们用机械打开通道。

王决心在下面昏迷了，人们似乎都晕倒了。

不知过了多长时间，忽然，王决心的电话响了。他无力地摸电话，一听是乔麦的声音："决心，你在工作吗？告诉你个好消息，你儿子会叫爹啦！"王决心心中一阵战栗。电话里传来大雄奶声奶气喊"爹爹"的声音。他落泪了，哽咽说："儿子，好儿子。"他浑身来了力量，背着鲁大林往外走，一点一点爬上来。他的身后跟着十几个工人，路海生都分不清他们的模样了。

人们热泪盈眶，欢呼起来。

路海生接过鲁师傅，王决心无力地说："停止打孔，不能破坏管廊，里边没有人了。"

褚忠良说："马上查清原因，以除后患！"

这个秋天，王决心迎来了人生两大喜事。他和路海生主导的管廊投标，一举击败了德国哈特公司以及国内同行，成功中标。这段地下管廊吨位更高更大。还有一个喜事。王决心光荣加入了中国共产党，成为一名预备党员。

听说王决心入了党，二叔王永山从望乡岛匆匆赶回来，他急着要见王决心和乔麦。

王决心和乔麦回到王家寨，在大乐书院与王永山见了面。王永山身上带着铃铛奶奶的铜铃，叮叮咚咚的，从微寒、透明不定的空气中传出来，传得远远的。

孙小萍刚从福建老家探亲回来，带回了铁观音、金骏眉和正山小种等名茶。她沏了茶，王永山、胡玉湖、王决心和乔麦等人来了，坐在茶台喝茶，细细啜饮。

王决心几杯茶下肚，打通了经络，一会儿擦汗，一会儿擤鼻涕。太阳慢慢升起，明媚的阳光透过窗子照在人们脸上，他们的脸渐渐有了血色。王永山郑重地说："我娘走之前，有一样传家宝留了下来，决心，我今天要送给你。"

王决心愣了愣，看着二叔。王永山缓了缓，小心翼翼拿出一个画轴。他徐徐打开画轴，王决心不错眼珠地望着，心里紧张起来，他琢磨可能是奶奶留下来的名画，像那只值钱的大碗一样。画轴在阳光里展开了，一团模模糊糊的红色从暗中浮现出来。

画轴出现两个红色的大字：信仰！

王决心和乔麦都愣住了，"信仰"两字，写得不是那么端正，颜色发黄，却是那般耀眼。

王永山脸色变得庄严，严肃地说："决心，这是咱祖上的英雄王学武就义前，咬破手指写下的血书。解放后，你奶奶托人在保定莲池书院装裱好。虽然发黄，血失去了它的味道和鲜红的色泽，但是，这个颜色是真实的。"

人们惊呆了，心灵震撼。

"你奶奶再三叮嘱，咱们王家的后代，谁入党了，就把这个画轴交给谁。没有牺牲的信仰，不叫信仰。王学武做到了，你爹王永泰做到了。我看好决心，你能在央企入党，证明王家后继有人。我就遵照娘的旨意，交给你吧，你再一代一代往下传。"

王决心喉咙一热，鼻子酸酸。他庄严地跪地，有一种高山仰止的感觉。

他将画轴高高地举过头顶……

第一百二十五章　淀上升明月

王决心到处寻找水牛。

两个多月，王决心急火攻心地寻找水牛。失望的他，蔫头耷脑。顾彩铃天天盼，夜夜想，也没有水牛的任何音信，水牛好像在人间蒸发了。她上了塔吊，还垂泪。水牛常常在王决心的梦里出现。梦里的水牛可怜兮兮的，蓬头垢面，破衣烂衫，胳膊肘落下了残疾，勾勾着，不能直弯儿。

乔麦问："有水牛的音讯吗？"

王决心失望地摇头。乔麦想了想，说："他应该走不远，不能傻等了，派人找。"

王决心点点头。他觉得再找不到，就在公安局报案。

两月没见水牛了，电话不接，信息不回。他四处打听，又去住处找他，发现人去楼空，水牛好像人间蒸发了。

王决心亲自在白洋淀各村找，到新区工地找，都没有找到。他了解水牛，水牛是因为残疾而自卑，担心给顾彩铃添累赘，离开了大家。水牛一定是很痛苦的。他孤零零一个人，靠什么生活啊？他发誓一定要找到水牛。

王德突然发来一个信息。

王德说他在新水县城的荷缘小区发现水牛了。他一人弯腰捡垃圾，还讲解垃圾分类。王决心一阵兴奋，下了班，去了荷缘小区。

王决心一夜没睡好，头昏昏沉沉的。他很早就来到荷缘小区，小区的喇叭噗噗响了几声，他躲在暗处，仔细瞧着，既伤感又高兴。

荷缘小区的西北角，坐落着新建的临时房，二十平方米左右，一侧是变压器。房子的左侧，摆着红色、绿色、蓝色和灰色的四个垃圾桶。桶的周边，灰麻雀叽叽喳喳唱着。房子的墙壁，挂着一个牌子：荷缘垃圾分类驿站。门口，平放着一个地秤，地秤旁边有一辆破旧的三轮车，车斗里整整齐齐地堆着纸壳。

水牛从工棚里走出来了。

门敞开着，王决心看见了里面的床铺。他吃的喝的用的都在这里。他的双腿没有问题，右胳膊弯曲得厉害，他弯腰拿纸壳，都是伸左手。

王决心无比激动，真想冲过去拥抱水牛，他忍住了。他暗暗告诫，摸清底细，稳住水牛。他看着水牛熟练地拆卸纸壳，路过的人跟水牛打着招呼。白发大娘拎着垃圾，慢慢走过来。

"小黄牛，干活哪？"

水牛热情地回应着："大娘，早上好。"

王决心明白，"小黄牛"是居民对他的爱称。水牛睁大了那双诚挚、明澈的小眼睛，迎了上去，接过大娘手中的垃圾，说："王阿姨，您咋自己出来倒垃圾了，不是说好了吗，我去您家里拿，您这腿脚不方便，可得注意安全。"

王阿姨笑着说："小黄牛啊，这一阵子，你总是惦记着我。上门拿垃圾，别的小区哪有啊？你还教我垃圾分类，看看今天我分得合格吗？"

水牛赶紧从屋里拿了一把椅子让王阿姨坐下，又低头仔细地看着这些垃圾，抬起头来微笑着对王阿姨竖起了大拇指。

王决心看在眼里，喜在心上。

虽然水牛胳膊残疾，但干活利利落落，接人待物感觉比以前自信了许多。

王决心忍着，没有扑上去。水牛朝他望了一下，他猛地转过身，眼睛里旋转着两汪热乎乎的泪水。

他找到了物业管理处的张主任，张大姐说了水牛的一切。水牛负伤离开工地，没有任何收入，捡垃圾为生，路过荷缘小区，瞅见垃圾站周围总是蚊蝇成堆，臭气熏天。他观察了几天，学习了垃圾分类，背了口诀，他发现有人不会分类，随便扔。

水牛每天守在垃圾桶旁，讲解垃圾分类。他的无意动作，传到了物业管理处张主任耳朵里。张主任悄悄站在他的身边观察。

"这位同志，你讲得很好嘛。"张主任说。

她又微笑着问水牛："你想不想做我们社区的义务宣传员啊？"水牛一愣，赶紧点头，后来水牛把小区住户的情况了解得很清楚，小区里有十几户老人腿脚不好，水牛每隔一天来小区倒垃圾。还有，有人家里有些破烂不要的东西，水牛就帮他们卖掉，把钱再给他们送去。

张主任有些吃惊。她听说水牛还是新区工地见义勇为的英雄，更加认可。原来处理垃圾的罗师傅突然去世了，垃圾成山，张主任就让水牛接替了罗师傅。

水牛一接班，面貌大变。

黄昏慢慢降临了，是水牛最忙碌的时候。他把垃圾桶擦拭一新。可回收垃圾、有害垃圾、厨余垃圾和其他垃圾，分成蓝色、红色、绿色和灰色的塑料垃圾桶。他建了一个小区微信群，在群里发垃圾分类的视频，谁有不明白的，谁家里有拿不动的废品，水牛就帮着上门收。水牛做得非常出色，作为示范区，周边很多小区的物业管理人员都来这里学习，记者采访了水牛。

"这个小黄牛！"王决心叹了一句。

他替水牛欣喜，替他骄傲。他回到家里，跟乔麦说了，乔麦让他赶紧联系顾彩铃。顾彩铃到了乔麦家，听说这个喜讯，跳了跳脚。

第二天早上，王决心、乔麦、顾彩铃来到新水县城的荷缘小区。

他们在垃圾分类站门口站着，谁也不出声。

三个人望向屋里，屋里有个身影正忙活着，顾彩铃看见了水牛。她再也忍不住了，满脸泪水地冲到了房间里。

王决心和乔麦相继跟了进来。水牛被突然闯进来的人吓了一跳，他抬起头来一看，愣住了。他抱着脑袋哀呼："完了，还是找到了。"

顾彩铃上前一步，抱住了水牛："水牛，你不要我了，那么长时间你去哪儿了？"

她哭得更伤心了。

水牛身体一抖，心腔一热，看清了是他日夜思念的顾彩铃。顾彩铃一面哭，一面数落。水牛抬头又看见站在路边的王决心和乔麦，眼里含着泪花。

"水牛啊，你让我们找得好苦啊。"乔麦说。

乔麦和王决心拥上去，四个人紧紧地抱在了一起。

太阳落在西头苇塘，天空迅速变幻着颜色。水洗的天空，弥散着草香。

王决心和水牛来到村头蛤蟆滩，这里异常地幽静。两人高兴，搂成一团摔了一跤，在草滩上滚来滚去，累得瘫倒在地。天黑了，水牛喘息着，望着星星说："哥，咱们这么好的兄弟，摔得我这么狠？"王决心嘴里哼哼地叫着："哼，你还知道咱是兄弟？这么长时间都躲着我们，有你这样的兄弟吗？"

水牛自卑地说："哥是大工匠了，我这残疾人跟二巴掌为伍了，跟不上你的步伐了。"

"瞎说，你永远是我兄弟。彩铃爱上你，是你小子的福气，不能再让她伤心啦！"

"哥疼我，彩铃疼我，我不能老靠着你们接济、可怜，苟且偷生啊。"

"你没给我丢脸，猫胆变虎胆了，在县城还干成人物了。"

"捡破烂的。我能够养活自己了，哥，你找我干啥？"

王决心说："不干啥，就是想跟你打一架。"

水牛心热了，眼泪唰地流了下来。

他忽然懂得了一个道理，真正的幸福都是与痛苦相伴的，有阳光，就有阴影，生活中的人不能由于阴影拒绝阳光吧？他有信心跟顾彩铃过好每一天——

人能常清净，天地悉皆归。

对于王决心和乔麦来说，有爱的生活才是幸福的，日子在盼望里有了起色。在王决心看来，他之所以晚婚，说明他对爱情是挑剔的，生活的历程已经证实，如果乔麦还跟腰里硬，或是嫁给了别人，他的人生会暗淡无光，精神萎靡。有乔麦的爱，还有什么不知足的呢？

王决心睡着了。

千年老梨树没有了，他一度伤感，今夜他却做了一个千年的梦。他看到了陌生而美丽的新世界，梦开始的地方依然是王家寨。他竟然坐了宇宙飞船到太空度假，转悠了一圈。在天上看王家寨，像一座驼黄色的苇垛。

未来的人群在城市中穿行。

人们过着洁净绿色的生活。人开始走进大自然，享受大自然的美丽。社区里哗哗流动着传送带，人走累了，就到传送带的椅子上一坐，一闭眼就到家了。商品琳琅满目，物质高度丰富，万物互联，人还没有到家，一按手机按钮，机器人保姆开始做饭，还承担一切家务，人到家就能吃上香喷喷的饭菜了。

他情不自禁笑了起来。

人们神色不再焦灼，人、景、物舒缓地转换。最终留下的还是人，人老了也不孤独，人的脸上最容易泄露真相的是眼睛，它透露着悠闲和幸福。爱，依然是人类最终的归宿。回到家了，到处是树木、碧水和绿地，楼群掩映在树丛中，碧水沿着楼宇流淌，蓝绿交织，鸟语花香……

王决心笑出了声，乔麦轻轻推醒了他。

王决心埋怨说："我做了一个未来的梦，你给打断了。我真想一直做下去，太令人向往了。"

乔麦温柔地笑了，情不自禁地牵起他的手。

秋天越来越近的时候，淀上是金黄的，天气是多变的，但是此刻，白洋淀的早晨格外清新明丽。

他们来到王家寨码头，望着远处的塔吊和楼群，感到亲切。白洋淀新区城市有了雏形。城市的身影倒映在水中，天与水的界线遥远而美丽。那是他们的新家。

今天是二〇二二年国庆。

水牛和顾彩铃结婚的日子。顾彩铃有一个提议，移风易俗，因为双方都没有老人了，不想按原有的程序大操大办婚礼了。晚上，她跟水牛买票看一场"淀上升明月"实景演出，这场演出，水牛是第一次观看。

"彩铃好主意！"水牛说。

水牛知道这个演出，他渴望观看实景演出好久了，水牛担心有人发现他，不敢看，演出让他梦想纷呈。他们约定，演出之后，水牛跟王决心两家喝酒联欢庆祝。乔麦惊喜地说："我们去划船，看花看鸟儿。"

王决心一笑，大声说："好主意，白洋淀流传一句话，喜船淀上游，日子过得牛。"

乔麦笑嘻嘻地说："水牛和彩铃往后的日子，能不牛吗？"

王决心想了想，说："晚上看演出，应该改为，喜船升明月，日子过得火。"

水牛憨厚地笑着，眼睛弯着。

王决心家的老宅没有了，他们回到了乔麦的老院子。因为"淀上升明月"实景演出，老宅院落拆除了。乔麦家的老院是她和腰里硬离婚后分给她的。这里成为他们落脚的地方，成为周末度假的去处了。乔麦爹娘住了一阵，他们惦记着家里的扶贫大棚，又回了张家口。这套老宅一直空着，冷冷清清，几只鸟在地上觅食，周围一片寂静。院里的苦楝树，叶片密密麻麻，闪闪发亮。枝杈之间有一张蛛网，上面爬着巨大的长脚草蜘蛛。没有人浇水，盆里的花草都枯萎了。

他们常住容东片区的安置房。村委会王德的办公室，改成了乔麦的办公室。孙小萍依然在大乐书院办公，兼管大乐书院。

乔麦打扫了一阵院落，花花就嚷着看鸟儿，大雄伸着胳膊，像鸭子似的往外扑着。

乔麦说："等一等，水牛和你姑姑化了妆，穿上婚服，我们就去划船看鸟儿。"

王决心到村委会，孙小萍给配备了一艘六舱船。船上挂满了红绸子扎的红花。孙小萍极为敏感，顾彩铃不要彩礼，而且不办婚礼，她对这种移风易俗的婚礼大加赞赏，想请媒体来报道，想以后在王家寨的青年中推广。

水牛不让报道。

顾彩铃刚刚洗了澡，容光焕发，身上洋溢着秋天荷花的天香。她穿着红色的连衣裙，翩翩而来，水牛搀扶她上了喜船。花花送给她一束新鲜的荷花。她怀抱着一束淡粉荷花，一只手牵着花花，美丽而端庄。水牛和顾彩铃登上了喜船。王决心亲自给他们燃放鞭炮，噼里啪啦响。

乔麦说："今天是我们最美塔吊工的婚礼！"

顾彩铃说："花花就是我的花童。"

花花嘴里含着一片花瓣，花瓣掉在地上，被鸟儿叼走了。

他们划船到湿地的鸟林看鸟儿。

湿地的荷花岛上，有两条深水沟，水沟可以通船，上头有白天鹅、苍鹭、黄苇婆、大杜鹃、骨顶鸡、文须雀和呱呱鸡等等。鸟们都有自己的鸟舍，活动空间有高高的铁网，打开网子，鸟儿们就可以直飞苍穹，可惜，已经没有了那只朱鹮鸟。鸟从头顶飞过的时候，还会有鸟屎落下来。

王决心抱着大雄逗鸟，乔麦喜欢在太阳下面晒暖，她终于可以在阳光里汲取温暖补充阳气了。

王决心是个乐天派，经历磨难才渐渐明白，人如果想享受强烈的快乐，就必须经受强烈的折磨，若要减轻折磨，欢乐也随之平淡了。他感觉，人生最难伺候的是欢乐。

王家寨的乡愁啊！乡愁不是愁，是一种欢乐。现代社会，无论个人还是社会，都进入了一个焦虑、无常的阶段，世事无常，要有准备地活着。有啥准备的？人生苦短，有条件要快乐，没有条件的，创造条件也要快乐。

王决心让水牛划船，他抓芦苇做了苇笛，他腮帮一鼓，吹起了苇笛。他吹的苇笛是《梁祝》，忧伤而欢快的曲调撞击着人们的心胸。

乔麦歪着脑袋倾听。她听懂了，眼里含了泪花。

顾彩铃眯缝着碧玉般的眼睛，拉着花花的手，听得入了迷。

乔麦慈悲，不光对人慈悲，对鸟儿也慈悲。别人看她一眼就感受到她的温暖。乔麦给鸟喂食的时候，一只小天鹅飞进了芦苇荡。

船停下，王决心追过去了，他从芦苇荡里钻出来，双手捧着小天鹅，将天鹅捧给了乔麦。乔麦再小心翼翼递给顾彩铃。顾彩铃亲了亲，转手给了花花，花花又给了大雄，乔麦让大雄放生。

　　有船过来，鸟儿们惊慌，小天鹅拍打着翅膀飞走了。王决心知道，天凉了，大雁南飞，迟去的雁群掠过布满云彩、橘红色的天空。他们的船划到了湿地。那里有鸟和荷花，水牛牵着顾彩铃的手呆呆地坐在木桥下，脚搭在水里。她怀着一颗水晶般透明的心静坐，她给花花的脸上贴上荷花花瓣，蒙眬的眼睛多了一层清丽。湿地有一架木桥，淀水从中间转弯流过，哗啦啦响着。紫色的晚霞将她的肩膀、头发映照得一片通红。水面浮着一层黄花，花的周围簇拥着一片喊喊喳喳的鸟，有一片白鹭。

　　一行白鹭飞上了天空，天就黑了。

　　在最后的光束里，顾彩铃双手抚弄着一朵荷花，她的思绪穿越云层拥抱天上的荷花去了。跟水牛走进婚姻殿堂，她幸福地落泪了，泪水像清晨莲花上的露珠，滴落在荷花叶上，顺着花瓣的脉络，流淌到花蕊里。她从水里捞出一个湿漉漉的荷叶，捂在额头，很快睡着了。

　　晚上回到了家里，阳光明晃晃的，将水牛家的小院照得雪亮。邻居家的狗受了惊吓，汪汪地吼叫着。家里贴着大红"囍"字，有两人亲昵的合影，新婚氛围很足。

　　乔麦和顾彩铃将鱼、肉、鸭子都炖好了，回来一热，就可以吃了。他们简单地准备之后，就要去实景演出现场了。

　　"淀上升明月"实景演出即将开始。人们陆陆续续进场了。

　　因为是国庆假日，游客格外多，红男绿女，熙熙攘攘。五十元一张门票，大家依然踊跃购买。人越聚越多，有点过年的气氛。刚刚从民宿酒店吃完饭的游客，带着香气就来了。哪儿的人都有，还有新区工地歇班的工人。

　　有几对情侣格外惹眼，王决心和乔麦、杨义成和甄凤、水牛和顾彩铃、武玉龙和赵晓薇、二巴掌和刘香等等。

　　激光在地球荷花雕塑前停驻。雕塑通体透明，像月亮一样放光。灯光变绿的时候，雕塑就像一棵青翠的美人蕉。

武玉龙连连说："小小村庄，关心人类的命运，有气魄！"

杨义成欣慰一笑，递给武玉龙一本诗集："这个雕塑的创意，是因为我二叔的诗集《地球与九朵荷花》而来，留个纪念吧。"

尽管有隐隐的雾，雕塑还是发出绿色的光芒，一看就爽。因为是婚礼，王决心给水牛和顾彩铃找了最佳位置，前三排的高处。王决心、乔麦、大雄和花花坐在他们的旁边。座椅上有几粒鸟屎，乔麦拿纸巾擦掉了，花花和大雄吃着雪糕。大雄的鼻尖上、脸蛋儿上，沾得哪儿都是。

天已有了暮色，风也料峭。这时候，淀上泡出一轮月亮来。

灯光亮了，一弯月儿跳进了眼帘。

月亮的周围有灯光在闪动。地球显得明亮璀璨，带着荷花绽开了的花瓣，带着黄白的芦花，欢乐地、庄严地、飞快地向上升腾。强大的光体渐渐幻化成一个圆圆的月亮，这是激光催生的月亮，两个月亮在夜空里重叠了。

演出一共四场，两个小时。

第一场，蓝色白洋淀。

蓝色是深邃的，它带领人们穿越历史河流。夜空飞舞着密密麻麻的萤火虫，尾上闪着蓝光。人们眼睛看花了，这时大雁鸣叫。大清河等九条入淀河流，渐渐出现在画面上。解说员讲解了白洋淀的形成。后来出现了康熙皇帝围猎的情景，几行大雁扑棱棱飞起，尖声叫着，掠着水面飞起来。大抬杆的枪声响了。二百多位演员登场了，有些是王家寨的村民。乔麦糊涂着，王决心还能认出几个来，忽然，他眼睛一亮，看见康熙皇帝亲笔题写"银淀鱼丸"的画面，皇帝身边站着唱木板大鼓的艺人。

王决心对乔麦说："老婆，你看银淀鱼丸，奶奶是真正的传人。"

乔麦说："银淀鱼丸子，已经电商销售了。"

王决心说："可惜，奶奶走了。"

乔麦说："她的灵魂也会看见的。"

第二场：红色白洋淀。

王家寨的英雄王学武出场了，先是他带领农民暴动，选取了砸盐店的场景，然后就是打日本鬼子的伏击战了。他和石燕红刑场上的婚礼闪过了镜头。雁翎队出场了，他们头顶荷叶，趴在船头，拿大抬杆猎枪袭击了敌人的"包运船"。鬼子被围歼，死的死，伤的伤，受伤的鬼子捂着屁股，那是被铁砂打中了，观众席响起掌声。王决心马上想到了白沟引河工地，前年在那里挖到王学武的尸体。过去，亲人相见，只有梦，如今又多了个渠道，实景演出里还出现了大抬杆、水上飞、铃铛奶奶和雁翎队的队员。王家寨竟有十多个队员。这些珍贵的故事，埋藏在溜走的时光里。枪声再次响起，有了这场实景演出，溜走的东西又回来了，不分白天黑夜，枪声像白洋淀的流水一样平常。

"奶奶！"王决心流泪了，泪水一部分流向脸颊，一些流进了心中。

乔麦没有鼓掌，她却笑起来，笑得东倒西歪。她一笑，花花盲目地跟着笑。

王决心一愣："你笑啥？"

乔麦说："我看见了，那个被大抬杆打伤屁股的老鬼子，是二叔姚哈喇扮演的。"

"他啊，只能演个鬼子！"

此刻，雁翎队的队歌唱响了。

《小兵张嘎》电影画面，嘎子出现在屏幕，他举着木头手枪顶着翻译官的后腰。身旁一位老汉，像孩子一样流下幸福的眼泪，咕哝说："我爹说，他就是嘎子的原型。"

王决心望了老汉一眼。

老汉自豪地伸长了脖子，脸红得像灯笼。

第三场：金色白洋淀。

太阳把白洋淀镀上了一层金色。宽大的屏幕上，一艘艘渔船在金色的大淀上穿梭。百名编织苇席的农家女上场了，柔滑、修长的苇眉子，在她们手里跳跃舞动。镜头闪回春天的芦苇荡，新长出的芦苇嫩黄带绿，密密麻麻冒出了水面，它们带着尖角，锋芒毕露，几只蜻蜓翩翩环绕，别有一番味道。

芦苇慢慢长高，淀水被遮盖，它看不见水，岸边被水浪冲击的苇叶，靠淀边，水的颜色灰白，离岸越远水的颜色越深越绿。水面和芦苇林的上空，飞舞着各种鸟，丹顶鹤、大天鹅、金丝燕、苍鹭、红嘴鸥、雀鹰、黄腰柳莺、鸿雁和各种水鸟，鸟们起起落落，各种颜色的翅膀拍打着水面，轻柔舒展地落在荷叶上。

秋天了，荷叶黄了，金黄的苇海出现在画面上。乔麦划着鸭排穿梭在白洋淀。一串白色的鸭子浮游在水上，啾啾鸣叫。村民割苇、编苇席的画面，真像是孙犁描写的，那是一片苇子的长城。

传说中的荷花仙子从空中飞来了。

乔麦细细碎碎摸了摸头发，含情说："荷花仙子，请你不要改变，你的美不是你自己的，而是属于整个白洋淀的！"

王决心抱着大雄抚摸柳条，柳条摆来摆去，乱得像女人的头发。

乔麦的眼睛渐渐湿润了。

王决心望着憨笑的水牛，心中始终在问，生活到底是啥？啥是幸福？

乔麦想到了自己的创业和技术创新，一切都像梦中一样。生活就是活一个盼望。吃苦、无奈、劳累，当生活难以改变，我们也不绝望，凭借自己的劳动来化解苦难，生活就有了盼望、有了奔头。

大雄竟然睡在乔麦怀里。风凉，乔麦拿出羽绒服给大雄盖上了。

王决心从乔麦怀里抱过了大雄。他亲了亲儿子的脑门，想，这是他王家后代，长大了要好好领略家族的红色历史，学会成长。人生在世，最大的幸福是做对两件事，一是找对单位，二是找对老婆。他有了，水牛这两项也有了。对于我们普通人来说，活着，爱着，就是幸福。

水牛不会说啥，嘴巴笑得合不拢。

乔麦贤惠善良的品性没有失去，她深情地说："我们要做最好的自己！"

演出进入第四场：绿色白洋淀。

荷花谢了，荷叶上的露珠却饱满而晶莹。荷风习习，碧水连天的画面。画面上的新区新城扑面而来，一片千年秀林的林海。镜头转移到了容光县城的工地，王决心望着远处的塔吊和楼房，他感到亲切的城市有了雏形，城市的身影倒映在水中，天与水的界线与绿树、苇塘里的荷花连在了一起。

王决心脸上露出灿烂的笑容。那是他们的工地，他的所有梦想都在那里。

荷花云，云朵倏地飞升起来，又如花雨般落入淀中，星星点点。五彩缤纷的水面，映照出了奇特的景象，蓝色和绿色交织的线条，蹦蹦跳跳，一方块，一组团，川流不息地追赶着。

夜空的幕布里，激光打出了白洋淀新区的新城。

王决心激动地喊："水牛，你看！"

"哇，我们的新城市。"

乔麦问水牛："有了家，下一步有啥打算？"

水牛毫不犹豫地说："还回到荷缘小区，那里的垃圾驿站需要我。"

"垃圾分类好，王家寨也需要你啊！"

"嫂子，我都担起来吧！"

"你呀，又骗我！"

"水牛不敢，这是心里话。"

塔吊林立的工地上空，一片湛蓝，荷花似的云朵飘荡，云影落入淀中，五彩缤纷的水面，映照出奇特的景象，像一团盛放的焰火。一幢幢高楼矗立着，荷风徐徐，碧波连天，淀上新城散发着日新一日的无穷魅力。未来的城市啊，让他们丢掉过去的迷茫和脆弱，充满温暖和力量，仿佛获得了新生。

画面上有建设者的笑脸。白洋淀的滑冰场上，一群青年人在这里滑冰，这是他们挥洒汗水、释放激情、青春圆梦的地方。

乔麦感动了，看得泪眼迷离，喃喃地说："不管未来发生什么，每天都是新的。"

他们挨得紧紧的，望着大屏幕里的新城，思绪荡回到了那些与新生有关的难忘时光里。

乔麦喃喃地说："我们两人啊，真的没想到，从千年秀林栽下第一棵树开始，我们经历了怎样的生活啊？"

"你成了新农人，我成了央企的工匠啦。"

"我们都变了。"

"如果没有白洋淀新区，简直不敢想象。"

王决心紧紧挨着乔麦，越挨越紧。她的身子热乎乎、软绵绵的。水面上星光闪耀的荷灯，让村庄的芦苇栅栏和篱笆都显得有了韵味。

顾彩铃挽着水牛的胳膊，沉醉地望着这一切，她的心怦怦地跳，她深情地说："水牛，你看这里多像我们梦中的家啊！"

水牛深深地呼吸着，笑了。

月亮升起来，星星东一颗、西一颗，月亮的影子照在人的脸上。王决心和乔麦、杨义成和甄凤、水牛和顾彩铃、武玉龙和赵晓薇、二巴掌和刘香……默默地依偎着。大家心里喜气洋洋、热乎乎的，好像在过年。他们感觉到，仿佛全世界的人都在看演出，跟着他们同喜同乐。

淀极阔，润泽着无边的蓝。

清澈、碧蓝的水面静得无一丝波纹，夜晚的王家寨浮动着清新的荷香，月光在淀里铺开了一条宽阔的水路，大船起航了。

船的上方，打出了激光字幕：祖国万岁！

烟花像星辰，所愿皆成真。

燃放礼花的时刻到来了。五彩缤纷的礼花炸开的焰火照亮了夜空，像是淀水倒映璀璨的星光。烟花像彩球，在空中爆炸时是圆的，侧面瞅是方的。礼花绽放之时，每一朵都含着真诚的热望。五彩的礼花融化在夜空，天空渐渐黯淡，一缕缕正在消失的烟雾在白洋淀上空飘荡。

水牛聚精会神地看着，感觉很美好，看不够，有点像梦境。

"你这个狠心贼，快看吧，别看在眼里就拔不出来啦！"顾彩铃大声说着，夹着爽朗的笑。

水牛捏了一下顾彩铃的手，声音里透着柔情："老婆，拔不出来就进去呗！"

"你坏！"顾彩铃满脸羞红了。

她闭了一下眼睛，微微一笑。她是待嫁的新娘，羞答答不愿意被人看见，心中是懒洋洋的温暖。

王决心知道，这是编导为实景演出国庆节专场插进来的，点子来自孙小萍。为了这场晚会，孙小萍忙得脚不沾地，身不由己。国庆，就得热热闹闹的。最后的环节，观众代表到台上放和平鸽。这是实景演出的观众体验环节，也是最为浪漫的一刻。

王决心和乔麦抱着孩子登上了舞台。人们踩得舞台咯噔咯噔响。人们像一锅蚂蚁，蹭着，挤着，挤出一串欢快的笑声。舞台瞬间变成了一艘巨轮。这是"一带一路"的轮船。轮船游荡在水面，激光打出了海水，轮船沿着地球雕塑转动起来。"白洋淀号"轮船，字幕清晰，上面装满了白洋淀的特产，即将乘风起航。

世界变了，海也捉摸不透了。

乔麦站在船头望世界，胸腔风起云涌。她瞬间有了新想法，她们的粮种什么时候搭乘货轮出海远行？她眼睛还是那么亮，眼窝里忽地泪珠闪闪。她抖了一下身子，满头黑发就披散下来。她叫醒了大雄，从王决心怀里接过大雄，让王决心放鸽子，花花跟大雄眨眼逗着。她看见什么了？

灯光变蓝，船动了起来。

夜空薄凉薄凉的，观众的热情不减，他们乐于参与，其快乐程度不亚于音乐会、高跷和跑旱船。夜气凉了，船和人，好像从一场梦里刚醒过来，周身笼罩着朦胧的水汽，令人清爽。顾彩铃捧着白鸽，笑了，笑得温和，笑出许多暖暖的意味。水牛的胳膊不能放鸽，身体夸张地扭动着，吼了一嗓子，嘴巴咧到了后脑勺儿。

王决心没有听清水牛喊的啥，却听到遥遥几声召唤，他将鸽子托在手里，手掌痒痒，心里扑腾扑腾地跳。

乔麦喊："起喽！"

大雄跟着抬了一下小手。

王决心和顾彩铃一抬手，手中的白鸽呼啦啦飞向夜空，鸽纷飞，追逐，翻跃，洁白的翅膀呼扇呼扇，白了一片。

乔麦又喊了一句："起喽！"

2017 年 4 月至 2021 年 5 月完成初稿
2021 年 8 月至 2022 年 3 月修订完成二稿
2022 年 3 月至 5 月于白洋淀修改第三稿
2022 年 10 月 16 日于北京大兴修改第四稿